米德尔马契

[上]

Middlemarch

〔英〕乔治·爱略特 / 著

项星耀 / 译

名著名译丛书

人民文学出版社

George Eliot
MIDDLEMARCH
根据 Everyman's Library 版本并参考
Penguin English Library 版本译出

图书在版编目（CIP）数据

米德尔马契：全2册/（英）乔治·爱略特著；项星耀译. —北京：人民文学出版社，2017（2025.6重印）
（名著名译丛书）
ISBN 978-7-02-012494-7

Ⅰ.①米… Ⅱ.①乔…②项… Ⅲ.①长篇小说—英国—近代 Ⅳ.①I561.44

中国版本图书馆 CIP 数据核字（2017）第 040600 号

责任编辑　张海香
责任校对　罗翠华
装帧设计　刘　静　陶　雷
责任印制　苏文强

出版发行　人民文学出版社
社　　址　北京市朝内大街 166 号
邮政编码　100705

印　　刷　三河市中晟雅豪印务有限公司
经　　销　全国新华书店等

字　　数　713 千字
开　　本　890 毫米×1290 毫米　1/32
印　　张　25.375　插页 4
印　　数　34001—37000
版　　次　1987 年 7 月北京第 1 版
印　　次　2025 年 6 月第 10 次印刷

书　　号　978-7-02-012494-7
定　　价　78.00 元（全两册）

如有印装质量问题，请与本社图书销售中心调换。电话：010-65233595

乔治·爱略特

乔治·爱略特（1819—1880）

英国小说家、诗人。本名玛丽·安·伊凡斯。从小受良好教育，先从事翻译活动，后凭《教会生活场景》成名，代表作有《米德尔马契》《亚当·比德》《弗洛斯河上的磨坊》《织工马南》等。爱略特以对人物心理细致入微的描写著称。

《米德尔马契》一方面描写了年轻女性多萝西娅的灾难性婚姻与理想的破灭，另一方面讲述了青年医生利德盖特可悲的婚姻与事业的失败。本书曾被称为"最好的英文小说"。

译　者

项星耀（1924—1997），江苏苏州人。中华人民共和国成立前曾任新闻记者。1949年后，先在苏州文联工作，后至上海师范学院、福建师范大学等校任讲师、教授，讲授外国文学。其主要译作有《平凡的北极带》《谢德林寓言选集》《往事与随想》《一位女士的画像》和《基督教简史》（合译）等。

出版说明

人民文学出版社从上世纪五十年代建社之初即致力于外国文学名著出版，延请国内一流学者研究论证选题，翻译更是优选专长译者担纲，先后出版了"外国文学名著丛书""世界文学名著文库""二十世纪外国文学丛书""名著名译插图本"等大型丛书和外国著名作家的文集、选集等，这些作品得到了几代读者的喜爱。

为满足读者的阅读与收藏需求，我们优中选精，推出精装本"名著名译丛书"，收入脍炙人口的外国文学杰作。丰子恺、朱生豪、冰心、杨绛等翻译家优美传神的译文，更为这些不朽之作增添了色彩。多数作品配有精美原版插图。希望这套书能成为中国家庭的必备藏书。

为方便广大读者，出版社还为本丛书精心录制了朗读版。本丛书将分辑陆续出版。

人民文学出版社
2015 年 1 月

前 言

　　大凡在世界文坛占有一席之地的文学家,其决定因素不外乎两种:一是高产高质量;二是产量不高但富有创新精神。英国十九世纪女作家爱略特属于后一类作家。她一生创作的主要作品是三部中篇组成的《教会生活场景》和七部长篇:《亚丹·比德》(1859)、《弗洛斯河上的磨坊》(1860)、《织工马南》(1861)、《罗慕拉》(1862—1863)、《费立克斯·霍尔特》(1866)、《米德尔马契》(1871—1872)和《丹尼尔·德龙达》(1874—1876)。与其同时代作家狄更斯、萨克雷和特罗洛普相比,爱略特的作品远算不上高产,但她凭借她的创新精神,在英国文学乃至世界文学中占据了显著的地位。

　　乔治·爱略特原名玛丽安·伊万斯,一八一九年出生在英格兰沃里克郡的一座庄园上,她的父亲是这座庄园的管家。爱略特少年时就读于附近两所女子寄宿学校,很快掌握了法语和意大利语,信奉福音教,热衷于慈善事业,读了大量宗教和文学作品,而且对天文、地质、数学以及昆虫各类科学,都非常感兴趣,是方圆一带有名的才女。一八三六年母亲去世后,她辍学为父亲管家。四十年代初,她随父亲迁居考文垂市,开始熟悉城市生活。在这里,她结识了查尔斯·勃雷、查尔斯·韩奈尔等激进派青年,对议会改革、宪章运动、反谷物法运动、天主教赦令等重大社会问题发生了浓厚兴趣。《基督教起源的调查》(查尔斯·韩奈尔著)一书转变了她的宗教信仰。她先后翻译发表了施特劳斯的《耶稣传》和斯宾诺莎的《神学政治论文》,在当时英国思想界产生很大影响。五十年代初,三十五岁的爱略特只身闯进伦敦,成为著名杂志《威斯敏斯特评论》的撰稿人和编辑。这时,她与当时的著名评论家亨利·路易斯认识并逐渐产生深厚友谊,不久又与这位有妇之夫的大学者一起出走,组成新的家庭。他们的婚姻为上流社会所不容,因而经常旅居欧洲大陆,结交了许多德国和法国的社会名流、学者和艺术家,大大开拓了爱略特的视野。

爱略特的七部长篇小说是在一八五九至一八七六年间创作的。评论家一般把它们分为前期和后期。前期作品主要描写英国十九世纪的乡村生活,着重描写普通人心灵中的丰富内涵和高尚情操,风格如荷兰现实主义绘画,平凡而恬静。后期作品均涉及了重大的历史和政治事件,内容丰富,颇具力度和深度。在表现手法上,前期作品着重人物形象刻画,后期作品注重人物心理分析。《米德尔马契》一书无论是人物形象描写还是人物心理分析,都取得了很高成就。

《米德尔马契》一书有两条主线。其一是理想主义少女多萝西娅的灾难性婚姻与理想的破灭,其二是青年医生利德盖特可悲的婚姻与事业的失败。作者运用对比、对称、平行和重复等手法,把这两条主线巧妙地交织在一起,把众多人物写了进去,成功地表现了"社会挫败人"这样一个幻灭主题。

社会世俗扼杀人类抱负这点,在青年医生利德盖特这个人物身上写得最为成功。利德盖特是个孤儿,虽说论出身还有些地位,可他本人学医从医,是一名自食其力的自由职业者。他对出身看得很轻,埋头研究病理学和解剖学,追求事业上的成功。但他不幸与米德尔马契市市长的女儿罗莎蒙德结了婚,从此陷入家庭圈圄。罗莎蒙德天生丽质,楚楚动人,却只有一颗浮名浮利培育出来的世俗之心。她的世俗要求和花销像钳子一样死死夹住了利德盖特,使其债台高筑。利德盖特的医学研究虽然阻力重重,但在银行家布尔斯特罗德的资助下,还能进行下去。不料他的资助人早年私吞他人财产的丑闻被揭露,他的医学研究因此中断,不了了之。在债务和舆论的压力下,利德盖特为了负起家庭责任,只得迁居伦敦,为富贵人看富贵病,不到五十岁就抑郁地死去了。他是被侵蚀灵魂的世俗烦恼折磨死的,正如亨利·詹姆斯所说的这是那种"由于付不起肉铺的账和不得不在小处节省而酿成的悲剧"。

作为男子,利德盖特的事业虽然最终失败,却也还切实而热烈地追求过。而作为女子,多萝西娅的理想要空泛因而浪漫得多。在她所处的社会里,女子从事社会工作几乎是不可能的。多萝西娅为了改革社会的不平等现象,在她的庄园里实行种种尝试,却处处受挫。她的理想虽然比别的女子高尚,却仍得像一般女人一样,寄希望于缔结一桩好的婚姻。她终于碰上了老得可以当其父的卡苏朋教区长,认为他是个不同寻常的人物,愿以自己的青春和才华帮助卡苏朋完成他的宏伟著作。然而,又老又丑又自私、不过"一只空心大葫芦"的卡苏朋,只需要一个盲目的崇拜者。他夸夸其谈的那部"传世之作",他一生写不出来也不准备写出来;他只要求他高谈阔论时身边有一名洗耳恭听的听众,而不是什么助手。因此,婚后多萝西娅越是急于要求帮他写书,他越是感到为难。他们夫妇因此日益疏远,互存戒心。后来,卡苏朋的远房侄子向多萝西娅揭穿了卡苏朋写书的实质,多萝西娅受到了很大震动。卡苏朋发现多萝西娅看透了自己,自尊心受到刺激,加之担心他死后多萝西娅改嫁他的侄子,便在遗嘱中对多萝西娅提出了苛刻要求,临死还让多萝西娅成为他妒忌心的牺牲品。无怪乎多萝西娅后来谈及人生信仰时感叹道:"向往伟大的目标,企图达到它,可是仍以失败告终,这是最大的不幸。"①

除了多萝西娅与利德盖特,《米德尔马契》深化"社会挫败人"的幻灭主题时所描写的人物中,值得一提的还有银行家布尔斯特罗德和老守财奴费瑟斯通。布尔斯特罗德早年私吞了别人的遗产,迁居米德尔马契后娶了市长的妹妹,靠开银行发迹,成为当地举足轻重的人物。但正当他春风得意之时,他私吞别人遗产的丑闻突然被揭露,一夜之间成为众人唾弃的人物。费瑟斯通却是想利用财产做钓饵,控制别人,捉弄别人,可他突然中风,来不及立下一份如愿的遗嘱就死了。总之,在《米德尔马契》所表现的世界中,越是想在社会上显显身手的人,结局越可悲。然而另一方面,作者又主张人应该在有限的范围里认识自己的义务,使生活具有新的意义。利德盖特、多萝西娅、布尔斯特罗德夫妇、高思一家等,这些人物一方面在做些愚蠢可笑的事,在强大的社会面前显得无能力,另一方面又在日常生活中尽责任尽义务,推动着社会不停地运转。这使整部作品充满了有关人生的哲理,让读者认识到人

---

① 见本书七二六页。

类的希望所在。从这点看,爱略特的幻灭主题并非彻底的悲观主义。

在爱略特的早期创作中,客观描写是主要手法,主观的心理分析仅仅是在尝试。随着爱略特写作风格逐渐形成,心理描写渐渐占了主导地位。《米德尔马契》一书出版后,爱略特的心理分析手法引起评论界重视。随着后人对爱略特的深入研究,她的心理分析手法得到评论界的充分肯定和高度赞扬。有的评论家,如巴巴拉·斯摩里,为爱略特撰写专著,认为爱略特是现代小说的先驱之一。这样的评价并不过分,许多现代著名作家,如英国的劳伦斯和约瑟夫·康拉德,美国的亨利·詹姆斯,法国的普鲁斯特,都承认受过爱略特的影响,从她的作品中得到了不少启发。

乔治·爱略特在英国文学史上的地位起伏很大。她在世时蜚声文坛,但去世后不久,由于以史蒂文森为代表的新浪漫主义时兴,她的作品和声誉一落千丈,在很长时间里受到冷遇。到了本世纪二十年代,她的声誉虽有不小幅度的回升,但赞扬的基调还是很有保留的。直到四十年代后期,当时的权威评论家里维斯在《审辨》杂志上发表了评价爱略特的文章,指出她的作品具有托尔斯泰式的思想深度。此后,英美文学界对爱略特的研究进入了一个新阶段,多方位、多层次、多命题的研究文章和专著,几乎每年都有发表和出版。

苏 福 忠

二〇〇五年九月

目 录

序　言 …………………………………………………… 001

上　册

第一卷　布鲁克小姐 …………………………………… 003
第二卷　老年和青年 …………………………………… 121
第三卷　期待中的死亡 ………………………………… 222
第四卷　三个爱情问题 ………………………………… 309

下　册

第五卷　死者之手 ……………………………………… 415
第六卷　孀妇和妻子 …………………………………… 514
第七卷　两种诱惑 ……………………………………… 612
第八卷　日落和日出 …………………………………… 698
尾　声 …………………………………………………… 789

序　言

　　凡是关心人类的历史，希望了解这奥妙而复杂的万物之灵，在时代千变万化的试验中，会作出什么反应的人，谁没有对圣德雷莎①的一生发生过兴趣，至少是短暂的兴趣呢？谁想到这个小女孩一天早上，跟她的弟弟手牵着手，离开了家，在摩尔人的国土上寻找殉难的机会，会不哑然失笑，感到神往呢？他们走出崎岖不平的阿维拉，在荒野中跋涉，像两只小鹿，睁大了眼睛，神色惶惑不安，但他们的心是火热的，已经在为一种民族的观念跳动。后来，家庭现实以叔伯的形态出现在他们面前，迫使他们放弃伟大的决定，回到了家中。这段童年的舍身经历是一个合适的开端。德雷莎热烈而充满理想的天性，需要史诗般的生活：对她说来，那浩如烟海的爱情传奇，那绝代佳人的风流韵事，算得了什么？这一点微不足道的燃料，在她的烈焰吞噬下，顷刻之间便可化为乌有。她的内心自有一种动力，在它的驱使下，她向往着永无止境的完美，探求着永远没有理由厌弃的目标，让自身的不幸融化在自身以外的永生的幸福中。她在修会的改革中找到了自己的史诗。

　　那位西班牙女子生活在三百年前，她当然不是这类人中的最后一个。许多德雷莎降生到了人间，但没有找到自己的史诗，无法把心头的抱负不断转化为引起深远共鸣的行动。她们得到的也许只是一种充满谬误的生活，那种庄严的理想与平庸的际遇格格不入的后果，或者只是

---

① 德雷莎(1515—1582)，西班牙阿维拉人，出生在虔诚的基督徒家庭，一五三三年在圣奥古斯丁修院学习，一五三六年成为天主教加尔默罗修会(即"圣衣会")修女，立志整顿修会组织，加强隐修纪律，死后被封为圣女。她从小爱读基督教殉道者的故事，在十岁左右，即携同她的一个弟弟离家出走，要为基督殉难，后为家中的亲戚找回。她常称，她觉得基督常在身边，并根据自己的体验，写成《完美之路》《心灵堡垒》等书，这些书被天主教视为重要文献。

一场失败的悲剧,得不到神圣的诗人的歌咏,只能在凄凉寂寞中湮没无闻。她们企图凭模糊的启示,在错综复杂的人生中,寻找一条思想和行为一致的高尚道路;但是到头来,在世俗眼中,她们的种种努力只是缘木求鱼,劳而无功。因为这些后来出生的德雷莎,得不到严密的社会信仰和教派的帮助,给她们炽烈虔诚的心灵提供学识上的指导。她们的热情只得在朦胧的理想和女性的一般憧憬之间反复摇摆,结果前者被贬斥为多余的幻想,后者被指责为背离了信念。

有人认为,这些生命之走上歧途,是女人的天性使然,因为上帝本来没有赋予她们合乎需要的明确观念。假定女人无一例外,都只有计算个位数的能力,她们的社会命运自然可以凭科学的精确性,给予统一的对待。可是她们尽管浅薄,实际仍然千差万别,与人们的想象大不一致,她们既不像女人的发型那么大同小异,也不像畅销的散文或韵文言情小说那样千篇一律。在污浊的池塘里一群小鸭中间,偶尔也会出现一只小天鹅,它在那里落落寡合,觉得自己这类蹼足动物,无论如何没法生活在那样的水流中。在女人中间,有时也会出现一个圣德雷莎,只是她的一生无所建树,她的善良心愿无从实现,她那博爱的心灵,那阵阵的叹息,也只得徒唤奈何,消耗在重重阻力中,而不是倾注在任何可以永垂青史的事业上。

上　册

第一卷 布鲁克小姐

第 一 章

> 生来是女儿身无力为善,
> 我只得终日里尽心而行。
> ——鲍蒙特和弗莱彻:《少女的悲剧》①

布鲁克小姐的姿色,在素淡的衣衫衬托下,反而显得格外动人。她的手和腕关节大小适中,尽管她的衣袖谈不到式样,跟意大利画家笔下圣母穿的差不多,也无损于它们那美好的形状;平凡的穿戴只是给她的容貌,以及她的身材和举止,增添了一种高贵的气息。她同外省那些时髦女郎站在一起,给人的印象,仿佛当今报上的文章中出现了一句摘自《圣经》的名言,或者老一辈诗人的警句。人们通常认为她绝顶聪明,但总要补充一句,说她的妹妹西莉亚更通情达理。不过西莉亚身上也几乎没有装饰品,除非仔细观察才会发现,她的打扮与她姊姊的不太一样,带几分争妍斗胜的意味;因为布鲁克小姐的朴素是各种条件造成的,这些条件,她的妹妹无不具备。在这方面,那种大家闺秀的优越感具有一定的作用:布鲁克家的社会地位虽然算不上贵族,但无疑也是"上等人家",哪怕追溯到一两代以前,仍不致发现一个祖先干过卖布

---

① 弗朗西斯·鲍蒙特(1584—1616),约翰·弗莱彻(1579—1625),均为英国的诗人和剧作家,曾合作编写剧本多种。《少女的悲剧》讲一个年轻女子伊娃德涅被国王占为情妇,后国王又把她嫁给青年贵族亚明托,企图用他来掩护自己。成婚之夜,伊娃德涅向亚明托说明真情,拒绝与他同房,除非他能杀死国王。亚明托出于对国王的忠诚,保守着这个秘密。后来伊娃德涅的哥哥说服她杀死了国王。这里引用的两行出自该剧第四幕第一场,是伊娃德涅在杀死国王前,向亚明托吐露心迹。

或卖杂货的生意,他们的身份绝不低于海军将官或牧师。有一个祖先看来还是清教徒中的头面人物,在克伦威尔手下当过差,只是后来皈依了国教,为了摆脱一切政治纷争,才解甲归田,当了一个受人尊敬的庄园主。这种家庭出身的年轻女子,住在清静的乡下,出入的不过是客厅那么大的农村教堂,自然认为崇尚浮华只是小家碧玉的奢望。何况注重俭朴也是修养良好的表现,因此在那些日子里,每逢为了家庭排场,需要撙节开支的时候,总是首先从妇女的服饰上开刀。即使撇开宗教情绪不谈,这一切已足以说明衣着朴素的原因;但是就布鲁克小姐而言,单单宗教便可以成为决定的因素。至于西莉亚,她百依百顺,完全以姊姊的好恶为转移准则,只是尽量使一切合乎常情,既符合严峻的教义,又不致显得古怪,与世俗格格不入。帕斯卡尔①的《思想录》,杰里米·泰罗②的名言,多萝西娅熟读过不少;她觉得,从基督教角度来看,人类的命运已千钧一发,在这个时候,女人还要为时装操心,这无异是疯子的行径。精神生活是涉及永生的大问题,在她看来,对嵌心花边和提花图案服饰的浓厚兴趣,是怎么也无法与它协调的。她的头脑偏重推理,天然渴望对这个世界获得某种崇高的观念,而蒂普顿教区的状况,以及她个人在那儿的行为准则,不言而喻,都应该符合这个观念。她醉心于偏激和伟大,任何事物,凡是她认为具备这些特点的,都是她奋力追求的目标。她可以为理想献身,但也可能突然改变态度,结果在她原来没有打算献身的地方献出了自己。毫无疑问,一个正当结婚妙龄的少女性格中的这些因素,必然影响她的命运,使它背离常规,以致美貌,虚荣,以及单纯的生物本能,都无法对它发挥决定作用。但是尽管这位姊姊有这一切特点,其实她还不满二十岁。姊妹俩大约在十二岁左右,已失去了双亲,从此便按照一种既狭隘又混乱的计划,起先在一个英国人家庭,后来又在洛桑的一个瑞士人家庭里接受教育,她们的

---

① 布莱斯·帕斯卡尔(1623—1662),法国数学家、物理学家,也是著名的思想家、散文作家。《思想录》是他就宗教问题写下的一些随笔,在他死后,被整理出版,流传极广。

② 杰里米·泰罗(1613—1667),英国著名神学家,著有《圣洁生活之规范及实践》等书。

监护人便是她们独身的伯父,他企图用这办法弥补她们孤苦无依的不利处境。

她们来到蒂普顿田庄,跟伯父住在一起,还不到一年。伯父已年近花甲,性情随和,缺乏主见,也没有固定的政治态度,年轻时,他喜欢游历各地,现在定居在这一带乡下,才不得不把多年养成的散漫习性稍加约束。布鲁克先生的行为,往往像天气一样难以预测,唯一可以保险的是,他不论做什么都出自仁慈的动机,而且在实行的时候,总是花钱越少越好。因为哪怕毫无定见的面糊头脑,在习惯的熏陶下,也不免产生一些难以改变的硬块。有的人一生懵懵懂懂对自己的利益从不计较,可是偏偏把鼻烟匣当作宝贝,随时提防,生怕别人染指。

在布鲁克先生身上,上代的清教徒精神显然已荡然无存,但是在他的侄女多萝西娅身上,它却生机勃勃,既在缺点方面,也在优点方面显示出来,有时甚至使她对伯父的谈吐,以及他在田庄上百事不管、"放任自流"的态度,感到不能容忍,以致巴不得自己快些成年,可以自行支配金钱,实施各项慷慨的计划。大家相信,她是一个有继承权的女孩子,因为不仅父母留给姊妹俩的遗产,使每人一年有七百镑收入,而且多萝西娅出嫁之后,生了儿子,那儿子就可以继承布鲁克先生的产业,估计一年能收入三千英镑——对当时的外省家庭说来,这笔田租已相当可观,因为那是很早以前的事,那时这些外省人对庇尔先生[①]在天主教问题上的新态度还在哓哓不休,对未来的黄金世界,以及豪华的金融寡头统治向体面生活提出的高贵需要,也还一无所知。

那么多萝西娅为什么不出嫁呢?她不是生得那么漂亮,又可以继承不少财产吗?是的,阻力只有一个,这就是她的偏激心理,她坚持要按照某些观念安排生活,可是这些观念往往使一个谨慎的男子在提出

---

① 罗伯特·庇尔(1788—1850),英国十九世纪上半叶的重要政治家,托利党人。当时英国排斥天主教,对天主教徒的政治权利实行各种限制,因此发生了争取天主教徒平等权利的运动。庇尔起先对所谓"天主教徒解放法案"持反对态度,但在任内政大臣后,于一八二九年三月在议会发表演说,支持该法案,并促使它于四月间获得通过。本书的情节,按作者的设计,大致开始于一八二九年十月,离庇尔的所谓"新态度"大约半年多一些。

求婚之前,不得不再三考虑,而在她来说,也可以使她终于拒绝一切求婚。一个年轻小姐,有地位,有财产,可是雇工病了,她会突然跪在他床边的砖地上,诚心祈祷,仿佛她是生活在使徒时代①,又像一个罗马天主教徒,头脑里装满守斋的各种怪念头,常常深夜独坐,诵读古老的神学著作!这样一个妻子,说不定哪一天早晨,她会突然把你叫醒,提出一个使用她的收入的新计划,这个计划不仅与政治经济学背道而驰,而且会剥夺你的骏马雕鞍,那么一个男子在甘冒风险,与她结为终身伴侣之前,自然要三思了。妇女有些想入非非的见解是难免的,但为了保障社会和家庭生活的安全,这些主张自然不宜当真实行。正常的人总是别人怎样,他也怎样,这样,万一有个疯子跑到了大街上,人们才能识别,及早回避。

两位新来的少女在乡下,甚至在庄户人家引起的反应,大致都是对西莉亚有利的,因为她这么和蔼可亲,纯洁天真,可是布鲁克小姐那对大眼睛,正如她的宗教一样,太不寻常,叫人不由得望而生畏。可怜的多萝西娅!跟她相比,天真纯洁的西莉亚显得那么平易近人,合乎世俗人情;人的心是比表皮组织微妙得多的,表皮无非是一种纹章或者钟面而已。

不过人们虽然受了耸人听闻的传说的影响,对多萝西娅怀有偏见,一旦接近她,却发现她自有一种迷人之处,以致在不知不觉中会对她另眼相看,不把这些偏见放在心上。大多数人认为,她骑马的姿势妩媚动人。她喜欢呼吸新鲜空气,欣赏乡村风光,有时她的眼眸和双颊会闪现出一种复杂的喜悦心情,这时的她一点不像狂热的宗教信徒。尽管她为骑马感到内疚,她还是爱好这种娱乐;但她觉得,这是一种带有异教色彩的感官享受,因此一直打算放弃这个习惯。

她坦率,热诚,从来不懂得自我赞美。确实,她总是把妹妹西莉亚想象成天仙美女,认为自己根本不能跟她相比,这是怪有意思的。如果

---

① 指公元一世纪,耶稣的使徒传教和创建教会的时期。守斋是指一天只吃一顿饱饭,使人经常处于半饱状态,这是早期基督教的一种虔修方式,天主教保持了这个传统,一年中守斋的日期甚多,新教则大多不要求守斋。

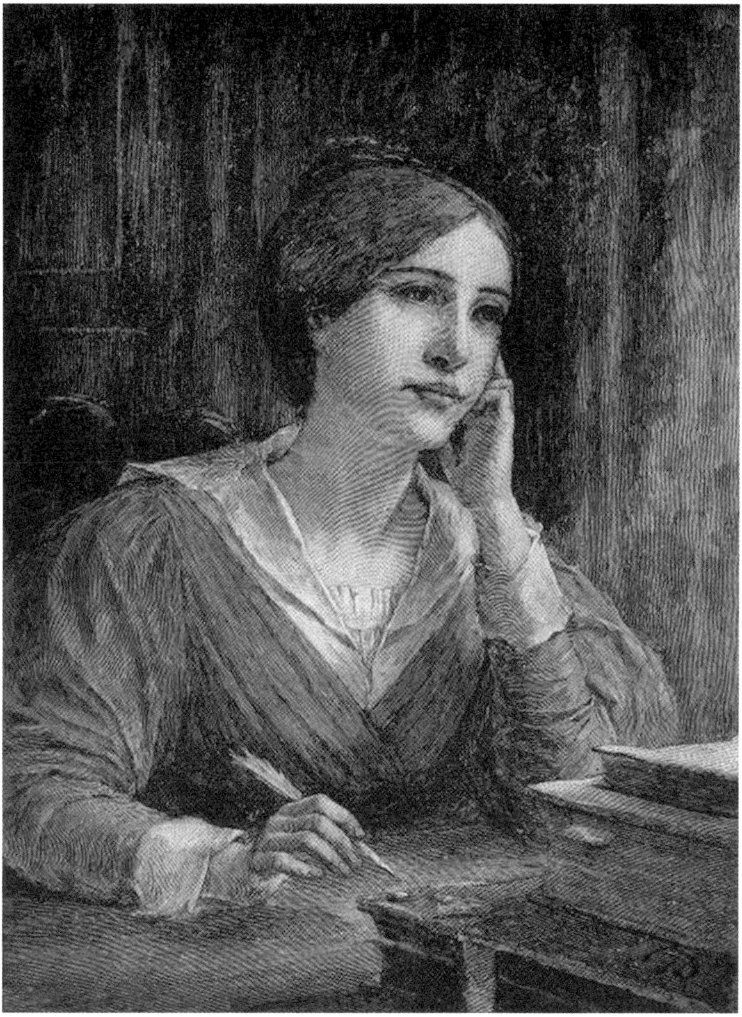

有一位先生到田庄来,不是为了拜访布鲁克先生,而是另有动机,她便断定,他一定是爱上了西莉亚。例如,对詹姆士·彻泰姆爵士,她便抱着这种看法,经常从西莉亚的角度去考虑他,心中琢磨着,西莉亚该不该接受他的求婚。假如有人告诉她,他的意中人是她本人,她一定会认为这是笑话,是无稽之谈。多萝西娅虽然满腔热情,指望理解生活,对婚姻却怀着幼稚可笑的观念。她觉得可惜她生不逢辰,否则她一定要嫁给贤明的胡克[1],免得他在婚姻问题上铸成大错;或者嫁给双目失明的约翰·弥尔顿[2],或者任何一个伟人,因为忍受他们的怪癖是一种可歌可泣的虔敬行为。但是一个和颜悦色、风度翩翩的从男爵,对她讲的每一句话,哪怕她自己也有些不以为然的时候,他仍唯唯诺诺,连声称"是"——这样一个人,怎么能成为她理想的爱人呢?真正幸福的婚姻,必须是你的丈夫带有一些父亲的性质,可以指导你的一切,必要的时候,甚至可以教你希伯来文。

多萝西娅性格中的这些特点,使布鲁克先生在周围邻里中受到了更多的指责,大家怪他不关心两个侄女,没有请一位中年妇女陪伴和指导她们。然而担当得起这项重任的古板妇女,他自己见了也怕得要命,因此经不起多萝西娅一反对,他便顺水推舟,依从了她——在这件事上,他总算很勇敢,违抗了世俗之见,也就是说,违抗了教区长的贤内助卡德瓦拉德太太,以及洛姆郡[3]东北角一小部分与他保持来往的绅士的意见。这样,布鲁克小姐主持了伯父的家政,这种新的职权,以及随之而来的人们的尊敬,她还是乐于接受的。

詹姆士·彻泰姆爵士今天要来田庄用膳,另一位客人是两个少女从未见过的,但是多萝西娅耳闻过他的大名,对他十分景仰。这就是爱德华·卡苏朋牧师,在本郡以学问渊博著称,据说多年以来,他一直在

---

[1] 理查德·胡克(1554?—1600),英国国教会著名神学家,后世尊重他的为人,在他的墓碑上称他为"贤明的胡克"。他娶的妻子是一个愚蠢而粗鲁的女人,使胡克遭受了许多不幸。

[2] 弥尔顿在双目失明后,性情怪僻,与他的女儿们经常发生龃龉,本书第七章亦提及此事。

[3] 英国文学中经常使用的一个虚构的郡名。

写一部有关宗教史的伟大著作。他又广有家产,这更给他的虔诚增添了光辉;他还是一个有独立见解的学者,这些见解到他的大作发表之日,就可以大白于天下。他的姓本身已能给人深刻印象,只是对古往今来的学术发展缺乏准确的编年史知识,是很难领会这一点的①。

多萝西娅在村里办了个幼儿园,今天早上她刚从那儿回来,照例坐在幽雅的起居室内,起居室两旁便是姊妹俩各自的卧室。她正伏案为一份村舍设计图作最后的修改(这是她乐于从事的一项工作);西莉亚一直在望着她,似乎想提出什么,又有些害怕,最后才开口道:

"亲爱的多萝西娅,如果你不反对……如果你有空的话,我们今天是不是清理一下妈妈留下的首饰,把它们分了?自从伯父把它们交给你以后,到今天正好六个月了,你还没看过它们呢。"

西莉亚撅起了小嘴,似乎有些不高兴,但又不敢让这种不高兴完全流露在脸上,因为她一向怕姊姊,也怕原则。这两者是联系在一起的,你一不小心,触及它们,它们就会发出神秘的电流,使你措手不及。但多萝西娅抬起头来的时候,眼睛里充满着笑意,这使西莉亚松了口气。

"你真是一本有趣的小历书,西莉亚!这是阳历六个月,还是阴历六个月呢?"

"现在已到了九月的最后一天,伯父把它们交给你的时候是四月一日。你知道,他说过,他一直忘了这事,直到那时才想起。我相信,你把它们锁进这儿的柜子以后,再没想起它们。"

"算了,亲爱的,你知道,我们是永远不会戴它们的。"多萝西娅说,口气相当亲切,又像安慰,又像解释似的。她手里拿着铅笔,正在图样旁边勾一些小小的侧面图。

西莉亚脸红了,她的神色十分严肃。"姊姊,我觉得,把它们锁在

---

① 法国有一位著名的新教神学家和古典学者伊萨克·卡苏朋(1559—1614),他生在日内瓦,死在英国,曾得到英王詹姆士一世的礼遇。他著述宏富,曾大量编纂和阐释古代著作,但价值不大,在他死后,大多已被人遗忘。乔治·爱略特一八四九至一八五〇年旅居日内瓦时,研究过伊萨克·卡苏朋的著作和为人。有的研究者认为,作者使用这人名,是为了强调两者的不同,因为历史上的卡苏朋是一个伟大的学者,比书中的卡苏朋早了两百多年,而成就大大超过后者。

柜子里,不当一回事,这是不尊重妈妈,对她缺乏感情的表现。再说,"她迟疑了一会儿,仿佛难受得要抽泣似的,又道,"如今项链已是稀松平常的东西;普安松太太在有些事上,甚至比你更严格,但她也常戴首饰。基督徒一般说来……我相信,那些进了天国的妇女,生前也有戴珠宝的。"西莉亚每逢要认真辩论的时候,总觉得理直气壮,振振有词。

"你想戴它们吗?"多萝西娅叫了起来,这个惊人的发现,在她全身引起了剧烈的震动,这也是那位戴首饰的普安松太太给她的影响。"当然可以,那就把它们拿出来吧。你以前为什么不早讲啊?但是钥匙,钥匙呢!"她用双手按住了头,似乎对自己的记忆力有些失望。

"它们在这儿呢。"西莉亚说,这说明她早已想到这点,做好了准备。

"请你打开柜子的大抽屉,把首饰匣取出吧。"

匣子立即在她们面前打开了,各种珠宝摊在桌上,构成了一个光彩夺目的花坛。首饰并不多,但有几件确实相当美丽。首先引人注目的,是一根镶金紫水晶项链,工艺异常精致细巧,还有一个珍珠串成的十字架,上面嵌有五颗钻石。多萝西娅当即拿起项链,给妹妹戴上,它几乎像镯子一样贴紧在脖子周围,然而这跟西莉亚那种亨利艾塔-马利亚①型的头和颈项,十分相配,这是她自己从对面的穿衣镜中也可以看到的。

"很好,西莉亚!你戴了它,再穿上那件印度纱衫,一定很好看。但是这个十字架,你必须穿深色的衣服才恰当。"

西莉亚尽量不露出欢乐的笑容。"噢,多多,你应该把十字架留给自己。"

"不,不,亲爱的,不成。"多萝西娅说,有些漫不经心似的,举起了一只手,表示反对。

"噢,说真的,你应该留下,这对你很合适——你总是穿黑衣服,"西莉亚坚持道,"你可以戴它。"

---

① 英王查理一世的王后(1609—1669),查理在资产阶级革命中被处决后,她流亡法国。

"绝对不行,绝对不行。把十字架当作首饰来戴,这是我最反对的。"多萝西娅似乎哆嗦了一下。

"那么你也会认为,我戴它是不应该的。"西莉亚回答,感到不大自在。

"不会,亲爱的,不会,"多萝西娅说,一边拍拍西莉亚的面颊,"灵魂也像皮肤一样,是有颜色的,适合一个人的装饰品,对另一个人不一定适合。"

"但是为了纪念妈妈,你应该保存它。"

"不,我有许多别的东西可以纪念妈妈,比如她的檀香木匣子,我就很喜欢。真的,这一切都是你的,好妹妹。别再说了,把你的财产收藏好吧。"

西莉亚感到有些委屈。这种清教徒式的宽容,带有强烈的优越感,它跟清教徒的迫害几乎不相上下,使这位性情温和的妹妹的娇嫩皮肤有些受不了。

"但是你是我的姊姊,如果你什么首饰也不戴,我怎么好意思戴呢?"

"不要讲了,西莉亚,我不能为了让你安心,便戴上这些小玩意儿,这是办不到的。假如我把那样的项链围在脖子上,我会觉得,好像我是在用脚尖跳芭蕾舞,整个世界都在我周围旋转,叫我简直不知道该怎么走路了。"

西莉亚解开项链,把它取下。"这对你的脖子会紧一些,你戴的得略大一点,能够稍稍垂挂下来才好。"她说,心里很高兴。从一切方面看,这条项链对多萝西娅完全不合适,这使西莉亚心安理得,愉快地接受了它。她又打开一些指环匣子,看到了一只镶翠绿宝石的钻戒,这时太阳正好穿过一片云朵,把灿烂的光辉照在桌上。

"啊,这些宝石多美呀!"多萝西娅说,一股新的情绪正如突然降临的阳光,出现在她的心头,"多么奇怪,色彩也像香味一样,能渗入人的身体。我想,圣约翰的《启示录》要用宝石作精神的象征[①],原因就在这

---

① 见《新约·启示录》第四章。

里。它们像天上的彩云。我觉得,那颗绿宝石比其他所有的宝石都美。"

"这儿还有一只镯子,可以跟它相配,"西莉亚说,"我们起先没有发现它。"

"它们很可爱,"多萝西娅说,把指环和手镯套在圆圆的手指和腕关节上,然后伸向窗口,举得跟眼睛一样齐。这些时候,她一直在思索,想为她的爱好色彩寻找理由,使这种快感与神秘的宗教情绪统一起来。

"这些你一定会喜欢的,多萝西娅。"西莉亚说,但口气有些犹豫,因为她不免感到惊奇,发现她的姊姊终于也暴露了自己的弱点,同时还想到,这些绿宝石对她自己的皮肤,甚至比紫水晶更加相称,"要是你不肯接受别的,至少应该把那只戒指和手镯留下。但是你瞧,这些玛瑙多么美,又那么素净。"

"好!我收下这些——这戒指和手镯。"多萝西娅说。然后她把手搁在桌上,用另一种口气讲道:"不过发现这些东西,制作这些东西,出售这些东西的,都是些多么可怜的人啊!"她又不做声了,西莉亚心想,莫非她的姊姊要拒绝这些首饰了,因为按理她是应该这么做的。

"好吧,亲爱的,我留下这些就是了,"多萝西娅说,终于下了决心,"但是把其他一切拿去,包括这只首饰匣在内。"

她拿起铅笔,没有褪下珠宝,眼睛仍端详着它们。她在想,她要常常把它们带在身边,让她的眼睛不时从这些小东西中,感受到纯洁的色彩。

"你真的会当众戴它们吗?"西莉亚说,望着姊姊,确实有些纳闷,不明白她打算怎么办。

多萝西娅迅速瞟了妹妹一眼。尽管她总是把她所爱的人想象得十分美好,有时也会向他们投出一道犀利的目光,弄得他们惶惶不安。布鲁克小姐待人接物一向温和柔顺,但这绝不是因为她心中缺乏炽烈的感情。

"很可能,"她回答,口气不如说有些傲慢,"我无法预言,我会堕落到什么地步。"

西莉亚脸红了,有些怏怏不乐。她看到,她冒犯了她的姊姊,她甚至不敢再为自己得到的首饰说一句感谢的话,便把它们放回匣子拿走了。多萝西娅也不愉快,她一边继续画她的图样,一边问自己,在刚才那个以小小的不和告终的场面中,她的情绪和谈吐,是不是完全问心无愧。

西莉亚的意识告诉她,她根本没有错,她提出那个问题是完全自然的,无可非议的。她一再对自己说,多萝西娅未免自相矛盾,她应该把她应得的一份珠宝全部拿走,要不然,在她说了那一番话以后,她就应该放弃一切,什么也不拿。

"我敢肯定——至少我相信,"西莉亚心想,"戴项链不致妨碍我的祈祷。我们现在都大了,即将进入社交界,我想,我没有必要接受多萝西娅的观点,当然,她自己应该遵守它们。但多萝西娅不是始终前后一致的。"

于是西莉亚俯下头,默默地绣她的挂毯。最后,她的姊姊叫她了:

"咪咪,到这儿来看我的图样。瞧,我差点把楼梯和火炉画得跟房子一样大,要不,我真以为我是一个大建筑师啦。"

西莉亚俯下头去看图样,这时,多萝西娅把脸贴在妹妹的手臂上,轻轻摩擦着。西莉亚理解这个动作。多萝西娅发现自己错了,西莉亚原谅了她。从她们懂事的时候起,西莉亚对姊姊就怀有一种批评和畏惧混杂的心情。妹妹始终感到受压抑,但哪一个受压抑的人没有自己的想法呢?

第 二 章

"你就没瞧见对面来了一位骑士,骑着一匹花点子的灰马,头上戴着一只金子的头盔吗?"桑丘说:"我只瞧见一个人骑一头驴——像我这驴似的一头灰驴,他头上戴着个闪亮闪亮的东西。"堂吉诃德说:"那就是曼布利诺的头盔呀!"

——塞万提斯①

---

① 见《堂吉诃德》第一卷第二十一章。

"汉弗莱·戴维①吗?"布鲁克先生正在喝汤,脸带笑容,态度随和,听得詹姆士·彻泰姆爵士提到他正在研究戴维的《农业化学》,便说道,"哦,对啦,提起汉弗莱·戴维爵士,好多年以前,我在卡特赖特②家跟他一起吃过饭,当时华兹华斯也在座——你知道,就是诗人华兹华斯。世界上有些事真的不可思议。我在剑桥读书的时候,华兹华斯也在那儿,可我从没遇见过他,谁知过了二十年,我却在卡特赖特家跟他同桌吃饭。对啦,事情就这么奇怪。但是戴维也在那儿,他也是诗人。或者我不妨说,华兹华斯是第一号诗人,戴维是第二号诗人。这一点不假,你知道,千真万确。"

多萝西娅今天不像平时,特别感到不自在。宴会刚刚开始,由于人数不多,屋里静悄悄的,地方法官的夸夸其谈,信口开河,格外引人注目。她心里纳闷,不明白卡苏朋先生这类人物对那些无稽之谈有什么想法。她觉得,他的神态庄严肃穆;那一头铁灰色头发,那深陷的眼眶,使他俨然像洛克③的一幅肖像。他个子瘦小,脸色苍白,符合一位学者的身份,跟那种容光焕发、留红鬓髯的英国绅士大不相同,后者的典型便是詹姆士·彻泰姆爵士。

"我正在读《农业化学》,"这位风度翩翩的从男爵说,"因为我决心亲自管理一个农场,看能不能在耕作方面给我的佃户们树立一个良好的榜样。布鲁克小姐,你赞成我的主意吗?"

"这是一个大错误,彻泰姆,"布鲁克先生插嘴道,"把电应用在你的土地上,以及诸如此类的事,或者把你的牛舍变成会客厅,这都无济于事,收不到什么效果。有一个时期,我对科学也兴致勃勃,但我看到,这没有用。这会引起各种问题,把你弄得束手无策。不行,不行,当心,别使你的佃户连麦秸也卖掉,以及诸如此类的事。你知道,不如给他们一些排水瓦管。至于你这种农场经营方法,这是异想天开,不会有什么

---

① 汉弗莱·戴维(1778—1829),英国著名化学家,在电解物质方面做过各种实验。他的《农业化学》研究电对植物生长的作用。
② 约翰·卡特赖特(1740—1824),英国海军将领,鼓吹议会改革、解放黑奴等。
③ 指英国著名哲学家约翰·洛克(1632—1704)。

结果。你只是买了一只最昂贵的哨子,有这笔钱,不如养一群猎狗的好。"

"但我相信,"多萝西娅说,"把钱花在研究耕作方法上,使大家赖以生存的土地得到充分利用,总比单纯养狗养马,在这些土地上奔走取乐好一些。为了众人的利益进行实验,哪怕会使自己穷一些,这终究不是坏事。"

她讲得慷慨激昂,一个年轻小姐会用这种口气说话,确实出人意料,好在这是詹姆士爵士要她谈的。他一向喜欢征求她的意见,她也常常认为,他一旦成为她的妹夫,她可以敦促他实行许多有益的活动。

在她讲的时候,卡苏朋先生一直聚精会神地注视着她,仿佛第一次发现她的存在。

"你知道,小姐们不懂得政治经济学,"布鲁克先生说,向卡苏朋先生笑了笑,"我记得,当年我们都读过亚当·斯密的书。对啦,是有这么一本书。有一个时期,我接受一切新思想,我相信人类在不断进步。但是有人说,历史是循环的,这问题值得好好讨论,我自己也讨论过。不过实际上,人的理智可以使你走得太远,以致越出了界限,真的。有一个时期,它也把我带得很远,但我发现这没有用,我赶紧站住,我及时站住了。不过我没有完全不动。我一向赞成有一点理论,我们应该有思想,要不然我们就会退回野蛮时代了。但是谈到书本,有一本骚塞的《半岛战争》①。我常常在早上读这本书。你知道骚塞吗?"

"不知道,"卡苏朋先生说,他没法迎合布鲁克先生的高谈阔论,他的心思已全部化在书本上,"我现在的时间不多,没空读这类作品。那些古书已弄得我视力不济,不如以前了;到了晚上,真得有个人给我念念书才好,可是我对声调要求很严,我受不了那些发音粗俗的朗读人。也许从某种意义上说,这是我的不幸,我过于重视精神方面,因为我终日跟精神世界打交道,生活在古人中间。我的心有点像古代的幽灵,在人间游荡,竭力要设想一个它生活过的世界,尽管那个世界只剩了一堆

---

① 罗伯特·骚塞(1774—1843),英国著名湖畔诗人之一。曾游历西班牙、葡萄牙等地,研究伊比利亚半岛的历史及文学,著有《伊比利亚半岛战争史》。

废墟,早已面目全非。不过我不得不多加小心,保护我的视力。"

这是卡苏朋先生第一次讲了这么多话。他措词准确,仿佛是在应邀发表演说。他的发言有条不紊,一板三眼,有时还用头部动作配合一下,这在好心的布鲁克先生那种拖泥带水、散漫杂乱的谈话衬托下,更显得别具一格。多萝西娅对自己说,卡苏朋先生是她遇见过的最有趣的人,甚至李列先生也比不上他;李列先生是韦尔多派①教士,曾召开会议,讨论该派的历史。再现一个古代世界,而且毫无疑问,怀有探索真理的最崇高目的,这太好了,要是能够参与其事,协助这项工作,哪怕做不成一盏给人照明的灯,做个灯座,也是多好啊!尽管她的伯父嘲笑她不懂政治经济学,用她从未探讨过的这门科学作熄灯器,把她心头的光明一下子扑灭了,她为此感到懊丧,但现在这个思想却鼓舞了她,使她把刚才受到的揶揄全都丢到了脑后。

"但是,布鲁克小姐,你很喜欢骑马。"詹姆士爵士这时乘机插嘴道,"我认为,你不妨玩玩打猎的游戏。我打算给你一匹栗色马,让你试试,希望你不要推却。这马受过训练,是专供妇女骑的。上星期六,我看见你骑了一匹马在山上跑,那马太糟了,跟你太不相称。我的马夫可以每天把柯里顿牵来,只要你指定一个时间。"

"谢谢你,你的盛情我心领了,但是我已打算放弃骑马。我不想再骑马了。"多萝西娅说。她所以会这么一口谢绝,是因为正当她想把全部注意力集中在卡苏朋先生身上时,詹姆士爵士却来打岔,跟她搭讪,这叫她有些讨厌。

"别这样,这未免对自己太苛刻了,"詹姆士爵士用责备的口气说,显得对她非常关心。"你的姊姊在克制个人的享乐方面,走得太远了,是不是?"他又回头对西莉亚说,她坐在他的右首。

"我想是的,"西莉亚答道,同时有些不安,生怕讲出什么,引起姊姊的不快,那张脸也变得红扑扑的,在项链的衬托下,显得格外可爱。"她总是克制自己的一切欢乐。"

---

① 基督教的一个教派,由法人韦尔多(? —约1217)所创建,又称"里昂穷人派",流行于瑞士、法国南部、意大利北部一带。

"如果那是真的,西莉亚,那么我的克制正是我的欢乐,不是我的痛苦。但是我认为,一个人不贪图个人的舒服,这是有充分理由的。"多萝西娅说。

这时布鲁克先生一直讲个不停,但是很清楚,卡苏朋先生却在端详多萝西娅,她自己也意识到了这点。

"一点不错,"詹姆士爵士说,"你的克制是出于某种崇高的、宽容的动机。"

"我不是这个意思,说真的。我不是在讲自己,"多萝西娅回答,脸涨得红红的。她不像西莉亚,是难得脸红的,除非出于极大的欢乐或愤怒。这时候,她是对纠缠不清的詹姆士爵士在生气。为什么他不把注意力放在西莉亚身上,让她专心听卡苏朋先生谈话呢?——如果这位大学者能讲点什么,不要老是让布鲁克先生对他夸夸其谈,那该多好。可是后者这时正讲得起劲,他告诉卡苏朋先生,不论宗教改革有意义或者没有意义,他自己是一个彻底的新教徒,但天主教是客观存在的事实;至于不肯出让一亩土地给罗马教堂,那么所有的人都应该接受宗教信仰的约束,而宗教,从根本上说,是出于对来世的畏惧。

"我有一个时期曾专心致志钻研神学,"布鲁克先生说,仿佛在为他刚才表现的洞察力作注释,"各派的观点,我都了解一些。我认识韦尔伯福斯①的时候,他正红极一时呢。你知道韦尔伯福斯吗?"

卡苏朋先生回答:"不知道。"

"当然,韦尔伯福斯也许算不得一个思想家。不过要是我听从别人的劝告,当了议员,我也会像韦尔伯福斯一样,保持独立的立场,按照博爱精神行事。"

卡苏朋先生点点头,指出这是一个广阔的天地。

"说得有理,"布鲁克先生道,露出了轻松的笑容,"我手头有不少资料。很久以前,我就开始收集资料。它们需要整理,而且每逢一个问题打动了我,我就发信出去,向人请教。现在我已积累了不少资料。但

---

① 威廉·韦尔伯福斯(1759—1833),英国下议院议员,福音派教士,博爱主义者,反对奴隶制度,曾在英国建立反奴役协会。

是且慢,不知你是怎么整理你的资料的?"

"一部分是分类归档的。"卡苏朋先生说,似乎觉得有些突然,好不容易才作出回答。

"哦,分类归档不是办法。我也试过分类,但一切都有联系,无法截然分开,我总是不知道,一份文件应该归入甲类还是乙类。"

"伯父,要是你放心,我可以替你整理文件,"多萝西娅说,"我把它们按字母顺序排列,然后给每个字母编一份目录。"

卡苏朋先生露出庄严的微笑,表示赞许,对布鲁克先生说道:"瞧,你身边就有一位出色的女秘书呢。"

"不行,"布鲁克先生说,摇了摇头,"我不能让年轻姑娘把我的文件弄得乱七八糟。年轻姑娘太粗心大意。"

多萝西娅觉得有些委屈。卡苏朋先生一定会以为,她的伯父提出这个意见是有具体根据的,但事实上,他是随口说的,这种话像昆虫身上掉下来的破翅膀那样无足轻重,只是它和其他零星杂物一起堆在他心里,无意之间吹来一阵风,正好把它吹到了她的身上。

到了两个女孩子单独坐在客厅里的时候,西莉亚说道:

"卡苏朋先生长得多么难看!"

"西莉亚!在我见过的人中,他是外貌最不寻常的人中的一个。他跟洛克的画像十分相似,两人有同样深陷的眼眶。"

"难道洛克脸上也有两颗带毛的白痣不成?"

"这很难讲!在有些人的眼里,他就是这样。"多萝西娅说,走开了一点。

"卡苏朋先生的皮肤这么蜡黄的。"

"这样更好。我看你欣赏的是那种乳猪皮肤的人。"

"多多!"西莉亚喊道,吃惊得两眼直瞪着她,"以前我从没听你用过这种比喻。"

"在没有必要的时候,我为什么要用它?这是一个很好的比喻,非常恰当。"

布鲁克小姐显然有些不顾一切了,西莉亚这么想。

"我不明白你为什么要生气,多萝西娅。"

"你真糟糕,西莉亚,在你眼里,好像人只是打扮得漂漂亮亮的动物。你从来不会透过一个人的脸,看到他伟大的灵魂。"

"那么卡苏朋先生想必有伟大的灵魂啦?"西莉亚是有些天真调皮的。

"是的,我相信他有,"多萝西娅提高了嗓门,显得理直气壮,"我在他身上看到的一切,都符合他那篇《圣经天体论》的精神。"

"他讲话并不多。"西莉亚说。

"这里没有一个人配跟他谈话。"

西莉亚心想:"多萝西娅根本瞧不起詹姆士·彻泰姆爵士,我相信她不会接受他的求婚。"西莉亚觉得这实在很可惜。从男爵心中的目标是谁,她从来没有看错。当然,有时她也考虑,多多或许不会使一个对事物抱不同观点的丈夫得到幸福。她内心深处潜伏着一种不安的感觉,认为她姊姊的宗教意识太浓厚,不能给家庭带来安乐,因为分歧和猜疑势必像散落的针一样,使人不敢举步,不敢坐下,甚至不敢放心饮食。

到了喝茶的时候,布鲁克小姐刚坐下,詹姆士爵士便挨着她坐了下去,他并不觉得,她的答话方式冒犯了他。那怎么会呢?他倒是认为,布鲁克小姐也许很喜欢他;确实,态度在十分明朗以前,难免遭到先入之见——不论那是盲目自信还是悲观失望——的曲解。他觉得她非常可爱,但不言而喻,他也为他的爱情找出了一些理论根据。他天生优柔寡断,缺乏主见,不过他颇有自知之明,这种难能可贵的长处使他明白,哪怕他用尽他的全部才能,他在郡里也干不成什么,因此他需要一位贤内助,遇到困难,可以随时请教:"我们该怎么办呢?"于是她给他出主意,当参谋,何况从财产上看,她也具备当此重任的资格。至于布鲁克小姐那不得人心、过分激烈的所谓宗教情绪,它包含什么内容,他并不十分了然,而且认为,结婚之后,它自然会烟消云散。总之,他觉得在爱情上,他这条路是走对了,他准备接受她的统治,何况说到底,必要的时候,一个丈夫随时可以推翻这种统治。当然,詹姆士爵士并不想推翻这位漂亮的少女的统治,他对她的聪明倒是心悦诚服的。为什么不呢?一个男子的意愿,不论它怎么样,既然它属于男子,它就占有优势,正如一棵最小的白桦,也比最挺拔的棕榈高一些,因此哪怕他愚昧无知,他的力量仍比她大。也许,詹姆士爵士没有作过这种比较,但是即使最柔弱的人,仁慈的上天也会赋予他一点坚韧或刚硬的素质,那就是传统观念。

"布鲁克小姐,我希望你能取消不再骑马的决定,"执迷不悟的追求者开口道,"我可以向你保证,骑马是最有益身心的运动。"

"我知道,"多萝西娅冷冷地说,"我觉得这对西莉亚会有好处,如果她愿意试试的话。"

"但是你的骑术确实不错。"

"你过奖了,我骑马不多,而且很容易摔下马背。"

"那么这正说明你应该多多锻炼。每位小姐都应该精通骑术,这样她才可以陪伴丈夫一起出游。"

"你瞧,我们的观点分歧多大,詹姆士爵士。我已打定主意,不在骑术上下功夫,因此你为小姐们制定的规格,我永远达不到。"多萝西娅的眼睛望着前面,口气冷酷而粗鲁,神色活像一个美丽的孩子,这跟她的爱慕者的低声下气、温柔体贴,构成了有趣的对照。

"我希望知道,你作出这个忍心的决定,理由何在。你不可能认为骑马是坏事吧?"

"但我完全可能认为,对我来说,骑马是坏事。"

"啊,为什么?"詹姆士爵士问,温柔的口气中带有一点不以为然的意味。

卡苏朋先生手里端着茶杯,走到桌边来了,他一直在听他们谈话。

"我们不应该过分好奇,打听别人的动机,"他插口道,声调不慌不忙的,"布鲁克小姐明白,它们一说出口,就变得味同嚼蜡了:它们的香味会消失在浑浊的空气里。一粒种子必须埋在土里,避免接触光线。"

多萝西娅快乐得脸都红了,她感激地抬头望望说话的人。这个人是能够理解更崇高的内心生活的,跟这样的人才会有精神上的共鸣,不仅如此,他可以用最广博的知识照亮你的原则,他的学识几乎已足以保证,他的任何信念都是正确的!

多萝西娅的推论也许太夸大了,但要是不能随心所欲地作出结论,那么生活实际上在任何时期恐怕都无法前进,婚姻也无法通过文明世界的重重障碍如愿以偿。谁曾经把婚前了解的一点皮毛限制在小蜡丸中,不让它进入想象的天地呢?

"这自然,"好心的詹姆士爵士答道,"布鲁克小姐不愿说明她的理由,谁也无权强迫她。我相信,她的理由是完全正当的。"

他看到多萝西娅兴致勃勃地望着卡苏朋先生,一点也没有醋意。他从未想到,他心目中的意中人,会对一个年近半百的枯槁书蠹发生兴趣,除非出于宗教上的原因,因为他确实是一个相当出色的牧师。

然而,由于布鲁克小姐正全神贯注与卡苏朋先生探讨韦尔多派教士的问题,詹姆士爵士只得找西莉亚闲谈,他讲到了她的姊姊,还提到了伦敦的一幢房子,问布鲁克小姐是不是喜欢伦敦。姊姊不在身边的时候,西莉亚讲话相当随便。詹姆士爵士对自己说,这第二位布鲁克小姐无疑也很可爱,又同样美丽,虽然并不像某些人所断言的,比姊姊更聪明,更明白事理。他觉得他选择的那个,从各方面看,还是最好的。一个人自然总想得到最好的。如果一个未婚男子自称没有这种奢望,他一定是个伪君子。

第 三 章

> 缪斯,请告我,亲切的天使长
> 拉斐尔既已谆谆教导……
> 　　　　　　夏娃
> 聚精会神聆听着这故事,
> 心中充满了景仰和深思,
> 觉得一切是如此崇高而神奇……
> ——《失乐园》卷七①

---

① 《失乐园》第七卷叙述天使长拉斐尔向亚当和夏娃提出警告之后,给他们讲上帝创造世界万物的经过。这里引的几行在该卷开端部分。

要是卡苏朋先生真的考虑过,布鲁克小姐是他合适的妻子,那么,促使她接受这门亲事的理由,确已埋进了她的心底,到了第二天晚上,这些理由就萌芽开花了。因为这天早上,他们进行了一次长谈,那时西莉亚由于讨厌卡苏朋先生的白痣和黄皮肤,不愿跟他们在一起,跑到教区牧师家里,跟副牧师的几个穿破鞋子但活泼有趣的孩子玩耍了。

这时,多萝西娅对卡苏朋先生那颗深不可测的心灵作了窥探,在这错综复杂、阴暗无光的迷宫中,看到了她所赋予它的各种特点。她把自己的许多经历开诚布公地告诉了他,并从他那儿理解了他的伟大著作的规模,它也像迷宫似的吸引着她。因为他正如弥尔顿那位"亲切的天使长"一样循循善诱;他带着几分天使长的神情告诉她,他企图说明(这确实是原先的意图,可惜他并未做到他所说的议论透彻、类比合理、条理分明各点),一切神话体系或世上残存的片断神话,都是古老传统的独特反映,它的曲折表现。一旦取得了正确的立场,找到了可靠的立足点,神话世界的广阔天地就不是不可认识的,不仅认识,而且可以通过它的反映,看到各种事实。但是要了解真相,取得伟大的收获,却不是一件轻松的、一蹴而就的工作。他的笔记本已堆积如山,但要完成这任务,还得把汗牛充栋的、仍在不断增加的材料,压缩成精练的几册,像希波克拉底[1]著作的早期版本一样。向多萝西娅说明这一切时,卡苏朋先生用的口气,仿佛在跟一个同行探讨学术问题,因为他只会用一种方式讲话,当然,每逢他谈到一句希腊文或拉丁文,总要用英语解释一遍,一丝不苟,但也许不论在什么场合,他都会这么做。一个知识渊博的外省教士,习惯上总是把他所认识的人,都当作那些"领主、武士及其他贵人士绅,他们对拉丁文均不甚了了"[2]。

多萝西娅被这个范围广泛的伟大设想完全征服了。它超越了女子

---

[1] 古希腊医学家,号称"医学之父"。他的著作极多,号称"希波克拉底文献",但很多都不是他写的。一五二六年,他的著作第一次在威尼斯印行时,数量便少得多。

[2] 这是英国《公祷书》序言中的话。英国在宗教改革时期,为适应国教化的需要,不再用一般人所不理解的拉丁文做祈祷,改用本国语言。

学校教科书的肤浅内容,这个人简直是活的波舒哀①,他的著作将使人类的全部知识和虔诚的宗教信仰得到统一。这是一位当代的奥古斯丁②,他已把博士和圣徒的光辉融化于一身。

在这个人身上,神圣和博学似乎都得到了鲜明的体现。以前,多萝西娅在蒂普顿找不到一个人,可以跟她谈论她需要坦率地探讨的问题;例如,她认为远古时代最好的基督教著作中表现的那种宗教精神,那种使自己与完美的神化为一体的宗教体验,是最重要的,教会的仪式和信条只有次要的意义,这是她特别重视的一个问题。可是现在她却发现,她一讲,卡苏朋先生立刻领会了她的意思,并明确告诉她,他同意这个观点,只是应该对它稍加修改,使它与现行教义得到明智的统一;他还提出了一些她以前不知道的历史事例,说明这个问题。

多萝西娅对自己说:"他跟我想到一块来了,但不如说,他是在考虑整个世界,我的思想却只是一面可怜的、不值分文的镜子。还有他的感觉,他的全部体验,那是多么辽阔的湖泊,我跟他相比,只能算一个小池塘罢了!"

布鲁克小姐总是凭言语和态度作出判断,而且毫不迟疑,正如跟她年龄相仿的其他少女一样。符号只是可以计量的小东西,但对它们的解释却可以漫无止境,对于天性温柔热烈的女孩子,每个符号都能唤起惊讶、希望和信仰,使它变得像天空一样广大,而以知识的面目出现的一丁点儿颜料,便可在这天空中化成一片彩霞。当然,她们不会每次都大失所望,因为哪怕辛伯达③也有幸运的时候,不致经常上当受骗,要知道,错误的推理有时也可能把无知的人引向正确的结论——从远离真实的地方出发,经过崎岖曲折的道路,我们有时会到达正好应该到达的地点。布鲁克小姐既然盲目轻信,那么她还不知道卡苏朋先生不值

---

① 雅克-贝尼涅·波舒哀(1627—1704),法国天主教徒和作家,曾任主教和宫廷教师,著作极多。
② 奥古斯丁(354—430),罗马帝国时期基督教神学家,拉丁教父的主要代表,写有《忏悔录》《论上帝之城》等。
③ 《一千零一夜》中的人物,曾七次出外航海,时常受骗上当,经历了不少惊险的遭遇,但都化险为夷,回到了巴格达。

得她信任,这就不足为奇了。

他做客的时间比预定的长了一些,这只是因为布鲁克先生说了几句挽留的话,可是后者又没有什么招待他,只得让他看些破坏机器和焚烧谷物①的材料。他把卡苏朋先生请进图书室,给他看这一堆文件,一会儿拿起这一份念一下,一会儿又拿起另一份,念得又快又含糊,一段还没念完,又跳到了另一段,口里说:"对,在这儿,瞧!"最后干脆把一切丢在一边,打开了一本他青年时期游历欧洲大陆的日记。

"瞧这儿……这都是关于希腊的。对啦,你是希腊通,瞧,拉姆奴斯,拉姆奴斯的遗址②。我不知道你有没有研究过地形学。我在这上面可花过不知多少时间……哦,且慢,赫利孔③。对了,这儿,瞧:'翌日早晨,我们动身前往帕那索斯,那双峰耸峙的帕那索斯山。'这一本全是关于希腊的,你知道。"布鲁克先生把它卷了起来,举在前面,一边用大拇指来来回回摩弄书边。

卡苏朋先生带着庄严的神色听着,但又有些哭笑不得,必要的时候就点一点头,在不致显得漠不关心或者厌烦的前提下,尽量避免去看任何字句。他知道,这样语无伦次的散漫谈话和乡村的生活方式有关,也没有忘记,现在带他进行这种索然无味的精神巡礼的人,不仅是一位和蔼的主人,也是一位拥有田产的绅士,本郡的治安法官。不过他之所以如此百般忍耐,是否也由于他想起,布鲁克先生是多萝西娅的伯父呢?

毫无疑问,他似乎越来越喜欢找她谈天,或者要她发表意见,正如西莉亚对自己说的一样。他一看到她,脸上便会发亮,露出一抹像冬日的苍白阳光似的微笑。次日早上离开以前,他与布鲁克小姐在屋前的砾石平台上愉快地散步,他向她提到了独身生活的不利,说他深感需要一位情投意合的伴侣,这样会使青春的光芒照亮或改变壮年时期的劳累工作。他提出这声明时,尽量使每个字都用得十分准确,仿佛他是一位外交使节,他的每句话都会引起重大的后果。确实,卡苏朋先生在实际事务或个人问题上所表达的意见,一向十分精确,他从来不觉得有重

---

① 指十九世纪初,英国工人、农民为反抗压迫,多次捣毁机器和焚烧地主庄园的事。
② 拉姆奴斯是古希腊雅典附近的一个村庄,相传是复仇女神涅墨西斯居住的地方。
③ 希腊维奥蒂亚一带的山脉,与帕那索斯同为缪斯居住的地方。

复或修正的必要。他在十月二日经过反复推敲阐明的意愿,对他说来,只需提一下这个日期,即可回想起来,因为他的记忆万无一失,在这册记忆的书上,只要"见上"两字便足以代替重复的叙述,它不同于日常应用的记录簿,记录的尽是遗忘了的事。但是这一次,卡苏朋先生的心意看来不致遭到辜负,因为他讲的话,多萝西娅句句都听清楚了,也记住了,对这一切,她怀有热烈的兴趣,这也难怪,在一位涉世未深的年轻姑娘心头,生活历程中的任何变化,都会留下深刻的印象。

那是秋高气爽、风和日丽的一天,下午三点钟——这时卡苏朋先生已返回教区长公馆,它在洛伊克,离蒂普顿仅五英里——多萝西娅戴上帽子,披了围巾,沿着灌木丛匆匆走去,穿过园林,躲进了园边的树荫下,独自漫步,不让别人看到。她的身边只有一只大圣伯纳德狗,名叫蒙克,姊妹俩外出散步时,它总是追随左右,保护她们。一幅图景已在姑娘的眼前展开,它可能便是她的未来,她战战兢兢,怀着希望注视着它。她需要独自待在这梦幻般的世界中,不受干扰。她迎着清新的空气,迈着轻快的步子,两颊升起了红晕,草帽稍稍掉在脑后(现在的人看到这种花篮形旧式帽子,说不定会大惑不解,啧啧称奇)。也许我们还必须提一下她的头发,否则她的形象便不完整,那是编成粗粗的发辫的棕色头发,盘在后面,这样,她头部的轮廓异常鲜明,显得英姿飒爽,尽管当时的风气是要用蓬松的鬈发和蝴蝶结掩盖单调的天然状态,它们重重叠叠堆成一座小山,除了斐济人,恐怕任何伟大的民族都望尘莫及。总之,布鲁克小姐的朴素发式是她的禁欲主义的表现。然而在她向前展望的时候,那对明亮的大眼睛却没有一点禁欲主义的意味,它们不是在有意识地观看什么,只是在呆呆地出神,她的思想已沉浸在紧张的内心活动中,她没有看到下午那壮丽光辉的景色,那遥远的一行行椴树中间漫长的光带和交叉的阴影。

所有的人,不论男女老少(也就是说,在那个改革前[①]的时代里所有的人),如果他们认为,她那闪闪发光的眼睛和双颊,是一般少女情窦初开的反应,那么他们一定会津津乐道,大感兴趣的。克绿哀对斯特

---

① 指英国议会选举改革法案通过(1832年)以前。

雷方①的向往,已在古往今来的诗歌中奉为佳话,大家公认这是天然的信赖,既缠绵悱恻,又优美可爱。如果琵蘩小姐爱上了庞京少爷,朝思暮想,情愿结为伉俪白头偕老,那么这一出小小的戏剧,尽管已改头换面搬演过不知多少回,我们的父母还是百看不厌。只要庞京少爷身材漂亮,即使燕尾服有上身短的缺点,穿在他身上仍显得风度翩翩,那么每个人都会觉得,一位温柔的小姐对他一见倾心,相信他品行方正,才华出众,特别是爱情专一,这不仅十分自然,而且就一个完美的女性而言,也是必要的。但是如果一个女孩子对婚姻大事有自己的一套想法,把它完全从属于崇高热烈的生活目标,而且这种憧憬主要是靠它自身的火焰点燃的,既不考虑妆奁的多少,也不注重金银器皿的款式,甚至青春少妇的体面和婚后生活的甜蜜也不在话下,对这样一个女孩子的理想,恐怕世上是没有一个人——在蒂普顿一带当然更不会有——会给予同情和谅解的。

　　现在多萝西娅心中出现的思想是:卡苏朋先生可能指望她做他的妻子,她想到他居然垂青于她,便对他充满敬意和感激。他多么好啊!——不,这简直像一位天使突然降临在她的生活道路上,向她伸出了双手!长期以来,她要求自己的生命发热放光,可不知该怎么办,这种无所适从的感觉像夏日的烟雾似的,一直笼罩在她的心头。她能够做什么,应该做什么?她还只是一个豆蔻年华的少女,但已有一颗跳跃的心,一种强烈的精神需要,不满足于对女孩子的一般教导,认为这只是鼠目寸光,靠零星食品过日子,跟一只畏首畏尾的小耗子似的。要是她不太聪明,不太自负,她也可能相信,一位笃信基督教的大家闺秀,可以在乡村的善举中找到自己的生活理想,保护贫寒的教士,诵读《圣经贤女懿德录》,探究旧约时代的撒拉,新约时代的多加的内心体验②,在

---

① 克绿哀原为古希腊作家隆古斯所写牧歌式爱情故事《达夫尼斯和克绿哀》中的牧女。斯特雷方则是英国诗人西特奈(1554—1586)的《阿卡犹亚》中一个失恋的牧童的名字。后来克绿哀和斯特雷方便经常作为牧歌中的男女主人公。
② 撒拉是亚伯拉罕的妻子,见《旧约·创世记》。多加是《新约》中的一个女信徒,《使徒行传》第九章说她"广行善事,多施周济"。《圣经贤女懿德录》是辑录这类妇女事迹的,出版于一八一三年。

深闺中一面绣花,一面不忘灵魂的得救——她知道她得出嫁,但她希望,她的夫君即使不像她一样严格,忘乎一切,沉浸在宗教信仰中,至少也是迷途知返,可以立登善界的。然而这类满足,可怜的多萝西娅是无缘的。她那虔诚的宗教精神,它对她的生活所施加的压力,只是她无限热烈、喜欢思索、擅长推理的天性的一个方面,对于这种天性说来,修身养性的狭隘说教,无关紧要的社会活动,不过是在深山幽谷中徘徊,在曲折的小径间行走,而这些小径像迷宫一样,周围筑有高墙,不能通向广阔的世界。她想越出这个范围,便势必引起别人的非议,认为那是偏激和不守本分。凡是她认为最好的事,她总要弄个一清二楚,深信不疑;对于一切准则,她也决不仅仅口头承认,不想付之实施。她还把她的全部青春热情灌注在这种心灵的饥渴中;她所向往的是那种婚姻,它能够帮助她,让她摆脱年幼无知的困境,自觉自愿地接受指导,走上庄严崇高的道路。

"这样,我就能学到一切,"她对自己说,仍在穿越树林的马道上迅速行走,"我的责任是学习,使我能帮助他更好地完成他的伟大著作。我们的生活中没有渺小的东西,哪怕日常事务也会带有最伟大的意义。这简直就像嫁给了帕斯卡尔。我要学会掌握真理,像那些伟大人物一样,凭自己的知识来认识它。然后随着年龄的增长,我将知道该怎么办,我将看到,在这儿,在英国,现在也可以过高尚的生活。眼前我还不明白怎么做才好,一切似乎在于深入民间,传播教化,可是我不懂得人民的语言。现在我能做的,只是建造一些较好的住房——这当然也是应该做的。啊,我多么希望洛伊克的人民能获得良好的居住条件!只要有时间,我得绘制大批的住房设计图。"

多萝西娅想到这里,蓦地打住了,责备自己捕风捉影,看到一点毫无把握的迹象,便胡思乱想。但是她不必克制自己,改变思路,因为这时一个骑马的人正从大路的转角那儿缓缓而来。那匹饲养得很好的栗色马,以及那两只美丽的塞特种猎狗,使她毫不怀疑,骑马的人便是詹姆士·彻泰姆爵士。他发现了多萝西娅,立即跳下马背,把马交给马夫,向她走来。他手里抱着一团白白的东西,两只猎狗则对着它拼命吠叫。

"遇到你真是太高兴了,布鲁克小姐,"他说,举起帽子,露出了一头柔滑卷曲的金黄色头发,"这使我期望的快乐提早到来了。"

布鲁克小姐对他的打扰有些生气。这位和蔼的从男爵,跟西莉亚真是天生的一对,总爱讨好姊姊,这实在毫无必要。哪怕是一位未来的妹夫,如果他老是以为能得到你的欢心,在你顶撞他的时候,还以为你是在夸奖他,这叫人怎么受得了。不过他向她讨好是找错了门儿,这个思想,目前并没在她心头形成,因为她的全部精神活动,已集中在另一件事上。她只觉得,他的出现不合时宜,他那双肉团团的手也十分讨厌。由于心里不痛快,她的脸涨得通红,对他的问候也爱理不理的,态度有些傲慢。

詹姆士爵士却按照对自己最有利的方式,解释这种红晕,认为他从没看到布鲁克小姐这么美丽。

"我带了一个小家伙来向你求见,"他说,"或者不如说,我带它来看看,它的求见会不会得到恩准。"他把挟在胳膊弯里那团白茸茸的玩意儿亮了出来,这是一只马耳他小狗,自然界最天真的玩物之一。

"我看见这些小东西给人仅仅当作玩物饲养,心中便十分难过,"多萝西娅说,这个意见是她一气之下刚才形成的(因为意见往往这样)。

"啊,为什么?"詹姆士爵士说,一边跟她一起朝前走去。

"因为我相信,对它们的一切宠爱,都不能使它们感到快乐。它们太孤立无援了,它们的生命完全掌握在别人手里。一只鼬鼠或者耗子能够自由自在地生活,这比它们有意思得多。我总是想,我们身边的动物也像我们一样,是有灵魂的,它们或者从事自己的活动,或者像蒙克一样,作我们的伙伴。那些小家伙却只是寄生虫。"

"我很高兴,我明白了你的意思,你不喜欢它们,"好心的詹姆士爵士说,"其实我自己也不需要它们,但小姐们通常总是喜欢这种马耳他狗的。喂,约翰,把这狗拿去,好吗?"

那只不受欢迎的小狗,鼻子和眼睛同样黑黑的,很有表情,它就这么给抱走了,因为布鲁克小姐认为,它还不如不出生的好。但她又觉得需要解释一下。

"不过你不应根据我来判断西莉亚的爱好。我想,她是喜欢这些小动物的。她养过一只小狗,玩得津津有味。可是我讨厌它,因为我老是担心踩到它的身上。我的眼睛有些近视。"

"你对一切都有自己的见解,布鲁克小姐,而且很有道理。"

对这种愚蠢的颂扬,有什么好回答的呢?

"你可知道,我为这一点很羡慕你。"詹姆士爵士又道。他们继续走着,但这时多萝西娅已加快了脚步,他只得紧紧跟着。

"我完全不明白你的意思。"

"我是指你形成一种见解的能力。我对人们也有自己的看法。我了解我所喜欢的人。但是别的事,你可知道,我往往觉得难以作出判断。有些明摆着的事,人们的意见却截然相反。"

"也许只是表面看来很明白。有理或没理,我们不是经常能辨别的。"

多萝西娅觉得自己的态度有些粗鲁。

"一点不错,"詹姆士爵士说,"但是你似乎掌握了这种辨别能力。"

"正好相反,我往往不能作出判断。但那是由于我的无知。正确的结论事实上是存在的,只是我看不到它。"

"我认为,你的理解能力超过了大多数人。真的,勒夫古德昨天告诉我,你在农村住房建筑方面,有世上最精辟的见解,他觉得,就一位年轻小姐而言,这是非常难能可贵的。照他的说法,你是有真知灼见的。他说,你要求布鲁克先生建造一些新村舍,但他觉得,你的伯父恐怕很难照办。你可知道,那正是我希望做的一件事?当然,那是在我自己的庄园上。如果你肯让我试试,我愿意实行你的计划。不用说,那是白花钱,因此人们才不肯这么干。农户付的租金绝对抵消不了这笔费用。但不管怎么说,这是值得做的。"

"当然值得做!真的,"多萝西娅兴致勃勃地说,忘记了刚才那些小小的烦恼,"我觉得,要是人们用细麻绳编的鞭子把我们撵出漂亮的公馆,这也并不过分——凡是让佃户住那种猪栏的人,都应该受到鞭打。那是些什么房子,我们都看到了。我们希望这些人替我们做工,爱戴我们,我们却让他们住那种屋子,其实,只要它们真正像屋子,适合人们居住,他们就会过得比我们更幸福。"

"你愿意给我看看你的图样吗?"

"当然愿意。我相信,那是有不少缺点的。但我看过劳顿①的书,研究过书里所有的农村住房设计图,选出了一些我认为最好的图样。要是能在这儿实现这些计划,树立一个榜样,这叫我太高兴了!我想,我们非但不能让拉撒路②出现在我们家门口,而且应该在我们的农庄上消灭那些猪栏似的小屋子。"

此刻多萝西娅的情绪十分好。詹姆士爵士作为妹夫,在他的庄园上兴建模范住房,以后,说不定在洛伊克也会出现另一些这样的房子,接着,其他各地纷纷效法,于是奥贝兰③的精神就会席卷各个教区,使穷人的生活焕然一新!

詹姆士爵士审阅了所有的图样,拿了一份去跟勒夫古德商量。临走时,他踌躇满志,十分得意,因为他终于取得了显著的进展,使布鲁克小姐对他发生了好感。那只马耳他小狗没有呈献给西莉亚,这个疏忽后来多萝西娅发现之后,十分吃惊,但她为此责备自己,詹姆士爵士给她弄得太忙了,以致忘记了一切,不过她不必担心踩在小狗身上,这还是件好事。

审阅图样的时候,西莉亚也在场,她发觉了詹姆士爵士的误解。"他以为多多对他有兴趣,其实她感兴趣的只是她的图样。然而,如果她相信他会让她安排一切,实现她所有的想法,她真的会嫁给他也不一定。只是这么一来,詹姆士爵士势必给那些想法弄得很不舒服!我对它们也受不了呢。"

这种不愉快的思索,西莉亚完全是在心中进行的。她不敢直截了当,向姊姊承认这点,否则她一定会自讨没趣,显得她与一切善行都格格不入。但是遇到适当的机会,她还是要用旁敲侧击的方式,把她的反

---

① 约翰·劳顿(1783—1843),苏格兰园艺学家及建筑学家,著有《农村住房设计大全》等书。
② 《圣经》中的著名乞丐,见《路加福音》第十六章。
③ 让·弗雷德里克·奥贝兰(1740—1826),法国新教教士,以在他的教区中推广教育、提高农民生活闻名。

面意见透露给多萝西娅,提醒她,人们只是在看热闹,并没有认真听信她的话,让她从幻想的云端下来。西莉亚不是性急的人,她不得不讲的话可以慢慢讲,讲的时候也总是心平气和,慢条斯理,跟平时一样。别人讲得声嘶力竭,激昂慷慨,她却只是望着他们的脸,看看他们的表情。她怎么也不明白,那些很有修养的人,为什么要用这种可笑的方式,像唱戏一样,拉开嗓门,大声嚷嚷。

过了不多几天,卡苏朋先生又在上午来了一次,这时他再度受到邀请,要他下星期来吃饭,并在这儿过夜。这样,多萝西娅又与他有过三次谈话,因而相信她最初的印象是对的。他确实与她起先想象的一样,他讲的每句话几乎都称得上矿物的样品,或者博物馆门上的说明词,可以把几千年前的文物向你一下子介绍清楚。对他的精神财富的信任,越来越深刻、越来越有力地影响着她的情绪,因为现在已显而易见,他的一再来访其实都是为了她。这位博学之士,竟不惜低首下心,垂青于一个小姑娘,耐心地跟她谈话,从不盲目奉承她,而是相信她的理解能力,有时还对她加以教导和指正,这是多么好的一位伴侣!卡苏朋先生似乎根本不知道世上有浅薄的闲聊,他不像那号蠢人尽讲些不着边际的废话,让你觉得仿佛在吃一块不新鲜的蛋糕,只闻到一股碗橱的味道。他讲的都是他心里要讲的话,否则他宁可保持沉默,淡漠而又客气地点点头。在多萝西娅看来,这种真诚是值得敬佩的,这也是一种宗教精神的表现,是对丧失灵魂、弄虚作假的违心之论的抵制。因为她不仅对卡苏朋先生的智慧和学识怀有敬意,也相信他在宗教信仰上超过她。她流露的虔诚情绪,他表示赞许,有时还引述一些恰如其分的话,给予鼓励。他甚至还说,他在青年时期,也经历过一些精神上的矛盾。总之,多萝西娅看到,正是在这个人身上,她可以找到理解、同情和指导。她心爱的话题中,只有一点,仅仅一点,使她有些失望。卡苏朋先生显然并不关心建造村民住房的事,一接触到这个问题,他便讲古代埃及人的居住条件如何贫苦简陋,仿佛表示,对此不应要求过高。在他走后,多萝西娅有些激动不安,对他的这种冷淡进行了分析。她找到了一些论据,认为不同的气候条件使人的需要也有所不同,而且这是由那些违反基督精神的暴君倒行逆施造成的。那么,在卡苏朋先生再度来访时,她要不要把这些论点向他提出呢？但进一步的思考又告诉她，要求他关心这类事务，未免小题大做；他不会反对她在空闲的时候考虑这件事，正如其他妇女考虑她们的衣着和绣花一样；他也不会禁止她……多萝西娅发现自己这么胡思乱想，不免有些脸红。但她的伯父接到邀请，要前往洛伊克盘桓两天，这又该怎么理解呢？难道布鲁克先生本人，或者连同他那些笔记，真的引起了卡苏朋先生的兴趣不成？

另一方面，那小小的失望，使她对詹姆士·彻泰姆爵士增加了好感，因为他正准备把她改进住房的计划付之实施。他来的次数比卡苏朋先生多得多，自从他表现得这么热心以后，多萝西娅也不再觉得他讨厌了。他对勒夫古德的估价，已作了许多切实的考虑，而且对她言听计从，百依百顺。她提议，先盖两栋农舍，让两户人家从原来的小屋子中迁出，然后再把小屋子拆掉，这样就可以在旧地基上另盖新住房了。詹姆士爵士听了连声赞好，这使她十分满意。

毫无疑问，那些缺少主见的男子，要是运气好，找到了合适的大姨子，便可以在女性的正确指导下，成为社会的有用人才！只是这位大姨子，在自己的终身问题上，对存在的另一种可能性，继续视而不见，这是不是故意如此，就很难说了。不过眼前，她的生活正充满着希望和活力，她不仅要考虑她的图样，还不断从书架上取下一本本深奥的著作，日以继夜地攻读，免得她与卡苏朋先生谈话时，显得过于无知。与此同时，她还在心里不断问自己，她是不是把那些可怜的图样看得太重要了，以致为它们沾沾自喜，而这种自我陶醉，实际正是无知和愚蠢的最坏表现。

第 四 章

> 甲先生：我们做的事是我们给自己铸造的镣铐。
> 乙先生：说得有理；不过我想，那铁还是社会给我们的。①

"凡是你要做的事，詹姆士爵士似乎都肯照办。"西莉亚说，这时姊

---

① 本书各章的题词，凡未注明出处的，均系乔治·爱略特本人所写。

妹俩刚勘察了建造新房子的基地,坐车回家。

"他是一个好人,很明白事理,这是任何人都想不到的。"多萝西娅不假思索地说。

"你是说,尽管他表面看来很蠢。"

"没有的事,"多萝西娅说,定了定神,把手放在妹妹的手上按了一会儿,又道,"不过不是在一切问题上他都讲得同样好的。"

"我看只有最讨厌的人,才能做到这点,"西莉亚说,声音跟平时一样,有点像小猫叫,"这种人太可怕了,还是少接近为妙。你不妨想想!早餐时……不过其他时候也莫不如此。"

多萝西娅笑了。"咪咪,你真是一个奇怪的东西!"她拧了一下西莉亚的下巴,这会儿她心情很好,觉得妹妹那么可爱,讨人喜欢,将来到了天上,一定是个永生的小天使,要不是违反教义的话,她会说她跟小松鼠一样,是无须拯救灵魂的。"当然,人们不必老是讲得很动听。不过一个人如果想讲得动听,他就必须讲真心话。"

"你是说,詹姆士爵士做不到这点。"

"我这是讲的一般情形。你为什么老是盘问我对詹姆士爵士的态度?他生活的目的不是要讨我的欢心。"

"多多,你是不是真的相信这样?"

"当然。他只是把我看作未来的姊妹,如此而已。"多萝西娅以前从没提过这事,因为这类问题,哪怕姊妹之间,也难免感到羞涩,不好开口,她要等有了眉目以后,才接触这点。西莉亚涨红了脸,但马上答道:

"请你不要再执迷不悟,多多。前天坦特莉普给我梳头的时候告诉我,詹姆士爵士的听差从卡德瓦拉德太太的使女那儿听到,詹姆士爵士想娶的是年长的那个布鲁克小姐。"

"西莉亚,你怎么让坦特莉普跟你谈这些话?"多萝西娅生气地说,不过她之所以发怒,也因为一直在她的记忆里睡大觉的那些小事,现在突然苏醒,要证实这个不受欢迎的消息了。"你一定问过她这类问题。这太丢人了。"

"我根本不觉得坦特莉普跟我谈的话,对我有什么损害。听听人们怎么讲是有益的。你瞧,你自以为是,造成了多大的误解。我有充分把握,詹姆士爵士打算向你求婚,他相信你会接受他,特别是你为了那些图样向他表示好感以后。伯父也这么想——我知道,他是指望这事成功的。每个人都看到,詹姆士爵士一心一意爱上了你。"

这在多萝西娅心头引起了强烈而痛苦的反应,眼泪涌上她的眼眶,簌簌落了下来。她那些可爱的图样一下子变得丑恶了,她感到难以忍受,詹姆士爵士居然以为她已承认他是她的心上人。为了西莉亚,她也觉得十分恼火。

"他怎么能这么想?"她大喊道,显得声色俱厉,非常气愤,"除了那些村舍,我与他从没在任何问题上一致过。以前我对他简直很不客气。"

"但那以后,你对他十分满意。他开始相信,你是喜欢他的。"

"喜欢他,西莉亚!你怎么能用这么讨厌的字眼?"多萝西娅说,情绪很激动。

"我的天,多萝西娅,我认为你喜欢一个可以做你丈夫的人,这没有什么不对。"

"但是说詹姆士爵士竟然认为我喜欢他,这是对我的侮辱。何况,对于可以做我丈夫的人,我的感情不是这类字眼包括得了的。"

"好吧,我替詹姆士爵士感到难过。我认为我应该告诉你,因为你一向固执己见,对周围的一切视而不见,结果走上了错误的道路。别人看不到的事,你总是看得很清楚,你也从来不知道满足,但是有些明明白白的事,你却偏偏看不到。这就是你的为人,多多。"无疑,有什么东西给了西莉亚勇气,以致她一反常态,对她平时往往畏惧三分的姊姊,也敢于顶撞了。一只小猫居然对我们这些眼界开阔的大人,理直气壮地提出批评,谁想得到呢?

"这使我太难受了,"多萝西娅说,仿佛给人当头打了一棒,"我已不能再为那些村舍做什么。我只能对他失礼了。我必须告诉他,我不想再搞这些名堂。这太痛苦了。"她的眼睛又噙满了泪水。

"你还是等一下好。再想想吧。你知道,他去看他的姊姊了,这一两天不在家。那儿除了勒夫古德,没有别人。"西莉亚不能不感到后悔。"可怜的多多,"她继续用那种亲切的、慢条斯理的声音说道,"这真不幸,因为画图样是你的爱好呢。"

"我的爱好!你以为我对人们居住条件的关心,只是为了好玩吗?也许我确实错了。住在这些思想庸俗的人中间,一个人还能做什么无愧于基督徒的事呢?"

谈话到此结束了——多萝西娅受的刺激太大,一时无法平静下来,承认她自身也存在着一些缺点。她甚至恨不得责备周围的人全都狭隘自私,叫人受不了,他们的良知已丧失殆尽。西莉亚也不再像永生的天使,成了扎在她心灵上的一根刺,一个不信神的美女,比《天路历程》①中的任何魔障更坏。画图样的爱好!如果一个人的行动的全部作用都会遭到歪曲,变成那种丑恶的无稽之谈,那么生活还有什么价值,伟大的信念又有什么意义?她走出马车的时候,两颊苍白,眼睑发红。要不是西莉亚靠在她身旁,脸色那么鲜艳安详,她的伯父在门厅遇到她,一定会大吃一惊,但现在他却相信,多萝西娅的眼泪,只是她那过度的宗教情绪引起的——她们外出的时候,他已回家。他上郡城去了一次,为一个囚犯请求宽恕。

"啊,亲爱的,"他亲切地说,一边让她们走前来吻他,"我想,我出门的时候,家中没发生什么不愉快的事吧。"

"没有,伯伯,"西莉亚说,"我们刚上弗雷什特看村舍来着。我们以为你会回家吃午饭呢。"

"我在洛伊克吃的午饭——你们不知道,我拐到洛伊克去了。多萝西娅,我给你捎来了两本小册子,它们在图书室里,你知道,在图书室的桌子上。"

多萝西娅哆嗦了一下,仿佛一股电流通过她的全身,使她从失望中又燃起了希望。那是论述早期教会的两本小册子。西莉亚、坦特莉普和詹姆士爵士给她造成的压抑感终于烟消云散,她立即朝图书室走去。西莉亚上楼了。布鲁克先生有事耽搁了一会儿,等他重新走进图书室的时候,多萝西娅已坐在那里,全神贯注地阅读一本小册子,小册子边

---

① 十七世纪英国著名作家约翰·班扬(1628—1688)的小说。在这书中,作者通过一个梦,用寓言的手法描写了一个名叫"基督徒"的人,在前往圣城路上遇到的种种艰险,同时也对英国的现实作了讽刺。

上有卡苏朋先生写的批注。她看得津津有味,仿佛在一次枯燥、沉闷、乏味的散步之后,闻到了一束鲜花的香味。

她的思想离开了蒂普顿和弗雷什特,忘记了在通往新耶路撒冷①的路上,她往往要犯错误的不利条件。

布鲁克先生在扶手椅上坐下,把脚伸向壁炉,炉里的木柴烧得红红的,从两只铁架子中间掉下去,形成了一堆鲜艳美丽的骰子。他轻轻搓着手,望望多萝西娅,显得十分和蔼,但眉宇之间有一种悠闲自得、不慌不忙的神气,仿佛他没有什么特别的事要谈似的。多萝西娅一发觉伯父到来,立即合上书本,站起身来,似乎要走的样子。如果在平时,她会对伯父为那个罪犯奔走的慈善行为发生兴趣,但是刚才的激动不安,使她变得心不在焉了。

"你知道,我是从洛伊克回来的,"布鲁克先生说,似乎并没有意思要她留下,只是像平时一样,喜欢讲几句刚才已讲过的话罢了。人们谈话的这一基本原则,在布鲁克先生身上体现得十分鲜明,"我在那儿用了午餐,看了看卡苏朋先生的藏书,以及这一类东西。风真大,在车上够冷的。亲爱的,你愿意坐下吗?看样子你有些冷。"

多萝西娅很愿意接受这邀请。有时,伯父那种无所谓的随和态度,并不叫她生气,反而觉得很合口味。她脱下斗篷,放下帽子,坐在他的对面,感到屋里暖洋洋的,十分舒适,但举起美丽的双手,挡住了炉火。这不是一双纤细的手,也并不小;它们显得有力,是那种女性的、母亲般的手。她举起它们,似乎是为了平息那要求理解一切、思考一切的强烈愿望,在蒂普顿和弗雷什特这种不友好的氛围中,她的愿望刚才还使她流下了眼泪,哭红了眼皮呢。

现在她定下神来,想起了那个判罪的囚犯。"伯父,那个偷羊的人怎么啦,有没有好消息?"

"哦,可怜的本奇吗?唉,看来我们救不了他——他还是得受绞刑。"

多萝西娅皱起眉头,露出了谴责和怜悯的神色。

---

① 指天国,见《新约·启示录》。

"是的,绞刑,"布鲁克先生说,平静地点了点头,"可惜罗米利①死了!要不,他也许能帮我们的忙。我认识罗米利,但是卡苏朋不知道罗米利。他埋在古书堆里,有些不问世事,你知道,卡苏朋确实这样。"

"一个人专心致志从事研究,要写一本伟大的著作,他当然不得不把世上的一切丢开。他怎么有工夫到处结交朋友呢?"

"诚然,诚然。但是单身一人难免闷闷不乐,你知道。我也过了一辈子独身生活,但我的性情不一样,我从不知道烦恼。我喜欢游山玩水,到处走走,我对一切都有兴趣。我从不发愁。但我可以看到,卡苏朋感到孤独,是的。他需要一个伴侣,一个伴侣,你知道。"

"能够做他的伴侣的人是非常光荣的。"多萝西娅兴奋地说。

"那么,你喜欢他?"布鲁克先生说,丝毫没有表示惊讶,也没有流露其他感情,"好吧,说真的,我认识卡苏朋十年了,那时他还刚来到洛伊克。但我从没听他谈过什么——我是指他从不发表任何意见,你知道。不过当然啦,他是一个非常出色的人,假如庇尔②留任的话,他可能当上主教,以及诸如此类的职务,你知道,他非常器重你呢,亲爱的。"

多萝西娅不能回答什么。

"这是事实,他对你评价很高,真的。卡苏朋……他把你讲得非常好。他想听听我的意见,那是因为你还没有成年。总之,我答应跟你谈一下,不过我告诉他,我认为可能性不大。我不能不对他这么说。我说,我的侄女还很年轻,如此等等。我觉得,我不必把一切复述一遍。反正归根结底就是这么回事,他要求我允许他向你求婚——求婚,你知道,"布鲁克先生说,仿佛解释似的点了点头,"我觉得还是告诉你的好,亲爱的。"

在布鲁克先生的态度中,谁也看不出一点忧虑的迹象,不过他确实

---

① 塞缪尔·罗米利(1757—1818),英国法学家及律师,曾致力于改革刑法,废除不合理的法律。他关于死刑的论述,后来推动了英国的刑法改革。一八三二年,英国废除对偷羊者处以死刑的规定,便得力于他的理论。
② 即指罗伯特·庇尔,他是托利党的党魁,当时任内政大臣,但在一八三〇年十一月,以威灵敦为首的托利党内阁就垮台了。

希望了解侄女的心情,如果需要他的指导,他也会马上提出。他是一个见多识广的地方治安法官,头脑里装满了形形色色的思想,但只要是纯真的感情,他都能容忍。由于多萝西娅没有马上回答,他又说了一遍:"我觉得还是告诉你的好,亲爱的。"

"谢谢你,伯父,"多萝西娅说,声音清晰而果断,"我十分感谢卡苏朋先生。如果他向我提出求婚的话,我可以接受。我对他的钦佩和尊敬,超过了我所认识的任何人。"

布鲁克先生踌躇了一会儿,然后用慢腾腾的嗓音轻轻说道:"是吗?……好吧!从某些方面看,这是一门不坏的亲事。不过彻泰姆那边,那也是一门不坏的亲事。再说,我们的田地连在一起。我不想违背你的心愿,亲爱的。在婚姻问题上,人们应该自己做主,总之是这样,只要不越出一定的范围,你知道。只要不越出一定的范围,我一向是这么主张的。我但愿你嫁的人称心如意,我有充分理由相信,彻泰姆是希望与你结婚的。我得向你指出这点,你知道。"

"要我嫁给詹姆士·彻泰姆爵士,那是办不到的,"多萝西娅说,"假如他这么想的话,他是犯了一个极大的错误。"

"确实是这样,你知道。这是谁也想不到的。我总认为,彻泰姆正是那种会得到女人喜欢的男子,真的。"

"伯父,请你别在这个问题上再提到他。"多萝西娅说,感到刚才那种气愤的情绪又在复活了。

布鲁克先生有些纳闷,觉得女人永远是无法解开的谜,哪怕他到了这把年纪,还是不能对她们作出科学的预言!在这件事上,彻泰姆这样的人竟然没有一点机会。

"好吧,那么卡苏朋,说真的。这事不必匆忙——我是指你。确实,他老了,年岁不饶人。你知道,他已过了四十五岁。我得说,他比你至少大了二十七岁。如果你爱好学问,还有地位,以及诸如此类的事,那自然啦,我们不能指望得到一切。他的收入也不错,他有一份相当殷实的家产,不必依靠教会,是的,他的收入不错。只是他不算年轻了,还有一点,我觉得也不应向你隐瞒,亲爱的,我觉得,他的身体不太强壮。其余我就没什么好反对的了。"

"我不要求嫁一个跟我年龄相仿的人,"多萝西娅说,态度严肃而坚决,"我希望嫁的丈夫,是在见解和一切知识上都超过我的人。"

布鲁克先生又用他那压低的嗓音说道:"是吗?……我觉得,你与大多数女孩子不同,你有自己的见解。我还觉得,你喜欢自己的主见——喜欢它,你知道。"

"我不能想象,没有一些主见,我怎么生活,只是我要求对我主张的一切,都有正确的理由。一个贤明的人能帮助我辨别是非,让我知道哪些见解理由最充分,我可以按照它们来生活。"

"完全对。你这种看法再好也没有了——事先能看到这点,这再好也没有了,你知道。不过,事情往往出人意料。"布鲁克先生继续道,在这件事上,他的良心确实不能沉默,他必须为他的侄女好好想一想。"生活不是按照模型铸造的,也不能先定了尺寸再来裁剪,诸如此类的事是没有的。我自己从没结过婚,这对你和你的妹妹也许更好。事实上,我也从没忘乎一切地爱上一个女人,以致心甘情愿给自己套上枷锁。是的,这是枷锁。再说,性情。人都有性情。还有,一个丈夫总喜欢当一家之主。"

"我知道我必须接受考验,伯父。结婚就是要承担更高的义务。我从没把它仅仅看作个人的安乐问题。"可怜的多萝西娅回答。

"好吧,你是不喜欢讲究排场,住豪华的公馆,举办舞会,交际应酬,以及诸如此类的事情的。我可以想象,卡苏朋的生活方式会比彻泰姆的更合你的口味。你可以照自己的意思办,亲爱的。我不会阻拦卡苏朋,我当时已向他声明过了,因为谁也不知道事情最后会怎样。你的爱好跟任何青年女子的不同。一位教士和学者——他还可能成为主教,或者这一类人物——对你说来,也许比彻泰姆更合适。彻泰姆是一个好人,一个正直可靠的人,你知道,只是不太有头脑。我像他这年纪的时候,也是这样。不过卡苏朋的眼睛,是的,我想他读书太多了一些,以致眼睛受了伤害。"

"这样更好,伯父,我帮助他的机会就更多了。"多萝西娅热情地说。

"我看,你已经打定主意了。好吧,我老实告诉你,我已把他给你的信捎来了。"布鲁克先生把信给了多萝西娅,但她站起来要走时,他又说:"不必太性急,亲爱的。你还可以考虑考虑,你知道。"

多萝西娅离开后,布鲁克先生回想一下,觉得自己已讲得相当透彻,把这门亲事的危险性作了发人深省的说明。这是他应尽的责任。至于自封为年轻人的导师,比他们聪明,那么尽管他这个伯父早年游历过世界各地,吸收过各种新思想,跟许多业已故世的学者名流吃过饭,他也不能自诩为高人一等,替年轻的姑娘决定终身大事,在卡苏朋和彻泰姆之间作出抉择。总之,女人就是一个谜,布鲁克先生在这个问题上一筹莫展,只觉得它非常复杂,像一个不规则的物体,没有固定的轨迹。

第 五 章

勤奋的学者常常会得痛风症,黏膜炎,关节炎,神经衰弱,消化不良,近视,结石,小肠气,食欲不振,便秘,头晕,腹胀,肺痨,以及一切由于坐得太多而来的疾病。他们大多消瘦,干瘪,血色不好……一切都是由于过分用功、读书太多造成的。如若你不相信这个真理,不妨看看伟大的托斯塔多斯①和托马斯·阿奎那②的著作,告诉我,他们是不是过于用功了。

——伯顿:《忧郁症解剖学》第一卷第二节③

卡苏朋先生的信如下:

亲爱的布鲁克小姐:蒙您的监护人的允许,谨向您提出一个我最关心的问题。鉴于在我有幸认识您的同时,我也意识到了生活中的一种需要,我深信,向您作进一步的表白是合理的。自从我遇

---

① 托斯塔多斯·阿尔封索斯(?—1454),西班牙著名学者,曾注疏《圣经》等书。
② 托马斯·阿奎那(1225?—1274),基督教著名神学家,著有《神学大全》等书。
③ 罗伯特·伯顿(1577—1640),英国教士及作家,主要因《忧郁症解剖学》一书闻名。该书号称是研究忧郁症的病因及症状的医学论著,实际是对当时社会生活及思想的描绘,文笔幽默风趣,引用了许多古代文献,成为一部博学的著作,受到历史学家的赞扬。全书共三卷,第一卷论述忧郁症的定义、原因、症状等。

见您的最初时刻起，我就对您获得了一种印象，认为对我这种需要，您是完全，也许还是唯一适宜的人选（我可以说，在这种感情活动面前，甚至那种专门的、不能中断的专心致志的工作，也无法始终不受影响），继之而来的每一次见面机会，都加深了这种印象，使我更深深相信，我所预见的那种适宜性是正确的，因而更坚定了我刚才提到的那种感情。我想，我们的谈话已使您充分理解我的生活宗旨暨目的，我知道，这种宗旨不是一般的头脑所能理解的。但是我从您身上看到了一种崇高的思想境界和虔诚的精神力量，这在以前，我一直认为是正当青春年华或花容月貌的少女所难以具备的，而现在，在您的身上，很清楚，少女的这些特点与上面提到的精神气质得到了和谐的统一，这必然赢得人们的仰慕，显示独特的光彩。我承认，这种坚定和动人的素质的罕见结合，是我从未遇见过，也是不敢想象的，它将为我严肃的工作提供帮助，也将给我闲暇的时刻带来魅力。要不是我得以认识您（让我再说一遍，我深信，这种相识与我预感到的需要同时出现，不仅是表面现象，这是上天的安排，是为了完成一个人的终生计划所不可缺少的一步），我可以说，我将这么了此一生，不会想到要用结婚来照亮我孤独的生活。

亲爱的布鲁克小姐，这就是我对我的感情的准确叙述。现在我向您冒昧提出，听凭您仁慈的抉择，让我知道，根据您的天性，您能在多大程度上满足我这愉快的预感。如果蒙您接受我做您的丈夫，成为您的幸福的人间保护者，我将认为，这是上天赐予我的最大的欢乐。作为交换，我至少可以把我至今从未动用过的感情，把我忠诚的一生奉献给您。我的一生虽已所余无几，但它的过去，如果您愿意披阅的话，在它的每一页上，您都不致发现可以引起您正当的愤慨或羞愧的记载。我等待您表明您的意愿，我的焦急心情是可想而知的，如果我能比平时更勤奋地工作，暂时忘记一切，这不失为明智的办法，可惜不能。在这类体验面前，我还很幼稚，每当我想起我可能得到不幸的答复，我只能感到，在希望之光昙花一现以后，我的孤独将变得更难以忍受了。然而不论如何，我将始终保持对您的忠诚。

爱德华·卡苏朋

多萝西娅一边读信,一边哆嗦,最后,她跪了下去,把脸埋在手中,开始嘤嘤啜泣。她不能祈祷,庄严的感情在她心头回荡冲击,以致思想变得模糊不清,概念也捉摸不定,她只得什么也不想,怀着孩子的依赖心,听凭神圣的意识的指引,把自己完全交托给它。她保持着这种姿势,直至吃饭的时间到了,才起身更衣。

她怎么会想到研究这封信,把它当作爱情的告白,用评判的眼光对待它呢?她的整个心灵已陶醉在一种前景中,仿佛更丰满的生活向她敞开了大门,她即将作为一名新的信徒,走进这更高一级的天地,开始新的道路。她的精力在她自身的无知造成的黑暗和压力下,在庸俗猥琐的社会风气的限制下,本来一直找不到出路,但现在她有了施展抱负的机会。

如今她可以致力于伟大而明确的责任,可以生活在她所崇敬的心灵旁边,不断靠它的光芒照亮自己了。这希望中间也掺杂着自豪的喜悦心情——这位欢乐的少女感到惊奇,想不到她所崇拜的人正好选择了她。多萝西娅的全部热情一直倾注在对理想生活的追求上,现在她那圣洁的少女时代的光华照到了第一个闯入这天地的人身上。这一天发生的那些小事,激起了她对生活中现实状况的不满,这更加强了她那种盲目的信念,使她的倾向变成了决心。

饭后,西莉亚开始弹琴,那种所谓"变奏式乐曲",不过是一些简单的叮咚声,它象征了女子教育的美学部分。多萝西娅利用这时间,独自上楼,回到房里,给卡苏朋先生写回信。为什么要拖延呢?她改写了三次,这倒不是她想改变她的措词,只是因为她的手跟平时不同,不听使唤,她一想到卡苏朋先生可能认为她的字写得不好,笔迹不端正,便受不了。她一向认为自己写得一手好字,每一笔都清清楚楚,不必费心猜测。她这种能耐,今后对保护卡苏朋先生的目力,是大有好处的。因此她写了三次。全信如下:

亲爱的卡苏朋先生:蒙您谬爱,认为我可以做您的妻子,我十分感激。对我说来,我的前途没有比跟您生活在一起更幸福的了。我不多写了,即使我用上千言万语,也不过是这几句话,因为现在我所想的,只是我将终生成为您忠诚的伴侣。

多萝西娅·布鲁克

当天晚上,她跟随伯父走进图书室,把信交给他,让他可以在早上发出。他有些惊讶,但是他的惊讶只是引起了几分钟的沉默,在这几分钟里,他一直在整理书桌上的各种文件。最后,他站在壁炉前面,背对着它,戴上眼镜,看了看多萝西娅信封上的字。

"亲爱的,你对这事考虑成熟了吗?"他终于开口了。

"这是用不着多考虑的,伯父。我没有什么需要犹豫的。除非发生了特别重大的、我没有预料到的事,我才会改变主意。"

"噢!……那么你答应了他?那么彻泰姆再也没有指望了?难道彻泰姆得罪了你,是的,得罪了你吗?他有什么叫你不喜欢的呢?"

"他的一切都叫我不喜欢。"多萝西娅不假思索地说。

布鲁克先生把头和身子向后一仰,仿佛有一件轻轻的东西向他扔了过来。多萝西娅随即感到了良心的谴责,补充道:

"我是指他作为一个丈夫说的。在村舍问题上,他十分亲切,我也确实认为他很好。他是一个心地善良的人。"

"但是你必须嫁一个学者,或者这一类人吗?好吧,这在我们家中是有一点根源的,我自己就是一个,我爱好知识,想了解一切,简直超过分寸,走得太远了。不过在女性方面,这还缺乏先例,也许它是在地下活动,就像希腊的那些河流一样,你知道,只是从儿子身上反映出来。儿子聪明,母亲当然也聪明。有一个时期,我还研究过这问题。好吧,亲爱的,在这类事上,我一直讲,人们应该按自己的意愿行事,只要不越出一定的范围。作为你的监护人,我不能同意不相称的婚姻。但是卡苏朋并不坏,他的地位也不错。我只是担心彻泰姆会不高兴,卡德瓦拉德太太也难免责备我。"

那天晚上,西莉亚对这一切当然还一无所知。她发现多萝西娅神思恍惚,而且她们回家以后,她显然哭过,但她认为,这是她还在为詹姆士·彻泰姆爵士和建造村舍的事生气,因此她小心翼翼,尽量不再去惹她。西莉亚把要说的话说完以后,从来不想再提那些不愉快的事。她的性情就像一个孩子不愿跟人吵架的时候,看到别人对她气势汹汹,像火鸡一样瞪起了眼睛,便觉得十分奇怪,可是只要他们不再生她的气,她可以马上跟他们玩挑绷子游戏。说到多萝西娅,反正她一贯如此,总要在妹妹的话里找岔子,尽管西莉亚从不服气,觉得自己说的都是事实,不是杜撰的,她从来没有,也永远不会无中生有,捕风捉影。但多多的好处是,要不了多久,她的气就消了。现在,虽然整个晚上,她们彼此几乎没讲一句话,但在西莉亚放下针线,预备回房睡觉时——她上床的时间照例早得多——多萝西娅却开口了(在这以前,她一直坐在矮凳子上想她的心事,什么也没干)。她的声调显得抑扬顿挫,在她怀有深沉而温和的心情时,这种声调往往使她的话像朗诵一样悦耳。

"西莉亚,来,亲亲我。"她一边说,一边伸开了双臂。

西莉亚跪了下去,与姊姊保持相应的高度,在她脸上轻轻一吻。多萝西娅用温柔的胳臂搂住她,把嘴唇在她两边的面颊上重重地各吻了一次,作为回答。

"别老这么坐着,多多,你今天晚上这么苍白,快去睡觉吧。"西莉亚说,用的是安慰的口气,但没有一点伤心的意味。

"没什么,亲爱的,我非常、非常快活。"多萝西娅热情地说。

西莉亚心想:"那太好了。但是这多么奇怪,多多从一个极端又走向了另一个极端。"

第二天午餐时,男管家递了一件东西给布鲁克先生,说道:"乔纳斯回来了,老爷,他带回了这封信。"

布鲁克先生读了信,然后向多萝西娅点点头,说道:"亲爱的,这是卡苏朋写来的,他要到这儿吃晚饭。他等不及再写信了,等不及了,你知道。"

西莉亚没有留意,一位客人前来用膳,居然要事先通知她的姊姊,但是当她的眼睛跟着伯父转向同一方向时,她却吃了一惊,发现了这个通知在多萝西娅身上引起的特殊反应。仿佛有一道明亮的阳光,轻轻从她脸上掠过,使她一时间容光焕发,接着又涌起了两朵红晕,这是她不常有的。西莉亚心中第一次意识到,在卡苏朋先生和她的姊姊之间,除了他喜欢谈论学问、她喜欢听他谈论以外,可能还存在着什么。这以前,她把对这位"丑陋的"学者的仰慕,与对洛桑的李列先生的仰慕相提并论,因为后者也是一个丑陋的学者。老李列先生讲话的时候,西莉亚总觉得两只脚冷得受不了,看到老先生的秃顶摇来晃去,也怕得心里直发毛,可是多萝西娅却百听不厌。既然她对李列先生这样,她为什么不会把这种热情推广到卡苏朋先生身上呢?也许,在年轻人眼中,一切学者都是与他们的老师差不多的。

但现在,西莉亚心里突然产生了疑问,这确实使她有些心惊胆战。像这样感到吃惊的事,在她是不大有的,她对某些迹象非常敏感,因此不论出现什么变化,凡是与她休戚相关的,她往往思想上早有准备,不致感到惊异。现在倒不是她认为卡苏朋先生已被当作一位情人,她只是开始感到厌恶,觉得多萝西娅心中有一种东西,可以把她引向这个结局。这确实使她为多多捏一把冷汗,要是多多肯嫁给詹姆士·彻泰姆爵士,一切自然很好,但是嫁给卡苏朋先生,这太可怕了!一种羞耻感和一种滑稽感,混合在一起,涌上了西莉亚心头。但是也许,哪怕多多确实已走到了危险的边缘,还是不难使她回头的,经验时常显示,她那灵敏的天性是可以信赖的。这天气候潮湿,不宜出外散步,因此姊妹俩上了楼,在起居室坐下。西莉亚发现,多萝西娅往常虽然勤快,总要做些什么,现在却心神不定,只是把胳膊弯靠在一本打开的书上,眼睛望着窗外一棵在阴雨天中发出闪闪银光的大雪松。她自己则着手给副牧师的孩子做玩具,不愿太轻率,提出任何问题。

多萝西娅实际是在想,应该让西莉亚知道,卡苏朋先生的地位从他上次到她们家来以后,已发生了重大变化;让她继续蒙在鼓里,不了解这件必然要影响她对他的态度的事,是不适宜的。但是她又感到畏缩,不敢开口。多萝西娅为这种胆怯责备自己不够光明磊落,她的行动哪怕有一丝一毫的顾虑或虚伪,都会引起她的反感。这时她正在祈求上帝给她帮助,让她在西莉亚那种无聊的世俗之见面前鼓起勇气,不致受到它的侵蚀。但就在这时,她听到了西莉亚那轻轻的、有些刺耳的喉音,它打断了她的幻想,消除了她犹豫不决的心情。西莉亚像自言自

语,或者"随便谈谈"似的,用她平常的声调说道:

"除了卡苏朋先生,还有别人来吃饭吗?"

"这我不知道。"

"我希望还有别人。这样免得我老是听到他那么喝汤。"

"他喝汤怎么啦,有什么特别的?"

"真的,多多,难道你没听到他怎么舐调羹?而且他讲话以前,一定要眨眼睛。我不知道洛克是不是眨眼睛,但要是这样,真的,我为那些坐在他对面的人感到难受。"

"西莉亚,"多萝西娅说,口气特别严厉,"请你不要再发表这一类议论。"

"为什么?这是真的嘛。"西莉亚答道。虽然她已开始有些害怕,但还是认为她这么讲是完全正当的。

"有许多事,除非最庸俗的头脑才会认为是真的。"

"那么我觉得,最庸俗的头脑还是很有用的。我想,可惜卡苏朋先生的母亲没有最庸俗的头脑,否则,她就不会让他这么喝汤。"西莉亚心里怕得要命,因此投出了这支小小的标枪之后,马上准备溜之大吉了。

多萝西娅已经忍无可忍,眼看就要爆发,她再也不能犹豫。

"西莉亚,我想我应该告诉你,我跟卡苏朋先生订婚了。"

也许西莉亚的脸色以前从没这么苍白过。要不是她养成了习惯,对手里拿的东西总很当心,她一定会把她正在做的纸人的腿折断的。她立即把弱不禁风的小人放到桌上,坐在那儿,一声不吭,过了好一会儿才开口,那时眼泪已经夺眶而出了。

"哦,多多,我祝你幸福。"不管怎样,这时姊妹之爱超过了其他感情,她的忧虑本来也是出于这种感情。

多萝西娅仍在生气,觉得心烦意乱。

"那么这已经决定了?"西莉亚说,声音压得低低的,有些发抖,"伯父知道吗?"

"我接受了卡苏朋先生的求婚。他提出求婚的信,是伯父捎给我的。他事先就知道了。"

"如果我讲的话伤了你的心,请你原谅,多多。"西莉亚说,发出了轻轻的呜咽声。她从没料到,她会产生目前这样的感觉,似乎整个事件带有葬仪的性质,而卡苏朋先生是主持葬礼的教士,因此对他说三道四是不恰当的。

"别放在心上,咪咪,不要难过。我们永远不会喜欢同样的人。在这类事上,我也常常使你不愉快,我对我不满意的人,总爱说长道短。"

尽管表现得这么宽宏大量,多萝西娅还是有些伤心,也许西莉亚那强自克制的惊讶,也跟她那小小的指摘一样刺痛了她。毫无疑问,蒂普顿周围的整个世界,对这件亲事都不会赞许。多萝西娅认识的人,没有一个对生活和它的美好目标,与她持有相同的看法。

然而到了晚上,这一天还没过去,她就变得很愉快了。她和卡苏朋先生谈了个把钟头,这次谈心她觉得已不像以前那么拘束,她甚至并不掩饰她由于把终身托付给他而感到的欢乐,只是想知道,她应该怎么办,才能更好地参与和推进他的一切伟大目标。这种孩子气的毫无保留的热情,使卡苏朋先生感到了前所未有的欢乐(哪一个男子不这样呢?),但他对自己成为这种热情的目标,并不感到讶异(哪一个情人会感到呢?)。

"亲爱的小姐……布鲁克小姐……多萝西娅!"他说,握住了她的一只手,"我从没想到,我的生活中还有这么大的幸福在等待着我。我会遇到一个人具有这么丰富的心灵,这么才貌出众,可以满足我对婚姻的一切要求,这实在是出乎我的意料的。在你身上,我看到了理想的女性的一切优异品质——不,甚至超过了我的理想。女性的巨大魅力,在于她们具有强烈的自我牺牲的精神力量,正因为这样,我们觉得她们可以做我们的伴侣,使生活变得更加完美。以前我知道的欢乐不多,那都是属于严肃的一类,我所向往的只是孤独的学者生涯。我顾不到采集那些会在我手中枯萎的鲜花,但是现在,我要满腔热情地去采集它们,把它们放在你的胸前。"

没有一篇讲话会把自己的意图表达得更冠冕堂皇了——冷漠的辞藻终于像狗的吠叫,或者白嘴鸦发情时期的呱呱声一样,变得那么真诚坦率。不过,那些献给但莉亚①的十四行诗,只因我们觉得它们像曼陀林的乐声一样淡而无味,便说它们没有热情作基础,这样的结论是否太轻率呢?

卡苏朋先生的话中遗漏的一切,多萝西娅都凭她的信念作了补充,这也难怪,哪一个信徒会发现令他失望的疏忽或失着呢?不论先知的预言或诗人的篇章,我们都可以穿凿附会,把各种意思强加给它们,甚至不通的语法也会变得神圣不可侵犯。

"我很幼稚,你对我的无知一定会感到惊奇。"多萝西娅说,"我有许多思想,可能都是错的,现在我可以全部告诉你,获得你的指正了。"但她马上又想到,这在卡苏朋先生心头可能引起的反应,于是补充道:"不过我不会给你增添很多麻烦,这只是在你愿意听的时候。你在自己的事业上,为了研究各种问题,已经够辛苦了。只要你肯让我在一起,跟你学习,我就心满意足了。"

"现在不论我从事什么,我还能不跟你在一起吗?"卡苏朋先生说,吻了吻她那正直的额角,觉得上天赋予了他一种在各方面都适合他的特殊要求的幸福。这富有魅力的天性,在他不知不觉中感动了他,它那么开诚布公,既不计较眼前的利益,也不考虑长远的目标。正是这点使多萝西娅显得像孩子一般天真,但是根据某些人的看法,这便是愚蠢,尽管她有各种聪明的名声。例如这一次,用个比喻的说法,就是她让自己匍匐在卡苏朋先生的脚下,吻他那并不漂亮的鞋带,仿佛他是一位新教的教皇。她一点也不指望卡苏朋先生问问自己,他是不是配得上她,只是忧虑重重地问自己,她怎样才能配得上卡苏朋先生。第二天在他离开以前,他们决定,婚礼要在六个星期以内举行。为什么不呢?卡苏朋先生的房子是现成的。那不是教区牧师的住所,而是一栋宽敞的府邸,周围有不少土地。牧师住宅由本教区的副牧师居住,教区中一应事务,除了早上的讲道,也都由副牧师办理。

---

① 古罗马诗人维吉尔的《牧歌》中的牧女,后来用作一般恋爱中的少女的名字。

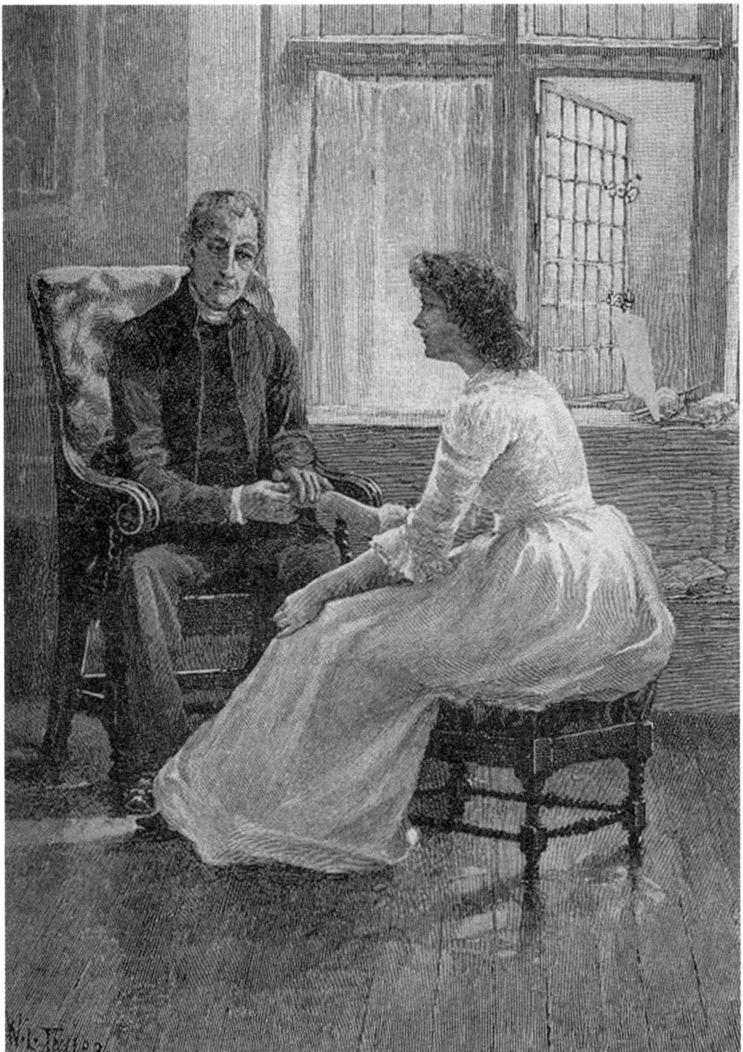

第 六 章

夫人的舌头像锋利的叶片,
谁不小心碰上它难免遭殃,
因为说话锋利是她的拿手好戏,
她要用这把无形的刀子割取果实,
神不知鬼不觉地省下几个小钱。

卡苏朋先生的马车正驶出大门,迎面来了一辆小马车,由一匹矮脚马拉着,驾车的是一位太太,车后坐着一个仆人。他们有没有互相认出对方是谁,这不太清楚,因为卡苏朋先生心不在焉,一直望着前面,只是那位太太眼睛很尖,及时点了点头,说了一声:"你好?"尽管她的帽子寒酸,那条开司米长披巾也相当旧了,看门的大娘显然还是把她当作一位大人物,看到小马车驶进大门,赶紧向她低低地屈膝行礼。

"你好,菲奇特大娘,你的鸡这几天下蛋没有呀?"红光满面、眼珠乌黑的太太说,口齿清楚利落。

"下蛋倒是下蛋,太太,只是它们老把自己下的蛋吃掉,弄得我好苦,总不放心。"

"哎哟,这些野种,吃自己的孩子! 不如趁早卖了的好。你想不想卖掉两只? 没良心的家禽,谁都不爱吃,卖不了大价钱。"

"好吧,太太,您给半克朗吧,我真舍不得卖呢,不能再便宜了。"

"这是什么时候,还卖半克朗! 得啦,这是礼拜天给教区长做鸡汤的呢。我们家的鸡,我能给他吃的都吃了。老婆子,别忘记,你听讲道只付半价。我用一对翻头鸽跟你换,怎么样? 这些小东西可漂亮呢,你来看看就知道了。你养的鸽子没一只会翻筋斗的。"

"好吧,太太,等菲奇特下工以后,他会去看的。他对新品种一向很有兴趣,他会满足您的要求的。"

"满足我的要求! 这是他占了便宜呢,我看他在别处是捞不到这种便宜货的。一对教堂里的鸽子只换你两只缺德的西班牙鸡,而且这些鸡还会吃自己下的蛋!我看,你和菲奇特就算了,别不知好歹!"

这么一句话还没说完,马车已驶进庄园,剩下菲奇特大娘站在那儿发笑,一边慢慢摇头,感叹似的说:"真有意思,真是!"听她的口气,要是这位教区长太太嘴巴不那么厉害,为人不那么小气,这一带乡下一定会寂寞得叫人更受不了。确实,在弗雷什特和蒂普顿这两个教区,如果没有卡德瓦拉德太太讲的那些话,干的那些事,不论农夫或工人都会闷得发慌,找不到谈笑的资料。这位夫人出身的门第相当高,据说还是伯爵的后裔,尽管这些伯爵也像历史上许多显赫的大人物一样,早已无从查考,被人忘记。她老是哭穷,买东西总要讨价还价,但心直口快,没有架子,跟谁都爱开几句玩笑,可是嘴巴从不饶人,总要让你知道她的厉害。这样一位太太,不论在社会上,在教堂里,都能跟人相处得很好,因而减少了人们对不能减少的什一税①的抱怨。一个道貌岸然的教士,尽管在为人表率方面大大超过她,但未必能促进人们对三十九条②的信仰,在社会联系方面也不会比她高明。

不过布鲁克先生是从另一个角度来看卡德瓦拉德太太的这些价值的,因此一听得通报她的名字,便有些发慌。那时他正独自坐在图书室内。

"我看见你把咱们洛伊克的西塞罗③请来啦,"她说,在一张椅子上舒舒服服坐了下去,一边把披巾撂在背后,露出了消瘦但还端正的容貌,"我怀疑你跟他在搞什么政治阴谋,要不你不会老是跟这个宝贝儿来往。我得警告你,别忘记你们两个都是可疑分子,因为你们在天主教法案上跟庇尔一鼻孔出气。我要告诉大家,你打算等老平克顿辞职后,站在辉格党一边,在米德尔马契竞选议员,卡苏朋要在暗中帮助你,就是说,用小册子去收买选民,还要开放酒店,散发这些东西。好,你坦白吧!"

---

① 基督教会根据《圣经》所说,农副产品十分之一属于上帝,因而规定在教区内征收什一税,税收所得全归教区长所有。在英国,直至一八三六年才颁布《什一税减免法》,略有减轻(现已废除)。
② 英国国教的信条,号称"三十九条信纲"。
③ 古罗马哲学家和政治家,以雄辩著称。

"没有这回事,"布鲁克先生说,一边赔笑脸,一边擦他的眼镜,但听到这种指控,确实有些脸红,"卡苏朋和我很少谈论政治。他对有关社会公益的事,什么量刑判罪等等,没有多大兴趣。他只关心教会问题。可那不属于我的活动范围,你知道。"

"说得倒好听,我的朋友,我知道你在搞什么名堂。把米德尔马契的一块田地卖给天主教徒的是谁?我相信你是故意把它买进的。你是一个地地道道的盖依·福克斯①。当心,今年十一月五日,别连你也给人做了模拟像付之一炬。汉弗莱不高兴来跟你争论这事,所以我来。"

"很好。我准备为我从不迫害别人而接受别人的迫害——你知道,我是从不迫害别人的。"

"瞧,这不就来了!这就是你预备在竞选演说中耍的一个花招。听着,亲爱的布鲁克先生,别让人家牵着你的鼻子,把你骗上讲台。一个人夸夸其谈,当众演讲,最后只能落得出尽洋相,我看你大可不必,除非你站在正确的一边,这样才能为你的嗯嗯呃呃大放厥词,请求上帝的宽恕。我得警告你,你非失败不可。你会把各党各派的意见混在一起,搞成大杂烩,然后给大家骂得狗血喷头。"

"我也是这么想呢,你知道,"布鲁克先生回答,不愿承认这幅前景叫他多么泄气,"作为一个无党派人士,这是必然的。至于辉格党,一个跟思想家们来往的人,对任何党派都一视同仁,不会轻易上钩。在一定程度上,他可以跟它们合作,但只是在一定程度上,你知道。不过这些事你们妇女永远不会理解。"

"你说一定程度是多大的程度?算了。我倒要请教,一个人既不属于任何党派,过的又是浪荡子的生活,从不让他的朋友们知道他的行踪,他还谈得到什么一定程度?听听,人家是怎么说你的:'谁也不知道布鲁克会干出啥来,这个人什么也靠不住。'我这都是老实话。我劝你还是规规矩矩、安分守己的好。免得开庭的时候,大家看到你替你害羞,你呢,良心不安,又花了不少冤枉钱,犯得着吗?"

---

① 盖依·福克斯(1570—1606),英国的天主教徒,一六〇三年从罗马回到英国,阴谋用火药炸毁国会,案发被处死。每年十一月五日(破获此案之日)英国有焚烧福克斯的模拟像的习俗。

"我不想跟一个女人讨论政治,"布鲁克先生说,装出一副满不在乎的笑容,其实心里并不自在,他意识到,卡德瓦拉德太太的这种指责是有根源的,他的某些鲁莽行动已使他陷入受攻击的地位,"你们女人不是思想家,你知道,varium ef mutabile semper①,如此等等。你不知道维吉尔,但我知道。"但布鲁克先生马上想到,他自己也没读过奥古斯都时期这位大诗人的作品,于是马上纠正道:"我是想说,可怜的斯托达特②,你知道。那是他说的。你们妇女总是反对独立态度,但一个男人,他关心的只是真理,以及诸如此类的事。在这个郡里,没有一处地方的舆论比这儿的更狭隘——我并不想指责什么人,你知道,但是总应该有人采取独立的路线,要是我不干,谁来干?"

"谁来干?随便哪个既没身份又没地位的暴发户都可以。有身份的人可以待在家里,拿独立派的废话当作茶余酒后的消遣,不必到街上去叫卖。何况是你!你那个跟亲生闺女差不多的侄女,就要嫁给我们最体面的一位绅士了。要是你现在来个大转弯,让自己变成辉格党的一块招牌,那么詹姆士爵士不知会感到多么难堪,这对他太残酷了。"

布鲁克先生的心又跳了,因为多萝西娅刚把亲事定下,他便想到了卡德瓦拉德太太,预期中的揶揄。无知的旁观者当然可以不关痛痒,说他"跟卡德瓦拉德太太吵了架",但是一个乡绅,如果跟最熟悉的乡亲吵了架,那么试问,他还有什么脸面见人?如果布鲁克的名字可以让人说长道短,他岂不成了一瓶没有商标的水酒,谁还把他放在眼里?毫无疑问,一个人在一定程度上必须八面玲珑才成。

"我但愿彻泰姆和我始终是好朋友,但是抱歉得很,我只能说,他跟我侄女的亲事已毫无指望了。"布鲁克先生说,从窗口看到西莉亚正在走来,马上放心了。

"为什么没有指望?"卡德瓦拉德太太吃了一惊,大声问,"不到两个星期以前,你还跟我谈论这事呢。"

---

① 拉丁文:女人反复无常,变化多端。这句话出自维吉尔的史诗《埃涅阿斯纪》。维吉尔是罗马帝国第一个皇帝,号称"奥古斯都"(最高统治者)的屋大维最宠爱的诗人。
② 约翰·斯托达特(1772—1856),英国律师,曾任《泰晤士报》主编,后因意见不合,另办《新泰晤士报》,但并不顺利,不得不于一八二八年停刊。

"我的侄女看中了另一个求婚者,她选择了他,你知道。我对这事无能为力。我倒是喜欢彻泰姆的,我得说,彻泰姆是任何女孩子都会中意的男子。但是这些事没有道理可讲。你们女人没有准儿,谁也说不清,你知道。"

"你讲讲清楚,你说你的侄女选中了别人,究竟是谁?"卡德瓦拉德太太马上在心中盘算,多萝西娅看上的可能是谁。

但这时西莉亚走进了屋子,她容光焕发,刚从花园里散步回来。跟她的问候帮了布鲁克先生的忙,使他不必立刻回答。他趁这机会,站起身来,说道:"哦,对不起,我得去关照赖特喂马了。"说完,便匆匆溜出了屋子。

"我的好孩子,这是怎么回事——关于你姊姊的订婚是怎么回事?"卡德瓦拉德太太说。

"她跟卡苏朋先生定了亲,要嫁给他。"西莉亚说,像平时一样,谈到事实总是直截了当,而且眼前只有教区长太太一人,正是谈这种话的好机会。

"这太可怕了。这件事进行多久了?"

"我直到昨天才知道。他们打算在六个星期以内结婚。"

"好吧,亲爱的,我祝你得到了一个好姊夫。"

"我真替多萝西娅难过。"

"难过!我认为,这是她自讨苦吃。"

"是的,她说,卡苏朋先生有一颗伟大的心。"

"但愿如此。"

"呀,卡德瓦拉德太太,可我觉得,嫁给一个有一颗伟大的心的男子,不见得是好事。"

"那就吸取教训吧,亲爱的。你现在看到一个这样的人了,等第二个要来娶你的时候,你不要答应他。"

"我相信我永远不会。"

"对,一个家庭里这种人有一个已经太多了。那么,你的姊姊从来没有把詹姆士·彻泰姆爵士放在眼里?你说,要是他做你的姊夫,你觉得怎样?"

"我一定非常高兴。我相信,他是一个好丈夫。只是,"西莉亚又说,脸有些红(有时她话一停,好像就要脸红),"我觉得,他和多萝西娅并不相配。"

"因为他不会想入非非?"

"多多是很严格的。她对一切都想得很多,尤其注重一个人所说的话。她对詹姆士爵士好像从来没有喜欢过。"

"不过我相信,她一定对他表示过好感。这是不太应该的。"

"请你别生多多的气,她不太懂事。她把心思全用在村舍上了,有时对詹姆士爵士很粗暴。不过他心肠好,从不计较这些。"

"好吧,"卡德瓦拉德太太说,围上了披巾,站了起来,好像很忙似的,"我必须立刻找詹姆士爵士,让他知道这事。他去接他的母亲,这会儿该回家了,我非去不可。你的伯父绝对不会告诉他。我们大家都感到失望,亲爱的。年轻人结婚,应该想到他们的家庭。我做了一个不好的榜样——嫁了一个穷教士,给德布雷西家丢了脸,现在不得不为了几块煤炭费尽心机,为了一点色拉油祷告上帝。不过,卡苏朋是有钱的,我应该承认这点。至于他的出身,我想,他家的族徽应该四分之三是墨鱼的黑颜色,另加一个张牙舞爪的评注家。哦,对了,亲爱的,我走以前,得找一下卡特大娘,问问做糕点的方法。我家的女厨子太年轻,得向她学学才好。我们这种穷人家,又有四个孩子,你知道,雇不起一个好厨子。我相信,卡特大娘会帮我忙的。詹姆士爵士的厨子可是个呱呱叫的好角色呢。"

在卡特大娘那儿,卡德瓦拉德太太纠缠了将近一个钟头,然后又坐上马车,直驶弗雷什特庄园。庄园离她的牧师府不远,她的丈夫住在弗雷什特村,派一位副牧师常驻在蒂普顿①。

詹姆士·彻泰姆爵士去的地方不远,只离开了两天,现在已经回家,换好了衣服,打算上蒂普顿田庄。卡德瓦拉德太太的马车到达时,他的马正等在门口。不久他便出来了,手里拿着马鞭。彻泰姆老夫人还没回家,但卡德瓦拉德太太不能当着马夫的面传达她的消息,因此要

---

① 在英国,有时由一个教区长管辖两个教区。

他陪她参观附近的暖房,看看新培植的幼苗。到了一个幽静的所在,她就开口了:

"我给你带来了一个惊人的消息。我希望你不要自作多情,在爱情问题上走得太远。"

对卡德瓦拉德太太这种耸人听闻的开场白,抗议是没有用的。但詹姆士爵士的脸色有些变了,他隐隐感到了一种不祥的预兆。

"我相信,布鲁克终于会遭到攻击。我责备他想代表自由派,在米德尔马契竞选议员。他看来有些糊涂,绝不否认这点,还跟我大谈独立路线,弹他那些荒谬的老调。"

"就这些吗?"詹姆士爵士问,松了口气。

"怎么,"卡德瓦拉德太太答道,声调变得严厉了一些,"你说得好轻松,你以为他让自己这么出头露面,高谈阔论,变成一个政治贩子,这对你有好处吗?"

"我想,他还是会接受劝告的。他舍不得花钱。"

"我也对他这么说来着。这是他的清醒剂,因为一两吝啬中总包含着几厘理性。吝啬对勤俭持家是大有好处的,它是防止挥霍浪费的安全因素。布鲁克家的人神经一定不太正常,否则不致出现我们看到的那些现象。"

"什么现象?是布鲁克要在米德尔马契竞选议员吗?"

"比这更坏。老实说,我觉得我也该负些责任。我总是对你说,布鲁克小姐是一个理想的妻子。我知道,她有许多荒谬的想法——循道派教徒那种胡思乱想。但这些东西,在女孩子身上不会持久。不过这一次,我可没有猜中。"

"卡德瓦拉德太太,你这是什么意思?"詹姆士爵士问。他寻思,莫非布鲁克小姐弃家出走,参加了摩拉维亚弟兄会①,或者某个为上流社会所不齿的荒谬教派,因此心里有些害怕,但又一想,卡德瓦拉德太太一向喜欢夸大其词,她的话不足为据,于是又安心了一些。"布鲁克小姐出了什么事?你直截了当讲吧。"

---

① 基督教胡斯派的一个组织,主张清心寡欲,虔诚修道。

"很好。她订了婚,要出嫁了。"卡德瓦拉德太太停顿了一下,盯住朋友的脸,察看那大惊失色的神情。但他为了掩盖这神色,勉强装出笑容,用马鞭打了一下靴子。她立即又说道:"是嫁给卡苏朋。"

詹姆士爵士的马鞭掉到了地上,他俯下身子,捡了起来。也许他的脸上从没涌现过这么多厌恶的表情,只见他扭过头来,朝着卡德瓦拉德太太问道:"嫁给卡苏朋?"

"一点不错。现在你该明白我专诚拜访的原因啦。"

"我的天!这太可怕了!他已比木乃伊好不了多少!"(这观点出自一位失望的年轻情敌之口,是可以原谅的。)

"她说他有一颗伟大的心,可我看他是一只空心大葫芦,肚里只有几颗干豆子在嘎拉嘎拉发响!"卡德瓦拉德太太说。

"这么一个老鳏夫干吗还要结婚?"詹姆士爵士说,"他的一只脚已跨进了坟墓。"

"他大概还想把它缩回来吧。"

"布鲁克应该制止这件事,他可以提出,把它推迟到她成年以后再说。到那时,她就会慎重一些了。这难道不是监护人应该做的吗?"

"瞧你说的,好像你还能从布鲁克身上榨出决心来似的!"

"卡德瓦拉德可以找他谈谈。"

"他不会干!汉弗莱把所有的人都当圣人。随我怎么说,他从不讲卡苏朋一句坏话。他甚至不惜恭维主教,尽管我提醒他,一个教士拿了俸禄,这么讲是不恰当的。碰到这么一个把什么都不放在心上的丈夫,叫我怎么办?我只得自己出面责备每一个人,尽量不让人家知道这点。得啦,得啦,别难过啦!你娶不到布鲁克小姐,我看倒是好事,这个女孩子总是异想天开,要你在大白天看星星呢。你别告诉人家,我对你实说吧,小西莉亚比她好一倍,归根结蒂,她跟你才是天生的一对。至于嫁给卡苏朋,那跟进修道院差不离。"

"哦,从我说来……我觉得,布鲁克小姐的亲友们应该劝劝她,运用他们的影响好好开导她,这也是为她着想。"

"好吧,汉弗莱还不知道。不过要是我告诉了他,他一定会说:'为什么不行?卡苏朋是一个好人,至于年纪,他还不算老,还相当年轻。'

这些好好先生从来分不清什么是醋,什么是酒,要等他们喝了下去,肚子痛了,这才明白过来。不过,要是我是个男子,我宁可要西莉亚,特别是在多萝西娅已经跑掉以后。事情就是这样,你在追求一个人的时候,你已赢得了另一个人的心。我看得很清楚,她对你的情意,几乎已达到男子所能指望的最大限度。别人讲这话,也许是夸大,但我的话,你放心好了。再见!"

詹姆士爵士扶卡德瓦拉德太太上了马车,自己也跳上了马背。他没有因为她带来了不幸的消息,便取消出门的计划,相反,他骑在马上,跑得更快,只是换了个方向,不再朝蒂普顿田庄走了。

那么,卡德瓦拉德太太对布鲁克小姐的婚姻如此关心,这究竟是为了什么?为什么她自鸣得意、插过一手的一件亲事刚刚失败,又急急忙忙要策划另一件呢?这中间有没有奥妙的内幕,有没有那种无法捉摸、除非用望远镜仔细侦察,才能恍然大悟的秘密呢?完全没有,哪怕用望远镜对准蒂普顿和弗雷什特教区,看清了卡德瓦拉德太太走访的整个区域,也找不到蛛丝马迹,足以证明她的任何访问有可疑之处,她从每个地方出来,照例目光安详犀利,神色泰然自若。确实,要是那辆轻便马车属于七圣贤①的时代,势必有一位圣贤会发觉,对于女人,哪怕你跟在她们的小马车后面紧追不舍,也无法了解她们的底细。即使把显微镜对准一滴水,我们还是会发现,我们所作的解释十分粗浅。因为在放大率低的镜片下,你似乎看到一种生物具有强大的吞食能力,其他较小的生物则像活的税钱一样,源源不断投进它的嘴巴;但在放大率高的镜片下,你却发现,有一些极细的头发丝掀起了一个个漩涡,把那些牺牲者卷住,吞食者只是像收税一样,安然等待漩涡把它们送进嘴巴。照这种譬喻的说法,我们用放大率高的镜片来观察卡德瓦拉德太太的媒妁活动,就会发现,各种细小的原因发挥了漩涡作用——我们不妨称之为想象和闲话的漩涡,它们可以给她带来她所需要的食物。

她过的是乡下人的简单生活,既没有见不得人的事,也没有曲折离奇,或者惊心动魄的秘密,世界大事更不在她的心上。正因为这样,上

---

① 公元前六世纪的所谓七个希腊哲人,各有一句关于人生哲学的格言传世。

等社会的动态特别引起她的兴趣,这些消息大多来自阔气的亲戚的书信,例如:漂亮时髦的小少爷怎样不顾廉耻,娶了他们的女教师;古老体面的泰皮尔勋爵家的大少爷怎样愚昧无知;梅格西里姆老勋爵得了痛风病,脾气如何暴躁;①两个家族怎样联姻,给新的一支带来了爵位,并且扩大了流言蜚语的范围等等。总之,这一切她都如数家珍,清清楚楚,讲起来绘声绘影,谈笑风生。她热衷于传播贵族家庭的新闻,因为她相信,出身高和出身低大不一样,正如野味跟害虫大不一样。她从不因为一个人穷,就跟他断绝往来;德布雷西家的人如果败落到只能用瓦盆吃饭,在她眼里,这是值得大声疾呼,一洒伤心之泪的,连他们那些贵族的劣迹,她也可以不闻不问。但是对出身低微的暴发户,她却深恶痛绝,因为他们的钱可能都是靠提高零售价格盘剥来的。在教区长的辖区内,凡是不能用实物换取的一切,卡德瓦拉德太太都嫌价钱太贵,她认为,上帝当初创造世界时,这些买卖人绝不在他的计划之内,连他们讲话的声音,她也觉得刺耳。一个充满这类妖魔的城镇,就像一出低级趣味的滑稽戏,不能进入高雅文明的世界。要是哪位夫人想非难卡德瓦拉德太太的话,请她扪心自问,看看她自己那些美好的观念是否高明一些,那么她就会明白,凡是能够荣幸地跟她生活在一起的人,其实都抱有类似的观念。

卡德瓦拉德太太的意志像黄磷一样活跃,任何东西接近它,都抵挡不住,只得变成它所满意的形态,既然这样,她怎么能对两位布鲁克小姐,以及她们的终身大事,置之不问呢?何况多年以来,她一直以老朋友的坦率精神责备布鲁克先生,向他声明,她认为他是一个糟糕的伯父。两位小姐刚来到蒂普顿,她就撺掇詹姆士爵士娶多萝西娅,替他预先作了安排,如果这事成功了,当然是她的功劳,但现在,她的未雨绸缪没有收到效果,以致她愤愤不平,这是每个人想到她的苦心,都会寄予同情的。她是蒂普顿和弗雷什特的外交家,一切违反她意愿的事,都是对她的唐突,是不正常的。布鲁克小姐这件异想天开的亲事,卡德瓦拉德太太当然不能容忍,现在她发现,她对这个女孩子的看法,是受了她

---

① "泰皮尔"是南美洲一种动物的名称,"梅格西里姆"是古代已经绝迹的一种野兽。

丈夫宽大无边的思想的毒害。那种循道派的胡言乱语,那种以为自己的宗教精神比教区长和副牧师的加在一起更多的狂妄心理,具有根深蒂固的根源,那是一种疾病,可是她以前却不愿相信这点。

卡德瓦拉德太太先对自己,后来又对丈夫说:"那好,我不管她了。她要是嫁了詹姆士爵士,本来可以成为一个思想正常、感情健全的女子,可惜她错过了这个机会。永远不会反对她一个女子没有人反对的时候,就失去了固执己见,坚持错误的动机。但现在只得让她自作自受了。"

接着,卡德瓦拉德太太便得替詹姆士爵士另行物色配偶了。她决定,对方应该是布鲁克家的二小姐。为了使她的计划得以圆满完成,最巧妙的办法,自然是向从男爵暗示,他已在西莉亚心头留下良好的印象。因为他这种人,对高高挂在枝头、可望而不可即的莎孚式苹果,是不敢产生垂涎之心的①,它固然妩媚,

> 像峭壁上一簇野樱草对你微笑,
> 但你那攀折的手伸不到它身边。

他不会写十四行诗,何况他所中意的一个女子对他毫无情意,这也不是一件愉快的事。多萝西娅看上了卡苏朋先生,单单这个消息,已经使他心灰意懒,不想再花力气了。原来詹姆士爵士虽然喜爱打猎,他对女人与对松鸡和狐狸截然不同,那是另一种感情,他并不把未来的妻子看作捕捉的对象,主要只是提供狩猎的乐趣。他也并不了解原始种族的习惯,以致觉得为了她,打个比方说吧,拿起石斧进行一场生死搏斗,对维护婚姻关系的历史连续性是必不可少的。相反,他有一种可爱的虚荣心,这种虚荣心使我们去接近喜欢我们的人,疏远冷淡我们的人;他还有一种善良的感恩情绪,只要想到一个女子对他怀有好意,他便会萌发知遇之感,对她依依不舍。

事实也的确这样,詹姆士爵士快马加鞭,向蒂普顿田庄的相反方向跑了个把钟头,便放慢步子,最后掉转马头,抄近路往回走了。各种情

---

① 古希腊女诗人莎孚(又译萨福)的诗,除两首外,只留下一些残句。在一首题为《一个少女》的残诗中,她把少女比作高高挂在树梢的苹果。这里的两行诗是作者根据莎孚的诗改写的。

绪对他发生了作用,使他终于决定,今天还是要到蒂普顿去,仿佛什么意外也没有发生。他暗自庆幸,还好没有正式开口,以致自讨没趣。单单从礼尚往来说,他也应该为村舍的事找一下多萝西娅。现在多亏卡德瓦拉德太太使他有了准备,必要时他可以表示祝贺,不致弄得手足失措,大出洋相。他确实不喜欢这件事,放弃多萝西娅使他十分痛苦,但他还是觉得有必要立即进行这次访问,而且不露一点声色,总之,明知这是一粒苦药,为了医病还得把它吞下肚子。另外,他虽然并未清楚地意识到,但是一种情绪无疑已在他心头诞生,这就是他想,西莉亚或许也在家,他应该对她殷勤一些,不能再像以往那样冷淡了。

我们这些俗物,不论是男人还是女人,在早餐和晚餐之间总要咽下不少失望的苦水,但我们还是忍住眼泪,带着有些发白的嘴唇,对别人的问询回答道:"哦,没什么!"骄傲帮助了我们,但在骄傲只是使我们隐藏自己的创伤,而不是去伤害别人的时候,这种骄傲还是不坏的。

第 七 章

> 欢乐和甜瓜
> 都有自己的季节。
> ——意大利谚语

可想而知,这几个星期里,卡苏朋先生在蒂普顿田庄花费的时间不少。求婚必然妨碍他的伟大著作——《世界神话索隐大全》——的进展,他自然迫不及待,希望这事尽快圆满结束。然而这妨碍是他经过深思熟虑之后,自愿承担的,他认为,眼下已到了用伉俪之情点缀他的生活的时刻。在他勤奋工作的间隙中,疲倦使他百无聊赖,他要用女性的温情照亮他郁郁寡欢的心灵,何况他年事日高,必须在他的有生之日,为自己安排一个温柔乡。这样,他才决定跳进爱情的激流,但出乎他的意外,他发现这只是一条极浅的小溪。正如在干旱地区,浸礼只能用象征的方式进行,卡苏朋先生投入的溪水,充其量也仅仅在他身上溅了几滴水点。于是他断定,男子的所谓激情其实并无其事,只是诗人们的夸张罢了。然而他愉快地看到,布鲁克小姐对他百依百顺,温柔体贴,是可以满足他对婚姻的最高理想的。有一两次他也想过,他的感情之所以只能停留在常温状态,也许是由于多萝西娅存在着某些缺点。但是他又找不到这些缺点,也不能想象怎样的女人才更合他的心意。因此他无从作出解释,只得相信,有关感情的传统说法完全是言过其实的。

订婚以后不久,一天早晨,多萝西娅对卡苏朋先生说:"为了使我更加有用,我是不是现在就可以做些准备?我想学学拉丁文和希腊文的念法,使我能够为你朗读这些书,尽管我不懂得它们的意义,就像弥尔顿的女儿为她们父亲所做的那样①,这成吗?"

"对你而言,这恐怕是一件吃力的事,"卡苏朋先生回答,笑了笑,"真的,要是我没有记错,你提到的那几位小姐,就为了要念她们不懂得的语言,反抗过她们的父亲。"

"是这样,不过,首先,她们都是淘气的女孩子,要不然,能够帮助这一位父亲,她们应该感到自豪;其次,她们应该好好学习,使她们懂得她们所念的东西,这样就会发生兴趣了。我想,你不致希望我成为一个淘气而愚蠢的人吧?"

"我希望你成为一个尽可能完美的女子,在生活的一切方面无不如此。当然,如果你能抄写希腊文,这对我是大有用处的,但要做到这点,最好先读一些书。"

多萝西娅认为这是一个美好的允诺。她不想马上要求卡苏朋先生教她这些语言,因为她最担心的就是非但不能帮助他,反而成为他的累赘。但她想懂得拉丁文和希腊文,实在完全是为她未来的丈夫着想。那些男性的知识领域,在她看来是一个高台,登上这个高台,一切真理便可一目了然。现在,她常常怀疑自己那些结论,因为她觉得她幼稚无知,她想,既然那些熟知经典的人对村舍漠不关心,这并不影响他们对上帝的崇敬,那么她怎么能确定简陋的小屋子不是同样体现了上帝的恩宠呢?也许,还应该懂得希伯来文——至少是字母和一些词根——

---

① 弥尔顿自从双目失明之后,常要他的两个女儿为他诵读拉丁文等古书。但她们并不懂拉丁文,因此十分不满,甚至串通女仆欺骗和作弄父亲,盗卖他的书籍等等。这导致了弥尔顿的第三次结婚。

这样才能追根问源,对基督徒的社会责任作出合理的判断。她并没有达到那种自我牺牲的高度,满足于得到一个博学的丈夫,可怜的孩子,她希望自己也变成博学之士呢。布鲁克小姐尽管具有聪明的虚名,实际还是很天真的。西莉亚的头脑虽然从没受到重视,却能一眼识破别人不切实际的空想。看来除非一贯保持冷静,才能保证不致在任何特定的时刻头脑发热。

然而,卡苏朋先生还是答应了,他每天花一个钟头教她和听她念字母,像老师教小孩子一样,不过也许更像一个情侣,看到心爱的女学生缺乏基本训练,显得困难重重,反而觉得她很可爱,很有趣。在这种情况下,恐怕大多数学者专家都是甘愿当启蒙教师的。但多萝西娅发现自己这么笨,有些吃惊,也有些泄气。她战战兢兢,对希腊文重音的作用提出了一些问题,然而得到的答复只是使她痛苦和怀疑,觉得其中的一些奥妙,对女人的头脑说来,可能是怎么也无法理解的。

布鲁克先生无疑也是这么看的。一天,当那种教学活动正在进行时,他来到图书室,便以他平时斩钉截铁的语调指出了这点。

"我看,算啦,卡苏朋,这种艰深的学问,诸如古典文学、数学这类东西,对女人说来,实在太费力气了,太费力气了,你知道。"

"多萝西娅只是学学字母的念法,"卡苏朋先生说,回避了问题,"她非常关心我的视力,想有所补救呢。"

"哦,好吧,不了解意义,你知道,那也许还可以。但女人的头脑总显得浮泛一些——灵敏,但是肤浅,只适合学学音乐、美术,以及诸如此类的东西。这些方面,她们在一定程度上还可以,但也只限于轻松的玩意儿,你知道。一个女人能够坐在钢琴前面,给你唱一支古老美妙的英国歌曲,这就成了。这也是我所喜欢的,尽管我听过最好的音乐——我到过维也纳,看过歌剧:格鲁克,莫扎特①,什么都见识过。但我在音乐上是保守派——这跟思想不同,你知道。我喜爱古老优美的曲调。"

"卡苏朋先生不喜欢听钢琴,这使我很高兴。"多萝西娅说。她瞧

---

① 格鲁克(1714—1787),德国著名歌剧作曲家。莫扎特(1756—1791),奥国著名作曲家。

不起家庭音乐和女性的美术才能,这是未可厚非的,因为在那个蒙昧无知的时期,它们无非是一些不入耳的叮咚声和不像样的水彩画罢了。她笑了笑,露出感激的目光,抬头望望未婚夫。如果他老是要她弹《夏天的最后一朵玫瑰》①,她一定会无可奈何,敬谢不敏。"他说,在洛伊克只有一架老式钢琴,而且琴上也堆满了书。"

"啊,在这一点上,你可不如西莉亚,亲爱的。要知道,西莉亚弹琴弹得不错,而且你要她弹,她从不推辞。不过,既然卡苏朋不喜欢听,你这样也没关系。只是一个人连那些消遣也没有,生活未免太枯燥了,卡苏朋。弦老是绷得紧紧的,以及诸如此类的做法,你知道,那可不成呀。"

"我从来不把这看作一种乐趣,我的耳朵受不了那种带节奏的噪音,"卡苏朋先生说,"一种音调一再重复,只是造成滑稽的效果,使我头脑里的字不得不合着它的节拍跳舞,我想,除非是一个孩子,谁也受不了。至于那些崇高的乐曲,它们可以应用在各种庄严的场合,按照古人的认识,甚至还能起一定的教育作用,它们自然另当别论,不包括在我们此刻的议论中。"

"是的,那种音乐我也喜爱,"多萝西娅说,"我们从洛桑回国的时候,在弗赖堡,伯父带我们去听过大管风琴演奏,它使我甚至哭了。"

"那样对身体也是不好的,亲爱的,"布鲁克先生说,"卡苏朋,现在她得由你来照顾了,你要多多开导我的侄女,让她知道,立身处世以温和为本,多萝西娅,是吗?"

最后他微微一笑,不愿伤害侄女的自尊心,不过他肚里确实在想,让她及早嫁给卡苏朋这样一个已经到了不惑之年的人,也许对她还是比较合适的,反正她不会把彻泰姆放在眼里。

"不过,"他慢吞吞走出屋子时,心里琢磨,"她会喜欢他,这真是咄咄怪事。但这门亲事确实不坏。不论卡德瓦拉德太太怎么说,我要是横加阻拦,这就违背了我一贯的做人之道。毫无疑问,这个卡苏朋,他可以当上主教。他谈天主教问题的小册子合情合理,实在难得——他

---

① 一支爱尔兰曲子,系根据爱尔兰诗人托马斯·摩尔(1779—1852)的歌词谱成。

至少够资格当一名教长①。他理应当教长才对。"

写到这里,我得作些哲理性的思考了。我要指出,布鲁克先生此时此刻还没想到,不久以后,他便得针对主教的收入发表宏论,对它大肆攻击。一个称职的历史学家怎能熟视无睹,不指出他的主人公没有预见到事态的发展,甚至他们本人的行动的变化呢?这样的事是不少的,例如,那瓦尔的亨利②,当他还是一个崇奉新教的孩子时,何尝想到他会成为一位天主教的君主。伟大的阿尔弗雷德③在秉烛达旦、漏夜操劳的时候,又怎能想到,他的后世子孙会虚掷光阴,连白天也无所事事。总之,历史上铁证如山,不论我们如何挖掘,也是永无穷尽的。

然而关于布鲁克先生,我得补充一句,这也许不是前面的事例所能概括的,那就是:即使他对他的演讲有先见之明,情况也不致因此而有多大的不同。指望他侄女的丈夫在教会得到更丰厚的俸禄是一回事,发表一篇开明的演说又是一回事;不能从不同的观点来看待同一事物,这只能是头脑简单的表现。

第 八 章

> 啊,拯救她吧!现在我是她的弟兄,
> 而你是她的父亲。每个高尚的少女
> 理应得到一切绅士的保护。

多萝西娅定亲之后,詹姆士·彻泰姆爵士第一次见到她,想起她这种身份,未免有些尴尬,但奇怪的是,这以后他照旧喜欢前往蒂普顿田庄。当然,第一次见面时,他觉得浑身像触了电似的,在整个会面过程

---

① 教长是主教座堂中的众教士之长,与教区长不同,地位较主教略低。
② 即法王亨利四世(1553—1610),波旁王朝的建立者,本为新教胡格诺派领袖,登位后为取得天主教方面的支持,改奉天主教。
③ 英国历史上的西撒克逊王(849—899),曾励精图治,对抗诺曼人的入侵,巩固国内统治。他的子孙后来逐渐成为英国的国王。

中,一直很不自在,不得不强作镇静。不过,尽管他为人不坏,应该承认,要是他的情敌是一个风流潇洒、翩翩年少的小伙子,他的不快也许还会更大。他跟卡苏朋先生相比,毫不自惭形秽,他只是不能理解,多萝西娅怎么会落入这种可悲的幻想中。他的屈辱由于跟同情混合在一起,因此失去了一定的悲痛成分。

詹姆士爵士对自己说,他已经把她完全丢开,因为她像苔丝狄梦娜①一样刚愎任性,把一门明明是天作之合的美满婚姻置之不顾,然而,想到她居然许嫁给卡苏朋先生,他仍不能无动于衷。他抱着这种观念,第一次看到他们两人在一起的时候,忽然想起,他对这事也没有给予足够的重视。布鲁克实在是罪魁祸首,他应该出面拦阻。那么谁能规劝他呢?也许现在还不算太晚,至少可以推迟结婚的时间。他回家时,拐进了教区长府,要见卡德瓦拉德先生。很巧,教区长正好在家。客人给请进了书房,那里各种钓鱼用具挂得琳琅满目。但教区长本人却在隔壁一间小屋子里,正忙于用旋盘车渔具,他叫从男爵过去。两人是好朋友,全郡没有一个地主跟教士相处得这么融洽,这个突出的事实,只要瞧他们脸上那副和蔼可亲的神气,便可一目了然。

卡德瓦拉德先生是大个子,嘴唇厚厚的,脸上挂着亲热的笑容。他的外表朴实无华,有些粗犷,但神态安详,泰然自若,流露出一种感人的忠厚气质。他有些像阳光下一片苍翠欲滴的青山,使你眼前仿佛豁然开朗,尘念顿消,还为自己的私心杂念感到可耻。"哦,近来好吗?"他说,伸出了一只不便握的脏手,"很抱歉,好久没见到你了。是不是出了什么事?你好像心事重重呢。"

詹姆士爵士额上似乎起了皱纹,眼角旁隐隐有些愁容。他答话时,仿佛还故意加强了这副表情。

"这都是布鲁克干的好事。我确实认为,应该有人去提醒他一下。"

"什么事?是他打算参加竞选吗?"卡德瓦拉德先生说,没有停手,

---

① 莎士比亚的《奥瑟罗》中的女主角。

继续把刚车好的绕线轮安装在钓竿上,"我不相信他真会干。不过如果他喜欢干,这有什么不好?凡是反对辉格党的人,都应该高兴,因为他们没有把最厉害的人抬出来。他们用我们这位老朋友布鲁克的脑袋作攻城槌,是砸不坏我们的宪政的。"

"哦,我不是谈这件事,"詹姆士爵士说,他放下帽子,坐进椅子之后,露出愁眉苦脸的样子,开始抚摩他的小腿,端详他的靴底,"我是指这桩亲事。我说他不应该让这么年轻的一个小姐嫁给卡苏朋。"

"卡苏朋又怎么啦?我看只要女孩子喜欢他,那没有什么不可以的。"

"她还太年轻,不明白她应该喜欢什么。她的监护人理应出面劝阻。他不能放任不管,让事情这么匆匆忙忙作出决定。卡德瓦拉德,我真不明白,像你这样的人,一个也有女儿的人,居然对这种事可以漠不关心,何况你还算是有良心的呢!我要求你郑重考虑这件事。"

"我不是跟你打哈哈,我已经够郑重的了,"教区长说,露出了一丝叫人受不了的满不在乎的微笑,"你简直像埃莉诺一样糟糕。她老是跟我纠缠,要我去教训布鲁克。我提醒她,当初她嫁给我,她家里的人也拼命反对这门亲事呢。"

"但是你看一看卡苏朋,"詹姆士爵士气呼呼地说,"他应该有五十岁了,早已日薄西山,我真不相信,他还有几年好活。你瞧瞧他那两条腿啊!"

"你们这些年轻漂亮的小伙子活该倒霉!别以为整个世界都是你们的。你们不了解女人。她们并不把你们看得那么了不起,倒是你们把自己看得太重要了。埃莉诺一直对她的姊妹们说,她嫁给我,就因为我生得丑。你瞧,我的丑居然战胜了她的精明强干,这实在不可思议,十分有趣。"

"你!一个女人爱上你是毫不足怪的。这不在于美丑问题。我可不喜欢卡苏朋。"这是詹姆士爵士最强有力的表达方式,意思是说,他瞧不起这个人的人品。

"为什么?他有什么不好,你要反对他?"教区长说,放下了绕线轮,把两只大拇指插在袖孔里,露出一副洗耳恭听的样子。

詹姆士爵士踌躇了一会儿。他一向如此,要他谈理由,他便有些为难。他似乎觉得奇怪,为什么他不讲,别人就不明白,因为他的想法是合情合理的。最后他说道:

"我想,卡德瓦拉德,他有没有一颗心?"

"当然有。我不是指那种感伤的东西,我是说一颗健全的心,这点你可以放心。他对待穷苦的亲戚很不错,有几个妇女得到过他的津贴,他还花了不少钱,培养一个年轻人。卡苏朋对自己认为公正的事,是肯身体力行的。他母亲的姊姊嫁了一个不相称的丈夫——我想,那是一个波兰人——走了错路,总之,家庭跟她断绝了关系,取消了她的继承权。要不是那样,卡苏朋不会那么有钱,至多一半吧。我相信,后来是他主动找到了那些表亲,想看看他能为他们做些什么。老实说,这不是每个人都办得到的。你办得到,彻泰姆,但不是每个人都能办到。"

"我不知道,"詹姆士爵士说,脸色有些变了,"这种事,我倒不能保证一定做得到。"他停顿了一会儿,然后又道:"卡苏朋那么做,当然是对的。但一个人尽管愿意公正行事,仍可能只是一部没有灵魂的法典。一个女人跟他一起不可能幸福。我认为,如果一个姑娘那么年轻,像布鲁克小姐那样,她的亲友就应该挺身而出,加以劝阻,免得她干出蠢事。你笑了,因为你以为这是由于我自己看上了她。但我可以拿荣誉担保,不是这样。假如我是布鲁克小姐的弟兄或伯父,我同样会这么想。"

"好吧,那你预备怎么办呢?"

"我得说,这门亲事应该等她成年以后再作决定。我敢保证,要是那样,这就不会成为事实。我希望你的看法跟我一致,也就是说由你出面跟布鲁克谈谈。"

詹姆士爵士刚说完那句话,就站了起来,因为他看到,卡德瓦拉德太太正从书房走来。她携着女儿的手,那个女儿是最小的,大约五岁,一进门,马上奔到父亲身边,在他膝上占了一个舒适的座位。

"我听到了你在讲什么,"妻子说,"但你的话对汉弗莱一点用处没有。只要他能钓到鱼,别人怎样,他可以一概不管。卡苏朋庄园上有一条溪水,可以钓到鲑鱼,但卡苏朋自己并不想钓鱼,那么还有比他更好的人吗?"

"对,这话有些道理,"教区长说,又露出了他那种温和而怡然自得的微笑,"一个人有一条产鲑鱼的溪水,那是了不起的优点呢。"

"说正经的,"詹姆士爵士道,他的烦恼还没有消失,"要是教区长肯为这事讲几句话,你认为顶用吗?"

"算了,我早对你讲过他会怎么说,"卡德瓦拉德太太答道,扬了扬眉毛,"我已经尽了责任,不想再在这门亲事中插手。"

"首先,"教区长开口了,神色是严肃的,"认为我能说服布鲁克,使他照我的话办,那是毫无根据的瞎讲。布鲁克是一个很好的人,但是像一团面糊,放在什么模子里就是什么形状,不可能固定不变。"

"只要他固定一段时间,就可以推迟婚期了。"詹姆士爵士说。

"但是,亲爱的彻泰姆,为什么我要运用我的影响,做不利于卡苏朋的事呢?除非我完全相信,我这么做对布鲁克小姐是真正有利的,可我目前还不能相信这点。据我所知,卡苏朋不是坏人。我对他那些齐苏特拉①和食人鬼等等不感兴趣,但他对我的钓竿钓钩也不感兴趣。至于他在天主教问题上采取的立场,那是我没有料到的。但他对我一直很客气,我觉得我何必破坏他的好事。我能说的只是,布鲁克小姐跟他在一起,比跟其他任何人在一起,可能更愉快一些。"

"汉弗莱!你实在叫我听不下去了。你知道,你宁可蹲在篱笆旁边吃饭,也不愿跟卡苏朋单独坐在一起。你们两人真是话不投机半句多呢。"

"这跟布鲁克小姐嫁给他有什么相干?她不是为了使我高兴才嫁他的。"

"他的身体里没有一滴真正的人的血液。"詹姆士爵士说。

"对。要是把他的血放一滴在显微镜下观察,恐怕里边全是分号和括弧。"卡德瓦拉德太太说。

"他为什么不去出他的书,偏要来结婚?"詹姆士爵士说,认为他的义愤表现了英国世俗绅士的高贵情操。

"嘿,他做梦也在想他的脚注,它们把他的头脑搞得乌烟瘴气。据

---

① 巴比伦神话中战胜洪水的英雄,又称伏坦纳比西丁,与《圣经》中的诺亚有些类似。

说,他吃奶的时候就在给《小拇指大王》①作摘要,从此以后做了一辈子摘要。啐!就是这么一个家伙,汉弗莱说一个女人跟着他可以得到幸福。"

"可他正是布鲁克小姐喜欢的人呢,"教区长说,"我不想自作聪明,认为我理解每一位小姐的爱好。"

"但如果她是你的千金呢?"詹姆士爵士说。

"那就另当别论啦。但现在,她不是我的女儿,我没有责任进行干预。卡苏朋并不比我们大多数人差。他是个有学问的教士,从没玩忽职守。有个过激派人士在米德尔马契发表演讲,称卡苏朋为冬烘先生,书蠹牧师,称弗雷克是造房子牧师,讲我是钓鱼牧师。说老实话,我看不出我们谁比谁好,或者谁比谁坏。"最后他照例温和地笑笑。任何对他的嘲笑,他都觉得挺有趣。他个子大,气量也大,对一切马马虎虎,不以为意,从来不想自找麻烦,多管闲事。

很清楚,指望依靠卡德瓦拉德先生干预布鲁克小姐的亲事,是办不到的。詹姆士爵士觉得,只能眼睁睁看她走上歧途,未免有些伤感。不过他的良心不坏,对多萝西娅建造村舍的计划,没有就此撒手不管。毫无疑问,这种坚持到底的精神,是维护他的尊严的最好办法,只是骄傲可以促进我们的慷慨,却不能使我们真正变为慷慨,正如虚荣不能使我们真正变得聪明一样。现在多萝西娅已充分理解詹姆士爵士对她的态度,因此,他在恪尽地主责任方面,尽管起先只是出于对一位情人的殷勤讨好,但现在仍能坚持不懈,这种公正精神还是赢得了她的赞赏,她为此感到的愉快,哪怕就她目前的幸福心境而言,也是不可低估的。也许,除了卡苏朋先生,或者不如说,除了那位博学之士在她心头激起的交响乐,那种由她憧憬的美梦、她充满敬意的信任和热烈的自我献身精神所组成的交响乐以外,她最感兴趣的就是詹姆士爵士的村舍了。这样,在好心的从男爵后来几次的拜访中,当他开始向西莉亚流露一些情意的时候,他觉得自己跟多萝西娅的谈话,变得越来越轻松了。她现在无拘无束,对他已不存任何芥蒂,他也逐渐发现,在一个男子和一个女

---

① 法国作家夏尔·贝洛(1628—1703)的童话,介绍到英国后,曾广泛流传。

子没有任何感情需要隐匿或诉说时,他们那种开诚布公、融洽无间的友谊多么令人神往。

第 九 章

> 甲先生:古代的神谕中有个地方,
> 　　　　它名叫"渴望律法之乡",那儿一切斗争
> 　　　　莫不是为了秩序和良好的治理。
> 　　　　请问,如今这样的地方在哪里?
> 乙先生:还在原来的地方——在人的心中。

卡苏朋先生关于财产的种种安排①,布鲁克先生十分满意。婚前的准备相当顺利,缩短了预定的日期。未婚妻应该看看她未来的家,以便按照她的意愿,进行必要的改动。一个女子婚前享有的支配权,是以她婚后的顺从作代价的。毫无疑问,我们这些男人和女人,在可以自主行事期间造成的错误,会引起我们合理的惊讶,不明白当初为什么乐于这么做。

这是十一月的一个早上,天气阴沉,但没有下雨,多萝西娅在伯父和西莉亚的陪同下,坐车前往洛伊克。卡苏朋先生住在自己的庄园住宅里。从花园的某些部分,可以望见附近的一所小教堂,破旧的牧师府就在它对面。开始当牧师的时候,卡苏朋先生只靠俸禄维持生活,但他的哥哥去世后,庄园便归他继承了。它有一片不大的园林,几棵美好的老栎树点缀在各处,一条菩提树林荫道通向住宅的西南方,园子和猎场之间的篱笆已经倒坍,这样,从客厅的窗口一眼望去,毫无遮拦,只见在一片绿油油的斜坡上,那些菩提树逐渐远去,伸向平坦的麦地和牧场,到了夕阳西下的时候,它们往往显得像一泓碧绿的湖水。这是住宅风光明媚的一面,因为东边和南边,即使在碧空无云的晴朗的早晨,仍

---

① 指丈夫在婚前对自己将来身后的财产所作的安排,主要是对妻子授予财产,保证她未来的生活。

不免有些阴沉。这里空地比较狭小,花坛显然没有得到好好照料,一簇簇树木,主要是灰蒙蒙的紫杉,长得茂密高大,离窗口不到十码远。房屋由浅绿色的石块建成,是式样古老的英国住宅,并不难看,但窗户狭小,外表阴郁。这种房屋必须住一些儿童,多种些花木,开几扇敞亮的窗户,周围布置一些赏心悦目的景物,才能像一所欢乐的住宅。在这秋末季节,没有阳光,一片宁静,枯黄的树叶稀稀拉拉,正缓缓飘落,斜斜地飞过阴暗的常绿乔木旁边,这一切使住宅本身也带上了秋天的萧条气息。至于出现在这一幅背景上的卡苏朋先生,他自然不能带来生机,改变它们死气沉沉的面貌。

"我的天!"西莉亚对自己说,"我相信,弗雷什特庄园一定比这儿有趣。"她想到了那洁白的砂石,带圆柱的门廊,花草遍地的平台,而詹姆士爵士笑盈盈地站在那里,仿佛一位化成玫瑰树的王子又恢复了原形,那清香扑鼻的花瓣则一下子变成了手帕。就是这个詹姆士爵士,他讲话那么和蔼可亲,而且谈的都是通俗易懂的道理,不是深奥的学问!西莉亚那种轻松活泼的少女,有时也会使严肃古板、历经沧桑的男子着迷,但幸好卡苏朋先生的趣味与此不同,否则他在西莉亚那里是非碰钉子不可的。

相反,多萝西娅觉得,这住宅和园地正符合她的要求。长方形图书室中那些阴暗的书架,那种在时间的侵蚀下褪了颜色的地毯和窗帘,挂在走廊墙上的那些离奇的古老地图和鸟瞰图,以及墙脚下那些零零落落的旧水瓮,非但不叫她感到窒息,而且仿佛比蒂普顿的塑像和图画更有趣。那些塑像和图画是她的伯父很久以前出国旅行时带回来的,它们也许还代表了他在某一个时期吸收的思想。但在可怜的多萝西娅眼中,那些呆板的古典裸体像,那些似笑非笑、带有文艺复兴时期柯勒乔①派风格的画像,都是不可理解的,丑恶得跟她的清教主义观念不能相容,她从来不明白,它们跟她的生活有什么联系。但是洛伊克的历代主人中,显然没有出过旅行家,卡苏朋先生的古代研究也不是靠这些东

---

① 安东尼奥·柯勒乔(1494—1534),意大利文艺复兴时期伦巴第派画家,所作画色彩鲜明,画面活泼。

西进行的。

多萝西娅参观住宅时,心情很舒畅。每一件事物在她看来都是神圣的,因为这是她未来做妻子的家。卡苏朋先生特别要求她注意目前的一些陈设,问她是不是想作些改动,这时她总是用充满信任的眼光望着他。一切尊重她的趣味的意愿,都叫她十分感激,但她看不出有什么需要改变。他的彬彬有礼,谦恭温顺,也使她心满意足。她还用想象填补了各种空白,以致他的一切都变得十全十美;她像阐释上帝的圣谕一样对他进行解释,把她看到的不和谐,一概归咎于她本人对更高的和谐还缺乏理解。这样的空白在订婚以后的几个星期中,出现了不少,但都消失在爱的信念中,被幸福的展望所代替了。

"现在,亲爱的多萝西娅,请你不必客气,告诉我,你喜欢哪一间屋子作你的私人起居室。"卡苏朋先生说,表示他宽宏大量,对妇女十分尊重,连这类需要也考虑到了。

"你能想到这点,我真是太感激了,"多萝西娅答道,"但老实说,这类事情我宁可由别人来决定。我觉得最好一切保持原状,像你一向习惯的那样,或者你认为应该怎样就怎样。我没有任何别的要求。"

"哦,多多,"西莉亚说,"我看你还是要楼上那间弓形窗屋子好,你说呢?"

卡苏朋先生在前领路,到了那儿。弓形窗俯瞰着菩提树林荫道,室内的家具全是蓝的,已经褪色,几幅小画像挂在一起,有男的,也有女的,男的都戴着扑粉的假发。一幅壁毯挂在门顶上,壁毯的青绿色背景中站着一只苍白的鹿。桌椅的腿都细细的,很容易翻倒。人们走进这样的屋子,脑海中不禁会浮起一幅景象,仿佛一位身穿束腰紧身衣服的夫人的阴魂,仍在她的绣房中逡巡徘徊。屋里除了其他家具,还有一只细巧的书橱,里面排列着一册册十二开本的纯文艺作品,全是皮面精装的。

"对,"布鲁克先生说,"换上一些新的陈设,增加一些沙发之类的东西,这间屋子可以变得非常漂亮。眼前这样未免显得有些凄凉。"

"不,伯父,"多萝西娅赶紧说,"请你别说了,不用更改什么。世界上需要更改的东西太多了,对这里的一切,我倒宁愿它们保持原状。"

接着,她看了卡苏朋先生一眼,又道:"你说,它们像现在这样,不是挺好吗?也许,你母亲年轻的时候,就住这间屋子吧?"

"是的。"他回答,点了一下头。

"这是你的母亲,"多萝西娅说,转身端详那些小画像,"它跟你带给我看的一幅差不多,只是不如我想象的好。另一边那一幅是谁的?"

"她的姊姊。她们的父母只生她们姊妹两个,就像你和你妹妹一样。你瞧,这上面就是她们的父母。"

"这位姊姊真漂亮。"西莉亚说,言下之意是她对卡苏朋先生的母亲不怎么赏识。这就西莉亚的想象力而言是一个新发现,她第一次想到,在他出生的家庭里,那些人也有过年轻的时候,那些小姐也都戴着珠宝。

"这是一张与众不同的脸,"多萝西娅说,一边仔细观看,"那对深灰色眼睛靠得这么近,鼻子小巧玲珑,不同寻常,仿佛带有波纹似的,一缕缕扑粉的鬈发披在后面。这一切使我觉得,这张脸虽不一定很美,但另有一种风韵。她与你的母亲一点不像,看不出是一家人。"

"是的,不像。她们的命运也是不同的。"

"你没向我提起过她。"多萝西娅说。

"我的姨母攀了一门不恰当的亲事。我从没看见过她。"

多萝西娅有些惊讶,但她觉得眼下这时候,要卡苏朋先生提供他没有提供过的情况,是不适宜的,因此她转向窗口,欣赏窗外的景色了。太阳刚才已从灰色的云层中钻了出来,菩提树在林荫道上投下了阴影。

"我们到花园去走走不好吗?"多萝西娅提议。

"对了,你是喜欢参观教堂的,"布鲁克先生说,"那个小教堂挺有趣。还有那村庄,它小得像一个坚果壳儿。顺便说一下,你看了一定满意,多萝西娅,因为那些村舍整整齐齐,像一排救济院的房子,还有小小的花园,种着紫罗兰等等的花。"

"真的,我们去吧,"多萝西娅说,望望卡苏朋先生,"我真想看看那一切。"关于洛伊克的农民住房,他从没向她提起过,只是说它们"并不坏"。

不久他们就来到了砾石路上,它的两旁大多是草地和一丛丛树木,卡苏朋先生说,这是通往教堂最近的一条路。他们站在教堂院子的小门外,等卡苏朋先生到附近的牧师府去取钥匙。西莉亚落后了几步,现在才赶到。她看到卡苏朋先生不在,便操起她那从容不迫、慢条斯理的声调开口了,这种声调使她不论讲什么,都不容人怀疑她有什么恶意。

"告诉你,多萝西娅,我看见一个年轻人正从一条小路上走来。"

"这有什么大惊小怪的,西莉亚?"

"那是年轻的园丁也未可知,为什么不可能?"布鲁克先生说,"我对卡苏朋讲过,他应该换一个园丁。"

"不,不是园丁,"西莉亚说,"那是一个上等人,手里拿着速写本。他生一头淡棕色头发。我只看到他的背影。但他还相当年轻。"

"也许是副牧师的儿子,"布鲁克先生说,"啊,卡苏朋回来了,塔克跟他在一起。他要给我们介绍塔克了。你们还不认识塔克呢。"

塔克先生是一位中年副牧师,属于通常有一大群子女的"低级教士"之类。但是介绍之后,谈话并没有接触到他的家庭,那个引起惊讶的年轻幽灵,大家也都忘记了,只有西莉亚还在心里捉摸,觉得那个生一头淡棕色鬈发、身材细长的年轻人,跟塔克先生不可能有任何亲属关系,因为后者那么苍老,一副迂腐的样子,与她想象的卡苏朋先生的副牧师完全一致。当然,这是一个正人君子,可以升入天堂(因为西莉亚不愿违反原则),但他的嘴角叫人看了很不舒服。西莉亚有些担忧,心想到了她不得在洛伊克扮演女傧相的角色时,也许在副牧师家找不出一个漂亮的孩子,是她可以不必考虑原则就觉得喜爱的。

他们边走边谈,这时塔克先生对他们是大有帮助的;在这一点上,卡苏朋先生未必没有先见之明,因为副牧师了解一切,多萝西娅问起村民和教区中其他人的状况时,他无不对答如流。他叫她放心,在洛伊克,每个人都丰衣足食,每个村舍都有两间屋子,房租低廉,每家都养着一头猪,屋后还有一片整齐干净的菜园。小男孩穿的是漂亮的灯芯绒,女孩子出门时像穿戴整洁的仆人,在家里也只干一些编草帽之类的活儿。这里没有织布机,也没有不信国教的人。虽然居民宁可把钱藏在家里,不愿奉献给教堂,但除此以外,没有什么违背教义的行为。这里鸡鸭成群,以致布鲁克先生也发表了高见,他说:"我看,你的农夫一定留下不少大麦在地里,可以让妇女去捡落穗。这里哪怕穷人家,锅里恐怕也都有鸡,那位好心的法国国王希望他的全体人民得到的幸福①,在这里已经实现了。法国人确实吃了不少鸡,但那都是瘦得皮包骨头的鸡呢,你知道。"

"我想,他的希望是不值得吹嘘的,"多萝西娅愤愤不平地说,"难道一个国王非得是妖魔不可,以致有了这么一个愿望,也值得大书特书,算作圣上的恩德?"

"如果他只希望给人们吃瘦鸡,那算不得什么,"西莉亚说,"但也许他希望给他们吃的是肥鸡呢。"

"但是根据记载,没有出现'肥'这个字,也许那只能算是'言外之意',也就是说,它在国王的心中是有的,但并没有说出口。"卡苏朋先生笑道,向西莉亚点了点头,吓得后者倒退了一步,因为卡苏朋先生向她一眨眼,她就觉得受不了。

在回家的路上,多萝西娅一直沉默不语。她有些失望,在洛伊克,她竟然无事可干,但她又为这种心情感到害臊。接着她又想象,要是她发现她未来的家所在的教区,分担世界的苦难多些,那么她尽她的责任的机会也多些,这也许更合她的心意。然而这个思想一过去,她又回到了真实的未来面前,她想,既然这样,她应该更加全心全意帮助卡苏朋先生完成他的著作,从这中间寻找她新的责任。她相信,在他们的共同生活中,随着她知识的增长,这样的机会一定会大量涌现的。

塔克先生很快就离开了他们,他还有一些教会事务要处理,不能前往公馆用餐。他们重又穿过小门,回到园子里以后,卡苏朋先生说:

"你看来有些伤感,多萝西娅。但我相信,你见到的一切,你是满意的。"

"我现在的心情也许有些傻,甚至是错误的,因为我但愿这儿的人民需要更多的帮助,"多萝西娅答道,态度像平时一样坦率,"怎样才能使我们的生命多少有些价值,我知道的办法太少了。当然,怎样才算有

---

① 指法王亨利四世(见六十五页注②)。他曾夸下海口,说要让每个农民的锅里都有鸡吃。

用,我的概念可能是狭隘的。我必须学会一些帮助人民的新方法才好。"

"毫无疑问,"卡苏朋先生答道,"不同的地位有不同的义务。但我相信,你作为洛伊克的女主人,你的任何愿望都会得到满足。"

"是的,这我也相信,"多萝西娅真诚地说,"不要以为我有什么伤感。"

"那很好。如果你不觉得疲倦,我们可以从另一条路回家,不走原来的路。"

多萝西娅一点不觉得疲倦。他们稍稍绕到一边,向一株高大挺拔的紫杉走去,它耸立在住宅的这一边,象征着这个家族光荣而悠久的历史。他们到达那儿时,在常绿乔木的阴暗背景中,发现了一个人影,他坐在长凳上,正对着这棵百年老树写生。布鲁克先生和西莉亚这时走在前面,他回过头来说道:

"卡苏朋,那个年轻人是谁?"

卡苏朋回答时,他们已走得很近。

"那是我一个年轻的亲戚,一位表侄。"接着,他又向多萝西娅说道,"他的祖母就是我的姨妈朱丽亚,你刚才看到的便是她的画像。"

年轻人放下速写簿,站了起来。他那一头浓密的淡棕色鬈发,那一副年纪轻轻的神态,使人立刻明白,这就是西莉亚刚才提到的那个幽灵。

"多萝西娅,让我给你介绍我的表侄拉迪斯拉夫先生。威尔,这是布鲁克小姐。"

现在这位表侄已站在他们面前,在他举起帽子的时候,多萝西娅看到了一对靠得很近的灰色眼睛,一个小巧玲珑、不同寻常的鼻子,鼻子上仿佛有一层小小的涟漪,还有头发,也是披在后面,但是嘴和下巴跟祖母画像上的样子稍有不同,比较凸出,甚至有些咄咄逼人。年轻的拉迪斯拉夫似乎不觉得有必要笑,只是望着这位未来的表婶和她的亲属出神,但一脸的不高兴,仿佛在跟谁怄气似的。

"你是画家,我知道。"布鲁克先生说,拿起速写本,翻了几页,有些不拘形迹。

"不,我只是随便画几笔。那上面没什么好看的。"年轻的拉迪斯拉夫说,脸有些红,也许不是谦虚,而是生气。

"别那么说,瞧,这一幅就不错。要知道,有一个时期,我也喜欢这么画几笔。还有,瞧这一幅,我得说它很有意思,称得上我们通常所说的'栩栩如生'。"布鲁克先生把它拿给两位女孩子看,那是一大幅着色的草图,画的是山石和树木,还有一个池塘。

"我不懂得这些东西,"多萝西娅说,不是冷淡,而是急于表明,她没有资格评判美术作品的优劣,"你知道,伯父,你百般称赞的那些画,我总不能领会它们美在哪里。那是我无从理解的语言。我猜想,图画和自然之间有着某种联系,只是我太无知,还看不到这点,正如一句希腊文句子,你明白它的意义,我却一窍不通。"多萝西娅望着卡苏朋先生说,后者向她点点头。布鲁克先生有些扫兴,笑道:

"我的天,人是多么不同啊!不过,你受的教育方式并不好,你知道,否则,这正是适合女孩子干的——画几笔画,唱几支歌,以及诸如此类的玩意儿。可是你偏要搞什么建筑图样,你不懂得柔和的色彩,以及这一类事。"接着,他转身对年轻人说:"我欢迎你到我家里玩玩,我给你看我以前画的画。"但这时拉迪斯拉夫正全神贯注端详着多萝西娅,他已在心里作出结论,认为这是一个枯燥乏味的少女,要不,她不会嫁给卡苏朋。刚才她表示对绘画一窍不通,如果他信以为真,这也只能证明他的意见不错罢了。但他并不相信,他认为这是一种隐蔽的批评,那意思无疑是说,他的速写毫无味道。她用歉意来回答,是非常聪明的,这既是对他,也是对她的伯父的嘲笑。不过她的声音多么悦耳!那是生活在仙境的天使的声音。这是大自然的错误安排,一个肯嫁给卡苏朋的女孩子是不可能有什么感情的。听到布鲁克先生的邀请,他掉过头来,向他微微颔首,表示了谢意。

"我们可以一起浏览我的意大利版画,"那位好心的先生继续道,"这类物品我收集了不少,这些年来一直搁在那里。一个人生活在这种地方,头脑都快生锈了,你知道。当然你不会,卡苏朋,你坚持着你的研究工作,但我那些最有价值的思想都埋没了,因为不去用它,你知道。你们这些聪明的年轻人,一定要抵制懒散作风。要知道,我就是太懒散了,不然的话,我是可以有些作为的。"

"那是一句值得牢记的教训,"卡苏朋先生说,"但现在我们还是进屋吧,否则,小姐们老站着,会感到疲倦的。"

他们一转背,年轻的拉迪斯拉夫又坐下去继续作画了。他一边画,一边脸上露出了有趣的表情,这表情越来越浓,最后,他终于仰起头,放声大笑。这一方面是由于他那些美术作品引起的反应,使他忍俊不禁;另一方面也因为他想起他这位道貌岸然的表叔,居然要跟这么一个女孩子结为夫妇;另外,布鲁克先生的大言不惭,认为要不是懒散拖住了他的后腿,他可以大有作为的话,也使他觉得好笑。威尔·拉迪斯拉夫先生这种滑稽感,使他的脸变得满面春风,不过这是一种纯粹的幽默感,丝毫不包含嘲笑和自命不凡的意味。

"卡苏朋,你的侄儿打算干什么?"布鲁克先生一边走一边问。

"我的表侄,不是侄儿。"

"对,对,你的表侄。我是说,他打算从事什么职业,你知道。"

"这个问题很难回答,我也不知说什么好。他从拉格比公学毕业后,不听我的劝告,不肯进英国大学,却跑到海德尔堡去了。我不得不说,这不是正常的求学道路。现在他打算再度出国,可又毫无具体目标,只有一个模糊的想法,据说是要提高他所谓的文化修养,至于该怎么办,他自己也不清楚。他拒绝选择一行职业。"

"我猜想,除了你的津贴,他一无所有吧。"

"我一直向他和他的亲友们表示,我可以供他上学,让他受到良好教育,将来成为社会的有用人才,一切必要的费用,只要适当,我都可以负担。因此我不得不满足他的希望。"卡苏朋先生说,使他的行为显得正直无私,这种优美的品质,赢得了多萝西娅的钦佩。

"他这么爱好旅行,也许他可以成为另一个布鲁斯,或者芒戈·派克[①],"布鲁克先生说,"有一个时期,我自己也产生过这种想法。"

"不过他并不想当探险家,也不想扩大我们在地球构造学方面的

---

① 詹姆士·布鲁斯(1730—1794)和芒戈·派克(1771—1806),都是苏格兰的探险家,布鲁斯写有《尼罗河源头的再发现》,派克写有《非洲内地旅行记》。

知识,否则倒还情有可原,不失为一个目的,在一定程度上我也可以赞同,虽然这条路往往以夭折和暴死告终,并不能获得幸福。但是他根本不想增进有关地球表面的准确知识,非但如此,他说,他连尼罗河的发源地也不想知道,因为就诗的想象而言,未知的领域有的是,尽可供他驰骋探索。"

"哦,要知道,那也不无道理。"布鲁克先生说,他的心情无疑是不偏不倚的。

"有什么道理,恐怕无非是他一向不求甚解,对一切都不想下苦功、花力气罢了。这可不是一个好兆,哪怕他出于无奈,按照常规选择了一行职业,不论那是世俗的还是宗教的,都不可能有什么出息。"

"也许他是怕自己不能胜任,才那么谨慎小心,犹豫不决的,"多萝西娅说,竭力想为别人寻找一种合理的解释,"因为法律和医学都事关重大,不是可以轻易一试的,是不是?它们关系到人们的生命财产呢。"

"这毫无疑义。但我想,我这位年轻的亲戚威尔·拉迪斯拉夫之所以不愿从事这些职业,主要是不想专心致志做一件事,这些工作需要专门训练,要花力气,既不动人,也不能一下子满足他随心所欲的兴趣。我一再把亚里士多德的话告诉他,亚里士多德说得简单扼要,令人信服,他说,要完成一项工作,达到一定目的,必须先经过刻苦锻炼,培养许多能力,或者提高已有的较低的技能,这就需要有耐心。我给他看我那些稿本,它们代表了我多年的心血,还只是为我尚未完成的著作所作的准备。但没有用。我苦口婆心劝他,他的回答只是说,他是珀伽索斯①,任何形式的工作都是给这匹千里马套上的'挽具'。"

西莉亚笑了。她没有想到,卡苏朋先生也会讲几句相当风趣的话。

"好吧,要知道,他可能成为拜伦,查特顿②,丘吉尔③,以及诸如此类的人,这种事很难说,"布鲁克先生道,"你肯让他到意大利,或者他想去的任何地方去吗?"

---

① 希腊神话中的神马,它的蹄子踩出的泉水可使诗人获得灵感。
② 托马斯·查特顿(1752—1770),英国诗人。
③ 查尔斯·丘吉尔(1731—1764),英国诗人及讽刺作家。

"自然。我已答应,一两年内我负担他中等的生活费用;他没有更高的要求。我可以让他在完全自由的条件下试试。"

"你真太好了,"多萝西娅说,高兴地望着卡苏朋先生,"这是高尚的行为。确实,人们可能都有自己的天赋,只是他们本人还不太清楚,会这样吗?有时他们显得懒散,软弱,那是因为他们还在成长中。我觉得,我们一定要彼此容忍,不宜操之过急。"

姊妹俩刚回到家中,正脱外衣的时候,西莉亚便冲着多萝西娅说道:"我想,你是因为定了亲,快结婚了,才谈起容忍来了。"

"你是说我非常缺乏容忍精神,西莉亚。"

"对,人们做的事,或者说的话,不合你的意,你就不耐烦。"自从多萝西娅订婚后,西莉亚变得胆大了一些,敢对她"直抒己见"了;她发现,聪明并不那么值得赞美。

第 十 章

> 他除了一只还没有杀死的熊身上的熊皮,没有一件衣服,自然非冻得生病不可。
>
> ——富勒[1]

小拉迪斯拉夫没有接受邀请,登门拜访布鲁克先生;直到六天以后,卡苏朋先生才提到,他的年轻亲戚已动身前往大陆游历了。他的不别而行,似乎是为了避免人们的盘问。确实,威尔拒绝对他的目的地作任何准确的说明,只是声称他要上欧洲各地走走。他认为,天才必然是不能容忍枷锁的,一方面,它需要充分的自由,发挥它的本性,另一方面,它可以安心等待上天的使者到来,召唤它去完成特殊的使命,它自己只要站在接受的立场,恭候各种神圣的机会。但接受的方式也多种多样,威尔对其中的许多种作过认真的尝试。他不太喜欢喝酒,但有几

---

[1] 托马斯·富勒(1608—1661),英国教士,也是著名的散文作家,写有《英国名人传》等书,笔调幽默,充满机智,受到许多人的推崇。

次他喝了大量的酒,目的只是想尝试一下酒醉的方式;他还作过绝食试验,以致饿得发昏,吃了不少龙虾;他又吸鸦片,结果弄得生病呕吐。这一切方法都毫无效果,不能给他带来灵感。鸦片的后果只是使他相信,他的体质跟德·昆西①的完全不同。依靠外加的条件作才华的催生剂,始终未能奏效,上天的使者也没有降临。然而哪怕恺撒的一时得势,也只是厄运的庄严先兆②。我们知道,一切发展都是在伪装下进行的,成功的形式可能隐藏在无所作为的胚胎中。总之,世界上到处是充满希望的类推,美丽极不可靠的鸡蛋被认为隐藏着各种可能性。那种长时间抱蛋而孵不出小鸡的可悲例子,威尔见得多了;要不是出于感恩,他势必嘲笑卡苏朋,后者孜孜不倦的研读,只留下了一摞摞摘记本,博学的议论仍不过是一支小小的蜡烛,并不能照亮古代世界堆积成山的废墟。这一切提供的教训,无非使威尔感到,他让自己充分依赖上天的安排是完全正确的。他认为,这种依赖就是天才的标志;毫无疑问,这不是相反的标志。天才既不包含在自大中,也不包含在自卑中,它在于具有一种知和行的能力,但不是一般的能力,而是从事某一特定活动的能力。那么,让他到欧洲去吧,现在不必对他的未来作出预告。在一切错误中,预言是最不足道的。

但是就眼前而论,我主张谨慎一些,不要匆忙作出判断,这对卡苏朋先生,比对他那位年轻的表侄,关系尤为重大。如果多萝西娅认为,卡苏朋先生给她提供了唯一的机会,使她可以点燃年轻的幻想,让那些美好的燃料发热放光,那么另外还有一些不像她那么感情用事的人,也一直在对他发表评论,是不是这些人对他的看法也同样令人鼓舞呢?不见得,比如卡德瓦拉德太太,她瞧不起邻近的这位教士,根本不相信他有一颗所谓伟大的心,还有詹姆士·彻泰姆爵士,他对那位情敌的腿不胜怜悯,布鲁克先生也对少女在婚姻问题上的想法感到难以理解,西莉亚则干脆对中年学者的仪表,提出了种种非议。但我不相信任何结论是绝对正确的,我也不同意任何偏见。我只相信,在那个时代,要是

---

① 托马斯·德·昆西(1785—1859),英国著名作家,写有《一个英国鸦片服用者的自白》。
② 恺撒成为独裁统治者后不久,即在元老院被布鲁图等刺死。

凤毛麟角式的伟人确实存在,他们反映在周围的各种小镜子中,也难免面目全非,哪怕弥尔顿,要是用一把调羹当镜子,他照见的也只能是一副乡下土佬儿的尊容。再说,就算卡苏朋先生谈到自己的时候,只有一些冷冰冰的辞藻,我们也不能据以断定,他没有丰富的内心和美好的感情。一位不朽的科学家和考古学家①不是写过淡而无味的诗句吗?太阳系的理论,难道非得用优美文雅的态度和娓娓动听的语言提出不可吗?也许,如果我们不从表面估计一个人,观察得深入一些,我们就会发现,他对他的作为和能力也有鲜明的感受:他的日常工作如何使他感到困难重重,流逝的岁月在他身上留下了多少失望的阴影,或者在克服内心的迷惘方面他作过多么大的挣扎,面对外界的压力,他又以怎样的顽强精神进行搏斗,而这种压力总有一天会过于沉重,导致他的心脏停止跳动。毫无疑问,在他自己眼中,他的命运是非同小可的;如果我们认为,他要求在我们的思想中占有的位置多了一些,主要原因只能是我们缺少容纳他的空间,因为我们完全相信,他的一切应该由上帝去考虑;非但如此,我们甚至认为,他希望在上帝那里得到最大的关怀,也是理所当然的,尽管他从我们这里得到的如何微不足道。卡苏朋先生就是这样,他是他自己的天地的中心,如果说他往往认为别人都是上天为他安排的,尤其他对人们总是从他们是否适合《世界神话索隐大全》的作者的需要这个角度来考虑,那么这种特点在我们身上也不是完全没有,它跟人类其他渺小的希望一样,理应获得我们一定的同情。

不用说,他跟布鲁克小姐的这桩亲事,他本人的感受最为深切,这是那些一直对它持否定态度的人无法领会的。在目前这个阶段,他的成功带给他的体验,比可爱的詹姆士爵士的失败,更能赢得我的同情。因为事实上,当定下的婚期日益临近时,卡苏朋先生并没觉得他的情绪如何兴奋;对婚后生活的展望,根据大家的体会,那应该是一片繁花似锦的园林,然而他却始终觉得,它比他以往手持蜡烛,独自出入的地窖好不了多少。他不敢向自己承认,更不敢告诉别人,他总感到奇怪,虽

---

① 有人认为这是指托马斯·杨(1773—1829),英国一位自然科学家和埃及文物学家,医生。

然他赢得了一位可爱的、性格高尚的少女,可是他没有赢得欢乐,尽管这也是他梦寐以求的目标。确实,他熟知一切给他以相反启示的古典篇章,但我们发现,诵读古典篇章是一件花力气的事,它使人们没有余力再来考虑,如何把这些篇章应用于个人问题。

可怜的卡苏朋先生本来以为,他穷年累月、勤奋苦读的独身生活,是把他的欢乐以复利存款的方式储存在那里,现在他可以大量支取这笔存款,满足他感情上的需要了——我们每个人,不论他天性严肃或随便,都喜欢把自己的思想跟比喻连在一起,让它们牵着自己的鼻子走。现在他陷入了无法理解的苦闷,他相信,他的境遇是非常幸福的,他找不到任何外在的因素,足以说明他心头出现的某种空虚感觉,他对蒂普顿田庄的拜访已代替了他一向在洛伊克书斋中度过的单调岁月,他期望中的欢乐照理应该大放光彩才对,可是他仍不免有厌烦之感,以致郁郁寡欢,孤寂落寞,与他在著书立说的沼泽中长途跋涉、看不到尽头时,体验到的绝望心情如出一辙。而且这是那种最坏的孤独感,它总是讳莫如深,不敢希冀别人的同情。他只愿多萝西娅相信,他十分幸福,完全符合别人对这位如愿以偿的求婚者的设想。在著作方面,他依靠她幼稚的信任和尊敬,喜欢对她夸夸其谈,引起她新的兴趣,也借以鼓舞自己的情绪。在这些谈话中,他对他的成就和意图作了不厌其烦的说明,表现了一个老学究的雄心壮志。只是在他读死书、死读书的时刻,他面对的都是没有血肉的人物,周围尽是他们带来的阴森森的地狱的潮气,而现在为了跟她谈话,他只得把这些理想的聚谈者暂时撇开了。

至于多萝西娅,她的世界历史知识不过是年轻小姐手中的玩具匣,她受的教育也主要由这些部分组成,因此卡苏朋先生关于他的伟大著作的谈话,无异在她眼前展开了一个新的天地。这种耳目一新的感觉,这种由于可以进一步接近斯多葛派和亚历山大派[①]——这些人的思想与她是有共同之处的——而喜出望外的心情,使她暂时放弃了她平素的奢望,因为她一直想为自己寻找一套理论,制定一些准则,使她的生活和信仰能与惊人的过去紧密结合,从而追根溯源,用远古的知识来指

[①] 古代的两个著名学派。

导她的行动。现在好了,她相信,一种更完美的理论已出现在眼前,卡苏朋先生会把一切教给她。她在等待婚期到来的同时,也等待着进入更高的思想境界,这两个模糊的概念在她心中混合在一起。但是如果认为,多萝西娅想分享卡苏朋先生的一部分学问,仅仅是为了获得一种造诣,那就大错特错了,因为虽然在弗雷什特和蒂普顿一带,人们用聪明来形容她,但这个词并不能对她作出全面的说明,因为从更精确的意义上说,聪明不过是知和行的一种潜在能力,它与品德无关。她的求知欲却没有脱离她那热衷于展开同情行动的主流,这从来就是她的思想和意愿驰骋的领域。她并不想把知识当装饰品,让它与哺育她的行为的头脑和血液分开。如果她要写书,她就得像圣德雷莎一样,在一种控制心灵的威力的支配下写作。她总是渴望着什么,要求她的生活充满既合理又热烈的行动。由于时代不同了,不能依靠幻象的指引,也不能依靠神灵的向导,由于祈祷只能提高情绪,不能提供指示,那么唯一的明灯岂不只剩了知识?毫无疑问,只有饱学之士才掌握着灯油,那么谁比卡苏朋先生更有学问呢?

这样,在这短短的几个星期中,多萝西娅依然满怀希望,沉浸在欢乐和感激中,她的未婚夫有时虽觉得平淡无味,但这怎么也不能归咎于她的感情有了任何削弱。

这个季节温暖如春,于是他们扩大了蜜月旅行的计划,决定前往罗马。卡苏朋先生要求这么做,因为他希望上梵蒂冈查阅一批手稿。

但是西莉亚拒绝同行,多萝西娅不能指望得到她的陪伴。这样,过了几天,一天早晨,卡苏朋先生对多萝西娅说:"我很遗憾,你的妹妹不能陪我们一起旅行。你势必有不少时候会感到孤单,因为到了罗马,我不得不充分利用我的时间,如果你有一位同伴,我就可以更自由一些。"

"我就可以更自由一些"这句话,刺痛了多萝西娅。她有些生气,脸上出现了红晕,这在她跟卡苏朋先生的谈话中还是头一回。

"你对我一定还很不了解,"她说,"你仿佛以为,我还不明白你的时间有多么宝贵,仿佛我不愿让你充分利用它,尽量不来打扰你。"

"那是你对我的关照,亲爱的多萝西娅,我十分感激,"卡苏朋先生说,一点也没有发觉她在生气,"但是如果有一位小姐做你的同伴,我就可以放心,让向导来照料你们了。这样,我们可以分头利用我们的时间,不致互相干扰。"

"我要求你别再提这件事,"多萝西娅说,神色有些高傲。但接着她又想,她可能错了,于是转过身来,把手按在他的手上,用不同的口吻继续道:"请你不必为我担心。我一个人的时候,有许多事情可以思考。而且坦特莉普便是很好的同伴,她会照顾我。我倒宁可西莉亚不去,因为她难免感到冷清。"

更衣的时间到了。那天要举行宴会,这是婚前照例要在农庄上举办的几次宴会中的最后一次。多萝西娅听到铃声很高兴,她可以借此机会立刻走开,仿佛她需要比平时更多的时间作入席前的准备似的。她为自己的气恼感到惭愧,原因何在,她甚至对自己也讲不清楚。因为她虽然并不想说假话,但是她的回答没有接触到她的真正伤心之处。卡苏朋先生的话合情合理,无可非议,然而它们使她看到,他跟她保持着一定的距离,尽管这只是一种朦胧的、一闪而过的意识。

"我的心地无疑太狭窄了,太自私了,"她对自己说,"我的丈夫既然比我高出不知多少,我怎能没有一点自知之明,知道他需要我不如我需要他多?"

她终于使自己相信,卡苏朋先生是完全对的,于是她恢复了平静,走进客厅的时候,显得安详端庄、神采奕奕。她穿一身银灰色外衣,深棕色头发从前额上面分开,向后挽成两个浓密的发髻,线条简单大方,这与她那淡雅的装束,坦率的表情,完全一致,它们都绝不片面追求华丽。有时多萝西娅跟大家在一起的时候,眉宇之间有一种从容自若的神气,仿佛她就是圣巴巴拉①,正从她那塔楼中眺望着外面清新的空气。但是一旦外界有什么触动了她,她的言语和感情从这些沉静的间隙中爆发出来,往往能给人以更深刻的印象。

---

① 公元四世纪希腊的一个基督徒,她的父亲是异教徒。巴巴拉因拒绝父亲给她定的婚事,被囚禁在一个高塔中,受尽折磨。

这天晚上,她自然成了不少人议论的题目。这样盛大的宴会,自从布鲁克先生的两位侄女来到田庄以后,还没有举行过。来宾中,男子特别多,而且各种身份都有,因此那些三三两两的聚谈,各有千秋,不尽相同。其中有米德尔马契新当选的市长,他同时也是一位实业家;他的妹夫,一位银行家,也是慈善家,在本市有相当势力,以致大家按照各自掌握的词汇,有的称他循道派教徒,有的称他伪君子;此外还有各种自由职业者。卡德瓦拉德太太说得对,布鲁克开始跟米德尔马契的市民握手言欢了,但她宁可在什一税宴会上跟农民同桌吃饭,他们向她祝酒至少是真心诚意的,而且从来不为祖父的家具害羞。因为在英国那部分地方,当议会改革运动还没有掀起轩然大波,提高人们的政治意识之前,等级壁垒还相当森严,而党派的壁垒却不太分明。这就难怪布鲁克先生那种一视同仁的请客,被认为是他一贯不守规矩的表现,这种作风的根源便在于他早年落拓不羁,浪迹天涯,又养成了过分重视思想的习惯。

布鲁克小姐一离开餐厅,那些惊叹不止的"旁白"便乘机抬头了。

"布鲁克小姐的确是一个出色的小妞儿!真的,一个难得的美人!"老律师斯坦迪什先生叫道,他因为长期为地主绅士效劳,自己也变成了地主。他声如洪钟,这种声音宛如族徽一般,证明讲话的人不愧是一位家道殷实的绅士。

他的话似乎是对着银行家布尔斯特罗德先生讲的,但那位先生一向忌讳粗俗和猥亵,只是颔首微笑。答话的是奇吉利先生,一个中年鳏夫,打猎名手。他的皮肤有点像复活节彩蛋,稀稀的头发梳得相当光滑,全身的姿势都表示他对自己的高贵仪表十分满意。

"对,但不是我理想的姑娘。我喜欢一个女人多少随俗一些,这样才讨人喜欢。一个女孩子应该穿得华丽一些,带些脂粉气。男人喜欢她们争妍斗胜,卖弄风情。他越是无法招架,越觉得有趣。"

"这话不无道理,"斯坦迪什先生说,装出一副随和的样子,"说真的,这是她们一贯的作风。我想,这也是明智的,符合她们的目的,因为上帝就是这样创造她们的,布尔斯特罗德,你说是吗?"

"依我看,卖弄风情倒是出自另一根源,"布尔斯特罗德先生回答,

"我宁可把它算在魔鬼的账上。"

"啊,有理,有理,女人身上总有一点魔鬼的精神,"奇吉利先生说,他对女性的研究似乎损害了他的神学观念,"我喜欢那种金发女郎,雪白的皮肤,窈窕的身材,生着天鹅的脖子。我们私下谈谈,市长的千金比布鲁克小姐或西莉亚小姐,都更合我的口味。如果我想结婚,我宁可要文西小姐,不要她们。"

"好啊,足下大可一试,"斯坦迪什先生打趣道,"如今中年男子可吃香呢。"

奇吉利先生意味深长地摇摇头,表示他看中的女子一定会欢迎他,只是他不想惹这麻烦。

那位承蒙奇吉利先生夸奖的文西小姐,自然并不在场,因为布鲁克先生一向主张适可而止,他不希望两位侄女跟米德尔马契一个制造商的女儿见面,除非在公共场所。女宾方面,没有一个是彻泰姆老夫人或卡德瓦拉德太太看不上眼的,因为伦弗鲁太太是上校的遗孀,不仅在教养方面无懈可击,而且她的病也耐人寻味,她总是叫这里不舒服,那里不好过,弄得医生束手无策,显然,这种病除了医学知识,还得加上江湖郎中的花言巧语才能诊治。彻泰姆老夫人一向用家酿的苦啤酒,结合常年不断的药物治疗,保护她尊贵的身体,她充分运用想象力,仔细揣摩伦弗鲁太太叙述的症状,以及一切补药对她都无济于事的异常状况。

"那么那些补药的作用都到哪儿去了呢?"慈祥而庄严的老夫人一边想,一边转身对卡德瓦拉德太太说,这时伦弗鲁太太正好没有注意。

"都补了病啦,"教区长的妻子说,她出身名门望族,不可能不对医药学发生兴趣,"一切都在于体质,有的人容易发胖,有的人血气旺盛,也有的肝火很大——这就是我的观点,不论他们吃什么药,只会火上加油,促进这种倾向。"

"照你的说法,她应该吃那种可以减轻……减轻她的病的药,亲爱的。你的话很有道理。"

"当然有道理。在同样的土壤中,可以种出两种不同的马铃薯。一种是水分越来越多……"

"啊！就像这位可怜的伦弗鲁太太……我明白了。这是水肿！目前浮肿还没表面化，还潜伏在身体里。我得说，她应该服用干燥剂，你说呢？或者洗太阳浴。办法不少，只要能起干燥作用的，都可以试一试。"

"有一个人的小册子，她不妨试试，"卡德瓦拉德太太说，看到先生们进屋来，压低了嗓音，"这个人是最好的干燥剂。"

"谁，亲爱的？"彻泰姆夫人问，这个可爱的老太太头脑不太灵活，从来不会使人失去解释的乐趣。

"新郎官卡苏朋。自从定亲以来，他变得越来越干瘪了，一点不假，这是给欲火烤干的。"

"我看，他的体质一点不好，"彻泰姆夫人说，声音压得更低，"而且他研究的东西，你说得不错，非常干燥无味。"

"说真的，他站在詹姆士爵士旁边，就跟一具骷髅似的，只是暂时还披着一层皮。记住我的话，从现在起不出一年，那位小姐就会讨厌他。现在她把他当天神一样崇拜，不用多久，她就会走到另一个极端。一切都是异想天开！"

"真是触目惊心！我看她是太任性了。但是请你告诉我——你对他一切都知道呢——他究竟有什么不好？事实究竟怎样？"

"事实？他一切都糟透了，像一帖开错的药，吃了有害，非遭殃不可。"

"那真是太糟了，"彻泰姆夫人说，一提到药，她马上开了窍，仿佛对卡苏朋先生的缺点已有了准确的概念，"不过，谁说布鲁克小姐的坏话，詹姆士就要生气。他说，她仍是妇女的一面镜子。"

"这是他宽宏大量，自欺欺人。实际他更喜欢小西莉亚，她也赏识他，这准没错儿。我想，小西莉亚，你该满意吧？"

"当然，她比天竺葵更可爱，看样子性情也比较温和，只是人材不那么出色。但我们刚才谈吃药来着，我问你，这位新来的年轻医生利德盖特先生怎么样？我听说他非常聪明，看他那模样儿应该是这样，那张脸多清秀。"

"他是一个上等人。我听过他跟汉弗莱谈话。他谈吐不俗。"

"对。布鲁克先生说,他是诺森伯兰郡利德盖特家的子弟,是真正的绅士家庭出身。想不到干医生这行当的,也有这种人。不过拿我来说,我宁可一个医生跟仆人差不多,地位不宜太高;他们往往更聪明。我告诉你,我发觉,可怜的希克斯的诊断总是万无一失,从没错过。他有些粗鲁,像个杀猪的,但他了解我的体质。他这么突然去世,对我确是个损失。我的天,布鲁克小姐正跟这个利德盖特在谈话,看样子还谈得挺投机呢!"

"她正跟他谈村舍和医院的事,"卡德瓦拉德太太说,她的耳朵特别尖,一听便了如指掌,"我相信他有点慈善家的味道,布鲁克自然要把他当宝贝了。"

"詹姆士,"彻泰姆夫人看见儿子走来,便说,"请利德盖特先生过来,你给我介绍一下。我得试试他的本领。"

这位和气的老太太声称,她听到过利德盖特先生用新方法治疗热病取得的成就,现在有机会认识他,觉得非常荣幸。

利德盖特先生作为一个医生,不论人家讲什么废话,他照例洗耳恭听,加上他那对沉着的黑眼睛,使他天然具有一种严肃认真的神气。他跟故世的希克斯大不相同,特别是他的衣着和谈吐,似乎不拘形迹,但又文雅不俗。他赢得了彻泰姆夫人越来越大的信任。她认为自己的体质与众不同,这得到了他的首肯,他承认每个人的体质都不相同,但她的体质可能尤其如此。他不赞成过多使用降压措施,包括乱用拔火罐放血法在内,另一方面,他也反对使用葡萄酒和金鸡纳皮一类药物。他说"我这么想"的时候,态度十分谦恭,又不显得随声附和,而是有所依据,以致她对他的才能心悦诚服,留下了良好印象。

她离开以前,对布鲁克先生说:"我对你庇护下的那位先生十分满意。"

"我庇护的先生?天哟!那是谁?"布鲁克先生问。

"年轻的利德盖特,新来的医生。我觉得,他对自己那一行有很深的造诣。"

"噢,利德盖特!要知道,他不是我庇护的医生,我只是认识他的一位伯父,他为他写过信给我。不过,我觉得他的医术应该是第一流的,他曾在巴黎学医,还认识布鲁萨①。你知道,他有自己的见解,指望提高我们的医疗水平呢。"

布鲁克先生送走彻泰姆夫人以后,又回来招待米德尔马契的一些先生,他说:"利德盖特对空气流通和饮食卫生,以及诸如此类的事,有不少想法,都很新鲜。"

"笑话,你以为那都是正确的不成?难道英国人祖祖辈辈应用的医疗方法,倒应该推翻?"斯坦迪什先生说。

"医学知识在我国已处在落后状态,"布尔斯特罗德先生说,他的嗓音低低的,带一点病态,"就我而言,我欢迎利德盖特先生的到来。我打算把新医院交给他主持,我相信这是有充分理由的。"

"那自然悉听尊便,"斯坦迪什先生回答,他一向跟布尔斯特罗德先生合不来,"如果你想拿你医院的病人做试验品,让一些人死在你的慈善事业下,我不反对。但我不打算从我的口袋里掏出钱来,让人拿我做试验品。我喜欢已经试验成功的医疗方法。"

"不过,要知道,你吃的每一帖药都是一种试验,一种试验,你知道。"布鲁克先生说,向律师点点头。

"从那个意义上说,就不好讲啦!"斯坦迪什先生道,表示他讨厌这种法律范围以外的诡辩,又不愿得罪一位重要的主顾。

"我欢迎任何医疗方法,只要它能治好我的病,不致使我变成一具骷髅,像故世的格兰杰那样,"市长文西先生道,他红光满面,如果谁要研究皮肤,那么他提供的样品,跟布尔斯特罗德先生那种圣芳济修士的脸色,恰好构成鲜明的对照,"正如有人讲的,要是没有任何盾牌抵挡疾病的利箭,那是非常危险的。我想,这话充分表达了我的意见。"

利德盖特先生当然没有听到这些高论。他早已告辞,而且觉得这种聚会十分无聊,只是新认识的几个人还有些意思,尤其是布鲁克小姐,她年轻美貌,可是即将嫁给那位衰老的学者,她又对社会福利那么关心,这一切使她显得与众不同,有些咄咄逼人。

"她是一个好心的女孩子,一个漂亮的姑娘,但是有点偏激,"他

---

① 弗朗索瓦·布鲁萨(1772—1832),法国著名医师。

想,"跟这样的女人谈话是很麻烦的。她们对一切都要问个为什么,然而她们又太无知,对任何问题的利害得失缺乏必要的认识,往往只得依靠她们的道德观念,按照主观愿望处理事物。"

显然,布鲁克小姐不是利德盖特心目中的女性,正如她不符合奇吉利先生的理想一样。在思想成熟的奇吉利眼中,她只是一个错误,这样的人物必然使他对造物主的安排产生怀疑,发现年轻美貌的少女跟紫酱脸膛的单身男子,未必是天作之合。但利德盖特还不太成熟,关于妇女最重要的优点是什么,他未来的经验很可能还会使他改变看法。

然而布鲁克小姐在结婚以前,跟这两位先生没有再见过面。那次宴会以后过了不久,她就成了卡苏朋夫人,动身前往罗马了。

第十一章

> 它有的只是一般人的言语和行动,
> 出场的也只是喜剧中常有的人物,
> 它要表现的是当前的实际情景,
> 它嘲笑的是人的愚昧,不是离奇的罪行。
>
> ——本·琼森①

其实,利德盖特已经意识到,一位跟布鲁克小姐断然不同的少女早把他的心吸引住了。当然,他并不认为他已经神魂颠倒,堕入了情网,关于那位小姐,他只是这么想:"她是美的化身,她生得花容月貌,人才出众。那是一个理想的女子,她给人的印象像一支美妙的乐曲。"平庸的女人在他眼中,就像生活中其他严峻的事实,是面向哲学,为科学研究而存在的。但罗莎蒙德·文西是真正的美的旋律。一个男子遇见了他心目中的情人,如果打算尽快结婚的话,那么他的独身生活还能维持多久,通常就得由她,而不是由他来决定了。然而利德盖特认为,他几

---

① 本·琼森(1572—1637),英国诗人和剧作家,人文主义者。他主张在戏剧中描写当前日常生活,对英国现实主义喜剧的发展有重大影响。这里引用的几行诗,出自他的著名喜剧《人人高兴》的"序诗"。在这序诗中,作者阐述了他的创作原则。

年内还不能结婚,他必须先给自己闯出一条光明大道,然后才谈得到结婚,他不想走别人走过的现成道路。他看到文西小姐出现在他的地平线上已经好久,几乎跟卡苏朋先生从订婚到结婚的时间一样长,但那位博学的先生不仅广有家产,而且积累了大量的笔记,他所拥有的名声已可保证他未来的成功——一个人的荣誉往往那时已奠定基础。他的成家,正如我们看到的,只是用一位妻子来点缀他剩下的四分之一生命,小小的月亮对地球运行的影响几乎微不足道。但利德盖特年轻,贫穷,又抱负不凡。他的半个世纪还在前面,不在后面,他来到米德尔马契是要干一番事业,而这种事业并不能直接给他带来财富,甚至不能保证他得到优裕的收入。对于处在这种境况下的男子而言,娶一个妻子就不仅是给生活增添一件装饰品的问题了,不论他如何重视这问题。利德盖特也确实把这看作妻子的首要职责,正是在这一点上,他根据那唯一的一次谈话,觉得布鲁克小姐并不符合他的要求,尽管她的美貌是不容否认的。她不是从女性应有的角度来看待事物。跟这样的女子在一起,就好比你下班以后正想休息,却不得不去教二年级的小学生读书,你的家不是鸟语花香的乐园,听不到甜蜜的笑声,也看不到美丽、蔚蓝的眼睛。

当然,在目前,对利德盖特说来,布鲁克小姐的心情如何是毫无意义的;对布鲁克小姐说来,使这位年轻医师感到陶醉的女子是何许人,也是毫无意义的。但是任何人,只要他密切观察人们的命运如何在不知不觉中发生交叉现象,他就会发现,一个人的生活怎样对另一个人的生活产生缓慢而微妙的影响,尽管我们对素昧平生的人报之以无动于衷或漠不关心的目光,这种影响却在对我们发出深谋远虑的嘲笑。命运之神把我们的剧中人握在她的手里,正冷眼旁观呢。

古老的外省社会也不能避免这种微妙的运动,它不仅经历过沧海桑田的变化,看到过当年才华横溢的年轻名士终于沦落,只得守着蓬头垢面的老婆和六个孩子,度过寒碜的晚年,一般的浮沉兴衰也比比皆是,它们常常会改变社会交际的界限,引起人们对相互依存关系的新认识。有的人败落了,有的人上升了,老百姓发了财,不再把贵族放在眼里,吹毛求疵的新贵代表地方当了议员;有的卷进了政治风潮,有的参加了宗教运动,也许最后仍会发现,他们只是殊途而同归。少数人士或家庭在这风云变幻中,诚然像磐石一样屹立不动,但那坚固的表面也会慢慢呈现新的斑纹,随着自身和旁观者的演变而改变形状。城市和乡村逐渐形成了千丝万缕的新关系——当然,这是逐渐进行的,正如储蓄银行逐渐取代老式的扑满,金光闪闪的畿尼①逐渐销声匿迹一样。同时,乡绅和从男爵们,甚至勋爵们,本来与公众相隔遥远,不通声气,因此安然无恙,现在却逐渐尝到了往来频繁的苦头。居民也变得五方杂处,各地的人都来了,有的带来了惊人的新技术,有的显示了防不胜防的狡猾伎俩。确实,在古老的英国,这类运动和混合并不少见,比之我们在更早的希罗多德②的著作中看到的毫无逊色——有趣的是,希罗多德在叙述历史渊源时,开宗明义讲的也是一位妇女的遭遇。当然啦,伊娥这位少女显然受到了鲜艳夺目的商品的诱惑,她与布鲁克小姐截然相反,从这个方面看,也许她倒与罗莎蒙德·文西有些类似,后者对衣着特别讲究,而且生得如花如玉,身材窈窕,大有仙女风度,不论穿什么式样、什么颜色的衣服,无不恰到好处。但这一切只是她的妩媚的一部分。在莱蒙太太的学校里,她还是公认的高材生,这所学校在全郡首屈一指,凡是一个完美的女孩子需要知道的一切,无不列入它的教学范围,甚至有所超越,例如,它还教授上下马车的姿势等等。莱蒙太太经常亲自表扬文西小姐,把她列为全校的模范。她说,没有一个学生在聪明才智和谈吐文雅方面超过那位小姐,她的音乐技能更是大家所望尘莫及的。别人如何谈论我们,我们自然无从干预,要是让莱蒙太太来描摹朱丽叶和伊摩琴③,这些女主角一定也会变得索然无味。至于罗莎

---

① 英国一种较早的硬币,一八一七年起停止铸造。
② 希罗多德(约公元前484—约公元前425),古希腊历史学家,号称"历史之父"。他所著《历史》九卷,叙述了希腊、波斯等国的历史,但杂有许多神话传说。《历史》第一卷记载了伊娥的故事。伊娥是希腊神话中的人物,主神宙斯爱上了她,天后赫拉把她变成小牛,后来她获得自由,渡过博斯普鲁斯海峡,到达尼罗河岸,恢复了人形。希罗多德把她作为埃及民族的祖先,但说她是被腓尼基商人用美丽的商品骗往埃及的。
③ 都是莎士比亚剧本中的人物。朱丽叶即《罗密欧·朱丽叶》中的女主人公,伊摩琴是《辛白林》中辛白林的女儿。

蒙德,我想,她给我们的第一个印象,就足以使莱蒙太太的赞美造成的误会,从大部分鉴赏者的心头消失了。

不用说,利德盖特来到米德尔马契不久,就见到了那位花容月貌的小姐,甚至还认识了文西一家,因为尽管他买下的是皮科克先生的业务,而文西家不是这位医师的主顾(文西太太不喜欢他采用的降热疗法),但皮科克的不少病人是文西家的亲戚或朋友。事实上,在米德尔马契,凡是有些地位的人,谁不跟文西家沾亲带故,多少有点关系呢?他们祖孙三代经营实业,又拥有一家著名的商行,因此他们与当地多少算得上士绅的人家互相联姻,是很自然的。文西先生的妹妹攀了一门富亲,嫁给了布尔斯特罗德先生,而这位先生不是本地人,并且谁也不知道他的来历,因此大家认为,他跟一家道道地地的米德尔马契人结成亲戚,这是他的聪明之处。另一方面,文西先生却降格以求,娶了一位旅馆老板的女儿。不过尽管这样,这门亲事也不算吃亏,因为文西太太的姐姐是老财主费瑟斯通先生的填房,几年前死了,他们没有子女,这样,可想而知,外甥和外甥女就得到了鳏居的姨父的宠爱。事有凑巧,布尔斯特罗德先生和费瑟斯通先生都是皮科克最重要的病家,他们出于不同的原因,都对皮科克的后继者另眼相看,后者在当地获得了一些好评,但也引起了不少议论。文西家的特约医师伦奇先生早已发现,利德盖特的医疗技术不过尔尔,关于他的一切消息,在经常高朋满座的文西家的客厅里,无不广为流传。文西先生喜欢跟大家保持友好关系,不想偏袒任何一方,但他一向不慌不忙,觉得没有必要马上结识新来的人。不过罗莎蒙德很焦急,巴不得父亲快些把利德盖特请进家中。她经常见到的那几张脸,那些模样,实在叫她看腻了——米德尔马契这些年轻人,她从小认识,他们的相貌固然各有千秋,但同样不登大雅之堂,走路的姿势和谈吐也俗不可耐。她的同学中有些女孩子身份较高,她相信,她们的弟兄一定比米德尔马契那些天天见面的小伙子更加有趣。总之,她希望父亲邀请利德盖特,但又不便开口,至于那位父亲,他觉得这种事可以慢慢来。一个即将荣任市长的市政次官,只能逐步扩大交际的范围,眼前在他丰盛的酒席上,客人已经相当多了。

早上,文西先生带着第二个儿子上商行办事,走了已经好久,摩根小姐也已在教室里跟几个较小的女儿上课,但桌上的早餐照例还没有收拾干净,它在等待全家的懒汉,那位大少爷,而他觉得,不管别人多么不满,总比按时起床舒服一些。这是十月的一个早晨,也是不久前我们看到卡苏朋先生访问蒂普顿田庄的时候。屋里生着火,显得太热一些,以致那只哈巴狗躲到了远远的墙角里,还在直喘气。不知为什么,罗莎蒙德跟平时不同,仍坐在那儿绣花,不时摇摇头,把手艺活儿放在膝上,露出不胜困倦的神气端详着它。她的妈妈刚巡视厨房回来,在做针线活的小桌子的另一边坐下,神色十分安详,直到时钟发出警告,表示它又要响了,她这才抬起头,伸出本来在织补花边的胖胖的手指,按了按铃。

"再去打一下弗莱德先生的房门,普里查德,告诉他已经打过十点半钟了。"

文西太太讲这话时,脸色没有一丝变化。这是一张容光焕发、安闲沉静的脸,四十五年的岁月没有给它留下任何棱角或皱纹。她把帽子上的粉红带子向后挪了挪,让活儿搁在膝上,端详着女儿,露出了赞赏的眼色。

"妈妈,"罗莎蒙德说,"待会儿弗莱德下来,你最好不要让他吃熏青鱼。这么迟了,屋子里还是一股熏鱼味,我实在受不了。"

"哎呀,亲爱的,你对你的弟兄们总那么严厉!我觉得这是你唯一的缺点。你性情温和,谁也比不上,可就是对自己的弟兄老爱发脾气。"

"我没有发脾气,妈妈,你从没听到我说过一句粗野的话。"

"这自然,但你总觉得他们这也不对,那也不对。"

"那些男孩子都那么讨厌。"

"哎哟,亲爱的,对年轻人别这么苛刻。只要他们心地好,这就上上大吉了。一个女人应该学会容忍,不要计较那些小事。你总有一天也要出嫁的。"

"我决不嫁给弗莱德那号人。"

"不要把自己的哥哥说得那么坏,亲爱的。没有几个年轻人比得上他,尽管他没有拿到学位——这件事我确实想不通,因为据我看,他非常聪明。你自己也知道,在大学里,大家公认他是属于优等生一类的。你一向对人要求很严,亲爱的,我倒是奇怪,你的哥哥这么高尚文雅,为什么你又对他老不满意。你嫌鲍勃不好,正因为他不像弗莱德呢。"

"不对,妈妈,只因为他是鲍勃。"

"好啦,亲爱的,你不能要求米德尔马契的每个年轻人都没有一些缺点。"

"但是……"这时罗莎蒙德脸上掠过了一丝微笑,两个酒靥顿时出现在她的腮帮子上,她自己认为,这种酒靥很不雅观,因此在外人面前尽量不笑,"但是我不会嫁给米德尔马契的任何年轻人。"

"看来是这么回事,亲爱的,因为你实际上已经拒绝了他们中间的头挑货,要是还有更好的,我相信,除了你也没有哪个女孩子般配得上。"

"对不起,妈妈,我希望你不要说'他们中间的头挑货'。"

"为什么,难道这话不对吗?"

"妈妈,我的意思是说,这是一句庸俗的话。"

"很可能,亲爱的,我讲话总是不太文雅。我应该怎么说呢?"

"他们中间最好的。"

"哦,这似乎太寻常、太平淡了。要是我有时间考虑,我想不如说'最优良的年轻人'。但你读过书,有学问,你应该知道。"

"妈妈,罗莎应该知道什么啦?"弗莱德先生接口道,原来母女俩埋头做针线,没发现他已从半掩的门中溜进屋子。现在他向壁炉走去,背对着它,站在那里烤暖他的拖鞋底。

"是不是最好说'最优良的年轻人'。"文西太太回答,一边按铃。

"对,如今有不少优良的茶叶,优良的砂糖。优良已成了商店老板的口头禅。"

"怎么,你现在也反对惯用语了吗?"罗莎蒙德说,带有一点指责的意味。

"我只反对坏的一类。其实用什么词都是习惯。某一类人用某一类习惯语。"

"但也有纯正的英语,那不是市井的俗语。"

"请你原谅,所谓纯正的英语只是学究的惯用语,他们用它写历史和论文罢了。最有表现力的俗语就是诗人的语言。"

"你反正不计一切,只要能证明你的观点就成,弗莱德。"

"那么,你说说看,把公牛称作罗圈腿,这是俗语还是诗?"

"当然,你要说它是诗也可以。"

"啊哈,罗莎小姐,你连荷马的诗跟俗语也分不清。我要发明一种新的游戏,把俚语和诗写在许多小纸条上,让你来辨别。"

"哎哟,听这些年轻人讲话,多有意思!"文西太太说,显得心悦诚服,非常高兴。

弗莱德在餐桌边转了一圈,打量着火腿、罐头牛肉和其他吃剩的冷菜,看样子心里有些不满,但又碍于礼貌,克制了一切厌恶的表示。这时,他看到仆人把咖啡和黄油烤面包端来,便说道:"普里查德,我的早餐就这些东西?"

"少爷,您想吃鸡蛋吗?"

"鸡蛋?不要!给我来一块烤牛排。"

"说真的,弗莱德,"罗莎蒙德等仆人走后,说道,"你如果早饭要吃热菜,我看最好早一点下楼。你想打猎的时候,六点钟就起床了。我不明白,为什么别的日子早一点起身就这么困难。"

"那是因为你缺乏理解能力,罗莎。我打猎能够早起,是因为我喜欢打猎。"

"要是我比谁都迟到两个钟头,还要叫人给我吃烤牛排,你会觉得我怎么样?"

"我会觉得你是一个非常贪睡的小姐。"弗莱德说,泰然自若地吃他的烤面包。

"我不明白,为什么男孩子不能像女孩子那样,非要弄得人家讨厌他不可。"

"不是我把自己弄得讨厌,是你觉得我讨厌。讨厌这个词只是形容你的感觉,不是形容我的行为的。"

"我觉得它可以形容烤牛排的气味。"

"根本不对。它只能形容你那个小鼻子的感觉,因为它受过莱蒙太太的学校的熏陶,所以才变得娇滴滴的,受不了这种气味。你瞧我的妈妈,她对任何东西,从来不嫌它们不好,除非这是她自己做的。妈妈才是我心目中和蔼可亲的妇女。"

"谢谢你们两个别斗嘴了吧,"文西太太说,露出一副做母亲的那种息事宁人的态度,"喂,弗莱德,你给我们讲讲那个新大夫。你的姨父喜欢不喜欢他?"

"据我看,非常喜欢。他向利德盖特提出了各种问题,听他回答的时候还皱紧了眉头,好像它们把他的脚趾都夹痛了。这是他的习惯。啊,我的烤牛排来了。"

"但你怎么那么迟才回家,亲爱的?你说你只是到姨父家里去一下。"

"哦,我在普利姆但尔那里吃了饭。我们打惠斯特牌来着。利德盖特也在那儿。"

"你觉得他怎么样?我想,他应该很有绅士气派。据说,他是上等人家出身,他的亲戚都是郡里有地位的人。"

"一点不错,"弗莱德说,"在圣约翰学院,也有一个人姓利德盖特,钱多得花不了。我发现,这人与他还是远房兄弟。不过远房兄弟也可能有穷有富,大不一样。"

"但是不论贫富,总是大人家出身。"罗莎蒙德说,口气斩钉截铁的,这说明她对这问题已考虑成熟。罗莎蒙德认为,如果她不是米德尔马契大商人的女儿,她可能更幸福。任何事,凡是使她想起她的外公是旅馆老板的,都叫她讨厌。不用说,了解底细的人会意识到,文西太太的言谈举止有点像非常漂亮又非常和气的老板娘,她们见惯了各种脾气古怪的先生,以致对一切都不以为奇了。

"我总觉得他的名字有些特别,怎么叫泰第乌斯,"显得还很年轻的主妇说,"不过当然,这是上等人家用的名字。好吧,你讲讲看,他究竟是怎样一个人。"

"哦,身材高高的,皮肤黑黑的,也很聪明,谈吐不俗……不过我觉得,他有点自命不凡的样子。"

"我可不懂,你这'自命不凡的样子'是指怎么一副样子。"罗莎蒙德说。

"就是说,处处都要表示自己另有看法。"

"原来这样,亲爱的,医生给人看病当然得提出自己的看法,"文西太太说,"要不,还要医生干什么?"

"对,妈妈,医生是靠诊断病情挣钱的。不过这些书呆子夸夸其谈,他们的意见是分文不取,白白奉送的。"

"我想,玛丽·高思见了利德盖特先生,一定会另眼相看。"罗莎蒙德说,带一点言外之意。

"这我可不知道,"弗莱德说,有些不高兴,一边离开餐桌,拿起他带下来的一本小说,朝扶手椅上一坐,"如果你要吃醋,你不妨多到斯通大院走走,有你在那里,她自然只得甘拜下风了。"

"我希望你不要这么庸俗,弗莱德。如果你已经吃完,请你按一下铃。"

文西太太等仆人收拾好餐桌走了以后,说道:"不过那也是实在的——我是指你哥哥讲的话,罗莎蒙德。你总是不耐烦,不肯常去看望你的姨父,这太可惜了,他一向夸奖你,希望你住在他那儿。谁知道呢,他一高兴,说不定会给你,也给弗莱德留下点什么的。上帝知道,我喜欢你待在家里陪我,但为了孩子们的利益,我是愿意跟他们分开的。可现在只得让玛丽·高思占便宜了,照情理看,你们的姨父是会给她一些好处的。"

"玛丽·高思乐意待在斯通大院,因为那总比当家庭教师强一些,"罗莎蒙德说,一边把绣花活儿折叠整齐,"如果为了得到一点什么,要我受那份罪,跟我姨父的咳嗽,以及他那些讨厌的亲戚打交道,我宁可他什么也不留给我。"

"他活不久了,亲爱的。我并不指望他早死,但是气喘,加上心脏有病,我们只得说,他在另一个世界也许更快活一些。我对玛丽·高思也没有坏心思,但事情总应该公平。费瑟斯通先生的第一个妻子跟我的姊姊不同,没有带给他什么钱。在遗产问题上,对这两家的子女自然不能平等看待。何况我得说,玛丽·高思生得么难看,一点不讨人喜欢,本来只配当家庭教师。"

"妈妈,在这一点上,谁也不会同意你的话。"弗莱德说,他好像能够一边看书一边听人谈话似的。

"好吧,亲爱的,"文西太太说,巧妙地改变了态度,"但愿她能得到一点什么,一个男子娶的实际是妻子的亲戚,何况高思家这么穷,日子过得这么寒碜。现在,亲爱的,我让你安心读书,我得上街买东西了。"

"弗莱德读书是装门面的,"罗莎蒙德说,随着妈妈站了起来,"他只是在看闲书。"

"好啦,好啦,他慢慢会读拉丁文这类书的,"文西太太用安慰的口吻说,一边抚摩着儿子的头,"吸烟室里生着火,是专门为你准备的。弗莱德,亲爱的,要知道那是你父亲的希望,我总是劝他放心,说你会上进,重新回学院参加学位考试的。"

弗莱德把母亲的手拉到唇边,吻了一下,但没说什么。

"我想,你今天不去骑马吧?"罗莎蒙德故意留在后面,等妈妈出去以后问道。

"不去,做什么?"

"爸爸说,我现在可以骑那匹栗色马了。"

"如果你想骑马,可以明天跟我去。不过别忘记,我是要上斯通大院的。"

"我非常想骑马,至于上哪儿,我无所谓。"其实罗莎蒙德最希望去的,正是斯通大院。

"喂,等一下,罗莎,"弗莱德看她快走出屋子,喊住了她,"如果你要弹钢琴,我跟你一起去,我给你吹笛子。"

"今天早上别来纠缠我。"

"为什么今天早上不成?"

"说实话,弗莱德,我希望你不要再吹笛子。一个男人吹笛子,那副傻乎乎的样子多难看。何况你老是走调。"

"等以后有人向你求婚的时候,罗莎蒙德小姐,我一定告诉他,你多么和气,总是照顾别人。"

"为什么我非得照顾你,听你吹笛子不可,你却不能照顾我,让我别听你吹笛子?"

"那你为什么要我带你去骑马呢?"

这个问题打中了要害,因为罗莎蒙德已打定主意,明天非骑马不可。

于是弗莱德如愿以偿,对着《长笛吹奏法》,练习了将近一个钟头笛子,吹了《通宵达旦》与《堤岸和溪边》①等等心爱的曲子。在吹奏音乐方面,他兴致勃勃,寄托着无限的希望。

第 十 二 章

他心中的烦恼,

葛维司岂能知道。

——乔叟②

第二天早上,弗莱德和罗莎蒙德骑马前往斯通大院,要经过一片风光如画的中部平原,那里一眼望去几乎尽是一块块草地和牧场,栽成树篱的灌木仿佛仍充满生机,准备为飞鸟开放茂盛的花果。一些细小的事物赋予了每块田野独特的面貌,使从小看惯它们的眼睛感到格外亲切。僻处一角的池塘水草丛生,树影婆娑,簌簌出声。牧场中央的空地上,高大的栎树独自屹立,投下了一片阴影。壁立的岸边,耸峙着几株白杨。废弃的泥灰岩坑旁边,陡峭的斜坡给牛蒡构成了一片紫红的背景。农家的房顶和草垛攒聚在一起,看不到一条通行的道路,灰色的大门和篱笆一直延伸到边缘的密林深处。一些零星的茅屋,顶上铺着陈旧的茅草,分布在生满苔藓的丘陵和峡谷中,使那里明暗相间,蔚为奇观。我们后来在出外远游中也会见到这种景色,而且还会见得更多,但没有一处会比它更美。这一切就是英国中部一带的人所欣赏的景物,他们从小行走在这中间,也许他们的父亲赶着车,悠闲地经过这儿的时

---

① 前者是威尔士民歌,后者是苏格兰民歌。
② 见乔叟的《坎特伯雷故事集》中磨坊主的故事。

候,他们已站在他的膝盖中间,记住了这些景色。

但不论大路还是小路,都整洁平坦,因为我们已经看到,洛伊克这个教区没有泥泞的小巷,也没有贫困的农户。现在弗莱德和罗莎蒙德骑马走了两英里以后,便进入了洛伊克教区。再走一英里,就可以到达斯通大院,而过了半英里,那所住宅已隐隐在望。这本来应该是一幢青石大公馆,但仿佛它的左翼突然冒出了一些农家房屋,限制了它的发展,使它只得局限在这个范围内,成了一所普通富裕农民的住宅。但远远望去,它还不算难看,因为那一个个尖顶的禾垛,正好与右边一排茂盛的胡桃树相映成趣,取得了对称的效果。

不久他们就发现,门口的环形车道上隐隐停着什么,似乎是一辆轻便双轮马车。

"我的天,"罗莎蒙德说,"真不凑巧,但愿不是姨父那些可怕的亲戚来了。"

"不过事实上正是他们呢。那是沃尔太太的马车,我想,这大概是硕果仅存的一辆黄马车了。每逢我看见沃尔太太坐在车里,我就明白,黄色也可以作丧葬的标志。我觉得,那辆马车比柩车更像柩车。何况沃尔太太总是身披黑纱。罗莎,你说这是怎么回事?她的家里不可能天天都死人呀。"

"我一点不明白。她根本不像福音派教徒,"罗莎蒙德一边想一边说,仿佛那个宗教观点足以说明她为什么老是戴黑纱似的。过了一会儿,她又补充道,"而且她并不穷。"

"自然不穷!那些沃尔家和费瑟斯通家的人,他们都像犹太佬一样富裕呢。我这是就他们这号人说的,因为他们不需要花什么钱。可他们偏偏贪心不足,纠缠我的姨父,生怕有一个子儿落进外人手里。但是我相信,他讨厌他们每一个人。"

沃尔太太在这些远亲眼中,绝对不是一个值得赞美的人物,她对他们也是这样,就在今天早上,她还在说(不过没有一点傲慢的口气,那是一种不带感情的、压得低低的声音,像是从一团棉花里发出的),她不稀罕"得到他们的好感"。现在,照她自己的说法,她是坐在她亲哥哥的屋子里,她说,在她成为简恩·沃尔以前,她做过二十五年的简恩·费瑟斯通,因此她不能让她亲哥哥的名字给不相干的人随便糟蹋,她有权利讲话。

"你这是什么意思?"费瑟斯通先生说,把手杖放在膝盖中间,挪了一挪假发,一边用锐利的目光瞟了她一眼,这目光似乎像一道寒流,在他身上引起了反作用,害得他连连咳嗽。

沃尔太太不得不暂缓回答,等他平静下来。玛丽·高思把新冲的糖浆给他喝下以后,他开始揉搓手杖的镀金圆头,无可奈何地瞅着炉火。火光照亮了一切,但对沃尔太太那张冰冷发紫的脸却无能为力,它像她的声音一样不带一丝感情,她的眼睛也只是两条裂缝,那嘴唇在讲话时简直一动不动。

"这种咳嗽,医生也治不好,哥哥。这跟我的咳嗽一样,因为我是你的亲姐妹,我们的体质等等都是相同的。但我刚才讲的是,文西太太家的人总不肯老老实实做人,太可惜了。"

"啐!你讲的根本不是这些话。你是说有人盗用了我的名义。"

"如果大家讲的都是真话,那就应该相信才对。索洛蒙哥哥告诉我,米德尔马契到处都在传说,讲那个小文西不守本分,回家以后老是在弹子房里赌博。"

"胡说八道!打弹子算得什么赌博?那是上等人的游戏,小文西不是傻瓜,不会胡来。要是你的儿子约翰去打弹子,那才会上当呢。"

"你的外甥约翰从来不打弹子,也从来不赌钱,哥哥,因此也根本不会输掉几百镑。可是如果大家讲的都是真话,这笔赌账,那位父亲文西先生是掏不出的,只得另想别法。听说,这几年他一直亏本,尽管大家不相信,因为看他照样打猎,还老是请客,排场不小。我听人家说,布尔斯特罗德先生对文西太太特别不满,就因为她姑息子女,把他们宠坏了。"

"布尔斯特罗德关我屁事?我跟他的银行从无往来。"

"你听我说,布尔斯特罗德太太是文西先生的亲妹妹,人家说,文西先生大多靠银行的钱在做生意。哥哥,你自己也明白,一个女人过了四十岁,帽子上还飘着粉红带子,动不动就要笑,那么轻狂,这实在不成体统。但是纵容自己的孩子,这是一回事,张罗钱替他们还债,又是一回事。人人都说,小文西在用他可能得到的遗产作抵押,向人借债。我不想说这是什么遗产。高思小姐听了我的话,她要搬嘴,悉听尊便。我知道,这些年轻人都搞在一起。"

"对不起,沃尔太太,"玛丽·高思说,"我对流言蜚语没有兴趣,既不想听,更不想传播。"

费瑟斯通先生揉搓着手杖头,发出了一阵短促的、痉挛性的笑声,这跟打惠斯特牌的老手看到对方出错了牌,不免暗暗发笑,具有异曲同工之妙。他仍注视着炉火,说道:

"谁敢说,弗莱德·文西没有希望得到一笔遗产呢?这么一个又漂亮又活泼的年轻人,完全可以指望得到遗产。"

沃尔太太在回答以前,不觉沉吟了一会儿,这时候,她的嗓音好像得到了泪水的滋润,变得柔和了,尽管她的脸还是干巴巴的。

"不论是不是这样,哥哥,你的名字给人随便利用,我和索洛蒙哥哥不能不感到痛心。再说,你这种病随时可以使你离开我们,有些不属于费瑟斯通家的人,那种跟市场上的骗子差不多的家伙,便公然算计你的财产,指望它落到他们手里。我是你的亲妹妹,索洛蒙是你的亲弟弟,我们却一无所有!请问,如果这样,天理何在,还要不要家族?"说到这里,沃尔太太的眼泪真的掉下来了,不过不太多。

"喂,讲话干脆一点,简恩!"费瑟斯通先生喊道,眼睛盯住了她,"你的意思是说,弗莱德·文西假冒我的名义,说我有一笔遗产留给他,他便凭这作担保,向人借了钱,是不是这样?"

"我没有这么说过,哥哥,"沃尔太太的声音又变得干涩、生硬了,"这是索洛蒙哥哥告诉我的,昨天晚上他从市场回家,顺便拐到我家中,把麦子的行情告诉我。要知道,我是寡妇,我的儿子约翰尽管一向忠厚老实,但才二十三岁。他这消息的来源是绝对可靠的,说的人也不止一个,有好多个呢。"

"一派胡言!我对这些话一个字也不相信。这完全是捏造的。小妞儿,到窗口看看。我好像听到了马蹄声,看是不是大夫来了。"

"不过捏造的不是我,哥哥,也不是索洛蒙。不论索洛蒙怎么样——我不否认,他有些古怪——他立了遗嘱,立得很对,把财产平分给本家亲族,凡是待他好的,都能得到一份。不过据我看,有些人更应该及早作好安排。索洛蒙对自己的打算没有保守秘密。"

"这更见得他是个傻瓜!"费瑟斯通先生答道,似乎有些吃力,终于爆发了一阵剧烈的咳嗽,使玛丽·高思不得不守在他身边。这样,她没能看到,骑了马刚来到门口石子路上的是谁。

费瑟斯通先生的咳嗽还没停止,罗莎蒙德已进了屋子,她穿一身骑装,显得神采奕奕。见到沃尔太太,她彬彬有礼地鞠了一躬,后者冷冰冰地回了一句:"你好,小姐!"罗莎蒙德向玛丽笑笑,默默点了点头,便站在那儿,等姨父咳嗽停了,让他自己看到她。

"嗨,小姐,"他最后说,"你今天脸色不错。弗莱德在哪里?"

"在照料马。他立刻就来。"

"坐下,坐下。沃尔太太,你可以走了。"

有些邻居骂彼得·费瑟斯通是老狐狸,但即使这些人也从没指责他虚情假意,他的妹妹对这种毫不客气的态度早已司空见惯,知道这代表了他对同胞手足的看法。确实,她自己也经常这么想,觉得在家族之间不必敷衍应酬,可以直截了当,这是符合上天的意旨的。她慢慢站起身子,没有一点不满的表示,用她一贯的、像裹在棉花里的单调嗓音说道:"哥哥,我希望新大夫能使你恢复健康。索洛蒙说,他的才能得到了不少人的夸奖。我相信,我是希望你康复的。只要你说一声,你的亲妹妹和你的亲外甥女马上会来照料你,她们比任何人可靠。丽贝卡,乔安娜,伊丽莎白,都可以随叫随到。"

"呃,呃,我没忘记她们,你瞧,我全都记得,她们每一个都又丑又黑。她们是想要一些钱吧,呃? 我们这个家族,没有一个女人生得俊俏,但是费瑟斯通家,钱总是有一些的,沃尔家也不错,沃尔也有钱。他是一个会赚钱的家伙。呃,呃,钱是能孵鸡的蛋,如果你身后留有一点钱的话,得把它放在暖和的窝里。再见,沃尔太太。"

说完以后,费瑟斯通先生把假发的两边使劲往下拉,好像要遮住耳朵似的。他的妹妹只得在这一席庄严的至理名言中,默默退出屋子。尽管她对文西家,对玛丽·高思充满了嫉恨,在她精神的浅滩的最底层,还是残留着一点信念,认为她的哥哥彼得·费瑟斯通总不致完全不顾骨肉之情,不把主要的财产留给自己人,要不,为什么他在谁也没有想到的地方,发现了锰矿等等,成了大财主以后,上帝要带走他的两个妻子,不给他留下一个子女呢?如果她的哥哥彼得去世之后,到了礼拜日,大家会在洛伊克教区的教堂里听到,他把自己的财产都给了别人,那为什么还要有这么一所教堂,让沃尔家和波德雷尔家的人世世代代坐在一排座位上,又让费瑟斯通坐在他们旁边呢?这种不合情理的事,人的头脑是永远无法接受的,这么荒谬的后果也是经不起严格推敲的。可惜偏有许多不可思议的事常常使我们大吃一惊。

弗莱德进屋时,老人瞧着他,眼睛忽闪忽闪的,有些特别,年轻人往往自作聪明,认为这是对他的翩翩风度十分满意的表现。

"你们两位小姐出去一会儿,"费瑟斯通先生开口道,"我要和弗莱德谈谈。"

"上我屋里去,罗莎蒙德,你不要怕,冷一会儿没有关系。"玛丽说。两个女孩子不仅从小熟识,而且后来又在郡里同一所学校读书(玛丽是工读生),因此她们有不少共同的回忆,很喜欢在一起促膝谈心。确实,罗莎蒙德到斯通大院来,这种谈心也是目的之一。

老费瑟斯通直等房门关上以后,才开始谈话。他继续端详着弗莱德,眼睛仍那么忽闪忽闪的,脸上装出一副他常有的怪模样,一会儿蹙紧眉头,一会儿张大嘴巴,讲话的时候嗓音低低的,好像一个告密者在等待善价而沽,不像一个生气的长辈。他这个人是哪怕自己遭到了侵犯,也不会萌发强烈的道义上的愤怒的。在他看来,别人想占他的便宜,这是自然而然的事,但他也不是好好先生,不会让人随便摆布。

"那么,先生,你是拿我的田地作抵押,借了利息十厘的债,预备等我一死,就卖掉田地还债啦,是吗?你以为我活不长了,比如,十二个月。但我还能更改我的遗嘱呀。"

弗莱德的脸蓦地红了。他没有用这方式借过钱,因为他还没有这么不顾体面。但是他记得,他仿佛满有把握似的说过(这把握也许比他现在记得的还大一些),等费瑟斯通一死,有一部分田地会落到他手里,将来他便可以用它来偿还目前的债。

"姨父,我不明白你这是指的什么。我从来没有用这种靠不住的办法借过钱。请你最好解说一下。"

"不,先生,应该解说的是你。我向你讲清楚,我还可以更改我的遗嘱。我的头脑很清醒,还能计算复利,也还记得每一个傻瓜的名字,就像二十年前一样。究竟是怎么回事?我还不满八十岁。好吧,你必须说明这不是事实。"

"我已经说明过了,姨父,"弗莱德回答,有些不耐烦,他没有想到,他的姨父连说明和证明也分不清,他只知道老费瑟斯通从来没有混淆过这两个词,不少傻瓜把他的说明当作证明,还常常惹得他惊讶不止呢,"我可以再说明一遍,这纯粹是愚蠢的鬼话。"

"这能说明什么!你必须拿出证据来。这消息的来源是可靠的。"

"那你把这个可靠的人告诉我,让他说明,借钱给我的人是谁,我就可以证明这一切全是捏造的。"

"我认为,那个人相当可靠,米德尔马契发生的事,他大多清楚。这就是那位乐善好施、信心坚定的正人君子,你的姑夫。现在你没有话说了吧!"讲到这里,老费瑟斯通得意扬扬,乐得连心都跳了。

"是布尔斯特罗德先生?"

"不是他还有谁,呃?"

"那么大概是他教训我的时候,随口讲了几句,别人便添枝加叶,把它编成了这个谎话。他们能指出,他讲过借钱给我的人是谁吗?"

"你放心,假如有这个人,布尔斯特罗德是知道的。但也可能你只是打算用这条件借钱,不过还没借成,假如那样,布尔斯特罗德也会知道。你让布尔斯特罗德给你写一张证明,说他不相信你曾经答应人家将来用我的田地偿还债务。这你该满意了吧!"

费瑟斯通先生发现他的头脑还完全管用,心里得意非凡,但又不便形诸颜色,只得靠脸部的肌肉发泄这种情绪,以致露出了各种各样的怪相。

弗莱德给弄得束手无策,不知如何是好。

"姨父,你一定是在开玩笑。布尔斯特罗德先生跟别人一样,把许多无中生有的事信以为真,何况他对我怀有成见。我要他写一张条子,说明他不知道任何事实可以证明你刚才讲的消息,这不难办到,尽管这也会引起不快。但是要求他说明,他相信我会做什么或不会做什么,这恐怕就不易办到了。"弗莱德停了一下,忽然急中生智,想利用姨父的虚荣心,于是说道:"而且一个上等人也不宜提出这类要求。"

但结果他还是失望了。

"嘿,我明白你的意思。你宁可得罪我,不肯得罪布尔斯特罗德。可他算得什么?我从没听说,他在这一带有过田地。一个投机商人!只要魔鬼不给他撑腰,他随时可以垮台。我知道,他的宗教是什么,他就是要全能的上帝帮他搞钱。这是白日做梦!有一件事我每次走进教堂,心里都十分亮堂,那就是:全能的上帝从来不离开田地。他创造田地,授予田地,他使人们谷物丰收,牛羊成群。但是你偏要走歪门邪道。你喜欢布尔斯特罗德和投机买卖,看不起费瑟斯通和田地。"

"请你原谅,姨父,"弗莱德说,站起身子,背对着炉火,用马鞭打打靴子,"我既不喜欢布尔斯特罗德,也不喜欢投机买卖。"他说话时绷紧了脸,觉得无计可施。

"算了,算了,你没有我也可以,这已经很清楚了,"老费瑟斯通说,实际很不乐意,对弗莱德脱离他完全独立的可能性怀有戒心,"你既不想要一寸土地,使你变成一个乡绅,不致成为挨饿的牧师,也不稀罕随时从我这里拿到一百英镑。那好吧,反正我都一样。只要我高兴,我的遗嘱可以修改五次;我的钞票还是留在窝里孵鸡的好。随你的便,我反正都一样。"

弗莱德的脸又红了。费瑟斯通有时会给他一点钱,何况从眼前而论,他觉得,马上到手的钞票比遥遥无期的田地更加重要,不能等闲视之。

"姨父,我不是忘恩负义的人。你对我的一切好意,我从来没有不放在心上。事实恰好相反。"

"很好。那你应该证明这一点。你得把布尔斯特罗德的信给我拿来,信上要写明他不相信你有不端行为,曾经用我的田地抵押借款。记住,要是你有这种借据落在外边,别怪我,你休想拿到我一个钱。就这样!这是交换条件。现在,把你的胳臂给我,我想在屋里走走。"

弗莱德尽管有些恼火,心地还是相当善良的,他对这个没有人爱、没有人尊重的老人,有些怜悯,看到他拖着浮肿的腿在屋里蹀躞,尤其感到不忍。他伸出胳臂的时候,心想他自己要是身体这么衰弱,宁可不要活这么大年纪。他心平气和地扶着老人,先是站在窗口,听他对珍珠鸡和风信标发表几句老生常谈,然后站在书架前面,书架上只有不多几本书,其中最贵重的,便是深色皮面精装本的约瑟福斯①和科尔佩珀②的集子,克洛普斯托克③的《弥赛亚》,另外还有几本《绅士杂志》④。

"把这些书名念给我听听。来吧!你是大学生呢。"

弗莱德念了书名。

"小妞儿干吗还要别的书?你给她带那些书来干吗?"

"她爱读那些书,姨父。她非常喜欢读书。"

"太喜欢了,"费瑟斯通先生说,有些不满,"她坐在这儿不是陪我,是在看书。我只得制止她。这儿有报纸,她可以大声念给我听。我想,这够她读一天的了。我看到她一心看她的书,实在受不了。你记住,别再给她拿书来,听见没有?"

"是,姨父,听见了。"以前弗莱德也听到过这类命令,但一向阳奉阴违,并未照办。现在他也不打算照办。

"你按一下铃,"费瑟斯通先生说,"让小妞儿下来。"

罗莎蒙德和玛丽的谈话,节奏比两位先生的快得多。她们不想坐下,只是站在靠窗的梳妆台前面。罗莎蒙德摘下帽子,理了理她的面纱,用尖尖的手指轻轻抚摸了一下头发——它显得那么柔软美丽,既不是亚麻色,也不是橙黄色。镜中的她和镜外的她,像遥遥相对的两个仙女,使站在她们角上的玛丽·高思更显得平凡无奇。两位仙女用蓝莹莹的眼睛互相对视着,那些眸子真像蓝天一样深不可测,足以容纳一个想象丰富的旁观者赋予它们的各种美妙含意,又足以隐藏它们的女主人可能产生的各种不太美妙的含意。在米德尔马契,罗莎蒙德那娇嫩白皙的容貌是很少人比得上的;至于那苗条的身材,那么在骑装的配合

---

① 约瑟福斯(37—95?),犹太历史学家。
② 托马斯·科尔佩珀(1653—1689),英国资产阶级革命时期的保王党人。
③ 弗里德里希·克洛普斯托克(1724—1803),德国诗人,《弥赛亚》是他的长诗。
④ 《绅士杂志》是英国从十八世纪开始发行的一份综合性杂志。

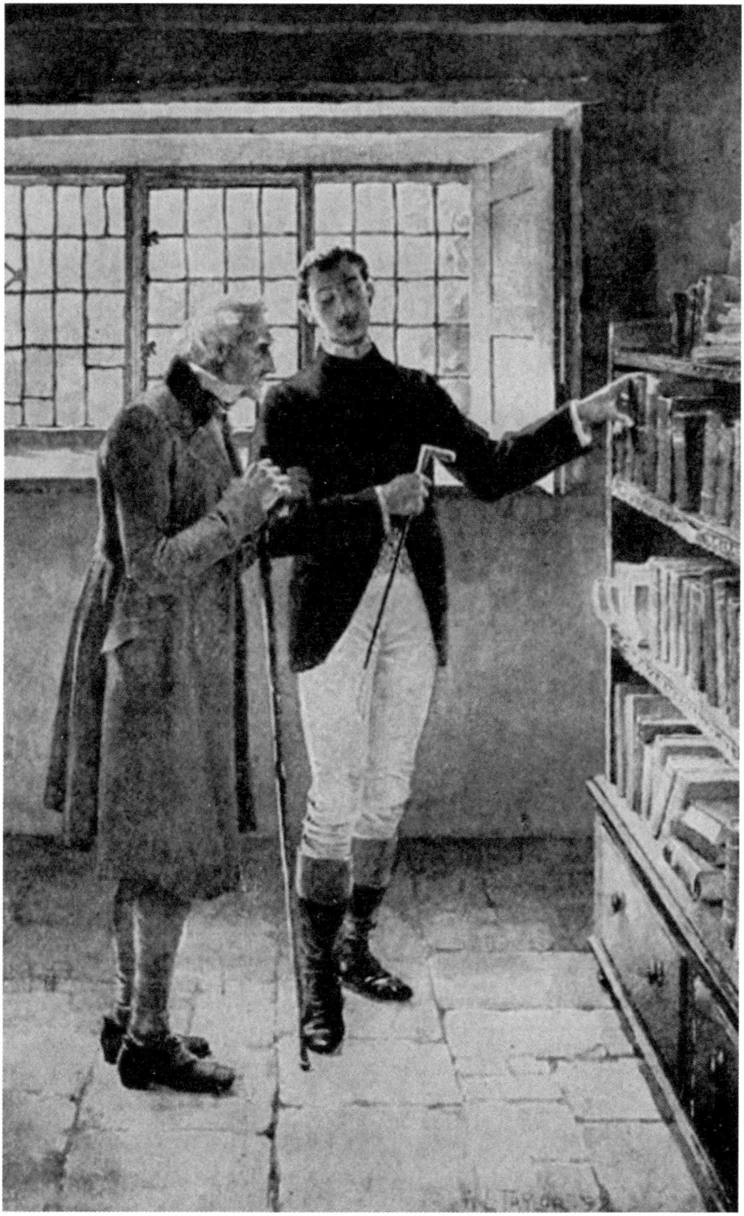

下,更显得婀娜多姿,富有曲线感。确实,除了她的弟兄,米德尔马契的多数青年都认为,文西小姐是全世界首屈一指的美女,有些人还称她安琪儿。相反,玛丽·高思有的只是一般凡人的相貌,她皮肤黝黑,鬈发乌油油的,又粗又硬,身材又矮。如果为了抵消这一切不足,硬说她性情贤惠,那未免也是不实之词。不美和美一样,既有自己的动人之处,也有自己的不良习性。它往往容易伪装和善,或者撕下一切伪装,露出愤愤不平的狰狞面目,因为不论怎么说,给人呼作丑丫头,而你的朋友却被奉承为可爱的少女,对比之下难免产生一种反应,使你在言谈举止上有失稳重,不能实事求是。玛丽现年二十二岁,在这种岁数,她当然还没有达到那种炉火纯青的境界,可以对一切置之度外,接受通常向这一类少女提出的闺训,自叹命薄,承认她们只是掺在美女中间的大量杂质,应该怀着自我捐弃的美德,听从上天的安排。她精明机灵,但对一切总带有一丝冷嘲热讽的意味,这种情绪固然变化不定,但从不会完全消失,只有对某些人,她才会在感激的热流冲击下,改变这种态度,因为这些人从不向她谆谆告诫,说她应该知足,而是用自己的行动使她感到知足。随着成年期的到来,她的容貌已有所改善,显示了一种美好的光彩,这是我们所有的母亲们,不论戴的帽子是否漂亮,都会在不同程度上有所表现的神色。伦勃朗看到她,一定乐于替她画像,使她那粗犷的相貌从画布上发出智慧和正直的光芒。因为正直,那种光明正大的美,正是玛丽最主要的优点,她既不想制造错觉,取悦于人,也从不想入非非,自我陶醉。每逢心情舒畅的时候,她还不惜拿自己来打趣。当她和罗莎蒙德正好并排出现在镜子里的时候,她大笑道:

"罗莎,我在你旁边简直成了一块小黑炭!我最不喜欢跟你在一起。"

"别这么说!谁也不会注意你的外表,你既聪明,又能干,玛丽。美貌实际没有多大意义。"罗莎蒙德说,向玛丽扭过头去,但其实她还在顾影自怜,欣赏自己的脖子在镜子中出现的新形状。

"你这是指我的美貌吧。"玛丽有些自我解嘲似的说。

罗莎蒙德心想:"可怜的玛丽,她把人家的好意都当作恶意了。"然后开口说道,"你最近在做什么?"

"我?还不是当管家婆,倒咳嗽药水,假装温柔,对一切表示心满意足,然后让大家讲我的坏话。"

"这种生活确实太委屈你了。"

"不,"玛丽斩钉截铁地说,把头稍稍一仰,"我认为,我的日子比你们的摩根小姐过得还愉快一些。"

"对,不过摩根小姐不如你那么有意思,而且年纪不轻了。"

"我看,她只要自己觉得有意思就成了,再说,我根本不相信,一个人年纪大一些,就应该逆来顺受。"

"当然不是这样,"罗莎蒙德一边想一边说,"我倒是奇怪,这些人看不到一点希望,怎么还活得下去。不用说,宗教是一种支持的力量。但是,"她又说,脸上出现了酒靥,"玛丽,这跟你根本不同。你还会有人向你求婚的。"

"难道有谁告诉你,他打算向我求婚来着?"

"当然没有。我的意思只是说,有一位先生几乎天天见到你,他可能会爱上你。"

玛丽的脸色有点变了,但这主要是她不让自己露出任何变化造成的。

"难道天天见面就该产生爱情?"她漫不经心地回答,"我倒认为,这往往是彼此讨厌的原因。"

"不会,只要他们为人有趣,讨人喜欢。我听说,利德盖特先生就有这两个特点。"

"哦,利德盖特先生!"玛丽说,毫不迟疑地表示了她的冷淡。接着,为了不让罗莎蒙德这种不老实态度得逞,她又说道:"你无非是想打听他的消息罢了。"

"我只是想知道你是不是喜欢他。"

"在这件事上根本谈不到喜欢不喜欢。要我喜欢,首先至少得对我亲切一些才成。我还不致这么大方,会喜欢一个跟我讲话时连正眼也不瞧我一下的人。"

"难道他这么傲慢不成?"罗莎蒙德说,心里很满意,"你可知道,他是上等人家出身呢?"

"不知道,他没有抬出这块招牌作他的理由。"

"玛丽!你是个最别扭的女孩子。那么他的相貌怎么样?你描摹给我听听。"

"要描摹一个人,谈何容易!我只能给你开一张清单:浓眉毛,黑眼珠,直直的鼻子,又浓又黑的头发,又大又硬又白的手,还有……让我想想……哦,口袋里揣着一块精致的麻纱手帕。不过你马上可以看到他。你知道,这已快到他来看病的时候了。"

罗莎蒙德的脸有些红了,但她又带着沉思的神色说道:"我宁可一个人傲慢一些。我受不了那种老是恭维你的年轻人。"

"我没有对你说,利德盖特先生是个傲慢的人。不过正如法国小姐常说的,il y en a pour tous les goûts①,要是有哪一位小姐会选择某种自负作她的爱好,那么我想,这就是你了,罗莎。"

"傲慢不是自负,我认为弗莱德才是自负呢。"

"我不希望任何人说他的坏话。他应该留神一些才好。沃尔太太刚才告诉姑父,说弗莱德很不可靠。"玛丽这话流露了一个少女情不自禁的心理,她一时性急,不暇仔细考虑。她讲"不可靠"时,口气中包含着一种隐隐的忧虑,她满心希望罗莎蒙德能够说些什么,打消她的顾虑。但沃尔太太那些阴险的挑拨究竟如何,她又故意避而不谈。

"哦,弗莱德本来就要不得!"罗莎蒙德说。这样不适当的话,除了玛丽,她是不会对任何人讲的。

"你所谓要不得是指什么?"

"他这么不求上进,害得爸爸大发脾气,他还说他决不当牧师。"

"我认为弗莱德是完全对的。"

"玛丽,你怎么能说他是完全对的?我一直以为,你对宗教是有认识的。"

"他不适宜当教士。"

"但他应该成为教士。"

"原来这样,那么他不是他应该成为的那种人。我知道,他这种情

---

① 法文:人各有所好。

况并不是绝无仅有的。"

"但是没有人会赞成这种人。我不愿嫁给教士,但世界上必须有教士。"

"然而这并不能证明,弗莱德应该当教士。"

"可是爸爸栽培他,是为了让他当教士!你倒想想看,要是爸爸没有财产留给他呢?"

"这用不着想,我完全明白。"玛丽冷冰冰地说。

"那你还袒护弗莱德,这就怪了。"罗莎蒙德说,还想发挥下去。

"我不是袒护他,"玛丽笑道,"我是袒护教会,不让他这种人混进去当教区牧师。"

"不过他当了教士,自然会不一样。"

"对,他会变成一个大伪君子,现在他还不是呢。"

"跟你说什么也是白搭,玛丽。你总是站在弗莱德一边。"

"我为什么不能站在他一边?"玛丽说,脸上堆起了笑容,"他也会站在我一边。他是唯一肯替我着想,不怕别人讲闲话的人。"

"你使我感到很不安,玛丽,"罗莎蒙德说,露出忧虑重重、体贴入微的神色,"不过我绝对不告诉妈妈。"

"你不告诉她什么?"玛丽生气地说。

"玛丽,你不要发脾气呀。"罗莎蒙德说,还是那么温柔。

"如果你那位妈妈怕弗莱德向我求婚,你不妨告诉她,哪怕他向我求婚,我也不会答应。何况他目前还不会这么做,我明白这点。以前他当然也没这么做过。"

"玛丽,你总是火气这么大。"

"你也总是这么叫人生气。"

"我?我什么地方待错你啦?"

"嘿,永远不错的人总是最叫人生气的。铃响了,我想我们可以下楼了。"

"我不想跟你斗嘴。"罗莎蒙德说,戴上了帽子。

"斗嘴?真没来由,我们又没有争吵。要是一个人有时不能发发脾气,那还算什么朋友?"

"要不要我把你说过的话重复一遍?"

"随你的便。我没有说过一句怕你重复的话。不过现在还是下楼去吧。"

这天早上,利德盖特先生来迟了,但两个客人也待了好久,他们仍可以见到他,因为费瑟斯通先生要罗莎蒙德唱支歌给他听,她又那么殷勤,唱过《家,甜蜜的家》(这是她最讨厌的)以后,还主动给他唱了一支他爱听的歌:《流吧,闪光的溪水》。这位精明冷酷的老爷子奥弗里奇①爱听小姑娘唱感伤的歌曲,认为这对她们是合适的装饰品,而且认为感伤是一首歌曲必不可少的条件,有了它就大体不错了。

费瑟斯通先生还在称赞最后那首歌,说小姑娘的嗓子像画眉一样清脆,这时,利德盖特先生的马已到达窗外。

他天天上门给老人看病——这个老人不肯相信,即使医生本领高超,也无法叫他"起死回生"——这种枯燥的例行公事,使他感到索然无味,而且他从来没有想到米德尔马契会有什么窈窕淑女,就因为这样,罗莎蒙德的突然出现,在他心中取得了特殊的效果。他一进屋,老费瑟斯通便得意扬扬,赶紧介绍,说这是他的外甥女,尽管他对玛丽·高思从没想到有介绍的必要。罗莎蒙德的举止那么优美文雅,这不能不引起利德盖特的注意:她落落大方,毫不理会老人那种庸俗的吹捧,态度端庄持重,始终不让那两个酒靥在不恰当的时刻跑到她的面颊上来,直到稍后她跟玛丽谈话时,它们才出现。她跟玛丽显得亲密无间,以致利德盖特对这个从没得到过他青睐的小姑娘也刮目相看,迅速瞟了她一眼,等他回过头来,他又发现罗莎蒙德那双眼睛温情脉脉,那么可爱。只是不知为什么,玛丽一直气呼呼的,很不高兴。

"罗莎小姐刚才给我唱歌来着,大夫,你不反对唱歌吧?"费瑟斯通先生说,"我觉得,它比你的药更有效验。"

"但这使我忘记了时间,现在不早了,我该走了。"罗莎蒙德说,站起来取她的帽子——刚才唱歌以前,她已把它脱下,以致她那鲜花似的

---

① 英国剧作家菲利普·马辛杰(1583—1640)的著名喜剧《还旧债的新方法》中的主人公,一个贪得无厌、残忍狠毒的老人。

头,配着洁白的花梗,在一身骑装顶上更显得风姿绰约,十分秀丽,"弗莱德,真的,我们必须走了。"

"很好。"弗莱德说,他本来心里有事,并不起劲,早想走了。

"文西小姐是音乐家?"利德盖特说,眼睛一直盯着她。(罗莎蒙德知道她正被人注视着,为了适应这新的情况,她把身上所有的神经和肌肉都调动了起来。她天生是一个表演艺术家,身体的各个部分都浸透着这种才能,她甚至把自己变成了角色,以致扮演得出神入化,连她本人也不再意识到这就是她自己。)

"米德尔马契最好的音乐家,我敢担保,"费瑟斯通先生说,"不论谁都比不上她。弗莱德,是吗?你说说看,你的妹妹怎么样?"

"恐怕我的话不足为据,姨父。我的证明是毫无用处的。"

"米德尔马契的标准是并不太高的,姨父。"罗莎蒙德说,显得满不在乎,一边走去取她的马鞭,它放在远处墙角边。

利德盖特立即猜到了她的意图,抢前一步,先拿到了马鞭,转身递给她。她弯弯腰,瞧了他一眼:他无疑也在看她,他们的眼睛相遇了。这种神奇的会合绝不是人力所能办到的,它像漫天迷雾中突然闪现的一道灵光。我想,利德盖特变得比刚才又苍白了一些,但罗莎蒙德却满脸通红,一阵惊异之感涌上了心头。这以后,她确实想走了,在跟她的姨父握手告别时,根本没有听到他在说些什么蠢话。

然而这种结果,正是罗莎蒙德事前所想望的,她认为这就是心心相印,是爱情的萌芽。自从那位重要的新人来到米德尔马契,她已在为自己描画美丽的远景,刚才那个场面便是必要的第一章。凡是外来的人,不论是船只失事遇难后,攀在一根浮木上漂来的,或者是前呼后拥,在警卫森严中光临的,都会在这位少女的心头勾起无穷的遐想,而当地的公子哥儿尽管想挤进这颗芳心,仍会被拒诸门外。对于罗莎蒙德的爱情狂想曲,外地人是绝对必要的,它所向往的情人和新郎,从来不是米德尔马契人,他的社会身份也与她的截然不同。到了最近,确实,这种构想已逐渐具体化,对方应该是一位从男爵的亲戚。现在,她和这位陌生人见面了,事实证明,现实比预想动人得多,罗莎蒙德毫不怀疑,这是她一生新纪元的开始。她相信,她心中出现的是爱情觉醒的征兆,而利德盖特先生对她一见钟情,更是合乎情理的。这种事常常发生在舞会上,那为什么不能在大白天,当皮肤显得特别鲜嫩的时候发生呢?罗莎蒙德虽然不比玛丽大,但已有不少人爱过她,然而从她来说,她始终冷若冰霜,对年方弱冠的公子和年已不惑的鳏夫,同样百般挑剔,不肯俯就。这时突然出现了利德盖特先生,他完全符合她的理想,又跟米德尔马契全然无关,天生具备一种世家子弟的潇洒风度;他拥有的亲戚关系,那种等级身份,也是中等阶级可望而不可即的;他又才华出众,能够使这么一个人拜倒在自己脚下,更是无上的光荣。确实,这是一个使她感到特别新鲜的人物,给她的生活带来了生动活泼的情趣,这是比想象中的任何"也许",那种她习惯于用来跟现实对抗的海市蜃楼更动人的。

这样,在骑马回家时,兄妹俩各有各的心事,谁也不想讲话。罗莎蒙德的思考往往从虚无缥缈的前提出发,她一旦找到合适的地基,就会运用她细致绵密、真实生动的想象力,构筑自己的大厦。他们骑马走了还不到一英里,她已穿上礼服,进入了婚后生活,她的家,根据她的决定,住在米德尔马契;她还看到她怎样前往外地,拜访她丈夫的高贵亲戚。至于他们那待人接物的文雅举止,她是完全可以学会的,就像她在学校里能够完成自己的学业一样,这样,她就为自己更渺茫的升级作好了准备,而这种升级最后总是会到来的。在她的想象中,没有经济问题,更没有庸俗的事物。她所关心的只是她认为美好的一切,至于要为此付出的钱,她自然不屑考虑。

弗莱德却相反,他正在为现实操心,这是连他丰富的幻想也无法立即加以消除的。费瑟斯通的愚蠢要求使他走投无路,他不想照办,但后果不堪设想,甚至比满足老人的要求更糟。他的父亲对他已经很不满意,要是由于他,他家和布尔斯特罗德家变得更加冷淡,那么父亲对他的不满也会更大。再说,他自己又不愿向姑父布尔斯特罗德求情,而且,也许在酒酣耳热之际,他确实就费瑟斯通的财产说过不少傻话,结果给人添油加酱作了汇报。弗莱德觉得他实在是自讨苦吃,当初拼命吹牛,把费瑟斯通这种古怪的老守财奴的遗产当作靠山,以致现在只得在他的命令下,乞求别人的证明。但是……遗产!他确实指望得到遗产,要是错过这个机会,他就翻不了身了。何况他最近又欠了一笔债,弄得天天如坐针毡,不过刚才老费瑟斯通似乎已提出了交换条件,愿意替他还债。事情其实微不足道,他欠的债数目很小,甚至他希望得到的遗产也极其有限。弗莱德认识一些人,他简直不好意思把这么小的困难告诉他们。这样思前想后,他自然产生了一丝愤世嫉俗的情绪。他命中注定是米德尔马契一个制造商的儿子,而且将来什么家产也继承不到,可是梅因沃林和维安那帮家伙……生活实在太不公平了,一个生气勃勃的年轻人,满心想得到一切最好的事物,前途却如此渺茫!

弗莱德没有想到,布尔斯特罗德的名字出现在这件事中,纯粹是老费瑟斯通杜撰的鬼话。不过这一点对他的处境无关紧要。他的看法十分简单:老人是要显显威风,存心折磨他,或者是出于幸灾乐祸,巴不得他和布尔斯特罗德搞坏关系。弗莱德认为,他已看透了姨父费瑟斯通的灵魂,其实他看到的,一半都是他自己的心情的反映。要了解别人的灵魂,对年轻人说来,并不那么容易,他们的认识大多是由他们的主观愿望构成的。

弗莱德跟自己辩论的主要问题是:他应该告诉父亲,还是不让父亲知道,自行解决这难题。也许沃尔太太讲过他的坏话,要是玛丽·高思把沃尔太太的话告诉了罗莎蒙德,那么它一定会传到父亲耳中,父亲也肯定要向他盘问。于是他趁他们放慢步子的时候,问罗莎蒙德道:

"罗莎,玛丽告诉你,沃尔太太讲过我什么吗?"

"是的,她确实讲过。"

"讲什么?"

"讲你是一个很靠不住的人。"

"就这么一点?"

"我觉得这已经够了,弗莱德。"

"你相信她没有讲别的吗?"

"玛丽没有提到别的。但是说实话,弗莱德,你应该感到害羞。"

"算了,这不过是造谣中伤!你不要来教训我。玛丽对这些话怎么说?"

"我没有必要告诉你。你对玛丽的话这么重视,你对我却这么粗暴，我不想说。"

"我当然重视玛丽的话。她是我认识的最好的女孩子。"

"不过我始终认为，她不是一个合适的爱人。"

"男人心目中的爱人，你懂得什么？女孩子永远不会懂得。"

"弗莱德，至少我得劝劝你，你还是别爱她的好，因为她说，哪怕你向她求婚，她也不会答应。"

"她可能一直在等我向她求婚呢。"

"我知道这使你很难过，弗莱德。"

"没有的事。要是你不惹她生气，她不会说这种话。"

到家以前，弗莱德已得出结论，他应该把事情尽可能简单地告诉父亲，也许他肯承担这不愉快的责任，找布尔斯特罗德谈一下。

第二卷　老年和青年

第十三章

> 甲先生：阁下认为他属于哪一类？比多数人好，
> 　　　　还是表面上好，在那件外衣下却更坏？
> 　　　　总之，是圣人还是无赖，朝圣者还是伪君子？
> 乙先生：不，告诉我，你怎样对你的藏书，
> 　　　　那一切时代留下的文献，进行分类？
> 　　　　它们千差万别，不论大小和装帧，
> 　　　　不论羊皮纸、对开本、普通小牛皮封面等等，
> 　　　　所有这一切都不能作分类的标准，
> 　　　　同样你也不能靠别出心裁的标签，
> 　　　　对你没有披阅过的作品进行分类。

文西先生听弗莱德把事情说完，决定下午一点半亲自上银行找布尔斯特罗德先生，在他的经理室里跟他谈一次，这时通常没有人打扰。但是恰好在一点钟，那里来了一个客人，布尔斯特罗德先生有不少话要跟他谈，看样子会见不可能在半小时以内结束。银行家的话滔滔不绝，但也烦琐冗杂，有时他还停下来想一想，这也花了不少时间。不要以为他的病容是黄皮肤、黑头发的那一类，他的皮肤是灰白色的，头发是棕色的，稀稀落落，已经花白，眼睛是淡灰色的，前额丰满。嗓门大的人说他把声音压得低低的，好像故意不要人听见，这议论有时含有言外之意，似乎那是与胸怀磊落不能相容的。然而这毫无道理，嗓门大的人除了声音以外，不见得就什么也不隐瞒，除非你能从《圣经》上找到根据，

证明上帝当初把坦率的机能赋予了肺叶。布尔斯特罗德先生对别人的话也恭恭敬敬注意聆听,眼睛一眨不眨,显得全神贯注,以致那些自以为讲的全是金玉良言的先生,认为他一定是想从他们的议论中尽量汲取教益。但另一些并不自命不凡的人,却不喜欢这种精神探照灯照到他们身上。这也难怪,如果你无意于夸耀你的酒窖,看到你的客人把酒杯举向亮处,啧啧赞赏,自然不会产生满足的快感。这类乐趣还得靠优越感来体味。因此,布尔斯特罗德先生的全神贯注,在米德尔马契的"税吏和罪人"①中间,并不受到欢迎。有人认为这是他的伪君子本色,另一些人又以为这是由于他是一位福音派信徒。其中有些稍有头脑的人,则想知道他的父亲和祖父是何许人,他们说,二十五年以前,谁也没听说在米德尔马契有什么姓布尔斯特罗德的居民。他现在的客人是利德盖特,此人对这种审视的目光并不在乎,他不满的只是银行家的身体,认为他过于重视内心生活,以致在享受有形物质方面,未免有所疏忽。

"利德盖特先生,如果你能不时到这儿来看看我,我真是感激不尽,"银行家在略为停顿一下以后说,"如果我承蒙不弃,在安排医院的有关事务方面,得到你宝贵的合作,那么我们会有不少问题需要单独商讨。至于新医院,它已大致筹备就绪,关于你的建议,认为应该把医治各类高热病列为专门任务这点,我会给予考虑。决定权在我这里,因为梅德利科特勋爵虽然捐助了土地和建筑木材,他并不想亲自过问这事。"

"在外省城市里,比这更值得干的事并不多,"利德盖特说,"一所完备的高热病医院,加上原来的医务所,只要我们在医疗制度上的改革取得成效,它们就可能在这儿成为一所医学校的核心。在全国发展医学教育,除了推广这类学校以外,还有更好的办法吗?一个生长在本省的人,只要有一点公益精神,有一点头脑,就应该尽他的能力,防止一切有利因素统统流往伦敦。任何切实可行的创业精神,在外省虽然不一定能获得更多的报酬,但往往可以找到更广阔的活动园地。"

---

① 指一切俗人,语出《新约·马太福音》第九章,第十节。

利德盖特的嗓音通常深厚洪亮,但在适当的时刻也会变得很低,很温柔,这是他天赋的能耐之一。他平素的举止不免有些锋芒,显得他志向远大,无所畏惧,对自己的才能和品德充满自信,丝毫不把小小的困难或引诱放在眼里,对它们也没什么体验。但这种高傲而坦率的气质,在光明磊落、与人为善的表情衬托下,倒也显得有可爱之处。布尔斯特罗德先生之所以特别喜欢他,也许就因为在声调和态度上,他与他截然不同。毫无疑问,他有些像罗莎蒙德,由于利德盖特不是米德尔马契人,才对他另眼相看。跟一个陌生人可以着手许多新的事业,甚至使自己也变得焕然一新!

"我愿意提供更多的机会,使你的热情得到充分的发挥,"布尔斯特罗德先生回答,"我的意思是说,等你的学识更成熟一些,到了适当的时刻,我要把新医院的管理权托付给你,因为我已决定,不能让这么重要的一个机构,受到我们那两位大夫的钳制。确实,你的到来鼓舞了我,我认为这是天意,我的努力一直阻碍重重,但现在上帝已进一步把他的祝福显示给我。至于那个老医院,我们已获得了一个新的起点——我是指你的当选。目前,你主张改革的立场,会在一定程度上招致你的同行的嫉妒和敌视,但是我希望你不要退缩。"

"我不想夸耀我的勇气,"利德盖特笑道,"但是我认为斗争包含着极大的乐趣;要是我不相信在医学上,正如在其他领域一样,可以找到和实施更好的方法,我就不会爱上我的职业了。"

"这行职业的水平,在米德尔马契还很低,亲爱的先生,"银行家说,"我是指在知识和技能方面,不是指它的社会地位,因为我们的医生跟本地德高望重的人家大多有些关系。我自己的健康不佳,使我对上帝赐予我们的各种救死扶伤的手段,感到一定的关切。我曾经请教过首都的知名人士,这使我伤心地意识到,在我们外省地区,医疗工作还处在相当落后的状态。"

"是的,我们当前的医疗水准和医学教育,使我们往往只能满足于一般的医疗业务。至于更进一步的问题,例如,决定诊断的出发点是什么,以及医学的哲学根据等等,这些方面的任何理解都得靠提高科学知识才能取得,但科学对我们这些乡下医生说来,就像对月球上的人一样陌生。"

布尔斯特罗德先生用心听着,目不转睛地瞧着对方,但他发现,利德盖特表示同意的方式,已超出他的理解水平。遇到这种情况,明智的办法就是改变话题,谈他自己更擅长的事物。

"我明白,"他说,"当前医疗技能的特殊倾向是偏重物质手段。然而,利德盖特先生,我希望我们的情绪不致在另一方面产生分歧,这个方面,你可能不十分关心,但是你的同情和合作对我却是一种帮助。我想,你承认你的病人存在着精神方面的需要吧?"

"这自然。但是这些字眼对不同的人可以有不同的意义。"

"一点不错。在这类问题上,错误的指导跟缺乏指导同样有害。眼前我心里一直在考虑一件事,这就是如何对老医院中牧师的职责作些新的规定。医院位在费厄布拉泽先生的教区。你认识费厄布拉泽先生吗?"

"我见过他。他对我投了赞成票。我应该向他表示感谢。看来这是一个聪明活泼的小伙子。我还知道,他是自然科学家。"

"亲爱的先生,费厄布拉泽先生是一个使我一想起来,就不免感到十分痛心的人。我相信,这一带没有一个教士比他更有才能。"布尔斯特罗德先生停了一下,似乎正在深思。

"哦,我还没发现,米德尔马契居然有了不起的天才值得我们痛心呢。"利德盖特粗鲁地说。

"我的愿望是,"布尔斯特罗德先生继续道,神色变得更认真了,"任命另一个牧师接替费厄布拉泽先生在医院的职务,我是指泰克先生,除了他,其他的助理就不必请来了。"

"作为一个医生,我对这类问题不能发表什么意见,除非我了解泰克先生,即使那样,我也得先知道,根据什么原因要作这种调整。"利德盖特笑了笑,但还是决心慎重行事。

"当然,眼前你还不能充分理解这件事的意义。但是,"这时布尔斯特罗德先生的口气变得斩钉截铁,更加郑重了,"这问题看来得提交医院的董事会进行讨论,我想,由于我们之间的合作完全符合我的希望,在这问题上,我可以期待你的支持,在需要你表示态度的时候,你不致受我的敌对者的影响。"

"关于牧师的一些争执,我想不是我应该过问的,"利德盖特说,"我所选择的道路,是尽力做好我的本职工作。"

"利德盖特先生,我的责任却不这么简单。确实,对我说来,这问题是神圣的义务之一。可是对我的敌对者说来,我有充分理由相信,这是为了满足他们的世俗利益来反对我的一个机会。但我对我的信念绝不动摇,我也绝不放弃真理,尽管那些邪恶的人反对它。我一直致力于改进医院这个目的,但我可以向你直认不讳,利德盖特先生,如果我相信,那里除了医治身体上的疾病以外,其他可以不问不闻,那么我不会对医院发生兴趣。我的活动还有别的方面,我不必在诋毁面前隐瞒这点。"

布尔斯特罗德先生,讲最后这些话时,嗓音变得响亮了一些,激动了一些。

"在这一点上我们无疑是有分歧的。"利德盖特说。但是他很满意,这时门开了,通报了文西先生的到来。自从他见到罗莎蒙德以后,这位显赫一时的社会名流在他眼中已有了新的意义。那倒不是说他像她一样,在编织美丽的远景,把他们的命运结合在一起。只是一个男子自然会对美貌的女子念念不忘,希望在社交宴会上再见到她。在他告辞以前,文西先生向他发出了那个"可以慢慢来"的邀请,因为罗莎蒙德在早餐时谈到,费瑟斯通姨父对新医生如何另眼相看,十分器重。

只剩下内兄一人以后,布尔斯特罗德先生给自己倒了一杯水,打开了三明治饭盒。

"文西,我不同你客气了,你是不会采取我的饮食方式的,是吧?"

"不,不,我对这种养生之道并无意见。生命需要补充,"文西先生说,没有忘记他呼之即来的理论,"但是,"他接着道,加重了语气,仿佛一切不相干的事此刻都不在他的话下,"我到这儿来,是因为我家那个淘气鬼弗莱德有件小事,我得跟你谈一下。"

"在这个问题上,正如在饮食问题上,我与你的意见是截然不同的,文西。"

"我希望这次不一样,"文西先生决定心平气和地商谈,"事情全是老费瑟斯通无中生有,瞎猜疑的结果。有人存心造谣,编了一个故事,跑去告诉老人,想挑拨他对弗莱德的不满。他非常喜欢弗莱德,很可能会给他一点好处,事实上,有一次他对弗莱德的谈话,就无异向他表示,他要把他的田地留给他,这招致了别人的嫉妒。"

"文西,我不得不再说一遍,你为你的大儿子打的这个如意算盘,要我帮忙,这可办不到。你要他进教会,这纯粹是出于世俗的虚荣心。你有三个儿子,四个女儿,你没有力量花那么多学费,可你偏要让他进高等学府,结果他一事无成,只学会了挥霍浪费,游手好闲。现在你是自食恶果。"

指出别人的错误,是布尔斯特罗德先生从不回避的义务,但文西先生的耐心却不能与他同日而语。一个人马上可以当上市长,而且为了商业利益,已准备在政治上大干一场,这样的人对自己在社会结构中的重要地位,自然不会视而不见,这种地位似乎已使人无权对他个人的行为提出质疑。何况这一指责是他最不能容忍的。说他自食恶果,更是火上加油。但他感到,他已落在布尔斯特罗德手中,虽然他平时喜欢还手,毫不客气,现在也只得忍气吞声,委曲求全了。

"布尔斯特罗德,那件事现在没法挽回了。我不是你那样的人,我也学不像你。在买卖上,我不能预见一切;当时在米德尔马契没有一个行业超过我们,孩子也很聪明。我的哥哥就是当教士的,而且他干得不错,已经可以提升,可惜那场伤寒病送了他的命,要不,现在他可当上教长了。我想,我给弗莱德安排这条路并没有错。何况谈到宗教,我觉得,一个人也不宜要求事前把一切安排得妥妥帖帖,他应该信赖上帝,不过分计较得失。尽量使子女得到较好的前途,这是英国人的家庭观念,是未可厚非的。依我看来,父亲的责任就是替儿子寻找一条较好的出路。"

"我只是希望成为你最好的朋友,才不得不直言相劝,文西,我得说,你刚才那套话都不过是世俗之见、无稽之谈罢了。"

"很好,"文西先生道,还是情不自禁,终于还手了,"我本来就是一个俗人,从来没有想当圣徒。再说,我也从来没有看到过一个真正清高的人。你恐怕也是按照世俗的原则在办你的银行吧。唯一的区别,据我看,只是一种世俗比另一种更正直坦然一些罢了。"

"这种争论是不会有什么结果的,文西,"布尔斯特罗德先生说,他已吃完他的三明治,靠在椅背上,遮住眼睛,仿佛困了,"你应该是为什么特别的事来的吧。"

"不错,不错。总而言之,就是有人告诉老费瑟斯通,说弗莱德靠他答应留给他的田地作抵押,企图向人借钱,或者已经借了钱。据说,这是从你那儿听到的。当然,你绝不会说这种毫无根据的话。但是老人坚持要弗莱德给他一张你亲笔写的证明,否认这件事。那只要几句话,说你根本不相信他讲过这类话,或者他用这样愚蠢的方法借过,或者试图借过钱。我想,你不致拒绝这么做吧。"

"对不起,我拒绝。你的儿子冒冒失失,愚昧幼稚——我不想用更严厉的话——我根本不能肯定,他有没有拿未来的遗产作抵押,向人借钱,我也不能肯定,有没有哪一个傻瓜,单凭一句毫无根据的空话,便借钱给他,现在这类荒谬的借贷方式,也像世上其他蠢事一样,多不胜数。"

"但是弗莱德用名誉向我担保,他从没用他姨父的田地作交换条件,向人借过一个子儿。他不是一个说谎的人。我并不想把他讲得比实际更好。他是我教育大的,没人能说我姑息过他。但他不是一个说谎的人。我认为——但也许我错了——只要还没看到一个年轻人有不良的行为,就应该相信他确实有这么好,这是任何宗教都不反对的。如果有一种宗教故意给年轻人制造障碍,以致你明明没有理由相信他有那种缺点,你仍拒绝说明你不相信这点,那么我觉得,这不是一种好的宗教。"

"我根本不认为,我应该帮助你的儿子,替他铺平道路,让他将来可以继承费瑟斯通的财产。在我看来,那些仅仅为了世俗利益觊觎财产的人,财产对他们不是一种幸福。你不喜欢听这些话,文西,但由于目前这件事,我觉得我有必要告诉你,对你刚才提到的那种财产的处理方法,我没有兴趣,也不想促其实现。我不妨对你直说,我认为这不能帮助你的儿子得到永恒的幸福,也不能显明上帝的荣耀。你所指望的证明书,目的无非为了维持那种不合理的偏爱,取得一份不合理的遗产,我为什么要写这种东西呢?"

"如果你认为,除了圣徒和福音传道士以外,任何人都不配有钱,那么你就应该放弃一切有利可图的合伙关系,这便是我要说的一切。"文西先生终于发怒道,"普利姆但尔店里用的蓝色和绿色染料,是布拉辛工厂生产的,据我所知,它们只会使丝绸腐烂,我想,这可能是为了显明上帝的荣耀,但绝不是为了显明米德尔马契商业的荣耀。要是人们知道,颂扬上帝的荣耀可以获得这么多的利润,也许大家都乐意这么做。但我不在乎这一切,只要我愿意,我知道怎么对付你们。"

布尔斯特罗德先生停了一会儿才回答。"你这么讲使我非常痛心,文西。我不指望你理解我的立场——在这个错综复杂的世界上,原则只能迂回曲折地前进,这不是件轻松的事,要那些漠不关心、冷嘲热讽的人看到这点,更谈何容易。不过你不妨记住,我绝不会跟你计较,因为你是我的内兄;同时你也应该明白,你埋怨我不顾你家庭的世俗地位,不给你物质上的帮助,这是不大合适的。我必须提醒你,你能够在买卖上维持你的地位,并不是靠你的谨慎稳重或者深谋远虑。"

"也许是吧,但你在我的买卖中也不是一无所得的,"文西先生说,已经火冒三丈(事前的决心没有把这结果推迟多久,它还是来了),"在你娶赫莉欧的时候,我想,你是不致指望把我们两家的命运截然分开的。如果现在你反悔了,希望我的家庭败落,那么你不妨直说。我始终没有变,我过去是,现在仍是一个忠实的国教教徒,在它的教义面前我问心无愧。我老老实实做人,不论在商业上或其他方面,莫不如此。我认为我不比别人坏。但是如果你希望我们的家庭败落,你说就是了。那样,我可以知道怎么办更好。"

"你讲的话毫无道理。难道你的儿子拿不到这封信,你的家庭就要败落了吗?"

"好吧,不管怎样,我认为你的拒绝是不合情理的。这种行为,你可以自诩为符合宗教精神,但旁人看了,只能觉得它丑恶讨厌,是故意刁难。你对弗莱德无异是落井下石,因为你明知人家在造谣中伤他,你却不肯挺身而出,这就与陷害差不多。你就是这么一种人,残暴成性,还到处想摆出一副主教大人和银行家的姿态,正是你这种行为使一个人蒙受不白之冤。"

"文西,如果你不顾一切跟我吵架,这会使赫莉欧和我都感到非常伤心。"布尔斯特罗德先生说,情绪比平常激动了一些,脸也更白了。

"我不想吵架。我们和好相处,不仅符合我的利益,恐怕也是符合你的利益的。我对你并无恶意,我也没有把你看得比别人坏。一个人节制饮食,敬畏上帝,在家里也整天祈祷等等,像你一样,而且信心坚定——不论他信什么教——一边诅咒别人不信神不敬天,一边照样赚他的钱,这一切都没什么,不少人这么干。你喜欢教训人,自以为是,这也可以;你在天上一定也出类拔萃,否则你不会这么喜欢上天。但是你是我的妹夫,我们应该站在一起,如果我了解赫莉欧,那么她会认为我们争吵是你错了,因为你这么斤斤计较,不肯扶弗莱德一把。我觉得我对这不能忍受。我认为这不合情理。"

文西先生站了起来,扣上大衣纽扣,死死盯住他的妹夫,意思是要他作出一个明确的答复。

这在布尔斯特罗德先生已不是第一次了,开头他往往教训文西先生,但经不起那位实业家用照妖镜一照,把人们的阴暗面和光明面纤毫不爽地照了出来,于是他在这面铁面无情的镜子中看到了自己的尊容,对自己产生了不满。也许他凭经验早该告诫自己,事情应该怎样了结。但是源源不断的泉水,哪怕在下雨天毫无用处,仍要不断喷射,他的金玉良言也像泉水一样,是压制不住的。

不过,听到不愉快的意见以后,马上照办,这不符合布尔斯特罗德先生的性格。在改变方向以前,他总要再三斟酌,使自己的理由符合他一贯的准则。最后他说道:

"让我考虑一下,文西。我要把事情先跟赫莉欧谈谈。也许我会把信送给你的。"

"很好。希望你越快越好。但愿明天我们见面以前,这问题已经解决了。"

第十四章

> 据说有一种美味甜食,
> 它的大名就叫游手好闲,
> 许多人夸赞它鲜美可口,
> 要吃的可以如法配制:
> 　　先是像猎狗一样到处游荡,
> 　　然后走进菜馆里大吃一顿,
> 　　酒醉饭饱后听一些甜言蜜语,
> 　　再自吹自擂编一些谎话骗人。
> 　　不过要把这生活维持长久,
> 　　莫忘了捞一笔可观的遗产。

布尔斯特罗德先生和赫莉欧商量的结果,看来与文西先生的要求是一致的,因为第二天早上一封信就送到了弗莱德手中,他可以拿着它去见费瑟斯通先生,提出必要的证明了。

老人由于天气太冷,没有下床。弗莱德在起居室找不到玛丽·高思,便径自上楼,把信交给姨父。后者靠在垫高的枕头上,正舒舒服服半躺着,仍像平时一样精神饱满,可以运用他嬉笑怒骂的本领猜疑人,奚落人。他戴上眼镜,开始读信,一边噘起了嘴唇,耷拉着嘴角。

"'鉴于此种情况,现特郑重声明'……啐!这家伙装模作样干吗!跟个拍卖行老板似的……'本人深信,阁下之子弗莱德列克并未以费瑟斯通先生允诺之遗产作抵,借得任何款项,'……允诺?谁说我允诺来着?我什么也没允诺过。我只要愿意,随时可以修改遗嘱,补充附录……'就此一行动之性质而论,可想而知,凡头脑清楚、品行端正之青年,断不致出此下策'……啊,老弟,请你注意,这位先生并没有说明你就是这么一个头脑清楚、品行端正的青年啊!……'至于本人与此类消息发生牵连一事,兹特明确宣布,本人从未说过,阁下之子曾以费瑟斯通先生去世后将归其所有之任何财产,向人抵押借款'……我的天哟!'财产……去世……归其所有'……斯坦迪什律师简直不在他的眼里。一派花言巧语,要借钱也不过如此。好吧,"费瑟斯通先生把信还给弗莱德,从眼镜上面望着他,露出不屑的神气,"你不致以为,布尔斯特罗德写得这么漂亮,我就会相信他吧,呃?"

弗莱德脸红了。"姨父,这信是你自己要他写的。我认为,布尔斯特罗德先生的否认,与他所推翻的别人告诉你的话,至少是同样可靠的。"

"一点不错。我从没说过,我相信哪一个的话。现在你还有什么要求?"费瑟斯通先生简单地说,没有摘下眼镜,但把手缩回了毯子下面。

"我没有任何要求,姨父。"弗莱德好不容易才把一股怒气压下去,没有爆发,"我只是给你送信来的。如果你没有事,我可以走了,祝你早安。"

"慢一点,慢一点。按一下铃,让小妞儿到这儿来。"

一个仆人听到铃声,走进了屋子。

"叫小妞儿来!"费瑟斯通先生说,很不耐烦,"她为什么走开?"玛丽进屋后,他用同样的口气说道:

"你为什么不能坐在这里,等我叫你走才走?现在把我的坎肩拿来。我总是告诉你,把它放在床上。"

玛丽的眼睛显得有些红,似乎她刚哭过。很清楚,这天早上费瑟斯通先生的脾气特别暴躁,虽然弗莱德迫切需要的赠款,现在似乎已经在望,他还是恨不得转过身去,冲着那个老暴君大喊,玛丽·高思是个好姑娘,不准他随意欺侮她。尽管她进屋时,弗莱德已站了起来,她几乎没有瞧他,脸色怯生生的,仿佛每条神经都在颤动,怕有什么东西向她当头掷来。但除了那些粗鲁的话,她从来不必担心什么。她走过去从挂衣钩上取下坎肩时,弗莱德走到她身边,说道:"让我来拿。"

"你不要管!小妞儿,你把它拿来,放在这儿。"费瑟斯通先生说,等她把背心放在他身边以后,他又说,"现在你出去,等我叫你再来。"他一向喜欢这么做,为了表示对一个人好,就对另一个人特别不好,而玛丽总是他手边现成的陪衬品。他自己的亲戚上门的时候,他待她便好一些。现在他慢慢从背心口袋里掏出一串钥匙,又慢慢从褥子下拉出一只铁皮匣子。

"你是指望我给你一笔钱吧,呃?"他说,从眼镜上面打量着弗莱德,一边把手搭在盖子上。

"没有的事,姨父。前两天,蒙你的好意,说要送我一点钱,真的,你不提起,我已差点忘了。"其实弗莱德根本没有忘,他一直眼巴巴等着这笔钱,在他的想象中,它的数目还不小,正好解决他的燃眉之急。每逢弗莱德背了债,他总觉得他会逢凶化吉——至于"吉"从何来,似乎不必考虑——按时把账还清。现在这种天从人愿的事,显然即将降临。至于拿到的钱够不够,这问题他从没想过,也不用想,正如一个相信奇迹的人,只相信奇迹的一半,不相信它的另一半,这就未免违背情理了。

那双青筋毕露的手,一张接一张拿起许多钞票,然后又把它们铺平放下。弗莱德靠在椅背上,装得若无其事。他认为他应该像一个绅士,不屑为了几个钱,向老人摇尾乞怜。最后,费瑟斯通先生又从眼镜上打量了他一下,给了他一小叠钞票。弗莱德看得很清楚,这不过五张,因为那薄薄的边正对着他。不过,也可能是五十镑一张的。他接到手中,说道:

"我非常感谢你,姨父。"一边便想把钞票卷起来,似乎并不在乎多少。但这不合费瑟斯通先生的心意,他正死死盯着他呢。

"喂,你认为这不值得你点一点吗?你像一个勋爵那样,把钱不当一回事。我猜得到,你输钱的时候也这么满不在乎。"

"我想,我不应该计较礼物的多少,姨父。但我很乐意点一下。"

但是等他点过以后,他就不这么乐意了。因为它们真是出乎他的意料,并不像他预计的那么多。如果事物不符合一个人的愿望,那还谈得到什么天从人愿?既然天不从人愿,那么违背天意,不信鬼神,也无可厚非了。确实,弗莱德的失望是严重的,他发现他拿到的只是五张二十镑的钞票,尽管他受过高等教育,上天也没有特别照顾他。他那张漂亮的脸上红一阵、白一阵的,但他只得说道:

"姨父,你非常慷慨。"

"我觉得是这样,"费瑟斯通先生说,一边锁上匣子,放回原处,然后不慌不忙摘下眼镜,似乎在考虑什么,最后,大概考虑好了,觉得很对,于是又说道:"我认为我是够慷慨的。"

"姨父,我不骗你,我非常感激。"弗莱德说,现在他又恢复了愉快的表情。

"这是你应该的。你指望在社会上出人头地,照我看,彼得·费瑟斯通是你唯一可以依靠的人。"这时,老人眼中露出了惊喜交集的满足感,他发觉,这个风度翩翩的年轻人,真的把他当作了靠山,但他竟然如此轻信,可见这小家伙尽管风度翩翩,实在是个大傻瓜。

"姨父说得不错,我的家庭条件并不好。我受到的限制太多,很少人像我这么不幸,"弗莱德说,想到自己为人这么好,遭遇却这么坏,确实感到惊异,"我打猎只能骑一匹老是喘气的马,看见别人还抵不上你一半聪明,却可以毫不计较,任意挥霍,我实在有些不平。"

"好吧,你现在可以买一匹出色的猎马了。我估计,这只要八十镑就够了,你还多二十镑,可以应付一些小小的困难。"费瑟斯通先生说,抿着嘴暗笑。

"你待我太好了,姨父。"弗莱德说,清楚地意识到他的话和他的感觉并不一致。

"呃,总比你那位宝贝姑夫布尔斯特罗德好些吧。我看,你想从他手里拿到一个子儿也不容易呢。我听说,他已经把一条又粗又牢的绳子绑在你父亲的大腿上,是吗?"

"我父亲从不跟我谈他买卖上的事,姨父。"

"嗯,这说明他还有些头脑。不过他不讲,别人也知道。他没有多少钱可以留给你的——很可能到死的那一天,连一张遗嘱也没有,他本来就是这号人,可大家还要选他当米德尔马契的市长,真有意思。他死时连一张遗嘱也不会有,尽管你是他的长子,你也捞不到多少好处。"

弗莱德觉得,费瑟斯通先生以前从来没有这么讨厌。诚然,他以前也从来没有一下子给过他这么多钱。

"布尔斯特罗德先生的这封信,我可以烧掉了吧,姨父?"弗莱德说,站起身来,打算把信丢进壁炉。

"嗯,自然,我用不到它。它在我眼里分文不值。"

弗莱德把信丢进火里,使劲用拨火棒捅了它几下。他急于走出屋子,但在他的良心和他的姨父面前,他难免有些惭愧,不好意思一拿到钱,拔腿就跑。这时正好庄上的管事来了,他要向东家回报账目,弗莱德给打发走了,他说不出的轻松,但姨父叮嘱他得常来看他。

他这么急不可待,不仅是要离开他的姨父,也为了要找玛丽·高思。她像平时一样,坐在炉火前面,手里拿着针线活儿,旁边小桌上摊开了一本书。她的眼睑此刻已不太红,脸上也恢复了平时那种镇静的神色。

看到弗莱德进屋,她欠起身子问道:"要我上楼吗?"

"不,我刚给打发出来,因为西蒙斯在楼上。"

玛丽重又坐下,干她的活儿。很清楚,她对他比平日更冷淡,她并不知道,他在楼上为了她曾多么生气,对她多么体贴。

"我可以在这儿待一会吗,玛丽?我会不会惹你讨厌?"

"请坐下吧,"玛丽说,"你还不致像约翰·沃尔先生那么讨厌,他昨天到了这儿,根本不问我一声,便在椅上坐下了。"

"可怜的家伙!我想他是爱上了你。"

"我没有这感觉。反正只要一个男人对一个女孩子好一些,她也对他有些感激,别人就说他爱上了她,我觉得,这是一个女孩子生活中最大的不幸之一。我想,起码我不是这样。我没有理由想入非非,自鸣得意,以为每一个接近我的人都会爱上我。"

玛丽不喜欢流露她的感情,尽管这样,她的声调最后还是有些发抖,这说明她心里很烦恼。

"算了,不去管约翰·沃尔!我不想惹你生气。我不明白,你有什么必要感激他。对了,哪怕人家替你剪一下烛花,你也会把这当作了不起的恩惠。"弗莱德也有他的自尊心,他不想让她看到,他知道她这种不快是什么引起的。

"哦,我没有生气,我只是对世态人情感到愤慨。我希望人家对我讲话时,不要忘记我也与别人一样是有头脑的。老实说,哪怕上过大学的年轻人,我听他们讲话有时还不如我懂事呢。"玛丽已恢复平静,声调变得和谐悦耳,仿佛欢乐的潜流正从她心底潺潺流出。

"今天早上你拿我取笑,我不在乎,只要你快乐就成了,"弗莱德说,"你刚才上楼的时候,我看你脸色那么忧愁。你不应该再住在这儿,让人那么欺侮。"

"哦,比较起来,这里的生活还轻松一些。我尝过当教师的味道,但我不适宜干那行职业,我的心有它自己的天地,我管不住它。我觉得,为了几个钱装作干一件事,实际上并不在干,这是最痛苦的,任何困难也比这好一些。在这儿,我一切都干得来,不比任何人差,也许比某些人,例如罗莎,还强一些,尽管她是一个美丽的小仙女,那种在童话里时常给妖怪关在屋里的少女。"

"罗莎!"弗莱德嚷道,那声调流露了兄妹之间深刻的嫌隙。

"听着,弗莱德!"玛丽说,口气特别郑重,"你没有权利对人这么严厉。"

"你这是指什么,是指我刚才的话?"

"不,我是指一般说的,指你一般的为人。"

"哦,是说我游手好闲,挥霍浪费。不过,我天生不适合做一个穷人。要是我有钱,我可以成为一个不坏的人。"

"这是说,只有在上帝不乐意赐给你的生活环境中,你才能尽你的责任?"玛丽笑道。

"真的,我负不起一个教士的责任,正如你不适宜担任家庭教师一样。在这一点上,你应该与我有同感才对,玛丽。"

"我从没说过你非当教士不可。此外还有不少职业。我觉得,不能选择一条道路坚决走到底,这才是真正可悲的。"

"这我能够,只要……"弗莱德突然住口,站起身子,靠在壁炉架上。

"只要你相信,你不可能得到任何财产?"

"我不是那个意思。你好像要跟我吵架似的。别人讲我坏话,你却给这些话牵着鼻子走,这太糟了。"

"我怎么会要跟你吵架! 我情愿跟我的每一本新书吵架,也不跟你吵架,"玛丽说,举起了桌上的书,"不管你对别人多么淘气,你对我还是好的。"

"因为我觉得你比任何人好。但我知道,你瞧不起我。"

"是的,是这样……有那么一点儿。"玛丽笑道,点了点头。

"你敬重的是杰出的人,对一切都有明智的见解的人。"

"是的,我是这样。"玛丽缝得轻快利索,那神气有点像旁若无人的女王。每当谈话走上错误的道路以后,我们只会越来越陷入僵局,找不到出路。这正是弗莱德·文西目前的感觉。

"让我想想,一个女人怎么也不会爱上一个她经常见面的人,一个她从小认识的人;男人也往往这样。使女孩子动心的,总是一个萍水相逢的男子。"

"让我想想,"玛丽说,噘起嘴角,露出一副调皮的样子,"我得回顾一下我所看到的情况。朱丽叶,她似乎符合你的说法。但是奥菲利娅,她大概早已认识哈姆雷特了。还有布伦达·特罗伊尔,她跟莫登特·默顿是从小认识的,但他似乎是一个可敬的年轻人。还有明娜,她跟克利夫兰的爱情更为真挚,他却是一个外地人[1]。威弗利对弗洛拉·麦基弗是陌生人,但是她并没有爱上他[2]。还有奥莉维亚·普里姆罗斯和索菲亚·普里姆罗斯[3],以及柯丽娜[4],她们可以说一见倾心,爱上了萍水相逢的人。总而言之,我知道的情形还是不可一概而论。"

玛丽抬起头,带着狡猾的神色望着弗莱德,这副表情对他说来是十分亲切的,尽管那对眼睛只是像两扇明净的窗户,笑盈盈地观察着一切。他无疑是一个富有情义的人,随着他从孩子长大成人,他也把爱情给予了童年时代青梅竹马的同伴,尽管他受过高等教育以后,对地位和收入已有了更高的要求。

"一个男子得不到爱情的时候,说他会变好,会做一切,那都是空话。我的意思是,除非他相信他的爱能得到回答。"

---

[1] 布伦达·特罗伊尔和莫登特·默顿,明娜·特罗伊尔和克利夫兰,是司各特的小说《海盗》中的两对情人。

[2] 在司各特的《威弗利》中,威弗利曾向弗洛拉求婚,但未被接受。

[3] 英国作家高尔德斯密斯(1730—1774)的《威克菲尔德的牧师》中,牧师的两个女儿。

[4] 法国作家斯达尔夫人(1766—1817)的小说《柯丽娜》的女主人公。

"说他会变好等等,这当然只是一句废话,毫无意思。会,可能,将要——这都是分文不值的助动词。"

"我觉得,一个男人要真正变好,脱胎换骨,除非他得到了一个女人真心的爱。"

"我认为,他只有变好以后,才能抱那样的希望。"

"你比我更明白,玛丽。女人不是因为男人好,才爱他们的。"

"也许是吧。但如果她们爱他们,她们就决不会认为他们是坏人。"

"说我是坏人,这太不公平。"

"我根本不是在讲你。"

"玛丽,在你说你爱我以前,在你答应嫁给我以前——我是指我能够结婚的时候——我不会变好,也干不了什么。"

"哪怕我真的爱你,我也不会嫁给你——毫无疑问,我永远不会答应嫁给你。"

"我觉得,那完全不合情理,玛丽。如果你爱我,你就应该答应嫁给我。"

"正好相反,我觉得,要是我真爱你,我就不能嫁给你,这才合乎我的情理。"

"你的意思是说,像我现在这样,我根本无法养活一个妻子。这自然,我现在才二十三岁。"

"关于最后这点,你是会改变的。但别的方面恐怕就不那么容易改变了。我爸爸说,一个懒惰的人无权生存,更无权结婚。"

"那我只有死路一条啦?"

"当然不是,总的说来,我相信你可以变好,可以通过你的考试。我听费厄布拉泽先生讲,那是再容易不过的。"

"那都很好。在他看来,任何事都很容易。其实这根本不在于聪明不聪明。我比许多考试及格的人聪明十倍。"

"我的天!"玛丽说,克制不住她的嘲笑了,"那只适用于克劳斯先生那样的副牧师。把你的聪明除十,它的商数就足够取得一个学位,那太妙了!但这只能说明,你比别人懒惰十倍。"

"好吧,如果我考试及格,你会不会要我进教会干事?"

"问题不在于我要你做什么。我想,你自己也懂得是非。听!那是利德盖特先生来了。我得去报告姑父了。"

"玛丽,"弗莱德说,看她站起来,拉住了她的手,"要是你不给我一点希望,我非但不会变好,还会变坏。"

"我不想给你任何希望,"玛丽说,涨红了脸,"你家里人不赞成这事,我家里也一样。如果我接受一个只会借债,不会工作的人,我爸爸会认为这是我的耻辱!"

弗莱德仿佛给人刺了一针,放开了她的手。她向门口走去,但到了那里,又回头说道:"弗莱德,你对我始终那么好,那么宽容,我不是不知道好歹的人,但是请你不要再向我提那些话。"

"可以。"弗莱德闷闷不乐地说,拿起了帽子和马鞭。他的脸变得红一块白一块的,没一点精神。他像许多考试落第的懒惰青年,一心沉浸在爱情中,然而对方只是一个普通的少女,又没有钱!但是他有费瑟斯通先生的田地作依靠,而且坚信,不论玛丽口头上怎么说,她其实是喜欢他的,因此他并没有完全绝望。

回到家里,他把四张二十镑的钞票交给母亲,请她代为保管。"我不想花这些钱,妈妈。我要用它还一笔债。不把它留在我身边,这样保险一些。"

"你真是个乖孩子,亲爱的。"文西太太说。她最宠爱这个大儿子和最小的女儿(一个六岁的孩子),尽管别人认为,这是两个最淘气的小东西。母亲的眼睛是雪亮的,她的偏心不无依据,至少她最善于辨别,谁对她最体贴,最孝顺。毫无疑问,弗莱德非常爱他的母亲。但也许那也是出于他对另一个人的爱,他才特别谨慎,要把钱藏好,免得他挥霍惯了,把一百镑随手花掉。因为那位借给他一百六十镑钱的债主,手中握有一张可靠的借据,在借据上签字的保人是玛丽的父亲。

第十五章

> 你说黑眼睛不是你所爱的,
> 蓝眼睛也不能吸引你,
> 但是我们看你今天不同往常,
> 好像遇到了天大的喜事。
>
> 啊,我穿过各种新奇的欢乐之土,
> 追踪着我最美的美人,
> 这里的足印和那里的回声,
> 都指引我奔向我的宝贝。
>
> 瞧! 她回过头来了,她——
> 在凡人的躯体中蕴藏着不朽的青春,
> 像永恒的星辰放射着灿烂的光辉,
> 她就是有着许多名称的"自然"!

一位伟大的历史家[①]——他坚持这么称呼自己——已有幸在一百二十年前去世,因而得以列名在许多大伟人中,而我们这些渺小的现代人至今仍行走在他们巨大的脚下。他的大量议论和插话光辉绝伦,构成了他作品中最难以企及的部分;尤其是在那部多卷本历史的开头几章中,他好像搬了一张扶手椅,坐在舞台前部,用他明快有力的英语,娓娓动人地跟我们闲谈。但是菲尔丁的时代,日子比较长(因为时间也像金钱一样,是根据我们的需要来衡量的),到了夏天,下午便闲得没事,至于冬天的黄昏,那更是在时钟慢悠悠的滴答声中度过的。我们这些后起的历史家可不能学他的样,随意逗留;如果我们要闲谈,恐怕只

---

① 英国伟大作家亨利·菲尔丁(1707—1754)根据他的现实主义理论,称小说家为历史家。下面所说的"多卷本历史"是指他的长篇小说《弃儿汤姆·琼斯的历史》。

得三言两语,匆匆带过,好像我们是坐在木板房里的小折凳上鹦鹉学舌。拿我来说,至少我有许多人生的悲欢离合需要铺叙,看它们怎样纵横交错,编成一张大网。我必须把我所能运用的一切光线,集中在这张特定的网上,不让它们分散在包罗万象的大千世界中。

此刻我得把那位新居民利德盖特再详细介绍一番,使他的身世更为一切关心他的人所了解,也许甚至比他来到米德尔马契以后,经常遇见他的人了解得更多一些。因为我们无疑都承认,一个人可以被大家吹捧、颂扬、嫉妒、嘲笑、当作工具、钟情的对象,或者至少是未来丈夫的候选人,然而实际上仍与他素昧平生;周围的人只能凭一些表面现象,对他作出错误的估计。但是人们有一个共同的印象,觉得利德盖特完全不是普通的乡村医生,在当时的米德尔马契,这样的印象就是表示大家相信,他可以创造各种奇迹。当然,每个家庭都认为自己的医生出类拔萃,非同等闲,在处理和治疗疑难杂症方面有独到之处。这种对他们的医术的信赖是一种直觉,只可意会,不能言传,要说证明,那么它只存在于生病的太太小姐们不可动摇的信念中,那是任何反对都无济于事的,除非这些直觉遭到了同样强大的另一些直觉的抵制。每个太太,凡是把伦奇的"抗热疗法"当作医学真理的,托勒的"降热疗法"在她眼里便是一场浩劫。因为大量放血和发疱的英雄时代还没有过去,那种万能的理论更没有过时,在那个时代里,一切疾病都给冠以不祥的名称,因此必须毫不犹豫,采用相应的手段对付它们——打个比方,要是疾病被称作叛乱,那当然不能对它放空炮,必须真刀真枪,立即放血。抗热派和降热派在某些人眼中,同样是"聪明人",这观点确实适用于世上的一切天才。不过谁也不致想入非非,认为利德盖特先生在学识上,可以与斯普拉格大夫和明钦大夫并驾齐驱,因为只有这两位医师能够妙手回春,在人们病入膏肓的时候,或者在每一线希望都值一个金币的时候,给他们带来转机。尽管这样,我还是得说,人们有一种普遍的印象,觉得利德盖特与米德尔马契的任何医生都不太相似。这是真的。他还只有二十七岁,在这样的年纪,许多人都是不同寻常的——他们对前途充满希望,相信可以一帆风顺,青云直上,财神爷也永远不会给他们套上嚼子,骑在他们背上,相反,如果他们有求于他,他还会替他们驾车,把他们送往目的地。

他刚从一所公学毕业,便成了孤儿。他的父亲是军人,留给三个孩子的钱不多,因此当少年泰第乌斯希望学医的时候,他的监护人认为,与其为了家族的尊严,劝他打消主意,不如满足他的要求,让他到一个乡村医生那儿当学徒。他是那种罕见的孩子之一,这种孩子很早就有了明确的志向,认为他们应该在生活中担负某种使命,愿意为了它本身,而不是为了他们的父亲做过这事,贡献自己的力量。我们中间凡是后来从事自己心爱的工作的,大多都会记得在某一个早上或晚上,我们怎样爬上高凳子,从书架上取下一本从未读过的书,或者怎样张开嘴巴坐在边上,听一个陌生人谈话,或者在完全缺乏书本的情况下,怎样听取内心的启示,于是这便成了我们的爱好可以追溯的最初渊源。这样的事,利德盖特也经历过。他是一个活泼的孩子,玩得累了,便一头倒在屋角里,不出五分钟已沉浸在他所能得到的任何一本书中,如果那是《拉塞拉斯》①或《格列佛游记》,自然很好,但贝利②的辞典,或者附有外典③的《圣经》也成。在他不骑马,不跑步,不打猎,或者不听别人谈话的时候,必须读点什么。他十岁时,一切便是这样。那时他已读完《克里萨尔,或畿尼历险记》④,它既不是婴孩喝的牛奶,也不是冒充牛奶的任何白色混合饮料;他那时已感到,书本上废话连篇,而生活是愚蠢的。学校里的学习没有从根本上改变他这个看法,因为虽然他"修了"古典名著和数学,他的成绩并不突出。人们传说,利德盖特只要愿意,可以大有作为,但目前他无疑还不想有所作为。他是生龙活虎般的小家伙,有敏捷的理解能力,但还没有火花点燃他身上的求知欲,知识在他看来十分肤浅简单,很容易掌握,因为从长辈的谈话听来,他显然已获得了超过成人生活所必需的知识。也许,这是那种昂贵的教学,那个穿短上身外套和各种一去不复返的服饰的时代必然留下的后果。但

---

① 指英国作家塞缪尔·约翰逊(1709—1784)的小说《阿比西尼亚王子拉塞拉斯传》。
② 内森·贝利(?—1742),英国辞典学家,编有《英语词源辞典》。
③ 外典是指未被编入《圣经》的基督教著作,它们一般宗教色彩较少,故事性较强。
④ 英国小说家查尔斯·约翰斯东(1719?—1800?)写的一部讽刺小说,内容大多有所影射。

是在一个假期里,一天由于下雨,他走进了家中的小藏书室,想再找一本也许可以引起他兴趣的书,找不到!不过确实,他把一套积满灰尘的书搬下了书架,书是灰色平装本,书名已经发黑,这是他以前从没碰过的一部旧百科全书。它们对他至少还是新鲜的。书放在最高一层,他得站到椅上,才能把它们取下。他打开了第一册,只想随便翻翻,但他翻到的正是那不能随便翻翻的地方。他看到的那一页,条目是解剖学,他的眼睛接触到的第一段是谈心脏瓣膜的。他对任何瓣膜都一窍不通,不过他知道,瓣膜是两扇折门,就在这时,一道亮光倏地从这门缝里射到了他心头,他第一次发现,人的身体是一架多么微妙的机器。开明的教育方式,自然使他在学校里可以任意阅读古典作品中不太文雅的段落,但是对身体内部的构造,除了一般的神秘感和猥亵感以外,他还从未作过任何想象,因此他所知道的头脑,只是位在太阳穴旁边的一些小袋子,他不懂得血液是怎么循环的,正如他不明白纸币怎么能代替黄金一样。但是启示的时刻到了,在他爬下椅子之前,世界在他眼前已焕然一新,他发现,在他一向认作知识的背后,还隐藏着他所不知道的东西,它们把一个广阔的天地从他眼前隔开,可那里充满着无穷无尽的变化。从那个时刻起,利德盖特感到,求知欲在他心头苏醒了。

我们总是一遍又一遍地谈论,男子怎样爱上女子,怎样跟她结婚,或者怎样跟她不欢而散,各奔前程。我们总是不厌其烦地描写詹姆士国王所说的女人的"王国和乐园",津津有味地倾听行吟诗人的古老歌声,可是对另一种"王国和乐园",那必须通过艰苦的思考,百折不挠地放弃一切渺小的私欲之后,才能取得的天地,却不以为意,无动于衷,这是由于诗情过多,还是由于愚蠢呢?但是我们所说的求知欲,发展也是不同的,有时它导致光辉的结合,有时却使我们灰心失望,终于与它分道扬镳。这种不幸的发生,往往是与行吟诗人歌唱的那种热情相偕俱来的。你只要看那大量的中年人,他们现在固然只是把自己的职业当作例行公事,就像他们天天要打领结一样,但是其中相当多的人,也曾一度有过改天换地的雄心壮志。他们之逐渐流于一般,变成碌碌无闻的庸人,这过程往往在他们自己的意识中,也没有留下痕迹,也许他们不求报偿、不计私利、兢兢业业的精神,正与青年人的其他爱好相同,是在不知不觉中冷却的,这样,终于有一天,早年的自我在老家中成了幽灵,新颖的陈设也与他们格格不入。世界上再没有比这种逐渐蜕变的过程更微妙的了!起先,这个过程在他们是无意识的,你和我可能把我们的某些精神传染给了他们,用我们那投其所好的错误观念,或者我们所得到的愚蠢结论,影响了他们,但也可能那是随着一个女人的秋波引起的颤动一起开始的。

利德盖特不愿成为这些失败者中的一个,他也更有希望一些,因为他对科学的兴趣不久就变成了对专业的爱好,借以糊口的职业激发了他年轻的信念,当初把学徒时期当作权宜之计的思想,没有把他吞没。为了学习,他到了伦敦、爱丁堡和巴黎,他始终没有抛弃自己的信念:医学事业有着广阔的前途,它是全世界最好的职业。他把科学和艺术看作互相沟通的事物,还把知识上的收获和社会的福利直接联系在一起。利德盖特的天性需要这种结合,他是一个热情的人,跟其他一切血肉相连的感觉,可以帮助他克服专门研究中的一切抽象观念。他不仅关心"病例",他还关心约翰和伊丽莎白,尤其是伊丽莎白。

这职业还有另一个动人之处,那就是它需要改革,可以满足人的正义感,鞭策他去清除它的金钱色彩和其他骗局,掌握真正的、虽然不一定必要的学识。他到巴黎去学习,决心等回国后,在外省城市当一名普通医师①;反对把内外科割裂的不合理措施,这不仅符合他科学研究的利益,也是为了社会的进步;他要远离伦敦钩心斗角、争风吃醋、吹捧奉承的污浊气氛,像詹纳②那样,完全靠自己的成就赢得名誉,不论它来得如何缓慢。因为不能忘记,这是一个黑暗的时期,尽管一些声誉卓著的学院为了保卫知识的纯洁性,花了不少力气,把它限制在少数人中间,在收费和授职方面奉行严格的规定,防止错误,然而在伦敦仍有不少不学无术的年轻人得到提升,在外省获得正式开业权的人更多。在公众心目中,医师学会制定的标准很高,只有牛津和剑桥的毕业生,那些受过昂贵而极其罕见的医学教育的人,才能得到它的特别批准,但是

---

① 指通看内外各科的医师。
② 爱德华·詹纳(1749—1823),英国医生,首创接种牛痘的方法。

这并不能防止骗人的庸医依然逍遥法外;而且由于开业行医主要是给病人开许多药,公众自然认为,药开得越多越好,只要它们价钱便宜,以致大量吞服不够资格的医生胡乱开出的丸药,也就不足为奇了。统计学还没有涉及这个方面,去对庸医或江湖郎中的数目作出统计,这些人对一切改革是必然要群起而反对的,鉴于这一情况,利德盖特觉得,改变这种数量上的优势的最有效途径,还是改变个人。他便打算这么办,从自己做起,然后逐步推广,使这种变化终于有一天对全体发生影响。与此同时,他仍可给自己的病人治病,促进他们内脏的有利变化。但他的目的不单在于实施真正的医疗,使它提高一步,他还有更大的志向,认为他可能找出治疗疾病的解剖学根据,因而在医学发现史上占有一席位置。

米德尔马契的一名医生,居然想当发明家,你觉得不合情理吧?确实,那些伟大的创始者要等升到天上,成为明星,左右着我们的命运以后,才会引起我们大多数人的重视。举例来说,那个"打破了天空的壁障"的赫歇耳①,不是曾经在外省教堂里弹风琴,给初学钢琴的人上过音乐课吗?所有这些光辉的明星都得在地上行走,周围的人也许只看到他们的姿态和衣服,看不到会使他们流芳百世的才华。所有这些人都有过一段默默无闻的个人历史,遇到过一些诱惑,有过一些私心杂念,它们产生过一定的阻力,推迟了他们的进程,使他们最后才到达那些不朽的伟人中间。利德盖特不是看不到这种阻力,但他充满信心,相信他可以避免一切危险。尽管他还只有二十七岁,他觉得他已相当老练。他不愿在首都沽名钓誉,满足自己的虚荣心,他宁可生活在普通人中间,这些人不会阻挠他实现他的伟大思想——他在勤奋行医的同时所抱的双重目的之一。他陶醉在美好的憧憬中,觉得这两个目的是可以相辅相成,相得益彰的:他的日常工作便是仔细的观察和诊断,遇到特殊病例便借助显微镜作出进一步的判断,而这一切都起着深入研究的作用,推进了他的设想。他的职业的突出优点不就在这里吗?他要

---

① 威廉·赫歇耳(1738—1822),德国天文学家,天王星的发现者,恒星天文学的建立者。他出生于德国的汉诺威,年轻时来到英国,靠教授音乐为生,同时攻读天文学。

成为米德尔马契一名优秀的医师,这同时也保证了他在科学探索的远大道路上继续前进。有一点在他一生的这个特定阶段,是应该得到赞赏的,即他不想效法那些慈善家的榜样,这些人一边揭露别人制造的假药,一边出售有害的药水,牟取暴利,或者一边在赌场里合伙当老板,一边使自己得到闲暇,充当社会道德的维护者。他打算从自身做起的那些特殊改革,自然可以完全由他做主,这比之从解剖学上来说明病理,是容易得多的一个问题。改革之一就是坚定执行新近颁布的一项法令,只开处方,不配药物,也不从药剂师那儿抽取回扣。这对于志愿在外省城市当一名普通医师的人,是一种新措施,它必然引起同行的反对和指摘。但是利德盖特还要在治疗方法上实行革新,他相当清醒地看到,真正根据他的信念正直地进行治疗,最好的保证就是排除相反方面的经常引诱。

也许就科学家和理论家而言,那是比现在更为愉快的时期。我们总是认为,在美洲刚开始发现,一个勇敢的水手哪怕船只失事,也能找到一个新王国的时代,是世界上最美好的时代。一八二九年前后,病理学对于一个精力充沛的青年冒险家说来,也就是一块新大陆,一个新美洲。利德盖特的最大抱负,就是要为他的职业在扩大科学的、合理的基础方面作出贡献。他越是对疾病的一些特殊问题,例如高热和高热病的性质,发生兴趣,他越是深切感到人体结构的基础知识的必要。在本世纪初,这个领域还只有比夏①探索过,他用他短促而光辉的一生照亮了它,三十一岁就夭折了,但他正如另一个亚历山大②一样,留下了一片可供许多后人开发的领土。那个伟大的法国人第一次提出了一个观念,即生命体从基本上看,不是一些器官的组合,这些器官可以先分别研究,然后联结起来加以理解,而是必须把它们看作包含着若干原始的网络或组织,各种器官——脑、心、肺等等——便由这些网络或组织构成,正如一所房屋的各种设备均由木材、铁、石块、砖瓦、锌等等,按不同的比例制作而成,而每种材料都有各自的成分和结构。由此可见,不了

---

① 马利·弗朗索瓦·比夏(1771—1802),法国生理组织学和病理解剖学的先驱。
② 指亚历山大大帝(公元前356—公元前323),曾建立庞大的亚历山大帝国。

解这些材料的性质,谁也别想理解或判断整个机体或它的部分,知道它们的弱点何在,如何进行维修。比夏提出的观念,以及他就各种不同组织进行的仔细研究,对医学问题发生的作用,必然像一盏煤气灯照到了一条黑暗的、本来只点着油灯的街道上,使人们开始看到了机体的一些新联系,以及从前所不知道的事实,而这一切是在研究疾病的症状和药物的作用时,不得不考虑在内的。但是依靠人的心灵和理智取得的结果,进展是缓慢的,现在到了一八二九年底,大部分医疗工作仍在老路上踌躇不前,故步自封,这方面的科学研究仿佛仍得从比夏的终点直接开始。这位伟大的发现者把组织看作生命体的最终事实,没有再前进一步,这标志了解剖分析的极限,但它已向后继者提出了一个问题:这些机体是否有共同的基础,而它们都来自这基础,正如你的绸衣、罗纱、面网、缎子和丝绒,都是由生丝织成的?这里又将产生一道光,它像氢氧光一样,将照明事物最根本的粒子,修正以前的一切解释。比夏这个发现的后果,已在欧洲思想界的许多方面引起震动,现在利德盖特也迷上了它。他希望他能进一步阐明生命机体的内在联系,使人的思想更符合实际情况,沿着准确的方向前进。这工作还没有成功,但是对于知道如何运用前人成果的人,条件已经具备了。原始组织是什么?利德盖特是这么提出问题的——这不是能够迅速获得答案的方式,但是找不到正确的语言,正是许多探索者都遇到过的命运。他要依靠空闲的间隙,千方百计挤出时间,从事漫长的研究。他的许多线索不仅是孜孜不倦地运用解剖刀,也是孜孜不倦地运用显微镜取得的——那时研究工作又重新怀着信赖的热情运用这工具了。这就是利德盖特未来的计划:为米德尔马契做一些小小的好事,同时为世界从事一项伟大的研究。

  这时期他无疑是一个愉快的人:二十七岁,没有任何坏习气,待人接物慷慨大方,决不损人利己,头脑里装满各种想法,这使生活变得引人入胜,不必从赛马和其他奢华神秘的娱乐中寻找精神寄托——事实上,他那八百镑遗产,在买下医生业务后,已所剩无几,不能供他挥霍了。他还处在起点上,对许多人说来,这正是一场有趣的赌博的开始,有的人便在这场游戏中流连忘返,津津有味地注视着一个难以达到的目标的各种复杂可能性,展望着环境将会带来的一切挫折和进展,体会着内心的一切微妙反应,而他们在这中间向前游去,或者达到目的,或者遭到灭顶之灾。哪怕对利德盖特的性格有充分了解,我觉得,这危险还是存在的。因为性格也是一个过程,是一个正在展开的东西。不论作为米德尔马契的医生或不朽的发现者,这个人都还在形成中,他的优点和缺点都可能缩小或扩大。我希望,缺点不致成为理由,使你对他不再发生兴趣。我们那些富有才能的朋友中间,难道没有过于自信或过于傲慢的人吗?难道每一颗高贵的心都没有一点平庸的斑点吗?难道没有人有时过于拘泥,有时又过于狂妄,要把自己的偏见强加于人吗?或者没有人在眼前利益的影响下,把较好的精力浪费在错误的道路上吗?所有这一切都适用于利德盖特,但是即使我这么说,这仍不过是彬彬有礼的传教士的委婉辞令,他们只谈亚当,不谈教堂里在座各位先生的缺点,免得引起他们的不快。可是那些隐晦笼统的话是从具体的缺点概括出来的,而具体的缺点却有独特的面貌、语气和表情,在不同的戏剧里扮演不同的角色。我们的虚荣心正如我们的鼻子一样,不尽相同。自负也不是千篇一律的,它随着我们精神气质的细微差别而变化,而精神气质是人人不同的。利德盖特的自负是一种傲气,它从不嗤笑,从不盛气凌人,但总是坚持自己的意见,流露出不屑争辩的宽容态度。他可怜那些痴迷不醒的人,愿意尽力帮助他们,并且完全相信,他们不能左右他的态度。他在巴黎的时候,曾想参加圣西门派,目的是要改变他们,使他们反对他们的某些理论。他的一切缺点都带有类似的性质,这是那种生有一口好嗓子,衣冠楚楚,平时一举一动都露出高贵气派的人所有的缺点。那么,哪里会有平庸的斑点呢?一位醉心于那种潇洒不羁的风度的年轻小姐这么说。在一个如此文雅,如此抱负不凡,对社会义务具有如此豁达大度、不同寻常的观点的人身上,怎么还有平庸的藏身之处呢?但这还是可能的,正如一个天才,如果你出其不意,向他提出一个他不懂的问题,他的回答也可能不知所云;许多一心为社会造福的人,也可能逢场作戏,在歌场舞榭中消磨一些时光,或者除了奥芬巴赫①的音乐,以及流行歌舞剧中的俏皮话以外,什么也不感兴趣。利德盖特的平庸便在于他的某些成见,因为尽管他志向高尚,富有同情心,这些成见却与世上一般人的见解大同小异。那种高尚的精神属于理性的情绪,并未渗入他的感性方面,影响他对家具、妇女等等的观念,或者影响他对自己的看法——他总认为他比其他乡村医生高贵,而且希望大家理解这点,不必他自己作出说明。他目前还不想考虑家具问题,但一旦需要考虑,恐怕不论生物学或改革计划,都不会使他超越一般人的趣味;要是他没有最华丽的家具,他便会觉得不舒服。

至于女人,他已经一度如醉如痴,堕入过情网,他希望那是最后一次,好在他已把结婚推迟到遥远的将来,可以不怕再鲁莽从事了。对于那些想结识利德盖特的人,这桩情场风波还是值得知道的,因为这是一个例子,说明他的情绪往往变化不定,忽冷忽热,而且他对妇女殷勤多情,使他具有了一种可爱的气质。这故事用不了几句话。它发生于他在巴黎求学的时期,那时,除了其他工作,他还在从事电流治疗的各种实验。一天晚上,他没有从实验中得到他需要的事实,心里烦躁,便丢下他的青蛙和兔子,让它们在经历了不可理解的、命中注定的、难受而神秘的战栗之后,休息一会儿,自己则跑到圣马丁门剧院,预备在那里消磨一个晚上。剧院正在上演一出通俗歌剧,他已看过几次了。吸引他的不是那场通力合作的精彩表演,而是戏里的一个女主角,她要在台上刺死她的情人,因为她把他当作了戏中一个心怀叵测的公爵。利德盖特爱上了这个女伶,但是从没想过要认识她。她是普罗旺斯人,乌黑的眼眸,希腊人的面型,身材丰满,显得仪态万方,具有一种美丽温柔的少妇的风度,她的嗓音柔和,像是喁喁细语。她不久前才来到巴黎,拥有清白的名声,她的丈夫与她同台演出,扮演那个不幸的情人。她的表演不过"聊能称职",但观众已很满意。利德盖特目前的唯一消遣,就是上剧院去看这个女人,他觉得这仿佛像置身于南国的花草丛中,在紫罗兰盛开的岸边小坐一会,可以使他心旷神怡,暂时忘记他终日厮守的电疗实验。但是那天晚上,这本老戏却出了一个大乱子。在女主角把

---

① 雅克·奥芬巴赫(1819—1880),法国著名作曲家,轻歌剧的创始者之一。

刀刺向她的情人、他要优雅地倒下的时候,这位妻子真的把刀插进了丈夫身中,他当即倒下了。一声尖厉的叫声震动了剧场,那个普罗旺斯女人也昏倒在台上。这叫声和昏厥本来是戏中需要的,只是这一次成了假戏真做。于是利德盖特一跃而起,自己也不知道怎么爬上了舞台,立刻进行抢救。他发现女主角的头部撞伤了,轻轻把她抱了起来,就这样,他认识了她。这件惨案在巴黎传说纷纭。这是谋杀吗?女演员有一些疯狂的捧场者,他们大多认为她有罪,因而更加崇拜她(这是那个时代的风气),但利德盖特不属于这类人。他不遗余力替她争辩,说她是无辜的。这样,以前他仅仅为她的美貌感到陶醉,既没有目的,也没有私心,现在,这种感情却变成了一种个人的依恋,对她的命运的同情。谋杀的想法是荒谬的,找不到任何动机,大家知道这对年轻夫妇相亲相爱。由于一时失足,滑了一跤,以致造成这种严重后果的事,以前也不乏先例。法院的侦查以琼尔太太无罪开释结束。到这时,利德盖特已与她有过多次会面,只觉得她越来越可爱。她讲话不多,但这使她更显得妩媚动人。她有些忧郁,对他似乎很感谢。只要她在他眼前出现,就仿佛黑夜中升起了一盏灯。利德盖特狂热地追求她,深怕别人抢在前面,夺走了她的爱,向她求婚。但是尽管那件不幸事故已使她红得发紫,更加出名,她却拒绝与圣马丁门剧院继续签订合约,悄然离开巴黎,丢下了那一批捧场者,也没告诉任何人。也许谁也不想再打听她的行踪,只有利德盖特,他觉得怎么也无法继续他的研究工作,头脑里老是想着不幸的琼尔,想象她怎样怀着无边无际的忧郁,在漫无尽头的大地上流浪,找不到一个可以安慰她的忠实伴侣。不过,隐姓埋名的女演员,正如其他隐私一样,是隐藏不住的,过不多久,利德盖特就发现了一些线索,知道琼尔是朝里昂方向出走的。最后他得悉,她在阿维尼翁献艺,也十分叫座,她用的仍是原名,但仪态更显得庄严肃穆,像一个怀抱着孩子的弃妇。散戏后,他去找她,她接待了他,神态仍那么安详,这给他的感觉是像一泓清澈见底的泉水那么美好。他要求第二天去看她,她同意了。他预备告诉她,他如何爱她,并向她求婚。他知道,这像疯子的心血来潮,甚至与他平时的怪癖也不能协调。但没有关系!这是他下定决心要做的事。他身上显然有两个自我,他们不得不学会互相容忍,接受彼此的牵制。奇怪,我们中间有些人处在迷恋状态,还能看到另一幅清醒的景象交错出现,他们一面站在山上讲胡话,一面却望见一片大平原铺展在山下,那坚定沉着的另一个自我,便在那儿安详地等待他们。

他在琭尔面前恭恭敬敬,温柔体贴,在他看来,任何怠慢都是与他对她的深厚感情不能相容的。

"你是不远千里,专门从巴黎来找我的?"第二天她对他说。她坐在他面前,合抱着双手,眼睛注视着他,似乎不胜诧异,像一头桀骜不驯的野兽左思右想,总是无法理解。"难道所有的英国人都是这样的吗?"

"我来是因为我总是想着你,不能不看到你。你太孤独了,我爱你,我要求你同意做我的妻子。我可以等待,但我要求你答应以后嫁给我,不嫁给任何别人。"

琭尔默默注视着他,漂亮的眼睑下闪射出忧郁的光芒,最后他充满了狂热,跪到了她的膝边。

"我想告诉你一件事,"她用她那种喁喁细语似的声调说,仍合抱着双手,"我的脚真的滑了一下。"

"我知道,我知道,"利德盖特说,不让她讲下去,"这是意外的不幸事件,可怕的无妄之灾,它只是使我更加爱你。"

琭尔又停了一会儿,这才慢条斯理地继续道:"但我是故意那么做的。"

利德盖特尽管是一个坚强的人,脸色蓦地发白了,身子哆嗦着,似乎过了好一会儿,他才站了起来,立在离她远远的地方。

"那么这里边包含着一个秘密,"他终于说,甚至仍很热情,"他虐待你,你恨他。"

"不!他使我感到厌倦,他太爱我了,他要留在巴黎,不愿待在我的家乡,这使我不能忍受。"

"我的天呐!"利德盖特说,发出了恐惧的呻吟,"因此你设计杀死他?"

"我没有设计什么。只是在戏中,我突然想起,我要那么做。"

利德盖特站在那里默不作声,一边望着她,一边下意识地戴上了帽子。他看到这个女人,这个他向她献出了自己的初恋的女人,站在一群愚蠢的罪犯中间。

"你是一个善良的年轻人,"她说,"但我不需要丈夫。我永远不想再有丈夫。"

三天后,利德盖特又回到巴黎的寓所中,继续他的电疗实验了。他相信他的迷梦已经惊醒。由于他充满仁慈的内心,由于他对人生美好未来的信念,他避免了从此变得冷酷的后果。相反,吃一堑,长一智,他对自己的处世之道更深信不疑。今后他要对妇女采取严格的科学观点,不抱任何幻想,凡事必须三思而后行。

我们对利德盖特的过去,作了浮光掠影的回顾,不过在米德尔马契,这恐怕是谁也不会想到的。确实,那些可敬的市民也像一般的芸芸众生,不会对没有出现在他们眼前的一切发生任何兴趣,非把它们弄个水落石出不可。不仅该市的年轻小姐,连胡子灰白的老人,也往往只是急于考虑,怎样才能使一位新交为他们的利益服务,至于生活怎样使他成为今天这种可资利用的人,则并不想多过问。事实上,米德尔马契只想把利德盖特一口吞没,舒舒服服地把他同化过来。

第 十 六 章

> 女人身上可贵的一切,
> 　在美好的你这儿无不存在,
> 因为全体女性所能提供的,
> 　只是美丽和温情。
> 　　　　　　——查尔斯·塞德利爵士[①]

泰克先生应否任命为医院的带薪牧师一事,在米德尔马契人中间

[①] 查尔斯·塞德利(1639?—1701),英国诗人,写过一些诗歌、悲剧和喜剧,但大多已为时代所淘汰。这里的几行诗出自《致西莉亚》一诗。

引起了激烈争执。利德盖特听到的一些议论,使他对布尔斯特罗德先生在地方上拥有的权力,有了更深刻的认识。这位银行家显然是土皇帝,但当地有一个反对派,而且即使在他的拥护者中间,也有人并不讳言,他们的支持只是一种妥协。他们公开谈论自己的感想,说事物的相互关系,尤其是商业上的不测风云,使你不得不向魔鬼烧香。

布尔斯特罗德先生的权力,不仅由于他是外省的一个银行家,了解当地大部分商人的财务秘密,掌握着他们的信用命脉,也因为他是一个既慷慨又严厉的慈善家,他随时准备解囊相助,也随时严密监视着慈善活动的后果。他像一个不辞辛劳的人,始终坚守岗位,为他主持的地方公益事业筹集主要的捐款,在私人善举方面,他也无微不至,助人为乐。为了安排靴匠特格的儿子当学徒,他可以到处奔走,然后监督特格每星期上教堂做礼拜。为了洗衣妇斯特赖普大娘晾衣服的场地,他可以出面与斯塔布斯交涉,不准他对她刁难勒索,同时亲自审查对斯特赖普大娘的种种诽谤。他私人借出的小额贷款为数不少,但是在出借前后,他总要把具体情况详细了解清楚。就这样,他赢得了当地人的心,大家依赖他,怕他,也感激他。权力一旦进入那个微妙的领域,就会自行繁殖,大大超出它的外在财产所拥有的实力。布尔斯特罗德先生的一个原则,就是要尽可能扩大自己的权力,用它来为上帝增添荣耀。为了调整他的动机,明确为了上帝的荣耀他应该怎么办,他经历了复杂的精神上的冲突和内心斗争。但是,正如我们看到的,他的动机并不能经常得到正确的评价。在米德尔马契有不少冥顽不灵的人,他们那杆思想的秤只能称粗笨的杂物。他们怀着一个无从解答的疑团,认为布尔斯特罗德先生既然不想像他们一样寻欢作乐,吃得那么少,喝得也那么少,却甘愿为每一件事苦苦操心,他一定对权力有着吸血鬼一般的嗜好。

牧师问题进入了文西先生的餐厅,那天利德盖特也在座。他发现,尽管主人与布尔斯特罗德先生是至亲,他并没受这种关系的束缚,不过他反对提议中的安排的理由,是他不赞成泰克先生的讲道文,它们全是教条,他赞成费厄布拉泽先生,他的讲道没有这类缺点。牧师支取薪金的办法,文西先生完全赞成,他认为这应该给费厄布拉泽,他是一个普通人,但并不比别人差,心地善良,在任何地方都是最好的传教士,而且容易相处。

"那么你站在哪一边?"验尸官奇吉利先生说,他是文西先生最好的打猎伙伴。

"哦,我很高兴,现在我不再当董事了。我主张把这件事提交董事会和医务会议共同解决。大夫,我把我的一部分责任移交给你们了,"文西先生说,先看了一眼本地资格最老的斯普拉格医师,然后又看看利德盖特,后者就坐在他的对面,"你们当医生的得商量一下,开什么样的药方才好,利德盖特先生,是吗?"

"我跟双方都不太熟,"利德盖特说,"但一般而论,人选问题往往决定于个人的好恶。对某一职务最合适的人,未必是最好的或最受欢迎的人。有时你为了推行改革,唯一的办法只能是给大家喜欢的老好人一笔年金,让他离职,退出这场竞争。"

虽然大家认为,明钦大夫更有"学识",但斯普拉格医师是公认的"权威",他望着他的酒杯,那张呆板的方脸不露一点表情;他在听利德盖特讲话。这个年轻人身上有一些东西是明确无误、不容怀疑的,例如,对外国人的观念总是夸夸其谈,奉为圭臬,对前辈们已经解决,因而可以束之高阁的问题,却企图旧事重提,加以改变;这在斯普拉格医师眼中,当然是不足为训的。早在三十年前,这位大夫已经凭一篇关于脑膜炎的论文,建立了牢固的地位,这篇论文至少还有一份标明"本人珍藏"字样,用牛皮精装封面保存着。从我来说,我对斯普拉格大夫的这种心理是深表同情的,因为自满是一个人不容剥夺的权利,如果受到侵犯,自然很不舒服。

然而利德盖特的话在客人中没有引起同感。文西先生说,只要他做得到,他决不让他不喜欢的人在任何地方得逞。

"去你的改革!"奇吉利先生说,"世界上没有更大的骗局了。你从没听到过一种改革不是为了玩弄花招,把一些新人推上舞台的。利德盖特先生,我希望你不是刺血针派人物①,他们想从司法人员手中把验

---

① 《刺血针》是英国著名外科医师托马斯·韦克利(1795—1862)创办的医学杂志。韦克利思想激进,曾猛烈攻击当时的医务制度。验尸官应由医师担任的主张便是他提出的。

尸官职务抢走呢。你那些话好像就有这点味道。"

"我不赞成韦克利,"斯普拉格医师插口道,"我最反对他了。他是一个居心不良的家伙,为了沽名钓誉,可以牺牲职业的荣誉,可这种荣誉,大家知道,是由伦敦的医师学会确立的。有些人只要能够出名,给大家骂得狗血喷头也在所不惜。但韦克利有时还是对的,"大夫又慎重地补充道,"我可以指出,在一两个问题上,韦克利没有错。"

"好吧,"奇吉利先生说,"我不反对任何人维护自己的职业,但是谈到我们的争论,我倒想请教,一个验尸官没有受过司法训练,怎么对验尸证据作出判断?"

"依我看来,"利德盖特说,"司法训练在需要另一种知识的问题上,只能使人更加无法胜任这工作。人们谈到证据,仿佛这真是可以凭盲目的司法女神用天平来衡量的①。其实,在任何专门问题上,人们除非懂得有关的专业知识,就无法判断怎样才算证据确凿。对于尸体检验,一个律师不比一个老婆子更有用一些。他怎么知道毒药的作用?这无异是说,懂得吟诗就懂得种马铃薯了。"

"我想,你应该知道,验尸官的任务不是指导验尸,只是对医生的证明作出判断。"奇吉利先生说,口气有些轻蔑。

"但医生也往往像验尸官一样无知,"利德盖特说,"法医学上的问题不能靠侥幸,把希望寄托在遇到的医生正好具备丰富的知识上。万一有一位不学无术的医生告诉验尸官,士的宁②可以腐蚀胃壁,他就不应该相信这话。"

利德盖特确实忽略了一个事实,即奇吉利先生是皇家验尸官,最后还天真地问道:"斯普拉格大夫,你同意我的话吗?"

"同意一部分,在人口稠密地区和首都是这样,"大夫说,"但我想,在这些外省地区,我的朋友奇吉利还大有可为,哪怕我们医生中间能找到最好的人接替他的职务,要改变这种状况也还早着呢。我相信,文西会同意我的观点。"

---

① 在希腊罗马神话中,司法女神是蒙住双目的,一手持剑,一手拿天平,表示执法如山,不徇私情。
② 一种中枢兴奋剂。

"对,对,我只要验尸官是出色的猎手就成,"文西先生兴高采烈地说,"在我看来,律师是最保险的人。谁也不能懂得一切,许多事是'上帝的安排'。至于下毒,这件事吗,你需要知道的还是法律。好,我们到女士们那儿去吧。"

利德盖特心中捉摸,奇吉利先生也许正是那种对胃壁毫无兴趣的验尸官,但是他不想涉及个人。这是在米德尔马契上层社会中活动的困难之一,在这里,对任何有薪俸的官职要求以知识作为条件是很危险的。弗莱德·文西曾把利德盖特称作书呆子,现在奇吉利先生又觉得他狂妄自大,目中无人,尤其后来到了客厅里,他对他更加不满,因为那个年轻医生一直竭力巴结罗莎蒙德,用茶点时,还轻而易举地独占了跟那位小姐的谈话权。茶点由文西太太主持,她从来不把任何家务推给女儿。主妇那和蔼可亲的脸显得娇嫩红润,两根粉红带子在美好的喉头轻轻飘动;跟丈夫和孩子讲话时,她总是和颜悦色;这一切无疑都是文西家的魅力所在。在这幅背景上,那位女儿更显得惹人喜爱了。文西太太平易近人,虽然有些庸俗,但并不讨厌,这种特点也突出了罗莎蒙德的文雅,使利德盖特不禁喜出望外。

毫无疑问,小巧玲珑的脚,丰满柔和的双肩,可以使优美的风度更加引人入胜;弯弯的嘴唇和眼睑发出的妩媚的微笑,会把本来无懈可击的话衬托得更加正确,变成天经地义。罗莎蒙德的话一向无懈可击,因为她是聪明的,她的聪明使她除了幽默,可以表现一切情调。幸好她从来不想讲笑话,这也许便是她聪明过人的决定性标志。

她和利德盖特谈得很投机。他表示遗憾,上次在斯通大院没有听到她唱歌。他寓居巴黎的后期,唯一的娱乐就是听音乐。

"你也许学过音乐吧?"罗莎蒙德问。

"没有,我能辨别许多种鸟声,我也听得懂各种旋律,但是音乐,我一点也不懂,我完全是外行,然而它使我高兴——使我动情。世界是多么愚蠢,对于它可以得到的这种欢乐,却不知道充分利用!"

"说得多好,你会看到,米德尔马契对音乐真是一窍不通。这里简直没有一个人懂得音乐。我只知道两位先生唱歌唱得还不错。"

"我看,现在大家用抑扬顿挫的朗诵方式唱滑稽歌曲,成了时髦的玩意儿,使你简直不明白这是什么曲调——大概跟打鼓差不多吧。"

"啊,你听过鲍耶先生唱歌了,"罗莎蒙德说,嫣然一笑,这在她是少有的,"但我们未免把周围的人说得太坏了。"

利德盖特几乎忘记,谈话应该由他来引导了,他只顾在想,这女孩子多么漂亮,她的衣服好像是用又轻又薄的蓝天织成的,她本人这么白,仿佛一尘不染的仙女,躲在一朵很大很大的鲜花中,它刚张开花瓣,把她送到了人间。然而那副冰清玉洁的姿态又显得这么端庄,稳重。自从离开琭尔以后,利德盖特对睁大眼睛、默默无言的神态已失去兴趣:那头神圣的母牛不再吸引他,罗莎蒙德正好与她完全相反。但是他醒过来了。

"我希望今天晚上,你能让我听听音乐。"

"只要你愿意听,我可以唱一下试试,"罗莎蒙德说,"爸爸一定会叫我唱歌的。只是在你面前,我会发抖,你在巴黎听过最好的歌唱家的表演呢。我听得很少。伦敦,我只去过一次。但是我们圣彼得教堂的琴师是很好的音乐家,我一直在跟他学习。"

"告诉我,你在伦敦看到了些什么?"

"我看到的很少。"(一个比较天真的姑娘会说:"啊,什么都看到了!"但罗莎蒙德比较懂事。)"一些平常的景物,无非是一个少见多怪的乡下姑娘能够看到的那些。"

"你把自己称作少见多怪的乡下姑娘?"利德盖特问,望着她,情不自禁地露出了仰慕的神色,这使罗莎蒙德乐得脸也红了。但是她仍那么单纯而严肃,微微扭转了细长的脖颈,举起一只手,摸了一下她那秀美的发辫——这是一个习惯动作,但在她身上,这像小猫举起爪子搔头一样有趣。不过罗莎蒙德绝对不是小猫,她是仙女,只是从小落到凡间,是由莱蒙太太的学校培养出来的。

"真的,说实话,我还很幼稚,"她立即答道,"我在米德尔马契还可以。跟我们那些老乡亲谈话,我不怕。但我确实怕你。"

"一个多才多艺的女子几乎总是比我们男人知道得多,只是她的知识属于另一类罢了。我相信,你可以教给我许许多多事情,正如一只灵敏的小鸟可以当熊的老师,只要它们之间有语言可通。幸好男人和女人是有共同语言的,因此熊不愁得不到指教。"

"啊,弗莱德又在乱弹一通了! 我得去制止他,免得刺激你的神经。"罗莎蒙德说,向屋子的另一头跑去。弗莱德刚打开钢琴,因为他的父亲提出,要罗莎蒙德弹几支曲子,弗莱德趁此机会,在正式开始以前,用一只手弹着《樱桃熟了!》。哪怕考试及格的好学生,有时也难免干这些淘气的事,何况是考试不及格的弗莱德呢。

"弗莱德,请你明天再弹,利德盖特先生非给你弄得烦死不可,"罗莎蒙德说,"他是懂得音乐的。"

弗莱德大笑起来,继续把曲子弹完。

罗莎蒙德转过身子,对利德盖特温柔地笑笑,说道:"你瞧,熊有时并不接受指教。"

"现在来吧,罗莎!"弗莱德说,从凳上一跃而起,把它替她转高了一些,他是真正希望听一下音乐,散散心的,"先弹几支激昂的曲调。"

罗莎蒙德弹得不错。在莱蒙太太的学校里(这学校离郡城不远,郡城有过光辉的历史,在教堂和城堡中留下了不少古迹),教她音乐的老师还是相当不错的,在我们外省,这样的乐师各地都有一些,他们的才能不比德国许多小有名气的乐队指挥差,只是德国在音乐方面得天独厚,因此出过不少名家。罗莎蒙德凭她音乐演奏的天赋,掌握了他的弹琴风格,能够丝毫不差地表现他那种雄浑有力的节奏。第一次听时,几乎会感到惊心动魄,仿佛一颗隐藏的心灵正从罗莎蒙德的手指下向外流动;事实也是如此,因为心灵总是继续活在绵延不断的回声中,一切美好的表演都来自一个原始的动力,只要这动力存在于演奏者的心头。利德盖特完全给吸引住了,他开始相信,她具有非凡的才能。他想,尽管环境显然不利,自然界罕见的禀赋仍会崭露头角,这是不必惊异的,无论它们来自哪里,它们所凭借的条件往往隐晦不明。他坐在那儿,眼睛望着她,但没有站起来向她表示任何祝贺,只是让别人去这么做,他这时的赞美比这深刻得多。

她唱歌唱得不那么突出,但也受过很好训练,歌声婉转,像一组十分和谐的钟声。确实,她唱的只是《相约在月光下》和《我到处流浪》,因为人总不能脱离他们的时代,不沾染它的风气,只有古人才始终是古典派。但罗莎蒙德也善于唱《黑眼睛苏珊》,还唱了海顿的一些短歌,以及《你可知道》或者《打啊,打啊》①——反正听的人喜欢什么,她就唱什么。

她的父亲环顾客人,看到大家赞赏的脸色,十分得意。她的母亲像遭到不幸以前的尼娥柏②,把最小的女儿抱在膝上,随着音乐在孩子的小手上忽上忽下地轻轻打节拍。弗莱德尽管在别的事情上不信任罗莎,对她的弹琴还是十分佩服,听得津津有味,但愿自己的笛子也吹得同样美妙。利德盖特来到米德尔马契以后,这是他看到的最幸福融洽的家庭晚会。文西家的人尽量寻找欢乐,排除一切烦恼,相信生活是甜蜜愉快的,这在当时大部分郡城里并不多见,因为自从福音派抬头,外省残留的一些娱乐便蒙上了不白之冤,被当作了瘟疫和传染病。在文西家的晚会上,打惠斯特牌是少不了的节目,现在牌桌已准备好,这使有些客人心中暗暗着急,不耐烦再听音乐。乐声停止以前,费厄布拉泽先生到了,他相貌清秀,胸膛宽阔,但身材并不高大,年纪四十上下,那身玄青色外衣已相当破旧,他的神采全显露在那对灵活的灰眼睛中。他仿佛带来了一股活跃的气息,屋里顿时变得更亮了。看到小路易莎正由摩根小姐带出屋子,他便拦住她,露出慈祥的笑容,不知跟她咕哝了几句什么,然后跟所有的人一一问候,似乎把整个晚上要讲的话都压缩到了这十分钟里。他向利德盖特提出,要他实践他的诺言,上他家中玩玩。"你知道,你非去不可,我不会放过你,我要给你看一些硬壳虫。我们这些采集动植物的,对新来的人特别感兴趣,一定得请他赏光,看看我们的标本才成。"

接着,他马上跑到牌桌边,搓搓手说道:"好,来吧,让我们认真较量一下!利德盖特先生,怎么样?不打牌?对,你还年轻,还是不玩这玩意儿的好。"

---

① 这里列举的一些歌曲,头两首是英国当时流行的抒情歌曲,《黑眼睛苏珊》是英国十八世纪戏剧中的插曲;海顿(1732—1809)是奥地利作曲家,属于古典乐派;最后两首是意大利歌曲。
② 希腊神话中一个多子女的母亲,她以此自豪,得罪了神,其子女全被杀死,她因此整天哭泣,后被宙斯变成石像。

利德盖特对自己说,这个教士,他的才能使布尔斯特罗德先生感到痛心,可是他却在这个毫无学术气息的家庭中,找到了自己的安乐窝。他不明白这是怎么回事,只是看到,在这个家庭中,男女老少那随和的脾气,那友善的脸色,那种可以什么都不想,无忧无虑地消磨时光的融洽气氛,把公余之暇,无事可做的人们吸引到了这里。

这里一切都显得喜气洋洋,光辉夺目,只有摩根小姐铁板着脸,死气沉沉,毫无表情,正如文西太太常说的,完全是那种只配做家庭教师的女人。利德盖特对这样的应酬并无多大兴趣,它们把整个晚上的时间都消磨光了。他跟罗莎蒙德又谈了几句,便打算告辞了。

"我相信,你对我们的米德尔马契没有好感,"她说,那时客人们已在打惠斯特牌,"我们都这么笨,可你一向生活在完全不同的天地中。"

"我想,一切外省城市都大同小异,"利德盖特说,"但我发现,人们总是觉得自己的城市比别处更加无聊。我不想对米德尔马契抱什么幻想,它是怎样就是怎样,我希望它也这样对待我。不过确实,我发现这儿也有些迷人的事物,这是出乎我意料的。"

"你是指骑马游览蒂普顿和洛伊克吧,这是人人喜欢的郊游。"罗莎蒙德说,装出一副天真的样子。

"不,我讲的事物就在眼前。"

罗莎蒙德欠起身子,取了她编结的网,然后说道:"你喜欢跳舞吗?我一点不明白,有学问的人是不是也跳舞。"

"如果你允许,我很乐意同你跳舞。"

"哎哟!"罗莎蒙德说,嫣然一笑,表示她实在不敢当,"我只是想说,我们有时也举行舞会,我想知道,要是请你参加,你会不会感到高兴。"

"在我刚才讲的前提下,我会感到高兴。"

这么谈过以后,利德盖特觉得他该走了,但到了牌桌边,他对费厄布拉泽先生的打牌发生了兴趣。他打得很好,脸上有一种令人注目的神气,显得既精明又温和。到十点钟,夜宵送来了(这是米德尔马契的习惯),大家还喝了些混合甜酒,但费厄布拉泽先生只喝了一杯白开水。他赢了钱,不过牌看来还得打下去,不会停止,利德盖特终于告辞走了。

由于还没到十一点,他想在清新的空气中散散步,便向圣博托夫教堂的钟楼走去,那是费厄布拉泽先生的教堂,钟楼在星光灿烂的天空衬托下,显得黑沉沉的,巍峨方正。这是米德尔马契最古老的教堂,然而它的俸禄跟一般牧师差不多,只有四百镑一年。利德盖特听到过这事,现在他不免纳闷,不知费厄布拉泽先生是不是为了赢钱才打牌的。他想:"他看来是一个很可爱的人,但布尔斯特罗德可能也有他自己的理由。"利德盖特但愿事实能证明,布尔斯特罗德先生大体上是对的,那么他可以省事得多。"只要他的意见正确,他的宗教信念跟我有什么相干?对这些人的思想只能听其自然,我不必多管。"

利德盖特离开文西先生的家时,头脑里首先考虑的就是这些事,从这点看来,许多小姐恐怕都会认为,他是不值得她们另眼相看的。这以后,他才想起罗莎蒙德和她的演唱,不过,一旦轮到了她,直至散步结束,她的形象就不再离开他的头脑了。他并不感到激动,也不觉得他的生活中已出现了什么新的暗流。他还不能结婚,几年以内他也不打算结婚,因此他对爱情不抱什么奢望,尽管他遇到了一个使他向往的女孩子。他非常喜欢罗莎蒙德,但是他相信,一度袭击过他的对琼尔的狂热情绪,不致东山再起,使他拜倒在别的任何女人面前。当然,到了真正要爱的时候,还是爱文西小姐这样的女人最为安全,她的聪明伶俐正符合一个男子对女人的要求——那么优美、文雅、温顺,这种气质可以满足生活中一切美好的需要,何况包含着它的那个身体,把它表现得那么鲜明有力,几乎已用不到任何别的证明了。利德盖特确信,如果他要结婚,他的妻子必须具有那种女性的魅力,那种可以与花朵和音乐媲美的女性的气质,那种专为纯洁高尚的幸福生活创造的天性贞洁的美。

但是在五年内,他还不打算结婚,他更迫切的任务是钻研路易斯①关于高热病的一本新著作,他对它兴趣特别大,因为他在巴黎曾受业于

---

① 皮埃尔·路易斯(1787—1872),法国著名医师及医学教授,曾在研究伤寒病的基础上,提出新的治疗方法,写有《解剖学研究》等书。

路易斯,为了证明斑疹伤寒与一般伤寒的不同特征,还跟他做过多次解剖实验。他回到家中,读到深夜,对病理学作了大量深入细致、综合比较的研究。至于曲折离奇的爱情和婚姻,他从来不觉得有必要花这么大的工夫,这些问题,他认为文学已给他提供了丰富的经验,那种传统的智慧也已通过人们的促膝谈心灌输给他。然而高热病在许多方面都还情况不明,可以给他的想象力提供广泛的活动空间,当然,这种想象不完全是任意的判断,也是一种训练有素的能力的运用,是凭着洞察一切可能性的眼睛和对知识的绝对忠诚,综合事实,构思理论。然后,在与铁面无私的大自然取得了更紧密的结合的情况下,站在一边,设计各种试验,验证自己的结论。

许多人受到赞扬,说他们想象力丰富,用他们淋漓尽致的生花妙笔,作出了各种冷漠的描绘和廉价的叙述——关于遥远的星球上进行的极端贫乏的谈话,或者撒旦怎样像一个丑陋的巨人,生着蝙蝠的翅膀,嘴里喷射着磷火,带着邪恶的使命来到人间,或者荒淫无耻怎样在夸大的笔触下,变成了人间的噩梦。但这形形色色的灵感与利德盖特都没有缘分,他认为它们太庸俗,太想入非非。他重视的是另一种想象力,它能穿越外围的黑暗,经过必然相联的曲折幽深的小径,追踪出任何倍的显微镜都看不见的微细活动。引导它的是一种内心的光,那种最精美灵巧的潜在能力;凭着这光,哪怕最不可捉摸的微粒,它也可以在理念照亮的空间,把它们显现出来。在他来说,他已抛弃一切廉价的冥想,因为在那里,无知自封为才能,因而怡然自得;他所热爱的是艰苦的创造,只有它才是一切研究的关键,它先期构想临时的目标,然后逐步纠正,确定准确的关系。他要探索那个隐蔽的领域,那些微妙的过程,因为它们是人的忧和喜的根源,要寻找那些看不见的渠道,因为它们是病痛、痴狂和灾祸的最初起源地,要发现那些不易觉察的停滞和转化,因为它们决定着幸或不幸的意识的成长。

他放下书,把腿伸向壁炉的余烬,两手合抱在后脑勺上,这时兴奋已到了悠闲自得的最后一息,思想放松了,离开了对某一专门问题的探讨,转向了生活中有关的其他一切,让它们在头脑中逐渐弥漫,这种情形有点像经过激烈的游泳或漂流之后,舒坦地躺在沙滩上,让尚未用尽的力量休息一会儿。利德盖特在读书中感到了一种胜利的喜悦,对那些不如他幸运的人未能从事这行工作,不免有些惋惜。

他想:"要是在我还是一个孩子的时候,没有走上这条道路,我也许会变成一只愚蠢的驮马,或者别的什么,始终戴着眼罩过日子。任何职业,凡是不能使智力得到充分发挥,不能让我与周围的人建立密切友好联系的,都不会获得我的欢心。这是只有医生才能做到的,他既可以过遗世独立的科学生活,接触远大的目标,又可以与教区中那些老顽固保持友好的往来。教士可不这么容易了,费厄布拉泽就显得有些不正常。"

最后这个念头,把那天晚上文西家的情景又一幕幕带回了他的眼前。它们浮上他的心头,使他觉得相当惬意。他拿起蜡烛,打算上床的时候,嘴角露出了一抹微笑,那是往往伴随着愉快的回忆一起出现的。他是一个热情的人,但现在他的热情完全倾注在工作上,倾注在他那个远大的抱负中,他要使他的一生得到公认,成为人类较有意义的生活的一部分——科学界一些叱咤风云的人物,开始时也往往一无所有,只是一个默默无闻的乡村医生呢。

可怜的利德盖特!或者我该不该说,可怜的罗莎蒙德!每个人都生活在别人不知道的世界中。利德盖特从未猜到,他已成了罗莎蒙德朝思暮想的人物,可是她没有任何理由把自己的婚姻推迟到遥远的未来,也没有丝毫病理学的研究可以转移她的视线,使她摆脱回忆的习惯,忘记一再在她心头出现的音容笑貌,言谈举止,相反,它们在大多数女孩子的生活中,都是主要的部分。他并没有越出常轨,对她的态度或谈话,也只限于一个男子对一个美丽的女孩子照例应该表示的一点恭维和赞美。事实上,他对她的弹琴的钦佩几乎始终未曾流露,因为他担心,如果告诉她,他为她拥有这种能耐感到十分诧异,这难免显得唐突。但罗莎蒙德却记下了他的每一个表情和每一句话,认为这是已经构思好的一篇罗曼蒂克故事的序曲,而且正因为它的发展和高潮是可以预卜的,这序曲才更难能可贵。在罗莎蒙德的爱情故事中,男主角的内心生活,或者他在社会上立身处世的事业,那是无须考虑,不必多想的。当然,他有一个职业,为人聪明,而且相当漂亮,但是最使她陶醉的,还是利德盖特那高贵的出身,正是由于这一点,他与米德尔马契的一切追求者判然不同,也正是由于这一点,他们的结婚包含着提高身份的前景,她可以因此而向那个人间仙境跨进一步,如果与普通人结婚,这就毫无指望了。有了这些亲戚,最后,她也许就可以跟郡里的名门望族平起平坐了,这些人是一向瞧不起米德尔马契这些市民的。罗莎蒙德能够发现身份的微妙作用,这是她聪明过人之处。有一次,她看到两位布鲁克小姐随同她们的伯父参加郡里的巡回审判,坐在贵族席位中间,那时她多么羡慕她们,尽管她们穿得很平常。

如果你觉得不可信,认为把利德盖特想象为出身望族的公子,因而沾沾自喜,这与她爱他不见得有任何瓜葛,那么我奉劝阁下,不妨运用你的比较能力,看看红军装①和肩章是否发生过类似的妙用。我们的感情不是单独锁在屋子里,与外界隔绝的,它们总要穿上它们不多几件观念的衣衫,带着它们准备的酒菜,来到公共餐桌上进行会餐,然后根据各自的口味,从共同的食物中吸取养料。

其实,严格说,罗莎蒙德真正关心的不在于泰第乌斯·利德盖特本人如何,而在于他和她的关系。一个女孩子听惯了奉承话,认为一切青年男子都把她当作意中人,可能、将会或者已经爱上了她,那么她一见利德盖特,便相信他不可能例外,这是不足为奇的。在她眼中,他的外表和谈吐比别的男子更加重要,因为她更关心它们,她时刻忘不了它们,也时刻注意着自己的仪表、行为、情绪,以及其他优美风度,务必使它们尽善尽美,得到利德盖特的赏识。她觉得,他是她遇到过的最满意的情侣。

罗莎蒙德从来不愿做她不乐意做的事,尽管这样,她还是勤劳的,现在更比以往不同,她起劲地画她的风景写生、市场车马,以及朋友们的肖像,起劲地练习钢琴;从早到晚一丝不苟,按照她的标准,保持着一个大家闺秀的风度,因为她觉得仿佛始终有一对眼睛在注视着她,当然,它们不属于家中那为数众多的宾客,这些变化多端的人是处在她的心灵以外的,尽管他们的不时出现,对她说来也未必不是一件乐事。她

---

① 当时英国陆军的制服。

还挤出时间,阅读第一流的小说,甚至也看些第二流的,还背熟了不少诗篇。她最爱的诗便是《莱拉·罗克》①。

到文西家来的年长的男士们谈到她时便说:"这是全世界最好的姑娘!谁娶了她,真是艳福不浅!"遭到拒绝的年轻人仍想再作尝试,反正这在外省城市是不以为异的,这里地广人稀,外来的情敌为数不多。但是普利姆但尔太太认为,罗莎蒙德在学堂里读书读得太多了,她一旦出嫁,那些学问有什么用,还不是丢在一边?她的姑妈布尔斯特罗德太太与兄长的家庭一向保持着同胞之情,她对罗莎蒙德怀有两点真诚的希望:希望她的思想能够更实际一些,也希望她嫁的如意郎君有足够的财产,可以满足她的生活习惯。

第 十 七 章

> 一位有识之士笑道,
> 希望是漂亮的少女,
> 但由于贫穷守了一辈子空闺。

第二天晚上,利德盖特去拜望卡姆登·费厄布拉泽牧师。他住在古老的牧师府,那是一幢石造建筑,已历经沧桑,几乎可以与它所面对的教堂媲美了。屋里的陈设也都旧了,只是属于较后一个时代——跟费厄布拉泽的父亲和祖父差不多年纪。白漆的椅子是涂金描花的,一些红绸织花台布已经褪色,有的还出现了裂缝。墙上挂着上世纪一些大法官和其他著名法学家的雕版画像,画像对面有几面老式穿衣镜,一些椴木小方桌和沙发似乎是为了配合不舒适的椅子的,这一切在黑糊糊的护壁板的衬托下,更显得鲜明突出。利德盖特进入的客厅便是这副样子,三位妇女在这里迎接他,她们的衣着也已过时,外表有些寒碜,但仍保持着真正的大家风范。一位是牧师的白发老娘费厄布拉泽太

---

① 爱尔兰诗人托马斯·穆尔写的长诗,在当时十分流行。诗中包含四个曲折离奇的故事,具有浓厚的异国情调,属于拜伦式东方故事诗一类。

太,她穿着有褶边的衣服,裹着围巾,全身干净利落,腰板硬朗,眼睛灵活,还不到七十岁。另一位是她的妹妹诺布尔小姐,一个外表慈祥的小老太太,衣服的褶边和围巾更旧得多,而且打了补丁;还有一位是牧师的姊姊威妮弗莱德·费厄布拉泽小姐,相貌像牧师一样不算难看,但神色憔悴,态度温顺,凡是独身女子经常处在长辈的压制下,过着低声下气生活的,大抵如此。利德盖特压根儿没有想到,他会遇见这么三个古怪的女人,他只知道费厄布拉泽先生是单身汉,因此以为他会走进一间舒适的小房间,那里的主要陈设也许只是几只书柜和一些动植物标本。牧师本人也似乎改变了面貌——你在别处认识的人,第一次在他们自己家中看到的时候,大多会给你这种感觉;有的人甚至判然不同,仿佛一个演惯温和角色的演员,不幸给派了一个暴躁的角色,在一本新戏中粉墨登场了。不过费厄布拉泽先生并不暴躁,他反而更温和一些,话也少了一些,他的母亲成了谈话的主角,他只是偶尔插几句,调剂一下气氛。老太太显然养成了习惯,总要告诉她周围的人,他们应该怎么想,似乎任何事没有她掌舵,就难免发生意外。她有的是时间来行使这个职责,因为她的一切日常需要都有威妮弗莱德小姐照料。这时,瘦小的诺布尔小姐胳臂上挽着一只小篮子,有时仿佛不小心,让一块糖掉在茶碟里,然后把它丢进篮子。喝茶前,她得偷偷向周围张望一眼,然后把嘴凑在茶杯上,像一只胆怯的小动物,一边啜茶,一边天真地轻轻咂嘴巴。不过请大家别瞧不起诺布尔小姐。那只篮子里装着她节省下来的便于携带的食物,预备第二天早上她遇到那些穷人家的小朋友时,分发给他们。关心和爱护一切衣食不周的人,成了她的天然乐趣,以致她觉得她这么乐此不疲,似乎是犯了一种小小的使她高兴的过错。也许她意识到,她竟然不惜从有余者那里窃取一些东西,施舍给不足者,因而为这种压制不住的意图在承受良心的责备。一个人必须穷了,才懂得给予是多大的欢乐!

　　费厄布拉泽太太兴致勃勃,很有礼貌,不亢不卑地接待客人。她立即告诉他,她这家人家是不大需要医生的。她总是让她的孩子穿绒布衣服,不吃得过饱。她认为,吃得过饱正是许多人离不开医生的主要原因。利德盖特却为孩子辩护,认为这是因为做父母的自己吃得太饱的缘故,但费厄布拉泽太太认为这样的观点是危险的,大自然比这更公正,如果杀人犯把责任推在长辈身上,认为不是他,而是他的父母应该上绞架,这未免太可笑了。父母不好不能代替子女受罪,子女还是得为自己的错误上绞架。在这类事上,不必追根究底,寻找看不见的原因。

"我的母亲像老国王乔治三世,"牧师说,"她反对形而上学。"

"我反对错误的事,卡姆登。我觉得,只要掌握几条简单的真理,就可以用它们衡量一切。利德盖特先生,在我年轻的时候,大家对错和对从来没有产生过疑问。我们知道我们的教义问答,这就够了;我们了解我们的信条和我们的义务。一切正直的教职人员意见都是一致的。现在可好,哪怕你拿着祈祷书照本宣科,也会招来不少人的反对。"

"这对于那些喜欢保持独立见解的人,也许是一个愉快的时代。"利德盖特说。

"但我的母亲是经常会自己认输的。"牧师取笑道。

"别乱讲,卡姆登,你不该让利德盖特先生对我产生错误的印象。我永远不会不尊敬父母,抛弃他们给我的教导。每个人都看到,改变会引起什么后果。如果你改变一次,为什么不可以改变二十次?"

"一个人可能有充分的理由改变一次,却没有再改变的理由。"利德盖特说,觉得这个果断的老太太很有趣。

"对不起,这点我不能同意。至于理由,如果一个人没有固定的思想,那是永远不愁找不到理由的。我的父亲从不改变看法,他宣讲的道德信条简单明了,用不到什么理由。他是一个好人,没有几个人比他更好。如果你根据理由向我讲,一个好人应该如何如何,就好比我向你朗读烹饪学,用它来代替一桌名菜。这就是我的观点,我想,任何人的胃都会证明我是对的。"

"这用在酒菜上当然是对的,母亲。"费厄布拉泽先生说。

"不论酒菜和人,都适用这个道理。我快七十岁了,利德盖特先生,我是凭经验行事。我不想再有什么新的见解,虽然这里和别处一样,新的见解多如牛毛。我得说,它们都是乱七八糟的废话,一点用处也没有。在我年轻的时候可不是这样:一个国教信徒就是一个国教信徒;一个教士,如果他不是别的什么,你完全可以相信,他至少是一个绅士。如今可不同了,他可能还不如一个不信国教者,甚至拿教义做幌子,排挤我的儿子。但不论谁想排挤他,利德盖特先生,我可以自豪地说,他比得上英国的每一个教士,这个城市更不用说,它遵循的标准很低,至少我这么看,因为我是在埃克塞特①出生和长大的。"

"一个母亲是从来没有偏心的,"费厄布拉泽先生笑道,"你觉得,泰克的母亲会怎么说他呢?"

"啊,可怜的女人!真的,怎么说呢?"费厄布拉泽太太道,她的锋芒一时遭到了挫折,因为她相信母亲是公正的,"你放心,她对自己是会说真话的。"

"事实究竟怎样?"利德盖特问,"我倒很想知道。"

"哦,其实他并不坏,"费厄布拉泽先生答道,"他办事很热心,只是不太有学问,也不太聪明——这是我的看法,因为我与他意见不合。"

"你怎么啦,卡姆登!"威妮弗莱德小姐道,"格里芬夫妇今天还告诉我,泰克先生说,如果他们再来听你讲道,他们就要没有煤烧了。"

费厄布拉泽太太在喝过一点茶、吃过一片烤面包以后,一直在编织什么,这时放下了手中的活儿,望望她的儿子,似乎在说:"你听见没有?"诺布尔小姐连连说道:"啊,可怜的人们!可怜的人们!"不知她是可怜他们听不到讲道,还是可怜他们没有煤烧。但牧师平静地答道:

"那是因为他们不是我这教区的人。我倒认为,我的讲道还值不了一车煤的价钱。"

"利德盖特先生,"费厄布拉泽太太不能对这话置若罔闻,又开口了,"你不了解我的儿子,他总是过低估计自己。我告诉他,他这是低估了创造他的上帝,因为是上帝使他成了一个优异的讲道师。"

"母亲,你的话只是提醒我,我应该把利德盖特先生带到我的书房去了,"牧师笑道,"我答应过他,要让他看看我收集的标本呢。"接着又对利德盖特说道:"我们可以走了吧?"

三位女士提出了抗议。利德盖特先生不应该这么快就走,他至少

---

① 英国德文郡首府,历来为宗教重地,主教的驻地。

还得再喝一杯茶,威妮弗莱德小姐的茶壶里还留着不少茶呢。为什么卡姆登这么性急,要把客人带到他的小屋子去?那里什么也没有,只有一些浸在药水里的小虫子,几抽屉青蝇和飞蛾,地板上连块地毯也没有。利德盖特先生还是不去的好。打一局纸牌有意思得多。总之,很清楚,那些女士可以把一个教区牧师当作圣人一样崇拜,仿佛他是一切男人和传教士中最好的一个,同时却要他处处听从她们的指导。利德盖特作为一个独身青年,对这一切还不理解,他感到纳闷,费厄布拉泽先生为什么不能使她们改变这种做法。

牧师一边打开书房的门,一边说:"我的客人居然会对我这种爱好发生兴趣,这是我母亲怎么也想不通的。"这间屋子确实像女士们所说,陈设简陋,除了一把短柄瓷烟斗和一只烟匣以外,可说没有一件享乐用的奢侈品。

"你们当医生的,一般是不吸烟的。"他说,利德盖特微微一笑,摇了摇头,"我们当牧师的,按理说也该这样。你会听到,布尔斯特罗德那伙人怎样攻击我的烟斗。他们不知道,要是我不吸烟,魔鬼会多么高兴。"

"我明白。你的性格是属于容易兴奋的一类,你需要一种镇静剂。我比较沉着,我吸了烟会变懒惰。我会陷入懒散的泥坑,把精力都葬送在那里。"

"你是要把它全部献给你的事业。我比你大十岁或十二岁,我已经到了安于现状的时期。我养成了一两个缺点,免得他们老是哇啦哇啦叫。你瞧,"牧师继续说,打开了几个小抽屉,"我想我已经把这个地区的昆虫收罗齐全了。我的目标是要包括动物和植物两个方面,但目前至少已完成昆虫的研究。我们这里直翅目昆虫特别丰富,我不知道这是否……啊!你拿起那个玻璃瓶……你不看我的抽屉,却看那个玩意儿。你对这些东西真的没有兴趣?"

"我更有兴趣的还是这个无脑畸形怪物。我没有更多的时间关心自然史。我小时就对人体结构产生了兴趣,它跟我的职业关系最为密切。此外我没有嗜好。那里已有足够我漫游的天地。"

"哦!你是一个快活的小伙子,"费厄布拉泽先生说,转过身去,开始装烟斗,"你不知道,一个人多么需要精神的烟草,不论这是对古代版本的拙劣校勘,或是关于各种菜蚜的小文章,署名照例是众所周知的'爱微生物者',登在《饶舌者杂志》上;或者是一篇渊博的论文,谈的是《摩西五书》①中的昆虫,还包括书中没有提到,而以色列人经过沙漠时可能遇到的一切虫子,以及关于蚂蚁的专门研究,像所罗门所做的一样②,因而证明《箴言》与现代研究的成果是一致的。我把屋里弄得烟雾弥漫,你不在意吧?"

这种谈话的坦率精神比它所含有的意义,更使利德盖特感到惊异,看来这位教区牧师对自己的职业并不满意。那些装配得小巧精致的抽屉和架子,摆满了书橱的各种昂贵的插图本自然史著作,使他又想起那些打牌赢得的钱和它们的用途。但他开始希望,他对费厄布拉泽先生一切行为所作的最好的推测是真的。牧师那些直爽的话似乎不属于令人反感的遁词,不是由于感到不安,想防止别人的指责,只是透露了一种尽可能不弄虚作假的心情。显然,他不是没有意识到,他的开诚布公未免太早了一些,因此他马上又道:

"我还没告诉你,利德盖特先生,我们虽然是初交,但我比你幸运,我早就知道你了。你记得特劳利吗?他在巴黎有一个时期跟你住一套房子,我跟他时常通信,他告诉过我不少你的事。你刚来的时候,我还不能确定那就是你。后来我发现是你以后,非常高兴。不过我没有忘记,你对我可没有这一段序幕。"

这些话中包含的微妙情绪,利德盖特有些察觉,但一点也不理解。他说:"顺便问一下,特劳利现在怎么样?我完全不知道他的消息。他对法国的社会制度很感兴趣,他说他要到穷乡僻壤去建立他的毕达哥拉斯社会③。他去了没有?"

---

① 指《旧约全书》的首五卷。
② 《旧约·箴言》第六章第六节:"懒惰人哪,你去察看蚂蚁的动作,就可得智慧。"《箴言》传说是所罗门所写。
③ 毕达哥拉斯(约公元前580—公元前500),是古希腊唯心主义哲学家,曾在意大利南部克罗多尼建立一个社会组织,实行节欲、禁止肉食等等道德戒条。这里仅指一般的乌托邦而言。

"根本没有。他是在德国的温泉疗养地当医生,娶了一个有钱的女病人。"

"那么我的观点还是最经得起时间考验的,"利德盖特说,发出了一声轻蔑的笑声,"他坚持说,医病这行职业必然造成一场骗局。我说,错误是在人,在于人盲目崇拜谎言和愚蠢。与其站在外面,宣传反对诈骗,不如在内部建立一套防毒措施。总之——我是在转述我自己的谈话——你可以相信,我的看法是有道理的。"

"不过,你的计划比毕达哥拉斯社会更难实现,困难更多。不仅你身上存在着犯罪的天性,它会反对你,而且你周围的人都继承了亚当的原罪,他们也会反对你。你瞧,我比你多付出了十二三年的代价,才悟出了这点道理,对困难了解得多一些。但是……"费厄布拉泽先生停了一会儿,才接着道,"你又在瞧那个玻璃瓶子了。你想不想交换?你不拿一些好东西来,我还不换给你呢。"

"我有些海毛虫,浸在酒精里,是很好的标本。我还可以加上一本罗伯特·布朗①的新书,《植物花粉的显微镜观察》,要是你还没有这本书的话。"

"瞧,你这么希望得到这个怪物,我还可以要更高的价钱呢。要是我要求你把我的抽屉统统看一遍,同意我对我的一切新品种的看法,你觉得怎么样?"牧师这么讲的时候,衔着烟斗在屋里踱来踱去,最后回到他的抽屉那儿,似乎恋恋不舍地望着它们,"你要知道,在米德尔马契,一个年轻医生要赢得病人的欢心,那可是一种苦行呢。记住,你得学会不怕厌烦。不过那个怪物,我可以照你的条件给你。"

"我发现,人们过高估计了迁就别人无知的必要性,以致到了最后,连他们所迁就的那些蠢人也不把他们放在眼里,你不觉得有这种事吗?"利德盖特说,一边走到费厄布拉泽先生身边,心不在焉地望着那些分门别类排列得整整齐齐的昆虫,昆虫下面还用端正的字迹写明了它们的名字,"最简单的办法还是让人家认识你的价值,这样,不论你奉承不奉承他们,他们对你也无可奈何,只得容忍。"

---

① 罗伯特·布朗(1773—1858),英国著名植物学家,曾任大英博物馆植物部主任。

"我完全同意。但你首先必须肯定你有这种价值,必须使自己不必依赖任何人。很少人能够做到这点。结果不是你丢了差使,变得无用武之地,就是套上挽具,照别人的样子一起拉大车。哦,你瞧,这些直翅类昆虫多有意思!"

利德盖特终于只得对着各个抽屉,一一观看一遍。牧师尽管调侃自己,一边还是坚持要他参观他的宝藏。

等他们坐下后,利德盖特又开始道:"你刚才说的套上挽具这事,几年前我已打定主意,尽可能不走这条路。因此我才决心不上伦敦,起码许多年以内不去。我在那儿读书的时候看到的一切并不叫我喜欢,那种盲目自大,摆老资格,还故意跟你捣鬼、刁难你的事,太多了。在外地,自以为有学问的人少一些,同行也少一些,正因为这样,对你的虚荣心影响也少一些。人与人的关系不致那么紧张,一个人可以安心干自己要干的事。"

"是的……好吧,你已经有了一个良好的开端,你找到了心爱的职业,这工作你觉得对你是最合适的。有的人却办不到,等后悔已来不及了。不过你要保持独立,可别过于自信。"

"你是指家庭的牵累?"利德盖特问,认为费厄布拉泽先生可能在这方面不太如意。

"不完全是。当然,家庭会给许多事带来困难。但一个好的妻子——一个并不庸俗的好妻子——确实可以帮助丈夫,使他的独立更有保障。我的教区里就有这么一个人,一个很好的人,要是没有他的妻子帮助,他恐怕就不能像现在这样渡过重重难关。你认识高思家吗?我想,他们不是皮科克的病人。"

"不是,但在洛伊克的老费瑟斯通家,有一位高思小姐。"

"那是他家的大小姐,一个出色的女孩子。"

"她非常文静——简直没有引起我的注意。"

"不过你一定引起了她的注意,这是没有疑问的。"

"我不清楚。"利德盖特说。他没法说"当然"。

"真的,她在衡量每一个人。我给她行过坚信礼——她是我特别赏识的一个女子。"

费厄布拉泽先生不再说话,吸了好一会儿烟斗,利德盖特对高思家没有兴趣,不想多问。最后,牧师放下烟斗,伸直两腿,露出笑容,把明亮的眼睛转向利德盖特,说道:

"但是我们米德尔马契人并不像你想象的那么驯顺呢。我们也有我们的花招,我们的派别。比如,我自己就有派别,布尔斯特罗德则是另一派。如果你投我的票,你势必得罪布尔斯特罗德。"

"布尔斯特罗德有什么地方不对?"利德盖特郑重地问。

"我没说他有什么地方不对,我说的只是那一点。如果你不照他的意思投票,他就会把你看作眼中钉。"

"我认为我不必考虑那一点,"利德盖特说,口气有些傲慢,"我只觉得他对医院的一些想法是不错的,而且他把许多钱花在公益事业上。我要实现我的设想,他对我可以有很大帮助。至于宗教观点……那么,正如伏尔泰所说,咒语掺进一定分量的砒霜,就可以毒死一大群羊。我要防备的是那个带来砒霜的人,并不在乎他的咒语。"

"很好。尽管这样,你还是不该得罪带来砒霜的人。至于我,你知道,你是不会得罪我的,"费厄布拉泽先生说,态度十分诚恳,"我不想把自己的利益变成别人的义务。我和布尔斯特罗德在许多方面都是对立的。我不喜欢他那一伙人,他们心地褊狭、无知,他们的所作所为不是给人们造福,倒是弄得大家不得安生。他们的宗教精神实际是结党营私,追名逐利,说穿了,他们是把别人当作牺牲品,好让自己踹在大家身上进天堂。"他笑了笑,又道:"不过,我并非说,布尔斯特罗德的新医院是一件坏事。至于他要把我撵出老医院……好吧,如果他认为我对他有害,那么这倒是对我的赞美。何况我不是一个模范教士,我只是一件还可以将就的代用品。"

利德盖特并不完全认为,这是牧师在给自己脸上抹黑。一个模范教士正如一个模范医生一样,应该把自己的职业看作世界上最好的职业,把一切知识都看作他的精神病理学和精神治疗学的养料。因此他只是说道:"布尔斯特罗德要撤换你的理由是什么?"

"因为我不肯传播他的观点——他称之为心灵的宗教的东西;也因为我的时间不够。这两点都是真的。不过我可以挤出时间来,我对这四十镑还是欢迎的。这是明摆着的事实。好吧,这件事暂且不谈。我只想告诉你,如果你把票投给那个带来砒霜的人,我不会因此同你绝交。我不能没有你。你是来到我们中间的环球航行者,你可以使我对新世界保持信念。现在,给我谈谈巴黎的生活吧。"

第十八章

> 啊,先生,人间最崇高的愿望
> 与私心杂念在抓阄儿:强壮的胸膛
> 呼吸了污浊的空气,难免感染疫病;
> 或者船过赤道时,没有莱姆果汁①,
> 可以因坏血病变得衰弱无力。

这次谈话以后的几个星期,医院的牧师人选问题对利德盖特说来,还没有任何实际意义。他甚至不愿考虑这事,只是一味拖延,不想马上决定他该投哪一边的票。确实,这问题本来与他没有切身关系,也就是说,要是他不考虑他跟费厄布拉泽先生的私人友谊,他完全可以为了避免麻烦,投票赞成泰克的任命,不必有丝毫犹豫。

但是他对圣博托夫教堂牧师的感情,却随着他们友谊的加深在增长。利德盖特是刚来的外地人,在职业上有他自己要争取的目标,费厄布拉泽先生设身处地为他考虑,觉得应该尽力劝阻,而不是争取他的关心,这种态度显示了罕见的体贴和慷慨,也是利德盖特敏感的天性不会不觉察到的。它与费厄布拉泽先生待人接物的其他特点并行不悖,显得十分美好,也使他的性格有些像英国南部的风景,既表现了大自然的壮丽,也反映了社会的混浊。对母亲、姨妈和姊姊如此恭顺和殷勤的人极少,事实上,她们对他的依赖,已在许多方面影响了他的生活,造成了许多麻烦。感到手头拮据,无法满足细小的需要,但仍光明磊落,并不给自己那些欲罢不能的个人爱好,制造高尚的动机来美化它们,这样的

---

① 莱姆是一种类似柠檬的果实,富有维生素 C。坏血病即维生素 C 缺乏症。

人也是不多的。在这些事情上,他觉得,他的生活经得起最严格的检查,也许正是这种意识在支持着他,使他对某些人的吹毛求疵置之一笑,这些人尽管大讲天国的仁慈,却并不想改进他们对家人的态度,他们的漂亮高调似乎跟他们的行动毫不相干。再说,他的传教是发人深省的,精辟有力,大有英国国教全盛时期的风格。他的讲道文从不引经据典,因此深得人心,不属于他的教区的人,也纷纷前去听讲。由于使教堂座无虚席总是一个教士最难完成的任务,这也成了对一切不以为意的优越感的另一来源。此外,他又是一个讨人喜欢的人,性情忠厚,机智,坦率,从不怨天尤人,也不会奉承巴结,而我们中间有一半人常常因此而使我们的朋友大伤脑筋。利德盖特打心底里喜欢他,希望得到他的友谊。

由于这种情绪占了上风,他对医院的牧师人选问题继续采取回避态度,竭力使自己相信,这不仅不属于他的职责,而且很可能不必他操心,他的一票起不了作用。他应布尔斯特罗德先生的要求,正在拟订计划,安排新医院的内部事务,两人时常一起商谈。银行家把利德盖特看作自己的得力助手,各方面都对他很放心,没有再专门提起要在泰克和费厄布拉泽之间作出选择的问题。然而在医院董事会开会以后,利德盖特终于接到通知,牧师问题将由董事会和医师联席会议进行表决,会议定于下星期五举行。他有些烦恼,现在他必须对米德尔马契的这件小事下定决心了。他不能不听到,他的内心在向他明确宣告:布尔斯特罗德是内阁总理,泰克事件是他能否参加组阁的关键。他也不能不同样感到,他不愿放弃这个人阁的机会。因为他的观察始终证实,费厄布拉泽先生的说法是对的,银行家不会对他的反对置之不问。接连三个早晨,在刮胡子的沉思阶段,他头脑里总排除不了一个想法:"这些该死的小政客,鼠目寸光,争权夺利!"他开始感到,他必须为这件事召开一次良心的紧急会议了。当然,反对选举费厄布拉泽先生,这是不难找到冠冕堂皇的理由的:他手里的工作已经够多了,何况他在非教会事务方面也花了不少时间。这还涉及一件使利德盖特震惊不已的事,它扰乱了他的心,那就是:显而易见,牧师是在为钱赌博,确实,这是一种爱好,但这种爱好还是有一定目的的。费厄布拉泽先生提出了一套理论,为一切娱乐的必要性辩护,说就因为没有它们,英国人的头脑生锈了。但是利德盖特相信,要不是为了钱,他至少不致如此热衷于赌博。绿龙酒家有一间弹子房,有些母亲和妻子为了它惶惶不安,认为这是米德尔马契最大的陷阱。牧师玩弹子的本领是第一流的,虽然绿龙酒家他不常涉足,但据说他也在大白天上那儿去过,还赢了钱。至于医院的牧师职务,他并不讳言,要不是为了那四十镑俸禄,他根本不稀罕它。利德盖特不是清教徒,但是他不赞成赌博,而且认为靠赌博赢钱是卑鄙的。再说,他有生活的理想,因此,这种捞取外快贴补收入的做法,使他十分厌恶。利德盖特有生以来,各种需要都可以得到满足,不必自己操心,他一向不把钱放在眼里,认为这对于一位绅士是无足轻重的,他也从没感到要为半个克朗费尽心机,耍弄手腕。一般说,他始终明白他并不富裕,但他从没觉得拮据,他不能想象匮乏对决定人的行动有什么意义。钱向来没有成为他的动机。因此,对这种处心积虑寻找补贴的做法,他怎么也找不出宽恕的理由。这在他眼中是完全不足取的,至于牧师的收入和他那些多少必要的开支之间有何差距,他并未费心计算过。很可能哪怕对他自己,他也不屑作这种计算。

现在,表决已近在眉睫,它对费厄布拉泽先生的不利,也比以前更清楚了。要是人们的行为无懈可击,尤其是如果一个人的朋友全都适合担任他们希望担任的职务,那么事情就简单得多了!利德盖特相信,假如反对费厄布拉泽先生的理由不够充足,他一定会投他的票,不论布尔斯特罗德对此有什么反应,他不想当他的奴隶。另一方面,对方是泰克,这个人一心从事教会工作,目前只是圣彼得教区一所简易教堂的小牧师,有充裕的时间担任兼职。谁也不能对泰克先生提出什么指责,除了觉得他有些讨厌,还怀疑他有些口是心非。确实,从布尔斯特罗德的观点看来,他要起用泰克是完全无可非议的。

但是不论利德盖特打算走哪一条路,他都不能无所顾忌,作为一个高傲的人,他不免为此感到恼火。他不愿与布尔斯特罗德搞坏关系,以致使自己的崇高目标遭遇挫折;他又不愿对费厄布拉泽投反对票,成为剥夺他的职务和俸禄的帮手。但问题是,多四十镑收入能否保证牧师不再为了赢钱,干那件不名誉的勾当。此外,利德盖特还想到,他投票赞成泰克,无异是为自己选择一条方便的道路,这也使他感到委屈。他果真是为自己的方便着想吗?别人会这么说,而且认为他是一心巴结布尔斯特罗德,好让自己向上爬,在社会上出人头地。那又怎么样呢?从他自己说来,他知道,假如问题仅仅涉及他个人的前途,他根本不在乎银行家把他当作朋友还是敌人。他真正考虑的是他的工作环境,实现他的抱负的条件。归根结蒂,他的目的是得到一所完善的医院,在那里证实热病的临床特征,试验治疗的方法,这难道不比牧师问题更重要吗?利德盖特第一次感到,千丝万缕的社会关系牵制着他,压迫着他,形成了一种复杂的阻力。在他思想斗争不得要领,只得前往医院时,他实际是抱着侥幸心理,但愿辩论时出现奇迹,使天平明显倾向一方,那就不必再投票了。我想,他也有些指望环境给他力量——激发一种热烈的情绪,使他易于作出决定,而冷静的辩论只能使问题更难解决。不论怎样,他没有向自己明白表示,他要站在哪一边。这些时候,他一直都在为自己承受的压力感到愤懑。他一向抱着绝不犹豫的决心,要保持独立,奔向选定的目标,想不到一开始就给这种毫无意义的选择弄得手足无措,不论走哪条路都同样觉得不是味道,以前他要是遇到这种事,一定会认为这是逻辑混乱的天大笑话。当年在学生宿舍里,他对自己未来的社会活动完全不是这么设想的。

利德盖特出门迟了,那时斯普拉格大夫,另外两个外科医生,以及几个董事,早已到场。但有些人还没到,董事长兼财务总稽核布尔斯特罗德先生便是其中之一。从人们的谈话看来,结果似乎还未可预卜,赞成泰克的人虽属多数,但并不像大家想象的那么稳定。说来奇怪,两位内科医生却态度一致,或者不如说,出于不同的动机,在行动上不谋而合。粗犷而有影响的斯普拉格大夫,正如人们所估计的,是费厄布拉泽先生的支持者。大夫早已遭到非议,说他不信宗教,不过米德尔马契不知为什么容忍他这个缺点,仿佛他是告老还乡的内阁大臣。而且也许正因为这样,他的医术更是有口皆碑,因为自从开天辟地以来,人们就相信聪明与怪癖是结合在一起的,这一点哪怕在生病的太太小姐们心中也牢不可破,尽管她们对褶边和温情有最严格的要求。大概也由于大夫的这一不足,他左右的人才说他头脑冷静,实事求是,而这些素质,人们认为对积累知识,判断医药问题是大有好处的。不管怎么样,有一点是肯定的,即凡是到米德尔马契来的医生,只要有十分明确的宗教观点,诚心祷告,又具备其他一切特别虔诚的表现的,大家便普遍认为,他的医疗技术不过尔尔。

就这点而言,明钦大夫是幸运的(从职业上讲),他的宗教态度属于一般性质,各派的主张,不论那属于国教派还是非国教派,他都一视同仁,从疏远的医学观点看待一切,并不特别偏向某一教义。如果布尔斯特罗德先生根据他一贯的态度,坚持路德派因信称义的教义,认为教会必须遵守这条才能立于不败之地,那么明钦大夫回答说,他相信人不是简单的机器,也不是原子的偶然组合。如果温普尔太太对她的胃病坚持依靠上帝的特别庇护,那么明钦大夫指出,应该打开智慧的一切窗户,反对局限在一个方面。如果一位神教派酿酒商嘲笑《亚大纳西信经》①,那么明钦大夫就会引用蒲柏②的《人论》作为答复。他跟斯普拉格大夫不同,反对没有根据的无稽之谈,喜欢引用权威的言论,爱好各种文雅的表现。大家知道,他跟一位主教有些亲戚关系,有时便在主教府消磨假日。

明钦大夫的手软软的,皮肤白中带青,身材圆圆的,外表跟一个脾气温和的牧师差不多。斯普拉格大夫异常高大,裤子在膝盖处总有一些皱纹,靴子露出很多,尽管当时用带子系住裤管,似乎是庄严的仪表所不可缺少的。他进进出出,上上下下,脚步声不断,仿佛他是来检查屋顶的。总之,他威风凛凛,看样子就是一个可以与疾病搏斗,把它制服的勇士。至于明钦大夫,他似乎更擅长侦察病情,发现它潜伏的巢穴,然后设计进行围歼。他们是势均力敌的名医,享有神秘的威望,彼此客客气气,可是隐藏着互不服气的敌意。他们自封为米德尔马契医学界的泰斗,随时准备联合起来对付一切革新派,以及一切敢于进行干预的外行人士。由于这原因,他们在心里同样讨厌布尔斯特罗德先生,

---

① 一位论派是基督教教义中的一派,认为上帝不是三位一体,只是一位。《亚大纳西信经》是基督教的古老信经之一,主张三位一体论。
② 亚历山大·蒲柏(1688—1744),英国启蒙主义文学家。《人论》是他的一篇哲理诗,主要论证人在上帝创造的世界中的地位。

虽然明钦大夫从来没有与他公开对立过,即使表示不同意见,也要苦心孤诣地向布尔斯特罗德太太解释一番,而这位太太认为,只有明钦大夫了解她的体质。一个门外汉居然敢干预医师界的内部事务,老是想推行他的改革,尽管这对两位大医师,不如对那些按照救贫法为穷人施诊给药的药剂师医生①那么关系直接,威胁重大,还是难免会得罪所有的医生;因此,布尔斯特罗德决心对利德盖特采取公开的庇护态度,这在医生间引起了普遍的不满,明钦大夫自然也不例外。开业多年的普通医生伦奇先生和托勒先生,这时正站在一旁,谈得十分融洽,他们一致认为,利德盖特傲慢无礼,正好符合布尔斯特罗德的需要。本来,在非医务界的朋友面前,他们已表示同意大家的看法,称赞另外那个医生年轻有为,说他不靠别人推荐,单枪匹马,凭自己的能力到这里来接替引退的皮科克先生,他在专业方面学识丰富,显然下过一番苦功,没有在其他知识领域浪费过光阴。可是现在很清楚,利德盖特主张只开药方,不售药品,这是他存心要诋毁跟他地位相埒的普通医生,同时也是企图抹煞他这种普通医生与大医师之间的界限。可是那些大医师为了维护医学的尊严,觉得必须保持不同的等级。他们尤其不满的,是他没有进过两所英国名牌大学中的任何一所,也从未在那儿享受过没有解剖学和临床实验的乐趣,只是在爱丁堡和巴黎待过一段时间,学会了一些自高自大的本领,在那些地方,确实,见识也多一些,但不见得有什么实际用处。②

由此可见,这时候在大家眼里,布尔斯特罗德已等于利德盖特,利德盖特已等于泰克。既然这些名字在牧师问题上可以互相代替,这就难怪不同看法的人会对它作出相同的判断了。

斯普拉格大夫一进屋子,就对聚集在那儿的人直截了当地说:"我赞成费厄布拉泽。至于支取薪金,我完全拥护。但为什么不让教区牧师拿这笔钱?他的俸禄本来不多,可他得维持生活,养家活口,还得尽

---

① 指药剂师出身的普通医生,主要是外科医生,与斯普拉格和明钦那类内科大医师不同,大多是没有得到伦敦医师学会承认的。
② 当时英国的医学水平比法国等低得多,牛津和剑桥的医学教育主要是学习古典著作,其次才是学习医学,解剖人体更被认为是违背宗教精神的。

教区牧师施舍的义务。让他口袋里多装四十镑,这没有什么不对。费厄布拉泽,他是一个好人,很少牧师的架子,正是担任教职的合适人选。"

"哈哈!大夫,"老波德雷尔先生说,他是退隐在家的五金商,在地方上有些名望,他的惊叹声又像是大笑,又像是议会里的喝倒彩,"我们不能阻止你发言。但是我们应该考虑的,不是谁的收入多少,这是有关可怜的病人灵魂得救的大事……"这时波德雷尔先生的声音和脸色,不免流露出一种悲天悯人的心情,"泰克先生,他才是货真价实的福音传播者。如果我不投泰克的票,我就觉得违背了我的良心,真的是这样。"

"我想,泰克先生的反对者没有要求任何人违背他的良心去投票,"哈克布特先生说,这是一个富裕的制革商,能说会道,他那亮晶晶的眼镜和竖起的头发,这时都威风凛凛地正对着天真的波德雷尔先生,"但是在我看来,我们作为董事应该考虑一下,对于一小部分人提出的意见,我们是否有必要作为全体的任务来付之实行。我们各派力量都想把本市的一切机构当作实现自己的意图的工具,要不是出于这种派别活动的需要,委员会的各位先生难道也会主张更换那个已在这里担任牧师多年的先生吗?我不想追究任何人的动机,让他自己向最高的主宰者忏悔吧!但我得说,有些势力在这里发挥了作用,这是与真正的独立不相容的;我还得说,卑躬屈膝,唯命是从,往往是出于某些原因,而这些原因,那些这么做的先生不论从道义上或金钱上考虑,都是不敢直认不讳的。我自己不是教士,但我曾密切注意到,教会内派别林立,以及……"

"什么派别不派别!"弗朗克·霍利先生突然嚷了起来,他是律师和市政厅法律顾问,平时很少出席会议,现在匆匆来到这里,手中还握着马鞭。"这跟我们什么相干!费厄布拉泽一直担任这工作,而且一直没拿过钱,现在要是给钱,那就应该给他。我认为,把这职务从费厄布拉泽手里抢走,这是伤天害理的行为。"

"我想,绅士们讲话应该有分寸,不宜进行人身攻击,"普利姆但尔先生说,"我要投票支持泰克先生。我不知道,哈克布特先生刚才指的是谁,但我想,我不是一个卑躬屈膝拍马屁的家伙。"

"我不是指任何人。我讲得很清楚,如果我可以再说一遍,或者把我要说的话概括……"

"瞧,明钦来了!"弗朗克·霍利先生说。听到这话,大家扭过头去,不再理会哈克布特,害得他只好自怨自艾,感叹优异的口才在米德尔马契得不到赏识,"我说,大夫,你应该会站在正确的一边吧,是吗?"

"但愿如此,"明钦大夫说,一边点头,一边到处握手,"我绝不会感情用事。"

"如果要谈感情的话,我想,我们应该同情那个被拒绝的人。"弗朗克·霍利先生说。

"我承认,我对另一边也是有感情的。我对双方同样尊重,"明钦大夫说,搓搓手,"我认为,泰克先生为人正派,这是别人比不上的;我相信,他被提名,动机是无可指责的。谈到我,我希望能投他的票。但在这件事上,我不得不采取这样的观点,我认为费厄布拉泽先生的权利必须得到优先考虑。他是一个和善的人,一个能干的传教士,在我们中间的时间也比较长。"

老波德雷尔先生睁大了眼睛,一言不发,闷闷不乐。普利姆但尔先生整了整领带,态度不太自在。

"我想,你们不致把费厄布拉泽当作教士的模范,要大家学他的样吧?"拉彻尔先生说,他是重要的运输业者,刚走进屋子,"我对他并无恶感,但我想,在这些任命问题上,哪怕不考虑别的,我们至少应该对公众负责。在我看来,费厄布拉泽作为一个教士,未免有些不知检点。我不想列举各种事实来反对他,但他对医院不会照顾太多,只能尽力而为罢了。"

"太多有什么意思,还不如少一些,"霍利先生嚷道,他谈吐粗俗,在郡里这一带是有名的,"老是祈祷、讲道,病人可受不了。循道会那一套对精神没有好处——对肠胃也没有好处,真的!"他一说完,立即绕到四个医生聚集的地方去了。

但谁也没答理他的话,因为这时进来了三位先生,大家忙于跟他们招呼,露出或多或少的亲热姿态。这三个人是圣彼得教区的爱德华·

锡西格牧师,布尔斯特罗德先生和我们的朋友蒂普顿的布鲁克先生。布鲁克先生最近轮到担任董事,他同意了,但从未参加过会议,这一次是给布尔斯特罗德先生硬拉来的。只有利德盖特还没到会。

现在大家坐下了,布尔斯特罗德先生主持会议,他像平时一样,脸色苍白,神态拘谨。锡西格先生是温和的福音派教士,表示希望他的朋友泰克先生当选,因为泰克先生热情、能干,目前只主持一所简易教堂,在医治灵魂的创伤方面任务不太重,有足够的时间担任新的职务。医院的牧师,一般认为应该由热心公益的人担任,这是对灵魂施加影响的最好机会。发给薪金,这当然好,但更应该认真对待,免得把这工作仅仅看成收入问题。锡西格先生的态度显得心平气和,合情合理,反对的人只能在心里生闷气。

布鲁克先生相信,大家希望这问题得到圆满解决。他本人从没过问医院的事,但一切事业,只要是为了米德尔马契的福利,他无不极为关切。他非常乐意与在座各位商讨任何公益问题。"你们知道,任何公益问题,"布鲁克先生又说一遍,点了点头,表示这是不言而喻的,"我由于担任地方法官,工作繁忙,得收集各种证据,但我觉得,我的时间完全可以听凭公众的支配……总之,我的朋友们使我相信,医院任命带薪的牧师——你们知道,这是带薪的——是一件很好的事,我也很高兴能到这里来投票支持泰克先生,据我知道,他是一位无可非议的教士,信心坚定,能言善辩,具有这方面的一切优点,因此,我全心全意支持他。"

"据我看,布鲁克先生,你只顾到了问题的一个方面。"弗朗克·霍利先生说,他谁也不怕,是一个保守党人,对选举的意图有疑问,"你应该没有忘记,有一个德才兼备的人已在这儿担任牧师职务多年,从未拿过薪俸,现在泰克先生却要取代他的位置。"

"对不起,霍利先生,"布尔斯特罗德先生说,"布鲁克先生完全了解费厄布拉泽先生的为人和职位。"

"那是他的敌人提供的。"霍利先生反唇相讥道。

"我相信这事并无个人的恩怨。"锡西格先生说。

"不过我敢赌咒,有。"霍利先生并不退让。

"先生们,"布尔斯特罗德先生用低低的嗓音说道,"问题的症结三言两语就可以讲清楚,要是在座的各位,有谁怀疑即将投票的先生们不是人人都已充分了解这点,我现在不妨把双方的考虑再扼要叙述一遍。"

"我看没有必要,"霍利先生说,"据我看,我们大家都已知道要选谁。凡是希望主持公道的人,不会等到最后一分钟才来听取双方的意见。我不想浪费时间,我提议立即提付表决。"

又经过了简短而热烈的讨论之后,大家开始在小纸片上写了"泰克"或"费厄布拉泽"的名字,投进一只玻璃杯。就在这时,布尔斯特罗德先生看见利德盖特走进屋子。

"我看到现在双方票数相等。"布尔斯特罗德先生说,嗓音清晰尖利。然后他抬头望着利德盖特道:

"还有一票可以投。那是你的,利德盖特先生,现在是不是请你写一下?"

"问题已经解决了,"伦奇先生站起来说道,"我们都知道,利德盖特先生投谁的票。"

"你的话似乎包含着弦外之音,先生。"利德盖特说,板起了脸,握着铅笔没有动。

"我只是说,大家知道你跟布尔斯特罗德先生是一致的。难道你不高兴吗?"

"觉得不高兴的是别人。但是我不能为了使他们高兴,不跟他保持一致。"

利德盖特马上写下了"泰克"。

这样,沃尔特·泰克先生成了医院的牧师,利德盖特继续跟布尔斯特罗德先生合作。他确实不知道,泰克是不是更合适的人选,只是他的意识告诉他,如果他完全不受别人的偏见的影响,他是会投票支持费厄布拉泽的。选举牧师的事,在他的记忆中留下了难忘的伤痕,这说明,米德尔马契那种狭隘庸俗的气氛,对他说来还是相当强烈的。一个人处在这种状况下作出的选择,怎么会使自己满意呢?好比一个人选择帽子，不得不从当时流行的几种式样中挑选一种，尽管他并不喜欢，也只得死心塌地戴它，因为比较起来，这还是最合适的一种。

但是费厄布拉泽先生遇见他时，仍像以前一样友好。其实，税吏和罪人的特性，与现代法利赛人的特性不是始终水火不相容的①，只是我们大部分人对自己的错误行为，并不像对自己的错误议论，或者淡而无味的笑话那么辨别得清楚罢了。但毫无疑问，圣博托夫的牧师身上沾染的法利赛人习气是最少的，而且由于他向自己承认，这种习气他跟别人一样多，因而使自己与别人有了显著的不同——他可以原谅别人对他的轻视，可以公正地评判人们的行为，即使这些行为是对他不利的。

"我知道，世界对我说来是太强大了，"一天他对利德盖特说道，"但我本来不是一个了不起的角色，我也永远不会成为德高望重的圣贤。赫拉克勒斯的选择是一则很好的寓言，但普罗蒂克把这位英雄的作为说得轻而易举，好像只要下定决心就成了。另一个故事讲到他开始从事艰苦的活动，最后却穿上了涅索斯的衣服②。据我看，正直的决心可以使一个人走上正路，但必须其他的人都决心帮助他。"

牧师的话并不能始终鼓舞人心，他避免了成为法利赛人，但他还是不免低估了各种可能的危险，这些危险总是在等待着我们，我们一遇到挫折，便往往会自投罗网。利德盖特心想，费厄布拉泽先生的意志中，存在着一种令人惋惜的薄弱环节。

---

① 《新约·马太福音》第九章："耶稣在屋里坐席的时候，有好些税吏和罪人来，与耶稣和他的门徒一同坐席。法利赛人看见，就对耶稣的门徒说，你们的先生为什么和税吏并罪人一同吃饭呢？耶稣听见，就说健康的人用不着医生，有病的人才用得着……"这里税吏和罪人是指一般俗人。法利赛人本是犹太教内一派，主张严格遵守律法，因而《圣经》中称他们为言行不一的伪善者。
② 赫拉克勒斯是古希腊神话中的英雄，据说他英勇无敌，一生曾完成十二件伟大的业绩。普罗蒂克(公元前五世纪人)是古希腊诡辩学家，终生在雅典教授门徒，写有《赫拉克勒斯的选择》一文。文中说，赫拉克勒斯年轻时遇到"欢乐"和"美德"两个女人，要他在她们中间作出选择，他选择了"美德"，"美德"允诺他成为不朽的人，后来他确实成了伟大的人。涅索斯是人头马身的妖怪，因劫走赫拉克勒斯的妻子伊阿尼拉，被赫拉克勒斯射死。临死时，涅索斯对伊阿尼拉说，她的丈夫如穿上浸有它的血液的衣服，可以对她永不变心。后来伊阿尼拉果然让丈夫穿上了这衣服。结果，这件衣服上的毒血使赫拉克勒斯被焚烧而死。

第十九章

> 且看那另一个,他正把脸颊
> 靠在一只手掌上,不时轻轻叹息。
>
> ——《炼狱》七①

当乔治四世还在温莎堡深宫里统治着英国的时候,当威灵敦公爵担任首相,文西先生在米德尔马契旧市政厅担任市长的时候②,卡苏朋夫人,即布鲁克家的多萝西娅小姐,前往罗马开始蜜月旅行了。在那个时候,一般说,世界对善与恶的理解比今天还落后四十年。关于基督教艺术的丰富知识,旅行家们不仅头脑里没有,口袋里也没有。当时最卓越的英国批评家③,竟然把圣母升天画中繁花似锦的坟墓,误认作画家幻想的一只装饰性花瓶。在用爱和知识填补某些愚钝的空白方面,浪漫主义发挥了一定的作用,但它的酵母还没有渗入时代的各个角落,成为每个人的精神食粮。它只是作为一种与众不同、朝气蓬勃的热情,在罗马一些留长头发的德国艺术家身上发酵,其他国家的一些青年,由于与他们在一起工作或游荡,往往也卷进了这个风靡一时的运动中④。

一个晴朗的早晨,在梵蒂冈有个年轻人,头发浓密,卷卷曲曲,但不太长,从衣着看像英国人,刚欣赏了赫拉克勒斯躯干雕像,走出观景楼画廊,站在毗连的圆形门厅中眺望美丽的山景。他正看得出神,没有发现一个眼眸乌黑、生气勃勃的德国人向他走来。后者到了他身边,把手

---

① 指但丁《神曲》的《炼狱篇》第七歌,在这里,诗人随同索得罗来到"诸王的花谷",看到了一些死去的帝王。
② 英王乔治四世于一八二〇至一八三〇年在位。威灵敦公爵任英国首相是在一八二八至一八三〇年。一八三五年英国颁布市政改革法,这里是指改革前的旧市政机构。
③ 据说这是指英国当时的批评家威廉·赫兹利特(1778—1830)的,他于一八二六年出版了一本《法意游记》,谈到了意大利的一些名画。《圣母升天》是提香的一幅著名宗教画。
④ 指十九世纪初在罗马的一些号称拿撒勒派的德国宗教画家。在本书的这个时期,这些画家大多已回国,但罗马仍是他们推动浪漫主义绘画运动的一个中心。

搭在他肩上,带着很重的德国口音说道:"跟我来,快!要不,她就会改变姿势了。"

"快"是随时可以办到的,两人顿时飞也似的跑去,经过墨勒阿革洛斯,来到一间大厅,阿里阿德涅①——那时的人把她当作克勒俄帕特拉——正斜躺在那儿,从大理石的光泽中流露出妖艳妩媚的神态,衣服包在她的身上,像花瓣一般熨帖、柔和。他们进屋的时候,还可看到另一个美女靠在一个垫座上,离那块斜躺的大理石不远,但这是一个活的少女,洋溢着青春的气息,外形并不比阿里阿德涅逊色,穿一身淡灰色衣服,有点像贵格派教徒。她的长斗篷从领口上系紧,披在身后,两条胳臂伸在外边,一只手没戴手套,显得纤细洁白,支着她的腮帮子,把那顶白海狸皮帽稍稍推后了一些,以致它像一圈光华,围在编成朴素的发辫的深棕色头发周围。她不在看雕像,或许也不在想它,只是沉浸在梦中似的,把两只大眼睛盯住了一条射向地板的阳光。但是她意识到,两个陌生人已蓦地出现在她旁边,似乎正在端详克勒俄帕特拉,她没有回头瞧他们,立即掉转身子,走向大厅的另一角了——她的使女和导游人便在那儿等她。

"你觉得怎么样,是不是很好的对称?"德国人说,在朋友的脸上搜索赞美的反应,但等不及任何回答,马上又哇啦哇啦讲了下去,"那边躺着一个古代的美人,虽然没有生命,但栩栩如生,正陶醉在自己形体的完美中,这边站着一个有血有肉的美女,心中正在为许多世纪以来迅速流逝的光阴发出叹息。但她应该穿上修女的服饰,我觉得,她的神态几乎就像你们所说的贵格派教徒。我要在我的画中把她画成修女。不过,她已经出嫁了,我看到那只漂亮的左手上戴着结婚戒指,否则我会把那个脸色蜡黄的神父当作她的父亲呢。我看见他离开好大一会儿了,这以后才发现她用那种优美的姿势站在这儿。哦,对啦!他也许很有钱,希望给她画一张像。喂!我们不能光顾着瞧她……她走啦!我

---

① 墨勒阿革洛斯是希腊神话中的英雄。阿里阿德涅是希腊神话中克里特王弥诺斯的女儿,曾帮助忒修斯逃出迷宫,却被忒修斯遗弃在那克索斯岛上,后嫁给酒神狄俄尼索斯。这里均指他们的雕像。下面的克勒俄帕特拉可能是指埃及古代女王,以美丽著称,也可能是指墨勒阿革洛斯的妻子。

们得盯住她,看她住在哪里!"

"别这样。"他的同伴说,眉头有一点皱了。

"你这个真怪,拉迪斯拉夫。你好像在发愣呢。你认识她吗?"

"我只知道,她嫁给了我的一个表亲。"威尔·拉迪斯拉夫说,一边心神不定地向大厅外走去,他的德国朋友跟在旁边,一眼不眨地望着他。

"什么,就是那个神父?我看他倒像是你的伯父——一种更顶用的亲戚关系。"

"他不是我的伯父。我告诉你,他是我的表叔。"拉迪斯拉夫说,有些生气。

"好啦,好啦。别耍性子。我只是觉得,你这位表叔太太是我见到的最完美的年轻圣母,这你该不致生我的气吧?"

"生气?胡说什么。我以前只见过她一次,一共才两分钟,那是我离开英国前,我的表叔给我介绍了一下。那时他们还没结婚。我不知道他们要到罗马来。"

"那么现在你得去拜望他们啦——你可以找到他们的地点,因为你知道他们的姓名。要不要我们上邮局看一下,你可以替我谈谈画像的事。"

"去你的,瑙曼!我不知道我该怎么办。我不像你那么脸皮厚。"

"呸!那是因为你只是个业余画家,你画画是闹着玩的。如果你是一个真正的画家,你就会看到,你的表叔太太是一个具有基督教精神的古典美女——基督教的安提戈涅①,在强烈的宗教情绪控制下的美感实物。"

"对,而且你画的她,是她一生的最大成果,你使她的神圣体现在更高的完美中,只有把她放进你的画布,才能表现她的一切。好吧,你说得对,我画画是闹着玩的,我并不认为整个宇宙只是为你那些意义不明的图画存在的。"

"但事实是这样,亲爱的!只要它得通过我阿道夫·瑙曼来体现,

---

① 希腊神话中底比斯王俄狄浦斯的女儿,索福克勒斯写有悲剧《安提戈涅》。

这就是事实。"性情温厚的画家说,把一只手搭在拉迪斯拉夫肩上,至于对方那种不可理解的不快情绪,他一点也没放在心上,"你不妨想想!整个宇宙的存在是以我的存在为先决条件的,难道不是这样?但我的职责是画画,作为一个画家,我有了一个可以称之为天才的主意,要把你的叔祖母或者伯祖母当作一幅画的题材,这样,事物就通过以我这个形式出现的钩子或者爪子,给捕捉到了画中,变成了我的图画,不是这样吗?"

"但是,假如还有一只以我这个形式出现的爪子,不让你捕捉它呢?事情恐怕就不那么简单了吧?"

"完全不对,从逻辑上说,斗争的结果总是一样的,无非画或者不画。"这种泰然自若的神情感动了威尔,他脸上的阴云消散了,露出了明朗的笑容。

"现在你说,我的朋友,你肯不肯帮忙?"瑙曼用抱有希望的口吻说。

"不成,你胡说什么,瑙曼!英国妇女不是给任何人当模特儿的。你的画要表现的太多了。你的人像或好或坏,只是为了配合一定的背景,每个行家都可以根据不同的理由对它肯定或否定。可是怎样才算一个妇女的肖像?你的图画和雕塑,毕竟只是贫乏的物质。它们只能损害和降低你的概念,不是提高它们。语言是更好的媒介。"

"是的,对于不懂绘画的人是这样。"瑙曼说,"你完全有权这么看。我并不强迫你作画,我的朋友。"

温和的画家话中不免带刺,但拉迪斯拉夫不想理会他的揶揄。他像没有听到似的,继续说道:

"语言描绘的形象更为丰满,尽管你看不到,但觉得更真实。归根结蒂,要真正看到,还得从内部着眼。绘画使你一览无余,可是你却觉得缺少什么。尤其是妇女的画像,更使我感到这点。仿佛一个女人只是一堆表面的色彩!你必须要有行动和声调。哪怕她们的呼吸也是不同的,她们时时刻刻都在变化……例如,你刚才看到的这个女人,请问,你怎么画她的声音?可是她的声音比你看到的她的任何方面都神圣得多。"

"我明白了,明白了。你是在吃醋。在你眼中,谁也不配来画你的理想女性。这太严重了,我的朋友!你的婶婆!还有那位'像伯父的表亲',这是悲剧,太可怕了!"

"要是你再把那位夫人称作我的婶婶,我非跟你吵架不可,瑙曼。"

"那么称她什么呢?"

"卡苏朋夫人。"

"好吧。要是我不通过你认识了她,而且发现她非常喜欢人家给她画像呢?"

"行,你不妨试试!"威尔·拉迪斯拉夫说,语气有些轻蔑,不想再谈这个问题。他意识到,他是在为一些可笑的小事生气,它们多半是他自己造成的。他干吗要大惊小怪,为卡苏朋夫人操心呢?可他还是觉得,他和她之间好像发生了什么。在戏剧里,有些角色老是给自己惹麻烦,制造纠纷,可是谁也不想跟他们配合。他们神经过敏,气势汹汹,对方却泰然自若,什么也不明白。

第 二 十 章

> 一个弃儿突然醒来,
> 用惶恐的目光打量周围的一切,
> 但是发现再也找不到
> 那对充满深情的眼睛。

两小时后,多萝西娅回到了西斯蒂纳街的旅馆,坐在一套漂亮房间的内室或起居室中。

我很遗憾,我只得说她正在哭,哭得那么伤心,好像要尽情发泄心中郁积的烦恼似的。一个女人由于自己的骄傲,也由于对别人的体贴,一直克制着自己,要到她相信周围没有人的时候,才会这样出声痛哭。这时卡苏朋先生无疑还在梵蒂冈,他得在那儿多待一会儿。

然而多萝西娅自己也说不清楚,她的烦恼究竟是什么。在她混乱的思想和情绪中,有一种心理活动正在竭力挣扎,要使自己变成明确的概念,即一种自我谴责的声音,向她大声疾呼,说她的孤独感是她自己的过错,是她精神贫乏的表现。她嫁给了一个人,这个人是她自己选中的,她比许多女孩子幸运,因为她把她的婚姻主要看作新的义务的开始。从第一天起她就相信,卡苏朋先生有一颗比她丰富得多的心,他必须经常研究学问,这种研究不是她完全能参与的。此外,在她短暂的少女时代,她接触的只是一个狭隘的世界,现在她却面对着罗马,这个城市本身就是一部有形的历史,半个地球的过去仿佛仍在这里举行丧葬仪式,把它那些祖先的奇异形象,那来自四面八方的战利品,展示给人们。

但是这架庞大的残骸,使她的新婚生活更变得像梦一般光怪陆离。多萝西娅来到罗马已经五周,起先,秋天和冬天像一对幸福的老人,手携着手在一起漫步,但不久便只有一个留了下来,在更寒冷的孤独中打发日子。多萝西娅也是这样,起先,她与卡苏朋先生一起坐了车,在亲切的早晨外出游览,但后来却主要只能跟坦特莉普和那位见多识广的导游在一起了。她们陪着她穿过琳琅满目的画廊,浏览主要的景物,参观最伟大的古迹和最豪华的教堂,但最后,她总是选择康派奈平原①作她驱车出游的地点;她要独自与天地为伍,离开那令人窒息的世纪的假面舞会,因为在那里,她自己的生活似乎也戴上了面具,穿上了不可思议的服装。

对于那些学识渊博、智慧敏锐的人,他们看到罗马的时候,他们的知识会给一切历史形态注入活的灵魂,找出一切对立现象之间隐蔽的变化轨迹,那么,罗马在他们眼里可能仍是世界的精神核心和说明者。但是不妨想想,历史在另一些人心头引起的反应,比如,罗马帝国和教皇城残留的雄伟遗迹,一下子投射到一个少女的意识中,而这个少女是在英国和瑞士的清教精神中长大的,她吸收过的养料只是贫乏的新教历史,她接触过的艺术珍品只是袖珍遮光屏②之类的东西;她天性热烈,但知识浅陋,她又把这些知识统统变成了原则,她的行动也以这些

---

① 罗马周围的荒郊。
② 妇女拿在手上遮阳光或火炉光的东西。

模式为依据;她的情绪又极易激动,以致在她眼里,抽象的事物也带上了欢乐或痛苦的色彩;而且这个少女最近又成了妻子,她本来热情洋溢,准备迎接从未经历过的义务,现在却发现自己陷入了混乱的心境,以致为个人的命运忧心忡忡。不可理解的罗马对无忧无虑的闺阁名媛说来,也许不致构成什么压力,它只是为英国或外国上流社会提供了举行丰富多彩的野餐的背景,但是多萝西娅缺乏这种自卫能力,罗马给她的印象太深刻了。废墟和会堂遗址,宫殿和巨型石像,出现在污浊鄙陋的现实中,这里,一切有生命、有血肉的事物却在堕落,退化,就像宗教失去崇敬,变成了迷信;巨人的火热生命仍在墙上和天花板上窥视着、挣扎着,但已显得暗淡朦胧;洁白塑像构成的长廊上,那些大理石眼睛似乎在抵制着一个陌生世界的单调光线;总之,一切热烈的理想留下的这一大堆残余,不论是感性的,还是精神的,都跟现实中退化和遗忘的迹象混合在一起。起先,它们骤然呈现在她的眼前,使她像触电一样,大为震惊,后来,它们又纷至沓来,压到她的身上,使她透不出气,混乱的思想仿佛越积越多,把她的感觉之流也堵塞了。各种形态的事物,不论是苍白的还是灼热的,都渗入了她年轻的意识,哪怕她不想它们,它们仍照样刻印在她的记忆中,形成种种奇异的结合,在她今后的一生中始终不会消失。我们的情绪往往有各种幻象伴随着,它们会一个接一个出现,跟一幅幅恍惚迷离的幻灯画一样。每当孤独凄凉、难以排遣的时刻,多萝西娅总会看到那巍峨壮丽的圣彼得教堂,那巨大的青铜圆顶,想起屋顶镶嵌画中的那些先知和福音传播者,他们的姿态和衣衫中流露的强烈意愿;为圣诞节张挂的大红帷幕,仿佛印在她的视网膜上,到处可见。

我并不认为,多萝西娅内心的这种诧异感是绝无仅有的现象,许多年轻人怀着童稚无知的心灵跨入不协调的现实,这时如果大人忙于自己的事,他们便只得在这中间自己"学习走路"。我也并不认为,我们发现卡苏朋夫人在结婚六个星期之后,竟在独自啼泣,这便是一幕悲剧。在新的真实的未来代替想象的未来时,心头产生一些失望,一些困惑,这并不是罕见的,既然并不罕见,人们也不必为此惶恐不安。接触频繁本身便蕴藏着悲剧因素,好在它还无法渗入人类粗糙的感情,我们的心灵恐怕也不能完全容纳它。要是我们的视觉和知觉,对人生的一切寻常现象都那么敏感,那就好比我们能听到青草生长的声音和松鼠心脏的跳动,在我们本来认为沉寂无声的地方,突然出现了震耳欲聋的音响,这岂不会把我们吓死。事实正是这样,我们最敏锐的人在生活中也往往是麻木不仁的。

但是,多萝西娅正在啼哭,如果有人问她什么原因,她能够说的,也只是我刚才讲的那些笼统的话。如果再要具体一些,那就无异要把她知道的、不知道的一切统统形诸语言。事实上,新的真实的未来取代幻想的未来,是通过无限众多的细节在潜移默化中进行的,她对卡苏朋先生的看法,以及现在她结婚以后,对这种夫妇关系的看法,也是像时针一样在不知不觉地改变,以致离开她少女时代的梦境的。目前,哪怕要她充分认识,或至少承认这种变化,都还为时过早,更不用说改变她对丈夫的忠诚了,这种忠诚是她精神生活中不可或缺的部分,因此她几乎相信,它迟早总会恢复正常。永久的背弃,缺乏坚定的爱和尊敬的不正常生活,对她说来是不可能的。只是眼前她正处在一种中间阶段,她的强烈天性也助长了它的混乱状态。婚后的最初几个月总是这样,它往往是充满风波的危机时期,但不论这是小池塘中的风波还是大海中的风波,它迟早总会平静下去,变得相安无事。

再说,卡苏朋先生不是仍像以前那么渊博吗?他的谈吐难道已有所改变,或者他的情操已不那么值得赞美?啊,女子总是这么任性!难道他的历史研究已经失败?难道他已不能如数家珍似的说明各种理论以及提出这些理论的人?难道他在必要时,已不能头头是道地回答任何问题?难道罗马不正是全世界最适宜发挥这种才能的地方?再说,多萝西娅翘首以待的,不正是要在未来减轻他为了完成伟大的事业而负起的重担,或者为此而承担的痛苦吗?何况现在,卡苏朋先生这副担子之重,比以往任何时候都更为明显。

这些都是决定性的问题;但尽管一切依然照旧,光线已经变了,到了中午你便再也看不到彩虹般的曙光。事实是颠扑不破的,有一个人,他的性格你只是在充满幻想的几个星期,在那个所谓求婚阶段,通过断断续续的短暂接触认识到一些,现在到了婚后,在接连不断的朝夕相处中,你所看到的比你预先想象的也许好一些,也许坏一些,但绝不可能完全一样。要是我们找不到类似的变化作比较,我们不免会对这种变化来得如此之快大吃一惊。跟一位才华横溢的好朋友住在一起,或者看到你钦佩的政治家入阁办事,都会引起同样迅速的变化,开始时是了解不多,信仰极高,最后却往往适得其反。

不过这种比较仍不免引起误会,因为卡苏朋先生与别人不同,从不弄虚作假,他是像任何反刍动物一样光明磊落的,他不想费尽心计,为自己制造假象。那么,多萝西娅在结婚后的几个星期中,虽然没有发现具体的根据,却隐隐意识到,她的美梦已经破灭,她本来指望在她丈夫心头找到远大的前景和清新的气流,现在却发现,她只是走进了阴暗的前室,在曲折的死胡同中打转,找不到出路,她感到寒心,感到窒息,这是为什么呢?我想,那是因为在婚前,一切带有临时性质,仿佛只是一场序幕,以致品德和才能的个别实例,也被当作了丰富的宝藏,似乎到了婚后,它们便可在广阔的天地中得到充分表现。但是一旦跨过结婚的门槛,希望便集中到了现实上。在你登上结婚的汽船开始航行时,你不能不发现,你的面前并没有路,你找不到海洋,事实上,你只是在一个封闭的水坞里打转。

在他们婚前的接触中,卡苏朋先生常常谈到自己的一些看法和点点滴滴的问题,多萝西娅听了,总觉得摸不着头脑,但她想,这种零乱琐碎的现象可能是由于他们不能常在一起的缘故,她对他们的未来仍充满信心,因此总是毫不懈怠,仔细听他讲,他对非利士人的神大衮①,以及其他鱼神,怎样有了全新的观念,别人又可能提出什么论点来反驳他等等。她一边听一边想,这问题对他一定很重要,她今后也得跟他站在同一高度来看待它才是。还有,他在回答最激动她的一些想法时,那种理所当然的谈话方式,那种不愿多讲的口气,看来是由于时间仓促,事情太多,因此是不足为怪的,她自己在订婚之后也处在这种状态呢。但现在,他们已经到了罗马,随着她的感情深处出现的翻腾起伏的浪潮,

---

① 古代腓尼基宗教中一种半人半鱼的神,传说为渔民的保护神。《圣经》提到了这种神,见《士师记》第十六章。这里是对卡苏朋的研究工作的讽刺。

随着生活中新的因素造成的新问题,她逐渐怀着惴惴不安的心情发觉,她的心正在不断滑进愤怒和厌恶的漩涡,或者滑进凄凉失望的深渊。贤明的胡克,或者其他博学之士,处在卡苏朋先生的这个生活时期,是否也像他一样,这一点她无从知道,因此他也无法从这种比较中沾光。但是她丈夫对周围那些引起她深思和惊异的事物的态度,却使她的思想受到了震动,看来他怀着良好的意图,要使自己有所成就,但也仅仅是使自己有所成就而已。她认为新鲜的,在他已成为老生常谈;从思想和感觉上对一般人类生活产生反应的能力,对他说来早已成了明日黄花,他的知识只是没有生命的僵尸。

他常常这么说:"多萝西娅,你对这有兴趣吗?我们要不要再待一会儿?只要你乐意,我都可以。"这种话使她听后,只觉得离开或待下同样索然无味。有一次他还问她:"多萝西娅,你想参观法奈斯宫①吗?那里有许多著名的壁画,是拉斐尔设计或绘制的,许多人认为这是值得游览的地方。"

"但是你对它们有兴趣吗?"她总是这么反问。

"我相信,它们得到了很高的评价。其中有些表现了丘比特和赛姬②的故事,这大概是文明时期的浪漫主义创造的,我认为,不能把它们真正看作神话的产物。但是如果你喜欢这些墙头画,我们不妨去玩玩。我想,这样你就可以见识到拉斐尔的主要作品了,访问罗马而没有看到它们,这是很可惜的。大家公认,拉斐尔是把最完美的形式和崇高庄严的内容结合起来的大师。至少据我所知,这是鉴赏家们的共同意见。"

这类回答四平八稳,像官样文章,仿佛一位教士对着祈祷书照本宣科,既不想独出心裁,对永恒之城③的荣耀做过多的揄扬,也不想引起她的幻想,使她觉得,要是她对这一切了解得多一些,世界在她眼里就会变得更加光辉灿烂,充满各种乐趣。也许,一个满腔热情的年轻人,最苦闷的就是接触到一颗冷若冰霜的心,在这颗心里,多年积累的知

---

① 罗马的著名宫殿之一。
② 丘比特是罗马神话中的爱神,爱上了少女赛姬,经过各种曲折,最后结为夫妇。
③ 指罗马。

识,已把它的兴趣和同情统统埋葬掉了。

确实,在另一些事情上,卡苏朋先生显得十分执着和关切,这通常被认为是热情的表现,多萝西娅要求自己随着他的思想的这种自然趋向行走,丝毫没有意思要把他从这条路上拉开。但是她不再像从前那么乐观,那么充满信心了,她逐渐失去了希望,不再相信跟着他走,会找到任何宽广的道路。可怜的卡苏朋先生,他自己也在狭小的斗室和曲折的楼梯之间徘徊,找不到出路呢。关于卡比里神①的模糊认识,使他不安,他还发现,另一些神话学家有些类比考虑不够周密,在这中间他自然很容易迷失方向,忘记了当初促使他从事这种研究的任何目的。他点着蜡烛,却没有想到要打开窗户,他在稿纸上指责别人对太阳神的错误观念,但自己却对太阳本身失去了兴趣。

这些特点在卡苏朋先生身上,已经像骨骼一样定型,不可改变,但要是多萝西娅可以自由吐露她那女孩子的和妇人的感情,要是他能够握着她的手,津津有味、温柔体贴地听她谈她生活中那些琐屑小事,表示他的同感,而且也照此办理,跟她娓娓谈心,使彼此了解过去的生活,互相同情,或者要是她能够靠那些孩子气的爱抚,那种任何温柔女子都有的癖好——它们最初表现在对着秃顶洋娃娃的硬脑瓜如醉如痴地亲吻上,因为她们用自己无穷的爱给那块木头注入了快活的灵魂——满足自己的感情,那么,他那些特点,她一时也许还觉察不到。要知道,多萝西娅是有亲吻的癖好的。尽管她渴望了解与她相隔遥远的事,渴望爱天下所有的人,可是她对身边的一切也不能漠不关心,她有足够的热情来亲吻卡苏朋先生的衣袖,抚摸他的鞋带,只要他露出一点接受她的爱抚的意愿,而不是摆出一副道貌岸然的神态,声称她是最温柔多情、真正具有女性气质的人,同时彬彬有礼地请她坐下,表示在他眼里,她那些表现是粗俗的,不足取的。早上,他恰如其分地完成了教士的梳洗打扮后,也预备接受生活中的爱抚,但只限于当时那种端端正正的硬领饰,以及那颗时刻挂在尚未出版的著作上的心所允许的范围。

在这种不如人意的情况下,多萝西娅的想法和决心像冰遇到了暖

---

① 弗里吉亚宗教中的冥神,也是丰产之神。

流,融化了,消失了,变成了另一种形态。她感到委屈,发现自己只是做了感情的牺牲品,她也只能这样理解一切,她的全部力量变成了一阵阵的烦恼、挣扎和失望,她觉得没有出路,只能更进一步放弃一切,把难以忍受的生活条件当作一种义务接受下来。可怜的多萝西娅!她无疑烦恼重重,但主要只是自怨自艾,直到今天早上,她才第一次使卡苏朋先生也感到了烦恼。

在他们喝咖啡的时候,她本来是决心要排除她所说的自私观念的,因此她露出愉快的脸色,注意听她丈夫的话:"亲爱的多萝西娅,我们现在必须考虑还有什么没有做,做离开前的准备了。我本想早一些回国,在洛伊克过圣诞节的,但我在这里收集材料的工作超过了预计的时间。不过我相信,这段时间对你说来不是毫无收获的。在欧洲各个游览中心,罗马一向也是令人流连忘返的地方,在某些方面,它还能给人以启发。我记得很清楚,我对它的第一次访问,在我看来一直是我一生中一件划时期的事件。那是在拿破仑失败之后,那时欧洲大陆才重新向旅游者开放。确实,我认为它是为数不多的城市中的一个,有一句极端夸张的话这么说:'到过罗马,死而无怨'。但是就你而言,我得把它略加修改,变成'作为新娘到过罗马,就会作为幸福的妻子度过一生'。"

卡苏朋先生是怀着最真诚的意愿,发表这一席小小的演说的,他偶然眨一下眼睛,点点头,最后还笑了笑。他并不觉得结婚是一件值得庆幸的事,但他要求自己做一个无可訾议的丈夫,使年轻可爱的妻子得到应该得到的幸福。

"我希望,你对我们这次旅行感到完全满意,我这是就你的研究工作所取得的成果说的。"多萝西娅说,竭力使自己的心情适应丈夫最关切的事。

"是的,我很满意,"卡苏朋先生说,他那种异样的音调使他的话有些像反话,"我的研究比我预料的更为复杂,各种需要注释阐明的问题愈来愈多,虽然它们跟我并无直接关系,但也不能避而不谈。尽管有抄写员的协助,这工作还是相当繁重,幸好有了你,使我可以在业余时间不致陷入孤独生活的罗网,老是为此苦闷惆怅。"

"我很高兴,我的存在能使你的生活得到一些调剂,"多萝西娅说,但是有几个晚上的情景,她还历历在目,那时她曾想,卡苏朋先生的心在白天已陷得太深,再也不会浮到面上来了,因此她的回答可能包含着一些情绪,"我希望我们回到洛伊克以后,我能对你更加有用,也可以分享一点你的乐趣。"

"这是毫无疑义的,亲爱的,"卡苏朋先生说,略微点了点头,"我在这里记下的笔记需要整理,你如果愿意,可以在我的指导下作些摘录。"

"你的全部笔记,我都愿意帮你整理,"多萝西娅说,一提起这事,她的心就开始光火了,这使她现在讲的话不能不带一些锋芒,"你那一摞摞笔记本,你老说要整理,为什么现在还不动手?难道还不能决定,哪些材料是有用的?你怎么还不开始写那本书,让你的渊博知识得到公认,发挥作用?我可以替你作记录,也可以根据你的要求抄抄写写,作些摘要,因为我也只有这些能耐。"多萝西娅说到最后,不知为什么,以那种无法理喻的女性方式,发出了轻轻的啜泣,眼眸中噙满了泪水。

感情的过多流露,本来只会使卡苏朋先生手足无措,不知如何应付,但是现在,由于其他原因,多萝西娅那些情不自禁的话却伤了他的自尊心,使他非常生气。原来,她对他心头的烦恼一无所知,他对她也是这样。隐藏在她丈夫胸中的那些值得我们怜悯的矛盾,她是想象不到的。她也从未耐心地静听他心脏的跳跃,只是觉得自己的心跳得非常厉害。在卡苏朋先生耳中,多萝西娅那些话无异把他隐藏在内心的模糊意识,变成了明确无误的语言,要是她不讲,他本来可以说,这只是他的想象,是他自己神经过敏引起的幻觉,事实上,每逢他发现别人确实在暗示这点时,他也总是听不入耳,认为这只是残酷而不公正的指责。哪怕不光彩的自我忏悔,要是别人完全信以为真,我们也难免愤愤不平,那么,如果我们心中那些含混的低语,那些连我们自己也不愿承认,要把它们说成是病态的表现,竭力加以抵制,仿佛全属子虚乌有的东西,忽然由我们身边的一位旁观者,用清晰响亮的声音讲了出来,这结果会如何,就可想而知了!何况现在这位站在一旁的残酷的谴责者是以妻子的面目出现的——不,还是一个年轻的新娘,她非但对他的手不停挥,以及堆积如山的稿子视若无睹,没有像体贴入微的金丝雀那样对他肃然起敬,表示心悦诚服,反而像一个暗探那样,怀着恶意在窥测他的动静。正是在罗盘的这一点上,卡苏朋先生是和多萝西娅同样敏感,也同样会超过事实想入非非的。以前他赞扬过她,说她有判断力,懂得尊敬应该尊敬的一切;现在他却突然怀着惶恐的心情预见到,这种能力可以变成自以为是,这种尊敬也可以变成令人愤慨的指责——这种指责只知向往许多美好的成果,对取得这些成果所花的辛勤劳动却视而不见,一无所知。

自从他们认识以来,多萝西娅第一次看到,卡苏朋先生的脸上突然掠过了一丝悻悻不平的愠色。

"亲爱的,"他说,由于礼貌,没有让愤怒发泄出来,"你可以相信,我知道在我的工作的不同阶段,应该做些什么,这不是一位无知的旁观者可以凭肤浅的猜测得知的。在我看来,用虚无缥缈、毫无根据的议论哗众取宠,赢得一时的效果,这很容易;但是谨慎严格的探索者应该经得起急功好利的饶舌者的嘲笑,那些人企求的只是一些渺小可怜的成就,事实上他们也别无所能。我希望所有这样的人都懂得,在评论时怎样区别两类不同的事物:一类是他们完全不理解的,也不可能理解的,另一类则只要靠他们浮光掠影、一知半解的印象,就可以信口雌黄。"

这一篇话讲得振振有词,激昂慷慨,跟卡苏朋先生平时的谈吐大不一样。确实,这不是一时的急就章,而是经过内心的酝酿才形成的,现在只是像果实遇到炎热的天气突然裂开,一颗颗种子便滚滚而下了。多萝西娅不仅是他的妻子,也成了这位怀才不遇或者牢骚满腹的作者周围那个浅薄的世界的化身。

现在轮到多萝西娅发怒了。她放弃了一切,仅仅要求参与丈夫的主要活动,分享他的一点乐趣,难道这不应该吗?

"我的议论是很浅薄的,我能做到的也仅此而已,"她回答,一下子变得怒气冲冲,这是用不到排练的,"你给我看那一摞摞笔记本,你也常常讲到它们,你还常常说,它们需要整理。但我从没听你谈到,你什么时候动手写那本预备发表的著作。这些是非常简单的事实,我的议论没有越出这个范围。我只是要求帮助你,为你多出些力而已。"

多萝西娅站起来,离开了餐桌,卡苏朋先生没有回答什么,只是拿起手边的一封信,好像预备重读一遍似的。他们对彼此的态度都有些吃惊,想不到竟会剑拔弩张,怒目相向。如果他们是在家中,是在洛伊克的左邻右舍中过千篇一律的日常生活,这样的冲突也许还情有可原,但现在是在蜜月旅行中,这种旅行的目的显然是要使两个人与世隔绝,因为他们彼此就是整个世界,这样,不论怎么说,任何意见不合都是十分荒谬、愚不可及的。大幅度改变了自己的地理位置,从精神上使自己处在与外界隔绝的状态,可是却为一些小事争争吵吵,找不到共同的语言,给对方端一杯水也低头不语,这哪怕对最冷漠的心来说,恐怕也不能认为是满意的效果吧。就涉世未深、天性敏感的多萝西娅而言,这无异是一场天翻地覆的灾难,改变了她周围的一切;就卡苏朋先生而言,这是一种新的痛苦,他以前既没经历过蜜月旅行,也从未与一个女子有过如此密切的关系,而这种关系他必须无条件服从,这也是他从未想到的,因为他发现,这位年轻美貌的新娘不仅使他负有义务,必须处处为她着想(这是他已经在尽量做的),而且在他最需要安慰的时候,她却可能与他发生龃龉,弄得他不得安宁。难道他非但没有找到温柔乡,使他可以躲避生活中一切冷酷、阴险、讨厌的骚扰,反而让它们更具体地呈现到了他的面前?

这时他们谁都没法开口。改变原来的安排,拒绝出门,那无异表示还在继续发怒,这是多萝西娅的良心所不允许的,它发现她已在开始后悔,觉得自己错了。不论她的愤怒多么有理,她的根本目的不是分清是非,是给予温情。因此在马车来到门口的时候,她仍随同卡苏朋先生前往梵蒂冈,跟他一起穿过排列成行的石碑;到了图书馆门口,两人才分手。然后她独自在博物馆茫无目标地闲走,对周围的一切毫无兴趣。她没有心思回过头去告诉他,她要坐车前往别处。瑙曼第一次看到她,就是在卡苏朋先生离开的时候。然后他与她同时走进了狭长的雕塑陈列室。但是他必须在这里等候拉迪斯拉夫,因为他们赌了一瓶香槟,要解决那儿一个带有中世纪色彩的人像的谜。在仔细研究那个人像之后,他们一边走一边争论,争论结束后,两人分手了,拉迪斯拉夫仍在那儿闲逛,瑙曼来到了塑像厅,又在那儿见到了多萝西娅,她站在一边沉思默想,那副出神的姿态引起了他的注意。她实际并不在看地板上那一条阳光,也没有看那些塑像,她在心中看到的只是她未来的岁月——她自己的家,英国的原野和榆树,两边密布树篱的大路。她觉得,那条本来可以充满欢乐和忠诚的道路已经不如以前那么明朗了。但是在多萝西娅心中,有一条永不停息的潜流,她的一切思想和感情迟早都会汇集到那儿,而它在不断向前,把她的全部意识引向最完满的真理,最公正无私的善。很清楚,愤怒和失望不是她所有的一切。

第二十一章

> 她谈吐文雅,既温柔又朴实,
> 也从不弄虚作假,
> 故作聪明。
>
> ——乔叟①

那天多萝西娅关起房门,大哭一场的原因,就是这样。但是,过不多久,就有人打门了,她赶紧擦干眼泪,然后应了一声:"请进。"坦特莉普拿着一张名片,说有位先生求见,等在走廊的休息处。导游人告诉他,只有卡苏朋夫人在家,但他说他是卡苏朋先生的亲戚。她是不是愿意见他?

"好吧,"多萝西娅毫不迟疑地说,"请他在会客室等我。"她对小拉迪斯拉夫的主要印象,就是在洛伊克跟他见过一次面,知道卡苏朋先生待他很慷慨,还听说他对自己该干什么犹豫不决,这使她很关心。她只要能够给人以同情,从来不愿错过机会。这一次,她觉得,客人的来访无异是要她摆脱个人的不满,从自己的小天地中走出来,因为他使她想起丈夫的善良,感到现在对他的一切仁慈行为,她已成了当仁不让的助手。她等了一两分钟,但是她走进隔壁屋里时,脸上仍留有哭过的痕

---

① 见《坎特伯雷故事》中医生的故事。

迹,然而正是这种痕迹使她那张开朗的脸庞更显得青春焕发,楚楚动人。她露出和蔼可亲的优美笑容,没有一点妄自尊大的样子,迎着拉迪斯拉夫,向他伸出手去。他比她大几岁,但在那时,他却似乎比她年轻得多,因为他那洁白明亮的脸皮一下子变红了,谈话也有些羞涩,跟他和他的男朋友在一起时那种无拘无束的神态完全不同。多萝西娅却越来越平静,心里还有些诧异,但愿能使他随便一些。

"我没有想到你和卡苏朋先生在罗马,直到今天上午在梵蒂冈博物馆看到你才知道,"他说,"我立即认出了你,但是……我是说,我相信可以在邮局邮件待领处找到卡苏朋先生的住址,于是我尽快赶来拜访你们了。"

"请坐下。他此刻不在,但我相信,他一定很高兴见到你。"多萝西娅说,不假思索地在壁炉和明亮的长窗之间坐了下去,一边向他指指对面的椅子,态度安详,像一位宽厚的主妇。但她脸上那种少女的忧伤痕迹,反而变得更明显了。"卡苏朋先生非常忙,你可以留下你的地址,好吗?这样,他可以写信给你。"

"你太客气了。"拉迪斯拉夫说,他发现了她脸上啼哭的痕迹,它改变了她的容貌,引起了他的兴趣,于是他的腼腆开始消失了,"我的住址,卡片上有。但如果你同意,明天卡苏朋先生可能在家的时候,我不妨再来拜访。"

"他每天上梵蒂冈图书馆看书,除非约定时间,不然你很难找到他。特别是目前。我们即将离开罗马,他非常忙。一般从早餐到晚餐前,他都不在旅馆里。但我相信,他会约你来跟我们一起用晚餐。"

威尔·拉迪斯拉夫沉默了一会儿。他从来不喜欢卡苏朋先生,要不是出于感恩的心情,他很可能会耻笑他,把他称作博学的蝙蝠。但是想到这个干瘪的书呆子,这个穷年累月寻章摘句,在古董铺的后屋里堆积如山的假古董中寻找宝藏的老学究,先是得到了这位花容月貌的年轻小姐做妻子,嗣后又在蜜月期间丢开了她,继续钻在那些霉烂的废物中摸索(威尔喜欢运用夸张手法)——这一幅图画突然出现在他眼前,他觉得又滑稽又讨厌,既想放声大笑,又同样恨不得发出几声轻蔑的咒骂,真不知如何是好。一时间他甚至觉得,这两种矛盾的情绪,把他那张生动的脸也扭歪了,变得有些异样了。但他竭尽所能,克制着自己,终于没有流露任何唐突的表情,只是迸发了一丝愉快的微笑。

多萝西娅有些纳闷,但这微笑是不可抵制的,它也在她的脸上得到了反应。威尔·拉迪斯拉夫的笑是惹人喜爱的,除非你本来在生他的气,你才会无动于衷。它像一股发自内心的光,透过明亮的皮肤和眼睛向外照射,在每一条弧线和直线上跳跃着,仿佛它们经爱丽儿①一点,产生了新的魅力,把忧郁的痕迹一扫而光了。这微笑引起的反应也只能是一种愉快的表情,尽管那乌黑的眼睫毛还湿湿的。多萝西娅不免问道:"你心里在想什么有趣的事吧?"

"是的,"威尔说,立刻找到了对策,"我是在想我第一次见到你的时候我扮演的角色,那时你把我的画批评得一钱不值。"

"批评你的画?"多萝西娅说,更加觉得摸不着头脑了,"哪有这么回事。我总觉得,我对绘画是一窍不通的。"

"我怀疑你非常精通,因此你才说得恰到好处。你说——我敢说,你不会记得像我那么清楚——你看不出我的画跟大自然有什么联系。至少你的话包含这点意思。"现在威尔可以放声大笑了。

"那实在是由于我不懂得绘画,"多萝西娅说,对威尔的开朗性格很赞赏,"我一定说过这样的话,因为有些画,据我的伯父说,所有的行家都认为很好,我却从来看不出它们美在哪里。我在罗马参观也是走马看花,同样莫名其妙。只有比较少的几幅,我才是真正能够领会的。起先我走进一间陈列室,看到琳琅满目的壁画,或者那些珍贵的作品,便觉得惶恐不安,好比一个孩子参加庄严的典礼,满眼都是豪华的法衣,严肃的仪式。我觉得我看到的不是我自己的生活,它太崇高了。但是当我一幅幅仔细观看时,生活就从画中出现了,但是也有的我感到太强烈,我不能理解。这一定是我自己太迟钝。我一下子要接受的东西太多了,以致连一半也不能理解。那总会使一个人觉得自己愚蠢。听得人家说,某一幅画如何如何好,可是体会不到它好在哪里,这是痛苦的,好比一个双目失明的人听得人家在谈天空如何美丽。"

---

① 莎士比亚的《暴风雨》中一个善良的精灵。

"啊,艺术的感觉包含许多因素,那是必须通过学习才能获得的,"威尔说(多萝西娅的自白是坦率的,现在已经不能怀疑了),"艺术是一种古老的语言,有着许多矫揉造作、不够自然的风格,有时了解它们所得到的主要乐趣,仅仅是知道自己懂得它们而已。我对这儿的各种艺术有广泛的爱好,但是我想,如果我能把我的爱好分解开来的话,我会发现,它是由各种不同的丝线组成的。一个人自己能画几笔,了解其中的奥妙,那还是有些用处的。"

"你大概是想当一个画家吧?"多萝西娅说,产生了一种新的兴趣,"你也许想把绘画更做你的职业。卡苏朋先生听到你选定了一种职业,一定很高兴。"

"不,没有的事,"威尔说,口气有些冷淡,"我可以说已经决心不再画画。那种生活太片面了。我在这儿会见了不少德国画家——我还是跟其中一个人一起从法兰克福来的。他们有的还不错,甚至还很有才气,但我不想走他们的路,我不能完全从画室的观点看待世界。"

"那是我能够理解的,"多萝西娅亲切地说,"在罗马,一个人总觉得,似乎世界上还缺少许多东西,它们比绘画更重要。但是如果你有绘画的天赋,那么走它指引的道路,有什么不对呢?也许你能做得比他们更好——至少跟他们不一样,那么就不致在一个场所出现那么多大体相似的画了。"

这些话的单纯朴实是没有疑问的,威尔不能不被它感动,采取开诚布公的态度。"一个人要在这方面有所革新,非得有极其罕见的天才不可。我的才能还差得多,哪怕人家已经做到的,我也不一定能做到,至少不一定能做得同样好,既然这样,我何必在这上面白花力气。要靠做苦工赢取成绩,在我是永远办不到的。如果我觉得事情不顺手,我宁可不干。"

"我听卡苏朋先生讲,你缺少毅力,这使他感到惋惜。"多萝西娅和蔼地说。她有些震惊,发现一个人居然可以把一生都当作假期。

"是的,我知道卡苏朋先生的意见。他和我不同。"

这种脱口而出的回答带有一丝轻蔑的意味,这伤了多萝西娅的心。在对待卡苏朋先生的问题上,由于早上那场风波,她反而更加敏感了。

"当然,你同他不同,"她说,神色有些高傲,"我也不想把你跟他相比,卡苏朋先生那种孜孜不倦、坚韧不拔的工作态度并不多见。"

威尔看到他触怒了她,但这只是像火上加油,使他对卡苏朋先生的潜在的不满更加炽烈。多萝西娅竟然崇拜这么一个丈夫,实在太无法忍受了。女人的这种弱点,除了她自己的丈夫,任何男人都不会欢迎。人总是互相轻视,听得邻居受到吹捧便很不自在,非得把他的荣誉扼杀不可,还认为这种暗害算不得罪恶。

"确实并不多见,"他马上回答道,"正因为这样,把这种精神白白浪费,太可惜了。正如许多英国学术研究,多半是坐井观天,不知道世界上别人正在做些什么。要是卡苏朋先生懂得德文,他可以省去许多麻烦。"

"我不明白你的意思。"多萝西娅说,吃了一惊,有些焦急。

"我的意思很简单,"威尔满不在乎,随口说道,"德国人在历史研究方面居于领先地位,他们对别人的成果感到好笑,因为他们已经开拓了康庄大道,那些人却还拿着袖珍指南针,在森林里摸索。我跟卡苏朋先生在一起时发现,他在这方面简直充耳不闻,谁要他读一篇德国人写的拉丁文著作,他就不高兴。这使我非常遗憾。"

威尔只是想提醒对方,那种给吹得天花乱坠的研究工作实在分文不值,他不能想象,这会使多萝西娅多么伤心。其实,德国那些作者究竟如何,小拉迪斯拉夫先生自己也不甚了了。但是要对别人的短处表示怜悯,那是只要自己知道一点皮毛就成的。

可怜多萝西娅听了却悲痛难忍,她没有想到,她丈夫毕生的努力可能付之东流,这使她心乱如麻,顾不得问一下自己,这位年轻的亲戚受过他许多恩惠,是不是不宜如此尖刻。她一句话也说不出,只是坐在那里,端详着自己的手,沉浸在那个令人伤感的思想中。

然而威尔在发出这歼灭性打击之后,心中却有些惭愧;他从多萝西娅的沉默中揣摩到,她的气恼更大了。同时他扪心自问,觉得也不应当往一位恩人脸上抹黑。

"我十分抱歉,"他又说,采取了合乎常情的方针,从诋毁一变而为不太诚恳的颂扬,"因为我对表叔还是感激和尊敬的。如果一个人的才能和品性不如此突出,这种情形也许还算不得什么。"

多萝西娅抬起眼睛来了,它们流露出激动的情绪,显得比平时更明亮了。她用无限伤心的声调说道:"我在洛桑的时候要是学一学德文,那该多好呀!那儿有不少德文教师。但现在我却对他毫无用处。"

从多萝西娅最后这句话中,威尔得到了一点新的启示,但它仍显得神秘莫测。她怎么会嫁给卡苏朋先生,这个问题——他第一次看到她的时候是这么解释的:她外表虽好,其实是一个毫不足取的女子——当然不会因为得到了一点简单的启示,便迎刃而解。但不管她是怎么一个人,她绝不是毫不足取的。她不是那种聪明而冷酷的女子,也不会转弯抹角挖苦人,她单纯得可爱,而且富有同情心。她像天使的化身。她的心和灵魂都那么坦率,那么真诚,它们是由一些和谐的材料组成的,在它们旁边静听它们的演奏,那将是无上的乐事。于是一阵阵仙乐仿佛又来到了他心头。

她在这桩婚事中,一定给自己编织了一个美丽的梦。如果卡苏朋先生是一条孽龙,只是用它的魔爪把她带进了它的洞府,没有合法的手续,那么把她搭救脱险,然后拜倒在她的脚下,自然是一位英雄义不容辞的责任。然而卡苏朋先生不是孽龙,对付他不那么容易,而且他还是一个恩人,有整个社会作他的后盾。正在这时,那位先生进屋来了,他的举动端正庄重,不愧是一个正人君子,而多萝西娅由于刚才的惶恐和困惑,脸上还有些神色不定,威尔也由于正在赞美和揣摩她的心情,同样显得神色不安。

卡苏朋先生看到他,有些惊讶,但绝无高兴的意思。只是当威尔起立,向他解释他在这儿的原因时,他并没有忘记平时那种彬彬有礼的风度。他今天不像往日那么愉快,也许正因为这样,他的脸色似乎更阴暗、憔悴了,但也可能,这是因为那位年轻的表侄站在他旁边,两相对照,才引起这种印象。威尔给人的第一个感觉,是他像阳光一样灿烂,这使他那变化不定的表情更显得不易捉摸。确实,他脸上的一切不时在改变它们的形态,他的下巴有时似乎大些,有时似乎小些,鼻梁上那小小的波纹成了这种变形的前奏。他的头迅速转动时,头发好像在放射光芒,有的人认为,这种闪光是天才的决定性标志。相反,卡苏朋先生站在那里,却没有一点光彩。

当多萝西娅的眼睛焦急地转向丈夫时,她或许也发觉了这种对照,但是使她心里更加惶恐的却是另一些原因,这新的惶恐是为她丈夫而发,但那不是由于自己的梦想破灭,而是由于发现了他的真实命运之后,她第一次萌发了一种怜悯惋惜的情绪。然而威尔的在场,却为她提供了一种比较轻松的因素。他跟她同样年轻,这令她感到欣慰,也许,他的耿直无私也是原因之一。她迫切需要有个人跟她谈谈,而她以前从没遇到一个人像他这么聪明伶俐,这么富有同情心,仿佛对一切都能理解似的。

卡苏朋先生庄严地表示,他希望威尔在罗马不致虚度光阴,一味玩乐——他本来以为他要留在德国南部呢。不过他仍邀请他明天来吃饭,他可以跟他多谈谈,至于目前,他有些累了。拉迪斯拉夫领会他的意思,接受了邀请便告辞了。

多萝西娅担忧地望着丈夫,只见他十分疲劳,在一张沙发上坐下,把胳膊肘靠在沙发上,支着脑袋,两眼怔怔地望着地板。她的脸有些红,眼睛亮亮的,她在他身边坐下,说道:

"原谅我今天早上对你说话这么轻率。我错了。也许我伤了你的心,使你这一天变得更沉重了。"

"你能认识这点,我很高兴,亲爱的。"卡苏朋先生说。他的口气很平静,头稍微点了点,但他看她的时候,眼睛里还是流露出一种不自在的感觉。

"但是你原谅我吗?"多萝西娅说,突然发出了哽咽声。在她需要发泄她的感情时,她总是不惜夸大自己的过失。爱情看到悔恨从远处归来,难道不会扑在它的颈上吻它吗?

"亲爱的多萝西娅,'悔改得不到宽赦,这不是天之道,也不是人之道',你不致认为我会违背这严格的古训吧。"卡苏朋先生说,尽量使用强烈的措词,同时还露出了一丝笑容。

多萝西娅没有做声,但是随着哽咽到来的一滴眼泪,仍然落了下来。

"你太激动了,亲爱的。我也由于心烦意乱,尝到了一些不愉快的后果。"卡苏朋先生说。实际上,他头脑里想的是要告诉她,她不应该在他外出的时候,接待年轻的拉迪斯拉夫,但是他忍住了,这一部分是因为他觉得,在她表示忏悔、承认错误的时刻,提出新的责备,未免有失仁恕之道,也因为他不想再谈什么,加深自己的烦恼,更因为他太高傲,不肯暴露自己的嫉妒心理,这种心理他还没有在学术界的同仁那里消耗净尽,以致不能在其他方面发挥作用。有一种嫉妒是只要有一点火星就可以点燃的,它不是热情,只是无可奈何的利己主义在绝望的阴暗泥沼中培植的毒菌。

"我想我们应该更衣了。"他又说,看了看表。两人站了起来,从此谁也没有再提起这天发生的事。

但是多萝西娅一生都没有忘记这件事,它始终清晰地留在她的脑海里,就像我们生活中某些可爱的憧憬幻灭的时期,或者某些新的追求诞生的时期,永远不会从我们的记忆中消失一样。今天她才开始看到,她的感情指望在卡苏朋先生那儿获得反应,那只是荒唐的幻想,可她却一直处在这种幻想的支配下;她还感到出现了一种预兆,似乎他的生命中包含着一种不幸的意识,它不仅会使他,也会使她付出极大的代价。

我们大家生来处在精神的愚昧状态,把世界当作哺育我们至高无上的自我的乳房。多萝西娅很早就开始摆脱这种愚昧状态了,然而对她说来,她还不如沉浸在幻想中,死心塌地忠于卡苏朋先生,以他的智慧和力量作为她自己的智慧和力量,而不是明确地认识到——这种认识已不仅是一种思维活动,而且是一种感觉,那种像感到物质的硬度一样的直接感觉——他也同样有一个自我作中心,从那里发出的光和影,必然与她的有所不同。

第二十二章

> 我们做了长谈,她是那么单纯高尚。
> 她不知道恶,只想给人间带来善,
> 她把内心的宝藏慷慨地向我施舍,
> 我聆听着她发自肺腑的真诚心声,

我喜出望外,也向她献上了一切。

她带走了我的生命,可是从未知晓。

——阿尔夫莱·德·缪塞①

第二天吃晚饭时,威尔·拉迪斯拉夫谈笑风生,十分愉快,这使卡苏朋先生甚至找不到机会表示他的不满。相反,多萝西娅发觉,威尔不仅能说会道,使她丈夫跟他谈得很投机,而且在她丈夫谈的时候,他总是洗耳恭听,这是她以前在任何人那里从未见过的。她想,这一定是因为在蒂普顿,那些听他谈话的人太没有见识!威尔自己也讲得很多,但他不论讲什么,都是脱口而出,干净利落,仿佛只是无意之间顺便说说,并没有什么重要意义,这一切使他的话像洪亮的钟声之后出现的轻松活泼的铃铛声。如果威尔不是始终美好的,那么这无疑是他美好的一天。他描述他在罗马贫苦居民中的所见所闻,这是只有可以无拘无束到处游逛的人才能获得的印象。他还发现他跟卡苏朋先生不谋而合,认为米德尔顿②在谈到犹太教和天主教的关系时,那些意见并不足取。然后他又轻松地把谈话引到了他在五光十色的罗马得到的观感上,他的描绘又认真又风趣,他说,罗马这种古今混杂的特点,使你随时可以比较,不致把世界的各个时期当作彼此隔绝的一个个匣子,它们中间像没有内在的联系似的。威尔指出,从这一点看,卡苏朋先生的研究范围相当广泛,也许他还从没感到过这种意外的效果,但是就他本人而言,罗马给了他一种新的历史整体感;断片激发了他的想象,使他产生了各种联想。有时,但次数不多,他还向多萝西娅征求意见,然后就她的看法展开讨论,仿佛她的意见哪怕对《福利尼奥圣母像》或《拉奥孔》③的最后评价,也是一个必须考虑的因素。一种似乎要对全世界的公论作出贡献的感觉,使谈话变得兴高采烈。卡苏朋先生不能不为年轻的妻

---

① 缪塞(1810—1857),法国浪漫主义诗人。这里的几行摘自他的长诗《幸运》。
② 科尼尔斯·米德尔顿(1683—1750),英国教士和神学家,在教义上主张不拘泥成说。
③ 《福利尼奥圣母像》是拉斐尔的名画,原为福利尼奥(在意大利中部)的圣安娜教堂所画,因名,现存梵蒂冈。《拉奥孔》是公元前二世纪的著名雕像,中世纪在罗马出土,现存梵蒂冈。

子感到自豪,她的谈吐是一般妇女望尘莫及的,难怪他当初会看上她。

　　大家谈天说地,心情十分舒畅,以致卡苏朋先生宣称,他在图书馆的阅读不妨暂停两天,这以后他只要再工作几天,就可以大功告成,离开罗马了。这促使威尔大胆提出,卡苏朋夫人离开以前,应该参观一两个画室。卡苏朋先生愿意陪她走走吗?这种机会是难得的,失之可惜。画室中别有风味,那是一种生活方式,有如一些鲜艳的微型花木,连同它们的昆虫飞鸟,凝固在一块块大化石中。威尔愿意当义务向导,当然,他不会带他们参观枯燥无味的东西,只是上几个地方看看,见识一下。

　　卡苏朋先生发现,多萝西娅向他露出了恳求的目光,于是只得问她,她对这种游览是否感到兴趣,他现在整天有空,可以奉陪。这样,他们约定,威尔第二天陪他们一起参观。

　　托瓦森①的工作室,威尔是不能不去的,这位现尚健在的著名雕塑家,甚至引起了卡苏朋先生的注意,但是还没到中午,他已带着他们朝他的朋友阿道夫·瑙曼的画室出发了。他提到瑙曼时,说他是基督教艺术的主要革新者之一,这些人不仅复活了,而且发展了有关基督教神圣事迹的崇高观念,根据这些事迹画成的画曾得到世世代代的瞻仰,在它们面前,一切历史时期的伟大心灵都会产生身临其境的感觉。威尔还说,目前他正在跟瑙曼学画。

　　"我在他的指导下画了一些油画,"威尔说,"我讨厌临摹。我必须放进一点我自己的东西。瑙曼一直在画一幅'众圣徒拉着教会之车前进'的画,而我画的是马洛的帖木儿②,他坐在辇舆上,挽车的是被他征服的一些国王。我跟瑙曼不同,没有那么多宗教精神,我有时挖苦他在一幅画中装进了太多的含义。但这一次我却要超过他,赋予我的画以更多的意义。我用坐在车上的帖木儿象征世界的客观历史进程,这是一种巨大的力量,它鞭策着那些挽车的王朝。在我看来,这是一个很好的神话式解释。"讲到这里,威尔看了看卡苏朋先生,后者对这种随心

---

① 伯特尔·托瓦森(1768—1844),丹麦著名雕刻家,一生大部分时间在罗马工作。
② 克里斯托夫·马洛(1564—1593),英国剧作家,莎士比亚曾受其影响。这里是指他的剧本《帖木儿大帝》,它描写了蒙古可汗帖木儿征服欧亚各国的故事。

所欲的象征主义处理方法似乎不以为然,只是哈了哈腰,不置可否。

"一幅画包含这么多内容,它一定是很了不起的,"多萝西娅说,"你讲的那个意思,我也得解释以后才懂。你是不是打算用帖木儿象征地震和火山?"

"一点不错,"威尔笑道,"还有种族大迁移,开辟森林……以至发现新大陆,发明蒸汽机等等。总之,你能想象的一切!"

"这是多么难以理解的速记手法!"多萝西娅说,朝丈夫笑了笑,"必须运用你的全部知识才能读懂它。"

卡苏朋先生眨巴着眼睛,偷偷瞧了瞧威尔。他怀疑别人在嘲笑他。但他无法把多萝西娅也包括在他的怀疑中。

他们到达瑙曼的画室时,后者正在勤奋作画,但是没有模特儿在场。他的画一幅幅排列着,使它们的优点可以一目了然,他本人朴素活泼的外表,在浅灰色罩衫和棕色丝绒便帽的衬托下,也显得格外突出,总之,一切都恰到好处,似乎他正在恭候那位美丽的英吉利夫人的光临。

画家对自己的英语好像很有把握,对着那些完成的和未完成的杰作,一一作了简短的论述,这些话像是对卡苏朋先生讲的,又像是对多萝西娅讲的。威尔不时插几句,用热情的话恭维一番,指出这位朋友的作品的特色。多萝西娅觉得,那些画带给她的是一种全新的观念,画中那些圣母不知为什么坐在张着华盖的宝座上,背景却是朴素的乡村,那些圣徒,有的手里拿着建筑模型,有的头颅上忽然插了一把把刀子。有些她本来觉得怪诞的东西,现在逐渐变得可以领会,甚至有了正常的意义。但是这一切显然不属于卡苏朋先生的知识范围,引不起他的兴趣。

"我想我还是觉得,美术之所以美,并不在于非使它成为谜不可。但是这些画,我慢慢会领会的,这比理解你那些意义极端广泛的画会容易一些。"多萝西娅对威尔说。

"哦,不要在瑙曼面前提到我的画,"威尔说,"他会对你说,那全是乱弹琴,这是他最严厉的责备!"

"是真的吗?"多萝西娅问,把诚恳的目光转向了瑙曼,后者露出一点痛苦的表情,说道:

"噢,他不肯严肃认真地对待绘画。他不如去搞他的纯文学好,那是有广阔前途的。"

他把"广阔"这两个音拉得特别长,因此带有了一点挖苦的意味。威尔听了,一点也不喜欢,只是勉强笑了笑。卡苏朋先生尽管对画家的德国发音有些讨厌,但对他那种严肃公允的态度,开始产生了一些敬意。

接着,瑙曼又促进了这种敬意,他把威尔叫到一边,跟他小声密谈,先是朝一块大画布,继而朝卡苏朋先生望了望,然后走上前来,说道:

"先生,我有一个要求,我的朋友拉迪斯拉夫认为你不会介意。我是想说,如果你允许,我想照你的头画我那幅画上的圣托马斯·阿奎那①,这对我的画将是无法估价的贡献。我的要求实在冒昧,但是我很少见到这样的头型,它正是我所需要的,这是现实中理想的头型。"

"你的话简直使我有些受宠若惊,先生。"卡苏朋先生说,脸上增添了兴奋的光彩,"我一向认为,我的相貌平凡无奇,毫无价值,如果你觉得它还有可取之处,可以提供一些那位神学大师的特点,我会觉得无上光荣。我是说,如果这工作不需要太长的时间,而且卡苏朋夫人愿意等候的话。"

多萝西娅当然不会反对,她觉得这是件好事,再好的话,除非天空中突然发出神奇的声音,宣称卡苏朋先生是普天下最贤明、最高贵的人。如果那样,那么她那动摇的信念又可以变得坚定了。

奇怪,瑙曼的绘画用具全在手头,一件不缺,他立刻动手,一边作画,一边谈天。多萝西娅坐了下去,保持着平静的沉默,觉得很长时间以来,她都没有这么愉快过。她对自己说,每个人都那么和善,要是她不那么无知的话,她会发现,罗马的一切都是美的,哪怕悲哀也会长上希望的翅膀。她的天性是最不会猜疑的,在她还是一个孩子的时候,她便相信黄蜂会知恩图报,麻雀能区别善恶,但是每逢它们的劣迹暴露时,她也会同样生气。

机灵的画家一边作画,一边跟卡苏朋先生闲聊,提出了一些有关英

---

① 见本书四十页注②。

国政治的问题,它们得到的答复都很详尽。这时威尔便站在后面高几级的地方,遥望着一切。

过了不久,瑙曼说道:"现在我得暂停一下,隔半个钟头再继续……拉迪斯拉夫,你来瞧,我觉得这还相当不错呢。"

威尔的回答是由一些强烈的惊叹声构成的,仿佛他太佩服了,已经没法把它们组织成句子。然后瑙曼又用非常惋惜的声调说道:

"唉……真的,要是我能再多一些……但你还有别的事,我不宜占用你太多的时间,也不能请你明天再枉驾光临了。"

"哦,我们还是多待一会儿吧!"多萝西娅说,"今天我们除了游览,没有别的事,是吗?"她又说,用恳求的目光望着卡苏朋先生,"要是那个头像不能画得尽善尽美,那太可惜了。"

"先生,在这件事上,我愿意尽量效劳,"卡苏朋先生说,显得彬彬有礼,毫无架子,"我这个头的内部既已无所事事,那么让它的外表提供一些相应的服务,也未始不可。"

"你真是太和善了,叫我不知怎么说才好。现在我放心了!"瑙曼说,然后用德语继续跟威尔商量了几句,一面对着画稿指指点点,好像在斟酌什么。接着,他把它暂时放在一边,转过身来,茫然地看看周围,似乎想为他的客人找一些消遣,最后他向卡苏朋先生说道:

"不知那位美丽的新娘,高贵的夫人,肯不肯允许我利用这段空闲时间,给她画一张速写。当然,你看到,不是画在那幅画上,只是作为单独的一幅。"

卡苏朋先生点了点头,毫不怀疑他的太太会答应这要求。于是多萝西娅立即说道:"那要我怎么画呢?"

瑙曼一再表示歉意,一边请她站好,让他调整她的姿势,她则完全听他安排,没有流露一点装模作样的神态和笑声,尽管通常认为,那在这种场合是必要的。这时画家说道:"我要你站得像圣克拉拉①那样……这么靠着,把腮帮子靠在你的手上……对……眼睛瞧着那张凳子,对,就是这样!"

---

① 公元十三世纪意大利的一位修女,曾与方济各一起创办圣方济各女修会。

威尔这时处在两种情绪的控制下,一种是恨不得扑在那位圣女的脚下,吻她的长袍,另一种是简直想一拳把瑙曼打翻在地,因为后者正在调整她的胳臂的姿势。这是胆大妄为,亵渎神明,他真后悔把她带来。

画家很勤快,马上开始工作了,威尔也冷静下来,在屋里踱来踱去,一边尽量想出各种话跟卡苏朋先生搭讪。但他没有达到目的,那位先生还是觉得时间太长,终于表示,他的夫人可能太累了。瑙曼领会了他的意思,立即答道:

"好吧,先生,要是你们肯赏光再来一次,尊夫人的画今天不妨暂停。"

这样,卡苏朋先生只得再忍耐一时,但到最后,他却发现,圣托马斯·阿奎那的头像若要尽善尽美,他还是得再当一次模特儿才成,因此约定明天再度光临。第二天,圣克拉拉也再润色了几次。结果,卡苏朋先生对一切都很满意,决定买下圣托马斯·阿奎那的那幅画,在画中,那位圣徒正跟教会的一些学者辩论神学问题,可惜他们的辩论太抽象,无法表现,只有那些天使似乎还多少领会一些。圣克拉拉的画像只占次要地位,瑙曼宣称,他对它并不满意,确实,凭良心说,他不能保证每幅画都成功。因此,关于圣克拉拉的交易没有谈妥。

至于当天晚上,瑙曼怎样取笑卡苏朋先生,或者他为多萝西娅的美貌吟了多少赞美歌,我不想多谈了。这些赞美歌也有威尔的一份功劳,只是他们的动机不同罢了。只要瑙曼提到多萝西娅任何一个美的细节,威尔就大发雷霆,责备他太放肆,认为他选择的那些最平常的字眼太粗俗,况且他有什么权利讲到她的嘴唇?她不是那种可以给人评头论足的妇女。威尔还说不清他的想法,但是他感到生气。他起先反对,后来又同意把卡苏朋夫妇带往他朋友的画室,那是他受了引诱,想满足自己的虚荣心,证明他可以给瑙曼提供这样的机会,让他研究她的美貌,或者不如说,她的神圣风度,因为那些只能用在外表的美丽上的普通字句,对她并不适用。(当然,整个蒂普顿以及它附近的居民,包括多萝西娅本人在内,听到她的美貌给讲得如此神乎其神,都会大吃一惊。在那些地方,布鲁克小姐只是一个"漂亮的女孩子"罢了。)

"请你行行好,不要再谈这些了,瑙曼。卡苏朋夫人不是一个可以当作模特儿那样来议论的女人。"威尔说。瑙曼一眼不眨地瞧着他。

"好吧!那我就谈我的阿奎那。说真的,那颗脑袋真还不赖。我敢说,这位大学者本人对请他画像这事,一定踌躇满志呢。没有人比这些古板的老先生虚荣心更重!不出我的所料,他关心自己的画像,比关心她的大得多。"

"这个死气沉沉的老学究,自以为是风流才子,真不要脸。"威尔咬牙切齿地说。卡苏朋先生对他的恩惠,对方是不知道的,但威尔没有忘记它们,他恨不得马上签一张支票,把一切统统还清。

瑙曼耸了耸肩膀,说道:"幸亏他们快走了,亲爱的。他们使你的脾气变坏了。"

威尔的全部希望和计划现在集中到了一点,就是要在多萝西娅只有一个人的时候,单独跟她见面。他的目的只是要加深她对他的印象,在她的记忆中占有一个特殊的位置,比他相信他已占有的更多一些。那种开诚布公的友好态度,还不能叫他满足,因为他看到,那只是她平常的感情状态。把一个女子当作可望而不可即的女王默默膜拜,这在男子的生活中并不少见,但在多数场合,膜拜者总希望赢得女王的粲然一笑,看到她赞许的表示,这样,哪怕他心灵的主宰并不走下宝座,也可使他心花怒放。这正是威尔目前所期待的。但是在他幻想的目标中,包含着许多矛盾。看到多萝西娅的眼睛露出妻子那种担忧和恳求的目光,转向卡苏朋先生,这是令人神往的,如果她缺乏这种忠诚和贞洁,她头上的光环就会暗淡了;然而接着看到的,却是丈夫喝下这仙酒时那副枯燥乏味的表情,这又是无法忍受的。威尔一心想说几句刺痛他的话,但又感到无论如何不可造次,必须克制自己,也许正因为这样,他才更加苦恼。

第二天,威尔没有给请去吃饭。因此他说服自己,他必须登门拜访,最适合的时间就是中午,卡苏朋先生不在的时候。

多萝西娅并没意识到,她上次接待威尔已引起丈夫的不满,因此毫不犹豫地接见了他,何况她想,他可能是来向他们道别的。他进门时,她正在观看一些浮雕宝石,那是她买给西莉亚的。她对威尔的来访好像一点不感到意外,手里拿着一只浮雕宝石镯子,一见面就说:"你来了,我真高兴。也许你懂得浮雕宝石,能够告诉我,这些算不算得上是精品。我本来想请你陪我们一起挑选,但卡苏朋先生反对,他觉得时间来不及了。他打算明天结束他的工作,三天以内我们就得动身。我对这些浮雕有点不放心。请你坐下,仔细看看。"

"我也不太懂得,但是这种带有荷马时代风格的小玩意儿,总不致有什么大问题的,它们那么精致细巧。色彩也不坏,跟你正好相配。"

"哦,那是给我妹妹买的,她的皮肤跟我的完全不同。你在洛伊克看见过她,她是淡黄头发,非常漂亮——至少我这么觉得。我们以前从没分别这么久。大家都喜欢她,她一生从不淘气。我离开以前,发现她希望我替她买些浮雕首饰,要是我买得不好,不符合要求,那就太遗憾了。"多萝西娅说到最后那句话,笑了笑。

"你似乎对浮雕没什么兴趣。"威尔说,一边在离她稍远的地方坐下,看她把匣子盖上。

"是的,坦白说,我并不认为这是生活中重要的事物。"多萝西娅答道。

"恐怕你对一切艺术都采取否定态度。这是为什么?我本来以为,你对一切美应该是相当敏感的。"

"我想,我对许多事物都很迟钝,"多萝西娅单纯地说,"我希望使生活变得美好一些——这是指每个人的生活。可是艺术,它似乎游离在生活之外,对改善世界无能为力,我们却要为它花费太多的钱,这使我感到痛心。任何东西,只要我想起,大多数人还给摒弃在它的门外,我便不能很好地享受它。"

"我认为,这是同情的狂热症,"威尔激烈地说,"你对风景,对诗,对一切美好的事物,都可以这么说。长此以往,你势必对自己的善良也丧失信心,以致变得一无可取,跟别人一样。最可取的虔诚还是在你能享受的时候,享受一切。这样,你就是尽了最大的力量在拯救世界,把它看作一个愉快的星球。享乐应该光芒四射。想关心整个世界,那是徒劳的。对它的关心只能表现在你对艺术,或者对其他任何事物的兴趣上。难道你要把全世界的青年变成一支悲剧合唱队,一起为悲惨的现实发出哀鸣,或者进行道德说教?我怀疑,你抱有一种错误的观念,相信痛苦就是美德,要把你的一生变成一部殉难的历史。"威尔没想到自己会这么滔滔不绝,说个不停,因此赶紧住口。但是多萝西娅的思想没有与他采取同一步调,她没有流露任何特殊的感情,只是回答道:

"确实,你误解了我的意思。我不是一个悲观的、多愁善感的人。我有时不愉快,但时间从来不长。我急躁,倔强,不如西莉亚好。我有时发一顿脾气,过后又觉得一切是那么美妙。一切光辉的事物都使我情不自禁,产生盲目的信念。对于这儿的艺术,我很想尽情享受,但是有许多,我简直不明白好在哪里——这许多东西,我觉得它们颂扬的不是美,倒是丑。绘画和雕塑可能巧夺天工,但给人的感受往往粗俗而野蛮,有时甚至是可笑的。我在各处也看到了一些崇高壮丽的东西,它们一下子吸引了我,我觉得它们可以比作奥尔本山,或者平奇山的夕照①,但是这么好的毕竟不多,想到人们花了这么多力气,作品堆积如山,可取的只有这么一点,那就更令人伤心了。"

"当然,一无可取的作品总是多数,稀罕的珍品得从那片土壤中诞生。"

"我的天呐!"多萝西娅说,把那个思想吸收到了她悲天悯人的主流中,"我知道,任何美好的事物都是很难产生的。从我来到罗马以后,我常常感到,我们大多数人的生活,要是也像那些画一样挂到墙上,它们一定比那些画更丑,更不堪入目。"

多萝西娅的嘴唇又张开了,好像还有什么话要说,但改变了主意,把嘴合拢了。

"你还太年轻——你有这种思想,这是一种时代错误。"威尔热情洋溢地说,习惯地拼命摇头,"你讲的话,好像你从没有过青年时代。那是不正常的,似乎你在童年时期就看到了死亡的阴影,像传说中那个

---

① 奥尔本山是罗马东南方的高山,平奇山在罗马北边。

孩子一样①。你从小给灌输了一些可怕的故事,好像到处都是弥诺陶②,专吃美丽的少女。不久你就要回到洛伊克的石造监狱,给关在那儿了,这无异是活埋。我一想到这点,心里就非常烦躁!我宁可从没认识你,也比想到你这样的未来好一些。"

威尔又担心自己讲得太多了,但是我们赋予语言以什么意义,是由我们的情绪决定的,他那种悲愤惆怅的语气,对多萝西娅的心说来,却含有许多亲切的意义,这颗心一向在把热情给予别人,但从未得到周围的人多少关怀,这使她对威尔的话产生了一种新的感激的情绪,她露出一丝温柔的微笑,回答道:

"你那么关心我,实在太好了。但那是因为你不喜欢洛伊克,你把自己的心寄托在另一种生活上。然而洛伊克是我自己选择的家。"

最后这句话几乎是带着庄严的声调讲的,威尔不知道该说什么才好,因为跪倒在她的脚下,告诉她,他愿意为她而死,这是没有用的,她并不需要这种热情。两人沉默了一两分钟,多萝西娅这才重新开口,似乎终于打算把她心里的疙瘩讲出口了。

"你以前谈过一件事,我想再问你一下。也许这一半是你那种生动的谈话方式给我的印象,因为我发现,你喜欢用强调的语气讲话,我自己在性急的时候,也往往容易夸大其词。"

"那是什么事呀?"威尔说,发觉她讲话似乎怯生生的,跟往常不同,"我有一条夸大的舌头,它一开口,往往走火。我得说,我该降低一点调门才对。"

"我是指你谈的必须懂得德文的事,就是说,这对卡苏朋先生研究的题目是必要的。我一直在考虑这事,我总觉得,卡苏朋先生那么有学问,他拥有的材料必然不比那些德国学者差,你说是吗?"多萝西娅显得胆怯,是由于她隐隐意识到,她处在一种反常的状态,居然为了卡苏朋先生是否博学多才的问题,向一个第三者征询意见。

---

① 关于这故事有许多不同的说法。乔叟在《坎特伯雷故事集》的修女的故事中,也讲到了一个类似的故事。
② 希腊神话中半牛半人的怪物,每年要吃七个童男、七个童女。

"不能说一定不比他们差,"威尔说,觉得还是留些余地的好,"你知道,他不是东方学专家。在这方面,他掌握的恐怕大多是第二手材料。"

"关于古代研究,有许多极有价值的书是很早以前的学者写的,他们对现代的著作自然一无所知,但他们的书仍在使用。为什么卡苏朋先生的著作,就不能像它们一样有价值?"多萝西娅说,抗议的情绪更强烈了。她不得不把郁积在心头的想法,大声讲出来。

"这得看研究的是哪一类题目。"威尔说,也带有了反驳的口气,"卡苏朋先生选择的课题,像化学一样经常在变化,新的发现不断形成了新的观点。谁还需要建立在四种元素基础上的体系①,或者一本驳斥巴拉赛尔苏斯②的书?你难道没有看到,现在还跟在上世纪的一些人,那些与布赖恩特③差不多的人背后,继续爬行,或者纠正他们的一些错误,是毫无意义的?这无非是待在堆破烂家具的杂物房里,把那些关于古实和麦西拉姆④的残缺不全的理论修修补补,拿来装点门面罢了。"

"你怎么能讲得这么满不在乎?"多萝西娅说,露出了又是担忧又是生气的脸色,"如果真像你讲的那样,这么兢兢业业,含辛茹苦,最后只是白忙一场,那还有什么比这更可悲的?像卡苏朋先生这样一个人,心地这么善良,这么勤奋,这么有学问,把一生中最好的岁月贡献在这种研究上,结果却一无所获,如果你真的认为这样,我奇怪,你怎么无动于衷,一点不觉得痛心。"她一边说,一边开始感到震惊,想不到自己会作出这种假设,她恨威尔,因为是他使她这么做的。

"你向我问的是事实,不是感情,"威尔说,"但是如果你想为这些事实责备我,我可以接受。我现在的地位,使我无法表达我对卡苏朋先

---

① 古希腊哲学家恩培多克勒(公元前490?—公元前430)认为万物均由四种元素(火、水、土、气)组成,这是最早的唯物主义学说之一。
② 巴拉赛尔苏斯(1493—1541),瑞士的医学家和化学家,也是炼金术士。
③ 雅各布·布赖恩特(1715—1804),英国古典学者,著有《古代神话分析》一书。
④ 古实和麦西拉姆(又称麦西),都是挪亚的孙子,见《旧约·创世记》。后来他们被分别说成埃及两支种族的祖先,因此埃及的古代名称为麦西,埃塞俄比亚一带古代即名古实。

生的感情,如果我这么做,这充其量只是一个得到周济的人的阿谀之辞。"

"请原谅,"多萝西娅说,涨红了脸,"我明白,应该怪我不好,因为正如你所说,这些话是我引起的。真的,错误全在于我。经过长期坚韧不拔的努力而失败,这比毫不努力,连失败也谈不上,总好得多。"

"这我完全同意,"威尔说,决定改变态度,"正因为这样,我才决定,不能为了避免失败,什么也不干。卡苏朋先生为我慷慨解囊,这对我也许是有害的,因此我打算谢绝这种帮助。我想短期内返回英国,开辟一条道路,除了自己不依靠任何人。"

"那很好,我尊重这种感情,"多萝西娅说,也用亲切的态度对待他,"但我相信,在这件事上,卡苏朋先生从没有过任何想法,只是考虑怎样对你最有利而已。"

威尔心想:"她这么固执,这么骄傲,已经不是爱,而是崇拜了,这也难怪,她现在已嫁给他了。"于是他站了起来,说道:

"我不能再来拜访你们了。"

"啊,再坐一会儿,等卡苏朋先生回来吧,"多萝西娅热诚地说,"我们能在罗马见面,我很高兴。我本来想见见你呢。"

"可我只是惹你生气,"威尔说,"我给你留下了一个很坏的印象。"

"别那么说!我的妹妹告诉我,我老是生别人的气,只要他们说了我不爱听的话。但我相信,我还不致怀恨他们。归根结蒂,我倒是常常不得不恨我自己,因为我太缺乏涵养了。"

"反正你不喜欢我,你一想起我,就会感到不愉快。"

"没有的事,"多萝西娅说,态度十分诚恳和善,"我非常喜欢你。"

威尔还是不很满意,他想,要是她恨他,他在她心头的分量显然还会重一些。他没有再说什么,但他的神色即使不像生气,至少也有些阴沉。

"你今后做什么,我非常关心,也很想知道。"多萝西娅继续用愉快的口气说,"我真诚地相信,各人有不同的天赋。要是没有这种信念,我会变得非常狭隘,因为除了绘画,还有那么多东西,我都毫不理解。你很难想象,我对音乐和文学有多么无知,可是你却懂得那么多。我很想知道,你的天赋究竟是什么,也许你会成为一位诗人吧?"

"那得靠一定的条件。要成为一个诗人,必须有一颗敏感的心灵,它可以随时洞察事物的幽微变化,而且迅速地感知一切,因为洞察力只是善于在感情的弦上弹出各种声调的一只训练有素的手。总之,在这颗心灵中,认识可以立即转化为感觉,感觉又可以像一种新的认识器官一样爆发出反光。那种状态,一般人是只能偶然得到的。"

"但是你把诗歌本身漏掉了。"多萝西娅说,"我认为,要成为一个诗人,不懂得诗是不成的。我理解你所说的认识转化为感觉是指什么,因为那似乎正是我所体验到的。但我相信,我永远写不出一首诗。"

"你就是一首诗——那是说,你已具有诗人最重要的素质,那种使诗人能充分发挥诗人的意识的条件。"威尔说,他的话听来这么新颖,就像我们接触到清晨,春光,以及一切不断更新的事物时得到的感觉一样。

"听到这些话,我非常高兴,"多萝西娅说,笑了起来,这使她的话像鸟鸣一样婉转悦耳,她望着威尔,眼睛中闪耀着调皮的、感激的光彩,"你讲得太亲切了,真使我不好意思!"

"但愿我的行动也像你说的那样,使你感到亲切,我多么希望为你做点什么,可惜我也许永远不会有这种机会。"威尔的话显得热情洋溢。

"呀,不会的!"多萝西娅和蔼地说,"我会需要你的帮助的,我也会永远记住,你对我怀着多么美好的希望。我第一次见到你的时候,我已相信,我们能成为朋友,因为你是卡苏朋先生的亲戚。"她的眼睛变得水汪汪的,闪闪发亮,威尔意识到,他自己的眼睛服从自然法则,也出现了类似情况。她那高尚而对人深信不疑的纯朴天性,具有一种使人驯服的力量,一种温柔而庄严的气质,如果说有什么可以破坏这种力量,那么这就是提到卡苏朋先生的名字了。

"有一件事是我现在就得要求你做的,"多萝西娅说,由于情绪又突然激动,她站了起来,走了几步,"请你答应我,你决不向任何人再谈到那件事——我是指卡苏朋先生写的书,也就是说,像你刚才那种讲法。事情是我引起的。那是我的错误。但是请你答应我。"

她一说完,便在威尔对面站住了,严肃地瞧着他。

"当然,我可以答应你。"威尔说,但脸还是变红了。如果他不再说一句挖苦卡苏朋先生的话,也不再接受他的恩赐,那么很清楚,他更有权利恨他。歌德说,诗人必须懂得怎样恨。这个能耐,威尔至少是具备的。他说,现在他必须走了,不能再等卡苏朋先生,他会在他们动身时,再来跟他告别。多萝西娅向他伸出手去,他们彼此说了一声"再见"。

但是他刚走到出入车辆的大门口,就遇见了卡苏朋先生。那位先生向表侄表示了最良好的祝愿,同时彬彬有礼地谢绝了明天再度见面,作最后告别的必要,因为在动身以前,他还有许多事要办,时间相当紧迫。

当天晚上,多萝西娅对丈夫说:"我有件事要告诉你,那是关于我们的表侄拉迪斯拉夫先生的。"那天他一回家,她已告诉他,威尔刚走,他还要来,但卡苏朋先生答道:"我在门口遇到他了,我认为我们已作过最后的告别。"我们用这种态度和声调讲话的时候,那就是表示,不论这是什么事,是私事还是公事,我们对它已没有兴趣,不想再谈了。这样,多萝西娅才等到了晚上。

"什么事,亲爱的?"卡苏朋先生说(在他的态度最冷淡的时候,他也从不忘记把"亲爱的"挂在嘴边)。

"他已下了决心,立刻停止游荡的生活,也不再依赖你的接济。他打算不久就回英国,给自己开辟一条道路。我想,你会认为这是一个好的迹象。"多萝西娅说,露出恳求的目光,望着丈夫那张毫无表情的脸。

"他有没有提到,他打算从事的究竟是什么工作?"

"没有。但是他说,他已意识到,依赖你的接济过活,对他说来是危险的。当然,他会写信把这事告诉你。他决心这么办,你对他的印象是不是会好一些?"

"等他通知我以后再说吧。"卡苏朋先生答道。

"我告诉他,我相信,你所做的一切,都是为他的幸福着想。我记得,我第一次在洛伊克见到他的时候,你谈到他的话都是出于好意。"多萝西娅说,把手按在丈夫的手上。

"我对他负有一种责任，"卡苏朋先生说，把另一只手又放到了多萝西娅的手上，表示衷心接受她的爱抚，"但我承认，除了这点，这年轻人和我没有任何关系，因此我想，我们不必讨论他未来的发展，那已超出我明确指出过的范围，不是你我所要操心的了。"

多萝西娅没有再提到威尔。

第三卷　期待中的死亡

第二十三章

> 他说:"哪怕你有太阳神的骏马,
> 哪怕你有第一流的驭者阿波罗①!
> 随你怎样,我敢用脑袋打赌,
> 我可以逢凶化吉,大获全胜。"

我们已经看到,有一笔债压在弗莱德·文西的心头,尽管这种无形的负担,从来不会使这位逍遥自在的大少爷吃不下饭,睡不着觉,然而跟这债务有关的一些细节,却使他一想起它便心烦意乱,坐立不安。债主是班布里奇先生,这一带的马贩子,在米德尔马契,他是"一心寻欢作乐"的年轻人特别喜欢结交的人物。到了假期,弗莱德自然需要更多的娱乐,以致超过了他的支付能力,好在班布里奇先生宽宏大量,不仅租马可以赊账,有一次骑坏了一匹出色的猎马也可以暂缓赔偿,而且还借了一些钱给他,让他清理在弹子房欠下的赌账。他的借款总数是一百六十镑。班布里奇对这笔钱完全放心,他相信,到时候自然有人替文西少爷还债,但他要求有一张凭证,弗莱德起先写的借据由他自己出面。三个月后,借据转期,增加了凯莱布·高思的签字。办这两次手续时,弗莱德都毫不怀疑,他自己有力量还清债务,按照他的逻辑,大笔的钱正在等着他。这种自信,当然很难说有什么客观事实作根据。我们

---

① 希腊神话中主管光明、青春、诗歌等的神,但常与太阳神赫利俄斯混在一起。赫利俄斯每日乘四匹马拉的金车在天空奔驰,从东至西,晨出晚息。

知道,自信是一种比较光滑可爱,也比较虚无缥缈的东西,它具有安定人心的作用,使我们满怀希望,相信上天的明智,或者亲友的愚蠢,不可思议的命运,或者更加不可思议的我们个人在宇宙间的崇高价值,终究会带来圆满的结局,不致辜负我们这一身衣冠楚楚的外表,我们在饮食起居上的高雅情趣。弗莱德深信不疑,他的姨父会送他一笔钱,命运也不会亏待他,凭着"交换"这法术,一匹价值四十镑的马,可以逐步升级,变成一匹随时可以在市场上卖一百镑的马,因为"鉴别能力"同样值钱,它始终等于一笔数目未定的现款。不论怎样,哪怕一切落空——但这是只有不健全的理智才可能想象的——到那时,弗莱德也有他父亲的口袋作最后的依靠,因此在他心中,希望的源泉总是涓涓不断,永无枯竭之日。至于他父亲的口袋究竟有多大,弗莱德只有一个模糊的印象,何况买卖总是变化多端,一年亏损,第二年就可以扭亏为盈,不必挂虑。文西家一向生活优裕,不愁衣食,虽然并无与众不同的排场,但足可维持家庭的习惯和传统,因此孩子们不懂得节约为何事,稍大一些的,也还保持着儿童的观念,认为他们的父亲只要愿意,能够满足他们的一切需要。文西先生过着米德尔马契式的阔绰生活,在赛马、名酒、宴会上花钱不少,妈妈也是商人们的老主顾,他们的账单给她带来快感,让她意识到,她可以得到一切,不愁无力支付。但是弗莱德知道,限制子女的花费是父亲们的通病,因此如果他有一笔债不得不公开,那么他的挥霍必然引起一场风波,而弗莱德是不喜欢在家庭里刮暴风的。他太孝顺,不能不尊敬他的父亲,对后者的大发雷霆从不顶撞,相信一会儿就会雨过天晴。可是他受不了母亲的眼泪,也不喜欢老是哭丧着脸,不能随意说笑,因为他天性随和,如果挨了训斥,露出一副愁眉苦脸的样子,那主要也只是由于理该如此,不得不然。总之,很清楚,比较简便的办法,还是借一个朋友的签字,让借据先转期再说。那为什么不照此办理呢?既然他的希望层出不穷,万无一失,他有什么理由不让别人先替他抵挡一阵?可惜的是,有些人的名字虽然多少管用,这些人大多是悲观主义者,他们尽管相信这位青年绅士天性乐观,却并不相信,世上所有的事都可以让他乐观。

我们有求于人的时候,难免要把朋友们排一下队,对他们宽厚的一面给予公正的肯定,又把他们冒犯过我们的地方一一予以勾销,这样依次鉴定一遍,然后得出结论,哪个人比较热心,我们要求帮忙的急切心情,可以在他那里得到同情的反应。然而这样鉴定的结果,总有不少人遭到否定,因为他们还不太热心,只能留待别人都拒绝以后再说。现在,弗莱德发现,所有的朋友那里,他都不便开口,只有一个人,他觉得不论他对整个人类抱什么看法,这个人至少是可以信任的,不会对他袖手旁观,让他下不了台。在弗莱德眼中,任何丢脸的事,比如,穿的裤子由于缩水变得太小,吃冷羊肉,没有马骑,只能步行,以及诸如此类"见不得人"的寒碜相,对他说来都是荒谬的,也与大自然赋予他的称心如意的直觉不能相容。想到自己给小小一笔债逼得走投无路,让人瞧不起,他便心里发毛。这样,他最后选中的那个人便是凯莱布·高思,他的最穷困,也是心肠最好的朋友。

高思一家都很喜欢弗莱德,他也喜欢他们,因为当他和罗莎蒙德还是娃娃的时候,高思一家境况还不错,费瑟斯通先生的两次结婚(第一次娶的是高思先生的妹妹,第二次娶的是文西太太的姊姊),使两家沾了一点亲,但父母之间不如孩子之间关系融洽,孩子们从一只玩具杯里喝茶,整天在一起游戏。玛丽是调皮的小姑娘,弗莱德才六岁,已认定她是全世界最漂亮的女孩子,用一只铜指环跟她定了终身,那只铜指环是他从一把阳伞上拆下来的。后来进了学校,不论在哪个阶段,他都对高思家保持着好感,经常上他们那儿,把它当作了他的第二个家,尽管两家的大人早已不再来往。哪怕在凯莱布·高思境况不错的时候,文西家也是用高高在上的态度对待他和他的妻子,因为在米德尔马契等级观念还是壁垒分明的,尽管那些老制造商不能像公爵一样,除了同等身份的人,跟谁也不发生关系,但他们具有一种先天性的社会优越感,这种优越感虽不能从理论上得到证明,在实践中却极其明确,是毫厘不爽的。高思先生当过测量员、估价人、代理商,但一事无成,后来又从事营造业,不幸也失败了,有一个时期,他只得把所有权让与别人,完全为受让人工作,生活极端拮据,但他精打细算,省吃俭用,终于还清了全部债务。许多人认为,他能够做到这点,是树立了一个良好的先例,他问心无愧的努力也为他赢得了应有的尊敬。但是不论世界上哪个地方,没有漂亮的家具,没有成套的金银餐具,单凭正直是不能跟人平起平坐、交际应酬的。文西太太对高思太太向来看不顺眼,谈到她总认为这不过是一个靠自己挣钱过活的女人——这是指高思太太结婚以前是当教员的。在那个时代,精通林德利·默里的文法和曼格奈尔的《问答集》①,不过跟布商能识别花布的商标,导游人懂得一点外国的风土人情差不多,生活还过得去的妇女是不需要那种学问的。自从玛丽给费瑟斯通先生管理家务以后,文西太太对高思家的不满更有了明确的内容,因为她担心,弗莱德会跟那个一无可取的姑娘私订终身,而她的父母却"过着那么寒酸的生活"。弗莱德明白这点,在家中从不提起他去看望高思太太的事,这种拜访近来日趋频繁,这是由于他对玛丽的热情正在增长,使他欲罢不能,更喜欢与她家的人来往。

高思先生在城里有一个小事务所,弗莱德便是带着他的要求到那里找他的。他不费力气便达到了目的,因为凯莱布·高思的痛苦教训虽然不少,他还没有引起警惕,对自己的事变得谨慎一些,或者对那些还没有证明不值得信任的朋友,变得小心一些。他一向十分器重弗莱德,相信"这孩子诚恳老实,心地善良,将来有些出息,对他可以一百个放心"。凯莱布的心理状态便是这样。他是那种对自己严格,对别人宽容的少数人中的一个。他总是为别人的过错感到惭愧,从不愿意提起它们;看来他宁可埋头研究木材结构的最好方式,或者其他巧妙设计,也不愿去设想那些过错。在他不得已要责备别人时,他先得把面前的纸整理一番,或者用手杖在地上画几个几何图形,或者在口袋里数一数他的零钱,这才开口。要他责备别人办坏了事,他宁可自己动手重做。据我看,他恐怕不是一个纪律严明的人。

弗莱德把他负债的情形谈了一遍,说他希望不惊动他的父亲,把债还清,他不久就有把握得到一笔钱,因此不会连累任何人。凯莱布推上眼镜,望着这位宠儿清澈年轻的眼睛。他相信他,不懂得过去的诚实并不能保证未来的信用。但他觉得,这是进行友好的规劝的机会,在他签

---

① 林德利·默里(1745—1826),英国语法学家,写有《英文文法》一书,甚为流行。曼格奈尔夫人写过一本《历史及其他问答集》,为学校用作教科书。

字以前,应该先发表一篇严厉的训词。这样,他拿起借条,移下眼镜,衡量了一下纸上的空白地位,伸手拿了笔,瞧了瞧笔尖,蘸了蘸墨水,又瞧了瞧它,然后把纸从面前推开一点,重新推上眼镜,在浓密的眉毛两端露出了深深的皱纹,这使他的脸变得特别慈祥(原谅我写得这么详细,如果你们认识凯莱布·高思,你们就也会喜爱这些细节了①),然后他用安慰的口气说道:

"这是不幸,唉,马的膝盖摔断了?还有,你遇到了一个精明的马贩子,你跟他交换马,上了当。我的孩子,下一次可得聪明一些呀!"

于是凯莱布拉下眼镜,着手签字,笔迹一丝不苟,这是他办事的一贯作风。不论他做什么,只要是一件工作,他总是认真对待。他把头稍稍侧在一边,朝着那些写得端端正正的大型字母和字后的尾巴端详了一会儿,然后把借条交还弗莱德,说了声"再见",马上又埋头研究詹姆士·彻泰姆爵士的新农舍建造计划了。

也许由于他把心思全部集中在这工作上,以致把签字作保的事丢到了脑后,也许由于别的只有他自己明白的原因,总之,关于这事,高思太太一直蒙在鼓里。

这事过去以后,弗莱德的天空起了变化,它改变了他对未来的看法,他的姨父费瑟斯通的赠款之所以重要,原因也在这里,以致他的脸才红一阵白一阵,先是觉得希望极大,继而又感到了相应的失望。他的毕业考试没有合格,这使他在学院里背下的债,更不能获得父亲的谅解,家庭里刮起了一场空前的大风暴。文西先生发誓道,要是再遇到这种事,他非把弗莱德赶出家门,让他自谋生路不可。他至今还没有对儿子恢复和善的口气,尤其使他恼怒的是,到了这个地步他居然还说他不愿当教士,宁可不"那么过活"。弗莱德明白,要不是他的家人像他一样,暗中都相信他是费瑟斯通先生的继承人,他的日子会更不好过。老人为他感到的自豪,对他的明显宠爱,比他自己品行端正作用更大,就像一位年轻的贵族偷了珠宝,我们便说这是盗窃癖,还露出了一抹富有

---

① 凯莱布·高思是作者按照她的父亲罗伯特·埃文斯写的。罗伯特·埃文斯曾随父亲学习木工,还从事过其他职业,后来替贵族人家管理庄园。

哲理的微笑,决不至于想到要把他送进教养院,像对待偷了几只萝卜的衣衫褴褛的穷小子一样。确实,在米德尔马契,大部分人相信,费瑟斯通将给他的甥儿留下一份遗产,他们正是从这个角度来评价弗莱德·文西的。至于他自己,他也认为,到了危急关头,费瑟斯通姨父自然会接济他,他也一定会逢凶化吉,这是他的幸运的体现,这个观念始终在他心头构成了一个渺茫的希望,一种无限广阔的前景。然而他那次得到的钞票,却只是有限的几张,跟他的负债相比,还差了一大截,必须靠弗莱德的"鉴别能力",或者其他方面的幸运来弥补。由于那件所谓借钱的小插曲,已使他不得不请父亲出面,要求布尔斯特罗德写信作证,现在他不便再央求父亲,说他真的欠了债,需要偿还。弗莱德看得很清楚,愤怒会使人混淆界线,那么一来,他否认曾公然依仗姨父的遗嘱向人借钱一事,就变得不可信了。他找父亲谈了一件麻烦事,却隐瞒了另一件,事到如今,又不得不把全部真相向他招认,这势必引起一个印象:他以前并不老实。弗莱德一直自我标榜,说他从不撒谎,连耍些小花招也不干,还时常耸耸肩膀,装出郑重其事的怪相,谈他所谓的罗莎蒙德的花招(把这种罪名加在一个可爱的女孩子身上,那是只有她的亲兄弟才干得出的)。他宁可吃些苦头,少花几个钱,也不愿背上弄虚作假的恶名。正是出于内心的这种强大压力,弗莱德才采取了明智的步骤,把八十镑交给了他母亲保管。可惜他没有马上把它交给高思先生,但那是他想先把另外六十镑凑足以后再说;他便是抱着这个目的,把二十镑揣在口袋里当作种子,要让它们在判断力的栽培下,幸运的灌溉下,生长出三倍的谷子。然而打这算盘的却是一位大少爷,他有的只是一颗不着边际的心,因此尽管他掌握了各种数字,他的运算并不准确。

弗莱德不是一个赌徒,他没有生过这类特种病,以致把全部神经活动集中在一次投机或一次冒险上,像酒鬼见了酒便会忘乎所以。他有的只是一种逢场作戏的赌博方式,这种倾向不具备酒精的威力,而是靠乳糜哺育的健全血液培植的,它保持着无忧无虑的想象力,按照愿望构思事实,对自身的遭遇不以为意,对别人在这场鏖战中取得的利益,也只会啧啧称奇。好在任何冒险都能给希望提供乐趣,因为成功的可能性永远存在,而抛出尽量多的赌注,可以使这种乐趣带有更多慷慨的性质。弗莱德喜欢玩乐,尤其是打弹子,正如他喜欢打猎或越野赛马一样。由于他需要钱,希望赢钱,这种爱好更是不可抑制。但是二十镑谷种钱投在诱人的绿台面上,顿时变得无影无踪——至少除了零星花掉的以外,全都丢在这儿了。弗莱德发现,还债的日期已近在眉睫,可是他的口袋却空空如也,只有八十镑还安然无恙,放在母亲身边。他骑的那匹患气喘病的马,代表了费瑟斯通姨父很久以前赠予他的一笔钱——他的父亲允许他养一匹马,因为文西先生本人的爱好使他相信,哪怕对一个老是叫父亲怄气的儿子说来,这要求也不算过分。那匹马便是弗莱德的唯一财产,现在他既然有了燃眉之急,需要还债,他决心牺牲他的所有权,尽管失去了马,生活会变得毫无价值。他怀着英雄气概,作出了这一决定,但这是不得已的,原因只在于他怕失信于高思先生,也在于他爱玛丽,怕引起她的反感。他打算上亨斯利,那儿明天早上有马市。那么,是不是单单把马卖了,带着钱搭驿车回家?可是那匹马还卖不了三十镑,何况谁知道会发生什么,不去碰碰运气,未免太傻了。机会是难得的,但也不能说绝对没有,他越想越觉得,机会还是要靠自己争取,如果没有勇气,不敢一试,那才是坐失良机呢。他要跟班布里奇和霍罗克一起上亨斯利,霍罗克也是个行家,到时候,哪怕他们一声不吭,他也能估摸到他们的意思,从中捞到一些好处。出发以前,弗莱德把八十镑从母亲那儿取了出来。

弗莱德骑了马,跟班布里奇和霍罗克一起离开了米德尔马契,这自然是前往亨斯利马市场,凡是看到他们的人,大多认为小文西仍像平时一样,是去玩的。确实,要是没有那件大事压在心头,弄得他寝食不安,他自己也会有一种轻飘飘的感觉,像一个快乐王子在到处游荡。弗莱德不是粗野庸俗的人,对没有进过高等学府的年轻人的言谈举止,毋宁说是瞧不起的,何况他写过牧歌和高雅的诗篇,还会吹笛子,因此,他跟班布里奇和霍罗克这么如鱼得水,未免不可思议,哪怕对马的爱好也不足以解释这点,但是人们的议论发挥了神秘的作用,因为任何名称往往能规定我们对事物的态度。正由于有了"玩"这个名义,与班布里奇和霍罗克在一起才不致变得索然无味。说真的,要不是这个名义对弗莱德的精神起了支持作用,仿佛这次跋涉只是为了"寻快活",那么在一个濛濛细雨的下午,跟两个马贩子一起来到亨斯利,在一条煤灰飞扬的街上下了马,走进红狮饭店的餐厅,弗莱德一定会觉得大失面子,很不自在。这里的全部陈设只有一幅积满灰尘的本郡地图,一张简陋的画——画的是马厩中一匹没有名头的马——一幅乔治四世陛下的全身立像,以及一些大小不一的铅痰盂。

霍罗克先生总是显得高深莫测,仿佛可以为想象力提供广阔的天地。他的装束叫人一看,就不由得联想到马(只要提一下帽边就够了,它有一点向上翘起,那角度正好使人不致怀疑它会向下弯折)。大自然赋予他的脸,由于生着一对蒙古人的眼睛,鼻子、嘴和下巴又似乎在效法帽边,略微向上翘起,因此脸上始终有一种强自克制的怀疑论者的嘲笑,这对一颗敏感的心灵是最严峻可怕的表情,它在相应的沉默的配合下,会造成一种印象,仿佛这人具有举世无双的理解力,无边无际的幽默感——不过已经干得没有水分,也许还凝结成硬块了——以及深刻敏锐的鉴别力,凡是他的裁决,如果你三生有幸得以知道的话,一定万无一失。在各行各业的人中,都能看到这样的相貌,但最使英国的年轻人折服的,大概还是那些评马专家。

弗莱德提起他的马的马蹄球节,向霍罗克先生请教,后者从马鞍上斜过眼去,端详了一会儿马的行动,时间共三分钟,然后旋转身子,拉了拉缰绳,依然保持沉默,脸上不多不少仍是一副怀疑论者的神色。

霍罗克先生在谈话中扮演的这路角色,给人的印象十分深刻。弗莱德只觉得心里有两种情绪在交战,一种是恨不得把他揍上几拳,逼他把意见讲个明白,另一种是想不如留些交情,以后还可利用。不论怎样,到了一定的时刻,霍罗克总会透露几句价值不小的话的。

班布里奇先生的态度比较开朗,他似乎从来没有舍不得发表他的高见。他身强力壮,嗓音洪亮。有时人家骂他"胡作非为",这主要是指他喜欢骂人,喝酒,打老婆。有的人上过他的当,说他为人阴险,但他认为贩马是一门奥妙的艺术,因而振振有词地向你证明,它跟道德毫不相干。不可否认,他生意兴隆,一帆风顺,喝了酒比别人不喝酒的时候还清醒,总的说来,他像一棵常绿的月桂树,欣欣向荣。但是他的谈话范围狭窄,三句不离本行,正如那首古老优美的民歌《喝几口白兰地》,

隔一会儿便回到了原来的旋律上,这样回荡反复,身体虚弱的人听了,甚至会头晕目眩。但是在米德尔马契的某些圈子里,班布里奇先生不是可有可无的角色,他的出现可以影响整个气氛和情绪。他在绿龙酒家的酒吧间和弹子房里,是个头面人物。他知道跑马场上那些好汉们的轶事,侯爵和子爵的各种新奇花招,这似乎证明,哪怕在骗子中间,贵族也高人一等。但是他那纤毫不爽的记忆力,主要表现在他经手买卖的马上。直到几年之后,他还能告诉你,它们一口气可以跑多少英里;谈起这些,他总是眉飞色舞;为了促进听众的想象力,他还一本正经、赌神发咒地说,这样的事他们是从未见过的。总之,班布里奇先生是一个开心人,也是一个有趣的朋友。

但是弗莱德也很有心计,他没有告诉两位朋友,他上亨斯利是打算卖他的马的。他想先从侧面探听一下,他们对它的价值的真实看法。他不明白,要从这些大行家打听他们的真实意见,那是比登天还难的。无缘无故奉承别人,这不是班布里奇先生的缺点。说真的,他以前从没发现,这匹倒霉的栗色马会呼哧呼哧喘气,它坏到什么程度,除非用尽地狱里最不中听的话,才能讲清楚。

"你上当啦,你要买马,就得找我,文西!可不是,除了那栗色马,你从没骑过更好的马呢,你就把它当宝贝啦。你让它跑一下试试看,那倒像二十个木匠在锯木板。我一辈子还没见过喘气喘得更凶的马,只有一次,那是一匹花斑马,它是粮食贩子佩格韦尔的,七年前他老是用它驾车,他要我买它,我对他说:'谢谢,佩格,我不是做喇叭生意的。'我就是这么说的。这是一句笑话,后来它传遍了全国。但是,说句不客气的话,那匹马比起你这匹来,还算是一只小喇叭呢。"

"喂,你刚才还说,他的马喘气喘得比我的更凶呢。"弗莱德说,今天他比平时更容易生气。

"那么我是哄你的,"班布里奇先生斩钉截铁地回答,"两匹马半斤八两,分不出好坏。"

弗莱德用踢马刺催马快跑,几匹马跑了一小段路。等马慢下来以后,班布里奇先生又道:

"不过那匹花斑马跑起来还是比你的好。"

"我可是对它的步子相当满意,"弗莱德说,他必须提醒自己,他是跟他们一起来玩的,这才没有发脾气,"我认为,它跑得非常利索,霍罗克,你说呢?"

霍罗克先生望着前面,脸上没有一丝表情,倒像是哪位大画家画的一幅肖像。

弗莱德放弃了获得真实意见的荒谬希望,但仍在回味他们的话,他发现,班布里奇的贬抑,霍罗克的沉默,其实都含有赞美的意思,这说明他们对马的评价,并不像嘴上讲的那么坏。

真的,市场开始以前,当天晚上,弗莱德就看到了一个有利的机会,可以把他的马善价脱手,这使他对自己的先见之明暗暗庆幸,因为他没有忘记把八十镑随身带着。一个青年农民,是班布里奇先生认识的,来到红狮饭店,偶然谈起他有一匹猎马要出售,他说,那就是叫金刚钻的那匹马,言下之意,这是一匹名马,无人不知。但他自己只要一匹实用的马,有时能拉拉车子就成了;他快要成家,不想再玩打猎了。猎马寄在一个朋友的马厩里,离这儿不远,先生们如果要看,天黑以前还来得及。到朋友的马厩去,得经过一条偏僻的小巷,那里臭气熏天,在那个不卫生的时代,那些阴暗的小街大抵如此,你要是不用一点药,很容易中毒。弗莱德不像他两个朋友喝过白兰地,不怕臭气,但他觉得,他终于找到了有利可图的马,机会不可错过,以致他兴致勃勃,第二天早上一起身,便又往那儿跑,他断定,如果不跟农民马上成交,班布里奇会抢先下手。情况十分紧急,必须当机立断,他开动脑筋,作了多方面的推测。班布里奇曾把金刚钻试骑了一段路,要是他不想买它,何必多此一举(因为这是他朋友的马)。凡是见过这牲口的,显然都对它的优点留下了深刻印象,连霍罗克也不例外。跟这号人打交道,要想得到好处,就得用心体味他们的话,不能像傻瓜一样,光从字面上理解。这是一匹有深灰色花斑的马,弗莱德刚好知道,梅德利科特勋爵的听差在物色这样一匹马。试骑以后,班布里奇在当天晚上,等那个农民一走,便露出了一句话,说他看到过一些比这坏的马,也卖了八十英镑。当然,他的话前后矛盾了二十来次,但只要你懂得辨别它们的真假,你就知道他赞成什么。弗莱德对自己鉴别马的能力还是有些信心的。农民也对弗莱德那匹虽然不时喘气,但还不错的马,端详了好久,这说明他认为它还值得考虑,很可能他愿意要它,让它与金刚钻交换,只要再贴上二十五镑。如果这样,那么弗莱德带着他至少值八十镑的新马离开的时候,他口袋里还有五十五镑,他就可以有一百三十五镑还他的债,暂时得由高思先生垫补的亏空,至多二十五镑。早上,在他匆匆忙忙穿衣服的时候,他已胸有成竹,相信这是千载难逢的机会,决不可失之交臂。尽管班布里奇和霍罗克都劝他别干,他可不能上当,对他们的意图作直截了当的理解;他必须认识到,这些家伙诡计多端,不可能真的替一个年轻人着想。在马的问题上,不信任他们还是唯一可靠的方针。但是我们知道,怀疑一切是行不通的,否则生活就会停止不前,总有一些事是我们必须相信和照办的,不论这有些事叫作什么,它实际就是我们自己的判断,哪怕从表面上看,它好像是对别人最奴性的依赖。弗莱德相信,这笔交易是万无一失的,因此集市还没正式开张,他已把那匹深灰色花斑马弄到了手,代价是他原来那匹马另加三十镑——比他的预料只多了五镑。

但是他觉得有些厌烦和疲倦了,也许这是由于思想斗争的缘故,因此他没有逛马市,便独自踏上了十四英里的归途,打算安安静静地回家,也让他的马保持充沛的精力。

第二十四章

> 对于背着沉重的十字架的受害者,
> 冒犯者的悔恨只是微弱的慰藉。
> ——莎士比亚:十四行诗[①]

但是很可惜,弗莱德·文西在亨斯利一帆风顺,做成了那笔交易之后,到了第三天,就陷入了他一生中前所未有的烦恼。这倒不是他的打算落了空,他的马找不到买主,只是在他跟梅德利科特勋爵的听差成交以前,寄托着他八十英镑希望的金刚钻,忽然无缘无故地在马厩里大耍

---

① 引自莎士比亚的第三十四首十四行诗。

性子,乱踢一阵,差点把马夫踢死,最后它绊到一根吊在马厩板上的绳子里,把脚弄瘸了,伤势严重。这结果是无法挽回的,正如结婚以后,发现对方性情暴躁一样——当然,除非青梅竹马之交,这种事在所难免。弗莱德在这次厄运的打击下,慌了手脚,不像平时那么乐观了,这也难怪,他知道自己口袋里总共只剩了五十镑,眼前已拿不到任何钱,可是一百六十镑的借据五天就要到期。他痛心地感到,哪怕为了免得连累高思先生,向父亲乞求,父亲也一定分文不给,还会大骂高思先生,说这是他在纵容浪费和欺诈,是自食恶果。弗莱德真是一筹莫展,眼看出路只有一条,就是直接找高思先生,把不幸的真相和盘托出,还把五十镑随身带去,免得放在自己手里,再引起不测。他的父亲还在商行里,不知道出了意外,要是知道那匹野马给送进了他的马厩,肯定要大发雷霆。弗莱德觉得,这也是一件麻烦事,虽然小一些,但与其待在家里等待挨骂,不如鼓起勇气,解决那个较大的麻烦。他骑上了父亲的一匹小马,因为他决定,向高思先生说明真相后,便上斯通大院向玛丽坦白一切。事实上,要不是玛丽的存在,要不是他对她的爱,他的良心也许不会这么活跃,以致使他起先老是惦记着那笔债,继而又不能宽恕自己,照他平素的办法,把这件不愉快的事丢在脑后,却要尽他所能,立即采取简单老实的行动。哪怕比弗莱德·文西坚强十倍的人,他们之所以正直,一半也得力于他们最心爱的人的存在。有一位古人在他最亲密的伴侣去世以后说道:"我的一切行为已失去了舞台。"那些还保持着这个舞台的人是幸福的,它的观众要求他们提供最好的表演。毫无疑问,在那时,如果玛丽·高思对什么是人的性格中优美的品质,没有鲜明的观念,那么弗莱德的情况就会大不相同。

　　高思先生不在事务所,弗莱德只得骑了马,上他家里,那是在城外不远的地方,屋前有一个果园,房子很不整齐,式样也老了,一半是木材建筑,在城市发展以前,它只是一所农舍,但现在周围已遍布城市居民的私人花园了。如果我们的房子有它们独特的面貌,像我们的朋友一样,我们一定更喜欢它们。高思家应该说是个大家庭,因为玛丽有四个兄弟和一个妹妹,他们全都非常喜欢他们的老房子,尽管最好的家具早已变卖完了。弗莱德也喜欢它,连它的顶楼,他也十分熟悉,知道在那里经常可以闻到苹果和榅桲的香味。直到今天,他每次来到屋前,都会勾起美好的希望。但现在,他的心七上八下,很不自在,他意识到,他也许不得不当着高思太太的面供认一切,她比她的丈夫更叫他害怕。那倒不是因为她像玛丽一样说话尖刻,动不动挖苦别人。至少如今高思太太年纪不轻了,讲话不会再那么不留情面,正如她自己所说,从她年轻的时候起,生活的重担就压在她肩上,使她懂得克制自己了。她有一种罕见的理性,善于识别什么是不可改变的,因而毫无怨言地服从了事。她敬重丈夫的品德,对他不计较自身利益的作风也已习惯,不论后果如何,都能愉快地接受。她养成了豁达的胸怀,从不想在贵重的茶具或孩子的花边上争奇斗胜,也从不在邻舍家的大婶大嫂面前发牢骚,埋怨高思先生太不精明,要是他像别人一样早已发财等等。因而那些大婶大嫂认为,她不是自高自大就是不合潮流,有时跟她们的丈夫谈到她,便称她为"你们那个了不起的高思太太"。不过她对她们也不是毫无指责的,在米德尔马契,她比大部分主妇受过更正规的教育,因此——哪里有毫无过错的妇女呢?——对这些姊姊妹妹难免过分严格,在她看来,女人是天生只配服从男人的。另一方面,对于男子的缺点,她却宽大无边,别人提到它们,她就说,那是很自然的。此外,还必须承认,高思太太过分强调反抗她所谓的愚昧的必要性;她当过家庭教师,后来成了主妇,这条生活道路在她的意识中获得了强烈反映。她不能忘记,她的文法知识和语音在全城是第一流的,可是她戴的是简陋的帽子,得自己烧饭洗菜,缝补一家人的袜子。她有时还不得不采取逍遥学派的方式教授学生,让他们拿了书或石板,跟着她在厨房里打转。她觉得,应该让他们看看,她能够一边搓洗衣服,一边纠正他们的错误,"不必看书"。一个妇女尽管把衣袖挽到了胳膊弯上面,却懂得什么叫虚拟法,热带在哪里,总之,她受过教育,拥有一切深奥的学问,她不是无用的花瓶,有权得到别人的尊重。每逢她谈到这些发人深省的话,眉头便不由得皱了起来,不过这并没有减少她脸上的慈祥神色,她的话也总是滔滔不绝,那一口女低音显得热情洋溢,悦耳动听。当然,这位模范主妇高思太太,也有她可笑的一面,但是她的古怪无损于她的美好性格,正如皮囊的气味无损于美酒的清香一样。

她对弗莱德·文西有一种母性的感情,对他的过失始终采取宽容态度,不过,如果玛丽与他私订终身,她也许不会原谅她,她对妇女的苛刻要求也适用于她的女儿。但是她对弗莱德的破格优待,现在使他更不好受,这一次在她眼里,他的身价一定会一落千丈。而且他来得不是时候,比他预料的更坏,因为凯莱布·高思为了检查附近的一项修缮工程,很早就出门了。高思太太在某些时间是一定在厨房里的,这天早上,她正在这间空旷的屋子里同时从事几件工作:在屋子一头一只擦得干干净净的松木桌上做馅饼,从打开的门里监督萨利在炉子和揉面盆上干活,给她最小的男孩和女孩上课——他们站在桌子对面,桌上放着书和石板。厨房另一头有一只木桶和一个晒衣架,这说明这位母亲还在利用间隙时间,断断续续洗些零星衣服。

高思太太把衣袖挽得高高的,正在熟练地做面食,有时用擀面杖擀一下,有时在做好的饼上捏一些花纹,一边还一丝不苟地教文法,解释动词和代词必须跟"集体名词或表示多数的名词"保持一致,这样的场面是非常有趣的。她同玛丽差不多,属于那种鬈发方脸一类的妇女,只是更漂亮一些,相貌也细一些,皮肤显得苍白,身材是中年妇女结实的体型,目光炯炯发亮,坚定有力。她的帽子周围有一圈雪白的褶边,这使我们想起那些惹人喜爱的法国妇女,我们常常看到她们挽着篮子,在菜场上转悠。看了这位母亲,我们会希望,女儿将来也像她一样,这一幅美好的前景是抵得上一份嫁妆的;但是另一方面,母亲也会像不祥的预兆,时常出现在女儿背后:"瞧,我现在怎样,她不久也会怎样。"

"现在让我们来复习一遍,"高思太太说,在一只苹果松饼上拧了一个花纹,这引起了贝恩的兴趣,分散了他对课本的注意力,那是一个活泼的小男孩,眉毛浓浓的,"'必须考虑单词所要表示的意思是单数还是复数'……贝恩,你告诉我,这是什么意思?"

(高思太太像许多著名的教育家一样,有她自己走惯的老路,哪怕整个社会都沉入海底,她也要把林德利·默里的书高高举起,不让它落进水中。)

"嗯……这意思是……是你必须想到,你的意思是什么,"贝恩答道,声音气呼呼的,"我讨厌文法。它有什么用?"

"它可以教你准确地讲话和写作,使别人不致误会你的意思。"高思太太作了严格精密的解释,"你愿意像老乔布那样讲话吗?"

"愿意,"贝恩说,毫不让步,"那样更有趣。他说'倪奇',这跟我们说'你去'一样可以听懂。"

"但是他把'一只羊在园子里',说成了'一只船在园子里'①,"莱蒂说,露出了骄傲的神色,"你听了,还以为他在讲一只船从海里来到了陆地上呢。"

"除非你是傻瓜,才会这么想,"贝恩说,"一只船怎么会从海里跑到陆地上来呢?"

"这些还只是语音问题,是文法中最次要的部分,"高思太太说,"贝恩,苹果皮是喂猪的,如果你要吃它,我只得把你的苹果馅饼喂它们了。乔布要讲的只是一些最寻常的事物。如果你像他一样不懂文法,遇到复杂一些的事,你怎么讲得清或写得清呢?你会用错了字,或者把字放错了位置,结果人家非但不理解你的意思,而且觉得你很讨厌,不再理睬你。到那时你怎么办?"

"我不在乎,我还不爱理睬他们呢。"贝恩说,觉得这结果还不错,比念文法舒服得多。

"我看你变得又懒又蠢了,贝恩。"高思太太说,对她儿子的这些反面议论早听惯了。做完馅饼以后,她向晒衣架走去,一边说:"到这儿来,把我星期三讲的辛辛纳特②的故事复述一遍。"

"这我知道!他是一个农民。"贝恩说。

"听着,贝恩,让我来讲,他是罗马人。"莱蒂说,用胳膊弯揉了他一下。

"你这傻丫头,他是罗马的农民,他在耕地。"

"对,但那以前,你得先讲,人民需要他。"莱蒂说。

"得啦,应该先讲他是怎样一个人,"贝恩坚持道,"他是一个聪明人,像爸爸一样,因此人民才需要他,向他请教。他还是一个勇敢的人,

---

① 这里的羊(sheep)和船(ship),音相近。
② 公元前五世纪的古罗马著名将领。本来在家耕种,当罗马城被敌人围攻时,两度奉元老院宣召,至罗马担任独裁官,打退了敌人,然后又回家躬耕。

能够打仗。我爸爸也这样,妈妈,是吗?"

"听着,贝恩,让我把故事讲下去,像妈妈讲的那样,"莱蒂说,一边皱眉头,"妈妈,叫贝恩别打岔。"

"莱蒂,我真替你害臊,"她的母亲说,一边从桶里取出帽子来拧干,"你的弟弟已开始讲了,你应该等着,听他讲得对不对。你现在多么不讲道理,又是推他,又是皱眉头,好像你想靠胳膊弯压倒别人似的!我相信,辛辛纳特要是看到他的女儿这副样子,一定很生气。"(高思太太以极其庄严的神态,宣布了这个可怕的判决,莱蒂觉得她有话不能说,还处处受到歧视,连罗马人对她也这样,生活实在太痛苦了。)"讲下去,贝恩。"

"那样……噢……那样……对了,发生了一场大战,那些人都是窝囊废,于是……我不记得你是怎么讲的了,总之,他们要找一个人当领袖和国王,管理一切……"

"听着,独裁官。"莱蒂说,露出生气的神色,但愿她的母亲能够悔悟。

"得啦,独裁官!"贝恩说,口气有些轻蔑,"但那不是一个很好的名称,他不让他们把它写在书上。"

"好啦,好啦,贝恩,你并不像那么无知,"高思太太说,尽量保持庄严的脸色,"听,有人在打门! 莱蒂,快去开门。"

打门的是弗莱德。莱蒂告诉他,爸爸还没回家,但妈妈在厨房里,弗莱德已无法退出,只得硬着头皮进了屋子,他不能违背平日的习惯,每逢高思太太在厨房里,他就得先上那儿向她请安。他一言不发,用胳膊搂着莱蒂的脖子,跟她一起走进厨房,只是不像平时那么有说有笑,也没抱她。

高思太太看到弗莱德这个时候跑来,有些吃惊,但她是不会把吃惊的情绪表现在脸上的,只是一边继续安静地干活,一边说:

"弗莱德,你这么早就来啦? 你的神色多么苍白。出什么事没有?"

"我有事找高思先生,"弗莱德说,不打算多谈,但想了一想又道,"也来看看你。"因为他相信,关于借据的事,高思太太一定知道,即使他不跟她单独讲,反正也得当着她的面讲。

"凯莱布过一会儿就回来,"高思太太说,以为弗莱德跟他父亲一定又闹别扭了,"肯定用不了多久,因为他要办的事还丢在桌上,这是今天早上非完成不可的。我还有些活儿得干,你愿意待在这儿吗?"

"关于辛辛纳特的故事,不用再讲了吧?"贝恩说,一边把弗莱德手里的马鞭拿过来,对准猫试了一下它的威力。

"对,你们可以走了。不过把马鞭放下,你用它打可怜的老乌龟,太不应该了!弗莱德,别让他拿鞭子。"

"来,小家伙,把它还给我。"弗莱德说,伸出了手。

"你今天让我骑你的马吗?"贝恩说,交出了马鞭,那副神色似乎表示,不是他母亲讲了,他才还他的。

"今天不成,下次再说吧。我骑的不是我自己的马。"

"你今天去看玛丽吗?"

"是的,我想去一下。"弗莱德说,显得愁眉不展。

"叫她快些回家,跟我玩罚物游戏①,那很好玩。"

"够了,够了,贝恩,出去。"高思太太说,发现弗莱德心情并不愉快。

"高思太太,现在你的学生只剩了莱蒂和贝恩两个人吗?"弗莱德说。这时孩子们已经出去,他不得不讲点什么,消磨时间。他还不能决定,是等高思先生回家,还是在谈话中找个合适的机会,把一切向高思太太讲清楚,把钱交给她,然后一走了事。

"还有一个。芬妮·哈克布特在十一点半来。现在我的收入不多了,"高思太太笑道,"我的学生快跑光了。不过我已替阿尔弗雷德积了一笔学费,一共九十二镑。现在他可以上汉默先生那儿学些本领了,这正是时候。"

她还不知道,高思先生正面临着失去这九十二镑,以至更多的钱的危险呢,要是知道,就不会这么高兴了。弗莱德没有做声。"年轻人进大学,花的钱比这更多,"高思太太单纯地继续道,把一顶帽子的边拉

---

① 一种游戏,输者罚去东西,然后又作滑稽表演,收回该物。

一拉直,"凯莱布认为,阿尔弗雷德可以成为出色的机械师,他得给孩子提供一个有利的机会。哦,他回来了!我听见他进屋了。我们上客厅找他,好吗?"

他们走进客厅时,凯莱布刚脱了帽子,在写字台前面坐下。

"弗莱德,我的孩子,什么事?"他说,口气有些惊异,手里拿着笔,还没蘸墨水,"你来得正是时候。"但在弗莱德脸上没找到平时那种愉快的表情,他赶紧又问道:"是不是家里出了事?什么事?"

"这样,高思先生,我是来告诉你一件事,你听了,恐怕不会再瞧得起我了。我得告诉你和高思太太,我没有守信用。我最后还是付不出那张借据上的钱。我的运气太坏了,我欠了一百六十镑,可我手头只有这五十镑。"

弗莱德一边讲,一边把那些钞票掏出口袋,放在高思先生面前的桌上。他讲得很快,简单的事实一下子便讲完,于是他像孩子一样哭丧着脸,再也找不出一句话。高思太太吃了一惊,吓得目瞪口呆,望着丈夫,等他解释。凯莱布涨红了脸,过了一会儿才道:

"哦,我忘了告诉你,苏珊,我为弗莱德的一张借据作了保,一共一百六十镑。他说他自己一定能还清这笔钱的。"

高思太太的脸显然有了变化,但这像水底的变化一样,水面还是光滑的。她把眼睛盯住弗莱德,说道:

"我猜想,你曾要求你父亲把不足的钱给你,但他拒绝了。"

"没有,"弗莱德说,咬着嘴唇,讲话更困难了,"我知道,向他恳求是没有用的。除非我觉得有用,我不会向他提到高思先生的名字。"

"这正好发生在一个不幸的时刻,"凯莱布说,显得迟疑不定,俯视着那些钞票,激动地用手指拨弄它们,"圣诞节快到了……目前我手头也很拮据。你瞧,我像一个裁缝,要裁衣服,可是布不够。苏珊,你看怎么好?我们存在银行的钱,我都派了用场。这缺一百一十镑呢,真见鬼!"

"我替阿尔弗雷德积下的学费,可以给你,那是九十二镑,"高思太太说,神色严峻而坚决,尽管灵敏的耳朵可以从她的话中隐隐察觉到一点战栗的声音,"我相信,玛丽积蓄的工钱到现在有二十镑了。她会把钱借给我们。"

高思太太没有再看弗莱德,也一点没考虑该用什么话刺他一下最有效果。她是一个古怪的女人,这时一心想的只是该怎么办,并不认为说几句尖刻的话,或者发顿脾气,情况就能有所改善。但是她使弗莱德第一次感到了良心的责备,体验到了悔恨的痛苦。十分奇怪,以前他在这件事中考虑的,几乎只有他自己,只觉得他的行为极不光彩,高思一家从此会瞧不起他;他从没想过,他的失信会给他们带来什么困难,或者造成什么危害,因为这种为别人设身处地考虑的想象力,在那些万事顺遂的公子哥儿心头是没有位置的。确实,在我们大多数人从小接受的观念中,不做坏事的最高动机和这种坏事的受害者,似乎风马牛不相关。直到这个时刻,他才突然发觉自己是一个可耻的小人,劫走了两个妇女的积蓄。

"我一定会还清这些钱的,高思太太,总有一天要还的。"他结结巴巴地说。

"是的,总有一天!"高思太太说,她特别不爱听那些为丑恶的事实讲的美好语言,现在再也忍不住她的讽刺了,"但是孩子们不能等到总有一天去学手艺,他们必须在十五岁就开始学。"她一向原谅弗莱德,从没对他这么尖刻过。

"一切主要怪我不好,苏珊,"凯莱布说,"弗莱德相信他能弄到钱。但这不关我的事,我何苦插手。我想,你一定到处奔走,一切正直的办法都想过了吧?"他又说,用那对仁慈的灰色眼睛打量着弗莱德。凯莱布是个细心人,他故意不提到费瑟斯通先生。

"是的,我一切办法都想过了,真的想过了。本来我可以有一百三十镑,但不幸我预备出售的一匹马出了问题。我的姨父给了我八十镑,我用原来的马,贴了三十镑,换了另一匹马,这匹马我预备卖掉——我打算今后不骑马了——我估计它至少可以卖八十镑,但谁知道这匹马性子那么烈,自己踢瘸了腿。我真没料到会给你们带来这些麻烦,我还不如跟这些马一起完蛋的好。除了你们,没有人是我更关心的了,你和高思太太一向待我那么好。然而,现在讲这些都是多余的了。我在你们眼里,从此成了一个不成材的东西。"

弗莱德转过身去,匆匆走出了屋子。他想到自己婆婆妈妈,尽讲废话,方寸都乱了,因为他的道歉对高思一家毫无意义。他们可以望见他骑上马,慌慌张张出了大门。

"我对弗莱德·文西很失望,"高思太太说,"要是没有这件事,我简直不能相信,他欠了债会把你也连累进去。我知道他挥霍成性,可是我没想到他会这么无耻,把他的危险转嫁给你——他最熟悉的老朋友,一个再也受不得损失的人。"

"我是一个傻瓜,苏珊。"

"你就是这样嘛,"他的妻子说,笑着摇摇头,"但我不会到市场上替你当义务宣传员的。你为什么把这事瞒着我呢?就像你对你的纽扣一样,你眼看它们掉了,也不告诉我,让袖口敞开着到外面去。要是我早些知道,也许还能找到其他更好的办法。"

"我知道,这件事使你太伤心了,苏珊,"凯莱布说,满含同情地望着她,"我真不忍心让你受损失,你好不容易为阿尔弗雷德积了些钱。"

"亏得我好歹积了几个钱,如今只得你吃些苦了,因为你得自己来教孩子了。你必须改正你的坏习惯。有的人喜欢喝酒,你呢,喜欢给人义务办事,不收费用。今后你得注意,再不能老是那么干了。你应该找一下玛丽,问问这孩子,她积了多少钱。"

凯莱布把椅子推后一些,身子向前俯出,慢慢摇着头,把指尖准确地对在一起。

"可怜的玛丽!"他说。接着又压低嗓音继续道:"苏珊,我怕她很喜欢弗莱德。"

"哦,不会!她总是取笑他;他看来也只是像兄弟一样对待她,没有其他意思。"

凯莱布没有回答,但随即放下眼镜,把椅子拉回桌边,说道:"这张该死的借据,我但愿它是在汉诺威,越远越好!这些事太糟了,打断了我的工作!"

这第一句话已用尽了他所有的咒骂,他讲的时候,那种气呼呼的神色是很容易想象的。但是从没听他讲"工作"这个词的人,很难明白他赋予了它多么重大的意义,他的声调那么独特,充满着热烈的崇敬和宗教的虔诚感,仿佛这个词便是神圣的象征,而那种声调则像金光闪闪的帷幔,衬托在它的周围。

凯莱布·高思时常摇摇头,怀着无限感慨的心情,想象那有着千万个头、千万只手的劳动的价值,它那不可或缺的力量,而社会这个机体正是靠它提供衣、食、住的。这个观念在他童年时期已深入了他的脑海。建造房屋或船舶时,那大铁锤的回声,工人们互相应和的呼喊声,鼓风炉的怒号声,发动机的震荡声和冲击声,在他耳里都是庄严的音乐;木材的砍伐和装载,沿着大路远远望去仿佛闪动着星光的大运河,在码头上操作的起重机,仓库中堆积如山的产品,在任何地方为完成艰巨的劳动而付出的精确而多样的体力——他年轻时目睹的这一切景象,对他说来都成了不必求助于诗人的诗,不必由哲学家来阐述的哲学,不是来源于神学的宗教教义。他早年的抱负就是尽一切可能,在这宏伟的劳动中贡献自己的力量,而这宏伟的劳动也就是他特别尊重的、被称之为"工作"的东西。虽然他只跟一个测量师学习过一个短短的时期,基本上是靠自学成材的,但他在田地、建筑和采矿方面的知识,超过了本郡大部分专业人员。

他对人类的活动所作的分类是十分粗糙的,它也像比他有名的那些人的分类法一样,在这个先进的时代已不能为人们所接受。他把它们分为"工作,政治,传教,治学,娱乐"几种。后面四种,他并不反对,但他对它们的态度,跟一个虔诚的信徒对待其他宗教的神差不多。同样,他对一切等级一视同仁,但是从他自己来说,他不愿属于任何等级,只愿属于那个能使他与"工作"保持紧密接触的等级,在这里他可以光明正大地过活,与尘土和泥浆,与机器的油垢,与树林和田野的芳香泥土打交道。虽然他从来不承认他不是正统的基督教徒,如果谁向他提出预定的恩典①问题,他会为此争论不休,但是我认为,他真正的神是切实有效的计划,准确的工作,以及忠实履行的职责;他的魔鬼是玩忽职守的人。但是在凯莱布身上没有否定的精神,世界在他看来是如此

---

① 基督教新教的主要神学学说之一,认为基督对人的救赎都是上帝所预定的,与人本身的意志无关。

美好,他愿意接受千差万别的体系,形形色色的理论,只要它们不致对最好的土地排灌系统,坚固的建筑,准确的测量,以及煤矿的精密钻探,发生明显的阻碍作用。事实上,他有一颗虔诚的心,又有丰富而实际的知识。但是他不善于理财,他有明确的价值观念,但他对表现为盈亏的金钱后果,缺乏敏锐的想象力。由于吃了苦头,他相信了这点,于是决定,凡是需要这类才能的"工作",不论他如何喜爱,也只得一律放弃。他让自己全心全意扑在各种不必掌管资金的工作上,在这个范围内,他具有出色的才干,任何人都乐意请他替自己办事,因为他认真负责,取费低廉,往往还谢绝一切报酬。这样,毫不奇怪,高思一家很穷,只能过"节衣缩食的生活"。然而他们对此并不介意。

第二十五章

> 爱情不是为了自己愉快,
> 也从不把自身放在心上,
> 它只是为别人牺牲安乐,
> 在地狱的绝望中建造一座天堂。
> …………
> 爱情只是为了自己愉快,
> 迫使别人为它的欢乐奔波,
> 它不惜牺牲别人的安乐,
> 为自己的天堂给别人建造地狱。
>
> ——威廉·布莱克:《经验之歌》①

弗莱德·文西来到了斯通大院,他选择这个时刻,因为他知道,这

---

① 威廉·布莱克(1757—1827),英国杰出诗人,曾以现实主义和人道主义精神给十八世纪后期的英国诗歌带来了新的气息,并对当时的社会现实作了种种批判。这里引用的两节诗出自《经验之歌》中的《土块和石子》一诗,诗中表现了两种对爱情的不同观点。全诗共三节,这里引用的是一、三两节,第一节是"土块"的观点,第三节是"石子"的观点,它们是全诗的主要部分。

时姨父不在楼下,玛丽也不会料到他来,她可能独自坐在镶护壁板的客厅内。他把马留在院子里,免得经过前面的石子路发出响声。他悄悄走进客厅,除了门把手的声音,一点动静也没有。玛丽坐在墙角的老地方,正对着皮奥兹夫人①写的约翰逊回忆录哈哈大笑,抬起头来的时候,还用扇子遮着脸,看到弗莱德向她走来,笑容才逐渐收敛。他一言不发,站在她面前,用胳膊肘支着壁炉架,神色十分颓唐。她也没有做声,只是抬起眼睛,用疑问的目光望着他。

"玛丽,"他开始说,"我是一个又坏又不中用的混蛋。"

"我想,一次用一个这样的形容词就够了。"玛丽说,竭力想笑,但心里感到了不祥的预兆。

"我知道,从今以后你再也不会看得起我了。你会认为我是一个骗子。你会认为我不老实。你会认为我不关心你,或者你的父母。我知道,我在你眼里永远成了一个不可救药的东西。"

"我不否认,弗莱德,只要你给我充分理由,我是会这么看你的。现在请你马上告诉我,你究竟干了什么。我宁可知道痛苦的事实,不愿猜哑谜。"

"我欠了钱——一百六十镑,我要求你父亲作了保。我以为这不会连累他。我相信我能还清这笔钱,我可以尽量想办法。但现在,非常倒霉,我的一匹马出了事,我只付得出五十镑。我又不能向我父亲要钱,他不会给我一个子儿。不久以前,我的姨父又刚给了我一百镑。现在我还能怎么办呢?目前你父亲又没有多余的现钱,你的母亲只得把她积蓄的九十二镑拿出来,她说还得把你的积蓄也凑上。你瞧,这多么……"

"啊,可怜的妈妈,可怜的爸爸!"玛丽说,眼睛里噙满了泪水,她再也忍不住,发出了低低的呜咽声。她怔怔地望着前面,没有看弗莱德,家中的一切后果都拥到了她的眼前。他也做声不得,沉默了一会儿,比

---

① 皮奥兹夫人(1741—1821),又名思雷尔夫人,是约翰逊的一个非常亲密的朋友,后来由于在丈夫死后改嫁意大利音乐家皮奥兹,引起约翰逊的不满,几乎绝交。她所写的关于约翰逊的回忆录,叙述了他们二十年的交往,以及约翰逊的各种故事,相当著名。

刚才更伤心了。

"玛丽,我不想害你,这是我万万没有料到的,"他最后说,"你再也不会饶恕我了。"

"我饶恕不饶恕你,这有什么相干?"玛丽愤愤地说,"这能使我的母亲好受一些吗?要知道,那笔钱是她四年来教书的积蓄,是为了送阿尔弗雷德到汉默先生那儿学习用的。你以为,我饶恕了你,就万事大吉了吗?"

"玛丽,请你尽管骂我吧。这是我罪有应得的。"

"我并不想骂你,"玛丽说,平静了一些,"我发怒也是没有用的。"她擦干了眼泪,丢开书,站起来,取她的针线活儿。

弗莱德的眼睛盯着她,他希望它们遇到她的眼睛,这样他就可以找到机会,向她表示哀求和忏悔。但是不成!玛丽根本不瞧他一眼,也不抬起头来。

"你的母亲丢掉那些钱,我很难过,"他见她重又坐下,利索地缝着,便说,"我想问你,玛丽,要是你告诉费瑟斯通先生……我是说,要是你把阿尔弗雷德当学徒的事告诉他,他会借一些钱给你吗?"

"我的家庭是不喜欢向人乞求的,弗莱德。我们情愿干活挣钱。何况你说,费瑟斯通先生最近刚给了你一百镑。他是难得把钱送人的,他就从没送过钱给我。我相信,我的父亲不会向他求情,而且哪怕我愿意求他,也没有用。"

"我太难过了,玛丽,要是你知道我多么难过,你也会可怜我的。"

"比这更值得可怜的事还多着呢。但是自私的人总是把他们的痛苦想得比世界上任何事都重要,这种情形太多了,我天天见到。"

"说我自私,这是不公平的。如果你知道,其他年轻人在干些什么,你就会相信,我绝对不是最坏的人。"

"我只知道,那些任意挥霍,不管自己是不是付得起钱的人,都一定是自私的。他们想的始终只是他们自己怎么花钱,却不顾别人的死活。"

"任何人都可能遇到意外,玛丽,以致付不出他们打算付的钱。世界上没有比你父亲更好的人,但他也常常遇到困难。"

"弗莱德,你怎么敢把我的父亲和你相提并论?"玛丽说,声音中包含了深深的愤怒,"他遇到困难,从来不是由于只想到自己寻欢作乐,那是因为他始终把他替别人办的事放在第一位。他一向省吃俭用,辛辛苦苦,尽量让别人少受一些损失。"

"那么你是认为我从来不替别人着想了,玛丽。把一个人想得太坏,这不是宽大仁慈的表现。在你对他还保持一定影响的时候,我认为你应该尽量运用这影响,使他改恶从善才对。但这正是你从来没有做的。不过,我得走了,"弗莱德最后有气无力地说,"我决不再向你说什么。我很抱歉,我给你造成了这么多麻烦,别的我没什么好说了。"

玛丽的活计从她手中掉了,她抬起了头。哪怕一个女孩子的爱,也往往包含着母性的因素,玛丽的困苦经历使她的性情变得十分敏感,跟我们称作女孩子气的那种冷酷的小性儿完全不同。弗莱德的最后几句话,使她不由得感到一阵辛酸,仿佛一个母亲想到不务正业的淘气孩子如何饮泣或啼哭,便会手忙脚乱,怕他过分难过,伤了身体。在她抬起头,眼睛遇到他那阴沉绝望的目光时,她对他的怜悯便超过了她的愤怒和其他一切忧虑。

"啊,弗莱德,你的神色多么难看!再坐一会儿吧,不要马上就走。让我去告诉姑父,你在这儿。他一直奇怪,你怎么整整一个星期不来瞧他呢。"玛丽匆匆说着,对涌到她嘴边的话来不及辨别它们的意义,便说出了口,她的声调也一半像安慰,一半像恳求。说完,她便站起身子,似乎要去禀报费瑟斯通先生。理所当然,弗莱德感到乌云已经散开,一线阳光射到了他身上,他走过去,站在她面前。

"玛丽,只要你说一句话,我就什么都依你的。你说,你不会把我想得那么坏,不会从此不理我。"

"你这话好像我喜欢把你想得很坏似的,"玛丽说,声音十分悲伤,"好像看到你这么游手好闲,不务正业,我一点不觉得难过似的。别人都在工作和努力,你怎么能满不在乎,不怕给人瞧不起呢?世上有那么多事情可做,你却连一件有益的事也不能干,你不觉得害羞吗?弗莱德,你天性中有不少美好的东西,你应该是可以有所作为的。"

"玛丽,只要你说一声你爱我,你要我干什么都成。"

"一个老是想依靠别人,让别人来养活的人,叫我怎么爱他,这话我说不出口。到了四十岁,你会变成怎么一个人呢?也许像鲍耶先生,一天到晚啥也不干,坐在贝克太太的前客厅里,变得肥头胖脑,萎靡不振,只指望别人请你去大吃一顿,把白天花在练习唱滑稽歌曲上……哦,不对,练习吹笛子。"

玛丽一谈到弗莱德的前途,嘴唇就开始弯成弧形,露出了一抹笑影(年轻的心总是瞬息万变的)。她的话还没说完,脸上已忍俊不禁,喜气洋洋了。看到玛丽还能这么取笑他,他安心了,仿佛痛苦已经消失,他也讪讪地露出笑容,想拉她的手,但她一溜烟走了,到了门口说道:"我去通知姑父。你必须上他屋里待一会儿。"

弗莱德暗暗感到,他的未来决不会像玛丽嘲笑的那样,她的预言不会应验,何况只要她明确说明,要他"干什么",他一定照办。他从不敢当着玛丽的面,提到费瑟斯通先生可能留给他的遗产,她也从不考虑这点,仿佛一切全得靠他自己。但如果他真的继承了财产,她也只得承认他的地位发生了变化。他上楼见他的姨父以前,这一切恍恍惚惚掠过了他的心头。他在姨父屋里只待了一会儿,便借口伤风走了。他离开以前,玛丽没再出现。但是在他骑了马回家时,他发现自己何止心里很难过,他是真的病了。

天黑不久,凯莱布·高思就来到了斯通大院,玛丽对此并不奇怪,尽管他不大有空来看她,也根本不愿跟费瑟斯通先生打交道。另一方面,老人见了自己的内兄,便觉得不自在,因为后者使他无可奈何,他既不怕人家笑他穷,也没什么要央求他,而且在耕作和采矿方面,各种知识都比他丰富。玛丽心中明白,她的父母一定想见她,如果父亲不来,第二天她也打算请假,回家一两个小时。喝茶时,凯莱布跟费瑟斯通先生谈了一会儿物价,便起身告别了,接着说道:"玛丽,我要跟你谈谈。"

她拿了蜡烛,带他走进另一间大客厅,那里没有生火,她把暗淡的蜡烛放在紫红木桌上,转过身去,对着父亲,把胳臂围住他的脖子,像孩子一般吻他。这使他心里暖洋洋的,那对浓密的眉毛顿时舒展了,跟一只漂亮的大狗给人抚摸后的表情一样。玛丽是他心爱的孩子,不论苏珊怎么说,也不论她对一切的看法如何正确,凯莱布认为,弗莱德或任何年轻人把玛丽看得比其他女孩子都可爱,这是很自然的。

"亲爱的,我有件事要告诉你,"凯莱布说,口气有些犹豫,"这不是什么好消息,而且还可能是比较坏的。"

"爸爸,是钱的事吧?我想我已经知道了。"

"是吗?那是怎么回事啊?你瞧,我又干了一次傻事,替人作了保,现在借款到期了,你的母亲只得牺牲她的积蓄,那是最糟糕的,然而即使这样,还是不够。我们需要一百一十镑,你的母亲只有九十二镑,我银行里的钱又都派了用场,因此她想,你或许也有些积蓄。"

"哦,是的,我有二十四五镑。我想你可能会来,爸爸,已把它们放在手提包里了。你瞧!多么漂亮的新票子。"

玛丽从网格拎包里取出折好的钞票,交在父亲手里。

"嗯,但是你……我们只要十八镑,这还有多的,把多的钱拿回去,孩子……但你怎么知道这事的?"凯莱布说。他一向不把钱放在眼里,这已不可改变,现在他担心的,主要是这事在玛丽心头可能造成的创伤。

"弗莱德今天上午告诉我的。"

"啊!他专门为这事来的?"

"对,我想是这样。他心里非常难过。"

"我想,弗莱德恐怕不是一个可以信任的人,玛丽,"父亲用犹豫而体贴的口气说,"也许他的心比他的行为好些。但是我觉得,谁要是把自己的幸福寄托在他的身上,那是危险的,你的母亲也这么看。"

"我也这么看,爸爸。"玛丽说,没有抬头,只是把父亲的手背按在自己的面颊上。

"我不想打听你们的事,亲爱的。但是我怕你和弗莱德之间也许有着什么,我不得不提醒你一句。你知道,玛丽,"这时凯莱布的声音变得更温柔了,他一直在桌上把帽子推来推去,两眼望着它,但最后他把目光移到了女儿身上,"一个女人,不论她自己多么好,还是只得跟着丈夫过日子。你的母亲就为了我,吃了不少苦。"

玛丽把父亲的手背移到了她的嘴唇上,笑盈盈地望着他。

"好吧,好吧,没有人是十全十美的,但是……"高思先生说到这里,摇了摇头,这才好不容易把那些不太合适的话讲出了口,"我想说的是,要是一个妻子对她的丈夫没有充分把握,要是他没有一个准则,以致做了危害别人的事也满不在乎,似乎这比轧痛自己的脚趾更不重要,那么她会落到什么处境,这是可想而知的。事情就是这样,玛丽。年轻人在懂得什么是生活以前,就可能彼此相爱,他们以为,只要他们能够在一起,生活就会天天像假日一样,但不久他们势必发现,这仍是劳动的日子,亲爱的。不过,你比大多数人更有头脑,你也不是生长在安乐窝中,我讲这些话也许是多余的。但一个父亲少不得要为他的女儿操心,何况你在这儿孤零零的,没人可以商量。"

"不必为我担心,爸爸,"玛丽说,严肃地望着父亲的眼睛,"弗莱德一向对我很好,他心地善良,待人诚恳,尽管随心所欲,但据我看,并不虚伪。不过我永远不会爱上一个没有男子气概,不能自立的人,一个游手好闲,蹉跎岁月,指望侥幸得到别人的恩赐的人。你和母亲对我一向的开导,我不会忘记,我知道怎样维护我的尊严。"

"那就对了……那就对了。这样,我便放心了,"高思先生说,拿起了帽子,"但我把你挣的钱拿走,觉得很难过,孩子。"

"爸爸!"玛丽说,声音中包含着充满深情的抗议。在他关上外面的门以前,她说的最后一句话是:"除了钱,请你也把我的满腔热爱带给家里的每一个人。"

玛丽回到屋里后,老费瑟斯通先生像平时一样,用令人不快的猜疑口吻说道:"我想,你的父亲是来问你拿工钱的。他这个人啊,总是闹饥荒,亏空累累。你现在大了,应该给自己积些钱啦。"

"我认为,我的父母对我说来是最重要的,姑父。"玛丽冷冷地答道。

费瑟斯通先生哼了几声,心想这也难怪,一个像她这样相貌平常的女孩子,不可能有什么出息,于是他灵机一动,用一句似乎毫不相干又能刺痛对方的话,做了回答:"听着,如果弗莱德·文西明天来的话,你不要跟他在下面叽叽喳喳讲个没完,让他马上来见我。"

第二十六章

> 他会打我,我就会骂他,这总算
> 也出了口气!要是颠倒过来,他骂我
> 的时候,我可以打他,那才痛快呢!
> ——《特洛伊罗斯与克瑞西达》①

但是第二天,弗莱德没有上斯通大院,理由是无可非议的。他为了查看金刚钻,在亨斯利那些不卫生的小街上出入了几次,带回的不仅是一匹亏本的马,还有更大的不幸,那就是身体不舒服,但开头一两天只是表现为精神欠佳和头痛,到了他从斯通大院回家的那天,情况便急剧恶化了。他一走进餐室,立即倒在沙发上,对母亲的焦急询问,只是答道:"我大概病了,支持不住,你还是请伦奇给我看一下吧。"

伦奇先生来了,但并不认为有什么严重,说只是"偶感风寒,精神失调",临走时也没讲第二天再来。文西家是他的老主顾,他很重视,但是最谨慎的人对于例行公事,也难免疏忽,在应该慎重考虑的时刻,却掉以轻心,就像做了打钟人,只得每天打钟一样。伦奇先生身材不高,衣冠楚楚,脸色蜡黄,假发戴得端端正正。他主顾不少,生意兴隆,脾气急躁,家里有一个常年生病的老婆,还有七个孩子。他已经来不及,急于赶四英里路到蒂普顿的另一边去跟明钦大夫会诊,因为自从乡村医生希克斯故世以后,米德尔马契的医生就得兼顾那一带的业务。大政治家尚且不能万无一失,何况小小的医生?伦奇先生没有忘记把药送来,那些照例用白纸包的药粉,这一次是黑色的烈性药。然而它们对可怜的弗莱德没有发生减轻病痛的作用,弗莱德自己呢,他说他不相信他会得"什么严重的病",第二天早上仍在他认为适当的时候起了床,来到楼下,准备用早餐,但什么也吃不下,只是坐在壁炉旁边发抖。于是又去请伦奇先生,可他已经出诊了。文西太太看到她的宝贝儿子

---

① 莎士比亚的剧本。这里的引文见该剧第二幕第三场。

神色异样,憔悴不堪,急得哭哭啼啼,说她得去请斯普拉格大夫。

"哦,不要大惊小怪,妈妈!这没什么,"弗莱德说,向她伸出了又烫又干的手,"我马上就会好的。那天天气阴冷,我骑马出门,一定是着了凉。"

"妈妈!"罗莎蒙德喊道,她正坐在窗口(餐室的窗对着那条热闹整洁的洛伊克门大街),"利德盖特先生在街上,正站在那儿跟什么人谈话来着。如果我是你,我就请他来看病。爱伦·布尔斯特罗德那回生病,就是他医好的。大家说他什么病都能医呢。"

文西太太奔到前面,一下子打开了窗,她一心想的只是弗莱德,早顾不得医生间的行规。利德盖特离这儿只两码远,就在一圈铁栏杆那边,他突然听得窗响,没等叫他,已扭过头来。两分钟后,他便进了屋子。罗莎蒙德在退出以前,先表演了一番美好的忧虑,心里却在捉摸她该采取什么态度最合适。

利德盖特不得不听文西太太不厌其烦地叙述病情,她凭杰出的本能,认为每一个细节都不可忽略,尤其是伦奇先生说过的话,以及他没有说过再来这一点。利德盖特立即发觉,他可能要得罪伦奇,造成麻烦,但严重的病情使他无暇顾及这些,他相信,弗莱德得的是伤寒,正处在淡红色皮疹阶段,可是他恰恰服错了药。他必须立即上床,由专人护理,还必须采取各种治疗方法和预防措施,利德盖特对这一切都作了详细交代。可怜的文西太太听到病情如此严重,吃了一惊,把满腔怨气都发泄在最简便的埋怨中。她认为,这都是"伦奇先生粗心大意的结果",可这么多年,她家一直请他看病,不请皮科克先生,尽管后者也是同等亲密的朋友。她怎么也想不明白,为什么伦奇先生不把她的孩子放在心上,他对别家的孩子可不是这样的。拉彻尔太太的孩子得了麻疹,全是他给治好的,文西太太本来指望他也这么对待她的孩子呢。但是万一发生什么意外⋯⋯

想到这里,文西太太简直心都碎了,她那尼娥柏的喉咙和慈祥的脸庞伤心地颤抖着。这是在门厅中,弗莱德听不到他们的谈话。但是罗莎蒙德打开了客厅的门,现在焦急地走了过来。利德盖特为伦奇先生表示歉意,说那些症状昨天可能还不明显,这类高热病开始时总是很难确定的,此刻他得赶紧上药房,让他们马上把药配好,不能再拖了,他还要写信把这儿的情形通知伦奇先生。

"但是你一定要再来呀,你一定得继续给弗莱德看病。我不能把我的孩子交给那种不爱来就不来的人去医治。上帝知道,我对谁都没有恶意,伦奇先生治好过我的肋膜炎,但是我还不如死了的好,要是……要是……"

"那么到时候我来跟伦奇先生会诊,行吗?"利德盖特说,他确实相信,伦奇对这类病例还缺乏必要的经验。

"利德盖特先生,请你务必要来。"罗莎蒙德在旁边给母亲帮腔,一边挽着她的胳膊,扶她走开。

文西先生回到家里知道了这事,对伦奇非常生气,说他今后爱来不来,随他的便。现在应该让利德盖特继续看病,不论伦奇乐意不乐意。家里有伤寒病人,那可不是闹着玩的。人人都得暂时回避一下,星期四的晚会也取消了。普里查德不必再准备什么酒,除了白兰地,预防传染这是最好的。"我也喝白兰地,"文西先生又着重地补充了一句,言下之意是说,这是一场真正的战争,不是演习,"弗莱德这孩子,他生来就多灾多难。但大难之后该有大福,我们的心血才算没有白费,要不然,我真不明白,生这种长子干什么。"

"快别这么讲,文西,"母亲说,嘴唇在发抖,"你不致希望我失去他吧?"

"当然,这会要了你的命,露西,那我明白,"文西先生说,口气温和了一些,"不管怎么样,我得让伦奇知道我对这事的看法。"(文西先生心乱如麻,他只觉得,要是伦奇尊敬他这位市长,对他的家庭给予应有的关心,这次伤寒症就可以避免。)"我从来不屑理会那些关于新医师、新牧师的叫嚣,我也不管他们是不是布尔斯特罗德的人。但这一次我得让伦奇知道我的看法,不论他接受不接受。"

伦奇根本不接受这看法。利德盖特虽然尽量客气,他也从来不会疾言厉色,但是一个指出你的错误的人,他越是客气,你就越是生气,如果这个人正好本来是不在你眼中的,那更不必说了。外省医生向来火气很大,在名誉问题上十分敏感,伦奇先生又是火气特别大的一个。他

没有拒绝当天晚上跟利德盖特会诊,但是这场面把他弄得很不开心。他只得硬着头皮听文西太太发落:

"伦奇先生,我什么地方对不起你,你才要这么对待我?一走就再也不来了!要是都靠你,我的孩子这时候可能已经两脚一伸,断了气啦!"

文西先生一直担心传染,把炮口对准着这个敌人,准备了不少火药,一听到伦奇进屋,就一跃而起,跑进门厅,要让他知道他的看法。

"伦奇,我有话对你讲,这可不是笑话,"市长说,近来,对冒犯他的人,他已学会了打官腔,现在他把两只拇指插在背心袖孔里,摆出一副神气活现的架势,"让传染病走进了我的家,你还不知道。有些事应该是可以预防的,可是你没有采取措施,这就是我的意见。"

但是不合理的指责还算不得什么,更难受的是意识到自己给人抓到了岔子,何况抓到这岔子的是像利德盖特这样一个比他年轻的医生,这个人心里一定瞧不起他,故意跟他捣乱,因为按照伦奇先生后来的说法,"实际上"利德盖特是在卖弄自己那些轻率的、经不起时间考验的外国观念。当时他只得把他的愤怒咽下肚子,但事后写信来,表示今后不再上门看病。这一家是很好的主顾,然而事关业务大计,伦奇先生不能对任何人忍气吞声。他相信,而且不能不说这是很可能的,利德盖特总有一天也会摔跤;他心怀叵测,指责同行出售药品的作风,也总有一天会得到报应,自食恶果。他对利德盖特那些花招大加揶揄嘲笑,声称这只是江湖郎中的惯技,只能糊弄头脑简单的妇道人家,骗取一点虚假的声誉。那种左道旁门的医术,脚踏实地的医师是从来不屑一顾的。

确实,伦奇所指望的这种后果,正是利德盖特最忌讳的事。无知者的吹捧不仅使人感到可耻,也是危险的,它并不比预卜天气的荣誉更值得羡慕。他受不了愚夫愚妇们的奉承,可是我们的一切工作必须在他们中间进行,以致结果也许正中伦奇先生的下怀,在外行人的一片颂扬声中葬送了自己。

但不管怎样,利德盖特现在成了文西家的医生,这事在米德尔马契引起了广泛的议论。有的说,文西家待人苛刻,文西先生威吓伦奇,文西太太又责备他害了她的儿子。另一些人却认为,利德盖特先生的路过是天意,他对治疗热病有独到之处,布尔斯特罗德抬举他是理所当然的。许多人相信,利德盖特到这里行医,完全得归功于布尔斯特罗德。塔夫脱太太整天在编毛线,算针数,一边编结,一边收集各种小道消息,流言蜚语,最后构成了一则故事,说利德盖特先生是布尔斯特罗德的私生子,由此可见,她对福音派信徒的怀疑是完全正当的。

一天,她把这则故事偷偷告诉了费厄布拉泽老太太,后者当即转告了她的儿子,还说:

"布尔斯特罗德什么也干得出,这并不奇怪,但是想到利德盖特先生,我不能不感到遗憾。"

"算了,母亲,"费厄布拉泽先生迸发了一阵大笑之后说道,"你知道得很清楚,利德盖特是北方一家大人家出身。他到这儿来以前,根本不认识布尔斯特罗德。"

"从利德盖特先生这方面说,我也但愿如此,卡姆登,"老太太显得爱憎分明,答道,"但是说到布尔斯特罗德,这消息可能还是真的,只是他的私生子是另一个人。"

第二十七章

> 让崇高的缪斯去歌颂天上的爱情吧,
> 我们是凡人,只能歌唱人间的一切。

我的朋友中间,有一位杰出的哲学家,哪怕丑陋的家具,经过他用安详的科学之光一照,就会变得十分美好,他曾向我表演过这个不易察觉的简单事实。你的穿衣镜,或者一大块光滑的钢板,给使女擦了一遍,就会出现许多方向不一的、细小而多样的纹理,这时只要把一支点亮的蜡烛,作为发光的中心放在它的面前,瞧!那些纹理就会形成一系列同心的圆圈,环绕在那个太阳周围。由此可见,那些纹理不论伸向哪里都无关紧要,产生这种同心圆圈的惊人幻象的,只是你的蜡烛,它的光构成了决定视觉变化的唯一根据。我讲这些现象,是个比喻。那些纹理是各种事件,那支蜡烛则是现在并不在场的某一个人的自我主义心理——比如,文西小姐的心理。罗莎蒙德有她自己的上帝,他对她慈悲为怀,赐给了她比别的女孩子漂亮的脸蛋,他还安排了弗莱德的病和伦奇先生的误诊,因而给她和利德盖特的接近提供了成效卓著的机会。如果罗莎蒙德遵照父母的要求,尤其是在利德盖特认为这种预防措施并无必要以后,同意上斯通大院或别处暂避一时,那么这就违背了那种安排。因此,弗莱德的病情宣布以后的第二天早上,摩根小姐带着孩子们前往一处农庄时罗莎蒙德却拒绝离开爸爸妈妈。

可怜的妈妈确实值得一切子女的同情,至于文西先生,他与她是恩爱夫妻,现在对她超过了对弗莱德的担忧。要不是他再三要求,她决不会休息,她脸上的光彩变得暗淡了,她不再关心那些一向显得鲜艳华丽的衣服,成天像一只生病的鸟,眼睛没有神,羽毛凌乱,对听到的、看到的一切,哪怕是她平时最关心的,她也觉得索然无味。弗莱德在昏迷中,仿佛已远远离开了她,这把她的心都撕碎了。自从她对伦奇先生发过脾气以后,她一直很平静,只是有时对着利德盖特低声饮泣。她会跟着他走出房间,用一只手拉住他的胳膊,呜咽道:"救救我的孩子吧。"有一次她说道:"他对我一向孝顺,利德盖特先生,他从没对他的母亲说过一句顶撞的话。"仿佛可怜的弗莱德之所以生病,是因为他不孝顺父母的缘故。藏在母亲心底的每一个回忆都跳了出来,年轻人对她说话时的声音,也变得更温柔悦耳了,仿佛他又成了她心爱的小宝宝,早在他出生以前,她就怀着一种从未体验过的温情,深深钟爱着他呢。

利德盖特常常这么回答:"我相信他很快就会痊愈的,文西太太。跟我下楼,让我们谈谈他的饮食吧。"就这样,他把她带进了客厅,罗莎蒙德便在那儿。他让她换换空气,喝一些已经替她准备着的茶或汤。在这类事上,他和罗莎蒙德之间好像总是存在着默契。他每次走进病房以前,几乎都会遇到她,她呢,默默望着他,似乎在问,她能为妈妈做些什么。他的片言只语,她都能心领神会,做得恰到好处,令人惊喜,因此他想见到罗莎蒙德的心理,跟他对病人的关怀混合在一起,这就毫不奇怪了。在危急阶段过去,他对弗莱德的复原已有充分把握时,这种情形尤其明显。有一个时期,病情还难以逆料,他曾建议请斯普拉格大夫会诊,但后者为了伦奇的缘故,想尽量保持中立,两次会诊以后,便不再登门，利德盖特只得单独承担责任，这就难怪他不得不小心从事。上午和晚上，他总在文西先生家，后来随着弗莱德的好转，这种探望也逐渐变得轻松愉快了。那时弗莱德只是还有些虚弱，躺在床上不仅需要别人的爱护，而且对这种爱护也有了反应，这么一来，文西太太觉得，仿佛这场病成了她表现母爱的喜庆日子。

利德盖特替老费瑟斯通先生捎来了口信，他要弗莱德快些康复，因为他彼得·费瑟斯通不能没有他，他非常惦记他，盼望他去看他，这对弗莱德的父母无异是喜上加喜。费瑟斯通先生本人那时也卧床不起。文西太太等弗莱德清醒以后，把这些话转告了他。他那消瘦清秀的脸朝着她，那一头稠密的金发已经剃掉，眼睛似乎变大了。他多么想得到玛丽的消息，知道他的病在她心头引起的反应。但是他的嘴唇没有透露一句话，他只是听着，"眼睛中露出了爱情的罕见的智慧之光"，然而母亲充满同情的心灵，不仅猜到了他的意思，而且准备牺牲一切，满足他的要求。

"只要我能看到我的孩子重新身强力壮，我就心满意足了，"她说，在对儿子的爱中忘记了一切，"谁知道呢？也许你就是斯通大院未来的主人，到那时你可以娶你喜欢的任何人。"

"不成，妈妈，如果她们不肯嫁给我呢？"弗莱德说。这场病使他又变成了孩子，在他讲话时，眼泪涌了上来。

"啊，亲爱的，你吃一点果子冻吧。"文西太太说，心里根本不相信，天下会有不肯嫁给他的女孩子。

丈夫不在家的时候，她从不离开弗莱德的床边，因此罗莎蒙德大多独自坐在下面，这是以前不常有的。自然，利德盖特从不想跟她待得太久，尽管这样，两人在一起时那种简短而一般的交谈，仍在羞人答答的气氛中创造了一种独特的亲密感。他们不得不眼睛对着眼睛讲话，这种对视实际是理所当然的，可是又不能堂而皇之地进行。利德盖特起先为这种羞涩感到不自在，有一天，他把眼睛转向了地面，或望着别处，像一个机器失灵的木偶。然而结果很糟，第二天，罗莎蒙德也把眼睛对着地面，以致两人的眼睛重新相遇时，羞涩感比以前更强烈了。科学对此既无能为力，利德盖特又不想谈情说爱，不能靠调笑戏谑渡过难关。

就因为这样,当左邻右舍不再认为这屋子需要隔离,跟罗莎蒙德单独会面的机会也大大减少时,利德盖特觉得松了一口气。

但这种忸怩不安的亲密感,使两人都发觉对方出现了一种异样的心情,它一旦存在,后果就很难消除。谈天气和其他高雅的话题,往往只是无济于事的小花招;行为要重新变得自然,除非双方开诚布公,承认彼此有了好感——当然,这还谈不到任何深刻或严肃的感情。罗莎蒙德和利德盖特正是通过这个方式,恢复了悠闲自在的状态,他们的交往也重新变得活跃了。现在,客人照旧来来往往,客厅中又乐声悠扬,文西先生荣任市长时期那种高朋满座的盛况恢复了。只要可能,利德盖特总是选择罗莎蒙德旁边的座位,为她的歌声流连忘返,把自己称作她的俘虏——言下之意始终是他不会成为她的俘虏。马上结婚,建立美满的家庭,在他看来是一个荒谬的想法,因此他认为,它提供了防止危险的可靠保证。小小的爱情游戏自然无伤大雅,不致引起严肃的追求。何况谈情说爱毕竟不是苦难的历程。至于罗莎蒙德,她过去还从没感到生活这么甜蜜。她相信,有一个值得征服的人,已拜倒在她的脚下。她对自己,对别人,都还不能区别调情和爱情的不同,现在只觉得,仿佛她正随着一阵清风,飘向她憧憬的目标。她在头脑里一心想着洛伊克门大街上一栋漂亮的住宅,但愿它不久就能腾出来。她已经决定,一旦结婚,便不露声色地迁出父亲的家,跟那些她看不入眼的客人断绝往来。她想象着自己心爱的小家庭,客厅里陈设的各种新颖家具。

当然,她想得最多的还是利德盖特本人,他在她眼里几乎十全十美;如果他懂得音乐,在他为她的歌声心驰神往时,不致像一只情绪激动的大象,如果他多一些美感,能欣赏她在服饰上的高雅情趣,那么她简直提不出他身上还有什么缺点。他跟小普利姆但尔或凯厄斯·拉彻尔先生,多么不同!那些年轻人不会讲一句法语,谈话枯燥无味,什么也不懂,也许只知道干他们的印染生意,可这种事,他们当然羞于出口。他们是米德尔马契的上等人,拿着银柄马鞭,围着缎子大硬领,沾沾自喜,但是缺少风度,讲话结结巴巴,滑稽可笑,连弗莱德也比他们强一些,他至少读过大学,有大学生的腔调和派头。可是利德盖特,他说话伶俐,大家爱听,举止潇洒不羁,又彬彬有礼,处处显得高人一等;他穿的衣服既合身又大方，十分自然，仿佛他从不讲究衣着似的。他一进屋子，罗莎蒙德就为他感到自豪，看到他露出动人的微笑，向她走来，她便心花怒放，觉得自己成了人人歆羡的天之骄子。要是利德盖特知道，他在那颗芳心中引起了多么大的骄傲，他也会像任何人一样感到得意，因为这是哪怕对体液病理学和纤维组织一无所知的人也在所难免的。何况他认为，对一个男人的杰出才能的崇拜，正是女性心灵最美好的表现之一，尽管她们对这种才能的具体内容并无准确的概念。

但罗莎蒙德不是那种软弱无能的女孩子，会在不知不觉中暴露自己，或者听凭一时的冲动鲁莽行事，相反，她总是胸有成竹，保持着娴静文雅的仪表，逐步走向她的目标。她对未来的房屋陈设和社交生活朝思暮想，勾勒了一幅草图，可是你以为她会在谈话中，哪怕是跟妈妈的谈话中，露出一些蛛丝马迹吗？不，非但不会，而且如果她听到人家发觉另一位小姐违反闺训，过早地动了情思，她一定会表示她最美好的惊异，大加指责，真的，说不定还不相信有这种事呢。因为罗莎蒙德从没泄露过任何不合礼节的知识，她始终显得冰清玉洁，爱好音乐、跳舞、绘画，写的便笺字迹娟秀，还不时在珍藏的记事册上摘录一些诗句，而且容貌出众，皮肤白皙，十分可爱，总之，正是那种可以使当时的男子神魂颠倒、欲罢不能的女性。我们大家应该公正地对待她，切勿把她想得太坏，她没有邪恶的计谋，肮脏的打算，或者贪得无厌的思想，事实上，她从没考虑过钱，只是把它看作必不可少，但别人始终会提供给她的一种手段。她也从来不会胡言乱语，谎话连篇，如果她的叙述与事实不符，那也不是她存心如此，倒是她聪明伶俐的表现，是为了取得别人的欢心。总之，在莱蒙太太的这位高足身上，大自然倾注了不少心血，以致大家公认（弗莱德是个例外），像这样集美貌、聪明和温柔于一身的女子是罕见的。

利德盖特越来越觉得，跟她在一起趣味无穷；那种拘束感早已消失，代之而起的是目光的愉快交流。他们的谈话也包含着丰富的内容，这是只有他们自己明白，第三者无从问津，也莫测奥妙的。尽管这样，他们没有过第三者不得介入的幽会或情话。事实上，他们只限于调笑逗乐，利德盖特深信，他们从未越出轨道。如果说爱情和理智不能两全其美,那么调笑逗乐和清醒的头脑应该可以并行不悖吧?说真的,米德尔马契的男人,除了费厄布拉泽先生,都令人讨厌,那么,利德盖特既不关心生意上的钩心斗角,也不打牌,他作什么消遣呢?他常常出席布尔斯特罗德家的宴会,但这家的女孩子还没走出课堂;布尔斯特罗德太太虽然在宗教的虔诚和世俗的乐趣之间开辟了一个中间地带,一方面承认尘世的一切毫不足道,另一方面又要使用雕花玻璃器皿,一方面颂扬清贫生活,另一方面又讲究豪华的排场,但这种天真的做法,并不能冲淡丈夫的道貌岸然造成的沉闷气氛。文西家尽管有一切缺点,相比之下,还是较为愉快的,何况它还培育了罗莎蒙德这朵鲜花,她羞人答答,像含苞待放的玫瑰,而且多才多艺,可以满足男人们一切高雅的趣味。

但是,由于他赢得了文西小姐的芳心,他在医务界以外也招致了一些敌人。一天晚上他来迟了,走进客厅的时候,那儿已有了一些客人。年长的围在牌桌旁边,但内德·普利姆但尔先生(他虽然不是米德尔马契知识界的头面人物,却是当地最理想的丈夫之一)正在跟罗莎蒙德闲谈。他带来了刚出版的《纪念册》①,那豪华的波纹绸装帧标志了当时印刷业的最新成就。他认为,他能够首先与她一起浏览这本图文并茂的书,欣赏女士们和先生们那些闪闪发光的铜版面颊和铜版笑容,诵读那些既音调铿锵、缠绵悱恻,又意味深长的滑稽诗歌,是他生平的一大乐事。罗莎蒙德温柔娴雅,内德先生也为他能把文学和艺术上的最佳成果,向文西小姐"献礼",感到踌躇满志,因为这正是一位漂亮小姐的心爱之物。他对自己的外表也有理由感到满意,尽管它们的根据是深刻的,不能从表面看到。对于肤浅的观察者,他的下巴似乎正在逐渐萎缩,大有消失的趋势。确实,这给他戴缎子大硬领造成了一定的困难,因为对于当时的这种服饰,下巴还是很有用的。

"我觉得,尊贵的 S 夫人有些像你。"内德先生说。他把书翻在这迷人的肖像一页上,含情脉脉地端详着它。

"她的背部太宽,她的姿势似乎故意要突出这点呢。"罗莎蒙德说,

---

① 当时在上流社会中流行的一种年刊性质的东西,内容大多辑录一些诗文,配以图片,或者一些贵妇人的画像,印制精美,供馈赠之用。

不过毫无讽刺的意味,她只是在想,小普利姆但尔的手多么红,又想为什么利德盖特还没有到。这时候,她仍在不停地编梭结花边。

"我不是说她像你一样美丽。"内德先生说,壮起胆子,把眼睛从画像移到了它的对应者身上。

"我看,你很有一套奉承的本领呢。"罗莎蒙德说,心里打定主意,必须再度拒绝这位年轻的先生。

但现在利德盖特进屋了,在他来到罗莎蒙德坐的一角以前,书已合上。等到他无拘无束、充满信心地在她的另一边坐下时,小普利姆但尔的颌部马上像气压表一样,降到了不愉快的最低点。罗莎蒙德高兴的不仅是利德盖特的到来,而且是他的到来所产生的后果——她喜欢引起嫉妒。

"你到得好迟呀!"她说,一边跟他握手,"刚才妈还以为你不来了呢。你觉得弗莱德怎么样?"

"没什么变化,进展很好,只是慢一些。我希望他换个环境,例如,上斯通大院住几天。但你的妈妈好像不大同意。"

"可怜的哥哥!"罗莎蒙德说,显得怪伤心的。接着又转身对另一个追求者说道:"你不知道,弗莱德瘦多了。他这场大病多亏了利德盖特先生,我们都把他当作保护神了。"

内德先生勉强笑了笑。这时,利德盖特把《纪念册》拉到自己面前,随手翻开,发出了一声轻蔑的嘲笑,把下巴往上一抬,好像对人类的愚蠢深感惊骇似的。

"你为什么要发出这种怪笑?"罗莎蒙德问,保持着温和的中立态度。

"我在研究,其中最无聊的是什么——是那些雕版画还是那些题词?"利德盖特用毫不迟疑的声调说,一边迅速地一页页翻过去,似乎要一下子把一本书都看完。罗莎蒙德觉得,他的手又大又白,好看得多。"瞧,这位新郎刚从教堂出来,你们谁见过这种场面吗?这就是伊丽莎白时代的人所说的'甜蜜的发明'。那副胁肩谄笑的样子,恐怕连服饰用品商也得甘拜下风呢。然而我敢担保,这个故事会使他成为全英国的第一号红人。"

"你太苛求了,你使我感到可怕。"罗莎蒙德说,尽量克制她的欢乐,免得失去分寸。可怜的小普利姆但尔刚才正是对这幅版画赞不绝口,他的情绪开始激动了。

"不管怎么说,有不少知名人士在《纪念册》上题了词,"他说,口气又愤怒又害怕,"我第一次听得人家说它无聊呢。"

"我想,这一次我不得不倒过头来责备你啦,你实在像一个没开化的野人,"罗莎蒙德望着利德盖特笑道,"我猜想,你根本不知道布莱辛顿夫人①和勒·伊·兰②。"罗莎蒙德本人对这些作家就很赏识,可是她不想承认自己钦佩她们,宁可跟着利德盖特含糊其辞地表示,那些作品的格调实在不太高。

"但是瓦尔特·司各特爵士,我想利德盖特先生应该知道吧。"小普利姆但尔说,这个有利条件使他振作了一些。

"哦,我现在不看文学作品,"利德盖特说,合上了书,把它推开了,"小时候我读得很多,我想,这已经够我一辈子受用了。从前我还能背司各特的诗呢。"

"我想问一下,你是从什么时候起不读的,"罗莎蒙德说,"因为这样我就可以明白,什么作品是我知道而你还不知道的。"

"利德盖特先生会说,那都是不值得知道的。"内德先生说,故意挖苦他。

"不,正好相反,"利德盖特答道,非但毫不生气,而且露出使人恼怒的狂妄神气,向罗莎蒙德笑了笑,"我相信,文西小姐会把它们的内容告诉我,单凭这一点,它们就是值得知道的。"

小普利姆但尔不久就去看打牌了。他想,利德盖特目空一切,讨厌极了,遇到这样的人,真是倒霉。

"你太不客气了,"罗莎蒙德说,但心里很高兴,"你没看到,你得罪了他吗?"

---

① 玛格丽特·布莱辛顿(1789—1849),英国当时的一个作家,主要是写上流社会的故事,曾担任《纪念册》的编辑。
② 勒蒂希亚·伊丽莎白·兰顿(1802—1838),英国当时的一个作家,主要写一些通俗小说和诗歌。

"怎么,那是普利姆但尔先生的书吗?很抱歉,我没有想到这点。"

"我开始感到,你刚到这儿时,谈到你自己的那些话是对的。你说,你是一头熊,需要接受小鸟的教育。"

"好啊,这儿就有一只小鸟,她爱怎么教育都可以。你瞧,我不是心甘情愿在接受她的指教吗?"

在罗莎蒙德眼中,她和利德盖特简直好像已经订过婚了。有一个思想早在她心中形成,那就是他们迟早总会订婚。我们知道,只要具备必需的养料,思想就会逐渐生长,取得比较固定的形态。确实,利德盖特也有一个针锋相对的思想,那就是他还不打算结婚,但这只是一种否定的因素,是他在其他方面的一些决心投下的阴影,而这些决心本身是会逐渐削弱的。环境几乎始终站在罗莎蒙德一边,帮助着她的思想成长,使它有了造型能力,一直从那对蓝莹莹的眼睛中窥探着一切,相反,利德盖特的自欺欺人,漫不经心,只是空中楼阁,它终必像海蜃皮一样,在不知不觉中化为乌有。

那天晚上,他回到家中,对着那些小玻璃瓶,观察了一会儿浸渍过程的进展情况。他的兴趣没有受到干扰,他仍像平时一样,尽量准确地写下他的日常记录。他梦寐以求、难以割舍的理想,不是探索罗莎蒙德的内心,而是某种物质的结构——人体最根本的组织仍是他未知的美人。此外,他开始感到,他与其他医生之间处于半潜伏状态的仇视,正在继续增长,到了目前布尔斯特罗德的新医院管理方针即将公布的时候,这种仇恨难免也要摊牌了。不过他也看到了一些使他鼓舞的迹象,那就是他虽然不被皮科克的某些病人所接受,却在另一些地方获得了声誉。过了不多几天,他路过洛伊克附近,遇到了罗莎蒙德,便下了马陪她步行,还在一群牲口经过时保护了她。就在这时,有一个仆人骑马赶来,叫住了他,请他到一家有地位的人家去看病,而这家人家从来不是皮科克的主顾,这也是他深得人心的又一例证。那个仆人是詹姆士·彻泰姆爵士派来的,而那家人家便住在洛伊克庄园。

第二十八章

> 甲先生:每一天都可以成为吉日良辰,
> 　　　给你带来恩爱和睦的生活。
> 乙先生:此言极是,日历上本无不祥的日子,
> 　　　有了爱就能结成姻缘,哪怕死
> 　　　也是甜蜜的,如果它像波浪滚滚而来,
> 　　　他们仍会紧紧拥抱在一起,
> 　　　看到的不是死,而是永不分离的生。

一月中旬,卡苏朋夫妇从蜜月旅行回到了洛伊克庄园。他们在门口下车时,天空正飘着小小的雪花,第二天早上,多萝西娅从更衣室走进我们知道的那间青绿色起居室,只见漫长的林荫道两旁,挺拔的菩提树耸立在白茫茫的土地上,天空阴霾沉寂,白花花的树枝伸展在它的下面。远处的平原蜷缩在一片白色中,单调的阴云低低压在它的上面。连屋里的家具似乎也缩成一团,比她先前看到的显得凄凉了。挂毯上的鹿更像幽灵一般,伫立在阴森森的青绿色世界中。排列在书架上的一册册纯文艺作品,仿佛也只是徒具书籍外形的一具具僵尸。壁炉里,干燥的栎树枝在铁架上熊熊燃烧,只有它带来了生机和温暖,与周围的气氛不太协调,就像多萝西娅本人一样。她进屋时,手里拿着几只红皮小匣子,里边装的便是送给西莉亚的浮雕宝石。

她早上刚梳洗过,显得容光焕发,这是健康的青春才有的光辉。她那盘成圆圈的发辫,那淡褐色的眼睛,都像宝石一般在熠熠生光;她的嘴唇散发出殷红温暖的活力,她的喉咙洁白而富有朝气,露出在皮毛的另一种白色上面,而纯白的皮毛围绕着她的脖子,然后沿着青灰色长衣向下伸展,与她本人相似,给人以一种柔和的感觉,只是在她身上,这种柔和与纯洁糅合在一起,因而格外可爱,它与外面那种凝固的、洁白的冰雪世界不同。她把浮雕宝石匣放在弓形窗口的桌上时,立即给窗外那个银装素裹的天地吸引住了,不觉把手按在匣上,对着那一片沉寂的

白色出神。

卡苏朋先生一早起身,就喊心跳得厉害,此刻正在图书室里接见他的副牧师塔克先生。西莉亚随时可以到达,因为她是女傧相,又是新娘的妹妹。接着而来的几个星期,便将忙于新婚期间的交际应酬,在生活的这个转折阶段尚未过去以前,一切自然仍得符合婚姻的幸福观念,显得喜气洋洋,但它带给人的是一种繁忙而空虚的感觉,似乎这场美梦,连做梦的人也开始怀疑了。她对婚后生活的义务,以前曾设想得那么伟大,如今好像跟那些家具,那一片白茫茫的自然景色一起,蜷缩成了小小的一团。她曾经指望在亲密无间中,共同攀登的明朗的高峰,如今甚至在她的想象中也难以看到了。把一位博学的长者作为心灵寄托的美好愿望开始动摇,变成了不安的挣扎,眼前出现的只是一些怵目惊心的不祥预兆。那种能积极发挥妻子的作用的日子,那种既能协助丈夫,又能提高自己的生活意义的日子,什么时候才得实现呢?也许永远不会实现,不会像她原来想象的那样了,但它还是会以另一种方式到来。在经过庄严宣誓之后建立的这种共同生活中,义务将以新的形态出现,给人带来新的启示,也赋予妻子的爱以不同的含义。

现在,她的面前是一片雪地和阴沉低垂的苍穹,那窒息沉闷的贵妇人世界,在那里,一切都有人替她做,一切都不用她动手,在那里,与丰富多彩的生活的联系,只能当作一种痛苦的憧憬,保存在内心,它不是来自外界的真实感受,也没有什么需要她花费力气。"我应该做什么呢?""你爱做什么就做什么,亲爱的。"——这就是自从她不必在早上攻读功课,不必在讨厌的钢琴上练习愚蠢的旋律以来,她那段短暂的生活历程。结婚本来应该是走向有益的、必要的活动的阶梯,然而它并没有使她从名门淑女无所事事的压力下解脱出来。她有过多的闲暇,可是她的温情却没有用武之地,她甚至失去了沉思的欢乐。她那充满活力、跃跃欲试的青春,遭到了精神上的禁锢,这与那阴冷、单调、狭隘的冬日景色,那蜷缩的家具,那从不打开的书,那仿佛见不得阳光的、苍白空虚的世界中那头幽灵似的鹿,是完全一致的。

多萝西娅眺望窗外的时候,起先并没感到什么,只是心头有些厌烦消沉。但后来出现了痛苦的回忆,她转身离开了窗口,在屋里来回走动。将近三个月以前,她第一次见到这间屋子时,活跃在她心头的那些思想和希望,这时再度出现在她的面前,但它们只剩下了回忆,而她像我们评判已成为历史陈迹的往事一样评判着它们。她觉得,一切事物的脉搏似乎都不如她的强烈,她的宗教信念也只是孤独的呼声,一种摆脱噩梦的挣扎,可是在这过程中,她的目标一个个枯谢了,萎缩了,消失了。这间屋子里可以记得的一切,都失去了它们的魅力,像没有点灯的透明画那么死气沉沉。后来她那恍惚不定的目光,又接触到了那几幅小画像,她终于在这里看到了蕴藏着新的气息和新的意义的事物,那便是卡苏朋先生的姨母朱丽亚,那个在婚姻上遭逢过不幸的女子,威尔·拉迪斯拉夫的祖母的画像。在多萝西娅的想象中,它变得有了生命——那张秀丽的少女的脸上,还流露出坚持己见的神情,那种难以理解的独特气质。那么,只是她的亲友们认为她的婚姻不幸,还是她自己也终于发现这是一个错误,因而在夜深人静、凄凉寂寞的时刻,尝尽了眼泪的苦味呢?从第一次看到这幅画像以来,多萝西娅仿佛走过了一段多么漫长的道路啊!她对它产生了一种新的友谊,似乎它准备听她的诉说,知道她在看它一般。这个女人,她也在婚姻上经历过灾难。不仅如此,现在那红晕似乎变深了,嘴唇和下巴似乎变大了,头发和眼睛似乎在发出闪光,那张刚毅的脸向她微笑着,那凝视的目光正对着她,似乎要告诉她,她那眼睑的极其细微的活动,使她变得那么有趣,不能不引起别人的注意和各种猜测。这鲜明生动的幻觉,像欢乐的光芒一样,照亮了多萝西娅,她觉得自己笑了,旋转身子,坐了下去,仰起了头,仿佛面前有个人在跟她谈话。但是在她沉思的时刻,笑容又消失了,最后她大声说道:

"啊,这么讲太残酷了!多么伤心……多么可怕哟!"

她倏地站了起来,走出房间,沿着走廊匆匆跑去。她再也忍耐不住,她得去找她的丈夫,她要问他,她究竟能为他做些什么。也许塔克先生已经走了,卡苏朋先生一个人在图书室里。她仿佛觉得,只要她看到,她一去,她的丈夫感到愉快,那么她一个早晨的悲哀便可化为乌有。

但是她刚走到黑油油的栎木楼梯口,就看见西莉亚上楼来了,楼下站着布鲁克先生,正在跟卡苏朋先生互相寒暄问好。

"多多!"西莉亚用她那种平静的、慢条斯理的声调说,然后跟她的姊姊亲吻,没有再讲什么,姊姊用双手搂住了她。我想,她们大概都偷偷哭了几声,多萝西娅这才跑下楼梯,迎接她的伯父。

"我不必问你好不好了,亲爱的,"布鲁克先生吻过她的额角以后说,"我看得出,罗马使你很愉快,幸福的旅游生活,壁画,名胜古迹……以及诸如此类的东西。哦,看到你回来,我真是太高兴了,现在你对艺术一定大开眼界了吧?但是卡苏朋气色不太好,我刚对他说来着,你知道,有一点苍白。休假期间还刻苦钻研,实在太用功了。有一个时候我也那样,"布鲁克先生仍握着多萝西娅的手,但转过脸去对卡苏朋先生说道,"拼命研究地形学,古迹,寺庙等等,我认为我找到了一条线索,可我发现,它会使我陷了进去拔不出来,结果还是一事无成。你知道,那种事你走多远也走不到底,最后仍毫无收获。"

多萝西娅转过眼睛去,端详丈夫的脸,心里有些担忧。她想,那些阔别之后重又会面的人,可能在他脸上看到了她没有察觉的变化。

"不必害怕,亲爱的,"布鲁克先生说,发现了她的表情,"多吃一点英国的牛羊肉,马上可以恢复正常。为阿奎那的画像作模特儿,苍白一点倒是完全合适的——你知道,我已收到你们的信啦。不过,说真的,阿奎那的著作过于晦涩,是不是?现在还有谁读他的书?"

"确实,他那些书不是为肤浅的人写的。"卡苏朋先生回答,对这些不合时宜的问题表现了庄严的容忍精神。

"伯父,你喜欢在自己屋里用咖啡吧?"多萝西娅说,挽回了这个僵局。

"是的。你应该去找西莉亚,你知道,她有重要消息告诉你呢。我把一切都让她自己讲。"

那间青绿色起居室由于西莉亚坐在那里,显得明朗多了,她跟她姊姊一样穿着皮外衣,正在端详浮雕宝石,脸色平静,似乎很满意。这时,谈话转到了别的题目上。

"你觉得,上罗马度蜜月旅行很有意思吗?"西莉亚问,露出了娇嫩的红晕,多萝西娅早已习惯,知道有时一些微不足道的小事,也会引起她这种反应。

"这不是对所有的人都合适的,比如对你就不合适,亲爱的。"多萝西娅平静地说。她上罗马度蜜月旅行的感受,恐怕谁也不会知道。

"卡德瓦拉德太太说,人们结婚以后,跑那么老远去旅行,实在不值得。她说,他们彼此一定会厌烦得要死,又不能像在家里一样舒舒服服吵架。彻泰姆夫人说,她当年是上巴思的。"西莉亚的脸色一会儿红一会儿白,仿佛那些红晕

> 随着心中起伏的思潮在来来去去,
> 担当传递信息、往返奔波的使节。

看来,西莉亚的红晕与平时不太一样。

"西莉亚!发生了什么事?"多萝西娅问,声音中充满着姊妹的深情,"你真的有什么重要消息告诉我吗?"

"那是因为你出门了,多多。除了我,詹姆士爵士找不到谈天的人。"西莉亚说,眼眸中出现了一种调皮的神气。

"我明白了。那正是我一向希望和相信的。"多萝西娅说,用双手捧住妹妹的脸,有些忧虑地望着她。西莉亚的婚事在她眼中,似乎变得比平常严重了一些。

"这只是三天以前决定的,"西莉亚说,"彻泰姆夫人待我十分和气。"

"你很愉快吗?"

"是的。我们目前还不会结婚,因为许多事还没准备好。我也不希望匆匆忙忙结婚,我想,目前定了亲就成了。至于结婚,那留到以后什么时候都行。"

"我相信,这亲事对你非常合适,咪咪。詹姆士爵士是一个善良正直的人。"多萝西娅热情地说。

"他仍在为那些农舍奔忙,多多。等他来了,他会讲给你听的。你见到他会高兴吗?"

"当然会。你怎么能这么问我?"

"我只是怕你也变得太有学问了。"西莉亚说,似乎认为卡苏朋先生的学问是一种潮湿的气体,到了一定的时候,也会渗入他左右的人

身中。

第二十九章

> 我发现,别人的才能无法使我喜欢。我自己的独到之见不幸又无人赏识,我得到安慰的源泉也就干涸了。
>
> ——高尔德斯密斯①

多萝西娅回到洛伊克后,过了几个星期,一天早晨……但是为什么老是讲多萝西娅呢?难道在这件婚姻中,只有她的观点值得一谈吗?我反对把我们的全部兴趣,我们为理解现实而作的全部努力,集中在那些即使难免烦恼,仍显得容光焕发的年轻人身上,因为这些人也是会衰老的,他们也会尝到年老的、绝望的痛苦,而我们却在促使人们忽视这一切。尽管西莉亚讨厌那双眨巴的眼睛,那两颗白色的痣,尽管詹姆士爵士精神上受不了那种萎缩的肌肉,但卡苏朋先生也有他紧张的思想活动,内心的饥渴,正如我们大家一样。在结婚上,他没有任何越轨行为,他做的一切都是社会所准许的,他们是正式的花烛夫妻。那时他觉得,他的婚姻大事不宜再拖了,他考虑,一个有地位的男子要娶妻子,就该慎重选择,务必物色一位年轻美貌的小姐——越年轻越好,因为比较容易教育,也比较听话——不仅得门当户对,而且要有坚定的宗教原则,贞洁贤惠,聪明伶俐。对这样一位小姐,他可以在结婚时授予她丰厚的财产,为她的幸福作出最好的安排,而作为这一切的报答,他可以得到家庭的温暖,并在身后留下自己的子嗣,这对于男子是十分必要的,它可以成为十六世纪十四行诗作者的题材。当然,从那时以来,时代变了,十四行诗作者不再需要卡苏朋先生的爱情故事。再说,他需要留下的,主要是自己的神话大全,它还没有完成,但结婚同样也是必须完成的一件人生大事,他知道,他的日子已屈指可数,世界在他眼中正

---

① 见高尔德斯密斯的《威克菲尔德的牧师》第二十章。

在逐渐暗淡,他感到孤独,因此再也不能迟疑不决,必须当机立断,尽快取得夫妇生活的乐趣,免得错过时机,后悔莫及。

他见到多萝西娅以后,相信他找到的已超过了他的要求。她确实既可以做他的配偶,又可以做他的助手,使他省却雇佣秘书的麻烦,当然,他还没有雇过秘书,他不信任这些人(卡苏朋先生敏感的神经使他觉得,他必须表现坚强的意志)。上天是仁慈的,给他提供了一位他所需要的妻子。这个谦逊的少女有着女性的纯洁和温存,虚心而又聪明,这样一个妻子必然会把丈夫的意志放在第一位。至于上天在把布鲁克小姐介绍给卡苏朋先生时,是不是对她也同样关怀,这一点他可以不必考虑。社会也从未提出过这种荒谬要求,要一个男子不仅想到一个少女应该具备什么条件,才能使他幸福,也想到他自己应该具备什么条件,才能使这个可爱的少女也得到幸福。仿佛一个男子不仅有权选择妻子,也有权为他的妻子选择丈夫似的!或者仿佛他的责任只是要通过他本人,让他的子女取得一位可爱的母亲!因此当多萝西娅热情洋溢地接受他的求婚时,他认为这是完全自然的,他相信,他的幸福生活即将从此开始。

在他以前的生活中,他没有品尝过多少幸福的滋味。要体验高度的欢乐,必须具备坚强的体魄,否则就得有热烈的心灵。卡苏朋先生从来没有强壮的体格,他的心灵虽然敏感,却缺乏热情,它没有足够的活力,不能使自我意识迸发出热烈的恋情,它诞生在一片沼泽中,只得在那里徘徊挣扎,向往着飞翔,可是从来长不出翅膀。他的体验带有可怜的性质,可是他又不愿让人说他可怜,他最怕的是给人知道他可怜:这正是那种外强中干、气量狭隘的敏感心理,它没有充沛的精力,不能把多余的热量转化成同情,它关心的只是自己,或者充其量只是为个人的得失担忧,以致一有风吹草动,便像游丝一般战栗不已。卡苏朋先生的顾虑是很多的;他能够严格地克制自己,他也决心做一个符合标准的正人君子,他要求自己从公认的准则看来,都无懈可击。在行动上,他也确实达到了这些目的。但是要使他的《世界神话索隐大全》同样无懈可击,却并非易事,它的困难像铅一样压在他的心头。至于那些小册子——他称它们为"副产品"——他是用它们来测验读者的反应的,它们构成了他研究过程中小小的里程碑,然而它们的重要意义远远没有获得应有的评价。他怀疑,这些书副主教根本没有看,布兰斯诺斯①的权威们对它们究竟怎么想,他也感到忧虑和怀疑;他还痛苦地相信,他的老朋友卡普就是那篇批评文章的作者,这篇文章,卡苏朋先生一直锁在书桌的小抽屉内,它的每一句话也保存在他的记忆的黑房子里。他必须经常与这些沉重的印象搏斗,它们带来的苦闷是希望过高的结果——他对自己的著书立说那么重视,一旦失去信心,恐怕连他的宗教信仰也会动摇,而那本尚未写成的《世界神话索隐大全》是他的唯一安慰,看来,基督徒永生的希望也得靠那本书的永生才得实现。从我来说,我对他十分同情。不论如何,这不是一种轻松的命运,因为具备了我们所说的高深教养,却无法从中得到享乐,望见了广阔无垠的前景,却不能超脱琐碎的烦恼和战栗,始终觉得光荣可望而不可即,始终不能体味到自豪的欢乐,从而使思想变得活跃,感情变得奔放,行动变得朝气蓬勃,只能夜以继日地埋头在故纸堆中,寻章摘句,管窥蠡测,既野心勃勃,又胆小如鼠,顾虑重重,目光如豆。我想,哪怕当上教长,甚至主教,卡苏朋先生的沉重心境也不会有多大改善。难怪有个古希腊人说,在大面具和喇叭筒后面②,我们那可怜的小眼睛必然仍像平时一样窥视着,我们那胆怯的嘴唇也多少仍处在不安的戒备状态。

这种心理状态是二十多年来形成的,这种情绪也已扎根在心灵深处,现在卡苏朋先生却要靠与一位可爱的少女的结合,在这片瘠土上播种幸福。但是甚至在婚前,我们看到,他已发现,一种新的忧郁渗入了他的意识,因为他明白,那新的福音对他说来并不是福音。他的心还向往着旧的、容易适应的习惯。他在家庭生活中越是深入一步,那种履行本分、遵守礼节的意识,也越是凌驾于其他一切满足感之上。婚姻像宗教和学问一样,不,像著作活动本身一样,是注定要变成一种外在要求的,而爱德华·卡苏朋必须模范地履行这一切要求。但他并不甘愿,哪怕按照他婚前的打算,他应该让多萝西娅参与他的研究活动一事,他也

---

① 牛津大学的布兰斯诺斯学院,当时的神学研究中心之一。
② 古希腊的戏剧因系在广场上演出,演员均戴面具,面具上的口是张开的,内设喇叭形装置,使声音能传得较远。

一再考虑,拖延不决,要不是她再三敦促,恐怕永无实现之日。但她毕竟成功了,她使他明白,让她及早走进图书室,这是天经地义的事,她应该在那里取得一席位置,不论从事朗读或抄写都可以。这件事比较顺利地解决了,因为卡苏朋先生刚好想到了一个主意,要写一篇新的"副产品",这是论述埃及秘传教义一些新发现的小文章,根据这些发现可以纠正沃伯顿①的某些见解。这里涉及的材料也很多,但还不至于漫无边际,文字也不太艰深,要便于布兰斯诺斯的人,以及不太博学的后代人的阅读。这类小里程碑式的文章,总是使卡苏朋先生感到不安,因为大量的引文,或者对立的论证词句在他头脑里发出的互相抵触的音响,都会造成理解上的困难。何况一开头,总得有几句拉丁文的献词,写什么,他心中还一点没有数,只能说,这绝不是献给卡普的,因为有一件事,卡苏朋先生至今仍心有余悸,那就是有一次,他写了一句献给卡普的话,竟把动物界的这位成员列为 viros nulloaevo perituros②,这个错误自然贻人口实,哪怕到了下一代,还难免传为笑柄,至于目前,甚至会使派克和坦奇之流也自鸣得意,暗暗发笑。

这样,当前正是卡苏朋先生最忙碌的时期之一。我开头没有讲完,这天早晨多萝西娅要上图书室跟他一起工作,而他是在那儿单独用早餐的。这时西莉亚已是第二次访问洛伊克,但也可能这是她婚前的最后一次。现在她坐在客厅里等候詹姆士爵士的到来。

多萝西娅已经懂得观察丈夫的脸色,她发现,在这屋里,早上的雾似乎比刚才更浓了。她没有做声,向自己的桌子走去,这时,他开口了,声音显得那么冷漠,仿佛他是在履行一项不愉快的责任:

"多萝西娅,这儿有你的一封信,那是附在给我的信中的。"

信一共两张纸,她立刻看了看署名。

"拉迪斯拉夫先生!他有什么话要跟我说呢?"她喊道,是一种高兴而惊讶的口气。接着,她望着卡苏朋先生,又道:"但我想象得到,他写信给你谈些什么来着。"

---

① 威廉·沃伯顿(1698—1779),英国高级教士及神学家。
② 拉丁文:旷世奇才。"卡普"原意为鲤鱼,"派克"和"坦奇"也是两种鱼,这里用作人名,暗示他们只是庸才,卡苏朋却把他们当作奇才,这自然要贻笑大方了。

"如果你想看,信在这儿,"卡苏朋先生说,用笔指了指信,绷紧了脸,没有瞧她,"不过我得声明在先,信上所提前来做客的事,我不得不予以拒绝。我相信,我希望获得一段完全平静的时期,摆脱这以前我不得不忍受的各种干扰,这要求应该是无可非议的。尤其是有些客人,他们生活散漫,又好活动,他们的到来使我感到疲劳。"

多萝西娅和丈夫自从在罗马发生小小的争执以后,还没有再冲突过,那次争执在她心灵上留下了太深的印象,以致她宁可克制自己的感情,不让它爆发。但现在,她的丈夫似乎认为,他所不欢迎的拜访正是她所盼望的,这种恶意的推测,以及他为了防止她发出任性的抱怨而作的毫无来由的辩白,都像针一样深深刺痛了她,使她不能沉默,置之不理。以前她想过,她可以对约翰·弥尔顿百般忍耐,但是她从没想到,他会这么对待她。一时间她只觉得,卡苏朋先生处事愚昧荒谬,极不公正。怜悯这个"新生儿"本来一直在抑制着她内心的风暴,这一次却没有使她"跨越这堆怒火"。她一开口,那声调就使他吃了一惊,不由得抬起头来看她,他遇到的是一对炯炯发光的眼睛。

"你为什么要把莫须有的罪名加在我的身上,好像我希望做你所不乐意做的事?你对我讲话的口气,似乎你是在应付一个反对你的人。如果我不顾你的好恶,只顾自己,那至少应该等我有所表示以后,你再说也不迟。"

"多萝西娅,你性子太急了。"卡苏朋先生回答,心情有些激动。

毫无疑问,这个女人还太年轻,缺乏作一位贤惠的妻子的条件;要不,就是她太浅薄,太平凡,对一切都自以为是。

"我认为,这是你先急躁,是你对我的情绪作了错误的估计。"多萝西娅说,仍是那样声色俱厉。她的火气还没有消失,她认为,她的丈夫不向她道歉,那是他不讲道理。

"多萝西娅,请你别说了,我不想再谈这件事。我没有时间,也没有精力作这种争论。"

说完,卡苏朋先生把笔蘸了蘸墨水,仿佛又要动手书写,然而他的手哆嗦得厉害,写的字简直认不清楚。有些答复想遣走愤怒,结果并没有把它遣送出境;明明感到真理在自己一边,却企图淡然处之,回避争论,这在夫妇之间甚至比在哲学辩论中更不容易做到。

拉迪斯拉夫的两封信,多萝西娅连看也没看,她走回自己的座位,让它们留在丈夫的书桌上。她心头的轻蔑和愤慨,使她不愿读这些信,正如我们遭到怀疑,被认为卑鄙贪婪的时候,我们会把引起这种怀疑的东西当作废物一般扔开。其实,她丈夫讨厌这些信的微妙原由,她丝毫也不理解,她只知道,它们使他侮辱了她。她立即开始工作了,她的手一点也不抖,相反,在书写前一天他交代她抄录的那些引文时,她觉得自己的字迹很漂亮,她仿佛看到了她正在抄写的拉丁文的结构,因而对它们的理解也比平时明确了。她的愤怒中包含一种优越感,但现在它已随着遒劲的笔触逐渐消失,并未在内心凝结成清晰的语言,宣称那个一度显得和蔼可爱的"亲切的天使长",其实不过是一个可怜的浊物。

这种心安理得的状况,延续了大约半个小时,多萝西娅的眼睛始终没有离开她的桌子,但这时她突然听得啪的一声,一本书掉到了地上,她赶紧扭转头去,发现卡苏朋先生扑在书架的小梯子上,似乎浑身非常难受。她一跃而起,马上跑到他的面前,显然,他的呼吸十分急促。她跳上一张凳子,使自己靠近他的胳膊弯,用发自整个内心的温柔而惊恐的声音说道:

"亲爱的,你能靠在我的身上吗?"

他没有反应,既不能说话,也不能动弹,只是喘气,这样过了两三分钟,但这两三分钟在她看来却那么漫长。最后,他挪下了三级,向后一仰,倒在多萝西娅拉到梯子脚下来的一张大椅子上。他不再喘气,但还是没有一点力气,似乎即将昏迷。多萝西娅使劲按铃,接着卡苏朋先生给扶到了睡椅上。他没有昏厥,逐渐苏醒了。这时詹姆士爵士来了,他一进门厅已得到消息,知道卡苏朋先生"在图书室里昏倒了"。

他思想中的第一个反应是:"我的天呐,果然不出我的预料!"如果他的先见之明能够表达得更具体一些,他也许会说,"昏迷"正是这种意外事故的必然表现。他问报告消息的男管家,有没有请医生。男管家以前从未听到他的主人要请医生,但现在恐怕应该请一位医生了吧?

詹姆士爵士走进图书室时,卡苏朋先生已能够表示一点日常的礼貌了,但多萝西娅惊魂未定,一直跪在他旁边啼泣,现在站起身来,也提出应该派人去请医生。

"我劝你请利德盖特，"詹姆士爵士说，"我母亲请他看过病，认为他精通医术。自从我父亲故世后，她一直埋怨医生没有用呢。"

多萝西娅向丈夫征求意见，他做了个手势，表示同意。这样，她才派人去请利德盖特先生，他来得异乎寻常地快，因为派去的是詹姆士·彻泰姆爵士的仆人，他认识利德盖特医生，发现他正牵着马，挽着文西小姐，在洛伊克大路上步行。

西莉亚在客厅里，对这场风波一无所知，后来还是詹姆士爵士告诉她的。他听多萝西娅谈了经过以后，不再认为那是昏厥，但依然认为带有"那种性质"。

"可怜的多多，这太可怕了！"西莉亚说，尽管她自己非常幸福，还是不免感到忧虑重重，詹姆士爵士捧住了她的两只小手，它们握得紧紧的，像小小的蓓蕾包在两片大萼片中，"卡苏朋先生要是病了，那太糟了。不过我从来不喜欢他。我觉得他没有真心真意爱多萝西娅，可是他应该真心真意爱她才对，因为我相信，除了她，没有人肯嫁给他，你说是吗？"

"我始终认为，你姊姊这么牺牲自己是毫没来由的。"詹姆士爵士说。

"对。但是可怜的多多做的事总是跟别人不一样，我想她永远不会跟别人一样。"

"她是一个高尚的女子。"忠心耿耿的詹姆士爵士说。他刚才还对她的为人获得了新的印象，亲眼看到，多萝西娅怎样把温柔的胳臂伸到丈夫的脖颈下，带着说不出的忧郁凝视着他。他当然不知道，这忧郁中包含着多少悔罪的心情。

"是的，"西莉亚说，觉得詹姆士爵士能这么讲，的确难能可贵，可是他跟多多在一起永远不会愉快，"我可以去看她吗？你觉得，她见了我会不会好一些？"

"我想，趁利德盖特没来以前，你正应该去看看她，"詹姆士爵士宽宏大量地说，"只是不要待得太久。"

西莉亚走后，他在那儿踱来踱去，回想到多萝西娅订婚之初，他原来的反应,他不免对布鲁克先生的隔岸观火又萌发了厌恶的情绪。要是卡德瓦拉德……要是每一个人都像他詹姆士爵士那样对待这件事,那么她的结婚也许就可以避免。让一个女孩子盲目地决定自己的命运,走上这条道路,却袖手旁观,不设法挽救她,这实在太岂有此理了。詹姆士爵士的不满早已不是为了自己,他与西莉亚的订婚,已医好了他心灵的创伤。但是他有骑士的正义感(不计私利地保卫妇女的利益,不是古老的骑士制度的理想光辉吗?),他的爱情遭到拒绝,并没有使他因此怀恨在心,它的死亡留下了甜蜜的香味,那飘忽不定的回忆,它像对神的祭献一样依附在多萝西娅身上。他依然是她的弟兄和朋友,怀着宽容和信任在看待她的行为。

第 三 十 章

不合时宜的休息只能使人疲劳。

——帕斯卡尔[1]

卡苏朋先生发病后,没有再出现第一次那么严重的症状,过了几天,他便开始复原了。但利德盖特似乎认为,这病仍需要特别注意。他不仅使用了听诊器(在当时的医疗方法中,它还没有得到广泛应用),而且静静地坐在病人身边,仔细观察。对卡苏朋先生提出的问题,他回答说,病的根源是知识分子一般都有的缺陷——过度紧张而单调的脑力活动,医治的方法是在工作上要适可而止,注意休息和各种消遣。有一次布鲁克先生正好坐在旁边,便建议卡苏朋先生不妨向卡德瓦拉德学习,钓钓鱼,在家中布置一间车工房,做做玩具,修修桌椅腿儿。

"总之,你是要我看到,我的第二次童年已经到来。"可怜的卡苏朋先生说,不免有些伤感。接着又望着利德盖特,说道:"这类消遣对我说来,无异跟犯人在教养所里撕麻絮[2]一样枯燥。"

---

[1] 关于帕斯卡尔,见本书四页注[1]。这句话引自他的《思想录》。
[2] 把破烂的麻绳撕成麻屑,另作他用,这是英国教养院中犯人的主要劳动方式。

"我承认,"利德盖特笑道,"娱乐不是完美无缺的处方。这有点像告诉人们,要珍惜自己的精力。也许我不如说,哪怕你有些厌烦,也只得停止工作,这是不得已的。"

"一点不错,"布鲁克先生道,"晚上可以跟多萝西娅下下棋。还有羽毛球——我觉得,白天打打羽毛球,那是最好的游戏。我记得,这一向是时髦的玩意儿。当然,你的视力可能受不了,卡苏朋。但是要知道,你必须活动活动。对啦,你还可以研究些轻松的东西,比如,贝壳学,我一向认为,这应该是一门轻松的学问。或者让多萝西娅给你念点轻松的书,比如,斯摩莱特①的《蓝登传》《亨佛利·克林克》,这些书有些粗俗,但是你知道,现在她结婚以后,什么都可以读了。我记得,它们曾使我捧腹大笑,其中有一则插曲,写到一个左马驭者的裤子,相当滑稽。这么风趣的作品,如今见不到了。这些书我都读过,不过它们对你说来,大概还是新鲜的。"

"对,新鲜得像吃大蓟一样。"——按照卡苏朋先生的心情,他恨不得这么回答。但他只是顺从地点了点头,对妻子的伯父表示了应有的尊敬,说道,毫无疑问,他提到的那些书,"可以使心脏在一定程度上恢复正常"。

能干的地方法官到了门外,对利德盖特说道:"你瞧,卡苏朋有一点褊狭,你不让他研究他的学问,就像要了他的命,当然,我相信,这学问是相当深奥的,你知道,这是从研究的意义上说的。我可永远不会沉湎在这中间,我的爱好时常变换。不过一个教士难免受些束缚。要是他们提拔他当了主教,那才够哈呢!……他写过一本很好的小册子,拥护庇尔。那时他应该比现在活跃,不致老关在书斋里。他应该多一点人间的烟火气才好。我劝你不妨跟卡苏朋夫人谈谈。她是我的侄女,很聪明,什么都能理解。你告诉她,她的丈夫需要活动,需要娱乐,让她采取一些灵活的措施。"

其实,布鲁克先生不讲,利德盖特也已决定跟多萝西娅面谈一次。

---

① 托拜厄斯·乔治·斯摩莱特(1721—1771),英国启蒙主义小说家,这里提到的两部小说都是他的主要作品。

她当时正好不在,没有听到她伯父兴致勃勃地提出的高见,认为怎样才能使洛伊克的生活变得生动活泼,但她一般都在丈夫身边,每逢谈话涉及他的心脏或健康时,她的脸色和声音总会流露出由衷的关切和忧虑,这种情景像戏剧一样吸引着利德盖特。他对自己说,把真相告诉她,让她知道她丈夫未来的可能性,那是完全应该的,但他无疑也感到,跟她推心置腹地谈谈,看看她的反应,这是一件饶有兴味的事。医生喜欢进行心理观察,有时为了从事这种研究,还不惜作出大胆的推测,结果被生和死所轻易推翻。利德盖特对这类没有根据的预言,常常抱讥刺态度,现在他也很警惕这点。

他求见卡苏朋夫人,但仆人告诉他,她已出外散步,他刚要走,多萝西娅和西莉亚回来了,两人的脸都红扑扑的,刚同三月的寒风作过搏斗。利德盖特提出要同多萝西娅单独谈谈,她打开了图书室的门,因为他们正好在它旁边。她这时什么也没有想,只觉得他大概要谈卡苏朋先生的病情。她丈夫病后,她还是第一次走进这间屋子,仆人一直把百叶窗关着。但穿过窗户上部狭小的玻璃射入的光线,仍使室内相当明亮,可以看清一切。

"你不计较这种阴暗的光线吧?"多萝西娅站在屋子中央说,"由于你禁止读书,藏书室早已不用了。但也许卡苏朋先生不久又能到这里来了。他不是正在好转吗?"

"是的,是在好转,而且比我起初预计的快得多。说实话,他几乎快达到原来的健康状况了。"

"你不担心病会反复吗?"多萝西娅问,她那灵敏的耳朵已从利德盖特的声调中,听出了某种意思。

"这种病例是特别难以预料的,"利德盖特说,"我能说的只有一点,那就是卡苏朋先生必须十分注意,不要过分使用脑力。"

"我要求你把一切告诉我,"多萝西娅用恳求的口气说,"我想到可能有些情况我还不了解,心里便受不了,因为如果我知道了,我可以采取不同的行动。"这些话带有呼吁的意味,显然,这是发自内心的声音,代表着时刻萦绕在她心头的一种体验。

"请坐下。"她又说,在身边最近的一把椅子上坐了下去,摘下帽子和手套,表现了在涉及生死存亡的重大问题时,不拘形迹的天性。

"你刚才的话也是我的观点,"利德盖特说,"我认为,作为一个医生,他的职责就是尽可能防止这类憾事。但我要求你能理解,卡苏朋先生的病症正是属于结果很难逆料的那一类。不过也许在十五年,甚至更多的时间内,他的健康可以一直保持在目前的状况,不致有太大的恶化。"

多萝西娅的脸色变得异常苍白,利德盖特的话一停,她就开口了,声音很轻:"你的意思是说,要是我们十分注意的话?"

"是的,要注意防止任何精神上的刺激,防止过度操劳。"

"如果必须停止工作,他一定会很苦闷。"多萝西娅说,敏锐地感到了那种不幸的前景。

"我理解这点。唯一的办法是尽一切可能,不论是直接的或间接的,减轻和调剂他的工作。只要情况顺利,我已说过,他的心脏眼前不致发生危险——这次的突然发作,我相信,原因正在于情绪过分激动。不然的话,病情很可能有较快的发展,总之,这一类病有时难免会突然引起死亡。为了防止这种后果,一切都不应该忽视。"

沉默延续了几分钟,多萝西娅坐在那里,仿佛成了一具大理石雕像,然而她的内心充满着紧张的活动,也许它还从来没有在这么短的时间内,经历过这么多的幻景和变化。

"请你帮助我吧,"她最后说,声音仍像刚才那么轻轻的,"告诉我,我能做些什么。"

"出国旅行一次,你认为怎么样?我想,你们最近到过罗马。"

她的回忆告诉她,这个办法毫不足取。这些回忆形成了一股新的激流,冲击着多萝西娅,把她从脸色苍白、木然不动的状态中惊醒了。

"哦,那没有用,那会造成更坏的后果,"她说,越发显得愁眉不展,像孩子一样,眼泪也不禁潸潸而下,"凡是不能使他感到快活的事,都是没有用的。"

"我真不应该引起你的这种痛苦。"利德盖特说,深深地受到了感动,但对她的婚姻仍觉得不能理解。像多萝西娅这样的妇女,跟他的传统观念是格格不入的。

"你告诉我是对的。我感谢你,因为你让我知道了真相。"

"我希望你理解,我不能向卡苏朋先生本人说明这一切。我想,除了他不能过分劳累,必须遵守一些规定以外,其他都不必同他讲。任何担忧对他说来,都是极不相宜的。"

利德盖特站了起来,多萝西娅也跟着机械地站起身来,解开了斗篷的扣子,把它扔在一旁,仿佛它使她憋得透不出气似的。他弯了弯腰,正要离开,她再也忍耐不住,突然发出了呜咽般的声音——要是这时只有她一个人,这会成为一种祈祷——说道:

"啊,你是一个有学问的人,不是吗?你了解有关生和死的一切。请你指点我吧。你认为我该怎么办呢?他勤奋工作了一生,怀着一个目标。其他一切,他什么也不考虑。我也什么都不考虑……"

这不自觉的呼吁,在利德盖特心头留下了深刻的印象,以致几年以后仍未消失。这是一颗心灵向另一颗心灵发出的求援的声音,它所感到的只是他们是处在同样的漩涡中,面对着同样苦难重重、忽明忽暗的生活,奔向同一目标的人。但是现在他能说什么呢?他只是说了一句,他明天会再来看望卡苏朋先生。

他走以后,多萝西娅的眼泪便像潮水般涌了出来,这样,她那种闷得透不出气的感觉减轻了。她擦干眼泪,提醒自己,绝对不能让丈夫发现她的悲伤情绪。她向屋子周围看看,心想必须吩咐仆人,照平时一样把它收拾整齐,因为现在,卡苏朋先生随时可望走进屋里。他的书桌上还放着那些信件,从他发病的那天早上起,就没人再碰过它们,多萝西娅记得很清楚,其中有拉迪斯拉夫的两封信,写给她的那封还没有拆开。这些信引起的联想,由于那场猝然发作的病,变得更为痛苦,她总觉得,她的愤怒造成的惊惶,也促使了疾病的爆发,因此她想,反正有的是时间,不必马上看它们,也没想到要把它们从图书室中拿走。可现在她觉得,不能再让丈夫看到它们,不论他为它们烦恼的原因是什么,必须尽可能不让他再产生这种烦恼。她匆匆看了一遍那封写给他的信,以便决定是否必须马上回信,制止那引起不快的拜访。

威尔的信是从罗马发出的,信的开头是说,卡苏朋先生对他的恩惠太大了,以致任何感谢都变得不能相称。很清楚如果他忘恩负义,他一定是一个最可耻的小人,辜负了一位慷慨的朋友;但如果连篇累牍讲他怎样感谢他,那又无异表示"我多么正直"。不过现在威尔终于发现,他的缺点,卡苏朋先生一再指出过的那些缺点,若要得到纠正,他必须接受更艰苦的境遇,而他的亲戚的慷慨解囊,一直使这种境遇不能实现。他相信,如果可能,他最好的报答办法应该是让他受到的栽培发挥作用,同时今后不再接受任何津贴,使它们可以用在其他更有权取得这些钱的人身上。他正动身返回英国,他要像许多一无所有、唯一的本钱便是自己的头脑的年轻人一样,自谋出路。他的朋友已托他把《辩论》带回,这是在卡苏朋先生和他的夫人同意下,为他作的画,威尔将前来洛伊克,当面呈交该画。如有必要,可在两个月内写信给他,免得他在不适当的时刻到来,信可寄往巴黎邮局待领邮件处。他附上致卡苏朋夫人一信,信中继续与她探讨艺术问题,这是在罗马开始的。

打开给自己的信,多萝西娅看到,威尔用生动活泼的笔调,继续对她那种狂热的同情心,那种不能对事物保持严格的中立态度,按照它们的本来面目欣赏它们的观点,提出了抗议,文字显得热情洋溢,充满了年轻人的朝气,使她觉得,目前不是读它的时候。她亟待考虑的是如何处理另一封信,制止威尔前来洛伊克,这也许还来得及。最后,多萝西娅把信交给了伯父——那时他还在这里。她要求他通知威尔,卡苏朋先生病了,他的健康状况使他不宜接待任何客人。

没有人比布鲁克先生更喜欢写信,他的唯一困难是写得简短扼要,这一次他的思想便非用三大张纸,加上纸边的空白不成。但是对多萝西娅,他只是简单地答道:

"你放心,我会写的,亲爱的。这位小拉迪斯拉夫,他是个聪明的年轻人,我敢说,他是大有希望的。你知道,这是一封很好的信,说明他懂得事理。好吧,我会把卡苏朋的事告诉他。"

但是布鲁克先生的笔尖是一个会思想的器官,跑得比他的头脑更快,它能产生词句,尤其是那种亲热的语言。它表示了遗憾,提出了补救的办法,这些话在布鲁克先生眼中,显得措词得当,恰到好处,以致他十分满意,决定加上一个结尾,这是他刚才从未想到的。原来他的笔觉得,小拉迪斯拉夫不能在这个时候到这一带来,实在太可惜了,布鲁克先生很希望跟他建立进一步的友谊,一起探讨他荒疏已久的意大利绘画;它还对这个年轻人发生了很大兴趣,因为他是怀着丰富的思想走进生活的。这样,到了第二张信纸结束时,它就敦促布鲁克先生,既然洛伊克不便接待小拉迪斯拉夫,何不把他请到蒂普顿田庄来。为什么不呢?他们在一起有不少事可做,这个时期政治上风云变幻,正在发生重大的进展,要办的事多得很。总之,布鲁克先生的笔洋洋洒洒,写出了一篇小小的演说,长短与他最近为那份编辑不善的《米德尔马契先驱报》写的文章差不多。最后,布鲁克先生把信封好,心里扬扬得意,眼前升起了一幅模糊的远景:他与一个善于把思想化成语言的年轻人站在一起,买下了《先驱报》,给新的竞选扫清道路,收集了各种材料……这一切,谁知道结果会怎样呢?由于西莉亚即将结婚,要是有一个年轻人与他做伴,至少在一段时间内,这是非常惬意的事。

但是他走时,没有把信的内容告诉多萝西娅,因为她正忙于照料丈夫,而且事实上,这些事对她也毫无意义。

第三十一章

> 你打不动一口大钟,怎么知道它的音高?
> 不妨用一支笛子,在精制的金属下吹奏,
> 然后仔细谛听,你会听到准确的音调,
> 那银铃般的声音缓缓向你耳边荡漾,
> 大钟跟着开始震颤,于是沉重的金属
> 发出回声,与无数音波汇集,
> 交织成轻轻的、柔和的共鸣。

当天晚上,利德盖特向文西小姐谈起卡苏朋夫人,着重提到了她对那位比她年长三十岁的丈夫,那个勤奋好学、刻板拘谨的男人的深厚感情。

"当然,她应该忠于她的丈夫。"罗莎蒙德说,这话必然包含的一层意思,是符合这位科学家的观念的,因为他认为忠诚是妇女可能有的最

美好的品质;但她同时也在想,做洛伊克庄园的主妇,尽管丈夫已不久于人世,终究不是太大的不幸。"你觉得她很漂亮吗?"

"她确实很漂亮,但我没有想过这点。"利德盖特说。

"因为这不属于你的业务范围,对吗?"罗莎蒙德笑道,露出了两个酒窝,"现在你的主顾多得多了!我想,开始是彻泰姆家请你看病,如今又增加了卡苏朋家。"

"是的,"利德盖特说,带着勉强同意的口吻,"但是说真的,我并不喜欢侍候这些老爷,我宁可给穷人看病。这些病人太枯燥乏味,总是大惊小怪,弄得你无可奈何,还只得恭恭敬敬听他们讲无聊的蠢话。"

"这在米德尔马契也一样,"罗莎蒙德说,"至少你已走上一条康庄大道,到处鸟语花香,一片兴旺景象。"

"那是真的,我的高贵美丽的小姐。"利德盖特说,一边向桌子俯下头去,把露在她的网格拎包外的一方精致手帕,用无名指挑起一些,仿佛在闻它的香味,一边含笑望着她。

利德盖特在米德尔马契这朵鲜花身边,度过了不少无忧无虑、情意绵绵的假日,但假日总不能无限期延长下去。这里也像别处一样,不是世外桃源,两人经常在一起调笑戏谑,免不了要"与毫不相干的事物引起各种纠葛、冲突、抵触、干扰和矛盾"。文西小姐的一举一动本来引人瞩目,现在也许由于文西太太不在家中——她经过再三考虑,终于决定随同弗莱德前往斯通大院暂住了,因为她既要向老费瑟斯通表示亲善,又要监视玛丽·高思,除了跟在儿子身边,别无他法,何况随着弗莱德的逐渐康复,玛丽更不配当她的儿媳妇了——这位小姐不论在崇拜她还是批评她的人中间,越发成了大家关注的目标。

例如布尔斯特罗德姑妈,自从罗莎蒙德剩下一人以后,她上洛伊克门大街串门的次数便比以前多了一些。她对兄长怀有真正的骨肉之情,尽管她始终认为他本可以攀一门更好的亲事,她对侄儿侄女还是关心备至的。布尔斯特罗德太太和普利姆但尔太太是久经考验的老姊妹,对丝绸、内衣的式样、瓷器和教士,都具有几乎相同的观点;有了小病小痛,或者家务问题,也要聚在一起互诉衷肠。布尔斯特罗德太太在某些方面占有领先地位,即她更加端庄贤惠,更加注重品德,而且在城外还有一幢房子,因此在谈话中,她的意见常常会占上风,成为她们共同的观点。总之,这是两个心肠不坏的女人,对自己的行为往往并不了解它们的动机。

一天早上,布尔斯特罗德太太去拜访普利姆但尔太太,偶然提了一句,说她不能坐得太久,因为她还得去看望可怜的罗莎蒙德。

"你为什么说'可怜的罗莎蒙德'?"普利姆但尔太太问,这是一个眼睛圆鼓鼓的、机灵的矮小女人,像一只驯服的猎鹰。

"她这么漂亮,又从小娇生惯养给宠坏了。你知道,那个母亲生来轻浮浅薄,我不得不替孩子们多操一些心。"

"得啦,赫莉欧,"普利姆但尔太太说,显得郑重其事,"说句不怕见怪的话,大家会以为你和布尔斯特罗德先生对发生的一切很满意呢,因为都是你们在给利德盖特先生撑腰呀。"

"塞利娜,你这是什么意思?"布尔斯特罗德太太说,真的有些吃惊。

"不过替内德着想,我还感到高兴呢,"普利姆但尔太太说,"当然,要供养这么一个妻子,他比别人更有条件,不过我宁可他另外物色一个。做母亲的总得为子女操心,要不,有些年轻人难免走上邪路。还有,请你别多心,我得说,我不喜欢外地人住到我们这城市来。"

"这可不能一概而论,"布尔斯特罗德太太说,现在轮到她郑重其事了,"有一个时候,布尔斯特罗德先生在这儿也是外地人。亚伯拉罕和摩西在当地都曾经是外地人,而且上帝要我们善待外邦人呢。"停了一会儿,她又补充道:"对那些无可指摘的人,更理应如此。"

"我不是从宗教意义上谈的,赫莉欧,我是作为一个母亲这么说的。"

"塞利娜,我相信你从没听我说过,我反对我的侄女嫁给你的儿子。"

"哦,我知道这跟你完全无关,那是因为文西小姐太自高自大,"普利姆但尔太太说,以前她还没有跟"她的赫莉欧"开诚布公谈过这事,"米德尔马契的年轻人,没有一个在她眼里;我听得她的母亲也这么讲呢。我想,那不符合基督的精神。现在可好啦,据我听到的一切,她找到了一个跟她一样傲慢的人。"

"你是说,罗莎蒙德和利德盖特先生之间发生了什么吗?"布尔斯特罗德太太说,发现自己还给蒙在鼓里,有些生气。

"赫莉欧,难道你还不知道?"

"哦,我不大出外串门,而且我不喜欢听那些闲言碎语,我确实没有听到什么。你认识的许多人,我都不认识。你的生活圈子跟我们的不一样。"

"得啦,你的亲侄女,还有布尔斯特罗德先生手下的大红人——也是你赏识的大红人,赫莉欧,这总该是你们来往的人吧?有一个时候我还觉得,你打算等凯特大一些,把她许配给这位先生呢。"

"我不相信这件事眼前已经定局,"布尔斯特罗德太太说,"否则,我的哥哥一定会告诉我的。"

"当然,人与人不一样,但我知道,谁见到文西小姐和利德盖特先生在一起那副样子,都会以为他们已经订婚了呢。不过这不关我的事。你看,这手套的式样好不好?"

这以后,布尔斯特罗德太太怀着新的烦恼,坐上马车去看她的侄女了。她自己穿得很时髦,但一看见罗莎蒙德穿着散步的装束刚回到家中,便有些不以为然,觉得她的衣着太华丽,几乎与她不相上下。布尔斯特罗德太太是她哥哥的女性袖珍版,完全没有她丈夫那种死气沉沉的苍白色调。她生就一对美丽明亮的眼睛,心直口快,从来不会转弯抹角。

"亲爱的,我看你很孤独。"她在她们一起走进客厅时说,一边严肃地环视着四周。罗莎蒙德发觉,她的姑妈一定有什么重要的话要说,她们坐得很近。不过,罗莎蒙德那顶帽子里边镶的网眼纱褶裥边饰漂亮极了,一定得给凯特也做一顶这种式样的帽子;布尔斯特罗德太太一边讲话,一边骨碌碌转动着俊俏的眼睛,不住地打量那一圈宽阔的边饰。

"我刚才听到了一些关于你的话,这使我非常吃惊,罗莎蒙德。"

"姑妈,都讲些什么呀?"罗莎蒙德的眼睛也在姑妈的绣花大领圈上来回巡视。

"我简直很难相信,你会不通知我就跟人定亲,你爸爸也没跟我谈

过这事。"布尔斯特罗德太太的目光终于停在罗莎蒙德的眼睛上,后者把脸涨得通红,说道:

"我并没有定亲,姑妈。"

"那怎么大家全这么说呢,也许……那是人家的谣传?"

"我想,谣言是毫无意义的。"罗莎蒙德说,心里感到庆幸。

"啊,亲爱的,可别这么说,不要那么小看你的邻里。记住,你如今二十二岁了,而且不会有什么财产——我相信,你父亲不可能给你什么。利德盖特先生很有知识,也很聪明,这对人有些吸引力。我自己就喜欢跟这些人谈天,你姑父也认为他相当能干。但这行职业在这儿还是清苦的。当然,尘世不是一切;不过一个医生是很少有真正的宗教观念的,他们总是把知识看得太了不起。从你来说,你是不宜嫁给一个穷人的。"

"利德盖特先生不是穷人,姑妈。他有很好的出身。"

"他亲自对我说过,他很穷。"

"那是因为他从小接近的人,对生活都有很高的标准。"

"我的好罗莎蒙德,你可不能这么想入非非呀。"

罗莎蒙德俯下了头,摩弄着她的网格拎包。她不是一个脾气急躁的少女,不会说话尖刻,反唇相讥,但她必须过她喜欢过的生活。

"那么这是真的啦?"布尔斯特罗德太太说,非常焦急地望着侄女,"你看上了利德盖特先生,你们中间有了某种默契,尽管你父亲还不知道这事。我的好罗莎蒙德,你老实告诉我,利德盖特先生是不是真的向你求婚来着?"

可怜罗莎蒙德心里很不自在。利德盖特的感情和愿望,她深信不疑,可是现在,她的姑妈向她提出这个问题,她却不能回答"是"。她的自尊心受到了伤害,但是她镇静自若的习惯帮助了她。

"请原谅,姑妈,对这问题我不想再谈什么。"

"我相信,亲爱的,你不会把你的心交给一个前途未卜的人。据我知道,那两门很好的亲事,都给你回绝了,你倒想想看! 不过,只要你不死心眼儿,其中一门还可以挽回。我知道,有一位绝色美人,就因为像你一样,也落了个不幸的下场。内德·普利姆但尔先生是一个很好的年轻人——有人还认为他很漂亮,又是独子,那么一份殷实的家私总比当一个医生好一些吧。自然,结婚不是一切,我宁愿你首先考虑上帝的天国。但一个女孩子一定不能把自己的心轻易交出去。"

"即使这样,我也决不会把它交给内德·普利姆但尔先生。我已经拒绝了他。如果我爱一个人,我一见面就会爱上他,而且永不变心。"罗莎蒙德说,俨然是一则浪漫故事中的女主角,那副神情表演得惟妙惟肖。

"我明白这是怎么回事了,亲爱的,"布尔斯特罗德太太说,口气有些伤感,站起来预备走了,"你献出了自己的感情,却没有得到回答。"

"根本不是这么回事,姑妈。"罗莎蒙德郑重地否定道。

"那么你完全相信,利德盖特先生是真心爱上了你?"

罗莎蒙德一听,两颊变得热辣辣的,心里非常痛苦。她决定保持缄默,于是姑妈走了,更加相信她没有猜错。

布尔斯特罗德先生在无关紧要的世俗事务上,完全听凭妻子摆布,现在她要求他下一次见到利德盖特先生时,在谈话中试探一下,看他是不是打算马上结婚,但没有向他说明理由。打听的结果是绝对否定的。布尔斯特罗德先生一再声明,利德盖特的口气根本不像已经有了意中人,不久就可以结婚的样子。现在布尔斯特罗德太太觉得义不容辞,必须进行干预了。她立即安排了一次与利德盖特的个别会见,先是询问弗莱德·文西的健康状况,对她哥哥的一大家子人表示了真诚的关怀,接着又泛泛地谈到了青年人在成家时面临的危险。小伙子们往往放荡任性,辜负大人的期望,不能报答为他们花费的金钱,以致一个女孩子随时可能遭到许多复杂的变故,影响她的前途。

"如果她相貌出众,父母又交际广阔,那更其危险,"布尔斯特罗德太太说,"先生们对她百般奉承,把她弄得神魂颠倒,他们只是为了一时的快乐,却把别人赶跑了。利德盖特先生,我认为,在涉及女孩子的终身大事时,每人都负有重大的责任。"说到这里,布尔斯特罗德太太用眼睛盯住了他,那意思十分清楚,即使不是谴责,也是对他的警告。

"这是很明白的,"利德盖特说,也望着她,或许为了礼尚往来,甚至还瞪了她一眼,"但是反过来说,一个男子如果老是想到他不应该对一个少女表示好意，否则她就会爱上他，或者别人就会以为她一定会爱上他，那么他一定是一个十足的花花公子。"

"哦，利德盖特先生，你完全明白，你有些什么优越条件。你知道，我们这儿的年轻人比不上你。如果你经常上一家人家，这对这家的女孩子建立美满幸福的生活势必造成严重的妨碍，以致使她拒绝别人的求婚。"

利德盖特听到，米德尔马契的那些少年情郎全都不是他的对手，一点不觉得高兴，相反，布尔斯特罗德太太的弦外之音，还使他有些生气。这样，她觉得她的话已达到了目的，给他留下了深刻的印象；她用了"造成严重的妨碍"这样含义深远的话，它像一块天衣无缝的包袱，掩盖了许多细节，同时意义又十分清楚。

利德盖特心里有些冒火，用一只手把头发向后一掠，另一只手在背心口袋里不知摸索什么。然后他俯下身子，逗一只小小的黑狮子狗，不幸那只狗很机灵，并不接受他的虚情假意。站起来马上就走，这似乎不合礼数，因为他刚跟其他客人一起参加了宴会，又刚喝过茶。但是布尔斯特罗德太太确信，她的意思已被理解，于是转移了话题。

我想，所罗门忘了在《箴言》里补充一句：正如发炎的口腔总像含着沙子，不自在的意识听什么都像是讽刺。第二天，费厄布拉泽先生在街上跟利德盖特告别时，认为他们晚上还会在文西家碰头。但是利德盖特干脆回答道，不，他晚上有事，不能出门。

"怎么，你是给逼得走投无路，只好把耳朵塞起来啦？"教区牧师说，"那也好，如果你不想给海妖吃掉，趁早悬崖勒马还是对的。"

要是在几天以前，利德盖特听了这些话会毫不在意，认为这不过是这位牧师习以为常的谈话方式。但现在，它们似乎有些含沙射影的意味，这使他更加明白他干了一件傻事，被人误解了，但他相信，罗莎蒙德没有误解他；他有把握，她的态度和他一样，根本没当一回事。她聪明绝顶，对一切都了如指掌，只是她周围那些人大惊小怪，爱管闲事。不过，错误不能再继续下去。他决定，除了看病，不再上文西先生的家，而且说到做到，立刻实行。

罗莎蒙德开始闷闷不乐了。这种不快起先是姑妈那些问题引起的,但后来日益滋长,到了十天以后,她还不见利德盖特上门,于是这种情绪变成了恐惧,似乎生活中的空白即将到来。她感到了不祥的预兆,仿佛有一群致命的海绵跟随着她,把人间的希望全都轻而易举地吸干了。世界在她眼里又变得枯燥乏味,成了一片荒原,它只是靠魔术师的咒语,暂时幻变成花园罢了。她感到,她开始尝到了失恋的痛苦,六个月以来她所享受的欢乐只是海市蜃楼,已一去不复返,任何别的男子都不能代替它。可怜的罗莎蒙德吃不下饭,睡不着觉,像阿里阿德涅①一样,陷入了绝望的深渊——仿佛阿里阿德涅带着几箱衣裳,却给丢在路上,找不到一辆马车,把她送进迷人的驿站。

世界上有许多奇怪的混合物,同样都被叫作爱情,自称享有特权,可以用庄严的愤怒对待一切(这在文学和戏剧中屡见不鲜)。幸而罗莎蒙德不想采取任何极端的行动,她仍像平时一样,把秀丽的青丝编成一缕缕漂亮的发辫,高傲地保持着安详的神态。她最乐观的推测是布尔斯特罗德姑妈捣了鬼,不准利德盖特再来看她,反正一切都比他自动的冷淡好一些。有人认为十天只是短短的时期,这是完全不理解一位温情脉脉、无所事事的少女心头所能经历的一切,因为在这十天中,倒不是人变瘦了,体重减轻了,或者感情上发生了其他可以衡量的变化,而是整个精神恍惚不定,给惶惶不安的猜想和失望弄得无计可施。

然而到了第十一天,利德盖特离开斯通大院时,文西太太要他通知她的丈夫,费瑟斯通先生的病情发生了显著变化,她希望他当天到斯通大院来一次。利德盖特本可以上商行找文西先生,或者用记事本上的纸写一张便条,留在门口。然而这些简便的办法,他偏偏没有想到,由此可见,他并不认为,文西先生不在家的时候,他绝对不能登门拜访,把便条交给文西小姐。一个男子出于各种动机,可以谢绝交际应酬,但是哪怕一位圣人,恐怕也不甘寂寞,不愿没有人怀念他。重叙旧好,这是宽宏大量、平易近人的表现,他可以跟罗莎蒙德讲几句笑话,说他不想再寻欢作乐,决心过隐修生活,连甜蜜的音乐也顾不上了。当然也得承

---

① 据希腊神话,弥诺斯王的女儿阿里阿德涅帮助雅典英雄忒修斯逃出迷宫后,被忒修斯遗弃在那克索斯岛上,参见本书一八五页注①。

认,布尔斯特罗德太太那些含沙射影的话,不时在他脑海里萦绕,他一直在思考它们可能的根据是什么,这些思考像几茎细小的头发缠络在他那张坚固的思维之网上,怎么也不肯离开。

文西小姐独自在家,看到利德盖特进屋,羞得满脸通红。他也相应地感到有些尴尬,非但讲不出笑话,而且马上说明来意,像办理例行公事似的,要求她转告她的父亲。罗莎蒙德起先以为她的欢乐又回来了,但利德盖特的态度使她大失所望,她不再脸红了,只是冷冰冰地应了一声,没有讲一句不必要的话。她手里正在编织一根无足轻重的链条形花边,这使她可以不看利德盖特,除了他的下巴,她的眼睛都接触不到。在一切挫折中,开端肯定占有一半比重。利德盖特枯坐着,什么也说不出口,只是摇动着马鞭,这样过了漫长的两分钟,他站起身打算走了。罗莎蒙德又是伤心,又不愿暴露自己的心情,两种情绪在她胸中搏斗,把她折腾得心烦意乱,现在看到利德盖特要走,她似乎吃了一惊,把花边掉了,也机械地站了起来。利德盖特立即俯下身子,捡起了花边。在他站直身子的时候,一张可爱的小脸蛋呈现在他的眼前,它下面是白皙细长的脖子,以前她总是露出千娇百媚、沾沾自喜的脸色,转动这脖子。但是现在他抬起头来,看到的却是无法抑制的战栗,它以全新的力量触动了他,使他不禁露出疑问的目光端详着她。这时,她显得那么纯朴,仿佛五岁的孩子一般;她觉得眼泪即将夺眶而出,要制止是办不到的,只能听其自然,任它们像露水似的分布在蓝莹莹的花朵上,或者顺着面颊往下流。

那种纯朴状态蕴藏着无限的深情,经它一点化,逢场作戏便变成了真心相爱。要知道,这个抱负不凡的男子,望着水中那两朵勿忘我花①,心变得热烈了,情绪变得激动了。他忘了交还手中的花边,只是在内心深处涌现了一种意识,它具有神奇的力量,把埋藏在那儿的热情又挖掘了出来,因为这热情本来不是埋在坚固的坟墓中,只是给撒上了一层松松的土,那是很容易拨开的。他的话显得突如其来,有些别扭,

---

① 勿忘我是一种观赏植物,夏季开蓝色花。传说德国古代有一位武士为一位小姐从水中捞取此花,因而淹死。"勿忘我"便是他临死时说的话。

但是他的声调却使它们像热情的呼吁那么动人。

"这是怎么回事？你很伤心。告诉我吧。"

以前，罗莎蒙德从来没有听到他用这种声音对她说话。我不知道，她有没有听清楚这些话，但是她望着利德盖特，眼泪淌下了她的面颊。这时也许没有比那沉默更充分的回答了，利德盖特忘记了其他一切，完全给滚滚而来的温情吞没了，他突然意识到，这个甜蜜的少女已把她的欢乐寄托在他的身上，于是他真的用胳膊围住她，像保护她一样，把她温柔地搂在怀中——他对一切遭受不幸的弱者，一向是很温柔的——不断吻她两边脸上的泪珠。这是使人心心相印的奇怪方式，然而也是最简便的方式。罗莎蒙德没有发火，只是怀着腼腆而幸福的心情，退后了一点。现在利德盖特可以坐在她身边，比较自然地讲话了。罗莎蒙德向他倾诉了她小小的烦恼，他呢，滔滔不绝、热情洋溢地向她表示了感激和体贴。半小时后，他告辞时，已是一个订过婚的人了，他的心不再是他自己的，而是属于那个与他订过山盟海誓的女子了。

当天晚上他再度前来，预备与文西先生谈一下。后者刚从斯通大院回家，他相信，费瑟斯通先生让位的日子已为期不远。"让位"是个美妙的词，它来得正是时候，这使他今晚不同往常，显得踌躇满志，特别兴奋。准确的词总具有一种力量，能够用它明确的含义感染我们的行动。老费瑟斯通的让位已势在必行，他的死仅仅是履行法定手续而已，因此文西先生讲到这里，可以敲敲他的鼻烟匣，面露喜色，丝毫不必再装出一副哀伤欲绝的庄严神态。庄严和装假都是文西先生所讨厌的。一个立了遗嘱的人，谁还担心他的死亡？谁又会为名义上的财产所有权唱赞歌？总之，那天晚上，文西先生兴高采烈，对一切都宽宏大量，甚至向利德盖特说，文西家的人一向体格健壮，弗莱德不愧是这家的儿子，他不久又可变得生龙活虎一般了。当利德盖特提出与罗莎蒙德定亲的事，请他允准时，他二话没说，立即欣然同意，而且马上又谈到，男大当婚，女大当嫁，这是天经地义的事。显然，他对一切心满意足，以致认为应该再喝几杯潘趣酒，表示庆贺。

第三十二章

> 他们看到一点好处,就像猫见了牛奶一样,不肯离开。
> ——莎士比亚:《暴风雨》[1]

费瑟斯通先生坚决要把弗莱德和他的母亲留在身边,这使文西先生扬扬得意,充满信心,但是市长的这种情绪,跟老人本家亲属胸中焦急不安的心情相比,还是小巫见大巫,微不足道。这些人天然是不会忘记血缘关系的,现在老人卧床不起,他们更是纷纷登门请安,人数也显著增加了。这并不奇怪,因为当"可怜的彼得"坐在镶护壁板的客厅里他的扶手椅上的时候,各种殷勤的小爬虫虽然把这个家看作他们理应朝拜的圣地,厨师却只给他们准备一杯白开水,他们并不受欢迎。但是最不受欢迎的,还是那些败坏了费瑟斯通血统的人,这倒不在于他们的吝啬,而在于他们的贫穷。索洛蒙兄弟和简恩妹妹并不穷,他们平时受到的接待虽然也不好,但他们认为自家人可以老老实实,不需要虚伪的礼节,因此这不足以证明他们的亲哥哥在制定遗嘱的庄严行为中,会无视他们对他的财产享有的崇高权利。对待他们,他至少还没有荒唐得把他们撵出他的大门,至于他不让乔纳兄弟和玛撒妹妹,以及其他人踏进他的家门,那算不得违背天理人情,因为这些人对他的财产是根本不应该抱奢望的。他们知道彼得的格言:钱是能孵鸡的蛋,必须放在温暖的窝里。

然而乔纳兄弟和玛撒妹妹,以及一切被放逐的穷亲戚,持有不同的观点。因为各种或然性总是存在的,正如在回纹装饰板或者糊壁纸上,只要有丰富的想象力,你可以看到各种脸容,从朱庇特到朱迪[2]的脸都有。照这些比较穷的、不得宠的人看来,彼得一辈子没为他们做过一件好事,因此到临终的时候他理应想起他们。乔纳的理论是:人们喜欢用

---

[1] 见该剧第二幕第一场。
[2] 朱庇特是罗马神话中的天帝,朱迪是英国木偶剧中的女丑角。

意想不到的遗嘱使亲友们大吃一惊;玛撒则认为,如果他把大部分钱留给大家意想不到的人,那也并不奇怪。而且谁也不能否认,一个同胞手足"躺在那儿",两腿浮肿,必然会想起血比水浓、疏不间亲这个道理,假如他不修改遗嘱,他身边一定放着不少现款。不管怎么说,必须让他的同宗亲属待在他的家里,监视那些根本算不得亲戚的人。大家知道,常有伪造的遗嘱,也有可疑的遗嘱,它们披上了神圣的外衣,使不合法的遗产承受人得到了利益。再说,那些没有血统关系的亲戚,很可能暗中盗窃,可怜的彼得"躺在那儿",却无能为力! 一定得有人守着他。这个结论,他们与索洛蒙和简恩是一致的。还有那些侄儿,侄女,堂兄,堂弟,更是谈得头头是道,说一个可能"乱写遗嘱",把家产送掉的人,为了满足自己的怪癖,是什么都干得出的,因此他们觉得理直气壮,必须挺身而出,保卫家族的利益,这样,经常前往斯通大院,成了他们义不容辞的责任。玛撒妹妹,亦即克兰奇太太,住在白垩洼地,她有气喘病,受不了长途跋涉,但她的儿子是可怜的彼得的亲外甥,他可以做她的全权代表,守在这里,也免得他的舅舅乔纳玩弄花招,干出他不该干,又很可能干的事来。事实上,在每个具有费瑟斯通血统的人心头,普遍产生了一种感觉,就是人人都可疑,必须监视每一个人,让每一个人想到,全能的上帝正在注视着他们。

这样,斯通大院接待着一个又一个血统亲族,他们络绎不绝,来来去去,弄得玛丽·高思应接不暇,得替他们向费瑟斯通先生转达他们的问候,可是老人又一概不见,还要她向他们说明这点,害得她更不快活。作为家务管理人,她又觉得她不能不按照外省的待客方式,请他们住下,招待他们饮食。现在费瑟斯通先生既然躺在床上,她只得找文西太太商量,应付楼下那些额外的消耗。

"哦,亲爱的,在有垂危病人和财产的人家,办事可得仔细呀。上帝知道在这屋里,我不会舍不得给他们吃火腿,但是得把最好的食物留下,准备丧事中用。你不妨经常预备一点牛肉馅儿,切好一些上等干酪。有了垂危的病人,就只得接待川流不息的亲友。"慷慨的文西太太说,现在她又恢复愉快的声音,打扮得花枝招展了。

但是有些客人来到这里,大吃了一顿牛肉和火腿之后,却不肯离开。例如乔纳兄弟便是一个（这种讨厌的亲戚，大多数家庭都有，哪怕最高阶层的贵族中，恐怕也有布罗布丁纳格①型人物，他们胃口大，吃得也特别多）。总之，乔纳兄弟家道败落之后，主要靠一个行当维持生活，这个行当虽然比当掮客、玩赛马骗钱正派得多，他还是宁可秘而不宣，同时它也使他不必老待在布拉辛，只要有酒有肉，什么地方都可以去。他一到便坐在厨房里，这不仅因为这是他最中意的地方，也因为他不愿跟索洛蒙待在一起，对这位手足，他有他坚定不移的看法。他穿着最好的衣服，坐在舒适的扶手椅上，眼前看到的全是喷香的酒菜，因此心旷神怡，逍遥自在，仿佛置身在绿人酒楼欢度节日，有一种飘飘欲仙的感觉。他通知玛丽·高思，在他可怜的哥哥彼得还在人世的时候，他要守在他的屋里，决不离开一步。一般说，在一个家庭中，最叫人束手无策的，不是白痴便是才子。乔纳在费瑟斯通家族中是个才子，每逢使女们来到灶边，他便跟她们打趣几句，但是他似乎认为，高思小姐是个可疑分子，因此一直用冷冰冰的眼睛盯着她。

对这双眼睛，玛丽本来可以不必介意，不幸的是克兰奇少爷也从白垩洼地来了，他要代表他的母亲在这里监视乔纳舅舅，认为他也有义务住在这儿，而且主要是坐在厨房里，陪伴他的舅舅。克兰奇少爷不是刚好处在才子和白痴的折衷点上，倒是稍稍接近后面这个类型。他老是斜睨着眼睛，似乎对一切都心怀不满，但又没有力量制服它们。玛丽·高思一走进厨房，乔纳·费瑟斯通先生便用冷冰冰的侦探眼睛盯住了她，克兰奇少爷也把脑袋转向同一方向，好像故意要让她看到，他怎样乜斜着眼睛在瞧她，跟吉卜赛人听博罗②念《新约全书》的时候一样。这使可怜的玛丽觉得受不了，有时直冒肝火，有时几乎克制不住。一天，她跟弗莱德谈到厨房里的情形，忍不住把那些人的嘴脸描摹了一番。弗莱德听了，立即朝厨房跑去，想一看究竟，假装只是路过那儿。但他一接触到那四只眼睛，还是忍俊不禁，赶紧朝最近的门冲出去，门外正好是牛奶房，他便在那儿的高屋顶下，对着锅子放声大笑，结果引

---

① 斯威夫特的《格列佛游记》中的大人国居民。
② 乔治·博罗（1803—1881），英国旅行家和作家，曾作为英国圣经协会的代表，在西班牙等地宣传《圣经》，与吉卜赛人来往密切。

起了一片嗡嗡不断的回声,连厨房里也听得清清楚楚。他从另一扇门溜了出去,但是乔纳先生以前从没见过弗莱德那么白的皮肤,那么长的腿,那么清秀端正的脸,以致配制了大量挖苦话,把外表上的这些特点与伤风败俗的品性,别出心裁地联系在一起。

"听着,汤姆,你可不配穿那种风度翩翩的裤子,你也没有那么漂亮、那么长的腿。"乔纳对他的外甥说,同时眨眨眼睛,表示这些话除了绝对正确以外,还包含着言外之意。汤姆瞧瞧自己的腿,但心中委决不下,不知道他究竟应该喜欢这种道德上的优越感,还是宁可要那种不道德的长腿,穿那种伤风败俗、风度翩翩的裤子。

在镶护壁板的客厅里,也经常有一双双虎视眈眈的眼睛在注视着一切,那些本家亲戚一个个都表示愿意当义务陪夜人。许多人一来便大吃一顿,然后走了,但是索洛蒙兄弟,以及那位结婚以前当过二十五年简恩·费瑟斯通小姐的沃尔太太,认为他们应该每天来坐几个钟头。他们的打算无非是要监视狡猾的玛丽·高思(只是她城府太深,还没露出马脚),但有时想到居然不准他们走进费瑟斯通先生的房间,便不免皱紧眉头,发出几声不平的叫喊,像黄梅季节突然出现的一阵暴雨。原来老人的身体已日见虚弱,不能再靠耍嘴皮子打击他的亲属,因此也越来越讨厌他们。他不能螫人,他的毒液便在血管里越积越多。

他们对玛丽·高思传达的口信,不能完全相信,因此有一天自告奋勇,闯进了老人的卧室。两人都穿着黑衣服,沃尔太太手里还拿着一方打开了一半的白手帕,而且两人都哭丧着脸,满面黑气,可是文西太太却脸色红润,帽子上飘着粉红的缎带,她真的在侍候他们的亲哥哥喝提神药水,白皮肤的弗莱德则悠闲地躺在一张大椅子里,短头发弯弯曲曲,活像一副赌徒的样子。

老费瑟斯通一看到这两个人不顾他的禁令,幽灵似的出现在他面前,便无名火起,变得浑身是劲,效果比提神剂还好。他正靠在床上,那根金柄手杖一向不离他的左右。他马上抓起手杖,尽所有的空间前后挥舞,显然想赶走这两个丑陋的幽灵,一边用嘶哑的嗓门呼喊:

"出去,出去,沃尔太太!出去,索洛蒙!"

"哦,彼得哥哥,"沃尔太太开口道,但是索洛蒙把手伸到她面前,拦住了她。他是一个大颧骨的人,将近七十岁,一对小眼睛鬼鬼祟祟的。他不仅脾气比彼得哥哥温和得多,而且自认为心计也深得多。确实,什么人也骗不了他,因为他对人们的贪婪和狡猾了如指掌,从来不会低估。他相信,哪怕没有躯壳的鬼神,只消一两句温和的插话,也可以把他们哄得心平气和——一个财主也是可能像别人一样不敬鬼神的。

"彼得哥哥,"他说,口气显得甜蜜,但又保持着郑重其事谈正经的声调,"我是来跟你谈三块地和锰矿的,这应该没有什么不对吧。全能的上帝知道,我的心里……"

"好吧,他知道,但是我不想知道,"彼得说,放下了手杖,表示可以停战,但没有放松戒备,只是把手杖调了个头,使金柄圆头朝外,万一对方靠近,随时可以诉诸武力,一面恶狠狠地望着索洛蒙的秃顶。

"哥哥,有些事你不愿跟我谈,你以后会懊悔的,"索洛蒙说,但没有再朝前走,"今天夜里,我可以陪你,简恩也愿意留在这里。你不用焦急,可以慢慢谈,或者让我谈。"

"对,我不用焦急,我也用不到你替我焦急。"彼得回答。

"可是你不能到死都不焦急啊,哥哥,"沃尔太太开口道,用的仍是那种干巴巴的声调,"到你躺在那儿不能讲话的时候,看到周围尽是外人,你就该后悔了,你会想到我和我的孩子们……"说到这里,她想起那位口不能言的哥哥心头的痛苦,再也讲不下去;提到自己,我们自然会百感交集,话也特别动人。

"多谢,我不会想到你和你的孩子们,"老费瑟斯通针锋相对地说,"我不会想到你们任何人。我已立好遗嘱,我告诉你们,我已立好遗嘱。"这时他向文西太太转过头去,又喝了几口提神药水。

"有的人霸占了照理应该属于别人的位置,他们应该感到可耻。"沃尔太太说,把那对眯成一条缝的眼睛也转向了同一方向。

"啊,妹妹,"索洛蒙说,温和中带一点刺,"你和我生得不漂亮,不讨人喜欢,又不会甜言蜜语,我们只得退后一步,让那些会讨好的人挤到我们前面去。"

弗莱德听到这话,再也忍不住了,顿时一跃而起,望着费瑟斯通先生,说道:"先生,要不要我母亲和我离开这屋子,好让你跟你的亲人单独在一起?"

"坐下,我告诉你,"老费瑟斯通急躁地说,"坐在你原来的地方。再见,索洛蒙,"他又道,好像又要拿他的手杖了,但手杖的柄已调了头,他只得放下了手,"再见,沃尔太太。你们不要再来。"

"不论怎么样,哥哥,我得待在楼下,"索洛蒙说,"我要尽我的责任,事实会证明,全能的上帝要我们怎么做。"

"是的,上帝不允许财产落到家族以外的人手中,"沃尔太太接着他的话说道,"何况我们有正派的年轻人,可以继承财产。但是我可怜那些不正派的年轻人,我也可怜他们的母亲。再见,彼得哥哥。"

"记住,除了你,我是最大的,哥哥,我像你一样,一开始就发了财,我已经以费瑟斯通的名义置办了田地,"索洛蒙说,特别强调这一点,仿佛这是取得陪夜权的保证,"但眼前,我可以暂时告退,再见。"

他们退场这么快,那是因为他们看到,老费瑟斯通把假发拼命往两边拉,又合上了眼睛,闭紧了嘴巴,做出一副鬼脸,好像决心要当聋子和瞎子似的。

尽管这样,他们还是每天上斯通大院,坐在楼下值班,有时压低嗓音交谈几句。他们的话慢条斯理的,仿佛发言和回答隔了好久,以致听的人会以为是在听两架会说话的自动玩具谈天,不免怀疑那些巧妙的机器是否出了故障,或者得花好多时间上发条,这才不得不暂停开口。索洛蒙和简恩宁可这么断断续续讲话,原因就在于隔墙有耳,那耳朵便长在乔纳兄弟身上。

但是他们在镶护壁板客厅里的监视活动,有时由于出现了另一些来自各地的客人,也会发生变化。好在目前彼得·费瑟斯通足不下楼,他们可以在楼下收集各方面的消息,对他的财产进行摸底。有些来自乡下和米德尔马契的朋友,大体上赞成这些本家的看法,也同情他们,反对文西家。有的女客人跟沃尔太太谈话时,还洒下了几滴眼泪,因为她们想起了自己的遭遇——当年她们那些不知好歹的长辈,为了怀恨在心,通过遗嘱的附录①和姻亲关系,也曾使她们大失所望,损害了她们的合法权益。每逢玛丽·高思走进屋里,这种谈话就会戛然而止,仿佛弹管风琴的人突然把手放松了。大家把眼睛盯着她,似乎她便是僭越名分的继承人,或者可以私自开启保险柜的阴谋家。

但是这家族中那些年轻的本家和亲戚,却对这位问题人物颇有好感,因为女孩子聪明能干,在一切机会都不翼而飞之后,要是能得到她,也不无小补。这样,她在他们中间获得了一定程度的赞扬和彬彬有礼的对待。

关于这点,博思洛普·特朗布尔先生表现得特别明显。他是这一带著名的单身汉和拍卖商,田地和牲口的出售大多少不了他。这确实是一个妇孺皆知的人物,街头巷尾的招贴上都可以见到他的大名,要是谁不知道他,他有权理直气壮地表示诧异。他是彼得·费瑟斯通的表侄,在所有的亲戚中,老人也对他另眼相看,因为他在商业上是有用的人才。在老人为自己制订的安葬仪式中,他被指定做一名抬棺人。博思洛普·特朗布尔先生并不贪心不足,令人讨厌,只是他对自己的长处怀有真诚的信念,他相信,谁不服气,跟他作对,只能自己倒霉。至于彼得·费瑟斯通,他对他特朗布尔一向宽宏大量,不比任何人差,因此如果他给他留下一点什么,那也在情理之中。他能说的只是,他从来没有奉承拍马,骗取老人的信任,只是根据自己的阅历,给他出出主意,这种阅历从他十五岁当学徒开始,至今已超过二十年,因此他的经验决非无稽之谈。他的赞美绝不局限于他本人,不论在职业上,或在私人关系上,他都乐意对事物作高度评价,这已成为习惯。他是高级词语的爱好者,如果他用了一句普通的话,他必然立即加以纠正——幸好他嗓音洪亮,具有压倒一切的优势。他讲话时常常站着,或者来回走动,露出一副自视甚高的神气,拉直他的背心,用食指迅速地抚平衣服,这套动作每重复一次,他就要把一大串印章之类的小玩意儿匆匆摆弄一番。他的举止有时也显得偏激一些,但那主要是对待错误的观点,而世上这类

---

① 在确定遗嘱后,有时为了对某些内容进行修正,便以附录形式附在遗嘱后面,它们与遗嘱同样具有法律效力。

需要纠正的观点太多了,一个知书识礼、阅历丰富的人,不得不忍受这种考验。他觉得,费瑟斯通家的人大多目光短浅,但他熟知人情世故,又是社会名流,只得对一切抱容忍态度,甚至走进厨房,与乔纳先生和克兰奇少爷搭讪几句。他毫不怀疑,他对白垩洼地表示关切的一些问话,已在那位少爷心头留下了深刻印象。如果有人指出,博思洛普·特朗布尔先生作为一个拍卖行老板,必然了解一切事物的底细,他听了只是笑笑,默不作声地整整衣服,似乎表示他确实对一切相当了解。总之,在拍卖生意上,他一向办事公道,并不以自己的职业为耻,他相信,如果那位"鼎鼎大名的庇尔,现在的罗伯特爵士"①见到他,也会承认他举足轻重的地位。

"高思小姐,要是可以的话,就给我来那么一片火腿,那么一杯啤酒吧,"他说,走进客厅,那时是十一点半,他刚取得例外的殊荣,上楼拜会过老费瑟斯通,现在站在沃尔太太和索洛蒙之间,背对着壁炉,"不必劳驾你出去,我自己打铃好了。"

"谢谢你,"玛丽说,"我本来有事要办。"

"好呀,特朗布尔先生,你在这里是个大红人呢。"沃尔太太说。

"什么,是见他老人家的事吗?"拍卖商说,满不在乎地播弄着那一串印章,"哦,你们瞧,他对我是相当信任的。"说完,他把嘴唇抿紧,若有所思似的皱起了眉头。

"可以请问一下,我们的哥哥讲了些什么吗?"索洛蒙说,显得低声下气,但这只是出于深谋远虑,因为他是一个富翁,本来用不着这种口气。

"当然,这是谁都可以问的,"特朗布尔先生答道,嗓音洪亮,心平气和,但也夹杂着尖刻的揶揄,"谁都可以提出问题。谁都有权使自己的话带有疑问的声调,"他继续道,按照他的方式,嗓音越提越高,"好的演说家也常常使用这方法,尽管他并不指望得到回答。那是我们所说的修辞手段——不妨称之为一种高级语言。"能说会道的拍卖商对自己的口才十分赏识,露出了沾沾自喜的笑容。

---

① 庇尔于一八三〇年五月承袭从男爵爵位。这类细节都是点明本书的时代背景的。

"他想起了你,特朗布尔先生,对此我并不感到不满,"索洛蒙说,"对应当的事,我从不反对。我反对的是不应当的事。"

"哦,可你知道,这很难说,很难说,"特朗布尔先生郑重其事地答道,"不能否认,有些不应当得到利益的人,偏偏成了遗产继承人,甚至剩余遗产继承人①。事情就是这样,这在遗嘱中并不少见。"他又噘起嘴唇,皱了一下眉头。

"你的意思是不是说,特朗布尔先生,你相信,我的哥哥把他的田地留给了我们家族以外的人?"沃尔太太说,她好像失去了指望,对那些冗长的话感到厌烦。

"一个人可以把他的田地留给什么人,也可以把它们捐给慈善机关。"索洛蒙指出,因为他妹妹的问题没有得到答复。

"什么,捐给孤儿院?"沃尔太太又道,"啊,特朗布尔先生,你一定不是这个意思。要知道田地是上帝赐给他的,这么做就违背了上帝的意旨。"

沃尔太太讲话时,博思洛普·特朗布尔先生离开了壁炉,走到窗口,用食指在硬领背面巡逻了一遍,然后抚摩了一下颊须和卷曲的头发。接着,他走到高思小姐的工作台前面,打开桌上的一本书,用朗诵的声调念着书名,仿佛要把它拍卖似的:

"《盖尔斯坦的安妮或雾中少女》②(他把盖尔斯坦念成了吉尔斯梯恩),'威弗利作者著'。"然后他翻过这一页,开始大声朗读:"本书中将要描写的那些事,发生在欧洲大陆,离现在已将近四个世纪了。"他把最后一个字念得特别动听,还把重音移到了最后一个音节,这倒不是他不懂发音规则,只是觉得这种新奇的念法,可以使他赋予整句话的响亮音调更加突出,更加悦耳。

这时,仆人托着盘子进来了,于是回答沃尔太太的问题的危机,终于安然渡过,她和索洛蒙只得眼睁睁看着特朗布尔先生吃东西,心想渊博的学问不幸有时也会妨碍正事。博思洛普·特朗布尔先生对老费瑟

---

① 指偿债、纳税之后剩余的遗产的继承者。
② 司各特在一八二九年写成的一部小说。自《威弗利》问世获得成功后,司各特一直用"威弗利作者"的名义发表作品。

斯通的遗嘱其实一无所知,但他从来不肯承认自己不知就里,除非被控包庇叛国罪,才会声明他并非知情不告。

"我只想吃一口火腿,喝一杯啤酒,"他说,口气又满有把握了,"作为一个从事社会活动的人,我只要有工夫,喜欢坐下来吃一点。"他用惊人的速度又吞下了几口食物,然后说道:"我敢担保,这火腿比英伦三岛所有的火腿都好。据我看,这超过了弗雷什特庄园的火腿。我相信我还是一个相当识货的人。"

"有的人不喜欢在火腿中放这么多糖,"沃尔太太说,"但是我可怜的哥哥吃什么都得放糖。"

"如果别人有不同的口味,那是他的自由,但是上帝保佑,我觉得这香极了!如果办得到,我愿意买进这种味道。一个绅士要是在餐桌上有这样的火腿,他就可以心满意足了。"这时特朗布尔先生的声音未免流露了一点牢骚。

他推开盘子,倒了一杯啤酒,把座椅拉前一些,趁此机会瞧了瞧两腿的内侧,赞许地用手抚摩了一下——特朗布尔先生具有北方大多数种族的特点,对自己的仪表和姿势一丝不苟。

"高思小姐,我看见你桌上放着一本有趣的书,"他看到玛丽重又走进屋子,这么对她说,"那是'威弗利作者',也就是瓦尔特·司各特爵士写的。我也买过一本他的作品,故事十分有趣,印刷也极精美,书名叫《艾凡赫》。我看,我们一下子还找不出比他好的作家呢——我认为,他是目前最好的小说家。我刚才看了一下《吉尔斯梯恩的安妮》开端几句话。这开端开得好。"(不论在私生活中,还是在传单上,博思洛普·特朗布尔先生从来不说开头,总说开端。)"我看,你喜欢读书。你有没有向米德尔马契的图书馆借书看?"

"没有,"玛丽说,"这本书是弗莱德·文西拿来的。"

"我也是个读书迷,"特朗布尔先生应和道,"我有两百来本牛皮精装的书,我认为我选的都是精品。我还有牟利罗[①]、鲁本斯、但尼耶

---

① 牟利罗(1617—1682),西班牙著名画家。

斯①、提香、凡·戴克等人的画。你要借什么书,只管向我借,高思小姐。"

"非常感谢,"玛丽说,一边又匆匆往外走,"但是我没有多少时间可以看书。"

索洛蒙先生等她走出屋子,把门关上以后,一边朝消失在门外的玛丽摆一下头,一边把声音压得低低的,说道:"我看,我哥哥一定会在遗嘱里留给她一点什么。"

"不过,我的第一个嫂子实在是配不上他的,"沃尔太太说,"她没有带来什么,可这个小女子只是她的侄女,而且非常傲慢。我哥哥一向付工钱给她。"

"不过据我看,她是一个明白事理的闺女,"特朗布尔先生说,喝完了啤酒,站直身子,郑重其事地整了整背心,"我见过她怎样配药水。她做事十分细心,先生。这在一个女子是很重要的,这对我们楼上那位朋友,那位可怜的老人,也是很重要的。一个男子,只要他的生命还有一点价值,就应该有一位妻子像护士一样照料他。如果我结婚,这就是我的看法。我度过了长期的独身生活,我相信我在这方面的体会是不会错的。有些男子必须结婚,才能使自己变得高尚一些;如果我也需要那么做,我希望有人向我说明这点——我希望得到别人的指教。再见,沃尔太太。再见,索洛蒙先生。但愿我们重新见面的时候,伤心的局面已有所好转。"

特朗布尔先生彬彬有礼地鞠了一躬,告辞走了。索洛蒙把身子靠近他的妹妹,说道:"简恩,毫无疑问,我的哥哥一定留了相当一笔钱给那个女孩子。"

"谁都会那么想,这只要听特朗布尔先生讲话的口气就知道了。"简恩说。停了一会儿,她又道:"他讲得好像我的女儿不会调药水似的。"

"拍卖商人讲的话不可当真,"索洛蒙答道,"不过特朗布尔赚了不少钱。"

---

① 戴维·但尼耶斯(1582—1649),佛兰德斯画家,他的两个儿子也都是画家。

第三十三章

> 把他的眼睛合上,把帷幕拉拢,
> 让我们都反省吧。
>
> ——《亨利六世》中篇①

那天午夜十二时以后,玛丽·高思在费瑟斯通先生屋里陪夜,她得一个人守过下半夜。这是她喜欢干的差事,尽管老人使唤她的时候,总是横眉瞪眼的,她还是觉得这包含着一种乐趣。在工作的间隙里,她可以静静地坐着,一动不动,陶醉在周围宁静的气氛和柔和的光线中。红艳艳的炉火发出隐隐可闻的窸窣声,仿佛这是一个庄严的生命,它超然物外,独自安详地生活着,与世人那种渺小的恩怨,那些愚昧的欲望,那每天引起她鄙视的毫无意义的争名逐利,完全无关。玛丽喜欢自己的思想,她可以把手放在膝盖上,端坐在微弱的烛光下沉思默想,以此为乐,因为从童年起,她已有充分的理由相信,事物的安排不会尽如人意,更不会满足她的要求,她不想在惊讶和懊恼中浪费时光。生活在她看来,几乎已成了一出喜剧,但由于她的高傲,不,她的豁达,她决心不去扮演卑鄙的或者奸诈的角色。她很可能变得愤世嫉俗,幸亏她有她所敬重的双亲,又有一颗充满深情的赤子之心,何况她明白,一个人不应抱不合理的奢望,因此这颗心灵才毫无芥蒂。

今夜她坐在那里,像往常一样,反反复复回忆着白天的一幕幕情景。那些无聊的怪事在她的想象中变得越发滑稽可笑,她想起它们,往往把嘴一撇,露出一抹轻蔑的微笑,她觉得,人是那么荒谬,总是想入非非,当了小丑还不知道,总以为自己的谎话是不透明的,只有别人的谎话才是透明的,让自己凌驾于一切之上,似乎全世界都给一盏灯照得黄黄的,唯独他们保持着玫瑰色。然而有些幻觉,在玛丽眼中,却完全失去了可笑的色彩。原来她心中怀着一个想法,尽管这个想法毫无根据,

---

① 见莎士比亚的《亨利六世》中篇第三幕第三场末。

只是凭她对老费瑟斯通性格的密切观察得出的结论,她还是相信这是事实,那就是不论他怎么喜欢文西家的人待在他身边,他们也会像那些给他拒诸门外的亲族一样,最后一无所获。文西太太总是大惊小怪,防备玛丽和弗莱德单独在一起,这使她觉得好笑,根本不屑理会,但是她想到,一旦弗莱德发现,他的姨父丝毫没留给他什么,他仍像过去一样两手空空,那时他受到的打击多么沉重,她便不能不万分焦急。她当着弗莱德的面,可以拿他作笑柄,但是在他背后,总是为他的痴心妄想深感忧虑。

然而她喜欢冥想,那颗朝气蓬勃的年轻的心没有给欲望压倒,却在认识生活中找到了乐趣,津津有味地观察着它自身具备的力量。玛丽的内心还是充满欢乐的。

那个躺在床上的老人,没有在她脑海里留下痕迹,她毫不为他担忧,也不为他伤心,对一个一生除了为非作歹,什么也不干的老家伙,要装出悲痛的表情是容易的,但是要真正感到悲痛却并不容易。在她眼睛里,费瑟斯通先生始终显得面目可憎,他从不尊重她,她只是供他使唤的工具。一个长年累月对你颐指气使、找你岔子的人,要关心他,除非圣人才能办到,而玛丽不是圣人。她从没用粗鲁的话顶撞过他,总是老老实实侍候他,这在她已是尽了最大的努力。老费瑟斯通本人也根本没有考虑过灵魂的事,他拒绝为此接见塔克牧师。

今夜他没有发过一次脾气,头一两个小时,他睡得相当平静,这以后,玛丽忽然听到了一点格格声,那是他的一串钥匙碰在铁皮匣子上的声音,这只铁皮匣子是一直放在床上他的身边的。到了三点左右,他开口了,嗓音非常清楚:"小妞儿,你来一下!"

玛丽走过去,发现他已把铁匣子拖出被褥,可是平常这事他大多是叫别人做的。他挑出一只钥匙,打开匣子,从里边取出另一只钥匙,用那对似乎又变得炯炯有神的眼睛盯住了她,问道:"他们有多少人在这屋里?"

"先生,你是指你那些亲族吧?"玛丽说,对老人的讲话方式早已习惯。他略微点了点头,于是她说了下去:

"乔纳·费瑟斯通先生和克兰奇少爷是睡在这儿的。"

"哼,他们守在这里,是吗?其余的人……我敢担保,他们每天必到,索洛蒙和简恩,还有那些小家伙。他们来探听风声,阴谋策划,想算计我,是吗?"

"不是所有的人每天都来。索洛蒙先生和沃尔太太天天必到,其余的人只是不时来一下。"

她讲话时,老人露出一副怪相,仔细听着。然后他放松了脸上的肌肉,说道:"他们都是大傻瓜。你听着,小妞儿。现在是早晨三点钟,我神志清醒,一切正常,跟平时完全一样。我知道我有多少财产,我的钱放在哪里,一切都明白。我已做好准备,要改变我的主意,实行我最后的意愿。小妞儿,你在不在听?我的一切机能完全正常。"

"是吗,先生?"玛丽平静地说。

现在他压低嗓音,露出更狡猾的神色。"我立了两份遗嘱,我得销毁一份。现在你就按照我的话做。这是保险柜的钥匙,它在小房间里。你把它顶端的铜板从边上用力推开,像开门闩一样,然后把钥匙插进前面的锁孔,转开锁。你照这么做,取出最上面的一张纸,纸上写有'最后遗嘱'几个大字。"

"不,先生,"玛丽说,口气很坚决,"我不能那么做。"

"不能那么做?我告诉你,你必须这么做。"老人说,他的声音在这种反抗面前,开始有些发抖。

"我不能动你的保险柜或你的遗嘱。凡是会引起对我的怀疑的事,我都不能干。"

"我已告诉你,我神志清醒,一切正常。在我临终之前,我能不能按照我的意志行事?我是故意立两份遗嘱的。听我的话,把钥匙拿去。"

"不,先生,我不能拿。"玛丽说,态度更加坚决。她的反感也越发强烈了。

"我告诉你,不能再浪费时间了。"

"先生,这是我无法照办的事。我不能让你生命的终点玷污我生命的起点。我不能接触你的保险柜或你的遗嘱。"她离开床边,走远了一些。

老人瞪起眼睛,停了一会儿,把一只钥匙竖在钥匙圈上。然后他颤颤巍巍地移动着瘦得只剩了一层皮的左手,用力把小铁匣里的东西倒在面前。

"小妞儿,"他又匆忙开口道,"瞧这儿!把钱拿去……这些钞票和金镑……瞧,全都拿去,这一切都给你,只是你得照我的话办。"

他使足力气,把拿着钥匙的手尽可能向她伸过去。玛丽又倒退了一步。

"我不想碰你的钥匙或你的钱,先生。请你别再要求我干这件事。如果你一定要我干,我只得把你的兄弟找来。"

他放下了手,玛丽生平第一次看到,老彼得·费瑟斯通像孩子一般哭了。她只得尽量使出她最温柔的口气,说道:"先生,请你把钱放好。"然后她走回壁炉旁自己的座位,希望这能使他相信,再说也没有用了。不久,他又提起精神,焦急地说道:

"那么你听着,把小家伙叫来。把弗莱德·文西叫来。"

玛丽的心跳得更快了。许多想法一下子涌上了她的脑海,她捉摸着销毁第二份遗嘱可能包含的意义。她必须立即作出困难的决定。

"我可以叫他来,但你必须让我同时把乔纳先生和其他人也叫来。"

"听着,其他人一个也不要。只要小家伙一个。我有权按照我的意志行事。"

"那就等到天亮,大家都起床以后吧,先生。或者让我把西蒙斯叫来,吩咐他去请律师。用不了两个小时,他就可以到达。"

"律师?我要请律师干吗?这件事不用任何人过问,我说,不用任何人过问。我有权按照我的意志行事。"

"先生,那么让我请别人来吧。"玛丽用劝告的口气说。她不喜欢目前的处境,跟老人单独在一起,这个老人身上蕴藏着一种桀骜不驯的力量,这会儿它正出乎意料地爆发出来,使他可以一再讲话,不致像平时那样给咳嗽打断。然而她不愿再扩大他们的对立,她觉得这是毫无必要的,它已经使他相当激动了。于是她说道:"让我叫别人来吧。"

"告诉你,不要叫什么人。小妞儿,你瞧这儿。把钱拿去。你再也不会得到这样的机会了。这有将近两百英镑呢——别怕,匣子里还有的是,没有人知道那里有多少钱。你把这拿去,照我的话做。"

玛丽站在壁炉旁边,看见红红的火光照在老人身上,老人用枕头支起了半个身子,斜躺在床上休息,伸出了一只瘦得皮包骨头的手,手里擎着钥匙,那些钱放在被子上,他的面前。她永远不会忘记这一幕:一个人怎样在临终前要求做他希望做的事。但是他指望靠钱来达到目的,这方式却促使她比刚才更加坚决了。

"这是没有用的,先生。我不会那么做。收起你的钱吧,我不会拿这些钱。别的事你要我怎么办,我都可以依你,唯独不能拿你的钥匙和你的钱。"

"别的事……别的事!"老费瑟斯通说,愤怒得声音都嘶哑了,好像一个人做噩梦的时候拼命想叫喊,发出的声音却极其微弱,"我不要什么别的事。你到这儿来……到这儿来。"

玛丽小心翼翼向前移动,她对这个人了解得太清楚了。她看到他丢下钥匙,想拿他的手杖,还死命瞪着她,活像一只老鬣狗,由于手里用力,那脸上的肌肉也扭歪了。她站住了,保持着安全的距离。

"让我给你喝点药水,"她平静地说,"好让你安静一些。也许你应该睡了。明天天亮以后,你就可以做你要做的事了。"

他提起了手杖,尽管她站在他够不到的地方,他还是朝她扔出了手杖。他虽然使足了力气,可惜已不济事,它掉在地上床脚旁边。玛丽让它留在那儿,退回炉边,坐在椅上。她打算过一会儿,再把药水端给他。疲劳会使他安静下来。快到早晨最冷的时候了,火也快熄了,从两块波纹呢窗帘的间隙中望出去,已可看到透过百叶窗射进室内的白光。她在炉子里加了几块木柴,披上围巾,又坐下了,心想费瑟斯通先生现在该睡着了。如果她走近他,他的肝火也许又会上升。扔过手杖以后,他没有再说什么。但她曾看见他又拿起钥匙,用右手压住那叠钱。只是他没有把它们放回匣子,她想他是迷迷糊糊地睡着了。

但是玛丽回想到她所经历的一切,还心有余悸,比刚才实际经历的时候更害怕——她在危急关头,当机立断,排除了一切疑虑,然而现在她却为自己的行动感到犹豫了。

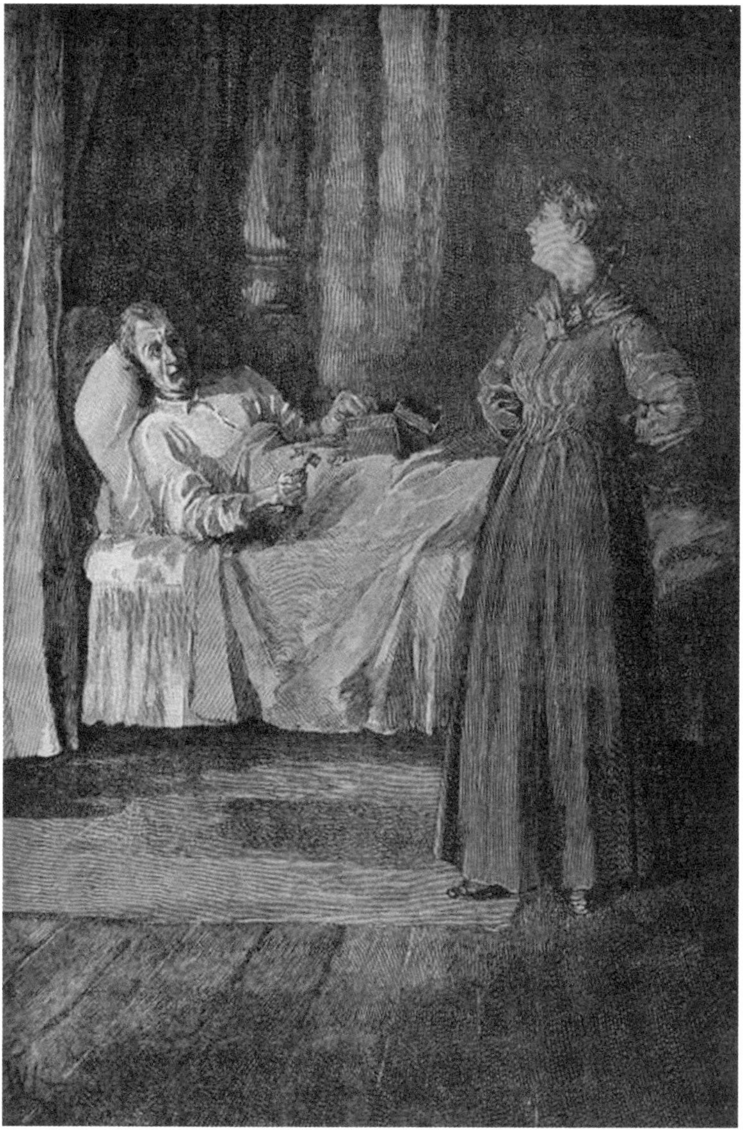

不久,干燥的木柴便熊熊燃烧,照亮了每一个角落。玛丽看到,老人安详地躺着,头有点歪在一边。她向他走去,没有发出一点脚步声。她觉得,他的脸一动不动,有些奇怪。但过了一会儿,在跳动的火光下,一切又似乎都在蠕蠕活动,她不能确定她所看到的是否真实。她的心跳得厉害,以致她对自己的感觉也产生了怀疑,甚至在她摸到他,注意听他的呼吸时,她还不能相信自己的结论。她走到窗口,轻轻拉开窗帘,打开百叶窗,让静谧的曙光照到床上。

接着,她马上跑过去使劲按铃。过不多久,一切怀疑都已消失,彼得·费瑟斯通死了。他的右手握着一串钥匙,左手搭在一堆钞票和金币上。

第四卷　三个爱情问题

第三十四章

> 甲先生：此类人只是羽毛，木屑，麦秆，
> 　　　　没有重量，也没有力量。
> 乙先生：然而轻也有作用，
> 　　　　重量得靠它始得存在。
> 　　　　因为力量只能在没有力量的地方
> 　　　　找到它的位置；前进要靠退让，
> 　　　　大风把船吹上陆地，只因舵手
> 　　　　缺乏对抗阻力的勇气。

彼得·费瑟斯通的葬礼于五月的一个早上举行。在米德尔马契这块平凡的土地上，五月不一定是阳光灿烂、温暖如春的季节，这一天早上，阴冷的风从周围一带的花园里，挟带着花瓣吹向洛伊克墓园中绿油油的土堆上。云在天空轻轻飘浮，有时露出一线阳光，照亮了正好处在它那金黄色光芒下的一切，不论那是丑陋的，还是美丽的。今天墓园中显得五光十色，因为有一小群村民聚集在那儿等待观看葬礼。消息传得很快，都说这是"大出殡"；老人对一切留下了书面指示，要求丧事办得"超过比他地位高的人"。这是确实的，老费瑟斯通不是阿巴贡①，并未把节衣缩食看作头等大事，让吝啬吞没其他一切欲望，以致办丧事以前，还得跟殡仪馆老板讨价还价。他爱钱，但也爱花钱，满足他的特殊

---

① 莫里哀的《吝啬鬼》中的主人公。

趣味,也许他之所以特别爱钱,正因为它是一种手段,可以让别人意识到他的权力,因而多少有些不舒服。如果有人看到这里,要提出异议,认为老费瑟斯通身上不应该没有一点善良的品质,那么我不想反驳,但我必须指出,善具有谦逊的性质,在阻力面前往往气馁,经过早年生活中许多坚不退让的恶习排挤之后,很可能已从此销声匿迹,因此对于从理论上来认识一位自私的老先生的人,要相信他也有善良的品质,那是容易的,但对于那些与他本人打过交道,因而把自己的判断建立在这个狭隘的基础上的人,要相信这点却并不容易。闲话少说,总之,他希望为他举办盛大的葬礼,希望一切深居简出的人都来跟他告别。他甚至要求亲族中的女眷们也一路恭送他前往墓地,以致可怜的玛撒妹妹只得离开白垩洼地,进行一次艰苦的旅行。不过这点也使她和简恩心花怒放(这是用眼泪汪汪表现的),因为它证明,这位哥哥尽管生前不愿会见她们,却希望在他成为故人后,看到她们站在这位立遗嘱人的身边。不过这件事也有些美中不足,因为她们发现,文西太太也享受了同等待遇,她不惜工本戴上的漂亮黑纱,似乎便包含了无所顾忌的希望,加上她那张如花似玉的容貌,更使她们怒不可遏;同时非常清楚,这张容貌便足以证明,她不是她们的宗族,只是属于通常叫作"妻子娘家"的那类讨厌货色。

我们都是各种方式的幻想家,因为幻想是愿望的必然产物;可怜的老费瑟斯通一贯嘲笑别人喜欢自欺欺人,但他也不能避免与幻想打交道。在编写丧葬方案时,他无疑没有发觉,包括制定方案在内的这出小小喜剧,对他说来,他所能得到的欢乐只是一种预感。然而想到自己死后,仍能玩弄别人于股掌之上,给他们制造麻烦,他不能不暗暗得意,为那死气沉沉的一幕感到高兴。在他的头脑中,死后的生活总是跟他在棺材里沾沾自喜的面容联想在一起的。总之,老费瑟斯通是按照他自己的方式,发挥想象力的。

不管怎么说,三辆送葬的马车,按照死者遗书的规定,坐得满满的。几个骑马的人手执棺衣,戴着绣花领巾和围黑纱的帽子,甚至他们的助手也穿着丧服,这是非用高价不能办到的。这黑色的行列到达目的地后,大家纷纷下了车,由于墓园狭小,人数显得更多了。一张张忧郁的脸,一件件黑色的衣服,都在春寒料峭中瑟瑟发抖,一切使人感到,这场面与那些轻轻飘落的花瓣,那照射在雏菊花上的阳光,多么不协调。主持葬礼的教士是卡德瓦拉德先生,这也是根据彼得·费瑟斯通的要求,它照例也有特殊的原因。他一向瞧不起副牧师,称他们是下等人,因此决定要由一位教区牧师亲自为他主持葬礼。卡苏朋先生当然不成,他从不担任这类事务,而且费瑟斯通对他也特别不满,因为他是他所在教区的教区长,对他的田地分享了一部分收益,即什一税,又是主持早祷的讲道人,老人生前不得不坐在下面恭听他的教诲,又根本不想打瞌睡,以致只得在肚里生闷气。他对站在他上面向他传道的牧师,根本怀有敌意。但他与卡德瓦拉德先生的关系却全然不同,那条出产鲑鱼的小河,不仅通过卡苏朋先生的田地,也通过费瑟斯通的田地,因此卡德瓦拉德先生只得要求他的照顾,而不是作为一个牧师向他讲道。此外,他是住在离洛伊克四英里的一位绅士,具有与郡守和其他大人物平起平坐的资格,而这些人一般认为是社会组织中不可缺少的栋梁。因此,由卡德瓦拉德先生主持葬礼还有一大优点,这就是他的名字本身便给你提供了一个抬高自己、贬低别人的良好机会。

蒂普顿和弗雷什特教区牧师受到的这种荣誉,便是卡德瓦拉德太太怎么会成为老费瑟斯通出殡仪式观礼人的原因。那时,她就在洛伊克庄园的公馆里,跟一群人站在窗口看热闹。她并不喜欢上这个公馆,但是据她说,她很想看看那一伙奇怪的牲畜,他们是必然会在葬礼中出现的。她说服詹姆士爵士和小彻泰姆夫人,让教区牧师和她本人,搭他们的马车一起前往洛伊克,这可以使他们的访问生色不少。

"卡德瓦拉德太太,不论你到哪里,我都愿意奉陪,"西莉亚这么回答,"只是我不喜欢看出殡仪式。"

"哦,亲爱的,你家里有了一个教士,就不得不改变你的趣味啦,我是很早就这么做了。我嫁给汉弗莱的时候,已抱定决心要喜欢听讲道文。我是从喜欢结尾部分开始的,我非常喜欢它。这种爱好很快扩大到了中间部分和开始部分,因为没有它们,也就没有结尾。"

"当然,这是一定的。"彻泰姆老夫人接口道,态度又庄严又郑重。

从楼上的窗口望去,葬礼可以一目了然。这间屋子是卡苏朋先生因病中止工作时期用的,但现在他不顾医生的警告和劝阻,几乎又恢复了习惯的生活方式,因此在彬彬有礼地向卡德瓦拉德太太表示了欢迎之后,他便回到图书室中,反复推敲关于古实和麦西拉姆这类深奥的问题了。

要不是这些客人的到来,多萝西娅也可能关起窗户,待在图书室中,不去理会老费瑟斯通的葬礼。不过,尽管它与她的生活风马牛不相关,后来每逢她回忆起一些伤心的往事,它便会回到她的眼前,就像罗马圣彼得教堂的景象总是跟失望的情绪交织在一起。在我们邻居的命运中引起重大变化的事件,对我们自己的命运只是一种背景,然而它们像田野和树林的某一特定侧面,也会与我们经历中的一些时期发生联系,在我们最敏感的意识中留下痕迹,成为回忆的一个组成部分。

某些不相干的、不太清楚的事物,与多萝西娅生活经历中隐藏得最深的秘密,像梦幻一般结合在一起,这情形似乎反映了她的孤独感,而这种孤独感来自她那异常热烈的天性。从前的乡下绅士往往离群索居,与人们不相往来,他们独处在一个个相隔遥远的小山头上,从那里眺望山下比较热闹的人生,只是雾中观花,并不分明。多萝西娅对自己站在冷冷清清的高处,俯视一切,心里并不满意。

当那一行人进入教堂以后,西莉亚便退后一些,站在丈夫的胳膊弯后面,使她可以悄悄地把脸颊贴在丈夫的衣服上。这时,她说道:"我不想再看了。多多也许乐意看这种场面,因为她爱好悲哀的事物和丑陋的人。"

"我的爱好是了解生活在我周围的人,"多萝西娅说,她从前总像假日出游的僧侣一样,津津有味地观察一切,"我觉得,我们对我们的邻居们了解得太少了,至多只知道,他们是住在那些小屋子里的村民。一个人总是希望知道,别人在过什么生活,他们对事物有些什么看法。我非常感谢卡德瓦拉德太太到这儿来,把我叫出了图书室。"

"你应该感激我,这一点也不假,"卡德瓦拉德太太说,"你们那些富裕的洛伊克农民,像水牛或者美洲野牛那么古怪,我看你恐怕很少在教堂中见到他们。他们跟你伯父的,或者詹姆士爵士的佃户大不一样,那都是些怪物,或者没有地主的农夫,谁也说不清他们属于哪一类。"

"那些跟在后面送葬的,大多不是洛伊克人,"詹姆士爵士说,"我猜想,那是从外地或者米德尔马契来的遗产继承人。勒夫古德告诉我,老头子留下了一大笔钱,还有不少田地。"

"你们想想看！可是现在那么多人家的小儿子找不到谋生的办法呢。"卡德瓦拉德太太说。听到开门声,她扭过头去,喊道:"啊,布鲁克先生来了。我刚才总觉得我们像缺少什么似的,现在明白了。你当然是来看这场古怪的葬礼吧?"

"不对,我是来看卡苏朋的——看看他身体怎么样,你知道。还捎来了一点小消息,一点小消息,亲爱的。"布鲁克先生看到多萝西娅走来,向她点点头说,"我刚到图书室去过,看见卡苏朋正埋头读书呢。我劝他别那么用功,我说:'这绝对不行,你知道,你得想想你的妻子,卡苏朋。'他答应立刻到楼上来。我没把消息告诉他,只是要他务必上楼一趟。"

"瞧,他们现在走出教堂了,"卡德瓦拉德太太喊道,"我的天,真是稀奇古怪,什么样的人都有！我想,利德盖特先生是作为医生参加的。不过那个女人确实长得不错,那个漂亮的小伙子应该是她的儿子吧。詹姆士爵士,他们是谁,你知道吗?"

"我看到文西在那儿,他是米德尔马契的市长,他们大概是他的妻子和儿子吧。"詹姆士爵士说,询问似的看看布鲁克先生,后者点头答道:

"是的,这是一个体面的家庭——文西是一个很出色的人,工商界有头有面的人物。你知道,你在我家中见过他。"

"哦,对了,你的秘密委员会成员之一。"卡德瓦拉德太太挑衅似的说。

"可惜只会带着猎狗追追野兔。"詹姆士爵士说,露出轻蔑的脸色,表示只有他才是捕捉狐狸的真正猎手。

"而且是个吸血鬼,把蒂普顿和弗雷什特那些手织机织工的血汗都吸干了。那就是他家里的人这么漂亮,这么阔气的原因,"卡德瓦拉德太太说,"那些愁眉不展、脸色发紫的人是很好的陪衬。我的天,他们像一套水壶！你们瞧汉弗莱,他穿一身白法衣站在中间,比谁都高,像一个难看的天使长。"

"可是葬礼,这是一件庄严的事,"布鲁克先生说,"你应该用那样的眼光看它才对,你知道。"

"我可不想用那种眼光看它。我不能老是装出一副庄严的神色,要不,庄严就不值钱了。那个老人应该死了,这些人谁也不会为他悲伤。"

"多么可怜!"多萝西娅说,"我觉得好像从没看到过比这出殡更伤心的事。它使早晨的天空都变得暗淡了。我想到一个人要死,死后又没有一个人爱他,就觉得受不了。"

她还想往下讲,但看到她的丈夫进来了,他坐在稍后一点的地方。他的出现给她带来的变化并不总是愉快的,她觉得他心里往往在反对她的话。

"瞧,"卡德瓦拉德太太喊道,"那个阔肩膀的人背后有一张陌生的脸,比他们哪一个都古怪,脑瓜圆圆的,眼睛暴了出来,像一只青蛙,你们瞧呀。我看,这家伙一定不是我们英国人的血统。"

"让我看看!"西莉亚说,又恢复了好奇心。她站在卡德瓦拉德太太背后,从她头顶上俯出身子张望。"啊,好一个五八怪!"接着,立刻换成了另一种惊讶的表情,她又说道:"怎么,多多,你从没告诉我,拉迪斯拉夫先生已经回来了呢!"

多萝西娅吃了一惊,立即抬起头,望望她的伯父,卡苏朋先生却望着她。大家发觉,她的脸色突然变白了。

"他是跟我一起来的,你知道,他是我的客人,目前住在我的田庄上。"布鲁克先生说,口气仍那么随便,一边向多萝西娅点点头,似乎这消息正是她所期待的,"我们把那幅画放在马车顶上给捎来了。卡苏朋,我知道你听了一定非常高兴。画上的你真是栩栩如生,活像阿奎那转世,你知道。确实画得不赖。你不妨听听小拉迪斯拉夫怎么讲。他谈起来头头是道,真有意思,每一个细节他都讲得那么透彻,他懂得艺术,以及诸如此类的事。这是一个难得的朋友,你知道,任何方面都比得上你,这样的人我好久没有遇见了。"

卡苏朋先生冷冰冰的,彬彬有礼地点了点头,尽量克制自己的气恼,但只能做到保持沉默。威尔的信他记得清清楚楚,与多萝西娅一样。他发现它不见了,留给他病愈以后看的信中没有它,他心里断定,多萝西娅已写信通知威尔,叫他别到洛伊克来。他出于强烈的自尊心,一直回避这个问题,没再提起它。但现在他推测,她是要求她的伯父把威尔请到蒂普顿田庄去了。多萝西娅觉得,眼前这时候没法作任何解释。

卡德瓦拉德太太的眼睛已经离开墓园,她看了一会儿这场哑剧,可是看不出一点名堂,心里不免纳闷,只得问道:"拉迪斯拉夫先生是谁?"

"卡苏朋先生的一个年轻亲戚。"詹姆士爵士马上答道。他性情随和,在人与人的关系问题上往往反应灵敏,看得比较清楚,他从多萝西娅注视丈夫的目光中猜到,她心里有些惊慌。

"一个出色的小伙子,得到过卡苏朋多方面的关照,"布鲁克先生解释道,"卡苏朋,他要把你为他花的钱还你呢。"他继续说,赞许地点点头,"我希望他住在我那里,不妨多住些日子,我们可以一起整理我的材料。你知道,我有不少想法,也收集了不少事实,我看得出,他可以帮我理出一个头绪来,他记得正确的引文,比如 omne tulit punctum①,以及诸如此类的话,他还能用发人深省的语言阐明问题。我是在不久以前你生病的时候发信邀请他的,卡苏朋。多萝西娅,你不能在家里接待任何客人,你知道,所以她央求我写封信。"

可怜的多萝西娅觉得,伯父的每一句话都像一粒沙子,掉进了卡苏朋先生的眼睛。现在再要解释,说她并未要求伯父邀请威尔·拉迪斯拉夫,看来完全不合适了。她没法向自己说明,她的丈夫为什么不欢迎他——图书室中那一幕,已在她心头打下了痛苦的烙印;但她觉得目前不便再讲什么,免得把这种不愉快的印象带给别人。其实,卡苏朋先生本人对那些混乱的思想,也说不出一个所以然,他像我们大家一样,恼怒的情绪一旦形成,便尽量为它寻找辩解的理由,而不是弄清它的来龙

---

① 拉丁文,这里只讲了半句,全句的意思是:"寓教于乐,既劝谕读者,又使他喜爱,才能符合众望。"出自贺拉斯的《诗艺》。

去脉。但他努力克制外在的表现,只有多萝西娅能看出他脸上的变化,接着,他装出比平时更庄严的姿态,用更动听的声调说道:

"亲爱的先生,你真是非常好客,蒙你这么热心招待我的一个亲戚,我应该向你表示谢意。"

葬礼现在结束了,墓园上已经没有人。

"卡德瓦拉德太太,你现在可以看到他了,"西莉亚说,"他跟卡苏朋先生的姨妈一模一样,她有一幅小画像,挂在多萝西娅的起居室里,那张脸非常惹人喜爱。"

"一个漂亮的小伙子。"卡德瓦拉德太太冷淡地说,"卡苏朋先生,你的侄儿打算干什么?"

"对不起,他不是我的侄儿。他只是我的表侄。"

"哦,你知道,"布鲁克先生插嘴道,"他正想练习靠自己的翅膀飞翔呢。这样的小伙子是可以有些作为的。我愿意给他提供一些机会。眼前他可以成为一个出色的秘书,像霍布斯①、弥尔顿、斯威夫特,以及诸如此类的人。"

"我明白,"卡德瓦拉德太太说,"那就是给人起草演说稿的角色。"

"我现在去带他进来,好吗,卡苏朋?"布鲁克先生说,"你知道,我不叫他,他不会进屋。然后我们一起下楼看画。画上的你像活的一样,完全是一个深刻的思想家的模样,一只食指按在一页书上。圣博纳文图拉②显得胖了一些,服饰华丽,也许这是别的什么人,正抬头望着三位一体的神。一切都是象征的,你知道,这是更高类型的艺术,我在一定程度上喜爱这种艺术,但并不过分喜爱——你知道,要理解这类东西,还是有些吃力的。不过这对你是很合适的,卡苏朋。在那位画家笔下,你的皮肤很好——结实,透明,具有诸如此类的特点。我有一个时期也喜欢画几笔。不过,我还是招呼拉迪斯拉夫进屋来吧。"

---

① 托马斯·霍布斯(1588—1679),英国著名的唯物主义哲学家,年轻时曾在大贵族家任秘书之类职务。
② 博纳文图拉(1217?—1274),中世纪经院哲学家及神学家。

第三十五章

> 我最大的欢乐就是看到一群继承人
> 大失所望,他们念完了长长的遗嘱,
> 吓得目瞪口呆,垂头丧气,
> 他们脸色发白,大吃一惊,发现
> 留给他们的只是一声晚安,一个嘲笑。
> 我相信,我还要特地从另一个世界回来,
> 看看他们那副愁眉苦脸的狼狈相。
>
> ——勒尼亚尔:《遗产继承人》①

当各类牲畜一对对进入方舟时②,可想而知,这双双对对的牲畜都在窃窃私语,它们心想,饲料就这么一些,要靠它养活的牲口却这么多,这势必减少分配的口粮。(我想,那些秃鹫在这场合扮演的角色,恐怕很难用笔墨形容,它们在吃的方面一向贪得无厌,而且生来就不讲客气和礼貌。)

那些笃信基督的食肉动物,在参加彼得·费瑟斯通的葬礼时,自然也难免产生这类想法。大多数人都把眼睛盯着那一笔有限的财富,都指望得到最大的一份。天经地义的血亲,外加姻亲,已经为数不少,而且每人又存在各种可能性,这就为钩心斗角、尔虞我诈提供了广阔的活动园地。对文西家的嫉妒,使具费瑟斯通血统的全体家族联合一致,采取敌对立场,何况目前还没有明显的迹象,说明血亲中某一人会比其他人得到更多的权利,这样,长腿少爷弗莱德·文西自然成了众矢之的,大家担心田产会给他一人独吞,此外还有些人,如玛丽·高思,也莫名其妙地成了嫉妒的对象,遭到了不少人的仇视和攻击。在宗族内部,索

---

① 让·弗朗索瓦·勒尼亚尔(1655—1709),法国喜剧作家和诗人,生前声誉仅次于莫里哀,但作品大多缺乏深刻的思想意义。《遗产继承人》是他最重要的一本喜剧。
② 见《旧约·创世记》:"耶和华对挪亚说……凡洁净的畜类,你要带七公七母,不洁净的畜类,你要带一公一母……"进入方舟。

洛蒙忽然发现,乔纳无权分取遗产,乔纳则指责索洛蒙贪心不足;简恩作为长姊,认为玛撒的子女不能与小沃尔们享有同等权利,但玛撒对长子长女的优先继承权抱怀疑态度,觉得简恩已经"太多"了。这些都是关系最密切的亲属,他们对堂兄弟姊妹,以及堂兄弟姊妹的子女,也企图乘机捞一把油水,自然觉得岂有此理,一直在心中盘算,如果这些人如此之多,那么哪怕是小小的赠与,一笔笔加起来,也会变成一个很大的数目。前来听取遗嘱宣读的,还有两个表兄弟,两个表侄。表侄中的一个便是特朗布尔先生,另一个是米德尔马契的绸布商人,他态度文雅,讲话时送气音特别多。两个表兄弟是从布拉辛来的老人,一个认为他平时省吃俭用,不时积攒些钱,买了牡蛎等等食物,孝敬有钱的表兄彼得,他理应从他的遗产中得到些好处;另一个却铁板着脸,一言不发,把手和下巴搁在手杖上,认为他的权利不是建立在小恩小惠上,而是由于他为人正直。这两个德高望重的公民虽然来自布拉辛,却与乔纳·费瑟斯通水火不容。这也难怪,一个才子只能在亲族以外的人中得到尊敬。

"不用说,特朗布尔自己也相信,他会拿到五百英镑,这简直毫无疑问,我甚至猜想,我的哥哥已亲口答应过他。"索洛蒙说,跟两个姊妹在一起合计,这是出殡的前一天晚上。

"我的天哪!"穷苦的妹妹玛撒喊道,她一听到几百镑,顿时习惯地想起了她欠下的租金。

但是到了当天早上,由于一个奇怪的吊唁者的到达,几天来的猜测活动全给打乱了。这人好像从月球上突然降临到了他们中间,他就是卡德瓦拉德太太形容过的青蛙脸的陌生人,大约三十二三岁,眼睛鼓鼓的,嘴唇薄薄的,嘴巴向下弯成弧形,头发向后梳得光溜溜的,脑门从眉毛起蓦地塌陷,这一切自然使这张脸具备了蛙类的呆板神情。显然,这也是一个遗产继承人,要不,他怎么会老远的赶来吊唁?这就产生了一些新的可能性,引起了一些新的疑问,几乎使送葬的马车里变得鸦雀无声。如果有一件事完全背着我们在进行,我们对它一无所知,它却逍遥自在地活动着,也许还在暗中窥视着我们,那么我们一旦发现了它,谁不会感到气愤呢?这个奇怪的问题人物,从来没有人见到过,只有玛丽·高思曾看见他光临过斯通大院两次,每次费瑟斯通先生都在楼下,与他单独谈了几个小时。但其他,她也一无所知,她找机会把这事告诉了她的父亲;也许除了律师,只有凯莱布没有用厌恶或猜疑的眼光,只是用探询的眼光看待这个陌生人。凯莱布·高思对遗产不抱希望,也不像别人那么贪心,但他对证实自己的猜测很感兴趣。他坐在那里,露出安详的神态,似笑非笑地摸摸下巴,两眼炯炯发亮,射出明智的目光,宛如在估量一棵树的价值,这使他与别人脸上那种惊慌或轻蔑的表情形成了鲜明的对照。那个谁也不认识的吊唁者,据说名叫李格,他走进镶护壁板的客厅,便在靠近门口的椅子上坐了下去,等待遗嘱的宣读。索洛蒙先生和乔纳先生刚才跟律师一起上楼寻找遗嘱了。沃尔太太看到她和博思洛普·特朗布尔先生中间隔着两个空位子,便挪到了那位权威人士旁边,后者正在拨弄挂在表链上的印章,用手指抚平衣服,决心不表示任何诧异或惊讶,以免损害他精明能干的声誉。

"我猜想,我故世的哥哥所做的一切安排,你全都了解,特朗布尔先生。"沃尔太太说,把嘶哑的嗓音压得极轻极轻,连那顶披黑纱的帽子也凑到了特朗布尔先生耳边。

"我的好太太,凡是告诉我的话,都是绝对保密的。"拍卖商说,还举起了一只手,好像要掩盖那个秘密似的。

"不过那些自以为交了好运的人,还是难免失望的。"沃尔太太继续道,从这句话中找到了一些安慰。

"希望往往是靠不住的。"特朗布尔先生说,依然保持着莫测高深的外表。

"啊!"沃尔太太应了一声,向对面文西家的人瞪了一眼,挪回了玛撒妹妹身边。

"可怜的彼得老是守口如瓶,实在奇怪,"她说,声音仍压得低低的,"我们谁也不知道他葫芦里卖什么药。只求老天保佑,他不致比我们想的更坏,玛撒。"

可怜的克兰奇太太生得肥胖,老是气喘吁吁,哪怕是低声耳语也很响,像一只破旧的手摇风琴,随时会走调。她顾虑重重,尽量使自己的话四平八稳,无懈可击。

"我从来不是一个贪心的人,简恩,"她答道,"但我有六个孩子,还埋葬过三个,而且我嫁的不是有钱人家。我最大的孩子便坐在对面,他才十九岁,一切就不必我说了,你想象得到。股票总是亏本,田地收成又坏。我除了向上帝祷告,简直没有别的办法,尽管一个哥哥是单身汉,另一个结过两次婚,但没有子女……这困难,谁都想象得到!"

这时,文西先生望了望李格先生那张不动声色的脸,掏出鼻烟匣,用手指轻轻叩了两下,又把它放回了口袋,没有打开,仿佛这种享受尽管能使头脑清醒,在眼前这场合却不太适宜。"我相信,费瑟斯通是明白事理的,不像我们大家猜想的那么坏,"他凑在妻子的耳边说,"这次丧事证明,他想到了每一个亲友。一个人要求他的亲友送他入土,这应该是好兆,即使他们穷一些,他并不认为他们丢了他的脸。要是他留给我们一些小小的产业,我就更满意了。这对生活不太富裕的人,还是大有补助的。"

"这排场也是够体面的了,黑纱、绸缎,一切应有尽有。"文西太太满意地说。

但是我很遗憾,弗莱德这时却拼命想笑,好不容易才忍住了,要不,那真是比他父亲的鼻烟匣更不合时宜了。原来,乔纳先生正在谈什么"私生子",这句话给弗莱德无意之中听到了,那个陌生人的脸又正好对着他,他越看越觉得滑稽,差点笑出声音。玛丽·高思发现他的嘴巴在抽搐,弄得他无法可想,只得干咳了几声,于是她灵机一动,赶紧设法搭救,跟他换了个位子,让他坐在隐蔽的角落里。弗莱德踌躇满志,对所有的人,包括李格在内,都心平气和,他觉得别人都不如他幸运,因此对大家有些怜悯,绝对不愿自己在行动上有什么失着。尽管这样,他还是有些忍俊不禁。

但是律师和两位兄弟的入场,吸引了每个人的注意力。

律师就是斯坦迪什先生,他今天早上来到了斯通大院,他相信,他对一切了如指掌,不到天黑,某些人会心花怒放,某些人则不免大失所望。他为费瑟斯通先生立过三份遗嘱,现在要宣读的是最后一份。斯坦迪什先生的举止是固定不变的,他的嗓音总是那么深沉,对每个人总是彬彬有礼,一视同仁,好像看不出他们有什么差别,谈的话不外是干草的收成今年"一定很好!"或者"最近公报上宣布的国王,他本是克拉伦斯公爵①,一个道道地地的水手,由他来统治英国这样的岛国,真是再合适不过了"。

老费瑟斯通生前时常坐在屋里,望着炉火,心想总有一天,斯坦迪什也会发现他上了大当。当然,要是他临终前如愿以偿,销毁了另一个律师替他写的那份遗嘱,他就不能跟他开这个玩笑了,不过他生前还是为这事得意过一阵。今天,斯坦迪什先生真的吃了一惊,但并没有不高兴,相反,他倒觉得很有趣,萌发了一点好奇心,因为第二份遗嘱的出现,势必使期望中的费瑟斯通家族的惊讶有增无减,更加强烈。

至于索洛蒙和乔纳的情绪,那还处在举棋不定的状态。在他们看来,第一份遗嘱仍保持着一定的效力,可怜的彼得显然有前后两种打算,它们交织在一起,以致为无休无止的"打官司"创造了条件,谁要捞到好处,先得通过这道手续——这自然要费些周折,但至少可以做到利益均沾。因此两兄弟跟随斯坦迪什先生进屋时,什么表情也没有,严守中立。但是索洛蒙又掏出了他的白手帕,他觉得,不论哪一份遗嘱,都有一些伤心的词句,而且为了悼念死者,尽管没有一滴眼泪,从习惯上说,手帕还是必不可少的。

也许在这个时刻,心跳得最厉害的还是玛丽·高思,因为她意识到,实际上是她保存了这第二份遗嘱,而它却可能对在场的某些人的命运,产生重大的影响。除了她本人,没有人知道最后一夜发生的事。

斯坦迪什先生在屋子中央的桌子旁边就座之后,神色不慌不忙,连咳嗽也慢条斯理的,似乎要把喉咙先打扫干净。最后他开口道:"我手里拿的这份遗嘱,是由我起草,然后由我们故世的朋友在一八二五年八月九日签字生效的。但我发现,这以后还有一份我从未知晓的文件,它的日期是一八二六年七月二十日,离前一份还不到一年。"这时,斯坦迪什先生又戴上眼镜,仔细地在一份文件上看了一会儿,说道:"那最

---

① 克拉伦斯公爵是乔治三世的第三个儿子,一八三〇年乔治四世死后,由他继承王位(一八三〇年六月),称威廉四世。他是海军军官出身,因此被称为"水手国王"。

后一份遗嘱还有一份附录,它的日期是一八二八年三月一日。"

"我的天哪!"玛撒妹妹突然说,她并不想让人听到,只是在这些日期的刺激下,嗓子自然发出了这些声音。

"我先念较早的一份遗嘱,"斯坦迪什先生继续道,"因为鉴于他没有销毁这份文件,它仍表现了死者的意愿。"

遗嘱的绪言部分有些冗长,坐在索洛蒙旁边的几个人伤心地摇摇头,注视着地面——这时每个人的眼睛都避免跟别人接触,不是盯着桌布上的某一点,便是望着斯坦迪什先生的秃顶,唯一的例外是玛丽·高思。在大家目不斜视、正襟危坐的时刻,她正可以趁此机会观察所有的人。听到"兹将遗产分配如下"时,她看见每一张脸都发生了不易觉察的变化,仿佛有一条微弱的电流从它们上面掠过。只有李格先生依然不动声色,泰然自若地坐在那儿,可是大家都给更重要的问题吸引住了,谁也不再理会他。人人全神贯注听着遗产的分配,不论它们会不会在第二份遗嘱中被取消。弗莱德涨红了脸,文西先生觉得再也不能不把鼻烟匣掏出口袋,虽然还是没有把它打开。

开头是小额遗产的赠与。尽管大家知道,还有另一份遗嘱,故世的彼得很可能改变初衷,但厌恶和愤怒还是越来越大,几乎无法克制。人们喜欢在所有的时间里,包括过去、现在和将来,都得到公正的对待。可是彼得居然在五年以前,只留给他的亲兄弟和亲姊妹每人两百镑,亲侄儿侄女和亲甥儿甥女每人一百镑,高思家的人一个也没提到,但文西太太和罗莎蒙德却每人也有一百镑。特朗布尔先生得到了那根金柄手杖和五十镑钱,其他表侄和在场的堂表兄弟们,每人也都得到了相同的数目,正如那位脸色死板的表兄弟所说,这种遗赠简直令人发指。这类引起不快的小额赠与,还有不少是分送给没有出席的人的——这些人的身份不明,可能都有疑问,说不定还是下等人。匆匆估计一下,总数大约已达三千镑。那么其余的钱,彼得预备给谁呢?还有田地呢?其中又有哪些会取消,哪些不会取消?这些改变是变好还是变坏呢?一切情绪都是有条件的,最后可能证明并不正确。好在人是相当坚强的,在这种混乱的猜疑状态中,仍可以安然坐着,保持平静。有的人垂着下嘴唇,有的人翘起了下嘴唇,按照他们肌肉的习惯,采取不同的活动方式。只有简恩和玛撒在这些疑问的冲击下开始哭了。贫穷的克兰奇太太之所以哭,一半是由于感动,因为她不花丝毫力气,便得到了几百镑,一半也是因为她觉得她分到的太少了。沃尔太太却牢骚满腹,觉得她作为一个亲姊妹,得到的却这么少,那些不相干的人得到的又这么多。现在普遍的想法是,那"大部分"都会落到弗莱德·文西手里,不过文西家的人听到宣布价值一万镑的特种投资款项归他所有时,仍不免有些受宠若惊。但还有田地呢,是不是也会给他?弗莱德拼命咬嘴唇——要不露出笑脸是不容易的。文西太太觉得自己是最幸福的母亲,取消的可能性在这迷人的景象面前,已消失得无影无踪。

这样还剩下一部分动产和全部田地,但是所有这一切全都给了一个人,这个人便是……啊,谁想得到!啊,对守口如瓶的老人寄予的一切希望都成了泡影!啊,人们的愚蠢是哪怕用千言万语也无法充分表达的!总之,其余一切财产的继承人便是乔舒亚·李格,他也是唯一的遗嘱执行人,从目前起,他的姓便改为费瑟斯通。

屋子里出现了一片窸窣声,人人像都在发抖似的。大家又瞪起眼睛,望着李格先生,可是他显然一点也没感到惊异。

"这真是对遗产别开生面的安排!"特朗布尔先生喊道,现在他宁可大家相信,他对这一切事先并不知情了,"但还有第二份遗嘱,那是更重要的文件。我们听到的还不是故世者的最后意愿呢。"

玛丽·高思却觉得,他们即将听到的,并不是最后的意愿。第二份遗嘱取消了一切,只保留了前面提到的对一些下等人的赠与(这方面的某些改变记在附录里),全部位于洛伊克教区的田产,全部股票和房屋家具,全归乔舒亚·李格一人所有。其余的财产则作为兴建一所养老院的费用和基金,它将命名为费瑟斯通救济院,设在离米德尔马契不远的一个地点,那块土地已由立遗嘱人专为这个用途买下。据遗嘱所述,他这么做,是为了表示对上帝的感谢。所有在场的人都分文未得,只有特朗布尔先生拿到了一根金柄手杖。一时大家惊得目瞪口呆,说不出话。玛丽不敢看一眼弗莱德。

文西先生使劲吸了一会儿鼻烟,这才第一个开了口。他愤愤不平地大声道:"这种不可理喻的遗嘱,真是闻所未闻!我得说,他立这遗嘱时一定神志不清。我认为,最后这份遗嘱是无效的。"他又道,觉得这句话对事实作出了正确的判断,"斯坦迪什,你说呢?"

"我认为,我们故世的朋友始终保持着清醒的头脑,"斯坦迪什先生说,"一切完全正常。这里有一封信,跟遗嘱放在一起,它是布拉辛的克莱门斯写的。遗嘱便由他起草。这是一位德高望重的律师。"

"我从未发现已故的费瑟斯通先生有任何精神错乱,任何心理失常的现象,"博思洛普·特朗布尔先生插口道,"但我得说,这份遗嘱是违反常情的。我一向心甘情愿为老人办事,但他明确告诉我,他会在他的遗嘱中向我表示他的谢忱。把一根金柄手杖看作这种表示,那是可笑的,不过幸好我从来不把金钱放在眼里。"

"我看,大家对这件事不必大惊小怪,"凯莱布·高思先生说,"哪怕一份遗嘱像人们所希望的,出自一位胸怀磊落、正直无私的人,你们也可以找出许多理由对它表示怀疑。从我来说,我但愿世上根本没有遗嘱这东西。"

"说真的,这种意见竟出自一个基督徒之口,实在太奇怪了!"律师说,"我倒想请教,你怎么说明你的观点,高思!"

"哦。"凯莱布应了一声,把身子向前倾了一点,细心地把两只手的指尖对准,若有所思地望着地面。他始终觉得,讲话是最困难的一件"工作"。

但这时,乔纳·费瑟斯通先生开口说话了:"好吧,我的哥哥彼得,他一辈子都是个伪君子,表面上装得仁义道德。现在,这份遗嘱撕下了他的一切假面具。要是我早知道,哪怕用六匹马的马车,也休想把我从布拉辛拉到这儿来。明天我就要戴上白礼帽,穿起呢上装,再也不给他戴孝了。"

"我的天哪,"克兰奇太太哭道,"我们花了路费,从老远跑到这儿,我的可怜孩子还在这屋里白坐了那么多天!这是我第一次听到,我的哥哥彼得居然希望感谢上帝。但是我不得不说,他对我的打击是沉重的,残酷的,此外我没什么好讲了。"

"他这么做,对他死后也是没有好处的,这就是我的信念,"索洛蒙说,他的憎恨已到了无以复加的地步,但是他的口气免不了仍是狡猾的,"彼得活着的时候就居心不正,救济院也帮不了他的忙,要知道,他最后还做出这种伤天害理的事呢。"

"他合法的家族,他的兄弟姊妹,甥儿甥女,一向真心对待他,他要上教堂,大家就陪着他坐在那里,"沃尔太太说,"照道理讲,他应该把这么一份正当的家私,留给那些从来不知道挥霍、从来不会胡作非为的人才对,这些人并不穷,他们懂得怎样节省每一文钱,使这份家产越积越多。我不怕麻烦,时常上这儿探望他,尽姊妹的责任,谁知他心里总是把我当外人,想起来谁都会感到寒心。但是如果全能的上帝允许发生这样的事,那么他是一定会惩罚他的。索洛蒙哥哥,我得走了,请你用车子送我一下。"

"我再也不想踏进这所房子,"索洛蒙说,"我自己也有田地,也有家产,我才不稀罕呢。"

"人间太不公平了,"乔纳说,"哪怕你辛辛苦苦,也得不到幸福。你还不如做一个守财奴,自己不用,也不给别人。不过那些活着的人,应该吸取教训。一个家族里出了一个傻瓜已经够了。"

"傻瓜何止这一种,还多着呢,"索洛蒙说,"我不想把我的钱丢在阴沟里,也不想把它送给非洲来的野小子。我喜欢的是货真价实的费瑟斯通家族,不是那种改头换面、冒名顶替的家伙。"

这些话,索洛蒙是拉开嗓子向沃尔太太讲的;他站了起来,陪她走了。乔纳兄弟觉得,要说几句比这更尖刻的话也并不难,但再一想,何必得罪斯通大院的新主人,这对自己没有好处,除非这人一毛不拔,既想占用他的姓,又不把这位才子放在眼里,那他就不客气了。

但是那些含沙射影的话,乔舒亚·李格先生根本不放在心上,他马上摆出一副主人的架势,冷冰冰地走到斯坦迪什先生面前,不动声色地提出了几个事务性问题。他嗓音尖细,吱吱喳喳的,叫人听了讨厌。弗莱德看到他,再也不想笑,只觉得他是他所见过最不要脸的混蛋。弗莱德这时心里确实很难过。米德尔马契的绸布商人找了个机会,上前跟李格先生搭讪,他想知道,斯通大院的新主人打算置办多少条新裤子;利润总是比遗产更可靠的。而且绸布商人作为表侄,相当心平气和,没有失去他的好奇心。

文西先生发了一顿脾气以后,便不再做声,保持着高傲的缄默,但心里一直耿耿于怀,很不服气,没有想到离开。最后,他发现妻子走到弗莱德身边,握住宝贝儿子的手呜呜啜泣,当即一跃而起,背对着大家,小声对她道:"露西,克制一下,不要在这些人面前出丑,亲爱的。"然后又用平时的嗓音喊道:"弗莱德,去吩咐套车,我还有事呢。"

这以前,玛丽·高思已准备跟父亲回家。她在门厅遇到弗莱德,现在第一次有勇气看他。他没精打采,脸色苍白,这是年轻人难免出现的神情。她跟他握手时,发现他的手非常冷。玛丽也心神不定,她意识到,虽然她不是故意要害他,但是她的行为也许大大改变了弗莱德的命运。

"再见,"她说,口气温柔而伤心,"勇敢一些,弗莱德。我相信,你还是没有钱的好。你瞧费瑟斯通先生,这对他有什么好处?"

"讲讲当然容易,"弗莱德怨气冲天地说,"现在你叫我怎么办?我只能进教会做事了。"(他知道这会使玛丽苦恼,那很好,让她告诉他,他还能做什么吧。)"我本来以为可以把欠你父亲的债马上还清,把一切好好安排一下呢。你连一百镑也没拿到。今后你打算怎么办,玛丽?"

"另外找个饭碗呗,当然,越快越好。我父亲手头事情不少,他可以养活其余的人,不必靠我帮忙。再见。"

不一会儿,那些货真价实的费瑟斯通家族,以及经常上门问候的其他客人,全都离开了斯通大院。在米德尔马契附近,又多了一个外地人,但是就李格·费瑟斯通先生这件事而言,目前大家主要只是对已经出现的局面感到不满,还没有时间考虑,他的到来会在将来产生的影响。谁也不是未卜先知,能够预先看到,随着乔舒亚·李格到来的将是什么。

讲到这里,我不禁想起,怎样提高一个低级主题的问题。在这方面,历史的类比显然是值得借鉴的。这种类比的主要障碍,只是勤奋的叙事者可能觉得篇幅不够,或者(那往往也是同一回事)哪怕对细节作简单的交代,也不易办到,尽管从哲学上他相信,对它们的描绘是很能说明问题的。因此,为了提高故事的意义,比较简便易行的办法,似乎还是指出:对我所叙述或即将叙述的低等人物,都可以当作寓言,让他们连升几级,成为高等人士,因为事实上,没有一个真实的故事不能用寓言的形式出现,例如,你可以借一只猴子表现达官贵人,反之亦然。这样,书中如果写到任何不良习性和丑恶行径,读者不妨假想,这些人只是外形上并不高贵实际绝非等闲之辈。要知道,我讲的虽然只是一些愚夫愚妇的故事,读者的想象力却不必受此束缚,可以设想这都是高贵人士。那些金额尽管微不足道,哪怕破产的贵人也不会把它放在眼里,指望靠它养老送终,但你不妨把它扩大几倍,看作大笔的商业交易,反正这毫不费力,只要相应的加上几个零就成了。

谈到外省的历史,它的代表人物具有高度精神文明的时期,那还是在第一次改革法案以后好久才到来的,但你们看到,彼得·费瑟斯通的去世和安葬,还是葛雷勋爵①担任首相以前几个月的事。

第三十六章

> 指望抱负不凡的人有自知之明,
> 那只是一厢情愿的妄想。
> …………
> 因为抱负不凡就是要出人头地,
> 使自己变得光辉灿烂,引人注目。
> 尽管他们与我们时常在一起,
> 他们却自命为大大超过我们,
> 仿佛他们的一言一行,一举一动,
> 莫不会赢得我们的惊异和尊敬。
> 为了使我们的崇拜登峰造极,
> 他们觉得还必须提醒我们,

---

① 查尔斯·葛雷(1764—1845),辉格党领袖,一八三〇年十一月起任内阁首相,鼓吹议会改变,一八三二年,议会通过了选举改革法案。

他们的意愿具有至高无上的权威。

——丹尼尔:《菲洛塔斯的悲剧》①

文西先生听了遗嘱回到家中,对许多事物的观点发生了显著的变化。他是一个坦率的人,但是对自己的心情喜欢采取曲折的表达方式。他的丝带在市场上销路欠佳,他感到失望之后,便骂他的马夫;他对妹夫布尔斯特罗德生气的时候,他便讽刺挖苦循道派教会。现在很清楚,他对弗莱德的懒惰突然变得严厉了,因为他把一顶绣花便帽从吸烟室扔到了过道的地板上。

他看到那位大少爷预备上楼睡觉,便说道:"喂,先生,我看你下个学期可以死心塌地去念书,参加你的学位考试啦。我已经决定,因此我劝你也别再拖延,赶快拿定主意。"

弗莱德没有回答什么,他垂头丧气,伤心之极。二十四小时以前,他非但没有考虑要干什么,而且觉得到这时,他可以高枕无忧,啥也不干了;他可以穿上红色猎装,带着第一流的猎马,骑在旅行用的骏马上,前往游猎地点,以致一路上看到他的人,无不对他啧啧称羡;不仅如此,他还可以马上付清高思先生的钱,玛丽也没有任何理由不嫁给他了。这一切都不费吹灰之力,也不必读书,纯粹是天意,是上帝假手于一位老人的怪癖对他的恩赐。但是现在才过了二十四个小时,这一切确凿无疑的前景,顿时成了泡影。他的失望已使他心如刀割,可是他还受到这么粗暴的对待,好像这一切都是他的过错,这实在"太不近人情"了。不过他没说什么,便离开了屋子,让他的母亲去替他辩白。

"你对可怜的孩子太严厉了,文西。尽管那个没良心的老头子欺骗了他,他还是会变好的。我相信,弗莱德是一定有出息的,这就像我坐在这里一样确定无疑。要不然,他怎么会从坟墓的边上又给拉了回

---

① 塞缪尔·丹尼尔(1562—1619),英国文艺复兴时期的作家,但主要是写诗,虽然写过一些悲剧,并不著名。《菲洛塔斯的悲剧》是他最重要的一个剧本。菲洛塔斯是马其顿王亚历山大大帝手下的将领,因参与反对亚历山大的阴谋被捕,经严刑拷打后处死,该剧即搬演此事。这里引用的是菲洛塔斯的台词。

来呢？我认为，那无异是抢劫，他实际已把田地给了他，许诺了他——如果使大家相信这点还算不得许诺，那什么才是许诺呢？你瞧，他给了他一万镑，可是临到最后又收回去了。"

"收回！"文西先生气呼呼地说，"我告诉你，露西，这孩子生来就命薄。可你还总把他当宝贝似的。"

"算了，文西，他是我的头生孩子，他出世的时候，你还那么起劲呢。当时你好不得意。"文西太太说，一下子又恢复了愉快的笑容。

"谁知道孩子大了会怎样？我只能说我当时太傻了。"丈夫回答，可是口气温和多了。

"但是谁的孩子比我们的更好、更漂亮呢？弗莱德大大超过了别人家的儿子，你听他的谈吐，就知道他是进过大学的。还有罗莎蒙德，像她这样的女孩子，上哪儿去找？她比得上这一带的任何小姐，只会比她们好，不会比她们差。你瞧，利德盖特先生来往的都是最高贵的绅士，又见过世面，可他一到这儿，立刻爱上了罗莎蒙德。自然，要是她自己没跟他定亲，那更好一些。说不定她还能遇到什么人，攀一门好得多的亲事呢。我是指她的同学威洛比小姐家，她那些亲戚都是有地位的，不比利德盖特先生差。"

"亲戚，亲戚！"文西先生说，"我不稀罕这些亲戚。一个女婿什么也没有，只有一些亲戚关系可以夸耀，这样的女婿，我不要。"

"怎么啦，亲爱的，"文西太太说，"你好像对那门亲事很满意呢。的确，当时我不在家，但罗莎蒙德告诉我，你对他们的订婚没有反对过一句呀。她已经在着手置办精致的床单和麻纱内衣啦。"

"这不是我要她买的，"文西先生说，"我有了一个好吃懒做的宝贝儿子已经够我受的了，一年以内我拿不出钱给她办嫁妆。眼前这个局面非常困难，人人都有破产的危险；我不相信，利德盖特手头有多少钱。我不会答应他们结婚。让他们等着吧，从前他们的长辈也是这么过来的。"

"这会叫罗莎蒙德受不了，文西，你知道，你一向对她是百依百顺的。"

"不成，我不同意。这门亲事越早罢手越好。我不相信，他这么干下去会挣得了大钱。他到处跟人作对,我听说他净干这类得罪人的事。"

"但是布尔斯特罗德先生十分器重他,亲爱的。我相信,这门亲事,他一定很满意。"

"他满意关我屁事!"文西先生说,"布尔斯特罗德不会养活他们。如果利德盖特指望我掏钱出来,供他们吃喝玩乐,他是打错了算盘,这就是我要说的。我看,不用多久,我就要拉不动这车子啦。你最好把我的意思告诉罗莎。"

这种作风在文西先生这儿,已经司空见惯:先是不假思索,高高兴兴表示同意,继而一想,又觉得未免太鲁莽,于是通过别人,收回成命,弄得不欢而散。然而文西太太从来不愿违背丈夫的话,到了第二天早上,一有机会,就把他的意思转告了罗莎蒙德。后者一边察看一块薄纱织物上的花纹,一边静静听着,听完以后,把美丽的脖子一扭,只有受过她长期熏陶的人才懂得,这意思就是拒不接受。

"亲爱的,你有什么话吗?"母亲问,表现了慈祥体贴的心情。

"爸爸不会有那样的意思,"罗莎蒙德说,神色泰然自若,"他一向都说,他希望我嫁一个我心爱的人。现在利德盖特先生就是这样的人。早在七个礼拜以前,爸爸就表示同意了。将来我们打算住在布莱登太太的房子里。"

"好吧,亲爱的,你自己跟你爸爸说去。反正你对什么人都有办法。不过今后如果要买织锦缎子,还是上萨德勒店里买好,它比霍普金斯的铺子公道得多。还有,布莱登太太的房子太大,我当然愿意你们住宽敞的房子,但那得配备许多家具,还有地毯等等,此外还得购买金银餐具,玻璃器皿呢。你听到了,你爸爸说,他不能给你们钱。你觉得,利德盖特先生指望他掏钱吗?"

"妈妈,你应该明白,我不可能问他这类问题。这是他自己的事,他自然心中有数。"

"不过他可能想要一些钱呢,亲爱的。我们大家以为,你像弗莱德一样,有希望得到一笔遗产,可现在一切变得这么可怕,想起来都叫人寒心,那个可怜的孩子,他多么失望。"

"这跟我的结婚毫不相干,妈妈。弗莱德今后再也不能懒惰了。我得上楼去,把这块刺绣交给摩根小姐,镂空花边还是她做得最好。我想,玛丽·高思现在也许可以帮我做些东西了。她的针线手艺很出色,在我看来,这是玛丽最大的优点。我希望我的一切麻纱用品都有双重花边,这得花不少工夫。"

文西太太相信,罗莎蒙德能对付她的爸爸,这是有充分根据的。文西先生尽管脾气暴躁,可是除了吃饭和打猎,他的主意往往不能贯彻,这情形有一点像首相,因为形势比人更强,在这种形势面前,哪怕一心寻欢作乐的公子哥儿,也不能事事称心如意。对文西先生说来,有一种名叫罗莎蒙德的形势特别强大,它具有一种柔软而坚实的韧性,我们知道,这种性质可以使又白又软的生命体穿透拦在路上的顽石。何况爸爸不是顽石,谈不到什么硬度,他的硬度无非只是反复无常的任性,这有时便称作他的脾气,它对他在女儿的亲事问题上贯彻坚定的路线,是极其不利的,而这条路线就是要彻底追究利德盖特的境况,宣布无法提供经济后盾,既禁止马上结婚,也禁止遥遥无期的、无法马上结婚的订婚。这一切说起来十分简单容易,但是一个不愉快的决定总是阻力重重,它是在清早阴冷的时刻形成的,它的寒气经过白天暖流的冲击,只得退避三舍。文西先生的惯技,那种有力的但间接的意见表达方式,在这件事上也碍难实行,因为利德盖特生性高傲,任何隐晦曲折的话对他显然不能生效,把他的帽子丢在地上更是不必考虑。何况文西先生有一点怕他,他想娶罗莎蒙德,使他的虚荣心得到了一定程度的满足;他又不大敢提起钱的事,因为他自己在这方面也不见得怎么体面。他还怕跟他谈话,遭到他的抢白,因为这个人比他自己受过更好的教育,有更高的修养;他还有一点怕得罪他的女儿。文西先生喜欢扮演的角色,是慷慨的主人,没有人说他的坏话。一天的前半段,他忙于做生意,没有工夫就一项令人不快的决定进行正式交谈,后半段时间得交际应酬,喝酒打牌,享受人生的乐趣。然而时间却无时无刻不在留下它的踪迹,日积月累,终于形成了一种无法改变的力量,也就是说,要改变已经太迟了。

那位被默认的情人,把晚上的时间大部分花在洛伊克门大街。爱情之花就在文西先生眼皮下逐渐开放,它是不必依靠丈人的贷款,或者未来的职业收入灌溉的。年轻人的爱情活动,那是一张蜘蛛的网!哪怕它黏着的几点——那纤细的游丝交错编织的出发点——也几乎不易察觉,它们往往只是指尖的瞬间接触,蓝眼珠和黑眼珠中射出的光线的偶然相遇,吞吞吐吐的片言只语,面颊和嘴唇的微妙变化,隐约的战栗等等。那网本身则是由自发的信念,模糊的欢乐,一个生命对另一个生命的思慕,对美满生活的向往和无限的信任所构成。利德盖特全心全意编织着这张网,速度快得惊人,琼尔的戏剧性事件给他的教训,早已给丢到了九霄云外;他也忘记了他的医学和生物学,因为观察浸渍的肌肉或盘子中的眼睛(那种圣路西娅①式的眼睛),以及其他科学研究项目,都不能跟美妙的爱情相提并论,在爱情面前,它们甚至比麻木不仁,比醉心于最庸俗的事物更不足取。至于罗莎蒙德,这位情窦初开的妙龄少女,自然也起劲地编织着这张共同的网。这一切都在客厅里放钢琴的一角进行,尽管爱情躲躲闪闪,灯光还是使它像彩虹一般呈现出来,除了费厄布拉泽先生,许多旁观者都看得清清楚楚。大家相信,文西小姐和利德盖特先生已经订婚,这用不着正式宣布,早在米德尔马契得到公认了。

这再度引起了布尔斯特罗德姑妈的忧虑,这一次她决定亲自向她的兄长提出忠告;她到商行找他,这显然是为了避免文西太太的干扰。但他的答复,她并不满意。

"沃尔特,你一点不了解利德盖特先生的状况,便打算承认这一切,这应该不至于吧?"布尔斯特罗德太太说,眼睛睁得大大的,严峻地望着哥哥,而后者在商行里总是闷闷不乐,火气很大,"你想想,这女孩子从小舒服惯了——我很遗憾,我只得说,她考虑上帝考虑得太少——她能靠医生的微末收入过日子吗?"

"别说了,赫莉欧!这些人要到这个城市来,叫我有什么办法?我能关起大门,不让利德盖特进屋吗?布尔斯特罗德把他捧上了天,比谁都卖力。我可从来没有吹捧过这个年轻人。你应该跟你的丈夫去讲这

---

① 基督教殉教者,于公元三〇四年为罗马皇帝戴克里先处死,死后被封为圣女。

些话,不应该找我谈。"

"说真的,沃尔特,这怎么能怪布尔斯特罗德?我相信,他并不赞成这桩亲事。"

"得啦,要是布尔斯特罗德不那么抬举他,我会把他请进我的客厅吗?"

"但是你请他给弗莱德看病,我觉得,这就是你给了他机会。"布尔斯特罗德太太说,这件事的复杂性使她失去了头绪,抓不住中心了。

"我不知道我有什么错,"文西先生气呼呼地说,"我只知道,我为我的家庭操心,已经弄得头昏脑涨。在你嫁给布尔斯特罗德以前,赫莉欧,我这个哥哥待你并不错,可我得说,他对你的娘家并不关心,不符合一般的情理。"文西先生不像耶稣会会士,但是最狡猾的耶稣会会士也不如他高明,一下子把话转到了这个问题上。赫莉欧不得不替丈夫辩护,以致再也顾不到责备她的哥哥,结果谈话的终点和起点简直南辕北辙,毫不相干,跟近来教区会议上的某些争论差不多。

布尔斯特罗德太太没有把她哥哥的抱怨转告丈夫,但是当天晚上,她向他谈起了利德盖特和罗莎蒙德。然而他不像她那么关心这事,只是漫不经心地答道,医生这职业开头难免伴随着危险,必须小心。

"我总觉得,我们不得不祈求上帝保佑那个轻率的女孩子,那也难怪,她就是在那种环境里长大的。"布尔斯特罗德太太说,希望引起丈夫的同情。

"确实,亲爱的,"布尔斯特罗德先生表示同意道,"不属于尘世的人,对执迷不悟的世人的错误,除此以外也很少别的办法了。因此对你哥哥的家庭,我们只得听其自然,不加干预。我当然不希望利德盖特先生成为他家的亲戚,我跟他的关系,只限于他为上帝贡献他的才能这个范围,这是符合从古以来天父对我们的教导的。"

布尔斯特罗德太太没有再说什么,把她感到的一些不满,归结为她自己缺乏宗教精神。她相信,她的丈夫是圣人,这种人的事迹哪怕到了他们百年之后,也会为人传诵不息的。

至于利德盖特本人,他的求婚既已被接受,他就准备接受它的一切后果,这些后果,他认为他都清楚地预见到了。不言而喻,他得在一年以内,也许甚至半年以内结婚。这不符合他早先的打算,但对其他计划并无妨碍,只要把它们重新调整一下就成。不用说,结婚必须按照通常的方式着手筹备。他必须租一幢房子,不是像现在这样住在几间小屋子里。罗莎蒙德曾经谈到布莱登老太太住的房子(也在洛伊克门大街),对它赞美不已,利德盖特听后便时刻留心,等老太太一死,房子空了以后,马上与房主订了租约。

这件事他办得干脆利落,不假思索,就像他向裁缝定制漂亮衣服一样,根本不考虑这是不是挥霍。相反,他对铺张浪费从来没有好感,他的职业使他接触了各色各样的贫穷,他对衣食不周的人总是特别同情。他在人家吃饭,如果调味汁是装在断了柄的罐子里端上桌的,他会毫不介意,可是豪华的宴会,他事后却忘得一干二净,除非酒席上有一个谈吐不俗的人引起了他的兴趣。尽管这样,他从没想过,他将来要过的会不是他所说的通常的生活方式,这种生活方式就是桌上有原封的高级葡萄酒,桌旁有恭恭敬敬侍候的仆人。他一面为法国的社会理论叫好,一面却并不想在艰难的环境中接受煎熬。哪怕最激进的观点,只要对我们没有损害,我们也会表示欢迎,尽管我们的家具,我们的交际应酬,我们对自己高贵门第的赞赏心情,已使我们与现存制度结了不解之缘。何况利德盖特对极端观点并无好感,他不喜欢赤脚派的理论,他自己就特别爱穿漂亮的皮靴,他对一切都不抱激进态度,只有在医学改革和科学实验上是例外。在现实生活的其他方面,他都遵守传统的方式,这一半是由于他的自尊心和无意识的利己心理所造成——这种心理我已在前面称之为庸俗——一半也是由于幼稚,那种过分陶醉在自己心爱的思想中的结果。

利德盖特对这桩弄假成真的亲事,也考虑过它的后果,但他考虑的是时间不够,不是钱不够。毫无疑问,恋爱和不断的相会——这是那个一天天越变越漂亮、回忆已不足以表现她的女子所要求的——要占去很多时间,这些时间如果好好利用,是可以使一个"埋头苦干的德国人"作出卓越的、伟大的发现的。这种考虑实际无异在敦促他莫再拖延,应该及早结婚。有一天,他对费厄布拉泽先生说的话便包含这层意思,后者是带着一些池塘里的生物来找他的,因为利德盖特的显微镜比

他的好,他想用它观察一下这些生物。他发现,利德盖特的仪器和标本乱七八糟堆在桌上,便挖苦道:

"爱神退化了,他起先带来的是秩序与和谐,现在却又把混乱送了回来。"

"是的,在某些阶段不得不如此,"利德盖特说,扬起眉毛笑了笑,一边动手调整显微镜,"但是以后会出现更好的秩序的。"

"不致太久吧?"教区牧师问。

"我想不致太久,真的。这种没有定局的状态占用了我很多的时间,但一个人在科学上有所设想的时候,每一分钟都包含着机会。我相信,一个人想安心工作,最好的办法还是趁早结婚。到那时,家中一切都有,不怕什么来打扰他的思考了。他可以得到安静和自由。"

"你这小子真令人羡慕,"教区牧师说,"前途美好:罗莎蒙德,安静,自由,一切都属于你。可是我呢,孑然一身,除了烟斗和池塘里的微生物,啥也没有。怎么样,准备好没有?"

利德盖特要提早结婚的另一个原因,他没有告诉教区牧师。原来有一件事使他十分烦恼,哪怕爱情的美酒也不能安慰他,那就是他不得不天天跟文西家的每个人周旋,参加米德尔马契的闲谈,装出一副兴高采烈的样子,打惠斯特牌,干各种无聊的事。文西先生不论讲什么,他都得洗耳恭听,可是有些问题,这位先生实在一窍不通,尤其是某些饮料,他硬说是最好的内脏清洁剂,可以防止污浊空气的危害。文西太太心直口快,头脑简单,她根本没有想到,她会在她的东床快婿心头引起微妙的反感。总之,利德盖特不能不意识到,他跟罗莎蒙德的家庭来往,未免有些降低了身份。那位漂亮的小姐也感到了同样的烦恼,那么他们的结婚正好可以解决她的燃眉之急,让她换个环境,他又何乐而不为呢?

一天晚上,他坐在她的身边,一眼不眨地望着她的脸,用最温柔的声音说道:"亲爱的!……"

但我必须先声明一下,他看到她的时候,她是一个人坐在客厅里,那扇老式的大窗开着,它几乎跟屋子一样宽,窗外是后花园,不时有一阵阵夏日的清香送进屋内。她的父母出外应酬去了,其余的人也都跑得没了影儿。

"亲爱的!你的眼皮有些红呀。"

"是吗?"罗莎蒙德说,"我也不知道为什么。"她是不喜欢诉说自己的希望或悲伤的,只有经过再三的恳求,她才会委婉曲折地透露一点消息。

"不要瞒我,我看得出!"利德盖特说,把手温柔地按在她的两只手上,"你的一根眼睫毛上还留着小小一滴眼泪呢。你有心事,可是你不肯告诉我。那不是爱情。"

"有些事,我告诉了你,你也无法改变,讲它做什么?这是天天都会发生的,只是近来也许更糟一些。"

"这是家庭的烦恼。不要怕告诉我。我猜得到。"

"近来爸爸变得火气更大了。弗莱德总是惹他生气,今天早上他们又吵了一场,因为弗莱德威胁说,他决心不再读书,要去做一些根本不值得他做的事。还有……"

罗莎蒙德迟疑了一下,脸上逐渐出现了浅浅的红晕。自从那天早上他们定情以后,利德盖特还没看到她这么伤心过,因此这时,他只觉得她十分可怜。他轻轻吻着那迟疑不决的嘴唇,仿佛在鼓励它们。

"我觉得,似乎爸爸根本不赞成我们的订婚,"罗莎蒙德继续道,声音低得几乎像耳语,"昨晚他还说,他一定要对你讲清楚,告诉你必须放弃这门亲事。"

"你愿意放弃吗?"利德盖特讲得又快又急,似乎有些生气。

"我要做的事,我绝不放弃。"罗莎蒙德说。谈到这个触及她心弦的问题,她又恢复了平静。

"上帝保佑你!"利德盖特说,又吻了她一下。这种认定了目标,坚定不渝的精神,是值得赞美的。他继续道:

"你的父亲现在要我们放弃婚约,这似乎太迟了。你已经成年,我要求你嫁给我。如果有什么事使你不愉快,那只能成为我们应该赶快结婚的理由。"

那对蓝莹莹的眼睛望着他,射出了喜悦的光芒,这是无可怀疑的,它宛如温煦的阳光,照亮了他的整个未来。看来,梦寐以求的幸福(那种天方夜谭式的幸福,就像你正在拥挤、嘈杂的街上行走,突然给请进了美丽的花园,你可以在那里享受一切,却不必付出任何代价。)再过几个星期,就可以成为事实了。

"我们为什么还要拖延?"他说,显得热烈而坚定,"我已经把房子租下,其他一切很快就可以办妥,不是吗?你不会计较新衣服。那以后再买也不迟。"

"嘻,你还算是聪明人呢,想的主意多么怪!"罗莎蒙德说。这有趣的分歧使她立刻眉开眼笑,比平时更高兴了,以致脸上又出现了酒靥,"我还是第一次听到,结婚的衣服可以在结婚以后再买的。"

"难道你要我为了几件衣服,再等几个月不成?"利德盖特说,一半以为这是她拿他开心,故意作弄他,一半又怕她真的不愿意马上结婚,"不要忘记,我们是为了争取一种比现在更美好的幸福,到那时我们就可以时时刻刻在一起,不受别人的干扰,按照自己的意愿安排生活。来,亲爱的,告诉我,什么时候你才可以完全属于我呢?"

利德盖特的声音中包含着严肃的恳求口气,似乎他觉得,她说不定会异想天开,借故拖延,使他失望。罗莎蒙德也变得严肃了,好像在思考着什么。实际上,她是在估计花边、针织品和裙子打褶等等的复杂工艺,使她可以大致提出一个日期。

"罗莎蒙德,说吧,说六个星期已经完全够了。"利德盖特追问她道,放下了她的手,把胳臂温柔地围在她的腰上。

这时,她用一只小手在头发上拍了两下,若有所思地扭了扭脖子,然后严肃地说道:

"可是还得买台布窗帘,置办家具等等呢。不过这可以在我们出门的时候,交给妈妈代办。"

"对,那当然。我们必然得出门旅行一两个礼拜。"

"啊,一两个礼拜怎么够!"罗莎蒙德认真地回答。她在想她的夜礼服,那是上高德温·利德盖特爵士府做客时要穿的,这幸福的会见,她在心中已盼望很久,它至少得花去整个蜜月的四分之一时间,哪怕因而推迟跟他叔父的会面也在所不惜;这位叔父是神学博士,地位不算显赫,但由于他的贵族出身,她也很感兴趣。她望着她的心上人,露出了一点不以为然的惊异神色,这使他不免认为,她也许还不想立即结束这种互相分离的甜蜜时刻。

"亲爱的,不论你要怎样,还是把日子定下的好。让我们采取坚定的措施,尽快结束这种状态,免得你再感到任何不快。六个星期!我相信,这已经绰绰有余了。"

"我当然可以尽量快一些,"罗莎蒙德说,"那么,你是不是跟爸爸讲一下?我想,还是给他写信的好。"她涨红了脸,望着他,就像我们在美妙的夕阳光中,高高兴兴走进花园的时候,那些仰起了头望着我们的花朵一样。不是吗,那些鲜艳美丽、含苞待放的花瓣中间,不也可能隐藏着又像仙女又像婴孩的生灵,正默默无言地望着我们吗?

他用嘴唇吻着她的耳朵,耳朵下那小小的一圈脖子。他们静静地坐在那儿,过了好久,时间像小溪一样,在阳光的轻吻下潺潺流去。罗莎蒙德心想,谁也不会像她这么沉浸在爱情中;利德盖特心想,在他那一切狂热的错误和荒谬的轻信之后,他终于找到了一个完美的女性。他似乎已经嗅到了结婚的甜蜜气息,这就是那位温柔体贴、百依百顺的少女带来的,她尊重他那崇高的思想和重要的工作,永远不会干扰这些活动;她会把家庭安排得有条不紊,像变戏法一样使收支永远平衡,同时她的手指还随时准备抚摩琴弦,给他们的生活带来诗的韵味;她端庄娴淑,遵守闺训,永远不会越出雷池一步,因为她生性温驯,万一越出轨道,马上会接受丈夫的规劝,改正错误。现在他比以往更加清楚,他迟迟不愿结婚是一大失策,结婚不会阻碍,只会促进一个人的事业。第二天,他正好送一个病人到布拉辛,偶然看到一套餐具,觉得这正是他需要的,于是马上买了下来。一看到马上就买,这是最好的,可以节省时间,而且利德盖特讨厌难看的陶器。那套餐具价格昂贵,但作为像样的餐具,这也不足为奇。置备用具还是得不惜代价,何况这在一生中不过一次。

"那一定是很漂亮的,"文西太太说,因为利德盖特向她提到了买餐具的事,还描绘得有声有色,"罗莎应该用这种贵重的物品。我相信,这一定是打不破的!"

"我们必须雇不会打碎东西的仆人。"利德盖特说。(当然,这类推理并不能保证后果不出差错。但在那个时期,几乎没有一种推理不会得到科学家的认可。)

不用说,对妈妈是什么都可以讲的,不必犹豫,她绝不会采取不同的观点,让你扫兴,而且她自己就是一个幸福的妻子,她对女儿的婚事除了骄傲,不可能有其他感觉。但是父亲方面,罗莎蒙德要利德盖特写信向他提出,这是颇有见地的。为了使这封信不致显得太突然,第二天早上,她特地陪爸爸一起上商行,在路上她告诉他,利德盖特打算尽快结婚。

"胡说,亲爱的,"文西先生道,"他拿什么来结婚?你还是放弃这门亲事好得多。我以前早跟你讲明白了,如果你愿意嫁一个穷人,你读那些书干什么?这使一个父亲看了感到不忍心。"

"利德盖特先生并不穷,爸爸。他顶下了皮科克的业务,据大家说,这一年可以有八九百镑收入呢。"

"完全胡说八道!接替医生的业务,这算得了什么?他还不如去买第二年的燕子好。这都是靠不住的玩意儿。"

"恰恰相反,爸爸,他的业务还会蒸蒸日上呢。你瞧,彻泰姆家和卡苏朋家都在请他看病。"

"我希望他明白,我不会给他什么。弗莱德的事使我很失望,议会就要解散,到处都在捣毁机器,大选即将到来……"

"我的好爸爸!这一切跟我的结婚什么相干?"

"关系大得很呢!我们说不定都得同归于尽——国家正处在风雨飘摇中!有人说,这已到了世界末日,老实说,我看也像是这么回事。不论怎样,眼前不是我从企业中抽取资金的时候,我希望利德盖特明白这点。"

"我相信,他不指望你给他什么,爸爸。他的亲戚地位都很高,他不论做什么,都会有前途的。眼前他在从事科学研究。"

文西先生没有做声。

"这是决定我幸福的大事,爸爸,我不能放弃它。利德盖特先生是一位绅士。我不能再爱任何一个不是真正绅士的人。你不致要我走阿拉贝拉·霍利的路,抑郁而死吧?你知道,我从来不改变自己的主意。"

爸爸还是没有做声。

"答应我吧,爸爸,答应我,你会同意我们的要求。我们永远不会彼此反目。你知道,你一向主张,求婚以后应该尽快结婚,不要拖延。"

事情似乎十分紧急,文西先生不得不说:"好吧,好吧,孩子,可他必须先写信给我,我才可以答复他。"这样,罗莎蒙德相信,她已经达到了目的。

文西先生的答复归根结蒂一句话,就是要利德盖特保证自己能独立生活,这要求立即被接受了。假定利德盖特死了,他的话自然万无一失,绝对可靠,然而要是不死,它却不能保证他的自立。但不管怎样,它为罗莎蒙德的婚事扫除了障碍,使一切得以顺利进行。必须置备的物品在加速购置,同时也尽量精打细算,审慎从事。一个新娘(她是要去拜访从男爵府的呢)必须有几块第一流的手绢,但除了这绝对不可缺少的半打以外,她避免使用最华贵的绣花和瓦朗西纳花边①。利德盖特也发现,自从他到米德尔马契以后,他的八百镑存款已所剩无几,因此有一次他前往布拉辛,在基尔的铺子里买刀叉和调羹时,看到了一些古色古香的镀金餐具,尽管心里喜欢,也没有购买。他太自负,不愿让人看到,似乎他在指望文西先生拿钱给他置备家具;他也不想浪费时间,推测他的丈人会给多少嫁妆,使他手头不致太拮据;好在不是一切非得马上付现款不可,有些账单可以留到以后再说。他绝不任意挥霍,但是必要的物品总得购买,既要购买,就得买好一些的,否则反而得不偿失。当然,这一切都是次要的,利德盖特没有忘记,科学和他的职业还是他应该全力以赴追求的目标,但他不能想象自己可以住在伦奇那样的家里从事这些工作——那里,所有的门都开着,台布破了,孩子围着腌臜的围嘴儿,午餐吃的是不堪下咽的剩菜,用的是发黑的刀叉和白底蓝花的陶瓷盘子。伦奇的老婆病病歪歪,脸色苍白,整年披着一块大围巾,像木乃伊一样关在屋里。他必然一开始就走错了路,选择了一个

---

① 法国瓦朗西纳地方生产的一种高级花边。

不恰当的家庭主妇。

然而罗莎蒙德方面,各种推测却不少,只是灵敏的伪装能力随时在向她提出警告:不能泄露机密,使它们显得过于粗俗。

"我多么想认识你的家族。"一天在讨论蜜月旅行时,她说道,"我们不妨安排一条路线,使我们回来时可以去看看他们。你的叔伯中间,你最喜欢哪一个?"

"哦……我想是高德温伯父。他是一个忠厚的老人家。"

"你小时候,时常住在夸林汉姆他的府上,是吗?我多么希望看到你从小生活的地方,你日常接触的一切。他知道你要结婚吗?"

"不知道。"利德盖特毫不在意地说,在椅上转过身子,朝后掠了一下头发。

"你这个淘气的侄儿太不懂事了,应该写封信通知他。他也许会请你带我上夸林汉姆,那你就可以让我看到那地方,我也可以想象,你是一个孩子的时候,怎样在那里生活。要知道,你是在我家中看到我的,它便是我从小居住的地方。可是我对你的家却一无所知,这太不公平了。但也许你觉得娶了我,有些丢脸。我忘记这一点了。"

利德盖特对她温柔地笑笑,经她这么一讲,他心中确实感到,带着这么一位如花似玉的新娘回家,是可以自豪的,因此值得辛苦一趟。这样,他不免跃跃欲试,很想与罗莎蒙德一起回家乡走走了。

"好吧,我会写信给他。只是我那几个堂兄弟很讨厌。"

在罗莎蒙德看来,谈到一个从男爵的府上,能够这么不以为意,是很了不起的。她想到自己不久以后,也能享受到不把他们当一回事的乐趣,更觉得沾沾自喜。

但是妈妈差点把一切都搞糟了,一两天后,她说道:

"利德盖特先生,我希望,你的伯父高德温爵士不致瞧不起罗莎。我想,他应该给她一点见面礼吧。一两千英镑,这在一个从男爵是算不得什么的。"

"妈妈!"罗莎蒙德喊道,脸涨得通红。利德盖特觉得她怪可怜的,因此没说什么,只是走到屋子的另一头,好奇地端详一张图片,仿佛根本没听到那些话。后来,妈妈讲了一大篇孝顺长辈的道理,仍像平时一样温存体贴。可是罗莎蒙德心想,要是有一天,那些出身高贵的讨厌的堂兄弟中,有哪一个忽然动了雅兴,跑到米德尔马契来,那么她家中一定有不少事会叫他们看不顺眼。由此可见,今后让利德盖特离开米德尔马契,在别处另谋一个体面的职务,还是十分必要的。这应该并不困难,一个人有了身为爵士的伯父,又在科学上有所发现,还愁什么办不成呢?你们看到,利德盖特曾那么热情洋溢地跟罗莎蒙德谈过自己的希望,说他要把一生献给最崇高的目标,还为自己能向这位小姐倾诉一切感到庆幸;他相信,她将把他带进甜蜜的温柔乡,那是一个事事称心、充满诗情画意的天地,它像夏日的天空和遍布鲜花的草地一样,会给我们辛劳的生活带来休息和安慰。

利德盖特是把希望寄托在不同的心理上,如果打个比方,我不妨称之为雄鹅和雌鹅的心理;他所特别向往的,便是雌鹅的温情脉脉、百依百顺和雄鹅的远大抱负、坚强毅力结合在一起,构成一幅神奇瑰丽的生活画面。

第三十七章

> 她无限幸福,因为她充满自信,
> 她的心始终那么镇静自若,
> 既不受美好的希望的迷惑,
> 也不怕险恶的命运的到来,
> 只是像坚定的船舶破浪前进,
> 在大海中保持着正确的航向;
> 她不想侥幸躲过暴风雨的袭击,
> 也不对顺利的天气抱空虚的幻想。
> 这种自信既不畏惧敌人的仇恨,
> 也不希图得到朋友们的赞美;
> 她只是凭自身的毅力屹立着,
> 不向前者也不向后者低头。
>
> 充满自信的她是无限幸福的,

爱上这样一个女子的他也是无限幸福的。

——斯宾塞①

　　文西先生疑虑重重,不知道在乔治四世驾崩,议会解散,威灵敦和庇尔普遍失却人心,新王表示要改弦易辙之后②,即将到来的,究竟只是一次大选,还是世界的末日,这不过是那个动荡不定的时代在外省人头脑中的微弱反映。乡下地方有的只是萤火虫的亮光,可是时局却五光十色:托利党内阁采取自由派措施;托利党贵族和选民宁可选举自由党人,却不愿投降派内阁③的拥护者当选;要求改革的呼声似乎与改革者本身的利益保持着千丝万缕的关系,但又蹊跷地得到了对立方面的拥护;在这一片混乱中,谁还知道应该怎么想呢?米德尔马契报纸的购买者发现自己处在一种不正常的状态:在天主教问题闹得甚嚣尘上的时期,许多人不再阅读《先驱报》——它是以查尔斯·詹姆士·福克斯④的话作刊头的,一直站在进步运动的前列——因为它对罗马天主教徒采取了庇尔的立场,从而表现了对耶稣会和异教邪神的纵容态度,玷污了它的自由派观点;现在他们又对《号角报》感到不满,因为它的号音依然针对着罗马,不能充分发挥舆论的作用(当时谁也不知道,应该拥护谁,反对谁),它的声音变得越来越软弱了。

　　《先驱报》上有一篇引人注目的社论,按照它的说法,这个时代由于国家的迫切需要,已使某些人对政治活动的厌恶情绪一扫而尽,这些

---

① 埃德蒙·斯宾塞(1552?—1599),英国文艺复兴时期的著名诗人,以长诗《仙后》闻名于世。这里的诗引自他的诗集《爱之歌》。《爱之歌》是歌颂斯宾塞的未婚妻伊丽莎白·博伊尔的,共包括八十八首十四行诗,这里引用的是第五十九首。
② 这是指一八三〇年前后英国国内的政治局势(也是本书的背景)。英国自产业革命后,工业生产迅速发展,形成了许多工业城市,但议会选举制度还是中世纪制定的,大部分选区已名存实亡,而大城市不能取得相应的代表权。新兴阶级要取得政权,必须改革议会选举法,这就成了当时政治斗争的中心。一八三〇年,乔治四世去世,新王威廉四世即位,以威灵敦为首的托利党内阁垮台,十一月辉格党党魁葛雷组阁。一八三二年六月,国会选举改革法通过,结束了这个时期。
③ 指执行自由派方针的托利党内阁,即威灵敦内阁。由于尖锐的国内矛盾,当时托利党内产生了分歧,形成了"党内有派"的局面。
④ 查尔斯·詹姆士·福克斯(1749—1806),英国自由派政治家,辉格党党魁。

人具有丰富的阅历,他们的思想既宽广又深沉,他们既有果敢的判断力又宽容温和,既不会感情用事又精力充沛——事实上具有在人类的苦难经历中所极少出现的一切品质。

这个时期,哈克布特先生滔滔不绝的口才更是发挥得淋漓尽致,使大家只觉得莫测高深,不知道他究竟要达到什么目的,据说,他在霍利先生的事务所里讲过,那篇社论"出自"蒂普顿的布鲁克之手,还说,布鲁克早在几个月前,已暗中买下了《先驱报》。

"那么,他又想捣鬼了?"霍利先生说,"这家伙像失散的乌龟一样游荡了一个时期,现在又异想天开,要当社会活动家啦?他这么做会弄得不可收拾。我已经注意他好久了。应该对他大喝一声,免得他再胡闹。他是一个不守本分的地主。作为本郡的一位乡绅,干吗要去讨好那些不三不四、出身低贱的市民?① 至于他的报纸,我倒但愿他亲自执笔。那就有好戏可看,值得我掏钱买它了。"

"据我所知,他请了一个很有才能的小伙子在当编辑,他写的社论文笔流畅漂亮,可以跟伦敦报纸上的一切媲美。他打算对议会选举改革法案采取激进的立场。"

"我看,还是让布鲁克先改革一下他自己的地租册子吧。他是一个该死的老守财奴,他庄园上的房子东倒西歪,都快塌了。我猜想,这小伙子大概是伦敦来的不务正业的家伙。"

"他名叫拉迪斯拉夫。据说是外国血统。"

"我知道这种人,"霍利先生说,"一个外国间谍。他会以侈谈人权开始,以谋杀女人结束。这就是那种人的作风。"

"你得承认,这都是诬蔑之词,霍利,"哈克布特先生说,预见到他跟他的家庭律师政治上并不一致,"我本人从来不赞成过激的观点——实际上我跟赫斯吉森②的立场一致——但我不能不顾事实,否

---

① 原文为"下贱的深蓝派自由民"。据后人考证,议会改革前夕,在考文垂竞选议员的两派,分别以浅蓝和深蓝两色为标志,最后深蓝派,即代表市民利益的一派获得胜利。这是许多研究者认为米德尔马契即以考文垂市为原型的主要根据之一。

② 威廉·赫斯吉森(1770—1830),英国政治家及财务家,曾任财相及殖民大臣等,政治上采取温和观点,提倡自由贸易。

认大城市的代表权……"

"大城市个屁!"霍利先生说,对说理有些不耐烦,"米德尔马契的选举如何,我多少还了解一些。你瞧吧,赶明儿把口袋选区①统统取消,把英国雨后春笋般兴起的城市统统请进议会,这只能增加竞选的费用。我这是照事实讲话。"

霍利先生对《先驱报》嗤之以鼻,认为它是由外国间谍编的,布鲁克热衷于政治,就像一只到处觅食的乌龟,伸出了小脑袋,野心勃勃,跃跃欲试等等,这些看法跟布鲁克自己家中那些人为这事感到的烦恼,自然不可同日而语。对于后者,这结果是逐渐渗透到他们意识中的,正如你的邻居在制造一种难闻的产品,它的味道老是刺激你的鼻孔,最后才被你发现,但你又无权依法取缔它。秘密买进《先驱报》的事,其实还在威尔·拉迪斯拉夫到来以前,那时机会凑巧,报馆老板正好觉得这份产业虽还有些价值,但不能赚钱,因此决心脱手。在布鲁克先生发出邀请信以后,从年轻时代起就埋藏在他心里,但由于各种障碍,一直没有得到成长机会的种子——把他的意见公之于世的愿望——终于在暗中抽条发芽了。

他与客人情投意合,超过了原先的期望,这也大大加快了那颗种子的成长。原来,威尔不仅对布鲁克先生一度涉猎过的文学艺术颇有心得,而且十分关心政治形势,随时准备讨论它的各种问题,以满腔热情对待它们。这种精神加上良好的记忆,使他的文章旁征博引,发生了广泛的效果。

"他对于我就像是一位雪莱,你知道,"布鲁克先生为了向卡苏朋先生表示感谢,找了个机会这么说,"我不是指任何令人不快的方面,比如放荡不羁,无神论,以及诸如此类的东西,你知道。拉迪斯拉夫的思想感情,从任何方面看,我相信都是好的。说真的,昨天夜里我们一起讨论了许多问题。他对自由、人权和解放,具有与我相同的热情,在

---

① 英国的选区都是很早以前划分的,到一八三二年议会选举改革以前,有些选区由于人口减少(因工业发展,人口逐渐向城市集中)等等原因,已为一人或一个家族所操纵,这就是所谓"口袋选区",也称衰败选区。一八三二年选举法撤销了五十六个这样的选区。

这正确的引导下,可以结出良好的果实——你知道,我是指在正确的引导下。我想,我能够使他朝着正确的航向前进。而且由于他是你的亲戚,我特别感到高兴,卡苏朋。"

如果布鲁克先生所说的"正确航向",比其他那些话含有更具体的内容,是指一种活动,那么卡苏朋先生但愿这项活动离洛伊克越远越好。他在资助威尔的时期,本来对他并无好感,现在他拒绝他的资助之后,就更不喜欢他了。这是我们的情绪中出现任何无能为力的嫉妒时,常有的行为法则。如果我们的能耐只是在地底下打洞,我们那位在地面上坐享现成清福的亲戚(当然,我们反对他是名正言顺的)却在暗中讥笑我们,那么,谁称赞他,也就是从侧面攻击我们。但由于我们心中还有一点天良,我们不能不择手段伤害他,宁可以德报怨,满足他的种种要求。为他签一张支票,使他不得不承认我们的优势地位,这能聊以冲淡我们的苦闷情绪。但现在,卡苏朋先生却一下子给出其不意地剥夺了这种优势(除了记忆中残留的那一些)。他对威尔的反感,并非来自一个年老力衰的丈夫通常所有的嫉妒,它有着更深的根源,是他毕生的奢望和不满所造成的。现在多萝西娅又出现在这中间,何况她作为一个年轻的妻子,自己也流露了一种指责非难的倾向,这就只能使原先隐晦的不满变本加厉,更显得突出。

在威尔·拉迪斯拉夫方面,他觉得他对卡苏朋的厌恶也在滋长,这使他的感激逐渐减少,因而不断在内心为自己这种情绪辩护。卡苏朋讨厌他,他知道得很清楚,他第一次见面,就看到他的嘴边挂着憎恨,他的目光带有恶意,这种表情几乎跟宣战一样,已把过去的好意一笔勾销。他本来对卡苏朋十分感激,他的反感实际是从他娶这位妻子开始的。当然,一个人为自己受到的恩惠所产生的感激,是否应该由于另一个人受到了损害便让位于愤怒,这是一个问题。但不论怎样,卡苏朋娶了多萝西娅,这是他对她犯了罪。一个人应该有自知之明,不致干出这种事;他愿意把衰老的身体蜷缩在洞穴里,这是他的事,但他不应该引诱一个少女,让她跟他一起待在洞里。"这是骇人听闻的,是用少女给他殉葬。"威尔说。他给自己描绘着多萝西娅内心的忧郁,仿佛在编写一支悲哀的乐曲。他绝对不能忘记她,他要密切注视着她,哪怕失去生活中其他的一切,他也要关心她,让她知道,这世界上有一个奴隶在崇拜着她。不论对自己或别人,威尔都表现了一种——用托马斯·布朗爵士①的说法——"多余的热情"。道理很简单,他还没有遇到过一个女人,像多萝西娅那么强烈地打动他。

威尔始终没有接到正式邀请,要他上洛伊克。当然,布鲁克先生充满信心,把一切看得很乐观,认为卡苏朋这个可怜的家伙,一心研究学问,想不到这些事,因此自作主张,带拉迪斯拉夫到洛伊克去过几次(同时在别处,一有机会,他也绝不忘记介绍拉迪斯拉夫,说他是"卡苏朋的年轻亲戚")。尽管威尔并未与多萝西娅单独会面,他的到来已足以勾起她从前跟年轻人在一起的友情,使她对这个比她聪明,又似乎准备听命于她的人产生好感。可怜的多萝西娅,在结婚以前,她最关心的事从来没有在别人心头引起同样强烈的反应。我们还知道,在结婚以后,她也没有像她希望的那样,享受到丈夫高不可攀的教导。有时她兴致勃勃向卡苏朋先生谈到一个问题,他听了只是露出不屑的脸色,好像她是在引述《拉丁文语录》②中的话,它的一切他早在童年已经背熟;有时他还会三言两语提一下古圣先贤或各派教士的类似思想,表示她的话无非老生常谈,不值一提;也有时他干脆明白告诉她,她的想法错了,并重申了她表示异议的那些话。

可是威尔·拉迪斯拉夫从她的话中看到的意义,往往比她自己想到的还多。多萝西娅不是爱虚荣的女子,但她具有一个热情的女人的需要,希望她的话引起别人的兴趣,得到别人的同情和赞赏。由于这样,她与威尔见了面虽然讲话不多,这种见面本身便像在她牢狱的墙上开了一扇窗,让她看到了外面阳光灿烂的天地。这种愉快也使她忘记了原先的恐惧,不再考虑威尔成为她伯父的客人后,她的丈夫可能怎么想了。关于这个问题,卡苏朋先生一直保持着沉默。

但是威尔却一心想与多萝西娅单独谈谈,他不能忍受这种若即若

---

① 托马斯·布朗(1605—1682),英国医生及作家,但轻视妇女,贬低感情的作用。
② 一种从古希腊或拉丁文作者的文章中摘录而成的读本,供学习拉丁文使用。

离的状态。尽管但丁和贝亚德丽采,彼特拉克和露拉在人间的交往极少[1],但时代改变了事物的比例,近来人们已宁可少写些十四行诗,多有些当面交谈的机会了。需要使策略变得无可非议,但策略受到怕得罪多萝西娅的限制。最后他发现,他需要在洛伊克画一幅写生画。一天早上,布鲁克先生坐了马车,要沿着洛伊克大路前往郡城,于是威尔拿了画册和折凳,要求让他搭车到洛伊克。他没有上主人的公馆,只是坐在一个地方作画,从这个位置上,只要多萝西娅出外散步,他就可以看到她,而他知道,她早上照例要作一小时的散步。

但这策略给天气破坏了。乌云跟他作对,转眼之间布满天空,大雨倾盆而下,威尔只得上屋里躲雨。他自恃是亲戚,想不经通报,直入客厅坐等。但他刚进过道,便遇见了他的老朋友男管家,他说:"普拉特,不必讲我在这儿,我可以等到午餐时候。我知道,卡苏朋先生在图书室工作,不喜欢别人打扰他。"

"老爷出门了,先生,只有夫人在图书室里。我还是通报一声,让她知道你在这里的好,先生。"普拉特说。这是一个满面红光的人,喜欢跟坦特莉普谈天说地,还常常跟她表示一致的观点,认为夫人可能有些寂寞。

"哦,那也好,天不作美下起雨来,使我不能再画了。"威尔说,心里快活极了,尽管装得若无其事,满不在乎。

过不一会儿,他已走进图书室,多萝西娅露出无拘无束的甜蜜微笑,向他表示了欢迎。

"卡苏朋先生去拜访副主教了,"她随即说,"我不知道他什么时候回家,他说他说不定要待多久。你是不是有事,特地来找他的?"

"不是,我到这儿画画的,不巧天下雨,我只得进屋躲雨了。否则我不想惊动你们,我以为卡苏朋先生在家,我知道,他不喜欢人家在这个时候打扰他。"

---

[1] 但丁与贝亚德丽采只匆匆见过几面,但为她写成了《新生》一书。彼特拉克(1304—1374)也是意大利文艺复兴时期的伟大诗人,他与露拉也只见过几面,后来为她写成了三百多首十四行诗,编为《歌集》出版。

"那么多亏雨把你送来啦。我见到你很高兴。"这些只是照例的客套话,但多萝西娅讲时,像一个不幸的孩子在学校里见到了亲人,显得那么诚恳真挚。

"我实际还是专门为了看你来的,"威尔说,似乎有一种神秘的力量在促使他像她一样诚恳,他顾不及问自己,这是为什么,"我想跟你谈谈,像以前在罗马一样。要是别人在场,谈起来就会不同了。"

"是的,"多萝西娅说,用的是完全同意的明确口气,"请坐。"她自己在一张深灰色的矮凳上坐下了,背后是一排棕色的书;她的衣服很朴素,是用一种像白羊毛的薄料子做的,除了一枚结婚戒指,她身上没有一件首饰,就像她发过誓,要跟其他女人不一样似的。威尔坐在她的对面,离她两码远,日光照着他那明亮的鬈发,那清秀而又有些倨傲的脸,在这脸上,嘴唇和下巴构成了几条倔强的弧线。两人互相对视着,有如两朵刚刚开放的鲜花。多萝西娅一时忘记了丈夫对威尔那种难以理解的不满,只觉得这个人是能够听她讲话的,在他面前,她那干燥的嘴唇似乎得到了雨露的滋润,可以毫无顾虑地谈论一切了。这也难怪,她通过悲伤的岁月回顾以往,不免夸大了过去得到的安慰。

"我常常想起你,我总觉得我很喜欢跟你再谈谈,"她立即道,"说来奇怪,上回我怎么会跟你讲了那么多话。"

"这些话我还全都记得,"威尔道,心中说不尽的高兴,他相信,他面对的这个人是值得倾心相爱的。我想,他自己这时的心情便毫无保留,因为我们世人都经历过一种神圣的时刻,在这些时刻,人们总是对被爱者的完美无缺深信不疑。

"从罗马回来以后,我一直在努力学习,学了不少东西,"多萝西娅说,"我能读一点拉丁文了,希腊文我也开始懂得一些。现在我能更好地帮助卡苏朋先生了。我可以替他打材料,从各方面协助他,免得他过多地使用目力。但是要做一个有学问的人是很困难的,我总觉得,为了掌握那些伟大的思想,人们往往不得不长途跋涉,以致到达终点的时候,已经精疲力尽,不能领略它们的乐趣了。"

"如果一个人有能力接受那些伟大的思想,那么在他衰老以前,应该就能超越它们。"威尔忍耐不住,脱口而出地说道。但是在某些方面,多萝西娅是与他一样敏感的,他发觉她的脸色变了,于是赶紧补充道:"不过确实,哪怕最好的头脑,有时为了构成自己的想法,也会弄得劳累不堪。"

"你纠正了我的话,"多萝西娅说,"我没有把意思表达清楚。我是想说,那些具有伟大思想的人,为了取得它们,往往是花了不少力气的。我早在还是一个小女孩的时候,已常常意识到这点,因此我总觉得,要是我能用我的一生,帮助某个人完成他的伟大事业,减轻他的负担,我就心满意足了。"

多萝西娅忽然提到自己生平中的这一点,纯粹是无意识的。她以前跟威尔谈话时,从未这么清楚地说明她结婚的动机。威尔没有耸肩膀,但由于缺乏肌肉活动这条出路,心里更憋得难受,因为他想到这美丽的嘴唇竟在吻那个神圣的骷髅,那个空心的神龛。不过他还是得多加小心,不能让这些思想泄露出来。

"但是你的帮助可能太多了,以致弄得自己过于疲劳,"威尔说,"你关在屋里的时间不少吧?我看你的脸色比以前苍白了。卡苏朋先生还是雇一个秘书的好,要找一个人并不难,他可以分担他的一半工作。这对他的帮助更大,你只要为他办一些轻松的事就成了。"

"你怎么能那么想?"多萝西娅说,表现了一种万万不能同意的态度,"我觉得,要是我不能在事业上帮助他,我就没有幸福可言。除此以外,我还能做什么?在洛伊克没有事做。我唯一的希望就是尽可能多多帮助他。而且他反对雇秘书,今后请你别再提这事。"

"好吧,我一定不提,现在我知道你的心情了。但我听到,布鲁克先生和詹姆士·彻泰姆爵士都表示过同样的愿望。"

"是的,"多萝西娅说,"但他们不明白我的意思,他们宁可我骑骑马,布置一下花园,修建一些新的暖房,这样消磨我的日子。我相信你能理解,一个人的心还有其他需要,"她又道,似乎有些焦急,"何况卡苏朋先生听到要雇秘书,便不耐烦。"

"不过我的误解不是毫无根据的,"威尔说,"从前我时常听卡苏朋先生提到,似乎他想雇一个秘书。确实,他还表示,希望我能担任这个职务。但他发现我……我不适宜做这工作。"

多萝西娅竭力想从这中间找到一个理由,为她丈夫那种明显的厌恶情绪辩解,于是她露出调皮的微笑,说道:"你对工作太缺乏恒心。"

"一点不错。"威尔说,把头向后一仰,有些像一匹生气勃勃的野马。接着,旧日的怨恨又涌上了心头,使他不由得想在可怜的卡苏朋先生那张体面的脸上,再抹一点黑色,于是他继续道:"从那以后,我发现,卡苏朋先生不让任何人了解他的工作,知道他究竟在写些什么。他太会猜疑,这是对自己缺乏信心的表现。也许我一无所长,但是他不喜欢我,是因为我与他意见不同。"

威尔不是不愿意自己始终显得宽宏大量,但我们的舌头只是小小的扳机,在我们还来不及考虑我们的意愿时,我们往往便不加小心地扳动它。何况不把卡苏朋不喜欢他的真正原因透露给多萝西娅,他觉得不能忍受。然而他说完以后,又有些后悔,不知道这会引起她什么反应。

但是多萝西娅镇静得奇怪,没像上次在罗马的类似场合那样,一下子便大发雷霆。原因是深刻的。她不再想对抗事实,采取视而不见的态度,只是想使自己适应这些事实,看清它们的鲜明含义。她密切注视着她丈夫的失败,对他可能已意识到自己的失败更为关心,因此目前她似乎向往着一条道路,在这条道路上,她的责任就是温柔体贴。再说,由于她丈夫不喜欢威尔,她又看不到这有什么充分的理由,只觉得这是亏待了他,因此她不能不对他格外宽容,对他那些不避嫌疑的话,也不忍心提出严厉的指责。

她并不马上回答,只是望着地面思索了一会儿,这才开口,而且还是比较诚恳的:"卡苏朋先生对你的不满,并没有影响他的行动,从这点来说,还是值得赞许的。"

"不错,在家庭关系方面,他表现了正直的观念。我的祖母被剥夺了继承遗产的权利,这是不公平的,原因只是在婚姻上她没有走门当户对的路,尽管大家对她的丈夫无可指责,至多说他是波兰的流亡者,得靠教书糊口而已。"

"我多么希望了解她的一切!"多萝西娅说,"我不能想象,她是怎么渡过从富贵到贫穷的困难的。我还想知道,她跟她的丈夫在一起是否幸福！他们的情形,你知道得多吗?"

"不多,我只知道我的祖父是一名爱国者,一个光明正大的人,能讲许多种语言,懂得音乐,靠教授各种知识维持生活。他们两人都很早就去世了。我的父亲,我知道得不多,只听我母亲谈到过一些,但他先天具有音乐才能。我记得他走路很慢,手又细又长。我还记得,有一天他病了,我肚子非常饿,可是家里只有一小块面包。"

"啊,这跟我的经历多么不同!"多萝西娅说,发生了浓厚的兴趣,两只手抱住了膝盖,"我从小一切都有,什么也不缺。但告诉我这是怎么回事——卡苏朋先生那时不可能知道你。"

"是的,但我的父亲向卡苏朋先生说明了一切,从此我才结束了饥饿的日子。不久以后,我父亲就死了,我的母亲和我得到了妥善的照顾。卡苏朋先生始终明确表示,照顾我们是他的责任,因为他的姨妈受到了不公正的粗暴待遇。这些你都知道,不必我再讲了。"

但是在他的内心深处,他想告诉多萝西娅的却不是这些,那是哪怕与他从前对事物的认识也不完全相同的,这就是:卡苏朋先生所做的一切,无非是偿还欠他的债而已。威尔是一个心地善良的人,他不能允许自己有忘恩负义的意识。可是在感恩成为一种推理的时候,要避免它的约束是有不少途径的。

"不,我不知道,"多萝西娅回答,"卡苏朋先生对自己的正直行为,从来是尽量避而不谈的。"她并未感到,她丈夫的行为遭到了贬损,相反,他对威尔·拉迪斯拉夫的态度是出于正义的要求这点,却在她心头留下了深刻印象。停了一会儿,她又说道:"他从没告诉我,他接济过你的母亲。她还活着吗?"

"不,她是四年前在一次意外事故中摔死的。很奇怪,我的母亲也是从她家中出走的,但不是为了丈夫。关于她的家庭,她从来不肯告诉我,只是说她抛弃了它,自谋出路——实际就是登台演戏。她有一对黑眼睛,一头波浪形的鬈发,她好像从来不会衰老。你瞧,我从父母双方都继承了叛逆的血统。"威尔最后说,露出开朗的笑脸,瞧着多萝西娅,然而她仍保持着严肃的神情,目不转睛地望着前面,仿佛一个孩子第一次看戏那样。

但过了一会儿,她脸上也露出了笑容,说道:"我看,那是因为你自己有了叛逆精神,才这么寻找辩解的理由。我是指你对待卡苏朋先生的希望而言的。你应该记得,你没有满足他对你的期望。如果他不喜欢你——你刚才谈到了这种所谓不喜欢,但我宁可说,如果他对你表现了任何痛苦的情绪,那么你应该考虑,他的研究工作使他耗尽了精力,他才变得这么容易生气。也许,"她继续道,采取了一种辩白的口气,"我的伯父没有告诉你,卡苏朋先生那场病有多么严重。我们身体健康、感情比较稳定的人,不能度量太狭窄,如果那些忍受着折磨的人在一些小事上得罪了我们,我们不应过于计较。"

"你的话对我是有益的,"威尔说,"我决不再在这件事上发牢骚。"他的口气显得温顺和蔼,因为他感到说不出的满意,他看到了多萝西娅自己也没有意识到的事,那就是她与她的丈夫正在越离越远,她所剩下的只是纯粹的怜悯和忠诚。当然,如果她能把这种怜悯和忠诚应用在对他的态度上,那么,这类感情还是他求之不得的。"我的言行有时确实违反常情,"他继续道,"但今后我要尽量改正,不说也不做你不赞成的一切。"

"那你实在太好了,"多萝西娅说,又露出了开朗的笑容,"如果那样,我岂不有了一个小小的王国,可以在那儿发号施令了?不过我想,你不久就会离开这儿,脱离我的统治。住在蒂普顿田庄,用不了多久你就会厌倦的。"

"那正是我要请你指教的一件事——我希望跟你单独面谈的理由之一。布鲁克先生建议我住在这一带。他买下了米德尔马契的一家报馆,希望我替他主编这份报纸,另外也协助他办一些其他事务。"

"这对你说来,会不会使你牺牲更好的前途?"多萝西娅说。

"也许可能,但人家总是责备我想得太多,不肯一心一意做一件事。现在这一件事来了。如果你不赞成,我就放弃它。否则的话,我倒愿意留在外省这一带,暂不离开。反正我在哪儿也没有一个亲人。"

"我非常欢迎你留在这儿。"多萝西娅立即答道,态度非常单纯,也非常直爽,跟在罗马一样。这时她一点也没想到,为什么她不宜这么讲。

"那我就留下。"拉迪斯拉夫说,又把头向后一仰,站起身子,走到窗口,像是要看一下雨停了没有。

但是过了一会儿,多萝西娅按照她正在不断形成的习惯,想起了丈夫的态度,觉得他的意见难免跟自己的不同,这么一想,她脸上不禁堆起了深深的红晕,它来自双重的不安:她不仅表现了与丈夫针锋相对的情绪,而且把这种对立泄露在威尔面前了。幸好这时他的脸没有朝着她,这使她放心了一些,说道:

"但是在这个问题上,我的意见是没有多大意义的。我想,你应该听从卡苏朋先生的指导。我讲那些话并没考虑其他一切,只说明我个人的意愿,这对实际问题不起作用。我刚才想到,也许卡苏朋先生会认为我的看法并不明智。你还是多坐一会儿,把这事跟他谈谈,好吗?"

"我今天不能等他,"威尔说,其实心中正是怕卡苏朋先生这时回家,"现在雨完全停了。我对布鲁克先生说过,他不必来接我,这五英里路我不妨步行。我可以穿过哈尔赛尔公地,欣赏一下草地上闪光的水珠。我喜欢这种景色。"

他走近她,匆匆忙忙跟她握了手,心中想说"不要向卡苏朋先生提起这事",但是没有说。是的,他不敢说,也不能说。要求她别那么单纯,别那么直爽,这无异是在一块水晶上呵气,可你却希望它光莹透明。何况还有一件大事是他不能忘记的,那就是他也不愿自己变得暗淡,在她眼中从此失去光辉。

"但愿你能留下。"多萝西娅说,一面起立,伸出了手,脸色有些悲伤。她也有她不愿流露的想法:威尔当然应该立即征求卡苏朋先生的意见,但她不能敦促他这么做,否则这就变成不相宜的命令了。

因此他们只是说了声"再见",威尔便走出了屋子。他迈着大步,穿过田野,深怕在半路上遇到卡苏朋先生的马车。不过这马车直到四点钟才到达大门口,这对于回家来说,是一个不恰当的时刻,因为要更衣用膳未免太早,只得在缺乏精神支持的状况下,百无聊赖地度过一段时间,但如果想彻底摆脱白天的交际应酬和琐碎俗事留下的影响,恢复平静的心境,重新投入严肃的研究工作,又未免已经太迟。遇到这种情形,他通常便靠在图书室中一张安乐椅上,让多萝西娅给他念伦敦的报纸,自己则闭目养神。然而今天,他谢绝这种轻松的享受,说他积压的公事太多了,得处理一下。不过,当多萝西娅问到他是否疲劳时,他的口气似乎比平时愉快,当然,他说话时仍保持着庄严的神态,这是哪怕在脱下背心和领巾以后也不会改变的。最后他说道:

"今天我很高兴,遇到了我的老朋友斯班宁博士,这个人是经常得到别人赞扬,而且当之无愧的,可是今天我却得到了他的赞扬。他提到我最近那篇关于埃及秘传教义的文章,对它着实夸奖了一番。真的,他讲的那些话我甚至不好意思重复。"讲到最后这句话,卡苏朋先生靠在椅子的扶手上,一个劲儿的摇头晃脑,显然,他因为不便复述那些话,只好靠肌肉运动抒发自己的感情了。

"听到你这么愉快,我太高兴了,"多萝西娅说,她发现丈夫这时不像平常那么疲倦,心中确实喜欢,"你回来以前,我还一直为你今天正好不在家中感到可惜呢。"

"这是为什么,亲爱的?"卡苏朋先生问,重又把身子靠到了椅背上。

"因为拉迪斯拉夫先生来过了,他提到了我伯父的一个建议,我很想听听你的意见。"她发觉,她的丈夫确实很关心这个问题。尽管她缺乏世故经验,她还是隐隐感到,请威尔担任的那个职务,与他的家族的地位并不相称,因此无疑应该征得卡苏朋先生的同意。他没有说什么,只是点了点头。

"你知道,我的伯父有不少计划。现在他买下了米德尔马契的一家报纸,他希望拉迪斯拉夫先生留在这一带替他办报,另外也给他办些别的事。"

多萝西娅一边讲,一边瞧着丈夫,但是他起先直眨眼睛,后来干脆把它们合上了,仿佛要保护视力似的,不过他的嘴唇绷得更紧了。她停了一下,有些胆怯,又说道:"你的意思怎样?"

"拉迪斯拉夫先生是特地来征求我的意见的?"卡苏朋先生说,把眼睛睁开了刀口那么大一条缝,望着多萝西娅。她对他问到的这点,确实有些不安,但她只是变得更认真了一些,她的眼睛没有避开。

"不是,"她立即回答,"他没有说他是来征求你的意见的。但是他既然提到这个建议,他当然希望我把它转告你。"

卡苏朋先生没有做声。

"我想,你恐怕不大赞成。但是当然,一个这么有才能的年轻人,对我的伯父可能是很有用的,他可以帮助他,把事情办得好一些。而且拉迪斯拉夫先生希望得到一个固定的职业。他说,他由于不肯这么做,受到了指责。他还乐于留在这一带,因为反正别处没人惦念他。"

多萝西娅以为,这种考虑可能会感动她的丈夫。然而他还是没有开口,于是她只得把话又拉回斯班宁博士和副主教的早餐上。可惜阳光已从这些话题上消失了。

第二天早上,卡苏朋先生没有通知多萝西娅,便发出了下面这封信,信的开头是"亲爱的拉迪斯拉夫先生"(以前他一向称呼他"威尔"):

> 卡苏朋夫人把提供你考虑的建议通知了我,该建议(根据绝非牵强的推理)你可能已准备接受,它将使你居住在这一带,担任一项职务,该职务,我有理由说,涉及我在此间之地位,因此就我而言,不仅合情合理地考虑它的后果是自然的,正当的,而且根据我的职责考虑该后果,也是我不容推辞的义务。为此,我特立即向你声明,你接受上述建议,对我将是一件极不愉快的事。关于该事件,我享有一定的否决权这点,我相信,凡是稍有头脑,了解我们之间关系的人,谅必均会承认。我们之间此种关系,尽管由于你近来的行动,已成为往事,但并未因此失去它所具有的先决条件性质。我不想在此对任何人的判断提出责难,只想向你本人指出:某些社会准则及礼节绝不允许我的一个近亲,在这一带以任何明显的方式,接受一种不仅大大低于我的地位,而且至多只是与肤浅的文学或政治冒险家等有关的职务。总而言之,相反的抉择必将使你今后在我家中不再受到欢迎。即此问好。
>
> 爱德华·卡苏朋

与此同时,多萝西娅心中那些天真的想法,却正在朝着使她丈夫更加生气的方向发展。威尔跟她讲了他父母和祖父母的经历,这激发了她的想象力,她的同情也逐渐变得不甘沉默了。她白天空闲的时间,大多消磨在那间青绿色起居室中,她已深深爱上了它那苍白古雅的情调。从外表上看,那里一切都没有变,但是随着夏季在林荫道的榆树那边,在西面的田野上空逐渐加深它们的色彩,各种内心生活的回忆也逐渐汇集到了这间简陋的屋子里,它们弥漫在空中,像一群群善或恶的精灵——我们的精神振奋或精神消沉留下的无形而活跃的踪迹。由于许多日子以来,她一直在沿着那伸向西边拱形光圈的林荫道极目远眺,寻觅精神支持,以致她的视觉本身似乎也具有了赋予万物以生命的力量。这样,她看到的一切仿佛都活了,甚至那只苍白的鹿好像也露出了发人深省的目光,用无声的语言在安慰她:"是的,我们知道。"那一幅幅栩栩如生的小画像也似乎在向她娓娓而谈,它们虽不必再为自己尘世的命运烦恼,但仍关心着人间的一切。尤其是那个神秘的朱丽亚姨妈,可是关于她的事,多萝西娅始终觉得不便向丈夫打听。

现在,自从她与威尔谈话以后,许多新鲜的幻象聚集到了朱丽亚姨妈的周围。她是威尔的祖母,她的容貌与她看到的那张活的脸多么相似,在这幅精美的肖像面前,她的情绪更是翻腾起伏,不能自已。仅仅因为这个女孩子选择了一个贫穷的丈夫,便把她排除在家庭的保护之外,这是多么错误啊!多萝西娅很早就为她耳闻目睹的一些事实,向长辈提出过使他们感到棘手的疑问,在这中间,她获得了一些独立的观点,对长子为什么有至高无上的权利,为什么土地可以限定继承范围等等问题的历史和政治原因,产生了不同的见解。这类原因使她感到可怕,它们也许具有她所不理解的重要意义,然而还有血缘关系,这却不是它们所能否定的。尽管有些人不过与告老还乡的杂货店老板差不多,根本算不上是贵族,也有的人所有的不过是一块草地或者一个围场,根本谈不到保持土地的"完整",这些人偏偏也要模仿贵族的做法,设下种种限制。这儿有一个女儿便是这样,她的孩子应该是有优先权利的。那么,继承权是取决于爱好还是责任呢?多萝西娅毫无保留地拥护这是责任的观点,因为那些权利的基础是我们自己的行为,例如婚姻关系和父母关系,满足这些权利只是履行我们的义务而已。

她对自己说，确实，卡苏朋先生欠了拉迪斯拉夫家一笔债——他应该把拉迪斯拉夫家被无理剥夺的一切归还他们。于是她开始想到丈夫的遗嘱，那是在他们结婚的时候就立好的。根据这遗嘱，在她生有子女的条件下，他的大部分财产都将归她所有。这应该改变，再也不能拖延了。目前出现了威尔·拉迪斯拉夫的工作问题，这正是一个时机，应该乘此机会，把事物安置在全新的、合理的基础上。她觉得，按照丈夫历来的行为看，只要她提出，他一定会接受这种公正的观点，何况财产的不公正的集中，得到利益的最后还是她。他的正义感过去曾经，今后仍将使他克服一切可以称之为成见的东西。据她猜想，她伯父的计划，卡苏朋先生不会赞成，那么这正是合适的时机，可以让他与威尔建立新的谅解，这样威尔才不致由于一无所有，非得接受找到的第一个职务不可；他将发现他拥有合法的收入，在她丈夫生前这将由他付给他，他并将立即改正遗嘱，使他死后，威尔的收入仍得到保障。这应该做的一切在多萝西娅的想象中，宛如突然降临的曙光，从她以前的沉睡状态中唤醒了她，也使她摆脱了对她丈夫与别人的关系不问不闻、从不干预的状态。威尔·拉迪斯拉夫拒绝她丈夫今后的帮助，在她看来，他的理由也不能成立了。至于卡苏朋先生，他以前只是没有充分看到威尔对他拥有的权利。"但是他会看到的！"多萝西娅说，"他的性格坚定有力，可以做到这点。而且我们要这些钱做什么？我们的收入还花不了一半。我自己的钱没有使我得到什么，只是换来了一颗不安的良心。"

　　多萝西娅一向认为，这份授予她的财产太多了，因此这种再分配在她眼中具有特殊的魅力。你们看到，有许多别人一目了然的事，她却并不明白，正如西莉亚警告过她的，她很容易走上错误的道路。然而不论她不明白的是什么，它们都无损于她自身的纯洁意图，这使她可以心安理得地走过深渊旁边，否则，她看到这深渊就会觉得危险，不敢举步了。

　　在寂寞的起居室中，这些思想变得越来越活跃，整天在她脑海里盘旋，但正是在这一天，卡苏朋先生发出了给威尔的信。这天似乎一切都在妨碍着她，她一直找不到机会向丈夫公开她的想法。他要考虑的事很多，对他不宜操之过急，从他病后，她始终没有忘记烦扰他的可怕后果。但是青春的热情一旦孕育了一个亟待实施的计划,这计划就会取得独立的生命,不顾理智的拦阻,自行展开活动。这一天在沉闷中度过了,情形与平时并无不同,只是卡苏朋先生似乎更加缄默,但还有夜间的几个钟头,这也可以提供谈话的机会,因为多萝西娅每逢发现丈夫失眠的时候,便会起床,点亮蜡烛,给他念点什么,让他重新入睡,这已成为习惯。这一晚,她一开始就睡不着,一直在思索她要做的事。他则像平时一样,睡着了几个钟头,但当她悄悄起床,在黑暗中坐了将近一小时以后,他忽然开口了:

"多萝西娅,既然你起来了,请你点一支蜡烛好吗?"

"你觉得不舒服吗,亲爱的?"她在按照他的话做以前,先这么问。

"不,一点也不,但既然你已经起床,我想麻烦你,为我念几页劳思①的书。"

"我可以不念书,跟你说说话吗?"多萝西娅问。

"当然可以。"

"今天我整天都在考虑钱的事,我总觉得我有的太多了,尤其是将来可望得到的那些。"

"亲爱的多萝西娅,要知道,那都是上帝的安排。"

"但如果一个人的有余,是以别人受到错误的待遇为前提的,那么我觉得,我们应该服从神的指示,纠正这种错误。"

"亲爱的,你的话是什么意思?"

"我觉得,你为我所作的安排太慷慨了——我是指关于授予财产的事,这使我感到不安。"

"为什么?要知道,我除了一些比较疏远的亲戚,没有其他人。"

"我不知怎么想起了你的姨母朱丽亚,她只因为嫁了一个穷人,便被剥夺了财产,但她的结婚并不是不正当的,因为她没有做什么不正当的事。我知道,正因为这样,你才资助拉迪斯拉夫先生读书,并赡养他的母亲。"

多萝西娅等了几分钟,指望得到一声回答,以便把话讲下去。但是

---

① 罗伯特·劳思(1710—1787),英国主教和神学家,著有《论希伯来圣诗》等。

没有回答。接着来到她心头的话,更是使她欲罢不能,它们在万籁俱寂的黑夜中清晰地响了起来:

"但是毫无疑问,他的权利应该比这大得多,甚至达到你打算给我的那份财产的一半。我认为,应该根据这个标准给他提供生活费用。我们富裕,他却衣食无着,寄人篱下,这是不合理的。而且如果我们要反对他提到的那个建议,那么让他获得他应得的地位、应得的财产,就可以使他抛弃接受它的一切动机。"

"拉迪斯拉夫先生大概跟你谈过这问题了吧?"卡苏朋先生说,有些迫不及待、反唇相讥的意味,以致违反了他通常的讲话方式。

"哦,没有,真的!"多萝西娅急忙分辩道,"你怎么能这么想呢?他最近还谢绝了你的一切接济呢。亲爱的,我总觉得你把他想得太坏了。他只是谈到了一点他的父母和祖父母的情形,而且几乎全是为了回答我的问题。你这么好,这么公正,你做了你认为应该做的一切。只是在我看来,应该做得更多一些。我必须提出这点,因为由于那'更多'不能实现而带来的利益,将来正是归我所有的。"

卡苏朋先生在回答以前,显然踌躇了一下,不像刚才那么迫不及待,但口气更加尖刻。

"多萝西娅,亲爱的,你任意议论你不应该过问的事,这已不是第一次了,但我希望这将是最后的一次。我此刻不想考虑,什么样的行动才可以使人丧失家族的权利,尤其是在涉及婚姻问题的时候。我想说的只是,你在这件事上没有发言权。我现在希望你理解,有些问题纯粹是我个人的私事,在我作了决定之后,我不想做任何修改,更不愿接受别人的指导。我和拉迪斯拉夫先生之间的一切,你最好不要干预,更不要鼓励他向你申诉,对我的行动妄加评议。"

可怜的多萝西娅,在黑暗的包围中她心烦意乱,各种情绪起伏不定。她丈夫那种声色俱厉的愤怒,对他自己可能造成的后果,使她惶惶不安,已无暇表示自己的怨恨,何况他最后那句隐晦的话,她觉得包含着一定的真实性,因而不免对自己的行为感到了怀疑和内疚。她听到他说完以后,呼吸变得急促了,这使她坐在那儿又害怕又懊丧,内心充满了无声的呼吁,但愿这场使她心惊胆战的噩梦快些过去。没有再发生其他的事,只是两人都久久不能入睡,也没再讲话。

第二天,卡苏朋先生收到了威尔·拉迪斯拉夫的回信:

亲爱的卡苏朋先生:对你昨天的信,我作了应有的考虑,但我不能完全接受你对我们相互关系的看法。你过去对我的慷慨行为,我将永志不忘,然而我仍得申明,这种感激碍难像你所期望的那样,完全约束我的行动。固然,施恩者的愿望可以构成一定的要求,但一切还得视这些愿望的性质而定,未可一概而论。它们很可能与更紧要的考虑不能相容。否则,施恩者的禁令对一个人的生活造成的危害,便可能超过慷慨的恩惠所带来的利益。我这些话只是为了充分说明我的态度。至于目前这件事,我不能同意你的观点,我不认为我接受一项职务——它当然不会使我富裕,但也不致使我名誉扫地——会影响你的地位,因为在我看来,你的地位相当巩固,不致由于一件微不足道的事便受到损害。虽然我不相信,我们的关系中发生的任何变化(这无疑还没有发生过),会使过去形成的我的感恩心情因而消失,但是,请你原谅,我认为,这种感恩心情不能限制我固有的自由权利,我可以根据自己的意愿选择居住地点,选择任何合法的职业,维持我的生活。我很遗憾,对我们之间的关系,我们的看法会如此不同,尤其因为在这种关系中,你纯粹是施加恩惠的一方。我始终感激你,专此问好。

威尔·拉迪斯拉夫

可怜的卡苏朋先生感到(我们这些不存偏见的第三者,难道与他毫无同感吗?),他的厌恶和怀疑是绝对正确的。他相信,小拉迪斯拉夫是存心跟他作对,与他捣乱,想赢得多萝西娅的信任,在她心头散播不满的种子,使她不尊敬,也许甚至反抗她的丈夫。他之突然改变态度,拒绝卡苏朋先生的接济,中止旅行,除了表面的理由,必然还有更深的动机。他公然不顾一切,决定留在这一带,表现了与他以前的志愿完全不同的选择,接受布鲁克先生的米德尔马契计划,这相当清楚地暴露了那个隐藏的动机是与多萝西娅有关的。卡苏朋先生从没一刻怀疑过多萝西娅有两面作风,他没有不信任她,但是他(这是同样使他不舒服的)坚决认为,她对她丈夫的行为之所以产生非议,是由于她对威尔·拉迪斯拉夫发生了好感,听信了他的话。但他的妄自尊大使他一意保持沉默,不愿继续听取多萝西娅的说明,了解事实并不像他想象的那样,她的伯父把威尔请到家中,也并非出自她的要求。

现在接到威尔的信以后,卡苏朋先生不得不考虑他的责任了。他的行动如果不符合责任这个观念,他就觉得不舒服。但是在这件事上,各种动机争论的结果,仍然使他回到了否定的立场上。

那么,他是不是直接找布鲁克先生,要求那位制造麻烦的伯父取消他的建议呢?或者,是否跟詹姆士·彻泰姆爵士商量,请他出面制止这危害整个家族的一步呢?但这两种办法,卡苏朋先生觉得,失败和成功的可能性都同样大。他不可能在这件事上提到多萝西娅的名字,可是布鲁克先生要不是大吃一惊,万不得已,他是很可能对你提出的意见一概表示赞同,但最后却说:"不要怕,卡苏朋!放心好了,小拉迪斯拉夫是不会给你丢脸的。你可以相信,我看问题万无一失。"至于詹姆士·彻泰姆爵士,卡苏朋先生宁愿不跟他谈这事,两人的关系一向不太和睦,而且哪怕你不提起多萝西娅,他也马上会意识到这事与她有关。

可怜的卡苏朋先生不信任每个人对他的感情,作为一个丈夫尤其如此。让任何人猜到他的嫉妒,这无异是使他们可能有的怀疑得到证实,暴露自己的不利地位;而让人们知道,他的结婚并没给他带来多大的幸福,这又无异向他们承认,他们早先可能抱的反对态度是正确的。这跟让卡普,以至整个布兰斯诺斯学院知道,他在收集材料写作《世界神话索隐大全》的过程中,如何困难重重一样坏。在整个一生中,卡苏朋先生甚至不愿向自己承认,他的缺乏自信,他的嫉妒,怎样在内心折磨着他。在一切敏感的个人问题上,那种疑神疑鬼、妄自尊大的缄默习性,总是表现得尤其突出。

这样,卡苏朋先生始终保持着高傲而痛苦的沉默。但是他禁止威尔再踏进洛伊克庄园的公馆,心里还准备采取其他办法对付他。

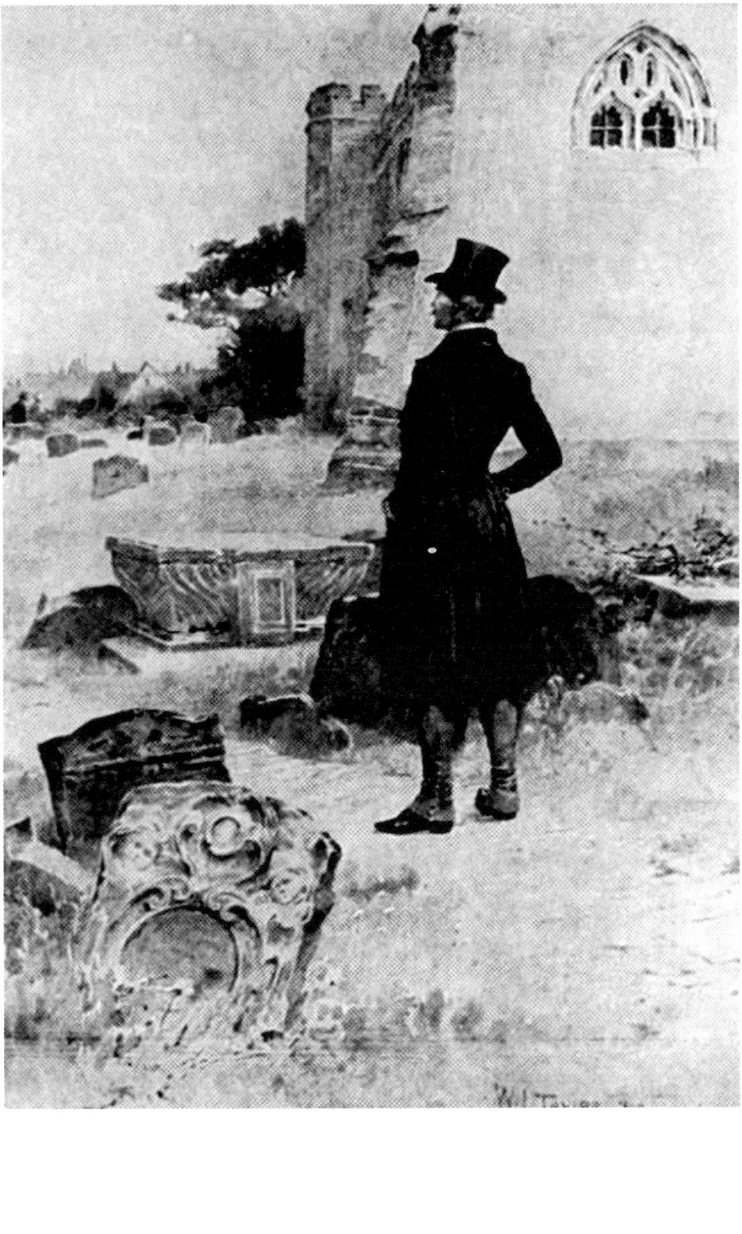

第三十八章

> 人们对一个人的行为的议论至关重要,它们是迟早会应验的。
> ——基佐①

布鲁克先生的新动向,詹姆士·彻泰姆爵士怎么也无法表示赞同,然而反对是容易的,要阻挡却并不那么容易。一天,他上卡德瓦拉德家用午餐,这样说明他单独造访的用意:

"当着西莉亚的面,我没法想讲什么就讲什么,那会伤她的心。不过那件事实在不太妥当。"

"我知道你的意思,你是指蒂普顿田庄的《先驱报》!"卡德瓦拉德太太不等那位朋友合拢嘴巴,就急忙插口道,"这太可怕了,简直是买了一个哨子,对着每个人的耳朵拼命吹。整天躺在床上玩多米诺牌,像故世的普莱西勋爵那样,那还情有可原,反正这是他个人的事,与别人无关。"

"我看到,他们已在《号角报》上对我们的朋友布鲁克展开攻势。"教区长说,靠在椅背上,悠闲地笑笑,跟他自己受到攻击的时候一样,"报上提到离米德尔马契不到一百英里的一个地主,对他大肆攻击,冷嘲热讽,说他只会收租,却一毛不拔,舍不得为农民办一件好事。"

"我希望布鲁克不要还手,随他们去。"詹姆士爵士说,心里烦得皱了一下眉头。

"不过,他果真打算参加竞选不成?"卡德瓦拉德先生说,"我昨天见到费厄布拉泽,他也是辉格派,吹捧布鲁厄姆②,提倡学以致用,这是我所知道他最糟糕的地方。他说,布鲁克拉了一大帮子人,银行家布尔斯特罗德是他的后台老板。但他认为,布鲁克恐怕通不过提名这一关。"

"一点不错,"詹姆士爵士认真地说,"我特地了解过这事,因为以前我对米德尔马契的政治从不过问——我只关心郡里的事。布鲁克相

---

① 基佐(1787—1874),法国历史家及政治家,七月王朝时期的内阁总理。
② 亨利·布鲁厄姆(1778—1868),苏格兰法学家及政治活动家,《爱丁堡评论》的创办人,辉格党人,著名的自由派评论家,曾组织实用知识普及协会。

信,他们会把奥利弗推出来当候选人,因为他是庇尔派人物。但是霍利告诉我,哪怕他们要推举一个辉格党人,那也一定是巴格斯特,这家伙谁也不知道他是从哪里来的,但却是反对内阁的死硬派,又是老练的议会活动家。霍利有些冒失,他忘了是在跟我谈话。他说,布鲁克要是想挨骂,给人笑话,也犯不着花那么多钱去参加竞选。"

"我警告你们,千万别干那种傻事,"卡德瓦拉德太太说,向外挥动着两条胳膊,"我早已对汉弗莱说过,布鲁克先生非掉进泥坑,弄得不可收拾不可。现在果然如此。"

"得啦,要不然他就得想法子结婚啦,"教区长说,"这会弄得更加不可收拾,还不如玩玩政治的好。"

"可是等他从泥坑那边爬起来,得了一身疟疾,他还是会结婚的。"卡德瓦拉德太太说。

"我最担心的还是他自己的体面,"詹姆士爵士说,"当然,这种担心也是出于家族关系。目前他正有些起色,我不愿他又惹是生非。人家会把新账老账一起翻出来攻击他。"

"我看,任何劝告都是白搭,"教区长说,"布鲁克这人又固执,又反复无常,两个方面奇怪地混合在一起。你有没有为这事劝过他?"

"没有,"詹姆士爵士说,"我觉得不好意思一本正经开导他。但我跟那位小拉迪斯拉夫谈过,这人现在成了布鲁克的总管。拉迪斯拉夫看来还聪明,能理解一切。我想还是先听听他的意见,这一次他倒也反对布鲁克的立场。我想他会使他改变主意的,提名的事也许不致真的发生。"

"我知道,"卡德瓦拉德太太说,一边直点头,"这位独立派人士还没有为他的演说打好腹稿呢。"

"不过这个拉迪斯拉夫,那也是一件麻烦事,"詹姆士爵士说,"我们请他上家里吃过两三次饭(顺便说一下,你们也见过他),是作为布鲁克的客人和卡苏朋的亲戚来的,我们以为他只是临时在这儿做客,现在发现,米德尔马契所有的人都在谈论他,说他是《先驱报》的编辑。关于他的谣言很多,有的说他是耍笔杆的外国佬,有的说他是外国间谍,什么话都有。"

"这会使卡苏朋不高兴。"教区长说。

"拉迪斯拉夫身上是有些外国血统的,"詹姆士爵士又说道,"我只希望他不致采取极端派观点,把布鲁克也卷进去。"

"哦,那个拉迪斯拉夫先生,他是个危险的小家伙,"卡德瓦拉德太太道,"老是唱些歌剧插曲,能说会道。这是拜伦笔下的人物——一个惯于偷香窃玉的阴谋家。我的印象就是这样。托马斯·阿奎那不喜欢他,这我看得出,那天那幅画运到的时候,就是这样。"

"我不愿跟卡苏朋提起那件事,"詹姆士爵士说,"他其实比我更有权进行干涉。但那是一件非常丢脸的事。凡是有良好出身的,谁愿意当那种角色!一个在报纸上写文章的家伙!你们不妨看看凯克,《号角报》的主持人。前几天我看见他跟霍利在一起。他写起文章来头头是道,这我相信,但他的为人多么下流,这种人我看还不如见鬼去的好。"

"米德尔马契这些招摇撞骗的报纸,你能指望它们什么呢?"教区长说,"我看不管在哪里,凡是文章写得天花乱坠,思想一点不沾边儿的人,都不是高尚的。为了钱干那营生,恐怕也不能使他免于饥寒。"

"一点不错,布鲁克把一个与自己的家庭有一定关系的人,弄去做那种事,实在是失策。据我看,拉迪斯拉夫是个白痴,居然会接受。"

"这就是阿奎那的不是了,"卡德瓦拉德太太说,"为什么他不运用他的影响,推荐拉迪斯拉夫当一名使馆随员,或者干脆把他派到印度去?大人家要摆脱惹是生非的子弟,大都采取这个办法。"

"这件倒霉事还不知会发展到什么地步呢,"詹姆士爵士心烦意乱地说,"但是如果卡苏朋不肯讲话,我有什么办法?"

"哦,亲爱的詹姆士爵士,"教区长说,"我们何必为这一切大惊小怪。看来这些事最后都会烟消云散。过一两个月,布鲁克和这位大少爷拉迪斯拉夫就会互相讨厌,于是拉迪斯拉夫远走高飞,布鲁克的《先驱报》也关门大吉,一切风平浪静,恢复正常。"

"这也可能,因为他舍不得花钱,看到钱一个个不翼而飞就会心痛,"卡德瓦拉德太太说,"要是我知道竞选费用都有些什么开支,我就可以一项项讲给他听,把他吓得清醒过来。跟他讲大道理,说什么费用等等是不中用的。我不跟他谈静脉切开放血术,只把一罐水蛭倒在他身上。我们这些小气鬼最怕的就是手里的钱给人拿走。"

"他也怕人家收集材料攻击他,"詹姆士爵士说,"他那份田产的安排经营就是个问题,人家已经在这上面做文章了。这叫我看了也确实难过。事情就在我们鼻子底下,可搞得一团糟。我总认为,一个人有义务为自己的田地和佃户着想,尽量做些好事,特别是在这个困难的时期。"

"也许《号角报》会使他清醒过来,作些改革,那么这一切还是有好处的。"教区长说,"我也会很高兴,收什一税的时候,可以少听几句牢骚怪话。我真不知道,要是在蒂普顿收不到一个税钱,我该怎么办。"

"我希望他雇一个适当的人,替他管理农庄。我想请他重新雇用高思。"詹姆士爵士说,"十二年前他辞退了高思,从此每况愈下,不成样子。我打算请高思替我经管田地——他曾经为我的农舍建设拟过一个非常出色的计划,勒夫古德万万及不上他。但是高思不愿再管蒂普顿的事,除非布鲁克什么也不过问,把一切交托给他。"

"这要求也合理,"教区长说,"高思对什么都有自己的想法,他有见识,心地单纯。有一天,他替我估价的时候,就老实不客气对我说,教士们大多不懂得理财之道,他们一插手事情就难办了。不过他讲话的时候,心平气和,彬彬有礼,倒像是在跟我谈水手的航海。要是布鲁克让他管理,他会使蒂普顿教区面目一新。我但愿由于《号角报》对他的攻击,使你能达到目的。"

"要是多萝西娅在她伯父身边,那还有些希望,"詹姆士爵士说,"必要的时候,她可以对他施加影响,而且她一向为农庄的现状感到不安。对这类事,她的见解往往出人意料的好。可惜现在她一步也离不开卡苏朋。西莉亚还老是为此抱怨呢。自从他那次发病以后,我们要请她来吃顿饭也不容易。"说到这里,詹姆士爵士露出了怜悯而又厌恶的神色,卡德瓦拉德太太耸了耸肩膀,似乎表示这一切早在她意料之中。

"可怜的卡苏朋!"教区长说,"那场病真是害苦了他。前几天我在副主教那儿遇见他,只觉得他憔悴多了。"

"就事实而论,"詹姆士爵士又开口了,他不想讨论"那场病","布鲁克不是存心要亏待佃户,或者任何人,只是他处处节省,削减费用,养成习惯了。"

"得啦,这还是不幸中的大幸,"卡德瓦拉德太太说,"它可以使他有朝一日清醒过来。他也许不明白自己应该怎么想,但他对自己的口袋还是毫不含糊的。"

"我不相信一个人在田地上舍不得花钱,对他的口袋会有什么好处。"詹姆士爵士说。

"嘿,节约也像其他品德一样,一过头就不好。把自己的猪养得精瘦,太没意思。"卡德瓦拉德太太说,正好站起身子,望望窗外,"瞧,那位独立派政治家,说到他,他就来了。"

"怎么,是布鲁克吗?"她的丈夫问。

"对。汉弗莱,现在你可以拿《号角报》让他看看,我来给他放水蛭。詹姆士爵士,你呢?"

"说真的,由于我们的关系,我真不想跟布鲁克谈那件事,一提起它太不愉快了。我只希望大家规规矩矩做人,像个绅士。"好心的从男爵说,觉得这是造福社会的一个既简单又全面的纲领。

"啊,你们都在这儿?"布鲁克先生说,一边慢吞吞走过去,一一握手,"彻泰姆,我正预备上你府上呢。大家都在这儿,那太好了,你知道。哦,你们想得到事情怎么样吗?进展真快!拉菲特①说得确实不错:'从昨天到今天,好像已过了一个世纪。'不过他们已到了下一个世纪,跟我们隔着一条鸿沟啦。他们比我们走得更快。"

"可不是,"教区长说,拿起了报纸,"这是《号角报》,它在责备你落后呢,看到了没有?"

"是吗?没有看到。"布鲁克先生说,把手套放在礼帽里,匆匆戴上了眼镜。但是卡德瓦拉德先生把报纸拿在手里,眼睛含着笑意,说道:

"瞧这儿!谈的都是一位地主,住在离米德尔马契不到一百英里

---

① 雅克·拉菲特(1767—1844),法国银行家及政治家,支持路易·菲力普,七月革命后任总理及财政大臣。

的地方,靠收租过日子。他们说,这才是全郡首屈一指的倒退分子。我想,你大概在《先驱报》上给他们奉送过这个头衔。"

"哦,那是凯克干的,你们知道,一个不学无术的家伙。倒退,好吧!行,这太妙了。他以为这个字的意思是危险①,你们知道,他们想把我说成一个危险分子呢。"布鲁克先生嘻嘻哈哈地说,对方的无知往往使他乐不可支。

"我认为他理解这个字的意义。这儿有一两段文字相当尖刻呢:'如果我们想描写一个具有倒退这个词的最坏含义的人,那么我们得说,这是一个自命为我们的政体的改革者,可是对他直接负有责任的事务却放任不管,弄得一塌糊涂的人,一个不愿绞死一个坏蛋,可是对五个饿得半死的正直佃户却漠不关心的慈善家,一个看到贪污腐化便大叫大嚷,可是在自己的田地上却横征暴敛的地主,一个对衰败选区嚷得面红耳赤,可是对自己农庄上那些衰败的房子却不问不闻的人,毫无疑问,这是一个对利兹和曼彻斯特②赤胆忠心的人,他可以赞同它们有任何名额的代表,只要他们肯为这些席位掏自己的腰包,他反对的只是在收租的日子少拿几个钱,好让佃户置办一些农具,或者修理一下谷仓的大门,免得风吹雨打,或者修理一下住房,使它不致像爱尔兰农夫的小木屋那么破旧。但我们大家知道人们怎么讽刺慈善家:善举是与距离的平方成正比例增长的。'我不念下去了。其余都是谈一个慈善家会成为怎样一个议员的。"教区长结束了他的话,丢下报纸,把双手合抱在脑后,望着布鲁克先生,露出一副津津有味的中立表情。

"不错,很有意思,你们知道,"布鲁克先生说,拿起报纸,竭力想装得满不在乎,跟他的朋友一样,但还是涨红了脸,笑得也有些尴尬,"'对衰败选区嚷得面红耳赤,'可我一辈子没作过一篇演说攻击衰败选区。至于嚷得面红耳赤,以及诸如此类的话,这些人根本不懂得什么才是出色的讽刺。你们知道,讽刺必须保持一定程度的真实性。我记得,有人在《爱丁堡评论》上说过这话——讽刺必须保持一定程度的真

---

① "倒退"在当时还是一个比较新的词。
② 都是英国当时新兴的工业中心。

实性。"

"不论怎样,关于房子的事还是真的,"詹姆士爵士说,竭力小心行事,"前几天达格利向我抱怨,说他的农场上没有一扇门是完整的。高思发明了一种新式的门,你不妨试试。一个人应该把自己的木材用一些在这方面。"

"彻泰姆,你知道,你在农庄上搞的那一套全是想入非非的玩意儿,"布鲁克先生说,装得像在浏览《号角报》,"你有这雅兴,因为你不在乎花钱。"

"我看,世界上花钱最多的,恐怕就是竞选议员,"卡德瓦拉德太太插口道,"据说,米德尔马契上一届那个落选的候选人——他大概叫贾尔斯吧?——花了一万镑,最后还是因为收买选票的钱没有花够,没能当选。一个人何苦干那种傻事!"

"有人告诉我,"教区长大笑道,"东雷特福地方花在拉选票上的钱,跟米德尔马契相比,简直算不了什么。"

"根本没有这种事,"布鲁克先生说,"你们知道,托利党人才行贿呢,霍利和他那一伙人用请客吃饭,请吃烤苹果①之类的东西拉选票,还把喝醉的选民带去投票。但是他们这套办法今后可行不通了,行不通了,你们知道。米德尔马契是落后了一些,这我承认,主要是市民们落后了一些。但是我们会教育他们,我们要带领他们前进,你们知道。优秀的人都站在我们一边。"

"霍利说,你拉拢的那帮人,最后会害了你,"詹姆士爵士指出,"他说,银行家布尔斯特罗德靠不住,只会坏事。"

"等你挨骂的时候,"卡德瓦拉德太太插口道,"一半臭蛋恐怕都是你们委员会中那些人扔的。我的老天爷!想想看,为了一些错误的意见,会遭到多少人谩骂。我记得好像有一个故事,讲一个人怎样受骗,别人假装拥护他,最后却把他丢进了垃圾堆!"

"谩骂比起在我们身上挑毛病,那还算不得什么,"教区长说,"我承认,假定我们要当牧师也得竞选,发表演说,那么我想到我的缺点就

---

① 从前伦敦街头出售的一种小吃。

会发抖。我怕他们会统计我钓鱼的日子。老实说,我觉得,事实才是对一个人最有力的攻击。"

"确实,"詹姆士爵士说,"一个人如果要参加社会活动,就得准备承担它的一切后果。首先他自己要经得起检验,使诬蔑没有可乘之机。"

"亲爱的彻泰姆,这一切都不错,你知道,"布鲁克先生答道,"但是怎样才能防止诬蔑呢?你不妨读读历史,想想流放、迫害、殉难,以及诸如此类的事。你知道,遭到这些不幸的往往是最杰出的人。但是贺拉斯是怎么说的? fiat justifia , ruot①……总之是这类意思。"

"一点也不错,"詹姆士爵士说,比平时显得更热烈一些,"但我所说的经得起检验,是在人们诬蔑我们的时候,我们能够提出相反的事实。"

"一个人自己背了债,不得不掏出钱来还账,这可算不得是殉难。"卡德瓦拉德太太说。

但是最使布鲁克先生不安的,还是詹姆士爵士那种明显的忧虑。"好吧,你知道,彻泰姆,"他说,一边站起来,拿了帽子,倚在手杖上,"你与我有完全不同的方针。你关心的只是为你那些农场花几个钱。不必我来证明,我的方针是比较好的,从一切方面看都是这样,你知道。"

"应该对事物不断作出新的评价,"詹姆士爵士说,"有时收益可能不坏,但我要求的是合理的评价。卡德瓦拉德,你认为怎么样?"

"我同意你的看法。如果我是布鲁克,我就立刻起用高思,让他把农庄整顿得面目一新,堵住《号角报》的嘴巴;关于门窗修理等等,要允许他全权处理。这就是我对政治的基本态度。"教区长说,挺起胸脯,把两只大拇指插在背心袖孔里,一边笑嘻嘻地望着布鲁克先生。

"那不过是给自己装点门面罢了,你知道。"布鲁克先生说,"不过我倒想请教,有哪一位地主像我这样,对佃户拖欠的租金从不催讨。我

---

① 拉丁文,这里只讲了半句,全句的意思是:哪怕天崩地裂,正义必须伸张。但这不是贺拉斯的话,布鲁克先生显然又弄错了。

让老佃户照旧住下去。我是非常宽大的,我得告诉你们,非常宽大。我有我自己的思想,我的立场建立在这些思想上,你们知道。凡是这么做的人,总会受到指责,说他不合情理,随心所欲,以及诸如此类的话。我的行动有所改变的时候,也是以我的思想为依据的。"

刚说完,布鲁克先生突然想起,有几封信,他忘了在蒂普顿发出,于是匆匆告别走了。

"我并不想随意指责布鲁克,"詹姆士爵士说,"我知道他心里烦恼。但是关于他所说的老佃户,事实上是没有一个新佃户肯接受目前的条件,租他的田地。"

"我相信,他总有一天会清醒的,"教区长说,"埃莉诺,你是在用一种方法拉他,我们是用另一种方法。你想用花钱吓唬他,我们却吓唬他要舍得花钱。我看,他要出名,还是让他出名的好,这样,他就得考虑,他作为一个地主有没有尽自己的本分。至于《先驱报》,或者拉迪斯拉夫,或者布鲁克的夸夸其谈,我看,对米德尔马契人是分文不值的。然而蒂普顿教区人民的福利,还是值得关心的。"

"对不起,你们两人才是采取了错误的步骤,"卡德瓦拉德太太说,"你们应该向他证明,他由于经营不善,受了损失,然后我们一起来拉他。要是你让他骑上政治这匹野马,我警告你们,要提防后果。在家里拿棍子当马骑,说这是他的思想,这当然出不了事。"

第三十九章

> 如果你像我做过的一样,
> 看到美德扮成一位女子,
> 敢于爱它,而且直认不讳,
> 不管它究竟是他还是她。
>
> 如果你把这爱藏在心中,
> 不让世俗之徒看到事实,
> 因为他们不会信以为真,

或者只会对它揶揄嘲笑。

那么你是做了一件好事，
超过了一切伟人的成就，
而且正因为珍藏在心头，
它才更值得人们的赞美。

——多恩博士[①]

詹姆士·彻泰姆爵士的头脑算不上足智多谋，但是他想"影响布鲁克"的急切心情日益滋长，使他一度想起了多萝西娅，他始终相信，她是可以左右她的伯父的。现在这种想法终于成熟，形成了一个小小的计划，即以西莉亚身体不适为理由，邀请多萝西娅单独前来庄园，在向她充分说明蒂普顿田庄的管理状况以后，让她路经田庄时，下车找她的伯父。

就这样，一天下午将近四点钟，布鲁克先生和拉迪斯拉夫坐在图书室中，门突然开了，仆人通报卡苏朋夫人来了。

这以前，威尔正郁郁不乐，处在百无聊赖的状态，无可奈何地帮助布鲁克先生整理关于绞决几名偷羊贼的"案卷"。他体现了我们的头脑具有同时骑几匹马飞驰的能耐，一面在心里考虑怎样为自己在米德尔马契安排一个寓所，免得经常住在田庄上，一面望着那份用荷马笔法写成的偷羊史诗，让它那些激动人心的字句飘飘忽忽地进入前面那些无法排除的幻象中间。卡苏朋夫人到来的通报，使他像触电一样，浑身一震，连手指尖也发抖了。任何人只要注意观察都会发现，他的脸色变了，脸上的肌肉正在调整，目光也显得炯炯发亮，使人不禁觉得，他身上的每一个细胞都在魔法的驱使下展开了活动。实际也是这样。因为灵验的魔法总具有超验的性质，谁能衡量那些引起心灵和身体变化的微妙感觉呢？谁能区别一个男子对这个女子

[①] 约翰·多恩(1572—1631)，英国十七世纪玄学派诗歌的代表人物。对他的诗歌，历来褒贬不一，但从文学史上看，他对英国诗歌发展有过较大影响。这里这首诗原题名《业绩》，全诗共七节，这是它的最后三节。

的感情和对另一个女子的感情？这可不像看到山谷河流和白色山顶上升起的曙光引起的欢乐,跟观赏中国灯笼和彩色玻璃灯引起的欢乐,那么容易区别。威尔也是由敏感的材料构成的,一只手提琴在他身边巧妙地响一下,就可以使世界的面貌在他眼中顿时改观,他的观点也像他的情绪一样容易变换。多萝西娅走进屋子,对他而言像吹来了一股早晨的清新空气。

"啊,亲爱的,你来了,这太好了,"布鲁克先生说,迎了上去,与她亲吻,"我看你大概把卡苏朋和他那些书本丢开了。这很对。你知道,你是一个女子,学问太多没有用处。"

"这一点你不必担心,伯父,"多萝西娅说,一面转身跟威尔握手,露出了开朗而愉快的笑容,但没作其他问候的表示,只是继续回答伯父的话,"我很迟钝。在我需要读书的时候,我的思想往往很乱,总是七想八想的。我发觉,求学问不像设计农舍那么轻松。"

她坐在伯父旁边,面对着威尔,显然专心致志在思考什么,因此几乎忘记了他的存在。他的失望有些荒谬,就像他原以为她的到来跟他有什么关系似的。

"对,亲爱的,设计图样简直成了你的嗜好。不过暂时把它丢开一下是有好处的。嗜好往往会使人忘乎所以,你知道,但忘乎所以总是不足为训的。我们必须拉紧缰绳。我就从来不让自己忘乎所以,不论做什么都有一定限度。我就是这样告诉拉迪斯拉夫的。他和我有点像,你知道,他对一切都想了解。我们正在研究死刑问题。我们在许多问题上可以合作,拉迪斯拉夫和我。"

"是的,"多萝西娅说,直截了当是她的特点,"詹姆士爵士告诉我,他相信,在不久的将来,你在农庄的经营上就会作出重大的改革。他说,你在考虑增加农场的设备,修理房屋,改进农舍等等,这样,蒂普顿就会变得面目一新。这叫我听了多么高兴!"她继续说,握紧双手,仿佛又回到了童年时代,把结婚以后强自克制的强烈情绪又流露在脸上了,"要是我还在家中,我一定要重新骑上马,跟你一起去走走,把那一切全都看一下！詹姆士爵士说,你打算请高思先生帮忙——他是很称赞我的村舍的呢。"

"彻泰姆未免太性急了,亲爱的,"布鲁克先生说,脸有些红,"你知道,太性急了。我从没说过我要做这类事。我也从没说过我不想这么做,你知道。"

"他只是觉得他相信你会那么做,"多萝西娅说,声音清晰而果断,像唱诗班的年轻歌手在念信经,"因为你有志于进入议会,成为一名关心民众福利的议员,而要促进民众的福利,首要事务之一,就是改善农场条件,提高农民生活。伯父,你想想基特·唐斯,他有妻子,还有七个孩子,可住的房子才一间起居室,一间卧室,卧室小得恐怕还没有这张桌子大!还有穷苦的达格利一家,他农场上的住房都快坍了,一家人挤在后面的厨房里,其余几间屋子只好留给耗子作窝!我以前不喜欢这儿的风景,原因之一就在这里,亲爱的伯父,但你以为我太迟钝,不懂得欣赏呢。我每次从村里回来,想到它那么肮脏,丑陋不堪,心里总觉得不是滋味,我们会客厅里那些图画也变得那么虚伪,在我眼里成了骗人的花招,好像我们想用它们安慰自己,可是墙外邻人们的真实状况,我们却不愿过问。我认为,要是我们对近在眼前的不幸也不问不闻,不想改善,那么我们就无权更进一步,为社会谋求更大的福利。"

多萝西娅越说越热烈,变得激昂慷慨,终于忘记了一切,只想让心中的话毫无阻拦地一泻而尽,这在从前是她习以为常的事,但自从结婚以后,这种情形已难得发生了,婚后生活成了她旺盛的生命力与恐惧不断搏斗的过程。一时间,威尔对她的爱慕似乎遇到了一阵冷风,使他产生了疏远的感觉。任何男子只要看到女子身上有点伟大的气质,便不乐意爱她,而且并不为这种情绪害臊,这也难怪,大自然总是把伟大赋予男子。但是大自然有时也难免失察,做出违反自己本意的事,那位好好先生布鲁克的情形便是如此,这会儿在他侄女的慷慨陈词面前,他的男性意识竟也期期艾艾,畏缩不前了。他一时间不知道怎么回答才好,只得站起身子,戴上眼镜,用手指摸摸面前的纸,最后他才开口道:

"你讲的话有些道理,亲爱的,有些道理,但不是完全正确……拉迪斯拉夫,是吗?你和我都不喜欢我们的图画和雕像变成虚伪的点缀。

不过年轻的女子总不免有些感情用事,你知道,有些片面,亲爱的。美术,诗歌,以及这类东西,可以改善民族的气质,emollit mores①——你现在懂得一点拉丁文了。但是……嗯,什么事?"

这问话是向刚才进屋的一个仆人发出的,这仆人报告道,护林人发现达格利家的一个孩子手里拿着一只野兔,是刚才杀死的。

"我就来,我就来。我不会难为他的,你知道。"布鲁克先生转身对多萝西娅小声补充了一句,神色十分得意,这才慢吞吞踱出屋子。

"我希望你会赞成我……赞成詹姆士爵士所指望的那种变化。"多萝西娅等伯父一走,马上对威尔说道。

"是的,我刚才听到你讲的那些话了。我不会忘记你这些话。但是现在,你愿意考虑一些别的事吗?我可能另外找不到机会,把发生的事告诉你了。"威尔说,站了起来,动作显得有些不耐烦,用两只手握住了椅背。

"请告诉我是怎么回事。"多萝西娅说,有些焦急,也站了起来,走向打开的窗口,蒙克正朝着窗子一边喘气,一边摇尾巴。她把背靠在窗框上,用一只手摸了摸狗的脑袋。我们知道,她不喜欢这种小动物,因为它们老是要人抱,或者妨碍你走路,但是她不大肯伤它们的心,即使要谢绝它们的亲善,也十分客气。

威尔只是用眼睛注视着她的动作,说道:"我猜想你应该知道,卡苏朋先生禁止我再到他的府上去。"

"不,我不知道。"多萝西娅过了一会儿才回答。她显然很激动,又伤心地补充了一句:"我非常、非常抱歉。"她是在想威尔所不知道的事——她与丈夫在黑夜中的谈话。她指望影响卡苏朋先生的行动,现在看来完全失败了,失望再度咬啮着她的心。但是她那种显而易见的悲戚表情,使威尔相信,这不完全是为了他个人的缘故,多萝西娅也还没有想到,卡苏朋先生之所以不喜欢他,嫉妒他,是针对她本人的。他觉得又是高兴又是烦恼,两种感觉奇怪地混杂在一起,高兴的是他仍留

---

① 拉丁文,这里只讲了半句,全句的意思是学问使人的态度变得文雅,不致有粗暴行为。这是古罗马诗人奥维德的《黑海书简》中的话。

在、珍藏在她的思想中,它像他自己的家一样,他可以住在那里,不必疑虑,也不用拘束;烦恼的是他在她心目中分量还太轻,还不够重要,她只是用毫不犹豫的仁慈对待他,这并不能叫他满足。然而他怕多萝西娅对他的态度发生任何变化,这种担忧比不满更加强大,于是他又用纯粹解释的口气,开始说道:

"卡苏朋先生的理由是他不乐意我在这儿担任那个职务,他认为,那职务不适合我作为他的亲戚的身份。我告诉他,我不能接受这个观点。指望改变我的生活道路,用那些我认为可笑的偏见来限制我,这对我是不合理的要求。过分强调感恩,使恩惠成为盖在我们身上的奴役的烙印,这只有在我们年幼无知、不明事理的时候才会成功。我愿意担任目前这职务,因为我认为它是有益的,正当的。我不必从任何其他角度考虑家族的尊严。"

多萝西娅十分伤心。她觉得,她的丈夫完全错了,理由还不仅威尔提到的那些。

"我们还是不谈这个问题的好,"她说,声音有些发抖,这是她不常有的,"因为你和卡苏朋先生意见不同。那么你打算留下?"她眼望着窗外的草坪,似乎在忧郁地思忖着什么。

"对,但今后我不大会见到你了。"威尔说,几乎跟孩子似的,带有一些抱怨的声调。

"是的,"多萝西娅说,转过头去,凝神瞧着他,"不大会见面了。但我会知道你的消息的。我会听到你在替我的伯父做些什么。"

"但我很难听到你的消息,"威尔说,"没有人会告诉我什么。"

"哦,我的生活非常简单,"多萝西娅说,嘴角稍稍弯曲,露出了一抹美妙的微笑,冲淡了忧伤的表情,"我无非天天住在洛伊克。"

"那是可怕的牢笼生活。"威尔脱口而出道。

"不,别那么想,"多萝西娅说,"我没有飞翔的要求。"

他不再说什么;但是看到他的脸色有些变了,她又说道:"我这是指我自己说的。我只有一个要求,那就是:我不愿得到我不应得到的一切,却不为别人做一点好事。但是我有我自己的信念,它使我可以聊以自慰。"

"什么信念?"威尔问,似乎有些羡慕。

"我相信,只要我们对真正的善怀有希望,哪怕我们不知道怎么办,也不能做我们所要做的事,我们已成了对抗恶的神圣力量的一部分,因为这便将扩大光明的范围,缩小跟黑暗斗争的规模。"

"那是一种美丽的神秘主义,一种……"

"请不要用任何名称来称呼它,"多萝西娅说,恳求似的伸出了双手,"你可以说这是波斯人的观念,或者任何其他地区的观念。但这是我的生命。我找到了它,我不能抛弃它。从我还是一个小女孩的时候起,我就开始寻找我的宗教了。我总是不断祈祷,不过现在我不大祈祷了。我尽量使我的愿望不仅仅是为了我自己,因为它们可能会损害别人,我得到的已经太多了。我刚才只是告诉你,我在洛伊克的生活,你是完全可以想象得到的。"

"谢谢你告诉我这些,愿上帝保佑你!"威尔热烈地说,自己也不明白为什么。他们彼此望着,像两个相亲相爱的孩子在悄悄地谈论飞鸟。

"你的宗教是什么?"多萝西娅说,"我不是指通常所说的宗教,是指对你帮助最大的信念。"

"爱我所看到的一切善和美的事物,"威尔说,"但我是一个叛逆,我不像你,我觉得我不必顺从我所不喜欢的一切。"

"但是如果你喜欢善,那么那是同一回事。"多萝西娅说。

"你有些难以理解。"威尔说。

"是的,卡苏朋先生也时常这么说。但我不觉得我有什么奥妙的。"多萝西娅幽默地说,"我的伯父怎么去了这么久!我得去找他了。真的,我还得上弗雷什特呢,西莉亚在等我。"

威尔提议,让他去找布鲁克先生,后者随即来了,说他可以跟多萝西娅一起走,在达格利家附近下车。他要为那个因偷猎野兔给逮住的少年犯,跟他的父亲谈一下。到了车上,多萝西娅又旧事重提,谈到了农庄的事,但布鲁克先生现在已有恃无恐,掌握了谈话的主动权。

"对了,彻泰姆,"他答道,"他找我的岔子,亲爱的。但要不是为了他,我何必保护我的猎园,他可不能说那费用是为佃户花的吧,你知道。

这跟我的感情是有些冲突的,说真的,偷猎①,如果认真考虑一下……我常常想提出这个问题。不久以前,循道会传教士弗拉维尔用手杖打死了一只野兔,给带上了法庭——他和他的妻子一起赶路,那只野兔正好跑过他面前,这家伙手脚真快,一下子打中了兔子的脖子。"

"我认为那是很粗暴的。"多萝西娅说。

"说真的,我也认为,这对一个循道派传教士来说,是一个污点,你知道。约翰逊说:'你可以据此判断,他是怎样一个伪君子。'至于我,老实说,我觉得,弗拉维尔那副样子,也不像'最高尚的人'——有人这么称呼基督徒,我想,那是扬②,诗人扬,你知道诗人扬吧?弗拉维尔脚上的黑绑腿套都破了,那么,好吧,他辩护道,他以为这是上帝赐给他们夫妇的一盘鲜美菜肴,因此他有权把它打死,尽管他不是耶和华面前的英勇猎户宁录③。说真的,这实在有些滑稽,菲尔丁可以把它写进他的作品,或者司各特也行——司各特可以把它写成一篇出色的故事。但是老实说,我考虑这件案子的时候,还真的不得不为那个家伙吃到这么一盘好菜感到高兴呢。凭他的手杖和绑腿套,你判他有罪,那纯粹是偏见,可是法律却站在偏见一边,你知道。但是有什么办法,讲道理,没有用,法律是法律。不过我终于说服约翰逊,使他消了气,就这样大事化小,结束了这案子。我不相信,彻泰姆也会像我这么慈悲为怀,可是现在他却来攻击我,好像我是全郡第一号狠心人。哦,我到了,这已是达格利的家。"

布鲁克先生在一个农场门口下了车,多萝西娅继续赶路。事情是奇怪的,只要我们怀疑我们在为某些丑恶现象受到指责,这些现象在我们眼里就会变得特别丑恶。哪怕是我们的容貌,要是我们听到人家老实不客气,指出了它的一些不雅观的缺陷,再去照镜子,就会觉得它实

---

① 英国的狩猎法为了保护皇家园林和私人猎园,对所谓偷猎者往往处以残酷的刑罚,如挖掉眼睛、苛重罚款、监禁,以至流放等等。特别对猎取野兔、鹿、狐狸等,限制尤为严厉。由于农民的贫困,偷猎者日多,这构成了一个严重的社会问题,直至十九世纪中叶才有所缓和。

② 爱德华·扬(1683—1765),英国剧作家和诗人,最重要的作品是《黑夜沉思》九卷。

③ 《旧约·创世记》中提到的猎户,说他"在耶和华面前是个英勇的猎户"。

在并不漂亮。反过来说,有些人受到了损害,从来不知道抱怨,也没人替他们诉说不平,我们对自己造成的这些损害,就会熟视无睹,心安理得。达格利的家在布鲁克先生眼中,从没像今天这么显得悲惨,他想起《号角报》对他的抨击,以及詹姆士爵士的反应,心里真有些不是味道。

确实,纯艺术把人们的困苦生活描绘得那么赏心悦目,在它的感化下,一个旁观者可能会对这种称作自由民居住点的小农场津津乐道。不过它的外貌实在不雅:房子已经年久失修,深红色的屋顶上开着老虎窗,两个烟囱早给常春藤堵死,宽大的门廊上堆满一捆捆树枝,一半窗户关上了灰色的百叶窗,百叶窗都给虫蛀坏了,上面还密密麻麻爬满了木樨之类的枝蔓。蜀葵从东倒西歪的菜园围墙上向外窥探,围墙成了研究高度混杂的阴暗色彩的最好标本。园子里,一只老山羊(无疑是靠有趣的迷信观念才保全了性命)躺在地上,紧靠着屋后敞开的厨房门。牛舍的茅草顶上长满青苔,谷仓的门灰溜溜的,已经破了,形容憔悴的雇工穿着破旧的裤子,刚把一车准备及早脱粒的麦子搬进谷仓。牛奶棚里没有几头奶牛,而且都给拴住了,准备挤奶,因此棚子的一半显得黑糊糊的,空空荡荡。那些猪和白色的鸭子,在高低不平、没人照料的圈栏里溜达,似乎也没精打采,在为它们吃的太稀的馊水抱怨。所有这一切,在晴朗的天空和高高的白云下,构成了一幅景象,我们往往称之为"美丽的图画",在它面前,大家会流连观赏,感叹不止,只有一种人是例外,那就是当时报纸上经常提到的那些为农业收成忧心忡忡,为缺乏生产资金愁眉苦脸的农民。现在这种讨厌的联想也强烈地呈现在布鲁克先生眼前,破坏了他欣赏景色的兴致。达格利先生便处在这幅风景中间,手里拿着干草叉,头上那顶挤奶时戴的海狸皮帽已十分破旧,前半边都压扁了。他的上衣和裤子是他所有衣服中最好的一套,平时干活的日子是不穿的,今天只因他上了集市,又难得在蓝公牛饭店饱餐了一顿,回家比平时迟了,这才还没脱掉。他怎么会这么阔绰,也许到了明天连他自己也觉得奇怪,但是饭前听到的国家大事,法迪普斯草地即将收割,目前的短暂休息,关于新国王的故事,墙上贴满的传单,都可以使人兴奋得不顾一切。在米德尔马契流传一句谚语,大家认为是无须证明的,即好菜还得好酒配,根据达格利的解释,所谓好酒就是有丰富的佐餐啤酒,继之以掺水朗姆酒。可惜这些酒包含的真理太多,假象太少,它们不能使穷光蛋达格利转悲为喜,只是使他不再像平时那么缄默不语,却要把满腹牢骚尽量倾吐出来。他喝了酒,还喜欢发表一些一知半解的政治言论,这种爱好大大危害了他在农业经营上的守旧主义,因为他的守旧主义的精华就是:一切存在的都是坏的,而一切改革只能坏上加坏。他满脸通红,瞪着眼睛,露出一副决心跟人吵架的神气,握住干草叉,直挺挺站在那里,望着迎面走来的地主。后者慢条斯理,不慌不忙,一只手插在裤兜里,另一只手拿着一根细手杖在来回晃动。

"达格利,我的好伙计。"布鲁克先生开口道,决心以友好的态度处理那个孩子的事。

"哦,嘿,我是一个好伙计,是吗?谢谢你,老爷,承蒙你抬举,"达格利说,声音那么响,气呼呼的,带几分嘲笑,把那只牧羊狗法格吓得站直身子,竖起了耳朵。但是看到蒙克在外面溜达了一会儿,也走进了院子,法格重新蹲下,采取了观望的姿势,"原来我是一个好伙计,我听了很高兴。"

布鲁克先生想起,今天是赶集的日子,这位尊贵的佃户可能在市场上喝了酒,但是觉得没有理由半途而废,因为他胸有成竹,万一不行,可以找达格利大娘,把话重复一遍。

"你的小家伙雅各布杀死了一只野兔,达格利,我吩咐约翰逊把他锁在空马厩里,关一两个钟头,这只是吓唬吓唬他,你知道。不到晚上,他就可以平安回家,然后由你管教他,你知道,你可以骂他一顿,好吗?"

"不,我不干,我绝不为了讨好你,或者讨好任何别人,打我的孩子,哪怕你抵得上二十个地主,不是一个,我也不干,你这个坏家伙。"

达格利大声嚷嚷,他的老婆在屋里也听到了,从后面厨房走了出来。厨房是这屋子唯一的出入口,除了下雨天,它那扇门经常开着。布鲁克先生用退让的口气说道:"好,好,我跟你的妻子讲。我并没有要你打他,你知道。"于是他转身向屋子走去,但是达格利偏不罢休,一定要跟这个丢开他的先生"说个明白",马上跟了过来。法格懒洋洋地钉在主人脚后,看到蒙克迈着小步走来,尽管那也许是为了表示亲善,法格还是闷闷不乐,不愿理睬它。

"你好,达格利大娘,"布鲁克先生说,抢前了几步,"我是为你们孩子的事来的,我不是要你们打他,你知道。"这一次他很小心,尽量把话讲得清清楚楚。

达格利大娘劳累过度,显得又瘦又憔悴,她的一生几乎没有欢乐可言,她甚至没有一件礼拜日穿的衣服,可以让她打扮得端端正正上教堂。她丈夫回家以后,已经跟她发生过误会,因此她情绪很坏,作好了最坏的打算。但是她的丈夫抢先做了回答。

"呸,不论你要不要,我不会打他,"达格利继续道,拉开了嗓门喊叫,好像要把声音当标枪一样掷出去,"我没有请你上我家里,我不会用树枝打我的孩子,正如你不会给我一根树枝修理房子一样。你还是到米德尔马契去打听打听你是什么货色吧。"

"你不如把嘴闭上好得多,达格利,"他的老婆说,"当心,不要把木盆踢翻。一个人做了父亲,要养家活口,就不该在市场上乱花钱,买酒喝,弄得越来越穷,我看你总有一天不得好死。不过,老爷,请问,我的孩子做了什么事?"

"他干了什么,不用你管,"达格利说,更加凶了,"有我在这里,我会管,不用你插嘴。我自己会讲。我得跟他讲个明白,哪怕不吃晚饭也成。你听着,我的父亲,我的爷爷,还有我自己,我们都住在你这块地上,用我们的钱灌溉过它,现在我和我的孩子们也可能要死在这上面,葬在这下面,因为要是国王不改变主意,我们没钱买这地。"

"我的好伙计,你喝醉了,你知道,"布鲁克先生说,显得很亲热,但并不明智,"我们改天再谈,改天再谈。"他又说,一边转身想走。

但是达格利马上拦住了他,法格跟在他的脚后,随着主人的嗓音越来越响,越来越凶,它也开始低声嗥叫;蒙克则靠近了一些,安静而威严地注视着一切;大车那边的雇工停下手来听着。这时,比较明智的办法是留在原地,不再做声,不是从大叫大嚷的人面前退却,逃之夭夭,徒然引起人们的讪笑。

"我没有喝醉,你也没有喝醉,"达格利说,"我清醒得很,我知道我在说什么。我要说,国王已决心改变主意,知道这事的人都这么讲,他们说,就要实行改革了,那些地主从来没有为佃户做过一件好事,现在佃户也得这么对待他们,叫他们乖乖地滚开。在米德尔马契,有人知道这是怎么回事,这个改革——就是要叫那些人滚蛋。他们说:'我知道你的地主是谁。'我说:'但愿你知道得比我更清楚。'他们说:'他是个小气鬼。'我说:'一点不错。'他们又说:'改革就是要改革这号人。'这就是他们说的话。我现在已弄清楚,什么叫改革,它……它就是要叫你和你们这号人滚蛋。我们不是傻瓜,我们也明白了。现在,不论你要做什么,我再也不用怕你。你还是趁早放了我的孩子,想想你自己吧,免得改革一来,把你弄得走投无路。这就是我要对你说的。"达格利先生最后道,把草叉往地上一插,力气用得那么猛,以致再要把它拔起,得费好大的劲才成。

蒙克看到最后这一幕,开始狂吠了,这正是布鲁克先生脱身的好机会。他赶快走出院子,对自己这种新遭遇仍心有余悸。他以前从没在自己的土地上受过这种侮辱,还一向以为自己很得人心呢(我们大多如此,因为我们只想到自己待人多么和善,从没想到别人对我们有些什么要求)。十二年前,他跟凯莱布・高思闹翻的时候,还以为佃户们都是欢迎他这位地主亲自管理一切的。

他的这番经历,有的人看了,也许会感到奇怪,认为达格利先生太糊涂无知了。但是在那个时代,像他这种世世代代当农夫的人如此愚昧,是毫不足怪的,尽管这个联合教区里有一位德高望重的教区长,一位比教区长更贴心,讲起道来更渊博的副牧师,还有一位精通一切,对纯艺术和社会进步尤为热心的地主,而且米德尔马契又近在咫尺,离这里仅三英里,它的一切光芒都能直接照到这儿。再说,没有知识,人们照样可以过活,一个人只要对伦敦的理性之光有一知半解的认识就够了,如果他跟蒂普顿的教区执事学过一点"加减"法,他就可以在任何酒席上成为当之无愧的客人,至于读一章《圣经》还觉得困难重重,那是因为以赛亚或阿波罗这些名字,不是念两遍就能记牢的。不过现在,可怜的达格利到了星期日晚上,有时也读几首诗,世界在他看来,至少已不像过去那么一片漆黑。有些事他还了解得相当清楚,那就是种田的老办法总是不见成效,气候和农具总是不好,收成也总是没有指望,这就是自由民之家——这个名称显然带有讽刺意味,似乎是指一个人想离开可以自由离开,可惜世上还没有供他迁徙的"天堂。"

第四十章

> 他在日常工作中是聪明的,
> 他把自己的全部心力
> 用来换取辛勤的果实,
> 不是花费在宗教或政治上。
> 这些恪尽自己本分的人,
> 一切都来自他们的劳动,
> 没有他们,哪来法律和艺术,
> 以及高楼林立的城市?

不论我们要观察什么,哪怕是一组电池的作用,我们往往也得改变自己的位置,与我们关心的那个活动发生的地点保持在一定的距离以内,才能看清那些特定的事实或人物。我现在便得上凯莱布·高思家,观看那里的一群人了,他们都在大客厅中的早餐桌旁边。客厅中有一张写字台,墙上挂着几幅地图。这些人包括:父亲,母亲,以及他们的五个子女。玛丽目前在家中,正在找工作,比她略小的男孩克利斯蒂则在苏格兰读书,那里学费便宜,伙食也便宜一些,这件事使父亲有些失望,因为他一心求学,不想干那所谓神圣的"工作"。

邮件到了,一共九封昂贵的信①,为此付了邮差三先令两便士。高思先生丢下了茶和烤面包,专心看信,把看过的信摊开了叠在一起,有时慢慢摇头,有时扭动嘴角,心里琢磨着什么,但同时没有忘记把一个大红火漆印完整地割下来,莱蒂像一只性急的小狗,马上把它抓到了

---

① 当时邮寄信件,费用甚贵。一八四〇年英国首先采用了罗兰·希尔发明的邮票制度,这才大大降低了邮费。

手里。

其他人无拘无束,继续谈话,凯莱布全神贯注地工作,什么也不能使他分心,只要他写字时,别人不摇动桌子就成。

九封信中的两封是写给玛丽的。她看完后,把它们交给了母亲,便坐在那儿心不在焉地玩弄茶匙,后来突然定下神来,又拿起了针线活儿——在用早餐时,她一直把它放在膝上。

"喂,玛丽,不要做针线,"贝恩说,一边往下拉她的胳臂,"用这些面包屑给我捏一只孔雀。"他已经为这目的,把它们揉成一团了。

"不要拉我,捣蛋鬼!"玛丽说,口气还是和善的,一边用针轻轻刺他的手,"你自己做嘛,你已经看我做过好多次了。我必须把针线活赶完。那是替罗莎蒙德·文西做的,她下星期就要出嫁了。没有这手帕,她不能出嫁呢。"玛丽笑了,觉得最后这句话挺有趣。

"为什么不能,玛丽?"莱蒂要认真追究这个秘密,把头凑到了姊姊身边。玛丽转过针头,吓唬莱蒂要刺她的鼻子。

"因为这是一打中的一块,缺了它,就只剩十一块了。"玛丽说,装出一本正经解释问题的样子,于是莱蒂觉得自己又增长了一点知识,靠回椅子里了。

"亲爱的,你拿定主意没有?"高思太太说,放下了信。

"我决定上约克城的学校教书,"玛丽说,"我宁可在学校当老师,这比当家庭教师强一些。我喜欢在课堂上教书。你瞧,反正除了教书,我没别的事好做。"

"在我看来,教书是世界上最愉快的职业,"高思太太说,声音中有一些责备的口气,"要是你没有足够的知识,或者不喜欢跟孩子打交道,那你不喜欢教书,我还能理解。"

"我觉得,我们从来不会理解,为什么我们喜欢的事别人不喜欢,妈妈。"玛丽说,口气有些生硬,"我不喜欢教室。我更喜欢学校以外的天地。这是我一个很麻烦的缺点。"

"老是待在一间女学校里,一定毫无味道,"阿尔弗雷德说,"巴拉德太太的那些学生全都傻乎乎的,走路也得两个两个排好队。"

"而且她们没有好玩的游戏,"吉姆说,"她们既不会打球,也不会跳高。玛丽不乐意做这种事,我觉得完全对。"

"玛丽不乐意做什么啦,嗯?"父亲问,从眼镜上面望着孩子们,没有立即打开下一封信。

"不喜欢跟那些傻丫头在一起。"阿尔弗雷德说。

"这是信上要你去做的工作吗,玛丽?"凯莱布和蔼地问,望着女儿。

"是的,爸爸,约克城的一所学校。我决定接受。这算是最好的了。一年三十五镑,教小班的孩子弹钢琴还另有补贴。"

"可怜的孩子! 我真希望她待在家里,跟我们在一起,苏珊。"凯莱布说,伤心地看看妻子。

"玛丽不尽自己的责任,不会感到愉快。"高思太太说,神态威严,觉得自己已尽了责任。

"如果要我尽这种混账的责任,我非闷死不可。"阿尔弗雷德说。听了这话,玛丽和父亲暗暗发笑,但是高思太太严肃地说道:

"亲爱的阿尔弗雷德,不要对你不喜欢的事都用混账这个词,要选择合适一些的。要是玛丽挣的钱,能帮助你上汉默先生那儿学手艺呢?"

"我不稀罕,我觉得那是我的一大耻辱。但她是我的好姊姊,一位老奶奶。"阿尔弗雷德说,从椅子上跳了起来,按住玛丽的头,跟她亲吻。

玛丽涨红了脸,哈哈大笑,但这掩盖不了夺眶而出的眼泪。凯莱布从眼镜上面望了一会儿,眉毛两端有些下垂;然后他回过头去继续拆阅信件,脸色显得又忧又喜。甚至高思太太也把嘴角弯起一些,露出了心满意足的安详神色,没有计较那句不恰当的话。然而贝恩马上捡起这话,一迭连声嚷嚷:"她是一个老奶奶,一个老奶奶,一个老奶奶!"一边说,一边还用拳头在玛丽的胳膊上打拍子。

但是高思太太的眼睛这时给丈夫吸引住了。他正全神贯注、一丝不苟地看信,脸上有一种严肃而惊讶的表情,这使她有些骇异,但他读信时不喜欢别人打岔,因此她只得焦急地望着他,最后,她看见他突然发出了愉快的笑声,身子有些哆嗦,眼睛又回到了信的开端部分。他从眼镜上面望着她,轻轻说道:"苏珊,你看怎么样?"

她走过去,站在他背后,把一只手搭在他肩上,与他一起看信。那是詹姆士·彻泰姆爵士写来的,他向高思先生提出,拟请他担任弗雷什特等地田庄的管理工作,并说,詹姆士爵士受蒂普顿的布鲁克先生委托,征求高思先生的意见,问他是否能同时兼顾蒂普顿田庄的产业。从男爵还非常客气地表示,如果他能看到弗雷什特和蒂普顿两处田地得到共同的管理,他将感到无限高兴。他说,他们为这双重职务支付的酬金,将尽量满足高思先生的要求,明日十二时,他在家中恭候高思先生大驾,面谈一切。

"他写得满不错呢,是吗?苏珊。"凯莱布说,把眼睛向上一转,望了望妻子,后者把手从他肩上移到了耳边,同时把下巴贴在他的头上,"布鲁克不愿亲自来问我,我知道。"他继续说,轻轻笑了笑。

"这是你们父亲的荣誉,孩子们,"高思太太说,环视着那五对眼睛,它们全都注视着父母,"那些很久以前辞退他的人,现在又要求他担任这个职务了。这说明,他的工作做得很好,因此他们才觉得非他不行。"

"跟辛辛纳特一样,万岁!"贝恩嚷道,兴高采烈地骑在椅子上。他相信,现在纪律可以放松了。

"他们会来迎接他吗,妈妈?"莱蒂说,想起了市长和市议会那些穿长袍的大人物。

高思太太拍拍莱蒂的头,笑了起来,但看到丈夫收拾信件,似乎又要一头钻进那个"工作"的圣殿,让人再也找不到他,于是赶紧按住他的肩膀,郑重地说道:

"别忘了,凯莱布,得要他们支付合理的薪金。"

"这当然,"凯莱布回答,声音深沉,似乎这是毫无疑义的,他早已想到了,"两处合在一起,应该介于四百到五百之间。"然后像是突然想起似的,说道:"玛丽,写封信给学校,说你不去了。你留在家里,给你母亲帮忙。你瞧,我乐得忘形了,现在才想起这事。"

其实凯莱布一点也没有得意忘形的样子,不过他一向不善于讲话,往往词不达意;尽管他对写信非常重视,他却要妻子提供词汇,她成了他的语言宝库。

这时那些孩子几乎闹成一片,还拉住玛丽,要跟她跳舞,弄得玛丽只好把绣花的麻纱手帕交给妈妈,托她保管,免得给孩子们弄坏。高思太太虽然高兴,仍保持着平静,开始收拾杯盘碟子。凯莱布把椅子从桌边移开一些,似乎打算搬到书桌那边去,但没有站起来,只是拿着信,露出深思的目光,望着地面,左手的手指随着他心中那些无声的语言在逐渐伸直。最后他说道:

"克利斯蒂没有学我这行职业,这太可惜了,苏珊。不用多久,我就需要一个助手。阿尔弗雷德必须出外学技术——这事我已下了决心。"他重又陷入了沉思,那几只手指也随着内心的语言又活动了一会儿,然后他继续道:"我要让布鲁克跟他的佃户签订新的租契,我还要实行轮作制。我敢打赌,马蝇角的黏土可以制成很好的砖瓦。我必须亲自去看看,这可以降低修理费用。苏珊,这工作太有意思了!要不是有这么一个家,哪怕没有薪水我也乐意担任。"

"不过你可千万不能这样。"他的妻子说,伸起了一根手指。

"不会,不会。但是一个懂得农业生产的人,能够得到一块田地,发挥他的才智,进行大家所说的整顿,使佃户们的耕作走上轨道,安居乐业,有良好的住所,不仅活着的人丰衣足食,后来的人还能过得更愉快,这实在太好了。这比我自己发财更有意思。我认为这是一件最光荣的工作。"说到这里,凯莱布放下了信件,把手指插在背心纽扣之间,坐得直直的,但随即带着肃然起敬的口吻,把头慢慢转向一侧,说道:"这是上帝的伟大赐予,苏珊。"

"一点也不错,凯莱布,"妻子说,情绪与他同样热烈,"这对你的孩子们也是光荣的,因为他们有一个从事这项工作的父亲。这个父亲,他的名字可能湮没,可是他做的那些有益的事将会永远留传下去。"这样,她不能再跟他谈薪资问题了。

当天傍晚,凯莱布忙了一天之后相当疲劳了,默默坐在椅上,膝头放着翻开的袖珍笔记本。高思太太和玛丽各自在做自己的针线活,莱蒂在墙角跟她的洋娃娃小声谈话。这时,费厄布拉泽先生正沿着果园的小径走来,果园中一丛丛的草木和苹果树在八月的夕阳光下,一边还亮亮的,一边已密布阴影。高思一家住在他的教区内,我们知道,他喜欢这些居民,曾向利德盖特提到过玛丽,说她是一个好闺女。他作为一个教士,可以充分运用他的特权,不必把米德尔马契的等级观念放在眼里,他常常对他的母亲说,高思太太比城里任何主妇更像一位夫人。然而你们看到,他仍在文西家消磨他的晚上,那里的女主人虽然不像高贵的夫人,但拥有金碧辉煌的客厅和惠斯特牌局。在那些日子里,人们的交际不完全取决于尊敬与否。但教区牧师衷心尊敬高思一家,他的拜访对他们来说,不是一件奇怪的事。尽管这样,他一边握手,一边赶忙说明来意:"高思太太,我是受人之托来的,弗莱德·文西要我跟你和高思谈一件事。"他就座之后,用发亮的眼睛望了一遍那三个听他说话的人,继续道:"事情是这样,可怜的孩子把他的心事告诉了我。"

玛丽一听,心不觉怦怦直跳;她在捉摸,不知他都谈了些什么心事。

"我们已几个月没见到这孩子,"凯莱布说,"不知他现在怎么样了。"

"他出门去了一段时间,"教区牧师说,"因为待在家里,日子不好过。利德盖特对他母亲说,可怜的孩子目前还不宜上学。但昨天他来找我,把一切告诉了我。他这么做,我很高兴,因为我是看他长大的,那时他才十四岁,而且我在他家里是自己人,那些孩子就跟我的侄儿侄女差不多。但他的事不好办,我也不知道说什么好。现在他要我来一下,告诉你们,他要走了,他欠你们的钱没有归还,心里很难过,这使他甚至不好意思亲自上门向你们告别。"

"告诉他,这算不了什么,"凯莱布说,挥了挥胳臂,"我的日子不好过,但总算熬过来了。今后我会变得像犹太人一样富裕呢。"

"那意思是说,"高思太太向教区牧师笑道,"我们就要有钱了,可以让孩子们受教育,也可以让玛丽待在家里了。"

"你们找到了什么宝藏?"费厄布拉泽先生问。

"我就要担任弗雷什特和蒂普顿两个庄园的代理人,也许此外还有洛伊克的一小块肥沃土地,这几家有亲戚关系,因此雇人办事,似乎也要像一条溪水,采取一致行动。费厄布拉泽先生,这使我非常满意,"说到这里,凯莱布稍稍仰起头,把胳臂搁在椅子的扶手上,"我终于又得到了管理田地的机会,可以实现我的一两个改进经营的设想了。我常常对苏珊说,骑在马上,看到篱笆里边那一片混乱状况,又无能为力,没法插手,这真使我心里闷得发慌,非常难受。那些搞政治的人在做什么,我不想过问,可是只要有几百亩地经营不善,就会把我急得发疯似的。"

凯莱布自动发表这种长篇大论,还是少见的,只是他的快乐正如山上清新的空气,使他的眼睛发亮,讲话也精神抖擞、滔滔不绝了。

"我衷心祝贺你,高思,"教区牧师说,"这是我能带给弗莱德·文西的最好消息,因为他害得你受了不少损失,心里老是过意不去。他说,这是他盗取了你的钱,这些钱你本来是另有用途的。我但愿弗莱德不是那么一个懒惰的家伙,他有些优点还是不错的,他的父亲对他未免太严厉了一点。"

"他要上哪儿?"高思太太问,口气还是冷淡的。

"他还想争取通过学位考试,目前先回学校念书。我也劝他那么做。我不是要他进教会办事,正好相反。但如果他肯去,而且通过了考试,那就证明他还有上进心,还可以有所作为。他目前像在茫茫大海上,不知道自己还能做什么。只要他使他父亲对他有些好感,我答应他助他一臂之力,向文西讲讲情,让他儿子做些别的行业。弗莱德讲得很坦率,他说他不适宜当牧师,我会尽我的力量,使一个人不致走上不幸的一步,选择一个错误的职业。高思小姐,他向我提到了你讲的话,你还记得吗?"(费厄布拉泽先生一向称她"玛丽",现在却用了"高思小姐",这是他的一种曲折表示,说明他对她的敬意增加了,尽管按照文西太太的说法,她只是一个得自己养活自己的女子。)

玛丽觉得很不自在,但决心不把它当一回事,立即答道:"我跟弗莱德讲过不少不恰当的话,因为我们是从小在一起玩的。"

"据他告诉我,你对他说,他当了教士一定会像有些教士一样,叫人啼笑皆非,结果成为害群之马,使全体教士都变得滑稽可笑。这话确实有些刻薄,连我听了也不大舒服。"

凯莱布笑了。他觉得很有趣,说道:"苏珊,她这张嘴巴是跟你学的。"

"不过我爱耍嘴皮子,这跟妈妈无关,爸爸。"玛丽赶紧说,怕她妈妈生气,"弗莱德好没意思,把我随口讲的话,搬给费厄布拉泽先生听。"

"这确实是信口开河,亲爱的,"高思太太说,在她看来,对庄严的人和事任意挖苦,是最不端的行为,"不过我们也绝不会因为另一个教区出了一个可笑的副牧师,便看轻我们自己的牧师。"

"不过她讲的话还是有些道理的,"凯莱布说,不愿低估玛丽那种讽刺的价值,"不论哪一行业出了一个败类,就会影响这一个行业的声誉。事物都是联系在一起的。"他又说,望着地面,挪动着脚,心里有些不大自在,觉得语言总是比思想贫乏。

"这话有理,"教区牧师兴致勃勃地说,"我们总是自己有了应该轻视的地方,别人才会轻视我们。高思小姐对事物的看法,我无疑是赞同的,不论我自己是否在被谴责之列。但是就弗莱德·文西而言,我们应该体谅他,这才是公正的态度,因为老费瑟斯通那些故弄玄虚的行为,也对他起了败坏的作用。最后他却不给他一个子儿,这未免心肠太狠。但是弗莱德气量很大,竭力不再想这一切。他现在最不安心的是使你们受了损失,高思太太,他觉得,你们再也不会瞧得起他了。"

"我对弗莱德感到失望,"高思太太说,口气很坚决,"但是只要他给我充分的理由,证明他是一个正直的人,我仍愿意不咎既往。"

就在这时,玛丽走出了屋子,还带走了莱蒂。

"唉,年轻人向我们表示歉意的时候,我们应该原谅他们,"凯莱布说,望着玛丽把门关上,"事情也确实像你所说,费厄布拉泽先生,那位老人家的心太狠了。现在玛丽出去了,我不妨告诉你一件事——这事只有苏珊和我知道,你听过就算了,不必告诉别人。老头子死的那一夜,要玛丽销毁他的一份遗嘱,那时只有她一个人,他从身边的小铁匣里拿出一大把钱给她,只要她肯照办。但是你知道,玛丽不能做这种事,她不愿动他的保险柜,事情就是这样。现在很清楚,他要销毁的便是最后的一份遗嘱,因为如果玛丽照他的要求做了,弗莱德·文西就可以得到一万英镑。老人最后还是想照顾他的。可怜的玛丽,这件事总是压在她心上,可是她不能不那么做,她做得完全对,但她又觉得,用她的话说,好像她剥夺了一个人的财产,在维护自己的人格的同时无意识地把它剥夺了。不管怎么说,我与她一样同情他,这个可怜的孩子固然对不起我们,但我并不埋怨他,相反,凡是对他有所补偿的事,只要我办得到,我都乐意为他尽力。现在,先生,你的意见怎么样?苏珊不同意我的看法。她说……苏珊,你自己讲吧。"

"玛丽只能那么做,哪怕她知道这对弗莱德会造成什么后果,也无能为力,"高思太太说,暂停了干活,望着费厄布拉泽先生,"何况她并不知道这后果。在我看来,只要我们做得对,别人因而受到的损失,不应成为我们良心的负担。"

教区牧师没有马上回答,于是凯莱布说:"这是感觉问题。孩子有那样的感觉,而我的感觉与她相同。打个比方,你的马退到路边,踹死了一只狗,你不是存心这么做,但狗还是由于你死的。"

"我相信在这件事上,高思太太还是与你一致的,"费厄布拉泽先生说,他出于一定的原因,似乎只是在反复思考,不想讲话,"你提到的对弗莱德的那种感觉,谁也不能说不对,或者错了,但任何人无权要求别人这么感觉。"

"好啦,好啦,"凯莱布说,"这是一个秘密,你不必告诉弗莱德。"

"当然不会告诉他。但是我会带给他另一个好消息:他使你们受到的损失,你们现在已经不在乎了。"

这以后不久,费厄布拉泽先生就走了,他在果园里看到玛丽和莱蒂,过去跟她告别。果园里,一只只苹果挂在叶子稀疏的老树枝上,给西边的阳光夕照得亮晶晶的。在这种夕照衬托下,两个女孩子构成了一幅美丽的图画。玛丽穿一身淡紫色方格花布衣服,系着黑缎带,手里提着一只篮子,莱蒂穿着旧本色布衣服,正捡着掉在地上的一个个苹果。如果你还想对玛丽的容貌知道得更详细一些,那么你只要明天走进闹市,站在那里观看,在十张脸中,你一定可以看到一张像她的。她不是天国的女儿,那种目中无人,昂起了头,露出娇滴滴的目光,装模作样地走过你面前的女子,你不要理会她们,你要把眼睛盯住那身材丰满、稍微显得矮小的女子,那种皮肤有些黑,体格强壮,但举止文静的姑娘,她们虽也注意自己的仪表,但并不以为人人都在瞧她们。如果你在这些姑娘中,看到一个人生着宽阔的脸,方方的额角,明显的眉毛,卷曲的黑发,目光中流露出一种调皮的表情——尽管她的嘴巴不会轻易泄漏它的意义——那么这就对了,至于其他特点,那并不重要,总之,就是这么一张普普通通但并不叫人讨厌的相貌,便是玛丽·高思的肖像。如果你逗她发笑,她会露出一副细小洁白的牙齿;如果你使她发怒,她不会提高她的嗓音,但也许会说出一句尖刻的话,是你从未领教过的;如果你对她做了一件好事,她就终生不会忘记。在玛丽眼中,那位相貌机灵、态度文雅的平凡的教区牧师,比她曾经认识的任何人更值得尊敬。他穿的衣服虽然破旧,但刷得干干净净。她从没听他讲过一句愚蠢的话,虽然她知道,他有些行为并不明智,但也许在她看来,比起他这些不够检点的行为来,愚蠢的谈吐更令人厌恶。至少有一点很清楚:这位教区牧师作为一位教士所有的真实存在的缺点,从来没有像弗莱德·文西作为未来的教士所可能有的、想象中的缺点那样,引起过她同样的嘲笑和不快。这种评价标准的不统一,据我看,哪怕在比玛丽·高思更为成熟的人心头,也是难以避免的;只有对待我们从未见过的抽象的优点和缺点,才谈得到毫无偏见。谁能预言,在这两位截然不同的男子面前,玛丽作为一个女性所特有的温柔,将倾向于哪一边?是倾向于她要求严格的一方,还是相反的一方呢?

"玛丽小姐,你有没有口信要捎给你那位青梅竹马的老朋友?"教区牧师问,一边从送到他面前的篮子里,拿了一只喷香的苹果,揣在口袋里,"要不要为那严厉的批评讲几句安慰的话?我现在直接去找他。"

"不必了,"玛丽笑道,一边摇摇头,"如果我不说他当了教士会显得可笑,我只得说,那会比可笑更坏。但听到他要出门求学,我很高兴。"

"相反,我听到你不打算出门,我很高兴。如果你肯到舍间玩玩,我相信,家母一定非常欢迎。你知道,她是很喜欢跟年轻人聊天的,她谈起自己从前的事也没完没了。如果你肯赏光,那真太好了。"

"只要有机会,我很愿意去拜访,"玛丽说,"我觉得,一下子什么都变得那么美好。我本来以为,我是命中注定要想家的人,失去了这个烦恼,我反而有些空虚了,也许它已在我心里取代了其他一切感觉?"

"玛丽,我可以跟着你吗?"莱蒂悄悄问——一个孩子老是听大人谈话,碍手碍脚的,这可不好。但是费厄布拉泽先生拧拧她的下巴,吻了一下她的面颊,她顿时乐得什么似的,后来还把这事告诉了爸爸妈妈。

在教区牧师前往洛伊克的途中,凡是注意观察他的人,都会看到,他耸了两次肩膀。有这种姿势的少数英国人,从来不属于那种难以相处的类型——不过为了预防出现相反的情形,不如说几乎没有的好。这些人通常性情随和,对别人的小缺点(包括自己的在内)大多采取谅解的态度。现在,教区牧师正在展开内心对话,他先是对自己说,看来,在弗莱德和玛丽·高思之间,除了总角之交的老关系以外,还存在一些新的情况;在回答时,他又提出了一个问题:这个小女子对那位粗鲁的大少爷说来,是否过于精致了一些? 对这一点的回答,就是他耸的第一次肩膀。接着他不禁笑了,觉得自己有些醋意,仿佛他还打算结婚似的,于是他马上向自己声明,事情像资产负债表一样清楚,他不可能结婚。这样,他就耸了第二次肩膀。

这两个截然不同的男子,怎么会对同一块"小黑炭"——玛丽这么称呼自己——产生相同的反应呢? 不用讳言,吸引他们的不是她那平庸的外貌(不过,相貌平庸的小姐们千万小心,不要听信人们的奉承,以为缺乏美貌不足为虑)。在我们这个古老的民族里,人是奇妙莫测的统一体,它接受过各种影响,经历过长时间的演变,而所谓可爱,只是两个这样的统一体,一个爱对方,一个被对方所爱的结果。

客厅里只剩了高思先生夫妇两人。凯莱布说道:"苏珊,你猜我在想什么。"

"轮作制,"高思太太答道,从毛线活上抬起头,含笑看看他,"要不,就是怎么修理蒂普顿田庄上那些农舍的后门。"

"不,"凯莱布严肃地说,"我在想,我可以帮弗莱德·文西一个大忙。克利斯蒂走了,阿尔弗雷德不久也得出门,可是吉姆还得等五年,才谈得上干我这行职业。现在我需要助手,弗莱德可以试试,在我的指导下工作,增长些阅历。如果他不想当牧师,那么这是一条出路,可以让他锻炼成一个有用的人才。你觉得这主意怎么样?"

"我觉得,任何正当的事,他的家庭都要反对,这件事尤其如此。"高思太太说,口气很肯定。

"他们反对跟我什么相干?"凯莱布说,态度相当坚决,这是他打定主意后常有的现象,"这孩子已经成年,应该自食其力。他有头脑,也相当聪明,又喜欢干农业这一行,我相信,只要他好好学,他是能熟悉这行业务的。"

"但他愿意吗?他的父母要他做上等人呢,而且我觉得,他自己也有这意思。他们都认为,我们比他们低一等。如果这事由你提出,我敢担保,文西太太一定会讲,我们是要替玛丽招这个女婿呢。"

"如果都要跟着这些废话打转,那么生活还有什么意思?"凯莱布说,有些不屑的样子。

"是的,但人总得有些骨气才对,凯莱布。"

"我认为,让那些傻瓜的胡言乱语阻碍你的正确行动,这不是什么骨气。"凯莱布说,十分激昂,伸出了一只手,上下挥舞着,加强他的语气,"如果你老是把傻瓜的话放在心上,就什么也做不成了。只要你考虑成熟,觉得你的计划是对的,那就应该照这计划行事。"

"我不想阻挠你的任何计划,只要你认为已经考虑妥善,凯莱布,"高思太太说,她是一个坚定的女人,但她知道,在有些问题上,她那位温和的丈夫是比她更坚定的,"不过我觉得,弗莱德既然决定回大学念书,你是不是等一下,看他毕业后打算做什么?违反本人意愿的事,总是行不通的。何况你自己的职务究竟如何,或者你究竟该怎么办,目前还不能完全确定呢。"

"好吧,那不妨再等一下。但是我要做的事很多,足够两个人干的,这点我完全可以确定。我手头各种零星事务已经不少,总是忙不过来,而且随时有新的情况发生。可不是,昨天……哎哟,我忘了告诉你!事情真蹊跷,有两个人分别来找我,要我对同一份产业进行估价。你猜,他们是谁?"凯莱布说,挑了一撮鼻烟,捏在手指上,好像这就是他要说明的问题。他只要手边有鼻烟,总爱拈起一撮,擎在手指上,又时常忘记了这唾手可得的享受。

他的妻子放下了编结物,注意地望着他。

"这样,一个是李格,李格·费瑟斯通。但是布尔斯特罗德在他前面,我只得接受布尔斯特罗德的委托。这究竟是抵押还是出售,目前还不清楚。"

"难道那个人刚继承这份田地,而且还取得了那个姓,就想变卖?"高思太太说。

"这只有鬼才知道,"凯莱布说,他每逢遇到疑难问题不能解答,便只得诉诸他的最高权威鬼,"但是布尔斯特罗德垂涎已久,想得到一片良田,这是我知道的。然而在这一带乡下,要弄到一片良田,并不容易。"

凯莱布没有吸鼻烟,却小心翼翼把它撒在地上,然后又说道:"事情真是变幻莫测。这块地,大家本以为一定是属于弗莱德的,但现在看来,老家伙根本没想给他一分田地,他把它留给了这个谁也不知道的私生子,指望他定居在这儿,结果惹怒了每个人,就像他活着的时候,总爱作弄大家,搞得别人不高兴,他才痛快。现在,要是这片田地落进了布尔斯特罗德手里,那才妙呢。老人一向恨他,从来不跟他的银行打交道。"

"那个倒霉鬼要恨一个跟他毫无往来的人,这是为什么?"高思太太问。

"啐!这些家伙做事,哪有什么道理可讲?人的灵魂……"凯莱布说,声音变得深沉了,还庄严地摇了摇头,这是他提到这句话时,总会有的姿势,"人的灵魂一旦彻底腐烂以后,就会向你散布各种毒菌,谁也甭想知道,仇恨的种子来自哪儿。"

凯莱布的古怪作风之一,就是在他找不到合适的语言表达他的思想时,随意找一种惯用的说法,把他的各种观点和心情与它附会在一起。在他产生敬畏的感觉时,他的头脑中往往出现《圣经》的一些辞句,可是他又很难准确地引用它们。

第四十一章

> 吹牛皮医不了肚子饿哟,
> 朝朝雨雨又风风。
>
> ——《第十二夜》①

凯莱布·高思提到的那笔交易,是在布尔斯特罗德先生和乔舒亚·李格·费瑟斯通先生之间进行的,它涉及的是属于斯通大院的田地,双方已为此交换过一两次信件。

书写的后果,谁也说不清楚。一份文件若是刻上石板,尽管面朝下躺在沙滩上,给人遗忘了几个世纪,或者"在兵荒马乱中给踩在地下,默默无闻地度过了许多次浩劫",有朝一日发掘出来,说不定古代某些帝国传说纷纭的事件——这个世界显然是散布流言蜚语的好场所——如弑君篡位的内幕,宫闱艳史的秘密,便会真相大白。这种情形在我们渺小的一生中,也是屡见不鲜的,只是规模小得多罢了。正如一块石头世世代代给乡下佬踩在脚下,一旦给学者看到,却可能成为揭开某些秘密的奇妙线索,经过他的考证,终于靠它确定了入侵的日期,解开了宗教的谜底,一张写了字的纸也是这样,它一直默默无闻,只是用来包东西,塞漏洞,最后落到一双富有经验的眼睛下,却变成了一场灾难的开端。对于从太阳上观察天体演变过程的尤利尔②来说,前者与后者同样都是巧合。

作过这番崇高的比较之后,我就可以心安理得地请大家注意市井小人的活动了,他们的骚扰固然不能得到我们的欢心,有时对事物的进展却能发生重大的决定作用。当然,如果能使他们的数目减少一些,或者想方设法,不让他们轻易得到生存的机会,那就好了。从社会的角度而言,大家公认,乔舒亚·李格是多余的。但是像彼得·费瑟斯通那样

---

① 指莎士比亚的喜剧《第十二夜》引文见剧尾丑角的歌第三节。
② 基督教的七大天使之一,天国中目光最锐利者。

的人,他们得不到合乎需要的自己的复制品,又不肯耐心等待,自然只得胡乱弄一个来滥竽充数。现在这份拷贝便是这样,在外形上他更像他的母亲,这种具有蛙形容貌的女性,加上颜色鲜艳的面颊,丰满美好的身材,在某些情人眼里,是非常富有魅力的。这结果有时便是生出一位蛙形容貌的男性,自然,这样的男子是不会得到文明人士的欢迎的。何况他的突然露脸,打破了别人的许多美梦——这正是一个社会累赘所能表现的最卑鄙的方面。

但是李格·费瑟斯通先生尽管具有一切下贱特征,他头脑清醒,滴酒不沾。一天从早到晚,他总是衣冠楚楚,打扮得漂漂亮亮,而且冷若冰霜,不愧像一只青蛙,老彼得生前想到有这么一个儿子,他几乎比自己更会盘算,还比自己冷静得多,便常常暗中格格发笑。我还得补充几句:他对自己的指甲特别关心,一丝不苟;他还希望娶一位知书识礼的闺阁千金(具体人选尚未确定),她既要容貌出众,又得出身于殷实的中产阶级家庭,具有无可非议的社会关系。总之,他的指甲和礼数,可以与最体面的绅士媲美,尽管他的教养有限,只是在一个海港的中等商行里当过职员或会计之类的职务,但他的抱负也不过如此。他认为费瑟斯通家的人都是乡巴佬,头脑简单,无知无识,而他们则认为,他只是在一个港口市镇上"教养大的",是一个不登大雅之堂的怪物,他们的哥哥彼得竟有这么一个儿子,而且还要继承他的财产,这真是咄咄怪事。

从斯通大院镶护壁板客厅的两扇窗口向外眺望,它的花园和石子路从来没有像现在这么清洁整齐,李格·费瑟斯通先生这会儿便站在客厅里,反抄着双手,俨然一副主人的架势,凝视着这片地方。不过很难确定,他面对窗外是为了想他的心事,还是不愿理睬站在屋子中央的那个人,那人两条腿叉得开开的,两只手插在裤兜里,从各方面看,他都与阔绰、冷漠的李格正好相反。他显然已快满六十岁,脸色血红,须发丛生,毛茸茸的鬓髯和浓密卷曲的头发已有不少变得灰白。他身板结实,使那套破旧衣服的接缝显得岌岌可危。这是一个装模作样、爱吹法螺的家伙,哪怕在放烟火的热闹场合,他也希望成为众人注目的中心。别人在台上演戏,他在台下看戏,可是他却认为,他的评论比演戏本身更引人入胜。

他名叫约翰·拉弗尔斯,有时为了开玩笑,他在签名后面要加上一个头衔:"W. A. G."①,一边写一边说,他有个老师,是芬伯里人,名叫列奥纳德·兰姆,总要在名字后面写上"B. A.",因此他拉弗尔斯出了个主意,把那位著名的校长称为 Ba 兰姆。以上所说,就是拉弗尔斯先生的外表和精神状态,这两方面都带有当时行商客店小房间的那股霉味儿。

"那好吧,乔舒,"他用瓮声瓮气的嗓音开始道,"你不妨从这个角度想想:你可怜的母亲年纪越来越大了,现在你成了财主,该让她过几天舒服日子才对。"

"只要你还活着,我不干。你不死,她怎么也过不了舒服日子,"李格回答,口气冷漠,傲慢,"我给她的,都会落进你的腰包。"

"你恨我,乔舒,这我知道。那么好吧,男子汉大丈夫,不必转弯抹角,你给我小小一笔钱,让我可以像像样样开个店铺,我再也不来麻烦你。现在烟草生意正在兴旺时期。要是我再不好好做,我就不是人了。为了我自己,我也得像跳蚤叮在羊身上一样,抓住它不放。我要永远守住这个买卖。这样,你可怜的母亲就可以过好日子了。我不会再像以前那么荒唐——都已经五十五出头的人啦。我也希望有个好好的家,安居乐业。只要我把心思完全用在烟草生意上,我还是有不少办法和经验的,像我这样的人在别处一下子还找不到呢。我不想一次又一次来麻烦你,就这一次,咱们把什么都办个了结。乔舒,你想想吧,大丈夫一言为定,也让你母亲从此不再操心,安安稳稳过太平日子。说真的,我始终是爱我的老太婆的!"

"你讲完没有?"李格先生无动于衷地问,眼睛仍望着窗外。

"是的,我讲完了。"拉弗尔斯说,从前面桌上抓起帽子,跟演说家似的,把它一挥。

"那好,你听我说。你讲得越多,我越不相信。你越是要我做一件

---

① wag 是小丑的意思,这里故意把它仿照"B. A."的方式,拆成三个缩写字母,使它像个头衔。"B. A."是"文学士"的缩写。

事,我越是有理由绝不做这件事。我小的时候,你踢我,有好吃的东西,你一人独吞,不让我和母亲尝一口,你以为,这一切我都忘记了吗?你跑回家来,总是把什么都变卖一空,拿了钱一走了事,把我们丢下不管,你以为我也忘记了吗? 我恨不得看到你给绑在大车后面,挨一顿鞭子。我的母亲在你眼中是个傻瓜,她没有权利给我找一个继父,因此她受到了惩罚。她会拿到她每周的津贴,其他我什么也不给,而且如果你敢再跨进这栋房子,再到这一带乡下找我,我就取消那笔津贴。下一次我再看见你踏进这儿的大门,我就用狗和赶车的鞭子把你轰走。"

李格讲到最后一句,蓦地旋转身子,睁大那对结了一层冰的眼睛,瞪着拉弗尔斯。两人怒目相向,就跟十八年前一样,那时李格只是一个最不讨人喜欢的孩子,可以任意拳打脚踢,拉弗尔斯则是身强力壮的阿多尼斯①,酒吧间和大饭店的座上客。但是现在位置变了,李格占了上风,要是有人听到这一席话,也许以为,拉弗尔斯只得像一只丧家狗,溜之大吉了。其实不然,他扮了个鬼脸,这是他赌钱输了以后照例有的表情,然后堆起笑容,从口袋里掏出一只白兰地瓶子。

"得啦,乔舒,"他说,装出甜言蜜语的口气,"给我一点白兰地,再给我一枚金币,让我作回家的路费,我这就走。一言为定!你放心,我会走得比子弹还快!"

"听着,"李格说,掏出一串银匙,"要是我再看到你,我绝不再理睬你。我跟你就像跟一只乌鸦那样,毫无瓜葛。你要是再来纠缠,你什么也捞不到,只能双手空空回去,你这个讨厌的、无耻的、蛮横的流氓。"

"那太遗憾了,"拉弗尔斯说,装模作样地搔搔脑瓜,皱起眉尖,露出懊丧的神气,"我还是爱你的,说实话,爱你的。我总是喜欢作弄你,跟你闹着玩,你太像你的母亲了,我不应该那么做。但是白兰地和金币就这么决定了。"

他把酒瓶拉出套子,李格拿着钥匙,向一只精致的老栎木柜子走去。拉弗尔斯拉出瓶子时发现,皮套子有些松了,酒瓶随时有滑出套子的危险,他无意之间瞥见一张折拢的纸,丢在壁炉的围栏里面,他把它

---

① 希腊神话中的美男子,爱神阿佛洛狄忒的情人。

捡起,塞在套子里,免得酒瓶掉出套子。

这时,李格拿了一瓶白兰地走来,把拉弗尔斯的小酒瓶灌满,又给了他一枚金币,既不瞧他,也不跟他搭讪。锁上柜子以后,李格走到窗口,望着外面,又像开始时一样,保持着冷若冰霜的表情。拉弗尔斯拿起酒瓶,喝了一口,拧紧盖子,把它揣进旁边的口袋,动作故意慢条斯理的,还在他的继子背后扮了个鬼脸。

"再见,乔舒!不过说不定不会再见了!"拉弗尔斯说,一边开门,一边又回头瞅了一眼。

李格看他走出花园,进了村道。灰暗的天终于下起濛濛细雨来了,树篱和小路两旁的草地给雨水洗刷得绿油油的,雇工们背着最后几捆小麦走进了屋子。拉弗尔斯这个生长在城市里的浪荡子,现在不得不迈着艰难的步子,在偏僻的小路上踽踽独行,在这潮湿、宁静、勤劳的乡村中,他显得多么不协调,好像是一只刚从动物园中逃走的狒狒。但是没有人看他,只有几只早已断奶的小牛向他瞪起了眼睛,也没人向他皱眉头,只有几只小河鼠发现他走近,赶紧窸窸窣窣逃走了。

他运气不坏,到了大路上,正好遇到一辆驿车,马上搭车到了布拉辛,从那里又坐上了新修通的火车。他对同车的旅客说,自从赫斯吉森①遭殃以后,如今火车万无一失了。在大多数场合,拉弗尔斯先生都喜欢摆出一副受过高等教育的面孔,似乎只要他愿意,他到处都会受到尊敬。确实,他周围的人,没有一个在他眼里,他总觉得自己高人一等,可以拿他们任意取笑和挖苦,而且他相信,其他人听到他这些话,都会觉得妙不可言,十分有趣。

现在他也眉飞色舞,扮演着这个角色,好像这次旅行收获不小,还不时把嘴巴凑在瓶子上,喝一口酒。那张他用来塞紧套子的纸,是一封信,信上的署名是:尼古拉斯·布尔斯特罗德。但拉弗尔斯似乎还不想动它,使它离开目前那个有用的位置。

---

① 见本书三四四页注②。一八三○年九月,利物浦—曼彻斯特铁道(英国最早的铁路之一)举行通车典礼,赫斯吉森随同威灵敦公爵等内阁成员参加典礼,临时火车发生事故,赫斯吉森死于车祸。

第四十二章

> 我本可以向这个人表示万分的蔑视,
> 不过我以仁慈为职责,不能这样做。
>
> ——莎士比亚:《亨利八世》①

利德盖特从蜜月旅行回来后,最早的几次出诊中,有一次就是上洛伊克公馆。事前,他收到了一封信,要他指定一个时间。

卡苏朋先生从没为自己的病情,向利德盖特提出过任何问题。它对他有什么危害,会不会使他的著作或者生命因而中断,这种忧虑,哪怕在多萝西娅面前,他也讳莫如深。在这一点上,正如在其他一切方面一样,他不愿人家怜悯他。只要他想到他生活中的任何不幸,可能已违背他的意愿,给人猜到或察觉,因而使他落到了被人怜悯的地步,他便心如刀割,那么不言而喻,要他公开承认自己的惊恐或忧虑,以致引起别人的同情,必然是他所不能容忍的。每一颗高傲的心都有过类似的体会,也许,只有对友情有了相当深厚的感受,才能克服这种情绪,抛弃一切孤高自负的用心,非但不觉得它可贵,反而觉得它卑不足道,渺小可怜。

但是现在卡苏朋先生心头出现了新的烦恼,它甚至比他的著作的中途夭折,更使他焦虑不安,因而他的健康和生命问题也变得更加重要,一直暗暗折磨着他。确实,那个著作可说是他一切抱负的中心,但有些著作活动留下的最大后果,只是在作者的意识中日积月累形成的大量猜疑心理——这时长期淤积的令人不快的污泥覆盖了一切,人们只能凭污泥中渗出的几丝细流,察觉河流的存在。卡苏朋先生艰苦卓绝的脑力劳动,情况亦复如此。它的最突出成果倒不是《世界神话索隐大全》,而是一种病态的意识,认为人们没有给他应得的地位,尽管他还没有证明他应该得到这种地位;一种永恒的怀疑,认为人们歧视

---

① 见该剧第三幕第二场。

他,对他抱有于他不利的成见;一种空虚落寞的心情,觉得争取成功已力不从心,又不甘愿失败,承认自己一事无成。

这样,他著书立说的野心,在别人看来,已使他殚思极虑,无暇他顾。其实不然,他对一切不如意的事仍然十分敏感,尤其当这些不如意来源于多萝西娅的时候。现在他开始构想未来的各种可能性,这是比他以前考虑过的任何问题,更叫他痛心的。

有些事他觉得无能为力:威尔·拉迪斯拉夫不听他的劝阻,决心在洛伊克附近生活和定居,对他这位造诣深邃、博闻广识的长者,居然采取不屑理会的态度;多萝西娅天性热烈,总在为自己寻找新的活动方式,尽管表面上服从和沉默,心里仍保留着自己的坚定看法,而这些看法他不想则已,一想便肝火直冒;她对一些问题十分顽固,怀有自己的主见和爱憎,他又不便与她讨论这些问题——这一切都使他闷闷不乐。不可否认,多萝西娅是贞洁、可爱的年轻女子,他不可能娶到更好的妻子,但她会带来这些麻烦,却是他没有料到的。她照顾他,为他朗读,揣摩他的需要,关心他的情绪,但是丈夫心中也产生了一种不容怀疑的感觉,那就是她在评判他,她尽妻子的责任似乎是为她不再把他奉若神明所作的赎罪性补偿。这种忠诚具有比较能力,可以使他本人和他的作为原形毕露,显得与一般事物同样平凡。他的不满与蒸气相似,渗过她一切温柔、亲切的外表,接触到了被她带到他身边来的、对他妄加评议的那个世界。

可怜的卡苏朋先生!这种痛苦是特别难以忍受的,因为那无异是对他的背叛:一个对他崇拜得五体投地的女子,一下子变成了具有批判精神的妻子。这种批判和不满的最初例子留给了他深刻的印象,不是后来的任何温情或服从所能消除的。根据他的猜疑所作的解释,多萝西娅目前的沉默只是一种强自克制的反抗;她说了一句他从未料到的话,这便成了她自命不凡的证明;她温柔的回答在他耳中却带有使他恼怒的谨慎意味,而她的默许似乎只是一种自我赞赏的坚忍行径。他不遗余力地隐藏着这种内心的矛盾,但正因为这样,它在他心中更为活跃,就像我们不希望别人听到的话,我们自己会听得更清楚一样。

卡苏朋先生的这种不幸后果,我非但不以为意,而且觉得是十分平常的。靠近我们眼睛的一个小黑点,不是会遮没整个世界的光辉,只留下让我们看到这个小黑点的一圈空白吗?我所知道的最麻烦的小黑点,就是自我。如果卡苏朋先生愿意直言不讳,承认他的不满,说明为什么他怀疑他已不再受到毫无保留的尊敬,那么谁能否认他的怀疑具有充分的根据呢?相反,有一个重要的根据他还没有提到,这是他自己还没有明确考虑过的,那就是他并不是一个值得毫无保留地尊敬的人。然而他意识到了这点,正如他意识到其他事实一样,只是不愿承认罢了;因此他感到,要是他有一位永远不致发现这点的妻子,那该是多么值得欣慰的事。

由多萝西娅引起的这种痛苦感受,在威尔·拉迪斯拉夫回到洛伊克以前,已完全形成,以后发生的事更使卡苏朋先生的猜疑一发而不可收拾,变成了愤怒。除了他知道的一切事实,他还补充了想象的事实,包括现在的和将来的在内,这些事实在他看来,甚至比真的事实更真实,因为它们唤起了更强烈的不满,更足以左右一切的愤恨。对威尔·拉迪斯拉夫的意图的猜疑和嫉妒,对多萝西娅的心情的猜疑和嫉妒,不断在他思想里兴风作浪。如果认为他会对多萝西娅作出任何粗俗的歪曲,那是不公正的,他的思想和行为方式,与她开朗高尚的个性一样,可以保证他避免任何这类错误。他所留意提防的是她的看法,这是一个举足轻重的筹码,会对她热烈的头脑发挥作用,决定她的判断,以及由这些判断所导致的未来的各种可能性。至于威尔,虽然在他最近那封放肆的信以前,他没有做过什么,可以让他名正言顺地指责他,但是他觉得他有充分理由相信,威尔为了满足自己的叛逆精神和散漫任性的习气,会不惜耍弄各种计谋。他还毫不怀疑,多萝西娅是一切的根源,正是她使威尔从罗马回来,又使他决心定居在这一带。他相当敏锐地意识到,多萝西娅一定在不知不觉中鼓励了威尔的这些行动。她随时可能爱上他,对他言听计从,这是再也明白不过的事。他们每次单独见面,都会在她心中留下一些引起麻烦的新印象,卡苏朋先生所知道的最近那次会见(从弗雷什特庄园回来,多萝西娅第一次对遇到威尔的事保持了沉默)就引起了那场不愉快的谈话,使他对他们两人产生了前所未有的恶感。那天夜里,在黑暗中,多萝西娅吐露了她对财产的想法,可是什么目的也没有达到,徒然在丈夫心头播下了更多的憎恨的种子。

上次的休克一直使他心有余悸。当然,他已经大体复原,恢复了平时的全部工作能力,这场病可能只是疲劳过度,也许他还可以再工作二十年,使他三十年的准备得以发挥成效。这个前景之所以特别诱人,也因为这是对卡普集团迫不及待的嘲笑的报复——卡苏朋先生手持蜡烛,徘徊在过去的墓园中,然而那些现代的幽灵时常要挡住他的微弱光线,打断他勤奋的发掘工作。让卡普相信他的错误,尽管难以下咽,也不得不把自己的话吞下肚子,这是使一个成功的作者感到心情舒畅的事,除了在人间流芳百世,在天堂永垂不朽的前景以外,他自然也不能不考虑这点。既然对无限幸福的展望,并不能消除耿耿于怀的嫉妒和报复所引起的苦味,那么毫不奇怪,在他自己进入天国之后,别人在人间可能享受的暂时幸福,对他说来,也不会是一件称心如意的事。要是他的身体里果真有一种疾病在破坏他的生命,等他一旦作古,有些人便会因而得福,要是这些人中间有一个就是威尔·拉迪斯拉夫,那么,卡苏朋先生一定死不瞑目,哪怕他的灵魂到了天上,他还是不能毫不计较的。

这只是对事情勾勒了一幅极其简陋,因而也是极不完整的图画。人的精神活动是有许多渠道的,我们知道,卡苏朋先生也是一个规行矩步的人,在满足正直的各种要求方面,具有问心无愧的自豪感,这一切迫使他对他的行为寻找其他理由,而不是嫉妒和报复。他对眼前这件事是这么想的:

"在娶多萝西娅·布鲁克的时候,我必须考虑我去世以后,她的生活幸福问题。但幸福的保障不是拥有大量维持闲适生活的财产,相反,有时这种财产还会使她遇到更多的危险。任何男子,只要会玩弄手段,就可以利用她发热的头脑,或者那种堂吉诃德式的痴心,使她成为他的俎上肉。眼前就有这样一个人,心中藏着这样的意图,站在我们身边,这个人没有原则,只有反复无常的空想,而且对我怀有私仇——我相信这是事实——这种仇恨由于他的忘恩负义,更是变本加厉。他时常用嘲笑发泄他对我的不满,这是我即使没有听到,也可以肯定的。他企图用迂回曲折的办法达到的目的,哪怕我活着,我也不能置若罔闻。可是这个人却得到了多萝西娅的信任,骗取了她的好感。他显然想给她灌输一个思想,让她相信,他有权取得比我给他的更多的财物。假定我死了——他正在这儿等候这机会——他便会要求她嫁给他。那将成为她的灾难和他的胜利。她不会想到这是灾难,因为他会使她相信一切。她天性狂热,感情用事,正因为这样,我不同意她的意见,她便在心里责备我,她已经在为他的财产操心了。他以为他的胜利唾手可得,正打算取代我的位置呢。可是我绝不能让他得逞!这样的婚姻势必使多萝西娅走上毁灭的道路。他除了跟你唱反调,还表现过什么能耐?在学问上,他总想不花力气,哗众取宠。在信仰上,只要对他有利,他不惜附和多萝西娅的奇谈怪论,作她的应声虫。一知半解不是从来就跟反复多变结合在一起的吗?我根本不相信他有道德,我的责任就是尽一切可能,阻止他实现他的意图。"

卡苏朋先生在结婚时所作的安排,给自己留下了不少余地,但是在考虑作出相应的改变时,他不能不经常想到自己的生命问题,他希望自己的估计尽量符合客观实际,这要求终于战胜了高傲的缄默,使他决定就自己的病情向利德盖特征询意见。

他通知多萝西娅,他和利德盖特已约定在三时半会面。她听了十分焦急,问他是不是觉得不舒服。他回答道:"不,只是有些经常性的症状,我想听听他的意见。你不用见他,亲爱的。我可以关照仆人,等他来了,请他到紫杉林找我,我像往常一样要在那儿散步。"

利德盖特走进紫杉林时,只见卡苏朋先生正按照习惯,反抄着双手,俯下了头,慢慢朝前走去。这是一个风和日丽的下午,树叶从高高的菩提树上静静飘落,越过一丛丛阴暗的常绿树,光和影鲜明地并列在一起。周围没一点声息,只有白嘴鸦在呱呱啼叫,这在习惯的耳朵听来,只是一支催眠曲,或者像庄严的最后的催眠曲,即安魂曲。利德盖特神采奕奕,精神饱满,对前面那个人不免有些同情。他正要赶上他的时候,那人转过身来了。他向他走来,这时他那种过早衰老的迹象特别明显,完全是一副读书人的样子:背脊佝偻,四肢消瘦,嘴角露出几条凄凉的皱纹。利德盖特心想:"可怜的家伙,有些人像他这样年纪,还跟狮子一样结实,谁也说不清他们有多大年纪,只觉得他们已发育成熟罢了。"

"利德盖特先生,"卡苏朋先生说,保持着始终不变的彬彬有礼的仪表,"你这么守时,我非常感激。如果你不介意,我们不妨就在这儿边走边谈吧。"

"我希望你约我来,不是由于又出现了不愉快的症状。"利德盖特说,打破了沉默。

"眼前还没有这么严重。为了说明这点,我不得不提一下本来不必提起的事,即我的生命从其他一切方面说来,固然微不足道,但我付出了一生的精力从事的研究工作,若是不能完成,这未免是一大憾事。简单说,我长期以来一直在编写一部著作,我希望在我生前,它至少能达到这样一种状态,即可以付印的阶段,哪怕是由别人去付印。要是我能确切知道我这希望的合理程度,它的最大限度,那么这对实现我的意图是有利的条件,不论我采取正面或反面的决定,它都具有指导意义。"

说到这里,卡苏朋先生住口了,把一只手从背后伸到前面,插在单排纽上装的纽扣之间。这一席话措词得体,抑扬顿挫,是用他平时那种朗诵的声调讲的,还辅之以头部的动作,它流露了一种内心的斗争,凡是深切了解人类命运的人,照理都会对这些话发生极大的兴趣。非但如此,如果一个人把一件工作看得像生命一样重要,现在它却面临着中断的危险,眼看毕生的心血即将付诸东流,成为谁也不需要的废品,那么,为克服这种恐惧所作的内心挣扎,难道不是最崇高的悲剧,能够与之相比的情况很少吗?然而卡苏朋先生却不能给人一点崇高的气息,利德盖特对徒劳无益的学问,一向采取藐视的态度,现在听了前者的话,只是觉得滑稽,又有些同情。目前他对不幸还缺乏认识,不能体会那种凄凉的命运,何况这个人从任何一点看,都没有达到悲剧的水平,只是强烈的私欲不能得到满足而已。

"你是指由于健康状况欠佳,可能出现的障碍吗?"他说,想把卡苏朋先生的目的提得明确一些,因为后者的话有些含糊,不够直爽。

"是这样。我不能不看到,你对我的症状作过十分审慎的观察,但是你没有向我表示过,我得的是不治之症。尽管这样,利德盖特先生,我愿意知道事实,毫无保留的事实,我要求你向我准确说明你的结论,希望你作为一个朋友满足我的请求。如果你能告诉我,除了正常的生死规律以外,我的生命没有任何危险,那么我会很高兴,理由我刚才已经说过了。如果不是这样,那么知道真相,对我更加必要了。"

"那么我只得直截了当说明我的诊断了,"利德盖特说,"但首先我必须让你知道,我的结论不是绝对不变的,它具有双重的不可靠性——不仅因为我可能失误,而且因为心脏病是十分难以预料的。但是不论怎样,不宜疏忽大意,增加生命的危险性。"

卡苏朋先生显然哆嗦了一下,但点了点头。

"我相信,你患的是所谓心脏脂肪变性,最早发现和研究这病的是雷奈克①,就是那个发明听诊器的人,他离我们还没有多少年。在这个问题上,我们缺乏大量的经验——更长期的观察。但是听了你所说的话,我觉得我有责任告诉你,这种病的死亡往往是突然发生的。而且这种后果不能预料。从你的情况看,在相当舒适的生活条件下,你也许还可以活十五年,甚至更多。除此以外,我没有什么可以奉告,只能说,从解剖学或医学上的详细分析作出的估计,也完全相同。"

利德盖特凭他正直的天性,把这一切简单扼要地告诉了卡苏朋先生,没有用不切实际的废话安慰他,这在后者心目中应该是一种尊敬的表示。

"我很感谢你,利德盖特先生,"卡苏朋先生停了一会儿说,"有一件事我还想问一下:你有没有把你现在讲的话通知过内人?"

"讲过一点,我想,大概是关于可能的后果的。"利德盖特接着解释,他为什么告诉多萝西娅。但无可怀疑,卡苏朋先生急于结束这场谈话,他稍微挥了挥手,又道:"我很感谢你",接着便谈到今天天气如何好了。

利德盖特明白,他的病人不想再留他,马上告辞了。那个反抄着双

---

① 勒内·雷奈克(1781—1826),法国著名医师,发明并首先应用听诊器,著有《心肺疾病间接听诊法》一书。

手,垂下脑袋的黑糊糊的身影,继续在树林里徘徊,阴暗的紫杉成了他忧患中无声的伴侣,飞鸟或落叶的小小黑影从一块块阳光的白斑上飘过,像躲避烦恼似的悄悄溜走了。这个人现在第一次发现自己面对着死亡——他正在经历着一种罕见的时刻,在这个时刻里,我们体验到了那个平凡的真理,这跟我们自称知道它的时候是完全不同的,正如在昏迷中看到的水,和地面上真实的水完全不同,不能使发烧的舌头感到凉意。"我们大家都得死",这是一个平凡的真理,但是当它突然变成一个强烈的意识:"我也得死,而且快死了",这时死亡便紧紧攫住了我们,而它的手指是毫不留情的,它接着便可能像母亲一样,把我们搂在怀里,于是我们对人间只剩下了最后一瞥,它也许与最初一瞥同样模糊。现在卡苏朋先生觉得,他好像忽然来到了漆黑的河边,耳旁听得桨声自远而近,但看不见船影,只是在那里等候召唤。在这样一个时刻,心灵仍不能改变毕生形成的倾向,只是在想象中把它继续带往死亡的彼岸,在回顾过去的时候,或者心安理得,无牵无挂,或者狭隘自私,忧心忡忡。卡苏朋先生的倾向是什么,他的行动给我们提供了一条线索。除了在学术上有些保留以外,他自称是一个虔诚的基督徒,不论对现在的估价,或对未来的期望,莫不如此。但是我们努力争取的,与其说是遥远的希望,不如说是眼前的要求;人们含辛茹苦经营的、梦寐以求的未来乐园,其实早已存在于他们的幻想和爱好中。卡苏朋先生眼前的要求不是天国,也不是超越于尘世之上的荣光,这个可怜的人,他所念念不忘的,只是躲在阴暗的角落里,盘算一些卑不足道、见不得人的事。

利德盖特一走,多萝西娅就知道了,她走进花园,迫不及待地想找她的丈夫。但是她迟疑了一下,深怕打扰了他,引起他的不快,因为她的热情不断遭到冷落,严峻的回忆增强了她的警惕,正如活力受到压制,只得潜伏在下面颤动,不敢露脸。她在树丛旁边慢慢徘徊,最后看到他走来了。于是她向他走去,像上帝派来的天使,要把忠诚的爱带给他,让他所剩无几的晚年得到安慰,在了解他的忧虑之后,更体贴入微地关心他。但他回答她的却是冰冷的目光,她感到她的胆怯增加了,然而她还是转过身子,把手伸到他的胳膊下。

卡苏朋先生仍反抄着双手,听凭她那柔软的手臂困难地挽住他僵硬的胳膊。

这种毫无反应的生硬态度,在多萝西娅心头引起了一种恐怖的感觉。这话也许有些夸大,但也不能算夸大,因为正是这些称作小事的行为,使欢乐的种子不能开花结果,直到最后,当这些男人和女人带着憔悴的脸色,回过头来的时候,他们才会看到自己造成的恶果,那一片荒芜的园地,但是他们却埋怨土地没有给他们带来甜蜜的果实,总之,对事实采取不承认态度。你们也许要问,作为一个男子,卡苏朋先生为什么那么不近情理。那么应该考虑到,他有的是一颗不愿得到怜悯的心,这样一颗心如果有了痛苦,就会怀疑,它的不幸也许正是那个以怜悯为能事的人求之不得,因而可以成为那个人现在或未来得到满足的源泉,那么,在这种猜疑下,这颗心会引起什么反应,难道还不清楚吗?何况,他并不理解多萝西娅的心情,也并不认为,她现在的心情值得他考虑,它比起他为卡普的批评所感到的不安来,太微不足道了。

多萝西娅没有抽出手臂,但是她不敢说话。卡苏朋先生没有说"我希望你走开",但是他一声不吭,朝着屋子一步步走去。进了东边的玻璃门以后,多萝西娅抽出了手,站在门口的草垫上,表示可以让她的丈夫自由行动。他走进图书室,掩上了门,独自与忧愁做伴。

她上楼回到自己的起居室。弓形窗开着,下午宁静的光线照进室内,林荫道上的菩提树投下了长长的阴影。但是那里发生过的一切,多萝西娅却一无所知。她在一张椅上坐下,没有发觉,耀眼的阳光正射在她的身上——即使这会造成不舒适的感觉,她也说不清楚,这是否只是她内心忧郁的一部分。

反抗的怒火在她心中燃烧,从她结婚以来,这种情绪还从未这么强烈。它引起的不是眼泪,只是一些怨言:

"我做了什么,我怎么啦,他要这么对待我?他从来不知道我心里想些什么,也从来不想知道。不论我做什么,这有什么用?他是但愿根本没有与我结婚呢。"

她开始听到了自己的声音,立即住口,又陷入了沉默。她像一个迷失了方向,又疲倦不堪的旅人,坐在那里呆呆出神,年轻时的各种憧憬一下子又涌回了她的眼前,但它们已成了明日黄花,再也不能恢复活力了。她自己和她丈夫那种孤独寂寞的生活,现在清楚地呈现在她的眼前,显得那么苍凉,她仿佛看到,他们彼此正在分开,这使她不能不仔细打量他。假如他让她靠在他身边,她就永远不能这么打量他,永远不会说:"他是值得我为他生活的人吗?"只会简简单单把他看作自己生命的一部分。但现在她只得痛苦地说:"那是他的过错,不是我的。"在她整个心中,同情已经消耗完了。她相信过他,相信过他的价值,这是她的过错吗?那么,他究竟是怎样一个人呢?她曾怀着战栗的心情,注意他的眼色,曾把自己最美好的心灵囚禁起来,只是偶尔向它偷偷窥探一下,以便尽量压抑自己,取得他的欢心,她是完全有权对他作出评价的。事情发展到这一步,有些女人就从爱变成了恨。

太阳快落山了,多萝西娅不愿意再下楼,她打算让仆人给丈夫捎个信,说她有些不舒服,想待在楼上,不下楼用膳了。以前她总是百般忍耐,不让愤怒这样主宰她的行动,但是现在她相信,如果她跟他见面,她不能不把她的心情如实告诉他,因此她必须等待,等到她可以毫无阻碍地这么做的时候。仆人的传话可能使他惊异,甚至生气。不过,如果他惊讶和生气,那倒好了。她的愤怒向她说——正如愤怒往往会说的一样——上帝跟她同在,整个天国也必然站在她一边,天上住满各种精灵,它们都在观看他们。她正打算按铃,忽然听到了叩门声。

卡苏朋先生打发人来说,他预备在图书室用晚餐。今天晚上他想安静一些,有不少事要处理。

"那么我不想吃饭了,坦特莉普。"

"啊,夫人,让我给您送一点什么来吧。"

"不用,我不大舒服。给我在更衣室里把一切准备好,但是请不要再来打扰我。"

多萝西娅坐在那儿,几乎一动不动,心里思潮起伏不定。黄昏慢慢过去,终于进入了深夜。但是她的思想在不断变化,正如一个人起先激昂慷慨,想采取行动,经过思前想后,这种行动的愿望终于烟消云散。人一怒之下可以犯罪,但只要心灵中正直的力量重新占了上风,人也可以同样迅速地作出和解的决定。多萝西娅到花园找她丈夫的时候,她相信他曾探听他的全部工作中断的可能性,但他得到的回答一定使他十分痛心。这个想法不久又随着他的形象一起,回到了她心中,它像一个无形的导师,向她的愤怒提出了沉痛的抗议。这使她看到了一幅幅悲伤的图画,发出了一阵阵无声的啼泣,她多么希望安慰那颗忧郁的心啊!于是和解的决定出现了。这时,整个屋子静悄悄的,她知道,现在已到了卡苏朋先生平时回房安息的时间,她轻轻开了门,站在门外的黑暗中,等他拿着蜡烛上楼。要是他不立刻上来,她打算下去,甚至不惜招来另一次的不快。她绝不三心二意,这是她唯一的愿望。但是她听到,图书室的门开了,烛光慢慢沿着楼梯向上移动,地毯上听不到一丝脚步声。当丈夫站在她对面时,她觉得他的脸更憔悴了。他看到她,有些吃惊。她抬起头,用恳求的目光望着他,没有说话。

"多萝西娅!"他说,声音中带有一些讶异,"你在等我吗?"

"是的,我不想打扰你。"

"好啦,亲爱的,好啦。你还年轻,不必为了延长生命,睡得这么迟。"

这些亲切、平静、伤感的话传进多萝西娅耳中时,一种宽慰的情绪涌上了她的心头,就像我们差点踹到一只瘸腿的小动物身上,现在发现,幸好及时止步,使它没有受到伤害。她把手放进丈夫的手中,与他一起沿着宽敞的回廊走去。

米德尔马契
[下]

〔英〕乔治·爱略特／著
Middlemarch
项星耀／译

名著名译丛书

人民文学出版社

第五卷　死者之手①

第四十三章

> 这雕像是无价之宝,它是爱情
> 在遥远的过去,用象牙细细琢成;
> 它并不新奇,但雍容华贵,
> 婀娜多姿,可以获得一切时代的赏识。
> 它价值连城,那精美的花纹,
> 细致的工艺,足以娱乐高贵的眼睛;
> 你看它巧笑流眄,栩栩如生,
> 稀世之珍的彩釉陶瓷也不过如此,
> 它当之无愧应该配上最豪华的垫座。

多萝西娅没有丈夫陪同,很少出门,但是有时也单独乘车前往米德尔马契,办些小事,如购买物品或捐款等。这是住在离城三英里以内的任何一位富裕的夫人都难以避免的。紫杉林中那一幕过去以后两天,她决定利用这样一个机会,找利德盖特了解一下,她丈夫是否真的感到他的症状在恶化,却瞒着她,他有没有要求对他这病的最后结局做出说明。她觉得向第三者打听他的情况,这无异是犯罪,但她不能不打听,她感到害怕——怕她由于不明真相,做出不公正或对不起他的事——这才终于使她克服了一切顾虑。她相信,她丈夫心中正经历着一场危

---

① 本卷的标题为"The Dead Hand",原意为"不能转让的产业",这里含有双层意义,因此按字面译出。

机,因为第二天他就开始用新的方法处理他的注释,在执行他的计划时,对她的态度也完全变了。可怜的多萝西娅只得尽量忍耐,让疑问积压在心中。

大约下午四点钟,她坐车来到洛伊克门大街利德盖特家门口,心想他很可能不在家,她应该事先写信通知他才对。他果真不在家。

"利德盖特太太在家吧?"多萝西娅问。她知道罗莎蒙德,但从没跟她见过面,现在才想起他们已经结婚。是的,利德盖特太太在家。

"如果可以的话,我想进去跟她谈谈。请你通报一声,卡苏朋夫人想见见她,只要几分钟就够了。"

仆人进屋通报时,多萝西娅听到音乐声从打开的窗口传来,一个男子唱了几个音符,接着钢琴上弹出了一段华彩段。但华彩段突然中断了,仆人回话说,利德盖特太太欢迎卡苏朋夫人的到来。

客厅的门开了,多萝西娅走进室内,这时,在外省生活中不难遇见的那种对照顿时出现了,因为那时各个阶层的服饰,不像如今那么混杂不分。在这些秋高气爽的日子里,多萝西娅穿的衣服是什么质料,只能让懂得衣料名称的人告诉我们,我只知道,那是一种薄薄的白毛料,摸在手上怪柔和的,看在眼里也是怪柔和的。它始终像是刚刚洗过,有一股树篱的清香,它的式样也总是跟翻领轻便大衣差不多,衣袖长长的,看来不太时髦。然而如果她扮演伊摩琴或加图的女儿①,出现在肃静的观众面前,这身衣服正可以起烘托身份的作用:她的四肢和颈部有一种优雅、庄严的神态;头发从中间分开,显得朴素大方,眼睛那么坦率;帽子前面有一条阔阔的边,把头包在中间,这在当时妇女中十分流行,但她戴了一点不显得古怪,正如神像脑后的金黄色木板,我们称作光环,谁也不以为异一样。目前屋里只有两个观众,但对这两个观众,任何戏剧中的女主角都不如卡苏朋夫人那么有吸引力。在罗莎蒙德眼里,她是全郡的女神之一,没有一点米德尔马契凡人的烟火气,她的一言一行,一颦一笑,都值得她仔细揣摩。此外,罗莎蒙德也不能不感到

---

① 伊摩琴是一位公主,见本书九十四页注③。加图(公元前95—公元前46)是古罗马政治家,恺撒的反对者,通称小加图。这里是指英国作家艾迪生(1672—1719)的悲剧《加图》中加图的女儿玛西亚。

满意,因为卡苏朋夫人终于有了鉴赏她的机会。如果你没有得到最好的裁判官的赏识,哪怕你生得千娇百媚,有什么意思?罗莎蒙德在高德温·利德盖特爵士府受到过最高的赞美,她对自己给予出身高贵的绅士淑女的印象,自然充满信心。多萝西娅像平时那么单纯、和蔼,伸出手来,用赞赏的目光端详利德盖特这位可爱的新娘。她意识到远处还站着一个人,但只用眼角瞟了一下,知道那是个穿外套的先生而已。那人全神贯注望着这位刚出现的夫人,自然无暇考虑她和另一个女性之间存在的对照,尽管在冷静的旁观者眼中,这种对照无疑是相当鲜明的。她们两人都身材颀长,眼睛位在同一水平上;但是罗莎蒙德生有婴孩似的白嫩皮肤,头上盘起华丽的发辫,那件淡蓝色衣服既贴身又时髦,显得那么漂亮,任何专做女服的裁缝见了都会赞不绝口,那绣花大领圈,凡是看到的人也不难想象它昂贵的价值,那双纤纤素手给戒指衬托得光艳照人。总之,在她身上,人为的妩媚和珠光宝气已取代了朴实自然的风度。

"非常对不起,我打扰了你,"多萝西娅立即说,"我急于在回家以前见见利德盖特先生,要是可能,希望你告诉我可以在哪里找到他,如果你知道他很快就能回家,容许我在这里等他,那就更好了。"

"他到新医院去了,"罗莎蒙德答道,"我不知道他是不是很快就能回家。但是我可以派人去叫他。"

"让我去叫他回来,好吗?"威尔·拉迪斯拉夫走上前来说。多萝西娅进屋以前,他已拿起帽子打算走了。她吃了一惊,脸也红了。但她伸出手,露出了无疑是愉快的笑容,说道:

"我没有发现你在这儿,也没想到会在这儿遇见你。"

"让我上医院通知利德盖特先生,说你想见他,怎么样?"威尔说。

"那还不如派车子接他快一些,"多萝西娅说,"劳你驾跟车夫讲一声。"

威尔刚向门口走去,许多相关的记忆一下子涌上了多萝西娅心头,她立即转身说道:"谢谢你,我还是自己去吧。我得尽快回家,不能多耽搁。我可以坐车上医院,就在那儿跟利德盖特先生谈一下。利德盖特太太,对不起,打扰你了。我非常抱歉。"

显然,有一些事突然控制了她的思想,她离开屋子时,简直没有意识到发生在她身边的一切——没有看到威尔替她开门,也没有感到他怎样伸出一只手,让她挽着,送她上车。她靠着他的胳膊,但没有开口。威尔心烦意乱,又无可奈何,不知说什么好。他默默地扶她上了马车。他们说了再见,车子便驶走了。

在坐车上医院的五分钟里,她有时间回顾刚才的一切了,这种反省在她说来还完全是新的。她决定走,她急于离开那间屋子,这是因为她突然意识到,如果让威尔上医院,那无异是她主动要威尔替她代劳,使他们之间发生进一步的交往,这必将构成一种骗局,因为她不能向丈夫提起这事,何况她私自来找利德盖特,这行为本身已是一种欺骗了。这一切在她心里都是很明确的,但还有一种隐约的不安也在袭击着她。现在她独自坐在车里,她又听到了那个男子的歌声,那钢琴的伴奏,这在当时她没有多大留意,但它们的再度出现却引起了她的深思。她不禁有些诧异,为什么威尔·拉迪斯拉夫会在利德盖特不在的时候,跟他的太太一起消闲取乐。但接着她又不能不想到,他也曾在类似的情况下,跟她一起谈天,那为什么她要觉得这么做不合适呢?然而威尔是卡苏朋先生的亲戚,她理应好好招待他。但是有些迹象她是应该理解的,它们说明,卡苏朋先生并不欢迎他的表侄在他外出的时候前来拜访。"也许我在许多事情上都错了。"可怜的多萝西娅对自己说,眼泪不禁夺眶而出,她不得不马上把它擦干。她心里很乱,很不愉快,威尔的形象在她心中一向那么清澈晶莹,现在不知怎么变得暗淡了。但是马车已在医院门口停下。她立刻找到了利德盖特,跟他一起在草坪周围边走边谈,她的心又平静了,恢复了安排这次会见时的坚定情绪。

与此同时,威尔·拉迪斯拉夫却郁郁不乐,原因何在,他自己完全清楚。他跟多萝西娅见面的机会极少,这是他第一次偶然遇见她,可是他的处境却这么不利。这不仅因为她没有把心思完全集中在他身上,像从前那样,而且她与他见面的场合,似乎在向她说明,他也没有把心思完全集中在她身上。他觉得他们之间出现了新的距离,他离她更远了,陷入了米德尔马契人的圈子,这些人与她的生活是毫无因缘的。但那不是他的过错,他既然住在这城市里,自然要结识尽可能多的人,他的职务也需要他知道每一个人和每一件事。在这一带,利德盖特确实比任何人更值得认识,他又正好有一个喜爱音乐的妻子,她自然也是值得拜访的。出现那个场面的整个过程就是如此,可是不巧得很,狄安娜偏在这时降临,跟她的崇拜者照了面。这实在太糟了。威尔很清楚,要不是为了多萝西娅,他不会待在米德尔马契,然而他的职务却包含着使他与她分离的危险,它所引起的习惯势力的障碍,对促进相互的好感,比罗马和英国的全部距离更难逾越。关于等级和地位的偏见,在以卡苏朋先生那种专横的信件形式出现时,要反对自然是容易的,但是偏见也像发臭的物体,具备有形和无形的双重存在方式,在有形方面,它像金字塔一样坚固,在无形方面,它又像遥远的天边传来的回声,或者从前在黑夜中闻到过的风信子的香味那么不可捉摸。威尔生就的气质,却对无形的东西特别敏感,知觉迟钝的人无法感知的一切,他都能感到,他发现,在多萝西娅心头,第一次出现了一种不宜对他过分亲近的意识。在他送她上马车的时候,他们的沉默也意味着一种冷漠。也许,卡苏朋先生出于仇恨和嫉妒,向多萝西娅灌输了一种思想:威尔在社会上的地位已落在她的下面了。该死的卡苏朋!

威尔重又走进会客厅,拿起帽子,带着烦恼的脸色,走到坐在针线桌旁的利德盖特太太面前,说道:

"音乐或诗歌一受到干扰,就无法继续了。我改天再来,把《远离了亲切的善……》唱完吧。"

"你肯教我,我很高兴,"罗莎蒙德说,"但是我相信你得承认,这次的干扰非常有意思。我不知道你认识卡苏朋夫人,我真羡慕你。她非常聪明吧?她的样子好像很聪明。"

"说真的,我从没想过这点。"威尔闷闷不乐地说。

"我第一次问泰第乌斯,她是不是很美丽的时候,他的回答跟你的一样。你们这些先生见了卡苏朋夫人,都想些什么啦?"

"什么也没想,"威尔说,似乎存心要跟这位娇滴滴的太太闹别扭,"人们看到了一个理想的女子,决不会去分析她的特点,只能意识到这是一个完美的整体。"

"要是泰第乌斯常上洛伊克,我一定会感到嫉妒,"罗莎蒙德娇声娇气地说,露出了两个酒靥,"他回家时,一定早把我忘了。"

"不过在利德盖特身上,这样的效果还从没出现过。卡苏朋夫人与其他女人完全不同,没法把她们与她相比。"

"我明白了,你是一个虔诚的崇拜者。你大概时常见到她。"

"没有的事,"威尔说,几乎有些生气了,"崇拜通常是个理论问题,与实际行动无关。不过我今天这次拜访拖得太久了,真的,我得走了。"

"请你哪天晚上再来吧,利德盖特爱听音乐,要是他不在,我也不会愉快。"

丈夫回家后,罗莎蒙德站在他面前,把两只手按住他的上装领子,说道:"拉迪斯拉夫先生跟我一起唱歌时,卡苏朋夫人来了。他好像有些烦躁。你说,他是不是不愿意她在我们家中见到他?但是不论他跟卡苏朋家是什么亲戚,你的地位无疑比他还高一些呢。"

"别这么想,要是他情绪确实不好,那一定另有原因。拉迪斯拉夫有点吉卜赛人的味道,他根本不把名利地位放在眼里。"

"除了音乐,他往往叫人感到不愉快。你喜欢他吗?"

"喜欢,我觉得他是一个很好的小伙子,只是兴趣太杂,不太专心,有点华而不实,但还是讨人喜欢的。"

"我看他非常崇拜卡苏朋夫人。"

"可怜的小家伙!"利德盖特笑道,拧了一下妻子的耳朵。

罗莎蒙德觉得,她对世界的理解已大有进展,尤其是她发现,女子即使在结婚以后,仍可以赢得男子的心,使他们拜倒在自己脚下,这在她结婚以前的少女时代,简直像一出看不懂的古装悲剧,是难以想象的。那时,外省的小姐们,哪怕在莱蒙太太的学校受教育时,也很少阅读拉辛以后的法国文学作品,至于通俗图片,它们还没有像现在这样,把灿烂的光辉照射到偷香窃玉的隐私上去。尽管这样,如果一个女子把全部心思和时间都用来满足自己的虚荣心,那么只要有一点影子,她就可以大加发挥,尤其在征服男子方面,她会觉得自己还拥有无穷的潜力。高踞在结婚的宝座上,旁边坐着王储一般的丈夫——他实际也是一个臣子——看到阶石下还有那么多膜拜者,自然心花怒放,那些膜拜者翘首向着她,只觉得可望而不可即,永远无法达到目的,以致心神恍惚。如果他们食不甘味,夜不安眠,那就更妙了!但是眼前,罗莎蒙德的爱情曲主要是对王储唱的,只要他表示忠诚就够了。听到他说"可怜的小家伙",她故意装得不懂似的,问道:

"为什么可怜?"

"为什么?一个人迷上了你们这种美人鱼,他还能做什么呢?只能荒废工作,债台高筑。"

"我相信,你并没有荒废你的工作。你还是整天待在医院里,或者去看那些可怜的病人,或者考虑医生间的争论,回到家中,全部时间都扑在你的显微镜和玻璃瓶上。你赖不了,你喜欢的是这些东西,不是我。"

"如果你的丈夫碌碌无闻,只能当一名米德尔马契的医生,难道你毫不介意吗?"利德盖特说,让两只手搭在妻子肩上,露出一往情深的神色,严肃地望着她,"从前有一位诗人写过几句诗,我很喜欢,不妨念给你听听:

> 为什么要空怀壮志,为琐事耗尽岁月,
> 到头来虚度了一生?何不下定决心,
> 干一番值得传世的事业,写下一部
> 值得阅读的、给世人带来欢乐的书。

罗莎,我的要求就是干一番值得传世的事业,把我的一生完全贡献给它。一个人必须工作,必须那么做,我的宝贝。"

"当然,我希望你的研究取得成绩,没有人比我对你的希望更大,我但愿你能扬眉吐气,立足在一个比米德尔马契更好的地方。你应该承认,我从来不想妨碍你的工作。但我们也不能像隐士一样过活呀。泰第乌斯,你对我没有什么不满吧?"

"没有,亲爱的,没有。我很满意,完全满意。"

"哦,卡苏朋夫人找你有什么事?"

"只是问一下她丈夫的健康状况。但我觉得,她对我们的新医院非常关心,她也许可以一年提供两百镑捐款。"

第四十四章

> 我不愿在岸边爬行,我要在
> 星星的引导下,泛舟于大海之上。

在新医院里,多萝西娅和利德盖特一起,绕着月桂树草坪边走边谈。他告诉她,卡苏朋先生的身体没有出现异常现象,他只是心里焦急,想了解他的真实病情罢了。她听后沉默了一会儿,心里在想,不知自己有没有说过或做过什么,以致引起他这种新的忧虑。利德盖特不愿错过这个机会,促进他一心向往的目标,因此大胆开口道:

"我不知道你或卡苏朋先生有没有注意到,我们这所新医院十分困难。我利用跟你见面的机会提出这问题,可能显得有些自私,但这不是我的过错,这是因为这儿一些医务界人士总在反对它。我觉得,一般说你很关心这类设施,我记得,在你婚前,我有幸在蒂普顿田庄第一次见到你的时候,你曾向我提过一些问题,你想知道,悲惨的居住条件对穷人的健康会发生什么影响。"

"确实有这么回事,"多萝西娅说,露出了笑容,"我说,如果你能告诉我,我可以做些什么,使情况有所改善,我会十分感激。但自从我结婚以后,我不再考虑这类事了。我的意思是,"她踌躇了一下,然后又道,"我们村子里的人日子都过得相当舒适,我的心思也忙于自己的事,顾不到其他了。但是在这儿,在米德尔马契这样一些地方,一定还有不少事需要做的。"

"这儿一切都需要人去做呢,"利德盖特说,突然变得精神抖擞,"这医院就是一项重要设施,它全靠布尔斯特罗德先生支持,才办了起来,大部分钱也是他出的。但是像这样的计划,一切全靠一个人是不成的。不言而喻,他也希望得到帮助。现在城里却有一些人造谣惑众,煽动对它的敌对情绪,似乎要把它搞垮了才称心。"

"他们为什么要那么做?"多萝西娅觉得不能理解,惊讶地说。

"首先,主要是布尔斯特罗德先生不得人心。半个城市几乎都在反对他,巴不得他倒霉才好。这是一个愚蠢的世界,大部分人对不是他们自己一伙人干的事,总不满意,总要挑剔。我到这儿以前,跟布尔斯特罗德素不相识。我对他可说毫无偏心,我只是看到他有一定的见解,办起了一些事业,我呢,可以使它们对社会发挥一些积极作用。如果有相当一部分受过较好教育的人,能够支持我们,认识到他们的意见可以对改革医学理论和实践作出贡献,我们一定很快就能获得较大的发展。那是我的看法。我觉得,拒绝跟布尔斯特罗德先生合作,无异是放弃可以使我的职业发挥广泛效用的机会。"

"我完全同意你的意见,"多萝西娅说,立刻被利德盖特所描绘的状况吸引住了,"但是人们为什么要反对布尔斯特罗德先生呢?我知道,我的伯父对他还是很同情的。"

"人们不喜欢他的宗教精神。"利德盖特说,没有再往下讲。

"这就更有充分理由不必重视这种反对了。"多萝西娅说,把米德尔马契的纠纷看作了一场宗教迫害。

"不过说句公道话,人们反对他还有别的原因:他太专制,不好相处,此外,工商界也有许多人对他不满,只是这些事我就一无所知了。但是这一切跟是不是应该在这儿办一家医院,有什么关系?我们只是希望把它办得合理一些,比郡里原有的医院更能发挥效用罢了。不过,他们之所以反对,直接的原因还是由于布尔斯特罗德把医疗工作的领导权交到了我手里。当然,我是乐于承担这任务的。它给了我机会,让我可以做些有益的工作,我也意识到,我不应辜负他的挑选。但是想不到,这事引起了米德尔马契整个医药界的反对,他们把医院看作眼中钉,不仅不愿合作,而且造谣中伤,破坏基金的认捐工作。"

"这太卑鄙了!"多萝西娅愤愤不平地喊道。

"我觉得,一个人要办一件事,难免困难重重,不克服这些困难,简直什么也干不了。这一带的人又那么无知,已到了惊人的程度。我并没有非分之想,我只是运用了不是人人都能得到的一些机会。然而你不能堵住别人的嘴,你年轻,又是外地人,又正好懂得一点当地人不懂得的知识,这就成了你的罪过。然而,只要我相信,我能够采取较好的治疗方法,只要我相信,照某些意见或要求办,可以给医疗事业带来持久的利益,我一定不计较任何个人得失,照这些意见办,否则我就成了一个卑鄙的趋炎附势之徒。反正事情很清楚,这里牵涉不到薪金待遇问题,不致使我的主张显得别有用心。"

"你告诉了我这些情况,我很高兴,利德盖特先生,"多萝西娅和蔼地说,"我相信,我能出一些力。我有一些钱,不知道用在什么上面好,这常常成为我思想上一个负担。我估计,为了这样一个伟大的目标,我可以一年捐助两百镑。你一定很幸福,因为你有知识,你相信你可以为社会作出贡献!我天天盼望,但愿一天醒来,我也有了知识。可惜有时一个人花了不少力气,结果还是毫无成效。"

多萝西娅讲到最后,声调变得忧郁了,低沉了。但她立即用愉快一些的口气补充道:"欢迎你到洛伊克来,把这方面的情形再告诉我一些。我要向卡苏朋先生提出这问题。现在我必须赶快回家了。"

当天晚上她向丈夫谈了这事,说她愿意一年捐助两百英镑——她现在每年有七百镑,相当于她自己的财产的收益,这是结婚时规定属于她的。卡苏朋先生没有反对,只是顺便提到,这数目跟其他捐款相比,似乎大了一些。多萝西娅出于年轻无知,表示不同意这说法,他也就默许了。对于用钱,他并不在乎,也不是不乐意掏些腰包。要是说他曾为钱的问题感到心痛,那么这是另一种感情在起作用,不是他舍不得物质财富。

多萝西娅告诉他,她见到了利德盖特,还把她与他在医院的谈话扼要复述了一遍。卡苏朋先生没有再问什么,但他明白,她想了解他与利德盖特之间的谈话。一个永不平静的声音在他心中说:"她知道了我所知道的一切。"但是继续保持缄默,不愿开诚布公,只能使他们的隔膜越来越深。他不信任她的感情,还有什么比不信任更使人感到孤独呢?

第四十五章

许多人天生喜欢吹捧祖先的时代,贬低眼前,把它说得一无是处。然而要入木三分地批评现在,又不得不借助于过去,利用对过去的讽刺来讽刺现在,于是为了谴责当前这个时代的弊端,他们只得把他们所歌颂的那个时代的弊端也公之于世,结果徒然证明,两者的罪恶是共同的。就因为这样,贺拉斯、尤维纳利斯和佩尔西乌斯①虽非先知,他们的诗句却好像在针砭时弊,指向我们这个时代。

——托马斯·布朗爵士:《世俗的谬误》②

新热病医院遭到的反对,利德盖特向多萝西娅作了扼要的说明,它正如其他反对意见一样,人们往往见仁见智,从不同的角度来理解。利德盖特认为,这是嫉妒与愚蠢的偏见混合而成。布尔斯特罗德先生却觉得,这不仅包含医生的嫉妒,也是某些人决心与他为敌的结果——主要由于对他全力宣传的教派怀有敌意,而他却不遗余力,要作它的全能的世俗代表。这种敌意当然要在宗教以外的其他领域寻找口实,好在人们的行为总是错综复杂、互相牵连的,要做到这点并不困难。这些可以称之为牧师的观点。但是一切反对总可以获得无限广泛的响应,它决不局限于知情者的范围,不明真相的群众永远是它最好的传声筒。在米德尔马契,反对新医院及其管理机构的论调,自然会在这些人中间引起回声,因为按照上天的安排,人不可能都是先知先觉。只是人与人不同,他们所代表的社会色彩也不尽一致,一方面有温文尔雅的明钦大夫,另一方面也有直截了当、不留余地的多洛普太太——屠宰巷金樽酒店的老板娘。

多洛普太太根据自己的推论,越来越相信,利德盖特医师虽然没有下过毒药,但是巴不得病人死在医院里,好供他开膛剖肚,不必征求你的意见,取得你的同意。因为"有一件事"大家知道,他主张解剖戈比太太的遗体。戈比太太住在帕利街,是一位体面的妇人,结婚以前已有一笔存款。从一个医生说来,这是很糟糕的,因为医生如果还有一点用

---

① 尤维纳利斯(?60—?140)和佩尔西乌斯(34—62),都是古罗马的讽刺诗人。
② 托马斯·布朗见本书三四七页注①。《世俗的谬误》是他的一部主要作品。在这书中,作者以敏锐和讽刺的笔调,对世俗的一些错误看法、社会偏见以至迷信观念,作了批评。

处,就应该在你死前知道你得的病症,不必等你死后去挖掘你的内脏。如果这不成其为理由,那么多洛普太太倒想请教,什么才算是理由。她的听众普遍感到,她的意见是一道防波堤,它一旦毁坏,尸体就没有保障,开膛剖肚的事会泛滥成灾。人们对伯克和黑尔①的突然袭击还记忆犹新,在米德尔马契也难保不出这种乱子!

不要以为在屠宰巷金樽酒店传布的意见,对医学界无足轻重,这家权威老店是多洛普开办的著名酒店,伟大的福利俱乐部便设在这里。几个月以前,它还就它的常任医药顾问人选问题投过票,预备罢免原来的"甘比特医师",改选"这位利德盖特医师",因为后者医术高超,往往药到病除,有的病其他医生束手无策,却让他治好了。但是投票结果,利德盖特落选了,因为两个会员坚决反对,他们不知根据什么理由,认为医生具有起死回生的力量这点不足凭信,也不宜提倡,否则难免会干预上帝的意旨。然而这一年中,舆论发生了变化,多洛普酒店中形成的一致意见,便是这种变化的标志。

将近两年以前,人们对利德盖特的医术还一无所知。那时,所谓医术高低并没有定论,全看医生的推测是否像那么回事,医生也只是根据自己的推测,认为病源是在心窝或松果腺,便开方给药,反正不论怎样,在完全缺乏证据的情况下,这些诊断同样值得重视。因此有些得了慢性病的人,或者像老费瑟斯通那样长期病魔缠身,已给弄得精疲力尽的人,自然立刻想到了利德盖特,认为不妨让他姑且一试。此外,还有不少人欠了原来的医生一大笔账,不想照付,他们也乐于跟新医生打交道,另外开辟一条出路,在他们的孩子身体不适,需要服药,原来的医生又不肯通融时,可以前去请教。这样,大家都想请利德盖特看病,似乎公认他是学识丰富的大夫。有些人认为,在"涉及肝脏的场合",他比别人有用——至少,从他那里拿几瓶"药水",并无害处,如果它们证明无效,那时重新服用清血丸药也不迟,它虽然不能使发黄的皮肤变白,总还能保住你的性命。不过这些病人都是无关紧要的市民。至于米德

---

① 这是两个杀人犯,专在黑夜把人杀死后,出卖尸体供解剖之用,据说被他们杀死的共有十五人。伯克于一八二九年被处绞刑,黑尔因坦白交代较好,未处死刑。

尔马契的上等人家,他们没有明显的理由,是不会改变他们的医生的。皮科克先生原来的主顾也并不认为,只因利德盖特接替了他的业务,便非得请他看病不可,他们说,他"似乎不能与皮科克同日而语"。

但是利德盖特来到这里没有多久,就有不少细节流传开了,它们引起了各种不同的猜测,也在原来支持他的人中间,加深了分歧。有些细节虽然可以给人深刻的印象,但是它们的意义,人们却完全不能理解,好比他们看到一个统计数,但提不出比较的标准,只能在它后面加上一个惊叹号。一个成年男子一年吸进的氧气有多少立方英尺,这在米德尔马契的某些居民中,可以引起多大的惊异!"氧!谁也不知道这是啥子东西……那么,霍乱会传播到但泽,又有什么奇怪?可是有人还认为隔离检疫没有必要呢!"

有一件事传说纷纭,那就是利德盖特不出售药品。这既得罪了大医师,侵害了他们独占的权利,又得罪了药剂师医生,他们本来与他是平等的;不久以前,这些人还认为法律站在他们一边,因为按照法律,一个没有在伦敦取得医学博士头衔的人,除了发售药物,没有收取其他费用的资格①。但是利德盖特缺乏经验,没有料到,他的新方针在医药界以外,引起的不满甚至更大。莫姆赛先生是高级市场最大的食品商,他虽然不是利德盖特的主顾,但有一天装出满脸笑容,提起了这点。利德盖特不够谨慎,匆匆忙忙对自己的理由作了一个通俗的解释,向莫姆赛先生指出,如果医生只能靠卖药收费,长长的账单上开的尽是药水、药丸和药粉的费用,那势必降低他们作为医师的职责,这对病家是有害无益的。

"正是由于这样,辛勤工作的医生可能变成江湖郎中那样的骗子,"利德盖特几乎不假思索地说,"为了多挣一些钱,他们不惜对英王的臣民用药过量。莫姆赛先生,这是一种恶劣的诈骗行径,它势必给身体造成严重伤害。"

莫姆赛先生不仅是教区的贫民救济委员(正是为贫民的医药费问

---

① 按照当时规定,正式行医的人,必须大学医科毕业,由伦敦皇家医师学会承认其资格,才得开业,否则只能算药剂师。事实上许多医生只是药剂师,参见本书一七八页注①。

题,他才找利德盖特打听消息),而且是一个气喘病患者和多子女家庭的家长,因此,从医疗业务和他本人来看,他都是不容忽视的人物。确实,这是一个优异的食品商,火红的头发堆得金字塔一般高,对待顾客总是客客气气,甜言蜜语,把你奉承得高高兴兴,而且保持一定的分寸,决不让心里的话全部泄露给你。正是莫姆赛先生发问时那种兴致勃勃的友好态度,决定了利德盖特回答的声调。然而聪明人要谨记在心,千万不可轻易作出解释,它只会引起更多的误解,要知道,祸从口出,言多必失。

利德盖特笑嘻嘻地结束了话,把脚伸进踏镫,莫姆赛先生则笑容可掬,比他懂得英王的臣民这称号更加起劲,嘴里连声说:"再见,先生!再见,先生!"那副神气仿佛利德盖特的一席话,已使他茅塞顿开。但事实上,他的观点是混乱的。几年来,他严格按照账单上的项目付钱,因此每付出半个克朗或十八个便士,他都知道,一定有相应的可以衡量的实物已经提供给他。这使他付账时心情舒畅,觉得自己尽了丈夫和父亲应尽的责任,账单越长,他也越感到自豪。此外,服药除了"自己和家庭"受益无穷外,还可以提供一种乐趣,使他对药品的直接效果形成精确的判断力,因而为甘比特医生的治疗提供明智的说明。这位大夫的地位固然比伦奇或托勒低一些,但作为妇产科医生却特别受到尊重,关于他的能力,莫姆赛先生认为,他在各方面都毫不足道,唯独作为医生,那是不可等闲视之的。他往往小声对人说,他觉得甘比特比其他任何医生都高明一着。

但是一个新人的肤浅议论,遇到更深一层的道理就站不住脚了。那天在店堂楼上的客厅里,莫姆赛先生把利德盖特的话转告了他的太太。这是一位有名的多产妈妈,常年处在甘比特医生或多或少的照料下,有时发生猝不及防的意外,还得把明钦大夫请来会诊。

"难道这位利德盖特先生的意思是说,吃药没有用吗?"莫姆赛太太道,她讲话总是慢吞吞的,"我倒要请教他,我到了有喜的时候,要不是在一个月前服用提神剂,我怎么支持得住?你想想,我每天都得为上门的主顾准备什么来着,亲爱的!"她转身对一个亲密的女友说,那人正坐在她旁边,"大牛肉馅饼、鱼肉卷、牛腿肉、火腿、舌肉等等,等等!

但是最好的提神剂还是淡红合剂,不是棕色合剂。我不明白,莫姆赛先生,你这么一个老练的人,居然有耐心听那些废话。要是我,我马上叫他免开尊口,我懂的还比他多一些。"

"不,不,不,"莫姆赛先生说,"我不想把我的看法告诉他。什么话都可以听,但主意要自个儿拿,这是我的格言。但他不知道,他是在跟谁讲话。我不会让他牵着鼻子走。有些人常常自以为是,跟我说这个说那个,那副神气就好像在说:'莫姆赛,你是个傻瓜。'但我一笑置之,我宁可让他们自鸣得意。要是吃药对我和我的家庭有害,到这个时候我早已发觉了。"

第二天,甘比特先生听说,利德盖特在到处宣扬药物无用论。

"真有这么回事!"他说,扬起了眉毛,露出不胜诧异的神色。(他是一个身强力壮、声音嘶哑的人,无名指上戴着一只大戒指。)"那么他怎么医治他的病人呢?"

"可不是,我也这么说呀,"莫姆赛太太答道,她有个习惯,总把代名词讲得特别重,"难道他以为,只要他来跟人家坐了一会儿,然后就走了,人们便会掏钱给他吗?"

甘比特先生是经常到莫姆赛太太这里来坐一会儿的,有时谈谈他自己的养生之道,或者拉拉家常,但是他当然明白,她的话毫无指桑骂槐的意思,他来消闲和聊天,从来没有引起过她的不满。于是他风趣地答道:

"不过说真的,利德盖特是一个漂亮的小伙子呢。"

"我可不想请他看病,"莫姆赛太太说,"别人愿意请他,那是他们的事。"

这样,甘比特先生从大食品商家中出来时,不必再担心竞争,只是难免有一种感觉,即利德盖特是一个伪君子,这种人靠标榜自己的正直来破坏别人的信誉,因此大家应该谨防上当,揭露他们的真面目。不过甘比特先生在业务上还算称心,他的主顾大多是零售商人,这使他可以用结账代替现金支出。他觉得,揭露利德盖特的事,他还是不插手的好,等他力量大一些再说。确实,他没有受过太多的教育,他是不顾同行的藐视,克服了重重困难,才打开了局面,好在尽管他把呼吸器官肺称作"非",这并不妨碍他成为一个出色的助产士。

其他医生觉得自己力量比较大。托勒先生的主顾都是当地的第一流人物,他自己又出身于米德尔马契的古老家族,这个家族的人在法律界和其他各界都有,地位都比零售商高。他跟我们那位性子急躁的朋友伦奇不同,生就了世界上最随和的脾气,有些似乎应该使他生气的事,他也能处之泰然,他修养好,为人幽默风趣,有一所漂亮的住宅,机会凑巧的时候也喜欢打打猎,他跟霍利先生是老朋友,跟布尔斯特罗德先生却是冤家对头。也许有人会觉得奇怪,这么一个性情温和的人,治病时却大刀阔斧,采取放血、发疱、饥饿等等治疗方法,把自己为人的榜样满不在乎地丢在脑后。但是这种不协调,反而提高了他在病人中的声望,他们通常认为,托勒先生作风懒散,但医起病来却一丝不苟,使人心悦诚服。他们说,干这一行的,谁也不像他这么认真;你请他,他来得是慢一些,但他一到,总会采取一些办法。在同行中间,他威信极高,他随口讲一句对某人不利的话,那种揶揄的口吻立刻会给添枝加叶传播出去。

有人对他说,皮科克先生的后继者不打算出售药品,他听得多了,自然懒得再笑,只是应了一声:"哦!"有一天在聚餐会上,哈克布特先生提到这事,托勒先生笑道:"这下子,迪比兹可以把他过期的陈药统统脱手了。我喜欢小迪比兹,他走运我自然高兴。"

"我明白你的意思,托勒,"哈克布特先生说,"我完全赞同你的意见。有机会的时候,我得把这意思说给大家听听。一个医生应该为他的病人服用的药品的质量负责。这是迄今为止得到公认的收费制度的原则。那种改革只是沽名钓誉,对实际毫无好处,真是害人不浅。"

"沽名钓誉,哈克布特?"托勒先生说,冷笑一声,"我看不见得。一个人靠谁也不相信的事,是沽不了名,钓不了誉的。其实这跟改革根本无关,问题只在于,药品的利润是由药商还是由病人付给医生,以及是不是在诊断的名义下,收取额外报酬。"

"啊,诚然,诚然,这只是你们那些老骗局的新花招。"霍利先生说,一边把圆酒瓶递给伦奇先生。

伦奇先生平时是戒酒的,但遇到宴会之类,却从不错过机会少喝一口,现在他已经有些醺醺然,因此肝火更旺了。

"谈到骗局,霍利,"他说,"随意用它来诬蔑别人是很容易的。我要反对的只是,作为一个医生,却要在同行脸上抹黑,大喊大叫,到处宣扬,好像一个医生经售药品,就见不得人似的。我根本不把这种指责放在眼里。我得说,一个人最不光明正大的勾当,就是在同行中间招摇撞骗,借口革新,对他们久经考验的传统做法横加诬蔑。那就是我的意见,不论谁要反对,我都不怕,我做我的。"伦奇先生的声音越来越响,变得非常尖锐。

"你这话我可不敢苟同,伦奇。"霍利先生说,把两手插进了裤袋。

"我的好朋友,"托勒先生为了息事宁人,望着伦奇先生插口道,"那种做法真正得罪的还是内科医生。至于尊严问题,那让明钦和斯普拉格去考虑吧。"

"难道医学立法对这种侵害,没有提供什么保障吗?"哈克布特先生说,表示毫无私心,想替他们出些主意,"喂,霍利,法律是怎么规定的?"

"这类事毫无规定,"霍利先生说,"我替斯普拉格查过法律。你要靠该死的法官作决定,只能到处碰壁。"

"啐!何必依赖法律,"托勒先生说,"就医生的业务来说,那种主张是荒谬的。没有病人欢迎它,皮科克的病人早已习惯了放血,当然也不会欢迎。把酒递给我。"

托勒先生的预言在一定程度上应验了。莫姆赛夫妇根本不打算请利德盖特看病,他反对用药的谣言把他们吓住了,即使那些请他看病的人,也不免提心吊胆,一直在留意,看他是否"用尽了他所能用的一切办法"。波德雷尔是好先生,一向宽大为怀,本来认为利德盖特是在一心一意研究更好的医疗方法,对他着实敬重,现在也给那些谣言搞糊涂了,以致在他的妻子患了丹毒、请利德盖特医治时,疑虑重重,不得不提醒他,皮科克先生遇到类似情况,用的是一组大丸药,他虽然不知道它们的名称,但效果是显著的,因此波德雷尔太太从八月大暑天得病后,到米迦勒节以前已霍然痊愈。确实,他既不愿得罪利德盖特,又担心他把"什么办法"漏掉了,思想斗争的结果,还是让他的太太偷偷服用了威京氏解毒丸,这是在米德尔马契享有盛誉的一种药,可以医治百病,正本清源,直接对血液发生净化作用。这种双重措施,利德盖特并不知情,波德雷尔先生也没有绝对把握,只是抱着侥幸心理,但愿药到病治罢了。

但是在利德盖特行医之初这个前途未卜的时期,我们经常随口说的所谓红运,并没有忘记他。据我看,任何医生来到一个新地方,总会治好几个病人,以致引起一些人的讶异,这可以说是命运给他的证书,它跟写的或印的证书具有同样高的威信。各种病人,有的病还相当危险,经过利德盖特诊治之后痊愈了,于是大家认为,这位新医师和他的新方法至少还有一个优点,就是可以把人从死亡的边缘拉回人间。但是由此引起的废话,却使利德盖特更加懊恼,因为他取得的那种声誉,正是庸庸碌碌的无耻之徒求之不得的,于是对他心怀不满的医生便迁怒于他,认为是他煽动这些无知的吹捧。但是尽管他生性高傲,光明磊落,他还是不能不看到,反对那些无稽之谈是没有用的,正如鞭子赶不走迷雾,而"红运"却必然要利用这些废话。

拉彻尔太太的粗做女用人身上出现了骇人的症状,一天,明钦大夫正好上门看病,太太发了善心,要他当场给女用人诊断一下,开一张证明,让她上医院治疗。大夫检查以后,开的病名是肿瘤的一种,并介绍持信人南希·纳什在门诊部就医。南希上医院时,顺路回家了一次,她住在做紧身褡的裁缝店顶楼上。她把明钦大夫的字条给裁缝夫妇看了,这样,她在教堂院子巷附近一些店铺中,成了大家表示同情的谈话中心。她的肿瘤在人们的议论中,起先是"又大又硬,像一个鸭蛋",但到了当天晚上,便变成了"你的拳头"那么大。听到的人大多同意应该把它割除,但一个人说可以用食油,另一个人说可以用茅根草汁,医治身上的任何肿块,只要它们渗入肿块内部,就可以使它变软,以至消失——食油可以使它逐渐"软化",茅根草汁可以对它起腐蚀作用。

南希来到医院,那天正好是利德盖特值班。询问和检查以后,利德盖特小声对住院外科医生说:"这不是肿瘤,是痛性痉挛。"他给她开了发疱药和一些铁合剂,告诉她回家休息,同时写了一张条子给拉彻尔太太,说明她需要增加营养——据女用人说,她是她最好的东家。

但是过了不久,南希在顶楼上病得更重了,那个假想的肿瘤确实给发疱药消灭了,但却跑到了另一个部位,而且来势更凶。裁缝的妻子跑去找利德盖特,他在南希家中继续给她诊治了两个礼拜,最后她终于复原,又去上工了。但这病在教堂院子巷和其他胡同里,仍被说成是肿瘤的一种,连拉彻尔太太也不例外,因为她向明钦大夫谈到利德盖特的高明医术时,后者自然不肯承认"这病确实不是肿瘤的一种,我对它的诊断是错了",他只是答道:"真的?嗯!我知道这是外科病,没有生命危险。"但他心里很恼火,特地上医院查问了他两天前介绍来的女病人的情况,住院外科医生还很年轻,不怕得罪明钦,据实作了汇报。明钦大夫一边听,一边心里在说,这真不像话,一个一般医生居然公开否定内科医师的诊断。事后,他表示与伦奇看法一致:利德盖特太放肆,对前辈一点也不尊重。利德盖特并没有把这件事作为根据,抬高自己,更没有因此自命不凡,轻视明钦,这种纠正误诊的事,在水平相等的医师之间是时常发生的。但是肿瘤的这个惊人病例却传开了,人们说它跟癌症没有明显区别,特别因为它具有活动性,更加可怕。总之,南希·纳什生了又大又顽固的肉瘤,躺在床上翻来覆去,十分痛苦,可是在利德盖特的治疗下,肉瘤终被消灭,南希很快恢复了健康,这证明利德盖特具有惊人的医术。就这样,对他在药品问题上实施新办法的许多偏见也烟消云散了。

这叫利德盖特怎么办?一个太太对你的医术表示惊异,你总不能对她说,她完全错了,她的惊异是愚蠢的。何况说明疾病的性质,只能使你不尊敬前辈的罪状更加显著。因此成功固然在向他招手,他却怀有戒心,无知者的赞美只是隔靴搔痒,并不能证明什么。

有一个更体面的病人,那就是博思洛普·特朗布尔先生,利德盖特不仅每天登门给他看病,还有意识地做得特别周到,但在这件事上,他赢得的声誉也不是完美无缺的。能说会道的拍卖商得了肺炎,他一向是皮科克先生的主顾,现在便请利德盖特看病,表示他有心照顾他。特朗布尔先生生得身强力壮,是试验期待理论的最好对象,这个理论就是对一个有趣的病例进行密切观察,让它尽可能自行复原,同时记下各阶段的变化,为未来的临床医疗提供根据。从特朗布尔先生描绘他的感觉的情况,利德盖特推测,他希望医生对他开诚布公,也愿意在治疗过程中与医生配合。拍卖商平心静气地听医生说,他的体质可以在严密的观察下,听候它自然恢复,因而给这种疾病提供一个完整的范例,让人们对它的各个阶段有一个鲜明的轮廓。利德盖特还说,也许他具有罕见的精神力量,愿意进行这项合理程序的试验,使他的肺部功能失调为社会的普遍福利做出贡献。

特朗布尔立即表示首肯,头脑中还出现了一幅美好的前景:他的病对医学科学发挥了重大推进作用。

"你放心,先生,跟你谈话的这个人,不是对自然治愈力一无所知的。"他说。用的仍是平时那种夸大的口吻,只是由于呼吸困难,显得有些可怜罢了。禁用药物没有引起他的不安,相反,由于经常使用热度表,说明他的体温有重要意义,由于他觉得他是在为显微镜提供研究资料,又由于他学会了许多新名词,可以用来描摹他高贵的分泌液,总之,由于这一切,他还异常兴奋。利德盖特也很乖巧,跟他谈话时,故意选用一些医学术语。

不言而喻,特朗布尔先生从病床上起来以后,动不动要谈他在这场病中,怎样发挥他的意志力和体力。同时,他对一个独具慧眼,能够看到病人这种潜力的医生,自然也不会不尽力吹嘘。拍卖商一向慷慨大方,从不吝惜给人以应得的评价,何况他的口才也绰绰有余。他学会了"期待疗法"几个字,便用它和其他术语大做文章,说他保证,利德盖特"比其他医生学识丰富,在精通医学秘密上,远远超过他的大多数同行"。

这是在弗莱德·文西生病以前的事。弗莱德那场病,更使伦奇先生对利德盖特的仇视带上了明确的个人动机。新来者的危害大有发展成竞争的可能,而且毫无疑问,它已表现在不把前辈放在眼里,对他们进行事实上的抨击和非难上,而这些前辈忙得要命,要做的事太多,没有工夫考虑那些未经试验过的空想。利德盖特的业务在一两个地区蒸蒸日上,关于他出身望族的传说,也使他一开始就受到相当普遍的尊敬,以致在当地上等人家的宴会上,其他医生常常遇到他。但是跟一个你不喜欢的人见面,结果不一定能促进双方的好感。人们的意见从来没有这么一致,他们认为,利德盖特是一个傲慢的年轻人,他为了最终出人头地,甚至不惜对布尔斯特罗德卑躬屈膝,摇尾乞怜。尽管费厄布拉泽先生在反布尔斯特罗德一派中是一面旗子,他总是卫护利德盖特,把他当作一位朋友,大家还是认为,这是费厄布拉泽一个不足称道的缺点,是他想两面讨好。

因此,同行的仇恨早已酝酿多时,最后才在布尔斯特罗德先生把他为新医院制定的管理规则宣布的当口爆发出来,这些规则之所以特别令人气愤,是因为它排除了一切干预他的意愿和爱好的可能性。这样,除了梅德利科特勋爵以外,所有的人都拒绝为建造房屋捐款,理由是他们宁可把钱用在老医院上。布尔斯特罗德先生不得不独力承担一切,他并不后悔,觉得他购得了推行他的革新意图的权利,不必担心怀有偏见的合作者的阻挠。只是他必须支付大笔款项,以致房屋的建造进度缓慢。这事本来由凯莱布·高思负责,但建造过程中,他遇到了挫折,在内部装修开始以前,只得辞去总管职务。后来在提到医院时,他常常说,不管怎样,布尔斯特罗德明白事理,懂得好歹,他对木工和石工首先要求结实耐用,他也理解下水道和烟囱的重要性。确实,布尔斯特罗德对医院非常关心,他甘愿每年拨出一大笔钱,使他可以独断独行,不受董事会钳制。但他还有另一个念念不忘的目标,要实现这个目标,也需要钱,那就是他想在米德尔马契附近购置一片田地,正因为这样,他才不得不为了维持医院,谋求大量捐款。医院是预备专医各种热病的,医疗工作将由利德盖特负责,他可以全权处理一切,进行他的比较研究,他的学识,尤其是在巴黎的学习,使他看到这种研究十分必要。医院的其他医生只能提供建议,无权否定利德盖特的最终决定。医院的全面管理权,完全掌握在以布尔斯特罗德先生为核心的五个董事手中,他们的表决权是按照捐款多少分配的。医院的任何空缺均由董事会指派它的成员担任,这样,一般的小额捐款人便无权参与管理机构的活动。

但是城里的每个医生,都直截了当拒绝上热病医院给病人看病。

"很好,"利德盖特对布尔斯特罗德先生说,"我们有一个出色的住院外科医生,还有一个药剂师,这人头脑清楚,手脚灵活。克雷布斯利的韦布,作为一个乡村医生,不比任何人差,我们可以请他每周来两次,万一临时有什么手术,普罗思洛可以从布拉辛来帮忙。我得多花些力气,事情无非如此,好在我已辞去老医院的职务。尽管他们反对,我们的事业照样可以兴旺发达,到那时,他们就乐意参加了。事情不可能像现在这样下去,各种改革势在必行,到那时年轻人都会高高兴兴跟我们合作,进行各种研究。"利德盖特信心很高。

"我不会退缩,你可以放心,利德盖特先生,"布尔斯特罗德先生说,"我看到你不屈不挠,决心实现你的雄心壮志,我一定始终支持你。多年以来,我在这城市里反对邪恶势力的努力,就是为了使上帝的恩典降临在这里,我虽然微不足道,但我相信,这目的是一定能达到的。我决不怀疑,我会得到志同道合的董事们的帮助。蒂普顿的布鲁克先生已表示支持我,保证每年捐助一定的款子,只是他没有说明数额,我想,可能数目不大。但他在董事会是有用的成员。"

所谓有用的成员,大概就是指不提出任何主见,始终追随布尔斯特罗德先生投票的人。

医师们对利德盖特的厌恶,现在差不多公开了。当然,不论斯普拉格大夫或明钦大夫,都不说他们不喜欢利德盖特的学识,或者他想改进医疗方法的意图,他们不喜欢的是他的骄傲自大,这是大家有目共睹的。他们暗示,他目中无人,自以为是,轻举妄动,一心想搞新花招,目的无非为了出风头,吹牛皮,这是一切江湖骗子的惯技。

"江湖骗子"这个称号一旦出现,就再也抹不掉了。当时,圣约翰·朗先生①,一位自称是"贵族和绅士"的庸医,正在招摇撞骗,说他可以从病人的太阳穴中吸出一种水银般的液体。

一天,托勒先生向塔夫脱太太笑道:"布尔斯特罗德找到了利德盖特,正好配成一对。宗教界的江湖骗子跟医药界的江湖骗子自然情投意合,一见如故。"

"一点不错,这是可想而知的,"塔夫脱太太说,一边牢牢记住,她编结的毛线已经打到了第三十针,"如今这类人太多了。我还记得,切

---

① 当时的一个江湖郎中,爱尔兰人,本来对医药一窍不通,但在伦敦挂牌行医。一八三〇年十一月由于一个病人的死亡,遭到法庭审判。

希尔先生拿了熨斗,不顾上天的意旨,要把人的驼背熨平呢。"

"不,不,"托勒先生说,"切希尔还算好呢,他至少是公开干的,光明正大。那个圣约翰·朗,那才是我所说的江湖骗子,他自吹自擂,说他能医百病,别人不懂的疑难杂症,他都会医。这种人为了出名,不惜弄虚作假,冒充内行。前不久他还装模作样,敲打一个人的脑袋,要从里边取出水银来呢。"

"我的老天爷!这么折腾人的身体,多可怕!"塔夫脱太太说。

这以后,大街小巷便议论纷纷,都说利德盖特为了达到自己的目的,不把人的身体当一回事,他那些异想天开的实验,非把医院的病人折磨得死去活来不可。很清楚,金樽酒店的老板娘说得一点不错,他会不顾一切,把死去的病人开膛剖肚。他给戈比太太看过病,她后来死了,显然是心脏病,只是症状不太明显,利德盖特居然敢要求她的亲属让他解剖尸体,这事马上在帕利街传开了,老太太住在那里已经多年,有固定的收入,现在他竟把她的遗体与伯克和黑尔盗取的尸体等量齐观,这自然岂有此理,是对死者的极大侮辱。

当时的情形就是这样,利德盖特向多萝西娅提起医院的事,也是在这个时期。我们看到,他正以坚强的毅力,面对着仇恨和愚蠢的误解,同时意识到,这些谣言的产生,一部分也是由于他的幸运和成功造成的。

一天,在费厄布拉泽先生的书房里,利德盖特向他推心置腹地说:"他们休想把我撵走。我在这里获得了很好的机会,能够实现我的目的,这对我是最重要的。我完全相信,我今后的收入可以满足我们的需要。我要使我的生活尽量安静一些,现在除了家庭和工作,什么都不能吸引我。我越来越相信,一切器官组织都来源于同一物质这点,是可以得到证明的。拉斯珀伊①和其他人也在做同样的探索,我已经失去了一些时间。"

"关于这一点,我没有未卜先知的能力,"费厄布拉泽先生说,利德

---

① 弗朗索瓦·拉斯珀伊(1794—1878),法国科学家和政治家,曾在有机化学方面做出过一些贡献。

盖特讲话时,他一边吸烟斗,一边沉浸在思索中,"但是城里那种敌对情绪,只要你谨慎一些,是不难克服的。"

"你叫我怎么谨慎一些?"利德盖特说,"我所做的一切正是我应该做的。人们的无知和仇视,叫我有什么办法,正如维萨里①也无能为力一样。一个人不能迁就愚蠢的结论,谁也不知道它们是怎么产生的。"

"完全正确,我也不是那个意思。我考虑的只有两件事。一件是你应该尽量与布尔斯特罗德疏远一些,当然,你可以继续在他的帮助下,干你认为正确的事,但不要跟他连在一起。我这么说,也许像出于个人情绪,我也承认,这种情绪确实不少,但个人情绪不见得都是错的,只要不是意气用事,有真实的印象作根据,它便是纯正的意见。"

"布尔斯特罗德对我根本算不得什么,"利德盖特满不在乎地说,"我与他只有职务上的来往。至于与他发生密切关系,我想还不至于,因为我不喜欢他的为人。但你考虑的另一件事是什么呢?"利德盖特问,一边在腿上轻轻按摩,尽量使它舒服一些,他不太觉得需要别人提供意见。

"哦,这样。千万小心,不要给金钱问题拖累——我是过来人,我这话还是经验之谈。有一天,我从你随口说的一句话知道,你不赞成我完全为了钱打牌。这一点,你讲得对。但是要做到永远不缺钱用并不容易,我希望你能做到。也许我的话是多余的,但一个人总喜欢装得比实际高明一些,举出自己的不幸事例来教训别人。"

费厄布拉泽先生的忠告,利德盖特心平气和地接受了,尽管这些话出在别人嘴里,他可能受不了。他不能不想起,他近来欠了些债,但这些债看来是不可避免的,现在他不想再亏空下去,决心在家中保持俭朴的生活。他欠的家具账,今后不会再有了,他贮存的酒也还可以维持一个很长的时期。

那时有许多思想鼓舞着他,这也是合理的。一个人怀着雄心壮志,

---

① 安德列亚斯·维萨里(1514—1564),比利时解剖学家,在意大利各地任教。他是人体解剖学的首创者,曾因此被宗教法庭判处死刑,后改为到圣地朝圣赎罪。在从圣地返回意大利途中,因船舶失事遇难。著有《人体解剖》等书。

想干一番事业,在卑鄙的打击面前,就会想到不少伟大人物为了开辟自己的道路,往往弄得遍体鳞伤,这些人像保护神一样,活跃在他的心头,无形中支持着他。跟费厄布拉泽先生闲谈的当天晚上,利德盖特坐在家中的沙发上,把长长的腿向前伸直,头向后仰起,按照他沉思时喜爱的姿势,把两只手合抱在脑后。罗莎蒙德坐在钢琴前面,演奏了一支又一支曲子,这些曲子,她的丈夫只知道(他是一只懂得感情的象!)跟他的情绪很对劲,好像它们是从海上吹来的一阵阵节奏分明的清风。

这个时候,利德盖特显得神采奕奕,谁见了都敢打赌,说他在事业上一定一帆风顺。他的黑眼睛里,他的嘴角和眉宇间,都有一种安详的神色,那是头脑中深沉的思想的流露——他的心不是在探索,是在观看,那目光也似乎蕴藏着丰富的内容。

不久,罗莎蒙德离开了钢琴,坐到靠近沙发的一张椅子上,面对着丈夫。

"这些曲子够了吧,我的老爷?"她说,把双手合抱在胸前,露出了一点温柔体贴的神情。

"够了,亲爱的,如果你已经疲倦的话。"利德盖特和蔼地说,把眼睛转过去瞧着她,但没有其他动作。这时对他说来,罗莎蒙德的出现也许只是在一个湖泊中增加了一匙茶水,她那女性的本能对这点自然不会毫无感觉。

"你在想什么?"她问,俯前一些,使她的脸更贴近了他。

他把两只手伸过去,轻轻按在她的肩膀后面。

"我在想一个伟大的人物,他在三百年前跟我一样大的时候,已经给解剖学开创了一个新时期。"

"我无法想象,"罗莎蒙德说,摇摇头,"在莱蒙夫人的学校里,我们常常玩猜想历史人物的游戏,但从没想过解剖学家是怎么回事。"

"我可以告诉你。他的名字叫维萨里,那时他要懂得解剖学,只有一个办法,他便是那么做的,那就是在黑夜到墓地和刑场去盗取尸体。"

"哎哟!"罗莎蒙德惊叫道,漂亮的脸蛋上露出了厌恶的神色,"我很高兴,幸亏你不是维萨里。这太可怕了,他应该找一些其他的办法。"

"那不可能,"利德盖特说,一心在想自己的问题,没太留意她的回答,"他只能在深夜,从绞架上把犯人发白的尸骨取下,埋在地里,然后一点一点偷偷运回家中,这样才拼成一具完整的骨骼。"

"我希望他不是你崇拜的英雄之一,"罗莎蒙德半真半假地说,"要不,我真担心,有一天你也会在深夜爬下床,跑进圣彼得教堂的墓园。你自己说过,人们为了戈比太太的事多么生气。你的敌人已经太多了。"

"维萨里也是这样,罗莎。米德尔马契医务界的老顽固嫉妒我,这并不奇怪,当年维萨里也遭到过一些最伟大的医师的残酷攻击,因为这些人相信盖仑①,他却指出,盖仑错了。他们称他骗子,凶恶的妖魔。然而事实证明,人体结构正如他所说的一样,这才使他们不得不甘拜下风。"

"他以后怎样呢?"罗莎蒙德问,有了些兴趣。

"噢,他奋斗了一生。那些人一度使他非常气愤,以致他焚毁了他写的不少手稿。后来,正当他离开耶路撒冷前往帕多亚大学任教时,船只失事沉没。他死得很惨。"

出现了片刻的沉默,接着罗莎蒙德说道:"泰第乌斯,你可知道,我常常想,要是你不是一个医生,那该多好。"

"别那么说,罗莎,"利德盖特说,把她拉到身边,"那等于说,你希望嫁另一个人。"

"你说到哪里去了。我觉得,你那么聪明,做什么都成,你完全可以干别的事。你那些在夸林汉姆的堂兄弟们都认为,你选择的职业,使你落到了比他们低一等的地位。"

"夸林汉姆的堂兄弟们见鬼去吧!"利德盖特说,露出了轻蔑的口气,"如果他们跟你说那样的话,这只是证明他们厚颜无耻罢了。"

"不过我还是觉得,"罗莎蒙德说,"那不是一种美好的职业,亲爱

---

① 盖仑(129—199),古希腊伟大的医学家和医生,其著作一直被认为是医学界的权威。但他的解剖理论是以解剖动物为基础的,维萨里通过人体解剖,纠正了他的一些错误。

的。"我们知道,她心里有了什么想法,总是很难改变的。

"这是世界上最崇高的职业,罗莎蒙德,"利德盖特严肃地回答,"说你爱我,却不爱作为医生的我,这无异是说,你喜欢吃桃子,却不喜欢桃子的味道。亲爱的,别再讲那种话,它使我感到痛苦。"

"一定从命,一本正经大夫,"罗莎说,露出了两个酒靥,"我将来要宣布,我最爱骷髅,还爱盗尸人,还爱药瓶,还爱跟每个人吵架,还爱最后在海里淹死。"

"不,不,还不至于那么坏吧。"利德盖特说,不再提出反驳,只是无可奈何地抚摸着她。

第四十六章

> 既然我们得不到我们所喜爱的,
> 让我们喜爱我们所得到的吧。
>
> ——西班牙谚语

利德盖特平平安安结了婚,担任了医院的领导,觉得自己正在为医疗事业的改革,与米德尔马契展开斗争时,米德尔马契也越来越感受到了全国正在展开的另一种改革的脉搏。

在约翰·拉塞尔勋爵[①]的方案提交下议院辩论时,米德尔马契的政治生活重又开始活跃了,党派之间发生了新的组合[②],如果新的选举到来,这势必在力量的对比上产生决定性的影响。有人已经预见到了这种事态,宣称改革法案绝对不会在本届议会通过。这也是威尔·拉迪斯拉夫向布鲁克先生反复陈述的,因此他认为,后者还没有在竞选演说中一试锋芒,是值得庆幸的事。

---

① 约翰·拉塞尔(1792—1878),英国政治家,辉格党议员,议会选举改革法案的起草人之一。一八三一年三月,改革法案由拉塞尔提交议会讨论,但未获通过(因当时内阁虽已由辉格党党魁葛雷组成,议会中托利党仍占多数),本章所指的背景即这一时期。接着,一八三一年四月,议会因而解散,六月新议会组成,九月改革法案在下院通过,一八三二年五月在上院通过,六月经国王批准生效。

② 托利党和辉格党即于此时逐渐演变成后来的保守党和自由党。

"情况还在发展和成熟,好比又到了彗星年①一样,"威尔说,"现在改革问题一经提出,群众的情绪很快就会达到彗星的热度。看来不用多久,又得进行大选,到那时,米德尔马契还会出现各种各样的想法。我们必须未雨绸缪,早做准备,为《先驱报》和政治集会多花些力气。"

"你说得完全对,拉迪斯拉夫。我们提出的观点必须面目一新,"布鲁克先生说,"只是你知道,在改革问题上,我得保持独立的立场,我不想走得太远。我要采取韦尔伯福斯和罗米利②的路线,你知道,致力于黑奴解放和刑法问题,以及诸如此类的事。但当然,我会支持葛雷。"

"如果你在原则上主张改革,你就得准备接受形势提出的要求,"威尔说,"否则,人人各自为政,各搞各的,互相扯皮,整个事业就会瓦解。"

"对,对,我同意你的话——我赞成那个观点。我会从这样的角度考虑问题。你知道,我会支持葛雷。但我不愿改变事物的平衡状态,我想葛雷也不愿。"

"但那正是国家所需要的,"威尔说,"否则,政治协会③或其他任何以改革政治为目标的运动,就失去意义了。现在国家需要的下议院,必须不是由地主阶级的代理人所操纵,而是由代表其他利益的人所组成的。改革做不到这点,争取它也就没有必要,这好比雷声已经响了,冰山即将崩溃,我们却只要求摧毁它的一角。"

"你说得太好了,拉迪斯拉夫,应该这么提出问题。对,把它记下来。我们必须着手收集材料,说明群众的情绪,还有破坏机器运动、普遍的穷苦等等。"

"关于材料,"威尔说,"一张两英寸的卡片就可以记载不少。几行数字已足以说明贫困的状况,再有几行就能让大家看到,人民的政治决心增长的速度。"

---

① 英国民间传说,出现彗星的一年,农作物长势特别好。
② 韦尔伯福斯见本书十七页注①,罗米利见本书三十七页注①。
③ 这是当时在英国各地纷纷成立的以推进议会改革运动为目的的政治组织,其中最著名的即伯明翰政治协会,这些协会打破了党派界线,在议会选举中发挥了作用。

"好,把它们开列出来,要详细一些,拉迪斯拉夫。对啦,那是一个好主意,在《先驱报》上写些文章,把数字放进去,得出贫穷的结论,又把另一些数字放进去,得出……如此等等。你知道怎么表达。说真的,伯克[①]——我一想到伯克,不由得指望哪个人有个口袋选区可以给你,拉迪斯拉夫。你知道,你要是竞选是绝对不会当选的。可是我们的议院需要人才,我们既然要改革,就永远需要有才能的人。说真的,你谈到冰山和雷声,那可真有点儿像伯克。我需要的正是这种表达方式,不是思想,你知道,只是怎么提出这些思想。"

"口袋选区不一定是坏事,"拉迪斯拉夫说,"问题在于是否装在正确的口袋里,至于伯克,那是随时可以找到的。"

那种赞誉性的比较,尽管出自布鲁克先生之口,威尔听了还是很高兴。如果要求一个人既表现得比别人好,又完全不把别人的恭维放在心上,这未免难以办到;在公正的行为普遍得不到颂扬的情况下,哪怕出现一声驴叫似的奉承话,只要它来得正是时候,也会发生鼓舞作用。威尔本来觉得,他的写作才能超过了米德尔马契的一般理解水平,因此对自己的工作起先并不起劲,只是在心中琢磨:"何不姑且试试?"然而现在他充分爱上了它,开始热情洋溢、兴致勃勃地研究政治形势,就像从前研究诗歌格律或中世纪文献一样。不可否认,要不是想跟多萝西娅待在一个地方,又不知道还有什么别的事好干,他这时不会在这里思考英国人民的需要,或者抨击英国政治家的手腕,很可能他还在意大利漫游,构思他的剧本,舞文弄墨,但觉得写散文既枯燥无味,写诗歌又近乎无病呻吟,或者从古画中临摹一些"小玩意儿",但又认为"没有意思",于是把它们束之高阁,宣称归根结底自己创造还是最重要的;至于政治上,他也只会热烈地同情一般的自由和进步。然而我们的责任感使我们必然想做些什么,这样,我们不得不抛弃兴趣主义,意识到我们的行动终究不是无关紧要的游戏。

现在拉迪斯拉夫接受了一份工作,尽管这不符合他一度向往的模

[①] 埃德蒙·伯克(1729—1797),英国政治家和演说家,辉格党的重要人物,积极宣传自由派主张,曾通过所谓"口袋选区"(见本书三四五页注①)进入议会。

糊而崇高的理想,也不是他所说值得他终生努力的事业。但他的热烈天性,使他在那些跟生活和行动息息相关的事物面前,不能无动于衷,他那种一触即发的反抗精神,也促进了他的社会意识的高涨。虽然卡苏朋先生翻脸无情,不准他再走进洛伊克公馆,他还是很愉快;他对世界获得了大量新的认识,它们显得那么生动有趣,具有实际意义;他还使《先驱报》声名大振,发行到了布拉辛一带(别认为这个地区很小,文章却像许多事物一样,是可以传遍世界各地的)。

布鲁克先生有时确实叫人恼火,使威尔不能忍耐,好在他不必老待在蒂普顿田庄,他在米德尔马契有自己的寓所,可以来往于两地之间,调剂他的生活。

他对自己说:"把等级提高一点,那么布鲁克先生好比是内阁部长,我则是次长。反正事物总是这样,小浪汇集成大浪,必须与大浪保持同一步调。我在这儿还可以,至少比卡苏朋先生指望我过的日子好一些,他是要我一切都按规矩行事,不得有半点差错,这叫我受不了。名声或薪金高低,我倒不在乎。"

正如利德盖特所说的,他有点像吉卜赛人,宁愿自己不属于任何阶级。他觉得他的地位很有诗意,看见自己不论走到哪里,都会引起一点诧异,还很高兴。但这种怡然自得的心情遭到了干扰,那就是他在利德盖特家中与多萝西娅不期而遇之后,感到两人之间出现了新的隔阂。他的愤怒自然指向卡苏朋先生,因为后者事先就宣称,威尔将失去他的社会地位。假如这预言向他当面发出,他会回答说"我从来没有任何社会地位",同时热血一涌而上,从他白净的面皮上反映出来。但反唇相讥是一回事,接受它的后果又是一回事。

然而当地对《先驱报》这位新主编的看法,却与卡苏朋先生的观点不谋而合。威尔的亲戚关系不像利德盖特的高贵出身,不能在那个优异的社会中给他提供有利的庇护,因为人们不仅说,年轻的拉迪斯拉夫是卡苏朋先生的侄儿或表侄,而且说"卡苏朋先生根本不当他一回事"。

"他是布鲁克找来的,"霍利先生说,"这种职业凡是稍有头脑的,谁也不会接受。你可以相信,卡苏朋对他出了钱培养的年轻人,竟然不愿理睬,这自然有他的道理。跟布鲁克一样,这是那种为了称赞一只猫,不惜丢掉一匹马的家伙。"

威尔那些多少带有一点诗意的怪癖,似乎证实了《号角报》主编凯克先生的意见。凯克说,按照事实而论,拉迪斯拉夫不仅是波兰的间谍,而且神经有些反常,正因为这样,他上台演讲的时候,才那么油嘴滑舌,叽里呱啦的快得异乎寻常——这个人是一有机会就要夸夸其谈的,真是给一般稳健的英国人丢尽了脸皮。凯克看到这个细长条子披着满头淡黄色鬈发,站起来讲话,就感到恶心,可这家伙滔滔不绝,一讲就是一个钟头,专门攻击那些"从他躺在摇篮里的时候就已存在"的各种制度。在《号角报》的一篇社论里,凯克这样描写拉迪斯拉夫在一次讨论改革的会议上的发言:"这是一个狂热分子的胡言乱语,一种毫不足道的叫嚣,表面上耸人听闻,光辉灿烂,内容却尽是不负责任的谰言,议论浮浅,把最近那种分文不值的廉价描写发展到了登峰造极的地步。"

"昨天那篇社论真是呱呱叫呢,凯克,"斯普拉格大夫带着嘲笑的意思说,"但是什么叫狂热分子?"

"哦,那是法国革命中出现的一个名称。"凯克答道。

拉迪斯拉夫的这一危险方面,与他引人注目的其他特色,构成了奇怪的对照。威尔喜爱儿童,这一半出于艺术家的天性,一半是热情的表现。那些蹦蹦跳跳的孩子越是小,衣着越是古怪,他越喜欢吓唬他们,逗他们玩。我们知道,他在罗马总爱在贫苦居民中间闲逛,这种爱好在米德尔马契也没有改变。

他的周围聚集了一群滑稽的孩子,一个个都是小萝卜头,男的不戴帽子,裤子破破烂烂,衬衫又短又小,露在裤子外面,女的甩开披在眼睛上的头发,盯着他瞧,保护她们的弟兄们也至多只有七岁。到了采坚果的时候,他就率领了这一支人马,像流浪的吉卜赛人,奔赴哈尔赛尔树林玩儿。天气变冷以后,他便在晴朗的日子带他们去捡树枝,到山边的洼地上烧起一堆篝火,又拿出一些姜饼招待大伙,用自己在家里偷偷做的小木偶作即兴表演。这是他的一种怪诞行径。另一种是他喜欢在他熟悉的人家,直挺挺地躺在壁炉前面的小地毯上谈天,这副怪样子,往往给偶然前来的其他客人发现,于是大家认为,这种反常举动正可以证明,他是个危险的混血儿,天性放荡不羁。

但是威尔的文章和演讲,在当时新的党派阵线壁垒分明的情况下,自然会得到拥护议会改革的家庭的欢迎。他应邀走进了布尔斯特罗德先生的公馆,只是在这里,他不能躺在地毯上。布尔斯特罗德太太觉得,他谈到天主教国家的那些话,流露了对敌基督①的妥协倾向,这是知识分子往往信心不坚的表现。

然而在费厄布拉泽先生家中——大概由于事物的嘲弄,他在全国的这场运动中,却与布尔斯特罗德站在同一立场上——威尔却得到了女士们的欢心。他对小诺布尔小姐特别友好,每次在街上看到她挽着篮子走过,一定要当着全城人的面,把胳臂伸给她,陪她访问穷人,与她一起把她从甜点中偷偷省下的食品分发给孩子们。

但是他去得最多的人家,还是利德盖特家,在那里他可以无拘无束地躺在地毯上。这两个人性情完全不同,但这并不妨碍他们有一致的观点。利德盖特态度生硬,但脾气不大,对健康人的怪念头完全不加理会,拉迪斯拉夫通常也不会把纤细的感情浪费在不理解它的人身上。然而对罗莎蒙德,他却不同,常常赌气,使性子,有时还很不客气,弄得她心里不知如何是好。但是不久,他就成了她的欢乐中不可缺少的部分,他可以陪她唱歌,他的谈话别有风味,他也从来不会板起脸孔想心事,而她的丈夫尽管温柔体贴,一切听便,却往往过分严肃,弄得她很不开心,使她更加觉得医生这行职业实在一无可取。

利德盖特常常嘲笑人们脱离实际,迷信"一纸空文"的效力,可是对病理学的落后状态,却漠不关心,因此有时不免提出一些难题,质问威尔。三月的一个晚上,罗莎蒙德穿一身领圈上镶天鹅绒花边的樱桃色衣服,坐在茶桌旁边。利德盖特迟迟才回到家中,他忙了一天,已经很累,斜坐在靠近壁炉的安乐椅中,一条腿搁在扶手上,眼睛在《先驱报》上一栏栏溜过去,眉宇间露出了一丝不愉快的神色。罗莎蒙德发现他心里烦恼,便避免瞧他,还暗暗感谢上苍没有赐给她忧郁的天性。威尔·拉迪斯拉夫躺在壁炉前面的小地毯上,端详着窗帘杆子出神,嘴

---

① 指反对基督的人,见《新约全书》。这里是指教皇。

里低低哼着《当我第一次看到你的脸》,一只家养长毛狗伸开四肢躺在他身边,几乎已没有活动的余地,以致不时从脚爪中间瞪一眼这位地毯的僭取者,表示它无声但强烈的抗议。

罗莎蒙德端了一杯茶给利德盖特,他丢下报纸,向一跃而起、走到桌边来的威尔说道:

"拉迪斯拉夫,你们吹捧布鲁克,把他说成改革派地主,真是好没来由,这只能使《号角报》在他衣服上找到更多的破洞。"

"这无关紧要,读《先驱报》的人不会读《号角报》,"威尔说,一口气喝完了茶,在屋里踱来踱去,"你以为群众读报,是为了改变自己的观点吗?我们是在拼命为妖魔的晚宴调酒,'调啊调,调啊调,能调的人都来调呀',至于将来,谁知道他会站在哪一边。"

"费厄布拉泽说,他不相信机会来的时候,布鲁克会当选。那些自称支持他的人,到了关键时刻,会从口袋里掏出另一个候选人来。"

"试试没有妨害。选本地居民当议员是有好处的。"

"为什么?"利德盖特说,他动不动就这么直截了当提出质问。

"因为他们更能代表地方上的愚蠢势力,"威尔哈哈大笑道,连那一头鬈发也抖个不住,"而且他们在这一带总得规规矩矩才行。布鲁克不是一个坏人,他在田庄上做了些好事,但要不是想当议员,他是永远不会干的。"

"他不适宜当民意代表,"利德盖特说,露出坚定的轻蔑表情,"谁想依靠他,都要失望,我在医院里已领教过了。但是在医院里,驾车的是布尔斯特罗德,他只是坐车的。"

"那得看你给民意代表定的标准怎样了,"威尔说,"从目前来看,他很合适,因为现在人们的要求不过如此,他们关心的不是选什么人,他们只是要一张选票。"

"拉迪斯拉夫,你们写政论文章的人的拿手好戏,就是对一个措施大肆宣传,好像这是万应灵丹,对一个人也大肆吹捧,实际上,这个人正是需要医治的疾病的一部分。"

"这有什么关系?人们会在不知不觉中医好自己的病,忘记自己的田地。"威尔说。他往往灵机一动,就对以前从未考虑过的问题找到了答案。

"这不是理由,不能因此鼓励不切实际的幻想,夸大目前这个措施的效力,把它说得天花乱坠,同时却把一无所能,只会投票的鹦鹉选进议会。你们反对腐败,可是硬叫人民相信,社会可以靠政治骗局来医治,这是最大的腐败。"

"你的话很动听,亲爱的先生。但是你的医治总得从一个地方入手啊,目前这个改革只是第一步,没有这开始的一步,千百件使群众不满的事就无从得到纠正。你不妨看看前些天斯坦利①讲的话,他说,长期以来议会就知道修修补补,对小的贿选问题很关心,调查这个选民,那个选民,问他们有没有拿到钱,然而大家知道,那里的席位早已整批出售了。等候民众代表增长智慧,良心发现,那是废话!我们能够相信的唯一良心,就是群众本身的是非观念,能够发挥作用的最高智慧,就是满足正当要求的智慧。那便是我的原则,它对哪一方有害?我支持的是支持人们正当要求的人,不是袒护坏事的好好先生。"

"你用一般的道理来论证一个具体的问题,这只是一种错误的推理,拉迪斯拉夫。当我说,我赞成吃药可以治病时,并不表示我赞成用鸦片来医治眼前的痛风症。"

"眼前的问题是用不到论证的,难道我们在找到十全十美的人以前,什么也干不成?你赞成那么办吗?如果有两个人,一个赞成你的医疗改革,另一个反对,你是不是要先问一下,谁的动机纯正,甚至谁的头脑聪明一些?"

"哦,当然不会,"利德盖特说,发现自己给将了一军,因为这正是他经常用的论调,"如果我们身边只有这样的人,却不与他合作,那么一切只好拉倒了。比如布尔斯特罗德,这城里关于他的谣言哪怕全是真的,这也不能否定,在我所了解和最关心的问题上,他有志向和决心做我认为应该做的事。但那是我可以与他合作的唯一方面,"利德盖特自豪地补充道,想起了费厄布拉泽先生的话,"在其他方面,我与他

---

① 爱德华·斯坦利(1799—1869),英国政治活动家,一八二〇年起担任议员,支持议会改革法案。

毫不相干。我决不会为了任何私人原因吹捧他——我与他保持着一定的距离。"

"你是否认为,我是为了任何私人原因吹捧布鲁克?"威尔·拉迪斯拉夫生气地说,蓦地转过身来。他第一次对利德盖特感到了不满,不过也许,这也是由于他不愿任何人过问他与布鲁克先生越来越密切的关系。

"我根本没有这个意思,"利德盖特说,"我只是解释我自己的行为。我刚才无非是说,一个人可以为了一个特定的目的,与其他人合作,尽管这些人的动机和一般作为,可能大有疑问也无妨,只要他个人完全保持独立,相信他不是在为自己谋私利,不是为了金钱和地位才那么做的。"

"那你为什么不能把你这种宽容态度推己及人呢?"威尔说,仍有些生气,"你重视你的人格独立,我也同样重视我的人格独立。你没有理由想象我对布鲁克怀有个人动机,正如我也不能怀疑你对布尔斯特罗德怀有个人动机一样。我想,动机是个荣誉问题,这是谁也无法证明的。但是关于世上的地位和金钱,"威尔最后说,把头向后一仰,"我认为那很清楚,我的行为不是由它们决定的。"

"你完全误解了我的意思,拉迪斯拉夫,"利德盖特说,有些诧异,他一心替自己的行为辩白,没有留意,拉迪斯拉夫可以把这些话应用在他自己身上,"我无意之中得罪了你,请你原谅。事实上,我倒是觉得,你把世俗利益完全置之度外,有些浪漫作风。关于政治问题,我认为这只是理智上的偏见。"

"今天晚上你们两个争论不休,多没意思!"罗莎蒙德说,"我真不明白,为什么要把金钱也牵涉进去。为了政治和医学争争吵吵,已经够无聊的了。为了这两个题目,你们简直可以跟全世界,也可以在相互之间争个没完。"

罗莎蒙德神色温和,毫无偏袒,说完后起身按铃,然后穿过屋子,走向她的工作台。

"可怜的罗莎!"利德盖特说,在她走过身边时,向她伸出手去,"小天使不喜欢争论。给我们唱唱歌吧。让拉迪斯拉夫给你伴唱。"

威尔走后,罗莎蒙德对丈夫说:"泰第乌斯,今天晚上你为什么情绪这么坏?"

"我?那是拉迪斯拉夫情绪不好。他简直像一块火石。"

"不,我是指那以前。你回家的时候就好像很烦恼,一脸怒气。这样你才开始跟拉迪斯拉夫先生顶牛。你这副脸色总使我很害怕,泰第乌斯。"

"是吗?那我一定像吃人的野兽啦。"利德盖特说,赎罪似的抚摩着她。

"什么事使你烦恼?"

"哦,那是外边的一些事——职务上的事。"

实际上他收到了一封信,催他付清家具账。但罗莎蒙德眼看就要分娩,利德盖特不愿她为这类事操心。

第四十七章

> 真正的爱从来不会一无所得,
> 因为最真诚的爱便是最高的得。
> 它不凭人工制造,它来自天然,
> 是在阳光雨露的哺育下成长。
> 正如在规定的地点和时间,
> 上天让小小的鲜花自然开放,
> 它根茎向下,花心向上,
> 一切全凭地和天决定。

威尔·拉迪斯拉夫与利德盖特那次小小的争执,正好发生在星期六晚上。它的后果就是在他回到自己屋里后,坐到了半夜。在新的烦恼下,旧事死灰复燃,他决心在米德尔马契定居,与布鲁克先生的命运联系在一起以前想过的一切,重又涌上了心头。自从他走上这一步以后,当初的犹豫心情变成了一种敏感的猜疑,往往一触即发,使他觉得,要是他聪明一些,也许就不该这么做。他对利德盖特火气那么大,根源便在这里,直到现在,他还不能平静。他是不是干了蠢事,以致自食其果?而且正是在他自以为比别人聪明的时候,偏偏干了蠢事?但这是为了什么?

算了,说不上为了什么。确实,他做过梦,有过各种幻想,反正凡是有感情和思想的人,无不会在感情的推动下思想,也无不会在心中看到一些幻象从那里升起,它们或者用希望抚慰着感情,或者用恐惧刺痛着感情。这是我们大家都有的体验,只是就某些人而言,却有很大的不同。威尔不是那种理智"始终保持在轨道上"的人,他喜欢另辟蹊径,寻找自己选择的小小乐趣,这是那些驰骋在大路上的君子们难免认为痴骏的行为。他把他对多萝西娅的感情看作自己的一种幸福,就是这方面的一个例子。卡苏朋先生怀疑他抱有普通人的庸俗梦想,即多萝西娅可能守寡,到那时,他在她心头培植的好感就会开花结果,使她接受他做她的丈夫;其实这对他没有吸引力,他也并不稀罕。这看来也许奇怪,但确是事实。那样的前景不是他所向往的,他也不想争取它的到来,他不会像我们大家一样,把想象中的"另一天地"当作实际的天堂。他不愿自己思想中出现一丝可以指责的污点,一想到给人说成忘恩负义,不得不为自己辩白,就觉得不自在,而且他隐隐意识到,在他和多萝西娅之间,除了她的丈夫以外,还存在着许多其他障碍,这使他不可能胡思乱想,出现卡苏朋先生所猜测的那种意念。但不仅如此,还有其他原因。我们知道,威尔只要想到他心爱的白璧上出现一点瑕疵,便受不了。多萝西娅见到他和跟他谈话时,那么安详自若,光明磊落,这使他既气愤又高兴,他想到她留给他的这个印象,便有一种美好的感觉,以致不愿发生任何变化,因为任何变化必然使她有所不同。听到优美的乐曲变成街头的嘶叫,我们不是总要掩耳而过吗?发现一件罕见之物——也许是一方宝玉或一件雕刻——我们一直赞美不止,为了一睹风采,不惜想方设法,却原来只是一件平凡的赝品,天天都可以见到,我们不是会大为扫兴吗?我们的爱好全凭我们感情的性质和幅度决定。威尔这个人对生活中所谓有形之物,一向不大关心,却极其重视微妙的精神力量,就他而言,他内心出现的对多萝西娅的向往情绪,仿佛是继承到的一份财产。在别人看来,这可能是多余的感情,在他却是给想象力提供乐趣的材料。他意识到了一种丰富的内心活动,体验到了使他神往的更高的爱情之诗。他对自己说,多萝西娅永远高踞在他的心灵中,其他女人只配坐在她的脚凳下。要是他能够用不朽的音节寄托她在他心头引起的感觉,他将模仿老德雷顿①这么讴歌:

> 把赞美她的千言万语分出一行,
> 就足以使今后的女王欣喜不止。

但这个后果是无法证实的。那么他还能为多萝西娅做什么呢?他的忠诚对她有什么价值?这他说不清楚。他只知道,他不能与她完全隔绝。他看到她跟他赤诚相见,他不相信她会这样对待她亲友中的任何人。她既然说希望他留下,他便决定留下,哪怕有一条火龙守在她的身边,对他张牙舞爪,他也要留下。

威尔犹豫的结果,每次都是这样。但是对于自己的决定,他也不是没有矛盾和反抗的。外界的一些现象常常把他弄得心烦意乱,就像今天这个晚上一样,这些现象说明,他追随布鲁克先生从事的社会活动,并没有像他期待的那样,成为一种英雄行为,这又与另一种烦恼经常结合在一起,那就是尽管他为多萝西娅牺牲了自己的尊严,他却几乎见不到她。他既无力反抗这些不幸的事实,于是只得否定自己最强烈的憧憬,说道:"我是一个傻瓜。"

但是,由于内心的争论必然转向多萝西娅,结果仍与以往一样,只是使他更加意识到,她的存在对他是不可缺少的。他突然想起,明天是星期日,于是决定前往洛伊克教堂,以便见到她。他怀着这个思想上了床,但理性随着晨光一起到来,他穿衣服时,反对意见又开口了:

"卡苏朋先生禁止你前往洛伊克,你这么做,实际是对他的反抗,这只会惹得多萝西娅生气。"

"胡说!"肯定意见争论道,"在春光明媚的早晨,他不准我上美丽的乡村教堂做礼拜,这太岂有此理了。多萝西娅只会欢迎,不会反对。"

---

① 迈克尔·德雷顿(1563—1631),英国诗人,他的诗主要是歌颂英国的山河和历史,早年也写过歌颂伊丽莎白女王的诗。这里是模仿他的风格写的两行诗。

"卡苏朋先生看得很清楚,你去无非是为了跟他怄气,或者想看看多萝西娅。"

"不对,我去不是为了跟他怄气,至于多萝西娅,我为什么不能去看她?难道他应该得到一切,永远称心如意?别人老不痛快,让他也不痛快一次吧。在教堂做礼拜别有风味,我一向喜欢这种情调,何况我认识塔克一家,我可以坐在他们的座位上。"

这样用非理性力量压服了反对意见之后,威尔像走向天堂似的,向洛伊克出发了。他穿过哈尔赛尔公地,在树林边上绕过去,阳光从发芽的树枝中间大片大片地投射在地上,照得苔藓和地衣闪闪发亮,嫩绿的细草正从褐色的土壤中冒出头来。一切事物似乎都知道今天是星期日,赞成他前往洛伊克教堂。威尔只要没有什么事违拗他的心意,是很容易自得其乐的。这时他想到,卡苏朋先生见了他一定气得要命,反而觉得很有趣,愉快的笑影掠过他的脸上,像阳光突然降临在水面,给人以欢乐的感觉,尽管这行为本身似乎不足为训。但我们大部分人对挡在我们路上的家伙,都会在心里骂他讨厌,他给我们造成了不快,我们还敬他一点,是从来不会感到理亏的。威尔一路走去,腋下挟着一本小书,双手插在两边的裤袋里。他从没打开书,只是轻轻哼着歌,一边想象着教堂中将会出现的情景和后果。他尽量使那些曲调跟自己的歌词配合,有时他利用现成的旋律,有时临时凑合一些。那些歌词算不得赞美诗,不过跟他当时的心情却是完全一致的:

> 啊,我的欢乐虽然不多,
> 我的爱情并未因此夭折!
> 那轻轻的一触,那一线的亮光,
> 那往日的影子,仍留在我的心头。
>
> 那飘忽的梦仍在我脑际回旋,
> 那美妙的音调仍在我心中缭绕,
> 我知道有一个人可能怀念着我,
> 我也记得我们初次相逢的地点。

> 我在被放逐的恐怖中战栗,
> 但是灾祸不可能把我征服。
> 啊,我的欢乐虽然不多,
> 我的爱情并未因此夭折!

有时他脱下帽子,仰起了头,露出美好的喉咙,大声歌唱,这时到处洋溢着春天的气息,而他就是春的化身,一个充满着模糊的希望的光辉形象。

他到达洛伊克的时候,钟声还在荡漾。教堂内没有一个人,他走进了副牧师的席位。后来会众陆续到达,但他的周围仍空荡荡的。副牧师的席位在教区长席位的对面,都在小圣坛的入口处。威尔闲坐无事,一直在担心多萝西娅会不会来。他打量着那一张张乡下人的脸,他们年复一年地聚集在这里,周围是白色的粉墙,中间排列着古老的深色靠背长凳,一切几乎没有什么变化,只是那些信徒,仿佛树上的枝柯,随着岁月的流逝,有时这根断了,有时那根断了,但同时也抽出了嫩枝。李格先生那张青蛙脸显得与众不同,它在这儿出现有些不可思议,然而尽管它破坏了事物的正常秩序,沃尔一家和波德雷尔乡下老家的人,仍一个个端端正正坐在各自的席位上,塞缪尔兄弟的脸仍是紫酱颜色,圆鼓鼓的,这些体面的村民一家三代,还是像从前一样,怀着对当地士绅的敬意,进入教堂——在那些年轻孩子的眼中,卡苏朋先生身穿黑长袍,坐在最高的讲道坛上,也许就是全体乡绅的首脑,一个不可得罪的显赫人物。即使在一八三一年,洛伊克依然风平浪静,人们对议会改革,正如对礼拜日布道坛上发出的庄严男高音一样,无动于衷。这里的会众以前也常看见威尔坐在教堂里,因此他的出现并未引起任何人的讶异,只有唱诗班的歌手们暗暗庆幸,指望他在合唱中扮演一个角色。

最后,多萝西娅在这个古怪的背景上莅临了。她像在梵蒂冈一样,戴一顶白海狸皮帽,披一件斗篷,从座位中间短短的通道上缓缓走去。她一进屋,脸就朝着圣坛,尽管她的眼睛有些近视,她还是立即发现了威尔,但没有露出任何表情,只是脸色有一点苍白,经过他身边时,她严肃地点了点头。出乎自己的意外,威尔蓦地变得有些不自在,相互点头以后,他再也不敢看她。两分钟后,卡苏朋先生从法衣室出来了,他走进他的席位,脸朝着多萝西娅坐下,这时威尔像得了瘫痪症,再也无法动弹。他哪里也不敢看,只是望着法衣室门顶小楼中的唱诗班,心想多萝西娅也许很难过,他犯了一个不可饶恕的错误。作弄卡苏朋先生的想法,已不再显得有趣,也许现在他倒在得意地望着他,看见他不敢转一下头呢。为什么事先他没有想到这点?是的,他没有料到,他会独自坐在这四方的席位中,塔克家的人一个也没有,很清楚,他们全都离开洛伊克了,因为一个新教士站在桌旁。然而他还是觉得自己太傻,没有预见到他在这儿是无法朝多萝西娅看的;不仅如此,她还可能认为,他的到来是鲁莽的行为。然而他自讨苦吃,陷入了樊笼,现在已无法挽救,他只得死死盯住他的书本,跟一个小学女教师似的,只觉得今天早上的礼拜特别长,以前从没这么长过,自己又那么可笑,心里真是又气又懊丧。这就是一个男子崇拜一个女子,一心想看她一眼的结果!执事见了心里奇怪,拉迪斯拉夫先生怎么不用他的外国腔调参加合唱,继而一想,他大概感冒了。

那天早上,卡苏朋先生没有讲道,威尔一直处在这种状态,最后,礼拜总算完了,谢恩以后,大家站了起来。洛伊克的规矩一向是"乡绅"先走。威尔突然把心一横,冲破精神上的压力,抬起头来,直视着卡苏朋先生。但那位先生的眼睛却望着席位旁边小门上的门闩,他开了门,让多萝西娅出去,然后跟着走了,连正眼也没瞧他一下。多萝西娅离开座位时,抬头看了威尔一眼,接触到了他的目光,她又点了点头,但这一次神色有些不安,仿佛抑制着眼泪。威尔跟在他们后面,但他们一直朝前,出了教堂院子的小门,进了灌木林,再也没有回头。

他不能老跟在他们背后,只得沿着早上满怀希望走过的那条路,又在中午垂头丧气地走回去。这时不论外界和内心,一切都变得暗淡无光了。

第四十八章

> 黄金时期无疑已日薄西山,
> 歌舞停了,步履迟钝乏力,

我看到他们的白发在风中飘拂,
每张脸瞧着我都显得那么憔悴,
他们行动迂缓,两手无力,
已到了风烛残年。

多萝西娅离开教堂时很伤心,这主要是因为她看到,卡苏朋先生决心不理睬他的表侄;威尔在教堂中的出现,更清楚地证明了他们之间的裂痕已无法弥补。在她看来,威尔的到来是无可非议的,她觉得,这是他为了和解而跨出的友好的一步,这种和解也正是她日夜盼望的。也许他像她一样,认为要是卡苏朋先生和他能够无拘无束地见面,他们就可以握手言欢,恢复过去的友好关系。但是现在,多萝西娅感到,这个希望幻灭了。威尔遭到了冷落,离得比以前更远了,卡苏朋先生拒绝承认这个亲戚,他的自行到来,引起了他更大的仇视。

那天早上他不大舒服,呼吸有些困难,这才没有讲道。因此午餐时他几乎默不作声,更没有一句话提到威尔·拉迪斯拉夫,她并不觉得奇怪。至于她自己,她自然也不敢再接触这个问题。每逢星期日,午餐和晚餐之间的几个钟头,他们照例不在一起度过,卡苏朋先生大多在图书室中休息,多萝西娅则待在她的起居室中,通常是读一些她心爱的书。这些书有一叠放在弓形窗旁边的桌子上,它们五花八门,有希罗多德的著作,那是她正在跟卡苏朋先生学习的,也有她从前就爱读的帕斯卡尔的书,以及凯布尔的《基督之年》①。但今天她打开了一本又一本,都读不下去。每一本她都觉得没意思,什么居鲁士②诞生前的异兆,犹太人的风俗习惯……我的天!……还有那些虔诚的警句,那些音调铿锵悦耳的圣诗……每一首都那么平淡无味,枯燥沉闷。甚至春日的花草,在这天下午不时给阴云遮没的阳光下,也显得奄奄一息,毫无生气。她所习惯的沉思,平时对她起过支持作用,现在也叫她厌烦,她想到未来那漫长的岁月中,只有它可以与她做伴,便不禁心灰意懒。可怜的多萝西

---

① 凯布尔(1792—1866)是当时的一个教士和圣诗作者,曾任牛津大学诗学教授。《基督之年》是一本宗教诗集,也是他的主要作品,出版后曾风行一时。
② 居鲁士(公元前600?—公元前529),古波斯国王,波斯帝国的创建者。

娅,她渴望的本来不是这么一位同伴,她希望过另一种更丰富的生活,结婚之后,她一直苦苦挣扎,但这种生活却更加渺茫了。她不断努力,处处按照丈夫的要求行事,但她怎么也不能相信,他对她的现状已经满意。她所喜爱的,她天然关怀的一切,似乎总给排除在她的生活之外,因为任何事,如果她的丈夫只是允诺,却并不参与,那么这就等于遭到了否定。关于威尔·拉迪斯拉夫,他们之间一开始就存在着分歧,多萝西娅坚决相信,他对家产有要求权,然而这遭到了卡苏朋先生的严词拒绝,现在她还是相信,她是对的,她的丈夫是错的,可是她却无能为力。今天下午,这种无能为力的感觉更是压得她透不出气。她盼望别人亲切地对待她,她也能亲切地对待别人。她盼望工作,盼望这工作像阳光雨露一样,直接给人带来福利。然而现在她却发现,她实际上生活在坟墓中,而且越陷越深,这里从事的只是鬼气逼人的工作,它的成品也永远不会见到阳光。今天她是站在坟墓的门口,望着威尔·拉迪斯拉夫走向遥远的世界,那个温暖、活跃和友爱的世界,他离开时,还回头看了她一眼呢。

书本没有效用。沉思也没有效用。今天又是星期日,她没有马车,不能去探望西莉亚,她最近刚生了孩子。现在再也找不到出路,摆脱精神的空虚和不满了,多萝西娅只得像忍受头痛一样,把怨恨藏在心中。

晚饭后,到了她照例开始朗读的时候,卡苏朋先生提议到图书室去,他说,他已吩咐在那儿生了火,点了灯。他似乎又恢复了精神,正在紧张地考虑着什么。

在图书室里,多萝西娅发现,他又整理了一叠笔记本,放在桌上,现在他拿起她熟悉的一个本子,交到她的手里,那是一份摘要,记载着其他本子上的内容。

"我想请你办一件事,亲爱的,"他说,一边坐下,"今天晚上不必朗读了,你给我念一下这本子,手里拿好一支铅笔,在我说'做记号'的地方,你用铅笔画个十字。这是我早已想做的过滤过程的第一步;我这么做,是为了让你看到我的选择的某些原则,我相信,这样你就心里有数,能够理解我的意图了。"

这个提议只是他与利德盖特那次难忘的会晤之后,出现的许多迹象中的一个,它们说明,卡苏朋先生原来虽然不愿让多萝西娅过问他的著作,现在却不得不改变初衷,要求她多多关心和帮助他了。

她一边念一边做记号,这样过了两个钟头,他说道:"我们不妨带着本子上楼,你也带着铅笔,这样,万一夜里要念,我们仍可以继续。我想,多萝西娅,这不致使你太累吧?"

"只要你喜欢,你要我念多少都可以。"多萝西娅说。她讲的是简单的事实,因为她最怕的就是花了力气朗读,或干了别的什么,他仍像原先一样不愉快。

多萝西娅的某些特点,凡是接近她的人都会留下深刻的印象,因此并不奇怪,她的丈夫尽管嫉妒和猜疑,也不能不越来越相信,她的许诺总是真诚的,她能够始终忠于自己的是非观念和善恶观念。近来他已开始感到,这些特点对他说来特别宝贵,他必须充分利用它们。

朗读确实在半夜进行了。多萝西娅年纪轻,累了以后,一上床就睡熟了,后来才给亮光惊醒——起先她觉得好像在翻山越岭之后,突然看到了夕阳,于是她睁开眼睛,发现丈夫正裹着厚厚的睡衣,坐在壁炉旁边的扶手椅上,壁炉的火还没有熄灭。他点了两支蜡烛,希望多萝西娅醒来,但又不想用其他办法直接叫醒她。

"爱德华,你不舒服吗?"她问,立即起了床。

"我觉得靠在床上不大舒服,想在这儿坐一会儿。"她在壁炉里添了些木柴,穿上了衣服,说道,"你要我念下去吗?"

"要是你肯这么做,我太感激了,多萝西娅,"卡苏朋先生说,他不仅像平时一样彬彬有礼,而且十分和蔼,"我睡不着,我的头脑还很清醒。"

"我怕你可能太兴奋了。"多萝西娅说,想起了利德盖特的警告。

"不,我并不觉得过分兴奋。思想还很轻松。"多萝西娅不敢坚持,她像晚上一样,把那份提纲继续念了一个多小时,只是读得比刚才快了一些。卡苏朋先生的头脑也很灵敏,似乎只要听到开头几个字,他就能猜到后面是什么,说道:"那可以,做个记号。"或者:"念下一项,我得删去对克里特的第二个附注。"多萝西娅有些惊讶,发现他多年来一直在这块土地上爬行,竟对它如此熟悉,可以像飞鸟似的,迅速地俯瞰它的一切。最后他说道：

"现在把书合上吧，亲爱的。我们明天再继续。这件事我拖得太久了，但愿它快些完成。现在你可以明白，我选择材料的原则，是对我的导言中列举的各个论点，作出恰如其分的，而不是过于累赘的说明，那份导言便像目前草拟的那样。多萝西娅，你应该已看清楚这点了吧？"

"是的，"多萝西娅回答，声音有些发抖。她觉得心里难过。

"现在我想我可以休息一会儿了。"卡苏朋先生说。他重新躺下，请她吹灭了蜡烛。等她也躺下，屋里一片漆黑，只剩了壁炉中一点微弱的火光以后，他又开口了：

"在我睡着以前，我想提一个要求，多萝西娅。"

"什么要求？"多萝西娅问，心里有些害怕。

"我希望你能让我知道，明确地知道，万一我死了，你是不是肯按照我的愿望行事，也就是说，避免做我所不赞成的一切，努力实行我要你做的一切。"

多萝西娅没有感到惊异，许多迹象已经使她猜到她丈夫怀有某种意图，而这种意图可能成为她新的枷锁。她没有立即回答。

"你拒绝吗？"卡苏朋先生说，声音尖锐了些。

"不，我还没有拒绝，"多萝西娅说，嗓音很清晰，自主的渴望在她心中发挥了作用，"但是在我明白要我保证的是什么以前，我的承诺是盲目的，也是错误的。不论出于什么感情，我都不需要用诺言做保证。"

"那就是说你要照你的判断行事，而我要求你服从我的判断，但你拒绝了。"

"不，亲爱的，不！"多萝西娅用恳求的口气说，对反抗的畏惧使她失去了主意，"但是可以等一等，让我再考虑一下吗？我愿意全心全意做一切能够安慰你的事，但我不能突然做出任何保证，尤其是一种我还不理解的保证。"

"那么你是怀疑我的愿望不合理吗？"

"让我明天回答你吧。"多萝西娅恳求道。

"也好,明天再谈吧。"卡苏朋先生说。

过了不久,她就听得他睡熟了,但是她却再也睡不着。她只得强迫自己安静地躺着,免得惊醒他,同时心里却在进行一场斗争,在这场斗争中,想象力有时倾向一边,有时又倾向另一边。根据她的预感,她丈夫指望对她未来的行为树立的控制权,无非是跟他的著作有关的。她很清楚,他希望她专心致志,帮助他清理那一大堆混乱的材料,然后用这些不可靠的材料说明那些更不可靠的原则。可怜的女孩子对那部《索隐大全》的价值,早已失去信念,尽管它凝结着她丈夫一生的心血和抱负。她学问不大,但她对这事的判断却比他的更切合实际,这并不奇怪,因为他是孤注一掷,把个人的一切全都押在这上面,她却可以不抱任何偏见进行比较,用健全的理智衡量它的得失。现在她想象着,为了把那些材料整理成文必须花费的时间和岁月,它们可以说只是支离破碎的木乃伊,是由历史废墟中五花八门的遗物拼凑而成,可是现在却要用它们作食物,把那个先天不足的瘦弱孩子——他的理论,哺育成人。毫无疑问,来自生活的富有生命力的事物,哪怕错了,也包含着具有活力的真理的胚胎;对黄金的寻求同时也是对物质的探索,化学的躯壳孕育了化学的灵魂,于是拉瓦锡①诞生了。但是卡苏朋先生关于一切传说的起源及其构成因素的理论,不必担心无意之中遇到新发现,因而宣告破产,因为它只是在猜测中活动,这种猜测伸缩性极大,就像有些词单凭发音近似,便被看作同一起源,除非你能证明发音相近不能构成同源词,才可以解决。而且他那种阐释方式不必接受任何有形事物的检验,它所依据的只是一些虚无缥缈的东西,如所谓歌革和玛各②。因此这种理论好比要把星星串在一起的计划一样,可以漫无边际地想象。多萝西娅对这种研究,常常感到厌倦和不耐烦,在她看来,这只是一种毫无意义的猜谜活动,根本不是在探索一门高深的学问,它也不可能使她的生活变得更有价值!现在她已完全明白,为什么她的丈夫要拉住她,因为她可能是他剩下的唯一希望,只有依靠她才能使他的著作

---

① 拉瓦锡(1743—1794),法国伟大的化学家,近代化学的开创者。
② 《圣经》中被撒旦释放出来捣乱世界的人物,见《启示录》第二十章第八节。

粗具规模,然后把它提交给社会。起先他似乎不愿她过问他的著作,把她排除在外,但是逐渐出现了可怕而严峻的需要……猝然死亡的前景……

想到这里,多萝西娅的怜悯从自己的未来转向了丈夫的过去,不,转向了他现在与命运所作的艰苦搏斗,而这命运是过去造成的。他一生过的是孤独的书斋生活,个人的抱负由于缺乏自信,变成了沉重的包袱,压得他喘不出气;时至今日,终点越来越远,四肢却越来越软弱无力,他终于看到,那把剑①已在他头顶上晃动!那么她嫁给他,难道不就是为了要帮助他完成他毕生的事业吗?但是她本来以为那是一部伟大的著作,是值得她为它牺牲一切的呀。如果这只是徒劳无益的工作,即使为了减轻他的忧虑,她应该这么做吗?哪怕她作出了承诺,她能够遵守诺言吗?

然而她怎么回绝他呢?她敢于说"我拒绝满足你的迫切需要"吗?那无异是拒绝为死后的他,做她现在事实上在为活着的他所做的事。利德盖特说,他也许还能活十五年,甚至更多,要是这样,她也势必为了帮助他和服从他,消耗尽自己的一生。

不过忠于活着的人,和无条件忠于对死者的保证,是有深刻差别的。在他活着的时候,他提出的要求,没有一个是她不能提出意见,甚至加以拒绝的。但是——这思想已在她心中出现过不止一次,尽管她不能相信这是事实——他希望她按照他的愿望行事,又不告诉她这些愿望究竟是什么,那么他要求她做的,会不会还有她没有估计到的事呢?不,他念念不忘的只是他的著作,也只有这个目标才会使他在生命行将消失的时候,指望靠她来完成。

那么,如果她回答说:"不成!你去世后,我不会再碰一下你的著作。"这无异是她存心要把那颗受伤的心灵掐死。

多萝西娅在这种思想苦闷中度过了四个钟头,她终于感到厌烦,不知如何是好,也无法作出决定,只得默默祈祷。她像一个哭泣的孩子,

---

① 据希腊神话,叙拉古暴君狄奥尼修斯请达摩克利斯赴宴,在他头顶上用马鬃悬一把剑,使达摩克利斯随时感到有生命危险。

想得到帮助,这帮助又迟迟没有出现,于是迷迷糊糊睡着了,这时已是早晨,等她醒来,卡苏朋先生已经起床。坦特莉普告诉她,他做过祷告,用过早餐后,到图书室去了。

"我从没看见您的脸色这么苍白,夫人。"坦特莉普说,她是一个身体结实的女人,早在洛桑就跟两姊妹在一起。

"我有过脸色红润的时候吗,坦特莉普?"多萝西娅说,微微笑了笑。

"好吧,不说脸色红润,至少也像月季花一样鲜艳。不过您现在沾了一身皮面书的味道,还能好得了?今天您还是休息一个上午吧,夫人。我去告诉先生您病了,不能上沉闷的图书室。"

"哦,不成,不成!让我快一些,"多萝西娅说,"卡苏朋先生有事跟我谈呢。"

她下楼时,觉得她应该答应他,满足他的要求,只是那得再等一会儿,不是现在。

她跨进图书室时,卡苏朋先生正把几本书放在桌上,听得声音,他马上回过头来,说道:

"我正在等你呢,亲爱的。我本想早上立刻开始工作,但觉得有些不舒服,可能是昨天过于兴奋了。现在我预备到灌木林走走,那儿空气比较温和。"

"你肯去走走,那太好了,"多萝西娅说,"恐怕昨天晚上你用脑过度了。"

"我也但愿我的脑子得到休息,不必再为我昨天提到的事操心,多萝西娅。我想,你现在可以给我一个答复了。"

"过一会儿我到花园找你,好吗?"多萝西娅说,她想赢得一段喘息的时间。

"半小时以内我都在紫杉林中。"卡苏朋先生说,然后走了。

多萝西娅觉得异常疲倦,按了铃,叫坦特莉普给她拿条围巾来。她静静地坐了几分钟,没有再陷入昨夜的思想斗争中,只是意识到她将说"是",接受自己的命运。她太软弱,想到要给丈夫带来沉重的打击,便充满恐怖,她没有其他出路,只能完全屈服。她默默坐着,让坦特莉普给她戴上帽子,披上围巾,这在她是不常有的,因为她喜欢自己穿衣服。

"上帝保佑您,夫人。"坦特莉普说,对这位美丽、温柔的小姐流露了无法克制的关怀。现在她已系好帽子,觉得没有别的事好替她做了。

这使多萝西娅极度紧张的情绪再也忍受不住,她流下了眼泪,靠在坦特莉普的胳臂上嘤嘤啜泣。但不久,她便忍住哭声,擦干泪水,出了玻璃门,向灌木林走去。

坦特莉普在早餐室遇到男管家普拉特,对他说:"我恨不得图书室中所有的书,都拿去给你家主人造地下墓穴①。"我们知道,她到过罗马,参观过那里的名胜古迹。她向其他仆人提到卡苏朋先生时,从来不用别的称呼,只称他"你家主人"。

普拉特不禁大笑了。他非常喜欢他的主人,但他更喜欢坦特莉普。

多萝西娅到了砾石路上,在附近的一簇簇树木中间往来徘徊,心中犹豫不决,正如以前那次一样,只是出于不同的原因罢了。上次她是担心她的出现会不受欢迎,现在她害怕的是她一到那里,就得把自己束缚在一种关系上,而这种关系正是她企图避免的。迫使她这么做的,不是法律,也不是社会舆论,只是她丈夫的性格和她自己的同情,只是虚构的,而不是真实的婚姻义务。整个情况她看得很清楚,然而她还是不得不接受约束,她不能见危不救,对他的呼吁置之不顾。如果那是软弱,多萝西娅是软弱的。但是半个小时即将过去,她不能再犹豫不决。她走进了紫杉林,她没有看到她的丈夫,但那条小径是弯曲的,她沿着它走去,指望看到裹在藏青大氅中的他的背影。他在冷天到花园去时,总是穿这么一件外套,戴一顶厚厚的丝绒帽子。她想起,他可能在凉亭里休息,上那儿得走旁边一条小路。她绕过转角,看到他坐在长凳上,靠近一张石桌。他的胳膊靠在桌上,额角扑在手臂上,蓝大氅的领子翻了起来,从两边遮住了他的脸。

"他昨夜太疲倦了。"多萝西娅对自己说,首先想到的是他睡着了,但凉亭太潮湿,不是休息的地方。接着她又想起,不久前她看到过他这个姿势,那是在她为他朗读的时候,似乎他觉得这比别的姿势舒服一

---

① 古罗马特有的一种墓穴,形同地下室,中间有过道,两旁是坟墓。

些;她还想到,有时他讲话时,或者听她讲话时,也那样把脸扑在手上。她走进凉亭,说道:"爱德华,我来了,我考虑好了。"

他没有理睬她,她想他一定睡熟了。她把手搭在他肩上,又说道:"我考虑好了!"他还是没有动,她蓦地产生了一个混乱而恐惧的思想,向他俯下身去,取下了他的丝绒帽子,把面颊贴在他的头上,伤心地哭了。

"醒醒,亲爱的,醒醒啊!听我说呀,我来答复你的话了。"

但是多萝西娅再也不必提出她的答复了。

当天稍晚一些时候,利德盖特坐在她的床边,她躺在床上正说胡话,一边拼命思索,回想上一天夜里出现在她心头的一切。她认出了他,喊着他的名字,似乎觉得她应该向他说明一切。她再三要求他把她的话转告她的丈夫。

"告诉他,我马上去看他,我可以答应他,只是想到这事是多么可怕……它使我病了。不过病不重,我马上就会好的。你去告诉他吧。"

但是她丈夫的耳朵已笼罩在永恒的沉寂中,再也听不到了。

第四十九章

> 这位老爷带来了一个难题,
> 　　巫术咒语都对它无能为力;
> 把石块丢到井下易如反掌,
> 　　但谁能把它们从井中取出?

"我们千万要当心,不能让多萝西娅知道这事。"詹姆士·彻泰姆爵士说,眉头有些皱,嘴角边露出了异常厌恶的神情。

这是在洛伊克庄园的图书室中,他站在壁炉前的地毯上,跟布鲁克先生谈话。卡苏朋先生已在昨天埋葬,多萝西娅还不能离开卧室。

"这很难,你知道,彻泰姆,因为她是遗嘱执行人,凡是涉及财产、田地,以及诸如此类的事,她都喜欢亲自过问。她有她的想法,你知道,"布鲁克先生说,神经质地戴上夹鼻眼镜,打量着手中那张折拢的

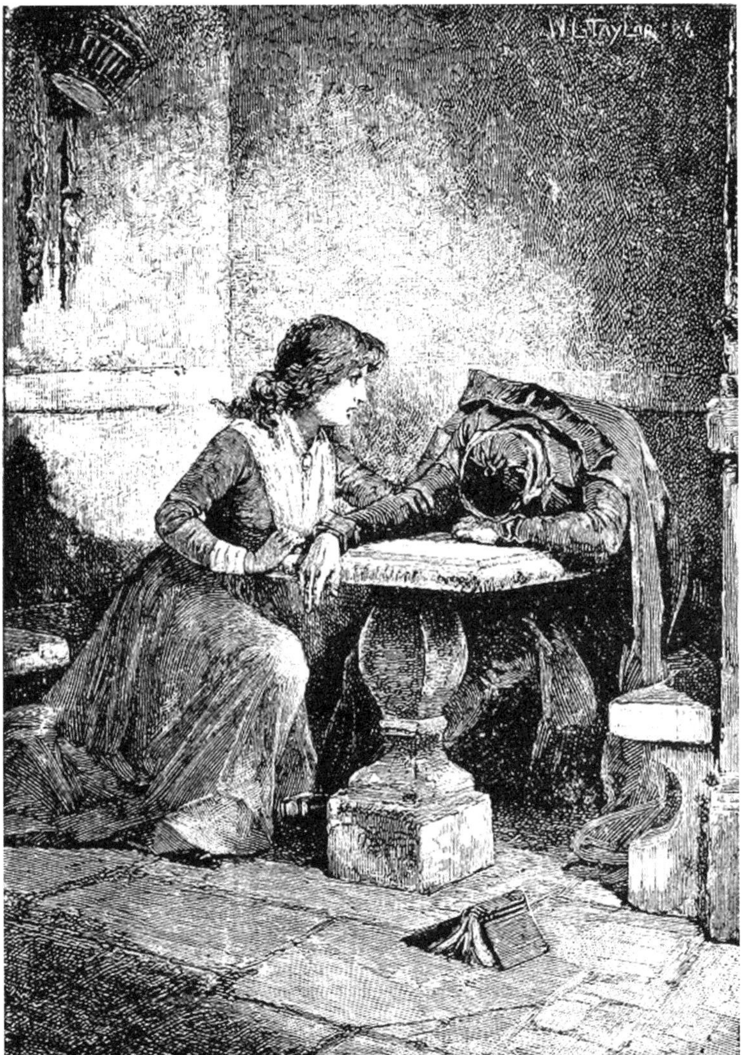

纸的边缘。"她喜欢亲自动手,我可以保证,作为一个遗嘱执行人,多萝西娅也必然要亲自处理一切。她在去年十二月已满二十一岁,你知道。我没法瞒住她。"

詹姆士爵士一言不发,朝地毯上瞧了一会儿,然后抬起眼睛,注视着布鲁克先生,说道:"你听我说,我们可以怎么办。在多萝西娅病好以前,事情都不必通过她,等她能够起床以后,马上让她住到我们那儿去。跟西莉亚和孩子在一起,这对她是最好的安慰,她可以忘记一切。在这期间,你必须把拉迪斯拉夫打发走,你应该让他离开英国。"这时,詹姆士爵士那种厌恶的神色又变得十分明显了。

布鲁克先生反剪着双手,踱到窗前,挺直背脊,把身子摇了一下,这才答道:

"说说是很容易的,彻泰姆,很容易的,你知道。"

"我的好先生,"詹姆士爵士坚持道,尽量把愤怒限制在礼节许可的范围内,"他是你请来的,也是你把他留在这儿的——我是指你让他担任了那个职务。"

"一点不错,但我不能不说明理由,就贸然解除他的职务,亲爱的彻泰姆。拉迪斯拉夫非常能干,一向得到大家的器重。我认为我把他请来,是为地方上做了一件有益的事,你知道,一件有益的事。"布鲁克先生说最后一句话时,特地转过身来,点了点头。

"我很遗憾,这一带地方居然少了他不行,这就是我对这件事要说的一切。不论怎样,作为多萝西娅的妹夫,我觉得我有责任向她的亲属提出强烈抗议,反对他们以任何名义把他继续留在这里。我希望你会承认,在有关内人的姊姊的尊严问题上,我是有发言权的。"

詹姆士爵士越说越激动了。

"当然,亲爱的彻泰姆,当然。但是你和我有不同的思想……不同的……"

"我想,对于卡苏朋干的这件好事,我们应该没有分歧,"詹姆士爵士打断了他的话,"我认为,他损害了多萝西娅的名誉,这是最不公正的。我得说,从来没有比这更卑鄙、更不光明正大的行为。对他结婚时立下的遗嘱,她的家庭知道和信赖的一份遗嘱,加上这么一件附录,这是对多萝西娅的莫大侮辱!"

"得啦,你知道,卡苏朋对拉迪斯拉夫有些不满。拉迪斯拉夫告诉过我原因,那就是他不喜欢他的作风,你知道,拉迪斯拉夫也瞧不起卡苏朋的那些玩意儿,什么透特,大衮,①以及诸如此类的事。据我看,卡苏朋还不喜欢拉迪斯拉夫采取的独立派立场。我看到过他们之间的信,你知道。可怜的卡苏朋只知道埋头读书,他不了解世界形势。"

"拉迪斯拉夫自然希望给事情涂上这么一层色彩,"詹姆士爵士说,"但我相信,卡苏朋只是为了多萝西娅才妒忌他,可是人们不明真相,会以为她已经有什么把柄落在丈夫手中。事情之所以叫人不能忍受,原因也在这里:他把她的名字和那个年轻人连在一起了。"

"亲爱的彻泰姆,这没什么大不了的,你知道,"布鲁克先生说,坐了下来,又戴上了眼镜,"那全是卡苏朋的胡思乱想。现在,还有这张纸,'内容提要表'等等,'供卡苏朋夫人使用',这是跟遗嘱一起锁在书桌抽屉里的。我想,他是要多萝西娅替他刊印他的著作,是吧? 她会这么做的,你知道。她也一心扑在他的著作上呢。"

"亲爱的先生,"詹姆士爵士不耐烦地说,"这根本不是我们要谈的问题。现在要尽快解决的是:你是否同意我的看法,把小拉迪斯拉夫马上打发走?"

"得啦,不要性急,这件事可以慢慢来。说不定一切都会圆满解决。至于谣言,你知道,把他打发走,并不能制止谣言。人们爱怎么说就会怎么说,反正不必非得有根有据不可,"布鲁克先生说,忽然变得精明强干,看到了符合他心愿的真理,"至于摆脱拉迪斯拉夫,我可以在一定程度上做到这点,那就是不让他主编《先驱报》,以及诸如此类的事,但我不能要他离开英国,除非他自己想走,你知道,除非他自己想走。"

布鲁克先生尽量讲得心平气和,仿佛只是在讨论去年的天气,最后跟平时那样客客气气地点了点头,这种固执态度等于火上加油。

"我的老天爷!"詹姆士爵士说,情绪已激动到了顶点,"我们可以

---

① 透特,古代埃及的智慧之神。大衮见本书一九二页注①。

替他谋个职务,可以为他花些钱。他可以成为某个殖民地总督的随员!格兰普斯会接受他——我可以写信给富尔克,请他帮帮忙。"

"但是拉迪斯拉夫不是牲口,不是你要他到哪里,他就会到哪里的,我的好朋友。拉迪斯拉夫有他自己的思想。告诉你,他明天离开我,你后天就会发现他活动得更起劲了,这就是我的看法。他有口才,又会收集材料写文章,他的话鼓舞人心,及得上他的人并不多,这是一个出色的鼓动家,你知道。"

"鼓动家!"詹姆士爵士说道,恨恨地加重了口气,仿佛把这个字的音节清楚地念一遍,就充分揭露了它的丑恶性质。

"请你冷静一些,彻泰姆。对了,关于多萝西娅,你说得不错,最好让她跟西莉亚在一起,越早越好。她可以住在你们家里,不久一切就会风平浪静。我们不宜造次,一举一动都要谨慎,你知道。斯坦迪什会保守秘密,等她知道的时候,新闻就不新了。至于拉迪斯拉夫,情况在不断变化,到时候他就自动走了,根本不必我进行干预,你知道。"

"那么我可以得出结论,你拒绝在这方面采取任何行动?"

"拒绝,彻泰姆?不,我没有拒绝。但我确实看不出我能做什么。拉迪斯拉夫是一位绅士。"

"承蒙你告诉我这点!"詹姆士爵士说,气得几乎忘记一切了,"我只知道,卡苏朋可不是这样一个人。"

"得啦,要是他在附录中干脆禁止她再嫁,那会更糟,你知道。"

"我不知道,"詹姆士爵士说,"那至少不致这么粗鲁。"

"可怜的卡苏朋,这是他想入非非的结果!那场病把他的头脑搞糊涂了。实在是多此一举,她根本不想嫁给拉迪斯拉夫。"

"但是这份附录这么一写,大家就会相信她想这么做。我也根本不相信多萝西娅会有这种念头,"詹姆士爵士说,然后眉头又皱了,"但我怀疑拉迪斯拉夫。老实告诉你,我怀疑拉迪斯拉夫。"

"可我不能根据这点,便贸然采取行动。事实上,哪怕真能把他打发走,送往诺福克岛或者诸如此类的地方,这在知道内情的人眼中,对多萝西娅更加不利。这会显得好像我们不信任她,不信任她,你知道。"

布鲁克先生的这个论点是不可否认的,然而这并不能说服詹姆士爵士。他伸出手来取他的礼帽,表示不想再争论,一边仍气呼呼说道:

"好吧,我只能说,我认为,多萝西娅由于她的亲属的不负责任,已作了一次牺牲品。现在我作为她的妹夫,应该尽一切力量保护她。"

"你能做的最好的事,就是让她早些住到弗雷什特去,彻泰姆。我完全赞成那个计划。"布鲁克先生说,觉得他在这场争论中胜利了,心里很高兴。在那个时候,要他跟拉迪斯拉夫分手,对他是十分不利的,因为议会随时可望解散,必须让选民们明白,采取什么方针最符合国家的利益。布鲁克先生真心相信,他的进入议会可以使这种利益得到保障,因为他忠心耿耿,愿意全力以赴为国家办事。

第 五 十 章

"这个罗拉德派教徒要向我们说教啦。"
"去他的,凭我爸爸的亡灵起誓,"
船手说,"我不要听他的说教,
他没有什么福音可以带给我们,
我们只信仰我们唯一伟大的上帝,
而他老是给我们增加麻烦。"
——《坎特伯雷故事》[1]

多萝西娅住在弗雷什特庄园,平安无事地过了将近一个礼拜,没有提出任何危险的问题。现在每天早上,她跟西莉亚坐在楼上最漂亮的一间起居室里,窗外可以望见小小的暖房。西莉亚穿一身白色和淡紫色相间的衣服,像一束双色紫罗兰。她的眼睛老是睃着婴孩那别致的动作,对她没有经验的头脑说来,这些动作都是稀奇的,因此她不时中断了谈话,向懂得这门奥妙学问的保姆请教它们的意义。多萝西娅穿

---

[1] 见《坎特伯雷故事》中"律师的故事收场语"。罗拉德派是中世纪基督教中反对天主教的一个新教教派,以英国宗教改革家威克里夫(1320—1384)的信徒为主,提倡社会平等,反对封建等级制度,主张教士应过清贫生活等。

了孀妇的衣服,坐在旁边,神色那么悲痛,对西莉亚毋宁说是一种干扰;因为不仅婴孩这么可爱,而且事实上,那个丈夫哪怕活着的时候,也死气沉沉,叫人讨厌,何况现在又……算了,算了!可想而知,詹姆士爵士已把一切告诉西莉亚,只是再三叮嘱她,不到万不得已,千万别让多萝西娅知道真相。

但是布鲁克先生的预言没有错,多萝西娅对自己分内应做的事,从来不会推卸责任。她的丈夫在他们结婚时立下的遗嘱,它的宗旨她是理解的,因此她一旦清楚地意识到自己现在的地位,马上在心中盘算,作为洛伊克庄园的主人,她握有授予教士俸禄的权利,那么她应该把它授予谁呢?①

一天早上,她的伯父照例去探望她,显得十分起劲,不同寻常,据他解释,这是因为目前已很清楚,议会即将解散。这时,多萝西娅说道:

"伯父,如今我得考虑,洛伊克的教士俸禄应该归谁了。本来塔克先生是预定的继任者,但从他走后,我没听我丈夫讲过,他心目中谁可以接任他的职务。我想,现在可以把钥匙给我,让我回洛伊克查一下我丈夫的文件了。也许我能找到一点说明他的意愿的材料。"

"不要急,亲爱的,"布鲁克先生平静地说,"过不了多久,你知道,你要去就可以去了。但我已把桌上和抽屉里的东西看过一遍,什么也没找到,除了遗嘱,只有几本深奥的笔记,你知道。一切都可以慢慢来。至于牧师问题,我已经有了一个打算,想把它给一个人,据我看他是很适当的。人家向我推荐泰克先生,说他不错。我以前帮过他的忙,支持他争取一个职务。这是一个使徒式人物,我相信,他符合你的要求,你保证满意,亲爱的。"

"我希望对他有更充分的了解,伯父,要是我的丈夫没有留下什么说明他的意图,我只得自己作出判断。也许他的遗嘱中还有附件,是给我的什么指示。"多萝西娅说,她一直在猜想,她丈夫会为他的著作向她提出一些要求。

"关于教区长的人选,他没说什么,亲爱的,什么也没有,"布鲁克

---

① 授予教士俸禄的权利,实际也就是任命教区牧师的权利,这种权利并不统一,有的属于主教,有的属于上级教会,但有些教区的教堂系由庄园主所修建,它的俸禄便由庄园主授予。洛伊克教区的情形便是这样。

先生说,站起身预备走了,一边向两位侄女伸出手去,"关于他的著作,他也没说什么,你知道。在遗嘱中完全没有提到。"

多萝西娅的嘴唇有些哆嗦。

"得啦,你现在还不宜考虑这些问题,亲爱的。得过些日子再说,你知道。"

"我完全好了,伯父,我希望做些事。"

"好啦,好啦,以后再谈吧。现在我必须走了,如今我忙得不可开交……目前已经到了转折关头,政治上的转折关头,你知道。这里有西莉亚和她的小家伙——你现在当姨妈了,你知道,好吧,我算是外公啦。"布鲁克先生说,装出若无其事的样子匆匆走了。他急于去告诉彻泰姆,这可怨不得他布鲁克先生,多萝西娅坚持非得亲自过问一切不可呢。

多萝西娅在伯父走后,靠在椅背上,注视着叠在一起的双手出神。

"瞧,多多!你瞧他!这么可爱的孩子,你看见过吗?"西莉亚操起她那种慢条斯理的嗓音,得意地说。

"什么,咪咪?"多萝西娅说,抬起眼睛,神色有些茫然。

"什么?他的上嘴唇啊,你瞧他用力把它往下拉,好像跟我扮鬼脸似的。多么滑稽!他的小脑袋中也有思想呢。可惜保姆不在这儿。你瞧他那副样子。"

一大滴眼泪在多萝西娅眼睛里徘徊了好大一会儿,现在终于在她抬起头,想笑一笑的时候,沿着她的面颊滚下来了。

"不要伤心,多多,吻一下孩子吧。你一声不吭,在想什么哟?我相信,你已经尽了一切责任,而且大大超过了。现在你应该快乐才是。"

"我不知道,詹姆士爵士肯不肯送我回洛伊克。我想把一切检查一下,看看有没有给我留下什么话。"

"你不能去,得等利德盖特先生同意以后才行。他还没有同意呢。(保姆,你来了,你抱孩子到走廊上走走。)再说,你依旧像平时那样,头脑里装着一种错误的观念,我看得到这点,这使我感到不安。"

"我哪里错啦,咪咪?"多萝西娅说,相当温顺。现在她几乎准备相信西莉亚比她聪明了,她确实有些担心,想知道她的错误观念是什么。西莉亚发现自己占了优势,决定利用这种地位。谁也不如她那么了解多多,懂得怎样对待她。自从西莉亚生了孩子,她对自己坚定的意志和沉着的智慧,更有了新的认识。很清楚,有了孩子,似乎就等于掌握了真理,而错误,一般说只是由于缺乏那个核心力量在起调节作用的缘故。

"你在想什么,我都看得出,看得不能再清楚了,多多,"西莉亚说,"你是想找一些不舒服的事干,只因为这符合卡苏朋先生的希望。好像你以前吃的苦头还不够。你这样待他,他根本不配,你以后会看到的。他待你很坏。詹姆士为了他,气得不得了。我最好还是告诉你,让你思想上有个准备。"

"西莉亚,"多萝西娅恳求似的说,"你使我很伤心。你要说什么,赶快告诉我。"有个思想掠过了她的头脑:卡苏朋先生没有把财产留给她。不过这并不是怎么可怕的事。

"是这样,他为他的遗嘱写了个附录,说在一种情况下,你将失去全部财产,那就是说,如果你出嫁……"

"这种话是毫无意义的。"多萝西娅迫不及待地插嘴道。

"不,不是嫁给任何人,附录上是说,如果你嫁给拉迪斯拉夫先生的话,你将失去一切,"西莉亚继续道,保持着平静的口气,"当然,这话是毫无意义的,你绝对不会嫁给拉迪斯拉夫先生,但从另一个角度看,它是有意义的,这说明卡苏朋先生是怎样的一个人。"

血涌上了多萝西娅的脸和脖子,她感到痛心。但是西莉亚认为,她给姊姊吃的是一粒事实的清醒丸,它会消灭错误观念,这些观念已给多多的健康造成了太大的危害。因此她用不带感情的声调继续往下说,仿佛是在讨论孩子的衣服。

"詹姆士这么说。他说,这是卑鄙的,不像一个绅士的行为。詹姆士看问题是最清楚的。那好像卡苏朋先生故意要让大家相信,你打算嫁给拉迪斯拉夫先生,这太可笑了。不过詹姆士说,这可以制止拉迪斯拉夫先生为了贪图你的财产娶你——仿佛他想过要向你求婚似的。卡德瓦拉德太太说,你甚至会嫁给一个玩白鼠的意大利人!但我必须去看孩子了。"西莉亚说,声调没有一点变化。她匆匆披上一块薄围巾,轻快地走了。

这时多萝西娅又变得冷静了,无能为力地靠在椅背上。如果她能说明她当时的感觉,那么她会说,她产生了一种迷惘、惊讶的心理,发现她的生活整个儿变了样子,她本人也在变化,以致回忆与刚刚诞生的新器官格格不入,不能配合。她丈夫的行为,她自己对他的忠诚,他们之间的一切争执,以及她跟威尔·拉迪斯拉夫的全部关系,总之,一切都变了。她的世界正在动荡转变,现在只有一点她是明确的,那就是她必须等待,重新考虑一切。有一种变化使她害怕,仿佛那是一桩罪孽,就是她对去世的丈夫产生了强烈的反感,发现他心里另外有一本账,它也许歪曲了她所说和所做的一切。接着她又意识到了另一种变化,它同样使她不寒而栗,那就是她在内心深处突然对威尔·拉迪斯拉夫萌发了一种奇异的怀念情绪。以前她从没想过他会成为她的情人,这在任何情况下都是不可能的,可是现在,她忽然发现,有一个人在这么看他,而且也许他本人也意识到了这种可能性。与此同时,各种不适当的情况,各种无法立即解开的疑团,也纷至沓来,涌上了她的心头。

似乎过了好长一段时间——究竟多长,她不知道——她才听得西莉亚说:"那就成了,保姆,现在他在我膝上可以安静了。你去吃饭吧,让加勒特待在隔壁屋里。"这时,西莉亚看到,多萝西娅靠在椅上,显得精神恍惚,便接着对她说道:"多多,我认为卡苏朋先生没有良心。我从来不喜欢她,詹姆士也是的。我觉得,他的嘴角总包含一种恶毒的意味。现在他干出了这种事,我相信,哪怕按照宗教精神,你也不必再为他吃苦了。他的去世是上帝的恩典,你应该感谢。我们不应该悲痛,宝宝,是吗?"西莉亚充满信任,问那个没有知觉的世界的核心和调节者,他的小拳头那么可爱,连指甲也是十全十美的,那头发又多么……当然,一旦把他的帽子取下,那就……但怎么说好呢?总之,这是我佛如来在西方人中的化身。

正在这个紧急关头,利德盖特来了,他讲的第一句话就是:"我看你的神色还没上次好,卡苏朋夫人,你是不是有什么心事?让我给你按一下脉。"多萝西娅的手像大理石那么冰凉的。

"她惦记着洛伊克,要想去查看文件呢。"西莉亚说,"她不能去,是不是?"

利德盖特暂时没有回答。过了一会儿,他才望着多萝西娅,开口道:"我不知道。按照我的意见,卡苏朋夫人目前最需要的是心绪宁静,在这个前提下,她什么都可以做。靠禁止是不能使人心绪宁静的。"

"谢谢你,"多萝西娅打起精神说道,"我相信那是合理的。有不少事等待我处理,为什么我要空坐在这里?"然后她尽力摆脱个人的烦恼,回想别的一些事,蓦地说道:"利德盖特先生,我想,你在米德尔马契认识每一个人,我有不少事要向你请教。目前我得解决一些重要的问题。我要指定一位牧师。你认识泰克先生和一切……"但是她的心情太沉重了,终于说不下去,又抽抽搭搭哭了。

利德盖特给她喝了一点提神药水。

他在离开以前,要求会见詹姆士爵士,对他说道:"让卡苏朋夫人做她要做的一切。我想,她需要充分的自由,这比任何药物更有效。"

他在多萝西娅神志昏迷时期对她的诊治,使他对她生活中受到的折磨,形成了一些符合实际的结论。他觉得可以肯定,她一直在紧张的自我克制和内心矛盾中,过着痛苦的生活,现在她似乎只是觉得自己走出了一个牢笼,又陷入了另一个牢笼。

利德盖特的劝告,詹姆士爵士很容易接受,因为他发现,西莉亚已把遗嘱中那件不愉快的事,告诉了多萝西娅。现在无法挽回了,这就没有理由把需要办的事再拖延下去。第二天,詹姆士爵士马上同意了她的要求,答应送她回洛伊克。

"目前我并不想住在那里,"多萝西娅说,"那会叫我受不了。我在弗雷什特跟西莉亚在一起愉快得多。我离开了洛伊克,也许能更好地考虑关于它的问题。我打算上蒂普顿田庄,跟伯父一起住几天,看看从前我到过的地方,会会村子里我认识的熟人。"

"我想,现在还不成。你的伯父正忙于政治活动呢,你最好避免接触这类事。"詹姆士爵士说,这时蒂普顿在他心目中,主要是小拉迪斯拉夫出入的巢穴。但他和多萝西娅之间,没有一句话接触到遗嘱中那个讨厌的部分。确实,两人都觉得,在他们中间谈论这问题是不恰当的。詹姆士爵士哪怕在男人面前,也不好意思谈不愉快的事。至于多萝西娅,她一旦提到这个问题,她要说的一件事,正是她目前不能说的,因为它只是进一步暴露她丈夫的不公正。然而她确实希望詹姆士爵士知道,她和她丈夫为威尔·拉迪斯拉夫对家产的合理权利发生过分歧,她觉得,这就可以使他像她一样明白,她丈夫提出那个不近人情、粗鲁无礼的附带条件,主要是为了不惜一切对抗那个权利,不仅仅是出于更难谈到的个人感情因素。另外,应该承认,多萝西娅希望这一点能被大家所理解,这对威尔是有利的,因为她的亲友似乎认为,他只是靠卡苏朋先生的施舍在过活。为什么要把他比作玩白鼠的意大利人呢?那句来自卡德瓦拉德太太的话,像恶作剧的小鬼躲在阴暗的角落里画的一幅刻毒的漫画。

在洛伊克,多萝西娅查看了桌上和抽屉中的一切,把她丈夫可能贮藏私人文件的地方,都找了一遍,也没发现专门留给她的什么,只有那份"内容提要表",这可能是打算给她的一系列指示的第一份,是为了指导她的工作的。卡苏朋先生做什么事都慢条斯理,犹豫不决,在给多萝西娅制定这份遗书时也是这样,何况他顾虑重重,对于把这部大作托付给别人的计划总是放心不下,跟他亲自执行这计划时一样,仿佛他是在一条黑暗的、坎坷不平的道路上摸索。他不信任多萝西娅有能力处理他所准备的材料,他把它托付给她,只是因为他找不到另一个可以信托的编写者。但是他终于从多萝西娅的性格中,看到了自己的希望,觉得她能够做好她决心要做的事,因此他要求她作出保证,在这个承诺的束缚下辛勤劳动,为他建立起一座陵墓,在这陵墓上将刻上他的名字(不过,卡苏朋先生没有把这部未来的著作称作陵墓,他只是称它《世界神话索隐大全》)。但是岁月比他更强,他的打算未能如愿。他想用保证这双冰冷的手,抓住多萝西娅的一生,然而他只提出了问题,却没来得及听取答复。

现在这双手松开了。要是她出于深刻的同情,作出了保证,她就可能任劳任怨地履行她的诺言,尽管她的理智会提醒她,这一切都毫无价值,至多只是表现了她的忠诚,但为忠诚而献身正是最高的价值。然而现在她的理智非但不受忠诚的约束,而且更加活跃了,因为她发现,他们的夫妇关系中潜伏着秘密和猜疑的敌对因素。那个生活在痛苦中的人,在她面前已不能唤起她的同情,现在剩下的只是对丈夫委曲求全的辛酸回忆,而这位丈夫的思想实际并不像她想象的那么崇高,他又自命不凡,忘乎所以,看不到自己性格中患得患失的缺点,以致不顾尊严,做出了这样的事,连普通有一点荣誉感的人也不免为此大吃一惊。至于财产,它只是那个破裂的关系的象征,即使对它的所有权不附加任何她所不能接受的条件,她也乐于放弃它,除了原来属于她,又在结婚时规定归她所有的那部分以外,她什么也不要。这份财产带来了许多难以解决的问题,例如,她认为它的一半应该属于威尔·拉迪斯拉夫,这难道不对吗?但是现在由她来实行这个正义的行动,怎么还可能呢?卡苏朋先生采取了残酷的措施,给她设置了有效的障碍,尽管她心里郁积着对他的不满,任何回避他的意图的做法,仍是她所不愿考虑的。

她把她需要研究的契据文书收集之后,又锁上了书桌和抽屉。她没有找到片言只语是留给她的,也没有发现丝毫迹象,说明她的丈夫在孤独的沉思中,曾有一时一刻想起过她,希望取得她的谅解,或向她作出解释。她返回弗雷什特时,对他最后提出的严峻要求,以及最后为维护他的权利而采取的不合理行动,仍然没有找到任何说明。

现在多萝西娅尽量把思想转向眼前的责任,其中有一件是别人一定会向她提起的。利德盖特听她谈到牧师的俸禄,当时就牢牢记在心里了,后来见了她,又与她谈到这事。他认为这是一个机会,可以补救他以前违背良心所作的投票。

"关于泰克先生的情况,我不想说什么,"他说,"我倒想提出另一个人选,那就是费厄布拉泽先生,圣博托夫教区的牧师。他的俸禄少得可怜,养不活他自己和他的家庭。他有母亲、姨妈、姊姊,她们都得靠他生活。我相信,他一直不结婚,原因就在这里。我听过他讲道,那是非常出色的,通俗易懂,发人深省。据我看,他有资格在圣保罗大教堂讲道,可以跟老拉蒂默[①]媲美。不论什么题目,他都讲得深入浅出,见解独到,简单,明了。我认为他是一个极有才能的人,应该可以作出比目

---

① 许·拉蒂默(1485?—1555),英国宗教改革时期著名的传教士,新教的殉难者。

前更大的成就。"

"现在为什么不能呢?"多萝西娅问,如今她对一切不能发挥抱负的人,都深感同情。

"这是个很难回答的问题,"利德盖特说,"我自己也有体会,要使合理的事变成现实,并不那么容易,总有许多力量在牵制着你。费厄布拉泽常常流露一种意思,似乎他选择了错误的职业。他需要更广阔的天地,不是当一名可怜的教士,据我看,他缺乏促使他前进的动力。他非常爱好博物学和各种科学知识,可是他的地位使他在这些兴趣上不得不受到一定的限制。他没有多余的钱——连日常开支都很拮据。这就使他热衷于打牌,反正在米德尔马契玩惠斯特的人有的是。他打牌是为了钱,确实也赢了不少。当然,这使他不得不跟一些不值得他结交的人来往,在某些方面,也使他失于检点。然而,尽管这样,从整个来看,我仍认为,他是我认识的最正直的人物之一。他对人不怀恶意,光明磊落,尽管有的人外表上比他正派。"

"我不明白,他这种嗜好怎么没有使他受到良心的谴责,"多萝西娅说,"他怎么不想戒除这种恶习。"

"我相信,要是他的收入多一些,他是会戒的。他很愿意把时间用在别的方面。"

"我的伯父说,大家认为泰克先生是一个使徒式人物。"多萝西娅说,沉浸在思索中。她希望基督教创始时期的虔诚精神能在今日再现,但同时又滋生了强烈的愿望,要从赌博冒险中挽救费厄布拉泽先生。

"我不想说费厄布拉泽是使徒式人物,"利德盖特道,"他的地位不像使徒,他只是教区居民中的一个牧师,他的责任是尽量改善他们的生活。说实话,我发现,如今人们所谓的使徒式,只是指对一切采取求全责备的态度,仿佛什么都得牧师说了算。我看,泰克先生在医院里就有点这种味道,他的教义大多就是要给人添麻烦,弄得大家不得安生,想到他就头痛。再说,一个使徒式人物到了洛伊克,那还得了!他会像方济各①一样,觉得连飞鸟也该听他传道。"

---

① 方济各(约1182—1226),基督教方济各修会的创始人。

"确实,"多萝西娅说,"很难想象,我们的农夫和雇工会从他们的讲道中获得什么启示。我看过泰克先生的一本讲道文,这样的讲道在洛伊克没有用处——我是指那些谈到义的转归①和《启示录》的预言的那几篇。我一直在思考关于基督教的种种教义,每逢我看到一种说法比别种更能体现上帝的恩惠,我便信奉它,认为它是最正确的,因为它包含的各种善最多,也能使大多数人分享这种善。毫无疑问,宽恕多一些总比谴责多一些好。但我希望先见见费厄布拉泽先生,听听他的讲道。"

"行,"利德盖特说,"我相信你会满意的。人们非常拥戴他,但他也有自己的敌人,反正总有那么一些人,看到别人有点才能,便不能宽恕他,因为他与他们不同。至于赢钱的事,那确实是个污点。米德尔马契人,你认识的当然不多,但是拉迪斯拉夫先生是跟布鲁克先生经常见面的,他就是费厄布拉泽先生家里那些老妇人的好朋友,他对这位牧师是会歌颂不止的。那些老妇人之一,姨妈诺布尔小姐,是忘我善行的稀奇古怪的体现,拉迪斯拉夫有时跟她非常热和。一天我在一条小街上遇到他们,你知道拉迪斯拉夫的样子,他有点像穿了外套和背心的达夫尼斯②,那个瘦小的老姑娘挽住他的胳膊,活像从浪漫喜剧中走出来的一对宝贝。不过,对费厄布拉泽的最好证明,还是亲眼看看他,听听他讲的话。"

幸好多萝西娅是在她的私人起居室里听到这些话,当时没有别人在场,因此利德盖特对拉迪斯拉夫所作的天真介绍,没有引起她的痛苦。在私人闲谈中,利德盖特往往口没遮拦,他把罗莎蒙德的话完全忘了,因为罗莎蒙德说过,她觉得,威尔爱上了卡苏朋夫人。那时,他关心的只是怎样介绍费厄布拉泽的家庭。他故意先发制人,着重提到了人们对教区牧师可能讲的最坏的话。在卡苏朋先生去世后的几个星期里,他没有见到过拉迪斯拉夫,也没有听到过任何谣言,使他有所警惕,

---

① 基督教的术语,认为上帝为救世人,使基督牺牲在十字架上,把他的"义"转归世人,因而使世人得救。

② 希腊神话中的牧人,后来进入诗歌中,成为牧女克绿哀的情人,参见本书二十六页注①。

知道布鲁克先生那位心腹秘书,对卡苏朋夫人说来,是一个危险的话题。等他走后,他描绘的拉迪斯拉夫的形象,一直逗留在她心头,跟洛伊克的教职问题争夺地盘。威尔·拉迪斯拉夫怎么想她呢?那件使她的脸羞得比以往任何时候更红的事,他有没有听到?听到后,又有何感觉?此刻他清楚地出现在她的眼前,她看到他露出微笑,俯视着那位小老妇人。一个玩白鼠的意大利人!不,相反,他能够同情每一个人,坚定不移地分担人们思想上的压力,而不是对人们施加压力。

第五十一章

> 党派也是一种自然,你可以看到
> 逻辑怎样使它们具有共同的性质:
> 许多体现在个别中,个别体现在许多中,
> 全体不等于某些,某些也不等于任何,
> 属包含着种,两者都可大可小,
> 一类高不可攀,另一类却望尘莫及,
> 同一类也有它自己的差异,
> 这个不是那个,他永远不是你,
> 尽管这个和那个都投赞成票,你和他
> 也只是一等于一,三等于三,毫无差异。

关于卡苏朋先生的遗嘱,还没有谣言传进拉迪斯拉夫耳中。当时,到处都在谈论解散议会和未来的大选问题①,正如到了传统的教区节日或集市期间,各地的戏班子都要汇集在一起争奇斗胜,招揽生意,在这种背景上,无关紧要的私事自然不会引人注目。那场著名的"严肃选举"已近在眉睫,群众对它情绪之热烈,可以从酒类销售额之低落得到证明。威尔·拉迪斯拉夫这时成了大忙人,虽然多萝西娅的守寡仍

---

① 一八三一年四月英国议会因拒绝通过议会选举改革法案被解散,参见本书四四一页注①。

为他所关注,他却根本不愿别人跟他提起这事,因此当利德盖特找到他,把洛伊克的牧师问题讲给他听以后,他一口回绝,毫不客气:

"这种事你干吗要把我拖进去?自从卡苏朋夫人住到弗雷什特以后,我从没见过她,今后也不会见到她。我从来不上那儿。那里是托利党的地盘,我和《先驱报》在那里,就像偷猎者和他的猎枪一样不受欢迎。"

事实是威尔发现,布鲁克先生非但不像以往那样,不管他愿意不愿意,老要他上蒂普顿玩儿,而且暗示他,他还是少去为妙,这不能不引起他越来越多的猜疑。那是詹姆士·彻泰姆爵士提出愤怒的抗议之后,布鲁克先生所作的避重就轻的让步。威尔在这方面是非常敏感的,他得出的结论是,由于多萝西娅的缘故,他已给挡在蒂普顿门外。那么,她的亲友对他发生了怀疑?他们的担心完全是多余的,如果他们以为,他会不惜充当贪婪的冒险家的角色,为了钱追求一位富裕的夫人,那么他们是大错特错了。

这以前,威尔从未充分意识到他和多萝西娅之间存在的鸿沟,直到现在,他才走到它的边缘,看到她站在它的另一边。他不免愤愤不平,恨不得马上离开这个是非之地。他觉得,他对多萝西娅表示的任何关心,势必使自己蒙受不白之冤,甚至她也可能这么想,因为很清楚,人们都在千方百计向她灌输谗言。

"我们是永远分开了,"威尔想,"早知这样,我还不如留在罗马好,我在这里也离她一样遥远。"但是我们所说的失望,往往只是希望得不到满足时引起的痛苦期待。他发现有不少理由说明他不应该走,因为从公事上说,他没有理由在这个紧要关头,离开自己的岗位——正当布鲁克先生面临选举,需要"指导",需要他为竞选进行大量直接或间接活动的时候,把他甩下不管。威尔不能在下棋下得最热烈的当口放下棋子。任何候选人,哪怕他像一切好好先生一样,头脑和骨头都软绵绵的,只要他站在正确的立场上,就应该支持他争取胜利。给布鲁克先生指点方向,让他保持坚定的思想,明确自己责无旁贷,必须拥护当前的改革方案,而不是坚持自己的独立和适可而止的方针,这不是一件轻而易举的事。费厄布拉泽先生预言的"装在口袋里"的第四个候选人,至今并未出现。不论议员候选人协会,或者争取改革派获胜的任何其他组织,都还没有发现必须进行干涉的复杂情况。布鲁克先生仍是第二个改革派候选人,他是自己掏钱参加竞选的。目前互相角逐的只有三个人,一个是老托利党员平克顿,另一个是新辉格党人巴格斯特,他曾在上次选举中当选过,至于布鲁克,他是未来的独立派成员,只是在竞选中站在改革派一边。霍利先生和他的一派全力支持平克顿,布鲁克先生要取得胜利,得依靠那些放弃巴格斯特的选民,或者托利党内主张改革的新力量。当然,后面这个办法比较可取。

争取选票的这种前景,对布鲁克先生说来,是一场危险的游戏。他认为,对待动摇分子应该用动摇的发言来引诱;何况敌对的论点一旦进入他的头脑,就会使他莫衷一是,模棱两可,这些情况给威尔·拉迪斯拉夫带来了不少麻烦。

"你知道,对这类事情是得讲究一些策略的,"布鲁克先生说,"迎合一点别人的意思,减少一点自己的锋芒,说些'不错,这有一定的道理'如此等等的话。我同意你的意见,这是非常时期,国家有它自己的意愿……政治联合……诸如此类的事……但我们有时用的刀未免太锋利了一些,拉迪斯拉夫。再说,十镑的房主①,为什么是十镑?当然,总得在一个地方划条线嘛。但为什么正好是十镑?如果再往下追究,这问题就难讲了。"

"事情当然是这样,"威尔不耐烦地说,"但如果你想等有了十全十美的法案再干,那你只好当革命家了,可到那时,我看,米德尔马契就不会选举你。至于两面讨好,这可不是一个两面讨好的时代。"

辩论的结果,布鲁克先生总是同意拉迪斯拉夫的话,后者对他说来,仍是一位伯克,还带有一点雪莱的气质。但过了一段时间,他又觉得,还是自己的办法管用,于是又满怀希望地回到了老路上。在这个阶段,他信心百倍,甚至不惜拿出大笔的钱来干这件事,因为他的口才和雄辩能力这时还没有受到考验,他至多只是作为会议的主席讲几句话,

---

① 英国一八三一年的议会选举改革法案,适当放宽了选民的财产资格限制,规定城市选民为年收入十镑以上的财产的持有者,包括房主等等在内。

介绍其他一些演讲人,或者跟米德尔马契的选民谈谈话,而每次谈话之后,他总觉得自己是一位天生的策略家,后悔没有早些从事这行营生。不过他在莫姆赛先生那里,不免有些灰心丧气。莫姆赛先生是米德尔马契零售商的主要代表,这是一股雄厚的社会势力。至于这位零售商本人,他自然是本选区顾虑最多的选民之一,从他来说,他希望给改革派和反改革派同样供应茶和糖,因此他但愿不偏不倚,两边都不得罪。他跟从前的市民一样,认为必须参加选举,实在是一大麻烦,哪怕事前可以对各派一视同仁,使大家同样抱有希望,最后总得摊牌,叫一些人失望,可这些人在他的账簿上,却是可敬的主顾。蒂普顿的布鲁克先生一向照顾他,向他买不少东西,然而平克顿的委员会中,也有不少人的意见对食品杂货业的生意有举足轻重的作用。莫姆赛先生认为,布鲁克先生"忠厚老实",对于一个食品商出于无奈,投了反对票,还可以谅解。关于这点,他在自己的内客厅中得到了证实。

"谈到改革,布鲁克先生,我只能从家庭角度来考虑,"他满面堆笑地说,一边把口袋里的小银币弄得叮叮直响,"它对内人有没有好处,能不能在我死后,帮助她带大六个孩子呢?我这问题是假设的,我知道我会得到什么样的回答。很好,先生。我作为一个丈夫和父亲,请问,你叫我怎么办?有人跑来对我说:'莫姆赛,随你怎么办,但是如果你投票反对我们,我只能上别的铺子买食品了。每逢我在酒里加糖的时候,我一定得明确知道,我的商人是有正确的政治立场的,因此我照顾他的生意是符合国家利益的。'先生,这些话就曾经从你现在坐的位子上向我提出。当然我不是指阁下你,布鲁克先生。"

"不,不,那是不对的,是心胸狭隘,你知道,"布鲁克先生说,然后安慰他道,"除非我的管家向我埋怨,说你的物品都是次货,莫姆赛先生,除非我听到,你出售的白糖、调味品,以及诸如此类的东西,质量欠佳,我决不会吩咐他上别处购买这些物品。"

"先生,蒙你的照顾,我非常感激,"莫姆赛先生说,觉得政治形势似乎明朗了一些,"确实,能够给这么一位公正无私的先生投票,我感到万分荣幸。"

"好吧,你知道,莫姆赛先生,你会发现站在我们一边是正确的。

这次改革慢慢会影响到每一个人,这是有关全体人民的措施,是一个开端,必须先跨出这一步,才谈得到其他一切。我完全同意你的话,你只能从家庭角度考虑这事,但还有国家利益呢。我们都属于一个家庭,你知道,都是在一口锅子里吃饭。投票这类事,要知道,它可以帮助好望角的人赚钱呢。说真的,选举的影响之大,是谁也想象不到的。"布鲁克先生住口了,意识到自己的话已经离开了轨道,尽管他还很得意。但是莫姆赛先生的回答却十分坚定,毫不退让。

"请你原谅,先生,但我无法从命。在我投票的时候,我必须知道为什么投票,说得客气一点,我必须知道,这对我的钱柜和账册会发生什么影响。我承认,价格是一种奥妙莫测、谁也弄不明白的东西,你买进了葡萄干,它突然跌价了,可这东西是不宜贮藏的,对这类事,我还不了解它的来龙去脉,但是它可以起镇静作用,免得人忘乎所以。谈到一个家庭,我想,总有借方和贷方,改革总不致把这个也改革掉,否则的话,我只好投票主张保持现状了。从个人来说,也就是从我自己和家庭来说,我不喜欢变,我是最不喜欢变的少数人中的一个。我不是不会失去什么的人——我这是指我在教区和私人事务方面的地位,跟阁下和阁下的惠顾当然是无关的,因为已经蒙你说明,只要我出售的物品使你满意,不论我投不投你的票,你是不会不照顾我的生意的。"

这次谈话以后,莫姆赛先生上楼,向他的太太吹嘘道,他毕竟比蒂普顿的布鲁克高明一着,现在他不必担心,可以参加投票了。

布鲁克先生这一次没敢向拉迪斯拉夫夸耀他的策略,不过从他自己来说,他还是很满意,觉得他的竞选不必靠拉选票,只要在辩论上下功夫,他是凭学识,不是凭卑鄙的伎俩取胜。布鲁克先生必然也有他的代理人,他们了解米德尔马契选民的特点,以及利用他们的无知为改革法案效劳的办法,不过这实际上无异是利用它来反对改革法案。威尔塞住了他的耳朵。议会有时也像我们生活中的其他一切,以至吃饭穿衣等等,如果我们的想象力太活跃,对它的内幕了解得太多,它就无法存在了。世界上有不少肮脏的手在干肮脏的勾当。只是威尔一再向自己提出,他支持布鲁克先生的竞选活动,应该完全问心无愧。

但是用那样的方式,为正义的一边争取多数,是否能够成功,他自己也心里无数。他写了不少演说稿和演讲的提纲,但他逐渐发现,布鲁克先生的头脑里装满了各种各样的货色,有时难免失去头绪,不知所云,很难再言归正传。起草文件是为国出力的一种方式,但记住文件的内容却是另一回事。不成!要使布鲁克先生在必要的时刻,想起必要的论点,唯一的办法就是把它们装满他的头脑,占有它的一切空间。但困难的是找不到这种空间,因为它早已被各种思想塞满了。布鲁克先生自己也说,他讲话的时候总觉得千头万绪,不知道说什么好。

然而,拉迪斯拉夫的辅导活动立刻面临了考验。原来在提名的日子以前,布鲁克先生必须向米德尔马契尊贵的选民们阐明自己的立场。他发表演说的地点在白鹿大饭店的阳台上,这是一个有利的地点,位在市场的一角,一眼望去,可以看到一大片空地和两条交叉的街道。那是五月一个晴朗的上午,一切似乎都富有希望。巴格斯特的委员会和布鲁克的委员会之间,出现了一些谅解的迹象,它们的成员有布尔斯特罗德先生,自由派律师斯坦迪什先生,以及普斯姆但尔先生和文西先生这类实业家,因此实力雄厚,几乎与支持平克顿的一派势均力敌,平克顿的委员会以霍利先生等人为主,设在绿龙酒家。布鲁克先生近半年来,在自己的田庄上实行了一些改革,这使《号角报》对他的攻击调子降低了。他穿着淡黄色坎肩,驱车进城时,听到了一点欢呼声,不免得意扬扬,十分舒畅。但是在关键性的场合,情况往往变幻莫测,不到最后不能说万事大吉。

"看样子不错,是吗?"布鲁克先生看到人群在汇集,说道,"不论怎样,听的人不会少。我很高兴,你知道,一个人在社会上有这么多朋友,实在是值得欣慰的。"

然而,米德尔马契的织布工和制革匠,与莫姆赛先生不同,他们从来没有把布鲁克先生当作自己的朋友,在他们眼里,他跟伦敦来的陌生人差不多。不过大家还算安静,站在那里听一些发言者介绍候选人的情况,尽管其中一人——那是布拉辛的政界人物,专程前来向米德尔马契指出它的责任的——说个没完没了,使人不由得担心,在他之后,候选人还能讲些什么。这时人群越来越多,那位政界人物的话也快完了,布鲁克先生的情绪突然发生了显著变化,但他仍拿着夹鼻眼镜,摩弄着手中的演讲稿,不时与委员会的人交谈几句,仿佛对这次演说满不在乎似的。

"我得再喝一杯雪利酒,拉迪斯拉夫。"他用轻松的口气对威尔说。威尔就在他背后,随即把他要的提神剂端给了他。这件事做得并不恰当,因为布鲁克先生平时饮酒不多,喝第一杯以后,没隔多久,又喝第二杯,这对他的身体是意外事件,它的效果不是使他精力集中,而是精力分散。可怜他吧,许多英国人正因为演说时信口开河,净谈些鸡毛蒜皮的私事,结果一败涂地!当然,布鲁克先生竞选议员,是指望为国勋劳,他应该不在此例,不妨谈谈私人琐事,但既然要演讲,总得讲些大道理才成。

布鲁克先生担心的不是演讲的开头,这部分他觉得满有把握,毫无问题,他会讲得头头是道,像蒲伯①的双行诗一样娓娓动听。上船是容易的,但接着出现在眼前的一片汪洋大海,却叫人晕头转向。这时,他肚子里的守护神醒来了,提示他道:"注意,问题,有人可能对纲领提出问题呢。"于是他开口道:"拉迪斯拉夫,把纲领提要给我。"

布鲁克先生走到阳台上,欢呼声顿时响成一片,压倒了各种怪叫、呼啸、咒骂和其他反对的议论,这种现象说明对方很有节制,斯坦迪什先生(一只地地道道的老狐狸)立即凑在旁边的人耳边说道:"这是危险的信号,真的!霍利还有更厉害的花招在后面呢。"然而欢呼声还是此起彼落,从来没有一个候选人像布鲁克先生那么和蔼可亲,他胸前的口袋里揣着提要,左手搭在阳台的栏杆上,右手摩弄着夹鼻眼镜。他衣冠楚楚,穿着淡黄色坎肩,亚麻色头发剪得短短的,脸色安详自若。他怀着信心开始道:

"先生们!米德尔马契的选民们!"

这开头是毫无问题的,接着而来的小小停顿也十分自然。

"我站在这儿感到非常高兴……我一生还没有这么自豪过,这么愉快过……这么愉快过,你们知道。"

---

① 亚历山大·蒲伯(1688—1744),英国著名诗人。双行诗是两行押韵的诗,蒲伯运用的主要诗歌形式。

话是讲得十分漂亮,但并不完全对头,这样,不幸得很,美好的开端已消失得无影无踪。这也难怪,在恐惧控制了我们,一杯雪利酒又跟烟雾似的笼罩着我们的思想时,连蒲伯的双行诗也无济于事,变成了"不着边际,不知所云"的废话。拉迪斯拉夫站在窗边,演讲者的背后,心想:"现在一切都完了。唯一的机会要看运气了,因为有时做得再好,也不一定得到好的效果,乱来说不定倒能侥幸成功。"这时,布鲁克先生方寸已乱,再也讲不到点子上,只得回过头来谈他自己和他的资历——这对于候选人始终是得心应手、万无一失的话题。

"我的好朋友们,我是你们的亲密邻居……你们知道,我在这儿当过好多年治安法官……我一直在参与解决社会上的各种纠葛,比如,机器生产,还有破坏机器……你们不少人都关心机器,我近来也研究了这个问题。你们知道,破坏机器,那是不成的,一切必须进行下去,贸易,工业,商业,物产的交换,以及诸如此类的事……根据亚当·斯密,一切必须进行下去。我们要看到整个世界,要有'远大的目光,广阔的视野',必须看到一切地方,正如有人说的,'从中国到秘鲁'都要看到。这个人就是约翰逊,你们知道,在《漫游者》①上。从一定程度上说,我就是个漫游者,当然,我没有到过秘鲁,但我不是经常守在家里的,我知道,那不成。我到过中东地区,你们米德尔马契的货物,有些就是销到那儿去的。还有,也销往波罗的海。波罗的海,你们知道。"

在回忆的海洋中这样漫游,对布鲁克先生说来是很轻松的,过了一段时间,他可以毫不费事地从遥远的海外游回英国,但是敌人的鬼花招这时出现了。人群顶上升起了布鲁克先生的模拟像,它几乎就在他的对面,离他不到十码远。模拟像涂得花花绿绿,也是淡黄色坎肩,夹鼻眼镜,脸上没有表情。与此同时,空中还响起了模拟他的声音,它有些像杜鹃叫,又有些像鹦鹉学舌,用木偶剧中小花脸的腔调重复他的话。人人都仰起了头,打量十字路口那些遥遥相对的打开的窗户,但窗口有的没有人,有的挤满了哈哈大笑的听众。模拟的声音,哪怕毫无恶意,

---

① 约翰逊于一七五〇至一七五二年间发行的期刊,其中文章绝大部分均为约翰逊本人所写。

对于一个正在严肃认真地发表演讲的人说来,也带有嘲笑捣乱的性质。它往往不是准确地模仿原来的话,只是随心所欲地摘取一些字句,进行恶毒的歪曲。这时它发出的声音是"波罗的海,你们知道",于是人群中本来此起彼伏的笑声,变成了一片哄然大笑。要不是党派的利益发挥了镇静作用,使布鲁克的委员会中那些人意识到,千丝万缕的关系已把他们共同的伟大事业与"蒂普顿的布鲁克"联系在一起,那么,连他们也会大笑不止。布尔斯特罗德先生用指责的口气问,新警察局在干什么。可是声音是无法逮捕的,对候选人模拟像的围攻也不见得有效,因为霍利也许本来就预备它给人当靶子打的。

布鲁克先生本人,这时不可能马上意识到什么,他只觉得头脑里乱哄哄的,不知说什么好,甚至耳朵也有些嗡嗡作响。他是唯一还没有发现一切的人,他既没看到自己的模拟像,也没听到那些模拟的声音。我们在寻找要说的话时,那种焦急的心情是最容易控制我们的知觉的。布鲁克先生听到了笑声,但他并不在意,因为托利党要想些点子跟他捣乱,早在他的意料之中,何况这时候,那个美好的开端失去之后又跑了回来,要把他领出波罗的海了,这使他心里更加烦躁,不知如何是好。

"哦,我想起来了,"他继续道,把一只手插在旁边的口袋里,做出一副安闲的样子,"你们知道,如果我需要一个先例……但是如果我们做得对,我们又何必要什么先例……但是好吧,我们不妨提一下查塔姆①。我不能说,我一定会支持查塔姆,或者庇特,就是小庇特,他不是一个有思想的人,我们却需要思想,你们知道。"

"你的思想见鬼去!我们要的是法案。"一个粗暴的声音从下面人群中冒了出来。

那个看不见的小花脸,本来一直盯住布鲁克先生,这时立即应和道:"你的思想见鬼去!我们要的是法案。"笑声比以前更响了,布鲁克先生停了下来,第一次清楚地听到了那个嘲笑的声音。但它又像是在挖苦那个干扰他的人,这么一想,他又受到了鼓舞,于是和蔼地回答道:

---

① 即威廉·庇特(1708—1778),查塔姆伯爵,英国政治家,曾任内阁首相,称老庇特。他的第二个儿子威廉·庇特(1759—1806),称小庇特,也是当时著名的政治家。老庇特是辉格党党魁,小庇特则是托利党首脑。

"你的话有些道理,我的好朋友。我们聚集在这里是为了什么?还不是为了彼此交换意见?你们知道,言论自由,出版自由,以及诸如此类的自由。至于法案,你们会得到法案的……"这时布鲁克先生停了一下,戴好夹鼻眼镜,从胸前的口袋里掏出提要,仿佛要实事求是谈具体问题了。但那个看不见的小花脸又开腔了:

"你们会得到法案的,布鲁克先生,只要多拉些选票,弄到个议席,花上五千镑,七先令,四便士。"

在一片大笑声中,布鲁克先生涨得满脸通红,放下了夹鼻眼镜,手忙脚乱地四面张望着,这才发现了自己的模拟像,现在它已越来越靠近他了。过了一会儿,他又看到,它给一些鸡蛋扔得好不伤心。他振作一下精神,又开口了。

"无理取闹,耍花招,嘲笑,都是对真理的考验,这一切太好了……"这时,一只讨厌的鸡蛋啪的一声打在布鲁克先生的肩膀上,那个嗓音又出现了:"这一切太好了。"接着一阵鸡蛋飞到空中,主要针对模拟像,但有时仿佛出于偶然,也会打到那位原型身上。这时又有一群人冲进了会场,口哨声、呼啸声、吼叫声、笛子声,加上一些人想制止这一切发出的呐喊声、吆喝声,使整个会场越来越乱,在这一片鼓噪声中,谁的嗓音也没法压倒它,布鲁克先生也给弄得威风扫地,束手无策。这场风波要是不用游戏的方式,不用玩笑的方式出现,还不致使人这么狼狈。如果是真刀真枪的攻击,那么报馆访员可以据实报道,说"它使那位博学的先生肋部遭到了危险",或者可以公正地证明,"那位先生的靴底曾出现在栏杆顶上",这样也许还差可自慰。

布鲁克先生回到了委员会的办公室,尽量装得若无其事,说道:"这实在有些不像话,你们知道。我刚要把我们的意见告诉人民,可他们不让我往下说。你们知道,我正想谈到法案本身呢,"他又说,望了望拉迪斯拉夫,"然而到提名的时候,一切都会迎刃而解。"

但是一切都会迎刃而解的话没有获得一致公认,相反,委员会还觉得情况十分严重,那位布拉辛的政界人物写个不停,似乎又在酝酿新的计划了。

"那是鲍耶搞的花招,"斯坦迪什先生说,把话岔开了,"尽管他毫不声张,我也知道,他在口技上很有一手,谁也比不上他,说真的! 最近霍利常请他喝酒,鲍耶这套本领还是值些钱的。"

"得啦,你知道,你从没向我提起这事,斯坦迪什,要不然,我也可以请他喝酒。"可怜的布鲁克先生说,他为了国家的利益,已请过不少人喝酒了。

"在米德尔马契,恐怕没有一个人比鲍耶更为人所不齿,"拉迪斯拉夫愤愤不平地说,"可是偏偏好像总是这些人在左右着大局。"

威尔气得要命,对自己是这样,对他的"上司"也是这样。他回到家中,关起房门,马上非正式地决定,他要跟《先驱报》和布鲁克先生从此一刀两断。他为什么还要待在这儿? 他和多萝西娅之间不可跨越的鸿沟要填平的话,除非他离开这儿,谋得一个完全不同的职务,而不是留在这儿,充当布鲁克的下属,理所当然地给人瞧不起。于是他的头脑里展开了年轻人的奇迹梦:在五年中,随着社会生活的日趋广阔,越来越具有全国意义,政论文章和政治演说也必然身价百倍,于是他就可以平步青云,蒸蒸日上,别人也不能误解他,说他是要多萝西娅降低身份迁就他了。五年,是的,只要他确切知道,她关心他超过关心其他任何人,只要他能让她明白,他离开她是为了将来可以不必贬低自己的人格,向她表达自己的爱情,那么他一定马上远走高飞,开始新的道路,这在二十五岁的年轻人是完全可能的,按照事物的内在规律,才华可以带来荣誉,而荣誉可以带来世上的一切幸福。他擅长讲话,也擅长写作,不论干什么都能得心应手,而且他决心永远站在真理和正义一边,为它们贡献自己的全部热情。为什么他不能有朝一日扬眉吐气,出人头地,感到自己赢得了应得的地位呢? 毫无疑问,他应该离开米德尔马契,前往伦敦学习法律,为自己的成名做好准备。

但这事不宜操之过急,必须等他和多萝西娅之间取得某种谅解以后才成。他必须让她知道,在目前,哪怕她愿意嫁给他,他也不能娶她。这样,他暂时还不能离职,还得与布鲁克先生周旋一段时间。

但过不多久,他就有理由怀疑,布鲁克先生已走到他的前面,打算了结他们的关系了。原来外界的争论和内心的声音不谋而合,使那位博爱主义者为了人类的利益,终于采取了比平时果断的步骤,即退出竞选,支持另一位候选人,把他的竞选机构移交给那个人。他自称这是果断的步骤,但同时指出,他的健康状况使他受不了竞选中的惊涛骇浪,这是他事先没有料到的。

"我觉得胸口不大舒服,继续干那件事已力不从心,"他向拉迪斯拉夫解释他的决定道,"我必须立刻煞车。你知道,可怜的卡苏朋就是一个警告。我花了不少力气,取得了一些进展,路总算打通了。这件事,这种竞选活动,实在不好办,拉迪斯拉夫,是吗? 我相信,你也厌倦了。然而我们靠《先驱报》打开了局面,使事情走上了轨道,如此等等。如今一个能力比不上你的人,也可以把它办下去了……是的,你知道,一个不如你的人也成了。"

"你是希望我辞职吧?"威尔说,脸立刻涨红了,一边从写字台旁边站起身子,两手插在口袋里,走了三步,又回过头来,"无论何时只要你提出,我都可以从命。"

"说到希望的话,亲爱的拉迪斯拉夫,我对你的能力一向评价极高,你知道。但是关于《先驱报》,我跟我们一边的某些人商量过,他们的意思还是由他们自己办,同时给我一定的赔偿。既然这样,我想你可能同意辞职,另谋更好的出路。那些人也许不会像我那么器重你,我是一直把你当知心朋友和左右手看待的,尽管我始终希望你能另有高就。我想,你是不是到法国走走。我可以给你写些信,写给奥尔索普[①],以及诸如此类的大人物。我认识奥尔索普。"

"多谢你的关照,"拉迪斯拉夫高傲地说,"既然你即将与《先驱报》分手,关于我的下一步行动,我就不必再麻烦你了。我可能暂时还得留在这儿。"

布鲁克先生走后,威尔对自己说:"这是他那些亲戚要他辞退我的,今后我干什么,不必他费心。我要留在这儿就留在这儿。我得按照自己的意志行动,不必因为他们怕我,我就离开。"

---

① 约翰·查尔斯·斯宾塞(1782—1845),英国政治家,在政界以奥尔索普子爵的名义进行活动。一八三〇至一八三四年任下议院议长,支持改革法案。

第五十二章

> 他一心想着
> 为它尽最卑微的责任。
>
> ——华兹华斯①

在六月的一个晚上,费厄布拉泽先生知道他即将获得洛伊克的牧师俸禄以后,那间古色古香的客厅里真是喜气洋洋,连那些大律师的画像似乎也露出了笑容。他的母亲没有喝茶,也没有吃烤面包,像平时一样穿得端端正正坐在那里,只是脸色变得红红的,眼睛变得亮亮的,流露了她心头的喜悦,这使老妇人一时间仿佛又回到了遥远的青春时期,恢复了当年的姿色。她用坚定的口气说道:

"卡姆登,最值得安慰的还是你的品德配得上担任这个职务。"

"一个人的品德主要还是取决于他有没有优厚的收入,母亲。"儿子说,充满了欢乐,并不想掩饰这种心情。他满面春风,不仅显得朝气蓬勃,容光焕发,而且流露了丰富的内心活动,从他的目光中,人们不难看到他的快乐,也不难发现他的思想。

"我说,姨妈,"他继续道,搓搓手,望着诺布尔小姐,后者正跟海狸似的,在窸窸窣窣搞小动作,"今后我们茶桌上有的是方糖,你尽管偷去给孩子们吃好了,你还会有不少新袜子可以送人,至于要补的旧袜子,那更多了!"

诺布尔小姐向外甥点点头,轻轻发出了有些惊恐的笑声,心想多亏这个美缺,她已经往篮子里多丢了一块方糖。

"至于你,威妮,"牧师接着又道,"现在不论你要嫁给洛伊克的哪个单身汉都不成问题了,哪怕索洛蒙·费瑟斯通先生也行,只要我觉得你是真正爱上了他。"

---

① 原诗题名《伦敦,1802》,是一首颂扬弥尔顿的十四行诗,这里引的是它的最后两行。原诗系用第二人称写成,这里改成了第三人称,"它"是指英国。

威妮弗莱德一直望着她的弟弟,在伤心啼哭,因为哭是她表示快活的方式,现在听到他的话,不禁破涕为笑,说道:"你应该先给我做个榜样啊,卡姆,现在你该结婚啦。"

"完全应该。但是谁肯嫁给我啊?我只是一个谁也看不上的老家伙,"牧师说,欠起身子,把座椅推后一些,低头看看自己,"母亲,你说什么来着?"

"你是一个漂亮的小伙子,卡姆登,虽然比不上你的父亲,没他那么清秀。"老太太说。

"我希望高思小姐会嫁给你,弟弟,"威妮弗莱德小姐说,"她会使我们在洛伊克过得非常快活。"

"好极了!照你说的,好像那些年轻小姐都是市场上的鸟,关在笼子里就等我去挑选似的,只要我一开口,每个人都会乖乖地跟我回家。"牧师说,不想专门提到某一个人。

"我不是说每个人,"威妮弗莱德小姐说,"但我想,妈妈,你是喜欢高思小姐的,是不是?"

"我的儿子喜欢谁,我也喜欢谁,"老太太说,神色端庄威严,"卡姆登,你应该成家啦。要不,等我们到了洛伊克,就没人陪你打惠斯特牌啦,亨利埃塔·诺布尔从来不会打惠斯特牌。"(费厄布拉泽老太太一向用这个庄严的名字,称呼她那位瘦小的老姊妹。)

"今后我不打惠斯特牌了,母亲。"

"为什么,卡姆登?在我年轻的时候,惠斯特牌是正直的教士无可非议的娱乐。"老太太说,忘记了惠斯特牌对她的儿子说来意味着什么,因此讲得振振有词,好像是在驳斥一条新教义的危险挑战。

"我会很忙,没空打惠斯特牌。我得管两个教区呢。"牧师说,不想讨论惠斯特牌的优劣问题。

他已向多萝西娅说过:"我觉得我没有必要放弃圣博托夫教区。不少人主张改革教士兼职制[①],但如果我把大部分钱给别人,这已足以

[①] 指教士担任两个以上教区的职务,领取两份以上的俸禄,这曾遭到反对,后来受到了各种限制。

表明我反对这种制度。重要的不是放弃职权,是怎么运用它。"

"我也这么想,"多萝西娅说,"我自己就有这样的体会,我觉得,放弃权力和金钱,比保持它们更容易。授职权由我掌握,实在并不合适,然而我觉得不放心,不能把这权力托付给别人。"

"我一定不辜负你的信任,不使你为自己运用的权力感到遗憾。"费厄布拉泽先生说。

他的性格属于那一类,即生活的重担一旦不再压痛他们的肩膀,良心便会活跃起来。他没有在那个问题上装出一副可怜相,但在心里他为自己的行为感到羞愧,尽管这种懈怠在不领取教士俸禄的人是不足为虑的。

他对利德盖特说过:"我常常希望干些别的,不是当教士。但是也许,我不如尽量当一个称职的教士好一些。你知道,这无非是使自己拿了俸禄,问心无愧,这么做,困难会简单得多。"说完后,他笑了笑。

这位牧师当时确实觉得,要尽自己的责任并不难。但责任有时却会恶作剧,给你带来一些意料不到的事,好比有一个行动迟钝的朋友,我们好心好意请他来玩,却在我们家里摔断了腿。

过了还不到一个礼拜,责任就以弗莱德·文西的面目出现在他的书房中了。弗莱德刚从全能学院①得了学士学位回来。

"我不好意思麻烦你,费厄布拉泽先生,"弗莱德说,那张清秀坦率的脸上露出了讨好的神色,"但你是我唯一可以请教的朋友。以前我曾把一切告诉你,你对我那么好,使我不由得再来找你。"

"请坐,弗莱德,你讲吧,只要我办得到,我无不乐意效劳。"牧师说,他正在包扎一些小物品,准备运走,现在并没有住手。

"我要告诉你……"弗莱德犹豫了一下,然后一口气说了下去,"现在我得进教会办事了,说真的,不论我怎么想法子,我也找不到别的事干。我不喜欢这行职业,但我知道,我不能对父亲这么讲,他绝对不会同意的,他为了供我读书花了不少钱。"弗莱德又停了一会儿,然后说道,"我又找不到别的职业。"

---

① 这名称是作者虚构的。

"我跟你父亲谈过这事,弗莱德,只是跟他很难讲得通。他说,现在已经太迟了。但你终于跨过了一座桥,你还有什么别的困难呢?"

"只有一个,那就是我不喜欢干这行职业。我不喜欢神学,讲道,老是装得道貌岸然。我喜欢在田野上骑马,做别人都做的事。从任何意义上说,我都不想干坏事,但是人们希望一个教士做到的,我无法办到。然而我还有什么别的事好做呢?我父亲不能给我任何资金,要不,我可以经营农业。他的商行也没有位子给我。当然,现在我要学法律,或者医学,已来不及了,父亲要我自己挣钱过活呢。说我进教会干事是错了,这自然很对,可是说这话的人,谁也没给我指明一条出路。"

弗莱德的声调显得牢骚满腹,愤愤不平,费厄布拉泽先生听了差点发笑,多亏他的头脑太忙,顾不到笑,因为他想到的比弗莱德告诉他的更多。

"你在教义方面,或者信纲①方面,有什么困难吗?"他说,尽量设身处地替弗莱德着想。

"不,我想信纲是正确的。我不打算提出争议,反对它们;比我好得多、聪明得多的人尚且赞成,何况是我。我觉得,要是我对它们产生怀疑,好像我是法官似的,那未免太可笑了。"弗莱德讲得相当坦率。

"这么看来,你曾经想过,尽管你不像一个教士,你还是可以做一个称职的教区牧师?"

"当然,如果我非得当教士不可,我会尽力而为,履行自己的责任,尽管我不喜欢这职业。你认为,我应该受到责备吗?"

"责备你不应该在这种情况下当教士吗?那得问你自己的良心,弗莱德,看你怎么衡量利害得失,明确你的职务对你有什么要求。我只能把我的体验告诉你,我一直不太检点,结果弄得很不自在。"

"但是还有别的障碍,"弗莱德说,脸有些红,"我以前没有告诉你,不过我所讲的一切,也许已使你猜到了这点。有一个我十分喜欢的人,从我们还是孩子的时候起,我便爱上了她。"

"我想,这是高思小姐吧?"牧师说,眼睛盯住了几条标签,仔细

---

① 指"三十九条信纲",英国国教会的信仰纲领。

观看。

"是的。如果她肯要我,我可以一切在所不计。这样,我会成为一个很好的人。"

"你相信,她对你有同样的感情吗?"

"她永远不会这么说。好久以前,她已要我答应她,不再向她提起这事。她特别反对我当教士,这我知道。但我不能没有她。我相信她是爱我的。昨天晚上我见到高思太太,她说玛丽住在洛伊克教区长府上,跟费厄布拉泽小姐在一起。"

"是的,蒙她好意,帮助我姊姊料理家务。你想到那里看她吗?"

"不,我只想恳求你一件事。我不好意思一再打扰你,但是你的话玛丽是肯听的,我希望你跟她谈谈——我是指我进教会任职的事。"

"这可不大好办,亲爱的弗莱德。我首先得确定,你是真心爱她。而且按照你的要求跟她谈这件事,那无异于要她告诉我,她是不是同样爱你。"

"这正是我要她告诉你的,"弗莱德直截了当地说,"在我了解她的感情以前,我不能决定我的行动。"

"你的意思是说,你进不进教会干事,得看她的态度?"

"如果玛丽说她绝对不嫁给我,那我不论怎么考虑,反正也是白搭。"

"你这是傻话,弗莱德。爱情不是人生的一切,可是轻举妄动却会影响你一辈子。"

"我的爱情不是这样,我从来没有一刻不爱玛丽。如果我必须放弃她,那等于要我靠假肢过日子。"

"我的干涉会不会使她不高兴?"

"不会,我相信她不会。你是她最尊敬的人,她不会像对待我那样,用几句笑话把你搪塞过去。当然,我不会把这事告诉任何人,除了你,我也不会要求任何人为我找她。没有一个人像你这样,是我们两人都信得过的。"弗莱德停了一会儿,然后有些抱怨似的说道,"她应该承认,我为了通过考试花了不少力气。她也应该相信,为了她,我一定会好好做人。"

屋子里静默了一会儿,最后费厄布拉泽先生放下了手头的事,向弗莱德伸出了手,说道:

"很好,我的孩子。我愿意满足你的要求。"

就在那一天,费厄布拉泽先生骑上他刚买的小马,前往洛伊克的牧师住宅。"毫无疑问,我老了,"他想,"年轻人长大了,要把我挤出舞台了。"

他在花园里找到玛丽,她正在采玫瑰,把花瓣铺在一块床单上。太阳已快落山,高高的树木在长满青草的园径上,投下了长长的阴影。玛丽沿着园径走来走去,没戴帽子,也没打阳伞。她并未发觉费厄布拉泽先生正从草地上走来,只顾俯下身子,教训一只黑背黄腿的小狗,因为那只狗老是在床单上跑来跑去,嗅玛丽撒下的玫瑰花瓣。她用一只手捏住它的前爪,竖起另一只手的食指,对着它打皱的眉头和困惑的脸,操起庄严的低音,说道:"弗莱,弗莱,我真替你害羞,一只懂事的狗是不会这么干的,现在任何人见了,都会说你是一个傻头傻脑的年轻先生。"

"你对年轻的先生太不客气啦,高思小姐。"牧师说,离她已只有两码远。

玛丽吃了一惊,涨红了脸。"跟弗莱讲道理,它总是听话的。"她笑道。

"但是对年轻先生们却不成?"

"哦,有的不成,有的成,因为有些人是可以变好的。"

"你承认这点,我很高兴,因为现在我正想跟你谈一位年轻的先生呢。"

"但愿这不是一个傻小子。"玛丽说,又开始摘玫瑰花,觉得心怦怦直跳,怪不舒服的。

"不是,不过他的优点也许不是聪明,而是热情和真诚。然而这两个特点中包含的智慧,往往是人们想象不到的。我想,你听了我这些话,一定猜到我讲的是哪一位年轻先生了。"

"是的,我想我猜到了,"玛丽勇敢地回答,她的脸变得更严肃了,手有些凉,"这一定是弗莱德·文西。"

"他有件事要我征求你的意见,就是关于他进教会任职的事。我希望你不致认为,我答应他这么做是多管闲事。"

"不,正好相反,费厄布拉泽先生,"玛丽说,不再摘玫瑰,合抱着双手,但不敢仰起头,"不论什么时候你找我谈话,我都认为这是我的光荣。"

"但是在我谈到这问题之前,让我先提一下你父亲告诉我的一件事。顺便说一下,这就是在那天晚上,弗莱德刚上学院,他托我找你父亲的时候。高思先生告诉我,费瑟斯通死的那天夜里发生了什么——你怎样拒绝销毁遗嘱等等。他说,你为这事,良心有些不安,因为你无意之间使弗莱德失去了一万镑遗产。我一直记着这事,但我也听到一些情况,这可能给你带来安慰,它们说明,你的自我谴责是不必要的。"

费厄布拉泽先生停了一会儿,看看玛丽。他想,他应该使弗莱德得到充分的评价,但他也应该廓清她心头的一切错误观念——有的妇女就是出于赎罪的动机,选择了错误的婚姻,嫁给了她们不愿意嫁的男人。玛丽的双颊有些发红,她没有做声。

"我是说,你的行为对弗莱德的命运实际并无影响。我发现,即使销毁了末一份遗嘱,那第一份在法律上也不是无懈可击的。如果有人提出争议,它就站不住脚,而且可想而知,一定会有人提出争议。因此,在那一点上,你完全可以放心,不必感到难过。"

"谢谢你,费厄布拉泽先生,"玛丽诚恳地说,"蒙你想到我的心情,我很感激。"

"好,现在我可以言归正传了。你知道,弗莱德拿到了学位。他已经给自己开拓了一条道路,现在的问题是:他该干什么?这问题之所以困难,是他打算按照他父亲的意愿,进教会办事,然而这又违背了他一向的心愿,关于这点你比我更了解。我跟他谈过这问题,我承认,就目前的情形而论,他要当教士并没有不可逾越的障碍。他说,他可以改变主意,尽力完成他的职责,但是有一个条件。如果那条件得到满足,我也可以尽我所能,帮助弗莱德。当然,一开始不成,但过了一段时间,他可以当我的副牧师,这有不少事要做,因此他的薪金可以接近我以前当教区牧师的收入。但是我再说一遍,这有个条件,不具备这个条件,一切都是空话。他向我公开了他的心愿,高思小姐,要求我为他讲讲话。那条件完全在于你的态度。"

玛丽显得非常激动,因此过了一会儿,他又说道:"我们去散散步吧。"在散步时,他继续道,"直截了当地讲,任何职务,凡是会减少你同意做他的妻子的机会的,他都不能接受。但是在保持这个希望的前提下,他决心尽最大努力,做好你赞成他做的任何工作。"

"我不可能说,我一定会做他的妻子,费厄布拉泽先生,但是如果他当了教士,我可以说,我一定不会做他的妻子。你的话非常直爽,也非常亲切,我丝毫也不想纠正你的见解。这只是因为我是个女孩子,我总喜欢对事物采取嘲笑的态度。"玛丽说,她的回答中又出现了调皮的闪光,这给她的谦逊口气增添了迷人的魅力。

"他是希望我把你的想法,如实转告他。"费厄布拉泽先生说。

"我不能爱一个滑稽可笑的人,"玛丽说,不想再深入一步,"弗莱德有头脑,也有学问,只要他愿意,他可以从事某些有益的世俗职业,成为受到尊敬的人,但是我永远不能想象他怎样布道,传教,给人祝福,在病人床边祈祷等等,我一想到他做这些事,就觉得是在看一出滑稽戏。他之要当教士,无非为了保持体面的身份,我认为,这种体面的低能儿是最可耻的。克劳斯先生便是一个例子,我常常想起他那张空虚的脸,那把精巧的伞,那种装模作样的斯文谈话。这些人有什么权利代表基督教,好像教会只是为了让一些白痴冒充绅士,好像……"玛丽忍住了,没再往下说。她这么滔滔不绝,仿佛是在对弗莱德,而不是对费厄布拉泽先生讲话。

"青年妇女总是严格的。她们不像男子,非得干点什么不可,不过也许我应该说,你不在此例。至于弗莱德·文西,你不致把他排在这么低的位置上吧?"

"确实不,他相当有头脑,但我认为,他当教士不能发挥他的才智。他只能成为一个在职业上弄虚作假的人。"

"那么你的答复是十分坚决的。他当了教士便毫无指望了?"

玛丽摇摇头。

"但是如果他不怕一切困难,用其他办法取得他的面包,你会支持他,给他希望吗?他可以指望得到你的好感吗?"

"我想,我已经对他讲过的话,不必再向他重复了,"玛丽回答,神态中显得有些悲愤,"我认为,他在没有做出什么成绩以前,不必提出这类问题,光说他能够怎么做,那是没有意思的。"

费厄布拉泽先生沉默了一两分钟,这时他们走到了长满青草的园径末端,于是转过身来,站在一棵枫树的绿荫下。休息一会儿以后,他又说道:"我了解,你不愿让任何诺言束缚自己;但情况是不同的,或者你对弗莱德·文西的感情,会排除你对别人产生好感的可能性,或者不会;换句话说,或者他可以指望,在他获得你的允诺以前,你不会把这种允诺给予别人,或者在任何情况下,他都没有希望。请原谅,玛丽——你知道,我在教你教义问答时,一向是这么称呼你的——但是当一个女子的感情状态涉及另一个人一生的幸福,也许还不仅是一个人的幸福时,我认为,开诚布公和直截了当对她说来,还是比较正直的做法。"

现在轮到玛丽沉默了,她感到惊讶的不是费厄布拉泽先生的态度,而是他的口气,它蕴藏着一种强自克制的严肃感情。一个奇怪的思想掠过她的心头:他的话是与他本人有关的。但是她不敢相信,也不好意思抱这种想法。她从没想过,除了弗莱德,还会有别人爱她,而弗莱德,那是在她穿短筒袜和系带子的小皮鞋的时候,就用阳伞上的铁圈当指环,与她定过终身的。她更没想过,她在费厄布拉泽先生眼里会有什么重要意义,因为他是她那个狭小的生活圈子中最聪明的人。一时间她只觉得,这一切都是谜,也许还是她自己的幻想;只有一点她是清楚的,明确的,那就是她的答复。

"既然你认为这是我的责任,费厄布拉泽先生,我愿意告诉你,我对弗莱德有相当深厚的感情,我不会为了任何别人抛弃他。如果我想到他会由于失去我而变得不幸,我就永远不会真正愉快。从我们还很小的时候起,他始终是最爱我的,我有一点不舒服,他便那么关心我,因此我对他的感激已经深深植根在我的心中。我不能想象,任何新的感情可以取代它,削弱它。看到他成为值得大家尊敬的人,这比什么都使我高兴。但是请告诉他,在那时以前,我不会答应嫁给他,否则我会使我的父母感到羞愧和伤心的。他完全有权选择任何别的女子。"

"那么我已经彻底完成了我的使命,"费厄布拉泽先生说,向玛丽伸出了手,"我得立即赶回米德尔马契。弗莱德有了这个前景,我们就可以帮助他寻找合适的职业了。我希望我能看到你们的结合。上帝保佑你!"

"哦,请等一等,让我给你喝一些茶。"玛丽说,眼睛里噙满了泪水,因为费厄布拉泽先生的态度含有一些难以捉摸的神情,仿佛他在坚决忍受着一种痛苦,这使她突然有些心酸——有一次她看到父亲走投无路,双手不断哆嗦时,也有过类似的感觉。

"不用了,亲爱的,不用了。我必须赶回去。"

三分钟后,牧师又骑上了马背,他正直无私地履行了一项责任,这是比戒绝打惠斯特牌艰巨得多,甚至比写悔罪反省书也更艰巨的。

第五十三章

> 从局外人所说的不一致,推断出不真诚,这只是浮浅轻率的结论,是把"假定"和"所以"的死逻辑应用在活的事物上,看不到信念和行为得以相互依存的千丝万缕的隐秘关系。

布尔斯特罗德先生指望在洛伊克置办新的产业,他自然关心新牧师的人选,希望这是一个他完全满意的人。可是正当他握有契据,成为斯通大院产权人之际,费厄布拉泽先生却在那所古雅的小教堂中"荣任牧师",向工农商各界会众宣讲第一篇讲道文了。布尔斯特罗德先生相信,这是对他本人,也是对全国公众的过错的一种惩罚和儆戒。不过,他不会经常上洛伊克教堂,在短时期内也不会住进斯通大院,他买下这片肥沃的田地,这幢漂亮的住宅,只是作为将来颐养天年的地方——他要在那里把田地逐步扩大,把房屋修缮得美轮美奂,使它们有助于颂扬上天的荣耀,然后迁入新居,把目前在银钱账目上的辛勤操劳摆脱一部分,在当地经营农业,让大家看到,上帝怎样通过不可预见的机缘,使他增加了财富,也使福音的真理更加昭然若揭。购进斯通大院作为这一发展的有力开端,进行得相当顺利,李格·费瑟斯通先生并不像大家所期待的那样,想把它当作伊甸乐园,定居下来。确实,这也是故世的老彼得没有料到的,他生前一直想象,他怎样躺在草皮底下向上仰望,什么也不能阻挡他的视线,又怎样看到他那位青蛙脸的合法继承人,住在漂亮的老房子里安享清福,其他遗族却只得惊愕不已,大失所望。

但什么是我们的朋友们心目中的天堂,我们又知道得多么少啊!我们总是根据自己的愿望判断一切,我们的朋友们却往往不肯开诚布公,甚至不愿流露一点心意。冷静而明智的乔舒亚·李格,没有让他的父亲发觉,斯通大院不是他心目中的最终目标,相反,他还明确表示,他希望成为它的主人。但是,沃伦·黑斯廷斯①有了黄金,想买进代尔斯福庄园,乔舒亚·李格有了斯通大院,却想用它换取黄金。他对自己的主要目标有极其清醒的认识,也毫不动摇。他的贪得无厌来自先天的遗传,只是在环境的熏陶下取得了特殊的形式,他的主要抱负就是当一名钱币兑换商。他最初在码头上当跑腿的小脚夫,那时他就站在钱币兑换商的窗子外面观望,正如别的孩子站在糕饼铺的窗子外面观望一样。这种诱惑逐渐渗入他的内心,引起了一股独特的感情。他打算发财以后要做的事不少,其中之一是娶一位如花似玉的高贵小姐,但这一切乐趣,在他的想象中都无关大局,可有可无。只有一种乐趣是他念念不忘、梦寐以求的,那就是在船只出入频繁的码头上,开一家钱币兑换铺,他拿着钥匙,坐在一只只上锁的钱柜中间,露出庄严冷漠的脸色,兑换各国铸造的货币,贪心的客商站在铁格窗外,羡慕地望着他,只得听凭他的发落。这股强烈的感情成了他的动力,使他掌握了实现这愿望所必需的一切知识。当别人认为他将终生定居在斯通大院时,他自己却在寻思,他期待的时刻终于快到了,他要在北码头镇开设一家设备完善的店铺,店堂里放满了各种保险柜和钱柜。

---

① 沃伦·黑斯廷斯(1732—1818),英国殖民主义者,印度的第一任总督,曾残酷剥削印度人民,因而致富。他的祖父曾任伍斯特郡代尔斯福教区牧师,在那儿置有庄园住宅,后因家道中落出售。沃伦·黑斯廷斯立志收回庄园,在印度发财后,终于达到了这目的。

够了。在乔舒亚·李格出售田地这件事上,我们关心的只是布尔斯特罗德先生的观点。按照他的解释,这是令人鼓舞的天意,若干时期以来,他怀抱的目的没有得到外界的赞助,现在天从人愿,终于实现了。他这么解释,但没有太大把握,因此只能用委婉曲折的语言表达自己的感恩心情。他的疑虑并非来自这事对乔舒亚·李格的命运可能产生的影响,那个人的命运在上帝统治的世界中是排不上队的,它在那里也许至多只能算一块不足挂齿的殖民地。他的疑虑在于他担心,这天意对他可能也是一种惩罚,就像费厄布拉泽先生之接任牧师,显然是这么回事一样。

这不是布尔斯特罗德先生为了蒙骗别人,对其他人说的,他是对自己说的——这时他对事物的解释总是坦率的,不会比你不同意他的解释时,提出的任何理论差一些。因为自私渗入我们的理论,并不会影响它们的真诚,相反,它们越能满足我们的私心,我们对它们的信心也越坚定。

不过,天从人愿也好,惩戒也好,彼得·费瑟斯通死后还不到十五个月,布尔斯特罗德先生已成了斯通大院的主人。这件事,彼得要是地下有灵,一定会说"早知如此……"。它闹得沸沸扬扬,成了他那些失望的亲族差可自慰的话题。现在,故世的亲哥哥成了众矢之的;不论他如何狡猾,事物的发展更加狡猾,他只是枉费心机,这便是索洛蒙津津乐道的想法。沃尔太太的预言也不幸而言中,事实证明,假的就是假的,假费瑟斯通不能取代真费瑟斯通。玛撒妹妹在白垩洼地得到消息后说:"我的天哟!天网恢恢,疏而不漏,上帝毕竟没有给救济院迷惑住。"

情深义重的布尔斯特罗德太太特别高兴,因为买下斯通大院以后,她丈夫的健康状况一定可以大有起色。他每隔一两天就要骑了马,到那里走走,在总管的陪同下,参观一下农场的某一部分。那个幽静的地点,到了黄昏时分更加美妙,新割的干草堆送来一阵阵清香,跟茂盛的花园的气息混成一片。一天傍晚,太阳还在地平线上,阳光照进高大的胡桃树中间,树枝上像挂着一盏盏金光灿灿的灯。布尔斯特罗德先生骑在马上,在大门外等候凯莱布·高思,他约他来,要他就马厩的排水问题提供意见。此刻高思正在干草场上跟总管谈话。

在赏心悦目的大自然的影响下,布尔斯特罗德先生觉得心情十分舒畅,比平时格外怡然自得。从教义上说,他相信自己毫无价值,但这种毫无价值的意识,只要没有在记忆中取得具体的形态,挑起羞惭的感觉或悔恨的情绪,单凭教义上的信念,是不会引起痛苦的。非但如此,假如我们的罪孽之重,只是说明上帝的宽恕之深,因而充分证明,我们是上帝的意图的特殊工具,那么,那种信念更可以使人沾沾自喜,得意非凡。记忆与脾气一样,有许多不同的状态,像西洋景似的经常变换着它的景色。布尔斯特罗德先生觉得,这时的阳光跟他少年时代的阳光一模一样,在那些遥远的黄昏时刻,他常常跑到海伯里郊外讲道。现在他多么希望再体验一下当年的讲道生活啊。讲道文还保存着,他的讲解也一定驾轻就熟,毫不费力。但这简短的沉思,由于凯莱布·高思的到来而中断了。高思也骑着马,在拉动缰绳离开之前,他突然喊道:

"哎哟!那个从小路走来的家伙,穿一身黑衣服,他是谁?那副倒霉的样子,活像在赛马场上输光了钱。"

布尔斯特罗德先生掉转马头,向小巷深处望去,但没有回答什么。来的是我们已有过一面之识的拉弗尔斯先生,他的外表没有多大变化,只是现在穿了一身黑衣服,帽子上围了一圈黑纱。他离两位骑马的先生不过三码远,他们可以看到,他由于认出了熟人,脸上蓦地一亮,一边朝上挥动手杖,一个劲儿地望着布尔斯特罗德先生,最后才喊道:

"想不到,尼克,这真是你!我不会看错,虽然已经隔了二十五年,咱们俩都老了!你好吗,嗯?你想不到会在这儿看到我吧。来,咱们握握手。"

说拉弗尔斯先生的态度很激动,那等于说现在是黄昏一样,完全是多余的。凯莱布·高思看到,布尔斯特罗德先生愣了一下,有些手足失措,但最后还是冷冷地向拉弗尔斯伸出了手,说道:

"我确实没有想到,会在这个偏僻的乡间看到你。"

"哦,这是我一个继子的产业,"拉弗尔斯说,摆出了一副神气活现的架势,"以前我到这儿找过他。我看到你并不觉得奇怪,老伙计,因为我捡到过一封信——按照你的说法,这是天意。不过,我遇到你,实在太好了,因为我这次不是想找我的继子。他对我没有良心,而且他可怜的母亲已经去世了。说老实话,我是想念你才来的,尼克,我想打听你的住址,因为……瞧这个!"拉弗尔斯从口袋里掏出了一张揉皱的信纸。

除了凯莱布·高思,任何人看到这个场面,一定都不愿走开,想听听他们讲些什么,因为这个人居然认识布尔斯特罗德,这说明银行家的一生中,包含着一些跟他在米德尔马契的身份不相称的经历,它们必然带有秘密性质,足以激发人们的好奇心。但是凯莱布与众不同,有些在一般人身上表现得非常突出的爱好,他却几乎没有,这种爱好之一就是探听别人私事的猎奇心理。如果那些事涉及别人不愿公开的隐私,凯莱布尤其不想知道。他就是这么一个人,哪怕他手下的人干了坏事,给他发现了,要他向他们指出,他也会觉得比犯错误的人更加不好意思。现在他踢了踢马,说道:"布尔斯特罗德先生,祝你晚安,我得回家了。"说完,他便骑马走了。

"你在这封信上,没有把地址全部写清楚,"拉弗尔斯继续道,"这不像你平时的作风,你一向是个精明能干的生意人。'灌木别墅',这在哪儿都成。那么你是住在这一带啦?已经把伦敦的买卖收了,也许当上了乡绅,在村里有了一栋住宅,可以招待我去玩玩啦?天哪,这一晃多少年啦!老太婆一定死了——进了天堂也好,免得知道她的女儿多么穷苦,是吗?但是我的天!你的脸色多么苍白,死气沉沉,尼克。来,如果你要回家,我陪你一起走走。"

确实,布尔斯特罗德先生平时的苍白,现在几乎变成了死灰色。五分钟以前,他一生的经历还隐没在夕阳光中,他想起的只是早年阶段,那时在他的心目中,罪孽仅仅是教义和内心忏悔问题,屈辱只限于闭门思过,怎样看待自己的所作所为也仅仅是反省问题,一切都在于精神方面,在于对上帝的旨意的认识。可是现在,不知由于什么讨厌的魔力,这个嗓音响亮、脸色红润的汉子,又以不可抗拒的真实,出现在他的面前了,他体现了他的过去,而这过去一直并未进入他关于惩戒的种种想象中。但是布尔斯特罗德先生紧张地思索着,他不是一个在行动和言语上冒失的人。

"我正要回家,"他说,"但我可以推迟一些。你不妨住在这儿。"

"谢谢,"拉弗尔斯说,扮了个鬼脸,"现在我不想跟我的继子见面,我宁可上你家里。"

"你的继子大概就是李格·费瑟斯通先生,他已不在这儿。现在我是这儿的主人。"

拉弗尔斯睁大眼睛,长长地吹了一声口哨,表示惊异,这才说道:"那很好,我没有异议。我下了驿车,步行到这儿,走了不少路。我从来不习惯走路,也不习惯骑马。我喜欢的是一辆轻快的车子,一匹生气勃勃的马。坐在鞍子上,我总觉得不自在。老伙计,你看到我一定又高兴,又感到意外吧!"他继续道,与布尔斯特罗德先生一起朝屋里走去,"你嘴上不说,心里是这么想的。你的造化不小,不过你从来不知道满足,总是好了还想好,你也天生有这能耐,善于利用一切机会。"

拉弗尔斯先生觉得自己能说会道,十分得意,大模大样地摆动着一条腿,这使那位强作镇静、不动声色的朋友,实在有些受不了。

"如果我记得不错,"布尔斯特罗德先生开口道,态度冷漠而又恼火,"许多年以前,我们确实彼此认识,但并无深交,你现在这么讲话未免有些过分,拉弗尔斯先生。你有什么要我帮忙的,我可以照办,但不要装出那副老朋友的架势,这跟我们以前的关系并不相称,在阔别二十多年之后,就更不相宜了。"

"你不乐意我叫你尼克吗?这有什么,我在心里是一直叫你尼克的,尽管我看不到你,我还是想念你的。说实话,我对你的感情还真像白兰地似的,越陈越香呢!哦,你屋里总该有白兰地吧。上次乔舒给我灌了满满一瓶呢。"

布尔斯特罗德先生还没完全明白,拉弗尔斯固然需要白兰地,但更需要折磨他,因此你越生气,他反而越高兴。不过有一点已很清楚,那就是继续对抗是没有用的,于是布尔斯特罗德先生一边保持着坚定冷静的态度,一边吩咐女管家给客人准备酒菜。

这位女管家是李格留下的,布尔斯特罗德先生不必顾虑,她可能认为,他之招待拉弗尔斯,只是因为拉弗尔斯是她从前那位主人的朋友。等到食物和酒端进镶护壁板的客厅,放在客人面前,屋里没有第三者的

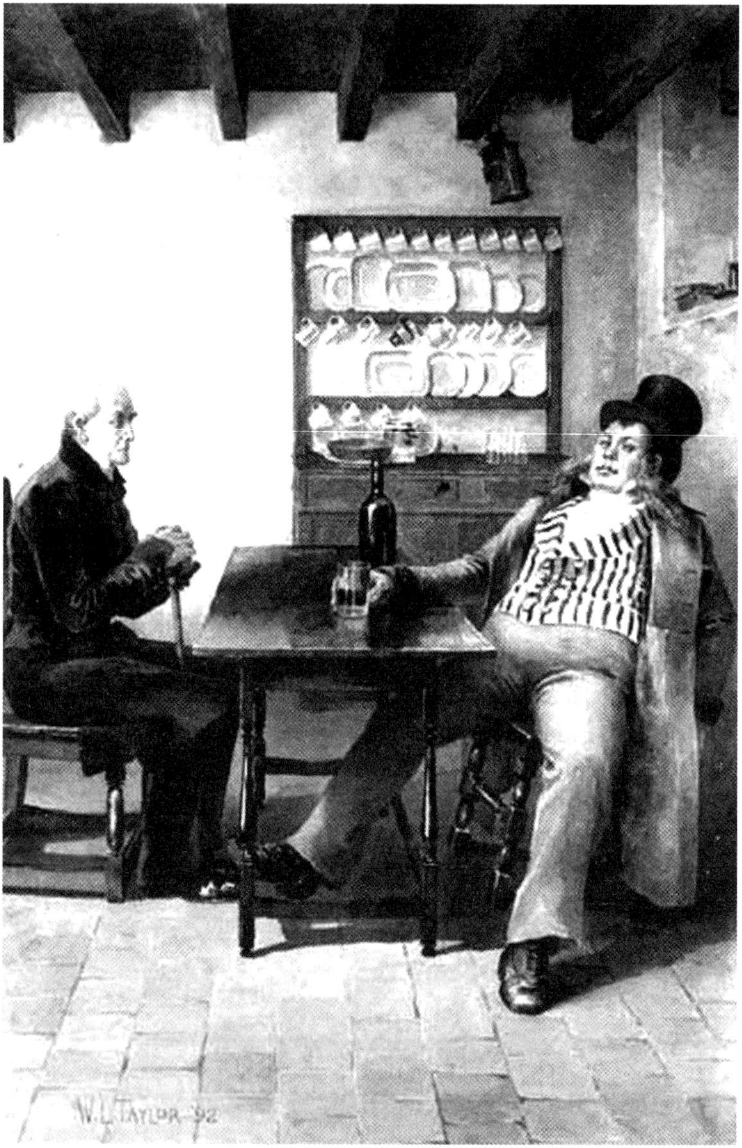
W. L. TAYLOR '92

时候,布尔斯特罗德先生开口了:

"你和我的生活方式完全不同,拉弗尔斯先生,我们在一起不会愉快。因此对我们两人说来,最聪明的办法还是尽早分手。你既然说你想找我,那么你可能有什么事要跟我商量。但目前请你暂时在这里过一夜,明天一早我会骑了马赶来——早饭以前一定能到,你有什么事,我们到那时再谈吧。"

"很好,我完全赞成,"拉弗尔斯说,"这是一个怪舒服的地方,当然要长住有些枯燥,但是过一夜,在我是无所谓的,只要有这样的好酒,何况明天一早你就会再来。你这位主人比我的继子好多了,但是乔舒有些恨我,因为我娶了他的母亲,你我之间却没有这种疙瘩,我们一向是十分友好的。"

在拉弗尔斯的态度中,说笑和调侃独特地结合在一起,布尔斯特罗德先生但愿这只是喝酒的结果,因此决定在他完全清醒以前,不跟他谈什么。但他骑马回家时,仍不免忧心忡忡,清楚地意识到,不论怎么办,要跟这个人解决问题,一劳永逸,是不容易的。他有他不得已的苦衷,必须摆脱约翰·拉弗尔斯,尽管他的重新出现,不能说不是上帝的安排。当然,他也可能是魔鬼派来的,目的是要危害布尔斯特罗德先生,使他身败名裂,因为他是上帝行善的工具,但这种危害必然是上帝同意的,是一种新的惩戒方式。对他说来,这个苦恼的时刻,与其他时刻完全不同,在其他时刻,他的内心斗争是保证可以不致泄露机密的,斗争的结果他也总是相信,他那些秘密的罪行已蒙上帝宽赦,他的祈祷也已被接受。再说,那些罪行哪怕在做的时候,由于他怀有与众不同的动机,是为了把自己和自己的一切贡献给上帝,促进他的事业,因此它们已经具有半神圣的性质,这难道不是事实吗?难道他终于只能成为一块绊脚石,一块害人的磐石吗[①]?因为谁了解他内心的功德呢?只要找到借口,可以侮辱他,谁不会把他的一生和他所信奉的真理,当作一堆邪恶的废物呢?

在最隐秘的沉思中,布尔斯特罗德先生一生养成的习惯,就是把最

[①] "绊脚石"和"害人的磐石"均指妨碍人信仰上帝的障碍,语出《圣经》。

自私最丑恶的东西，用目的在于实现上帝的意旨的神圣教义掩盖起来。但是哪怕我们在谈论和思考地球运行轨道和太阳系的时候，我们的知觉和我们的行动还是得适应静止的大地和昼夜的变化。我们可以谈论抽象的痛苦，但是我们不能不清楚而深刻地感到热病发作前的寒战和头痛，现在也一样，尽管说教的词句源源不断，自动到来，他仍感到，在周围的人们面前，在自己的妻子面前，他将不免于出丑露乖，蒙受耻辱。因为痛苦，正如公众对耻辱的评论一样，是跟从前自我标榜的程度成正比例的。对于只以避免触犯刑法为目标的人，除了罪犯的被告席都算不得耻辱。但是布尔斯特罗德先生不同，他的目标是要做一名圣洁的基督徒。

　　第二天早上还不到七点半，他已抵达斯通大院。那栋漂亮的老房子从来不像现在这么充满生机，百合花开得又大又白，金莲花在矮矮的石墙上连绵不断，美丽的叶子带着露珠闪发出银光，连周围的一切杂音似乎也怀有一颗宁静的心。然而它们的主人却无意欣赏这一切，他在屋前的砾石路上踱来踱去，等待拉弗尔斯先生下楼。命中注定，他非得与他一起用早餐不可。

　　过不多久，他们就坐在镶护壁板的客厅里，一起喝茶，吃烤面包了——在这么早的时候，拉弗尔斯只吃这些东西。早晨的他和晚上的他，变化并不像他的朋友期望的那么大，那种折磨人的情绪甚至还更强烈，因为他的兴致已不如昨晚那么高。当然，他的仪表举止，在晨光的照耀下，也显得更讨厌了。

　　"我很忙，没有时间奉陪，拉弗尔斯先生，"银行家说，他根本无心喝茶，烤面包也只是掰了一块，没有送进嘴巴，"要是你肯直截了当，把你找我的原因告诉我，我不胜感激。我猜想，你在别处有一个家，一定乐意尽快回家。"

　　"一个人怀念老朋友，想跟他见见面，尼克，这有什么不对呢？——我必须叫你尼克，从我们知道你打算娶那个老寡妇的时候起，我们就是叫你小尼克的。有人说，你跟老尼克①生得惟妙惟肖，确实像

---

① 英国民间对魔鬼的别称。尼克又是尼古拉斯的昵称。

他的孩子，不过那是你母亲的过错，只怪她给你起了尼古拉斯这个名字。你重又见到我，感到高兴吗？我本来以为，你会请我住进你那富丽堂皇的公馆。我现在已经没有家，我的老太婆死了。任何地方对我都没有特别的吸引力，住在这里跟住在那里，在我都一样。"

"我想问一下，你为什么从美国回来？当时你表示只要拿到相当一笔款子，就上那儿定居，我认为这等于说，你保证要终生留在美国。"

"我从来不知道，希望迁居一个地方，就等于要终生待在那里。但我确实在那儿住了十年，后来我住腻了，就回来了。我不想再上那儿，尼克。"说到这里，拉弗尔斯先生望着布尔斯特罗德先生，慢条斯理地眨了眨眼睛。

"你是不是打算开店做买卖？你现在的职业是什么？"

"对不起，我的职业就是尽量享乐。我不想再干什么。如果说我以前干过什么，那就是贩运烟草的买卖，或者这一类事，干这买卖可以吃喝玩乐，过快活日子。不过不能没有一份可以养老的产业。我现在要的就是这个，我的身体不如从前了，尼克，虽然我的气色看起来比你好。我需要一份足以糊口的产业。"

"只要你保证不再跑到这儿来找我，我可以供养你的生活。"布尔斯特罗德先生说，他的口气也许显得过于焦急。

"那得看我自己认为怎么做合适，"拉弗尔斯冷冷地回答，"我认为，我完全有权利在这里结交一些朋友。我觉得，我配得上跟任何人来往。我下车时，把旅行包寄存在收税卡，包里有替换衣衫，全是上等亚麻布做的，我可以用名誉担保！不单是些硬衬胸和袖口。可是哪怕穿着这套丧服，这双搭扣鞋，以及其他一切，我在这儿的大人先生中间，也不致给你丢脸。"拉弗尔斯先生把他坐的椅子推开一些，俯首看看自己，特别是那双搭扣鞋。他的主要意图是挖苦布尔斯特罗德先生，但他确实相信，他现在的仪表可以产生很好的效果，他不仅漂亮、机智，而且身上那套丧服也足以证明，他是一个有相当身份的人。

"不论怎样，如果你指望依靠我，拉弗尔斯先生，"布尔斯特罗德过了一会儿说，"你就得按照我的要求办。"

"哦，那当然啦，"拉弗尔斯说，用的是故作温顺的挖苦口气，"难道我不是一向如此的吗？大人，你靠我发了财，可我得到的少得可怜。从那以后我常常想，我应该告诉你的老太婆，我已经找到了她的女儿和孙儿才对。那么做更符合我的感情，我还是有点良心的。但我想，现在你早把老太太丢在九霄云外了，不过这对她反正一样。你靠那行一本万利的营生发了财，这是你的造化。你当了大老板，买了田地，成了土皇帝。还是非国教派教徒吧，呃？还那么虔诚？或者为了适应上流人的身份，已经皈依了国教？"

这时候，拉弗尔斯先生那种慢条斯理眨眼睛，伸出一点舌头的怪模样，比噩梦更坏，因为很清楚，这不是噩梦，而是痛苦的现实。布尔斯特罗德先生感到厌恶，连身子都发抖了，他没有做声，只是在紧张地思考，是不是丢开拉弗尔斯，随他爱怎么干，把他讲的一切只当造谣污蔑，不予理睬。不用多久，这家伙的卑鄙嘴脸就会暴露无遗，谁也不相信他。但清醒的意识告诉他："他讲的丑恶事实涉及你的时候，可不一定呢。"再说，把拉弗尔斯拒之于千里之外，固然痛快，但不顾事实，直截了当否认一切，布尔斯特罗德先生却做贼心虚，不敢一试。回顾得到赦免的罪恶，甚至为遭到怀疑的道德败坏行径进行辩解，这是一回事，处心积虑捏造事实，弄虚作假，那又是一回事。

由于布尔斯特罗德没有开口，拉弗尔斯决定充分利用这段时间，继续往下讲。

"说真的，我不如你运气好！在纽约，我给弄得焦头烂额，那些美国佬都是精明透顶的冷血动物，一个有高尚感情的人休想占他们的便宜。回国以后，我就结了婚，那娘儿们不坏，是做烟草生意的，也很喜欢我，但那行买卖，正如我们所说，没有多大出息。她是靠一个朋友在那儿开的店，已经有好多年了，但她有个儿子，这叫我受不了。乔舒和我一直合不来。不过我尽量使自己过得舒舒服服，跟我喝酒作乐的都是上等人。大家对我客客气气，我也对他们光明磊落，肝胆相照。我以前没来找你，你不要生我的气，我得了一场病，因此来晚了一步。我一直以为你还在伦敦干你那营生，做你的祷告，可我在那儿没找到你。现在你瞧，多么巧，我在这儿遇见了你，这是天意，尼克，也许上帝要咱们碰头，赐福给咱们呢。"

拉弗尔斯先生最后操起鼻音,用一句笑话结束了他的独白,然而谁也不会觉得,他的机智比伪善的宗教说教高明多少。如果利用人们最卑鄙的情绪获得成功的狡诈,可以称之为智慧,那么他确实是有这种才能的,因为他对布尔斯特罗德的冷嘲热讽,虽然好像脱口而出,却显然是经过斟酌的,就像下棋时每走一步都得几经揣摩一样。但这时布尔斯特罗德已决定了他该走的一步,用斩钉截铁的口气说道:

"拉弗尔斯先生,我想你最好能够明白一个道理:如果一个人不顾一切,想得到他不应得到的利益,他难免弄巧成拙,一无所获。尽管我对你不负有任何义务,我还是愿意给你一笔定期的年金,每一季度付款一次,只要你肯履行一个诺言,即永远住在别处,不在这一带露脸。你怎样选择,悉听尊便。如果你坚持留在这儿,哪怕是一个短时期,你就不能从我这里得到任何好处。我不承认我认识你。"

"哈哈!"拉弗尔斯说,装出一副大笑的样子,"这使我想起一个有趣的贼,他说,他不承认他认识警察。"

"你这比喻对我不适用,先生,"布尔斯特罗德说,不禁火冒三丈,"我没犯法,不论你还是别人,都休想用法律来威胁我。"

"你不懂得笑话,我的老朋友。我的意思只是说,我决不会承认我不认识你。我们还是言归正传吧。你按季度付款的办法,对我不太合适。我爱好我的自由。"

这时拉弗尔斯站起身子,在屋里来回踱了一两次,摇动着腿,装出一副全神贯注考虑问题的神气。最后他站在布尔斯特罗德面前,说道:"我跟你把话讲清楚!你给我两百镑,对,这是最低的数目,我就离开……我保证说到做到!拿起旅行包,马上就走。可是我不能牺牲我的自由,换取肮脏的年金。我爱到哪里就到哪里。也许我会符合一位朋友的要求,永远不再回来,也许不会。你身边带着钱吗?"

"没有,我身边只有一百镑,"布尔斯特罗德说,急于摆脱眼前的燃眉之急,尽管未来很难逆料,也顾不得许多了,"只要你把地址留下,其余的钱我马上汇给你。"

"不,我要在这儿等你把钱拿来,"拉弗尔斯说,"我可以散散步,吃点东西,到那时你就可以回来了。"

从昨天晚上起,布尔斯特罗德先生一直心神不宁,连多病的身体也有些支撑不住,觉得在那个声音洪亮、坚定不移的家伙面前,自己简直束手无策。处在这样一个时刻,只要暂时有个喘息的机会,他自然也会抓住不放。正当他站起来,预备满足拉弗尔斯的要求,遵命办理的时候,后者仿佛突然想起似的,伸出一根手指,说道:

"我确实又打听过莎拉的下落,只是我没有告诉你。对那位漂亮的年轻女子,我是十分关心的。我没有找到她,但我查到了她丈夫的名字,我把它记下了。但是真该死,我把笔记本丢了。不过只要我听到这名字,我马上想得起来。我的头脑还很灵敏,跟年轻力壮的时候不相上下,可是真糟糕,偏偏记不住这些名字!有时我真像一张该死的税单,上面什么都有,就是忘了填名字。不过只要我听到她和她家庭的情况,我会马上告诉你,尼克。既然她是你前妻的女儿,你一定乐于为她做些什么的。"

"这没有疑问,"布尔斯特罗德先生说,那对淡灰色眼睛照例一动不动,望着前面,"不过那会减少我接济你的能力。"

在他走出屋子时,拉弗尔斯对着他的背影慢条斯理地眨了眨眼睛,然后走到窗口,望着银行家骑上马走了——实际是奉行他的命令。他的嘴唇先是微微向上弯曲,露出一丝冷笑,然后张开,发出了一声胜利的笑声。

"但是真见鬼,那个名字叫什么呢?"他随即用不大的声音叨咕,一边搔搔脑瓜,额上出现了一条条皱纹。他其实对自己的健忘并不在意,也从没考虑过这点,直到现在,他发现这也可以成为作弄布尔斯特罗德的手段以后,才引起了兴趣。

"那是从拉字开始的,好像有不少拉字似的。"他继续思索,仿佛想把一个溜走的名字抓回来。但是怎么也抓不住,不久他便对这种思想上的搜索感到厌倦了,因为拉弗尔斯这种人最不耐烦的便是内心的思考,最需要的便是夸夸其谈。他宁可把时间花在兴高采烈的闲谈上,这样,他通过跟男管家和女管家的聊天,对布尔斯特罗德在米德尔马契的地位,了解到了他需要知道的一切。

然而有一段寂寞的时间,他只得靠面包、乳酪和啤酒来消磨。正当他独自坐在镶护壁板的客厅里,享受这些食物时,他蓦地拍了一下膝盖,喊了起来:"拉迪斯拉夫!"他刚才搜索枯肠,一直不得要领,现在回忆的机能突然自行恢复,连他自己也没有意识到,这种体验是人人都有的,它有时像打喷嚏一样痛快,哪怕所要搜索的名字毫无价值。拉弗尔斯马上掏出笔记本,把名字记下,这倒不是他指望利用它,只是万一需要,可以不致手足无措。他不想把它告诉布尔斯特罗德,告诉了,他也捞不到实际的好处。但像拉弗尔斯先生这种人,心里保存一些秘密,也许始终是必要的。

　　他对自己这次的成功很满意,到了当天三点钟,他已在收税卡那里拿了旅行包,坐上了驿车。这样,布尔斯特罗德先生的眼睛,终于可以在斯通大院的风景中,不致再看到那个丑恶的黑点了,但他的恐惧并没有消失,那个黑点随时可能再度出现,甚至跟他的家粘在一起,无法分开。

第六卷　孀妇和妻子

第五十四章

> 我的小姐眼眸中包含着爱,
> 她的目光给一切带来欢乐,
> 她所经之处人人驻足观看,
> 她的青睐会使人心跳不止,
> 俯下惭愧的脸,深深叹息,
> 意识到自己心灵上的污点,
> 于是恨变成爱,骄矜变成了崇敬。
> 女士们啊,请与我同声赞美她吧。
> 她的话渗入人们心灵深处,
> 带来了谦卑和善良的希望,
> 谁见到她都觉得无限幸福。
> 至于她回眸一笑,那神情
> 无法描摹,也不能在思想中再现,
> 那是优美绝伦、令人向往的奇迹。
>
> ——但丁:《新生》①

就在那个愉快的早上,正当斯通大院的干草堆一视同仁地散发出沁人心脾的清香,款待着不值得款待的客人拉弗尔斯先生的时候,多萝

---

① 《新生》记载了但丁对贝亚德丽采的爱情,由三十一首抒情诗组成,间以散文的解释。这里引用的一首十四行诗,见该书第二十一节。原文为意大利文,这里据英国著名诗人丹·加·罗塞蒂的英译本转译。

西娅又回到了洛伊克庄园的公馆里。经过三个月的盘桓,她对弗雷什特的生活已感到厌烦。整天枯坐着,像在当圣凯瑟琳①的模特儿让人写照,津津有味地端详西莉亚的婴孩,这她办不到,但面对着那个心肝宝贝似的孩子,完全不把他当一回事,这在一个没有孩子的姊姊说来,又未免不近人情。她倒很乐意抱了孩子,到外边走一两里路,这样,由于付出了劳力,她还会更爱他,可是又没有这个必要。一位姨母既不能把小外甥当佛爷一样崇拜,又除了赞美,不能为他做什么,这样久而久之,他那些动作自然显得单调无味,那张小脸蛋也失去魅力了。

但这种可能性,西莉亚一无所知,她只觉得,多萝西娅死了丈夫,又没有孩子,正在这个当口,小亚瑟(孩子是以布鲁克先生的名字命名的)诞生了,这对她是最好的安慰。

"多多这样的人,不论对什么,孩子也罢,别的也罢,从不计较是不是她自己的!"西莉亚对丈夫说,"不过哪怕她生了孩子,他也不可能像亚瑟那么可爱。詹姆士,对吗?"

"那可不然,只要孩子像卡苏朋,"詹姆士爵士说,但马上发觉自己并不老实,而且内心深处对那个十全十美的头生孩子还有些保留。

"没有的事!你怎么这么想?不过说真的,幸好多多没生孩子,"西莉亚说,"我觉得,替她着想,她还不如守寡的好。她可以爱我们的孩子,这跟她亲生的一样。现在她可以爱干什么就干什么,一切自己做主了。"

"可惜她不是一个女王。"忠诚的詹姆士爵士回答。

"她是女王的话,我们是什么呢?我们一定也会不同了,"西莉亚说,但不愿对这种想入非非的事多费脑筋,"我还是喜欢她像现在这样。"

因此,当她发现多萝西娅收拾行装,终于打算回洛伊克的时候,不免有些失望,扬起眉毛,用她平静温和的声调,发出了带一些讥刺的责问。

"多多,你这是怎么啦,又要回洛伊克?你自己说,那里没什么好

---

① 公元四世纪基督教的殉道者和圣女,原名也叫多萝西娅。

干的,人人丰衣足食,安居乐业,你还为此发愁呢。你在这里才是如鱼得水,你跟着高思先生跑遍了蒂普顿,走进了最穷苦的人家。现在伯父出外游历了,你和高思先生可以支配一切,完全照自己的意思行事。我相信,詹姆士一切都会听你的。"

"我会时常到这儿来的,我得来看看孩子,他一定会越长越漂亮。"多萝西娅说。

"但是你再也看不到他洗澡了,"西莉亚说,"那是一天中最有趣的时刻。"她几乎噘起了嘴唇,觉得多多实在太狠心,偏要在可以留下的时候离开孩子。

"我的好咪咪,我会专门到这儿来过夜的,"多萝西娅说,"但目前我希望一个人待在自己家里。我想多了解一些费厄布拉泽家的情形,也跟费厄布拉泽先生多谈谈,看看在米德尔马契还可以做些什么。"

多萝西娅天生的意志力不再完全转化为坚决的服从了。她非常想念洛伊克,简单地作出了回去的决定,觉得没有必要把理由全部告诉大家。但她周围的人全都反对。詹姆士爵士十分伤心,提议全家上切尔特南①住几个月,把神圣的方舟,即摇篮也带去。在那个时期,切尔特南是最有吸引力的,如果那也不成,你就提不出更好的去处了。

彻泰姆老夫人刚从伦敦探望女儿回家,她提出,至少应该写信给维戈太太,请她前来陪伴卡苏朋夫人。她认为,多萝西娅年纪轻轻,守了寡,打算单独住在洛伊克的公馆里,这是荒唐的。维戈太太在一些上等人家当过朗诵人和文书,论修养和情操,即使多萝西娅恐怕对她也没有什么好挑剔的。

卡德瓦拉德太太私下对多萝西娅说:"亲爱的,你一个人住在那栋房子里,非发疯不可。你会弄得精神恍惚,疑神疑鬼。我们要保持神志正常,与别人同样看待一切事物,是得花些力气的。当然,对于无力谋生的年轻子女,发疯倒是一种保障,他们可以因此得到别人的照顾。可是你不必冒这风险。我敢说,你在这儿对那位好心的老夫人有些厌烦

---

① 英国西南部的矿泉疗养地,十九世纪初,由于发现了各种矿泉水,成为著名的疗养地。

了,但你得想想,要是你老是扮演悲剧王后,把一切想得那么崇高,你自个儿也会变得多么讨厌,叫你的朋友们皱眉头。孤零零地坐在洛伊克的图书室里,你会以为你是在行妖作法,呼风唤雨呢。你身边必须有一些人,他们对你讲的一切并不信以为真。这是一帖有效的镇静剂。"

"我从来不能与周围的人同样看待一切事物。"多萝西娅固执地说。

"那么我想,你已经看到自己的错误了,"卡德瓦拉德太太说,"这是神志正常的证明。"

多萝西娅感到这话刺痛了她,但并不在乎。她说:"不,我还是认为,对许多事情,世界上大部分人的看法是错了。我相信,一个这么想的人,神志仍可能是正常的,因为世界上的多数人往往不得不回心转意,改变自己的看法。"

卡德瓦拉德太太没有再跟多萝西娅谈这问题,但事后对丈夫说道:"最好使她回到正常的人们中间来,尽快重新结婚。当然,彻泰姆家不会同意。但我看得很清楚,一个丈夫是使她保持正常的最好处方。要不是我们家太穷的话,我会把特里顿勋爵请来做客。他将来可以当上侯爵呢,至于她,毫无疑问,她可以成为一个合格的侯爵夫人。她穿了那套丧服,甚至比以前更漂亮了。"

"亲爱的埃莉诺,你还是别管这个可怜的女人的好。搞这些名堂是没有用的。"随和的教区长说。

"没有用?婚姻大事,除了让男女双方接近以外,还有什么办法?她的伯父在这个时候关上庄园大门,出国游历,太岂有此理了。应该给她物色一个丈夫,合适的人还是不少的,可以请他们上弗雷什特和蒂普顿玩玩。特里顿勋爵跟她是天生一对,他也满脑子不切实际的计划,一心想给人们造福呢。卡苏朋夫人见了他一定满意。"

"还是让卡苏朋夫人自己去选择吧,埃莉诺。"

"你们这些自作聪明的男人,净讲废话!如果她见不到几个男人,你叫她怎么选择?一个女人的所谓选择,往往只是接受她所遇见的第一个男子。你记住我的话,汉弗莱。要是她的亲友不肯为她花些力气,比嫁给卡苏朋更坏的事还在后头呢。"

"请你行行好,别再提那事吧,埃莉诺!那是詹姆士爵士最恼火的问题。你毫无必要的提起它,一定会闯祸,惹得他很不高兴。"

"我从没提过,"卡德瓦拉德太太说,摊开了双手,"西莉亚一开始就把遗嘱的事,统统告诉了我,我根本没有问她。"

"是的,是的,可是这件事,他们不愿声张,据我所知,那个年轻人正打算离开这一带呢。"

卡德瓦拉德太太没有再说什么,只是含有深意地向丈夫点了三次头,乌黑的眼睛里露出了深深的嘲笑。

多萝西娅我行我素,没有理睬别人的反对和劝导。这样,到了六月底,洛伊克的公馆里,百叶窗全都打开了,晨光安详地射进图书室,照亮了一叠叠笔记本,它们像堆积在荒凉寂寞的原野中的大石头,成了湮没无闻的信念留下的无声的见证。黄昏挟着玫瑰花香,悄悄踅进青绿色起居室,多萝西娅大多仍坐在这儿休息。起先,她走进每一间屋子,对十八个月的结婚生活提出了疑问,不断地思索着一切,仿佛在心中向她的丈夫抒发自己的感想。然后她在图书室中逡巡徘徊,心乱如麻,直到把所有的笔记本照她认为他希望的那样,小心翼翼整理得有条不紊之后,才平静一些。她与他一起生活期间,那一直在起着约束和强制作用的同情心,还附着在他的幻象上,哪怕她愤愤不平提出抗议,向他声明他不对的时候,也是如此。她有一个小小的行动也许是可笑的,带有迷信的意味:她拿起那份"供卡苏朋夫人使用的内容提要表",郑重其事地装进封套,盖上火漆印,在封面上写了几行字:"我不能用它。难道你至今还不明白,我不能盲目服从你,把我的精力浪费在我毫无信念的事情上?多萝西娅。"然后她把这份材料丢进了自己的写字台抽屉。

那种无声的对话,也许正由于是在心中进行的,才更显得真诚;在这期间,她始终怀着一个强烈的愿望,这愿望是促使她回洛伊克的真正原因,那便是她要见到威尔·拉迪斯拉夫。他们的会面会带来什么好处,她不知道。她孤立无援,她的手已被捆住,对他命运中的坎坷遭遇也无能为力。然而她的心还是渴望见到他。怎么能不是这样呢?如果一个公主在遭受磨难的日子里,从周围一群群四足的怪物中,发现有一个怪物一再来到她的身边,露出人的目光,带着同情和恳求注视着她,那么她在人生的旅途中会想念什么,在她看到一群群怪物从她身边经过时,她又会寻找什么呢?无疑是寻找那注视过她的目光,那种她希望再度看到的目光。如果经验不能给我们的心灵提供启示,那么对于我们所向往和坚持的一切说来,生活无非是烛光下的纸花,阳光下的垃圾而已。多萝西娅想增进对费厄布拉泽一家的了解,尤其想跟新教区长多谈谈,这都是事实,但还有一点也是事实,那就是她记起了利德盖特的话,他告诉她,威尔·拉迪斯拉夫和小诺布尔小姐非常要好,因此她相信,威尔一定会到洛伊克探望费厄布拉泽一家。在第一个礼拜日,她走进教堂以前,就看到了他,正像上一次看到他独自坐在教士的席位上一样。但是她进去以后,他却不见了。

在一星期的其他日子,她有时也上教区长家探望那些女眷。她想,她们或许会无意之间谈起他,但是没有。她只觉得,不论附近的人,还是不住在附近的人,费厄布拉泽老太太似乎都谈到了,偏偏没有提到他。

"米德尔马契一些听过费厄布拉泽先生讲道的人,说不定也会跟着他到洛伊克来,你们说是不是?"多萝西娅问,对自己有些鄙视,因为她明白,她提出这问题怀有秘密的动机。

"如果他们明白事理,他们会这么做的,卡苏朋夫人,"老太太说,"我看到,你对我儿子的讲道作出了准确的评价。他的外祖父就是一个出色的教士,只是他的父亲是当律师的,不过他很规矩,奉公守法;我们一向清苦,这也是一个原因。人们说,幸运是个女人,非常任性。但有时她是一个善心的女人,赏罚分明,你对他的器重就证明了这点,卡苏朋夫人,蒙你把这儿的教士俸禄给了我的儿子。"

费厄布拉泽老太太对自己这篇不亢不卑的发言,感到很满意,露出庄严的神色,重又开始编结毛线了。然而这并不是多萝西娅指望听到的回答。可怜的女人!她甚至不知道,威尔·拉迪斯拉夫是不是还在米德尔马契,她又不敢问任何人,除非是利德盖特,然而目前,她不派人请他,或者自己找他,便见不到他。也许威尔·拉迪斯拉夫已经听到卡苏朋先生留下的那个针对他的奇怪禁令,觉得他和她最好不再见面;也许她谋求这次会见是错了,别人可以提出许多理由指责她。然而"我要求那么做",还是在那些明智的思考之后出现了,正如在忍无可忍之后,眼泪必然会涌现一样。会面终于实现了,但那是她完全没有料到的正式拜会。

一天上午,大约十一点钟,多萝西娅坐在她的起居室里,面前放着一张农庄地形图和其他文件,这是为了使她对自己的收益和事务有一个准确的印象。她还没有着手工作,只是坐在那里,把双手叠在膝盖上,目光沿着菩提树林荫道,眺望遥远的田野。每一片叶子都在阳光下静止不动,熟悉的景物也毫无变化,似乎象征着她生活的前景,那种舒适而没有目标的未来——除非她依靠自己的力量,找到一些理由,投入火热的活动,否则就谈不到任何目标。当时寡妇戴的帽子在脸周围有一圈椭圆形的边框,帽顶高高耸起,衣服则试图使黑纱得到最充分的运用。但这种庄严肃穆的服饰反而把她的脸衬托得格外年轻,青春的气息又回到了这张脸上,那对眼睛也充满了甜蜜、好奇和坦率的光辉。

她的冥想被坦特莉普打断了,后者进来通报,拉迪斯拉夫先生在楼下求见夫人,如果她不认为太早的话。

"我可以见他,"多萝西娅说,马上站了起来,"请他在会客室等我。"

在整幢住宅中,会客室是完全中立的一间,跟她婚后生活的苦难关系最少。锦缎窗帘与室内的装修紧密配合,一律是白色和金黄色;屋里挂着两面大镜子,几张桌上空无一物,总之,这是一间单调的屋子,不论你坐在哪里,反正一样。它位在多萝西娅的起居室下面,也有一扇弓形窗对着林荫道。当普拉特把威尔·拉迪斯拉夫请进屋里时,窗开着,一位有翅膀的不速之客,正嗡嗡叫着,不时飞进飞出,全不理会屋里简陋的陈设,这冲淡了屋子的庄严气氛,也减少了那种无人居住的荒凉感。

"欢迎您又光临这儿,先生。"普拉特说。他没有马上离开,站在那儿把窗帘整理了一下。

"我是来辞行的,普拉特。"威尔说,他甚至希望这位管家也知道,他是一个高傲的人,不会在卡苏朋夫人成为富孀后,前来巴结她。

"我听了很难过,先生。"普拉特说,退出了屋子。当然,他是仆人,人家不会告诉他什么,然而他知道拉迪斯拉夫还蒙在鼓里的事,而且作出了自己的推论。确实,在这一点上,他与他的未婚妻坦特莉普是有分歧的,后者曾说:"你的主人真会吃醋,像魔鬼一样,而且毫无根据。夫人哪里会看上拉迪斯拉夫先生这种人,否则她就不成其为夫人了。卡德瓦拉德太太的使女说,等夫人服丧期满,有一位勋爵就要来娶她了。"

威尔拿着帽子,在屋里踱来踱去,过了没有多久,多萝西娅便进来了。这次会见跟他们在罗马的第一次会面大不相同,那时威尔惶惑不安,多萝西娅却泰然自若。现在他心情抑郁,但很坚决,她却神思恍惚,无法掩饰。刚到门口,她就感到,这次渴望中的会见毕竟是很难应付的,在她看到威尔迎上前来的时候,那种她不常有的深深的红晕,突然痛苦地涌上了两颊。他们谁也不知道为什么,但谁也没有说话。她伸出手跟他握了一下,两人便在窗边坐下了,她坐在一张小沙发椅上,他坐在对面的另一张上。威尔心里特别不自在,他觉得多萝西娅接待他的态度变了,单单她守寡这事不致引起这种变化,但他又不知道,还有什么原因影响了他们之间从前的关系。于是他的想象力立即告诉他,除非是她的亲友们搬弄是非,把他们对他的猜疑灌输给了她。

"请你原谅,也许我的拜访太冒昧了,"威尔说,"但我在离开这一带开始新的生活以前,不能不来向你辞行。"

"冒昧?哪儿的话。如果你不愿来看我,我才真的会不高兴呢,"多萝西娅说,尽管她狐疑不决,心乱如麻,她那种真诚相见的谈话习惯还是占了上风,"你打算马上离开吗?"

"我想,大概很快。我准备上伦敦学法律,据说那是从事一切社会活动的先决条件。不用多久,在政治方面会有不少事情要做,我打算从事一些这方面的工作。没有门第和金钱的人,得靠自己的力量赢得光荣的地位,有些人便是这么做的。"

"这使他们更值得受到尊敬,"多萝西娅热情地说,"何况你是有不少才能的。我听我伯父说,你很会演讲,你讲完以后,大家都舍不得离开,而且你对事物的解释总是清清楚楚。你希望每一个人得到公正的待遇。听到这一切,我非常高兴。我们在罗马的时候,我以为你关心的只是诗歌和艺术,以及给我们这些养尊处优的人点缀生活的东西。但现在我明白,你考虑到了另一些事物。"

在谈话中间,多萝西娅的困惑消失了,她又恢复了以前的神态,用直率的目光望着威尔,目光中充满着愉快和信任。

"那么,你赞成我出门几年,在没有获得一定成就以前不再回来?"威尔说,尽量保持最大限度的自尊心,又极力想得到多萝西娅的好感,从她脸上看到强烈的同情。

她没有意识到,在她回答以前过了多久。她扭转了头,望着窗外的玫瑰花丛,仿佛威尔走后那漫长的岁月便蕴藏在这些花朵中。这不是明智的行为。但是多萝西娅这时顾不到考虑自己的态度,她想到的只是她必须向这悲伤的命运低头,听任它把她和威尔拆开。他刚开始接触到他的打算的那些话,似乎使她明白了一切,她猜想,他已知道卡苏朋先生对他采取的最后行动,它在他心头引起的震惊,也像她的一样大。但是他对她除了友谊,从没其他意思;她觉得,她的丈夫污辱了他们两人的感情,他光明磊落,不应受到猜疑,直到现在,他仍保持着这种友情。有一种可以称作内心的无声啼泣的感觉,掠过了多萝西娅心头,然后她用清澈的嗓音开口了,说到最后一句,她的声音甚至有些发抖,仿佛水流给风吹起了一片涟漪:

"是的,照你说的那么做,应该是对的。有朝一日我听到你取得了成就,我会感到无比地高兴。但你必须保持毅力。那是可能需要很长一个时期的。"

威尔后来一直不明白,当他听到那"很长一个时期"用温柔而战栗的声音发出的时候,他怎么没有跪倒在她的脚下。他时常说,她那身丧服的可怕颜色和式样,很可能对他起了相当大的遏制作用。不论怎样,他坐着没动,只是说道:

"我再也听不到你的消息。你也会从此忘记我的一切。"

"不会,"多萝西娅说,"我永远不会忘记你。凡是我认识的人,我从来不会忘记。我一生见过的人不多,今后看来也不会多。我在洛伊克有的是回忆的时间,是不是?"她笑了笑。

"我的天哪!"威尔情不自禁地喊了起来,再也坐不住,仍拿着帽子,走到一张大理石桌子那儿,然后蓦地旋转身子,背靠着它。血涌上了他的脸和脖子,神色几乎像发怒似的。他不明白,为什么他们彼此见了面,仿佛逐渐变成了两尊大理石雕像,只有他们的心仍保持着知觉,他们的眼睛仍流露着热烈的希望罢了。但他不知怎么办好。他抱着破釜沉舟的决心前来跟她告别,他的本意并非要向她诉说自己的心情,他不能那么做,以致贻人口实,仿佛他在觊觎她的财产。再说,那也是确凿的事实,他有些怕,不知这种诉说会在多萝西娅心头引起什么反应。

她从远处望着他,有些困惑,心想莫非她的话有哪里得罪了他。但在这整个过程中,她心里一直有个思想在活动,那就是他也许需要钱。可是她又无法帮助他。如果她的伯父在家就好了,有些事可以通过他来进行!正是想到威尔手头可能很拮据,而她的财产有一部分本来应该是属于他的,她又记起了另一件事。她看他默默不语,眼睛避免看她,便说道:

"我不知道,你是不是想要那幅挂在楼上的小画像——我是指你祖母那幅美丽的小画像。我觉得,如果你要,我应该给你,它不应放在我这儿。那相貌跟你像得出奇。"

"蒙你好心,我很感激,"威尔气呼呼地说,"但是我并不想要它。相貌像不像,对我没有多大意义。如果别人需要,不如留在那里好。"

"我是想你也许怀念她,要留一点纪念……我以为……"多萝西娅停了一下,因为她的想象力突然向她发出了警告:切勿提到朱丽亚姨妈的经历,"你一定希望留下这幅肖像,作为家庭的纪念品。"

"我其他一无所有,我为什么要它!一个人只有一个旅行包的家当时,最好把他的纪念装在头脑里。"

威尔是随口说的,他只是发泄自己的不满;在这个时候,她忽然要把祖母的画像给他,这使他有些恼火。但是他的话却伤了多萝西娅的心,她的感情受不了。她站起来,露出一丝愤慨和傲慢的神气,说道:

"你一无所有,但你是我们两人中愉快得多的一个,拉迪斯拉夫先生。"

威尔吃了一惊。不论这话是什么意思,从声调听来,那是对他的驳斥。他不再靠在桌上,向她走前了几步。他们的眼睛相遇了,目光显得离奇而严肃,仿佛在向对方发出疑问。他们的心似乎给什么隔开了,每一颗都在猜测另一颗中隐藏着什么。威尔确实从未想过,多萝西娅现在握有的财产,有一部分应该归他所有。他恨不得要求她提供解释,让他明白她目前的心境。

"直到现在,我从未把贫穷看作不幸,"他说,"但是,如果贫穷使我们不能得到我们最心爱的事物,那么它会变得像麻风病一样可怕。"

这些话打中了多萝西娅的心,她感到后悔。她的回答带有同样伤心的声调。

"忧愁的产生往往是多种多样的。两年以前,我还完全不懂得这一点——我是指那种意料不到的情形,那时烦恼会突然降临,缚住你的手脚,使你在要求说话的时候,不得不保持缄默。我过去有些瞧不起妇女,认为她们不能自己开辟生活道路,从事比较有益的活动。我一向喜欢按自己的志趣行事,但现在我几乎不得不放弃这种愿望了。"她最后说,幽默地笑了笑。

"我还没有放弃按照自己的志趣行事的愿望,只是我很难做到这一点。"威尔说。他站在离开她两码远的地方,心里充满了各种矛盾的要求和决心——既想看到不容置疑的事实,证明她爱他,又怕这样的证明可能给他带来的处境。"一个人无限渴望的事物,有时却给一些不能容忍的障碍包围着。"

正在这时,普拉特进来通报道:"夫人,詹姆士·彻泰姆爵士在图书室里。"

"请詹姆士爵士到这儿来吧。"多萝西娅立即说。这时,仿佛有一条电流同时通过了她和威尔两人。在等待詹姆士爵士到来的时间里,两人都感到了一种不甘愿屈服的高傲心情,但谁也没有瞧对方一眼。

跟多萝西娅握手以后,詹姆士爵士向拉迪斯拉夫勉强弯了弯腰,后者也以同样轻蔑的态度回了礼,然后走向多萝西娅,说道:

"我必须告辞了,卡苏朋夫人,也许我们得过很长时间才能再见了。"

多萝西娅伸出手来,亲切地说了再见。她感到,詹姆士爵士瞧不起威尔,用粗鲁的态度对待他,这激发了她的决心和尊严,惶惑不安的迹象终于从她的态度中一扫而尽。等威尔走出屋子后,她露出泰然自若的安详神色,望着詹姆士爵士,说道:"西莉亚好吗?"这使他不得不把心头的不快隐忍下去,毫无表示。再说,即使他有所表示,又有什么用!确实,詹姆士爵士哪怕在思想里,也绝对不愿把多萝西娅和拉迪斯拉夫联系在一起,仿佛他可能做她的情人似的,因此他自己也希望避免任何不快的表示,否则就无异承认那件讨厌的事是可能的。如果有人问他,为什么他对这事这么反感,我相信他一时能说的,不外是也至多是这么一句话:"拉迪斯拉夫那家伙!"不过继而一想,他会指出,卡苏朋先生的遗嘱附录已明文规定,禁止多萝西娅与威尔结合,否则必将受到惩处,仅仅这一点就足以说明,他们之间不该存在任何关系。而且正由于他对这事无能为力,没法干预,他的反感才特别强烈。

但是詹姆士爵士却具有一种他自己也没有意识到的力量。他在那个时候到来,正体现了那些无法抵御的事理,它们使威尔的自豪感变成了一种离心力,把他从多萝西娅身边推开了。

第五十五章

> 她有没有缺点?我但愿你也有这些缺点。
> 它们是最纯正的葡萄酒中的果汁味,
> 或者说,它们是带来新生的烈火,
> 那种可以使坚固的黑色矿物
> 化成通往太阳的金光大道的烈火。

如果青年时期是希望的季节,那么,这往往只能从一种意义上讲,即我们的长辈对我们寄托着希望。其实,一个人在任何年纪都不如在青年时期那样,往往把一切感情、离别和决心都看作不会反复的东西。每个危机,只因为它是新的,便被认为是最后一次。据说,秘鲁最老的居民始终为地震忧心忡忡,也许他们不仅看到了每次地震,而且想到,今后它还会源源不断地出现。

多萝西娅还处在那样的青年时期,她那双生有稠密的长睫毛的眼睛,在泪水的洗刷之后,显得一尘不染,生意盎然,像刚开放的西番莲,对于她,那天早上跟威尔·拉迪斯拉夫的告别,就意味着他们个人关系的终结。他即将前往遥远地方,度过不可知的岁月,即使他再次前来,也是另一个人了。他内心的真实状况——他的自尊心促使他决心用事实回答对他的一切猜疑,让大家看到,他不是一个做着淘金梦的冒险家,会为了金钱追求一个女人——完全超出了她的想象力,她对他的一切行为的解释相当简单,根据她的推测,他和她一样,认为卡苏朋先生的遗嘱附录是一项粗暴无理的措施,由于它的存在,他们之间任何真正的友谊已不可能。这样,年轻人之间促膝谈心的乐趣,那种除了他们自己,谁也不屑理会的谈话,已一去不复返,成了生活历程中残存的珍贵遗迹。就为了这个原因,她在内心中不断回顾着这一切。那种独特的欢乐也已消失,只留下了一点无声的影子,供她凭吊,发泄自己也感到讶异的内心苦闷。她第一次从墙上取下了那幅小画像,放在面前,把这个受到残酷惩处的女人与她的孙儿联系在一起,多萝西娅的同情和裁判是站在这位孙儿一边的。凡是享有过女性的温柔的人,谁能指责她不该把那幅椭圆形肖像放在掌心,让它静静地躺在那儿,把她的面颊贴在它上面,仿佛要抚慰这位蒙受了不白之冤的少女呢?她当时不知道,这是爱情,它像她醒来前一霎时的梦一样,翅膀上带着清晨的气息,来到了她的身边;这是爱情,她是在为了失去它而啼哭,因为不可抗拒的白天以它无可指责的严峻,把他的形象驱除了。她只觉得,有一件东西已从她的命运中消失,消失得无影无踪,她对未来的思考也就更坚定明确了。热烈的心灵总爱构想未来的生活,要为实现自己的幻想献出一生。

一天,她前往弗雷什特,履行在那儿过夜和看孩子洗澡的诺言。卡德瓦拉德太太那天来吃饭,因为教区长出外钓鱼了。这是一个暖和的晚上,客厅的窗开着,窗外绿草如茵,构成一片斜坡,通向遍布百合花的池塘和树木茂盛的丘陵。但哪怕在这可爱的客厅里,也还是相当热,西莉亚穿着白薄纱衣衫,卷起了淡黄头发,不免怀着同情想到,多多那套黑丧服和那顶包住脑袋的帽子,一定会使她憋得透不出气。但那已是在孩子表演的几个插曲过去之后,她心里无牵无挂的时候。她安闲地坐着,拿起一把扇子,扇了一会儿,才用她平静的喉音说道:

"亲爱的多多,你把那帽子脱掉啊。我看你这套衣服一定使你很不舒服。"

"我戴惯这帽子了,它几乎已成了我的一层外壳,"多萝西娅笑道,"要是把它脱下,我就觉得头上空空的,好像少了什么。"

"我一定得请你脱下,它使我们大家看了都觉得热乎乎的。"西莉亚说,丢下扇子,走到多萝西娅面前。那真是一幅美丽的图画:一位身穿白纱衣服的少妇,从那位比她庄严的姊姊头上解下了孀妇的帽子,丢在椅上。正当盘在头顶的深棕色发辫披散下来的时候,詹姆士爵士走进了屋子。他望着那获得解放的头顶,用满意的声调喊了一声:"啊!"

"这是我干的,詹姆士,"西莉亚说,"多多这么死心眼儿,替他戴孝,实在大可不必,今后我们不准她再在亲友中间戴那顶帽子了。"

"亲爱的西莉亚,"彻泰姆老夫人说,"一个寡妇至少得服丧一年才成。"

"不一定,她可能不到一年就出嫁呢。"卡德瓦拉德太太说。她看到她的好朋友老夫人吃了一惊,心里有些得意。詹姆士爵士不知如何是好,俯下身子,逗西莉亚的马耳他小狗。

"我想那是极其罕见的,"彻泰姆老夫人说,她的口气表示她反对这么做,"我们的朋友还没人这么干过,只有比弗太太一个,可她的行为弄得格林赛尔勋爵十分伤心。她第一个男人待她并不好,这才更叫人纳罕。她因此受到了严厉的惩罚,据说,比弗上尉常常抓住她的头发打她,还把上了子弹的手枪对着她。"

"哦,那是她自己找错了男人!"卡德瓦拉德太太说,她今天的心情特别坏,"那样的结婚从来好不了,不论第一次还是第二次。一个丈夫如果一无可取,次序先后毫无意义。我宁可要第二个好的丈夫,不要第一个漠不关心的丈夫。"

"亲爱的,你这张伶俐的嘴巴这次可讲得不近情理了,"彻泰姆老夫人说,"我敢说,要是我们亲爱的教区长归了天,你是说什么也不会马上重新结婚的。"

"哦,我可不能担保,这也许是必要的经济措施。我认为,再嫁是

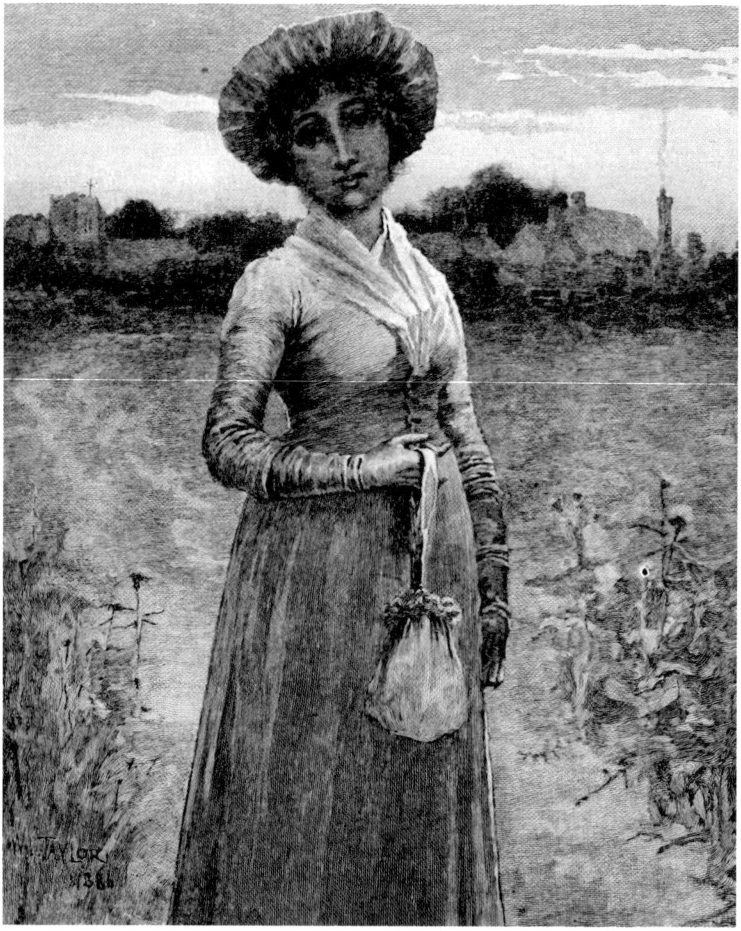
TAYLOR

合法的,要不,我们就成了印度教徒,不是基督教徒了。当然,如果一个女人找错了男人,她只得承担后果,要是她两次都错了,那也是命中注定,无可奈何。但是如果她能嫁一个出身高贵,又漂亮又勇敢的年轻人,那还是越早越好。"

"我想,这不是一个合适的话题,"詹姆士爵士说,露出了厌恶的神色,"我们最好还是谈点别的什么。"

"不必为了我这么做,詹姆士爵士,"多萝西娅说,决心不错过机会,让自己跟这些关于美满婚姻的旁敲侧击的议论脱去干系,"如果你们是为我讲这番话的,我可以告诉你们,我从来没有考虑过再嫁问题,它跟我毫不相干。我听了这些话,就好像你们在谈妇女猎狐,不论这么做的女人值不值得称赞,反正我不想学她们的样。还是让卡德瓦拉德太太喜欢谈什么就谈什么吧。"

"亲爱的卡苏朋夫人,"彻泰姆老夫人说,保持着她最庄严的神色,"请你别误会,我提到比弗太太跟你没有关系。这只是我突然想起的一个例子。她是格林赛尔勋爵前妻的女儿,后来他又娶了特弗洛依太太做填房。这是不可能暗中指你的。"

"哦,别讲了,"西莉亚说,"谁也没有故意要谈这事,这都是多多的帽子引起的。卡德瓦拉德太太讲的话没有什么不对。一个妇女不能戴着寡妇的帽子结婚,詹姆士。"

"算了,亲爱的!"卡德瓦拉德太太说,"我不想再得罪人了。不论狄多或塞诺比娅①,我都不愿提了。那么我们谈什么好呢?从我来说,我反对讨论人性,因为那便是教区长的妻子的天性。"

当天夜间,卡德瓦拉德太太走了以后,西莉亚偷偷对多萝西娅说:"真的,多多,别再戴你那顶帽子,这样你才在各方面恢复了原来的面目。每逢听到什么话不如你的意,你便要声辩,还像从前一样。但是我弄不明白,你认为错的是詹姆士,还是卡德瓦拉德太太?"

"谁也没有错,"多萝西娅说,"詹姆士是出于对我的关心,但是他

---

① 狄多是传说中的古迦太基女王,丈夫死后,爱上了埃涅阿斯,见维吉尔的《埃涅阿斯纪》。塞诺比娅是古代巴尔米拉城邦王后,王死后摄政,未再嫁。

以为我会计较卡德瓦拉德太太那些话,却是错了。我要计较的话,除非有一条法律,规定我非嫁给一个年轻漂亮的公子不可,不论这是她介绍的,还是别人介绍的。"

"但你知道,多多,如果你打算结婚,那还是嫁给又年轻又漂亮的人好。"西莉亚说,想起卡苏朋先生在这两方面都毫不足取,觉得应该趁早提醒多萝西娅。

"你别担心,咪咪,我对生活有完全不同的想法。我决不再结婚了。"多萝西娅说,摸了摸妹妹的下巴,一往情深地望着她。西莉亚正抱着她的孩子,多萝西娅是来跟她道晚安的。

"真的完全不同?"西莉亚说,"如果那是一个真正出色的人,你也不嫁吗?"

多萝西娅慢慢摇了摇头。"不论是谁我都不嫁。我有自己心爱的计划。我打算买一大块土地,把水抽干,建立一个小小的居住区,那里每个人都得工作,所有的工作都得认真地干。我得跟每个人都认识,成为他们的朋友。我正想跟高思先生仔细商量,他可以把我需要了解的一切告诉我。"

"如果你有了一个计划,那么你是会愉快的,多多,"西莉亚说,"也许小亚瑟大起来,也会喜欢计划的,那时他可以协助你。"

她当天夜里就告诉了詹姆士爵士,多萝西娅真的不打算再结婚,不论是谁她都不嫁,她要像从前一样推行她"形形色色的计划"。詹姆士爵士没有说什么。他在内心深处,对女人再醮怀有反感,不论多萝西娅嫁给谁,在他看来,都难免是对她自身的一种亵渎。但他明白,人们会认为这种情绪是不切实际的,尤其当它涉及一个二十一岁的女人时。"世俗"的习惯是把年轻寡妇的再嫁看作必然的,也许还是很快的事,如果一个寡妇这么做了,人们就露出微笑,表示赞许。但是既然多萝西娅选择孤独做她的终身伴侣,他觉得,这决定对她还是相当合适的。

第五十六章

> 幸福的人知道他活在世上
> 不是为了屈从别人的意志；
> 他有正直的思想作他的盔甲，
> 平凡的真理作他的行为准则。
> ………………
> 奴役的枷锁不能使他屈服，
> 富贵不能引诱他，贫贱不能威胁他；
> 他不是田地的主人，但他是自己的主人，
> 他一无所有，但他又拥有一切。
>
> ——亨利·沃顿爵士[①]

多萝西娅信任凯莱布·高思的见识，这是在她听到他赞成她的村舍计划时开始的，到了她寄居弗雷什特期间，这信任又得到了迅速的发展。詹姆士爵士曾邀她跟他和凯莱布一起骑了马，巡视两个农庄。凯莱布对她也赞不绝口，事后向妻子说，卡苏朋夫人有头脑，是真正干工作的人，与一般妇女大不相同。我们记得，凯莱布所说的"工作"，与银钱交易从来无关，这是指孜孜不倦地从事一项事业。

"大不相同！"凯莱布又说一遍，"她提到一件事，那正是我小时候经常想到的：'高思先生，我但愿到了晚年能够看到，我改善了一大片土地的条件，建造了一大批村舍，我相信这是一件有益的工作，是值得我去从事的，等它完成以后，人们的生活就可以好一些了。'这是她的原话，她对事物就是这么看的。"

"恐怕仍是妇人的见识。"高思太太说，对卡苏朋夫人敢于违背服从的天职，表示有些怀疑。

[①] 亨利·沃顿（1568—1639），英国詹姆士一世时期的社会名流，曾从事外交工作多年，后又担任伊顿公学校长。他不是作家，但擅长诗文写作。这首诗题为《幸福者的特点》，是他最著名的一首诗，这里引用的是它的第一节和末一节。

"哦,你不要那么想!"凯莱布说,一再摇头,"你听到她讲话一定喜欢,苏珊。她的话通俗易懂,声音像唱歌似的。真是好极了!它使我想起《弥赛亚》①中的一些词句:'……于是众天使随即纷纷出现,齐声赞美上帝道……'你只觉得这声调听来非常悦耳。"

凯莱布十分喜爱音乐,只要有机会,附近演奏圣乐的时候,他从不缺席,听完后回到家中,还一直怀着万分虔敬的心情,回忆这崇高的乐曲,坐在那儿出神,眼睛望着地面,伸出了双手,仿佛心中有许多无法表达的语言,要靠它们抒发。

由于彼此存在着这种真诚的了解,很自然,多萝西娅要求高思先生承担洛伊克庄园的一切事务,包括它的三个农场和许多地产。确实,他想得到两个人干的工作,这愿望很快实现了。正如他所说:"事业是会繁衍的。"有一种事业,当时正在开始繁衍,那就是建造铁路。一条设计的路线要通过洛伊克教区,那里本来是牛羊的天地,它们在那里平静地吃草,毫无干扰,现在,幼年时期的铁路网,忽然把生存斗争的触角伸进了凯莱布·高思的业务工作,并通过两个他心爱的人物,影响了本书故事的进展。

海底铁路可能有它的困难,但海底至少还没有被各种土地所有者瓜分,谁也无权为可以测量的,甚至感情上的损失,提出赔偿要求。而米德尔马契所在的这个地区,铁路却像议会改革法案或即将来临的瘟疫一样,弄得人心惶惶。在这个问题上,态度最坚决的是妇女和地主。妇女不论老少,都认为坐蒸汽车旅行是大逆不道,十分危险,因此竭力反对,说她们决不上当,踏进火车车厢。至于地主,他们的理由千差万别,正如索洛蒙·费瑟斯通先生与梅德利科特勋爵大不相同一样,然而有一点他们是一致的,那就是在出售土地时,不论是卖给人类公敌或者一家必须购买的公司,这些罪恶机构非得向土地所有人付出最高的代价不可,否则决不让它们危害人类。

索洛蒙先生和沃尔太太都是自己有田地的,但他们属于头脑迟钝的一类,因此考虑了好久,才得出这个结论。他们一想到,那片大牧场

---

① 指德国作曲家韩德尔(1685—1759)的清唱剧《弥赛亚》。

就要一分为二,变成两个三角形小块块,弄得"四不像",心里就凉了半截。可是交通桥梁和高额赔偿的事却遥遥无期,未必可信。

"要是火车打近围场通过,母牛非给吓得早产不可,哥哥,"沃尔太太说,口气无限伤心,"母马怀了胎,恐怕也是难免。一个寡妇的产业可以任意糟蹋,法律不给保障,这是什么世道。开始造铁路的时候,向左或向右斜一点,又有什么妨碍? 大家知道,我没有力量跟他们斗法。"

"最好的办法还是一声不吭,等他们来勘察和丈量的时候,弄些人出来,骂他们一顿,把他们轰走,"索洛蒙说,"据我知道,布拉辛一带的老百姓就是用这个办法对付他们。其实说穿了,那都是借口,什么不得不采取这条路线。让他们把铁路通过另一个教区好了。他们带领一批暴徒闯进这儿,把你的庄稼踩个精光,我不信他们会给你什么赔偿。一个公司,它能有多少家当?"

"彼得哥哥——愿上帝宽恕他——就靠公司赚过钱,"沃尔太太说,"但那是做锰矿生意。那不是造铁路,不会把你的土地弄得东一块西一块的。"

"好吧,简恩,常言说得好,"索洛蒙最后小心谨慎地压低了嗓音道,"我们给他们制造的障碍越多,他们给我们的钱也越多,如果他们非得打这儿经过不可,就得这么办。"

索洛蒙先生自以为他这番道理很有见地,万无一失,其实未必,他的狡猾手段不能改变铁道的路线,正如外交家的狡猾手段不能使太阳系普遍冷却或患黏膜炎一样。不过他把自己的观点付诸实施时,完全是通过外交途径兴风作浪的。他在洛伊克的田地位于全区最远的一头,雇工们住的房子有的分散在各处,有的聚集成一个小村落,名叫弗里克村,那里有一座磨坊,几个采石场,构成了发展缓慢的、落后的小工业中心。

弗里克村的公众对铁路是什么,还缺乏准确的观念,只是一味反对它;因为在那种穷乡僻壤,未知事物天然不得人心,不像在别处能获得普遍的崇拜,人们认为它往往对穷人不利,因此不信任是唯一明智的态度。哪怕议会改革的谣传也没有在弗里克村引起太平盛世的幻想,它没有提供什么具体的利益,例如给海勒姆·福特的猪提供免费的饲料,或者让度量衡酒店的老板为大伙免费酿制啤酒,或者使附近的三个农场主提高冬季的工钱。既然不能提供这类明确的利益,改革看来无非是小贩的自吹自擂,而这是每一个稍明事理的人都不会信以为真的。弗里克村的人不乏这类体验,他们的基本倾向不是盲目信仰,而是大老粗式的大胆怀疑,不是相信他们会得到上天的特别眷顾,而是把上天看作随时可以使他们上当的一种力量,关于这点,天气的变幻莫测便是证明。

这样,弗里克村民的心理,正是索洛蒙·费瑟斯通先生可以大展宏图的园地,他的头脑里装着不少这一类思想,对天地万物都不相信,由于无事可做,他的怀疑更是得到了充足的营养和全面的发展。索洛蒙当时担任教区护路监督,常常骑了他那匹走不快的矮脚马,到处转游,路过弗里克村,便去看看工人开采石块的情形,还不时露出若有所思的神秘表情,逗留一会儿,这种表情会使你产生错觉,以为他的停留另有原因,不仅仅是由于缺乏前进的意志。对那里的劳动作了长时间的注视以后,他就把眼睛抬起一会儿,望望天边,最后才拉动缰绳,用鞭子打一下马,让它慢条斯理地继续前进。钟表的时针还比索洛蒙先生走得快一些,因为他觉得他不必着忙,尽可以悠悠闲闲消磨时光。他在路上遇到任何树篱工或沟渠工,总要小心谨慎、不着边际地搭讪几句,特别喜欢听他已经听过的消息,因而意识到自己比所有的谣言传播者高明一着,知道其中的一部分不足凭信。然而一天,他跟海勒姆·福特展开了对话,福特是赶大车的。他先向海勒姆提供了消息,也希望后者告诉他,有没有看到外地人拿着标尺和工具在这一带侦察地形,这些人自称是铁路上的,但谁也弄不清他们的底细,或者他们打算做什么。他们对自己的意图讳莫如深,其实只是要把洛伊克教区分割得七零八落。

"嗨,那就甭想从一个地方跑到另一个地方去啦。"海勒姆说,想起了他的大车和马。

"岂但这样,"索洛蒙先生说,"你想,把好端端一个教区分割得支离破碎!我说,他们应该到蒂普顿去。而且还不知道他们葫芦里卖的什么药。他们表面上说要发展交通,实际上归根结底就是要破坏田地,坑害穷人。"

"怎么,我看那些家伙都是伦敦来的。"海勒姆说,他有个模糊的印象,觉得伦敦是农村一切祸害的根源。

"当然是这样。在布拉辛那边有些地方,据我听到的消息,老百姓在他们丈量的时候,一拥而上,把他们的测量仪器砸得粉碎,那些家伙也给赶走了,从此吓得不敢再露脸。"

"干得好,这一定大快人心。"海勒姆说,觉得自己还没干过这么痛快的事。

"好吧,我自己并不想跟他们作对,"索洛蒙说,"不过有人讲,这一带的好日子快完了,预兆就是那些家伙跑到这儿,到处乱闯,要造什么铁路,把土地切成几块,然后让那些大车子把小车子吞没,使这一带再也看不到马车,自然也没有赶车的人啦。"

"我偏要赶车,他们要造铁路,我就用鞭子抽他们的脑瓜。"海勒姆说。索洛蒙先生却拉动缰绳,自顾自走了。

谣言是用不到耕耘的,这一带乡村即将遭到铁路破坏的消息,引起了轩然大波,人们不仅在度量衡酒店议论纷纷,在草料场上雇工们会集的时候,也不约而同,谈论这事——这是农村中一年一度交换意见的好时机。

在费厄布拉泽先生会见玛丽·高思,她向他承认了她对弗莱德·文西的感情以后,过了不久,一天早上,玛丽的父亲为了业务上的事,来到跟弗里克村同一方向的约德莱尔农场。他要在这里丈量洛伊克庄园边沿地区的一块土地,估定它的价值。凯莱布指望这块土地的售价能够对多萝西娅有利(必须承认,他的心情是要争取从铁路公司获得最优惠的条件)。他把马车停在农场上,然后和助手带着测链,步行前往目的地,路上遇到了铁路公司的一群职员,后者正在对准酒精水平仪。搭讪几句以后,他便走了,说过不一会儿,他们便会到达他丈量的地点。这天阴沉沉的,刚落过小雨,但到了十二点钟,云有些散开,天气好转了,小巷和树篱旁边,迷漫着泥土的香味。

正在这时,弗莱德·文西骑了马,沿着那些小巷走来。他对泥土的香味没有兴趣,因为他心烦意乱,拿不定主意,不知道该怎么办,一边有他的父亲要他马上进教会做事,另一边又有玛丽在威胁他,声称如果他进了教会,她只得抛弃他,可是世界上各行各业,似乎都不需要这么一位既无本钱,又无任何技能的年轻先生。现在,父亲发觉他不再跟他顶牛,比较满意,待他也和气了一些,今天特地派他出来物色猎狗,让他骑了马到各处散散心,这使弗莱德更加心酸。哪怕他找到了职业,怎样禀明父亲,也是一个难题。但是首先还得找到职业,这是困难得多的。一个年轻人既没有亲友替他谋取"一官半职",就得自寻出路,可是哪一行世俗职业既体面,又有利可图,又不必具备专门的学识呢?他怀着这样的心情,骑在马上,经过弗里克村旁的小道,忽然想到,何不趁此机会,绕往洛伊克的牧师府,看看玛丽,于是让马放慢了步子,这时他可以隔着树篱,从一片田地望到另一片田地。突然一阵吵闹声吸引了他的注意力,在他左首一片田地的另一边,他看到六七个穿长罩衫的农民,举起草叉,对着四个铁路职员,气势汹汹地在进行辱骂,凯莱布·高思带着他的助手,正从田野中匆匆赶来,想帮助被围攻的人。弗莱德为了寻找大门,拖延了一些时间,等他骑了马赶到时,那些穿长罩衫的农民——在喝过中午的啤酒以后,他们翻晒干草的活儿不太紧张——已用草叉把几个职员逼得走投无路。凯莱布·高思的助手是一个十七岁的小家伙,按照凯莱布的吩咐,夺下了酒精水平仪,但给打翻在地,似乎马上要挨揍了。那些职员利用这个机会,赶紧逃走,弗莱德掩护他们撤退,拦在农夫们面前,蓦地向他们大声呵斥,这才打乱了他们的阵脚。"你们这些该死的傻瓜要干什么?"弗莱德吆喝道,像闪电一样冲进分散的人群,忽左忽右地挥动着马鞭,"我要向法官控告你们每一个人。你们把小家伙打翻在地,说不定已把他弄死。要是你们还不罢休,到了下一次巡回审判时期,你们都得上绞刑架。"弗莱德说。后来他一想起这些话,便不禁哈哈大笑。

  雇工们给赶进了大门,退回自己的干草场。弗莱德勒住了马,这时海勒姆·福特看到自己已进入安全地带,离他有一大段路,马上转过身子,拉开嗓门,哇啦哇啦破口大骂。

  "你是个怕死鬼,你这家伙。你下马来,小少爷,下来跟我比试比试。我看你就不敢离开你的马和鞭子。你记住,我一拳就可以叫你魂灵出窍。"

"别忙,你等着,你乐意的话,我马上回来跟你较量。"弗莱德说,他对自己的拳击功夫很有信心,觉得完全能制服这些亲爱的同胞。但是现在,他得赶紧去帮助凯莱布和那个倒在地上的小伙子。

小家伙的膝盖扭伤了,痛得哼哼哧哧,但其他地方没有受伤,弗莱德把他扶上马背,让他骑到约德莱尔农场,在那儿进行治疗。

"叫他们把马留在马厩里,告诉测量员们可以回来拿他们的工具了,"弗莱德说,"现在这儿已没有事。"

"不,不,"凯莱布说,"工具已经坏了。他们今天干不成了,这样还好一些。汤姆,把这些东西放在马背上捎去。他们看到你来,就会回去了。"

汤姆走后,弗莱德说:"我很高兴,我正好到这里来,高思先生。要是骑兵部队不及时赶到,还不知会出什么乱子呢。"

"唉,幸好没出什么大事,"凯莱布说,有些心不在焉,望着给打断了丈量工作的那个地点,"不过,真糟透了,这就是愚蠢的结果……我一天的工作也给搅乱了。现在没人帮我拿测链,我也没法继续工作。"他带着烦恼的神色,正预备回那个地点,仿佛忘记了弗莱德的存在,但突然旋转身子,迅速地问道:"哦,对了!小伙子,今天你跑这儿来干什么?"

"什么也不干,高思先生。我愿意当你的助手,可以吗?"弗莱德说,觉得帮助玛丽的父亲,会得到她的欢心。

"成,但是你不能怕弯腰,不能怕热。"

"我什么也不怕。只是我得先去找那个大个子,就是刚才转过身来向我挑战的家伙。我得教训教训他,这用不了五分钟。"

"别胡闹!"凯莱布操起毫无商量余地的命令口气说道,"我自己去跟这些人谈。这都是没有知识的缘故。有人在散布谣言,蒙蔽他们。这些可怜的傻瓜上了当还不知道。"

"让我跟你一起去。"弗莱德说。

"不,不,你待在这儿。我不需要你们年轻人的血气。我会照顾自己的。"

凯莱布是个坚强的人,一向无所畏惧,只怕伤害别人,还怕自己没有口才,不会讲话。可是这会儿,他却觉得义不容辞,必须发表几句讲话了。他身上有着明显的矛盾——那是由于他自己始终是一个刻苦耐劳的人——一面对工人有严格的要求,一面又对他们宽宏大量,实事求是。每天好好劳动,认真工作,他认为这是有关他们福利的大事,正如从他自己来说,这是他的主要幸福一样;但是他对他们怀有强烈的友谊感。他向那些雇工走去,这时他们没有再上工,只是站在那里,像农村中的聚会一样,谁也不吭一声,用肩膀对着别人,保持着两三码的距离。大家板起脸,望着凯莱布,后者加快了步子,一只手伸在裤兜里,另一只手插在坎肩的纽扣中间,露出平时的慈祥神色,走到了他们中间。

"喂,小伙子们,这是怎么回事?"他开口道,用的照例都是简短的句子,这些句子好像在他头脑里已经酝酿了好久,贯注着他的许多思想,正如一株伸出水面的植物,下面生有茂盛的根须,"你们怎么搞的,干出了这种错事!有人骗你们,你们却相信他们。你们以为上面那些人想害你们呢。"

"啊!"人群中此起彼落,按照反应的快慢,发出了这样的声音。

"这是鬼话!没有这种事!他们是来勘察,看铁路从哪里通过好。再说,伙计们,你们阻挡不了铁路,不论你们喜欢不喜欢,它总要建造。如果你们跟它作对,你们只能自讨苦吃。法律给了这些人权利,他们可以来丈量土地。土地的主人不敢反对他们,如果你们跳出来干涉,你们就得准备对付警察和布莱克斯利法官,对付手铐和米德尔马契监狱。要是有人控告你们,你们现在已经可以坐牢了。"

凯莱布停了一下,他选择的停顿和形象可说恰到好处,最伟大的演说家恐怕也不能超过他。

"但是别忙,你们并不是故意捣乱。有人告诉你们,铁路是坏事。那是谎话。它可能在某些地方,对某些人,有一点坏处,这是哪怕天上的太阳也在所难免的。但铁路是一件好事。"

"哼!对阔人是有好处的,他们可以靠它发财,"老提莫西·库柏说,刚才别人闹事的时候,他没有参加,仍在那儿翻晒他的干草,"我活到现在,看到的事多了,战争与和平,开凿运河,老王上乔治,摄政王,新王上乔治,各种各样的名堂都有,可是对穷人都一样。运河对穷人有什么好处?它们没有给穷人带来吃的,也没有带来穿的,要是他不勒紧裤带,他就积不下工钱。从我年轻的时候起,日子就越变越糟。有了铁路也好不了。它们只能使穷人越来越穷。但是那些阻挡它们的人是傻瓜,我早对小伙子们说过,这是有钱人的世界,就是这样。但是你是在替有钱人办事,高思先生,这也难怪。"

提莫西是一个瘦长结实的雇农,这种人在当时已经不多,他们把积蓄藏在袜筒里,住在孤零零的小房子中,任何漂亮的话都不能打动他们,他们很少封建观念,也压根儿不相信这一套,仿佛他们对理性时代和人权思想并不完全陌生。凯莱布面临的困难,凡是企图在黑暗时代,不凭奇迹的帮助,说服乡巴佬的人,都是了解的,这些乡巴佬通过长期的艰苦体验,掌握了一种无可否认的真理,它像巨人的棍子一样,随时可以打向你精雕细琢的理论,因为你所提倡的社会福利,他们完全感觉不到。凯莱布不会讲假话,哪怕会讲也不愿讲,他遇到这类困难,没有其他办法,只能靠他对他的"工作"的忠诚来解决。他回答道:

"如果你认为我不好,提姆,这没关系,与事情毫不相干。穷人的境况是很糟,这是事实。但我只要求这儿的小伙子们别干傻事,免得境况变得更糟。牛拉的车子可能太重,但如果车上也载着它们的草料,那么把车子推倒,丢进路边的泥坑,这对它们没有好处。"

"我们只是跟他们闹着玩的,"海勒姆说,开始看到这事的后果了,"我们并不想干什么。"

"好吧,那就答应我,别再乱来。我会留心,不让任何人告发你们。"

"我没有插手,我也不必答应你什么。"提莫西说。

"对,我是跟别人讲的。你们瞧,我今天也和你们每个人一样忙,我没有太多的工夫。你们答应不再闹事,弄到警察来干涉就成了。"

"好吧,我们不再阻挡,随他们爱怎么干就怎么干。"这便是凯莱布得到的保证。于是他赶回弗莱德那里,后者已经跟来,站在门口张望。

他们着手工作了,弗莱德尽力帮助他。他情绪很高,在树篱下一块潮湿的泥地上滑了一跤,泥土玷污了他漂亮的夏裤,他也满不在乎,心里还怪舒畅的。他这么起劲,是由于刚才那成功的进攻,还是由于他帮助了玛丽的父亲呢?都是都不是。原来,今天的事件使他看不到出路的想象力,看到了他可以干的一项工作,这工作对他是有一些吸引力的。我相信,高思先生头脑里的某些神经,也可能有所触动,想起那个老问题,注意到了正出现在弗莱德心头的目标。因为一次具有影响的偶然事件好比火种,接触到有油和麻屑的地方便会引起燃烧。弗莱德一向觉得,铁路是带来这种接触的媒介。但他们始终埋头工作,除了必要的时候,谁也不讲一句话。最后,丈量结束,他们一起离开的时候,高思先生说道:

"弗莱德,一个年轻人要干这种事,是不需要什么学士学位的,是吗?"

"我要是早干了这事,我就不想考学士学位了。"弗莱德说。停了一会,他又用迟疑的口气说道:"高思先生,你是不是认为我的年纪已经太大,不适宜学你这行业务了?"

"我的业务有许多种类,我的孩子,"高思先生笑道,"我懂得的知识,不少都来自经验,你不能像念书那样,从书本中得到它们。但你还很年轻,还来得及打基础。"凯莱布把最后一句话讲得特别重,但又有些犹豫,没再往下讲。根据他最近获得的印象,似乎弗莱德已决心进教会办事。

"如果我想试一下,你认为我干得好吗?"弗莱德问,态度更坚定了一些。

"那得看情形,"凯莱布说,把脸转向一边,压低了嗓音,那神色仿佛他谈的事,是需要用十分虔诚的态度对待的,"你必须具备两个条件:你得爱你的工作,不能老是望着别处,尤其不能老是想玩。另一个条件是,你不能为你的职业害羞,认为干别的事对你说来更加体面。你必须对自己的工作建立自豪感,边干边学,努力做好它,不能老是说,我不一定干这个,要是我干了那个或别的什么,我就可以怎么样怎么样。不论一个人怎样……"凯莱布嘴边露出微笑,用手指打了个榧子,"不论他是内阁首相,或者是堆干草的,如果他做不好他的本位工作,在我眼里,都分文不值。"

"我总觉得,我当了教士绝对做不到这点。"弗莱德说,似乎想讨论这个问题。

"那就不要干它,我的孩子,"凯莱布斩钉截铁地说,"否则你永远不会心安理得。或者,如果你安心的话,那就证明,你只是一根没有知觉的木头。"

"这跟玛丽的想法非常接近,"弗莱德说,涨红了脸,"我想,你应该了解我对玛丽的感情,高思先生,我希望你不致因此生我的气,我一向爱她超过爱任何别人,今后我也不会像爱她那样爱任何人。"

弗莱德讲的时候,凯莱布脸上的表情显然变得温柔了。但是他庄严而缓慢地摇摇头,说道:

"那么事情就更严重了,弗莱德,因为你势必把玛丽的幸福也考虑在内。"

"这我明白,高思先生,"弗莱德热烈地说,"为了她我愿意做任何事情。她说,如果我当了牧师,她绝对不嫁给我。可是如果我失去了对玛丽的一切希望,我会成为世界上最伤心的人。确实,要是我能找到别的职业,别的工作,不论这是什么,只要我担当得起的,我一定好好干,决不辜负你对我的好意。我愿意从事户外作业,我对土地和牲口已经有了不少知识。你知道,我始终相信——尽管你可能认为,这是我一厢情愿——我会有自己的田地。我有把握,我能学会这方面的知识,尤其在你的指导下,这是完全可能的。"

"冷静一些,孩子,"凯莱布说,苏珊的影子出现在他眼前了,"你对你的父亲谈过这一切吗?"

"没有,还没有讲,但我必须告诉他。我一直在等待,看我除了进教会以外,还能做什么。我很难过,不得不叫他失望,但一个人到了二十四岁,应该可以自己判断一切了。在我十五岁的时候,我怎么知道现在我应该做什么?我的教育是一个错误。"

"但是请你听着,弗莱德,"凯莱布说,"你能肯定玛丽爱你,或者愿意嫁给你吗?"

"我要求费厄布拉泽先生找她谈过,因为她不准我找她,我没有别的办法,"弗莱德道歉似的说,"他告诉我,我完全可以抱这样的希望,只要我能找到一个正当的职业——这是指教会以外。我敢说,高思先生,你一定认为我的行为不够稳妥,在我一无成就以前,不应该用我对玛丽的希望来麻烦你,打扰你。当然,我一点没有这种权利,事实上,我已经欠了你一笔永远无法偿清的债,哪怕我把钱还给了你,也还是这样。"

"不,孩子,你有这个权利,"凯莱布说,声音中饱含着感情,"年轻人在前进的路上有了困难,永远有权要求老年人帮助他们。我自己有过年轻的时候,我不得不在缺少帮助的情况下挣扎,但我还是欢迎别人的帮助,只要这种帮助是出于友好的感情。我应该考虑你的事。你明天到事务所来找我,九点钟。记住,在事务所。"

高思先生在采取任何重大步骤以前,一定得跟苏珊商量,但是必须承认,他还没有回到家中,事实上已经作了决定。不少事情,别人看得很重要,或者固执己见,他却满不在乎,随你怎么办都成。他从来不知道,他喜欢吃什么肉,如果苏珊说,为了节省开支,他们应该住在只有四个房间的小屋子里,他会回答"让我们去吧",决不追问任何细节。但是在凯莱布的感觉和判断认为重要的场合,他却是个主宰者,尽管他的谴责总很温和,从不疾言厉色,他周围的人都知道,在他选取的这种例外事件上,他是绝不让步的。确实,他从不为个人的利益,坚持自己的意见。在九十九件事情上,高思太太可以做主,可是在第一百件上,她往往意识到,如果她要贯彻自己的主张,就得费尽九牛二虎之力,于是只得服从了事。

凯莱布回到家中,把他遇到的争吵,以及后来弗莱德怎样协助他工作,讲了一遍,但对进一步的发展,却没有提起。到了晚上,夫妇俩单独在一起的时候,他说道:"事情果然不出我所料,苏珊,孩子们彼此都很有意思——我是指弗莱德和玛丽。"

高思太太把活计放在膝上,用那对敏锐的眼睛焦急地望着丈夫。

"在我们的事情办完以后,弗莱德把心事都倒给我听了。他说他不能去当教士,玛丽说,如果他当了教士,她决不嫁给他。小伙子希望在我手下办事,全心全意学业务。我决定收下他,让他成为一个有用的人。"

"凯莱布!"高思太太说,用的是深沉的女低音,表现了无可奈何的惊讶心理。

"这件事没有什么坏处,"高思先生说,坚定地靠在椅背上,握住了椅子的扶手,"他会给我增添一点麻烦,但我想我应付得了。小伙子爱上了玛丽,真心爱上一个正直的少女,这是件好事,苏珊。许多不务正业的男子曾经因此走上了正路。"

"玛丽跟你谈过这事没有?"高思太太问,心里有些生气,觉得这事不该一直瞒着她。

"没讲过一个字。有一次我问她对弗莱德的看法,我给了她一点警告。但是她叫我放心,她绝对不会嫁给一个懒惰的、任性的人。那以后再没谈过。但是弗莱德大概找了费厄布拉泽先生,托他向她说情,因为她不准他自己向她谈这事。费厄布拉泽先生发现,她是喜欢弗莱德的,只是他决不能当牧师。弗莱德的心完全在玛丽身上,这我看得出,我对小伙子的印象因此还不坏。再说,我们一向也是喜欢他的,苏珊。"

"我觉得,玛丽太可怜了。"高思太太说。

"可怜,为什么?"

"因为,凯莱布,她本来可以嫁一个比弗莱德·文西强二十倍的人。"

"是吗?"凯莱布惊异地说。

"我完全相信,费厄布拉泽先生看上了她,打算向她求婚。但是当然,现在弗莱德请他当了说客,这门比较好的亲事就没有指望了。"高思太太的话简明扼要,恰如其分。她感到烦恼,失望,但她不想讲多余的话。

凯莱布沉默了一会儿,他的心情也起伏不定。他望着地板,头和手在随着内心的论争移动。最后他说:

"这使我十分自豪和快乐,苏珊,我应该因为有了你而高兴。我始终感到,你获得的一切远远不能跟你本人相比。但是你嫁给了我,尽管我是一个平凡的人。"

"我嫁的是我认识的最好、最聪明的人。"高思太太说,相信她决不会爱任何达不到这标准的男子。

"得啦,也许别人认为,你还可以嫁得更好。但我肯定娶不到更好的女人。这就是我对弗莱德这件事引起的感触。小伙子从根本上说是好的,也相当聪明,只要能走正路就成。他爱我的女儿,把她看得比什么都重要,她也给了他一定的保证,只是要看他今后怎样。我得说,那个年轻人的灵魂在我手里,上帝知道,我应该尽一切力量帮助他!这是我的责任,苏珊。"

高思太太是不喜欢哭的,但是在丈夫讲完以前,一大滴眼泪已滚下了她的脸颊。这是在各种感情的压力下出现的,它包含着深厚的爱和一定的烦恼。她迅速擦掉了泪水,说道:

"除了你,恐怕很少人会认为,这样增加自己的负担是一种责任,凯莱布。"

"别人怎么想,这无关紧要。我内心获得了一种清楚的感觉,我得照它行事。我希望你的心跟我在一起,苏珊,玛丽是个可怜的孩子,我们要尽一切力量,让她的命运轻松一些。"

凯莱布靠在椅背上,露出恳求的神情,望着妻子。她站起来吻了他,说道:"上帝保佑你,凯莱布!我们的孩子有一个很好的父亲。"

但是她出去以后,却痛哭了一场,抵偿了她郁积在心头的话。她觉得,她丈夫的行为势必遭到误解,而且她对弗莱德抱着理智的态度,不相信他会变好。那么,她的理智态度和凯莱布的热情慷慨,究竟哪一种符合将来的发展呢?

第二天早上,弗莱德来到事务所,没有想到,他得在那里接受一次考试。

"现在,弗莱德,"凯莱布说,"你得先做些案头工作。我经常有大量东西要写,不能没有助手。我要求你懂得记账,头脑里有个价值观念,我不打算雇佣别的办事员了。因此你得适应这一切。你的书法和算术怎么样?"

弗莱德觉得心里不好受,有些尴尬。他对案头工作思想上毫无准备,但是他决心很大,不愿退缩。"我不怕算术,高思先生,我一向觉得它很容易。至于我的书法,我想你是知道的。"

"我们来试一下，"凯莱布说，拿起一支笔，仔细端详了一会儿，蘸了墨水，连同一张有格子的纸，递给了弗莱德，"把那张估价表抄一两行，把后面的数字也写上。"

当时有一种观念，认为字迹工整不符合上流人的身份，至多只有当文书的人才需要。弗莱德写的那几行，大有绅士派头，像那时任何子爵或主教的笔迹，母音全都一个样子，子音得翻来倒去端详好久，才看得清楚，每一笔都跟别的一笔混在一起，难分难解，字也不按照格子写，总之，这是一份深奥莫测的手稿，除非你事前知道作者要写什么，否则很难看懂它的内容。

凯莱布瞧着他写，脸色逐渐变得阴沉了，等弗莱德把纸交还他的时候，他气呼呼地哼了一声，用手背使劲拍了拍纸。这么糟的成绩把凯莱布的温情都赶跑了。

"真是见鬼！"他不觉无名火起，喊道，"想想吧，在我们这个国家里，一个人的教育得花几百几百英镑，培养出来的却是你这样的人！"然后把眼镜推到额上，望着不幸的抄写员，用比较温和的口气继续道："愿上帝可怜我们吧，弗莱德，这实在叫我不能忍耐！"

"高思先生，我该怎么办？"弗莱德说，情绪已一落千丈，这不仅因为书法上挨了批评，也因为发现自己竟非得降低到办事员的身份不可。

"怎么办？这么办，你必须学会把字写得端端正正，不离开格子。要是没有人看得懂，还要你写它干吗？"凯莱布激昂慷慨地质问，低劣的工作质量使他不能平静，"难道世界上要做的事还太少，要你们搞些稀里糊涂的东西让人猜谜？现在人们就养成了这一套作风。有些人写给我的信，要不是苏珊给我整理清楚，不知要浪费我多少时间。这真是岂有此理。"说到这里，凯莱布把那张纸扔了。

这时，任何外人要是向事务所偷偷张一下，一定会感到奇怪，不知那位气势汹汹的代理人，跟那个俊秀的小伙子在闹什么别扭，只见后者咬紧了嘴唇，垂头丧气，白皙的皮肤青一阵白一阵的。弗莱德头脑里乱糟糟的，不知如何是好。高思先生刚一见面的时候，那么和气，那么器重他，他的感激和希望达到了顶点，现在又掉到了最低点。他根本没有考虑过案头工作，事实上，他像大多数年轻人一样，指望的只是得到一个称心如意、自由自在的职业。要不是他对自己明确说过,事后他要立刻上洛伊克向玛丽报喜,告诉她,他已在她父亲手下办事,那么我真不知道,事情会怎么了结。幸好在这一点上,他是不甘心让自己失望的。

他当时所能说的只是一句话:"我很抱歉。"但是高思先生的气已经消了。

"我们必须把事情做得尽量好,弗莱德,"他开始说,恢复了往常的平静口气,"每个人都能学好书法。我就是自己学的。只要有决心,白天时间不够,可以在晚上练。我们必须有恒心,孩子。在你学的时候,卡勒姆可以继续担任簿记,替你一段时间。但是现在我得走了,"凯莱布说,站起身来,"你必须让你的父亲知道我们的协议。你记住,等你练好字以后,你就得接替卡勒姆的工作,我不能付两个人的薪金。第一年,我可以付你八十镑,以后再增加。"

当弗莱德向父母作出必要的说明时,两人的反应是大吃一惊,这深深印进了他的脑海。从高思先生的事务所出来,他立刻赶往商行,他想得不错,对父亲最尊敬的态度,就是尽可能郑重地把这个痛苦的消息正式通知他。而从他父亲来说,他最庄严的时刻,就是在商行中自己的办公室里办公的时候,这时去找他,更能使他理解,这是他的最后决定。

弗莱德直截了当谈到了这事,简单地说明了他已做的和决心做的是什么工作,最后表示他很遗憾,不得不使父亲感到失望,这都怪他自己太不成才。这遗憾是真的,因此弗莱德才讲得那么恳切,朴实。

文西先生听得瞠目结舌,甚至没有发出一声惊叹,这种沉默在他不耐烦的时刻,是感情极度紧张的表现。那天上午,他在生意上心情不佳,他一边听,一边嘴角上那种痛苦的表情越来越显著。弗莱德讲完后,出现了将近一分钟的静默,这时文西先生把一本账簿放进抽屉,重重地转上了锁。然后他一眼不眨看着儿子,说道:

"那么你终于下定决心了,先生?"

"是的,父亲。"

"很好,那就坚决干吧。我没有什么可说的。你丢掉了你所受的教育,在生活中往下走了一步,可是我给你的教育却是要你往上走的,如此而已。"

"我很遗憾,我们意见不同,父亲。我想,我现在担任的工作也是高尚的,它与当副牧师并无尊卑之分。但是你为了我好,尽力作了安排,我对你是感激的。"

"很好,我没有什么要说了。今后一切得靠你自己。我只是希望,等你有了自己的儿子以后,他会更好地报答你为他花费的精力。"

这话对弗莱德像一把锋利的刀子。他父亲是在利用受到了不公平对待的有利地位,每逢我们陷入悲痛的处境,回顾自己的过去,仿佛这只是一页伤心史的时候,都会这样。其实文西先生对儿子的希望,包含着不少自高自大、不替别人着想,以及自私自利、自以为是的因素。但不论怎样,失望的父亲仍掌握着有力的杠杆。弗莱德觉得,仿佛他做了坏事,给父亲抛弃了。

"爸爸,如果我继续留在家里,你不反对吧?"他说,站起来预备走了,"我有足够的工资,可以付伙食费,当然,这也是我应该付的。"

"伙食费,算了!"文西先生说,想到弗莱德在家里吃饭还得付伙食费,也有些不像话,恢复了清醒的头脑,"当然,你母亲会要你留下的。但是你明白,我不会供你骑马,你的裁缝账也得自己付。我想,如果要你自己掏钱,你可以少做一两套衣服。"

弗莱德又逗留了一会儿,似乎还有什么话要说。最后他想起来了。

"我希望你跟我握握手,爸爸,宽恕我给你造成的烦恼。"

文西先生从椅上迅速地抬起眼睛,看了一下已走到面前的儿子,然后伸出了手,匆匆说道:"好了,好了,不必再说了。"

弗莱德跟他母亲的谈话要多得多,他作了详细的叙述和解释,但是她的心不能平静,她看到了她的丈夫也许从未想到的事,即这么一来,弗莱德必定要与玛丽·高思结婚,从此高思一家和他们的作风就会闯进她的生活,把它弄得不成体统,她那亲爱的孩子有着美好的容貌,潇洒的风度,本来"在米德尔马契哪一家的孩子都望尘莫及",今后肯定也会给那个家庭同化,变得外表粗俗,不修边幅。在她看来,这简直是高思的阴谋,要把人人喜爱的弗莱德占为己有。但是她不敢提出她的看法,因为只要稍一涉及,他就会对她"大发雷霆",尽管他以前从没这么做过。她心太软,对他太体贴了,不忍心表示任何愤怒,但是她觉得,她的幸福遭到了破坏,接连几天中,她只要看到弗莱德,就不免淌眼泪,仿佛从他身上发现了他多灾多难的未来。也许,正由于弗莱德警告她,切勿再与父亲谈论这个伤心的题目,后者已接受他的决定,宽恕了他,她才迟迟不能恢复平素的愉快心境。如果她的丈夫猛烈责骂弗莱德,那么她就不得不挺身而出,保护她的宠儿了。直到第四天晚上,文西先生才对她说道:

"听着,露西,亲爱的,别这么垂头丧气的。你一直太宠你的儿子了,你还会把他宠得更坏的。"

"从来没有一件事使我这么伤心过,文西,"妻子说,那漂亮的喉咙和下巴又开始抽搐了,"除非是他那场病。"

"废话,别想得太多啦!子女会给我们带来烦恼,这是可想而知的。别气坏了身体,那才更糟呢。"

"好,我不生气就是了。"文西太太说,在这恳求下,振足起精神,抖动了一下身子,像一只鸟似的,让竖起的羽毛重又平伏下去。

"不必为一个人大惊小怪,这没有用,"文西先生说,不愿为了一点小小的不幸,影响家庭的乐趣,"罗莎蒙德也跟弗莱德差不多呢。"

"是的,可怜的罗莎。我相信,她失去了孩子,一定很伤心,但是她恢复得很快。"

"孩子,呸!我看得出,利德盖特的业务愈来愈糟,据我所知,他还背了债。过几天我打算要她来一下,好好问问她。但是我知道,我没有钱给他们。让他的亲族接济他吧。我从来不赞成这门亲事。但现在讲已经来不及了。按铃叫他们拿柠檬来,露西,别那么愁眉苦脸的。明天我带你和路易莎,坐车上里弗斯顿玩玩。"

第五十七章

> 他们还不满八岁,一个名字已经
> 在他们心头升起,激起了感情的涟漪,
> 像生命之流渗入他们的机体,
> 震惊了幼小的心灵,陶冶了他们的性情。

> 这就是那个讲述忠诚的埃文·杜,
> 古怪的布雷德沃丁和维克·岩·伏尔的人,
> 他扩大了他们童年的狭小世界,
> 使他们知道了高山、湖泊和岩石的广阔天地,
> 还有更多的惊险情节和爱情,
> 他们相信瓦尔特·司各特,他从遥远的地方
> 给他们送来了充满欢乐和悲壮故事的书。
> 他们和书总会分开,但他们的笔
> 像粗壮的蜘蛛日复一日在纸上爬行,
> 记下了从塔利—维奥兰城堡开始的故事。①

晚上,弗莱德·文西步行前往洛伊克牧师府(他第一次发现,在这个世界上,哪怕是生龙活虎般的年轻人,有时也难免没有马骑,只得靠两条腿步行)。他在五点钟出发,顺便拜访了高思太太,想了解一下,她对他们的新关系是否抱欢迎态度。

他发现,这个家庭,包括狗和猫在内,全都聚集在果园内一棵大苹果树底下。这是高思太太的节日,因为她的大儿子克利斯蒂,她最大的欢乐和骄傲,已回家欢度短暂的假期。克利斯蒂这个人,认为世界上最美好的事就是留在大学里当导师,研读所有的古典名著,成为波尔桑②第二。他是对可怜的弗莱德的无声批判,是那位教育之母提供的直观范例。克利斯蒂生得方头大耳,宽胸阔背,完全是他母亲的男性翻版,加上他的身材几乎比弗莱德矮了一个脑袋,因此自然称不上英俊潇洒。他一向说话干脆,直截了当,认为弗莱德的不肯读书,不过是长颈鹿的一贯作风,可又巴不得自己生得高一些。现在他躺在草坪上,靠近妈妈

---

① 这首诗中提到的一些人名,都是瓦尔特·司各特的小说《威弗利》中的人物,塔利—维奥兰城堡也出自该小说。这诗是作者对自己的童年生活的写照,据说,她在八岁左右读到了《威弗利》,书是借来的,她未能读完,但书的内容吸引了她,因此她靠回忆记下了这个故事。
② 理查德·波尔桑(1759—1808),英国的古希腊文学学者,曾编定埃斯库罗斯和欧里庇得斯的戏剧作品多种。

的椅子,用一顶草帽遮住了眼睛,吉姆在椅子的另一边,正大声朗读一本书,那是他心爱的一个作家写的,这位作家的作品成了许多年轻人的欢乐的主要源泉。书名便是《艾凡赫》,吉姆朗读的是比武时伟大的射箭场面,但他时常遭到贝恩的干扰,后者拿了自己的破弓箭,要大家看他射箭,可又射得一塌糊涂,莱蒂觉得他非常讨厌,大家也不理睬他,只有那只杂种狗布朗尼特别起劲,可它也许什么也不懂;一只灰白色的纽芬兰狗躺在太阳下,迟钝的眼睛正呆呆地出神,完全是一副年老力衰的样子。茶桌上,樱桃堆得像珊瑚似的。莱蒂的嘴巴和围涎上还留着它们的一些痕迹,说明她刚才曾帮忙摘樱桃,现在她坐在草地上,睁大了眼睛,专心听哥哥朗读。

但是弗莱德·文西一来,大家的兴趣便转移了。他在花园的凳子上坐定之后,说他是上洛伊克的牧师府路过这儿。贝恩早已丢下弓箭,抓了一只拼命挣扎的、瘦瘦的小猫,跨在弗莱德伸出的一条腿上,一听这话,马上喊道:"带我去!"

"我也要去。"莱蒂说。

"你跟不上弗莱德和我。"贝恩说。

"我跟得上。妈妈,你告诉他们,我跟得上。"莱蒂要求道,她在生活中时常得对抗轻视女孩子的习惯势力。

"我宁可跟克利斯蒂在一起。"吉姆说,言下之意是他比那两个小傻瓜高明得多。莱蒂听了,用一只手摸着脑袋,看看这个,看看那个,心中狐疑不决,不知跟哪一个好。

"我们大家都去看看玛丽。"克利斯蒂说,伸开了胳膊。

"不,我的好孩子,我们不能一窝蜂都拥到牧师家里。你穿了这套在格拉斯哥穿的旧制服,也绝对不成。再说,你父亲就要回家了。我们不如让弗莱德一个人去,请他告诉玛丽,你在这儿,她明天就可以回家。"

克利斯蒂看看自己那磨光的膝部,再看看弗莱德那漂亮的白裤子。毫无疑问,弗莱德的衣服式样比英国大学校服强,何况他风度翩翩,连那种喜形于色,用手帕向后抚平头发的姿势,也与众不同。

"孩子们,走开,"高思太太说,"天气这么热,别老是纠缠你们的朋友。带你们的哥哥去看看兔子。"

大儿子明白了,立即带走了孩子们。弗莱德觉得,高思太太是想给他一个机会,让他把要说的一切说给她听,但他只是讲了一句文不对题的话:

"克利斯蒂回来了,你一定很高兴!"

"是的,我没想到他这么早回来。他是九点钟下的驿车,他父亲刚走,他就到家了。我正在等凯莱布回来,让他听听克利斯蒂有了多大的长进。去年一年,他的花费都是靠教课挣来的钱,同时他还刻苦读书。他指望不久谋得一个私人导师的职务①,到国外去。"

"他是一个了不起的人,"弗莱德说,觉得这些愉快的事实带有药品的味道,"不会成为任何人的包袱。"停了一会儿,他又说:"不过我想,你可能认为,我会成为高思先生的一个大包袱。"

"凯莱布愿意背这包袱呢,他这种人总是做得比别人要他做得更多。"高思太太回答。她在织短袜,随时可以看弗莱德,也可以不看——一个人在琢磨怎样使自己的话具有教育意义的时候,这种姿势是最有利的。虽然高思太太想保持适当的沉默,她还是乐意开导弗莱德几句,让他有所得益。

"我知道,你认为我不配得到他的照顾,高思太太,你想得完全对,"弗莱德说,他的情绪好了一些,因为他发现她有了一些想教训他的迹象,"我做了损害别人的事,可这些人正是我最关心的。但是只要像高思先生和费厄布拉泽先生这样两个人没有抛弃我,我就没有理由自暴自弃。"弗莱德心想,应该向高思太太提一下这两位男性的模范。

"当然是这样,"她说,逐渐加重了语气,"一个年轻人得到了这样两位长辈无微不至的关怀,还要自暴自弃,使他们的牺牲变得毫无价值,这就实在罪有应得了。"

弗莱德对这种强烈的语言,有些惊讶,但只是答道:"我希望不致这样,高思太太,因为我已得到了一些鼓励,相信我能赢得玛丽的好感。高思先生把那事告诉你了吧?我想,你不致感到意外吧?"弗莱德没再

---

① 私人导师是指由学生聘请,而非由学校任命的导师,有时陪同学生出国游历。

说下去,他这话纯粹是指他自己的爱情说的,他觉得这事也许已相当明显。

"对玛丽给你的鼓励不感到意外吗?"高思太太说道,觉得应该让弗莱德更明确地意识到,不论文西家怎么猜想,玛丽的亲友们对这门亲事从来没有抱过希望,"不,我承认我感到意外。"

"不,她从没向我许诺过什么,我当面跟她谈的时候,她什么也没讲,"弗莱德说,急于替玛丽辩白,"只是我央托费厄布拉泽先生替我找她时,她允许他转告我,这不是毫无希望的。"

高思太太心头蕴藏的训诫的威力,还没有充分发挥。现在她有些耐不住了,这个年纪轻轻的小家伙能够达到目的,是靠牺牲了更可怜、更聪明的人;他害死了夜莺,自己还不知道,可是他家里那些人,还以为她的家庭一心指望高攀这个小少爷呢。她这种气恼,由于不能向她的丈夫发泄,一直压在心底,以致此刻变得更加炽烈。模范妻子有时不得不寻找这样的替罪羊。于是她用十分果断的口气说道:"弗莱德,你要求费厄布拉泽先生替你说情,这是很不应该的。"

"是吗?"弗莱德说,脸顿时涨红了。他感到吃惊,但还弄不清高思太太的意思,又用道歉的口气说道:"费厄布拉泽先生一向是我们的好朋友,我知道,他讲的话,玛丽会认真地听,而且他毫不犹豫,接受了我的要求。"

"是的,年轻人常常看不到一切,只看到他们自己的要求,也很少想到,这些要求会给别人带来多大损害。"高思太太说。她不想越出这种一般的训导范围,一边毫无必要地把编织的东西拆开,借以发泄自己的愤懑,还带着庄严的神气皱紧了眉头。

"我不明白,这会给费厄布拉泽先生带来什么损害。"弗莱德说。不过话虽如此,他还是感到,那个出乎意外的观念,开始自动形成了。

"一点不错,你不明白。"高思太太说,尽量使自己的话讲得发人深省。

一时间,弗莱德望着地平线,脸色变得忧郁而焦急,然后猛地扭转头来,用几乎尖厉的嗓音说道:

"高思太太,你的意思是不是说,费厄布拉泽先生爱上了玛丽?"

"如果是这样,弗莱德,我想,你是最不应该感到惊异的。"高思太太回答道,把编织的短袜撂在一旁,合抱着双手。她手头不拿活计的时候是很少的,这是她心情激动的表现。事实上,她的感情是矛盾的,一方面由于教训了弗莱德,觉得很痛快,另一方面又意识到,这未免有些做过了头。弗莱德拿起帽子和手杖,马上站了起来。

"那么,你是认为我挡住了他的路,也挡住了玛丽的路?"他说,那口气似乎在要求答复。

高思太太一时做声不得。她使自己陷入了不愉快的境地,似乎非得把心中的真实想法和盘托出不可,然而她明白,这是无论如何得保守秘密的。她意识到自己讲漏了嘴,这使她特别难受,而且她没有料到弗莱德会如此激动。接着他又说道:"高思先生得知玛丽喜欢我以后,并没有反对。如果有这种事,他应该是知道的。"

高思太太听他提到她的丈夫,心里悔恨莫及,她怕凯莱布埋怨她讲错了话,这种担忧是她很难忍受的。为了防止这不合心意的后果,她答道:

"这只是我的推测。据我看,玛丽一点也没想到这种事。"

但是她毫无必要地提起了它,现在该不该要求他绝对保守秘密,她有些犹豫,她不习惯这么低声下气讲话。正在她踌躇不决的时候,苹果树下放茶具的地方,突然出现了一场风波。贝恩跳跳蹦蹦奔过草地,布朗尼跟在他的脚后,他看到小猫抓住线团,把一根毛线越拉越长,便又是喊叫又是拍手,布朗尼也大声吠叫,小猫吓慌了,跳上茶桌,打翻了牛奶,又跳了下来,使桌上的一半樱桃给线团带到了地上。贝恩又拿起结了一半的袜子头,举在小猫头上逗它,弄得它又疯疯癫癫,跳来跳去,这时,莱蒂一边吆喝,一边跑来要她母亲制止这场胡闹。总之,一波未平,一波又起,闹得天翻地覆。高思太太只得出面干涉,别的小家伙也都来了,于是跟弗莱德的单独谈话终于草草收场。过了一会儿,他就起身告辞了,高思太太跟他握手时,说了一声"上帝保佑你",表示她的严厉态度已有所缓和。

她心里很不自在,觉得自己差点像"一个说话颠三倒四的傻女人",先是随口乱讲,事后又要求人家保守秘密。但是她没有向弗莱德提出这要求,为了防止凯莱布的指责,她决定自己责备自己,当天晚上向他承认一切。很奇怪,温和的凯莱布一旦开庭问事,在她眼里,他就成了铁面无情的法官。只是她得向他指出,那种暗示,对弗莱德·文西还是大有好处的。

确实,在他前往洛伊克的时候,这对他产生了强烈的影响。弗莱德天生无忧无虑,充满自信,现在却有人向他暗示,要是他不挡住道路,玛丽可以攀到一门十全十美的亲事,也许他的自尊心还从未受过这么大的损伤。他还非常恼火,没想到自己这么愚蠢,竟要求费厄布拉泽先生做中间人。但是作为一个情人,弗莱德也不例外,为玛丽的感情产生的新的忧虑,不能不凌驾于其他一切之上。尽管弗莱德相信费厄布拉泽先生慷慨无私,尽管玛丽已有言在先,他还是感到他有了一名情敌,这是一种新的意识,他对它充满反感,丝毫也不准备为了玛丽的幸福放弃她,倒是宁可为了她与任何人斗争到底。但是跟费厄布拉泽先生斗争,这只能带有隐喻性质,在弗莱德看来,这比体力上的搏斗困难得多。这体验对他无疑是一种折磨,也许不比他姨父的遗嘱带给他的失望好受一些。刀还没有插进他的心窝,但他已开始捉摸到它那锋利的刀口。他完全没有想过,高思太太对费厄布拉泽先生的估计可能错了,他只是怀疑,她对玛丽的估计可能错了,玛丽近来一直住在牧师府,她的母亲对她的心情了解得很少。

他走进客厅,看到她跟三位妇人谈笑风生的时候,也没有觉得轻松一些。她们正起劲地谈论一件事,看到他进屋就住口了。玛丽在给一堆浅浅的柜子抽屉抄写标签,她的蝇头小楷相当工整。费厄布拉泽先生到村里办事了,弗莱德与玛丽的特殊关系,三位妇人一无所知,他们两人又不便提出要到花园去。弗莱德在心中合计,看来他只是白跑了一趟,无法跟她私下讲一句话。他先是告诉她,克利斯蒂回家了,然后又讲,他已在她父亲那儿办事。他感到安慰的是,她对后面这个消息非常关心。她匆匆说道:"这使我很高兴。"然后又俯下头写字,不让任何人看到她的脸。但这牵涉到一个问题,费厄布拉泽老太太怎么也不能置之不问。

"亲爱的高思小姐,你的意思不是说,你听到一个受了牧师教育的年轻人不肯干牧师这行职业,感到高兴吧;你只是说,事情既然这样,那么他能够在你父亲这样出色的人手下办事,你还是觉得很高兴。"

"不是这样,真的,费厄布拉泽太太,我想这两种情形都使我高兴,"玛丽回答,巧妙地擦掉了一滴叛逆的眼泪,"我有的完全是一颗世俗的心。除了威克菲尔德牧师①和费厄布拉泽先生,我没有喜欢过任何教士。"

"亲爱的,请问这是为什么?"费厄布拉泽老太太说,停下了手中结毛线的大木针,望着玛丽,"你的意见一向都有充足的理由,但这一点却使我感到惊讶。当然,我这话不包括那些传播新教义的教士在内。但是你为什么不喜欢教士呢?"

"这个嘛,"玛丽说,突然变得笑逐颜开,好像考虑了一下,"我不喜欢他们的颈巾。"

"怎么,那么卡姆登的你也不喜欢啦?"威妮弗莱德小姐说,不免有些担忧。

"不,我喜欢,"玛丽说,"我只是不喜欢其他教士的颈巾,因为那是他们戴的。"

"这可把我弄糊涂了!"诺布尔小姐说,觉得自己的知识也许不够了。

"亲爱的,你是在开玩笑。你瞧不起这么高尚的一类人,一定是有更重要的理由的。"弗厄布拉泽老太太庄严地说。

"高思小姐对什么人可以当教士,有十分严格的标准,要叫她满意是很难的。"弗莱德说。

"哦,那么我很高兴,蒙她好意,没有把我的儿子也算在里边。"老太太说。

费厄布拉泽先生回来后,弗莱德向他讲了他在高思先生手下办事的新消息,但是玛丽有些纳闷,不明白为什么他的声音气呼呼的。听完后,费厄布拉泽先生用安详而满意的口气说道:"那样很好。"然后俯下头,看玛丽写的标签,称赞她的字写得不坏。弗莱德心中嫉妒得要命,

---

① 指英国小说家哥尔德斯密斯《威克菲尔德的牧师》一书中的主人公。

但是当然,也很得意,因为费厄布拉泽先生是一个值得尊敬的人,但如果他生得丑一些,胖一些,像个四十来岁的人,那就更好了。现在玛丽既然公开把费厄布拉泽放在一切人之上,这些妇女又对这事抱着鼓励态度,那么结果会如何,就可想而知了。正当他觉得没法指望跟玛丽单独谈话时,费厄布拉泽先生忽然说道:

"弗莱德,帮我把这些抽屉搬回我的书房,你还从没见过我这间漂亮的新书房呢。高思小姐,你也来。我要你看看我今天早上捉到的一只大蜘蛛。"

玛丽立即领会了牧师的意图。自从那个难忘的晚上以后,他一直对她保持着牧师原来的慈祥态度,她那短暂的惊讶和怀疑也早已烟消云散。玛丽养成了习惯,对一切捕风捉影的事一概不予考虑,如果有一个信念满足了她的虚荣心,使她沾沾自喜,她便马上会提高警惕,把它当作一桩笑话,攉出脑海,在这方面她已有过不少先例。现在正如她所预料的,弗莱德走进书房欣赏它的装修,她给叫去看蜘蛛,这时费厄布拉泽先生忽然说道:

"你们在这儿待一两分钟。我得去找一幅雕版画,弗莱德长得高,可以帮我把它挂在墙上。我不用多久,马上回来。"于是他走出了屋子。然而弗莱德讲的第一句话却是:

"不论我怎么努力,反正没用,玛丽。你最后一定会嫁给费厄布拉泽。"他的口气有些愤慨。

"弗莱德,你在胡诌什么?"玛丽愤愤地喊道,脸涨得通红,心里惊异得一时不知怎么回答才好。

"一切都很清楚,你不可能看不到,事实上你什么都明白。"

"我只看到,你的行为实在太糟了,弗莱德,你竟这么谈论费厄布拉泽先生,可他尽量帮助你,替你着想。你怎么会有这种想法的?"

弗莱德还是有些心计的,尽管他正在气头上。如果玛丽真的毫无怀疑,那还是不把高思太太的话告诉她为妙。

"这是理所当然的事,"他答道,"如果有一个人各方面都比我强,你又把他看得比所有的人高,那么你一天到晚跟他接触,我自然没有成功的机会了。"

"你这个人简直不知好歹,弗莱德,"玛丽说,"我真后悔,我根本不应该对费厄布拉泽先生说我多么关心你的。"

"不,我不会不知好歹。要是没有这件事,我可以成为世界上最幸福的人。我把一切告诉了你的父亲,他对我非常亲切,他待我就像我是他的儿子。要不是为了这事,我可以全心全意工作,不论抄写或干别的什么。"

"为了这事?为了什么?"玛丽问,现在她想,一定出了特别的事,有人说过或做过什么了。

"我会败在费厄布拉泽手里,这是可怕的,确定无疑的。"玛丽听了几乎忍不住笑,她的怒气平息了。

"弗莱德,"她说,扭过头去看他的眼睛,那对眼睛却气呼呼的,尽量避开她,"你这人真叫人又好气又好笑。你要不是这么一个死心眼儿的傻瓜,我倒真想扮演一个恶作剧的风流女子,让你以为除了你,还有别人在向我求爱,好叫你吃些苦头。"

"玛丽,你是不是真的最喜欢我?"弗莱德说,把充满深情的眼睛转过去看她,还想拉她的手。

"这个时候我一点不喜欢你,"玛丽说,退后了一步,把手伸在背后,"我只是说,除了你,没有任何人向我表示过爱我。但这不能证明,以后不会有一个非常聪明的人这么做。"她最后说,大笑起来。

"我希望你告诉我,你决不会再想他。"弗莱德说。

"不准你再向我提这件事,弗莱德,"玛丽说,态度又变得严厉了。"我不知道,这是你愚蠢还是气量狭窄,你竟然看不到,费厄布拉泽先生故意把我们两个人留在这里,是为了让我们自由自在地谈话。我很失望,你对他的美好心意竟会看不到。"

不久,费厄布拉泽先生取了版画回来了,他们没有时间再说什么。弗莱德不得不怀着一颗嫉妒和不安的心,回到客厅,然而玛丽的谈话和态度,依然给了他差可自慰的根据。这次会面的结果,整个说来还是使玛丽更加痛苦,她的注意力不可避免地获得了新的方向,她还看到了各种新的解释的可能性。这一切使她感到,似乎她对不起费厄布拉泽先生;对一个普遍受到尊敬的人有了这种情绪,总是危险的,它难免影响一个感恩戴德的妇女的坚定意志。第二天她有理由回家一次,这使她可以松一口气,因为她真心诚意要使自己始终明确,她最爱的是弗莱德。一种温柔的感情经过多年的累积,在我们心头形成之后,如果我们觉得可以把它任意调换,那无异是在贬低我们生命的价值。我们会像守卫我们的财富一样,守卫我们的感情和我们的忠诚。

"弗莱德已失去了其他一切,必须让他保留这个希望。"玛丽对自己说,一抹微笑掠过了她的嘴角。她不能助长另一种虚无缥缈的幻想——那种新的尊严感和公认的价值观念,本来不是她经常有的。如果弗莱德给排除在这一切之外,如果弗莱德遭到抛弃,为了失去她而闷闷不乐,那么它们对她深邃的思想说来,是不会有任何吸引力的。

第五十八章

> 憎恨既无法存在于你的眼里,
> 因此我不能看出你内心的变化。
> 许多人的虚情假意流露在脸上,
> 表现在颦眉、蹙额和神色中,
> 唯独上天造你时早已注定,
> 绵绵情意要常驻在你的脸上,
> 不论你的心如何变幻莫测,
> 你目光中除了温情还是温情。
> ——莎士比亚:十四行诗[①]

在文西先生对罗莎蒙德的境况发出不祥的预言时,她本人还从未意识到,她会给逼得走投无路,不出他的所料,向他求助。尽管她的家庭生活照旧铺张浪费,讲究排场,在收支问题上她仍一点心事也没有。她的孩子早产夭折了,准备的绣花童装和鞋帽,只得堆在柜子里。这不幸的发生完全是由于一天她不顾丈夫的劝阻,坚持骑马出游造成的。

---

① 见莎士比亚的十四行诗第九十三首第五至十二行。

不过别以为她当时发过脾气,或者疾言厉色地顶撞过丈夫,说她爱干什么就得干什么,这种事是从来没有的。

她为什么特别喜欢骑马,这原因得从利德盖特上尉的来访谈起。他是从男爵的第三个儿子,遗憾的是,我们那位与他同姓的泰第乌斯,根本不把他放在眼里,认为这是个无聊透顶的纨袴子弟,"头发从前额到颈背分开,弄得怪模怪样"(泰第乌斯本人当然不采用这种发式),不论你谈到什么,他总要假充内行,胡诌一通。利德盖特在心里骂自己愚蠢,蜜月旅行时不该答应到伯父家去,以致引来了这次拜访。他跟罗莎蒙德谈心时,提到过这点,结果落了个没趣。原来在罗莎蒙德眼中,这次拜访无异特大喜事,在她一生中是空前的,可以使她扬眉吐气。她想到有一个堂兄弟是从男爵的儿子,即将住在自己家中,便得意非凡,琢磨着他到来所包含的意义,以及消息传开后人们的反应。她向她的客人介绍利德盖特上尉时,不免沾沾自喜,发觉人们听到他的身份,就像闻到了一股香味。这种满足感暂时补偿了她在婚姻问题上一个不如人意的缺陷,即她的丈夫虽然出身世家望族,终究只是一个医生。现在好了,她的结婚终于抬高了她的身价,使她超出了米德尔马契的水平,这不仅有目共睹,也符合她的理想,她的前途从此光芒万丈,她可以与夸林汉姆经常保持书信往来,互相拜访,结果自然也会使泰第乌斯飞黄腾达,尽管目前还很渺茫。此外,也许由于上尉的怂恿,他那位业已出嫁的妹妹梅甘夫人前往伦敦时,也带着使女顺道在这儿住了两夜,这事尤其重要。总之,很清楚,罗莎蒙德不遗余力练习弹琴唱歌,仔细选择花边等等,这些功夫没有白花。

至于利德盖特上尉本人,他那低低的额角,那偏向一边的鹰钩鼻,那显得粗俗的谈吐,在没有军人气派和胡子的任何年轻人那里,也许是缺点,但在利德盖特上尉这种人身上,却会得到闺阁名媛们的好评,认为这"很有风度"。不仅如此,他还有一种高贵的教养,就是不拘小节,根本不把中产阶级的文明礼貌放在眼里。对于女性的美貌,他更是一个权威的评论家。现在他对罗莎蒙德的恭维,甚至比在夸林汉姆有过之而无不及,他发觉,跟她打情骂俏,说说笑笑,一天几个钟头一下子就过去了。这次拜访成了他生平最愉快的赏心乐事之一,尽管他猜到,那位古怪的堂弟泰第乌斯对他并不欢迎,他也毫不在乎。利德盖特呢,他宁可死(这自然是夸张的说法),也不肯在交际应酬上失礼,因此一直委曲求全,克制着心头的不快,平时只是假装没有听到那位多情的军官在讲些什么,把回答的责任完全托付给了罗莎蒙德。好在他绝对不是一个嫉妒的丈夫,他宁可把那位浅薄无聊的年轻人丢给妻子,也不愿亲自奉陪。

一天晚上,那位贵客前往洛姆福德探望驻扎在那里的几个军官朋友,他走后,罗莎蒙德对丈夫说:"我希望你在吃饭时,跟上尉多谈谈。你有时对他爱理不理的,你的眼睛朝着他,可是好像没有看见他,倒是在研究他脑壳背后藏着什么。"

"亲爱的罗莎,请原谅,我不想跟这么一头自命不凡的蠢驴打交道,"利德盖特毫不客气地回答,"要是他打破了脑袋,我也许还有兴趣,可以看看它里边装着什么,否则我不想睬他。"

"我真不明白,为什么你这么瞧不起你的堂兄。"罗莎蒙德说,口气显得温和而认真,又有一点鄙夷的意味,手指在活计上来回移动着。

"你不妨问问拉迪斯拉夫,你的上尉是不是他遇见过的最讨厌的人。从他来了以后,拉迪斯拉夫几乎不再上门了。"

罗莎蒙德心想,她完全明白为什么拉迪斯拉夫先生不喜欢上尉,因为他吃醋了,可是她巴不得他吃醋呢。

"谁也说不清楚,那些怪人爱好什么,"她答道,"但是在我看来,利德盖特上尉是地地道道的绅士,我认为,哪怕看在高德温爵士面上,你也不该对他这么冷淡。"

"是这样,亲爱的,但我们已经为他举办了宴会。他可以爱来就来,爱去就去,随他高兴。他并不需要我。"

"然而他在家里的时候,你应该对他亲热一些。他可能不是你说的那种聪明的凤凰,他的职业跟你的不同,但你跟他多谈一些他熟悉的事,这样更好。我认为,他的谈话是十分风趣的。不管怎样,他不是一个不顾廉耻的人。"

"实际就是你要我对他亲热一些,罗莎。"利德盖特无可奈何地咕哝道,脸上的笑容非常勉强,当然更谈不到愉快了。罗莎蒙德不再做声,也不再发笑,但嘴角上那几条可爱的弧线依然显得温情脉脉,似笑非笑。

利德盖特那些话像伤心的里程碑,标明他离他过去梦想的天地已多么遥远,在那个梦境中,罗莎蒙德是完美的女性的化身,对丈夫百依百顺,像一条千娇百媚的美人鱼,整天打扮得花枝招展,为他一个人唱歌,让他的伟大智慧得到休息。他开始看到,他所幻想的崇拜和她对才能的向往是两回事,后者只是因为才能可以带来富贵荣华,它是挂在纽扣洞上的勋章,或者姓名前的荣誉称号。

可想而知,罗莎蒙德也离开了她原来的立足点,她本来觉得,内德·普利姆但尔先生不知所云的谈话枯燥乏味,毫无意思,现在却发现,从大多数人说来,他们的愚蠢确实叫人无法忍受,但也有一种完全可以接受的愚蠢。要不是这样,请问,社会纽带还怎么维持呢?利德盖特上尉的愚蠢便能发出美妙的香味,带有一定的"风度"和铿锵悦耳的声调,何况它与高德温爵士有着密不可分的联系。罗莎蒙德觉得,这种愚蠢是非常可爱的,也理解它的许多妙处。

我们知道,罗莎蒙德喜欢骑马,因此,在利德盖特上尉到来之后,她的兴趣重新抬头是不足为奇的。上尉吩咐他的马夫带来了两匹马,寄养在绿龙酒家。他请罗莎蒙德骑一匹灰色马,他担保那匹马性子温和,是专供妇女骑的。这话不错,它是他替他妹妹买的,现在正预备带往夸林汉姆。罗莎蒙德第一次外出,没有告诉丈夫,又在他之前回到了家中。但是这次骑马,一切十分顺利,她宣称,她的感觉非常良好,因此她事后向丈夫谈起它的时候,完全相信他会同意她继续骑马出游。

事实却相反,利德盖特大为恼火,他简直不明白,她怎么可以冒这种危险,这匹马是陌生的,而且她事前也不跟他商量一下。他在惊讶之余,几乎大发雷霆,这对罗莎蒙德自然是不祥之兆。但火气过去以后,他沉默了几分钟。

"然而你总算平安回家了,"他最后说,口气很坚决,"你不能再去,罗莎,这是明摆着的。哪怕是世界上最文静、最温驯的马,也难保不发生意外。你知道,正因为这个缘故,我才希望你不再骑我们的花斑马的。"

"但是在家里也可能发生意外,泰第乌斯。"

"亲爱的,不要强词夺理,"利德盖特说,用的是恳求的口气,"要知道,你应该听我的话。我叫你不要再去,你就不要再去。"

这是晚餐前,罗莎蒙德正在梳理头发,她的脸照在镜子里,还是那么可爱,没有一点变化,只是现在那长长的脖颈有点扭在一边。利德盖特把手插进口袋,踱来踱去,这时在她背后站住,仿佛等她作出保证。

"亲爱的,请你把我的发辫缚在头顶上。"罗莎蒙德说,轻轻叹了口气,垂下了手臂,使一个丈夫不好意思再无动于衷地站在一边上。以前利德盖特也常常替她系辫子,他的手指生得细长美好,正适合干这种灵巧的活儿。他把那些柔软的发辫盘在头顶,系在一只高高的梳子上(男人竟能发挥这样的妙用!)。这时,那漂亮的颈项,连同它那可爱的曲线,全都显露在他的眼前,他除了吻它,还能怎样呢?但是哪怕我们做的只是以前做过的事,情况往往不同。利德盖特仍在生气,没有忘记他的立场。

"我要告诉上尉,他应该懂事一些,不要再怂恿你骑他的马。"他临走前说。

"请你千万别这么做,泰第乌斯,"罗莎蒙德说,眼睛望着他,口气显得比平时郑重,"你这么对待我,好像我是小孩子似的。请你答应我,不要过问这事,我自己会处理的。"

她的反对似乎有些道理。利德盖特不得不同意,说道:"好吧,那就这样。"因此,谈话的结果是他向罗莎蒙德作出保证,不是她向他作出保证。

事实上,她已经决定不照他的话办。罗莎蒙德掌握着稳操左券的固执,她不必浪费口舌,作轻率的反抗。她喜欢做的事,在她看来就是正确的,她会运用她的全部聪明才智实现这个目标。她决定继续骑灰色马出外兜风,第二次利用了丈夫外出的机会。她打算暂时瞒着他,直等这事对她已无足轻重时,才向他摊牌。骑马是她心爱的活动,何况骑的又是一匹使她得意扬扬的骏马,身旁有利德盖特上尉,高德温爵士的公子,他也骑着一匹骏马;她与他并辔而行,出现在众人面前,这诱惑实在太大了,只要不给丈夫看到,这简直跟她婚前的梦想一样美妙。再说,她这么做是为了增进与夸林汉姆那家人家的情谊,这自然是聪明而必要的步骤。

但是温驯的灰色马经过哈尔赛尔树林时,正好有人在砍伐木材,一棵大树出其不意地倒下,马一惊,立刻向前飞奔,把罗莎蒙德也吓得大惊失色,这样终于造成了她的流产。利德盖特没法向她发泄愤怒,但对上尉确实毫不留情,他的拜访自然也随之宣告结束了。

以后每逢谈到这事,罗莎蒙德总是不动声色地坚持,那次骑马并无妨碍,哪怕她待在家里,同样的征兆照样会出现,引起同样的后果,因为那以前她早有预感。

利德盖特只得说:"亲爱的,这太不幸了!"但他不免暗暗纳闷,这么温柔的一个女子怎么会这么顽固,执迷不悟。一种使他惊愕的感觉逐渐在他心中形成了,那就是他对罗莎蒙德无能为力。他的渊博知识和深刻思想,非但与他想象的不同,不能在一切场合成为指导力量,而且遇到实际问题,往往给撇在一边。他一向认为,罗莎蒙德的聪明在于善于采纳忠告,这是妇女应有的品德。现在他却开始发现,这种聪明是怎么回事,它好像钻在一只封口的网袋里,你抓不住它,它也不接受你的约束。没有人比罗莎蒙德更机灵,在追逐她的爱好和利益的道路上,她一眼就能发现,她可以依靠什么达到什么目的。她清楚地看出了利德盖特在米德尔马契社会中的优异地位,她还发挥自己的想象力,进一步察觉到了他的才能一旦使他出人头地,可以带来多么美好的社会效果。但是对她说来,他在职业上和科学上的远大抱负,跟她所期待的这些效果毫无关系,它们可以说只是一种难闻的油脂,是无意之中偶然碰到的。对于油脂,她自然一窍不通,但是除了它,在其他一切方面,她都相信自己的看法,不相信他的。利德盖特感到惊异,他发觉,在无数小事上,正如在最近这次严重的骑马事故中,感情并没有使她接受他的意见。他毫不怀疑,她对他是有感情的,他也找不到任何迹象,说明他干过什么引起她不快的事。至于他本人,他对自己说,他还像以往一样体贴她,爱她,可以容忍她的一切错误。但是,唉!利德盖特异常苦闷,他觉得一些新的因素已在他的生活中形成,它们使他厌恶,仿佛一个人一向呼吸着最新鲜的空气,在最清洁的水中游泳,追求着光辉灿烂的目标,现在却看到一股污浊的泥水在他身旁出现了。

不久,罗莎蒙德便复原了,在她的针线台旁边变得比过去更可爱了。她坐着父亲的敞篷马车出外兜风,幻想着夸林汉姆可能发来的请柬。她知道,她在那儿的客厅里,可以成为最精致的装饰品,远远超过那个家庭里的任何一个女儿;她也明白,那些先生们全都意识到了这点,只是也许她还没充分认识到,那些名门淑女是不愿意别人超过自己的。

现在利德盖特已不必再为她操心,又陷入了他的所谓沉闷状态——这是她在心中给这种状态起的名称,它包括他全神贯注从事的一切活动,只有跟她在一起的时间不算在内。有时他还显得愁眉不展,厌恶一切日常事务,好像它们都含有苦味,实际这是表示他心情烦躁、惶惶不安的晴雨计。这种心情有各种原因,有一个原因他却是出于好意,作了错误的估计,才不愿向罗莎蒙德提起,免得影响她的健康和精神。其实在他和她之间,彼此的思想早已走上不同的轨道,显然,这是哪怕在两个仍然互相关心的人之间也可能发生的。在利德盖特看来,他已经浪费了一月又一月的光阴,把他最美好的意愿,最充沛的精力,大部分牺牲在对罗莎蒙德的温情中了。他必须耐着性子,容忍她那些毫无意义的要求和干扰,尤其是他必须装出笑脸,丢开越来越渺茫的理想,面对她那颗空虚的、麻木不仁的、肤浅的心,为她牺牲他在职业上、在科学研究上的雄心壮志,那种较少个人色彩的目标,而他本来以为,这种雄心壮志必然会得到一位理想的妻子的尊重,被她看作神圣的事物,尽管她对这种事物一点也不理解。但是他的容忍是与一种对自己的不满混合在一起的,因为如果我们坦率一些,我们都会承认,我们不如意的时候所感到的痛苦,大多来自这种对自己的不满,不论妻子或丈夫莫不如此。如果我们强大一些,环境对我们的作用就弱一些,这始终是真理。不过利德盖特心中明白,他对罗莎蒙德的让步,往往不仅仅是由于缺乏坚定的决心,也不是由于与我们生活中日常部分脱节的热忱,往往会遭到另一种情绪的侵袭,终于陷入麻痹状态。利德盖特的热忱始终面临的压力,不是单纯的忧郁,还有一件使他抬不起头的琐事,它露出嘲笑,面对着他一切崇高的努力,仿佛要把它们统统扼杀似的。

这件琐事,他一直不敢向罗莎蒙德提起。他有些惊奇,但他相信,它从未进入过她的头脑,尽管这是明摆着的、不难理解的事实。它有明显的迹象,完全可以推想得到,连漠不关心的旁观者也一目了然,那就是利德盖特背了债。他忧虑重重,不能不时常想到,他正在一天天越来越深地陷入那个泥坑。它表面上覆盖着美丽的花草,引诱人向它走去。可是多么奇怪,一个人一旦进入那里,不用多久,就会把整个身子陷在里边。这时,哪怕他怀着一个有关全人类的计划,他也由不得自己,只能主要考虑还债的问题。

十八个月以前,利德盖特也没有钱,但他对一些零星收入从不计较,相反,有人为了几个钱,不惜卑躬屈膝,还引起他极大的鄙视。现在他却体验到了比单纯的亏空更糟的事。他成了这么一个人,这个人在庸俗的可憎的考验面前,为了贪图安乐,买进了大量本来可以不需要的物品,可是又无力还账,而付账的日期已近在眉睫。

怎么造成这种状况,这是不太懂得数学或物价的人,也不难明白的。一个人在布置一个家,准备结婚的时候,发现家具和其他装修费用,比他能够支付的钱,多出了四百至五百镑;到了一年以后,他又发现,他的家庭开支,包括养马等等在内,达到将近一千英镑,而他行医的收入,根据过去的账簿原来估计有八百镑一年,现在它却像夏天的池塘,降低到了几乎不到五百镑,而且大多是赊账,那么结论很清楚,不论他在不在意,他是负债了。那时不像今天,花费不大,外省生活还比较省俭,但是一个医生刚买下别人的业务,又认为自己必须有两匹马,饮食必须丰盛,还要付人寿保险,为住宅和花园付高额租金,他马上就会发现,他的支出超过了收入一倍,这是任何人只要对这些细节稍加考虑,就可以想象得到的。罗莎蒙德从小过惯了奢侈的生活,认为幸福的家庭就在于能够得到一切最好的享受,其他都是"次要的"。利德盖特呢,他认为"任何事既然要办,就该办得像个样子",他不能想象别的生活方式。如果家庭开支的每个项目,事前向他征求意见,他也许会说:"这算不得什么";如果有人建议他节省某一用途,例如,用便宜的鱼代替珍贵的鱼,他会觉得这是斤斤计较,贪小便宜。罗莎蒙德哪怕在利德盖特上尉没有来的时候,也喜欢举办宴会,利德盖特虽然常常认为这些客人讨厌,却从不干涉。交际应酬似乎是职业上谨慎周到的必要部分,摆酒请客自然符合这个原则。确实,利德盖特时常出入穷苦人家,懂得按照他们的支付能力开药方,但是,唉!难道就因为这样,事情便有所不同吗?我们知道,人的体验往往包含许多不同的范畴,它们不相为谋,也从没有人想把它们互相比较。支出正如丑陋和错误一样,一旦跟我们自身联系起来,就会出现新的面貌,衡量它时,总要从我们与别人的巨大差异着眼,而这种差异在我们的感觉中是十分显著的。利德盖特相信他从不讲究衣着,他也鄙视那些服饰华丽的纨绔之徒,可是在他看来,他拥有大量新衣服——它们自然是成批定制的——却是理所当然的。我们应该记得,在这以前,他从没感到过债务缠身的压力,我行我素,也不需要自我批评。但是现在压力降临了。

正因为这是从未有过的事,才更令人愤慨。他感到惊讶,也感到厌恶,没想到这种与他的志趣格格不入,与他孜孜不倦从事的工作背道而驰的不利条件,竟会在不知不觉中潜入他的身边,捆住了他的手脚。而且不仅眼前他已债台高筑,毫无疑问,长此以往,他的债还会越积越多。布拉辛有两个家具商,他们的账单是他结婚前已经欠下的,婚后,没有预计到的日常开支使他一直未能付清这些账,现在他们一再来信催讨,对他很不客气,使他不能不引起重视。这种事,别人遇到了也许不以为意,利德盖特却觉得是奇耻大辱,因为他一向自视甚高,从来不屑向别人哀求,或者得到任何人的恩惠。在银钱问题上,他甚至不愿向文西先生求情,指望他的接济,除非万不得已,他决不向岳父开口;何况结婚以后,他已从各种曲折的渠道了解到,文西先生的买卖也并不兴旺,要想从他得到支援是难免落空的。有些人很容易把希望寄托在亲友身上,利德盖特前半辈子从没感到有这必要,他简直没有想过他需要借钱,但现在这个思想进入了他的头脑,不过他还是觉得,任何其他困难都比这好受一些。然而他没有钱,也没有希望得到钱,而他的业务依然如故,毫无起色。

这样,在过去几个月中,利德盖特无法掩饰内心苦闷的各种表现,是毫不奇怪的。现在罗莎蒙德既已复原,又变得容光焕发,他琢磨不如把他的困难全部告诉她。对商人账单的新认识,也促使他的理智走上了新的比较对照的轨道：他开始从新的观点出发，考虑购置物品的必要或不必要，并看到必须对生活方式作一些改变。要实行这种改变，怎么能不取得罗莎蒙德的同意？而且这时出现了一个紧急情况，使他不能不立即向她公开不愉快的事实。

由于没有钱，利德盖特暗中打听，处在他这种地位，可以靠什么作抵押。他向一个比较客气的债主答应提供他能办到的可靠抵押品，那人是银匠和首饰商，他同意把家具商的账也划归他负责，根据一定的条件收取利息。那必要的担保就是利德盖特家中整套家具的卖契，它可以使债主放心，在一定时期内不致再为不到四百镑的欠款前来索债。为了减少一些数目，银匠多佛先生愿意收回一部分餐具和任何其他物品，只要它们仍完好如新。所谓"任何其他物品"，自然巧妙地把珠宝也包括在内了，尤其是几件价值三十镑的紫水晶首饰，那是利德盖特送给新娘的礼物。

赠送这些礼品是否明智，大家的意见可能不同，有人也许认为，这是利德盖特这样的人理该表示的敬意，后来造成麻烦，那是由于当时外省生活过于贫困拮据，对那些财产有限的自由职业者不能提供跟他们趣味相当的收入，也由于利德盖特过于洁身自好，不肯向亲友要求接济。

然而在当时，他确实没有把这当一回事。那天早上，他最后决定买下那套餐具的时候，看到了一些价值昂贵的珠宝，他想他欠的账虽然还不知道准确的数目，但增加三十镑谅也无妨，反正不必马上付款，何况这些首饰戴在罗莎蒙德的脖颈和手臂上，一定非常相配。到了目前这个危急关头，利德盖特的想象力，自然难免接触到让这些紫水晶重返多佛先生店堂的可能性，尽管想到要向罗莎蒙德提出这要求，他仍不免惴惴不安。但他既已恢复了清醒的头脑，看到了他从未看到的后果，他便决心根据这个认识，凭他进行科学实验的严格态度（当然只是一部分），贯彻他的行动。从布拉辛回家时，他骑在马上，一直在为这种严格精神打气鼓劲，盘算着应该向罗莎蒙德采取的谈话方式。

他到家时已经傍晚。这个年方二十九岁、具有许多才能的坚强的人，现在变得愁眉苦脸了。他没有在心里骂自己犯了大错误，但错误仍在他身上发挥作用,它像诊断清楚的慢性病,把不舒服的感觉强行渗入了他展望的一切前景,削弱了他的每一个思想。在他沿着过道,前往会客室的时候,他听到了钢琴声和歌声。不用说,拉迪斯拉夫在那里。威尔跟多萝西娅告别已经几个星期,然而他仍留在米德尔马契担任原来的职务。一般说,利德盖特并不反对拉迪斯拉夫前来串门,但现在他发现家中来了外人,有些不耐烦。他开门时,两人的歌声正向主音发展,他们抬起眼睛,看了看他,但没有因为他进屋而中断。可怜的利德盖特正给生活的重担压得透不出气,这时看到两个人在他面前咿咿呀呀,确实不是滋味,他的头脑里只觉得痛苦的日子还在前头。他的脸本来已比平时苍白,现在更变得怒气冲冲,他穿过屋子,一屁股坐在一张椅子上。

两个唱歌的人觉得自己并没有错,他们只有三个小节便完了,现在转过了身来。

"你好,利德盖特。"威尔说,上前跟他握手。

利德盖特握了手,但觉得没有必要开口。

"你吃过饭没有,泰第乌斯?我没想到你回家这么迟。"罗莎蒙德说,她已看到,她的丈夫正处在一种可怕的情绪中。她讲话时,在她平时坐的地方坐下了。

"我吃过了。我想喝一点茶。"利德盖特简单地说,还是皱着眉头,眼睛只是注视着自己两条伸在面前的腿。

威尔很机灵,自然懂得这一切。"我走了。"他说,一边去拿帽子。

"茶就来了,"罗莎蒙德说,"别忙着走。"

"谢谢,利德盖特心里烦躁。"威尔说,他比罗莎蒙德更理解利德盖特,对他的态度并不计较,一下子就想到,他大概在外面受了气。

"那就更需要你待在这儿,"罗莎蒙德说,有些开玩笑似的,口气也特别轻松,"他会一个晚上都不理睬我呢。"

"不,罗莎蒙德,哪儿的话,"利德盖特说,用的是强有力的男中音,"我有重要的事想跟你谈。"

这样的开场白跟利德盖特原来的打算一点不像,但是她那种满不在乎的态度实在太气人了。

"可不是！你瞧,"威尔说,"我得去讨论技工协会①的事呢。再见。"他很快走出了屋子。

罗莎蒙德没有看丈夫,只是随即站起身子,在茶盘面前坐下。她在想,她从没看到他这么不惹人喜爱。利德盖特把乌溜溜的眼珠转过去,瞧她怎样用那双十指尖尖的手,灵活地摆弄茶具,怎样一眼不眨地望着鼻子底下,脸上的肌肉纹丝儿不动,然而她的神情中包含着一种不容抹煞的意思,那就是对一切粗暴态度的抗议。他从仙女似的外形上,看到了女性冷若冰霜的新表现,不禁万感交集,一时间忘记了心头的创伤,而这种仙女似的外形,有一个时期在他眼里,正是聪明伶俐、感情丰富的标志。他瞅着罗莎蒙德,头脑中突然出现了琭尔的形象,暗暗问自己:"她会不会因为我使她厌烦,杀死我呢？"接着又想:"一切女人都是这样的。"但是人类这种得天独厚的概括能力,只是使他比不能说话的动物更容易作出错误的判断,它立即给利德盖特的回忆否定了,他想起了另一个女人,她的行为留给了他惊奇的印象,那就是多萝西娅。利德盖特记得他开始给卡苏朋先生看病时,她的神色和声调中流露的对丈夫的深厚感情,记得她怎样伤心啼泣,要求他告诉她,怎样才能最好地安慰那个人,为了这个人,她似乎可以放弃自己的一切需要,她所念念不忘的只是对他的忠诚和同情。在沏茶的短短时间里,这些印象又在利德盖特心头复活了,它们像梦一般匆匆而过,接连不断。最后,在这种幻觉中,他合上了眼睛,仿佛又听到了多萝西娅的声音:"告诉我,我该怎么办。他勤奋工作了一生,怀着一个目标。其他一切,他什么也不考虑。我也什么都不考虑……"

那个心灵深沉的女人的声音一直留在他的脑海中,它像潜伏在人们身上的一种可以统辖全局的精神力量(不是有一种精神能激发人的崇高感情,左右人的心灵和它的判断吗？),到了一定的时刻便会醒来,给人以各种启示。现在那声音像仙乐一样,带着他离开了眼前的一切——他确实暂时沉浸在梦中了,最后才听到了罗莎蒙德那清脆而不

---

① 这是十九世纪二十年代开始在英国出现的一种工人组织,目的是对工人进行技术和文化教育,与讲习所类似。

带感情的声音:"泰第乌斯,这是你的茶。"她把它放在他旁边的小桌上,然后又走回原来的座位,没有看他一眼。利德盖特认为她麻木不仁,这个结论未免下得快了一些。她也相当敏感,也能产生持久的印象,只是她有她自己的思想方式。她现在的印象便是她受了欺侮,她要反抗。但是罗莎蒙德不会怒形于色,也从来不会提高嗓门;她有充分把握,决不会给人抓住把柄,贻人口实。

也许,利德盖特和她以前从没感到,彼此相隔这么遥远。但是他没有任何理由再拖延不决,事实上,他刚才那句突如其来的话,已经拉开了这场谈话的序幕。促使他过早说出那句话的原因,是他感到气愤,不允许她对他漠不关心,尽管这种气恼也跟痛苦结合在一起,因为他想到,她听到这消息会多么伤心,他也很难过。但是他等待收走茶盘,点上蜡烛,沉静的夜晚对他更为合适,然而这一段时间又使已被驱逐的温情回到了原来的轨道上。他还是用亲切的口气开始了谈话。

"亲爱的罗莎,把活计放下,坐到我身边来。"他温和地说,推开桌子,伸出手臂,把一张椅子拉到了身边。

罗莎蒙德服从了。她穿一身半透明的淡色薄纱衣服,使她那苗条而又丰满的身材更显得婀娜多姿。她走过去,坐在他旁边,一只手搭在他的椅子扶手上,最后望了望他,遇到了他的眼睛。她那娇嫩的脖颈和面颊,那轮廓鲜明的嘴唇,似乎从来没有这么明净美丽,光彩夺目,就像明媚的春光,初生的婴儿,以及一切清新可爱的事物给我们的感觉一样。现在它们也感染了利德盖特,把他早期对她的爱,注入了这次深刻的危机引起的其他一切回忆中。他把他的大手温柔地按在她的手上,说道:

"亲爱的!"那声音委婉动人,饱含着感情。同样的过去也还活跃在罗莎蒙德心头,她的丈夫在一定程度上仍是原来那个利德盖特,他的赞美便是她的欢乐。她把他的头发从他额上轻轻掠开,然后用另一只手按在他的手上,这是表示她宽恕了他。

"我不得不告诉你一件事,它一定使你很伤心,罗莎。但有些事,丈夫和妻子是必须共同考虑的。我想,你大概已经看到,我亏空了钱。"

利德盖特停了一会儿,但罗莎蒙德扭转了头,望着壁炉架上的一只花瓶。

"我们结婚以前不得不买的一些东西,我当时无法把钱全部付清,那以后,又有各种开销是非付不可的。结果我在布拉辛欠了一大笔债,总数三百八十镑,这笔钱已经向我催了好久。事实上,我们的债正越积越多,因为人们不会由于别人向我讨债,便把欠我的钱早一点给我。前一段你身体不好,我不想把这事告诉你。但是现在我们必须一起商量了,你应该帮助我才是。"

"泰第乌斯,我有什么办法呢?"罗莎蒙德说,重又把眼睛转向了他。这简单的几个字,像其他许多话一样,由于语气的不同,可以表达各种不同的心情,从无能为力的惶惑到明确无误的拒绝,从同甘共苦的友好精神到隔岸观火的冷漠态度,都包括在内。目前罗莎蒙德那若无其事的口气,使"我有什么办法"这句话,具有了不关痛痒、无动于衷的意思。它像一块冰落在利德盖特火热的心上。但是他没有发怒,他太悲痛了,只觉得心在往下沉。等他重新开始时,那口气就像一个人在被迫完成自己的任务。

"现在我必须通知你,我不得不暂时提供抵押品,有一个人要来查点家具,开列清单。"

罗莎蒙德顿时变了脸色,等她能够开口时,她说道:"你没有去向爸爸借钱?"

"没有。"

"那么我去找他!"她说,抽回了自己的手,站起身子,立在离他两码远的地方。

"不成,罗莎,"利德盖特坚决地说,"现在那么做已经太迟。明天就要开列清单了。要知道,那只是一种担保,没有什么危害,这是临时措施。我还是坚持,不要让你的父亲知道,等我觉得有必要的时候,我会告诉他。"利德盖特最后说,口气斩钉截铁,更加坚定。

这当然不是和善的态度,但是罗莎蒙德使他看到了不祥的预兆:她会不顾他的制止,自己另搞一套。然而这种不和善,在她看来是不可原谅的;她没有哭,也没有反对,只是她的下巴和嘴唇开始哆嗦,眼泪涌了上来。这时利德盖特正处在双重的压力下：外界有物质上的困难，内心则对屈辱的后果充满着高傲的反抗，在这种情形下，他也许不可能充分体会，这突然的考验对一个年轻女子意味着什么，这个女子从小娇生惯养，她的梦想只是得到更多的欢乐，满足她的各种爱好。但是他愿意尽量不使她难过，她的眼泪刺痛了他的心。他一时不再说话，然而罗莎蒙德没有只顾哭泣，她竭力克制自己的烦恼，擦干了眼泪，继续望着面前的壁炉架。

"不要伤心，亲爱的，"利德盖特说，抬起头望着她。在她心烦意乱的这个时刻，她却宁可离开他，站在一边，这使他觉得什么话都很难说，只是他绝对必须说下去，"我们应该鼓起勇气，采取一切必要的措施。这件事都要怪我，我应该早就看到，我过不起这样阔绰的生活。我的业务又出现了许多对我不利的变化，它每况愈下，现在确实已到了低潮。我能重整旗鼓，但是眼前我们必须紧缩开支——必须改变我们的生活方式。我们要顶得住风浪。等我办好这份抵押契据以后，我就有时间来考虑一切了。你是个聪明人，只要你用心管理好这个家，便可以使我谨慎一些，不致越出轨道。我在银钱账目上一向粗心大意，大手大脚……但是事情已经这样，亲爱的，坐下，宽恕我吧。"

利德盖特不得不低头认错，他像一只套上颈轭的牲口，有利爪，但是也有理性，而理性常常使我们适可而止。等他用恳求的口气讲完最后那句话，罗莎蒙德回到了他身边，坐在椅上。他的自我责备给了她一线希望，觉得他还可能听取她的意见，于是她开口道：

"清点家具的事为什么不能推迟一些？明天那些人来的时候，你可以打发他们回去。"

"我不想打发他们回去。"利德盖特说，专断的态度又抬头了。解释有什么用呢？

"如果我们离开米德尔马契，家具当然得出售，那就显得很自然了。"

"可是我们并不想离开米德尔马契呀。"

"但我相信，泰第乌斯，这么做好得多。为什么我们不能迁居伦敦？或者住在达勒姆附近，在那儿你的家是很有声望的。"

"我们没有钱,哪儿也去不了,罗莎蒙德。"

"你的亲族是不会让你没有钱的。我相信,只要你向那些讨厌的商人提出恰当的说明,他们可以理解这点,也就不会催你还账了。"

"这是痴心妄想,罗莎蒙德,"利德盖特气呼呼地说,"有些问题你不懂,你就应该接受我的决定。我已经做了必要的安排,它们必须付诸实施。至于那些亲戚,我对他们不抱任何希望,也不会向他们恳求什么。"

罗莎蒙德坐在那里,一动不动。她心里在想,早知道利德盖特是这么一个货色,她决不嫁给他。

"我们现在不能为不必要的话浪费时间,亲爱的,"利德盖特说,又尽量恢复了温和的口气,"还有一些细节我得跟你商量。多佛说,他愿意收回大部分餐具,以及我们肯放弃的任何首饰。他的态度确实不错。"

"那么我们今后不用汤匙和刀叉吗?"罗莎蒙德说,她的话有气无力,似乎连嘴唇也张不开了。她决心不再作任何反抗,也不再提任何建议。

"哪儿的话,亲爱的!"利德盖特说,"但是,瞧这儿,"他继续道,从口袋里掏出一张纸,把它打开,"这是多佛的账单。瞧,我标出了一部分物品,如果归还它们,我们就可以减少三十多镑。我没有在任何一件首饰上做记号。"利德盖特确实感到,首饰是个棘手的问题。但是他靠严格的说理克服了悲痛的情绪。他不便向罗莎蒙德提出,她应该归还哪一件他送给她的礼物,但是他对自己说,他必须把多佛的建议告诉她,让她的内心作出相应的决定,事情才可以迎刃而解。

"我看不看都一样,泰第乌斯,"罗莎蒙德说,态度很平静,"你爱退什么就退什么,随你的便。"她根本不屑瞧一眼账单,利德盖特的脸涨得通红,他缩回了手,把账单放在膝上。这时罗莎蒙德静静地走出了屋子,丢下利德盖特无能为力、瞠目结舌地坐在那儿。她不再回来了吗?看来她不愿与他采取同一步调,仿佛他们是两种人,有着相反的利益似的。他把头一仰,咬紧牙关,把两只手深深插进了口袋。他还有科学——还有值得从事的工作。他必须加一把劲,再接再厉干下去,因为其他一切希望都没有了。

但是门开了,罗莎蒙德又走进了屋子。她拿着装紫水晶首饰的皮匣子,还有一只小巧玲珑的篮子,里边是另外几只首饰匣,把它们统统放在她坐过的椅上,用不亢不卑的声调说道:

"这是你给我的全部首饰。你爱退什么就退什么,那些餐具也是这样。你当然明白,明天我不会待在家里。我得到爸爸那儿去。"

在许多妇女看来,利德盖特投向她的目光也许比愤怒更可怕,它包含着一种绝望的情绪,似乎他已承认他无法改变她在他们之间造成的距离。

"你什么时候回来?"他问,口气有些辛酸。

"嗯,晚上。当然我不会向妈妈提这件事。"罗莎蒙德相信,她的行为是无可指责的,没有一个女人比得上她。她走到她的工作台边,坐了下去。利德盖特思索了一两分钟,那结果便是他带着过去的一些感情,说道:

"现在我们已经结婚,罗莎,你不应该在我刚遇到一点困难的时候,就丢下我不管。"

"当然不会,"罗莎蒙德说,"我要尽我的力量,做我认为应该做的一切。"

"把那件事丢给仆人们,或者要我跟他们讲明情况,这未必合适。我明天非得出门不可,而且恐怕还很早。我理解你的心情,这些金钱上的事使你感到委屈。但是,亲爱的罗莎蒙德,在尊严问题上,我跟你同样敏感,我觉得,这类事还是亲自处理为好,应该尽量不让仆人知道。你是我的妻子,我有了丢脸的事——如果这算得丢脸的话——你应该帮我一起解决。"

罗莎蒙德没有马上回答,但最后她说:"很好,那我就待在家里。"

"我不想动这些首饰,罗莎,你把它们拿回去吧。但是我得把我们可以退的餐具开一张清单,包扎好以后立刻送回去。"

"那样仆人还是会知道的。"罗莎蒙德说,带有一点揶揄的口气。

"算了,我们不得不应付一些不愉快的变故,这是没有办法的。呀,墨水在哪里?"利德盖特说,站了起来,把账单扔在一张大桌子上,预备在那儿写清单。

罗莎蒙德去拿了墨水,放在桌上,便打算走了,这时利德盖特正好站在她旁边,用一条胳臂搂住她,把她拉到身边,说道:

"来,亲爱的,让我们不要灰心失望。我相信,我们的困难只是暂时的,是不得已的。吻我一下。"

他天生的同情心,发挥了极大的抑制作用。丈夫设身处地替妻子着想,承认一个没有经验的女孩子由于嫁给他,陷入了不愉快的境地,这是他应有的勇气。她接受了他的亲吻,也勉强做了回答,这样,他们暂时又恢复了表面上的和谐。但是利德盖特不能不怀着惴惴不安的心情看到,将来在家庭开支和彻底改变他们的生活方式方面,他们必然还会发生争执。

第五十九章

> 人们从前说,灵魂具有人的形态,
> 只是比它的肉身小一些,灵巧一些,
> 它随时会走出躯体散散心。
> 现在瞧!在她天使般的脸庞旁边,
> 一个精灵张开苍白的嘴唇,
> 对着她的小耳朵发出了怂恿的低语。

消息的传播往往出人意料,十分迅速,正如蜜蜂嗡嗡叫,到处寻找它们的琼浆玉液,无意之间却把花粉带到了各处。这个恰当的比喻可以用在弗莱德·文西身上,那天傍晚,他上洛伊克牧师府,听到几位妇女在热烈讨论一则新闻,那是她们的老用人从坦特莉普那儿听到的。消息说,卡苏朋先生死前不久,干了一件奇怪的事,在遗嘱的附录里提到了拉迪斯拉夫先生。威妮弗莱德小姐还吃了一惊,发现她的兄弟早已知道此事,因此认为卡姆登实在叫人捉摸不透,他知道的消息比他告诉她们的多得多。于是玛丽·高思说,那份附录也许是为了要发挥蜘蛛网的作用,但威妮弗莱德小姐坚决不同意这看法。费厄布拉泽老太太认为,最近拉迪斯拉夫先生只到洛伊克来过一次,这可能跟那个消息有关。诺布尔小姐则一声不吭,只是像猫叫一样发出了几声同情的叹息。

弗莱德跟拉迪斯拉夫和卡苏朋家不熟,听过也就算了,再也没想起那些议论。但是有一天,他母亲要他顺路给罗莎蒙德捎个信,他到她家时,正好看到拉迪斯拉夫出来。罗莎蒙德结婚以后,跟她那些怄气的弟兄已经没有什么好争吵,尤其现在,弗莱德采取了她所谓愚蠢的,甚至不可饶恕的一步,放弃了教会工作,甘心在高思先生手下办事,她更觉得与他没有共同的语言了。因此弗莱德宁可讲一些他认为不相干的事,他"顺便提到了那个小拉迪斯拉夫",谈了他在洛伊克牧师府听到的消息。

再说,利德盖特也像费厄布拉泽先生一样,知道的比他讲的多得多。有一次他还捉摸过威尔和多萝西娅的关系,他的猜测甚至超过了事实。他想象双方都有了情意,这使他觉得事关重大,不宜随口乱说。他记得,他提到卡苏朋夫人时,威尔怎样神经过敏,因此更加小心翼翼。总之,他的推想,加上他所知道的事实,增进了他对拉迪斯拉夫的友谊和同情,也使他理解了他为什么犹豫不决,口说要离开米德尔马契,却一直不走。但是利德盖特始终不愿把这事告诉罗莎蒙德,这说明他们两人实际已经同床异梦,何况他确实不相信她会对威尔保守秘密。在这一点上,他是对的,只是他还不理解那种心理状态,不明白她为什么欲罢不能,非讲不可。

她把弗莱德带来的新闻搬给利德盖特听以后,他说:"注意,不要向拉迪斯拉夫泄漏一点风声,罗莎。他会跟你大吵大闹,认为你侮辱了他。毫无疑问,这是一件使他痛苦的事。"

罗莎蒙德把头一扭,摸摸她的头发,露出根本不屑管这闲事的神情。但是下一次威尔来时,利德盖特恰巧不在,她便装出一副调皮的样子,说她明白,为什么他吓唬他们要上伦敦,可又始终不走。

"我知道原因,有人给我通风报信呢,"她说,把她正在做的活计,举在灵活的手指中间,一边侧转了头,装出娇滴滴的神气,"这一带有一块强大的磁石把你吸住了。"

"对,真有这么一块磁石。这件事只有你知道得最清楚。"威尔说,带有一些男女调情的意味,但心里已差点要冒火了。

"那真是一件令人陶醉的风流韵事,它引起了卡苏朋先生的妒意,预见到他死了以后,他的夫人一定非这位先生不嫁,这位先生也非她不娶,于是他定下计策,要破坏这桩美满姻缘,规定她如果嫁给这位先生,就要失去她继承的财产……至于后事如何,还得下回分解,不过我相信,这结局一定香艳曲折,引人入胜。"

"我的老天爷!你在胡诌什么?"威尔说,他好像挨了当头一棒,大惊失色,整个脸一直红到了耳朵根上,"不要开玩笑,告诉我这是什么意思。"

"你真的不知道?"罗莎蒙德说,不再嬉皮笑脸,但心里痒痒的,只想把全部事实统统告诉他,好让他大吃一惊。

"不知道!"他回答,已有些不耐烦。

"你不知道卡苏朋先生在遗嘱中规定,如果卡苏朋夫人嫁给你,她就得失去全部财产?"

"你怎么知道这是真的?"威尔焦急地问。

"我的哥哥弗莱德在费厄布拉泽先生家里听到的。"

威尔从椅上一跃而起,去拿帽子。

"我相信,她宁可放弃她的财产。"罗莎蒙德说,从远处望着他。

"请你不要再讲了,"威尔说,声音变得嘶哑低沉,跟他平时那种轻快的口吻完全不同,"那是对她和我的莫大侮辱。"然后他又茫然若失地坐下,望着前面,可什么也没看到。

"现在你在生我的气了,"罗莎蒙德说,"想不到你会恨我,这太没意思了。我告诉了你这消息,你应该感激我才是。"

"我很感激你。"威尔说,声音粗鲁,显得心不在焉,像一个人在梦中回答问题似的。

"我希望听到你们结婚的消息。"罗莎蒙德调笑地说。

"永远不可能!你永远听不到这消息!"

怒气冲冲地说完这句话,威尔立即站起身,跟罗莎蒙德握了手,依然带着梦游病人的神气,走出了屋子。

他走后,罗莎蒙德也站了起来,走到屋子另一头,靠在那儿的一只柜子上,没精打采地望着窗外。她感到百无聊赖,郁郁不乐,这种情绪在女人心中会逐渐转化为一种无关紧要的嫉妒,它没有具体的目标,也没有深厚的感情基础,只是总觉得不称心,不如意,可又不知道究竟要得到什么,然而它却可以使人做出一些不该做的事,说出一些不该说的话。"真的,任何事都不必看得太了不起。"可怜的罗莎蒙德在心里说,想到夸林汉姆那家人家始终没有写信给她。再说,泰第乌斯回到家中,也许又要拿家庭开支来折磨她了。她暗中已违背他的意愿,向父亲要求过帮助,但他终于断然拒绝了,说道:"我自己更需要别人帮忙呢。"

第六十章

动听的话总是值得赞美的。

——夏禄法官[1]

过了不多几天——那时已到了八月底——米德尔马契发生了一件轰动一时的事:有一批家具、藏书、名画,在著名的博思洛普·特朗布尔先生的主持下,当众拍卖,欢迎本地居民前往选购。据传单所说,它们在同类物品中均属首屈一指的精品。这些东西原来属于埃德温·拉彻尔先生所有,现在拿来公开出售,不是表示拉彻尔先生商业上的失败,相反,倒是他的买卖兴旺发达的结果,因为他发了财,在里弗斯顿附近买了一幢大公馆,房屋是矿泉疗养地一位著名医师居住过的,他已把它布置得美轮美奂,不必再增添什么。确实,大幅豪华的人体画挂满了餐厅,害得拉彻尔太太很不自在,直到人家告诉她,这些故事都来自《圣经》,她才心安理得。因此,博思洛普·特朗布尔先生的传单指出,这次拍卖对买主来说,是千载难逢的好机会。特朗布尔先生对艺术发展

---

[1] 莎士比亚戏剧中的人物,这里引用的话见《亨利四世》下篇第三幕第二场。

史了如指掌,他有资格证明,那些毫无保留地①出售的大厅家具,雕刻工细,都出自与吉朋斯②同时的一位名家之手。

当时的米德尔马契,每逢大拍卖便像节日一样。一张桌上放满各色精美冷盘,跟举办豪华的丧事差不多;至于酒类更是应有尽有,大量供应,这结果便是哄抬价格,大量购买不必要的物品。拉彻尔先生的大拍卖更是盛况空前,那天天气晴朗,他的家位于市区的一端,屋后有花园和马厩,前面是米德尔马契的通衢大道,名叫伦敦大街,它也通往新医院和布尔斯特罗德先生那名为灌木别墅的幽静住宅。总之,拍卖场上熙熙攘攘,像集市一般,它把一切空闲的人都吸引到了这儿,有的人只是为了凑热闹,在这里抬高价钱,在他们看来,喊价跟赛马场上的赌博没有什么不同。第二天出售各色精美家具时,几乎"倾城出动",所有的人都来了,甚至圣彼得的教区长锡西格先生也光临过一会儿,想买一只雕花桌子,跟班布里奇先生和霍罗克先生挤在一起。米德尔马契的太太小姐们打扮得花枝招展,她们得到特别优待,团团坐在餐厅的大菜桌周围。博思洛普·特朗布尔先生也在那里,他坐在高凳子上,前面桌上放着一把小木槌。站在后面的一排排人主要是男子,这些脸时常变换,因为他们不断从门里,也从通往草坪的打开的凸肚窗里进进出出。

但是那天的"倾城出动",没有包括布尔斯特罗德先生在内,他身体虚弱,受不了那里的拥挤和沉闷空气。可是布尔斯特罗德太太看中了一幅画,那是《以马忤斯的晚餐》③,据目录上的说明,这是基多④的作品。布尔斯特罗德先生现在已是《先驱报》的股东老板,拍卖前一天,他来到报馆,要求拉迪斯拉夫先生不吝指教,运用他在绘画方面的渊博知识,为布尔斯特罗德太太提供必要的帮助,鉴定那幅名画的价值。彬彬有礼、一丝不苟的银行家最后说:"我知道你即将远行,如果这对你的准备行装不致发生妨碍,务必劳驾到拍卖地点走一趟。"

---

① 指拍卖时不规定出售的最低价格。
② 格林林·吉朋斯(1648—1721),英国雕刻师,曾为伦敦各大教堂雕刻木器等。
③ 以马忤斯是耶路撒冷附近的村庄,据说耶稣死后,在这里显灵,与他的信徒一起用晚餐,见《新约·路加福音》第二十四章。
④ 基多·雷尼(1575—1642),意大利画家,属于古典派大师。

要是威尔不是心不在焉,这句附加的话在他听来,可能带有一点嘲笑意味。好多星期以前,他与报馆老板之间已达成谅解,即由于他终必离开米德尔马契,他有权在他认为合适的任何时候,把报社的管理工作移交给他所培养的副主编。但是模糊不清的远大前景,总不如安于现状、一切照旧具有吸引力。我们大家知道,如果有一项决定,我们心中巴不得它没有实行的必要,那么它是很难实行的。在这种心情下,哪怕对一切都不相信的人,也会偷偷把希望寄托在奇迹上:尽管我们的愿望要成为事实,几乎难以设想,然而,任何不可思议的事都是可能的!威尔没有向自己承认这个弱点,但是他踌躇不决。在一年的这个季节到伦敦去,有什么意思?拉格比公学的老同学,还记得他的,不会在那里;至于写政论文章,那不如在《先驱报》多干几个礼拜。直到今天,布尔斯特罗德先生跟他谈话的时候,他还是既下定决心,非走不可,又同样下定决心,非得跟多萝西娅再见一次面不可,不见面决不走。因此他回答说,他有些事,动身的时间还得推迟一些,他很乐意去看看拍卖的情形。

这几天,威尔心里很不服气,有人瞧他一眼,他便疑心别人可能知道了那件事,他觉得自己受了侮辱,因为那件事无疑在向他发出谴责,说他抱有卑鄙的目的,现在只是由于财产的重新安排,他的企图才未能得逞。他像大多数热爱自由,不把世俗名利放在眼中的人一样,只要谁胆敢暗示一下,认为他之这么做是别有用心,想标榜自己,而且正由于他的血管里,他的行动中,他的性格内有一种见不得人的东西,他才要用高尚的思想伪装自己,那么他马上会暴跳如雷,跟那人大吵一场。他一旦陷入这种愤愤不平的心境,总会接连几天露出挑战的神气看人,那白皙的皮肤也涨得红红的,好像他是在放哨,观察敌人的动向,随时准备发动攻击。

在拍卖场上,他这种神气特别明显。有的人只知道他有些古怪,但脾气温和,也有人在他性情开朗愉快的时候看到过他,这些人自然会觉得他大不相同了。他很高兴有这次机会在公众前亮亮相,让托勒、哈克布特等等米德尔马契的土老儿们看到他,这些人瞧不起他,把他当作冒险家,可是他们自己却无知无识,连但丁也不知道,他们藐视他的波兰血统,可是他们自己的出身正需要灌输一些别的血液呢。他站在一个显眼的地方,离拍卖商不远,把两只食指插在上衣两边的口袋里,昂起了头,不理睬任何人。不过特朗布尔先生还是真心诚意欢迎他,认为他是一位鉴赏家。拍卖商兴高采烈,正在充分发挥他的伟大才能。

毫无疑问,凡是从事的职业需要发挥口才的人,最幸福的便是外省那些生意兴隆的拍卖商,他们不仅谈笑风生,口若悬河,而且学识渊博,无所不知,连自己也感到惊异。有些头脑古板、谨小慎微的人也许不敢说,从脱靴器到伯彻姆①的画都是稀世珍品,但博思洛普·特朗布尔先生性情豪放,头脑灵活,他天生是一个赞美专家,但愿天下万物都处在他的锤子下,他相信,通过他的介绍,一切便会提高价格。

这时,他正在为拉彻尔太太的客厅家具发挥他的天才。威尔·拉迪斯拉夫进屋时,第二只壁炉围栏突然引起了拍卖商的兴趣,据说这东西刚才给忘在原来的地方了。可是拍卖商一向公平行事,对最需要赞美的事物,总是给予最大的赞美,从不含糊。围栏是纯钢的,带有许多矢状镂空花纹,边上还有锋利的棱角。

"现在,女士们,"他说,"我要请你们注意。这里是一只壁炉围栏,这东西在别的拍卖商那里是不会毫无保留的,确实,这也难怪,因为它是钢做的,式样新颖,这种花纹,"这时特朗布尔先生压低了嗓子,带上了一点鼻音,还用左手的手指比划了一下它的轮廓,"不错,它也许不合一般人的口味,可是我告诉你们,不用多久,这种式样的工艺品马上会风行全国……你说,半个克朗? 谢谢你……现在有人出半个克朗,这个精致独特的围栏;我不妨告诉你们,如今古色古香的东西在高等住宅区特别吃香。三个先令……三先令六便士……约瑟夫,把它举高一些!瞧,女士们,花纹高雅古朴……我毫不怀疑,这是上一世纪制作的! 莫姆赛先生,你说四先令? ……四先令……"

"我的客厅里可不要这种东西,"莫姆赛太太大声说,对那位鲁莽的丈夫发出了警告,"拉彻尔太太要这玩意儿,真叫我奇怪。不论哪个孩子在它旁边摔倒,脑袋肯定会给它切成两半。它的边像刀一样锋

---

① 尼古拉斯·伯彻姆(1620—1683),荷兰风景画家。

利呢。"

"一点不错,"特朗布尔先生马上接口道,"可是有一只像刀一般锋利的围栏,是大有用处的,如果你靴子上的皮带解不开,或者鞋带打了结,手边又没有刀,这围栏正好合用。还有,不少人上吊的时候,就因为旁边找不到刀子,没有给救下来。先生们,这里有一只围栏,如果你们不幸要上吊的话,它马上可以救你们的命,一眨眼工夫,你们就到了地上……四先令六便士……五先令……五先令六便士……一间空卧室,里边有一张四根柱子的床,碰巧来了一个心理不正常的客人,那么把这围栏放在那儿是很有必要的……六先令,谢谢你,克林塔普先生……现在有人出六先令……好,成交!"拍卖商的目光具有超自然的敏感性,它一直在周围搜索,寻找一切迹象,等待人们喊价,现在它回到了他面前的纸上,他的声音也变得平淡无味了,他说道:"克林塔普先生。劳驾,约瑟夫。"

"光凭那笑话,这围栏也值六先令,它可以供你讲一辈子呢。"克林塔普先生轻声笑着,对他旁边的人辩解似的说。他是一个有名的苗圃老板,但有些害羞,生怕买了这东西,给人当傻瓜。

这时,约瑟夫捧了满满一盘小物品来了。"现在,女士们,"特朗布尔先生说,拿起了其中的一件,"这盘子里装着各种精美绝伦的小玩意儿,都是布置客厅的小摆设……东西虽小,代表着人类的智慧……世上没有比小东西更重要的……(是的,拉迪斯拉夫先生,是的,等一等)……约瑟夫,把盘子传给大家看看……女士们,仔细看看这些小玩意儿。我现在拿在手上的这东西,制作精美,巧夺天工,我可以说,这是名符其实的画谜①。你们瞧,这会儿它像一只漂亮的心形盒子,轻便灵巧,可以放在口袋里。可那么一来,它又变成了一朵鲜艳的重瓣花,餐桌上的装饰品。现在,"特朗布尔先生突然让花瓣落下,变成了一叠心形叶片,"瞧,这是一本谜语书!至少有五百页,印得红艳艳的。先生们,要是我良心不好,我倒宁可你们别出大价钱,我自己也想留下它呢。还有什么比美妙的谜语更好的,它能激发纯洁的乐趣,甚至不妨说,陶

---

① 一种用画来猜谜的玩具。

冶人的性情！这里没有肮脏的语言,一个男子凭着它,就可以博得文雅美丽的女子的欢心。这件巧妙的东西本身,哪怕没有精致的小匣子、纸篮子等等,也值得一大笔钱。你把它揣在口袋里,不论走到哪儿,都有人欢迎你。先生,四先令?……这么一盘包含许多谜语等等的小玩意儿,只值四先令?瞧,这一个例子:'甜甜的蜜得加上什么,才能捕住美丽的小鸟?回答:金钱。'听到没有?美丽的小鸟,甜甜的蜜,金钱。真是解颐妙语,有趣的智力游戏。它带一点刺,带一点我们所谓的讽刺和机智,可是没有下流的语言。四先令六便士……五先令。"

喊价在热烈的竞争中进行。鲍耶先生也喊了价钱,这太气人了。鲍耶根本买不起,他只是跟人捣乱,故意哄抬价钱。这股浪潮甚至把霍罗克先生也卷了进去,不过,他虽然表示了意见,他脸上那副不动声色的表情几乎没有改变,要不是班布里奇先生出于友情,向他呵斥,也许谁也不知道这喊价出自他的口里。班布里奇先生责问他,要这些无聊的玩意儿干吗,只有杂货店老板才稀罕这些东西,他这是挥霍浪费,最后势必自食其果,这种事马贩子见得多了,不得不向他提出忠告。那些小玩意儿最后以一个畿尼成交,买主是斯皮尔金先生,附近一位年轻的斯兰德[1],小家伙一有钱就随手乱花,现在又给那些谜语弄得忘乎所以了。

"喂,特朗布尔,这不成,你净拿些老娘们的破烂货来拍卖,"托勒先生嘟哝着,挤到了拍卖商身边,"我得看看那些画怎么样,我还有事,不能奉陪。"

"马上开始,托勒先生。承蒙阁下光临,真是不胜荣幸。约瑟夫!快把画拿来……二三五号商品。现在,先生们,凡是行家,都可以一饱眼福啦。这是一幅雕版画,威灵敦公爵在他的参谋人员簇拥下,来到滑铁卢战场。尽管近来发生的事,几乎已使我们这位民族英雄失去了光彩[2],我还是敢说——因为干我这一行的人,是绝对不兴跟着政治随风

---

① 莎士比亚的喜剧《温莎的风流娘儿们》中的人物,一个愚蠢的乡下大少爷。
② 威灵敦于反对拿破仑的滑铁卢战役中成为民族英雄,后来一直是英国政治上的风云人物,托利党的党魁,但由于反对议会选举改革法案,逐渐失去人心,他的内阁也于一八三〇年十月垮台。

倒的——比这更好的题材,那种无愧于我们当代的,属于当前这个时代的更好的题材,人的头脑大概还没有发现,要说有,除非在天上,人间可找不到,先生们。"

"这是谁画的?"波德雷尔先生问,看上了这幅画。

"这是试印样张①,波德雷尔先生,没有画家的署名。"特朗布尔回答,讲最后几个字时有些喘气。说完,他便噘起嘴巴,瞪起眼睛朝周围打量着。

"我出一镑!"波德雷尔先生说,口气十分坚决,好像预备破釜沉舟,坚持到底似的。不知是出于畏惧还是同情,没有人跟他哄抬价钱。

接着是两幅荷兰版画,那就是托勒先生想买的,到手以后,他就走了。其他图片,还有一些画,都卖给了米德尔马契的头面人物,他们是专门为这些东西来的。这时人们进进出出,变化更大了,有时已买到了要买的物品,离开这儿,有的刚才来到,或者临时来转一下,到草坪上的大帐篷里吃些茶点酒菜。这个大帐篷是班布里奇先生打算买的,他喜欢不时进去看看,预先享受一下他的所有权。他最后一次从那里出来时,只见他身边还跟着一个新伙伴,那人是特朗布尔先生和其他所有的人都不认识的,然而他的外表使人不免猜想,他大概是马贩子的亲戚——也是那种"放纵不羁的汉子"。他满脸连鬓胡子,大模大样,神气活现,一条腿不断摆动着,那副架势显得非同小可;不过他那身黑衣服,边上都有些磨损了,使人不由得产生对他不利的印象,觉得这人尽管一心想吃喝玩乐,却不见得能如愿以偿。

"这家伙你是从哪儿捡到的,班布?"霍罗克先生悄悄问道。

"你自个儿向他打听吧,"班布里奇先生答道,"他说他是刚从大路上拐过来的。"

霍罗克先生打量着陌生人,只见他用一只手握住手杖,背靠在上面,另一只手拿着牙签剔牙齿,眼睛东张西望,对他在人群中引起的沉默,显然有些不安。

最后,《以马忤斯的晚餐》抬出来了,这使威尔松了一大口气,因为

---

① 版画的试印样张没有标题,也没有作者名字,因此严格说,是尚未完工的作品。

他等得实在有些不耐烦了,已经退后一步,把肩膀靠在拍卖商背后的墙上。现在他重又走到前面,眼睛无意之间瞟了一下那个惹人注目的陌生人,使他吃惊的是,他发现那人也死死盯着他。但是威尔马上听到特朗布尔先生在喊他。

"对,拉迪斯拉夫先生,对,你是一位行家,这东西你一定有兴趣,"拍卖商开口道,声音越来越兴奋,"能够把这么一幅画拿给女士们和先生们看,我觉得很荣幸。这样一幅画,凡是既有鉴赏能力,又有购买能力的人,一定会不惜任何代价把它买下。这是一幅意大利派名画,著名的基多的作品,他是世界闻名的大画家,所谓古典派大师的首要人物——我承认这说法,因为他们比现在大部分人高明一着或者两着,掌握着大多数人已不得而知的秘密。先生们,我不妨告诉你们,我见过古典派大师的许多画,它们不是都能达到这个水平的,有些画色彩暗淡,不会叫人喜爱,也不适宜做家庭装饰。但是这一幅基多的画,单单那镜框就值好几英镑,家里有这么一幅画,任何太太都会感到自豪。它也适宜挂在慈善机关的饭厅里,如果哪位慈善家乐意捐赠给它的话。先生,把它转动一点吗?行,约瑟夫,把它转动一点,让拉迪斯拉夫先生看得清楚一些……说真的,拉迪斯拉夫先生到过国外,他了解这类货物的价值。"

一时所有的眼睛都转向了威尔,他却冷冷地说道:"五镑。"拍卖商大不以为然,喊了起来:

"别开玩笑!拉迪斯拉夫先生!单单镜框就值那么多呢。女士们,先生们,为了这个城市的荣誉,想一想吧!要是今后有人发现,我们米德尔马契有过一件艺术珍品,可是没有一个识货的人,那多么丢脸。五畿尼……五畿尼七先令六便士……五畿尼十先令。女士们,再喊吧!这是一件珍宝,正如诗人所说,'珍宝中的珍宝',可是不得不用普通的价钱出售,因为人们不懂得它的价值,因为它落到了那些……我想说,那些不懂艺术的人中间,但是,不!……六镑……六畿尼……基多的第一流名画卖六个畿尼!这是对宗教的亵渎,女士们。我们都是基督徒,先生们,我们应该感到痛心,这么一件珍品只值这几个钱……六镑十先令……七镑……"

喊价声此起彼落,十分活跃,威尔还在继续提高价钱,他知道,布尔斯特罗德太太一心指望得到这幅画,心里捉摸,他可以把价钱一直提高到十二镑。但是他喊到十个畿尼就成交了。于是他挤出人群,从凸肚窗口走出了屋子。他又热又渴,想到大帐篷下喝一杯水。帐篷里没有一个客人,他向女招待要了一杯清水,但她还没走开,他突然发觉,那个脸色红润、老是盯着他瞧的陌生人,也走进了帐篷,这使他有些不高兴。这时威尔觉得,这个人可能是那种招摇撞骗的政治寄生虫,他们听了他关于议会改革问题的演讲,曾经有一两次想跟他拉关系,眼下大概得到了什么消息,要从他那儿换取一个先令的代价。他这么一想,那个在夏天看了会叫人出汗的家伙变得更讨厌了。威尔半坐在一张木椅子的扶手上,尽量把眼睛避开那个人。但是这种姿态,在我们的朋友拉弗尔斯先生眼里,根本算不得什么,如果他的目的是要接近你,他决不会因为你不理睬他,便自行告退。他走前一两步,站在威尔面前,立即拉开嗓门说道:"请原谅,拉迪斯拉夫先生,令堂的名字是叫莎拉·邓凯克吧?"

威尔吃了一惊,站起身子,退后了一步,恶狠狠地答道:"对,先生,是这样。请问,这跟你什么相干?"

按照威尔的性子,他爆发的第一阵火星总是对问题作出直截了当的回答,用它的后果向人挑战。现在他一开口就说:"这跟你什么相干?"这无疑是他想回避这个问题,仿佛他不愿任何人知道他的身世!

尽管拉迪斯拉夫那么气势汹汹,拉弗尔斯可并不想跟他吵架。他看到这个细长个子的年轻人,虽然生着一身女孩子的细皮白肉,这时却像一只小老虎似的,准备扑上来,只得把原先打算捉弄他,逗他取乐的心情打消了。

"不要生气,我的小少爷,不要生气!我只是见过令堂——在她还是女孩子的时候,我认识她。但是你的相貌还是像你的父亲。我很荣幸,也认识令尊。拉迪斯拉夫先生,你的父母还活着吗?"

"死了!"威尔气呼呼地说,态度跟刚才一样。

"拉迪斯拉夫先生,有机会的话,我很乐意为你效劳,真的!但愿我们以后能再见面。"

拉弗尔斯说完,把帽子举了一举,摇动着一条腿,转身走了。威尔在背后望了他一会儿,只见他没有再走进那间举行拍卖的屋子,似乎朝大路那边去了。一时间他觉得自己有些傻,为什么不让那个人把话讲完。但再一想,又觉得何必多此一举,他不想从这种人那里了解什么。

不过当天晚上,他又在街上遇到了拉弗尔斯,后者好像忘记了他刚才对他的粗鲁态度,或者故意装出满不在乎的亲热样子,想怄他生气,一看见他,便高高兴兴招呼他,走到他的身边,跟他搭讪,开始谈米德尔马契这一带的动人风光。威尔疑心他喝醉了,正考虑脱身之计,这时,又听得那人说道:

"我自己也到过国外,拉迪斯拉夫先生……我见识过世界,还会讲几句法国话。我是在布洛涅见到令尊的,你真是跟他长得一模一样,像极了!嘴,鼻子,眼睛,从额上向后梳的头发,都像他——很有一点外国人的派头,约翰牛是不兴这种式样的。但我见到你父亲时,他身体很衰弱。我的天呐,真可怜,那双手简直没一点肉。你那时还是个小不点儿的孩子。他的病后来好了没有?"

"没有。"威尔简单地说。

"呀!真的!我一直记挂着,不知你的母亲怎样了。她还是个小姑娘的时候,就离开了她的家人,她是一个高傲的女孩子,生得美丽,真的!我知道她为什么离开家庭。"拉弗尔斯说,斜过眼去瞟威尔,一边慢吞吞地眨眼睛。

"先生,不劳你费心,她没什么见不得人的事。"威尔说,态度十分倔强。但是现在拉弗尔斯先生不想计较他的态度。

"当然没有!"他说,坚决把头往后一仰,"她是太正直了,这才不喜欢她的家庭——事情就是这样!"拉弗尔斯又慢吞吞地眨眼睛了。"谢天谢地,那家人家的事我全清楚。那行生意有一点……嗯,你不妨称之为体面的盗窃,那种高级黑店,它不是偷偷摸摸干的,这是第一流的大买卖呢。店铺漂漂亮亮,生意兴隆,这一点不假。但是老天爷呐!莎拉讨厌这一切,她是一个勇敢的小姐,进过完善的寄宿学校,有资格当一位勋爵夫人呢。有些话都是阿尔奇·邓肯由于恨她,诬蔑她的,因为她不愿跟他来往。这样,她就从那个家中逃走了。我到处打听她的消息,先生,不过这是光明正大的,人家给了我很高的报酬。她出走以后,起先,他们不以为意,他们是虔诚的信徒,先生,非常虔诚……后来她上了舞台。那时儿子还活着,女儿不在他们话下。哈罗!瞧,我们走到蓝公牛饭店了。拉迪斯拉夫先生,怎么样,要不要进去喝一杯?"

"不,我得告别了。"威尔说,冲进了一条小巷,那是通往洛伊克门大街的。他急于摆脱拉弗尔斯,走得几乎像飞一样快。

他在城外的洛伊克大路上走了好久。星星升起了,周围一片黑暗,他喜欢待在这里。他觉得,他的身上好像给人扔满了污垢,人们都在嘲笑他。那个人的话似乎是可信的,怪不得他的母亲从来不肯告诉他,她为什么要从家里出走。

算了!他威尔·拉迪斯拉夫有什么不如别人的,哪怕那个家庭真的那么丑恶,跟他什么相干?他的母亲为了跟它脱离关系,勇敢地迎接了困难。然而如果多萝西娅的亲属知道了这事,如果彻泰姆一家知道了这事,那么他们正好利用它为他们的猜疑大做文章,仿佛找到了根据,证明他们不让他接近她是完全正确的。但是,他们要怀疑就怀疑吧,他们最后还是会发现他们错了。他们会看到,他血管里的血跟他们的一样,没有沾染过一点污秽的杂质。

第六十一章

> 伊姆拉克答道:"矛盾的两件事物不可能都是对的,但应用在人的身上,它们可能都是真的。"
>
> ——《拉塞拉斯传》①

这天,布尔斯特罗德先生为生意上的事,到布拉辛去了,夜里才回到家中。他一进门,他那位贤惠的太太就把他拉进了私人小起居室。

"尼古拉斯,"她说,那对正直的眼睛紧张地注视着他,"有一个不

---

① 即塞缪尔·约翰逊的《阿比西尼亚王子拉塞拉斯传》中的人物,是一个哲学家和诗人,曾陪伴拉塞拉斯至埃及等地游历。

三不四的人到这儿找你,说要见你,这叫我很不放心。"

"亲爱的,怎么样一个人?"布尔斯特罗德先生不安地问,担心她的回答会证实他的猜测。

"一个紫酱脸膛、大胡子的人,态度粗野,一点不懂礼貌。他自称是你的老朋友,说你见不到他会很伤心的。他要在家里等你,但我告诉他,他可以明天上银行找你。这人死皮赖脸的,老是盯着我瞧,还说他的朋友尼克运气不坏,娶的妻子都那么漂亮。他赖在这儿,老不想走,幸好这时布留歇挣脱链子,跑到了石子路上——因为我是在花园里——我对他说:'你还是走吧,这狗凶得很,我管不住它。'你真的认识这么一个人吗?"

"我相信,我知道这是谁了,亲爱的,"布尔斯特罗德先生说,像平时一样,声音轻轻的,"这是个放荡的倒霉鬼,过去我帮过他不少忙。不过你放心,他不敢再来麻烦你的。他大概会上银行找我,一定是想借钱吧。"

这件事只谈到这里为止。第二天,布尔斯特罗德先生从市里回家,正在换衣服,准备吃晚饭。他的妻子不知道他有没有回来,上更衣室找他,发现他穿着上装,没系领带,一条胳膊靠在五斗柜上,眼睛望着地面,正呆呆地出神。她进去时,他吃了一惊,抬起了头。

"你的脸色这么难看,尼古拉斯。是不是出了什么事?"

"我头痛得厉害。"布尔斯特罗德先生说。这是他常犯的病,妻子自然相信,他愁眉苦脸的原因便在这里。

"你坐下,让我用海绵蘸醋替你擦擦。"

身体上,布尔斯特罗德先生并不需要醋,但是精神上,这种真诚的体贴,使他感到宽慰。虽然他和妻子相敬如宾,但是他接受这种照料,正如他的妻子尽这种义务一样,已成为他们夫妻之间的习惯,因此他总是安之若素。但今天,当她俯身替他擦醋的时候,他却说道:"赫莉欧,你待我太好了。"那声音似乎包含着一种她不熟悉的调子,她不明白这是什么,但是她那女性的关怀,使她头脑里蓦地闪过了一个思想:他好像要生病了。

"你有没有什么心事?"她说,"那个人到银行找过你吗?"

"来过了,事情跟我预料的一样。这人有一个时期本来是可以有些作为的,但是后来他堕落了,成了道德败坏的酒鬼。"

"他是不是已经走了?"布尔斯特罗德太太担心地问。她本来还想说:"我听到他讲他是你的朋友,心里便不自在。"但是她忍住了,这是出于某种考虑——她有个习惯的想法,总觉得她丈夫早年的社会身份,与她的不完全相等,但是这时,她不愿提到任何包含这意思的话。她那个想法,倒不是由于她对他的过去有多大了解。她只知道,她的丈夫起先在一家银行当职员,后来开始从事他所谓的城市商业活动,在三十三岁那年发了财,他娶过一位寡妇,她比他年纪大得多,是一个不从国教者,也许还具有一个前妻的其他各种缺点,这些缺点,一个后妻凭自己冷静沉着的判断总是不难发现的。总之,通过布尔斯特罗德先生的片言只语,她几乎了解到了她想知道的一切。他有时喜欢谈他早年如何虔诚,如何想当一名传教士,以及他从事过的传道和慈善活动。她相信,他是个正人君子,他不是教士,但比教士更像教士,正是在他的影响下,她的信心才那么坚定,他为上帝所作的善行提高了她的认识。不过另一方面,她也总是认为,从任何意义上看,布尔斯特罗德先生能够娶到赫莉欧·文西这么一个妻子,这是他的幸运;她的家从米德尔马契的观点来看,是无可訾议的——这个观点比伦敦市井或不从国教教堂的观点,无疑均高出一筹。原封不动的外省精神对伦敦是不信任的,尽管真正的宗教在任何地方都有超度众生的意义,正直的布尔斯特罗德太太却相信,从英国国教得救才是正道。她在人前总是讳莫如深,不愿提起丈夫过去曾是伦敦的不从国教者,甚至在跟他本人谈话时,也宁可佯装不知。关于这点,他也心照不宣;确实,在某些方面,他对这位坦率的夫人还是有几分惧怕的。她的虔敬来自模仿,她的世俗之见却得自先天,但它们在她身上是同样真诚的,她觉得自己光明磊落,问心无愧,他也以娶她为荣,而且这种感情历久不衰。他的惧怕来自一种心理,即维护自己得到公认的威望的要求:失去妻子的景仰,正如失去任何人的景仰一样——当然不包括由于仇视真理,公然与他为敌的人在内——对他说来,无异是死亡的开始。

他听得她问:"他是不是已经走了?"赶忙答道:"哦,我想是这样吧。"还尽量使自己的口气显得泰然自若,十分安详。

但实际上,布尔斯特罗德先生离安详的心境非常遥远。他在银行里跟拉弗尔斯会面以后已很清楚,后者不仅贪得无厌,而且存心与他作对,要刁难他。他公然声称,他是特地到米德尔马契找他的,想看看在这一带有没有他的立足之地。当然,他欠了一些债,比他预计的多,但是那两百镑还没有花完,只要再有二十五镑,他就够了,现在马上可以离开。可是他来的主要意思,是要探望他的朋友尼克和他的家庭,他那么关心他,对他的蒸蒸日上不能不闻不问。不久以后,他还可能回来,在这里长期定居。这一次,拉弗尔斯干脆拒绝承认他所说的"不得进入住宅"的条件,拒绝在布尔斯特罗德的监视下,离开米德尔马契。他打算明天搭驿车走,但这完全取决于他自己。

布尔斯特罗德给他弄得束手无策。恐吓和哄骗都不起作用:他不能指望恐吓会保持长久,诺言会真正兑现。相反,他感到寒心,相信除非上天有眼,让拉弗尔斯一命呜呼,他肯定过不多久又要重返米德尔马契。这不能不叫他心惊胆战。

那倒不是他担心法律的惩罚或者倾家荡产。他担心的只是他过去生活中的某些事实从此将暴露无遗,引起当地人的议论,引起妻子的伤心啼哭,使他声名狼藉,成为他不遗余力地宣扬的宗教精神的耻辱。对身败名裂的恐惧,增强了他的回忆能力,那些长期丢在脑后,只剩了一些抽象词句的景象,不可避免地又回到了他的眼前。其实,哪怕没有回忆,生活也不可分割,新和旧之间相互渗透的地带,把它联结成了一个整体,但是认真的回忆会迫使一个人承认应该谴责的过去。回忆引起的疼痛像伤口的重新裂开,一个人的过去不单纯是已死的历史,给现在丢弃的废物;对错误的悔改并不能使错误脱离整个生命,它仍是他身上颤动的肌肤,给他带来战栗和痛苦,激发罪有应得的耻辱。

现在,布尔斯特罗德的过去,在他这第二次生命中升起了,只是它的欢乐似乎已变得暗淡无光。不论白天和夜晚,早年的生活情景一幕幕出现在他面前,只有短促的睡眠暂时打断它们,但睡眠也只是把回顾和恐惧织入了虚假的现在。它们横亘在他和其他一切之间,寸步不让,就像我们在点灯的屋子里,哪怕隔着窗户向外眺望,我们看到的也不是花草树木,仍是给我们丢在背后的事物。内心和外界相继出现的事件,融为一体,尽管每一件事只能轮替思考,但其余一切仍留在意识中。

他又一次看到了自己,那个年轻的银行职员,他生得讨人喜欢,不仅善于计算,而且口齿伶俐,爱好神学理论,他是海伯里市卡尔文派非国教教会中一个年轻有为的信徒,在对罪的信念和赦罪的看法上,他有突出的体验。他重又听到,他怎样在祈祷会上给人称作布尔斯特罗德兄弟,怎样在讲道坛上发言,怎样在私人住宅中传道。他重又感到自己怎样跃跃欲试,想当教士,怎样向往传教活动。那是他一生中最幸福的时期,现在他但愿这就是他的一生,其余的部分都只是梦。知道布尔斯特罗德兄弟的人虽然不多,但这些人都对他异常亲切,他在那里如鱼得水,十分自在。他的力量只触及一个狭小的圈子,但正因为这样,他对它的作用感受更为深切。他毫不费力地相信,上帝对他的恩典特别大,各种迹象也显示,上帝选中了他,要他完成特殊的使命。

接着,转变的时期到了,他这个在商业慈善学校中长大的孤儿,怀着飞黄腾达的意识,给请进了会众中最富裕的邓凯克先生的豪华别墅。不久,他在那里成了天之骄子,他的虔诚得到了主妇的赏识,他的才能又得到了主人的器重,这位主人是靠繁华的市区和西区的商业活动发财的。布尔斯特罗德的野心获得了新的营养,他展望的前景已不仅是"替上帝完成特殊的使命",而是要把他卓越的宗教天赋与得天独厚的商业才干结成一体了。

不久出现了一个外来的有利因素:一个亲密的次要合伙人死了,留下的空缺急需有人补充。这时,在老板心目中,他的年轻朋友布尔斯特罗德是最合适的人选,如果他肯担任他的心腹会计,那最好了。建议被接受了。这买卖是当铺,这个行业在生意的广泛和利润的优厚上,都是首屈一指的。布尔斯特罗德稍稍熟悉业务以后就发现,它获得暴利的一个重要原因,便是对来历不明的货物不作仔细查问,一律照收不误。但是它在西区设有分店[①],谁也不能怀疑它有肮脏的或见不得人的

[①] 作者在这里虽未明言伦敦,但实际是以伦敦作背景的。伦敦西区是高级住宅区,资产阶级和贵族聚居的地方。

勾当。

他还记得,开头他不免顾虑重重。他在心里责问自己,跟自己辩论,有时还采取了祈祷的方式。这买卖已建立多年,根深蒂固,积重难返,但是,开一家富丽堂皇的新酒家,与在一家百年老店里投资,难道不是一回事?为了利润出卖灵魂吗?但是谁能划出一条界线,指明人道的交易应从哪里开始?难道这不可能正是上帝拯救他的选民的途径吗?年轻的布尔斯特罗德也像年老的布尔斯特罗德一样,他这么说:"上帝,你知道,我的灵魂跟这些事是没有因缘的,我只是把它们看作耕耘你的花园的工具,使它不致荒芜。"

比喻和先例不胜枚举,独特的心灵体验也并不缺乏,最后,保留他的位置成了上帝对他的要求,万贯家产的美好前景已出现在地平线上,布尔斯特罗德的犹豫终于只停留在内心。邓凯克先生从没料到,这件事会引起如此之大的疑虑犹豫,他也从没意识到,那个行业会跟上帝的救赎计划有什么关联。确实,布尔斯特罗德发现,他过着两种截然不同的生活,但是他说服自己,他的宗教活动和商业活动可以并行不悖,这样久而久之,矛盾也就化为乌有了。

现在,当过去重又从精神上包围布尔斯特罗德的时候,他也作了同样的辩解——事实上,岁月已把它们变成一团乱麻,再也理不清楚,它们像重重叠叠的蜘蛛网,堵住了道德意识的渠道。不仅如此,年龄还使利己观念越加高涨,也更难满足,他的心灵充满了自以为是的信念,认为他所做的一切全是为了上帝,对他自己说来都无关紧要。然而,要是他能回到那个遥远的时期,重新成为一个贫苦的年轻人,那么,他宁可选择传教的道路。

往事接连不断,从他封闭的脑海里钻了出来。海伯里的豪华别墅也有它的烦恼。几年以前,唯一的女儿出走了,脱离了父母,登上了舞台。现在,唯一的儿子又死了,过了不久,邓凯克先生本人也一命呜呼。妻子是头脑简单的虔诚妇女,那个一本万利的买卖中出出进进的大量钱财,都得归她掌管,可她从来不知道这究竟是什么生意,她只得把它全部托付给布尔斯特罗德,对他言听计从,正如妇女往往崇拜她们的教士,或者"天然应由男子担任"的牧师一样。很自然,过了一段时间,两人就谈起嫁娶来了。但是邓凯克太太朝思暮想,总是忘不了她的女儿,尽管大家一直认为,这个女儿已被上帝和父母所抛弃。有人说,她已经结婚,但是她始终没有回家。母亲失去了儿子,就希望有一个孙儿,这样,找到女儿更有了双重意义。如果她回来了,财产就有了出路,也许还是一条宽广的路,可以有好几个孙儿孙女共同继承。寻找女儿的努力没有眉目以前,邓凯克太太不想再嫁。布尔斯特罗德答应了她的要求,但是在广告和其他寻人方法都使尽以后,母亲终于相信,她的女儿再也找不到了,这样,她同意结婚,财产也毫无保留地交给了丈夫。

其实女儿是找到了,除了布尔斯特罗德,只有一个人知道这事,他答应保守秘密,拿了一笔钱走了。

这便是布尔斯特罗德现在不得不想起的全部事实,当然,这只是呈现在旁观者眼中的一个粗糙的轮廓。就他本人而言,在那个遥远的时期,甚至在目前紧张的回忆中,这整个事实是由许多断片连接而成的,每个断片的出现都接受过理性的检验,被证明是正确的。布尔斯特罗德认为,直到目前,他的生活历程显然都符合天意,是上帝在指引他走上一条道路,要他充当他的代理人,运用那一大笔财产,免得它落入邪恶之手。死和其他离奇的迹象,例如女人的盲目信任等等,便是那条道路上的里程碑。布尔斯特罗德赞成克伦威尔的话:"你认为这一切都是偶然的事件吗?上帝可怜你吧!"他的事件当然比较小,但实质是一样的,即都是为了帮助他实现他的目标。如果说他拿走了属于别人的财产,那么要解决这问题很容易,因为试问,上帝要他担当的任务不就是这样吗?如果让这份财产,哪怕它的一部分,落入一个年轻女子和她的丈夫手中,这可能是为上帝服务吗?他们好逸恶劳,只会把钱带到国外,挥霍得一干二净,这些人显然不能体现上帝的意旨。布尔斯特罗德事先从未对自己说"女儿是不会找到的",然而到了必要的时刻,他却隐瞒了她还活着的消息。后来在其他时刻,他又安慰那位母亲,说那个不幸的年轻女子可能已不在人世了。

也有一些时刻,布尔斯特罗德觉得他的行为并不正当,但他怎么能后退呢?他有过内心斗争,把自己说得分文不值,把希望寄托在补赎上,同时继续充当上帝的工具。过了五年,死神又拓宽了他的道路,带走了他的妻子。他慢慢抽出资金,但是没有让这种必要的紧缩危及买卖的生存,因此它还拖了十三年,才终于倒闭。就在这段时间里,尼古拉斯·布尔斯特罗德掌握着巨额资金,用心经营,成了外省实力雄厚的商界巨头,既是银行家,国教教徒,公益事业的创办人,又在一些工商企业中做了匿名合伙人,充分表现了他节约原料的能耐,以致他经营的染料损坏了文西先生的丝绸。现在这光辉的历程,已太平无事地过了将近三十年,以往的一切也早已抛入九霄云外,可就在这时,过去又抬头了,渗入了他的思想,像可怕的魅影笼罩着他虚弱的身体。

同时,在他跟拉弗尔斯的谈话中,他得知了一个重要消息,它立即在他的期待和恐怖的斗争中,占有了一席位置。他觉得,这是他精神上,或许也是物质上得救的一条出路。

精神的得救,是他的真正需要。世上可能有粗俗的伪君子,他们为了欺骗世人,故意伪装虔诚,伪装热情,但是布尔斯特罗德不属于这一类。他只是欲望比理论上的信念更强烈,因而逐渐构成了他的想法,把满足他的欲望跟那些信念天衣无缝地统一起来。如果这是虚伪,那么这个演化过程在我们大家身上有时都有所表现,不论我们属于哪个宗教团体,是否相信人类未来的美好命运,或者认为世界末日即将到来,也不论我们是否把人间看作罪恶的深渊,得救的只有包括我们自己在内的少数人,或者对世界的大同怀有热烈的信念。

对宗教事业可能作出的贡献,始终是他一生中采取某种行动时,对自己申述的理由,也是他在祈祷中向上帝诉说的动机。在运用金钱和地位方面,谁会比他有更好的意图?在自我嫌恶和颂扬上帝的事业方面,谁会比他更彻底?照布尔斯特罗德先生看来,上帝的事业与他个人的行为端正是两回事,它着重的是鉴别上帝的敌人,这些敌人只能当作机器使用,因此只要可能,就应该尽量使他们得不到钱,也得不到由此而来的势力。还有,商业本来是撒旦耍弄各种诡计的地盘,然而如果由上帝的仆人来掌握利润,把它用在正义的事业上,那么有利的投资自然也是上帝所赞许的。

这种奥妙的推理对福音派信仰说来,并不新奇,它跟英国人用冠冕堂皇的词句说明狭隘自私的意图,本质上并无二致。如果心灵深处没有对具体的人的直接同情,不能由它发挥制约作用,那么没有一条一般的原则,不可能危害我们的道德观念。

但是一个人如果除了自己的贪欲,还相信着别的什么,那么他必然还有着一颗良心或者一个标准,他多少得用它们来衡量一下自己的行动。布尔斯特罗德的标准,就是他对上帝的事业可能发生的作用。"我有罪,渺小,我只是实现上帝的使命的工具,那么,使用我吧!"这就是他野心勃勃、努力扩大势力的时候,为自己找到的理由。然而现在,这理由似乎已面临破灭的危险,不得不终于抛弃了。

他为了更有力地显示上帝的荣耀,做了他所做的一切,如果这也会成为人们嘲笑的口实,连那荣耀也会因而失去光彩,那么这是为什么呢?如果这也符合上帝的意旨,那么他无异像呈献了不洁的供品似的,要给驱逐出圣殿了。

他经常作悔改的陈诉。但今天出现的悔恨使他特别痛苦,因为天意已对他不利,正在威胁着他,他要寻求的和解不能仅仅限于教义方面了。神的审判对他说来改变了面貌,自我贬抑已经不够,他必须付出赎罪的代价。如果可能,布尔斯特罗德确实准备在他的上帝面前付出代价,因为一种巨大的恐怖控制了他的全部感觉系统,即将到来的耻辱使他惶惶不安,产生了新的精神需要。不论白天黑夜,每当过去死灰复燃,威胁着他,激起他的悔恨时,他总是反复思忖,用什么办法才可以恢复平静和信心,靠什么牺牲才可以避免上帝的惩罚。在这些恐怖的时刻,他相信如果他主动地遵循正道,做几件好事,上帝就会从恶行的后果中拯救他。因为宗教信念在注入其中的感情发生变化时,也势必有所改变,而建立在恐惧心理之上的信念,仍离原始人的水平不远。

他看到,拉弗尔斯确实搭上了驶往布拉辛的驿车,这是暂时的解脱,它可以减轻眼前的可怕压力,但不能消灭内心的斗争,排除寻找安全措施的必要性。最后,他作出了一个困难的决定,写了封信给威尔·拉迪斯拉夫,约他晚上九时莅临灌木别墅,有要事商谈。威尔接到邀请,并不感到特别奇怪,认为这与《先驱报》的某些新设想有关,但是当他给带进布尔斯特罗德先生的内室时,银行家脸上那种憔悴痛苦的神色使他吃了一惊,几乎想问:"你病了不成?"只是感到不太合适,才改了口,仅仅问候了布尔斯特罗德太太,不知替她买的那幅画,她可满意?

"谢谢你,她相当满意,今天晚上她带着两个女儿出去了。拉迪斯拉夫先生,我请你来,是因为想通知你一件十分秘密……确实,我得说,一件带有绝对机密性质的事。我敢说,你决不会想到,有一种重要的关系已把你和我过去的生活联系在一起。"

威尔觉得像触电一样,震动了一下。一提到过去的亲属关系,他便十分敏感,几乎无法克制内心的惶恐。这种预感对他说来绝不是愉快的,仿佛噩梦又要出现了,仿佛由那个说话哗啦哗啦、喝得醉醺醺的陌生人开始的行动,现在又要由这个眼神暗淡、满面病容的绅士继续下去了,他那低低的嗓音,那客气圆滑的谈吐,跟他记忆中的那个人截然相反,但同样讨厌。威尔回答时,脸色显然变了。

"是的,确实不会想到。"

"拉迪斯拉夫先生,现在坐在你面前的,是一个深深苦恼着的人。不过,要不是受良心的敦促,并且知道我必须接受无所不知的上帝的审问,我可以不必向你公开这事。今晚我请你来,便是为了向你说明这一切。当然,从人间的法律而论,你对我是不可能提出任何要求的。"

威尔不仅感到诧异,甚至很不舒服了。布尔斯特罗德先生停了一会儿,把头靠在手上,望着地板。接着,他又把审察的目光转向威尔,说道:

"据说,你母亲的名字是莎拉·邓凯克,她从她的家庭出走以后,登上了舞台。还有,据说,你的父亲曾经生了一场大病,身体变得异常虚弱。我想请问,你是否能证实这些传说?"

"是的,这一切都是真的。"威尔说。他感到惊奇,这种询问照理应该在银行家刚才的提示之前进行,他却在这时才提出。但布尔斯特罗德先生今晚遵循的是他感情的逻辑,他相信补偿的机会到了,他感到兴奋,因此迫不及待地发出了悔罪的表示,借以回避可能的责备。

"你知道你母亲娘家的任何情况吗?"

"不知道,她从来不愿谈这些事。她是一个非常宽大、非常正直的人。"威尔说,几乎有些生气。

"我不是想对她提出任何指责。她从没向你提到过她的母亲吗?"

"我听她说过,她认为她的母亲并不了解她出走的原因。她称她'可怜的母亲',用的是同情的口气。"

"那位母亲后来成了我的妻子,"布尔斯特罗德说,又停了一会儿,才继续道,"你有权向我提出要求,拉迪斯拉夫先生,我刚才已经说过,这不是法律上的权利,但是我的良心承认它。我的富裕是从那次结婚开始的,然而如果你的外祖母能找到她的女儿,我们也许不会结婚,至少情况会有所不同。据我所知,那位女儿已不在人世!"

"是的。"威尔说,心中感到的怀疑和厌恶越来越强烈,以致他自己也没有意识到他在做什么,从地上拿起帽子,站了起来。他不愿听任别人揭开这种关系。

"请坐下,拉迪斯拉夫先生,"布尔斯特罗德焦急地说,"毫无疑问,这种突然的发现使你吃惊。但我要求你耐心一些,要知道,跟你谈话的人已在内心的折磨下,感到精疲力尽了。"

威尔又坐下了,看到一个老人这么自觉地贬低自己,觉得既同情又有些轻视。

"拉迪斯拉夫先生,我的希望是为你母亲遭到的损失提供一些补偿。我知道你没有财产,我预备按时给你一笔津贴,它大致相当于本来应该属于你的那份产业的收入,当时只因你的外祖母不知道你的母亲还活着,没有找到她,这才没有成为事实。"

布尔斯特罗德先生没有再往下讲。他对他实施的步骤顾虑重重,等待着对方的裁决,尽管在上帝眼里,这是他悔罪的表现。威尔·拉迪斯拉夫的心情,他还一点也摸不到门,但是拉弗尔斯明确暗示过,这个人是不好对付的,他天性敏感,现在又由于不出所料,发现了一些他宁可一无所知的新情况,更是思前想后,疑窦丛生。布尔斯特罗德先生讲完以后,眼睛一直盯着地面,威尔也没有马上回答,这样过了几分钟,前者才又抬起头,用审视的目光打量威尔,威尔同样注视着他,说道:

"我猜想,你当时知道我母亲还活着,也知道可以在哪里找到她。"

布尔斯特罗德吃了一惊,脸和手显然都在哆嗦。他完全没有料到,他的友好态度会遇到这样的反应,也没想到对方会越出他事先定下的范围,迫使他承认更多的事实。但是那时他不敢撒谎,他突然感到,他本来怀着信心踩踏的地面,现在有些不稳定了。

"我不想否认你的猜测是合理的,"他答道,口气有些踌躇,"你是由于我而遭受损失的唯一活着的人,因此我想对你提供补偿。我相信,你理解我的目的,拉迪斯拉夫先生,它涉及的不仅是人间的权利关系,还有更高的意义。正如我刚才说过的,它完全不带有法律上的强制性质。我预备对我自己的财力和我家庭的未来作出适当的限制,分出一部分钱给你。我想,在我生前,我可以每年给你五百镑,在我死后,留给你一笔相应的资产。不仅如此,如果你有任何值得赞许的计划,确实需要的话,我还可以给你更多的资助。"布尔斯特罗德先生已经接触到了具体的细节,指望这会对拉迪斯拉夫产生强大的影响,使他的其他情绪融化在感恩戴德中,接受他的建议。

但是威尔依然如故,毫不动心。他噘起嘴唇,把手指插在两边的口袋里,一点也没有感动,只是生硬地说:

"在我对你的提议作出任何答复以前,布尔斯特罗德先生,我必须要求你回答一两个问题。你所说的那份财产自然来自一种买卖,你跟这买卖有没有关系?"

布尔斯特罗德先生这时想的是:"拉弗尔斯告诉他了。"既然他自告奋勇说了那些话,引起了这些问题,他怎么能拒绝回答呢?他答道:"有。"

"那买卖是完全正当的行业,还是不正当的——不,不仅不正当,而且,如果它的性质公开了,与它有关的人便不免被看作盗贼或罪犯的那种行业?"

威尔的口气有一种铁面无情的意味,他必须毫不掩饰地提出他的问题。

布尔斯特罗德克制不住愤怒,脸都涨红了。他为他的自我贬抑作好了思想准备,但是当这个年轻人,这个他打算施加恩惠的人,回过头来带着法官的神情对待他的时候,他的强烈的自尊心,他高高在上的习惯,终于压倒了他的悔罪的,甚至恐怖的心理。

"这店铺在我进去办事以前,早已存在了,先生。而且这类问题也不应该由你提出。"他说,没有提高声调,但是讲得很快,带有不屑回答的神气。

"不,我应该问,"威尔说,又一跃而起,手里拿着帽子,"在我决定是不是要同你打交道,接受你的钱时,我完全有理由提出这类问题。我的名誉必须保持清白。我也不允许我的出身以及与我有关的人,受到任何玷污。但现在我发现,那里有着我所不能容忍的污垢。过去我的母亲感到了这点,她尽力保持她的清白,如今我也得这么做。你还是把你那些不义之财,自己留着吧。如果我有财产的话,我愿意把它白送给任何人,只要他能证明你讲的那些不是事实。我要感谢你的是,你保留了这些钱,使我在今天可以拒绝它。一个人有没有人格,这是可以由他自己决定的。晚安,先生。"

布尔斯特罗德还想开口,但是威尔坚决而又敏捷,一转眼已走出了屋子,再一转眼,门厅的门便在他后面关上了。别人要把继承这份财产的污点强加给他,这激起了他的猛烈反抗,以致他来不及考虑,这会不会使布尔斯特罗德太难受,对一个想弥补多年以来不能弥补的错误的六十岁的老人说来,这是不是心肠太狠、太不近人情了。

任何听到这些话的第三者,都无法充分理解,为什么威尔要这么气势汹汹,这么不留情面。这时只有他自己才明白,他在尊严问题上的一切情绪,都是与他和多萝西娅的关系,与卡苏朋先生对待他的态度,有着直接联系的。他一怒之下,拒绝了布尔斯特罗德的提议,原因之一就是他觉得,如果接受了它,他今后将无法向多萝西娅交代这点。

至于布尔斯特罗德,威尔走后,他的反应十分强烈,他哭得像一个女人似的。这是他第一次遇到一个比拉弗尔斯地位高的人这么公然向他表示蔑视。这蔑视立即像毒液一样,渗入了他的全身,使他感到浑身都不舒服。但是发泄性的哭泣必须停止。他的妻子和女儿们不久就听完东方传教团的讲道,回到家中了。她们非常遗憾,爸爸没有听到这次讲道,主要是它有些内容十分有趣,于是她们尽量讲给他听。

也许,在一切隐秘的思想中,最使他感到欣慰的是:看来威尔·拉迪斯拉夫至少不致把那天晚上的事宣扬出去。

第六十二章

> 他只是一个低级武士,
> 却爱上了匈牙利的公主。
>
> ——《古传奇》①

现在,威尔·拉迪斯拉夫一心想的,只是再跟多萝西娅见一次面,然后马上离开米德尔马契。他跟布尔斯特罗德不欢而散以后,第二天早上就写了一封简短的信给她,说各种原因使他不得不滞留在这一带,超过了他预定的期限,他要求她允许他再到洛伊克见她一次,时间请她指定,越早越好,因为他急于离开,只是他希望见到她以后再走。他把信拿到邮局,吩咐信差把它立即送往洛伊克庄园,并带回复信。

拉迪斯拉夫觉得再度要求话别,有些不合情理。他上次已当着詹姆士·彻泰姆爵士的面,表示了辞行的意思,甚至还向男管家说过,那是他最后一次拜访。当人们不指望他莅临的时候,他却重又登门,这对一个人的体面自然是不利的。第一次的告辞使人依依惜别,不胜惆怅,第二次如法炮制,便未免像一出喜剧了,也许对他迟迟不走的动机还会产生非议和嘲笑。尽管这样,采取直截了当的办法,跟多萝西娅见面,还是比较符合他的心情,这比耍弄任何花招,装得好像是偶然邂逅好,因为他希望她理解,与她会面是他的迫切要求。上一次跟她分手时,他对那件事还一无所知,而这事给他们的关系蒙上了一层新的阴影,也使他更加相信,他们的断绝往来是绝对必要的。多萝西娅个人的财产有多少,他一点也不知道,而且一向不大习惯考虑这类问题,因此自然认为,按照卡苏朋先生的安排,如果她嫁给他,那就意味着她同意放弃一切,变得分文全无。这是他连想也不愿想的,哪怕她准备为了他,接受

---

① 英国中世纪传奇文学作品,大约写成于十四世纪,作者不详。这是一篇长诗,叙述一个民间少年,在宫中当侍从,爱上了国王之女,后来经过各种曲折,终于结成了夫妇,前后共历七年之久。这里引用的是该诗的开头两行,所谓匈牙利并非实指,只是泛指一个远方的国家。

这种艰苦的处境,他也不忍心这么做。何况,他母亲的家庭内幕现在已水落石出,这给他带来了新的烦恼,这事要是给人知道,更会成为多萝西娅的亲戚们攻击他的理由,认为他根本配不上她。他本来怀有一个隐秘的希望,打算若干年后重返此地,到那时他个人的价值至少可以跟她的财富相当,但现在,这成了一个梦之后的另一个梦。这种变化使他觉得,他有充分理由要求多萝西娅再一次接见他。

但是那大早上,多萝西娅不在家中,没看到威尔的便笺。原来,她收到了伯父的信,说他要在一星期内回家,因此她先到弗雷什特通知这个消息,打算随后上蒂普顿田庄安排一切,那是她伯父托她办的,他说他认为"一个孀居的女人为这类事操一点心是有好处的"。

如果威尔·拉迪斯拉夫那天早上听到了弗雷什特庄园上的一些谈话,他会发现他的猜测是有根据的,有些人真的在对他的流连不去恶意中伤。确实,詹姆士爵士对多萝西娅是完全放心的,但拉迪斯拉夫的行动一直处在他的严密监视中,替他通风报信的是斯坦迪什先生,这个人是理所当然可以信任的。拉迪斯拉夫自从宣布即将离开以后,在米德尔马契又过了将近两个月,这使詹姆士爵士更是疑虑重重,它至少证明,他对那个"小家伙"的反感是对的,他一向认为这小伙子肤浅,轻浮,很可能不顾一切,胡乱行事,就像那些没有家,没有固定职业的浪子一样。但是他刚从斯坦迪什那儿听到一个消息,它不仅证实了对威尔的这些推测,而且给解除多萝西娅面临的危险提供了一条捷径。

反常的环境往往使我们大家都变得一反常态,气候条件变了,哪怕道貌岸然的先生也不得不打喷嚏,我们的感情处在类似的不协调状态,也会受到感染。好心的詹姆士爵士这天早上便一反常态,心情特别烦躁,想跟多萝西娅谈这消息,要是在平时,他是会把它当作他们两人的耻辱,尽量加以回避的。他不能用西莉亚做中间人,因为他不愿她知道他听到的那些流言蜚语。他天生胆小怕事,缺少口才,在多萝西娅到来以前,正穷思苦想,不知怎么才能把这消息透露给她。她出乎意外的到来,更使他无计可施,觉得这种不愉快的话,实在难以启齿。但在走投无路中,他终于想出了一条计策,决定借重卡德瓦拉德太太。他立刻用铅笔写了张便条,派马夫骑着没有鞍子的马穿过猎园送去。卡德瓦拉德太太早已知道那些谣言,自然觉得多唠叨几遍也无伤大雅,不会降低她的身份。

多萝西娅给留在那里,理由是充足的,因为她想会见高思先生,后者不出一个小时就会到来。她在园子里跟凯莱布谈话的时候,詹姆士爵士便在恭候教区长太太,过不多久,她就到了,他迎上前去,发出了必要的暗示。

"够了!我明白,"卡德瓦拉德太太道,"你只管假撇清好了。我反正说闲话出了名,多说几句对我毫无损害。"

"我倒不是认为那些话有什么了不起,"詹姆士爵士说,不愿让卡德瓦拉德太太了解得太多,"我只是觉得,必须让多萝西娅明白,她应该自重一些,不再与他见面。这话我实在不便向她提出,可是由你来讲却不费吹灰之力。"

确实不费吹灰之力。多萝西娅离开凯莱布后,就到他们这儿来了。卡德瓦拉德太太表示,她们今天的见面是世界上最偶然的巧合,她只是作为一位生过儿女的母亲,穿过猎园来探望西莉亚,谈谈孩子的事。那么,布鲁克先生就要回国啦?这叫人太高兴了!大概他这次出国,议会热和先驱热的病完全医好了。啊,提起《先驱报》,真有意思,有人曾预言,它马上会变成一只死海豚,不知采取什么色彩才能重整旗鼓,因为布鲁克先生那位宠儿,聪明的小拉迪斯拉夫已经走了,或者即将离开。詹姆士爵士听到这些话没有?

三个人正在花园的石子路上慢慢散步,詹姆士爵士扭转了头,用马鞭抽一下矮树丛,说他听到过这类话。

"其实这全是谣言!"卡德瓦拉德太太说,"他没有走,显然也不想走,《先驱报》还原封不动,没有褪色,只是奥兰多①·拉迪斯拉夫先生正在大搞自由派的谈情说爱,跟你们那位利德盖特大夫的年轻妻子唱歌弹琴,打得火热呢。有人告诉我,她漂亮得不能再漂亮了。据说,任何人到她家去,总看到这位年轻先生躺在壁炉前的地毯上,要不就是在钢琴旁边咿咿呀呀唱歌。不过城里是生意人的世界,没有人会规规

---

① 在中世纪的传奇文学中经常使用的骑士的名字。

矩矩。"

"你开头就讲,那些传说全是谣言,卡德瓦拉德太太,我相信,这也是谣言,"多萝西娅说,显得愤愤不平,"我认为,至少这是误解。凡是讲拉迪斯拉夫先生的坏话,我都不想听,他受到的不公正对待已经太多了。"

多萝西娅一旦心情激动,就顾不到别人对她的议论。再说,哪怕她能够想到这点,她也不会为了怕受牵连,把那些对威尔造谣中伤的话置之不问,她认为这时保持缄默是卑鄙的。她涨红了脸,嘴唇哆嗦着。

詹姆士爵士瞟了她一眼,对自己的策略有些后悔。但不论出什么事,卡德瓦拉德太太都能应付自如,她向外摊开双手,说道:"但愿如此,亲爱的!我是说,不论讲什么人,凡是坏话,我都希望是谣言。但是真可惜,小利德盖特娶了这么一个米德尔马契的小姑娘。他既然是上等人家的子弟,就应该娶一位出身书香门第的小姐才对,而且年纪不能太轻,要受得了他的那行职业。例如,克拉拉·哈法格就比较合适,她家里至今不知把她怎么办呢,她是有一份嫁妆的。那样,我们也可以跟她来往。不过算了!何必为别人的事操心。西莉亚在哪儿?我们还是进屋吧。"

"我得马上到蒂普顿去,"多萝西娅说,神色有些傲慢,"再见!"

詹姆士爵士送她上马车,不能再说什么。他事前费尽心机,还不惜卑躬屈膝求人,结果落得这样,想想实在有些泄气。

多萝西娅的马车沿着大路驶去,一边是浆果累累的树丛,一边是已经收割的麦田,但是她对周围的一切不看也不听。眼泪沿着她的面颊簌簌而下,她却并不觉得。世界仿佛变得丑恶了,可恨了,她找不到一个地方可以寄托她的满腔热忱。她听到一个声音在她心里说:"那不是真的,不是真的!"但是有一幕情景一直从她脑海里涌现出来,给她带来了无名的忧郁,使她怎么也摆脱不开,那就是那天她发现威尔·拉迪斯拉夫跟利德盖特太太在一起,还听到了他在钢琴的伴奏下唱歌。

"他说,他永远不做我不赞成的事,现在我要告诉他,我不赞成这件事,"可怜的多萝西娅在心里说,既对威尔生气,又热情地替他辩护,两种情绪奇怪地交替起伏着,"他们都想在我面前破坏他,但是只要他不应受到指责,我什么也不怕。我始终相信,他是高尚的。"她最后这么想,这时她发觉,马车已驶进蒂普顿田庄大门的拱道,她赶紧用手绢拭了拭脸,想起了她来的目的。车夫要求把马卸下半个小时,因为一块马蹄铁似乎出了差错。多萝西娅打算休息一会儿,脱下了手套和帽子,靠在门厅的一个雕像上,跟女管家谈话,最后她说:

"我必须在这儿停留一会儿,凯尔太太。我想还是上图书室,把伯父信中交代的事抄一份给你,免得你忘了,请你把百叶窗打开一下。"

"百叶窗已经开了,夫人,"凯尔太太说,看着多萝西娅,后者一边谈话,一边在踱来踱去,"拉迪斯拉夫先生在那儿,他要找些东西。"

(威尔是来拿他的画稿的,它们装在一个文件夹里,当初包扎行李时,他把它们忘了,可他又舍不得抛弃它们。)

多萝西娅的心似乎给什么撞了一下,开始怦怦跳动,但是她不露声色,马上镇静下来。确实,威尔在这里的消息,一时间真使她欢喜不尽,仿佛一件丢失的贵重物品突然又回到了眼前。她一边向门口走去,一边对凯尔太太说:

"你先进屋通报一声,说我在这儿。"

威尔已找到他的画稿,把它们放在屋子另一头的一张桌子上,正在翻看,有一张画的自然景色,多萝西娅曾觉得不能理解,现在他看到这值得纪念的一页,有些不忍释手似的。凯尔太太进屋时,他脸上还带着笑影,一边把画叠整齐,一边在想,大概多萝西娅的信已在米德尔马契等他了。这时凯尔太太走到他身边,说道:

"卡苏朋夫人来了,先生。"

威尔蓦地旋转身来,接着便看见多萝西娅走进了屋子。凯尔太太退出后,随手掩上了门。他们互相望着,一时头脑里涌现的东西太多了,使他们不知说什么好。他们的沉默不是由于心里慌乱,因为他们都感到分离已经临近,在依依惜别中是谈不上羞涩的。

她机械地向伯父的写字台走去,写字台的椅子紧靠着它,威尔替她把它拉出了一些,退后几步,站在她的对面。

"请坐下,"多萝西娅说,把手交叉叠在膝上,"你在这里,我很高兴。"威尔觉得,她的脸跟她在罗马第一次和他握手时一模一样,因为她那顶孀居戴的帽子外面罩了一顶出门戴的帽子,这时两顶帽子给一起摘下了。他可以看到,不久以前她流过眼泪。但是在她烦恼时出现的那种气愤的表情,已随着与他的见面而消失。每逢他们单独在一起的时候,她总是感到充满信心,有一种由于互相了解而产生的无拘无束的轻松感,别人的闲言闲语又怎能一下子改变这种效果呢?让激动我们心灵并给我们带来欢乐的音乐,再度响起来吧,我们何必管人们在它背后对它发出的非议!

"我今天刚寄了一封信到洛伊克庄园,要求你约个时间跟我见面,"威尔说,一边在她对面坐下,"我马上就要走了,走以前,我必须再跟你谈一次。"

"我以为好多个星期以前,你已在洛伊克跟我告别过了,那时你也说你快走了。"多萝西娅回答,声音有些哆嗦。

"是的,但有些事我当时还不知道,最近才听说,它们改变了我对未来的看法。上次我见到你时,我还希望将来有一天能够回来。现在我想,这再也不可能了。"威尔说到这里停止了。

"你想把原因告诉我吗?"多萝西娅胆怯地问。

"是的,"威尔直截了当地回答,把头向后一仰,不再看她,脸上露出气愤的神色,"当然,这是我必然希望做的。我在你的眼里,也在其他人的眼里,遭到了粗暴的侮辱。有人用阴险的手段,从侧面破坏我的人格。我希望你知道,在任何情况下,我不会这么卑鄙,以致……在任何情况下,我不会给人口实,认为我是为了钱才表面上装得……装得好像是为了别的什么。似乎要防备我不用靠别的什么,只要靠财产就够了。"

说到最后,威尔从椅上站了起来,他不知该往哪里走,结果仍朝最靠近他的凸肚窗走去,一年前,大约也在这个季节,那时窗也开着,他和多萝西娅就曾站在这窗口谈过话。现在,她对威尔的愤怒十分同情,一颗心几乎要跳出口腔似的,她只想告诉他,她从没做过对不起他的事,可是他似乎对她也疏远了,仿佛她也是那个不友好的世界的一部分。

"我从没把你看作一个卑鄙的人,如果你这么想,那是很不应该的。"她开始道。然后在热情的驱使下,她觉得她需要辩白,于是也立起身子,走到他面前,站在她以前站过的窗口,说道:"难道你以为我怀疑过你吗?"

威尔看她来到那儿,不免一怔,退出了窗口,没有看她的目光。这个行动是他刚才那种愤愤不平的口气的继续,它伤了多萝西娅的心。她准备说,她跟他一样难受,只是她无可奈何,但是他们之间这种奇怪的、微妙的关系,是他们谁也不便公开提到的,这使她始终小心翼翼,不敢讲得太多。这时,她还不能相信,威尔在任何情况下都愿意娶她,她生怕她用的字会暗示这种信念。她又回到了他最后那句话,热诚地说道:

"我相信,对你是用不到防备什么的。"

威尔没有回答。他的感情正在风暴中起伏不定,他只觉得,她的话不偏不倚,叫他不能忍受。在他愤怒的斥责之后,他的脸色那么苍白、憔悴。他走到桌边,把画稿放进文件夹里夹好,多萝西娅则站在远处望着他。他们似乎只得在死一般的沉寂中消磨这最后在一起的几分钟。他能说什么呢?涌上他心头的最强烈的情绪是他对她的热烈的爱,而这是他禁止自己说出口的。她又能说什么呢?她不能给他任何帮助,她不得不保存那些本来应该属于他的钱,何况他今天跟平时那么不同,尽管她对他充满信任和友好,看来他不会作出任何反应。

但是威尔最后放下画夹,又走回了窗口。

"我必须走了。"他说,眼睛中有一种特殊的神色,那是有时随同怨恨的情绪而俱来的,仿佛它们对着亮光看得太久,有些疲劳和枯涩了。

"你预备怎么办呢?"多萝西娅胆怯地问,"我们上次分别的时候,你说的那些打算,仍没有变吧?"

"是的,"威尔答道,那口气仿佛他要回避这个问题,觉得它已没有意思,"不论我找到什么职业,我都得好好干下去。我想,一个人会养成在没有欢乐和希望的情况下工作的习惯。"

"哦,这话太悲观了!"多萝西娅说,几乎到了啼哭的边缘。接着,她勉强装出笑容,又说道:"我们一向承认,我们同样喜欢使用夸大的词句。"

"现在我没有夸大,"威尔说,把背靠在墙角上,"有些事,一个人一生只能经历一次;到了某一天,他必然感到,最美好的日子终于过去了。我还很年轻,但我已有了这种体验,这就是我要说的一切。我从没像今天这么怀有强烈的希望,可是我希望得到的,正是我所绝对不能得到的——我的意思不仅仅是我做不到这点,而是哪怕我办得到,我的尊严和荣誉,以及我所重视的我的一切,也不允许我这么办。当然,我会活下去,像一个梦见过天堂的人那样,尽力活下去。"

威尔住口了,心想多萝西娅不可能不理解这些话;确实,他觉得白相矛盾,违背了自己的本意,对她讲得这么明显。然而,向一个女子说,他决不再追求她,这是不应该被称作追求的。这至多只能说是一种精神上的追求。

然而多萝西娅的心,却带着完全不同的幻觉,飞速地回顾着过去的一切。她想,她本人可能就是威尔所一心想得到的,但这想法在她心头只是一闪而过,接着便产生了怀疑:他们在一起的时间那么少,这些回忆在另一些回忆面前显得多么苍白,暗淡,那另一些回忆却告诉她,经常跟威尔在一起的是另一个女子,她与他的来往密切得多。那么,他所说的那些话可能都是指那个人的,至于他跟她本人的那一点关系,只能用她平时的观点来解释,那就是他们之间只是单纯的友谊,何况它已遭到她丈夫的摧残,面临着可怕的障碍。多萝西娅默默地站着,垂下了眼睛,仿佛在梦中一般,各种幻象纷至沓来,使她心如刀割,不能不相信威尔所讲的是利德盖特太太。但为什么心如刀割呢?他分明要她知道,在这件事上,他的行为也是光明磊落的。

她的沉默,没有引起威尔的惊异。他望着她的时候,也思前想后,心乱如麻。他巴不得出现什么情况,使他们的分离不致成为事实,可是这种奇迹在他们那些深思熟虑的谈话中,显然连影子也没有。那么,归根结底,她对他有没有一点爱呢?他不想欺骗自己,说他宁可相信她没有这种痛苦。他无法否认,他内心的渴望就是要对她爱他这点获得肯定的信念,这是他所有谈话的出发点。

他们谁也不知道,他们这样站了多久。多萝西娅抬起眼睛,正预备开口,这时门开了,她的仆人来通知她:

"马已准备好,夫人,您随时可以动身了。"

"我马上就走。"多萝西娅说。然后转身对威尔道:"我得给女管家抄一份摘要。"

"我必须走了,"威尔说,这时门已重新关上,他走到了她面前,"后天我就离开米德尔马契。"

"你的行为从各方面说都是对的。"多萝西娅道,声音低低的。她感到心头像压着什么,使她几乎说不出话。

她伸出了手,威尔握住它,一时没有开口,因为他觉得她的话那么冷淡,叫他受不了,这不像是她说的。他们的目光相遇了,但是他的眼睛里包含着不满,而她的只是显得忧郁。他转过身子,把画夹挟在腋下。

"我从来没有做过对你不公正的事。请不要忘记我。"多萝西娅说,忍住了正在升起的呜咽声。

"你为什么要那么说?"威尔答道,有些生气,"难道你还不知道,我的危险正在于忘记其他的一切。"

那时他确实对她升起了一股怒火,这使他毫不犹豫,马上走了。对于多萝西娅,他最后那句话,他到达门口时从远处向她鞠躬,以及他的离开,都只是一瞬间的事,等她明白过来,他已走了。她颓然倒在椅上,像泥塑木雕似的坐了几分钟,各种幻象和感觉纷纷向她袭来。最先是欢乐,尽管它的背后隐藏着一系列可怕的事,欢乐还是欢乐,因为她现在明白,威尔爱的确实是她,不得不放弃的也确实是她,如果是别人,他就不致毫无希望,以致成为众矢之的,为了荣誉,非得迅速离开不可。他们的分手是不可避免的,但是——多萝西娅深深吸了口气,觉得又恢复了勇气——谁也不能不让她想他。在这样的时刻,分离是容易忍受的,刚刚诞生的爱和被爱的感觉排除了悲伤。坚硬的、冰一般的压力仿佛融化了,意识又有了扩展的余地,往事带着更丰富的意义回到了她身边。欢乐没有由于无可挽回的分离而减少,也许还变得更完满了,因为现在任何眼睛和嘴巴已无权再发出谴责,表示轻蔑和怀疑。他的行为驳倒了谴责,也使怀疑不得不变成了尊敬。

任何人这时看到她,都会发觉,她心头有一种力量在支持着她。正如创造力总要寻找活动的机会,哪怕一件小事也会像通往光明的缺口似的,受到它的欢迎,现在多萝西娅也是这样,她觉得心情轻松,可以写她的摘要了。她最后向女管家交代了几句,口气十分愉快。她坐进马车的时候,眼睛亮亮的,脸蛋在阴郁的帽子下仍显得那么红润。她把沉闷的黑纱掠到背后,望着前面,心想不知道威尔走哪一条路。他是无可指责的,她应该为他感到骄傲。在她的一切情绪中有着一条主流:"我为他辩护是对的。"

车夫习惯于驾着灰色马飞跑,因为每逢卡苏朋先生离开了他的书桌,便对什么都不感兴趣,对什么都不耐烦,每次旅行都想尽快到达终点;现在多萝西娅便沿着大路在飞驰。坐在车上是愉快的,夜里下过雨,路上没有飞扬的尘土,蔚蓝的天空一望无际,只有一处有着大朵大朵的乌云攒聚在一起。大地像笼罩在蓝天下的一片乐园,多萝西娅巴不得赶上威尔,再看他一眼。

路突然一拐,只见他挟着画夹在前面行走,但是一转眼,她已越过了他,他举了举帽子。她感到一阵心痛,她坐在车上,得意扬扬,他却在后面踽踽独行。她不能回头看他,仿佛有一群冷酷无情的俗物,横亘在他们中间,拆散了他们,使他们只得分道扬镳,彼此越离越远,即使回头瞧一眼,也无济于事。她不能吩咐停车等他,也不能流露任何迹象,似乎她在想:"我们应该分开吗?"不能,千万种理由涌上她的心头,都在告诫她:不能对未来存有丝毫幻想,违反今天的决定!

"我要是早些明白就好了……我希望他知道……那么尽管我们要永远分开,我们还是可以十分愉快,我们可以彼此想念。要是我能给他一点钱就好了,那可以使他的日子过得轻松一些!"这些愿望一再出现在她的头脑里,然而社会像一座大山压在她心上,尽管她有行动的自由,每逢她想到威尔需要这种帮助,社会对他并不公正的时候,她总听得有个声音在对她说,他们的关系只能到此为止,再进一步就不合适了,凡是跟她有关的人,都抱着这样的看法。她充分体会到了促使威尔采取那个行动的原由,那是铁面无情的,不可违抗的。他怎么敢设想,她能够推翻她丈夫设置在他们中间的障碍呢?她自己又怎么敢于设想,她要推翻这障碍呢?

随着马车在前面变得越来越小,威尔的绝望也越来越沉重了。一点小事就能使他敏感的心灵十分痛苦,何况现在,他眼看多萝西娅的马车从他身旁驶过,他却只能像一个可怜的游子在路上慢慢踯躅,只觉得前途茫茫,哪怕找到一个栖身之处,也无从得到他想望的一切,这使他的行为变成了只是无可奈何的活动,失去了意志的支持。归根结底,他没有得到她爱他的保证,在这种情况下,试问,谁能为自己单方面承担了全部痛苦,还照旧感到愉快呢?

那天晚上,威尔是在利德盖特家中度过的。第二天晚上,他就走了。

第七卷　两种诱惑

第六十三章

> 这类区区小事对小人物却是大事。
> ——高尔德斯密斯①

在一次圣诞节聚餐会上,托勒先生向坐在他右边的费厄布拉泽先生发问道:"你和你那位科学泰斗利德盖特,最近还常见面吗?"

"很抱歉,不大见面。我住得太偏僻,他又太忙。"牧师回答。托勒先生常常笑他把那位"新医学之光"捧得太高,对这种调侃,他总是尽量回避。

"他很忙吗? 这叫我听了很高兴。"明钦大夫说,态度温文尔雅,又带些惊异的神色。

"他把大部分时间花费在新医院里,"费厄布拉泽先生说,觉得有必要再补充几句,"这是我从我的邻居卡苏朋夫人那儿听到的,她常上医院。她说,利德盖特简直不知道疲倦,把布尔斯特罗德的医院办得生气勃勃。他正在准备新的病房,万一霍乱蔓延到这儿,可以抢救。"②

"我看,恐怕是准备把病人作他的新医疗理论的试验品吧。"托勒先生说。

"喂,托勒,说话要凭良心,"费厄布拉泽先生说,"你很聪明,不会不明白,大胆创新精神在医学上,也像在别处一样,是十分必要的。至

---

① 引自高尔德斯密斯的长诗《旅行者》。
② 一八三二年春英国曾发生霍乱。

于霍乱应该怎么对付,据我看,你们谁也心中无数。通常,一个人在新的道路上走得远了一些,首先受害的往往是他自己,不是别人。"

"我认为,你和伦奇应该感激他才是,"明钦大夫望着托勒说,"他把皮科克最有钱的病人都送到了你们这里。"

"利德盖特初出茅庐,行医不久,想不到生活过得那么阔绰,"啤酒商人哈利·托勒先生说,"我看,这一定是他北方的亲戚在接济他。"

"我也这么想,"奇吉利先生说,"要不,他哪能娶到那个漂亮的小妞儿,我们大家谁不喜欢她呢。真见鬼,全城最美丽的姑娘给他抢去,实在叫人不服气。"

"哎哟,说真的! 也是最温柔的姑娘呢。"斯坦迪什先生说。

"据我知道,我的朋友文西对这门亲事一点也不满意,"奇吉利先生说,"他不会给他们多少钱。至于男方的亲戚肯不肯照顾他们,我就不得而知了。"在这一点上,奇吉利先生故意保持缄默,仿佛含有深意似的。

"嘿,据我看,利德盖特不指望靠行医的收入过活呢。"托勒先生说,带有一点揶揄的意味。这件事谈到这里就结束了。

费厄布拉泽先生不是第一次听到这些议论,它们的意思无非是说,利德盖特的花销太大,业务收入不能相抵。但他认为,利德盖特办婚事大手大脚的,满不在乎,一定有什么财产可以依靠才会那样,因此尽管他的业务不太景气,看来也不致产生严重的后果。一天晚上,他特地抽空前往米德尔马契,打算像过去那样,跟利德盖特谈谈。他发现,对方心事重重,跟平时完全不同,平时他总是悠闲自在,无话可说,便保持沉默,一旦想起什么,又会马上侃侃而谈,兴致勃勃。今天,他们在他的工作室坐定之后,谈到生物学上某些观点时,利德盖特仍滔滔不绝,提出了它们可能对或可能错的种种论点;但是他提不出任何明确的意见或证据,那种孜孜不倦、锲而不舍的探索的标志,不能像平时那么振振有词地说道"一切研究中必然存在收缩和舒张"①,或者"人的头脑必然要在全人类的水平和显微镜的水平之间不断地扩张和收缩"。这天晚

---

① 这是生理学上的术语,指心脏的收缩和舒张,这里是借用的。

上,他的高谈阔论似乎只是为了不愿触及自己的心事。他们谈了不久,便走进了客厅,利德盖特请罗莎蒙德给他们弹点什么,然后坐在椅上默不作声,但眼睛中有一种奇异的亮光。费厄布拉泽先生头脑里闪过了一个思想:"他好像吸过鸦片似的……也许是痉挛性颜面神经痛吧……或者医学上发生了什么疑难问题。"

他没有想到,利德盖特的婚姻并不如意。他像别人一样,相信罗莎蒙德是温存体贴、百依百顺的妻子,尽管他一向对她没有兴趣,觉得她过分像精修女塾①的模范学生,他的母亲也不能宽恕罗莎蒙德,因为她走进屋里,好像从没看见亨利埃塔·诺布尔。"不过,利德盖特爱上了她,"牧师对自己说,"她一定很合他的心意。"

费厄布拉泽先生明白,利德盖特是一个高傲的人,但是由于他自己缺乏相应的气质,除了不愿有卑鄙或愚蠢的表现以外,从不注重个人的尊严,他自然很难体会利德盖特的心情,那种像怕灼伤一样,怕触及个人生活中的丑事的心情。在托勒先生家中那次谈话以后,过了不久,牧师终于了解了一些情况,这使他急于寻找机会,要向利德盖特表示,如果他有困难,愿意公开的话,他会用友好的耳朵听取一切。

在文西先生家中,这样的机会来了。那天是举行元旦宴会,费厄布拉泽先生自然在邀请之列,请帖上还特地说明,希望他在担任圣博托夫教区牧师,又荣任洛伊克教区长要职之后的第一个新年里,不要忘记他的老朋友们。这次宴会完全属于联欢性质,费厄布拉泽家几位女士都出席了,文西家的孩子们也都在酒席上就座,弗莱德还说服他的母亲,如果她不邀请玛丽·高思,费厄布拉泽家的人会认为这是瞧不起她们,因为玛丽是她们非同寻常的好友。玛丽来了,弗莱德异常兴奋,不过他的欢乐是起伏不定的——想到他的母亲能亲眼看见,玛丽怎样得到酒席上最体面的人的器重,他固然沾沾自喜,但看到费厄布拉泽先生坐在她旁边,又不免醋劲大发。弗莱德一向认为自己聪明伶俐,稳操左券,可是自从担心"可能败在费厄布拉泽手下"以后,便不那么轻松了,现在这种威胁还没有解除。文西太太虽已中年,但身材丰满,风韵犹存,

---

① 为已受普通教育的少女进入社交界作准备的一种学校,主要教授音乐、礼节等等。

看到矮小的玛丽,生着一头粗糙的鬈发,脸上既不像百合花那么洁白,又不像玫瑰花那么红润,不免怏怏不乐,心想她穿了结婚礼服,肯定不会好看,要是生下孙儿孙女都是高思家的那副相貌,如何得了。尽管这样,筵席上还是很热闹,玛丽尤其神采奕奕,看到弗莱德家的人为了他的缘故,对她已比以前亲切,也很高兴,而且她也希望让他们看看,那些被他们视作权威的人对她如何赏识。

费厄布拉泽先生发觉,利德盖特似乎心烦意乱,文西先生也尽量避免与女婿搭讪。罗莎蒙德仍那么优雅、文静,娇娇滴滴,可惜教区长没有心思对她进行仔细观察,否则就会发现,她对丈夫的一切漠不关心,这是跟丈夫情投意合的妻子绝不可能的,即使礼节要求她保持一定的分寸,也不致如此冷淡。每逢利德盖特与人谈话,她从不看他一眼,倒像她只是一尊普叙赫①的雕像,当初塑造时本来就朝着另一个方向。在他有事外出了一两个小时,重新回到屋里时,她似乎没有留意,可是在十八个月以前,这一定会引起她的强烈反应。不过事实上,她正密切注意着利德盖特的每一句话、每一个动作,她那种若无其事、冷若冰霜的安闲外表,只是故意装出的一种姿态,表示她的内心对他极为不满,只是出于礼貌,不得不忍耐而已。用甜点时,利德盖特给叫走了,后来女士们聚集在客厅中,罗莎蒙德正好走过费厄布拉泽老太太身边,后者便对她说道:"利德盖特太太,你丈夫的许多活动,你都是没法参加的。"

"是的,一个医生的生活是很繁忙的,尤其像利德盖特那样,总是对工作一丝不苟,勤勤恳恳。"罗莎蒙德说。她本来站着,因此说完这几句无懈可击的话以后,转身就走了。

"在身边没有人的时候,她真是寂寞得太可怕了,"文西太太说,她正好坐在老太太的旁边,"罗莎蒙德一生病,我就这么想,我只得住在那儿陪她。你知道,费厄布拉泽太太,我们的家庭一向很愉快。我自己喜欢寻快活,文西先生也经常请客,过得热热闹闹。这就是罗莎蒙德从小生活的环境。这跟一个随时可以出门,而且不知道什么时候回家的丈夫,是完全不同的。据我看,这个丈夫还目空一切,见了人不理不睬

---

① 希腊神话中的少女。

的,"口没遮拦的文西太太讲到这句插话,不免稍稍降低了一点声音,"但罗莎蒙德有的始终是天使般的性格,尽管她跟几个弟兄往往合不来,她也从没发过脾气。她从小就温柔得不能再温柔,模样儿又那么漂亮,真是没有说的。不过谢天谢地,我的孩子们脾气都很好。"

凡是看到文西太太那副神气的,都会相信这话,只见她把帽子的阔绸带往后一掠,望着她的三个小女儿发笑,她们小的七岁,大的十一岁。不过,她那笑盈盈的目光不得不把玛丽·高思也包括在内,因为三个女孩子正把她围在墙角里,逼她讲故事。玛丽刚讲完有趣的矮妖精①,这是她记得很牢的,因为莱蒂老是捧着她那本宝贝小红书,给她的哥哥姊姊们讲这故事,埋怨他们什么也不知道。文西太太宠爱的路易莎这时跑到她身边,睁大了惊异认真的眼睛,喊道:"妈妈,妈妈,矮妖精气得把地板都跺穿了,好久拔不出脚来!"

"好啦,我的小天使!"妈妈说,"你明天再讲给我听吧,现在去听故事!"她目送着路易莎回到那个动人的角落,心想,要是弗莱德以后再央求她邀请玛丽,她一定不再反对,瞧,孩子们跟她多么热和。

过了一会儿,墙角那里变得更热闹了,因为费厄布拉泽先生来了,他把路易莎抱在膝上,坐了她的位子。所有的女孩子都坚持,他也应该听矮妖精的故事,玛丽必须再讲一遍。他也坚持要听,玛丽没有推辞,又开始讲了,讲得娓娓动人,完全跟刚才一样,一个字也不差。弗莱德这时也坐在附近,他对玛丽取得的效果,十分满意,可惜费厄布拉泽先生也在那里,他一边装出一副听得津津有味的样子,免得孩子们扫兴,一边却显然带着爱慕的神色,不断拿眼睛睃着玛丽,这使弗莱德的欢乐不免打了几分折扣。

"路,我看你今后不想再听我的独眼巨人了。"弗莱德最后说。

"不,要听的。你现在就讲。"路易莎说。

"哦,不成,我讲不到那么好。你还是请费厄布拉泽先生讲吧。"

"对,"玛丽接着道,"请费厄布拉泽先生给你们讲蚂蚁的故事,它们的漂亮房子有一天给一个叫汤姆的巨人踩倒了,不过他想它们不在

---

① 德国的一个著名童话,讲矮妖精怎样帮助一个少女成为王后,然后向她索取她的孩子,最后失败气死了。

乎,因为他没有听到它们哭,也没有看到它们用手绢擦眼泪。"

"讲吧,讲吧。"路易莎说,抬头望着牧师。

"不成,我是一个庄严的老牧师。要是我想讲故事,我的故事会变成一篇讲道文。要我给你们讲道吗?"他说,把近视眼镜戴上,噘起了嘴唇。

"要。"路易莎说,有些踌躇。

"好,让我想想看。不要贪吃糕饼,如果糕饼是甜的,里面有葡萄干,那尤其要当心,它们不是好东西。"

路易莎一本正经当一回事,从牧师膝上爬下来,跑到了弗莱德面前。

"呀,我想起来了,元旦日是不该讲道的。"费厄布拉泽先生说,站起身走了。他近来发现,弗莱德对他有些嫉妒,还感到自己对玛丽仍没死心,见了她总是情意绵绵,特别关心。

"高思小姐是一个惹人喜爱的女孩子。"费厄布拉泽老太太说,她一直在注意儿子的行动。

"是的,"文西太太不得不这么回答,因为老太太是对着她说的,"可惜她长得不太漂亮。"

"我不这么看,"费厄布拉泽老太太坚决地回答,"我喜欢她的相貌。我们不应该老是把美貌放在第一位,这不是上帝的意思,贤惠的女子有时并不漂亮。我把美好的举止放在第一位,高思小姐不论在什么场合,都懂得怎样待人接物。"

老太太的口气带有一些锋芒,她已经看中玛丽,希望她做她的儿媳妇,只是由于她和弗莱德的关系,这事有些不好办,目前还不便公开。不过洛伊克牧师府的三位女士仍然希望卡姆登能选择高思小姐。

新的客人到了,客厅里开始了音乐和娱乐活动,惠斯特牌桌已在门厅另一边一间安静的屋子里摆开。费厄布拉泽先生为了使母亲高兴,陪她打了一局,因为她认为偶尔打打惠斯特牌,这是对恶意诽谤的抗议,为了表示不同的意见,哪怕输了也是值得的。但打完一局,他就让给了奇吉利先生,离开了屋子。他走过门厅时,利德盖特刚好进屋,正在脱大衣。

"你来得正好,我在找你呢。"牧师说。这样,他们没有进客厅,只是在门厅里踱了几步,便在壁炉前面站住了,炉火红艳艳的,在周围寒冷的空气中更显得可爱。"你瞧,我对惠斯特牌已没有多大兴趣,"他继续道,朝利德盖特笑了笑,"现在我不必为几个钱打牌了。卡苏朋夫人告诉我,那是你帮了我的忙。"

"怎么讲?"利德盖特冷冷地说。

"好啦,你想瞒我,但我认为这种沉默是胸襟狭窄的表现。为一个人做了好事,就该让别人知道,使他也高兴高兴。我不明白,为什么有的人不愿接受别人的帮助。拿我来说,我愿意接受每个人的恩惠,希望大家都对我好。"

"我不明白你是指什么,"利德盖特说,"除非有一次我向卡苏朋夫人谈起过你。但是她答应不提这事的,我不相信她会失信。"利德盖特把背靠在壁炉架的角上,使火光不致照见他的脸。

"那是布鲁克泄漏的,只是前几天的事。他向我表示祝贺,说他很高兴,我得到了牧师的俸禄,不过你打乱了他的策略,把我捧得那么高,好像我是凯恩或蒂洛森①,以及诸如此类的人,这才使卡苏朋夫人不再考虑别的人选。"

"咳,布鲁克真是个嘴巴快得要命的傻瓜。"利德盖特轻蔑地说。

"好吧,我还喜欢他嘴快呢。我真不明白,你为我讲了好话,为什么不让我知道,我的好朋友。你确实帮了我一个大忙。一个人看到,他之所以能够正直行事,主要得力于他不必为钱操心,这对他的自满情绪是有力的镇静剂。任何人如果不需要魔鬼帮忙,他自然不必违背主祷文来讨好魔鬼。我现在用不着依赖机会向我发出微笑了。"

"我倒是认为,要有钱还是得靠机会的,"利德盖特说,"如果一个人要靠自己的职业挣钱,那自然有个碰运气的问题。"

费厄布拉泽先生觉得,他能理解这些话,它跟利德盖特从前的谈吐如此不同,是因为他心境不好,一个人事业上不顺利的时候,有些悲观

---

① 托马斯·凯恩(1637—1711)和约翰·蒂洛森(1630—1694),两人都是英国著名的高级教士,曾任主教等职。

是难免的。他用和蔼的同情口吻答道:

"咳,在这个世界上,需要忍受的事太多了。但是一个人如果有朋友爱他,愿意尽自己的力量不惜一切地帮助他,那么他就可以比较轻松,等待时机的好转。"

"这当然啦,"利德盖特随口应道,改变了一下姿势,看了看表,"但人们往往把困难想得太严重,其实是不必的。"

他看得相当清楚,费厄布拉泽先生是在向他表示愿意帮助他,这使他受不了。我们世人往往固执得奇怪,他便是这样,长久以来,他一直为自己暗中帮助了牧师,感到得意扬扬,可是一旦牧师发现他也需要帮助,表示愿意报答他的时候,他却竭力回避,坚决保持沉默。再说,在这一切表示以后,接着应该怎样呢?应该"说明自己的处境",表示他需要特殊的关怀。这在那时对他说来,是比自杀更不好受的。

费厄布拉泽先生是一个头脑敏锐的人,自然知道那回答的意义,而且利德盖特的态度和口气都那么强硬,跟他结实的体格相仿,如果你第一次不能说动他,那么多费唇舌也是枉然。

"你的表几点钟?"牧师问,只得把遭到冷遇的热情压了下去。

"十一点多了。"利德盖特说。他们走进了客厅。

第六十四章

> 甲先生:权力在哪里,责任也应该在哪里。
> 乙先生:不,权力是相对的,你不能靠
> 边境上强大的碉堡吓退瘟疫,
> 也不能靠奥妙的理论捉到鲤鱼。
> 一切力量都有两重性:因果不能分开,
> 没有果也就无所谓因,主动本身
> 也必须包含被动。这样,
> 命令没有服从也就不能存在。

哪怕利德盖特愿意把心事彻底公开,他也知道,费厄布拉泽先生力量有限,无法解决他的燃眉之急。商人的年终账单纷纷送来,多佛又威胁要处理他的家具,可是他能够依靠的只是点点滴滴的零星收入,何况对病人是不宜得罪的;至于弗雷什特庄园和洛伊克公馆给的优厚诊费,那早已随手花光了。总之,要渡过眼前的难关,至少需要一千镑,这样才略有剩余,使他可以在这种境况下,真正像那句称心如意的话一样,"松一口气,从长计议"。

快活的圣诞节过去之后,幸福的新年即将来临,市民们忙于过年,都希望平时含笑给予邻里们的帮助和货物,现在可以收回代价,这自然使利德盖特心头的压力更加沉重。他不得不为这些琐事操心,几乎无法集中精力考虑任何其他问题,哪怕多年来习以为常、念念不忘的工作,也只得丢在一边。他不是一个性情不开朗的人,性情不开朗往往是由于斤斤计较,气量狭隘,而他的脑力活动,他那热情和蔼的胸怀,那强壮的体格,在比较顺利的条件下,都可以使他超越于这一切之上。然而现在他却成了烦恼的俘虏,这种烦恼是最糟的,它不仅来自生活不如意,而且来自潜伏在那些不如意下面的第二种意识,即意识到自己浪费了精力,把生命消耗在一些无足轻重的琐事上,而这是与他以往的抱负背道而驰的。有一个怨恨的声音经常在他耳边萦绕:"我现在想的是这些,可我应该想的是那些。"这使每一个困难变得加倍不能忍受。

在文学中,有些人物形象震动人心,就因为他们对世界普遍不满,认为这是一个黑暗的陷阱,他们伟大的心灵走进这里是一个错误。但是认为自身伟大,世界渺小,这种想法也许还聊可自慰。利德盖特的不满却难以忍受得多,这是一种意识,即相信他的周围为思想和实际行动提供了远大的发展前途,只是由于他自身的缺陷,他的天地才越来越小,使他陷入了孤立无援的悲惨境地,为个人的得失忧虑重重,又不得不为了减轻这种忧虑,应付庸俗的琐事。他的困难也许微不足道,不值得大人先生们的一哂,因为他们不知道什么叫债务,哪怕负债,数目也大得多。毫无疑问,这类事卑不足道,可是对于大部分没有地位的人说来,要避免卑不足道是不可能的,除非他们对金钱无所需求,才不致对它抱鄙陋的希望,不致受它的诱惑,不致为了它等待别人的死亡,不致对它卑躬屈膝,唯命是从,在它的驱使下耍弄马贩子手段,以次充好,投机取巧,或者觊觎应该属于别人的职位,或者为了自己的幸福,无所顾忌,甚至危害众人。

利德盖特意识到,他正在金钱的可耻压力下苦苦挣扎,他为此感到恚恨,消沉,正是这种心情使罗莎蒙德一天天疏远他,不断扩大了两个人的隔阂。从第一次向她公开卖契之后,他就再三努力,想引起她对他的同情,以便尽一切可能紧缩他们的开支;随着可怕的圣诞节的日益逼近,他的要求也变得越来越明确了。他说:"我们两人只雇一个仆人就行了,我们应该尽量节省。我想我有一匹马已够了。"我们已经看到,利德盖特开始明白,也逐渐清醒地意识到,生活上必须量入为出,在这方面为了体面,讲究排场,必然得不偿失,因为债务人的身份一旦败露,那就什么体面也谈不到了。他的自尊心使他不甘落到这个地步,也不愿为了钱乞求别人接济。

"当然,如果你乐意,你可以辞退另外两个仆人,"罗莎蒙德说,"但是我认为,要是我们过得太寒碜,这会对你的地位造成极大的危害。你的主顾一定会减少。"

"亲爱的罗莎蒙德,这不是我乐意不乐意的问题。我们开头太浪费了。你知道,皮科克住的房屋比这小得多。这都要怪我,我应该比你懂事。要是谁有权责骂我的话,我是应该受到责骂的,因为我使你不得不过艰苦的生活,这是你从来不习惯的。但是我想,我们是因为彼此相爱才结婚的。我们应该同舟共济,渡过困难。好吧,亲爱的,把活儿放下,到我身边来。"

这时他对她实际已经心灰意懒,但是没有感情的未来使他害怕,他决心防止分裂的到来。罗莎蒙德服从了,他拉她坐在膝上,但在她的内心,她与他仍十分遥远。这个可怜的女人只看到,世界辜负了她,不能使她称心如意,而利德盖特是这个世界的一部分。但是他用一只手搂住她的腰,把另一只手按在她的双手上。这个人尽管外表粗鲁,对女人还是十分温柔体贴的,在他的思想里,他从不忘记她们的体格较男子单薄,不论在身体和心理方面,她们都显得有些弱不禁风。他又开始他的劝导了。

"现在,罗莎,我对事情看得清楚了一些,我发现,我们在家庭开支方面真的浪费了一大笔钱呢。仆人大手大脚,我们也交际应酬太多了。但是与我们身份相同的人,有不少比我们过得俭省得多,他们的生活比较朴素,还注意节约每一文钱。看来在这类问题上,钱还不是主要的,例如,伦奇尽量过粗茶淡饭的生活,可是他的收入并不少。"

"啊,原来你打算像伦奇那样过日子!"罗莎蒙德说,把脖子扭了一下,"但是我听你说过,你厌恶那种生活方式。"

"是的,他们对一切都缺乏高雅的情趣,他们使节约变成了吝啬。我们不必像他们那样。我的意思只是说,虽然伦奇收入相当可观,他还是避免挥霍浪费。"

"那你为什么不让你的收入好一些呢,泰第乌斯?皮科克先生的业务就很兴旺,你应该多多留神,不要得罪人,而且也不妨像别人一样出售药品。我认为,你开头还算不错,你有好几家富裕的主顾。在这种事上,标新立异是没有意思的,应该想想大家要求你怎么办。"罗莎蒙德说,口气坚定,带一些教训的意味。

利德盖特的火气上升了,他可以容忍妇女的软弱,但不能容忍妇女教训他。水中女仙心灵浅薄也许还有可爱之处,如果她开始说教,那就一无可取了。但是他克制着自己,只是用坚定不移的口吻答道:

"我当医生应该怎么办,罗莎,这得由我决定。那不是我们讨论的题目。现在只要你知道,我们的收入可能极其有限,这就够了。它可能只有四百镑,也许还少些,在相当长一段时期内不会改变,我们必须根据这个事实安排我们的生活。"

罗莎蒙德沉默了一两分钟,眼睛望着前面,然后说道:"我的姑夫布尔斯特罗德应该给你一份薪金,你在为他的新医院办事,你不拿报酬是不合理的。"

"这事一开始就已讲定,我的工作是尽义务的。再说,那不属于我们讨论的范围。我已经指出,唯一可能的出路是什么。"利德盖特说,有些不耐烦。接着他忍住性子,用比较冷静的口气继续道:

"我想我看到了一个办法,它可以使我们摆脱目前的大部分困难。我听说,小内德·普利姆但尔即将与索菲·托勒小姐结婚。他们很有钱,可是在米德尔马契,好的住房极难找到。我相信,如果我们把这房子,连同它的全部家具,转租给他们,他们一定乐于接受,愿意出较高的代价。我可以委托特朗布尔跟普利姆但尔接洽这件事。"

罗莎蒙德离开了丈夫的膝盖,慢慢走到屋子的另一头。等她转过身子,向他走来时,很清楚,她流过眼泪了,现在她咬住下嘴唇,握紧了手,不让自己哭出声音。利德盖特很不自在,气得哆嗦了一下,然而他觉得,在这当口让愤怒爆发出来,不像男子汉的行为。

"我非常遗憾,罗莎蒙德,我知道这是痛苦的。"

"在我忍受耻辱送回餐具,允许他们清点家具时,我本来以为……是的,至少在那时我以为,那已经到顶了。"

"我当时已向你解释清楚,亲爱的。那只是抵押,在抵押的背后还有着付债的问题。那笔债必须在未来的几个月内付清,否则我们的家具就得拍卖。如果小普利姆但尔愿意接受我们的房子和大部分家具,我们就有能力付清那笔债,以及其他一些欠款,我们也可以摆脱我们负担不了的开支。我们不妨租一栋较小的房子,据我知道,特朗布尔有一栋很好的房子要出租,一年才三十镑,而这幢房子要九十镑。"利德盖特把这一篇话讲得简单扼要,斩钉截铁,这是我们要使一个糊涂的头脑认清铁面无情的事实时,常常用的口气。眼泪悄悄流下了罗莎蒙德的面颊,她立即用手帕捂住了脸,站在那里,望着壁炉架上的大花瓶出神。这时她真比以前任何时候更加伤心。最后,她用小心慎重的口气,慢条斯理地说道:

"我简直不能相信,你会喜欢采取这么一个办法。"

"我喜欢?"利德盖特按捺不住了,怒冲冲地说,从椅上一跃而起,把双手插在口袋里,大踏步离开了壁炉,"这不是喜欢的问题。当然,我不喜欢这样,但这是唯一的出路。"他一下子旋转身子,面对着她。

"但我以为,除此以外,还有不少办法,"罗莎蒙德说,"我们可以把一切拍卖,一起离开米德尔马契。"

"去干什么?丢下我有工作的米德尔马契,跑到没有我的工作的地方去,这有什么用?我们在别处也是分文全无,跟在这里一样。"利德盖特说,火气更大了。

"如果我们落到那个地步,那么这全是你自己造成的,泰第乌斯,"

罗莎蒙德转过身来,用充满自信的口吻说,"你不应该像现在这样对待你自己的家人。你得罪了利德盖特上尉。我们在夸林汉姆时,高德温爵士对我十分亲切,我相信,只要你对他保持应有的尊敬,把你的处境告诉他,他不会置之不顾。可是你不那么办,却喜欢放弃我们的房子和家具,要把它们让给内德·普利姆但尔先生。"

利德盖特的眼睛变得恶狠狠的,他越发愤怒了,回答道:"好吧,你一定要说我喜欢,那就喜欢吧。我可以奉告你,这比到毫无希望的地方去乞求怜悯好一些,那是丢我的脸,让我出丑。现在请你明白,我喜欢那么办。"

最后这句话的口气,无异是他伸出坚强的手掐住了罗莎蒙德那条娇嫩的胳膊。但是尽管这样,他的意志一点也不比她的强。她一言不发,立即走出了屋子,怀着坚定的决心,要阻止利德盖特实现他喜欢做的事。

他出门去了,但是等他冷静以后,他感到这次讨论的主要后果,只是使他的顾虑加深了一层,今后要跟妻子商量将来的安排更难了,最后恐怕无非是再发一顿脾气罢了。这好比一件细巧的瓷器上有了一条裂缝,他不敢再碰它,免得它终于破碎。如果他们不能继续相爱,那么他的结婚只是辛酸的讽刺。他心里早已有了准备,觉得她性格中存在着消极的一面,那就是缺乏同情心,这表现在她不屑考虑他的特殊愿望和基本目标上。第一次重大的失望熬过去了,理想妻子的温柔体贴、相亲相爱,已给丢到九霄云外,对生活的要求只能降低一等,跟失去了手脚的人一样。但是现实的妻子不仅有她自己的主见,而且还占领着他的心灵,他自己也殷切希望,这种占领不致削弱。在婚后生活中,担心"我不会再爱她",这是比认识到"她永远不会太爱我"更加可怕的。这样,那次争吵以后,他内心的全部要求只是原谅她,应该责备的是艰难的环境,而这一部分是他造成的。当天晚上,他便向她表示亲热,试图医治他早上造成的创伤,罗莎蒙德的性格是从来不会板起脸孔,拒人于千里之外的。确实,她欢迎这些表示,它们说明,她的丈夫仍然爱她,仍处在她的控制下。不过这跟爱他是大有区别的。

利德盖特不打算立即回到转让住房的计划上来。他决心付之实

行,只是尽量不提这事。但第二天用早餐时,罗莎蒙德自己提到了它,口气很温和:

"你有没有跟特朗布尔谈过?"

"还没有,"利德盖特说,"但今天早上我路过那里会去找他,事情不能再拖了。"他把罗莎蒙德的询问当作她回心转意,不再反对的表示,因此起身出门时,还亲热地吻了吻她的额角。

过了一会儿,到了适宜拜客的时间,罗莎蒙德马上去找内德先生的母亲普利姆但尔太太了。她一进门,就高高兴兴祝贺了即将到来的喜事。普利姆但尔太太作为母亲,她的想法是:罗莎蒙德回顾过去,可能对自己的愚蠢有些反悔了。她觉得,目前她已占有优势,完全可以站在儿子一边,但这位老太太心肠不坏,因此对罗莎蒙德特别客气。

"是的,我应该说,内德很有福气。我能找到索菲·托勒这么一个好媳妇,真是没有说的。当然,她父亲不会亏待她,他开了那么大一家啤酒厂,自然要考虑自己的身份。我们攀了这样一门亲事,也应该心满意足了。但我看重的还不是这些。她是一个文雅的女孩子,没有架子,待人和气,可是风度比得上第一流的小姐。当然,我不是指贵族家的千金。有的人老是想往上高攀,我看这没有什么好处。我的意思只是说,索菲比得上这城里最好的闺女,她对这亲事也很满意。"

"我一向认为她很可爱。"罗莎蒙德说。

"我觉得,内德能娶到这么一个妻子,这是他人好的缘故,他从来不会目中无人,自高自大,"普利姆但尔太太继续道,她天生的尖刻嘴巴已温和多了,因为她竭力告诫自己,要采取正确的立场,"托勒家要求很高,本来可能不同意,因为我们的朋友中有些人跟他们是对头。大家知道,你的姑妈跟我从小是好朋友,普利姆但尔先生也总是站在布尔斯特罗德先生一边。我自己的观点也从不含糊。但是托勒家还是很喜欢内德。"

"我相信他是人人喜爱、品行端正的年轻人。"罗莎蒙德说,由于普利姆但尔太太改正了态度,为了报答她的好意,她也对她格外客气,恭维备至。

"是呀,他没有军人的气派,从来不会摆出一副架势吓唬人,好像大家都不如他,也不擅长讲话,不会唱歌,头脑也不灵敏。不过我宁可他不是那样。那对今世和来世都不是好兆。"

"说得很对,外表跟幸福是一点关系也没有的。"罗莎蒙德说,"我想,从一切方面来看,他们将来一定是幸福的一对。他们找到房子了吗?"

"哦,提起这事,那只得有什么房子住什么房子哩。他们在圣彼得广场找到了一栋房子,就在哈克布特家隔壁,也是属于他家的,眼前正在进行装修,房子还算漂亮。我看,要找到更好的恐怕难了。这件事,内德今天就可以决定。"

"我想那一定是很好的房子,我喜欢圣彼得广场。"

"是呀,它离教堂不远,那是个幽静的区域。只是窗狭小一些,而且都是上下拉的。你是不是知道,还有什么房子出租?"普利姆但尔太太问,把圆圆的黑眼睛盯着罗莎蒙德,突然露出了起劲的神色,似乎想起了什么。

"哦,没有,这些事我知道得很少。"

罗莎蒙德前来拜访的时候,没有考虑过这个问题和它的答复。她只是想了解一些情况,以便寻找对策,免得在目前这种极不愉快的状况下,搬出自己的房子。至于她的回答是不是谎话,她根本没有理会,正如她说外表跟幸福没有关系时,也没理会它是不是谎话一样。她相信,她的目的是完全正当的,只有利德盖特的意图才是不可原谅的。她心中已形成了一个计划,它一旦全部实现,就足以证明,他那么委曲求全,降低身份,是完全没有必要的。

她回家时,故意绕道经过博思洛普·特朗布尔的事务所,因为她要找他。在罗莎蒙德一生中,这还是她头一次想干一件带有商业性质的事,但是她觉得自己完全能够胜任。她不得不干她根本不愿干的事,想到这点,她不禁怒火中烧,潜在的固执脾气变成了活跃的创造力。对这件事,单单不服从,静静地坐在家中抵制是不成的,她必须按照自己的判断采取行动。她对自己说,她的判断是正确的,"真的,要不是这样,我就不会想这么行动了。"

特朗布尔先生在事务所的里屋,以最文雅的态度接待了罗莎蒙德,这不仅因为她的美貌给了他深刻的印象,而且因为恻隐之心在他身上发挥了作用——他知道利德盖特正处在困难中,这个年轻美貌的女子,千娇百媚的少妇,自然也苦恼重重,发现自己陷入了她无法控制的局面。他请她坐下,别客气,自己则恭恭敬敬,笑容可掬地站在她面前,表示不论少奶奶有何吩咐,他无不乐于照办。罗莎蒙德的第一个问题是:她的丈夫那天早上有没有来找特朗布尔先生商谈转让房屋的事?

"来过,少奶奶,来过,确实来过,"老实的拍卖商回答,似乎要使这种重复带有安慰的意味,"要是可能,我今天下午马上替他办理。他希望我不要拖延。"

"我现在是来通知你,不必再办了,特朗布尔先生。我要求你对这事严守秘密,不向任何人泄漏。你能答应吗?"

"当然,利德盖特太太,一定照办。我认为,在商业上,以及任何其他事务上,信用都是神圣的。那么,这是表示,委托已经取消了?"特朗布尔先生说,用两只手把蓝领带长长的末端整理了一下,恭敬地望着罗莎蒙德。

"对不起,是的。我发现,内德·普利姆但尔先生已租下一栋房子,在圣彼得广场,哈克布特先生家隔壁。这事没有指望了,不必再办,免得办不成,利德盖特先生不高兴。此外,出现了另一些情况,使这个办法变得没有必要了。"

"很好,利德盖特太太,很好。什么时候用得着我,可以随时吩咐,"特朗布尔先生说,也很高兴,心想他们大概找到了新的财源,"请您放心,这事不会再进行。"

那天晚上,利德盖特有些喜出望外,他发现,罗莎蒙德比近来这一段时期活跃了一些,对他爱好的事不必他请求,似乎也很乐意为他做。他想:"只要她愉快,我对付得过去,这一切又算得了什么?在我们漫长的旅途中,这只是必须跋涉的一小片沼泽。但愿我的思想能重新安定下来,这就好了。"

他感到心情异常舒畅,因此开始探讨一份实验记录,这是他早已想做的,只是由于一系列琐事分了心,使他心灰意懒,对自己感到失望,才拖延至今。他恢复了旧日的兴趣,重又沉浸在远大的探索中,罗莎蒙德则在一旁弹奏轻音乐,它像傍晚湖面上的桨声,对他的思考是有帮助的。时间已经很迟,他推开所有的书,望着炉火,两手合抱在脑后,忘记了一切,只是在考虑怎样进行一次新的复核实验。这时罗莎蒙德离开钢琴,靠在椅上,望着他说道:

"内德·普利姆但尔先生已经找到房子了。"

利德盖特心头一跳,思路给打断了,他默默抬起头望了一会儿,像一个人刚从梦中给惊醒似的。接着,一种不愉快的感觉闪过了他的头脑,他问道:

"你怎么知道?"

"今天早上,我去看望普利姆但尔太太了。她告诉我,他已租下一栋房子,是在圣彼得广场,哈克布特先生家隔壁。"

利德盖特没有做声。他把手从脑后移下,按在头发上,头发挂了下来,每逢他把胳膊肘支在膝上的时候,头发总是大量地披在他的额上。他感到了强烈的失望,仿佛在一间闷得透不出气的屋子里,他打开了门,却发现门口已给墙壁堵住。他还相信,罗莎蒙德对造成他失望的原因,抱着幸灾乐祸的心情。他不想看她,也不想说话,等待着烦恼引起的第一阵痉挛慢慢消失。他在痛苦中对自己说,归根结底,一个女人不关心房子和家具,还关心什么呢?没有它们,丈夫只是一个空架子。等他抬起头,掠开头发时,他那对黑色的眼睛里有一种茫然若失、不再企求同情的绝望神色,但他只是冷冷地说道:

"也许还有别人会要。我已交代特朗布尔,万一普利姆但尔那边不成,可以另找主顾。"

罗莎蒙德没说什么。她把希望寄托在事态的发展上,但愿在她的干预被证明是正确的以前,她的丈夫与拍卖商不再碰头。不管怎样,她制止了眼前最可怕的事。过了一会儿,她说道:

"那些讨厌的人,他们要多少钱?"

"什么讨厌的人?"

"那些握有家具清单等等的人。就是说,要有多少钱,他们才满意,不致再纠缠不清?"

利德盖特打量了她一会儿,仿佛在观察症状似的,然后说道:"如果我能从普利姆但尔那里拿到六百镑,包括家具费和租赁权的补贴在内,我就应付得过去了。这样就可以付清多佛的账,别人那里也可以付一部分,好让他们安心,其余等我们节约开支以后再还。"

"但我的意思是,如果我们住在这房子里,你需要多少钱?"

"反正我在哪里也张罗不到这笔钱。"利德盖特说,声音很刺耳,带有一点嘲笑的意味。他感到生气,发现罗莎蒙德的心仍逗留在不切实际的幻想中,不愿面对现实寻找出路。

"你为什么不肯讲数目?"罗莎蒙德说,隐隐表示,她对他的态度很不满。

"好吧,"利德盖特用猜测的口气说,"恐怕至少得一千镑,我才能平安无事。"接着又用尖刻的声音补充道:"我现在要考虑的,不是有这笔钱怎么办,是没有这笔钱怎么办。"

罗莎蒙德不再讲什么。

但是第二天,她实行了她的计划,写信给高德温·利德盖特爵士。自从上尉来访以后,她收到过他一封信,也收到过他已嫁的妹妹梅甘夫人一封信,他们对她的小产表示同情,还泛泛提了一句,希望能在夸林汉姆再见到她。利德盖特告诉她,这些只是应酬话,毫无意义。但她心中相信,利德盖特家的人跟他落落寡合,是他的冷淡和自命清高造成的,她写了回信,用尽了一切美好的词句,相信他们接着一定会专诚写信邀请她。可是信发出后如石沉大海,杳无音讯。显然,上尉不擅长写信,罗莎蒙德还想起,那些姊妹可能都出国了。但是现在社交季节业已开始,她们应该回来了。不论怎样,高德温爵士曾经摸摸她的下巴颏,宣称她很像那个著名的美人儿克洛莉夫人,一七九〇年他曾拜倒在她的脚下呢;如果她有什么要求,他无不乐于从命,愿意为了她,对他的侄儿略尽绵薄之力。罗莎蒙德天真地相信了这一切,认为一位年高德劭的老人当然会尽力帮助她,让她摆脱痛苦的厄运。她写了一封她认为最明智的信,高德温爵士看了,必然对她的知书识礼赞叹不止。她指出,必须让泰第乌斯离开米德尔马契,到更适合发挥他才能的地方去,这里的居民无情无义,阻碍了他业务上的发展,最后导致了他经济上的困难,眼前非得有一千镑不能渡过危机。她没有声明,泰第乌斯并不知道她打算写信,这样,她的信似乎是经过他默许的,她认为这更符合信的内容,因为她在信上说,他非常尊重他的伯父高德温,一向把他看作最关心他的长辈。可怜的罗莎蒙德现在所能运用的策略,大体就是如此。

这事发生在元旦宴会之前,高德温爵士还没有回音。但是那天早上,利德盖特得知,罗莎蒙德取消了他向博思洛普·特朗布尔所作的委托。事情是这样的:他觉得应该让她逐渐明白,他们必须搬出洛伊克门大街的房子,因此他克服了不愿跟她再谈这个问题的情绪,在早餐时对她说道:

"今天早上我想去找一下特朗布尔,托他在《先驱报》和《号角报》上为这房子登个广告。有的人本来不想另觅新居,看到这广告,也许会想租它。这一带乡村中,有许多人虽然家庭人口增加了,仍不得不挤在原来的住宅里,因为他们不知道哪里有房屋出租。特朗布尔看来还没有找到主顾。"

罗莎蒙德知道,不可避免的时刻到了。"我已关照特朗布尔不必再找了。"她说,小心保持着平静的外表,这显然是一种自卫措施。

利德盖特吃了一惊,默默瞧着她。半个小时以前,他还在替她系发辫,跟她"喁喁低语",罗莎蒙德呢,她虽然没有说话,却像一尊文静、可爱的塑像,接受着他的朝拜,还不时对着膜拜者嫣然微笑。现在这些印象仍没从他头脑里消失,因此他的震惊不可能立即变成明确的愤怒,这只是一种无可奈何的痛苦感觉。他放下正在使用的刀叉,猛然靠在椅背上,最后用冷冷的嘲笑口吻说道:

"请问,你是在什么时候这么做的?为什么?"

"我知道普利姆但尔家借到房子以后,就去通知他,不必再找他们,同时我告诉他,这事可以不再进行。我认为,你想转让房子和家具的做法,在社会上公开以后,对你很不利,我非常反对这么做。我想这些理由就够了。"

"那么,我对你讲的另一些迫切的理由,是不值得考虑的,我得出的另一种结论,我采取的相应措施,也是不值得考虑的?"利德盖特气呼呼地质问道,雷电和风暴正在他的眉宇间集结。

对于罗莎蒙德,任何人的愤怒只能引起她的不满,使她用冷眼对待他,她更变得心安理得,相信不论别人对她怎样,她至少没有错。她答道:

"我认为这件事不仅跟你,也跟我有切身关系,我有充分的发言权。"

"是的,你也有权利讲话,但只能对我讲。你无权暗中改变我的命令,把我当一个傻瓜那么戏弄。"利德盖特说,用的仍是刚才的声调。然后又加强了揶揄的口吻道:"难道你就不能理解,这会造成什么后果吗?难道非得我再说一遍,我们必须搬出这房子吗?"

"我用不着你再说一遍,"罗莎蒙德答道,她的声音像一滴滴冷水,滴在他的心上,"我记得你讲过的话。你那时讲话也像现在这样粗暴。但是那并不能改变我的看法,我认为你应该采取其他一切办法,不应该走上使我这么痛苦的一步。至于登报招租,那只能使你名誉扫地。"

"那么如果我不顾你的意见,正如你不顾我的意见一样呢?"

"当然,你可以这么做。但我认为,你应该在结婚以前就向我讲清楚:你宁可让我受尽折磨,也不愿放弃你自己的目的。"

利德盖特没有做声,只是把头侧向一边,在绝望中扭动着嘴角。罗莎蒙德看到他不在瞧她,站起来把他的咖啡移到他面前,但他没有留意,继续在心里反复琢磨,有时在椅子上活动一下,把一条胳臂靠在桌上,用手揪自己的头发。各种思想感情汇集在他胸中,使他既不能痛痛快快发泄愤怒,也不能简简单单下定决心,坚持到底。罗莎蒙德趁他沉默的当口,继续道:

"我们结婚的时候,人人都认为你有很高的地位。我那时根本没有想到,你会打算变卖我们的家具,到布赖德街租几间屋子居住,那些房间小得跟鸟笼似的。如果我们得那么样过活,不如让我们离开米德尔马契。"

"你这些想法也许很有道理,"利德盖特露出一丝嘲笑说,不过嘴唇仍那么苍白,没一点血色,他望着咖啡,并不想喝,"但现在问题是我背了债。"

"背债的人多得很,只要他们有体面的身份,人们照样信任他们。

我记得爸爸说过,托比特家背了债,可是他们过得舒舒服服。轻举妄动不会有好结果。"罗莎蒙德说,显得理直气壮。

利德盖特坐在那里出神,各种思想在他心头搏斗。他看到,跟罗莎蒙德讲道理是无济于事的,决不能使她回心转意,他恨不得给她一拳,或者摔一件什么东西,这样至少可以给她留下一个印象,或者干脆告诉她,他是主人,她必须服从他。但是这么走极端,后果不堪设想,他感到害怕,而且罗莎蒙德那种安详自若、我行我素的固执,已使他越来越惊慌,看来她是不会向任何权力屈服的;再说,她已触及了他最敏感的问题,暗示她嫁给他是受了骗,她对幸福的向往成了空中楼阁。至于说他是主人,这并非事实;他靠推理和荣誉观念建立起来的决心,一遇到她无情的反击便冰消雪化了。他喝了半杯咖啡,便站起来打算走了。

"我至少得要求你,暂时别找特朗布尔,等确实找不到其他办法之后再找他不迟。"罗莎蒙德说。虽然她并不怕他,她觉得暂时不把她写信给高德温爵士的事告诉他,比较保险。"请你答应我,这几个星期内不再找他,如果要找,也得先跟我说一下。"

利德盖特冷笑了一声:"我想,现在倒是应该我要求你答应我,不先跟我说一下,什么也别做。"他说,目光炯炯地瞅了她一眼,然后朝门口走去。

"你记得,我们要上爸爸家里吃饭呢。"罗莎蒙德说,指望他回过身来,向她作更大的让步。但他只是应了一声"我知道",便走了。她认为他非常不近人情,不想一想,哪怕他现在不发脾气,不对她那么凶狠,他那些主意已弄得她够痛苦的了。她提出的要求并不高,只是要他暂时别找特朗布尔,可他居然那么忍心,对自己的打算闭口不谈,不肯向她作出保证。她相信,从任何方面看,她的行为都是出于好意。利德盖特每一句讽刺或愤怒的话,只是在她心头那本怨恨的账簿上多记了一笔账。几个月来,可怜的罗莎蒙德已把丈夫跟失望的情绪联系在一起,婚姻那绝对不可改变的关系,失去了它的魅力,不能再引起快乐的美梦。它让她摆脱了父亲家的不愉快,可是并没有给她带来她所希冀和向往的一切。她所爱的利德盖特只是由她所追求的一些梦想构成的,它们现在大部分都幻灭了,日常生活的琐事取代了它们,她只能每时每刻在这些琐事中慢慢打发日子,没有选择的余地,也不能逃避不愉快的命运。利德盖特的职业习惯,他在家里一心一意从事的科学工作,那在她看来几乎像噩梦一般可怕的趣味,以及在他们谈情说爱期间从没触及过的他那些与众不同的观点,这一切都在继续不断地对他们发生离异作用,因此,哪怕没有他在城里造成的不利局面,没有多佛的账单暴露后产生的第一次震惊,他的形象在她眼里也已暗淡无光了。在她结婚初期,直到四个月以前,他的形象是不同的,曾激发过她的欢乐和兴奋,但那已经过去了。罗莎蒙德不愿承认,那随之而来的空虚,跟她的百无聊赖有多大关系。在她看来(也许她是对的),只要夸林汉姆发来了请柬,只要利德盖特离开米德尔马契,在别处——在伦敦,或者其他没有烦恼的世外桃源——获得了安身之所,一切就可以迎刃而解,使她心满意足,哪怕失去威尔·拉迪斯拉夫也毫不足惜了;后者老是颂扬卡苏朋夫人,早已引起了她的不快。

这就是利德盖特和罗莎蒙德元旦那天的情形,因此他们在她父亲家参加宴会时,才那么若即若离,她想起了早餐时他对她的粗暴态度,自然对他爱理不理的,至于他,那天早上的事件只是许多关键时刻中的一次,它对他的内心斗争发生了深刻得多的影响。他跟费厄布拉泽先生谈话时,带着冷嘲热讽的态度说,一切挣钱的办法本质上都一样,都得靠机会,选择只是傻瓜的幻想,这种愤愤不平的情绪,其实只是决心动摇的迹象,是从前意气风发的热情已消磨殆尽的表现。

他该怎么办?他想到跟罗莎蒙德一起住在布赖德街上的小房子里,便凉了半截,甚至比她更不自在,到那时,她的周围只剩几件简陋的家具,心中却装着满腹的牢骚。节衣缩食的生活,跟罗莎蒙德在一起的生活,这是两幅不同的画面,自从贫穷的魅影降临以后,它们已变得越来越无法调和。即使他抱定决心,要使它们融为一体,但能够促成这艰巨转变的前提还一点也看不到。虽然他没有作出妻子所要求的保证,他还是没有再找特朗布尔。他甚至开始设想,立即上北方找高德温爵士。他曾经相信,什么也不能驱使他向伯父乞求接济,但那时他还没有认识到坎坷命运的全部压力。他知道,不能靠一封信达到目的。不论面谈对他如何不愉快,但只有靠面谈,他才能作出充分的解释,测出亲戚关系的效力。然而,尽管利德盖特认为这是最容易的一步,他一想到这点,愤怒的反应还是马上跟踪而至——他长期以来已经决心跟这种卑劣的打算一刀两断,绝不再和那些他所瞧不起的、与他没有共同目标的人来往,为了自身的利益迎合他们的趣味,向他们的口袋低头,现在却不仅要与他们言归于好,而且等而下之,要向他们恳求资助了。

第六十五章

> 你我两人总得有一个低头才是,
> 男子既比女子通情达理,
> 你当然只得委屈一些。
>
> ——乔叟:《坎特伯雷故事》①

在通信中拖拖拉拉,是符合人之常情的,这在一切加快步伐的今天尚且不可避免,何况在一八三二年,因此,老高德温·利德盖特爵士,把一封对他本人无足轻重的信束之高阁,迟迟不复,又何足怪哉?新年已经过了将近三个礼拜,罗莎蒙德等候她的呼吁带来喜讯,可是每天都在失望中度过。利德盖特对她的期待一无所知,看到账单不断送来,只觉得多佛对其他债主的约束力即将消失。他从未向罗莎蒙德透露他想前往夸林汉姆的打算,不到最后关头,他不愿让她看到,在愤怒地拒绝她的要求之后,他采取的行动实际无异是向她让步。但是他确实在做动身的准备。有一段路可以坐火车,这使他的旅程来回只要花四天工夫。

但是一天上午,利德盖特出门以后,罗莎蒙德收到了一封给他的信,她一眼就看出,这是高德温爵士寄来的。她充满了希望。也许信中

---

① 见该书"巴斯妇故事的开场语"一节。

附有专门给她的信纸,在涉及银钱或其他援助时,把信写给利德盖特是很自然的。写信给他这点,不,还有复信拖了很久这点,似乎都证明,答复一定十分美满。这些思想使她兴奋得心神不定,什么也不能做,只是坐在餐厅生火的一角,做些轻松的针线,这封尚未打开的重要信件,则放在她面前的桌上。大约到了十二点钟,她听到了过道中丈夫的脚步声,便赶紧跑去开门,操起最轻松愉快的声调说道:"泰第乌斯,到这儿来,有一封给你的信。"

"是吗?"他说,没有摘下帽子,只是搂住她,把她转过身去,跟她一起走向放信的地点,"高德温伯父的信!"他喊了一声。罗莎蒙德重又坐下,看他打开了信。她希望他露出惊异的表情。

但是她发现,利德盖特的眼睛迅速地掠过简短的信纸时,他那张通常有些黝黑的脸,变得干巴巴的,失去了血色,鼻孔和嘴唇还有些哆嗦。他把信扔在她面前,粗暴地说道:

"如果你老是搞秘密活动,暗中反对我,隐瞒自己的行动,那我真受不了,没法跟你一起生活了。"

他说到这里便打住了,背对着她,接着旋转身子,走了几步,然后坐下,又烦躁地站起来,用手攥紧口袋底里的硬东西。他不敢开口,怕说出无法挽回的决裂的话。

罗莎蒙德读信时,脸色也陡然变了。信的内容如下:

> 亲爱的泰第乌斯:你有什么事要跟我商量,不必请你的太太代劳。这种弄虚作假绕圈子的做法,我相信不是你的作风。我从来不愿跟一个女人写信谈正经问题。至于要我供给你一千英镑,或者只是半数,我感到力不从心。我的家庭开支已经用尽了我的每一文钱。我还有两个较小的儿子,三个女儿,要我扶养,可想而知,我不能有什么积蓄。你自己的钱似乎花得太快了,以致落到如此糟的地步,你还是尽快换个地方为好。但是我跟从事你这一行的人从无往来,在这件事上我实在爱莫能助。我作为监护人,已对你尽了最大的责任,满足了你的志愿,让你学医。本来你是可以进军队或教会做事的。你的钱也足够你在那里谋得一官半职,然后步步高升,万无一失。你的叔父查尔斯一直对你不满,就因为你不肯

从事他的职业,我倒没什么。我始终希望你万事顺利,但是你现在应该自力更生,完全依靠自己了。顺祝愉快!

伯父高德温·利德盖特

罗莎蒙德看完这信,坐在那里发呆,把双手合抱在胸前,极力不让深刻的失望流露在脸上。面对丈夫的愤怒,她用冷漠的沉默武装着自己。利德盖特立定下来,又望了她一眼,用带刺的严厉声调说道:

"现在你该相信,你暗中捣鬼会造成什么样的危害了吧?有些事你不懂就不要插手,应该由我来办,你管不了,不能代替我,这点道理你现在总该明白了吧?"

这些话是严厉的,但利德盖特已不是第一次吃到她的苦头。她没有看他,也没有答理。

"我差一点决定到夸林汉姆去。这对我说来是相当痛苦的,然而还可能有些指望。但是不论我想怎么办都没有用,你总是暗中跟我作对。你假意答应我的要求,欺骗我,让我听凭你的摆布。如果不论我想做什么,你都要反对,那么请你不妨直截了当向我讲清楚。这样我至少可以知道,我该怎么办。"

在年轻人的生活中,爱情的纽带有时变成了这种互相埋怨的情绪,这是非常可怕的。尽管罗莎蒙德竭力克制,眼泪还是悄悄流了下来,滚过她的嘴角。她依然没说什么,但是她的沉默掩盖着一种严重的后果:她厌恶她的丈夫,厌恶透了,恨不得她从来不认识他。高德温爵士对她那么残忍,没有一点同情心,他已与多佛和其他一切债主成了一丘之貉,这些狠心的人只想到自己,从不考虑他们给她带来的痛楚。甚至她的父亲也不关心她,不肯接济他们。事实上,在罗莎蒙德的世界里,只有一个人在她眼中是无可指责的,这就是那位风姿绰约的少妇,她头上盘着金黄色发辫,两只小手交叉在胸前,她从来不会说一句不恰当的话,做一件不合理的事,因为她天生就是十全十美,没有缺点的。

利德盖特站在那里望着她,心中开始出现了那种几乎使他发狂的无可奈何的感觉,这是容易激动的人,在他们的怒火遇到默默无言、貌似纯洁的对抗时,常有的情形;那种纯洁的表情似乎在说,她只是无辜

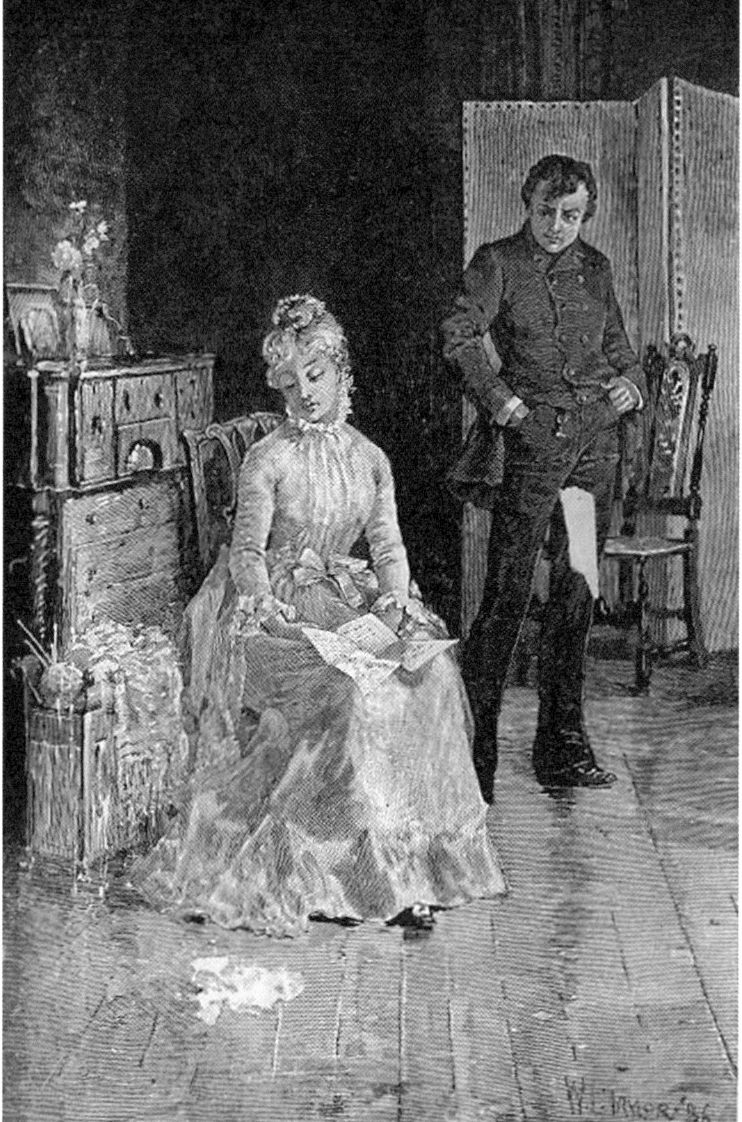

的牺牲者,她受到的指责是不公正的,这样终于使大义凛然的愤怒也不得不对自己的正义性发生怀疑。他必须恢复信心,充分意识到自己是正确的,不必使用过激的语言。

"罗莎蒙德,"他重又开口了,尽量讲得简单有力,不带火气,"难道你没有看到,我们之间缺乏开诚布公,互相信任,会造成多么严重的后果?在我表示了一个坚决的意愿之后,你表面上装得同意,事后却暗中阻挠,这已经不止一次了。这使我永远不知道,我该怎么信任你。如果你承认这点,那么我们还有一些希望。难道我就这么不可理喻,像一只残暴的野兽吗?为什么你不能对我开诚布公?"

还是沉默。

"只要你说一声你错了,保证今后不再在背后搞小动作,这就够了,你愿意吗?"利德盖特催促道,他的声音中包含着恳求的口气,这是罗莎蒙德马上可以察觉的。她冷冷地说道:

"对于你刚才用的那些话,我不能作出任何反应或者保证。从来没有人对我说过这样的话。你说我'暗中捣鬼',说我'不懂就不要插手',说我'假意答应'等等。我从来没有像那样对你讲过话,我认为你应该向我道歉。你说不能跟我一起生活。老实说,你并没有使我近来的生活得到什么愉快。我认为,我设法改变结婚给我造成的一些困难,这是理所当然的。"罗莎蒙德说到这里,一颗眼泪又挂了下来,她也像第一次那样,悄悄把它拭掉了。

利德盖特在一张椅上颓然坐下,觉得无计可施。抗议怎么能在她的思想里占有一席位置呢?他放下帽子,把一条胳臂搭在椅背上,望着地面,好一会儿没有说话。罗莎蒙德利用了两点,一点是对他的责备中正确的方面避而不谈,另一点是对她结婚后,目前出现的不可否认的困难,抓住不放。虽然她在房子问题上的两面手法,骗过了丈夫,而且确实把普利姆但尔家蒙在鼓里,使他们没有知道这事,她并不认为她的行动可以名符其实地被称作"假意"。我们没有义务非把自己的行动按照严格的标准分类不可,正如各种食品和衣料要分清类别也不容易。罗莎蒙德觉得她受了委屈,现在利德盖特必须承认错误。

至于他,他认为她执迷不悟的程度与她的缺点同样大,可是如今他必须适应她的性格,这种必要性像铁钳一样夹住了他。他开始看到了一个惊心动魄的事实:她对他的爱已一去不复返,随之而来的他们今后的生活将只是一片沙漠。他那随时可以激动的情绪,使这种恐惧与起先那种强烈的愤怒迅速地交替着。处在这样的情况下,他再说他是她的主人,那肯定只不过是自欺欺人,自讨没趣而已。

"你并没有使我近来的生活得到愉快","结婚给我造成的困难",诸如此类的话刺激着他的想象力,就像痛苦使人做噩梦一样。难道他不仅得把坚强的意志丢在一边,而且还得戴上家庭仇恨的可怕枷锁吗?

"罗莎蒙德,"他说,哭丧着脸,把眼睛转向她,"你不应该计较一个男子在失望和生气的时候讲的话。你跟我的利益不是对立的。我的幸福离不开你。如果我对你生气,那是因为你好像看不到,任何隐瞒只会增加我们之间的隔膜。我怎么会希望用我的话或我的行动,给你制造烦恼呢?我损害了你,就是损害了我自己的一部分生命。只要你对我开诚布公,我是绝对不会对你生气。"

"我只是想尽我的力量,免得你毫无必要地把我们送上灾难的道路,"罗莎蒙德说,现在她看到,她的丈夫心软了,她也心软了,于是眼泪又扑簌簌掉了下来,"在我们所认识的这些人中间出丑,过那么寒酸的生活,那叫人太难受了。我不如跟孩子一起死了的好。"

她一边说一边哭,那副伤心欲绝的样子,使这些话和眼泪对一个怀有爱情的男子,具有了无往而不胜的威力。利德盖特把椅子拉到她身边,用他有力而温柔的手,捧住她美丽的脸,按在自己的面颊上。他只是轻轻抚摩着她,什么也没说,但是还有什么好说的呢?他不能向她保证,一定不让她走上那可怕的灾难的道路,因为他还没有把握做到这点。当他离开她重又出门的时候,他对自己说,她所忍受的痛苦比他大十倍,因为他除了家庭生活,还有其他活动,他的工作使他得与别人经常保持接触。他希望他能够原谅她的一切,当然,这种原谅一切的心情,不可避免地会使他觉得,仿佛她只是另一种比他软弱的生物。但不论怎么说,她征服了他。

第六十六章

> 受到诱惑是一回事,爱斯卡勒斯,
> 但堕落又是一回事。
>
> ——《一报还一报》[①]

利德盖特会想到他的业务在抵制个人烦恼方面所作的贡献,这是毫不奇怪的。他已没有多余的精力从事主动的研究,进行理论的思考,但是坐在病人的床边,外界的印象直接要求他作出判断,产生同情,这就分散了他的心,使他无暇考虑自己的私事。愚蠢的人能够体面地过活,不幸的人能够平静地过活,这只是日常活动发挥了有益的制约作用,但利德盖特不完全是这样,他是由于头脑没有空,思想中经常出现迫切的新问题,经常得考虑别人的需要和痛苦。我们许多人在回顾一生的经历时,往往会说,我们认识的最仁慈的人是一位医师,或者一位外科医生,他凭丰富的经验和敏锐的观察,掌握了熟练的技巧,在我们危急的时刻,给我们带来了奇迹创造者所不能带来的崇高帮助。利德盖特在医院或私人住宅中看病的时候,总会在一定程度上体验到那种双倍幸福的心情,它比任何鸦片剂具有更好的镇静作用,能够从烦恼和精神消沉的压力下,支持一个人。

然而费厄布拉泽先生关于鸦片的猜测是对的。在第一次预见到困难,心情痛苦得喘不出气的时候,在第一次发现他的结婚即使不是套上枷锁的孤独生活,也必然只是不断付出爱,却不能指望得到爱的痛苦挣扎时,他服用过一两次鸦片。但是他没有那种天生的体质,不需要从厄运的骚扰中谋求暂时的解脱。他身强力壮,酒量很大,又并不上瘾。他周围的人喝酒时,他只喝糖水,对一喝酒便醺醺然的人,甚至还有些轻视和怜悯。对赌博也一样。在巴黎,他时常看人赌博,而且全神贯注,仿佛在观察一种疾病。可是赢钱正如喝酒一样,不能引诱他。他曾对

[①] 莎士比亚的剧本(又译《请君入瓮》),引文见该剧第二幕第一场安哲鲁的话。

自己说,他唯一向往的胜利,必须是有意识地通过能导致有益的结果的、既高尚又困难的过程而取得的。用激动的手指抓住一堆金钱,或者把二十来个垂头丧气的伙伴的赌注,扫进自己的腰包,眼睛中露出半野蛮、半痴骏的神色,这都不是他所憧憬的胜利。

但是正如他试过鸦片一样,他的思想现在自然也开始转向赌博了;这倒不是为了追求刺激,而是对这种轻易取得金钱的方法,产生了发自内心的向往,这既不需要向人求情,也不必承担任何责任。那时他要是在伦敦或巴黎,这样的思想一旦得到机会,便会把他带进赌场,但不是作壁上观,而是与其他赌徒一起,狂热地投身在赌博中。如果运气不坏,那么赢钱的巨大需要就会战胜对赌博的厌恶。自从向伯父求助遭到拒绝,成为泡影之后,不久发生了一件事,说明赌博这种纯粹靠运气取胜的思想,已在他身上产生了强大的作用。

绿龙酒家的弹子房,是一些人经常出入的场所,这些人大部分跟我们的朋友班布里奇先生差不多,是所谓游手好闲的浪荡子。可怜的弗莱德·文西便在这儿输过钱,他那笔难忘的债务也包括这些赌账,为了它他才不得不央求那位好心的朋友替他垫钱。在米德尔马契,大家知道,许多钱就是这样在输赢中来来去去。绿龙酒家也因此声誉卓著,生意兴隆,成了一个娱乐场所,把四面八方的人吸引到了这儿。也许它的老主顾也和共济会的会员差不多,希望它保持独特的地位,外人不得问津,但它终究不是一个秘密团体,许多体面的长者和小辈也不时光顾,走进弹子房一睹究竟。利德盖特对打弹子既有体力上的优势,又有心理上的爱好,因此来到米德尔马契之后的早期阶段,也有一两次走进绿龙酒家,拿起了弹子棒。但嗣后他没有时间玩乐,也不愿跟那班人打交道。然而一天晚上,他有件事,得上那儿找班布里奇先生——马贩子答应替他剩下的一匹骏马找一个买主,因为利德盖特决定换一匹便宜的马,指望经过这道手续,能够多出二十来镑。现在他对零星款子也很重视,觉得它们可以对商人发挥缓冲作用。他路过那儿便拐进了弹子房,使他可以节省一些时间。

班布里奇先生还没有到,但他的朋友霍罗克先生说,他不用多久准定会来。于是利德盖特留在那儿等他,一边玩弹子消磨时间。那天晚上,他显得异常活跃,眼睛里有一种特殊的亮光,跟费厄布拉泽先生有一次看到的一样。他是难得光顾的,因此引起了屋里许多人的注意,其中大多是米德尔马契人。几个看客和打弹子的,都在兴致勃勃地下赌注。利德盖特打得很好,觉得满有把握。赌注纷纷落在他的周围,他迅速扫了一眼,心想他也许一下子就可以赢到一笔钱,比他换马省下的钱超过一倍。于是他开始为自己打的弹子赌博,一赢再赢。班布里奇先生进来了,但利德盖特没有发觉。他不仅陶醉在自己的比赛中,而且已经在想入非非,打算第二天上布拉辛大干一场,那里赌博的输赢大,他只要把魔鬼的钓饵用力一拉,就可以拉到大把的钱,不致碰到钓钩,这样,他每天的心事便可一笔勾销了。

他正赢得起劲的时候,又进来了两个客人,一个是小霍利,刚从伦敦学法律回来,另一个便是弗莱德·文西,他最近几个晚上都在这个老地方消磨时间。小霍利打弹子功夫深,头脑冷静,打起来得心应手。弗莱德·文西看到利德盖特,吃了一惊,发现他还在狂热地下赌注,便站在一旁,没挤进围在桌边的一圈人中间。

弗莱德为了调剂紧张的生活,最近常出来散散心。他在高思先生手下全心全意从事各种户外作业已有六个月,又通过严格的练习,大体上克服了书写中的缺点,这些练习多数是晚上在高思先生家当着玛丽的面进行的,因此在他说来,这不是一件苦事。但最近两个礼拜,费厄布拉泽先生留在米德尔马契,执行教区的一些计划,玛丽住在洛伊克牧师府,跟三位女士做伴。弗莱德没有更好的地方可去,又走进了绿龙酒家,一方面为了打弹子,另一方面也是为了重新领略一下赌场风光,聊聊马和打猎,作些其他娱乐,这是既不吃力,也不枯燥的。这个季度他没打过一次猎,也没有马可骑,来来往往主要是搭高思先生的小马车,或者骑一匹温顺的矮脚马,那也是高思先生借给他的。弗莱德开始想,他何苦这么循规蹈矩的,甚至比当了教士还严格。"我告诉你,玛丽女士,学测量和绘图样,这可不简单呢,我看不比写讲道文容易,"他对她说,希望她知道他为了她多么努力,称赞他几句,"哪怕赫拉克勒斯和忒修斯①,也比我省力得多。他们至少可以打猎,也用不到学簿记书法。"现在玛丽暂时走开了,弗莱德也自由了,他像一只强壮的狗,给颈圈套着,脱不了身,现在把锁链的钉子连根拔起,到处溜达了。当然,他不会乱跑,也不会跑得太远。不准他打弹子,那是没有道理的,但是他决定不赌钱。说起钱,弗莱德现在有一个英勇的计划,要把高思先生给他的八十镑薪水,几乎全部省下来还给他,他觉得做到这点并不难,他可以节约一切不必要的支出,反正他的衣服已绰绰有余,他在家里吃饭也不用付钱。这样,他欠高思太太的九十镑,一年就可以大体还清,不幸的只是,当初她对这钱比现在需要得多。总之,弗莱德近来常上弹子房,今晚是第五次,但必须承认,今天他的口袋空空的,他只是有个设想,要从半年薪金中留给自己十镑(其余三十镑,他预备等玛丽回到家中,当着她的面双手捧给高思太太,想到这点,他得意非凡),于是这十镑一直在他头脑里作祟,他打算用它作本钱,碰碰运气,说不定机会凑巧,能够得手。不是吗? 一个个金币在飞来飞去,他为什么不能顺手捞它几个? 他并不想重蹈覆辙,但是一个人总喜欢让自己相信,如果他要乱来,他也是会乱来的,浪荡子尤其如此,他之没有调皮捣蛋,没有弄得倾家荡产,没有用尽人类有限的心机,说大话,吹牛皮,那不是由于他缺乏这些能耐。弗莱德没有考虑过正式的理由,这种考虑太不自然,不能准确表现旧习惯的诱惑力,血气方刚的年轻人忽发奇想也是没有理由可言的。但是那天晚上,他心头有一种预感,觉得他一开始打弹子,也会跟着赌博,他要尽量享受一下陶醉的乐趣,哪怕明天早晨感到"头痛"也在所不计。有些行动往往是在这种莫名其妙的状态中开始的。

可是弗莱德万万没有想到,他会在这里看到他的妹夫利德盖特,后者在他眼里是个道学先生,有一副自命不凡的神气,这个看法从未改变;现在他却发现他在疯狂地赌钱,跟他自己可能做的一样。弗莱德吃了一惊,简直给弄糊涂了,尽管他也听到一点风声,知道利德盖特背了债,他的父亲拒绝帮助他。这样,他自己参加赌博的兴趣一下子消失了。这种态度的转变是奇怪的。弗莱德那张白皙的脸,那对蓝莹莹的

---

① 都是希腊神话中的英雄,完成过非凡的业绩,参见本书一八三页注②。

眼睛,平时总是神采奕奕,无忧无虑,似乎他除了寻欢作乐,什么也不在乎,现在它们却不知不觉变得严肃了,还几乎有些不好意思,仿佛见到了什么不规矩的勾当。利德盖特平时总表现出一种安详的自制力,那双炯炯发亮的、犀利的眼睛后面隐藏着一种深思的神色,可是现在,他的动作,他的目光,他的谈吐,都流露了一种狭隘的疯狂的意识,使人想起一只眼睛中凶光毕露、预备伸出利爪扑向牺牲者的动物。

利德盖特为自己打的弹子下赌注,赢了十六镑,但是小霍利的到来,改变了整个局面。他使出打球的第一流技巧,也开始下赌注,跟利德盖特对着干,这样,后者那紧张的神经从单纯相信自己的打法变成了向对方挑战,要迫使对方也承认自己的优势。这种挑战比单纯的自信更紧张,但成功的把握却较小。他继续为自己下赌注,只是输的次数增加了。他没有罢休,因为他这时想到的仅仅是赌博,已沉湎在这个狭小的天地中,流连忘返,再也记不起其他一切。弗莱德发现,利德盖特正在接二连三输下去,于是觉得自己义不容辞,必须想个妥善之计,既不致得罪别人,又能提醒利德盖特,让他有个借口,可以赶快离开弹子房。他看到,利德盖特那种反常的神态引起了大家的注意,他突然想到,只要碰一下他的胳膊弯,把他叫开一会儿,就可以使他从沉醉中清醒过来。他一时想不出合适的话,只有一个显然不可能的口实,即他想找罗莎,不知道她晚上在不在家,因此先问一声。他正打算不顾一切,实行这个未必有效的计划,侍者来了,带给他一个口信,说费厄布拉泽先生在楼下,有话要跟他谈。

弗莱德有些惊奇,感到很不自在,但还是叫侍者转告,他马上下去。于是他灵机一动,立即走到利德盖特身边,说道:"我有话说,你出来一下好吗?"把他拖到了外面。

"费厄布拉泽刚才差人找我,说有话跟我谈。他在下面。我想,你说不定有事找他,因此告诉你,他在这儿。"

这只是弗莱德的托词,因为他不能说:"你输得太不像话了,大家都在瞧你,你还是离开的好。"但是他的计策简直再好也没有了。利德盖特刚才并未发觉弗莱德在场,他的突然出现,以及宣称费厄布拉泽先生也在这儿,对他起了当头棒喝的作用。

"不,不,"利德盖特说,"我没有什么事要找他。但是……我不想再打了……我得走了,我是来找班布里奇的。"

"班布里奇在那儿,正跟人大吵大嚷,我看他不见得愿意跟你商量正经事。还是跟我一起找费厄布拉泽谈谈吧。他恐怕要对我大发脾气,你得保护我才好。"弗莱德说,耍了个花招。

利德盖特有些窘,但他不愿露出破绽,显得他不敢去见费厄布拉泽先生。他下楼了。然而他们只是握了握手,谈谈天气怎么冷;等三个人都到了街上,利德盖特告辞时,牧师好像巴不得他快点离开。他现在的目的显然是要跟弗莱德单独谈话,他亲切地说道:"年轻人,对不起,我打扰了你,因为我有件要紧的事得和你谈。跟我一起上圣博托夫教堂走走,好吗?"

这晚上月光皎洁,星斗满天,费厄布拉泽先生提议他们绕道伦敦大街,前往那所古老的教堂。接着他说道:

"我一向以为,利德盖特是从来不上绿龙酒家的。"

"我也这么想呢,"弗莱德说,"但他讲他是去找班布里奇的。"

"那么他没有赌钱?"

弗莱德本来不想告诉他这件事,但现在他不得不说实话:"不,赌了。但我想那只是逢场作戏。我以前从没在那儿遇见过他。"

"那么你最近时常到那儿去?"

"嗯,去过五六次。"

"我想,你应该知道,你还是别去的好。"

"是的。现在你都知道了,"弗莱德说,并不乐意这样给人盘问,"我什么也没隐瞒。"

"我想,正因为这样,我现在有理由跟你谈这件事。我们中间有过谅解,是不是?我们应该开诚布公,保持友好关系,你有话找我谈过,我有话应该也可以找你谈。现在我想跟你谈一下我的事,可以吧?"

"当然可以,我对你是十分感激的,费厄布拉泽先生。"弗莱德说,心里在胡乱猜测,很不自在。

"我不想作违心之言,说你不必感激我。但是我得向你承认,弗莱德,我也有过不同的想法,打算什么也不跟你谈,让事情向相反的方向发展。有人告诉我：'小文西又每天晚上在弹子房鬼混，他本性难改。'我听了，起先不打算像现在这么做，倒想保持沉默，让你自甘堕落，滑下去，开始赌钱，然后……"

"我根本没有赌钱。"弗莱德赶紧说。

"我听了很高兴。但是我想，我的态度是隔岸观火，让你走上歧途，弄得高思忍无可忍，你也失去了一生中最好的机会——你历尽千辛万苦取得的机会。你能猜到，是一种什么情绪在诱使我这，做——我相信你知道。我相信你也知道，满足你的感情是不符合我的利益的。"

沉默来临了。费厄布拉泽先生似乎在等待对方承认这个事实；听得出他那悦耳的嗓音中包含着感情，这使他的话具有了庄严的色彩。但是任何感觉不能消弭弗莱德的不安。

"我无论如何不会放弃她。"他踌躇了一两分钟以后说。这种事是不能唱高调，表示自己毫不计较的。

"当然不会，因为她对你也是一片真心。但这种关系不论如何年深月久，往往也会变化。你的行动可能失去她的信任，使她离开你，这不是我凭空猜想，要知道，她对你的许诺只是有条件的。这样，另一个自知还能得到她好感的人，就可以乘虚而入，在她的爱情和尊敬中占有一席巩固的位置。我认为，这结果是可能的，不是我凭空猜想，"费厄布拉泽先生又着重说了一遍，"有一种好感是随时可以建立友谊的，哪怕青梅竹马之交也不能阻挡。"

弗莱德觉得，要是费厄布拉泽先生用的是鸟喙和利爪，而不是一张能说会道的嘴巴，他的进攻也不致比现在更刺痛他。他不免惴惴不安，相信在这个假设背后，是有事实作根据的，那就是玛丽的感情确实发生了一些变化。

"当然，我知道这是可能的，那么我的一切都完了，"他说，声音有些发抖，"她只要比较一下……"他没有往下说，不愿把心里想的统统吐露给别人，然后忍住悲痛，又道："但我一直认为你对我是友好的。"

"现在仍是这样，因此我才找你谈话。但有一种相反的意愿在我身上也是强烈的。我曾对自己说：'要是那个小家伙自己不争气，要走邪路，这跟你什么相干？你的品质不比他差，你又比他大十六岁，吃过不少苦,难道你不比他更有权利获得美满的婚姻吗?既然他不求上进,自甘堕落,那就随他去,何况你也无能为力,你还是考虑你自己的利益吧。'"

他又停了,这时弗莱德只觉得浑身发冷,极不舒服。后面还有什么话呢?他只怕听到,他已跟玛丽讲过什么——他那些话好像不是警告,而是威胁。等到牧师重新开口时,他的口气有了些变化,似乎勉励成了它的基调。

"但是我也有过较好的想法,我终于恢复了原来的主意。我想,要使我断绝这个念头,弗莱德,最好的办法,还是把我心里想的一切都告诉你。现在,你明白我的意思了吧?我要求你给她的生活和你自己的生活带来幸福,如果我的逆耳之言能发挥这样的作用,让你避免走上相反方向的危险……好吧,我都告诉你了。"

牧师讲到最后那些话,声调降低了。他不再往下说,这时他们站在一块草坪上,通往圣博托夫教堂的岔路便从那儿开始。牧师伸出了手,似乎表示谈话已经结束。弗莱德很激动,心头出现了一种全新的感觉。一个对高尚的行动有过深刻感受的人曾说,这种行动能在你身上引起新生的颤动,使你萌发开始新生活的愿望。弗莱德·文西现在便深深感到了这点。

"我决心做一个值得尊敬的人。"弗莱德说,本来还想说"不辜负你,也不辜负她",但终于没有出口。这时,费厄布拉泽先生又想起了一件事,继续说道:

"不过你不要误解我的意思,弗莱德,我相信,她对你的好感至今并无丝毫削弱。你可以放心,只要你不越出轨道,一切都不会发生问题。"

"你对我的好处,我永远不会忘记,"弗莱德答道,"我不会说话,有些话也不必多说,只是我会尽力而为,不辜负你的好意。"

"那就够了。再见,上帝保佑你。"

他们就这样分手了。但两人都在星光下走了好久,才回到家中。弗莱德心里反复想的,大多可以概括为这么几句话:"嫁给费厄布拉泽,对她说来固然是件好事,但要是她最喜欢的是我,我又是一个好丈夫呢？"

费厄布拉泽先生的思想，也许集中表现在一次耸肩膀和几句简单的内心独白中："一个小女子在男人的生活中，居然占有这么大的分量，似乎放弃她是一件了不起的英雄业绩，而赢得她的愿望却可以发挥教育改造的作用！"

第六十七章

> 现在灵魂中间爆发了内战，
> 需要开始闹事，决心给撑下了
> 神圣的宝座，大丞相骄傲签订了
> 屈辱的和约，为饥饿的叛逆者
> 充当了折冲樽俎的使节，
> 能言善辩的谋士。

幸亏利德盖特在弹子房里初战失利，没有赢钱，因此也没有勇气重整旗鼓，再向命运发动进攻。相反，第二天他还对自己十分生气，因为他把赢的钱全部输光不算，还倒贴了四五英镑。他一想起自己扮演的角色，便满肚子的委屈，他不仅跟绿龙酒家那些人混在一起，而且竟跟他们同流合污了。一个哲学家走进赌场，不见得会比那里的市井小人高明多少，主要的不同只在于他事后会反躬自问，利德盖特那天的反躬自问是很不愉快的。他的理性告诉他，只要那个场所稍稍换一下，后果真是不堪设想，比如，要是他去的是一家正式的赌场，那就得用两只手拼命搏斗，而不是用拇指和食指提起棒子轻轻打一下了。然而，尽管理性扑灭了赌博的欲望，他还是怀有一种情绪，觉得只要有必胜的把握，能赢到需要的钱，他宁可赌博，也不愿采取另一个办法，尽管现在看来，这已经不可避免了。

那个办法就是向布尔斯特罗德先生求情。利德盖特曾多次对自己，也对别人吹嘘，说他和布尔斯特罗德毫无关系，他之支持他的计划，仅仅因为它体现了他自己对医疗工作的设想，有利于国计民生而已。

诚然,他们有不少私人来往,但他认为这也是为了社会的公益,只得利用那位炙手可热的银行家;这想法满足了他的自尊心。至于那位银行家的意见,他根本不屑一顾,他的动机在他看来也只是荒谬的混合物,包含着许多自相矛盾的观念。他还认为,他的理想已为自己建立了一道坚固的防线,足以阻止他在一切重大场合,为个人利益提出任何要求。

然而到了三月初,他的境况终于面临了危急关头,到了这地步,人们不得不承认,他们起的誓言只是出于无知,不得不看到,他们认为对他们说来是不可能的行为,变得显然可能了,向多佛所作的见不得人的抵押,眼看就要到期,自己的业务收入却只够支付过期的债务,最坏的是连日常供应也几乎无法赊账了,尤其是罗莎蒙德的绝望和不满,一直像魅影一样跟踪着他,这一切使利德盖特开始看到,他终于不得不向什么人低头求援了。起先他考虑是否写封信给文西先生,但一问罗莎蒙德,他发现不出他所料,她已找过她父亲两次,最后一次是在高德温爵士拒绝接济之后,爸爸说,利德盖特应该自己想办法。"爸爸说,现在生意一年比一年难做,他不得不靠借债维持,债也越借越多,连他自己也只能节衣缩食过日子,要从家庭开支中哪怕省出一百镑也办不到。他说,让利德盖特找布尔斯特罗德商量吧,他们一向很有交情嘛。"

确实,利德盖特自己也已得出结论,要是他非得向人借一笔不用担保的贷款,那么他跟布尔斯特罗德的关系,至少比跟别人深一些。他向他提出要求,从外表上看似乎也不尽是为了个人。他业务上的失败,布尔斯特罗德负有一部分间接的责任,他作为医生参加他的计划,也给他解决了不少困难——我们假如处在利德盖特现在的地位,谁又愿意承认他得依靠别人,不尽量使自己相信,他的要求名正言顺,并不丢脸呢?是的,布尔斯特罗德近来对医院似乎有些冷淡,兴趣不如从前了,但这是由于他的身体变坏了,出现了一些根深蒂固的神经衰弱的迹象。在其他方面,他没有什么改变,还是那么彬彬有礼。不过利德盖特一开始就发觉,他对他的婚姻,以及其他私人状况,抱着明显的冷漠态度,好在他一向不愿他们的关系太密切,宁可冷淡一点。他一天天拖延着,没有把这意图付诸实施,因为他对各种可能的结局及其后果怀有戒心,这使他按照自己的结论行事的习惯打了折扣。他时常见到布尔斯特罗德,但他不愿为私人目的利用这些见面的机会。有一次他想:"我不如写信给他,这比任何转弯抹角的谈话都好。"另一次他又想:"不,还是当面谈好,只要他有一点不乐意的表示,我可以马上退却。"

然而日子一天天过去,他既没写信,也没专门约他面谈。他不愿投靠布尔斯特罗德,他受不了这种耻辱,这样,他对另一条出路发生了兴趣,尽管这更不符合他一贯的想法。他不知不觉开始考虑,罗莎蒙德那个幼稚的意图常常弄得他不能忍受,但它究竟有没有实现的可能呢?这就是离开米德尔马契,免得看到情况继续恶化。但问题是:"现在我的业务值不了几个钱,有没有人想买它呢?而且卖得的钱必须够我们动身才成。"

对于这一步,他情绪上是鄙视的,认为这是抛弃眼前的工作,又有点像临阵脱逃,把实际存在的、可能还有发展前途的有益活动丢下不管,在缺乏任何正当理由的情况下,一切从头开始。何况还有这个困难,他的业务即使还能找到买主,也不是唾手可得的。再说,以后呢?罗莎蒙德住在简陋的寓所里,哪怕在大城市,或者最遥远的地方,她对那种生活也未必就会称心如意,她还是要唉声叹气,还是要责备他害了她。一个人命运不济,落到了生活的底层,不论他的能耐多大,很可能要长期忍受这样的厄运。在英国的社会条件下,科学头脑与带家具的简陋住所不是不能调和的,不能调和的主要是科学家的抱负和反对那种住所的妻子之间的矛盾。

但是在他犹豫彷徨的时候,机会来替他作决定了。布尔斯特罗德写信来,请利德盖特上银行看他。最近,银行家的性格中出现了多疑症的症状;还有失眠——这实际上只是对习惯性消化不良症稍稍夸大的说法——也使他十分不安,认为这是健康正在恶化的迹象。他要利德盖特那天上午立即给他诊断一下,但除了以前讲过的以外,他没有发现新的情况。利德盖特为了消除他的顾虑,尽量安慰他,他听得很仔细,其实这些话以前都已讲过。这时,利用布尔斯特罗德怀着欣慰心情听取诊断意见的机会,把个人的要求向他提出,自然比利德盖特原来想象的要容易一些。他一向坚持,布尔斯特罗德先生对银行的业务,最好少操一些心。

"人们看到,精神紧张,不论程度怎么轻,对虚弱的身体也难免发生影响,"利德盖特说,这时,他的诊断已从具体病例进入一般论述了,"因为忧能伤神,这种影响,哪怕年轻力壮的人,一时也无法避免。我天生体质很强壮,但近来由于烦恼逐渐增多,也有些支持不住了。"

"像我现在这样,身体正处于敏感状态,要是霍乱袭击我们这个地区,我一定特别容易感染,成为它的牺牲品。它已在伦敦附近出现,我们应该聚集在上帝的宝座前面,祈求保佑才是。"布尔斯特罗德先生说,并不是故意回避利德盖特的话,他确实为自己提心吊胆,无暇顾及其他了。

"不管怎么说,我们已为全城百姓未雨绸缪,采取了切实有效的预防措施,这是最好的保护方式。"利德盖特说,可能由于银行家对他的话不理不睬,缺乏同情,因此对他那种不伦不类的隐喻和不合逻辑的宗教观点,更加不以为然,十分不满。但是他的心理已经过长时间的酝酿,要争取援助,现在不可能一下子打消主意。他接着说道:"城里已进行了妥善的消毒,添置了必要的设备,我想,万一霍乱蔓延到这里,哪怕我们的敌人也得承认,我们医院所作的安排,对公众是有益的。"

"确实这样,"布尔斯特罗德先生说,依然冷冰冰的,"利德盖特先生,你提到我应该多休息、少操心这点,最近我也考虑过了,打算这么办,而且下了决心。我想,至少有许多事,包括商业方面和慈善事业方面,我可以暂时不必过问。我还想换一下居住环境,外出一个时期,也许我得关闭灌木别墅,或者把它出租,到沿海什么地方暂住——当然还得听听医生的意见,看这对健康是否有益。你觉得这些措施怎么样?"

"这当然好。"利德盖特说,把身子靠在椅背上,对银行家那双心神不定、暗淡无光的眼睛,那种只顾自己、对别人漠不关心的态度,十分厌恶,几乎克制不住。

"近来我常常想,最好把这个问题跟你谈一下,它跟我们的医院是有关的,"布尔斯特罗德继续道,"按照目前我提到的状况,当然,我不宜再亲自参与医院的管理工作,而对于我无法进行监督并在一定程度上予以支配的事业,继续大量投资,这是违反我有关责任的观念的。因此,一旦我最后决定离开米德尔马契,我认为,我只得取消我对新医院的进一步支持。当然,这医院主要是我出钱建造的,为了它的顺利发展,我还投入过大量资金,这些钱会继续发挥作用,我不会收回。"

在布尔斯特罗德按照习惯,略微停顿的时候,利德盖特的想法是:"他最近大概赔了不少钱。"这是对那一席话的最合理的解释,那些话对他的希望无异是当头一棒。他回答道:

"我看,医院的亏损恐怕很难弥补。"

"是的,"布尔斯特罗德答道,用的仍是不慌不忙、柔和悦耳的声音,"除非对计划作适当改变。现在只有一个人肯定愿意对它增加补助,那就是卡苏朋夫人。我跟她谈过这问题,正如我要向你指出的一样,我已向她指出,必须改变新医院的体制,让它赢得更普遍的支持。"

他又停了一会儿,利德盖特没有做声。

"我说的改变是指与老医院合并,这样,新医院就成了老医院的一部分,是它的扩充,它们属于同一个董事会。两个医院的医疗管理工作也必须合并。这么一来,我们的新机构便得以合理维持下去,一切困难都将迎刃而解,全市的医疗救济工作也可以统一了。"

布尔斯特罗德先生又停顿了,他的眼睛从利德盖特的脸上移到了他的外套纽扣上。

"从经济方面看,这么做当然不失为一个很好的对策,"利德盖特说,声调中带有一点嘲笑的意味,"但是要我马上欢迎它,这是办不到的,因为它产生的直接后果之一,便是其他医务人员推翻或阻挠我所推行的措施,反正凡是我主张的,他们都要反对。"

"你知道,利德盖特先生,我对你一心推行的新方针能不受干扰,得到实施的机会,是十分重视的,我承认,原来的计划也是我根据上帝的意旨,一直挂在心上的。但是既然上帝给我的启示是要我放弃它,我只得放弃。"

布尔斯特罗德在这场谈话中表现的,毋宁说是一种惹人生气的能耐。那不伦不类的隐喻,那不合逻辑的动机,引起了谈话对方的蔑视,但是用这方式表达那些事实,倒是完全合适的,它使利德盖特既愤怒又失望,却又不便把这些情绪发泄出来。经过迅速的思考之后,他只是问道：

"卡苏朋夫人怎么讲？"

"那正是我要继续向你说明的，"布尔斯特罗德道，他已胸有成竹，准备好了一套使人满意的答复，"你知道，她是一个十分慷慨的女人，恰好又掌握着一份财产，当然不能说太富裕，但要捐助一些钱还是绰绰有余的。她告诉我，她的收入的主要部分虽然已另有用途，她还是愿意考虑，能否全部承担我对医院的责任。但是她希望慢慢来，让她有充裕的时间思考这问题。我告诉她，这事不必急，事实上，我的打算也还没有完全决定。"

利德盖特几乎想说："要是卡苏朋夫人愿意接替你的位置，那我倒是因祸得福了。"但是他的心上还压着一块石头，这使他不能把快乐坦率地表现在脸上。他答道："那么我想，我可以跟卡苏朋夫人商讨这件事了。"

"一点不错，这正是她明确提出的希望。她说，她的决定大多得看你介绍的情况怎样。但现在不忙，据我所知，她目前正要出门旅行。我收到了她的信。"布尔斯特罗德先生一边说，一边掏出信，念道，"'我目前另有急事，'她说，'我得与詹姆士爵士及彻泰姆夫人前往约克郡，查看该处的一块田地，查看结果如何，将直接影响我对医院的资助能力。'由此可见，利德盖特先生，在这件事上不必太急，我只是让你对可能发生的变化，事先心里有数罢了。"

布尔斯特罗德先生把信放回了旁边的口袋，改变了姿势，好像他的事情已经谈完。利德盖特对医院重新燃起了希望，这使他对危害这希望的问题更加不能容忍，他觉得，如果他必须争取帮助，就应该趁现在这个时候，理直气壮地提出。

"你把情况全部通知了我，我对你非常感激，"他说，声音中包含着一种坚决的意向，然而说了一句，又停顿了一下，仿佛不想讲似的，"就我而言，我的最高目的便是我的职业，我是把医院看作目前能充分发挥我的专长的场所的。但是充分发挥我的专长，跟经济上的成功并不始终一致。凡是使医院不得人心的事，都跟其他原因纠缠在一起——我认为，这些原因都与我在职业上的严格要求有关——影响了我作为一个医生的声誉。现在我的病人大多是付不起钱的。如果我没有负担,不必付钱给别人,我倒宁愿这样。"利德盖特停了一下,但布尔斯特罗德只是点点头,凝神注视着他,于是他又说了下去,口气仍断断续续的,好像有些话难以出口似的:

"我遇到了经济困难,而且看不到任何出路,除非哪一个信任我和我的未来的人,肯不要担保借一笔钱给我。我到这儿来的时候,已经没有多少财产。我也没有希望从我的亲族那里得到什么。我的开支,由于结婚,已比预计的大得多。到了现在,我非得有一千镑不能还清债务。这样,我为最大一笔债款作抵押的物品,才不致拍卖,还能了结一些其他账目,最后留下一点钱,使我们可以靠小小的收入再维持一个时期。我知道,我的岳父决不会借这么一笔钱给我。因此我把我的境况告诉……告诉你,因为只有你可以说是与我的成败荣辱休戚相关的。"

利德盖特讨厌自己这些话,但他还是讲了出来,准确无误、直截了当地讲了出来。布尔斯特罗德先生不慌不忙,但毫不犹豫地做了回答。

"我很难过,不过我承认,利德盖特先生,我对这情况并不感到奇怪。拿我来说,我是不赞成你跟我内兄的家庭攀亲的,这家人家一向挥霍浪费惯了,现在能够维持这样的局面,已不容易,大多是靠我的接济。利德盖特先生,我对你的劝告是,不要再在债务中越陷越深,继续作没有指望的挣扎,还是干脆宣布破产的好。"

"那并不能改善我的境况,"利德盖特说,站起身来,声音万分沉痛,"何况这本身不是一件愉快的事。"

"这始终是一种考验,"布尔斯特罗德先生说,"但是,亲爱的先生,考验是我们在世上不可避免的命运,也是必要的矫正措施。我希望你好好考虑我的劝告。"

"谢谢你,"利德盖特说,几乎不知道自己在讲什么,"我占用了你不少时间。再见。"

第六十八章

> 如果恶行穿上体面的衣衫,装得道貌岸然,
> 那么德行还有什么高贵的服饰可以穿戴?
> 难道错误,难道诡计,难道轻率
> 也可以扮演美好的角色,变得可歌可泣?
> 然而这本古往今来的大书,
> 这个世界,这无所不包的画册,
> 有力地控制着一切,从历史的长河中证明,
> 最正直的道路还是最成功的最佳途径。
> 因为庄严而博闻广识的经验,
> 在用整个世界的眼睛观看,
> 掌握着一切时代的智慧,
> 它比没有向导的欺诈更加可靠!
>
> ——丹尼尔:《穆索菲勒斯》①

布尔斯特罗德与利德盖特谈话时,提到或透露了改变计划和转移兴趣的事,这是一次严峻的经历促使他作出的决定。事情发生在拉彻尔先生拍卖家私杂物之后,我们知道,在拍卖的那天,拉弗尔斯认出了威尔·拉迪斯拉夫,后来银行家曾试图用赎买的办法,赢得上天的同情,制止痛苦的后果,但没有成功。

他相信,拉弗尔斯不死总是祸根,他不久又会回到米德尔马契。这猜想终于证实了,圣诞节前夕他又出现在灌木别墅。布尔斯特罗德在家中接待了他,他可以阻止他跟家中其他人接触,但无法阻止人们的议论,拉弗尔斯的来访损害了他的名誉,也吓坏了他的妻子。他已不像上几次那么容易对付,他的精神状态表现了根深蒂固的歇斯底里气质,他

---

① 丹尼尔,见本书三二八页注①。《穆索菲勒斯》是他写的一篇长诗,内容主要是讨论德行和知识的作用。

的嗜酒成癖也越发严重了,这一切使他把叮嘱他的话统统丢到了脑后。他坚持住在这屋里,布尔斯特罗德衡量利弊得失,觉得这也不坏,至少可以免得他再在城里招摇过市。他让他当天晚上一直待在自己屋里,看他上了床才走。拉弗尔斯觉得很有趣,他的到来,居然把这位道貌岸然、飞黄腾达的同谋犯弄得六神无主,坐立不安。他还用诙谐的方式表现这种得意的心情,说他对他的朋友颇为同情,因为他竟乐意款待一个过去对他有过功劳,但没有得到相应报酬的人。这种嬉皮笑脸的调侃包含着一种狡猾的打算,就是下定决心要不择手段地从布尔斯特罗德身上榨取更多的油水,如果布尔斯特罗德想摆脱这些新的折磨,就得付出必要的代价。但是他的狡诈未免超过了对方忍受的限度。

布尔斯特罗德的痛苦确实很大,不是拉弗尔斯粗糙的神经所能想象的。他告诉妻子,他只是照顾这个落魄的浪荡子,这个罪恶的牺牲者,否则他会走投无路,不堪设想。他没有完全撒谎,表示有一种家族关系束缚着他,使他不得不这么做,而且这个人身上显示出精神错乱的症状,因此更需要小心提防。他预备第二天早上,亲自坐马车把这个倒霉鬼送走。他觉得这些暗示是必要的,它们可以使布尔斯特罗德太太格外留神,叮嘱女儿们和仆人们避免与客人接触;同时也可以说明,他为什么不让别人走进他的房间,哪怕给他送酒菜也不成。但是他仍然提心吊胆,惶惶不安,唯恐拉弗尔斯大声大气、不以为意地提到过去的事,给人听见,还怕布尔斯特罗德太太万一动了好奇心,在门口偷听。他又怎么能不让她听,打开房门侦察她的行动,以致泄露自己的害怕心理呢?不过,她是一个光明磊落、心直口快的妇人,看来不致为了打听别人的隐私,采取这么卑鄙的手段,然而恐惧是比一切推理更强大的。

这样,拉弗尔斯得寸进尺的折磨,产生了他没有预计到的后果。何况他的态度说明,他根本不听劝告,这使布尔斯特罗德大失所望,觉得唯一的办法只能是不顾一切,采取强硬态度。当天夜里,送拉弗尔斯上床之后,银行家立即吩咐家人,他的轿式马车要在明天早上七点半准备就绪。到六点钟,他早已穿好衣服,怀着满腹心事在做祷告,为他逃避厄运的动机辩护,说如果他做了错事,在上帝面前讲了不真实的话,请上帝宽恕他,不要降罪给他。因为布尔斯特罗德虽然干过不少见不得人的勾当,却不敢公然撒谎。这些坏事大多像微细的肌肉活动,不会在意识中引起丝毫反应,尽管它们能使我们达到我们所企求的、盼望的目标。可是只有我们鲜明地意识到的行为,我们才能鲜明地想象到它们已为上帝所看见。

布尔斯特罗德手拿蜡烛,来到拉弗尔斯床边,后者显然还在做噩梦。他默默站着,指望烛光的出现能帮助熟睡的人慢慢苏醒,不致引起一点响声;如果突然叫醒他,他难免会大叫大喊。他望了两三分钟,只见拉弗尔斯浑身哆嗦,气喘吁吁,有了苏醒的迹象,最后他发出了一声漫长的、有些窒息似的呻吟,坐直了身子,惶惶不安地瞪着周围,又是战栗又是喘气,但是没再出现其他动静。布尔斯特罗德放下蜡烛,等待他逐渐清醒。

这样过了一刻来钟,布尔斯特罗德突然板起脸孔,露出铁面无情的神气,说道:"我这么早来找你,拉弗尔斯先生,因为我已吩咐在七点半把马车准备好,我预备亲自送你前往伊尔塞利,到了那里,你可以搭火车或等驿车,随你的便。"

拉弗尔斯正要开口,布尔斯特罗德便气势汹汹地拦住了他,说道:"不要做声,先生,听我说。我现在可以给你一笔钱,今后只要你来信要求,我可以按时寄一定数目的钱给你。但如果你胆敢再在这儿露脸,再回到米德尔马契,胆敢用你的嘴巴说出对我不利的话,你就只得自食恶果,得不到我的任何帮助。我知道,你要害我,也无非讲我一些坏话,可是谁也不会因为你破坏了我的名誉就送钱给你。如果你敢再来找我,我也不怕,我能对付你。起来吧,先生,照我的吩咐做,不要做声,否则我马上叫警察,把你从我屋里带走,你可以把你的故事带进城里任何一家酒店,但是你再也拿不到我一个子儿,我不会替你付酒账。"

布尔斯特罗德一生很少这么盛气凌人,大声吆喝,但是这一席话,以及它可能产生的效果,他是经过推敲的,那天夜里大部分时间,他都在斟酌这事。虽然他不相信这么做就能一劳永逸,使拉弗尔斯不再跟他捣乱,他还是认为,这是他能够采取的最妥善的措施。这天早晨,他确实把那个人吓得垂头丧气,不敢反抗,他那灌满酒精的身体,这时也只得听凭布尔斯特罗德摆布,屈服在他那冷静、坚决的意志下面。在全家人吃早饭以前,他已乖乖地给押上了马车。仆人们以为他是主人的穷亲戚,这位主人一向严厉,在人们面前把头抬得高高的,因此为这么一个亲戚感到耻辱,要把他撵走,这是不足为奇的。银行家带着他的讨厌朋友,坐十英里马车,这对圣诞节说来,实在是枯燥无味的开端。但到了目的地,拉弗尔斯的精神恢复了,分手时还较满意,因为银行家又给了他一百英镑。布尔斯特罗德这么大手大脚是有各种动机的,只是他自己并没有对它们都作过深入的思考。当他站在拉弗尔斯旁边,看他在床上翻来覆去折腾时,有一点他心里却很清楚,那就是从他第一次给他两百镑以来,这个人的身体已变得衰弱多了。

他尽量保持坚决的态度,用斩钉截铁的口气讲话,免得对方不把他当一回事,以后发生反复。他还竭力让拉弗尔斯明白,他完全知道,就他而言,收买的办法也和对抗的办法同样危险。然而离开那个讨厌的家伙,回到安静的家中以后,布尔斯特罗德依然不能放心,觉得他只是赢得了一段喘息的时间。仿佛他做了一个不祥的梦,梦中那些可怕的印象仍留在他的脑海中,怎么也摆脱不了,又好像有一只危险的爬虫,在他周围活动,扰乱了他无忧无虑的生活,留下了一条条黏滑的污迹。

他一向相信,别人对他怀有许多美好的想法,它们在他内心深处构成了一块美丽的织物,目前这块织物已面临毁灭的危险,然而直到这时,谁能想象,它对他具有多么重大的意义呢?

现在,布尔斯特罗德愈益意识到,一些不安的预感已郁积在妻子的心头,因为她小心翼翼,对那件事避而不谈。他在家中一向享有无上的权威和绝对的尊敬,然而现在他相信,大家都在注意他,打量他,暗暗怀疑他隐瞒着一些不可告人的秘密,这使他向人说教的时候声音有些吞吞吐吐。就布尔斯特罗德这种心神不定的人说来,想象往往比事实更显得可怕。想象使他疑神疑鬼,似乎耻辱随时可以降临,已到了千钧一发的时刻。是的,千钧一发,因为如果他对拉弗尔斯的强硬态度不能迫使他就范——虽然他一直在祈求达到这目的,但他并不相信他能如愿以偿——那么身败名裂是必然的。尽管他对自己说,即使事实果真如此,这也是天意,是神的惩罚和警告,还是没有用,他一想到未来的灾难便不寒而栗。他断定,为了上帝的荣耀,避免这耻辱更为必要。他的畏惧心理终于使他准备离开米德尔马契。如果真相终必败露,那么不如远走高飞,到那时他对亲友们的窃窃私议可以置之不问。而且在新的环境中,他的生活不致引起广泛的兴趣,迫害他的人哪怕跟踪前来,对他也不能构成太大的压力。他知道,永远离开这个地方,他的妻子会感到无限痛苦;要不是迫不得已,他也宁可在已经生根的地方长住下去。因此,他的准备出走,开头只是权宜之计,他希望在各方面仍留下一些退路,如果蒙上帝照顾,情况好转,他的恐怖烟消云散,那么在短期离开之后,他仍可回来。他着手准备移交银行的管理工作,同时对他在这一带的其他商业事务也不再积极过问,理由是他的健康欠佳,但并不排除将来重新参与这些活动的可能性。这措施使他增加了一些开支,减少了一些收入,加上当时工商业普遍不景气,已使他蒙受了一些损失,这样,医院作为他的支出的一个主要项目,自然成了他需要紧缩的方面。

这就是他当时的心情,它决定了他跟利德盖特的谈话。但是在这个阶段,他的安排都有一定限度,万一事实证明这一切并无必要,他可以随时撤销,恢复原状。他不断推迟着最后的步骤,尽管惶惶不安,他仍像许多人一样,在船只失事遇难,或者脱缰的马跑得即将把他们摔出马车时,还是抱着一线希望,认为也许会出现奇迹,绝处逢生。到了晚年还要迁居外地,总不能不慎之又慎,免得后悔莫及,何况要他的妻子离开她唯一留恋的家乡,无限期地流亡在外,这个计划是无论如何很难向她做出满意的说明的。

布尔斯特罗德需要安排的事务中,有一件是他离开后,斯通大院农庄的管理问题。为了这事,以及与他在米德尔马契及其附近一带拥有的房屋田地有关的一切,他找凯莱布·高思商量了一次。像每个要处理这类事务的人一样,他需要一个比主人更关心农庄利益的代理人。关于斯通大院,布尔斯特罗德希望保留这份产业,将来在他愿意的时候,仍可重返农庄,享受田园生活的乐趣,现在的安排必须符合这些条件,因此凯莱布劝他,不要把它托付给庄头,而是把土地、牲畜、农具等按年出租,提取一份相应的收益。

"高思先生,我可以托你按这样的条件找一位佃户吗?"布尔斯特罗德说,"如果我把我们刚才讨论的这些事托付给你,不知你认为我应该每年付你多少酬劳？"

"这事我得考虑一下，"凯莱布说，他一向这么干干脆脆，"得看我是不是照顾得到。"

要不是为弗莱德·文西的未来着想，高思先生或许不愿再增加自己的工作了，他的妻子也一直担心他年纪大了，负担过重。但是谈话结束，他告别布尔斯特罗德后，关于斯通大院出租的事，在他头脑中形成了一个富有诱惑力的设想。要是由他凯莱布·高思负责管理，在这个前提下，安排弗莱德·文西经营那片田地，布尔斯特罗德会同意吗？这对弗莱德是很好的锻炼，他在那里可以得到一份微薄的收入，但仍有时间协助其他工作，增长见识。他把这主意告诉高思太太，显然有些得意，因为这么办，她总不能扫他的兴，依然担心他负担过重了。

"小家伙要是知道一切都解决了，一定会高兴得跳起来，"他说，把身子往椅背上一靠，眼睛闪闪发光，"苏珊，你想想看！老费瑟斯通死以前，弗莱德的心好几年一直挂在那里。现在他终于把这块地弄到了手，尽管只是承租性质，只要他好好干，未始不是同样好的转变。因为很可能，布尔斯特罗德会让他长期经营下去，这样他就可以把产业逐步买过来了。他还没拿定主意，这我看得出，他还在犹豫，要不要作长期迁居的打算。我一辈子还没遇到这么称心的事呢。这样，两个孩子慢慢就可以成家啦，苏珊。"

"在你还没有确实把握，知道布尔斯特罗德一定会同意这个计划以前，最好先别告诉弗莱德，你说对吗？"高思太太道，用的是谨慎小心的口气，"至于成家，凯莱布，我们老年人还是不要催他们的好。"

"哦，我看不一定，"凯莱布说，把头转向一边，"结婚是一种约束的力量。结了婚，弗莱德就不必我多管闲事了。不过，在我有确实把握以前，我什么也不会说。我得再跟布尔斯特罗德谈一次。"

他一有机会就这么办了。布尔斯特罗德对他的内侄弗莱德·文西根本不感兴趣，但是他非常希望得到高思先生的协助，他知道，许多零星事务要是没有全心全意的代理人经管，一定会造成许多损失。由于这样，他对高思先生的建议没有表示反对。不过，他之所以同意让文西家的一个人沾光，还有另一个原因。原来，布尔斯特罗德太太听到利德盖特负债以后,一直放心不下,想知道她丈夫能不能帮助可怜的罗莎蒙德,后来听到他说,利德盖特的事不容易解决,最聪明的办法还是"听其自然",这使她非常不安。那时,布尔斯特罗德太太第一次说了这样的话:"我觉得,你对我娘家的人总是太无情义,尼古拉斯。我相信,我没有理由对我的任何亲族不问不闻。他们可能过于关心世俗的利益,但谁也不能说他们是不值得尊敬的。"

"亲爱的赫莉欧,"布尔斯特罗德先生说,避开妻子的眼睛,因为那双眼睛里噙满了泪水,"我已给你的哥哥提供了一大笔资金。总不能要我把他结了婚的孩子也包下来吧。"

这似乎是事实,布尔斯特罗德太太的抗议终于平息,变成了对不幸的罗莎蒙德的怜悯,她受的奢华教育,她早知道会留下恶果的。

但现在想起这次谈话,布尔斯特罗德先生感到心安理得了,因为在他把离开米德尔马契的计划全部告诉妻子时,可以对她说,他已作了安排,为他的内侄弗莱德尽了亲戚之谊。不过到目前为止,他只对她说过,他打算暂时关闭灌木别墅,到南方海边居住几个月。

这样,高思先生得到了他需要的保证,这就是在布尔斯特罗德离开米德尔马契这段时间内,斯通大院按照商定的条件,由弗莱德承租。

凯莱布得意扬扬,他盼望的这个"美好的转变"终于即将实现,要不是怕遭到妻子体贴入微的埋怨,他也许早已忍耐不住,把一切都告诉玛丽,好让"孩子得到一点安慰"了。不过他总算忍住了,还把弗莱德瞒得紧紧的,没让他知道他已到过斯通大院几次,以便详细了解那里的土地和牲口情况,作出初步的估价。尽管事情不必着忙,他还是迫不及待,作了这些调查,这是父爱在他心中起了作用;也许子女的幸福全在此一举,因此他才像给玛丽和弗莱德准备生日礼物似的,暗中安排着一切。

"万一整个计划只是空中楼阁呢?"高思太太说。

"那也没什么,"凯莱布答道,"空中楼阁塌下来是压不坏人的。"

第六十九章

> 如果你听到了什么话,就让它与你一起死去。
> ——《德训篇》①

布尔斯特罗德先生会见利德盖特以后,当天下午三点钟,他仍坐在银行的经理室里,他的秘书进来报告,他的马准备好了,又说,高思先生在外面,有事求见。

"请他进来。"布尔斯特罗德说。凯莱布进来了。"请坐,高思先生,"银行家继续道,口气十分殷勤,"我很高兴,你来得正是时候,我还没走。我知道你是珍惜每一分钟的。"

"嗯。"凯莱布轻轻应了一声,把头慢慢转向旁边,一面坐下,把帽子放在地上。他望着地面,身子向前俯出,长长的手指垂在两腿之间,每根手指都在接连不断地活动,仿佛它们也跟着他安静的大脑袋在苦苦思索什么。

布尔斯特罗德先生像每个认识凯莱布的人一样,对他这种慢条斯理的态度早已习惯,知道他每逢要谈他认为重要的问题时,总不会马上开口。他估计,凯莱布要跟他谈的,大概仍是购买盲人大院中几栋房子的事,这些房子是预备买下后拆除的,牺牲它们能够使那一带空气流通,光线充足,因此这种损失是可以补偿。凯莱布的这类建议常常使那些东家感到恼火,但布尔斯特罗德对改进住房条件的计划,一般抱欢迎态度,他们合作得不坏。然而当他用轻轻的声音重新开口时,他谈的却是另一回事:

"我刚到斯通大院去了回来,布尔斯特罗德先生。"

"哦,那里没出什么事吧?"银行家说,"我昨天还到那儿去过。阿贝尔今年养的羊还不错。"

---

① 基督教外典之一,又称《西拉之子耶数智慧书》,与《旧约》中的《传道书》性质相同,因此又称《外典传道书》。内容大多为道德说教、劝世箴言等。

"对,是这样,"凯莱布说,严肃地抬起头,望着对方,"但那儿出了一点事——有一个陌生人在那儿,据我看,他病得很重。他需要医生,我是来把这消息通知你的。他名叫拉弗尔斯。"

他看到,他的话在布尔斯特罗德先生身上引起了震动。关于这件事,银行家一直以为,他的恐怖使他经常处于戒备状态,什么也不会叫他露出破绽,但是他的估计错了。

"可怜的东西!"他用同情的声调说,然而嘴唇仍有一点哆嗦,"你知道他怎么来的吗?"

"他是我带去的,"凯莱布冷静地说,"是坐我的小马车去的。他下了驿车,从收税卡路口往前走了一段,我赶上了他。他记得,以前在斯通大院曾看见我跟你在一起,因此要求我让他搭车。我发现他病了,应该把他送到屋里休息才对。现在我想,你必须马上替他请个医生,诊断一下。"凯莱布说完话,从地上拿起帽子,慢吞吞站了起来。

"当然,"布尔斯特罗德说,心里七上八下的,"高思先生,是不是请你劳驾,在路过利德盖特先生家的时候,进屋通知他一声……哦,不!他这时可能在医院。我立刻写张条子,打发仆人骑马送去,然后我亲自上斯通大院。"

布尔斯特罗德匆匆写了条子,亲自出去吩咐仆人。他回来时,凯莱布照旧站在那儿,一只手搭在椅背上,另一只手拿着帽子。布尔斯特罗德心里在不断盘算:"也许拉弗尔斯只向高思谈了他的病。高思看到这个衣冠不整的家伙老是找我,好像跟我很熟,也许有些纳闷,就跟上次一样,但他什么也不会知道。我们是朋友,相处得不错,何况我对他可能还有用处。"

他希望他这乐观的估计得到证实,但是对拉弗尔斯的言行提出任何询问,只能暴露他的恐惧心理。

"我非常感激你,高思先生,"他用平时那种彬彬有礼的口气说道,"我的仆人几分钟内就可以回来,然后我亲自去走一趟,看看能为这个不幸的人做些什么。你也许还别的事要跟我谈吧?那么,请坐下。"

"谢谢,"凯莱布说,轻轻挥了一下右手,谢绝了他的邀请,"布尔斯特罗德先生,我想说的是,我得要求你把你的事务委托给别人。你待我不错,允许把斯通大院租给我,还有别的事,我对你很感激。但是我不得不放弃这工作。"

一个明确的意识蓦地像尖刀一样,插进了布尔斯特罗德的心坎。

"这太突然了,高思先生。"这是他一时能说的一切。

"是的,"凯莱布说,"但是这已不可改变。我不得不放弃这项业务。"

他的口气虽然温和,但很坚定。他还发觉,在这种温和面前,布尔斯特罗德似乎有些惊慌,脸色变得死气沉沉,眼睛回避着停留在他身上的目光。凯莱布对他感到了深深的怜悯,但是哪怕他能找到合适的口实,他也不愿用它来说明他的决定。

"我担心,那个倒霉的家伙可能说了什么诽谤我的话,你才作出这样的决定。"布尔斯特罗德说,现在他非常希望知道全部真相。

"是这样。我不能否认,我是听到了他讲的话,才采取这行动的。"

"你是一个正直无私的人,高思先生,我相信,也是一个觉得自己必须对上帝负责的人。你应该不致轻信无稽之谈,采取对我不利的行动,"布尔斯特罗德说,他在搜索枯肠,寻找可以使对方心悦诚服的理由,"我可以说,我们现在的合作对双方都是有利的,你放弃这种合作的理由未必充分。"

"只要可能,我不愿做出对任何人不利的事,"凯莱布说,"哪怕上帝看不到,我也不会做。我希望我能同情所有的人。但是,先生……我不得不相信,这个拉弗尔斯告诉我的是事实。这样,为你办事,或者从你那儿得到利益,都使我感到不安。我会受到良心的责备。我只得要求你另外物色代理人。"

"很好,高思先生。但是我至少得要求你告诉我,他对你讲的最严重的话是什么。我必须知道,那些要使我陷入不幸的无耻谰言是什么。"布尔斯特罗德说,一股怒火开始升起,跟他在这个拒绝他照顾的沉静的人面前感到的耻辱,混合在一起。

"那是不必要的,"凯莱布说,摆了摆手,把头俯下了一些,但没有改变声调,仍显得那么宽宏大量,不想使这个可怜的人过分伤心,"他对我说过的一切,永远不会再从我嘴里泄漏出去,除非发生了现在还不知道的情况,迫使我非讲不可。如果你为了金钱,有过损人利己的行为,用欺骗手段使别人丧失了他们的权利,因而得到了非分之财,那么我敢说,你现在已经后悔,你宁可恢复原状,但又办不到。这一定是一件痛苦的事……"凯莱布停了一会儿,摇摇头,"我不应该使你的生活变得更痛苦。"

"但是你这么做了——你使我的生活变得更痛苦了,"布尔斯特罗德说,竭力装出真心恳求的哭泣声,"由于你离开了我,我的生活变得更痛苦了。"

"我也是不得已,"凯莱布说,口气更温和了,举起了一只手,"我很抱歉。我无权对你进行裁判,我也不能说,他是邪恶的,我是正直的。没有这种事。我什么也不知道。一个人可以犯错误,但他的意志能超越这些污点,尽管他无法使他的生活恢复清白。那是一种严厉的惩罚。如果你的情况是这样,那么我为你十分难过,但我内心的感情不允许我再与你合作。这就是一切,布尔斯特罗德先生。其余什么也不用谈了,因为我的主意已经定了。再见。"

"等一下,高思先生!"布尔斯特罗德赶紧说,"那么我可以信任你庄严的保证,你不会向任何男人或女人传播那些诽谤,哪怕它们包含着一点点真实,是吗?"

凯莱布生气了,愤怒地答道:

"既然我不想过问这事,我为什么要传播它?我不是为你担心。我对这种流言蜚语从来不感兴趣。"

"对不起,我心里有些乱,这个无耻之徒把我害苦了。"

"别说了!你应该考虑的是,他的堕落是不是跟你也有关系,因为你靠他的罪恶得到了利益。"

"你对他过于轻信,以致错怪了我。"布尔斯特罗德说,拉弗尔斯可能说过的话,他无法断然否认,这种无能为力的感觉像噩梦一般压在他的心头,然而他感到庆幸,凯莱布没有要求他明确宣布他彻底否认此事。

"不对,"凯莱布说,又举起了一只手,请他别再往下说,"我愿意相信事实不是那样,只要它能得到证明。我不会使你失去这样的机会。

至于谈论这事,我一向认为,揭露别人的隐私是错误的,除非我确实知道,这是为了挽救无辜的人必须做的。那就是我的观点,布尔斯特罗德先生,我说的话是不必起誓的。再见。"

几个钟头以后,凯莱布回到家中,顺便对妻子说道,他与布尔斯特罗德有了一些小小的分歧,因此已放弃租佃斯通大院的一切设想,而且事实上已拒绝今后再为他办事。

"他对你干涉太多,是不是?"高思太太说,以为布尔斯特罗德在一些敏感的问题上,触怒了她的丈夫,不允许他对设备和耕作方式实施他认为正确的改革。

"嗯。"凯莱布应了一声,垂下头,严肃地挥了挥手。高思太太明白,这是表示他不愿再继续谈论这件事。

至于布尔斯特罗德,他差不多立即骑上了马,前往斯通大院,尽量想赶在利德盖特之前到达那里。

他头脑里充满了各种幻象和猜测,这对他的希望和恐惧说来是一种语言,正如我们能够从使我们全身发抖的振动中听到声音一样。凯莱布·高思知道了他的过去,拒绝接受他的委托,这使他毛骨悚然,深深感到羞愧,然而再一想,他又几乎感到值得欣慰,因为拉弗尔斯没有把那些话告诉别人,只是告诉了高思,这还是比较安全的。在他看来,这似乎是上天的巧妙安排,免得他遭遇到更坏的后果,由此可见,保守秘密的希望之门还没有关闭。何况拉弗尔斯又得了病,他又给带到了斯通大院,而不是别的地方,这一切都唤起了一种幻觉,使布尔斯特罗德的心感到振奋,似乎事情还大有可为。要是他能摆脱一切危险,不致身败名裂,要是他又能无拘无束、自由自在地呼吸,那么他一定要比以往更加虔诚,把整个生命呈献给上帝。他在心中默默念叨着这个誓言,仿佛它能加速他期待的后果到来似的。他竭力让自己相信,虔诚的祈祷会在冥冥之中发挥无穷的威力,决定人的生死。他知道他应该说:"愿你的旨意行在地上"[①],他也时常这么说。但是他最大的要求还是:但愿上帝的旨意是让那个可恨的人死去。

---

① 基督教最常用的祈祷经文,见《新约·马太福音》第六章。

然而他来到斯通大院,见到拉弗尔斯身上的变化,不由得大吃一惊。要不是他那么苍白和虚弱,布尔斯特罗德会认为,他身上的变化纯属精神性质。他那种大声大气作弄人的兴致消失了,情绪变得紧张、空虚、惶惑不安,他低声下气央求布尔斯特罗德别对他发脾气,他的钱花完了,但那是他遇到了土匪,他们抢走了他一半的钱。他到这儿来只是因为他病了,有人在跟踪他——有人要搜寻他。他没有对任何人讲过什么,他的嘴巴一直闭得紧紧的。布尔斯特罗德不懂得这些症状的意义,以为这种神经过敏的反常状态正可以供他利用,胁迫拉弗尔斯从实招供,因此他指出,他所谓没有对任何人讲过什么,纯属弥天大谎,他刚才还对让他搭车,送他上斯通大院的人讲过他的坏话。拉弗尔斯赌神发咒,矢口否认。原来事实是,他那意识的锁链断了,他在惊恐万状中向凯莱布·高思絮絮叨叨讲的一切,只是像一时的梦呓,早已从他脑中消失得无影无踪。

布尔斯特罗德目睹这情形,心又沉下去了,他发现,他无法掌握这个倒霉家伙的心理,拉弗尔斯的每一句话都不可相信,不能说明他最需要知道的事实,即他在这一带是不是真的除了凯莱布·高思以外,没有向任何人透露过什么。女管家的神情毫无不自然的表现,她告诉主人,高思先生走后,拉弗尔斯要她拿啤酒,以后再没开口,他似乎病得很重。可以肯定,他没有在这里泄漏什么。阿贝尔大娘跟灌木别墅的仆人一样,认为这个怪人属于那种不受欢迎的"亲族",这种人在有钱人家始终是个累赘。起先她认为,他是李格先生的亲戚,反正有遗产的地方,这样的绿头大苍蝇总会嗡嗡飞来,这不足为奇。但他怎么又变成了布尔斯特罗德的亲戚,这就不得而知了,但阿贝尔大娘和她的丈夫一致认为,这是"无从知道的",这个说明已充分满足了她的精神需要,因此她对这事只是摇摇头,不想再多费脑筋。

不到一个小时,利德盖特来了。拉弗尔斯当时待在镶护壁板的客厅里,布尔斯特罗德到客厅门外迎接医生,说道:

"利德盖特先生,我请你来,是因为有一个人病了,他许多年以前曾在我手下办过事。后来他去了美国,回国后,据我猜想,一直在过不务正业的放荡生活。由于一贫如洗,他要求我接济他。他跟这儿从前的主人李格沾点亲戚关系,所以找到了这儿。我相信他病得很重,显然还有些精神错乱,但我想,我应该尽最大的力量帮助他。"

利德盖特的头脑里,还深深印着早上跟布尔斯特罗德打的交道,他不想讲一句多余的话,对这些说明只是稍微点了点头,但是进屋以前,他机械地回头问了一声:"他叫什么名字?"因为医生也像注重实际的政治家一样,总爱询问别人的姓名。

"拉弗尔斯,约翰·拉弗尔斯。"布尔斯特罗德说。他觉得,不论拉弗尔斯的情况怎样,不能让利德盖特知道得更多。

利德盖特对病人作了全面的检查和诊断以后,吩咐让病人上床,尽可能保持绝对的安静,然后与布尔斯特罗德一起走进另一间屋子。

"我看,他的病很严重。"银行家不等利德盖特开口便说。

"也是也不是,"利德盖特模棱两可地答道,"这种长期形成的并发症,它的后果怎样,现在还很难判断。但是这个人有强壮的体格,这是首要的。当然,目前他的身体处在衰弱状态,但据我估计,这场病还不会造成致命的结果。应该对他仔细护理,小心照顾。"

"我会亲自留在这里,"布尔斯特罗德说,"阿贝尔大娘和她的丈夫在这方面没有经验。我没什么事,可以在这儿过夜,只是要麻烦你,替我送一张条子给我的太太。"

"我看那倒不必要,"利德盖特说,"他似乎很安静,还相当害怕。只是他可能胡闹,不听管束。但这儿有男人,是不是?"

"我以前也在这儿住过几夜,为了想清静一些,"布尔斯特罗德满不在乎地说,"我今天也不妨这么做。必要的时候,阿贝尔夫妇可以跟我换班,给我帮忙。"

"很好。那么我只要把我的意见告诉你就成了。"利德盖特说,对布尔斯特罗德这种有些特别的行为,并未感到惊讶。

"那么你认为,这病没有什么危险?"布尔斯特罗德问,这时利德盖特已把他的意见一一交代清楚。

"是的,除非另外出现什么复杂的症状,也就是我目前还没有诊断到的病情,"利德盖特说,"这病可能还会暂时恶化,但我相信,只要严格按照我开的药方服药调理,几天内就会好转。必须有坚定的信心。"

记住,如果他要喝酒,不论什么酒,都绝对不行。按照我的看法,这类情况的病人,造成死亡的原因往往是治疗不当,不在于疾病本身。然而新的症状还可能出现。明天早上我再来。"

等布尔斯特罗德给他太太的条子写好以后,利德盖特就骑马走了。关于拉弗尔斯的生平,他起先并没有作什么猜测,只是一心揣摩他的病情。最近韦尔医师①的丰富经验在美国发表之后,引起了震动,大家纷纷讨论这类酒精中毒的正确治疗方法,现在这些议论来到了利德盖特的头脑中。这个问题他在国外已开始注意,因此他坚决反对通行的治疗方法,不准喝烈性酒,不准无限止大剂量使用鸦片。他不断按照这个信念做,取得了显著的成效。

他想:"这个人是生了病,但他身上还有不少落拓潦倒的迹象。我看,他大概是靠布尔斯特罗德赈济的人。真奇怪,在有些人身上,冷酷和慈悲会并行不悖。布尔斯特罗德对待某些人,是我看到的最缺乏同情心的家伙,可是他为慈善事业不辞辛劳,还花了许多钱。也许他是在进行某种试验,看看哪些人是上帝所关怀的。看来他已经决定,我不是上帝所关心的人。"

这股怨气一经产生,就源源不断,到他走近洛伊克门大街时,它已在他的思想中逐渐扩大,成了主流。自从当天早上银行家派人到医院找他,跟他进行第一次会谈后,他还没有回来过。现在是他第一次带着山穷水尽、走投无路的心情回到家中。要想弄到足够的钱还债的希望终于幻灭,他只觉得他的婚后生活前途茫茫,一片黑暗,他和罗莎蒙德陷入了孤立无援的境地,这种处境势必使他们不得不承认,他们彼此已很难给对方提供什么安慰。他觉得,与其看到自己的温情,由于缺乏物质的后盾,对她无济于事,那不如让自己也得不到她的温情好一些。过去和未来的屈辱,把他的自尊心压得喘不出气,而且就他而言,这些痛苦还跟另一种更深刻的悲痛情绪难分难解地结合在一起,这就是那种对它们起着支配作用的预感——预感到罗莎蒙德必然认为,他是她一

---

① 约翰·韦尔(1795—1864),美国医师,哈佛医学院教授。一八三一年曾发表《酒精中毒震颤性谵妄症的形成及治疗》一书。

切失望和灾难的主要根源。他从来不喜欢贫穷,不愿过朝不保夕的生活,也从没想过他可能落到这等地步;但现在他开始想象,真心相爱、志同道合的夫妇,在简陋的家具面前会怎样安之若素,一笑置之,共同合计他们的黄油和鸡蛋还能维持多少日子。可是如今这美丽的诗一般的天地,对他说来已那么遥远,正如那无忧无虑的世外桃源一样了。在不幸的罗莎蒙德心中,从来没有过可以使奢华生活相形见绌的广阔天地。他怀着万分忧郁的心情下了马,知道在那里等待他的,除了晚餐,没有别的欢乐。他想,最好当晚就把他向布尔斯特罗德求情失败的经过,告诉罗莎蒙德。应该趁早让她有所准备,做好最坏的打算。

但是他的晚餐还得等好久才能到口,因为他一进门就发现,多佛的代理人已派人守在屋里。他问利德盖特太太在哪里,仆人回说,她在卧室内,他上了楼,看到她躺在床上,脸色惨白,一言不发,对他的任何问话或目光,不仅一句不回答,连一点表示也没有。他坐在床边,俯身对着她,用几乎像祈祷似的声音说道:

"可怜的罗莎蒙德,我使你受苦了,宽恕我吧!让我们仍然彼此相爱吧。"

她呆呆地望着他,脸上仍是一副万念俱灰的神色。但是过了一会儿,眼泪涌上了她蓝莹莹的眼睛,她的嘴唇哆嗦着。这天,那个坚强的人受到的折磨太多了,他终于忍无可忍,让头垂在她的旁边,呜呜咽咽地哭了。

第二天一早,她就到她父亲家去了,他没有拦阻——现在他觉得,他不应该拦阻她,让她爱怎么干就怎么干吧。半小时后,她回家了,说爸爸妈妈希望她回去跟他们住在一起,等情况好转以后再说。爸爸说,他对债务无能为力,如果他付了,五六笔债马上会接踵而至。她最好先回娘家,等利德盖特为她安排好舒适的家庭以后,她再回来。"泰第乌斯,你反对吗?"

"随你喜欢吧,"利德盖特说,"但危机还不致马上发生,可以不必匆忙。"

"我最早也得明天才走,"罗莎蒙德说,"我还得收拾衣服呢。"

"好吧,我可不能明天就走,还得在这儿多待一会儿——谁知道还会出什么事,"利德盖特无可奈何地冷笑道,"也许只有等我弄得头破血流死了,你才舒服呢。"

原来,他对她的体贴虽含有感情的因素,但也是出于一种深谋远虑的决定,因此它不可避免会给突然爆发的愤怒所打断,这愤怒有时表现为嘲笑,有时又表现为抗议,这种情形是利德盖特的不幸,也是罗莎蒙德的不幸。但是在她看来,他的反唇相讥毫无道理,那种意外的严厉也只是在她心头激起了反感,以致加倍的体贴恐怕也很难挽回,获得她的谅解了。

"既然你不愿意我走,"她说,照旧保持着冷漠而温和的态度,"你何必耍脾气,为什么不直截了当对我讲?那我就待在这儿,等你要我离开的时候再离开。"

利德盖特没有再说什么,便出门看病了。他感到委屈,伤心,眼睛下出现了狭长的黑影,这是罗莎蒙德以前从未发现过的。但近来她根本不屑瞧他一眼。泰第乌斯处理事务的方式,给她带来的痛苦太大了。

第七十章

> 我们的作为从远处追随着我们,
> 我们的过去决定了我们的现在。

利德盖特离开斯通大院后,布尔斯特罗德干的第一件事,就是检查拉弗尔斯的口袋。他认为他一定留下一些东西,例如旅馆账单之类,足以说明他到过哪里,这就能够验证他的话,因为他说,他由于生病,又没有钱,他是直接从利物浦来的。他的小笔记本里夹满各种账单,但凡是别处的,日期都在圣诞节以前,只有一张是那天早上的。它跟马市场的传单揉成一团,塞在上衣下端的一只口袋里,那是他在比尔克利旅馆居住三天的费用,马市场便在那儿举行,它离米德尔马契至少四十英里。账单上的数目很大,由于拉弗尔斯身边没有行李,很可能为了省下一些钱作路费,他把手提包留在旅馆作抵押了。因为他的钱包空空如也,口袋里也只有两枚六便士硬币和几个零钱。

布尔斯特罗德根据这些迹象,觉得放心了一些,拉弗尔斯从圣诞节那次难忘的访问之后,确实一直离米德尔马契远远的。在这么远的地方,生活在跟布尔斯特罗德素昧平生的人中间,拉弗尔斯怎么能靠传播米德尔马契一位银行家过去的丑事,满足他幸灾乐祸、自我吹嘘的本能呢?就算他讲了,又有什么害处?当务之急是对他进行严密监视,防止他胡言乱语,泄漏消息,免得他心血来潮,重复对凯莱布·高思可能讲过的话;布尔斯特罗德最担心的,是怕他见了利德盖特,又故态复萌,随口乱说。他独自坐在床边陪夜,只是吩咐女管家睡时别脱衣服,以便随叫随到。他说他自己不想睡,医生的嘱咐很重要,他不放心托付给别人。他忠实地执行医生的指示,尽管拉弗尔斯一再向他要白兰地,说他一点力气没有,整个大地好像在从他脚下往下陷落。他烦躁不安,不能入睡,但不敢胡来,还能接受管束。按照利德盖特的吩咐准备的饮食送来时,他拒绝了,而他要吃的东西又吃不到,但这一切似乎只是使他对布尔斯特罗德更加害怕,他只得低声下气恳求他不要发怒,不要用饥饿向他报复,还拼命赌咒,说他绝对没有向任何人讲过他一句坏话。哪怕这种恳求,布尔斯特罗德觉得,也不能让利德盖特听到。但是最使他吃惊的,还是他在谵妄状态中突然出现的精神错乱,那是在天色将明未明时,他突然以为有一个医生站在他身边,于是向他诉起苦来,说布尔斯特罗德要饿死他,向他报复,他以为他把他的事告诉了别人,其实他什么也没讲过。

布尔斯特罗德天生的专断傲慢和坚决意志,帮了他的大忙。这个外表脆弱的人,尽管心烦意乱,还是找到了必要的力量对付艰难的环境。在那难挨的一夜和清晨,他的神气像一具还魂的僵尸,身体凉了,但仍能活动;他阴沉森严地端坐在那里,主宰着一切,心中紧张地盘算着,该用什么办法保护自己,才能转危为安。不论他可以发出什么祈祷,不论他的内心对那个人腐朽的精神状态可能作出什么说明,也不论他是否意识到他目前的责任是接受上天的惩罚,而不是指望别人得到灾难,然而通过这些思索,在他力图把千言万语凝固成一个坚定的意志的过程中,符合他心愿的幻景仍以不可抗拒的力量,栩栩如生地显现和扩大了。而且这一系列幻景也带来了为它们辩解的理由。他从这些幻景中看到,拉弗尔斯只能死,也只有他死,布尔斯特罗德才能得救。这个堕落的灵魂离开人世,算得什么?他不知悔改——那些国事犯不是也不知悔改吗?于是法律判处了他们死刑。如果在这件事上,死是天意,那么希望它以死结束,也就算不得罪过,只要他没有亲手制造这后果,只要他严格按照医生的嘱咐行事。万一出现失误,那是难免的,处方是人开的,不会万无一失,利德盖特说过,另一种治疗方法会促成死亡,那么他自己的治疗方法为什么就不会呢?但是当然,在错和对的问题上,意图决定一切。

这样,布尔斯特罗德把他的意图和他的愿望分割开了。他在心中宣布,他的意图是服从医生的指示。但他为什么要对这些指示的效力反复推敲呢?那只是愿望玩弄的普通花招,为了使它可以利用各种毫不相干的怀疑观点,从效果尚不明确的一切措施中,从貌似不合规律的一切隐晦状况中,为自己扩大活动的地盘。然而他还是服从医生的指示的。

他的畏惧心理不断转向利德盖特,他们前一天早上的谈话,使他回想起来不免顾虑重重,尽管在当时他毫无这种感觉。那时,他提到了医院可能发生的变化,可是它在利德盖特心头引起的痛苦反应,并不在他的考虑之中,利德盖特对他的不满,他也并不在乎,他认为,拒绝别人对他的过高要求,这是名正言顺的。但现在他回想当时的情形,发现这可能使利德盖特成为他的敌人,于是幡然悔悟,觉得应该对他采取安抚态度,或者不如说,使他产生一种感恩图报的强烈心愿。他后悔不该舍不得花钱,哪怕这在当时是不可理喻的。因为万一拉弗尔斯的呓语引起不愉快的怀疑,甚至泄漏真相,布尔斯特罗德仍可有恃无恐,知道由于他的广施恩泽,利德盖特已在心中为他筑好了一道防线。但是后悔也许来得太迟了。

这个不幸的人在心灵中进行的挣扎是奇怪的,可怜的。多少年来,他一直想把自己打扮得比实际更好,自私的欲望在他身上与教规融为一体,披上了庄严的道袍,像一个虔诚的唱诗班,跟着他走过了漫长的一生,可是现在恐怖突然从它们中间崛起,它们再也无法大声歌唱,只能为苟全性命发出寻常的哀鸣了。

直到将近中午,利德盖特才到达。他说,他本想早一些来,只是有事耽搁了。布尔斯特罗德发现,他的神色有些沮丧。但他立即专心致志开始诊断,详细询问一天来的变化。拉弗尔斯的病反而重了,他简直不想吃东西,始终不能安睡,老是语无伦次地说胡话,但还不太厉害。跟布尔斯特罗德担心的相反,他没有发觉利德盖特在场,只顾自言自语,有时断断续续地嘟哝几句。

"你觉得他怎么样?"布尔斯特罗德偷偷问。

"病情恶化了。"

"你认为希望减少了吗?"

"不,我仍认为他能够复原。你今天是不是还住在这里?"利德盖特说,望着布尔斯特罗德,突然提出了这个问题,这使他有些不自在,尽管实际上这与任何怀疑无关。

"是的,我想仍住在这里,"布尔斯特罗德说,竭力控制着自己,讲得不慌不忙,"我已把我留在这儿的理由通知了内人。阿贝尔大娘和她的丈夫没有经验,这事不能完全交托给他们。而且这样的责任也不属于他们的职务范围。我猜想,你大概有什么新的指示吧。"

利德盖特提出了新的指示,主要是如果几小时后,病人继续失眠,需要使用鸦片,鸦片的剂量绝对不宜过多。他已把鸦片带来,以防万一。他向布尔斯特罗德仔细交代了剂量,以及在什么情况下应该停止使用,又说明了不停止的危险,还反复叮嘱,绝对不能让病人喝烈性酒。

"根据我的诊断,"他最后道,"麻醉是我担心的最大危险。他哪怕不吃多少食物,也能维持很久。他的身体还是相当结实的。"

"你自己的脸色也很难看,利德盖特先生,跟你平常完全不同,我可以说,从我认识你以来,还没见到你这样,"布尔斯特罗德说,那种殷勤劲儿跟前一天的漠不关心截然相反,就像他现在对自己的疲劳满不在乎,跟他平时活命第一,一有小病小痛便大惊小怪,也大不相同一样,"恐怕你有什么心事吧?"

"对,有些心事。"利德盖特说,态度粗鲁,一边拿起帽子,打算告辞。

"是不是出了什么事?"布尔斯特罗德问道,"别忙,请坐下。"

"不,谢谢你,"利德盖特说,有些傲慢,"我昨天把我的情况同你讲过了,我没什么好补充的,只有一点,即债务已经到期,现在真的要执行了。总之,千言万语就是这么一句话。再见。"

"慢着,利德盖特先生,等一下,"布尔斯特罗德说,"我重新考虑了这个问题。昨天我一时匆忙,没来得及深入思考。内人十分关心她的侄女,我对你的境况发生不幸的变化也深感忧虑。尽管求我帮忙的人很多,我经过重新考虑,还是觉得应该为你作出一些牺牲,不能袖手旁观。我记得你说过,有了一千镑,你就可以还清全部债务,恢复安定的生活?"

"是的,"利德盖特说,欢乐突然涌上了他的心头,超越了其他一切感觉,"除了还清全部债务,还会多一点。这样,我可以精打细算,重新安排家庭生活。我的业务今后也可能有些起色。"

"那么请你等一下,利德盖特先生,我可以给你签一张这个数目的支票。我明白,在这种情况下,帮助必须彻底才有效果。"

布尔斯特罗德开支票时,利德盖特转身对着窗外,他想到了他的家,还想到他那有着良好开端的生活终于可以避免一场灾难,它那些有益的目标也不致夭折了。

"你可以给我一张期票作交换,利德盖特先生,"银行家说,一边把支票递给他,"但愿今后你的境况慢慢好转,你就可以还我了。现在我觉得很高兴,希望你不致再遇到什么挫折。"

"我对你非常感激,"利德盖特说,"你使我恢复了希望,我又可以愉快地工作,为我的目标奋斗了。"

他觉得,布尔斯特罗德重新考虑他拒绝过的事,这是十分自然的,符合他性格中助人为乐的一面。他把马打了一鞭,让它跑得稍快一些,以便早些到家,把好消息告诉罗莎蒙德,他还想早些上银行兑取现款,跟多佛的代理人结清账目。但同时他的头脑中也闪过了一个思想,它给他的印象是不愉快的,仿佛一个不祥的预兆,张开黑色的翅膀,掠过了他的心头,这个思想就是他意识到,他跟几个月前已多么不同,他竟然为个人得到的恩赐欣喜若狂,竟然由于布尔斯特罗德给了他一笔钱,他便感激涕零,把他当作了救命恩人。

银行家觉得,他已达到目的,排除了一个不安全因素,但他还是心事重重。他出于罪恶的动机,希望赢得利德盖特的好感,然而他没有测量到这个动机的分量,它不会就此销声匿迹,却依然作为孳生烦恼的根源潜伏在他的血液中。一个人立了誓言,但不一定能把违反誓言的路堵死。那么他是不是有意识要违反它呢?完全不是,只是导致违反它的愿望,仍在他身上暗暗发生作用,渗入他的想象,就在他一再叮嘱自己牢记他的誓言时,使他放松了警惕。拉弗尔斯恢复得很快,又能自由运用他那讨厌的知觉了——这怎么能叫布尔斯特罗德喜欢呢?拉弗尔斯的死,这才是能带来解脱的前景,他在不知不觉中祈求的也正是这种解脱,他哀哀祝告,如果这是可能的,那么他在世上剩下的日子,就可以避免耻辱的威胁,他也可以继续充当为上帝服务的忠实工具了。利德盖特的诊断没有为这祷告的应验带来希望。随着这一天的过去,布尔斯特罗德对那个人身上顽强的生命力,越来越感到难以容忍,巴不得他快些陷入死亡的深渊,消失得无影无踪。迫切的心愿引起了对这只野兽的生命实施谋害的冲动,因为心愿本身对它已无能为力。他在心中说,他太疲倦了,今天晚上他不能再陪病人坐到天亮,他只得把他交给阿贝尔大娘,万一有事,她可以招呼她的丈夫。

　　拉弗尔斯一直只能迷迷糊糊睡一会儿,然后突然惊醒,又变得烦躁不安,大叫大嚷,说他在陷下去。这样,到了六点钟,布尔斯特罗德开始按照利德盖特的指示,给他服用了鸦片。又过了半个多钟点,他把阿贝尔大娘叫来,告诉她,他觉得自己精疲力尽,不能再守夜了。现在他只能把病人托给她照料。他向她交代了利德盖特关于每次用药剂量的指示,但在这以前,阿贝尔大娘对利德盖特的药方一无所知,她只是按照布尔斯特罗德的吩咐,把药配好送来,反正他要她做什么,她就做什么。现在她开始问,除了鸦片,她还能用什么。

　　"目前只能给他喝汤或苏打水,其他什么也不用。有事你可以随时找我。今天夜里,除非发生重大变化,我不再到这儿来。必要时,你可以找你的男人帮忙。我得早些上床休息。"

　　"是的,先生,您太累了,应该早些休息,"阿贝尔大娘说,"还应该吃点什么,提提精神,您吃得太少了。"

于是布尔斯特罗德走了,他不用担心拉弗尔斯在谵妄状态中泄漏什么,因为他的呓语断断续续,不致发生危险,使人相信他的话。不论怎样,他只得孤注一掷。他下了楼,走进镶护壁板的客厅,开始考虑,他是不是给马披上鞍子,借着月光连夜回家,不必再关心尘世的后果。他又后悔没请利德盖特晚上再来一次。也许他会提出不同的看法,认为拉弗尔斯已没有多大指望。他要不要派人请利德盖特呢?要是拉弗尔斯的病情果真恶化了,他正在慢慢死去,那么布尔斯特罗德可以高枕无忧,怀着对上苍的感激,安然入睡了。但他有没有恶化呢?利德盖特来后,可能只是说,病情的发展正如他预料的一样,并预言病人会逐渐安静入睡,然后慢慢好转。那么请他有什么意思?布尔斯特罗德害怕这样的后果。他左思右想,总不能排除一个可能性,就是拉弗尔斯复原后,又会一切照旧,变成原来那个人,重新对他纠缠不清,弄得他走投无路,只得带着妻子远走他方,她也只得离开她的亲友和家乡,心中老是对他打着问号,跟他离心离德,同床异梦。

他坐在壁炉旁边,这么反反复复琢磨了大约一个半小时,蓦地出现了一个思想,使他一惊,从座位上一跃而起,点亮了他带下来的卧室蜡烛。那个思想是:他忘了交代阿贝尔大娘,在什么情况下应该停止使用鸦片。

他拿起烛台,但站在那儿,好久没有动。她给他服用的,也许已经超过了利德盖特规定的剂量。但是他忘记医生的一部分嘱咐,在他目前这种极端疲劳的情况下,是可以原谅的。他拿着蜡烛上了楼,不知道他是应该直接回自己的卧室睡觉,还是应该上病人屋里纠正他的失误。他站在走廊里,脸对着拉弗尔斯的房间,他能听到他在呻吟,在叨咕。那么他还没有睡熟。既然还没有睡熟,那么谁知道呢,也许利德盖特的指示还是不服从比服从好?

他走进了自己的卧室。他还没有脱下衣服,阿贝尔大娘打门了。他开了一条缝,以便听到她低声说的话:

"先生,我能不能给这个可怜的人喝一点白兰地?他说他觉得在陷下去,别的他什么也不想喝……他好像一点力气也没有,只是靠鸦片在支持。他老是说,他在往下陷落,陷到地底下去。"

她有些诧异,布尔斯特罗德先生什么也不回答。他心里正在进行斗争。

"要是他这么下去,一定支持不住,非死不可。我故世的主人罗比逊先生病后,我侍候他,总是不断给他喝葡萄酒和白兰地,每次都是一大杯。"阿贝尔大娘又道,带一点规劝的口气。

但是布尔斯特罗德先生还是没有马上回答,于是她继续道:"在别人快咽气的时候,是不能再浪费时间的,先生,我相信你也不愿意这样。要不,我把我们自己贮藏的一瓶朗姆酒拿给他喝吧。既然你叫我陪夜,我就得用尽一切办法……"

这时一只钥匙从门缝中塞给了她。布尔斯特罗德先生用沙哑的嗓音说道:"这是酒窖的钥匙,那里有不少白兰地。"

第二天一早,大约六点钟,布尔斯特罗德先生便起了床,做了一段时间祷告。也许有人以为,内心的祷告必然是坦率的——必然会深入行为的根源!其实,内心的祷告是无声的言语,而言语总是自我表现,可是哪怕在自己的反省中,谁能如实表现自我呢?布尔斯特罗德还没有把最近二十四小时中混乱的内心活动,在思想中理出一个头绪。

他站在走廊里听了一会儿,可以听到呼吸困难的鼾声。然后他走进园子,注视着青草上和早春的嫩叶子上的白霜。他走回屋里时,迎面看到阿贝尔大娘,不免一怔。

"你的病人怎么样,大概睡着了吧?"他说,口气竭力装得很愉快。

"他睡得可香呢,先生,"阿贝尔大娘说,"他是在三点到四点之间慢慢睡熟的。您要不要去看看他?我想我走开一会没有关系。我男人下田干活去了,家里只剩一个小女孩在照料水锅呢。"

布尔斯特罗德上了楼。他一看就明白,拉弗尔斯的睡眠不是那种恢复精力的睡眠,它只能把他一步步带进死亡的深渊。

他环顾室内,看到一瓶白兰地还剩下一点,装鸦片的药瓶几乎已经空了。他把药瓶放在看不见的地方,拿起酒瓶,带下了楼,重又把它锁在酒窖里。

用早餐时,他考虑,他该立刻回米德尔马契,还是等利德盖特到来?他决定等他,又对阿贝尔大娘说,她只管去干她的活好了,他会待在卧室内守护病人。

他坐在那儿,望着他的安全的敌人,只见他正在一去不复返地走进沉寂之国。他感到了好几个月以来从未有过的轻松。他的良心得到了安慰,秘密已把翅膀合拢,它像上帝派来的天使,把他救出了苦海。他掏出笔记本,查阅各项记录,那是他为了离开米德尔马契而作的安排,有一部分已经付诸实施。现在他只要离开一个短时期就行了,根据这情况,他考虑着哪些应该照旧,哪些应该取消。有些他本来觉得必要的节约措施,在他暂时引退期间,可以照旧执行,他仍希望,医院的开支大部分由卡苏朋夫人负责。时间就这样慢慢过去了,鼾声终于出现了明显的变化,把他的注意力吸引到了病床上,他不由得想起,那个正在离开的生命,一度是从属于他的生命的,他曾为它的卑鄙无耻,对他唯命是从,感到由衷的喜悦。但正是这种昨天的喜悦,促使他今天为这生命的结束感到喜悦。

谁能说拉弗尔斯的死是意外的暴卒呢?谁能知道,他怎样就可以不死呢?

利德盖特在十点半钟到达,正好赶上看到病人咽气。他走进屋里时,布尔斯特罗德察觉他的脸色蓦地变了,但这主要不是惊异,而是承认他的判断错了。他在床边静静站了几分钟,眼睛注视着死人,但是他那强作镇静的表情说明,他的内心正在进行一场辩论。

"这变化是什么时候开始的?"他问,望着布尔斯特罗德。

"昨天我没在这里守夜,"布尔斯特罗德说,"我太疲倦了,只得把他交给阿贝尔大娘照料。她说,他是在三点到四点之间睡熟的。我八点以前进屋时,他几乎已处在这种状态。"

利德盖特没有再提别的问题,只是默默坐了一会儿,最后他说:"现在一切都完了。"

这天早上,利德盖特心情很好,他又恢复了希望和自由。他像过去一样,怀着充沛的精力投入工作,觉得自己浑身是劲,可以忍受结婚生活的一切缺陷。他没有忘记,布尔斯特罗德是他的恩人。但是这桩病例仍使他惶惑不安。他从未料到会出现这样的结局。然而他不知道该怎样向布尔斯特罗德提出问题,才不致像在侮辱他。要是他向女管家查问……算了,人已经死了。如果说由于什么人的无知或粗心造成了他的死亡,现在再提也没有用了。何况归根结底,他自己也可能判断错了。

他和布尔斯特罗德一起骑马回转米德尔马契,一路上谈了不少事,主要是霍乱,改革法案在贵族院通过的可能性,以及政治协会的坚决态度。谁也没有讲到拉弗尔斯,布尔斯特罗德只提了一下,说他只得把他葬在洛伊克教堂的墓园里,还说,这个可怜的人,据他所知,除了李格,没有其他亲属,可是他说过,李格待他很不好。

利德盖特回到家中不久,费厄布拉泽先生来了。上一天,牧师没有进城,但利德盖特家即将强制拍卖的消息,晚上传到了洛伊克,那是担任教区执事的鞋铺老板斯派塞先生带去的,他则是从他的兄弟,洛伊克门大街可敬的修钟匠那儿听到的。自从那天晚上,费厄布拉泽先生发现利德盖特和弗莱德·文西从弹子房出来以后,一想起他心里总觉得不踏实。在绿龙酒家赌一次或几次,这在别人可能是逢场作戏,但在利德盖特,却是他正在发生变化的若干迹象之一。他一向对赌博不屑一顾,现在竟开始效尤了。这变化也许跟他婚后生活不如意有关,费厄布拉泽先生也听到过一些流言蜚语,现在他认为,这主要恐怕是债务引起的,关于这些债务,传说已越来越多,他开始担心,所谓利德盖特有家底,或者有富裕的亲戚做靠山等等,一定纯粹是谣传。但他第一次想赢得利德盖特信任的尝试,碰了钉子,因此不敢再问。如今消息传来,利德盖特家里真的要拍卖了,这使牧师再也不能置之不问。

利德盖特刚送走一个他非常关心的穷苦病人,一看到费厄布拉泽先生,立即伸出手迎上前去,露出了满脸笑容。牧师不免感到诧异,这会不会又是拒绝同情和帮助的傲慢表示?没有关系,同情和帮助是非给不可的。

"你好吗,利德盖特?我来看你,是因为我听到了一些消息,使我为你深感不安。"牧师说,用的是友好的口吻,没有一点谴责的意味。这时他们都已坐下,利德盖特马上答道:

"我想我知道你的意思。你是听到这儿要强制执行拍卖?"

"是的,这是真的吗?"

"这是真的,"利德盖特说,神情无牵无挂,仿佛是在谈论一件他毫不在乎的事,"可是危险已经过去,债还清了。我现在不再有什么困难,也不再欠什么债。我想我可以重整旗鼓,更好地安排一切了。"

"原来如此,我太高兴了,"牧师说,靠在椅背上,声音轻轻的,十分利落,这是心上的石头搬掉以后常有的表现,"这比我在《泰晤士报》上读到的所有新闻都好。我承认,我是怀着一颗沉重的心走进这儿的。"

"谢谢你来看我,"利德盖特亲切地说,"正因为我的心事消失了,我才更能领会你的美意。前一个时期,我确实给弄得焦头烂额。我担心,这些创伤今后还会给我带来痛苦,"他又道,露出了一丝苦笑,"但眼前,我只能感到,套在我身上的锁链终于解开了。"

费厄布拉泽先生沉默了一会儿,然后热情地说道:"我的好朋友,请允许我提一个问题。如果有什么唐突的地方,请别见怪。"

"我相信,你要问的事是不会使我生气的。"

"那么我就问了,这是为了使我完全放心,必须问的。你有没有……有没有为了还债,又另外借了一笔会给你今后带来更多麻烦的债?"

"没有,"利德盖特说,脸有一点发红,"我想我何必不告诉你,因为事实就是如此,这次帮我忙的是布尔斯特罗德。他借了相当可观的一笔钱给我——一千镑,他答应等我有了钱再还他。"

"好,这是很慷慨的。"费厄布拉泽先生说,觉得不能不对他不喜欢的人表示赞许。他一向劝利德盖特,不要和布尔斯特罗德发生任何私人瓜葛,现在他不免有些惭愧,简直不敢想到这点。他立即补充道:"不过布尔斯特罗德关心你的福利是应该的,也是自然的,你与他合作以后,收入非但没有增加,也许反而减少了。他能采取这样合情合理的行动,我很高兴。"

利德盖特听了这些好心的推测,感到不大自在。它们使他心头那种不安的意识更加鲜明了,这种意识几小时前刚从他的思想中隐隐诞生,那就是布尔斯特罗德起先对他冷酷无情,接着忽然大发慈悲,他的动机只能是自私的。他对那些好心的推测未置可否。他不愿接触借款的整个过程,只是牧师刚才不敢想到的那一点,却以更清楚的面目呈现在他眼前了:这种接受布尔斯特罗德私人贷款的关系,正是他以前不遗余力想避免的。

他不能回答什么,只得开始谈他打算实行的节约措施,声称他对生活已有了不同的观念。

"我想办一个诊所,"他说,"我真的觉得,我在那方面犯了一个错误。如果罗莎蒙德不在意,我还想收一个学徒。我不喜欢这些事,但只要一个人老老实实地干,它们其实并不会降低他的身份。何况我已经历过严重的创伤,再擦破一点皮也算不得什么。"

可怜的利德盖特!"如果罗莎蒙德不在意",这是他无意之间脱口而出的一句话,它是他思想的一部分,也是他脖子上套着枷锁的明显标志。费厄布拉泽先生对他怀着深刻的同情,希望他成功,他丝毫不知道有一些事已在利德盖特心头引起了不祥的预感,因此满腔热忱地祝贺了他,便告辞走了。

第七十一章

> 小丑　……那是在那间叫葡萄串的房间里,真的,您最喜欢在那儿坐着,是不是?
> 弗洛斯　是的,因为那间屋子敞亮,冬天坐在那儿舒适。
> 小丑　那就对了,我们说的都是实话。
> ——《一报还一报》①

拉弗尔斯死后五天,班布里奇先生闲着无事,站在绿龙酒家院子外面的大拱门下。他是不喜欢独自一人胡思乱想的,但他刚从酒店出来。任何人在下午这么早的时候,悠闲地站在拱门下,肯定是想招引别人跟他做伴,就像一只鸽子找到了可口的食物似的。只是现在他要公诸同好的不是有形的食物,而是无形的精神食粮,因为根据理性的判断,流

---

① 莎士比亚的剧本。引文见该剧第二幕第一场。

言蜚语可能也是人们所需要的。第一个对这种内心要求作出反应的,是对门的棉布商人,态度斯文的霍普金斯先生,他的主顾大多是妇女,所以他比别人更需要男性的谈话。班布里奇先生对棉布商只是敷衍了几句,他觉得霍普金斯当然乐意找他谈天,可是他并不想为霍普金斯浪费唇舌。但是不久就有一群更重要的听众出现了,他们有的是路过这儿留下的,有的是特地到这儿闲逛,想打听绿龙酒家有没有什么新闻。现在班布里奇先生认为值得花些工夫,多谈些有意思的事了;他说,他刚从北方回来,看到了一些出色的种马,也买了几匹。他向在场的各位先生保证,他在唐卡斯特看到一匹天下无敌的纯种母马,是栗色马,快四岁了,谁若不信,可以亲自去看看,要是谁能找到更好的马,他班布里奇甘愿受罚,给"从这里赶往赫勒福德"。还有两匹黑色马,那是预备用来驾旅行马车的,它们使他仿佛又看到了他卖给福克纳的一对马,那还是在一八一九年,他卖了一百畿尼,可是福克纳两个月后脱手的时候,却卖了一百六十镑。如果谁能证明这不是事实,班布里奇先生甘愿受罚,听凭他用最恶毒的字眼骂他,直骂到口燥唇干,他决不还嘴。

正在他夸夸其谈,讲得起劲的时候,弗朗克·霍利先生来了。他是不屑到绿龙酒家门口转游的,只是偶尔路过大街,看到班布里奇在街对面,才迈开大步,穿过马路,向马贩子打听,他答应替他找的第一流驾车马有没有着落。霍利先生在等他的好消息,因为班布里奇讲过,要在比尔克利给他物色这么一匹十全十美的灰色马,包他一百个满意,如若不然,那就算他班布里奇不识马,可是班布里奇不识马,那是万万不可能的。霍利先生站在那里,背对着大街,正跟马贩子约定时间相马和试马,恰巧一个人骑了马从旁边经过。

"布尔斯特罗德!"两三个声音同时发出,声音轻轻的,其中一个属于棉布商,他还循规蹈矩地加上了"先生"的称呼。但是这种惊叹声并无特别的意思,这无非像人们看到一辆驿车在远处出现,便喊一声"里弗斯顿驿车"。霍利先生扭过头来,对布尔斯特罗德的背影投出了漫不经心的一瞥。但是班布里奇跟着把眼睛转过去的时候,却扮了个嘲笑的鬼脸。

"对啦!这使我想起来了,"他把嗓音压低一点,说道,"我在比尔克利不仅找到了你那匹驾车的马,霍利先生,还发现了一件怪事。那是关于布尔斯特罗德的。你可知道,他的财产是怎么弄到手的?哪位先生想打听离奇的新闻,我可以免费奉告。要是天网恢恢,报应不爽的话,布尔斯特罗德早应该到博塔尼湾①去做他的祷告了。"

"你这是什么意思?"霍利先生说,把手伸进口袋,朝拱门下走前了一步。要是布尔斯特罗德真是个坏蛋,那就证明,弗朗克·霍利确有先见之明。

"我是从布尔斯特罗德的一个老伙伴那里听到的。我告诉你,我最早是在哪里遇见他的,"班布里奇说,突然用食指做了个手势,"拉彻尔家拍卖时,他到过那儿,不过那时我与他还根本不认识,我错过了机会,他显然是来找布尔斯特罗德的。他说,他能敲布尔斯特罗德的竹杠,要多少有多少,因为他了解他的全部老底。不过到了比尔克利,他灌饱了酒,把秘密统统泄漏给我了。他绝对不是想告发他,没有的事,这家伙只是夸夸其谈,好吹牛皮,他的牛皮就跟着他翻山越岭,跑遍了各地;他哪怕跑瘸了腿,还是非吹牛不可,好像这能捞到钱似的。一个人应该知道什么时候适可而止。"班布里奇露出厌恶的神气,提出了这个观点,但是他对自己的吹牛很满意,觉得那是完全具有市场价值的。

"那个人叫什么名字?可以在哪里找到他?"霍利先生问。

"要问在哪里可以找到他,我只知道我是在'撒拉逊人头酒店'跟他分手的。但他的名字叫拉弗尔斯。"

"拉弗尔斯!"霍普金斯先生惊叫道,"昨天我刚为他的丧事供应过布匹呢。他葬在洛伊克。送葬的是布尔斯特罗德先生。出殡挺体面的。"

这在听众中引起了强烈的反应。班布里奇先生突然破口大骂,其中"十恶不赦"是最温和的。霍利先生皱起眉头,向前伸出脑袋,大声喊道:"什么?这人死在哪里的?"

"死在斯通大院,"棉布商说,"女管家告诉我,他是她主人的亲戚,星期五来的时候已经病了。"

---

① 在澳大利亚,当时是英国流放犯人的地方。

"什么,星期三我还跟他在一起喝酒呢。"班布里奇插嘴道。

"有没有医生给他看过病?"霍利先生问。

"有,那是利德盖特先生。布尔斯特罗德先生还在病床旁边守过一夜呢。他是第三天早晨死的。"

"讲下去,班布里奇,"霍利先生坚决地说,"那家伙讲布尔斯特罗德什么来着?"

人群已经扩大了,市政府法律顾问的在场证明那里的谈话是值得一听的。现在有七个人听到了班布里奇先生的故事。它的主要内容,我们都已知道,其中包括威尔·拉迪斯拉夫的身世,只是加上了一些地方色彩和细节,布尔斯特罗德怕泄漏的也就是这部分,他希望它随着拉弗尔斯的尸体一起埋进地底。这是他早年生活留下的魅影,它一直跟随着他,直到这天,他骑马经过绿龙酒家的拱门时,他才相信,上帝已把他从它的威胁下拯救出来。是的,是上帝拯救了他。他还没向自己承认,他为这目的耍弄过什么花招。他觉得,这是上帝为他所作的安排,他接受了这安排,如此而已。要证明他做过什么,加快了那个人的灵魂的离开,那是不可能的。

但是关于布尔斯特罗德的这些传闻,像烟味一样迅速传遍了米德尔马契。弗朗克·霍利先生为了收集情报,还专门派出一名心腹文书,借口打听干草价格,前往斯通大院,实际是找阿贝尔大娘,了解她所知道的关于拉弗尔斯和他病中的一切细节。经过这样的调查,他终于知道,那是高思先生用他的小马车,把这人送往大院的。于是霍利先生利用一个机会,到凯莱布的事务所找他,问他能否在必要的时候,抽出一些时间,为争执双方进行仲裁,然后随口问了一下拉弗尔斯的情形。凯莱布没有漏出一句对布尔斯特罗德不利的话,只是不得不承认,上星期他辞掉了当他的代理人的职务。霍利先生根据这点推测,拉弗尔斯一定把他的事告诉了高思,这样高思才拒绝替布尔斯特罗德办事。几小时后,他把他的推测讲给托勒先生听。这些话从此便流传开了,最后终于失去了推测的痕迹,仿佛这是高思直接提供的一份材料,哪怕孜孜不倦的历史学家也只得信以为真,认为凯莱布是第一个把布尔斯特罗德的罪恶史公之于世的。

霍利先生不难看到,不论拉弗尔斯透露的消息,或者他致死的原因,法律都无法追究。他亲自骑马到洛伊克村,查看登记簿,跟费厄布拉泽先生讨论整个事件,后者同意那位大律师的意见,认为布尔斯特罗德有见不得人的隐私终于暴露,这不足为奇,但是牧师一向为人正直,不肯凭个人的好恶妄下断语。只是在他们谈话之际,另一个联想悄悄出现在费厄布拉泽先生心头,使他看到,不久的将来,另一件事必然会在米德尔马契闹得沸沸扬扬,这是像二加二等于四一样清楚的。布尔斯特罗德怕拉弗尔斯,既然这样,那么他对他的医生委曲求全,慷慨解囊,自然也与这种畏惧心理不无关系。尽管牧师竭力抵制这类想法,不愿承认那是有意识的接受贿赂,他还是看到了一种预兆,觉得这些复杂情况,一定会对利德盖特的名誉产生有害的影响。他发现,霍利先生目前还不知道那件突然还清债务的事,因此尽量留意,不让自己说走了嘴,接触到这个问题。

"好吧,"他说,深深叹了口气,想结束这场漫无止境的讨论,这种讨论其实只是推测,什么也不能得到合法的证明,"这是一则海外奇谈。那么我们这位活泼多变的小家伙拉迪斯拉夫的身世,真有些曲折离奇哩!一位高尚贤淑的小姐和一位波兰音乐界的爱国志士相结合,这倒很像他的出身,可是我从没料到,这中间还有犹太当铺老板的血统。不过事先谁也不能知道,这样的混合会产生什么后果。有些肮脏的物质还是能发挥净化作用的。"

"事情果然不出我所料,"霍利先生说,骑上了马,"犹太人,科西嘉人,吉卜赛人,反正一样,都是万恶的外国血统。"

"我知道,他在你眼里是一匹害群之马,霍利。但他实在是一个不谋私利、光明磊落的小家伙。"费厄布拉泽先生笑道。

"得啦,得啦,这正是你的辉格派偏见。"霍利先生说,他一向喜欢带着歉意表示,费厄布拉泽态度这么文雅,心肠这么好,使你不由得以为他是一个托利党人。

霍利先生回家时,骑在马上,想到利德盖特给拉弗尔斯看病的事,认为这不外是他站在布尔斯特罗德一边,给他帮忙罢了。但是后来消息传出,利德盖特不仅没有拍卖家具,而且还清了他在米德尔马契欠下的一切债务。消息传播得很快,各种猜测和解释围绕着它展开,赋予了它新的形态和活力。它传进了许多人的耳朵,最后也传进了霍利先生的耳朵,他立刻发觉,医生的突然有钱,跟布尔斯特罗德企图掩盖拉弗尔斯传播的丑事,有着重大联系。那钱必然来自布尔斯特罗德,这是即使没有真凭实据也可以断定的,因为关于利德盖特的情况早有谣传,说他的丈人和他自己的家庭,都不肯接济他。至于直接的证据,不仅银行的一个职员已予证实,而且清白无辜的布尔斯特罗德太太本人,也向普利姆但尔太太提到了这笔借款,后者又告诉了她的儿媳妇,然后托勒家的索菲把它传开了。这件事变得轰动一时,这么重要,以致宴会频繁,应酬不断,请客的人,赴宴的人,都在为这桩有关布尔斯特罗德和利德盖特的丑闻忙忙碌碌。妇女们也奔走相告,有丈夫的,死了丈夫的,以及单身女子,都为了它带着针线活计,不断串门,一起喝茶聊天。一切公共场所,从绿龙酒家到朵洛普的饭店,变得盛况空前,大家全在议论这件事,连贵族院会不会否决改革法案的大事,也相形见绌,退居次要地位了。

　　大家几乎不再怀疑,布尔斯特罗德之所以对利德盖特一掷千金,包含着不可告人的隐情。霍利先生首先发难,邀集了一伙亲密朋友,其中包括两位医生,托勒先生和伦奇先生,进行密谈,讨论拉弗尔斯患病的真相。他把他从阿贝尔大娘处收集的细节,跟利德盖特出具的证书一一作了对照,证书上写的死亡原因是酒后震颤性谵妄。当时所有的医生,毫无例外都对这病保持着传统的观点,因此宣称,从这一切细节中,他们看不出任何可以引起怀疑的确凿根据。但是怀疑的伦理根据还是存在的,布尔斯特罗德显然具有强烈的动机,企图摆脱拉弗尔斯,可是就在这个关键时刻,他帮助利德盖特解决了他必然早已知道的困难;此外,布尔斯特罗德不择手段是完全可能的,利德盖特对贿赂无动于衷,却是绝对不可能的,因为他也像一切傲慢不逊的人一样,在需要钱的时候绝不会放过机会。哪怕这钱只是要利德盖特为布尔斯特罗德早年的丑事保守秘密,这也极不光彩;这家伙为了出人头地,破坏前辈医师的名誉,不惜对银行家卑躬屈膝,早已为人所不齿。这样,在斯通大院的暴卒事件中,尽管没有发现犯罪的任何直接证据,霍利先生的机密小组散会时,每个人都已形成一个观念,即这是一件"见不得人的勾当"。

但是即使真相不明,无法定罪,人们的普遍心理还是宁可信其有,不肯信其无,哪怕年高德劭的前辈长者也在所不免,这符合人的猎奇本能。他们爱好猜测,胜过对事实的单纯了解,猜测所得的结果不用多久,就会比事实更可信,它的容量也更大,可以容纳不可容纳的细节。布尔斯特罗德早年生活中的丑事,尽管已比较明确,在某些人的心中,仍给加上了许多曲折离奇的情节,然后经过他们绘声绘影的闲谈,终于变得光怪陆离,骇人听闻。

这种思想方式的主要支持者就是朵洛普太太,屠宰巷金樽酒店精力饱满的老板娘,她常常不得不驳斥顾客们浅薄的实际主义,因为这些人总是认为,他们从外在世界收集到的材料,与她心头"涌现"的一切,同样可靠。当然,它们怎么来到她的心头,她不得而知,但它们既然出现在她的心头,就与她用粉笔记在壁炉板上的账目一样,具有了确凿无疑的权威。她说:"嘿,布尔斯特罗德自己也讲,他的肚子里黑咕隆咚的,什么也看不见,哪怕他的头发得知了他的思想,他也要把它们连根拔掉。"

"这可怪了,"林普先生说,这是一个喜欢思考的鞋匠,眼睛近视,嗓音尖细,"我记得,我在《号角报》上看到过,这是威灵敦公爵改变态度,投降罗马天主教徒以后讲的话①。"

"很可能,"朵洛普太太说,"一个坏蛋既然这么讲过,另一个坏蛋自然也可能这么讲。尽管他是个假道学,装得那么煞有介事,倒像全英国没有一个牧师比得上他,他还是不得不向魔鬼讨教,魔鬼究竟比他高明一些。"

"对,对,这个同谋犯,你是无法把他驱逐出境的,"玻璃匠克雷布先生说,他听到的消息太多了,弄得他如堕五里雾中,不知相信什么才好,"不过据我听到的话,人们说,布尔斯特罗德本来打算逃走,他怕丑事败露了不好见人呢。"

---

① 威灵敦公爵本来反对所谓"天主教徒解放法案",后来为避免与爱尔兰发生内战,改变态度,于一八二九年与罗伯特·庇尔一起,促使议会通过了该法案。

"不论他走不走,反正他会给撵走,"理发师迪尔先生说,他刚才进屋,"我今天早晨刚给弗莱彻刮过胡子,因为他手指痛,他在霍利手下办事。他说,他们大家一致赞成驱逐布尔斯特罗德。锡西格先生现在也反对他了,要把他赶出教区。这城里有些先生说,他们宁可跟囚犯一起吃饭,也不跟他来往。弗莱彻说:'我也宁可这样。一个人跑到这里,打着宗教的幌子暗中捣鬼,表面上装得好像嫌十戒还不够,背地里干的坏事却比半数囚犯还多,跟这种人在一起,还有什么胃口喝酒?'弗莱彻就是这么说的。"

"不过,要是布尔斯特罗德把资金抽走,这对我们的城市未必有利。"林普说,声音有些发抖。

"可不是,大部分人还不像他肯花钱做好事呢。"嗓音有力的染色匠说,他的双手红红的,简直可以跟他那张和善的脸庞媲美。

"但是根据我的看法,他保不住他那些钱,"玻璃匠说,"人家不都在讲,他的钱应该属于别人吗?根据我的想法,要是他们上法院告他,就可以把他弄得倾家荡产。"

"没有这样的事!"理发师说,他觉得他比朵洛普店里所有的人,地位都高一些,不过他还是喜欢上这儿闲谈,"弗莱彻说没有这样的事。他说,他们可以提出不少证据,证明这个小拉迪斯拉夫是谁的儿子,但是他们不想这么做,就像他们不想证明我是芬兰人一样,所以他拿不到一个子儿。"

"喂,你们听听他讲的什么话!"朵洛普太太气呼呼地说,"要是法律这么对待没有母亲的孤儿,那么上帝把我的孩子叫了回去,我真要谢天谢地啦。照你这么说,一个人的父母是谁,可以不问不闻。迪尔先生,我真不明白,你还算是一个聪明人,光知道一个律师怎么说,不问问另一个律师怎么说。大家知道,什么事都有两个方面,至少两个方面,要不,我倒要请教,谁还想打什么官司?如果法律不能证明你是谁的孩子,人们还要那些法律干吗。弗莱彻爱怎么说,随他的便,可我得说,我根本不把你的弗莱彻放在眼里!"

迪尔先生赶紧赔笑脸,表示朵洛普太太敢跟律师对抗,叫他钦佩之至。他对老板娘的揶揄,一向逆来顺受,因为他在她店里挂了一大笔账。

"人们说得很对,如果他们提出控告,这不仅仅是为了几个钱,"玻璃匠说,"比如那个可怜的家伙,他如今死了,不在了,可是根据我的看法,他从前也是个阔气的绅士,还比布尔斯特罗德正派得多。"

"当然正派得多!我敢担保,"朵洛普太太说,"根据我听到的,他好得多。我早已这么说过。有一天,税务官鲍尔温先生到这里来,就站在你现在坐的地方,他说:'布尔斯特罗德带到这儿来的钱,都是靠偷和骗弄到手的。'我说:'我早已看穿了他,鲍尔温先生。自从他走进屠宰巷,打算买我楼上的房子以后,我就知道他不是个好东西,我一见他心里就发毛。请问,谁会有那种不死不活的脸色,眼睛无缘无故老盯着你瞧,好像要看到你的脊椎骨似的。'那就是我说过的话,你们不信,可以问鲍尔温先生。"

"这一点不假,"克雷布先生说,"根据我的了解,大家叫作拉弗尔斯的这个人,生得精神饱满,红光满面,再好也没有了,谁跟他在一起都觉得快活——当然,他现在已经死了,躺在洛伊克教堂的墓地里了。根据我的想法,他怎么会躺在那里,有些人知道得比他们应该知道的更多。"

"这还用你讲!"朵洛普太太说,觉得克雷布先生显然有些含糊其辞,因此口气中带一些嘲笑,"那家伙把一个人骗到一栋荒凉的房子里,丢在那儿,可是他并不在乎住医院和请护士的钱,哪怕把半个村庄的人都请去,日日夜夜陪伴病人,他也不在乎,他却不让一个人进屋,除了医生,可这个医生,大家知道,是个无法无天的家伙,又是个穷措大,什么都听他摆布,到了事后,这个医生又突然有了钱,付清了肉店老板拜尔斯先生的账,可这些上等腿肉账,从去年米迦勒节欠到现在,都快一年了。总之,不用任何人跑来告诉我,也不必凭祈祷书起誓,我便猜到,这里边还有不少关节。我才看不惯你们这副眨巴着眼睛、吞吞吐吐的傻样子呢。"

朵洛普太太向周围扫了一眼,那副睥睨一切的神气说明她一向是店中享有绝对权威的老板娘。接着,勇敢一些的人开始了附和的大合唱。林普先生只得呷了口酒,把两只扁平的巴掌合在一起,紧紧压在膝盖中间,垂下患睑缘炎的眼睛,若有所思地望着它们。朵洛普太太那一席话像火一样猛烈,把他的智慧烤干烧光了,似乎要等再下一阵雨,它才会恢复生机。

"为什么不打开坟墓,请验尸官检验一下?"染色匠说,"从古以来都是这么干的。要是有肮脏勾当,就可以水落石出了。"

"不成,乔纳斯先生!"朵洛普太太说,口气特别郑重,"我知道,那些医生都是什么货色。他们是老狐狸,不会给你找到破绽。这个利德盖特医生,他不等病人断气,就想给他们开膛剖肚呢。这是明摆着的,他要剖开体面人的肚子是打的什么主意。我告诉你们,他什么药都懂,有的药你们嗅了,看了,也不懂,吞下以前不懂,吞下以后也不懂。说真的,我亲眼见过甘比特医生配的药水,他是我们俱乐部的大夫,一个好好先生,凡是他接生的孩子,活的最多,在米德尔马契谁也比不过他——我说,我看过他配的药水,不论在瓶子里,在瓶子外,都跟别的药差不多,可是它能叫你第二天就肚子痛。这是怎么回事,请你们自己捉摸吧,事情就是这样!总之一句话,谢天谢地,我们的俱乐部总算没跟这个利德盖特医生打交道。要不,真不知有多少母亲的孩子得遭殃呢。"

朵洛普店里讨论的问题,也是全城各界人士普遍关心的大事。这些议论一边传到了洛伊克牧师府,另一边传到了蒂普顿田庄,也毫无遗漏地传进了文西家每个人的耳朵。布尔斯特罗德太太的朋友,全都讨论过这件事,还伤心地把它跟"可怜的赫莉欧"联系在一起。只有利德盖特这时还蒙在鼓里,不明白人们为什么对他侧目而视;布尔斯特罗德本人也没想到,他的秘密仍会暴露。他跟人们的关系一向并不融洽,因此那些不友好的表示也没引起他的注意。而且他为各种业务上的事,出门了几次,因为他现在已打定主意,觉得自己不必离开米德尔马契,可以料理一下以前一直挂在那儿的事务了。

"我们不妨到切尔特南旅行一次,大概得一两个月,"他对妻子说,"那地方不仅空气新鲜,又在海边,而且对我们的精神也大有好处。在那儿住六个星期,可以使我们心情愉快,耳目一新。"

他确实相信这种精神作用的重要性。由于最近的那些罪孽,他打算今后过更虔诚的生活,尽管他向自己讲起这些罪孽时,都是作为假定提出的,祈祷时也是作为假定的事祈求宽恕的:"如果我在这方面做了错事……"

至于医院,他避免再跟利德盖特提到它,怕因此暴露他是在拉弗尔斯死后才突然改变计划的。在他隐秘的内心中,他相信利德盖特会怀疑他故意违背他的医疗嘱咐,既然他怀疑这点,自然也会怀疑他有一定的动机。幸亏他对拉弗尔斯的经历还一无所知,布尔斯特罗德决定随时留意,免得这种模糊的怀疑继续加深。利德盖特一向反对把某一医疗方法说成绝对有效或有害,他认为这是武断,因此他没有理由提出疑问,无论从哪一方面看,只能保持缄默。这样,布尔斯特罗德觉得,他靠上天保佑总算渡过了危机。唯一使他忐忑不安的,是有一天他无意之间遇见了凯莱布·高思,但后者只是和蔼而严肃地向他举了举帽子。

然而在当地的一些主要市民中间,一种与他誓不两立的情绪正在增长。

由于城内发现了一名霍乱病人,市政厅召开紧急会议,讨论防疫问题。当时议会已匆匆通过一项法令,准许为防疫措施征收捐税,米德尔马契也成立了委员会,监督这些措施的实行,许多消毒和预防设施获得了辉格和托利两党的一致赞助。现在的问题是:应否在城外开辟一个掩埋尸体的场所,这笔费用该靠征税筹集,还是由私人认捐。会议公开进行,全市几乎所有的重要人物都可以参加。

布尔斯特罗德先生是委员会的成员,他于十二时前从银行出发,打算在会上鼓吹私人认捐方式。由于对自己的计划迟疑不决,近来他一直处在半隐退状态,但是今天早上,他决定恢复原来的面目,作为一个活跃而有影响的市民,在当地的公共事务中露脸了,因为他是希望在这里终其天年的。路上他遇见了不少人,都是去开会的,其中也有利德盖特,两人便结伴同行,一面谈论开会的目的,一面走进会场。

屋内济济一堂,似乎所有的头面人物,都比他们到得早。但是中央的大桌子旁边,靠近上首的地方,还有几个位子空着,他们便朝那儿走去。费厄布拉泽先生坐在对面,离霍利先生不远。所有的医生都出席了。锡西格先生坐在主席的位子上,蒂普顿的布鲁克先生在他的右首。

利德盖特发现,他和布尔斯特罗德就座时,人们在互相使眼色,表情有些特别。

主席宣布开会,说明了会议的宗旨,指出酿资购买一块土地的好处,这块土地应该大一些,将来可以改作公墓。接着,布尔斯特罗德先生起立,要求发言,他的嗓音尖厉,但是给他压得低低的,显得柔和流畅,大家知道,这是他在这类会议上经常使用的声调。利德盖特又发现,人们在互相使眼色,表情有些特别。霍利先生跟着站了起来,用洪亮坚定的嗓音说道:"主席先生,我要求在大家开始就这事发表意见之前,允许我谈一下一个有关社会舆论的问题,这不仅是我,也是在场的许多先生认为必须首先解决的。"

尽管社会礼节限制了"可怕的语言",霍利先生那种简短有力、镇静自若的讲话方式,还是显得咄咄逼人。锡西格先生同意了这个要求,布尔斯特罗德先生坐下了,霍利先生继续讲下去。

"主席先生,我现在的发言不仅是我一个人的意见,它至少还得到了本市八位先生的赞同,他们便坐在我们周围,并要求我代表他们讲话。我们的共同愿望是:布尔斯特罗德先生应辞去一切公共职务——我现在便向他正式提出这点——不仅仅是作为一个纳税人,而且是作为绅士中的一员所担任的职务。有些事和有些行为,由于种种原因,法律不能过问,然而它们也许比许多能够依法惩处的行为更加卑劣。正直的市民和绅士,如果不愿与这些行为不端的人同流合污,就应该尽他们的力量保卫自己,这就是我和我所代表的朋友们在这件事上决心要做到的一点。我不是说,布尔斯特罗德先生犯了可耻的罪行,我只是要求他公开否定或驳斥有关他的一些丑闻的传说,传播这些丑闻的人现在死了,是死在他的屋子里的。根据这传说,他曾在许多年前干过邪恶的勾当,不择手段地攫取了财产。如果布尔斯特罗德先生不能否定这一切,他就应该辞去他现在担任的一切社会职务,这些职务是只有高尚正直的绅士才配担任的。"

所有的眼睛都转向了布尔斯特罗德先生,他从第一次听到他的名字起,内心就发生了危机,思想斗争十分激烈,几乎使他虚弱的身体支撑不住。利德盖特也大吃一惊,仿佛一些模糊的预兆终于应验,露出了可怕的事实,然而他的愤懑和厌恶,似乎遭到了他的医生本能的抵制,当他看到布尔斯特罗德那张铁青的脸上惶惶不安、无地自容的神色时,他首先想到的却是如何挽救或解除他的痛苦。

布尔斯特罗德一下子就明白:他的一生归根结底是失败了,他成了一个名誉扫地的人,只能在众目睽睽之下屈服,尽管他一向以卫道者的姿态出现;现在上帝抛弃了他,暴露了他的真面目,让人们用胜利的、鄙薄的眼光看他,他们扬扬得意,因为他们的憎恨已证明是正当的;在陷害他的同谋者时,他尽量回避良心的谴责,其实都无济于事,现在这种回避只是变成了对他的恶毒嘲笑,被揭穿的谎言也像可怕的利爪指向着他——这一切惊涛骇浪似的向他涌来,他终于没有消除后患,他的耳朵仍然听到了咒骂的回声。他突然意识到,重新建立的安全感只是空中楼阁,事情还是败露了,这意识并非来自一个罪犯的粗俗感官,它来自一个敏感的人的内心,这个人一生都是在最紧张的状况下度过的,敏感已成为他身上主导的、压倒一切的特点。

但是在这个紧张的机体上,仍保持着反抗的活力。尽管他身体虚弱,自我保存的意志依然跃跃欲试,具有顽强的生命力;它像火焰一样不断跳动,驱散了一切教义上的恐惧,哪怕他可怜巴巴坐在那里,祈求怜悯和同情的时候,它也在他死一般苍白的表皮下蠢动和发光。在霍利先生讲完以前,布尔斯特罗德觉得他应该回答,而且这回答应该是反驳。但是霍利先生讲完以后,他却不敢站起来声明:"我没有过错,这些传说都是捏造的。"即使他敢这么做,他还是觉得,在当前这种心惊胆战的状况下,他的声明只能是一块破旧的薄纱,用它当遮羞布是不成的,经不起一拉,它就破了。

一时间室内鸦雀无声,每一个人都望着布尔斯特罗德。他坐在那里,一动不动,紧紧靠在椅背上。他不敢站直身子,在他开始说话时,他把手压在两旁的座位上。他的声音虽然比平时嘶哑一些,还是能够听见,每个字他都讲得清清楚楚,虽然每句话之间,他总要停顿一下,好像喘不过气似的。他先是面向锡西格先生,然后对着霍利先生,说道:

"先生,我作为基督的仆人,向你提出抗议,因为你允许对我进行恶毒的攻击。有些人仇视我,任何诽谤,只要是针对我的,明明是无稽之谈,他们也信以为真,表示欢迎。对待我的时候,他们的良心也特别严格。我成了一些流言蜚语的牺牲品,这些流言蜚语指控我行为不端……"说到这里,布尔斯特罗德提高了声音,有些愤愤不平,几乎像轻轻的呐喊,"那么请问,谁有权利控告我?那些过着非基督徒的生活,不,过着不顾廉耻的生活的人,那些不择手段牟取私利的人,那些干着狡诈诡谲的职业的人,那些在我把我的收入用于促进今生和来世的崇高目标时,把他们的收入用在荒淫无耻的享乐上的人,他们不配对我提出指控。"

他提到狡诈诡谲的职业时,屋里骚动了,有的人在交头接耳,有的人在嘘嘘怪叫,还有四个人顿时站了起来,他们是霍利先生,托勒先生,奇吉利先生和哈克布特先生,但霍利先生第一个开口,这使其他的人没有出声。

"如果你是指我,先生,那么我请你,以及其他任何人,审查一下我的职业生活。至于基督徒或非基督徒,那么我根本不承认你那一套关于基督精神的骗人鬼话。谈到我怎样使用我的收入,那么豢养盗贼,骗取合法继承人的财产,然后打起宗教的招牌,自封为扼杀人间一切欢乐的圣人,这绝不是我的原则。我不想伪装我的道德观念如何高尚,我也还没有找到任何美好的标准可以用来衡量你的行为,先生。我再一次要求你对有关你的丑闻,提出满意的解释,否则,请你自动辞去你的职务,我们绝对不能容纳你做我们的同事。我声明,先生,我们拒绝同一个声名狼藉的人合作,他的卑鄙无耻不仅已由舆论,而且也由最近的事实得到证明。"

"对不起,霍利先生,请允许我说几句。"主席说。霍利先生仍气呼呼的,有些不耐烦,稍微弯了弯腰,重新坐下了,把两只手深深插在口袋里。

"布尔斯特罗德先生,我想,目前的争论不宜再延长了,"锡西格先生对着那个浑身哆嗦、脸色发青的人说道,"我不得不同意,霍利先生所说的话表达了一种共同的情绪,因此我认为,为了你的基督教信仰,如果可能,你应该澄清事实,否定那些不幸的诽谤。从我来说,我愿意给你充分的机会,听取你的发言。但是我必须声明,你现在的态度是令人遗憾的,不符合你一向主张的那些原则,为了这点,我必须提请你注意。现在我作为你的牧师,以及希望你恢复荣誉的人,建议你退出会场,避免对会议发生进一步的阻碍。"

布尔斯特罗德踌躇了一会儿,然后从地上拿起帽子,慢慢站了起来,但他抓住椅子的一角,身子摇摇晃晃,以致利德盖特觉得,没有人扶他,他一定走不回家。他该怎么办呢?他不能眼看一个人由于没人扶助,倒在他的旁边。他站起身来,把胳臂伸给布尔斯特罗德,搀他走出了屋子。然而这个行动,尽管只是尽了一点轻微的责任,纯粹出于同情心,在这个时刻,对他说来还是十分艰巨的。这好像是他在发出信号,表示他跟布尔斯特罗德站在一起,它的严重性,这时他也跟别人一样充分理解。现在他相信,这个颤颤巍巍靠在他胳臂上的人,是把那一千镑作为贿赂赠予他的,他对拉弗尔斯的治疗遭到了别有用心的破坏。推论一个接一个相继而至:人们一定知道那笔借款,相信它是贿赂,也相信他是把它当作贿赂接受的。

可怜的利德盖特,这一发现像两只可怕的手攫住了他的心,他在挣扎,然而从道义上说,他还是不得不把布尔斯特罗德一路护送到银行,又派人去叫他的马车,并等在那里送他回家。

这时会议已匆匆结束,岔到了关于布尔斯特罗德和利德盖特的这件事上,人们分成意见不同的几组,进行了热烈的讨论。

布鲁克先生以前只听到一些零星消息,觉得自己支持布尔斯特罗德,未免"走得远了一些",因此心里很不自在。现在他又了解了全部真相,感到有些不忍,露出伤心的脸色,对费厄布拉泽先生说,利德盖特真倒霉,给卷进了这件不清不白的事情中。费厄布拉泽先生正打算步行回洛伊克。

"你搭我的马车好了,"布鲁克先生说,"我正预备拐往洛伊克看望卡苏朋夫人。她昨天夜间从约克郡回来了。她想见见我呢,你知道。"

于是他们坐车走了。一路上,布鲁克先生好心地说,但愿利德盖特的行为不致真有什么见不得人的地方,这年轻人带着他伯父高德温爵士的信来找他时,他就知道他不是寻常之辈。费厄布拉泽先生讲话不多,他十分伤心。他对人的弱点有过切身体会,不敢相信在走投无路的逆境中,利德盖特一定不会为穷困所迫,干出对不起自己的事。

马车抵达庄园住宅门口时,多萝西娅正在园子里,她出来迎接他们。

"你好,亲爱的,"布鲁克先生说,"我们刚开了会回来,那是有关防疫的会,你知道。"

"利德盖特先生在那儿吗?"多萝西娅问,她神采奕奕,精神饱满,没戴帽子,站在四月明朗的阳光下,"我得找他,跟他详细研究一下医院的事。我答应布尔斯特罗德先生这么做的。"

"哦,亲爱的,"布鲁克先生说,"我们刚听到了不幸的消息——很坏的消息,你知道。"

他们穿过园子,向教堂门口走去,费厄布拉泽先生急于回牧师府。多萝西娅听他们讲了整个不幸事件。

她听得非常仔细,凡是涉及利德盖特的事实和感想,她还要求他们讲了两遍。沉默一会儿以后,她在教堂院子门口站住,对着费厄布拉泽先生,用有力的声音说道:

"你不致相信,利德盖特先生会干出任何卑鄙的事吧?我并不相信。让我们查清事实真相,替他恢复名誉吧!"

第八卷　日落和日出

第七十二章

> 丰富的心灵是双面的明镜，
> 一面照见以往的种种事实，
> 一面仍能展望无限美好的前景。

多萝西娅的正义感使她慷慨激昂,恨不得马上替利德盖特洗刷冤屈,解除人们的怀疑,证明他不是把钱当作贿赂接受的。但是当她考虑到这事的复杂性质,再对照费厄布拉泽先生的经历,便不免有些悲观和踌躇了。

"这是一个不易解决的问题,"费厄布拉泽先生说,"怎么才能水落石出呢?办法只有两个,要就是公开向法官提出,派验尸官检验,要就是私下向利德盖特查问。第一个办法没有充足的根据,否则霍利早已采用了。至于跟利德盖特谈这件事,我承认,我不敢造次。他也许会认为,这是对他的极大侮辱。我已有过几次经验,觉得很难同他谈他个人的事。再说……除非事先知道他的行为光明磊落,否则后果是不是好,我没有把握。"

"我觉得我能够相信,他的行为是没有过错的,因为我认为,人们几乎总是比别人想象的好一些。"多萝西娅说。最近两年来,她所经历的种种不幸,使她对人们的任何怀疑猜测,都抱着强烈的反感。这是费厄布拉泽先生第一次引起她的不满。她不喜欢这种对后果顾虑重重的态度,认为一个人应该有热烈的信念,敢于伸张正义为仁慈尽心竭力,依靠这些感情的力量战胜一切。两天以后,费厄布拉泽先生在洛伊克公馆跟她的伯父和彻泰姆夫妇一起用餐。甜点心已端上桌子,但还没有吃,仆人退出了餐室,这时布鲁克先生开始打瞌睡了,多萝西娅忽然旧事重提,振振有词地说道:

"利德盖特先生自然明白,他的朋友们听到对他的诬蔑后,第一个希望必然是为他主持公道。我们活在世上为了什么,难道不是为了互相帮助,使生活变得轻松一些吗?如果一个人在我苦恼时开导过我,在我生病时医治过我,那么他有了烦恼,我怎么能袖手旁观呢?"

多萝西娅那热情洋溢的声调和态度,跟将近三年前她坐在她伯父的餐桌上首时差不多,但三年来的经历,已使她比以前更有权利提出坚决的意见了。不过詹姆士·彻泰姆爵士不再是羞涩而缄默的求婚者,他成了关心备至的妹夫,他真心诚意敬佩这位姊姊,同时又为她提心吊胆,怕她再想入非非,重蹈覆辙,结果几乎跟嫁给卡苏朋一样坏。他笑得少多了,在他说"一点不错"时,大多只是不同意见的前奏,跟当年百依百顺的独身时代大不相同。多萝西娅出乎自己的意外,发现她非得下很大决心,才能不怕他,尤其因为她认识到,他确实是她最好的朋友。现在他便不同意她的话。

"但是,多萝西娅,"他说,提出了异议,"你可不能包办代替,给一个人决定他的生活啊。利德盖特应该知道——至少他不用多久就会知道,他该怎么办。如果他是清白的,他会让大家明白这点。他必须自己解决一切。"

"我认为,他的朋友们只能等待合适的时机,"费厄布拉泽先生补充道,"事情是可能的,我对我自己的弱点就有过深切的体会。利德盖特是一个正直无私的人,我相信这点,但哪怕这样一个人,也难免受到诱惑,接受别人的钱财,尽管这钱多少带有间接行贿的意味,目的是要他对从前的某些丑事保持沉默。我是说,如果他遇到了困难,处在逆境的压力下,这是不足为异的,而据我知道,利德盖特正处在这种困难重重的逆境中。除非铁证如山,我不相信他会干出任何损害他名誉的事。但是可怕的复仇女神总是把一些错误抓住不放,幸灾乐祸的人也会趁机兴风作浪,把这说成弥天大罪,这时,除了他自己的良心和自白,无法找到对他有利的证明。"

"啊,多么冷酷!"多萝西娅说,握住了两只手,"如果一个无辜的人,整个世界都不相信他,你是不是愿意相信他?再说,一个人的性格,它事先就对他作出了说明。"

"但是,亲爱的卡苏朋夫人,"费厄布拉泽先生说,对她的热情发出了微笑,"性格不是刻在大理石上的,它看不见,摸不着,也不会一成不变。这是一种活的、变化的东西,正如我们的身体一样,有时也会生病。"

"那是可以挽救和医治的,"多萝西娅说,"我不怕,我会要求利德盖特先生把事实告诉我,让我帮助他。我为什么要怕?现在我不买那块地了,詹姆士,我可以接受布尔斯特罗德先生的建议,接替他的位置,给医院提供经费。我必须找利德盖特先生商量,以便彻底了解清楚,按照目前的计划,为社会造福的前景如何。我有全世界最好的理由,要求他对我充分信任,他也可以把一切告诉我,使整个局面得到澄清。这么一来,我们便可以支持他,让他摆脱烦恼,放手工作。人们颂扬各种勇气,唯独不敢颂扬为最亲密的朋友主持正义的勇气。"多萝西娅的眼睛变得水汪汪、亮晶晶的,声音也不同了,这惊醒了她的伯父,他开始听了。

"确实,在给人以同情方面,我们男人不一定能成功的事,妇女也许不妨一试。"费厄布拉泽先生说。多萝西娅的热情几乎打动了他。

"然而妇女无疑应该更加谨慎,听听那些更懂得世故人情的人的意见,"詹姆士爵士说,眉头有一点皱了,"不管你最后怎么做,多萝西娅,目前你确实不宜出面,不要自找麻烦,卷进布尔斯特罗德的这桩公案中。我们还不知道,事情会怎么了结。这一点你该不反对吧?"他最后说,看了看费厄布拉泽先生。

"我也认为最好等一等。"后者说。

"是的,是的,亲爱的,"布鲁克先生说,并不完全明白,讨论的题目是什么,只是想讲几句普遍适用的道理,也算是他的贡献,"事情是很容易做过头的,你知道。不能随心所欲,要适可而止。至于为一些计划掏钱的事,也不宜太匆忙,那是弄不好的,你知道。高思把我拖进了一个无底洞,使我为修理、排水,以及诸如此类的事,花了不少钱。我不为这件事,就得为那件事掏钱,弄得口袋老是空空的。我必须赶紧煞车。

还有你,彻泰姆,你在庄园周围造那么些橡木围栏,非把你弄得倾家荡产不可。"

多萝西娅听了这些泄气的话,有些扫兴,但也只得依从了。她和西莉亚一起走进图书室,这现在是她日常休息的地方。

"多多,真的,你还是听听詹姆士的话好,"西莉亚说,"要不,你会自找麻烦的。你一向爱干什么就干什么,过去这样,以后也会这样。但现在谢天谢地,现在詹姆士会替你考虑一切。他让你实行你的计划,但又使你不致忘乎所以。也许,有一个弟兄比有一个丈夫更好。一个丈夫不会总是让你实行你的计划的。"

"好像我需要一个丈夫似的!"多萝西娅说,"我只要求我不致每走一步,便遭到阻挠,不能实现我的心愿。"卡苏朋夫人还是不甘心接受约束,流下了气愤的眼泪。

"哦,多多,真的,"西莉亚说,那种喉音比平时更明显了,"你总是自相矛盾,一会儿这样,一会儿那样。你唯独对卡苏朋先生始终百依百顺,真不像话,我想,如果他不让你去看我,你真的会不去看我的。"

"我当然服从他,因为那是我的责任,那是我对他的感情。"多萝西娅说,通过满眼的泪花望着她。

"那你为什么不能依顺一下詹姆士的愿望,把这也看作你的责任呢?"西莉亚说,觉得自己的议论很有说服力,"因为他的愿望也是为你好呀。再说,一切总是男人最明白,除了有些事女人才懂得多一些。"

多萝西娅大笑起来,忘了她的眼泪。

"哦,我是指孩子这一类事,"西莉亚解释道,"如果我知道詹姆士错了,我也不会依从他,不像你什么事都听卡苏朋先生的。"

第七十三章

> 同情那心事重重的人吧 不幸在到处游荡,
> 有时也会找到你我这里。

利德盖特告诉布尔斯特罗德太太,她的丈夫开会时突然发病,几乎昏倒,同时尽量安慰她,请她不必慌张,他相信他马上就可复原,明天他再来看他,必要时她也可以派人找他。说完,他就直接回家了。为了免得给人看见,他骑着马,从城外绕了三英里路。

他觉得心里非常烦躁,不知怎么办好,仿佛一股怒火正在针刺似的疼痛下升起。他甚至想咒骂自己,为什么跑到米德尔马契来。他在这儿的一切遭遇,似乎只是为这万恶的灾难所作的准备,它葬送了他的远大抱负,以致连那些只有世俗之见的势利小人也瞧不起他,认为他的名誉已一败涂地,无法挽回。在这种时刻,一个人难免对一切都看不顺眼。利德盖特觉得他是受害者,而其他人却充当了危害他命运的代理人。一切发展都与他的心愿相反,别人纷纷侵入他的生活,使他无从实现自己的目标。他的结婚似乎成了一场无穷无尽的灾祸;在他的愤恨平息以前,他宁可一个人自怨自艾,不敢回到罗莎蒙德身边,生怕一见到她,就会按捺不住怒火,干出不可原谅的事。许多人的生活中都有过类似情形,这时,他们最高尚的品质也只能对内心向往的事物,投下一层阻挠的阴影;利德盖特那颗温柔的心,现在只是表现为一种顾虑,担心他会违背它的初衷,而不是表现为一种激发他的仁慈的感情。因为他非常伤心。这种悲伤是只有把智力生活——那种可以促使人的思想和目标日趋崇高的生活——看得高于一切的人,才能理解的,也只有他们才知道,一个人离开了那种安详的活动,在世俗的烦恼中苦苦挣扎,浪费精力,对他们说来是多大的痛苦。

如果他不能在怀疑他卑鄙无耻的人中间,为自己恢复清白的名誉,他怎么生活下去呢?他又怎么能悄悄离开米德尔马契,仿佛他企图逃避公正的谴责?可是他又怎么能洗刷自己呢?

会上的一幕,他刚才已经看到,尽管它没有提供什么新的情况,已足以使他完全了解自己的处境。布尔斯特罗德一直在提心吊胆,怕拉弗尔斯泄漏他的隐私。利德盖特现在可以对这件事的来龙去脉想象一个大概了:"他怕秘密暴露,传进我的耳朵,因此要使我对他感恩戴德,封住我的嘴巴,这就是他从漠不关心一变而为大发慈悲的原因。他可能在治理病人上捣了鬼——可能违背了我的嘱咐。恐怕他就是这么做了。但不论他是否这么做,整个社会相信,他采取某种手段毒死了这个人,而我,即使没有帮助他,至少纵容了他的犯罪活动。然而……然而他可能并没有犯那种罪行;他对我态度转变只是出于真正的怜悯,是他所说的重新考虑的结果,这不是不可能的。我们所说'不是不可能',有时倒是事实,而我们认为应该相信的,却往往大错特错。对待那个人,布尔斯特罗德最后这一次可能是清白的,跟我的怀疑正好相反。"

他的处境太残酷了,使他束手无策。即使他丢开其他一切,单单考虑怎样为自己辩护,即使他不怕人们的耸肩、冷眼,以及代替谴责的回避,公开说明他所知道的全部事实,谁又会相信他呢?为自己作证,说"我不是把那笔钱当作贿赂接受的",这只能成为逗人发笑的话柄。具体现象总是比你的表白更强大。还有,自告奋勇说明一切,这必然要涉及布尔斯特罗德的态度,因而加深别人对他的怀疑。他必然得说明,他第一次向布尔斯特罗德提出他的迫切需要时,对拉弗尔斯这个人还一无所知,后来他接受这笔钱的时候,心里也毫无其他想法,只认为这是那次谈话的结果,并不知道这借款背后还隐藏着新的动机,是与他给请去替那个人治病有关的。不过归根结底,对布尔斯特罗德的动机的怀疑,可能是错误的。

但跟着又产生了一个问题:如果他没有拿那笔钱,他的行为会不会也是这样,一丝不差呢?当然,如果他到达的时候,拉弗尔斯还活着,还能继续接受治疗,他当时又想到了布尔斯特罗德可能有违反他的指示的地方,那么他会严格追查这事,如果他的猜测得到证实,哪怕他新近得到过他重大的恩惠,他也会置之不顾。但是如果他没有拿到那笔钱,如果布尔斯特罗德向他冷酷地推荐破产的办法以后没有改变态度,利德盖特即使发现那个人已经死了,他会一点也不查问吗?会不敢得罪布尔斯特罗德吗?他对整个治疗方法的怀疑,以及大多数同行把他的治疗方法看作错误的方法的理由,会同样有力,对他发生同样的作用吗?

这在利德盖特回顾事实,驳斥一切谴责的时候,成了他思想中难以解开的疙瘩。如果他无牵无挂,那么这件有关病人生死的事,必然成为他最关心的问题,他既然相信他对托付给他的生命采取了最好的治疗方法,那他必然会尽一切力量,把事情查个水落石出,这是不言而喻的。

但事实上他考虑的却是:不能把违反他的指示当作罪行,不论那是出于什么动机,而且根据多数人的意见,遵从他的指示同样可能造成致命的后果,他么做无非是遵从医务界的惯例罢了。再说,他平常不出事的时候,也一再反对把病理上的怀疑歪曲为道德问题,他常说:"哪怕纯粹是试验性的治疗,也是问心无愧的,因为我的任务是挽救生命,照我认为最好的办法行事。科学本来不像教条,不是一成不变的。教条给错误以合法的根据,科学的真谛是要与错误作斗争,它绝不会扼杀良心。"天哪!现在科学的良心却与卑鄙的金钱问题,与报恩观念,与自私心理纠缠在一起了。

"在米德尔马契所有的医生中,有谁会像我这样扪心自问呢?"可怜的利德盖特说,重新爆发了对命运的压力的反抗,"然而他们却理直气壮地在我与他们之间划了一条鸿沟,仿佛我是一个麻风病人!我的业务和我的名声彻底完了,这是我看得到的。哪怕我能提出有效的证明,洗清自己,对这里的仁人君子也不会发生作用。在他们眼里,我反正是一个道德败坏、声名扫地的人了。"

在这以前已经有不少迹象,使他感到费解,例如,正当他还清债款,欢欢喜喜站起来的时候,市民们却回避他,用奇怪的目光看他,有两个病人本来一向请他看病,但据他知道,他们已另找别人了。现在真相大白,他遭到了普遍的抵制。

这种无法改变的误解,在利德盖特刚毅的个性中引起了顽强的反抗,这是不足为怪的。他宽大的前额上不时露出的怒容,不是毫无意义的偶然现象。他骑着马,度过痛苦万分的最初几个小时后,重又回到了城里,他决心留在米德尔马契,不论有多少厄运在等待着他。他绝不在诽谤面前退缩,仿佛已对它屈服似的。他要与它周旋到底,不让自己有丝毫怯懦的表现。他决定毫不让步,照旧表示他对布尔斯特罗德的感激,这既是出于他慷慨的天性,也同样是出于蔑视一切的力量。确实,跟这个人的关系已对他构成致命的危害,确实,如果那一千镑还在他手中,哪怕他的债依然全部欠着,他也会立即把钱如数奉还布尔斯特罗德,宁愿要饭,也决不在接受贿赂的不白之冤下苟延残喘(因为要知道,他是自尊心最强的人中的一个),然而他还是不愿背弃这个帮助过他、如今已被命运压倒的人,他不能为了让自己脱去干系,不惜向另一个人猖獗狂吠。"我要照我认为对的去做,不向任何人解释。他们可以用尽手段饿死我,但是……"他怀着坚定不渝的决心想,但这时快到家了,罗莎蒙德的形象又在他的脑海中占据了主要地位,把刚才为名誉和自尊心受到损害而进行的痛苦挣扎,挤到一边去了。

罗莎蒙德对这一切会怎么想呢?这是他要戴上的另一条沉重的锁链,可怜的利德盖特心烦意乱,不能容忍她那无声的谴责。他不想把他的苦恼告诉她,尽管它必然会立即成为他俩的共同命运。他宁可等待时机,让它自行暴露,反正这是不会很久的。

第七十四章

愿主保佑我们白头偕老。
——《多比传》:结婚祷告①

在米德尔马契,丈夫的坏名声,妻子是不会长期不知道的。诚然,没有一个女子会在友谊上如此忠心耿耿,把她听到的,或者信以为真的关于一个丈夫的不愉快事件,直截了当告诉他的妻子;但是一个女人如果头脑闲得无聊,没有事干,这时突然发现了一桩对她的邻人十分不利的消息,她全身的道德神经马上会活跃起来,非把这事宣扬出去不可。坦率是一个原因。在米德尔马契的词汇中,坦率的意思就是指争取最早的机会,让你的朋友们知道,你对她们的才能,她们的行为,或者她们的地位,抱着并不乐观的态度;真正的坦率是不必别人前来征询意见的。其次,那就是对真理的热爱——这是广泛应用的词语,但在这场合,它的意义是:看到一个妻子过于愉快,跟她丈夫的品德不能相称,或者看到一个妻子一切称心如意,过于幸福的时候,立即仗义执言,让那个可怜的东西觉察到,要是她了解事实真相,她就不能为她的帽子,为

---

① 《多比传》是基督教的外典之一,内容是讲一个叫多比的老人如何虔诚行善,得到上帝的恩宠的故事。

她晚宴上的精美饮食沾沾自喜了。尤其重要的是,应该关心一个朋友道德上的成长,这有时被称作灵魂,而不顺耳的话对它是有益的,这些话要伴以对着家具若有所思的目光,以及含有深意的语调,这语调的言外之意是,说话者考虑到对方的情绪,本不想直言相告。总之,我们可以说,一颗善良的心之所以要使友人不快,那是为了她好,是出于热烈仁慈的动机。

米德尔马契所有遇人不淑的妻子中,恐怕没有一个会像罗莎蒙德和她的布尔斯特罗德姑妈那样,触动这种道德心,使它从不同的方式上,对她们的不幸遭遇作出反应。布尔斯特罗德太太不是一个不得人心的女子,她从来没有故意损害过任何人。男人们一向认为,她是温柔漂亮的妻子;他们还说,布尔斯特罗德看中文西家这位如花似玉的小姐,与她结婚,这正是他伪君子本色的表现之一,因为从他厌弃人世的欢乐而言,他理该选择一个老是愁眉苦脸的黄脸婆才对。在布尔斯特罗德的隐私暴露以后,人们谈到她便说:"呀,可怜的女人!她像白天一样诚实,你们可以相信,她从没怀疑过他有不端行为。"跟她相好的妇女们,一见面便谈到"可怜的赫莉欧",想象她知道一切以后心情怎样,推测她已经知道了多少。没有人对她怀恨在心,不如说,大家倒是同情她,关心她,忙于考虑她在这种处境中应该怎么办,抱什么态度;这样,从她还是赫莉欧·文西的时候直到现在,她的为人和作为,自然经常出现在人们的头脑中。有关布尔斯特罗德太太和她的地位的思考,必然涉及罗莎蒙德,她和她的姑妈一样,前途十分暗淡。但是她得到的主要是严厉的谴责,不是同情,不过她也是古老而善良的文西家的一员,这个家在米德尔马契是无人不知的,她的不幸也在于嫁给了一个外地人,作了婚姻的牺牲者。当然,文西家也有他们的缺点,但这些缺点都浮在面上,他们从来没有什么坏事可以给你"发现"。布尔斯特罗德太太跟她的丈夫截然不同,这是不言而喻的。赫莉欧的过错是她自己造成的。

"她一向喜欢时髦,"哈克布特太太说,她正在招待几位太太用茶点,"当然,她为了跟她的男人保持一致,也把宗教抬到了第一位。她总想在米德尔马契出人头地,装出一副姿态,让人相信时常有一些教士,以及天知道什么人,从里弗斯顿那类地方到她家中来做客。"

"这一点我们是不能责备她的,"斯普拉格太太说,"因为这城里有身份的人,大多不愿跟布尔斯特罗德来往,可她的宴会上总得有几个客人呀。"

"锡西格先生一向给他撑腰,"哈克布特太太说,"我想,现在他该后悔了。"

"不过他心里从来不喜欢他,这是大家知道的,"托勒太太说,"锡西格先生从来不走极端。他总是遵守福音上的真理。只有泰克先生那样的教士,那些主张采用非国教派赞美诗,信仰低级教会的教士,才会跟布尔斯特罗德臭味相投。"

"我听说,泰克先生为了他非常难过,"哈克布特太太说,"这也难怪,据说泰克家一半是靠布尔斯特罗德养活的。"

"这对他的教理当然会发生不利的影响,"斯普拉格太太说,她年纪大了,头脑有些古板,"人们恐怕不会再吹捧循道派,它在米德尔马契的日子不会太长了。"

"我觉得,不能把人们干的坏事算在他们的宗教信仰账上。"鹰隼脸的普利姆但尔太太说,她刚才一直听着。

"哦,亲爱的,我们忘了,"斯普拉格太太说,"这些话是不应该在你面前讲的。"

"我知道,我没有理由偏袒任何人,"普利姆但尔太太说,脸有些红,"确实,我的丈夫跟布尔斯特罗德先生交情一向不错,赫莉欧·文西出嫁以前也早已是我的朋友。但是我始终保持着自己的看法,经常告诉她,她哪里错了,这个可怜的人。然而讲到宗教,我得说,布尔斯特罗德先生哪怕不信任何宗教,他照样可以干他所干的事,甚至更坏。我不是说,他的表现没有一点过分,我自己就是喜欢中庸之道的。但事实总是事实。在巡回法庭上受审的,我想,不见得都是宗教狂热分子。"

"好吧,"哈克布特太太说,巧妙地扭转了话题,"归根结底一句话,我认为她应该跟他离婚。"

"我不同意,"斯普拉格太太道,"你知道,夫妻夫妻,就是要白头到老。"

"但这并不是说,你的丈夫要进新门监狱的时候,你还得死心塌地跟着他,"哈克布特太太道,"你倒想想看,怎么能跟这种人一起生活!说不定他会对你下毒手呢。"

"说得不错,我也认为,要是这种人还能得到贤惠的妻子的照顾和关心,这无异是鼓励大家犯罪。"汤姆·托勒太太说。

"可怜的赫莉欧便是一个贤惠的妻子,"普利姆但尔太太说,"她一向把她丈夫捧到了天上。确实,他也什么都依她。"

"好吧,我们来看看,她该怎么办,"哈克布特太太说,"我想她还什么也不知道,这个可怜的女人。我但愿不要遇到她,因为我确实担心,万一讲话时说漏了嘴,把她丈夫的事讲出了口怎么办。你们猜,她会不会已经听到一点风声?"

"我想还不至于,"汤姆·托勒太太道,"我们听说他病了,从星期四开会回家以后,还从没出过门。但是她和她两个闺女昨天上过教堂,她们还戴着崭新的托斯卡纳草帽。她自己的帽子上还有一根翎毛。她讲究衣着,我从没发现她的宗教对这有过什么影响。"

"她总打扮得漂漂亮亮,非常摩登,"普利姆但尔太太说,带一点讥刺,"我知道,为了色彩调和,她特地把那根翎毛染成了淡紫色。我这么说,赫莉欧不会在意,她是主张公正的。"

"至于她知道不知道发生的事,那是不可能长期瞒她的,"哈克布特太太说,"文西家的人知道,因为文西先生出席了会议。这对他是一个重大的打击,不仅牵涉他的妹妹,还牵涉他的女儿呢。"

"一点不错,"斯普拉格太太说,"大家相信,利德盖特先生今后在米德尔马契再也不能趾高气扬了,他就在那个人死的时候,拿到了一千英镑,这自然是见不得人的勾当。确实怵目惊心。"

"骄傲的人一定要失败。"哈克布特太太道。

"我不想为罗莎蒙德·文西难过,她跟她的姑妈不同,"普利姆但尔太太说,"她需要吸取一点教训。"

"我猜想,布尔斯特罗德家可能迁往国外什么地方,"斯普拉格太太说,"一个家庭出了丢脸的事,一般都这么办。"

"这对赫莉欧是最沉重的打击,"普利姆但尔太太说,"遇到这种事,没有一个女人会比她更伤心。我从心底里同情她。尽管她有各种缺点,像她这么好的女人还是少见的。她从做姑娘的时候起,就干净整洁,穿得清清楚楚,又一向心地善良,像白天一般光明正大。你们有机会,不妨看看她的衣柜,总是整整齐齐。在她的教育下,凯特和爱伦也跟她一样。你们可以想象,她在那些外国佬中间,会多么难受。"

"大夫说,那正是他要奉劝利德盖特的事,"斯普拉格太太道,"他说,利德盖特应该跟法国人住在一起。"

"我敢说,这对她正好合适,"普利姆但尔太太道,"她就是那么轻佻。不过这来自她的母亲,跟她的姑妈毫无关系,布尔斯特罗德太太倒是苦口婆心开导过她,据我知道,她是希望她嫁给别人的。"

普利姆但尔太太所处的地位,使她的感情有些复杂。不仅她和布尔斯特罗德太太来往密切,而且普利姆但尔家的大染料厂与布尔斯特罗德先生也有共同的利益,这使她一方面希望,对他的品德所作的最温和的评价能够得到证实,另一方面更加战战兢兢,唯恐人家说她替他掩盖罪责。还有,她家最近与托勒家的联姻,使她跟最体面的集团搭上了关系,这满足了她各方面的要求,唯独那些严厉的观点,她觉得碍难同意,尽管她相信,在别的场合,它们是完全合理的。这个机灵的小女人的道德观念给搅乱了,她没法调和这些对立的"道理",这些由最近的事件引起的悲和喜,因为那些事件固然使应该倒霉的人倒了霉,但也严重地伤害了她的老姊妹,这个老姊妹尽管有各种缺点,她还是不希望她败落的。

但那时,可怜的布尔斯特罗德太太对正在到来的灾难还毫无觉察,只是内心的不安加深了,这种不安是自从拉弗尔斯上次来到灌木别墅之后,就经常在她心头出现的。那个讨厌的人生了病,住在斯通大院,她的丈夫居然留在那里照料他,这事她只得这么解释:拉弗尔斯从前在她丈夫手下办事,得到过他的帮助,今天他潦倒了,走投无路,因此从情理上说,不能把他丢下不管。何况从那以后,她发现丈夫的谈话已比较开朗,他说他的健康好转,可以继续处理银行的业务了,这一切使她产生了天真的乐观心情。但是在利德盖特送他回家,说他在会上病了以后,这种平静打破了。尽管后来几天中,利德盖特尽量安慰她,她还是暗暗伤心落泪,相信她的丈夫不完全是身体病了,他心里一定有什么事折磨着他。他不要她给他读书,也不要她时常坐在身边,理由是任何声音和行动都使他的神经受不了,然而她怀疑,他独自关在屋里,是为了集中精神处理他的书信文件。她相信一定出了乱子。也许那是做生意蚀本,损失了一大笔钱,又不愿让她知道。她不敢问丈夫,只得找利德盖特打听。在开会后的第五天——这五天中,她除了上教堂,没有出门——她对他说:

"利德盖特先生,请你老实告诉我,我喜欢知道事实真相。布尔斯特罗德先生有没有出什么事?"

"他是神经受了一点小刺激。"利德盖特回答,有些闪烁其词。他觉得,这件痛苦的事还是不讲为妙。

"但那是什么引起的呢?"布尔斯特罗德太太问,那双又大又黑的眼睛逼视着他。

"在公共场所,空气中往往含有一些毒素,"利德盖特说,"强壮的人抵抗得住,但对虚弱的人,根据体质,这会引起一定的反应。至于病在什么时候发作,或者说,为什么在这个特定的时刻,身体突然支持不住,这往往是很难作出准确说明的。"

他的答复,布尔斯特罗德太太并不满意。她还是相信丈夫遇到了不幸,大家却把她瞒得紧紧的,按照她的性格,这是绝对不能容忍的。她吩咐两个女儿陪伴她们的父亲,自己立刻坐上马车,进城拜客,心想布尔斯特罗德先生的事务如果出了问题,她一定会看出一些迹象或听到一些消息的。

她先拜访锡西格太太,她不在家,然后又绕过墓园,来到哈克布特府上。哈克布特太太从楼窗口看到她前来,想起了以前对自己的警告,觉得不便跟布尔斯特罗德太太会面,为了贯彻这个决定,本想吩咐下人说她不在,但转念一想,又冒起了一股好奇心,舍不得放弃这次激动人心的谈话,只是打定主意,决不把心中的秘密泄露一句。

这样,布尔斯特罗德太太给请进会客室,哈克布特太太接见了她,但神态跟平时略有不同,嘴唇闭得更紧,手也搓得更频繁,对信口说话采取了预防措施。她决定不问候布尔斯特罗德先生。

"已经快一个礼拜了,我除了教堂,哪儿也没去,"布尔斯特罗德太太在寒暄几句以后说,"那是因为布尔斯特罗德先生星期四开会时病了,我不想离开家。"

哈克布特太太把一只手移近胸口,用它的手心擦着另一只手的手背,眼睛望着地毯上的花纹打转。

"哈克布特先生也去开会了吧?"布尔斯特罗德太太毫不放松,跟着又问。

"是的,他去了,"哈克布特太太回答,保持着原来的姿势,"据说,买地皮的钱决定由大家认捐。"

"但愿不再有霍乱病人要埋在那里,"布尔斯特罗德太太说,"这是上帝的惩罚,实在太可怕了。但我一向相信,米德尔马契是一个无灾无病的福地。那一定是因为我从小就住惯了的缘故。但我从没看到比它更好的城市,住在这里是最舒服的,尤其是我们这个区域。"

"我相信,我是希望你一生都住在米德尔马契的,布尔斯特罗德太太,"哈克布特太太说,轻轻叹了口气,"然而我们必须学会适应环境,因为命运随时会把我们丢到天涯海角。当然,我相信,不论怎样,这城里总是有人惦记你的。"

哈克布特太太想说:"如果你肯听我的忠告,我得劝你离开你的丈夫。"但她觉得很清楚,这个可怜的女人还不知道,惊人的霹雳正在向她袭来,因此目前除了让她思想上有点准备以外,她什么也不能做。布尔斯特罗德太太突然觉得身上发冷,开始哆嗦,她意识到,哈克布特太太这些话背后,显然隐藏着什么不寻常的事。尽管她出门时决心要探明真相,现在却发现,她没有勇气实现这个目的,于是把话头一转,问了问小哈克布特们的情况,便匆匆告辞,说她还得去探望普利姆但尔太太。在前往那里的路上,她左思右想,认为布尔斯特罗德先生肯定又跟他那些冤家对头,在会上发生了非同寻常的激烈争吵,哈克布特先生也许便是其中的一个。这就难怪他的太太态度这么暧昧了。

但是当她跟普利姆但尔太太谈话时,她却发现,这个令人宽慰的解释有些站不住脚了。"塞利娜"带着感伤的情调接待她,哪怕谈话接触到的是无关紧要的小事,她也要用语重心长的口气作答,这不可能是普通的争吵引起的,它最严重的后果,恐怕也不仅仅是影响布尔斯特罗德先生的健康。布尔斯特罗德太太本来以为,问别人也许不好,问普利姆但尔太太是不碍事的。但出乎她的意料,她发现,老姊妹也不一定始终可以无话不谈,因为不仅其他时候的一些谈话还记忆犹新,可能造成隔阂,而且长期以来保持着优越感的人,要向不如她的人打听消息,接受怜悯,这也不是好受的。但普利姆但尔太太说了几句神秘莫测、含意深远的话,表示她决不会背弃她的朋友等等,这使布尔斯特罗德太太相信,一定出现了飞来横祸。尽管她天性坦率,她不敢再问:"你心里究竟还瞒着我什么?"只想赶快告辞,免得听到更明确的话。她开始感到不安,毫无疑问,这灾祸决不仅仅是失去几个钱罢了。她敏锐地发觉了一个事实,即塞利娜也像刚才哈克布特太太一样,听她谈到她的丈夫,便躲躲闪闪,仿佛尽量避免提及一个声名狼藉的人。

她在极度紧张的心情中,匆匆告辞之后,吩咐车夫驶往文西先生的商行。在短短的路上,由于情况不明,她越想越害怕,心里非常恐慌。她走进经理办公室,看到哥哥坐在那里,便两腿发抖,那张平时十分红润的脸,也变得死一般苍白了。他一见到她,脸上也出现了相似的神色。他从座位上站起身子,走到她面前,握住她的手,迫不及待地说道:"上帝保佑你,赫莉欧!你都知道了。"

这一瞬间也许比继之而来的任何时刻更坏。这是在感情经历严重的危机时,内心不安的集中体验,是意识到一切中间状态的苦闷彷徨即将结束,最后一幕即将到来的预感。如果没有关于拉弗尔斯的回忆,她也许仍以为,那只是金钱上的亏损,但现在随着她兄长的表情和言语,一个思想突然飞进了她的头脑:她的丈夫可能犯了什么罪。然后,在恐怖的支配下,她眼前出现了丈夫被揭发的可耻情景,接着,她又觉得全世界的眼睛都盯着她,弄得她羞惭难当,无地自容,随即她的心猛然一跳,她发现自己又回到了他身边,只得伴着耻辱和孤独,栖栖惶惶、毫无怨言地度过余生。所有这一切,在她心头只是一刹那的工夫,这时,她颓然坐进椅子,抬起眼睛,望着站在她面前的哥哥,用微弱的声音说道:"我什么也不知道,沃尔特。这是怎么回事呀?"

他把一切告诉了她,什么也没有隐瞒,他讲得不慌不忙,不时停顿一下,让她明白,丑事已一清二楚,不用证明了,特别是关于拉弗尔斯的死。

"人们还会议论下去的,"他说,"哪怕法官宣判他无罪,人们仍会议论纷纷,交头接耳,挤眉弄眼。在这个社会上,一个人不干坏事,尚且难免给人说长道短,何况现在。这是一个致命的打击,它对利德盖特也像对布尔斯特罗德一样沉重。我不想猜测事实究竟如何。我只是但愿我从没听到过利德盖特和布尔斯特罗德的名字。你还不如终生不出嫁的好,罗莎蒙德也是这样。"

布尔斯特罗德太太没有做声。

"但是你必须拿出勇气来,不要害怕,赫莉欧。大家并不责备你。不论你打算怎么办,我始终跟你在一起。"哥哥说,讲得虽然率直,但并无恶意,态度诚恳。

"沃尔特,你扶我一把,送我上车,"布尔斯特罗德太太说,"我一点力气也没有。"

她回到家中,不得不对她的女儿说:"我身体不大好,亲爱的,我必须躺一下。你去照顾爸爸吧。让我安静一会儿。我不想吃晚饭了。"

她进了卧室,锁上房门。她的思想受到了伤害,她的生命遭到了摧残,她需要时间来适应这新的状况,然后才能迈开坚定的步子,走上不得不走的道路。她对她丈夫的为人发出了一道新的探索的光,她不能对他毫不计较,二十年来,她相信他,尊敬他,上了他的当,现在回想起来,那一幕幕情景还历历在目,仿佛都是丑恶的骗局。他娶她的时候,那罪恶的过去已经存在,可是他把它瞒得紧紧的,现在她再也不能相信他是无辜的,相信人们对他的指责是无的放矢。她的天性是正直的,光明磊落的,她不得不分担罪有应得的耻辱,这使她像任何人一样,不能对这痛苦漠然置之。

但是这个女人没有受过完备的教育,她的言谈举止像一件奇怪的百衲衣,夫唱妇随仍是她思想的组成部分。一个男子,当他荣华富贵的时候,她跟他在一起,度过了将近半辈子的生活,他也一贯对她关心体贴,现在惩罚降临到了他的身上,她觉得她没有理由抛弃他。有一种抛弃是跟被抛弃者仍在一张桌上吃饭,一张床上睡觉,但貌合神离,同床异梦,这没有爱的共同生活,只能加快被抛弃者的灵魂的没落。但她不能这么做,她在锁上房门的时候就知道,她会打开门,回到不幸的丈夫身边,分担他的忧虑,谈论他的过错,这情形她感到悲痛,但不能谴责。不过她需要时间来恢复她的力量,需要用哭泣来跟她生活中的一切欢乐和骄傲告别。在她决定下楼时,她先做了几件事,这在一个无动于衷的旁观者眼里,可能只是蠢事,然而她却要用它们向一切有形的和无形的旁观者表明,她要开始新的生活,迎着羞辱前进。她摘下了她所有的首饰,穿上了朴素的黑外衣,她不再戴富丽豪华的帽子,头发上也没有大蝴蝶结,只是把头发梳直,让它露在一顶寻常的帽子下面,这一切使她突然变得像一个早期的循道派教徒。

布尔斯特罗德知道妻子出门回来,说她身体不大舒服以后,也是在跟她同样不安的心情中度过这段时间的。他早已料到,她会从别人那里了解到事实,但他听候命运的安排,觉得这比由他自己承认一切轻松一些。现在他相信,这个时刻终于到了,他在焦急中等待着它的后果。他的女儿给他打发走了,虽然他同意给他送一些食物去,但他什么也没吃。他觉得,他正在无人同情的痛苦中慢慢死亡。也许他从妻子的脸上,再也看不到温情脉脉的微笑。如果他向上帝祈祷,除了沉重的报应,恐怕也得不到任何回答。

到了晚上八点,门开了,他的妻子走了进来。他不敢抬头看她。他坐在那里,垂下眼皮,她向他走去的时候,觉得他好像变小了——似乎干瘪了,萎缩了。新的怜悯和旧的温情像一股激流,滚过了她的心头。他的手搭在椅子扶手上,她把一只手按在他的手上,另一只手搭在他的肩头,严肃而又亲切地说道:

"抬头看着我,尼古拉斯。"

他微微一震,抬起眼睛望着她,一时间有些惊讶,她那苍白的脸,那刚换上的黑色衣服,那嘴角边的哆嗦,都在说:"我知道了。"她的手和目光温柔地停留在他身上。他失声哭了,她坐在他的旁边,跟他一起啼哭。他们还不能彼此诉说那种她要跟他一起承担的耻辱,或者那些给他们带来耻辱的行为。他的忏悔是无声的,她的忠诚的保证也是无声的。尽管她胸怀磊落,她还是不敢接触那些话,那些表明他们彼此休戚相关的话,她像回避火一样回避着它们。她不敢问他:"其中哪些只是诬蔑和无稽之谈?"他也不能说:"我是无辜的。"

第七十五章

> 对现实的欢乐缺乏正确的认识,对幻想的欢乐充满无知的虚荣,导致爱情的中途夭折。
>
> ——帕斯卡尔

自从家里解除了威胁,讨厌的债务悉数还清以后,罗莎蒙德看到了一线希望,似乎欢乐就要回来了。但是她并不愉快,她的婚后生活没有满足她的任何要求,在她的想象中,那完全不是这么回事。利德盖特在这短暂的平静时期,回想起那些心神不定的日子时常暴跳如雷,叫罗莎蒙德受了不少委屈,因此眼下对她小心翼翼,格外体贴。但是他的心情也大不如前了,他依然觉得,节省开支,改变生活方式,还是势在必行,不断对她好言相劝,希望她逐渐接受这个想法;哪怕听得她回答要他迁居伦敦时,他也百般忍耐。但有时她并不回答,只是懒洋洋地听着,心里在纳闷,这样的生活有什么意思。她丈夫生气的时候讲过的那些无情而傲慢的话,深深地伤害了她的虚荣心,而这种虚荣心当初是得到他的鼓励和赏识的。他对事物的看法,她一直认为违反常情,这在她心中也造成了一个疙瘩,使她把他的一切温情仅仅看作他不能给她带来幸福所作的一点小小补偿。他们跟亲友的关系越来越疏远,对夸林汉姆也不能再抱任何希望,除了威尔·拉迪斯拉夫偶尔跟他们通通信,似乎已没人记得他们。威尔决心离开米德尔马契,她感到痛心、失望,因为尽管她知道和猜到了他对多萝西娅的爱慕之情,她心里仍怀着一个信念,认为他对她本人的感情深得多,即使今天不是这样,将来也必然这样。罗莎蒙德这类女人总是生活在幻想中,认为任何男人遇到她们,肯定会一见钟情,只要这种钟情不致毫无希望。卡苏朋夫人自然才貌双全,但威尔对她的爱慕,还在认识利德盖特太太之前。他跟罗莎蒙德谈天,有时逗笑戏谑,找她的岔子,有时又故意用夸张的姿态大献殷勤,她认为这种谈话方式便是更深的感情的伪装。在他面前,她总觉得心情舒畅,能满足自己的虚荣观念,好像生活在香艳风流的爱情故事中,这是利德盖特已无法创造的奇境。她甚至想象——青年男女们谁没有在这些事情上发挥过想象力?——威尔故意夸大他对卡苏朋夫人的爱慕,是为了挑起她的嫉妒心。可怜的罗莎蒙德,在威尔离开以前,活跃在她脑海中的,就是这些思想。她觉得,他做她的丈夫,会比利德盖特合适得多。其实没有比这想法更荒谬的,因为罗莎蒙德对她的婚姻的不满,在于结婚本身所造成的状态,在于它需要自我克制和容忍,不在于她丈夫的为人如何。但是想入非非的美满生活,总是引人入胜、富有魅力的,正好可以供她消愁解闷。她编制了一则小小的罗曼史,它对她平淡无味的日常生活起了调剂作用,在这故事中,威尔·拉迪斯拉夫始终是单身汉,生活在她身边,对她百依百顺,怀着虽未明白表示但彼此心照不宣的爱情,它随时会在一些有趣的场合,发出迷人的闪光。他的离开造成了一定程度的失望,引起了她的悲哀,增加了她对米德尔马契的厌恶。但是起先她还有另一个欢乐的梦可以代替它,那就是跟夸林汉姆的那个家族的交往。后来她婚后生活的烦恼加深了,那另一种安慰也消失了,这使她不得不怀着惆怅的心情,靠回味那个一度支持过她的虚无缥缈的罗曼史过日子。世上的男女往往对自身的一些迹象作出极其错误的判断,把模糊不安的憧憬有时当作天才的表现,有时当作一种宗教情绪,更多的是把它当作强烈的爱情。威尔·拉迪斯拉夫写过一些闲话家常的信,既是给她的,也是给利德盖特的,她写了回信。她感到,他们的分别不会是永别,她现在一心渴望的变化,就是利德盖特同意迁居伦敦;到了伦敦就会万事如意;她默默下定决心,要促成这个变化,就在这时,她突然收到了威尔的信,说他即将回来,这个喜讯使她觉得一切又有了指望。

信是在市政厅那次难忘的会议前不久收到的,当然,对利德盖特说来,没有比威尔·拉迪斯拉夫的信更没有价值的了,它主要只是讲他对开拓殖民地的计划发生了新的兴趣,但顺便提到,在未来的几星期内,他可能有必要回米德尔马契一次,他说,这是必要的,也是非常惬意的,它几乎像学生的假期一样好。他希望还能在壁炉前的地毯上找到他的位置,还能听到为他演唱的大量歌曲。但他不能确定什么时候动身。当利德盖特把信念给罗莎蒙德听的时候,她的脸像一朵复活的鲜花,更显得娇嫩可爱,容光焕发。现在已没有什么不可忍受的了,债还清了,拉迪斯拉夫先生要回来了,她又可以劝利德盖特离开米德尔马契,迁居伦敦了,"它跟外省城市是完全不同的"。

那是一个明朗的早晨。但是不久,可怜的罗莎蒙德头顶的天空又布满了乌云。笼罩在她丈夫脸上的新的忧郁,原因何在,他完全没有告诉她,因为他不敢把他创痍满目的心灵暴露在她的冷漠和曲解面前,于是她立即对它作了别出心裁的解释,违反了她从前关于影响她幸福的因素的一切观念。她那时正处在新的精神振奋状态,她便认为,这只是利德盖特喜怒无常的又一次表现,他对她不理不睬,还显然想尽可能回避她,原因无非如此,于是她决定自作主张,就在那次会议后不多几天,发出了不少请帖,预备举行一次小小的晚会。她相信这是聪明的一着,因为他们似乎跟人们疏远了,现在需要恢复过去时相往来的习惯。等大家接受这些请帖以后,她就可以告诉利德盖特,还好好教训他一顿,让他知道,一个医生必须懂得交际应酬;罗莎蒙德对别人的责任一向看得非同小可,从不懈怠。但是所有的邀请都遭到了谢绝,最后一封复信落到了利德盖特手中。

"这是奇吉利的笔迹。他为什么写信给你?"利德盖特说,有些纳闷,一边把信给她。她不得不让他看信。他板起面孔瞅着她,说道:

"你瞒着我发请帖,罗莎蒙德,这究竟是怎么回事?我坚决要求你,不准把任何人请到家里来。我猜想,你还邀请了别人,他们也拒绝了。"

她没有开口。

"你听到我的话没有?"利德盖特大喝道。

"当然听到了。"罗莎蒙德回答,把脸朝旁边一扭,动作像一只斯文的长脖子麻雀。

利德盖特把头一仰,但一点也不斯文,随即离开了屋子,意识到自己已到了危险的边缘。罗莎蒙德的思想却是:他已变得越来越叫她受不了,无缘无故便发这么大的脾气。但他什么也不想告诉她,因为他估计得到,她对什么也不关心,这种情绪就发展成了一种对她不理不睬的习惯。关于那一千英镑的事,她一无所知,只知道那是布尔斯特罗德姑父借给他的。利德盖特的不近人情,朋友们对他们的明显回避,在他们摆脱经济困难以后,成了她无法解开的疑团。如果那些邀请给接受了,她还打算请她的妈妈和其他人,她已有好几天没见到他们。于是她戴上帽子,想去打听一下,他们都怎么了,她突然感到,好像大家在策划一个阴谋,要把她孤立起来,她的身边只剩了一个跟一切人格格不入的丈夫。那是在晚餐以后,她看到父母单独坐在客厅内。他们满面愁容的招呼了她,说了一声:"啊,亲爱的孩子!"便不再做声。她从没见到父亲这么灰心丧气的,在他身边坐下后,说道:

"爸爸,是不是出了什么事?"

他没有回答,但文西太太答道:"唉,亲爱的孩子,你什么也没听到吗?用不了多久,你就会明白的。"

"是泰第乌斯出了什么事吗?"罗莎蒙德问,脸色变白了。出事的想法,立即跟她心中那个无法解开的疑团发生了联系。

"是的,亲爱的。想想看,你嫁了这么一个专惹麻烦的丈夫。欠债已经够坏的了,但这比欠债更坏。"

"别说了,别说了,露西,"文西先生道,"罗莎蒙德,布尔斯特罗德姑父的事,你一点都没听到不成?"

"没有,爸爸。"可怜的罗莎蒙德说,觉得这不像是她从前经历过的任何不幸,于是仿佛有一种看不见的力量钳住了她的心,使她几乎喘不出气。

她父亲告诉了她一切,最后说道:"你还是知道的好,亲爱的。我想,利德盖特只能离开这个城市了。情况对他很不利。我得说,他也是不得已。现在我不想再责备他什么了。"文西先生一向对利德盖特看不顺眼,提起他总是百般挑剔。

这打击对罗莎蒙德是可怕的。她觉得,从来没有一个人的遭遇像她这么凄惨,嫁了一个男人,这男人却成了大家怀疑的目标,弄得声名狼藉。人们干了坏事,耻辱往往被当作罪行中最坏的部分,这是难免的。在这样的时刻,必须有非常清醒的头脑,那种在罗莎蒙德一生中从未有过的思考能力,才能意识到,如果她的丈夫当真给发现犯了什么罪,那么岂止是可耻而已。现在她只是感到这是奇耻大辱。可是她嫁给了这个人,还天真地相信,他和他的出身会成为她的光荣呢!但她在父母面前,仍保持着平时的缄默态度,只是说,如果利德盖特肯听她一句话,他们早已离开米德尔马契了。

"想不到在这件事上,她还承受得住。"母亲等她走后说。

"啊,多谢上帝!"文西先生说,他已经几乎支持不住了。

但是罗莎蒙德是带着一种情绪回到家中的,那就是她的丈夫理应遭到她的唾弃。他究竟干了什么——他的行为究竟怎样?她不知道。为什么他不把一切告诉她?他不跟她谈这件事,她自然也不能跟他谈。她心里一度考虑,她得要求父亲让她回到父母身边去,但是想到这样的前途,她觉得索然无味——一个出嫁的女儿回到娘家,跟父母住在一起,生活还有什么乐趣?这使她简直不敢想象。

以后的两天中,利德盖特发现她有了变化,相信她已经知道那个不幸的消息。她会向他提出责问吗?也许她照旧保持沉默,似乎表示她相信他干了坏事?我们必须记住,他正处在一种反常的心理状态,只要提起这事就会引起他的痛苦。当然,罗莎蒙德也有同样的理由埋怨他保持沉默,不向她开诚布公讲明一切。但是内心的痛苦使他原谅自己——既然她现在知道了真相,仍不愿跟他谈这问题,他又何苦自讨没趣,接触这件丑事呢?但是有一种潜藏得更深的意识对他说,过错在他这边,这使他坐立不安,对他们之间的沉默再也无法忍受,仿佛他们是在同一只失事的船上漂流,却不愿彼此看一眼。

他想:"我是一个傻瓜。难道我已抛弃了一切希望?我的结婚得到的是烦恼,不是帮助。"那天晚上,他开口了:

"罗莎蒙德,你听到了使你伤心的事吧?"

"是的。"她答道,放下了手里的针线,本来她一直在懒洋洋地缝着什么,显得神思恍惚,跟平时大不一样。

"你听到了什么?"

"我想是全部吧。爸爸告诉我的。"

"他说大家认为我是一个可耻的人?"

"是的。"罗莎蒙德说,声音很轻,又拿起活儿,机械地缝了起来。

沉默来临了。利德盖特心想:"如果她对我还有一点信任,有一点正确的认识,她现在就该对我说,她不相信我的耻辱是理所应得的。"

但是罗莎蒙德呢,她只是懒洋洋地移动着手指。关于这件事,她认为,不论情况如何,应该由利德盖特作出说明。她知道什么呢?假定他是无辜的,他为什么不开口,澄清一切呢?

她的沉默对利德盖特内心的痛苦,无异是火上加油,他一直在埋怨别人不谅解他,甚至费厄布拉泽也不来看他,现在这种情绪更强烈了。他开始问她的时候,本来怀有希望,认为他们的谈话会驱散集结在他们之间的阴冷的雾,但他发觉,他的决心被绝望的愤懑扼杀了。她那神情,仿佛这烦恼也像其他烦恼一样,只是她一个人才有的。他在她眼中始终与她隔着一条鸿沟,干着她所反对的事。他一怒之下站起身子,把两手插进口袋,在屋里踱来踱去。不过这时,他的心底始终潜伏着一种意识,认为他无论如何必须克制愤怒,把一切告诉她,使她相信事实。因为他几乎已经有过足够的教训,知道他只能顺从她的天性,而且正由于她缺乏同情,他只得让她几分。不久他又恢复了公开一切的意愿,他不能错过这个机会。如果他能够使她严肃地体会到,有人在故意污蔑他,在这种污蔑面前,他不应该气馁,不应该逃跑,整个乱子出在他迫切需要钱上,那么这正是时候,他可以对她施加影响,让她认识到,他们必须共同努力,尽量节省开支,这样才能顶住这场风暴,保持他们的独立。他要向她提出,他打算采取的具体措施,争取她的同意和支持。他只有这条路,除此以外,还有什么别的办法呢?

他不知道,他这么心事重重地踱来踱去,走了多久,但罗莎蒙德觉得时间已经很长,她希望他快些坐下。她也在盘算,这正是机会,可以敦促泰第乌斯做他应该做的事。不论这场灾难真相如何,它的可怕是不容否认的。

利德盖特终于坐下了,没有坐在原来的椅子上,离罗莎蒙德近了一些。他靠在扶手上,挨近她,先不开始这伤心的题目,只是严肃地端详着她。现在他战胜了自己,准备开口了,他的心情是庄严的,仿佛这是千载难逢的时机。他甚至已经张开嘴巴,但这时罗莎蒙德突然放下双

手,望着他说道:

"很清楚,泰第乌斯……"

"什么?"

"现在终于很清楚了,你应该放弃继续留在米德尔马契的想法。我不能再在这儿过活。让我们上伦敦吧。爸爸和其他所有的人都说,你应该走。不论我得忍受多么大的悲痛,离开这儿总比在这儿轻松一些。"

利德盖特心里一怔,凉了半截。他辛辛苦苦准备的一席话全都烟消云散了,一切又回到了老路上。这使他不能忍受。他蓦地抹下脸来,一跃而起,走出了屋子。

也许,如果他坚强一些,在贯彻自己的主张方面比她决心更大,那天晚上就会出现较好的结果。他的力量一旦冲破那道障碍,他或许就能改变罗莎蒙德的想象和意愿。我们不能相信,任何天性,不论它们如何顽强或者乖僻,会抵挡得住更强大的力量对它们施展的影响。它们会被风暴所征服,至少暂时屈服,接受那个以雷霆万钧之势袭击它们的心灵的约束。但是可怜的利德盖特,痛苦在他心中跳动,他没有力量完成这个任务。

相互谅解和消除分歧,仍像原来一样遥遥无期,而且由于努力的失败,似乎更加渺茫了。他们依然过着同床异梦的生活,一天天拖延下去,利德盖特怀着绝望的情绪从事日常工作,罗莎蒙德则似乎理直气壮,认为他待她太狠心。不论对泰第乌斯讲什么都不顶事,等威尔·拉迪斯拉夫来了,她要把一切告诉他。尽管她始终保持缄默,她还是需要有人理解她受到的委屈的。

第七十六章

> 仁慈、怜悯、和睦与爱
> 是人们在忧患中所祈求的,
> 人们也会怀着感激的心情,
> 答谢这些带来欢乐的美德。

>   ……………
> 因为仁慈有一颗人的心,
> 怜悯有一张人的脸,
> 爱具有人的神圣形态,
> 而和睦穿的是人的衣衫。
>
> ——威廉·布莱克:《天真之歌》①

几天以后,利德盖特骑了马前往洛伊克公馆,这是多萝西娅写信约他的。这事他并不感到突兀,因为在此以前,布尔斯特罗德先生已有一信给他,说他决定照旧实行他离开米德尔马契的各项计划,利德盖特谅必还记得他以前通知他的关于医院的安排,目前他仍保持这意见;在采取进一步的行动之前,他理应向卡苏朋夫人重申此事,现在他已得到她的答复,她仍像过去一样,希望与利德盖特当面磋商一切。"你的观点可能已发生若干变化,"布尔斯特罗德先生写道,"但即使如此,仍希你向她详加说明。"

多萝西娅怀着迫切的心情等待他的到来。虽然为了对她那些男性顾问表示尊敬,她没有违背詹姆士爵士的金玉良言,"卷进布尔斯特罗德的这桩公案",但是利德盖特的困难处境,她始终未曾忘怀,因此在布尔斯特罗德重新向她提出医院问题时,她觉得时机终于成熟,可以实行她迟迟未能实行的愿望了。她住在豪华的住宅里,漫步在家中参天古树的绿荫下,她的思想却离开了这一切,关心着别人的命运,尽管她的热情遭到了禁锢。她要在力所能及的范围内,为人们做一些有益的事,这思想始终萦绕在她的脑海中,使她"忧心如焚",以致别人的需要一旦以明确的形态出现在她眼前,她便念念不忘,渴望予以解救,甚至对自己的安乐也感到索然无味。对于这次与利德盖特的会见,她倾注着殷切的希望,尽管人们说他对自己的私事讳莫如深,但她毫不在意,也毫不顾及自己还是一个非常年轻的女人。照多萝西娅看来,那种坚

---

① 关于布莱克,见本书二四三页注①。这里两节诗,是《天真之歌》中《神圣的形象》一诗的第一、三节。

持她还年轻,又是女子的观点,在她决心为人道精神而出力的时候,全是不足挂齿的无稽之谈。

她坐在图书室中等待的时候,什么也不能做,只是一幕幕回忆着她与利德盖特的历次交往。它们的意义都与她的婚后生活,以及它带来的烦恼有关……但是不,有两次利德盖特的形象却与他的妻子,以及另一个人,痛苦地交织在一起。就多萝西娅说来,这痛苦已减轻了,但是它在她心中唤起了对利德盖特的婚姻的揣测,也使她隐隐感到了他关于他妻子的那些话的弦外之音。这些回忆像戏剧一样在她面前展开,使她眼睛发亮,整个身体木然不动,仿佛她已看得入了神,虽然她只是坐在褐色的图书室中,望见的也只是窗外那一片草坪,那些点缀在深青色背景上的绿油油、亮晶晶的嫩芽。

利德盖特进屋时,他脸上的变化几乎使她吃了一惊,这是两个月来没有见到他的人一眼就能发觉的。这变化不在于消瘦,那是在愤懑和绝望继续不断的煎熬下,哪怕年轻的容貌也会很快显示出来的后果。她露出和蔼的表情,向他伸出了手,这使他的神色温和了一些,但依然显得闷闷不乐。

"我非常希望见到你,利德盖特先生,这已经有好久了,"多萝西娅等他们面对面坐下以后,说道,"只是我没有立刻请你来,直到布尔斯特罗德先生向我再度提出医院问题以后,我才写信给你。我知道,要使它与老医院分开,保持独立的地位,这完全有赖于你,或者至少得看它在你的主持下,能作出多少贡献而定。我相信,你会把你的想法准确地告诉我。"

"你需要决定,你是不是应该给医院提供慷慨的支持,"利德盖特说,"我只得老实告诉你,你不能把希望寄托在我的工作上。我可能不得不离开这个地方了。"

他讲得很简单,失望使他感到悲痛,他觉得只要罗莎蒙德反对,他的任何意愿恐怕都无从实现。

"是不是因为这里没有人相信你?"多萝西娅说,她怀着满腔热情,把话讲得十分明确,"我知道你遭到了不幸的误解。我一开始就明白这是误解。你没有做过任何坏事。你也不会干任何损害你的名誉的事。"

这是利德盖特第一次听到对他信任的保证。他深深叹了口气,说了句"谢谢你",再也说不出别的什么了。这不多几句深信不疑的话,出自一个女人之口,想不到会对他发生如此大的作用,这在他一生中,是异常罕见和奇怪的。

"我要求你告诉我,那一切究竟是怎么回事,"多萝西娅毫不畏惧地说,"我相信,事实一定会证明你是无辜的。"

利德盖特从椅上站起身子,走向窗口,一时忘了他在哪里。他经常在心中考虑,他可以解释一切,不必怨天尤人,但是这必然对布尔斯特罗德造成不利的甚至不公正的后果,因此绝对不应这么做,他还屡次告诫自己,他的说明不可能改变人们的印象。这种心理状态使他觉得,多萝西娅的话似乎是在诱使他违反本意,做他在清醒时不愿意做的事。

"请你告诉我吧,"多萝西娅说,态度是单纯而诚恳的,"这样我们可以一起商量对策。我认为,在可以防止的情况下,让任何人遭到不必要的误解,都是错误的。"

利德盖特旋转身来,记起了他在哪里。他看到,多萝西娅露出亲切、信任、严肃的脸色,抬头望着他。高尚的人格,慷慨的胸怀,与人为善的仁慈,这一切出现在我们面前的时候,会改变我们对世界的看法,我们的眼界重又扩大了,我们的心情重又平静了,我们相信,人们也能全面地、准确地看待和评价我们。这种影响现在也开始对利德盖特发生作用,而好多天来,他只觉得前途茫茫,仿佛在惊涛骇浪中苦苦挣扎。他重新坐下,感到过去的自我又在他身上复活了,他意识到,有一个信任他的人与他在一起。

"我并不想埋怨布尔斯特罗德,"他说,"他在我最困难的时候,借了钱给我,虽然我现在宁可不要这些钱。他已经穷途末路,十分可怜,他的生命也只剩了奄奄一息。但我愿意把一切告诉你。我感到欣慰,因为我是在向一个对我保持着信任的人说话,我的话不致被当作为我自己洗刷所作的供词。你会公正地对待另一个人,正如你公正地对待我一样。"

"请你相信我,"多萝西娅说,"我不得到你的允许,不会把你的话转告任何人。但最少限度,我可以说你已经向我澄清了一切,我知道你是绝对无辜的。费厄布拉泽先生会相信我,我的伯父和詹姆士·彻泰姆爵士也会相信我。不仅如此,在米德尔马契还可以找到一些人,他们跟我不太熟,但他们会相信我。他们知道,除了真理和正义,我不可能有其他动机。我要尽一切力量为你辩护。我没有多少事可做。这正是我在世上能做的最合适的工作。"

多萝西娅像孩子似的,描绘着她的打算,她的声音是那么真诚,它几乎可以作为她必然成功的保证。这种无限仁慈的女性的声调,哪怕在最爱挑剔的人面前,也可以构成一道坚固的防线。利德盖特毫不迟疑,没有把她看作堂吉诃德;他一生中第一次怀着欣慰的感觉,让自己袒露在慷慨无私的同情面前,不为了自尊心而作任何保留。这样,他告诉她一切,从他怎样在困难的压力下,违背自己的意志,第一次向布尔斯特罗德求援讲起。他的叙述使他的心情逐渐感到轻松,他毫不犹豫地讲出了他心中所想的一切,详尽无遗地说明了事实:他的治疗方法跟通行的治疗方法的不同,他最后的怀疑,他理想的医生职责,以及他由于接受了那笔钱,如何感到不安,它怎样影响了他的个人志趣和职业态度,尽管在履行公认的职责方面,他没有什么改变。

"后来我才听说,"他又道,"霍利派了一个人到斯通大院盘问女管家,她说,她把我留下的那一小瓶鸦片全部让病人吞下了,还给他喝了大量白兰地。但是那并不违背通常的医疗措施,哪怕是第一流医生开的处方。他们对我的怀疑不在这里,怀疑的根据只是我拿过钱,而布尔斯特罗德巴不得那个人早一点死,因此用这钱作贿赂,要我违背职业道德,或采取其他办法害死病人。反正不管怎么说,我接受这钱,是把它当作保守秘密的代价的。这种猜疑正是最难应付的,因为它植根在人的天性中,是任何证据所无法驳倒的。至于我的医疗方针怎么会遭到违背,这个问题我无法回答。在这一点上,布尔斯特罗德没有任何犯罪意图还是可能的,甚至可能他跟违背我的嘱咐的事毫无关系,他只是避免提到它罢了。但是这一切对舆论都不起作用。在这一类事件中,一个人之所以受到谴责,根源在于他的品质,大家相信他犯了罪,尽管并不清楚这是什么罪,只是因为他具备犯罪的动机。而我与布尔斯特罗德是一丘之貉,因为我拿了他的钱。就这样,我受到了株连,正如麦子有了病害,麦穗也会遭殃,现在木已成舟,无法改变了。"

"啊,那太残忍了!"多萝西娅说,"我明白,你要辩明自己无罪,那是很难的。一切都在于你同一般人不同,对生活抱有更高的目标,要寻找更好的道路……但我不能听其自然,认为这是不可改变的。我知道你以前也这样。你第一次跟我谈到医院的时候说过的话,我还记得。我一直在考虑这点,我觉得,向往伟大的目标,企图达到它,可是仍以失败告终,这是最大的不幸。"

"是的,"利德盖特说,觉得正是应该从这方面来理解他的灾难的全部意义,"我怀有一定的抱负。我希望我能使一切有所不同。我认为我有充沛的精力和技能。但是我遇到了最可怕的阻力,这是除了自己谁也无法体会的。"

"要是……"多萝西娅一边考虑,一边说,"要是我们按照目前的计划,把医院办下去,你留在这儿,尽管只有少数人支持你,做你的朋友,但是,对你的仇视会逐渐消失,到了一定的时候,人们就不得不承认,他们对你是不公正的,因为他们会看到,你的目的是纯洁无私的。你仍然能赢得巨大的声誉,就像路易斯和雷奈克①一样——我听你提到过他们。我们大家也会为你感到骄傲。"她最后说,露出了一丝微笑。

"如果我还像以前那样信任自己,那是可以办到的,"利德盖特伤心地说,"在这场诽谤面前畏首畏尾,一走了事,让它在我走后继续流传,这会比什么都叫我痛心。尽管这样,我不能要求任何人,把钱大量投在得依靠我来完成的计划上。"

"我认为这是完全值得的,"多萝西娅坦率地说,"你想一下就明白了。我不知道把我的钱怎么办,因为人们对我说,这些钱太少了,不够实现我所向往的任何伟大计划,可是我又觉得它们太多了。我不知道该怎么办。我自己的财产一年有七百镑收入,卡苏朋先生留给我的,一年有一千九百镑,另外,银行里还有三四千镑现款。我本来想筹集一笔资金,以后用我并不需要的收入逐渐偿还,我要用它买一块土地,建立

---

① 关于这两人分别见本书一六〇页注①和本书四〇八页注①。

一个工艺学校式的新村。但是詹姆士爵士和我的伯父认为,这件事风险太大。所以你瞧,我的爱好就是用我的钱办一些有益的事业,让别人的生活得到一些改善。如果我的钱都归我所有,我又不需要它们,这反而使我感到不安。"

一抹微笑掠过了利德盖特那张愁眉不展的脸。多萝西娅讲这话时,眼神严肃,那种孩子似的认真态度是不可抗拒的,这和她对高尚的精神境界的同情和向往,构成了一个令人敬仰的整体。(至于在世上占大多数的较低的精神境界,可怜的卡苏朋夫人却看不到,也不大理解,它们得不到她的想象力的鼓舞。)但是她把他的微笑看作了对她的计划的赞许。

"我想,现在你可以看到,你未免顾虑太多了,"她说,用的是劝导的口气,"医院是一件好事,使你的生活重新走上健全发展的道路,这又是一件好事,我何乐而不为呢?"

利德盖特的微笑消失了。"你有足够的善心和金钱,可以做这一切,我也但愿事情是这样,"他说,"但是……"

他犹豫了一会儿,茫然地望着窗口。她怀着希望,静静地等待着。最后,他转过脸来,突然烦躁地说道:

"我为什么不告诉你呢?你知道婚姻是怎样一种束缚。你是能理解这点的。"

多萝西娅觉得她的心开始怦怦跳动了。难道他也有同样的苦闷吗?但是她不敢再说什么,他立即讲了下去。

"现在我没有法子做任何事,我不能不考虑妻子的幸福,便决定我的行动。在我一个人的时候,我可能乐意干的事,现在变得不可能了。我不能看着她整天愁眉苦脸。她嫁给我的时候,并不理解她所走的路。如果她不嫁给我,对她也许还好一些。"

"我知道,我知道,要不是万不得已,你是不会让她痛苦的。"多萝西娅说,敏感地想起了她自己的生活。

"可她打定主意,不愿再住在这儿了。她要求离开。她所经历的烦恼,使她厌弃了这儿的一切。"利德盖特说到这儿,又突然停止,生怕讲得太多。

"但是如果她看到,留下是有利的……"多萝西娅说,有些不以为然,望着利德盖特,仿佛认为他忘记了她刚才谈过的那些理由。他没有立即开口。

"她不会看到这点,"他最后说,讲得很简单,因为他起先并不想对这一点多作解释,"而且说真的,我已失去了再在这儿生活下去的一切勇气。"他停顿了一会儿,然后,为了让多萝西娅更了解他生活中的困难,他又道:"事实是这场灾难搅乱了她的思想。我们无法共同讨论这件事。我不能确切知道她心里怎么想,她可能担心我真的干了什么坏事。那是我的过错,我应该对她坦率一些。但是我一直忍受着难以忍受的痛苦。"

"我可以去看看她吗?"多萝西娅关切地说,"她会不会接受我的同情?我要告诉她,除了你自己的良心,任何人都无权责备你。还要告诉她,你会在每一颗公正的心灵中恢复你的清白名声。我要使她消除忧虑。你肯代我转告她,让我去见她吗?我以前见过她一次。"

"当然可以,"利德盖特说,对这提议抱着一些希望,"我想,她会感到光荣,感到愉快的,还至少证明,你对我还是信任的。我不必预先向她提起这事,免得她以为是我要你这么做的。我完全明白,我不应该让别人去向她说明一切,但是……"

他没再往下说,屋里沉静了一会儿。多萝西娅忍住了心中想到的话:她知道得很清楚,夫妇之间往往隔着一堵无形的墙,使他们不能坦率地交谈。在这一点上是甚至同情也会引起不快的。她又回到了利德盖特的处境中比较明显的方面,愉快地说道:

"如果利德盖特太太知道,有一些朋友还是信任你,支持你的,那么她可能赞成你留在原来的位置上,让你恢复希望,做你所要做的事。到那时,你也许会看到,我建议你把医院继续办下去是对的。如果你仍然对它保持着信心,认为这能够使你的学识得到发挥,你一定乐意这么做吧?"

利德盖特没有回答,她看到,他正在跟自己辩论。

"你不必马上决定,"她温和地说,"再过几天也不妨,我可以暂时不答复布尔斯特罗德先生。"

利德盖特还在犹豫,但最后他用最坚决的声调开口了:

"不,我还是不留余地的好。我已对自己丧失了信心——我是指在我的生活条件改变之后,我已不知道我应该怎么办。我自己无法做好的事,还要别人为它花费许多力量,这是不应该的。也许我最后还是不得不离开,别的可能性看来很少。整个事情还未可逆料,我不能同意你的建议,结果使你的一片好心付之东流。不,还是让新医院跟老医院合并吧,让一切按原来的方式进行,就算我从没到过这儿。我在医院工作以来,积累了一份有价值的资料,我可以把它送给需要的人,"他最后痛苦地说,"今后一个长时期内,我要考虑的只是我的收入,其余恐怕就无能为力了。"

"听你讲得这么绝望,我非常痛心,"多萝西娅说,"有些朋友还是相信你的未来,相信你能作出显著成绩的,如果你肯让他们帮助你,他们会感到高兴。你想,我的钱这么多,你不妨每年拿去一部分,直到你的收入不再使你感到拮据为止,这其实好比是减轻了我的负担。为什么人们不能这么办?要做到完全平等,那是很困难的。但这是一个办法。"

"上帝保佑你,卡苏朋夫人!"利德盖特说,他的心情很激动,这使他的话显得激昂慷慨,人也站直了,一只手臂靠在他刚坐过的大皮椅的椅背上,"你有这样的情操是很可贵的。但我不是一个可以让自己无功受禄的人。我还没有提出过足够的保证。我不能为我无法完成的工作接受救济,至少我还没有落魄到这等地步。我看得很清楚,我什么也不能指望,我的出路只是尽我所有的力量,尽快离开米德尔马契。在这儿,哪怕一切顺利,在很长一个时期内,我也不可能获得足够的收入。到了一个新地方,实行一些必要的改变比较容易。我只得像别人那么做,考虑怎样迎合社会,增加收入,在人口众多的伦敦寻找一条出路,让自己生存下去,或者在一个海滨疗养地开业行医,或者到南方的一个城市去,那里住满了英国的有闲阶级,我可以在那里挣大钱。总之,我不得不爬进这样的洞里,什么也不管,度过我的一生。"

"但是放弃斗争,这不是勇敢。"多萝西娅说。

"是的,不是勇敢,"利德盖特说,"但是如果一个人不敢对抗慢性的死亡呢?"然后换了一种口气道:"不过你对我的信任,大大提高了我的勇气。从我跟你谈话以后,一切似乎变得容易忍受了。如果你能使一些人,尤其是费厄布拉泽,相信我是无罪的,我就非常感激了。我希望你不要提起关于违背我的嘱咐的事,那会立即遭到歪曲。归根结底,我不能证明我的方法是对的,可是人们对我的成见却根深蒂固。你只能按照我的叙述谈这问题。"

"费厄布拉泽先生会相信,别人也会相信,"多萝西娅说,"我要让大家意识到,认为你接受贿赂干了坏事,那是愚蠢的想法。"

"我不知道,"利德盖特说,声音有点像呻吟似的,"我并没有接受贿赂。但是出现了贿赂的苍白影子,它有时便称作幸运。那么你还会帮我另一个大忙,去看望我的妻子吗?"

"是的,我会去。我记得她很美丽,"多萝西娅说,在她的心中,罗莎蒙德给她的每一个印象都是深刻的,"我希望她会喜欢我。"

利德盖特告辞后,骑在马上想:"这位年轻妇女有着宽阔的胸怀,简直比得上圣母马利亚。她显然毫不考虑自己的未来,只想马上把一半的收入捐献出来,仿佛她什么也不需要,只要有一张椅子,可以让她坐在上面,用那对清澈的眼睛,俯视世上嗷嗷待哺的众生。她似乎有一种东西,那是我以前从没在任何女人身上看到过的,这便是对人的丰富同情,这样的人是可以当作朋友的。卡苏朋想必在她心中唤起了一种神圣的幻觉?我不知道,她会不会对一个男人产生任何别的感情?对拉迪斯拉夫呢?他们显然心心相印,不同寻常。卡苏朋一定注意到了这点。好吧,对一个男人,她的爱会比她的钱更有帮助。"

至于多萝西娅,她马上想到了一个计划,要让利德盖特摆脱对布尔斯特罗德的感恩观念,她认为,这无疑是使他感到痛苦的压力的一部分,尽管是较小的部分。他们的会见留给了她深刻的印象,她立即坐下,写了一封简短的信,在信中她声称,她比布尔斯特罗德先生更有权利为利德盖特提供他需要的那笔钱,如果利德盖特不允许她在这件小事上帮助他,这是很不友好的,因为这帮助只是对她的恩惠,她有多余的钱,可是找不到明确的用途。他可以称她债主,或任何别的名称,只要那是表示他接受了她的要求。她在信中附了一张一千镑的支票,决定第二天她探望罗莎蒙德时,随身带去。

第七十七章

> 你的变节叫所有才德具备的君子,
> 蒙上了嫌疑的污点。
>
> ——《亨利五世》①

第二天利德盖特有事前往布拉辛,他告诉罗莎蒙德,他得到晚上才能回家。近来她从不离开自己的家和花园,除了上教堂,还有一次是去看她的爸爸,她对他说:"如果泰第乌斯决定动身,爸爸,你会帮助我们,是不是?据我估计,我们的钱不多。我相信,非得有人接济我们不可。"文西先生答道:"好吧,孩子,一两百镑我还出得起。反正这是最后一次了。"除了这几次,她一直待在家里,没精打采,闷闷不乐,像在等待什么,心里把威尔·拉迪斯拉夫的到来,当作唯一的希望和乐趣,想借此机会,对利德盖特施加新的压力,让他立即安排离开米德尔马契,前往伦敦;到了最后,她甚至深信,威尔的到来必将成为推动他们离开的有利因素,尽管道理何在,她并不明白。这种推论其实不足为怪,把它看作只有罗莎蒙德才有的傻念头是不公正的。正是这种推论一旦在哪一个环节上出了差错,引起的震动也特别大,因为看到因果之间的联系,也应该看到可能的失误和阻碍,如果只看到合乎我们心愿的因,以及由此而来的合乎我们心愿的果,这就排除了一切怀疑,实际也就是在打如意算盘。近来,可怜的罗莎蒙德心头进行的正是这样一个过程,她一边想,一边整理着周围的一切,动作仍像从前那么优美,只是手脚慢了一些。她有时坐在钢琴前面,似乎想弹,又不想弹,然而又不愿离开琴凳,白皙的手指搭在木盖子上,带着恍惚迷离、百无聊赖的神情,呆呆地望着前面。她的忧郁变得如此明显,以致利德盖特在它面前感到了一种奇异的胆怯心理,似乎这是对他的永恒的、无声的谴责。这个坚

---

① 指莎士比亚的剧本《亨利五世》。引文见该剧第二幕第二场亨利五世的台词。

强的人不敢接触她的目光,仿佛是他毁坏了这位美貌的弱女子的一生,他在她面前觉得惶惑不安,于心不忍。有时他看到她走来,便赶紧离开,他怕她;也有时,愤怒暂时驱散了胆怯情绪,但愤怒过去之后,它又卷土重来,而且更加强烈。

利德盖特外出的时候,罗莎蒙德往往整天待在楼上的房间里,但是今天早上她却下楼了,而且已经穿戴整齐,预备进城一趟。她有一封信要寄,那是写给拉迪斯拉夫先生的,措词委婉而又动人,内容无非催他快些动身,似乎她遇到了不幸。现在他们只有一个女用人,她看到她穿着出门的衣服下楼,心想:"可怜的人,她戴了帽子多么漂亮,谁也比她不上。"

与此同时,多萝西娅正一心考虑着探望罗莎蒙德的计划,她想到了许多事,有过去的,也有未来可能的情况,它们都是围绕着这次探望展开的。昨天,利德盖特把他婚后生活中的烦恼,向她透露了一点消息,但那以前,在她心中,利德盖特太太的形象始终和威尔·拉迪斯拉夫的联系在一起。然而哪怕在她最伤心的时刻,甚至在她给卡德瓦拉德太太那些描绘得有声有色的谣言弄得心神不宁、十分痛苦的时刻,她的愿望,不,她内心最强烈的要求,仍是替威尔辩护,驳斥那一切无中生有的污蔑。后来,在她跟他会面时,她起先认为,他的话可能是指他对利德盖特太太的感情的,似乎他决心悬崖勒马,割断这关系,这立即引起了她的伤感,但是她仍谅解他,觉得他由于跟那个漂亮的女子经常接触,时相往来,因而拜倒在她的美貌下,这是难怪的,她不仅与他在音乐上显然有共同的爱好,在其他方面也可能这样。但是接着他又讲了几句离别的话,话虽然不多,但感情真挚,从这些话听来,她自己才是他的意中人,正是这爱使他惶惶不安,也正是为了这爱,他决心远走他乡,把它永远埋藏在心底,不予公开。从那次分手以后,多萝西娅始终相信,威尔是爱她的,她也怀着自豪而愉快的心情相信,他具有高尚的荣誉感,决不会在行动上贻人口实。她对他和利德盖特太太的交往,心中毫无芥蒂。她坚信,他们的关系是无可指摘的。

有些心灵,如果它们爱了我们,我们会感到,仿佛我们领受了洗礼和祝圣礼,它们对我们纯洁无疵的信任,保证了我们的正直和清白;我们的过错会变成最坏的亵渎罪,使那无形的信任的圣坛因而坍毁。"如果你不好,那就没有好人了",这句简单的话可以使人战战兢兢,永远记住自己的责任,也可以使人为悔恨痛心疾首,不再重犯过错。

多萝西娅的心灵便属于这一类,至于她凭感情行事的缺点,那是与她热情洋溢的天性中轻信、坦率的方面相一致的。她对别人有目共睹的过失充满同情,可是她的经验中却没有任何材料,可以供她对隐蔽的错误进行深入细致的思考和推究。不过她那种淳厚的天性,使别人从她对他们的信任中得到了鼓舞,看到了自己的理想,这是女性的伟大力量之一。它从一开始就对威尔·拉迪斯拉夫发生了强烈的影响。他跟她分手时,向她说明了他对她的感情,以及她的财产在他们之间造成的鸿沟,这些话很简单,但他觉得,唯其因为简单,才会引起多萝西娅的深思,促使她竭力去理解它们的意义。他相信,他在她心中已获得了最高的评价。

在这一点上他是对的。自从他们分手以来的几个月,在他们的相互关系上,她有一种甜蜜而哀伤的恬静感,因为她觉得,这种关系具有内在的完整性和纯洁性。她身上一向蕴藏着一种活跃的反抗精神,每逢她的计划,或者她所信任的人,需要她保卫时,它便会发挥作用。她感到,她丈夫对威尔的态度是错误的,别人根据一些表面现象蔑视他,也是错误的,这一切只是使她更执着于她的感情,更加深了对他的美好评价。现在随着布尔斯特罗德一些隐私的暴露,又出现了另一个影响威尔的社会地位的事实,这使多萝西娅在她所生活的天地中,也就是在与她有关的那些农庄内,对人们议论他的话,重新从心中发出了反抗。

"小拉迪斯拉夫的外祖父是当铺老板,一个专收贼赃的犹太佬",这句话在洛伊克、蒂普顿和弗雷什特,已经不胫而走,每逢人们谈到布尔斯特罗德事件时,总要郑重其事地重复一遍。可怜的威尔背上了这么一块黑牌,它比"玩白鼠的意大利人"更是等而下之。正人君子詹姆士·彻泰姆爵士不免沾沾自喜,他想,拉迪斯拉夫和多萝西娅之间本来隔着一座山,现在他们的距离又拉长了一大段,他可以高枕无忧,不愁事情朝那个荒谬的方向发展了。他相信,他的幸灾乐祸是正义的。另外,向布鲁克先生指出,拉迪斯拉夫的家史中还有这么丑恶的一页,像点亮了一支新的蜡烛,让他看到他干的好事,这也未始不是一件乐事。多萝西娅发现,人们怎样怀着敌意,在那则痛苦的故事中一再提到威尔。但她没有做声,以前她可以谈论威尔,现在却有一种意识使她不愿开口,那就是她感到他们之间存在着更深的联系,这是应该始终保存在神圣的心灵深处的。然而她的沉默只是使她的反抗情绪更加炽烈。看来,威尔的这种不幸遭遇,正在给别人当作耻辱,从背后攻击他,但是对于她,这只是提高了她的热情,使她更坚定地站在他一边。

她没有抱什么幻想,并不指望他们的关系更进一步,然而她也没有采取与他断绝往来的态度。她非常简单,接受了她和威尔的全部关系,把它看作她的婚姻造成的不幸的一部分。她觉得,如果她由于不能得到完美无缺的幸福,便自怨自艾,这是十分错误的,她宁可认为,命运给予她的已经太多了。她的深情给她带来的欢乐,主要存在于回忆中,对此她并无怨言。再婚的念头在她心中是全然无法接受的,仿佛这是一个素昧平生的求婚者提出的非分之想。何况从她的亲友的意见看来,他们所设想的求婚者的长处,还会成为她痛苦的源泉,布鲁克先生就这么说过:"你结了婚,就可以有人替你管理你的财产了,亲爱的。"他认为这是合乎情理的、有说服力的建议。但多萝西娅答道:"只要我知道怎么办,我自己会管理一切。"不,她要忠于自己的声明,决不再嫁。她前面还有着漫长的道路,它显得坦荡空旷,没有任何路标,但是在她一步步向前走去的时候,她会得到指导,遇到同路的人的。

她对威尔·拉迪斯拉夫的感情,一贯处于这种状态。自从她提出要去拜望利德盖特太太以后,除了睡眠的时间以外,她与威尔的关系一直活跃在她的脑海中,构成了一种背景,罗莎蒙德的形象便出现在这背景上,它为她的关怀和同情扫除了障碍。显然,在这位妻子和她的丈夫之间,出现了某种精神上的隔阂,以致他们不能彼此信任,然而这位丈夫还是把她的幸福看作自己的最高要求。这种纠纷是任何第三者不宜直接插手的。但是多萝西娅相信,罗莎蒙德由于她丈夫遭受的不白之冤,一定十分孤独,她深深同情她,她对利德盖特表示的敬意和对她表示的关怀,一定会减轻她的苦闷。

"我要跟她谈谈她的丈夫。"多萝西娅坐车进城时,心中这么想。

晴朗的春天的早晨，潮湿的泥土香味，刚刚开始抽芽的苍翠欲滴的嫩叶，似乎都与她喜悦的心情融洽无间。她刚跟费厄布拉泽先生进行了一次长谈，对利德盖特的行为作了说明，后者对她的公正解释表示欢迎，这使她十分高兴。她想："我要把好消息带给利德盖特太太，也许她会喜欢跟我谈心，把我当作一位朋友的。"

在洛伊克门大街，多萝西娅还有一件事要办，那就是她为学校定制了一只音调优美的新钟，因此她只得提早下车，吩咐车夫在那儿等候包扎，然后穿过街道，步行到利德盖特家，好在那已经很近了。临街的门开着，女用人正在张望，看停在附近的马车是谁的，结果发现，"马车上的夫人"正向她走来。

"利德盖特太太在家吗？"多萝西娅问。

"我不清楚，夫人，您请进屋，我去看看，"玛撒说，由于围着厨房用的围裙，她有些不好意思，但头脑没有糊涂，知道对这位雍容华贵、坐着两匹马的马车光临的年轻孀妇，用"太太"这称呼是不合适的，"请进，我进屋看一下。"

"请你通报我是卡苏朋夫人。"多萝西娅说。这时玛撒在前面带路，预备让她在会客室等候，然后上楼，看罗莎蒙德出外散步回家没有。

她们穿过门厅较宽的一头，走进通往花园的过道。客厅的门没有上闩，玛撒推开门，也没朝屋里瞧一眼，便把卡苏朋夫人让进屋里，然后转身走了。门开过又关上了，没有一点声息。

今天早上，多萝西娅不太注意外界的事物，她的心头充满着过去和未来的许多幻象。她进了客厅的门，没有留心周围的一切，可是蓦地听到了低低的谈话声，这使她吃了一惊，仿佛大白天走进了梦幻世界，下意识地跨前一两步，越过了突出的一角书橱，于是她立即看到了一幕景象，它像一道可怕的亮光，照明了一切，使她顿时动弹不得，再也无法强自镇静，开口说话。

有一个人背对着她，坐在靠墙的沙发上，那墙是与她进屋的门在同一边的。她看到，这人是威尔·拉迪斯拉夫，他的身旁坐着罗莎蒙德，她脸对着他，眼泪汪汪的，这使她的脸另有一番妩媚的姿色。她的帽子挂在颈后，而威尔向她俯出身子，握住了她举起的双手，正用轻轻的嗓

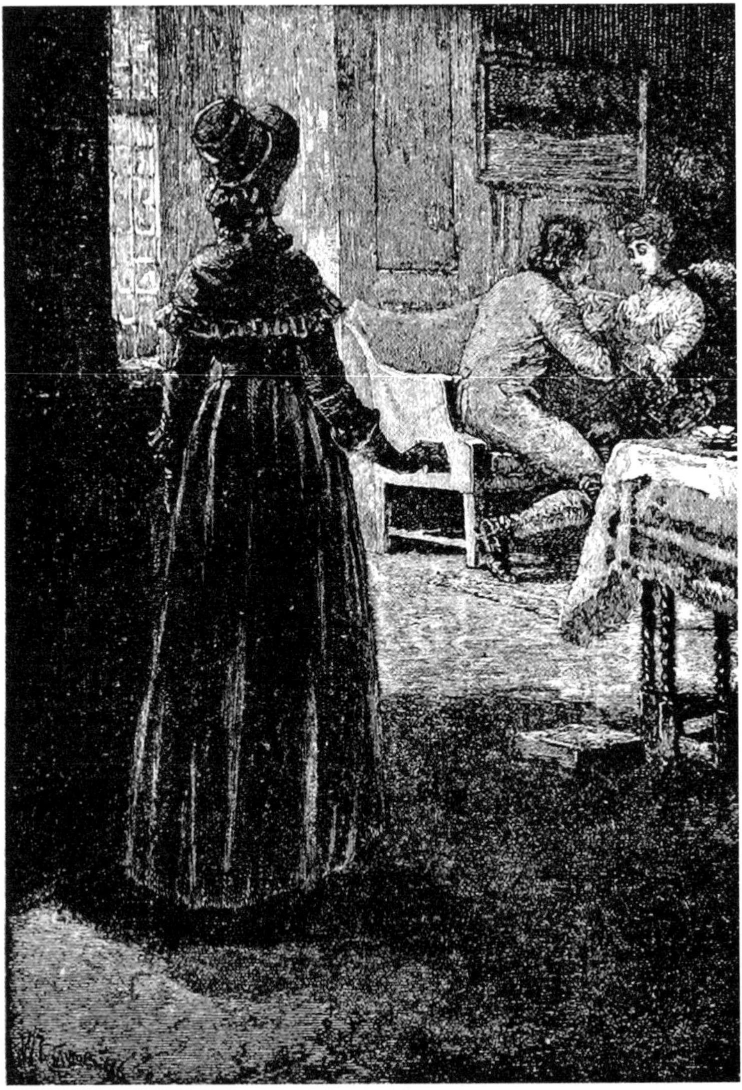

音热烈地讲着什么。

罗莎蒙德处在心神不定的状态,没有发现这位不速之客,但是多萝西娅看到这一幕,经过短短一瞬间的踌躇之后,赶紧慌慌张张缩回身子,结果碰在一件家具上,罗莎蒙德顿时发现了她的存在,用痉挛性的动作抽回了手,一跃而起,望着不得不站住的多萝西娅。威尔·拉迪斯拉夫也跳了起来,打量着周围,遇到了多萝西娅那双闪动着新奇光芒的眼睛,一下子愣住了。但她马上把眼睛移到了罗莎蒙德身上,用坚定的声音说道:

"对不起,利德盖特太太,你的仆人不知道你在这儿。我是来送一封重要的信给利德盖特先生的,我希望把这信亲手交给你。"

她把信放在刚才挡住她退路的小茶几上,然后从远处望了罗莎蒙德和威尔一眼,便弯了弯腰,飞快地走出屋子。在过道上,她遇到了惊讶的玛撒,她说,她很抱歉,女主人不在家,然后把这位奇怪的夫人送到门口,心想凡是大人物看来都比普通人缺少耐性。

多萝西娅步履如飞,迅速穿过街道,又跳上了她的马车。

"上弗雷什特庄园。"她对赶车的说。这时任何人看到她,会觉得她虽然比平时苍白,但从没这么镇静自若,神采奕奕,充满着力量。这确实是她当时的体验。她好像给人当头一棒,从梦中惊醒,失去了对其他一切的感觉。她看到的事,使她简直不敢相信,以致她的感情从那里碰了壁退回原处,成了一团乱麻,找不到可以寄托的目标。她必须找一些事做,让她的心情安顿下来。她觉得她身上有一股力量需要发泄,她可以不吃不喝,走一整天路,做一整天工。她要贯彻早上确定的计划,前往弗雷什特和蒂普顿,找到詹姆士爵士和她的伯父,把利德盖特的一切,凡是她希望他们知道的,统统告诉他们;他婚后的处境在当前的灾难下,对她说来具有了新的意义,这使她燃起了更强烈的愿望,要充当他的保护人。自从结婚以来,她在斗争中总是不得不委曲求全,半途而废,从没感到过这种可以战胜一切的强烈义愤。她认为,这是一种新的力量的标志。

"多多,你的眼睛怎么这么明亮!"西莉亚等詹姆士爵士走出屋子后,说道,"你望着亚瑟或别的什么,实际你什么也没看到。我知道,你在打算干一件不愉快的事。这是不是都为了利德盖特先生,还是发生了别的什么?"西莉亚总是怀着希望在观察姊姊。

"是的,亲爱的,发生了许许多多事。"多多用她深厚的嗓音回答。

"我简直不明白这是怎么回事。"西莉亚说,安详地合抱着双手,身子俯在它们上面。

"真的,我想到了世界上一切人的一切烦恼。"多萝西娅说,举起双手,把它们移到了脑后。

"我的天,多多,你是要定一个计划,解决这一切不成?"西莉亚说,对这种哈姆莱特式的疯话,有些感到不安。

但是詹姆士爵士又进屋了,准备送多萝西娅前往蒂普顿。一路上她很安静,对自己的决心毫不动摇,最后,她完成了这次旅行,回到了家中。

第七十八章

> 但愿一切都已过去,我躺进了坟墓,
> 上面有她忠贞的爱作我的墓碑。

罗莎蒙德和威尔一动不动,站在那里发呆,他们自己也不知道过了多久。他望着多萝西娅站过的地方,她则带着疑问盯住了他。这在罗莎蒙德是一段漫长的时间,她的内心深处与其说是懊恼,不如说主要还是为刚才的一幕感到扬扬得意。浅薄的心灵总是梦想轻而易举地驾驭别人的感情,暗暗相信可以凭小小的花招,扭转最深沉的流向,可以靠美丽的姿态和语言创造奇迹,使无变成有。她明白,威尔受到了沉重的打击,但是她从来不能领会别人的心情,只会按照自己的意愿构想它们的状况。她相信自己具有安抚或征服的力量,甚至泰第乌斯这个最最乖戾怪僻的男子,最后也不得不向她低头。尽管客观事物是顽强的,罗莎蒙德还是要像结婚以前那么说,凡是她要办的事,她一定得办到。

她伸出手臂,用指尖拉拉威尔的衣袖。

"不要碰我!"他说,那声音仿佛她用鞭子抽了他一下,他的脸从红变白,又从白变红,整个身子似乎给针刺得在抽搐。他一个转身,走到屋子另一头,面朝着她,把指尖插进口袋,仰起了头,眼睛恶狠狠的,没有看罗莎蒙德,却瞧着离她几英寸远的地方。

她感到受了极大的侮辱,但是她的表现,只有利德盖特那样的人才能理解。她蓦地变得冷静了,坐到椅上,解下了挂在背后的帽子,把它跟她的围巾放在一起。她那两只按在胸口的小手变得冰凉的。

对威尔说来,比较安全的办法,还是一开始就拿起帽子,一走了事,但是他不想这么办,相反,他怀着强烈的愿望,要留在那儿,用他的怒火把罗莎蒙德烧成灰烬。他觉得,她给他带来了灾难,他不能饶恕她,他必须报复,就像一只豹中了标枪,必然要张牙舞爪,回头猛扑。然而他怎么能对一个女人说,他要咒骂她呢?他的愤怒没有爆发,只是由于他不得不接受礼节的约束,事实上他已到了一触即发的地步,现在罗莎蒙德的话声终于成了导火线。她用笛子似的声调挖苦他道:

"你可以追上去,向卡苏朋夫人解释一切,说你更喜欢她啊。"

"追上去!"他勃然大怒,声音像刀子一样锋利,"你以为她会回头瞧我一眼?不论我讲什么,她还会重视我的话,不把它当一根肮脏的羽毛丢掉吗?解释!一个男人怎么能为了洗刷自己,牺牲一个女人的名誉!"

"你爱怎么讲就怎么讲,我不在乎。"罗莎蒙德说,声音抖得更厉害了。

"你以为牺牲了你,我就会获得她的谅解吗?她不是那样的女人,不会因为我承认自己卑鄙无耻,便感到得意,也不会因为我对你是假情假意,便相信我对她是真心真意。"

他像关在笼子里的野兽,看到了捕捉的目标,又无法接近它,只觉得心烦意乱,不断地来回走动。接着他又发作了:

"我看不到希望,我也不指望得到美好的前途,但是有一点我是肯定的,那就是她信任我。不论人们怎么讲我,怎么对待我,但她相信我。现在这一切都完了!我在她眼里已经什么也不是,只是一个无耻的小人——我没有力量攀登天堂,便用奉承来弄虚作假,还偷偷把自己的灵魂出卖给魔鬼。她会把我看作是对她的侮辱,从我们第一次⋯⋯"

威尔突然住口了,仿佛发现他抓到的武器是不能扔出去,不能砸碎的。于是他从罗莎蒙德的话中又挑出了另一个发泄怒火的缺口,似乎这些话才是应该给掐死后丢掉的癞蛤蟆。

"解释!叫一个男人去解释他怎样落进地狱!说明他喜欢的是谁!在她面前,我从来不存在喜欢不喜欢的问题,她对我就像呼吸一样不可缺少。我宁愿握住她的手死去,也不愿握住别的女人的手活着。"

这些话像毒箭一样射向罗莎蒙德,使她几乎不再意识到自己的存在,仿佛陷入了一个可怕的梦境。在利德盖特大发雷霆的时候,她那种坚不认错的冷漠态度,那副默不作声、心安理得的神气,都不知去向了。她的全部感觉变成了一种无所适从、迷惑不解的痛苦,在她从未经历过的鞭击面前,她战战兢兢,觳觫不安。她感到,有一种与她的天性格格不入的东西,像一团火似的在刺进她的意识中。到威尔把话讲完的时候,她像生了一场病,变得那么可怜,她的嘴唇苍白,眼睛没有神,但是也没有眼泪。如果这时站在她对面的是泰第乌斯,她这副可怜相会使他感到不忍,于是俯下身子安慰她,他那强壮的手臂的拥抱,在她眼中常常是十分廉价的。

让我们宽恕威尔没有这种怜悯的行动吧。他没有对这个女人承担过义务,但她毁坏了他生活中宝贵的理想,而他认为自己并没有过错。他知道他是残忍的,但他现在还没有悔罪的愿望。

他的话讲完了,但他仍在走来走去,心还没有完全平静,罗莎蒙德坐在那儿,一动不动。最后,威尔好像突然清醒了,拿起了帽子,但仍有些犹豫,站了一会儿。他刚才对她的态度,使他觉得连一句普通的应酬话也难以出口;但现在到了离开的时候,一言不发,一走了事,又未免不合情理,这使他站在那里,不能举步,对自己的愤怒也产生了矛盾心理。他走到壁炉架前,把一条胳臂靠在那里,默默等待着——他自己也不明白等待什么。报复的怒火仍在他心中燃烧,他不能收回他的话;然而他并没有忘记,在他回到他享受过脉脉温情的这个炉边的时候,他却发现这儿潜伏着灾难;他突然意识到,烦恼不仅在这个家以外,也在这个家以内存在着。不祥的预兆像一把铁钳在慢慢向他逼近,他看到,他的生命可能给这个绝望的女人征服,她在彷徨无依、凄凉寂寞中,投进了他的怀抱。但是他在苦闷中挣扎,他不能接受敏锐的知觉预示给他的事实,当他的眼睛落在罗莎蒙德那张憔悴的脸上时,他只觉得他是两个人中更可怜的一个,因为痛苦只有在回忆的光辉照耀下,获得新的生命之后,才能转化为同情。

这样,他们脸对着脸,离得远远的,在沉默中度过了许多时候。威尔的脸色还充满着无声的愤怒,罗莎蒙德脸上则笼罩着无声的忧郁。这个可怜的女人再也没有力量用激烈的话回答他,倾注着她全部希望的憧憬已成了可怕的幻影,这个打击使她彻底垮了,她的小天地只剩了一堆废墟,她觉得自己像一个无家可归的幽灵,在那里彷徨。

威尔希望她开口,冲淡一些他的发言的残忍气息,这些话似乎目光炯炯地注视着他们,对他们恢复友谊的任何企图在发出嘲笑。但是她什么也没说,最后,他拼命克制着自己,说道:"今天晚上我还要来拜望利德盖特吗?"

"你自己看吧。"罗莎蒙德回答,声音低得几乎听不到。

于是威尔走出了屋子,玛撒还根本不知道他在这里。

他走以后,罗莎蒙德挣扎着从椅上站起来,但又无力地倒回了椅中。等她镇静以后,她觉得精疲力尽,全身软绵绵的,不能起立按铃,只得照旧坐在那儿,直到女用人老是不见她的人影,感到奇怪,才第一次想到在楼下的各个房间中寻找。罗莎蒙德说,她突然觉得不舒服,浑身乏力,要她扶她上楼。到了楼上,她没脱衣服,便倒在床上睡了,这时她显然什么知觉也没有,跟以前那难忘的忧郁的一天差不多。

利德盖特回来比预计的早,大约五点半就到家了。他发现她躺在床上病了,这使他再也顾不到其他一切。他替她按脉时,她目不转睛望着他,仿佛他在身边使她感到欣慰似的,这已是好久没有的事了。他一下子发觉了这种变化,在她旁边坐下,把胳臂轻轻伸到她的头下,俯下身子说道:"我可怜的罗莎蒙德!是不是有什么事使你不安?"她拉住他,发出了歇斯底里的哽咽声,哭个不住,他只得什么也不做,足足安慰和陪伴了她一个钟头。他想象多萝西娅已来看过她,这次访问给了她新的印象,使她感到激动,这才引起了她精神上的这一切反应,她对他态度的新转变显然也来源于此。

第七十九章

> 这时我在梦中看到,他们刚结束他们的谈话,已来到一片沼泽前面,它位在平原的中央。他们没有留心,于是两人突然都掉进了泥坑。这沼泽名叫绝望。
>
> ——班扬①

等罗莎蒙德安静以后,利德盖特走了。她已服过镇静剂,不久即能入睡。他下了楼,走进客厅,取一本他放在那儿的书,打算在工作室度过这个晚上。他看到了茶几上多萝西娅留给他的信。他刚才没敢问罗莎蒙德,卡苏朋夫人来过没有。看过信以后,他知道了事实,因为多萝西娅提到,这封信是她亲自带交的。

过了一会儿,威尔·拉迪斯拉夫来了,利德盖特见了他,有些感到意外,这使威尔明白,他还不知道他白天来访的事,但威尔不便说:"利德盖特太太没有告诉你,我早上来过吗?"

"不幸罗莎蒙德病了。"利德盖特问候以后,立即说道。

"我想,不致病得太重吧?"威尔问。

"是的,只是神经受了点刺激,心情有些激动。近来她精神上太紧张了。事情是这样的,拉迪斯拉夫,我是个倒霉鬼。从你走后,我们真是出生入死,吃了不少苦,最近刚有点好转,又出了更大的乱子。我看你风尘仆仆的样子,大概刚到不久,你在城里可能还没听到什么。"

"我在车上过了一夜,今天早上八点才到达白鹿旅馆。我一直关在屋里休息。"威尔说,觉得自己在胡言乱语,但一时又找不到其他借口。

于是他又听利德盖特讲了一遍他的灾难,这些事罗莎蒙德刚才已以她自己的方式叙述过。只是她没有提到,威尔的名字也牵涉在那些谣言中,因为这一点与她并无直接关系,现在他才第一次听到。

---

① 引自班扬的著名小说《天路历程》。关于班扬及《天路历程》,见本书三十五页注①。

"我想还是告诉你的好,在败露的秘密中,你的名字也给牵涉在内了,"利德盖特说,他比许多人更清楚,拉迪斯拉夫知道这消息,会多么生气,"只要你在城里走走,肯定会听到这些闲言闲语。我猜想,拉弗尔斯对你说的话是真的。"

"是的,"威尔用嘲笑的口气答道,"在整个事件中,我没给说成最不光彩的角色,那已算是造化了。我猜得到,这些谣言的最新说法一定是:我跟拉弗尔斯一起策划,想谋害布尔斯特罗德,我从米德尔马契逃走的原因就在这里。"

他心里在想:"这么一来,她一定觉得我的名字更加不堪入耳了,不过现在,这一切又算得了什么呢?"

但是布尔斯特罗德对他的提议,他一句没讲。在有关个人问题上,威尔十分坦率,毫不在乎,但是大自然塑造他的时候,运用细腻的手法,赋予了他体贴入微的宽大胸怀,使他在这一点上保持警惕,避而不谈。他不愿在这个时候,提到他谢绝过布尔斯特罗德的钱,因为他刚才知道,利德盖特的不幸正在于他接受了他的钱。

利德盖特也不是无话不谈的,他也有所保留。他没有提到在这场灾难中,罗莎蒙德的态度;关于多萝西娅,他只是说:"唯有卡苏朋夫人挺身而出,表示她不相信任何对我的怀疑。"发现威尔的脸有些异样,他马上避免再提到她,觉得他们的关系,他不太了解,他的话难免触及他们一些隐秘的烦恼。他还隐隐感到,多萝西娅是威尔这次重游米德尔马契的真正原因。

两人彼此怜悯,但是只有威尔才能猜到,他的朋友的痛苦有多大。利德盖特怀着无可奈何的绝望心情,谈到他打算迁居伦敦,最后勉强笑了笑,说道:"老伙计,我们又可以跟你朝夕相处啦。"威尔听了,心里说不出地悲伤,什么也没回答。今天早上,罗莎蒙德还要求他敦促利德盖特采取这一步骤,现在他觉得,仿佛他在一面魔镜中看到了自己的未来,看到他怎样经不起环境的小小诱惑,陷进了一个没有欢乐的天地,那已是一则沉沦的普通故事,不是什么一时的失足了。

如果我们消极地对待自己的未来,随波逐流,让人牵着鼻子,走上无所作为的歧途,追逐廉价的成功,那么我们便到达了危险的边缘。可怜的利德盖特内心充满苦闷,站在这边缘上,而威尔正在走向这边缘。他在这个晚上感到,似乎他对罗莎蒙德疾言厉色的粗暴作风,使他负担了一种义务,他害怕这义务,他还怕利德盖特那种毫不怀疑的友善态度,又怕自己庸庸碌碌虚度一生,终于落得一事无成,后悔莫及。

第八十章

> 你是严峻的立法者,
> 然而你与上帝一样宽厚仁慈。
> 世上一切美好的事物,
> 都不如你的笑容可亲。
> 鲜花在你面前盛开,
> 清香在你周围缭绕。
> 你使星辰保持正常运行,
> 你也使天道万古长青,永不衰老。
>
> ——华兹华斯:《责任颂》[①]

多萝西娅早上会见费厄布拉泽先生时,曾答应从弗雷什特回家后,到牧师府用膳。她和费厄布拉泽家是时常来往的,这使她可以说,她在庄园上一点也不孤单,因此别人再三劝她雇一位妇女做伴,她暂时都不予考虑。她回到家中,想起了约会,觉得很高兴。看到离穿戴整齐前去践约的时间,还有一个钟头,她决定先到学校走一趟。她跟校长和女教师谈了谈新钟,还兴致勃勃,听他们讲些无关紧要的小事,尽管这些事她已听过不少次。这一切使她感到兴奋,仿佛她的生活十分忙碌。回家的路上,她遇到老园丁本尼在园子里下种子,又跟他闲话家常。这位田园圣哲对园艺发表了许多精辟见解,认为只要有一小块土地,就可以取得大量收获,这是他六十年跟土地打交道的经验总结,当然,土壤得

[①] 《责任颂》是华兹华斯的著名诗篇之一,它强调责任来自良心,是人的行为指导,应对人起制约作用。这里引用的是它的第六节,所谓"立法者"即指责任。

肥沃,如果它太潮湿,成了一团泥浆,那就……

她发现这些社会活动占用了她过多的时间,便赶紧回家,换了衣服,来到牧师府,但实际还早了一些。在那里是绝对不会沉闷的,费厄布拉泽先生像另一个塞尔本的怀特[1],关于他饲养的小动物,他每天都有新发现可以奉告;它们处在他的卵翼下,他也时常教育孩子们不可欺侮它们。近来他又养了一对美丽的山羊,它们在村里自由徜徉,成了天之骄子,不可侵犯的神畜。整个晚上,直到喝茶以后,都在谈笑风生中过去,多萝西娅讲话也比平时多,她跟费厄布拉泽先生在讨论,生物利用触角进行简单对话的可能性,以及议会改革后可能采取的方针。这时突然传来了小动物的低叫声,引起了大家的注意。

"亨利埃塔·诺布尔,"费厄布拉泽老太太说,看到她那位瘦小的妹妹在椅子脚下,手忙脚乱地摸来摸去,"怎么回事?"

"我的玳瑁药匣丢了。恐怕是小猫把它弄到哪里去了。"小老太婆说,仍不自觉地在嘟哝,声音像海狸叫。

"姨妈,这东西这么宝贵不成?"费厄布拉泽先生说,戴上眼镜,在地毯上东张西望。

"那是拉迪斯拉夫先生送给我的,"诺布尔小姐说,"是德国货,非常精致,但是它一旦掉到地上,就会滚得不知去向。"

"哦,如果那是拉迪斯拉夫的礼物……"费厄布拉泽先生说,那声调表示他完全理解这种心情。他站起身子,帮她寻找。药匣终于找到了,它掉在碗碟柜下面,诺布尔小姐高兴得什么似的,把它抓在手里,说道:"上一次是掉在壁炉的围栏下面。"

"它对我的姨妈说来,是一个感情问题。"费厄布拉泽先生道,朝多萝西娅笑笑,一边重新坐下。

"亨利埃塔·诺布尔一旦对什么人产生了感情,卡苏朋夫人,"他的母亲郑重其事地说道,"她就像一只狗,要把他们的靴子当枕头,这才睡得安稳呢。"

---

[1] 吉尔伯特·怀特(1720—1793),英国牧师,出生在塞尔本(在汉普郡),终生在家乡当牧师,不愿离开。业余从事自然科学和动植物研究,写有不少著作,成为著名的自然科学家。

"如果是拉迪斯拉夫先生的靴子,我确实愿意。"亨利埃塔·诺布尔说。

多萝西娅想用微笑来回答,但她感到惊讶和困惑,发现她的心跳得厉害,早上的激动又恢复了,这使她怎么也不能笑。她为自己担心,深怕这种明显的变化败露机关,赶紧站起身来,露出并非伪装的焦急心情,用低低的声音说道:"我必须走了,我已经过于疲劳。"

费厄布拉泽先生立即想起了这点,站起来说:"确实是的,你为利德盖特奔走,一定花了不少精神。这种活动要在兴奋过去以后,才会意识得到。"

他让她挽着他的胳膊,送她回公馆,但一路上,多萝西娅什么话也不想讲,甚至在他向她道晚安时,也没开口。

抵制的极限到了,她无可奈何,重又陷入了躲避不开的苦恼中。她轻轻说了几句话,把坦特莉普打发走,锁上房门,转过身体,对着空荡荡的屋子,举起双手,紧紧按住头顶,发出了一声长叹:

"呀,我曾经多么爱他!"

接着,痛苦的暗流冲击着她的心灵,滚过她的全身,使她失去了任何思索的能力。她只得在呜呜咽咽的饮泣声中自言自语,独自啼哭——她为她失去的信心啼哭,早在罗马的日子里,她就怀着信心播下了一颗小小的种子,它在她的栽培和灌溉下活了下来,可是现在她所信任的这颗种子枯死了;她为她失去的欢乐啼哭,这个人一直遭到别人的歧视,她却对他另眼相看,怀着默默的爱和信任依恋着他,可是现在这个人对她说来不再存在了;她啼哭,因为她一直相信,她在他的记忆中占据着主导地位,可是现在这种女性的自豪感化成了泡影;她啼哭,因为她失去了希望,失去了甜蜜的模糊的前景,从此哪怕他们在街头相遇,也如同陌路,再也不会历历在目地回忆起从前的一切了。

在这段时间里,她经历了世世代代以来,孤独用它仁慈的眼睛在人的内心斗争中看到的一切。她祈求坚强、冷酷和伤心的厌倦给她带来拯救,让她摆脱苦恼,从神秘的、无形的压力下解放出来。她躺在不铺地毯的地板上,听任深夜逐渐加重的寒气包围着她,她那美好的女性的形体随着她的啜泣在抽搐,与一个无依无靠的孩子差不多。

她觉得,仿佛她的心给两个幻影,两个活的人形,撕成了两半,就像一个母亲看到自己的孩子给剑劈成两半时的感觉一样,她把那鲜血淋漓的一半捧在胸口,悲痛欲绝,但是只得眼睁睁望着那另一半给一个虚伪的女人,一个从来不理解母亲的悲痛的女人抢走。

有时,仿佛那会心的微笑就在眼前,那震动心弦的谈话声就在耳旁,她又看到了那个光辉的、她所信任的形象,他曾经像清新的晨光,照进了她作为一个奄奄一息的新娘所居住的洞穴。现在她怀着从未有过的清醒意识,向他伸出双手,痛苦地呼号着,为他们的接近即将成为过眼云烟而啼泣。她从无所顾忌地吐露的失望中,发现了自己的感情。

有时,她又看到,不论她走向哪里,在远处有一个影子总是追随着她,这就是那个负心的威尔·拉迪斯拉夫,那个消失了的希望,那个破灭了的幻想,不,一个活生生的人,一个再也无法给予怜悯和同情的人,她对他只剩了轻蔑、愤怒,她的自尊心受到了伤害,她感到嫉妒。多萝西娅的怒火是不容易消失的,它一再爆发,形成间歇性的蔑视和谴责。为什么他要闯进她的生活,那本来完整无缺的生活?为什么他要向她这个没有卑鄙的事物可以与他交换的人,呈上他那种廉价的关怀,那些虚伪的甜言蜜语?他明知他在欺骗她,但到了临别的时刻,还希望她相信,他为她的心付出了他所有的一切,其实他知道,他的一切早已残缺不全。世界上有些人,她对他们一无所求,但求他们不要太不顾廉耻,为什么他不跟他们待在一起,偏要挤到她的身边来?

但是最后,她连自言自语的哭诉和啼泣也没有力气了,只是无可奈何地抽噎着,倒在冰凉的地板上慢慢睡熟了。

在晨光熹微,寒气逼人的时刻,周围的一切还朦朦胧胧,她醒来了。她对自己躺在哪里,发生了什么,毫不在意,一点也不惊讶,只是清楚地意识到,她的面前只剩下了一片忧郁。她站起来,用暖和的衣服把身子裹得紧紧的,坐在一张大扶手椅上,那是她常常坐着出神的地方。她还精力充沛,经过了这难熬的一夜,并不觉得身体垮了,只是有些头痛和疲乏。但是她醒来的时候,已进入了一个新的境界,她觉得,她的心灵似乎摆脱了那可怕的矛盾,她不必再跟忧郁搏斗,只是和它坐在一起,仿佛那是她的挚友,她可以跟它促膝谈心似的。因为现在各种思想正纷至沓来,涌向她的心头。在猝然发作的感情过去之后,仍把自己关闭在苦难的斗室中,闷闷不乐,胡思乱想,只看到自己的灾害,看不到别人的不幸,这是不符合多萝西娅的个性的。

现在她又把昨天上午的事,从头至尾回忆了一遍,迫使自己思考它的每一个细节,以及它们可能的意义。难道那一幕只涉及她一个人?只是她个人的遭遇吗?她觉得她必须想到,这是跟另一个女人的生活联系在一起的,这个女人年纪轻轻已受尽磨难,她出门的时候,正是要给她阴暗的日子带去一线光明和希望。在嫉妒的怒火第一次爆发的时候,在她离开那讨厌的屋子时,她已把进行这次访问所怀抱的一切仁慈宗旨,统统丢诸脑后了。她一怒之下,向威尔和罗莎蒙德两人都投出了轻蔑的烈焰,仿佛要把罗莎蒙德烧成灰烬,让她永远从她眼前消失。但那是一种不公正的冲动,它使一个女人对她的情敌比对不忠实的情人更加残酷,现在,当多萝西娅重新回顾这经历的时候,它对她已失去了力量,正义又在她心头恢复了统治权,控制了混乱的思想,指明了对待事物的正确态度。原来活跃在她想象中的利德盖特的坎坷遭遇重又出现了,这对年轻人的婚姻看来正如她自己的婚姻一样,包含着潜在的和明显的不幸,这一切促使她以同情的态度,设身处地为他们着想,这是一股不以她的意志为转移的力量,正如我们一旦知道了什么,就不可能再像不知道的时候那样,用原来的眼光看待一切。她向她无法弥补的忧郁说道,它应该提高她帮助别人的决心,不是把她从这种努力中拉开。

而且这对那三个生命可能具有多么严重的意义呀?她跟他们的接触,已使她负担了一项义务,似乎他们有神圣的权利要求她的援助。这些拯救的目标并非来自她的幻想,那是客观条件决定的。她向往绝对的正义,要求它主宰她的心灵,指导她迷惘的意志。"我应该怎么办?我现在该如何是好?我必须今天就克制自己的痛苦,不让它再度作祟,我得考虑那三个人!"

她思前想后,想了好久,才提出这个问题,这时曙光已射进了屋子。她拉开窗帘,眺望着大门外隐约可见的一段道路,路那边便是田野。路上有一个背着包袱的男人,还有一个抱着孩子的女人。在田野上,她可以望见一些移动的身影,也许那是牧羊人和他的狗。远处弯弯的天边出现了鱼肚白,她感到世界是如此广阔,人们正在纷纷醒来,迎接劳动和苦难。她便是那不由自主的、汹涌向前的生活的一部分,她不能躲在奢华的小天地里,仅仅做一个旁观者,也不能让个人的痛苦遮住自己的眼睛,看不到其他一切。

那天她决定要做什么,她自己还不太清楚,但她一定会完成一些事,这思想激励着她,它像来自远方的声音,眼前还很模糊,但随着它的临近,就会逐渐变得清晰。她仿佛要丢掉困扰在她心头的倦意,丢下了裹在身上的衣服,开始梳妆打扮了。接着她打了铃,坦特莉普来了,她还穿着睡衣。

"怎么,夫人,您一夜都没睡呀!"坦特莉普喊道,先看看床,又看看多萝西娅的脸,虽然她已洗过澡,脸色仍显得苍白,眼睑红红的,像一位悲哀的母亲①。"您这样下去要伤身体的,真的。您现在应该寻些快活才是,大家都这么说呢。"

"不要大惊小怪,坦特莉普,"多萝西娅笑道,"我睡过了,我也没有病。我想喝一杯咖啡,越快越好。我还要你把我的新衣服拿来,说不定我今天还要戴新帽子呢。"

"它们已经做好一个多月了,您早应该想起它们啦。要是您不再戴黑纱,换一顶两英镑的帽子,那我见了,不知该多么高兴呢。"坦特莉普说,一边俯下身子生火,"服丧也得有个分寸,我是常常这么说的。在裙子上做三道褶边,帽子上加一块朴素的网眼花边——您戴上那种网眼花边漂亮极了,简直像个天使——这在第二年完全够了。至少我是这么想的,"坦特莉普最后说,焦急地望着炉火,"要是哪个男人跟我结婚,指望在他死后,我替他戴两年这种讨厌的黑纱,那他是痴心妄想,我不会满足他的虚荣心,这就是我要说的。"

"火就这样可以了,我的好坦特,"多萝西娅说,她跟她讲话还像过去在洛桑的时候一样,只是现在声音很轻罢了,"快给我拿咖啡。"

她合抱着双手,坐在大扶手椅里,头靠在椅背上,似乎正在安详地

---

① 原意是指圣母马利亚在十字架下抱着耶稣尸体恸哭的形象。

休息。坦特莉普一边去给她端咖啡,一边心里纳闷,不明白她的年轻夫人为什么有这种矛盾的怪现象,因为正是今天早晨,她的脸色特别像一个寡妇,可她偏偏今天要穿以前一直不肯穿的轻丧服。这个秘密,坦特莉普是永远不会了解的。多萝西娅想使自己相信,她并没有由于埋葬了隐秘的欢乐,便对生活丧失信心;传统的观念总认为,新的衣服标志着新的开端,她想起这点,于是也企图借助于这种外表上的细小改变,促进她内心的决定。因为这个决定是不容易的。

不管怎样,到了十一点钟,她已在向米德尔马契走去。她下定决心,要尽可能若无其事,不引起任何人的注意,实现她第二次探望和拯救罗莎蒙德的意图。

第八十一章

> 大地在昨夜毫无变动,
> 如今在我脚下重又苏醒,
> 开始用欢乐将我包围,
> 鼓舞和唤起我坚强的决心,
> 力争使生命得到充分发挥。
>
> ——《浮士德》第二部①

多萝西娅又出现在利德盖特家门口,她跟玛撒说话时,主人正在附近一间屋里开了门准备外出。听到她的声音,他立即走了出来。

"今天早上你的太太能接见我吗?"她问,心想最好还是不必提起上次的访问。

"我想她一定欢迎你的到来,"利德盖特说,发觉多萝西娅的脸色正如罗莎蒙德的一样,有了很大变化,但竭力掩饰这种想法,"请进屋吧,让我通知她,你在这儿。你昨天来过以后,她身体不太舒服,但今天早上好些了,我想,她再见到你,一定会很高兴。"

---

① 引文见该部第一幕第一场。

十分清楚,正如多萝西娅所预料的,利德盖特并不知道,她昨天的拜访很不顺利;不仅如此,他似乎还以为,她一切都是按原来的意图进行的。她已准备好一张便条,要求罗莎蒙德接见她,要是利德盖特不在,她会把它交给仆人,现在由他去通知她,她不免担心,不知结果如何。

利德盖特陪她走进客厅以后,从口袋里取出一封信,交给了她,说道:"这是我昨天夜里写的,我本来预备路过洛伊克时亲自带上的。一个人过于感激,不是普通说一声谢谢就成的时候,写信往往比说话更能满足需要,至少他可以不致听到,那些话多么词不达意。"

多萝西娅的脸色发亮了。"真正应该感谢的还是我,因为你让我承担了这个责任。那么你已同意了?"她说,突然有些怀疑了。

"是的,支票今天就送交布尔斯特罗德。"

他没有再说什么,便上楼通知罗莎蒙德了。后者穿好衣服不久,一直懒洋洋地坐在椅上,不知接着该干什么。她习惯于做一些小事,哪怕在伤心的日子也不例外,于是她拿起针线活,慢条斯理地缝着,有时又没精打采地停一会儿。她的脸色很难看,但神态已恢复正常,十分安静,利德盖特不敢用任何问题打扰她。他已告诉过她,多萝西娅在信中附了一张支票,后来又说:"拉迪斯拉夫来了,罗莎。昨天夜里他跟我坐了一会儿,我想他今天会再来。我觉得,他的神色有些颓丧,好像不大高兴。"罗莎蒙德没有回答什么。

现在他又上楼来,非常温柔地对她说:"罗莎,亲爱的,卡苏朋夫人又来看你了,你一定高兴见她,是不是?"她的脸色蓦地红了,身子还颤动了一下,但由于这是在昨天的会见引起的激动之后,他并没有感到诧异——他认为,那激动是内疚的表现,正因为这样,她才改变了对他的态度呢。

罗莎蒙德不敢说不见。她不敢让自己的声音接触昨天的事实。为什么卡苏朋夫人又来了?罗莎蒙德找不到答案,这使她只能感到恐惧,因为威尔·拉迪斯拉夫那些针刺一般的话,使她一想起多萝西娅,便心如刀割。也许她面对着新的耻辱,但是她不敢反抗,她只能顺从。她没有说是,但是她站了起来,让利德盖特把一块薄薄的围巾披在她的肩上,这时他说:"我马上得出门了。"她心中突然掠过一个想法,使她不禁说道:"请你告诉玛撒,不要让任何人走进会客厅。"利德盖特答应了,认为他充分理解这个愿望。他领她下楼,到了客厅门口,随即转身走了,对自己说,他实在是一个无能的丈夫,为了得到妻子的信任,竟然要依靠另一个女子做中间人。

罗莎蒙德走向多萝西娅的时候,不仅用柔软的围巾把身体裹得紧紧的,还用冷漠的缄默把心灵裹得紧紧的。卡苏朋夫人是要跟她谈威尔的事吧?如果这样,那么罗莎蒙德完全有权对她置之不理。她作好了准备,打算用彬彬有礼又冷若冰霜的态度对待对方的每一句话。威尔使她的自尊心受到了严重的伤害,她对他和多萝西娅再也谈不到什么良心的谴责,她遭受的屈辱大得多。多萝西娅不仅是他的"意中人",而且是利德盖特的恩人,因而占有绝对的优势。可怜的罗莎蒙德心情痛苦而混乱,在她的想象中,这个卡苏朋夫人,这个在各方面都凌驾于她之上的女人,现在来找她,一定不怀好意,是要运用她的优势向她示威。确实,不仅罗莎蒙德,任何人,凡是只知道事件的表面现象,不了解促使多萝西娅采取这行动的纯朴动机的,都可能对她的前来发出疑问。

罗莎蒙德像一个可爱的幽灵,细长苗条的身材裹在柔软的白围巾中,圆鼓鼓的婴孩嘴唇和面颊,必然给人以温和、天真的感觉。她站在离她客人三码远的地方,弯了弯腰。但是多萝西娅迎了上去,她脸色开朗,有些忧郁,然而和蔼可亲,她向罗莎蒙德伸出了手,她的手套已经摘掉,每逢她需要感到自由的时候,她总是情不自禁地这么做。罗莎蒙德不能避开她的目光,也不能不把小手伸向多萝西娅,后者带着母亲般的慈祥紧紧握住了它。于是一种对自己的偏见的怀疑,立即在罗莎蒙德心头开始蠢动了。她的眼睛对人的表情是敏感的,她看到卡苏朋夫人的脸色有些苍白,跟昨天判然不同,然而显得温和,与她那柔软而坚定的手相似。但是多萝西娅把自我克制能力估计得太大了,今天早上她那开朗而强烈的精神活动,只是神经亢奋的继续,这使她的心理像一块精致的威尼斯水晶玻璃,具有危险的灵敏度。看到罗莎蒙德,她蓦地觉得她的心在膨胀,她说不出话,只得把全部力量用在忍住她的眼泪上。她做到了这点,她没有哭,只是脸上闪过了一丝悲痛的影子。但是这加深了罗莎蒙德的印象,使她更意识到,卡苏朋夫人的心情跟她所想象的,应该有相当大的差别。

这样,她们没有说一句开场白,便在两张椅子上坐下了,椅子正好就在她们旁边,而且彼此靠得很近,尽管罗莎蒙德起先在鞠躬的时候,只打算跟卡苏朋夫人坐得远远的。现在她不再捉摸这究竟是怎么回事,只是怀着好奇心等待着。多萝西娅开始说话了,她讲得相当单纯,但口气慢慢变得坚定了。

"我昨天有个使命还没有完成,所以今天马上又来了。我想,如果我是来告诉你,利德盖特先生受到了不公正的待遇,你对我是不会感到太讨厌的。有许多事,他自己不愿讲,因为这会显得是在替自己辩白,是自我吹嘘,但是如果你能知道这一切,你是一定会感到高兴的,难道不是这样吗?如果你知道,你的丈夫也有热心的朋友,他们对他的高尚性格并没有失去信心,你一定会高兴吧?你愿意听我讲,不致认为我太冒昧吧?"

这热诚而恳切的声调,显得那么宽宏大量,似乎把罗莎蒙德耿耿于怀的一切事实,那构成她和这个女人之间的隔阂和仇视的一切事实,都丢在一边了,它像一股暖流,冲走了她惶惶不安的疑惧,给她带来了安慰。当然,卡苏朋夫人没有忘记那些事实,但是她不想提到跟它们有关的任何话。这种宽慰对罗莎蒙德真是太重要了,她沉浸在这中间,一时几乎失去了其他感觉。她的心情又舒坦了,她用优美的音调答道:

"我知道你非常好。关于泰第乌斯,你讲的任何话,我都是愿意听的。"

"前天,我请他上洛伊克庄园,"多萝西娅说,"我要他对医院的事务提供一些意见,他谈到了那件不幸事故,它使不知内情的人对他产生了怀疑,他把他所做和所想的一切都告诉了我。他所以告诉我,是因为我不怕冒昧,提出了这问题。我相信他从没干过卑鄙勾当,我要求他向我谈一谈事实。他向我承认,他以前从未对任何人讲过,甚至没对你讲过,因为他不愿意说:'我没有错',这句话经常给有罪的人拿来做挡箭牌,仿佛它就是证明似的。事实上,他对这个拉弗尔斯一无所知,也不知道他有任何见不得人的隐私。他认为,布尔斯特罗德先生给他钱是出于善心,是由于以前拒绝了他,因而感到后悔。他对病人的关心,只限于怎样医治他的病,但是后果并不像他预料的那么好,这使他有些不安,但无论当时和现在,他都认为,这跟任何人的过错没有关系。我把这一切情况告诉了费厄布拉泽先生、布鲁克先生,以及詹姆士·彻泰姆爵士,他们都信任你的丈夫。那会使你愉快,是不是?那会给你带来勇气,是吗?"

多萝西娅的脸变得生气勃勃,它笑盈盈地对着近在眼前的罗莎蒙德,使后者不禁产生了一种惭愧、羞涩的感觉,在这种忘我的热情面前,她自己显得多么渺小。她涨红了脸,忸怩不安地说:"谢谢你,你对我太好了。"

"他还感到,他没有把这一切告诉你,是很错误的。但是你应该宽恕他。那是因为他把你的幸福看得比其他一切重要得多,他觉得,他的生命是跟你的联系在一起的,最使他痛苦的是,他的不幸必然给你带来损害。他能够告诉我,是因为我是一个局外人。于是我问他,我能不能来看你,因为我对他和你的痛苦十分关心。那就是我昨天来的原因,也是我今天来的原因。这痛苦是难以忍受的,是不是?我们活在世上,想到别人的痛苦,那种心如刀割的痛苦,只要我们能够帮助他们,我们怎么能袖手旁观呢?"

多萝西娅已完全处在她所说的那种情绪的支配下,忘记了一切,只知道,她要把她自己那颗苦难重重的心掏给罗莎蒙德。她的话越来越充满感情,终于那音调变得像受伤的动物从黑暗中发出的低声哀鸣,可以渗入人的心灵。她在不知不觉中,又把手按到了那只她刚才按过的小手上。

罗莎蒙德突然给悲痛压倒了,仿佛她心中的创伤又给人用针刺了一下,她再也忍耐不住,发出了歇斯底里的哭声,就像她昨天搂住丈夫痛哭一样。可怜的多萝西娅也感到,她自己的忧郁又像潮水般涌回了心头——她又想到了在罗莎蒙德的思想混乱中,威尔·拉迪斯拉夫可能起的作用。她开始担心,在这次会见中,她也许不能自始至终克制自己。虽然那只小手已经抽出,她的手仍按在罗莎蒙德膝上,她在跟自己越来越剧烈的呜咽搏斗。她努力控制自己,什么也不想,只想到这对那三个生命可能成为一个转折点,虽然她自己不在其中。是的,对她说来,一切已经不可挽回了,但是对那三个与她有关的生命,那陷入了严重的危险和悲痛,使她不能置之不问的生命,这可能是一个转折点。那个脆弱的女子在她身边哀哀啼泣,也许还来得及挽救她,使她摆脱那不能并存的错误关系,免得抱恨终生。这个时刻是不同寻常的,她和罗莎蒙德对昨天的事还记忆犹新,还心有余悸,她们不可能再怀着这样的心情来到一起。她觉得,她们的关系是如此特别,这势必对她发生强烈的影响;然而她没有想到,她自己在这件事中感情上的变化,利德盖特太太是完全理解的。

它在罗莎蒙德的经历中,构成了一种新的危机,这是多萝西娅怎么也想象不到的。她第一次受到了巨大的冲击,她那个梦想的世界破灭了,在那里,她可以理直气壮地信任自己,也可以理直气壮地批评别人,可是现在,这个女人所表现的出乎意外的奇特感情,破坏了这一切。对这个女人,罗莎蒙德本来是厌恶的,畏惧的,不愿接近的,认为她必然对她怀有嫉妒和仇恨,然而现在她的行为震动了她的灵魂,使她意识到,她正在跨进一个未知的世界,它打破了她平时的观念。

罗莎蒙德那抽搐的咽喉逐渐平静了,她移开了原来捂在脸上的手绢,她的眼睛遇到了多萝西娅的眼睛,它们像两朵蓝蓝的小花,可怜巴巴的。在这伤心的啼哭之后,考虑行动还有什么意义呢?多萝西娅的神色跟孩子差不多,无声的眼泪留下的痕迹还没有擦干。在这两个人中间,倨傲的隔阂铲除了。

"我们刚才谈到了你的丈夫,"多萝西娅说,有些胆怯似的,"我觉得,自从前些日子出事以来,他的脸色变得那么悲伤。在这以前我已有好多星期没看到他。他说,在这场灾难中,他感到非常孤独,但我认为,如果他跟你开诚布公,谈清楚一切,他会好受得多。"

"泰第乌斯发怒的时候,不论我说什么,他都不耐烦听,"罗莎蒙德说,以为他向多萝西娅埋怨过她什么,"我不愿跟他谈那些伤心的问题,他是不应该感到奇怪的。"

"不,他是责备他自己没有讲明这些事,"多萝西娅说,"他谈到你的时候只是说,他做的任何事如果使你不愉快,他也不可能愉快。他说,他的婚姻当然是他在选择一切时,必须考虑的条件。正是由于这个原因,他拒绝了我希望他继续留在医院里的建议,因为那样,他就不得不住在米德尔马契,他无法接受任何给你带来痛苦的职务。他对我那么说,因为他知道,我的结婚也给我带来了不少痛苦,这是由于我丈夫病了,它妨碍了他的计划,使他总是闷闷不乐。他也知道,我怎样时刻小心,怕伤了跟我们联系在一起的人的心,我对这有过沉痛的体会。"

多萝西娅停了一会儿,她看到一丝欢乐的影子掠过了罗莎蒙德的脸。但是她没有回答什么,于是多萝西娅讲了下去,声音逐渐有些发抖了:"婚姻是与其他一切完全不同的。它所造成的亲密关系,甚至包含着可怕的因素。哪怕我们更爱另一个人,超过了那个……那个与我们结了婚的人,那也没有用……"可怜的多萝西娅,她的心在剧烈跳动,她只能断断续续往下讲,"我是说,在那种爱情上,婚姻剥夺了我们给予或取得幸福的全部权利。我知道,那是很宝贵的……但它会扼杀我们的婚姻……我们只能保留婚姻,让它扼杀我们的幸福……于是其他一切都完了。至于我们的丈夫,如果他爱我们,信任我们,可是我们不能帮助他,只是给他的生活带来灾害……"

她的声音变得越来越低,她怕说得太多,太明显,仿佛她是一个完美的人,有权指出别人的错误似的。她沉浸在自己的忧虑中,没有发现罗莎蒙德也在哆嗦。她感到需要表示同情,而不是责备,于是她把手放到罗莎蒙德的手中,用更加激动而急促的声音说道:"我知道,我知道,感情是很宝贵的……它有时在不知不觉中左右着我们……它是那么顽强,抛弃它会比死更难受……我们往往是软弱的……我也是软弱的……"

多萝西娅要摆脱自己的忧郁,搭救别人,可是现在她自己的忧郁却像潮水一般,以不可抗拒的力量又向她冲击了。她在无声的惊悸中沉默了,但她没有哭,只是感到心仿佛给压得喘不出气。她的脸死一般地苍白,她的嘴唇在哆嗦,她的手无能为力地压在那躺在它们下面的手上。

罗莎蒙德不由自主,给一股强大的感情控制住了,它把她推上了一条新的道路,一切事物在她面前显示了新的、可怕的、还不能确切认识的面貌。她说不出话,只是不自觉地把嘴唇贴到了靠在她旁边的多萝西娅的额上,于是两个女子一时间抱在一起了,像船只失事后在海上漂流的两个遇难者。

"你所想的事不是真的。"罗莎蒙德匆匆地说,声音低得像耳语。她还感到多萝西娅的手臂围绕着她,这使她产生了一种神秘的愿望,要摆脱心头的压力,仿佛那是一桩凶杀罪,必须交代清楚。

她们分开了,互相望着。

"你昨天来的时候……那并不是像你所想的。"罗莎蒙德用同样的口气说。

多萝西娅心头一惊,集中了注意力。她希望罗莎蒙德能自己澄清一切。

"他告诉我,他怎样爱上了另一个女人,使我可以知道,他不可能爱我,"罗莎蒙德说,她的话变得越来越快,"现在我觉得他恨我,因为……因为你昨天误解了他。他说,那是由于我,你才对他产生了反感,把他当作一个虚伪的人。其实我不可能起那样的作用。他对我从没有过丝毫的爱,我知道他没有,他一直瞧不起我。他昨天对我说,他的心中除了你,没有别的女人。昨天发生的一切,责任完全在我。他说,他再也不向你解释不清了,那也是由于我。他说,你从今以后再也不会瞧得起他。现在我把一切告诉了你,他不能再责备我了。"

罗莎蒙德在激动的情绪下,吐露了心中的一切,这是她事先没有料到的。多萝西娅的热诚征服了她,她便在这种影响下开始了她的自白,而在叙述的过程中,她又逐渐意识到,她这也是在驳斥威尔的谴责,这些谴责一直像刀伤一样使她心口隐隐作痛。

在多萝西娅,情绪的反复太强烈了,已无法称作欢乐。这是一种混乱状态,在那里,黑暗和光明进行着骇人的搏斗,产生了痛苦的反作用。她明白,只有在她恢复正常,能够感觉到欢乐时,这才会成为她的欢乐。她眼前意识到的,只是无穷无尽的同情,现在她对罗莎蒙德的关怀,内心已没有什么矛盾了。她对她最后一句话作出了真诚的反应:

"是的,他不能再责备你了。"

她一向喜欢过高地估计别人的善良,现在也是这样,她从心底里感谢罗莎蒙德,认为她毫无私心,努力从痛苦中拯救她,可是并没有考虑到,这种努力只是在她自己的精神感召下出现的。

两人沉默一会儿以后,她说:

"我今天早上来找你,你不讨厌吧?"

"哪儿的话,你对我太好了,"罗莎蒙德说,"我没有想到,你会这么好。我非常不幸。我现在也并不愉快。一切都叫我这么伤心。"

"但是好日子会来的。你的丈夫会得到公正的评价。他需要你的安慰。他非常爱你。失去这个才是最大的损失,但你还没有失去它。"多萝西娅说。

她尽量把自己的宽慰丢在脑后,不让它占有她的思想,她必须集中力量争取罗莎蒙德回心转意,表明她渴望与丈夫言归于好。

"那么泰第乌斯没有责怪我吗?"罗莎蒙德问。她开始想到,利德盖特可能什么话都对卡苏朋夫人讲,她无疑与一般女人不同。也许她提出这问题,带有一点嫉妒的意味。一丝微笑掠过了多萝西娅的脸,她说道:

"没有,真的没有!你怎么能这么想呢?"但这时门开了,利德盖特走进了屋子。

"我是作为一个医生回来的,"他说,"我走后,你们两张苍白的脸一直在我头脑中徘徊,罗莎,卡苏朋夫人看来与你同样需要治疗。我总觉得,把你们丢在这里,没有尽我的责任,因此我到了考尔曼家又回头了。我看到你打算走了,卡苏朋夫人,但是天变了,很可能下雨。要不要我派个人通知你的马车来接你?"

"哦,不必了!我身体很好,我需要步行,"多萝西娅说,站起身来,脸色朝气蓬勃,"利德盖特太太和我谈了好久,时间不早,我该告辞了。人家总是说我拖拖拉拉,讲起话来没完没了。"

她向罗莎蒙德伸出了手,彼此热烈地、平静地道了再见,没有亲吻,也没有说多余的话。她们之间已经建立了真诚的友谊,用不到这些虚文缛节了。

利德盖特送她出门的时候,她没有提到罗莎蒙德,只是告诉他,费厄布拉泽先生和其他朋友都相信他讲的一切。

他回到屋里时,罗莎蒙德已坐在沙发上,显得精疲力尽,十分消沉。

"哦,罗莎,"他说,站在旁边望着她,抚摩着她的头发,"现在你见过了卡苏朋夫人,还跟她谈了这么久,你觉得她怎样?"

"我想她一定比任何人都好,"罗莎蒙德说,"她又生得那么美丽。要是你时常跑去跟她聊天,你一定会对我越来越不满,比过去更加不满!"

利德盖特听到"时常"两字,不禁大笑了。"但她不是使你减少了对我的不满吗?"

"这倒是的,"罗莎蒙德说,抬头望着他的脸,"你的眼睛没有一点神,泰第乌斯,把头发掠到后面去。"他举起又大又白的手,照她的话做了。这句简单的话表示了对他的关心,他听了多么高兴。可怜的罗莎蒙德,她那漂泊不定的幻想在历尽浩劫之后,又回到了他身边,百依百顺地走进了原来被它抛弃的住所。这住所还没有倒坍——利德盖特怀着无可奈何的哀怨,接受了他坎坷的命运。这个脆弱的女人是他自己选择的,他背上了这个包袱,要为她的一生负责。他只能背着它往前走,任劳任怨地走到底。

第八十二章

> 我的忧愁在前面,快乐在后头。
> ——莎士比亚:十四行诗①

大家知道,流亡的人是靠希望生存的,要不是万不得已,他们不愿离乡背井,漂泊异地。威尔·拉迪斯拉夫是自动离开米德尔马契的,他要回来,唯一的障碍只是他的决心而已,但决心不是钢铁长城,它只是一种心情,是随时可以与其他心情互相变换的,就像跳舞一样,有时要

---

① 这是莎士比亚十四行诗中第五十首的最后一行。

鞠躬,有时要微笑,有时又得带着文雅优美的姿势改成后退的舞步。几个月过去了,他越来越觉得,不回米德尔马契实在毫无道理,哪怕仅仅为了听到一些关于多萝西娅的消息也值得走一趟。说不定在短短几天的逗留中,机缘凑巧,他还能遇见她。总之,这是问心无愧的旅行,他没有理由为此害羞,尽管他以前曾下定决心不再回来。既然不可逾越的鸿沟已把他们隔开,他到她居住的地方走走,又有何妨。虽然她那些疑虑重重的亲戚虎视眈眈地监视着她,但随着时间的推移和气氛的改变,他们的意见会逐渐失却意义。

这时突然出现了一件事,它跟多萝西娅毫不相干,使他的米德尔马契之行成了带有慈善性质的任务。有一个在北美西部开辟移民区的新计划,引起了威尔大公无私的兴趣,但为了实现这个美好的目标,需要一笔资金,于是他心里盘算,是否值得向布尔斯特罗德要求捐助,他本来不是要接济他吗?现在何不请他用这钱赞助一项有关社会福利的计划。威尔对此本来犹豫不决,再跟那位银行家发生任何接触,都是他所深恶痛绝的,要不是他想入非非,觉得只有米德尔马契之行才能万无一失,帮助他作出正确的决定,也许这个主意早已打消了。

那便是威尔对自己说的他回来的目的。他本想把这事告诉利德盖特,跟他商量钱的问题,他还打算在停留期间,跟漂亮的罗莎蒙德一起弹琴唱歌,逗笑取乐,好好玩几个晚上。他没有忘记洛伊克牧师府的朋友们,但是牧师府离庄园公馆那么近,这就怪不得他了。他离开前,故意不上费厄布拉泽家辞行,就是出于高傲的反抗精神,免得别人造谣中伤,说他在暗中寻找机会,指望跟多萝西娅不期而遇。但是饥饿使我们只得俯首帖耳,威尔急于见到那张脸,听到那个声音,也已饿极不堪,不论是歌剧,政治家的高谈阔论,或者躲在幕后得意扬扬地为新的社论奋笔疾书,都无法消弭这种饥饿。

这样,他终于来了,一路上他满怀信心,仿佛又见到了那个熟悉的小天地中的一切,确实,他也担心,这次拜访不一定会带给他新奇的印象。但是出乎意料,他发现这个单调的世界却充满惊涛骇浪,甚至谈笑和诗意也变得惊心动魄,他的第一天访问就成了他生活中最致命的时刻。第二天早上,它留下的噩梦一直困扰着他,他坐立不安,担心着即将到来的它的后果,因此吃早饭时,他一看见里弗斯顿驿车到达,马上跑出大门,在车上占了一个位子,使他至少可以跟米德尔马契小别一天,暂时离开这个是非之地。威尔·拉迪斯拉夫正处在思想混乱的转折关头,这是生活中常有的体验,只是由于人们的判断往往肤浅而片面,才不容易看到这点。利德盖特是他衷心尊敬的朋友,现在他发现,他的处境十分艰难,他要公开向他表示同情,然而他又觉得,他应该避免再跟利德盖特保持亲密的来往,甚至接触,可是必须这么做的原因,又正好使他无法采取这一步骤。对于威尔那种敏感的人说来,性格中是没有无动于衷的中立地带的,他所遇见的一切,都会在他的感情上引起轩然大波。罗莎蒙德居然把自己的幸福寄托在他身上,这发现使他感到棘手,他对她声色俱厉的斥责,更使他回想起来,不知如何是好。他痛恨自己的残忍,他又不敢老老实实表示后悔。他必须再去见她,这友谊不能无缘无故地突然终止,何况她的不幸使他不寒而栗。所有这些时刻,他总觉得前途茫茫,看不到任何欢乐,仿佛他的双腿已给锯断,只能支着拐棍重新学步。夜里他一直在考虑,他是不是搭上驿车一走了事,但不是到里弗斯顿,是上伦敦,同时留张条子给利德盖特,随便找个借口,说明他回去的原因。然而他觉得,仿佛有一条结实的绳子缚住了他,使他不能贸然离开——现在他连想念多萝西娅的欢乐也丧失了;那个最大的希望,尽管他承认是必须抛弃的,可是依然留在他心中,而现在这希望幻灭了;这些新的创伤是他怎么也无法漠然置之的,不论他走到天涯海角,失望还是失望。

因此他的决心也只限于坐上里弗斯顿驿车而已。天还没黑,他又坐着它回来了,而且抱定决心,当天晚上就上利德盖特家登门拜访。我们知道,卢比孔河①在外表上是毫不足道的,它的重要性完全在于一些无形的情况。威尔觉得,仿佛他已不得不渡过这条小小的界河,但他在河对岸看到的不是一个帝国,只是身不由己的屈服。

但是哪怕在日常生活中,我们有时也会看到,高尚的性格可以对人

---

① 意大利境内的一条小河,在古代,它是高卢和罗马共和国的界河。恺撒自征服高卢后,即驻守那里,至公元前四十九年,恺撒与庞培争霸,便毅然渡过卢比孔河,发兵意大利,引起了内战。因此渡过卢比孔河一词,成了破釜沉舟、采取坚决行动的意思。

发挥拯救作用,自我克制的友好行动,往往包含着使人获得新生的神圣效果。如果多萝西娅经过那忧心忡忡的一夜之后,没有去探望罗莎蒙德,她仍不失为一个高尚的人,而且从谨慎一点来讲,她也许更值得称道,但是对于这天晚上七时半坐在利德盖特家炉边那三个人说来,这次探望无疑是十分重要的。

罗莎蒙德早准备着威尔的来访,她对他表现得相当冷淡,利德盖特认为这是由于她精神欠佳,至于精神欠佳的原因,他怎么也不可能想到与威尔有什么瓜葛。她静静地坐在一旁,低着头做针线,利德盖特要她靠在椅背上,休息一会儿,这是他怀着单纯的心情,间接在为她表示歉意。威尔有些尴尬,他不得不扮演这么一个角色,好像他回来后还是第一次见到罗莎蒙德,向她问好,可是他的头脑正忙于猜测,自从昨天发生那场风波以后,她的情绪怎样,这场风波像由两个狂人组成的痛苦的幻景,至今仍无情地笼罩在两人的心头。这时偏偏没有事需要利德盖特出去,但是罗莎蒙德斟好茶,威尔过去取茶时,她把一张折得小小的纸条放在茶碟里。他看到后,立即把它塞进了口袋。回到旅馆后,他不想马上打开它。罗莎蒙德写的话,也许会加深晚上的悲伤印象。然而他还是打开了它,凑在床头的烛光下开始看了。纸上只有笔迹娟秀的几句话:

我已告诉卡苏朋夫人。她对你的误会已全部消除。我告诉她,是因为她来看我,表现得非常仁慈。现在你没什么可以责备我了。我没有给你带来任何影响。

这些话的效果不完全是愉快的。他以激动的想象力思考着那些话,想到多萝西娅和罗莎蒙德之间发生的事,他觉得自己的面颊和耳朵热得火辣辣的。他不能确切知道,多萝西娅在听到对他的行动所作的解释后,她的自尊心还会留下多少创伤。在她心里,她和他的关系已发生变化,这变化是不可挽回的,它留下了永恒的伤痕。他思前想后,总觉得疑虑重重,不能安心,就像一个人在黑夜中航行,船只触了礁,虽然没有遭到灭顶之灾,但漂流到了陌生的土地上,周围一片漆黑。直到那倒霉的昨天以前——除了发生在同一间屋里,面对着同一个人的那个早已过去的、烦恼的时刻以外——他们看到的、想到的对方,都处在另一个世界中,那里阳光灿烂,照在高高的白百合花上,那里没有潜伏的邪恶,没有第三者的闯入。但是现在……多萝西娅还会在那个世界中跟他见面吗?

第八十三章

> 我们的心灵在清新的早晨醒来,
> 彼此在无忧无虑中凝视着对方;
> 因为爱情使一切变得如此可爱,
> 一间小屋就可以代替整个世界。
>
> ——多恩博士①

多萝西娅探望罗莎蒙德后已过了两夜,这两夜她睡得很香,不仅疲劳消失得无影无踪,而且浑身仿佛充满无穷无尽的力气,这就是说,她觉得力气过多,简直不知道用在哪里。昨天,她在住宅外面走了不少路,还两次拜访了牧师府。但是她从来不愿告诉任何人,她为什么要这么无缘无故地浪费自己的光阴。今天早晨,她甚至有些生闷气,觉得自己这么坐立不定,跟个孩子似的,很不像话。今天一定得换个活动方式。村子里有什么事可做呢?天哪,没有!人人都无忧无虑,丰衣足食;没有人家死了猪;这又是星期六早上,家家都在擦洗地板和台阶,学校里也没事。但是有几个问题是多萝西娅一直想弄清楚的,于是她决定集中精力,解决其中一个最严肃的问题。她在图书室里坐下,面前放着一小叠书,那是她专门挑选的,全是有关政治经济学方面的著作,她想从中寻找答案,看看怎样才能充分发挥金钱的效用,又不致危害别人,或者——事情的实质是一样的——怎样使人们得到最大的利益。这是一个重大的问题,如果她好学不倦,这无疑能使她的心恢复平静。不幸的是,她坐了整整一个钟头,思想一直开小差,最后她发现,她把句

---

① 关于多恩,见本书三七三页注①。这里引用的诗,见他的《早安》一诗。《早安》是多恩的名篇之一。

子读了两遍,头脑里还是乱糟糟的,什么都有,唯独没有书本上讲的内容。这使她束手无策。那么她是不是吩咐驾车,上蒂普顿走走?不,由于这样或那样的原因,她宁可待在洛伊克。但是必须使她那颗飘忽不定的心安顿下来。自我约束也是一种艺术,她在棕色的图书室中打转,考虑应该采取什么行动,才能制止她的思想任意闲荡。也许找一件费力的事做,这是最好的方法,这使她不得不专心致志,全力以赴。小亚细亚的地理,她由于缺乏这方面的知识,常常遭到卡苏朋先生的责备,那么研究它不是很好吗?她走到地图柜子前面,打开了一幅地图。今天早上她一定要弄清楚,帕夫勒戈尼亚①不在地中海东部沿岸,还应该确定,她本来一点不了解的喀勒布人②一定是住在黑海岸边。每逢你心不在焉的时候,地图是最好的读物,它上面尽是地名,只要你真心对待它们,它们就会构成一支美妙的乐曲。多萝西娅坐了下去,俯在地图上专心观看,咿咿唔唔地念地名,声音轻轻的,有时真像乐声一样悦耳。虽然她历尽了辛酸,她的样子仍像小女孩那么有趣,念的时候摇头摆脑的,把手指按在一个个地名上,嘴唇稍稍噘起,还不时停顿一下,用两只手捧住了头,说道:"哎哟,我的天哪!"

这跟旋转木马似的,可以没完没了地进行,但是她终于给开门声打断了,仆人通报说,诺布尔小姐要见她。

那个小老太婆,她的帽子只够得到多萝西娅的肩膀那里,她受到了热烈的欢迎,但刚一握手,便像海狸叫似的,喉咙里吱吱直响,仿佛有什么话难以出口。

"请坐,"多萝西娅说,推了张椅子给她,"是不是找我有什么事?只要我能办到的,我无不乐于从命。"

"我不坐,"诺布尔小姐说,一只手伸进她的小篮子,神经质地握住里边的什么东西,"有一个朋友在教堂院子里等着。"她的话又变得含糊不清了,下意识地把她正在摸索的东西取了出来。这是一只玳瑁小药盒,多萝西娅的脸霎地红了。

---

① 位于黑海南岸小亚细亚北部的古罗马领地。
② 古代小亚细亚的一支民族,居住在黑海旁边。

"那是拉迪斯拉夫先生,"胆怯的小女人继续道,"他怕他得罪了你,要我问一声,你肯不肯花几分钟时间见见他。"

多萝西娅没有马上回答,她突然想到,她不能在这间图书室接见他,它使她随时想起丈夫的禁令。她望望窗外。她可以出去,在户外跟他见面吗?天空阴沉沉的,树木在开始摇摆,似乎暴风雨快来了。再说,她不敢出去见他。

"见见他吧,卡苏朋夫人,"诺布尔小姐哭丧着脸道,"要不,我只得回答他不成,这会叫他多么伤心。"

"哦,我可以见他,"多萝西娅说,"你请他进屋吧。"

不这样,还能怎样呢?这时候她唯一的要求,就是见到威尔。这个希望已不可抗拒地来到她的眼前,横亘在她和其他一切事物之间。然而她想起这点,仍心跳不止,她感到害怕,她不敢想象,她居然有勇气为了他,把一切置之度外。

那个小女人带着她的口信颤颤巍巍地走了。多萝西娅站在图书室中央,让握住的双手垂在前面,她不想强作镇静,装出一副不关痛痒的庄严姿态。这时她对自己几乎什么感觉也没有,只是在琢磨,威尔心里可能怎么想,别人对他又多么冷酷。那么她对这种冷酷也承担着什么义务吗?对不公正的指责的抵制,从一开始就跟她对他的同情混合在一起,现在随着她的心情在消沉之后的重新振奋,这种抵制比以往更强烈了。"如果说我过分爱他,那么这是由于别人待他太坏了。"有一个声音从她头脑里发出,好像在向图书室中无形的人群宣述。这时门开了,她看到,威尔站在她面前。

她没有动,于是他朝她走去,脸色充满疑虑和胆怯,这是她以前从未见过的。他正处在惶惶不安的状态,他怕他的一个表情或者一句话会引起她的不满,因而重又拉大他和她的距离。多萝西娅害怕的却是她自己的感情。她似乎在呆呆地出神,这使她木然不动,甚至没把握住的双手松开,可是那双眼睛中却潜藏着一种强烈而严肃的期待。看到她没有像平时一样伸出手来,威尔在离她一码远的地方站住了,有些窘迫似的说道:"我非常感谢你接见了我。"

"我需要见你,"多萝西娅说,一时不知道还有什么别的话好讲。

她没有想到要坐下,这种女王似的接见方式,在威尔心中引起了不愉快的解释。但是他继续讲着他决心讲的话。

"也许你会认为,我这么快跑回来是愚蠢的,甚至错误的。我已为我的不安分受到了惩罚。我父母的凄凉身世,现在每个人都知道了,你当然也知道。我离开以前就知道这事,我一直打算,如果……如果我们再见面的话,我要把它告诉你。"

多萝西娅似乎哆嗦了一下,她松开了双手,但随即又把它们合在一起了。

"但现在这事成了人们议论的题目,"威尔继续道,"还有一件跟这有关的事,我也希望让你知道,它发生在我离开以前,也正是它使我重又回到了这里。至少我认为,这可以作为我回来的理由。那就是我想要求布尔斯特罗德为一件公益事业捐一笔钱,这些钱他本来是打算给我的。也许这是布尔斯特罗德的好心,他要为我以前受到的损失,暗中提供一些赔偿,他提议按期给我一笔丰厚的补贴,将功折罪。但是也许你已经知道这件不愉快的事吧?"

威尔怀疑地望着多萝西娅,但是他的神态中逐渐出现了一种蔑视一切的勇气,这是他每次想到一生中这一遭遇时,都会出现的心情。他又道:"你知道,这对我必然是十分痛苦的。"

"是的……是的……我知道。"多萝西娅赶紧说。

"我不想接受这样得来的钱。我知道,如果我接受了,你就不会再瞧得起我了,"威尔说。现在他还有什么不能对她讲的呢?她知道他已向她承认他爱她,"我感到……"但说到这里,他还是停了。

"你的行为正如我所希望的一样。"多萝西娅说,脸色开朗了,头也从那美丽的脖颈上抬起了一点。

"我相信,不论我的出身怎样,你不会对我怀有偏见,尽管别人肯定都会这样。"威尔说,又按照过去的习惯,把头向后一仰,带着严肃的呼吁的神色,望着她的眼睛。

"如果这是一种新的压力,那么这只能成为我同情你的新的理由,"多萝西娅热情洋溢地说,"什么也不能使我改变,除非……"她的心在膨胀,使她几乎讲不下去,她尽力克制自己,然后用颤抖的轻轻的声音继续道:"除非我发现你并不像我想象的那样……并不像我相信的那么好。"

"除了一点,你显然在一切方面都把我想得太好了,"威尔说,她对他的一片真心,使他不再约束自己的感情,"那一点就是我对你的忠诚。每当我想起你怀疑这点时,其余一切都变得无足轻重。我只觉得一切都完了,没有什么再值得争取,生活似乎只是受苦罢了。"

"我已经不再怀疑你。"多萝西娅说,伸出了手。一种隐隐为他担忧的心情,使她迸发了难以表达的同情。

他握住她的手,把它举到唇边,发出了哽咽似的声音。但他依然站着,用另一只手握住帽子和手套,那副样子活像一个觐见女王的贵族。自动松手是很困难的,多萝西娅有些不好意思,抽回了手,这使她有些伤心,她望了望窗外,走开了。

"瞧,天变得多么暗,树木给风吹得摇摆不定。"她说,一边走向窗口,然而有些心不在焉,对自己的谈话和行动并无明确的意识。

威尔跟着她,保持着小小的距离。他靠在一张皮椅的高椅背上,现在终于可以把帽子和手套放在椅上,摆脱难受的拘谨姿势了,在多萝西娅面前,他还是第一次受这种罪。必须承认,他靠在椅上的这个时刻,心情非常舒畅。目前他已不太担心她对他的反应。

他们静静站着,没有彼此看一眼,只是望着窗外的树木,树木在风中摇曳不定,天空在逐渐变暗,在它的衬托下,树叶的反面显得有些苍白。威尔从没对暴风雨的前景如此神往,它使他不必立即离开。树叶和小树枝给吹到了地上,雷声正自远而近。光线变得越来越阴沉,但闪电蓦地一亮,他们吃了一惊,互相瞧了一眼,随即笑了。多萝西娅开始谈到了自己的想法。

"你说没有什么再值得你争取,这是不对的。如果我们失去了自己最主要的幸福,那么别人的幸福还在,那也是值得争取的。有些人会因此得到益处。在我最伤心的时刻,这点似乎特别清楚。要不是这种情绪帮助了我,使我增添了力量,我真不知道怎么度过那些苦闷的时刻。"

"你从没感到过我所感到的痛苦,"威尔说,"那种知道你必然要轻视我的痛苦。"

"但我感到的更坏,我不能容忍那种诬陷……"多萝西娅迫不及待地说,但讲了半句便住口了。

威尔的脸红了。他意识到,不论她说什么,她始终没有忘记那个使他们彼此隔开的厄运。他沉默了一会儿,然后热情洋溢地开口道:

"但我们可以真诚相见,不必伪装,这至少是值得安慰的。由于我一定得走,由于我们一定会永远分开,你不妨把我当作一个站在坟墓边上的人。"

他讲话的时候,电光又猛烈一闪,把他们彼此呈露在对方眼前。这电光像绝望的爱情那么可怕,多萝西娅蓦然一惊,立即离开了窗口,威尔跟着她,带着痉挛性的动作拉住她的手。他们站住了,彼此握住了手,跟两个孩子似的,遥望着风暴,就在这时雷声隆隆,从他们头顶疾卷过去,雨开始哗啦哗啦倾盆而下。于是他们转过脸,互相瞧着,他最后那些话还在他们头脑里回旋,谁也没有松开自己的手。

"我什么希望也没有了,"威尔说,"哪怕你像我爱你一样爱我,哪怕我是你的一切……可是看来我只能穷苦一辈子,根据清醒的估计,这样的人是无权指望什么的,他只能苟延残喘罢了。对于我们说来,结合是不可能的。也许我要求你作出任何表示,都是不应该的。我本来打算永远从你面前消失,但我没能做到我想做的事。"

"不要难过,"多萝西娅说,声音清晰而温柔,"我会跟你一起承担我们的分离造成的一切痛苦。"

她的嘴唇在哆嗦,他的也一样。谁也不知道,那是谁的嘴唇首先凑到另一个的嘴唇上,只知道他们在哆嗦中亲吻以后,又分开了。

雨仿佛挟带着愤怒在冲打窗玻璃,呼啸的狂风作着它强大的后盾。在这种时刻,不论忙碌的,懒散的,一切都在惶恐不安中停止了活动。

多萝西娅在身旁的座位上坐下了,那是屋子中央一张矮矮的双人长榻。她把双手合在一起,放在膝上,望着外面阴沉的世界。威尔仍站着,瞧了她一会儿,然后在她旁边坐下,按住她的手,她把手翻了过来,跟他的手握在一起。他们这么坐着,没有互相看一眼,终于雨势弱了,开始淅淅沥沥地下着。两人都思绪万千,但谁也不知道从何说起。

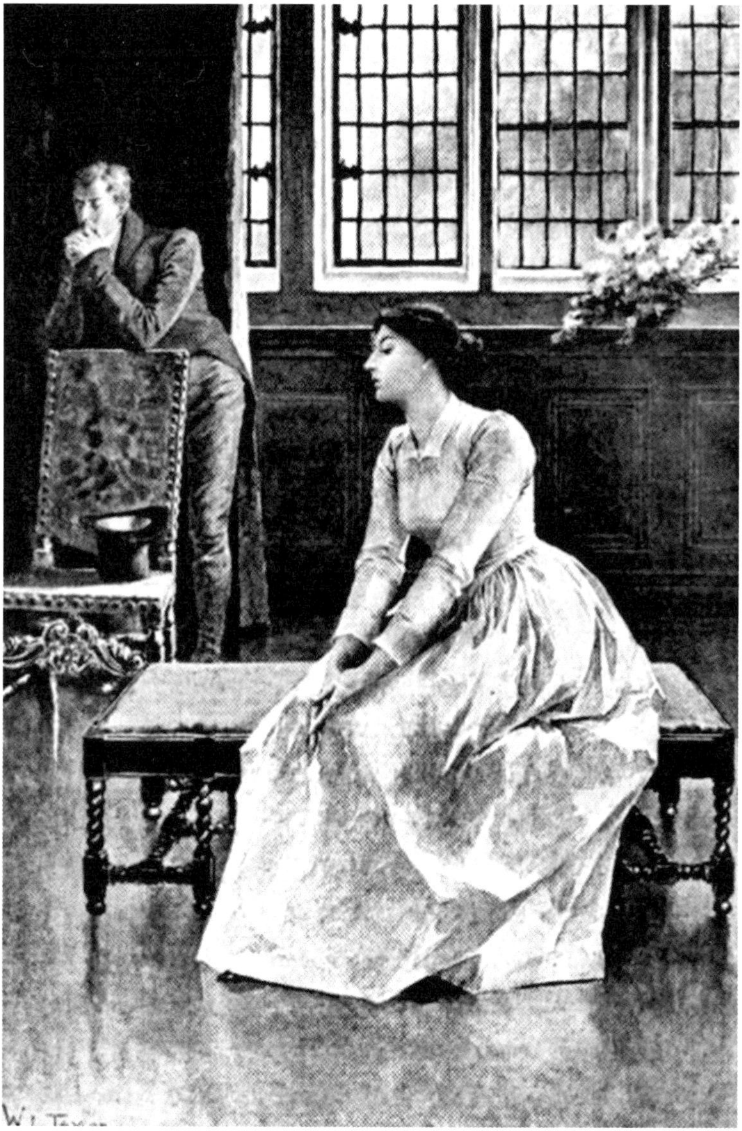

雨停以后,多萝西娅扭过头来,望望威尔。突然他像看到了什么可怕的酷刑,从榻上一跃而起,激烈地喊了起来:"不能这样!"

他重又走到一边,靠在椅背上,似乎在跟自己的愤怒搏斗,而她悲伤地望着他。

"这是像谋害一样残酷的,是离间人的阴谋,"他又大声疾呼似的说,"让一些无关紧要的事肢解我们的生命,这更是不能容忍的。"

"别……别那么说,你的生命是不会被肢解的。"多萝西娅温柔地回答。

"不,它一定会,"威尔怒冲冲地喊道,"你不应该这么讲,这太狠心了,仿佛这能给我带来安慰似的。除了悲痛,你也许还可以看到别的什么,但我不能。在事实面前那么讲,这不是仁慈,这是把我对你的爱当作废物,重又扔回给我。我们永远不能结婚。"

"到了一定的时候,可以。"多萝西娅用哆嗦的声音说。

"什么时候?"威尔悲痛地追问,"指望我取得任何成就,这是痴心妄想。除非我出卖灵魂,给人舞文弄墨,摇旗呐喊,我不可能有什么成就,把希望寄托在这上面,是不顾自己的廉耻。这一点我看得相当清楚。我没法向任何女人求婚,哪怕她不必为我抛弃舒适的生活。"

沉默降临了。多萝西娅有满肚子的话要说,但是她说不出口。她只觉得它们完全占有了她——这时她的内心正在进行无声的辩论。可是她不能讲她要讲的话,这又使她心里憋得非常难受。威尔气呼呼地望着窗外。如果他望着她,不离开她的身边,她觉得一切就会好受一些。最后,他转过脸来,身子仍靠在椅背上,机械地伸出手去取他的帽子,仿佛有些发怒似的说道:"再见!"

"啊,我再也受不住了,我的心要裂开了,"多萝西娅喊道,从座位上跳了起来,青春的热情又像潮水一般涌来,冲破了阻挡她说话的一切障碍,眼泪一下子夺眶而出,簌簌不断地挂下她的面颊,"我对贫穷根本不在乎,我恨我的财产。"

威尔一下子来到了她的身边,他的手臂围住了她。但是她向后仰起了头,把他的脸轻轻推开,使她可以继续讲话。她的大眼睛噙满泪水,十分单纯地望着他。她呜呜咽咽,跟个孩子似的,一边哭一边说道:

"我自己有财产,我们可以生活得很好……这已经太多了……那是七百镑一年呢……我不需要什么……不需要新衣服……我会懂得怎样节省一切。"

第八十四章

> 尽管古往今来的歌谣,
> 都说我受责备理所应该,
> 它们的指责只是捕风捉影,
> 大大地损害了我的名声。
>
> ——《黑皮肤的少女》①

那正是在贵族院否决改革法案之后②,因此我们看到,卡德瓦拉德先生得意扬扬,来到弗雷什特庄园,在大暖房附近一片草坪的斜坡上散步。他反抄着手,手里拿着《泰晤士报》,露出鲑鱼垂钓者的安详姿态,正跟詹姆士·彻泰姆爵士侃侃而谈,讨论国家的前途。卡德瓦拉德太太,彻泰姆老夫人,以及西莉亚,有时坐在花园的椅子上,有时走到小亚瑟前面,看他一眼。小亚瑟坐在手推童车上,跟一尊小菩萨似的,头上张着一把有漂亮的丝流苏的圣伞。

妇女们也在谈政治,只是时断时续的。卡德瓦拉德太太对拟议中的增封新贵族一事反应很强烈,她是从她的表姊妹那里听到的消息,据说,自从议会改革问题一提出,特拉贝里的妻子就嗅到了这是加官晋爵

---

① 英国一首民谣,大约写成于十五世纪。诗采取一男一女对白的形式,主题是考验女方的忠诚。男的怀疑女的(即"黑皮肤的少女")不能始终爱他,用各种话对她进行试探,女的则表示永远爱他。最后男的消释了怀疑,两人结为夫妇。这里引用的是该诗第十节的前半节,系女方所唱。

② 关于议会改革法案通过的情况,见本书四四一页注①。新议会组成后,改革法案虽在下院获得通过,在上院仍遭到抵制。一八三二年五月初,内阁为此辞职,全国舆论哗然,英王为平息事端,下诏增封新贵族,争取上院多数的拥护,这样,改革法案才终于在五月底在上院通过。下面提到的增封新贵族即指此而言,这是英王克服上院阻力的手段之一。

的好机会,因此竭力撺掇她的丈夫彻底改变了立场,这个女人为了胜过她的妹妹——她嫁了一个从男爵——是哪怕出卖灵魂,也在所不惜的。彻泰姆老夫人认为,这种行为实在不足为训,她记得,特拉贝里太太的母亲还是梅尔斯普林的沃尔辛厄姆小姐呢。西莉亚承认,当"夫人"自然比当"太太"好①,又说,如果她如愿以偿的话,多多是不会嫉妒的。于是卡德瓦拉德太太说,如果大家知道,你的血管里连一滴高贵的血也没有,哪怕出人头地,也不见得体面。西莉亚停下来,看了看亚瑟,又说道:"不过,要是他是个子爵,那有多好啊……哟,勋爵大人的小牙齿长出来了!如果詹姆士是个伯爵,他就可以是子爵啦②。"

"亲爱的西莉亚,"老夫人开口了,"詹姆士的称号比如今那些新伯爵光荣得多。他的父亲就是詹姆士爵士,我从没指望他有别的称号。"

"哦,我只是在讲亚瑟的小牙齿,"西莉亚得意地说,"瞧,我的伯父来了。"

她轻快地跑去迎接伯父,这时,詹姆士爵士和卡德瓦拉德先生也走了过来,跟妇女们汇集在一起。西莉亚挽住伯父的胳膊,后者拍拍她的手,有些伤感似的说道:"噢,亲爱的!"他们走近以后,大家看得很清楚,布鲁克先生的神色有些沮丧,但从当时的政治状况看,这是不足为奇的。他跟大家一一握手,只是说了句:"啊,想不到你们都在这儿。"教区长哈哈笑道:

"不必把否决法案的事老挂在心上,布鲁克。你们已把全国的社会渣滓都鼓动起来啦。"

"法案?哦!"布鲁克先生说,有些心不在焉,"你们知道,它给否决了,是吗?不过,贵族院也太过分了。他们应该适可而止。告诉你们,我带来了一个坏消息。我是指我们家庭中的坏消息。但是,彻泰姆,你可千万不要埋怨我呀。"

---

① 英国的尊称比较复杂,"夫人"虽也用作一般的敬称,但严格说,只有勋爵(即具有男爵以上爵位的人)的妻子,才能称为"夫人"。爵士(从男爵以下)的妻子虽可称"夫人",但在称呼上有一定限制。

② 公爵之子称侯爵,侯爵之子称伯爵,伯爵之子称子爵,这是所谓礼节性尊称,不是指爵位的正式承袭。

"怎么回事?"詹姆士爵士说,"该不是又有一个猎场看守人给打死了吧? 对特拉宾·巴斯那样的家伙都可以置之不问,那就难怪要出事了。"

"看守猎场的? 不是。我们还是进屋去吧,一切到屋里再谈,你们知道,"布鲁克先生说,向卡德瓦拉德夫妇点点头,表示这件事他们也可以听,"说到特拉宾·巴斯这些偷猎人,你知道,彻泰姆,"他一边和大家一起进屋,一边叨咕,"等你当了治安法官,你就知道这类事不好办了。从严惩处,这当然很好,但除非有人能替你代庖,你才能心安理得。你知道,人心是肉做的,你难免心慈手软,你不是德拉古,不是杰弗里斯①,以及诸如此类的人。"

布鲁克先生显然处于心烦意乱的状态。他每逢有伤心的事要讲,总会先东拉西扯,谈些不相干的问题,仿佛这是一服灵丹妙药,可以冲淡它的苦味。他跟詹姆士爵士闲聊偷猎人,直到大家坐定之后,还没言归正传。卡德瓦拉德太太给这种拖拉作风弄得不耐烦了,首先开口道:

"你的坏消息是什么哟,真急死人了。看猎场的没给打死,那就算了。但你要讲什么呢?"

"哦,这是一个非常棘手的问题,你知道,"布鲁克先生说,"我很高兴,你和教区长也在这儿。这是家庭问题,但是你们能帮助我们渡过这困难的时刻,卡德瓦拉德。我决心当着你的面谈这一切,亲爱的,"他瞧了瞧西莉亚,又说,"你知道,这是你万万想不到的。还有,彻泰姆,这也会使你大吃一惊……但是你知道,你也跟我一样,要阻挡也阻挡不了。有些事往往出人意料,你根本想象不到,你知道。"

"这一定是关于多多的。"西莉亚说,她一向觉得,她的姊姊是家族机器中一个危险的零件。她坐在一张矮凳子上,靠着丈夫的膝盖。

"究竟是怎么回事,求求你快讲吧!"詹姆士爵士喊道。

"好吧,你知道,彻泰姆,这都得怪卡苏朋的遗嘱,这东西非但不管用,还把事情弄得更糟了。"

---

① 德拉古,古代雅典立法者,主张严刑峻法,于公元前七世纪制定雅典第一部刑法,几乎对一切罪行均处以死刑。乔治·杰弗里斯(1648—1689),英国法学家,也主张从严惩处一切罪犯,以野蛮残暴著称。

"一点不错，"詹姆士爵士赶紧说，"但是怎么个糟法啊？"

"多萝西娅又要结婚了，告诉你们。"布鲁克先生说，朝西莉亚点点头，后者顿时抬起头，用吃惊的目光瞧着丈夫，把手放在他的膝上。

詹姆士爵士气得几乎脸色发白，但是没有说话。

"我的天哪！"卡德瓦拉德太太喊道，"难道是嫁给小拉迪斯拉夫不成？"

布鲁克先生摇摇头，说道："没错，是嫁给拉迪斯拉夫。"为了谨慎起见，他没再往下说。

"你瞧，汉弗莱！"卡德瓦拉德太太说，把胳臂朝她丈夫一挥，"这又一次证明，我比你看得清楚，你可以跟我抬杠，但你反正是个睁眼瞎子。你还以为，那个年轻人真的出国了呢。"

"那有什么，他可以出国以后又回来呀。"教区长泰然自若地说。

"你什么时候得到这消息的？"詹姆士爵士问，别人的话都不在他心上，不过他自己又觉得不知讲什么好。

"昨天，"布鲁克先生有气无力地说，"我到洛伊克去了。是多萝西娅派人来叫我的，你知道。这件事来得非常突然，连他们自己两天前也没这个意思，你们知道，一点意思也没有。有些事往往出人意料。但是多萝西娅打定了主意，反对已经没有用。我向她指出了它的严重性。我尽了我的责任，彻泰姆。但是她仍会按自己的意思行事，你知道。"

"不如我一年前约他决斗，把他打死了还好一些呢。"詹姆士爵士说，这倒不是他好杀成性，只是他需要强烈的表达方式。

"确实，詹姆士，这件事叫人太不愉快了。"西莉亚说。

"冷静一点，彻泰姆。看事情还得心平气和才好。"卡德瓦拉德先生说，看到这位好心的朋友如此怒不可遏，有些遗憾。

"这是有一点自尊心，有一点正义感的人，都受不了的，谁也不能允许这种事发生在自己的亲族中间，"詹姆士爵士说，还是气得脸色煞白，"这简直是丢尽了脸皮。要是拉迪斯拉夫还知道一点廉耻，他就应该立刻出国，从此不再在这儿露脸。不过话说回来，这也并不奇怪。卡苏朋的葬仪一过，第二天我就说过该怎么办了。可惜我的意见没被采纳。"

"你知道,彻泰姆,你的要求是办不到的,"布鲁克先生说,"你是要把他遣送出国。我告诉过你,拉迪斯拉夫不会听凭我们的摆布,他有自己的主见。他是一个不同寻常的人,我一向这么说,他是一个不同寻常的人。"

"算了,"詹姆士爵士说,觉得不能不反驳,"你对他这么器重,我感到遗憾。他能够在这一带立足,我们是有责任的。多萝西娅这样一个女子,居然不惜降低身份嫁给他,我们也是有责任的。"詹姆士爵士每讲一句就要停顿一下,似乎这些话很不容易出口,"一个给丈夫的遗嘱点了名的人,按理说,她不该再跟他见面……他会使她失去原来的身份,陷入贫困,可是他居然接受这种牺牲……何况他已成为众矢之的,出身卑贱……我还相信,他是一个没有原则,轻薄肤浅的家伙。这就是我的看法。"詹姆士爵士郑重其事地结束了他的议论,扭转了头,跷起了二郎腿。

"一切我都向她讲过了,"布鲁克先生说,似乎有些歉意,"我是指贫穷,失去地位等等。我说:'亲爱的,你不知道,七百镑一年是什么日子。没有马车,以及诸如此类的东西,大家不把你当一回事。'我已讲得明明白白。我建议你不妨亲自跟多萝西娅谈谈。问题是她对卡苏朋的财产有一种反感。你会听到她说些什么的,你知道。"

"对不起,我不想听,"詹姆士爵士说,冷静了一些,"我也不想再看见她,这叫我太伤心了。像多萝西娅这样一个女人,竟然干出这么荒唐的行为,我不能不感到痛心。"

"公正一些,彻泰姆,"厚嘴唇的教区长心平气和地说,他认为这一切都是庸人自扰,没有必要,"卡苏朋夫人为一个男人放弃财产,这行为也许不够谨慎,可是我们男人往往互不服气,贬低别人,因此一个女人那么做,我们便认为她不太聪明。但是我觉得,你不应该指责这是荒唐的行为,至少从严格的意义上不能这么说。"

"不,我认为是这样,"詹姆士爵士答道,"我认为,多萝西娅嫁给拉迪斯拉夫,这是错误的行为。"

"亲爱的朋友,我们往往把不合我们心意的行为,称作错误的行为。"教区长沉着地说。他像许多平心静气地对待生活的人一样,有时看到别人在道义上失去了控制能力,难免要苦口婆心劝导一番。詹姆士爵士掏出手帕,开始咬它的一只角。

"不过,多多这么做,太可怕了,"西莉亚说,指望为她的大夫讲句公道话,"她说过她绝对不再出嫁,任何人也不嫁。"

"我也亲耳听她这么讲过。"彻泰姆老夫人说,神色庄严,仿佛在法庭上作证。

"得啦,这种事总是不声不响进行的,"卡德瓦拉德太太说,"我唯一感到奇怪的,倒是你们大家会这么吃惊。你们没有采取任何预防措施。要是你们早把特里顿勋爵请来,让他向她求婚,他的博爱精神一定会感化她,说不定不到一年,他就把她带走了。除此以外,没有其他办法。卡苏朋先生干得太妙了,为这结局准备了一切条件。他使自己落到了惹人讨厌的地步——也许这是上帝的意旨——然后向她挑战,问她敢不敢违抗他的命令。这么做只是使一件假珠宝变得光彩夺目,给它标上了大价钱。"

"我不知道,你对错误是怎么理解的,卡德瓦拉德,"詹姆士爵士在椅上转身对教区长说,心里还是觉得很不痛快,"我们不能承认这么一个亲戚。至少我得为我自己这么说,"他继续道,尽量小心,把眼睛避开布鲁克先生,"别人怎样我不管,也许他们会认为跟他在一起很愉快,可以把身份等等置之不顾。"

"得啦,彻泰姆,你知道,"布鲁克先生心平气和地说,一边抚摩着大腿,"我不能丢开多萝西娅不管。从一定程度上说,我应该做她的父亲。我对她说:'亲爱的,我不能不让你嫁给他。'这以前我已把利害关系向她讲清楚。但是我可以取消限定由她的儿子继承的权利,你知道。这得花些钱,也很麻烦,但是我能办到,你知道。"

布鲁克先生向詹姆士爵士频频颔首,觉得他既显示了自己的决心,又考虑到了从男爵的顾虑的正确方面,对他作了适当的让步。原来他灵机一动,找到了刚才没有想到的招架方式,接触到了詹姆士爵士所耻于承认的动机。多萝西娅嫁给拉迪斯拉夫这件事,在詹姆士爵士心头引起的强烈反应,一部分来自可以宽恕的偏见,或者甚至无可非议的观念,一部分也来自嫉妒产生的反感,这在拉迪斯拉夫这件事上,是跟卡苏朋那件事一样的。他相信,这种婚姻对多萝西娅都有害无益。但是除了这些原因,还有一个动机,那是像他这样的正人君子甚至对自己也不敢承认的,那就是两个农庄——蒂普顿和弗雷什特——正好位在同一围栅内,它们的合并对他具有不容争辩的魅力,可以为他的儿子和继承人创造一幅美好的前景。因此当布鲁克先生微微颔首,表示对这动机的赞赏时,詹姆士爵士有些忸怩不安,喉咙里好像给什么塞住了,甚至脸也红了。在他爆发第一阵怒火时,他那么慷慨激昂,谁也阻挡不住,但布鲁克先生这几句投其所好的话一出口,就把他的嘴堵住了,这比卡德瓦拉德先生那种苦口婆心的规劝灵验得多。

但是西莉亚很高兴,从她伯父的话听来,他已允准这桩亲事,现在她可以讲话了,只是态度不太热烈,仿佛只是在谈请客吃饭的问题,说道:"伯父,你是不是说,多多很快就会结婚?"

"不出三个礼拜,你知道,"布鲁克先生无能为力地说,"我没法制止这事,卡德瓦拉德。"他把脸转过去一点,又对教区长说。后者答道:

"我觉得不必大惊小怪。如果她甘愿穷苦,这是她的事。假如她嫁给一个有钱的年轻人,大家就没有话说了。可是不少靠俸禄为生的教士都穷苦不堪,尽管这并不合理。你们瞧埃莉诺,"那个喋喋不休的丈夫继续道,"她的亲友都反对她嫁给我呢,因为我一年不到一千镑收入,人又生得愚鲁,谁也看不出我有什么可取之处,我连一双像样的靴子也没有,所有的人都觉得不可思议,一个女人怎么会看上了我。说实话,我只能站在拉迪斯拉夫一边,除非我再听到他有其他缺点。"

"汉弗莱,这都是你的诡辩,你自己也知道,"他的妻子说,"一切都一样,这就是你的全部意思。好像你以前不叫卡德瓦拉德!请问,要是你是一个别的什么人,我会嫁给你这号丑八怪吗?"

"何况你还是一个教士,"彻泰姆老夫人嘉许地说,"谁也不会说埃莉诺嫁给你是降低了身份。至于拉迪斯拉夫先生,那就很难讲了,詹姆士,是不是?"

詹姆士爵士低低咕哝了一声,这是不大恭敬的,跟他平时回答母亲的问话不一样。西莉亚仰起脸,像一只体贴的小猫似的望着他。

"必须承认,他的血液里乱七八糟,什么都有!"卡德瓦拉德太太说,"首先是卡苏朋的乌贼汁,然后又是叛逆的波兰提琴师或舞蹈教师,是不是?另外还有一个老家……"

"废话,埃莉诺,"教区长说,站起身来,"我们该走了。"

"不过,他毕竟是一个漂亮的小家伙,"卡德瓦拉德太太道,想修正一下她的话,一边也站了起来,"他像老克赖奇利在那些小傻瓜出世以前的画像,显得年少英俊。"

"我跟你们一起走,"布鲁克先生说,赶紧起身告辞,"明天你们一定都得上我家中吃饭,你们知道,西莉亚,亲爱的,怎么样?"

"你会去吧,詹姆士?"西莉亚说,握住了丈夫的手。

"哦,当然,只要你喜欢,"詹姆士爵士说,拉直了他的背心,但是还不能使他的脸变得和颜悦色,"那是说,如果不会遇到别的什么人。"

"不会,你放心,"布鲁克先生回答,猜到了他的意思,"多萝西娅不会来,你知道,除非你去看她。"

等大家走了以后,西莉亚对詹姆士爵士说:"要是我坐车到洛伊克走一趟,詹姆士,你觉得合适吗?"

"怎么,现在就去?"他反问道,有些惊讶。

"是的,这件事太重要了。"西莉亚说。

"记住,西莉亚,我不能见她,"詹姆士爵士说道。

"如果她放弃结婚也不成吗?"

"现在讲这话还有什么意义?那么我到马厩看看,让布里格斯把车子给你准备好。"

但西莉亚觉得这很有意义,不论怎样,她应该上洛伊克,她得设法劝劝多萝西娅。在她们还没出嫁的时候,她常感到,只要她把话讲得合情合理,她的姊姊是会听她的。多多总是戴着有色眼镜在看世界,她必须凭她清醒的理智,把真正的亮光带给她。何况西莉亚已做了母亲,她自然更有权利规劝这位还没生孩子的姊姊,使她回心转意。谁像西莉亚这样了解多多呢?谁又像她这样一心一意地爱她呢?

多萝西娅正在起居室里忙着什么,一看到妹妹,高兴极了,想不到她刚宣布结婚,她就来了。她想象过亲友们的反对,甚至有些夸大,以致担心这些人会从此不让西莉亚再跟她见面。

"啊,咪咪,见到你真高兴!"多萝西娅说,把双手按在西莉亚肩上,满面笑容地瞧着她,"我几乎以为你不会再来看我了。"

"我没把亚瑟带来,因为我太匆忙了。"西莉亚说。她们面对面,坐在两只小椅子上,膝盖碰着膝盖。

"你知道,多多,这太糟了,"西莉亚说,用的还是那种平静的喉音,神色娇滴滴的,尽量不露出一点情绪,"你使我们大家都那么失望。我真没想到会有这样的事,你千万不可以过那样的生活。何况你还有那么多的计划!你一定没有考虑过这一切。詹姆士不怕麻烦,为了你什么都愿意,你可以一辈子做你要做的事,我们都依你。"

"不,正好相反,亲爱的,"多萝西娅说,"我根本办不成我要办的事。我的任何计划从来没有实行过。"

"那是因为你要办的事都是办不到的。但是我们还可以定些别的计划。你怎么可以嫁给拉迪斯拉夫先生呢?要知道,我们没有一个人认为你可以嫁给他呀。这太可怕了,叫詹姆士大吃了一惊。再说,这跟你一向的为人又多么不同。你当初要嫁给卡苏朋先生,因为他有一颗伟大的心,又老又乏味,又那么有学问。现在呢,你又要嫁给拉迪斯拉夫先生,因为他没有财产,什么也没有。我看,这是因为你总要想出一些点子,好让自己感到不舒服。"

多萝西娅笑了。

"别笑,多多,这是很严肃的问题呢,"西莉亚说,变得更郑重了,"你今后怎么生活?你只能跟一些素不相识的人来往。我再也见不到你,你也不会再想到小亚瑟,我本来还以为你能一直……"

西莉亚不常有的眼泪这时涌上了她的眼眶,嘴角也开始抽搐了。

"亲爱的西莉亚,"多萝西娅说,态度是严肃而温柔的,"如果你不再跟我见面,这不是我的过错。"

"不,这是你的过错,"西莉亚说,还是那么愁眉苦脸,显得怪可怜的,"詹姆士不肯原谅你,我怎么能来看你,或者让你去看我呢?要知道他认为这是不对的,他认为你这是做了错事,多多。但你一向都是错的,只是我不能不爱你。现在谁也不知道,你会住在哪里,你还能上哪儿呢?"

"我这就上伦敦。"多萝西娅说。

"难道你一直住在马路上不成?你会变得那么穷。我可以把我的东西分一半给你,可是既然我再也见不到你,我又怎么给你呢?"

"谢谢你,咪咪,"多萝西娅亲切而温柔地说,"别担心,也许有一天詹姆士会宽恕我的。"

"但是如果你不结婚,那会好得多,"西莉亚说,擦干了眼泪,重又回到了她的议论上,"那样就不会有什么不愉快的事。别人也不致认为你有什么不对了。詹姆士一直说,你应该成为一个女王,但现在这样可一点也不像女王呀。你知道,多多,你做的事总是错的,目前又是一个例子。大家认为,拉迪斯拉夫先生不配当你的丈夫。何况你说过,你永远不再结婚。"

"我应该聪明一些,这完全对,西莉亚,"多萝西娅说,"如果我好一些,我就可能取得一些成绩,不致像现在这样。但目前这事,我是要做的。我已答应嫁给拉迪斯拉夫先生,我就得嫁给他。"

多萝西娅说这些话的声调,是西莉亚所熟悉的,她知道它的意义。她沉默了一会儿,然后仿佛放弃了一切争论,说道:"那么,多多,他很爱你吗?"

"我希望是这样。我很爱他。"

"那就好了,"西莉亚说,松了口气,"只是我希望你嫁一个像詹姆士那样的丈夫,住在我们附近,我可以时常来看你。"

多萝西娅笑了,西莉亚似乎在思忖着什么。接着她说道:"我真不明白,这一切是怎么发生的。"西莉亚觉得,这件事一定十分曲折。

"这没什么,"多萝西娅说,拧了一下妹妹的下巴颏,"如果你知道这是怎么发生的,你就不觉得奇怪了。"

"你不能告诉我吗?"西莉亚说,让手臂放得舒服了一些。

"不成,亲爱的,除非你的心跟我的心一样,否则你是永远不会理解的。"

第八十五章

  于是陪审团出场了,他们的名字是:瞎子先生,无用先生,坏心先生,好色先生,浪荡先生,任性先生,傲慢先生,仇恨先生,撒谎先生,残忍先生,憎恶先生,无情先生,他们每人都对他作出了有罪的裁决,然后一致决定,提请法官判处他有罪。陪审团的第一位瞎子先生是陪审长,他说:"我看得一清二楚,此人是异教徒。"无用先生跟着说:"应该从世上肃清这类人!"坏心先生附和道:"对,因为我看见他的样子就讨厌。"好色先生接口道:"我对他不能忍受。"浪荡先生随即道:"我也不能忍受,因为他老是指责我的行为。"任性先生喊道:"绞死他,绞死他。"傲慢先生便说:"该死的贱骨头。"仇恨先生声称:"我一见他,心里就冒火。"撒谎先生道:"他是个坏人。"残忍先生接着说:"绞刑已是便宜了他。"憎恶先生说:"让我们把他彻底消灭。"然后无情先生道:"哪怕整个世界都归我所有,我也不给他立足之地,因此让我们赶紧判处他死刑吧。"

——《天路历程》①

  不朽的班扬这样描绘了对人的狂热迫害,那些必欲置人于死地而后快的心情,这时谁会同情忠诚呢?但是,在一片谴责声中,知道自己无罪,相信我们之所以横遭物议,正因为我们身上还保留着一颗善心,这种罕见的幸福的命运,是连最伟大的人也往往难以获致的。反过来说,如果一个人不是为了正义的事业,遭到人们的攻击,即使他对自己说,那些用石子打他的人都是出于邪恶的动机,他的命运也是悲惨的,因为他知道,人们用石子打他,不是因为他宣扬了正义,而是因为他没有成为他所宣扬的人。

  这便是布尔斯特罗德的遭遇,现在他便在这种意识下,没精打采地

---

① 关于《天路历程》,见本书三十五页注①。这是在"名利镇"上对"忠诚"的审判,"忠诚"是基督徒的同伴,两人一起在名利镇被捕,忠诚被处死。

作着离开米德尔马契的准备,打算从此郁郁寡欢地隐匿他乡,在陌生的、漠不关心的面容中间了却失败的一生。妻子的仁慈和忠诚使他避免了一种恐怖,但是她的存在依然是对他的谴责,在她面前,他不得不顾虑重重,不敢向她供认一切,总是企图替自己辩护。他为拉弗尔斯之死推卸责任,认为这只是他所祈求的上帝的意旨,然而他还是惶恐不安,不肯向妻子公开秘密,听凭她的裁判。他用内心的斗争和动机洗刷自己的行为,冲淡它们的意义,这使他觉得比较轻松,似乎赢得了无形的宽恕,然而她会怎样看待这些行动呢?如果她仍在心中称它们为谋害,这是他怎么也受不了的。他觉得,她的怀疑仿佛包围着他,但是他意识到,她并未掌握充分的证据,可以对他作出最坏的判决,因此他还有勇气面对她。也许将来,在他弥留之际,他会告诉她一切。到了那个最后诀别的时刻,当她握着他的手,送他走进茫茫黑夜的时候,她听到这一切,或许不会离开他的身边了。也许是这样,但隐瞒已成为他终生的习惯,供认一切的愿望无法抗拒对更深的耻辱的恐惧。

他对妻子小心翼翼,战战兢兢,还不仅因为他怕遭到她无情的裁判,也因为他为她的痛苦,深深感到内疚。她把女儿们打发到海边的一所学校住读,让她们离得远远的,不知道这场灾难。她们的离开,使她不必为自己的忧伤向她们作出解释,也免得看到她们惶惶不安的惊异神色。现在她可以毫无顾虑地沉浸在悲痛中,让它一天天把她的头发变白,把她的眼睑变得逐渐松弛了。

"告诉我,你希望我怎么办吧,赫莉欧,"布尔斯特罗德对她说,"我是指关于家产的安排。我的意思还是要保留这一带的田产,只是让它转到你的名下,作你生活的保障。如果在这些问题上,你有什么要求,请你直说好了。"

过了几天,她探望她的哥哥回家后,开始把她近来心中考虑的事,告诉丈夫。

"我希望为我哥哥一家办些事,尼古拉斯。我想,我们有责任给罗莎蒙德和她的丈夫提供一些补偿。沃尔特说,利德盖特先生必须离开这儿,他的业务已经一落千丈,可是他们手头拮据,没法在别处谋生。我宁可我们自己苦一些,也得帮助我可怜的哥哥,给他家的人解决一些困难。"

布尔斯特罗德太太除了"提供一些补偿",不愿进一步接触那些事实,她知道丈夫明白她的意思。但她不了解,他有特殊的原因对这种提法感到刺耳。他犹豫了一下,说道:

"按照你提出的方式实行你的愿望,这是不可能的,亲爱的。利德盖特先生事实上已拒绝接受我的任何帮助。他把我借给他的一千镑退回我了。卡苏朋夫人为这目的借给了他这笔钱。这是他的信。"

这封信使布尔斯特罗德太太非常痛心。它提到的卡苏朋夫人的借款,反映了公众的情绪,很清楚,每个人都认为,避免与她的丈夫保持任何来往,是必要的。她沉默了一会儿,眼泪不禁潸潸而下。她擦干泪水的时候,下巴在哆嗦。布尔斯特罗德坐在她对面,看到这张伤心憔悴的脸,不免悲痛万分,不过两个月以前,它还神采奕奕,容光焕发呢。这是在苦难深重的时刻,与他自己那张消瘦的脸一起变得苍老的。为了尽量安慰她,他说道:

"不妨采取其他的方式,赫莉欧,只要你肯出面,我们仍可给你哥哥家的人提供一些帮助。我想,你会觉得这是可取的,我是指经管我打算给你的田地,这是一桩有利可图的营生。"

她留心听着。

"高思曾打算代管斯通大院,然后安排你的侄儿弗莱德去经营。那儿一切都是现成的,他们只要付一部分收益,不必像一般租金那么大。这对那个年轻人是合适的开端,他又在高思手下办事,可以得到他的指导。你对这安排觉得满意吗?"

"是的,这可以,"布尔斯特罗德太太说,起劲了一些,"可怜的沃尔特已弄得精疲力尽,我得尽一切力量,在我离开以前,为他办一两件好事。我们总是同胞兄妹啊。"

"你必须亲自向高思提出,赫莉欧,"布尔斯特罗德先生说,他不愿这么讲,但又希望达到目的,这不仅是为了安慰妻子,还有别的原因,"你必须告诉他,这田地实际是你的,他不必跟我打交道。联系可以通过斯坦迪什进行。我说明这点,因为高思不愿当我的代理人。我把他开的条件交给你,你可以根据这些条件,请他接受你的委托。我想,你是为你的侄儿提出这要求,他不致不肯答应。"

第八十六章

> 他们心中充满爱情,它像圣盐一样可以使心灵永葆青春。正因为这样,从小相爱的情侣才能永不变心,白头偕老,他们的爱情也愈久愈新鲜。爱情的防腐作用是确有其事的。有了达夫尼斯和克绿哀那样的开端,才有费立门和包西丝那样的结局。这样的晚景虽是黄昏,却和黎明相似。
>
> ——维克托·雨果:《笑面人》①

已到了喝茶的时候,高思太太听得凯莱布走进前厅,马上打开客厅的门,说道:"你回来啦,凯莱布。吃过饭没有?"(高思先生的用膳时间大多得服从他的"工作"需要。)

"吃过了,吃得很丰盛呢——冷羊肉,还有我说不上名儿的东西。玛丽在哪里?"

"大概在花园里,跟莱蒂在一起。"

"弗莱德还没来吗?"

"没有。你不喝茶又要出门不成,凯莱布?"高思太太看见丈夫刚摘下帽子,又把它戴上了。

"不,不,我只是找一下玛丽,马上回来。"

他在园子里杂草丛生的一角找到了玛丽,那儿的两棵梨树中间,高高悬挂着一个秋千。她用一块淡红围巾裹在头上,前面伸出一道阔边,遮住平射而来的阳光,正给莱蒂荡秋千,莱蒂乐得大喊大叫,笑个不住。

看到父亲,玛丽放开秋千,向他走去。她把淡红围巾推到脑后,从远处向他露出了亲切愉快、情不自禁的微笑。

"我是来找你的,玛丽,"高思先生说,"我们还是一边走一边

---

① 引文见《笑面人》第三卷第九章。关于达夫尼斯和克绿哀见本书二十六页注①。费立门和包西丝是希腊神话中一对白头偕老的夫妇。

谈吧。"

玛丽看得很清楚,父亲一定有什么特别的事要跟她谈,因为他的眉头皱着,显得有些伤感,他的声音温柔而严肃,这种表情是她在莱蒂那样的年纪就熟悉的。她挽着他的胳膊,从一排栗子树旁边拐过去。

"玛丽,你必须度过一段不幸的时刻,才能结婚。"父亲说,没有看她,只是望着拿在另一只手中的手杖的末端。

"爸爸,这不是不幸的时刻——我认为这是愉快的时刻,"玛丽笑道,"我已经独自度过了二十四年以上,我过得很愉快,我想大概不致再要这么久吧。"接着,她停了一下,侧转脸,朝着父亲,神情严肃了一些,又说道:"你对弗莱德是不是满意?"

凯莱布扭起嘴角,谨慎地别转了头。

"我说,爸爸,你星期三还称赞他来着呢。你说,他对牲口懂得很多,对事物也很有见地。"

"是吗?"凯莱布躲躲闪闪地说。

"是的,我都记下来了,有明确的日期,你赖不了,"玛丽说,"你喜欢把一切都记载清楚呢。那时你觉得,他的行为确实不坏,他对你也十分尊重;弗莱德的脾气,那是再好没有的,谁也比他不上。"

"好啦,好啦,你这是在哄我,要我相信他是一个理想的丈夫。"

"不对,真的,爸爸。我爱他不是因为他是一个理想的丈夫。"

"那么是为了什么呢?"

"哦,爸爸,为了我始终爱他。我常常责备他,可我对别人从来懒得这么做。这对一个丈夫是必须考虑的一点。"

"那么,玛丽,你已经打定主意啦?"凯莱布说,恢复了原来的声调,"近来这段时间可说是多事之秋,你听到这一切,没产生过别的想法吗?"(凯莱布用这种含糊其词的话,概括了许多意思。)"因为现在要改变还来得及。一个女人在感情上不应该勉强,这对那个男子也是不利的。"

"我的感情并没有变,爸爸,"玛丽平静地说,"只要弗莱德对我没有变心,我也不会对他变心。我觉得,我们两人谁也少不了谁,不论别人叫我们多么敬佩,我们也不会更喜欢他们。这对我们说来是不可思议的,就像看到一切老地方突然变了样子,一切事物突然改了名称一样。我们必然等待,作长期打算,但弗莱德理解这点。"

凯莱布没有立即说什么,只是站住脚,把手杖顶在生满青草的园径上转动着。过了一会儿,他用带有感情的声音说道:"好吧,我有个消息告诉你。要是让弗莱德住在斯通大院,经管那片田地,你认为怎样?"

"爸爸,这是怎么回事呀?"玛丽惊异地说。

"那是替他的布尔斯特罗德姑妈管理这田产。这个可怜的女人来找我,央求我接受她的委托。她是想帮助那孩子,这对他可能是有些好处的。如果勤俭一些,他可以慢慢积些钱,买下牲口农具,他本来爱好务农呢。"

"呀,弗莱德一定会多么高兴!这太好了,简直不能相信。"

"但是你要注意,"凯莱布说,警告似的转过头去,"这必须用我的名义,由我承担责任,照料一切。你母亲也许会担些心事,尽管她嘴上不说。弗莱德务必小心才是。"

"也许你的负担太重了,爸爸,"玛丽说,感到这未免是美中不足,"凡是给你增加麻烦的事,都使我们觉得不安。"

"这没什么,我喜欢工作,孩子,只要这不致给你母亲带来烦恼。再说,等你和弗莱德结了婚,"这时凯莱布的声音显然有些颤抖,"他就会勤勤恳恳,省吃俭用了。你有你母亲的聪明,也有我的,只是采取了女性的方式,你会使他走上正路的。等一会儿他就会到这儿来,因此我得先跟你通个气,我想,你一定喜欢由你把这消息通知他的。那以后,我再好好交代他,然后我们就可以着手工作,处理事务了。"

"呀,我亲爱的好爸爸!"玛丽喊道,把双手围住了父亲的脖颈,他则平静地侧转了头,接受着女儿的爱抚,"我真不知道,别的女孩子是不是也觉得,父亲是世界上最好的人!"

"废话,孩子,不久你就会觉得丈夫更好了。"

"不可能,"玛丽说,恢复了平常的声调,"丈夫是较低一级的男子,他们需要别人管束他们。"

他们走回屋里时,莱蒂也奔了过来。这时玛丽发现,弗莱德站在果园门口,便朝他走去。

"你穿得多么漂亮,你这个挥霍成性的年轻人!"玛丽说,这时弗莱德站住了,开玩笑似的举起帽子,向她敬礼,"你总不懂得节约。"

"这已算不得新衣服了,玛丽,"弗莱德说,"你瞧瞧这些袖口的边!我只是把它刷了一番,这才显得那么体面呢。我已经省下了三套衣服,一套是准备结婚穿的。"

"那你穿了一定非常滑稽,像一本旧时装杂志上的先生!"

"哪儿的话,两年内它们还不会过时。"

"两年! 实际一些,弗莱德,"玛丽说,转身走了起来,"不要抱不切实际的希望。"

"为什么? 不管切不切实际,有希望总比没希望好。要是我们不能在两年内结婚,哪怕这是真的,也叫人受不了。"

"我听到过一个故事,有个年轻人抱着不切实际的希望,结果吃够了苦头。"

"玛丽,如果你有什么不利的消息,快告诉我,我急死了。我得进屋找高思先生。我心里已经够烦的了。我的父亲成天垂头丧气,家不像个家。我再也受不了不幸的消息。"

"让你住在斯通大院管理田庄,勤勤恳恳办事,每年积蓄一些钱,然后买下所有的牲畜和家私杂物,像博思洛普·特朗布尔先生说的,成为一名杰出的农业家,而且身强力壮,从此把希腊文和拉丁文束之高阁,就这样,我不知道,这在你听来是不是不幸的消息?"

"玛丽,你这是当真还是胡诌的?"弗莱德说,然而脸色还是有些兴奋。

"那是我父亲刚才告诉我的,他说事情可能这样,他是从来不会胡诌的。"玛丽说,现在抬起头,望着弗莱德。他们并排走着,他握住了她的手,握得那么紧,甚至使她有些受不了,但她不想叫痛。

"呀,玛丽,要是那样,我一定可以成为一个非常有用的人,我们也可以马上结婚。"

"不会这么快,先生。也许我还要把我们的婚姻推迟几年呢?这可以再给你一段胡闹的时间,再说,要是我看上了另一个更好的人,也可以名正言顺地把你一脚踢开。"

"不要开玩笑,玛丽,"弗莱德说,情绪十分激动,"请你郑重告诉我:这是真的,你为此很高兴,因为我是你最亲爱的人,"

"这一切都是真的,弗莱德,我为此很高兴,因为你是我最亲爱的人。"玛丽说,像背书一样,照说了一遍。

到了门口,他们在屋顶陡峻的门廊下站了一会儿,弗莱德几乎像耳语似的说道:

"玛丽,我们第一次用阳伞的铁圈订婚的时候,你总是……"

欢乐在玛丽的眼中跳跃,她笑得更起劲了,可惜缺德的贝恩这时跳了出来,后面还跟着狂吠的布朗尼。他跑到他们跟前,说道:

"弗莱德和玛丽!你们还想不想进屋?要不,我得把你们的蛋糕吃掉啦!"

尾　声

每一个界限既是结尾,又是开端。谁跟一些年轻人长期相处之后,肯轻易离开他们,不想知道他们几年后的景况呢?因为一段生活,不论如何典型,绝非整齐匀称的网状标本,诺言不一定会遵守,热情的开端可能继之以冷漠,潜在的力量或许会找到长期翘首以待的机会,而过去的错误也可能使人洗心革面,痛改前非。

结婚一向是许多小说的终点,然而也是一个伟大的开始,正如它对于亚当和夏娃一样,他们在伊甸园中度过了蜜月,可是却在荒野的荆棘和蒺藜中生下了他们的第一个宁馨儿。它依然是一篇家庭叙事诗的开端,这篇叙事诗可以是那个全面结合——未来的岁月将成为它的高潮,而老年将成为甜蜜回忆的共同收获季节——的逐渐胜利,也可以是它无可挽回的失败。

有些人像从前的十字军一样,是穿上希望和热情的光辉战袍出发的,但走到半路,一切便幻灭了,只能在相互的忍耐和对世界的不满中,度过晚年。

凡是关心弗莱德·文西和玛丽·高思的人,一定乐意知道,这两个人没有遭到这种失败,却获得了牢固的共同幸福。弗莱德在许多方面使亲友们大感惊讶。他成了郡里这一带的知名人士,大家公认他是一个有理论和实践经验的农业家,他还发表了一本书:《绿色作物的栽培及牲畜饲养经济学》,它在农业学术会议上获得了很高的评价。但在米德尔马契,对他的赞美是有所保留的,许多人宁可相信,弗莱德之所以能著书立说,全靠他的妻子,因为他们从没想到,弗莱德会对芜菁和甜菜有什么研究。

玛丽也为她的孩子们写了本小书,书名是《伟人故事集——摘自普卢塔克①的著作》,它由米德尔马契的格利普出版社印行。但是城里所有的人都异口同声宣称,这书是弗莱德写的,因为他念过"研究古代著作"的大学,如果他愿意的话,他本来是可以当上教士的。

由此可见,米德尔马契人是永远不会受骗的,不论你称赞什么人写了什么书,他们准知道,这是由别人代笔的。

此外,弗莱德始终坚定不移地走着正路。结婚以后过了几年,他告诉玛丽,他的幸福一半得力于费厄布拉泽,是他在关键时刻,使劲拉了他一把。我不能说,他已脚踏实地,不再想入非非,事实上,作物的收成或出售牲口的利润,往往低于他的估计,他还总是轻易相信,他买进的马可以赚钱,事实却不然;不过玛丽说,这当然要怪马不好,不能怪弗莱德判断失误。他保留着骑马的癖好,但很少把一天的光阴消磨在打猎上。有时他这么做,显然也是为了不愿让人笑话,因为人们说他胆小如鼠,不敢跳越障碍,一到那里,就像看到玛丽和孩子们坐在五根柱子的栅栏上,或者正把他们鬈发的头伸在树篱和沟渠间,因而吓得魂不附体。

他们有三个男孩,玛丽没有因为只生男孩感到不满。弗莱德希望有一个像她一样的女孩,她听了笑道:"那会使你的母亲非常伤心。"文西太太年纪大了,风度也不如当年主持家政的时期了,不过她也很满意,发现弗莱德的孩子至少有两个是真正文西家的骨肉,没有一点"高思家的相貌"。但是玛丽心中暗暗得意,三个中最小一个孩子的模样,就像她父亲穿上了圆下摆外衣似的。这孩子玩打弹子,或者瞄住成熟的梨子扔石子时,准确得百发百中。

贝恩和莱蒂还只有十几岁,已做了舅舅和阿姨,还经常争吵,究竟甥儿有用还是甥女有用。贝恩坚决认为,女孩子不如男孩子,要不然,她们就不会老是穿裙子,穿裙子就是她们低能的标志。至于莱蒂,她的议论大多来自书本,她很生气,回答说,上帝赐给亚当和夏娃的同样是兽皮衣服,她还想起,在东方男人也是穿裙子的。但是后面这个论点削弱了前面那个论点的庄严性,未免显得多余,因为贝恩轻蔑地答道:

---

① 普卢塔克(46—120),古罗马传记作家,写有《希腊罗马名人比较列传》。

"他们大多是蠢货!"还马上请教他的母亲,男孩子是不是优于女孩子。高思太太答道,不论男孩女孩,同样淘气,但是男孩无疑比较强大,跑路快些,掷东西也掷得远些,准确些。对这神圣的裁决,贝恩相当满意,至于淘气问题,他觉得无关紧要。但是莱蒂很不满,她的优越感比她的体力更强。

弗莱德从没变得富裕,他的希望总是落空,但是他慢慢积了一笔钱,成了斯通大院牲畜和家具什物的主人,高思先生派他干的工作,使他丰衣足食,度过了经常威胁着农民的"灾荒"。玛丽在成为主妇后,跟她的母亲一样精明能干,只是不像她那么注重孩子的正规教育,以致高思太太总是大惊小怪,担心他们在文法和地理方面,不能打好基础。然而他们上学以后,还是名列前茅,这跟他们在家里总喜欢跟母亲在一起,也许不无关系。每逢冬日傍晚回家时,弗莱德骑在马上,想起镶护壁板客厅里的熊熊炉火,便喜不自胜,不免为那些没有娶到玛丽这种妻子的人感到惋惜,尤其是费厄布拉泽。弗莱德现在可以宽宏大量地对玛丽说了:"他比我好十倍,他更配得上你。"玛丽回答道:"当然他比你好,但正因为这样,他没有我也不要紧。可你呢,我一想到你当了副牧师,为了租马和用麻纱手帕背了一身债,心就会发抖!"

只要打听一下,我们也许就能知道,弗莱德和玛丽仍住在斯通大院,那些蔓生植物依然带着它们的花朵,爬满在美好的石墙上,然后伸向田野,田野上胡桃木树排列得整整齐齐。每逢阳光灿烂的日子,从打开的窗口,总能看到一对夫妇,带着白发老人的安详神色,坐在那里,他们最早是用阳伞上的铁圈订定终身的;当老彼得·费瑟斯通在世的时候,玛丽·高思总是奉命站在这窗口,等待利德盖特先生的到来。

利德盖特的头发从未变白。他五十岁就死了,留下了妻子和儿女,靠一大笔他的人寿保险金过活。他行医的收入相当不错,按照不同的季节,他轮流在伦敦和大陆的温泉疗养地开业。他还写了一篇论痛风症的文章,这种病是能够给他带来大量财富的。不少有钱的病家都信赖他的医术,但他始终认为他的一生是失败的,他没有实现他当初的抱负。他的朋友们都羡慕他有一位如花似玉的太太,什么也不能改变他们的看法。罗莎蒙德没有重犯失于检点的错误,影响她的名誉。只是她的性格仍温和娴静,她的主见仍不可动摇,她仍喜欢教训她的丈夫,仍善于略施小技使他就范。随着岁月的流逝,他对她的反抗越来越少,罗莎蒙德因而得出结论,认为他终于懂得了她的意见的价值。另一方面,她对他的才能也有了更深入的体会,因为他收入丰厚,没有使她住进布赖德街上那破旧可怕的鸟笼,却给她提供了一只鲜花盛开、金碧辉煌的笼子,这是适合她这样的金丝雀居住的安乐窝。总之,利德盖特是我们所说的飞黄腾达的人。但是他过早地死于白喉,罗莎蒙德后来又嫁了一个年老而富裕的医生,他也能亲切地对待她的四个孩子。她和她的女儿们坐着马车外出时,显得雍容华贵,引人瞩目。她常常说,她的幸福是一种"报偿"——她没有说明这是什么报偿,但可能是指她为泰第乌斯受了委屈,他的脾气始终没有变得百依百顺,直到最后,有时还不免反唇相讥,这自然比他那些忏悔的表示,更深地印在她的脑海里。他有一次称她为罗勒草,她不明白他的意思,要他解释,他便说,这种草从被害人的脑髓吸取滋养时,生长得特别茂盛。罗莎蒙德对这些话,总是给予冷静而强硬的回答:那他为什么要看中她呢?他既然那么赞美拉迪斯拉夫太太,把她看得比她更好,他应该娶她才对。这样,谈话就以罗莎蒙德的胜利而告终。然而有一点不提也是不公正的,那就是她从没说过一句贬低多萝西娅的话,她在她一生中最危急的关头,不咎既往,宽容了她,这使她对多萝西娅始终保持着虔诚的回忆。

多萝西娅本人从未想过,她比别的女人更值得赞美。她总觉得,要是她好一些,懂得多一些,她一定可以做得更好,成绩也大一些。然而她对她放弃地位和财产,嫁给威尔·拉迪斯拉夫一事,始终没有反悔,如果她反悔的话,他会认为这是他最大的耻辱,也是最大的苦恼。把他们结合在一起的爱情,比任何力量更强大,不可能一遇风吹草动便受到危害。对多萝西娅说来,任何生活,凡是没有充沛的感情的,都不能容忍。她目前的生活仍充满各种仁慈的活动,她尽力发现和承担这些责任,从不迟疑退缩。威尔成了热情的社会活动家,当时议会改革还刚开始,大家信心百倍,认为黄金时代即将到来,这是我们大多已感到失望的今天所不能想象的。威尔便在那样的形势下,全力以赴地工作,最后进了议会,选举他的选区负担了他的竞选费用。这是多萝西娅再也高兴不过的事,既然世上还有恶,那么她的丈夫能够深入斗争的核心,与恶相对抗,她作为一个妻子理应支持他。许多认识她的人感到遗憾,这么一个坚定而罕见的女子,竟一心一意为另一个人而生活,在一定范围内只是作为一位贤妻良母出现。但是谁也说不清楚,除此以外,她还能做些什么,哪怕詹姆士·彻泰姆爵士也不例外;他始终保持着他的否定态度,认为她不该嫁给威尔·拉迪斯拉夫。

但是他的这种看法,并没有造成长期的分裂,那个家庭重新团圆的方式,对一切有关的人说来,都带有典型意义。布鲁克先生舍不得放弃跟威尔和多萝西娅通信的乐趣,一天早上,他正在奋笔疾书,大谈市自治机构改革的前景,突然笔锋一转,发出了务请枉驾前来蒂普顿一游的邀请。这一经写上,自然再也改变不了,除非让这封价值非凡的信全部作废,然而这牺牲是难以设想的。他们的通信已持续数月之久,在此期间,布鲁克先生每逢与詹姆士·彻泰姆爵士交谈时,总要声明或者暗示,他取消限定继承权的意愿迄未改变。谁知到了这一天,他的笔突然发出了这大胆的邀请,于是他专诚前往弗雷什特,声明他之所以采取这一强大步骤,是因为他经过深思熟虑,有了更正确的认识,觉得只有这样,才能防止低等血统潜入布鲁克家继承人的血管。

但是就在那天早上,弗雷什特庄园公馆内发生了一件激动人心的事。西莉亚收到了一封信,她一边读信,一边嘤嘤啜泣。詹姆士爵士不习惯看到她淌眼泪,焦急地追问是怎么回事,她突然号啕大哭,这是以前从未有过的。

"多萝西娅生了一个男孩。可你一定不会让我去看她。我相信,她需要我。她不知道该把孩子怎么办,她会把事情弄糟的。他们认为她可能死。这太可怕了!你想想,如果这是我和小亚瑟,可别人不让多多来看我,我会多么伤心!我希望你的心不要太狠,詹姆士!"

"我的天哪,西莉亚!"詹姆士爵士说,给她的话打动了,"你希望怎么办?你打算做什么,我都依你便了。如果你想进城,我明天就陪你去。"西莉亚表示,这正是她的希望。

布鲁克先生到达的时候,这场风波刚才过去。他与从男爵在园子里见了面,便谈了起来,他还不知道那个消息,这也难怪,詹姆士爵士并不急于把它当作喜讯通知他。但是当谈话照例接触到限定继承权时，他开口了："亲爱的先生，你的事我当然无权做主，但从我说来，我宁可不要这么办。我希望一切保持原状。"

布鲁克先生吃了一惊，一时间竟然手足失措，不明白他是不是真的可以脱离苦海，不必再为这事操心了。

原来这是西莉亚的心愿，詹姆士爵士自然只得照办，答应跟多萝西娅和她的丈夫言归于好。在女人情投意合的地方，男人只能把彼此的怨恨一笔勾销。詹姆士爵士从来不喜欢拉迪斯拉夫，威尔也不愿跟詹姆士爵士单独在一起，宁可多一些别人在场——他们总是格格不入，面和心不和，只有多萝西娅和西莉亚在场的时候，才好一些。

于是大家同意，拉迪斯拉夫夫妇这年内至少得上蒂普顿欢聚两次。这样，不久以后，弗雷什特的一小队表兄妹，跟来到蒂普顿的两个表兄弟一起玩了起来，他们玩得那么起劲，好像谁也没怀疑那两个表兄弟的血液是否纯粹。

布鲁克先生一直活到了很大年纪，他的产业由多萝西娅的长子继承了，后者本可以当选为米德尔马契的代表，但他谢绝了，认为他的意见还是在议会外更有活动的余地。

詹姆士爵士始终认为，多萝西娅的第二次结婚是错误的。确实，这已成为米德尔马契的共同观念，人们向年轻一代谈起她的时候，总说她是一个很好的女孩子，嫁了一个体弱多病，可以做她父亲的老教士，在他死后过了一年多一些，她又放弃财产，嫁给了他的表侄，一个年轻得可以做他儿子的人，而且没有产业，出身也不好。那些从没见过多萝西娅的人，通常总认为，她不可能是一个"漂亮的女人"，否则她不会嫁给前者，也不会嫁给后者。

当然，她一生中这些决定性的行为，并不像理想的那么美好。这是年轻而正直的精神在不完美的社会条件下挣扎的结果，它们不是没有缺陷的，在这个社会中，崇高的感情往往会采取错误的外表，伟大的信念也往往带有幻想的面貌。因为没有一个人，他的内心如此强大，以致外界的力量不能对它发生巨大的决定作用。一个新德雷莎不见得有机会改革修院的隐修生活,正如一位新安提戈涅①哪怕有满腹的骨肉之情,敢于为了埋葬哥哥,置一切于不顾,恐怕也难以如愿,为什么?因为她们这些壮烈行为所据以存在的社会条件,已一去不复返了。但我们这些区区百姓,正以我们的日常言行,为无数多萝西娅的诞生准备条件,其中有些人可能还得比本书中的多萝西娅,作出悲痛得多的牺牲,也未可知。

她那高尚纯洁的精神不虞后继无人,只是不一定到处都能见到罢了。她的完整性格,正如那条给居鲁士②堵决的大河,化成了许多渠道,从此不再在世上享有盛誉了。但是她对她周围人的影响,依然不绝如缕,未可等闲视之,因为世上善的增长,一部分也有赖于那些微不足道的行为,而你我的遭遇之所以不致如此悲惨,一半也得力于那些不求闻达,忠诚地度过一生,然后安息在无人凭吊的坟墓中的人们。

---

① 希腊神话中底比斯王俄狄浦斯的女儿,她的哥哥阵亡后,她冒死埋葬他的尸体,因而被拘禁在墓穴中,自缢而亡(参见本书一八六页注①)。
② 关于居鲁士,见本书四五六页注②。居鲁士建立的阿黑明尼德王朝,注重农业生产,曾大规模兴修水利。据希罗多德的《历史》记载,波斯人建立花剌子模后,曾把该地的一条大河阿开司河分成五条水渠,用它们灌溉土地。

"名著名译丛书"书目

（按著者生年排序）

第 一 辑

书 名	著 者	译 者
荷马史诗·伊利亚特	[古希腊]荷马	罗念生 王焕生
荷马史诗·奥德赛	[古希腊]荷马	王焕生
伊索寓言	[古希腊]伊索	王焕生
一千零一夜		纳 训
源氏物语	[日]紫式部	丰子恺
十日谈	[意大利]薄伽丘	王永年
堂吉诃德	[西班牙]塞万提斯	杨 绛
培根随笔集	[英]培根	曹明伦
罗密欧与朱丽叶	[英]莎士比亚	朱生豪
鲁滨孙飘流记	[英]笛福	徐霞村
格列佛游记	[英]斯威夫特	张 健
浮士德	[德]歌德	绿 原
少年维特的烦恼	[德]歌德	杨武能
傲慢与偏见	[英]简·奥斯丁	张 玲 张 扬
红与黑	[法]司汤达	张冠尧
格林童话全集	[德]格林兄弟	魏以新
希腊神话和传说	[德]施瓦布	楚图南

书名	作者	译者
高老头 欧也妮·葛朗台	[法]巴尔扎克	张冠尧
普希金诗选	[俄]普希金	高 莽 等
巴黎圣母院	[法]雨果	陈敬容
悲惨世界	[法]雨果	李 丹 方 于
基度山伯爵	[法]大仲马	蒋学模
三个火枪手	[法]大仲马	李玉民
安徒生童话故事集	[丹麦]安徒生	叶君健
爱伦·坡短篇小说集	[美]爱伦·坡	陈良廷 等
汤姆叔叔的小屋	[美]斯陀夫人	王家湘
大卫·科波菲尔	[英]查尔斯·狄更斯	庄绎传
双城记	[英]查尔斯·狄更斯	石永礼 赵文娟
雾都孤儿	[英]查尔斯·狄更斯	黄雨石
简·爱	[英]夏洛蒂·勃朗特	吴钧燮
瓦尔登湖	[美]亨利·戴维·梭罗	苏福忠
呼啸山庄	[英]爱米丽·勃朗特	张 玲 张 扬
猎人笔记	[俄]屠格涅夫	丰子恺
包法利夫人	[法]福楼拜	李健吾
昆虫记	[法]亨利·法布尔	陈筱卿
茶花女	[法]小仲马	王振孙
安娜·卡列宁娜	[俄]列夫·托尔斯泰	周 扬 谢素台
复活	[俄]列夫·托尔斯泰	汝 龙
战争与和平	[俄]列夫·托尔斯泰	刘辽逸
海底两万里	[法]儒勒·凡尔纳	赵克非
八十天环游地球	[法]儒勒·凡尔纳	赵克非
马克·吐温中短篇小说选	[美]马克·吐温	叶冬心
汤姆·索亚历险记	[美]马克·吐温	张友松
爱的教育	[意大利]埃·德·阿米琪斯	王干卿
莫泊桑短篇小说选	[法]莫泊桑	张英伦
契诃夫短篇小说选	[俄]契诃夫	汝 龙
泰戈尔诗选	[印度]泰戈尔	冰 心 等
欧·亨利短篇小说选	[美]欧·亨利	王永年

名人传	[法]罗曼·罗兰	张冠尧 艾珉
童年 在人间 我的大学	[苏联]高尔基	刘辽逸 等
绿山墙的安妮	[加拿大]露西·蒙哥马利	马爱农
杰克·伦敦小说选	[美]杰克·伦敦	万紫 等
卡夫卡中短篇小说全集	[奥地利]卡夫卡	叶廷芳 等
罗生门	[日]芥川龙之介	文洁若 等
了不起的盖茨比	[美]菲茨杰拉德	姚乃强
老人与海	[美]海明威	陈良廷 等
飘	[美]米切尔	戴侃 等
小王子	[法]圣埃克苏佩里	马振骋
钢铁是怎样炼成的	[苏联]尼·奥斯特洛夫斯基	梅益
静静的顿河	[苏联]肖洛霍夫	金人

第 二 辑

威尼斯商人	[英]莎士比亚	朱生豪
忏悔录	[法]卢梭	范希衡 等
罪与罚	[俄]陀思妥耶夫斯基	朱海观 王汶
哈克贝利·费恩历险记	[美]马克·吐温	张友松
漂亮朋友	[法]莫泊桑	张冠尧
斯·茨威格中短篇小说选	[奥地利]斯·茨威格	张玉书
海浪 达洛维太太	[英]弗吉尼亚·吴尔夫	吴钧燮 谷启楠
日瓦戈医生	[苏联]帕斯捷尔纳克	张秉衡
大师和玛格丽特	[苏联]布尔加科夫	钱诚
太阳照常升起	[美]海明威	周莉

第 三 辑

神曲	[意大利]但丁	田德望
吉尔·布拉斯	[法]勒萨日	杨绛
都兰趣话	[法]巴尔扎克	施康强

叶甫盖尼·奥涅金	[俄]普希金	智 量
笑面人	[法]雨果	郑永慧
红字 七个尖角顶的宅第	[美]纳撒尼尔·霍桑	胡允桓
死魂灵	[俄]果戈理	满 涛 许庆道
南方与北方	[英]盖斯凯尔夫人	主 万
莱蒙托夫诗选 当代英雄	[俄]莱蒙托夫	余 振 等
前夜 父与子	[俄]屠格涅夫	丽 尼 巴 金
白鲸	[美]赫尔曼·梅尔维尔	成 时
米德尔马契	[英]乔治·爱略特	项星耀
小妇人	[美]路易莎·梅·奥尔科特	贾辉丰
娜娜	[法]左拉	郑永慧
一位女士的画像	[美]亨利·詹姆斯	项星耀
十字军骑士	[波兰]亨利克·显克维奇	林洪亮
樱桃园	[俄]契诃夫	汝 龙
约翰-克利斯朵夫	[法]罗曼·罗兰	傅 雷
我是猫	[日]夏目漱石	阎小妹
嘉莉妹妹	[美]德莱塞	潘庆舲
月亮与六便士	[英]威廉·萨默塞特·毛姆	谷启楠
人性的枷锁	[英]威廉·萨默塞特·毛姆	叶 尊
人类群星闪耀时	[奥地利]斯·茨威格	张玉书
尤利西斯	[爱尔兰]詹姆斯·乔伊斯	金 隄
好兵帅克历险记	[捷克]雅·哈谢克	星 灿
城堡	[奥地利]卡夫卡	高年生
喧哗与骚动	[美]威廉·福克纳	李文俊
老妇还乡	[瑞士]迪伦马特	叶廷芳 韩瑞祥
金阁寺	[日]三岛由纪夫	陈德文
万延元年的Football	[日]大江健三郎	邱雅芬